Ferdinand G. B. Fischer

Patrisbrunna

Der Roman Paderborns

Diesen historischen Roman widme ich allen meinen vorzüglichen Geschichtslehrern, vor allem den Schulbrüdern von St. Anno und Bruder Servatius sowie Prof. Dr. Esterhues (†), Altenbeken (Universität Dortmund)

Ferdinand G. B. Fischer

Patrisbrunna

Der Roman Paderborns

BONIFATIUS
Druck · Buch · Verlag
PADERBORN

Die Deutsche Bibliothek – CIP-Einheitsaufnahme

Fischer, Ferdy:
Patrisbrunna : der Roman Paderborns / Ferdinand G. B. Fischer. – Paderborn : Bonifatius, 2000
ISBN 3-89710-084-3

Umschlagbild: Heinrich Kappelhof, Paderborn, Öl auf Leinwand
Umschlaggraphik: Christian Knaak, Dortmund

ISBN 3-89710-084-3

Gesamtherstellung:
Bonifatius GmbH Druck · Buch · Verlag Paderborn

Patrisbrunna

799-836

799 Auf *Patrisbrunna* kroch langsam von Westen ein schier unendlicher Heerwurm zu, über dem eine Sintflut von Frühjahrsregen niederging. Aprilsturm tobte über die weite Hochfläche. Windböen fielen von der Egge und brachten scharfen Ostwind mit. Die Lederwämse der Reiter waren lange schon durchweicht. Wasserrinnsale liefen über die dampfenden Pferdeleiber. In der Spitze der Marschkolonne ritt ein hochgewachsener Mann. Nur ein schmaler Goldreif im Haar unterschied ihn von seinen Begleitern.

Die Zugspitze stockte. Weiter vorne hatte der Voraustrupp, eine Hundertschaft schneller und gutbewaffneter Reiter in Kettenhemden, an einer Baumgruppe haltgemacht. Ein Schwarm dunkler Vögel, Saatkrähen waren es, hob sich wie eine schwarze Wolke in den trüben Himmel und stob mit heiserem Feldgeschrei davon. Feindliche Reiter oder andere Gestalten waren nicht zu sehen. Doch war da etwas Fremdes, Eigenartiges, das sich mit den Windstößen hin und her bewegte. Der Mann mit dem Goldreif kam näher. Er zügelte sein Pferd, ritt um die Eiche herum, betrachtete einen halbverwesten Leichnam, der mit aufgeklappten Kiefern und leeren Augenhöhlen den Ankommenden entgegenstarrte. Der Tote schien hämisch zu grinsen. Aus den Falten eines verblichenen und zerschlissenen Tuches baumelten knöcherne Arme und Beine. Der Kopf war grausam zugerichtet. Eine „Sax", die sächsische Streitaxt, steckte im gespaltenen Schädel, zudem hatte man ihn aufgeknüpft.

„Wieder ein armer Sachse, der den Heidengöttern abgeschworen hat und sich taufen ließ", vermutete Alkuin, einer der Berater des fränkischen Königs, der jetzt herangeritten war und sich die Gerichtsstätte ansah. „Wahrscheinlich hat er den Pferdekopf vom Giebelbalken seines Gehöftes abgenommen und ein Holzkreuz aufgesteckt."

„Ist das diese Wodanseiche der Sachsen?" fragte der auffällig große Mann seine Begleiter.

„Das waren die ewig Unverbesserlichen, die ein Exempel statuieren wollten", mutmaßte der Reiterführer des Frankenheeres: „Und das alles unter den Augen des Königs, gleich vor den Toren seiner Pfalz! Da wol-

len einige Sachsen zeigen, wer die Macht im Lande hat!" Er riß sein Schwert aus der Scheide und schlug den zerschlissenen Strick durch. Das Gerippe schlug auf dem Boden auf. Der Reiterführer sprang aus dem Sattel und versuchte mit dem Schwert die Reste des Körpers zu drehen.
„Holt mal Eggi, den Sachsen, heran. Er ist einer der Jäger des Königs und kennt sich hier aus."
Der Jagdknecht, ein kräftiger junger Mann, wurde als Unfreier seit einiger Zeit als Begleiter bei den Jagden in den sächsischen Wäldern zum Dienst bei den Franken gezwungen. Er sah sich die entseelte Gestalt mit verhaltenem Atem an.
„Nun, was sagst du dazu, Eggi? Ist das ein Mord deiner Stammesgenossen? Und ist das eine Wodanseiche?" Der Reiter, der alle überragte, schien sehr ungnädig zu sein.
„Gewiß, mein gnädigster Herr und König, Ihr habt recht, es ist ein Sachse, den man als abschreckendes Beispiel an die Eiche geknüpft hat, die dem Gott Wodan geweiht ist!"
„Schlimm, daß diese feigen Morde immer noch nicht aufhören. Aber was kannst du dafür? Holt ein paar Kriegsknechte, und begrabt den Mann."
Der König war nach fränkischer Art, aber einfach gekleidet: ein leinenes Hemd und ebensolche Beinkleider, darüber ein Wams, an den Füßen Schuhe mit Bändern geschnürt bis an die Knie. Wegen der immer noch kühlen Tage im April trug er den Pelzrock aus Lammfell. Auf seinen breiten kräftigen Schultern saß ein runder Kopf mit dichtem dunkelbraunem Haar, das er kurz geschnitten wie ein fränkischer Krieger trug. Durch das Haupthaar zogen sich erste graue Fäden. Nur sein Schnurrbart zeigte eine etwas hellere Farbe und war so lang, daß er in den Kinnbart überging. Über der kräftigen langen Nase blickten blaue Augen, sie konnten jeden für den König einnehmen, aber auch hart und grausam wirken. Vor einem so durchdringenden Blick wagte niemand die Unwahrheit zu sprechen!
Dieser Mann mit dem Goldschmuck war der Frankenkönig Karl.
Er wandte sich jetzt von der Freveltat ab, richtete sich im Sattel auf und befahl:
„Wir werden nicht nach Schuldigen suchen. Die Zeit und unser Glaube sollen die letzten Heiden überzeugen. Gebt dem Ermordeten ein christliches Grab. Dann wollen wir weiterziehen, um endlich *Patrisbrunna* zu erreichen."
Eggi grub mit anderen aus dem Troß eine Grube, sie legten den Unbekannten hinein, ein Priester segnete den Toten, und schon fielen die Erdschollen auf dessen leblosen Körper.

Der Regen hatte endlich aufgehört, und der Wind wehte milder von Süden, dennoch konnten sie ein Bad gut gebrauchen, diese Hunderte von durchnäßten Reitern. Auch ihre Pferde waren über und über mit Lehm bespritzt. Noch schlimmer sahen die Marschblöcke von Lanzenträgern und Bogenschützen aus. Sie alle waren seit Tagen auf dem Weg zum östlichsten Regierungssitz des Frankenherrschers. Weit im Westen, jenseits des Rheins, hatten sie sich versammelt und den langen Weg zur neuen Königsburg inmitten des Sachsenreiches angetreten. Die meisten der Männer kannten es schon, dieses Umherziehen von Königssitz zu Königssitz. Mal ging es nach Ingelheim*, ein anderes Mal nach Diedenhofen oder gar nach Attigny; in den letzten Jahren war immer häufiger die inzwischen prächtig ausgebaute Pfalz in Aachen das Ziel. Überall in diesen Königshöfen waren für den König feste Paläste aus Stein errichtet worden, zusammen mit einer Kirche oder aber wenigstens einer Kapelle. Die Bediensteten und Begleiter wohnten in den Häusern ringsum, weit weniger komfortabel, viele von ihnen mußten sogar mit Zelten vorliebnehmen. Nur die Edelinge, die Armeeführer, die Sekretäre und engsten Berater lebten im Palast oder dessen Nebengebäude.
Der König war heilfroh, als er mit bloßem Auge den Mauerring um seine Königsburg erkennen konnte. Auch an ihm waren die letzten Jahrzehnte seiner Regentschaft nicht spurlos vorübergegangen. Aber seine Gestalt wirkte noch kraftvoll, genügend muskulös und trainiert, um sicher Schwert und Speer führen zu können. Seine Gesichtszüge waren milder, gütiger geworden, hatten von der kantigen Schärfe während der beinahe dreißigjährigen Sachsenkriege ein wenig verloren. Er winkte dem Meldereiter: „Reitet voraus, man soll ein Bad bereiten. Aber mit dem frischen Wasser der Pader. Schließlich liegt meine Burg gleich über den 200 Quellen! Nehmt den Jäger Eggi mit, er soll alles für eine große Jagd vorbereiten."
Von hier oben, einer Höhe in der kahlen Ebene, die sich von Süden nach Norden erstreckt und dann leicht nach Osten abfällt, hatte man einen guten Rundblick auf das weite Gelände der Hochfläche von *Patrisbrunna*. In der Ferne erkannte man im Dunst den graublauen Höhenzug der Egge, hinter den sich die Sachsen in den zurückliegenden Jahren nach ihren Überfällen immer wieder zurückgezogen hatten.
„Vor 27 Jahren sind wir zum ersten Mal diesen Weg geritten", unterbrach der alte Reiterführer Wibold die Stille.

* Hier sind die modernen Ortsbezeichnungen gewählt worden, um die Orientierung zu erleichtern. Nur für Paderborn werden die verschiedenen alten, vor allem die Entwicklungen kennzeichnenden Namen kursiv gebraucht.

„Du hast immer tapfer gestritten, wenn wir am Feind waren", lobte ihn der Frankenkönig.
„Und ich durfte immer an Eurer Seite sein. Ihr habt mich in den Grafenstand erhoben. Ich bin Euch ewig dankbar."
„Laß gut sein, mehr als einmal hast du dein Leben für mich gewagt, ob wir zusammen die Sigiburg oder Obermarsberg erstürmt haben, immer hast du dein Schwert über mich gehalten."
„Das ist meine Aufgabe und Pflicht, die ich gern für Euch erfülle."
Auch Alkuin erinnerte sich der alten Zeiten: „Es hat lange gedauert, bis der Sachsenstamm gewürdigt wurde, den erhabenen König des Himmels zu erkennen. Ein Volk, das vom Kommen des Herrn in der Welt nichts wußte und nichts wissen wollte."
Einhard, der erfahrene Baumeister und Biograph des Frankenkönigs, pflichtete dem Abt von Tours salbungsvoll bei: „Unser erhabener Fürst Karl hat die waldbewohnenden Scharen zum Himmelreich gezogen und alsbald die wütigen Wölfe in fromme Lämmer verwandelt."
„Ich glaubte, schon vor vielen Jahren die Sachsen zum Christenglauben geführt zu haben. Aber da hatte ich mich getäuscht. Während ich mit der Gesandtschaft der Sarazenen aus Spanien verhandelte und mich auf den Weg dorthin machte, zerstörten die Sachsen wieder einmal die Karlsburg in *Patrisbrunna*."
„Dafür haben wir etliche aufgespießt, als Ihr, mein König und Herr, Gerichtstag über die rebellischen Sachsen in Verden an der Aller hieltet."
Mit grimmigem Gesicht erinnerte der Haudegen Wibold seinen König an dieses grausame Gemetzel. Der drehte sich ein wenig in seinem Sattel zurück und antwortete über seine Schulter hinweg: „Dennoch haben sie mich enttäuscht, diese Stammesfürsten. Nach dem immer wieder gebrochenen Versprechen hatten sie die rücksichtslosen Strafbestimmungen der *Capitulatio de partibus Saxoniae* anzunehmen. Harte Regelungen, und auf diese werde ich meine Sachsen bei der Heerschau nach dem heutigen Vorfall erneut schwören lassen!"
Langsam schob sich der königliche Troß mit seinen vielen Begleitern, Hofbeamten, Soldaten und Knechten auf die Pfalz zu. Die Pferde des Meldereiters und des Jägers fielen in leichten Trab, während sie über das abfallende Gelände auf die östlichste Königspfalz im Frankenreich zuritten. Eggi stand noch ganz unter dem Eindruck der schrecklichen Bluttat an der Wodanseiche. Er hatte verschwiegen, daß er den Ermordeten gekannt hatte. Der war ein Freund seines Vaters gewesen, und er hatte sich nicht aus Überzeugung zum Christentum bekannt, ja hatte heimlich immer noch an den alten Bräuchen gehangen. Aber das war seinen Mördern gleichgültig gewesen. Auch Eggi war selbst Christ geworden, diente jetzt den Franken. Es blieb ihm auch kaum etwas ande-

res übrig, denn diesen gehörte die Zukunft. Doch konnte er sich noch gut an die unglücklichen Tage seiner Kindheit erinnern: Jahr für Jahr fiel König Karl mit seinen Franken in Sachsen ein. Die vielen Toten und Krüppel, ob Freund oder Feind, kümmerten ihn nicht. Die verbrannten Höfe, die erschlagenen Weiber und Kinder, das verreckte Vieh, Krankheiten und Seuchen – nichts erschütterte das Herz dieses grausamen Kriegsmannes. Unermüdlich zog er mit seinen Reitern durch Eggis unglückliches Land. Verkohlte Balken, Asche, Blut und Tränen waren die Spuren seiner schrecklichen Heerfahrten. Warum hatte er die Sachsen nicht in Frieden lassen können? Warum sollten sie nicht mehr wie ihre Ahnen seit undenklichen Zeiten Wodan verehren? Wer sagte den Franken, daß ihr Christus der wahre Gott ist? Doch der Kampf war verloren. Am Ende hatten auch die sächsischen Edelinge ihr Volk verraten, denn sie besaßen große Grundherrschaften mit vielen Zinshöfen und Wäldern. Sie hatten viel zu verlieren. So gingen sie zu den Priestern, ließen sich taufen und wurden Christen. Doch egal: Eine neue Zeit war angebrochen und Eggi entschlossen, darin seinen Platz zu finden.
Dennoch mußte er dem ermordeten Freund seines Vaters einen letzten Dienst erweisen. Unter dem Vorwand, etwas verloren zu haben, kehrte er um, ritt an dem endlosen Zug des fränkischen Heeres entlang, bis er die Wodanseiche und das Grab des Ermordeten wieder erreicht hatte. Natürlich hatten die Franken diesem keine Waffen mit ins Grab gelegt. Ein sächsischer Krieger aber, der ohne Waffen vor Wodan hintrat – einfach undenkbar!
Eggi wollte das Grab öffnen, um dem Ermordeten sein eigenes Schwert, mit dem er für diesen Zug ausgerüstet worden war, ins Grab zu legen, als er Hufgetrappel vernahm. Ein Trupp Reiter näherte sich, offenbar Teile der fränkischen Nachhut. Die durfte ihn nicht dabei erwischen, wie er solchem heidnischen Unfug – wie sie es sähen – nachging. Dann wär's vorbei mit dem königlichen Jagdknecht Eggi. In Panik schleuderte er sein Schwert so weit von sich, wie er nur konnte, hinein in dichtes Gebüsch. Dann schloß er sich notgedrungen den fränkischen Reitern an. Als sie dem Hauptheer nach *Patrisbrunna* folgten, drehte er sich im Sattel noch einmal um: Zumindest hatte er es versucht, einem sächsischen Krieger ein würdiges Begräbnis zu geben. Vielleicht würde Wodan sein Opfer auch so annehmen.
Unruhig war es immer noch im neuen Teil des fränkischen Reiches, mal flackerte der Feuerschein aus dem Schilfdach eines Gehöftes, mal war ein Bauer verschwunden und baumelte ein paar Tage später an einer Linde. Der Widerstand beschränkte sich seit einiger Zeit auf Überfälle kleiner Abteilungen, auf den Waldkampf und die Errichtung von Baumsperren. Denn seit sich Sachsenherzog Widukind in der Pfalz zu Attigny

hatte taufen lassen, ging die Unruhe nicht mehr von ihm selber aus, sondern nur noch von kleineren sächsischen Grundherren, die immer noch nicht wahrhaben wollten, daß der Kampf der Sachsen um ihre Freiheit verloren war.
König Karl winkte mit einer herrischen Handbewegung eine kleine Gruppe von Reitern an die Spitze des Zuges. Sie führten auf einer besonders langen Stange mit kleinem Querholz und vergoldeter Spitze einen roten Mantel mit. Einer der Reiter setzte die Stange in einen Lederköcher, so daß sich das Tuch wie eine Fahne im milden, inzwischen lau gewordenen Wind bauschte. Hinter dem Mantelträger ritt ein Diener des Königs, der Capellani, er hatte die Aufsicht über das Reliquiar. Von diesem erzählte man, es sei der „halbe Mantel", jenes Bekleidungsstück des heiligen Martin von Tours, das er mit dem Bettler geteilt habe. Immer ließ König Karl das heilige Erinnerungsstück seiner Truppe voraustragen. Er hatte den Mantel wohlüberlegt ins Sachsenland mitführen lassen, auf ihn sollten die sächsischen Stammeshäuptlinge ihren Treueid leisten.

Schon etliche Wochen zuvor hatte ein Königsbote mit einem priesterlichen Begleiter *Patrisbrunna* erreicht und die Botschaft überbracht, daß König Karl in Kürze mit großem Gefolge eintreffen werde. Die meisten Pfalzen waren nichts weiter als große Landgüter. Sie verfügten über eine Herrenhalle mit einem Hochsitz als Thron, die zugleich als Festsaal und Konferenzraum diente. Zum Hof gehörte auch eine Hofkapelle. Ihr Name leitete sich von dem halben Mantel, der *capella*, des heiligen Martin von Tours ab. Einige Geistliche hielten dort den Hofgottesdienst. Außerdem hatten sie die Aufgabe, den Reliquienschatz zu hüten und Urkunden zu fertigen, da sie oft die einzigen waren, die des Lesens und Schreibens kundig waren. Daneben gab es einige Fachwerkbauten, Scheunen und nur wenige Steinhäuser. Der Pfalzgraf verwaltete in Abwesenheit des Königs den Hof, auf dem es wie auf großen Bauerngütern zuging: Vieh wurde angetrieben und gemästet, Getreide eingefahren, Hühner und Gänse schnatterten und gackerten über den Vorplatz, und die Knechte und Mägde standen schwatzend am Brunnen, bis der Großknecht sie auseinandertrieb. In den Scheunen und Häusern ließ der König den abgelieferten Zehnten aufstapeln, um genügend Vorräte vorzufinden, von hier ging er zur Jagd, von hier aus regierte er, wenn er sich mit großem Troß von einem Königshof zum anderen durchs Land begab.
Pfalzgraf Ruodbert hatte die Amtmänner der Hofgüter und die Schultheißen der Dörfer aus der Umgegend unverzüglich zu sich kommen lassen. „Der König und sein Hof sowie etwa tausend Krieger werden vom

Frühling bis zum Herbst in der Pfalz verweilen. Ihr wißt, was ihr an Vieh und Geflügel, an Korn, Bier und Met, an Butter und an Eiern in die Pfalz zu liefern habt. Das Salz nicht vergessen, Trudbert! Sagt unseren Lehns- und Zinsbauern, was bevorsteht!"
Schweigend vernahmen alle diese Ankündigung. Daß sie ihnen nicht lieb war, war auf ihren Gesichtern zu lesen. Warum kam der König immer und immer wieder, Jahr für Jahr hierher ins Sachsenland? Warum ging der König nicht nach Ingelheim oder Diedenhofen oder Regensburg? Wieder einmal mußten sie die Last der Hofhaltung für mehrere Monate auf ihre Schultern nehmen. Aber bei einigen blitzte ein Zug von Freude oder Genugtuung auf: Jetzt konnte man von den Bauern viel fordern und dabei eigenen Vorteil wahren!
Pfalzgraf Ruodbert las solche Gedanken nur allzu deutlich in einigen Gesichtern: „Verteilt die Lasten gerecht! Ihr fordert sonst des Königs Zorn und Strafe heraus!"
Als sich die anderen verabschiedeten, nahm er den Franken Trudbert, der sich im nahen Salzkotten angesiedelt hatte und in der Salzgewinnung tätig war, an seine Seite und ging ein paar Schritte mit ihm: „König Karl wird auf seinem Ritt über den Hellweg alle Orte inspizieren, wo bereits Salz gewonnen wird. Ihr als Fachmann aus dem fernen Salzburg könnt sicher manches zur Verbesserung der Salzsiederei vorschlagen."
„Gewiß, ich würde meine Kenntnisse gern hier einbringen, wenn ich die Möglichkeit dazu hätte!"
„Laßt mich nur machen. Mein Bote reitet heute dem König entgegen, um zu sagen, daß alle Vorbereitungen getroffen sind. Er soll unter anderem König Karl ein Schriftstück zum Aufbau dieses wichtigen Handelszweiges mit weißem Gold bringen. Darin werde ich Euch als Salzvogt vorschlagen."
Die Männer reichten sich die Hände, um wieder in die Pfalz und der andere nach Salzkotten zurückzukehren.
Schnell verbreitete sich die Kunde über die Ankunft des Frankenkönigs von Dorf zu Dorf und von Hof zu Hof: „König Karl kommt mit großem Gefolge! Wir müssen seine Hofhaltung beliefern!" Mit verbissenen Gesichtern, verschlucktem Gemurre erfüllten sie widerwillig den Befehl, gehorsam und ohne den geringsten Widerstand. König Karl konnte so schnell zwischen seinen Pfalzen hin- und hermarschieren, daß man im ganzen Land munkelte, er könne an zwei Stellen zugleich sein. Vor dem Königsgericht wollten die Bauern nicht angeklagt sein.

Erst wenige Wochen zuvor war der Franke Trudbert nach Salzkotten gekommen. Er hatte in den königlichen Salzanlagen tief im Süden des Reiches, in Salzburg, gearbeitet und sich gute Fachkenntnisse angeeignet.

Nun wollte er sich hier niederlassen, um eine Beschäftigung im Salzhandel am Hellweg zu finden. Hier leiteten die Salzknechte die Sole in die Becken, während andere die halbgetrockneten Lagen umschaufelten. Für die Knechte, die aus dem nächsten Becken Berge von Salz in Bottiche schippten, standen Holzeimer mit Wasser bereit. Die salzige Arbeit machte höllischen Durst.
Durch eine ungeschickte Bewegung stieß einer der Männer einen Wassereimer um. Das frische Wasser versickerte schnell im Boden.
„Nimm den Eimer! Hol frisches Wasser vom Brunnen, du Tölpel!" schimpften die anderen Männer.
„Nichts da, es wird weitergearbeitet!" Ein Aufseher eilte herbei und stieß den Salzknecht wieder an seinen Platz.
„Aber wir müssen trinken, es ist heiß, und das Salz tut sein übriges", verteidigte der Knecht seine Absicht.
„Unsere Kehlen sind wie ausgebrannt!" rief einer unter seinem Lederschutz, den er wie eine Kapuze und über den Rücken fallende Schürze trug, um die schweren Säcke und Kübel wegzuschleppen. „Uns steht das Wasser bei dieser Arbeit zu."
Aber der Aufseher blieb hart: „Erst in der Pause könnt ihr neues Wasser holen. Und die ist in zwei Stunden!"
„Schinder!"
Der Mann faßte seinen Knüppel fester, den er als Waffe und Zeigestock bei sich trug. Ehe ein heftiger Streit, ja eine handfeste Prügelei um das Wasser ausbrechen konnte, eilte Trudbert herbei, der die Szene aus nächster Nähe beobachtet hatte.
„Ermin, seid vernünftig, laßt den Mann Wasser holen. Es ist eine höllische Arbeit, dieses Salz zu schaufeln und abzufüllen. Die Männer haben den kühlen Trunk redlich verdient."
„Es stand ja Wasser bereit! Wenn aber der Tölpel den Eimer umstößt, dann muß er eben bis zur nächsten Pause warten!"
„Aber wenn die Männer kein Wasser haben, dann arbeiten sie langsamer und sind eher erschöpft vom Durst. Seid vernünftig, die Arbeit geht mit einem frischen Schluck Wasser besser voran!"
Den Vorfall hatte auch eine Reitergruppe mitbekommen, die die Streithähne erst jetzt richtig bemerkten.
Der Erzkanzler Alkuin sah seinen Herrn fragend an, der nickte ihm stumm zu und hob die Hand: „Aufseher, der Mann hat recht. Laßt die Knechte frisches Wasser herbeitragen. Unser König und Herr möchte einen kühlen Trunk mit den Männern nehmen!"
Schnell waren die Holzeimer am nahen Brunnen gefüllt, die Männer schöpften mit der Hand, und König Karl wurde ein Becher mit Wasser gereicht. Er winkte dem Franken Trudbert näherzutreten.

„Ihr habt Euch besonnen gezeigt. Versteht Ihr etwas von dem Geschäft?“
Trudbert verneigte sich tief. „Ich habe bis vor wenigen Monaten in Salzburg in Euren Salzstollen gearbeitet und Aufsicht geführt. Durch einen schlimmen Vorfall habe ich dort meinen Abschied nehmen müssen und möchte jetzt hier mit meinen Kenntnissen einen neuen Anfang machen.“
Ehe der König antworten konnte, mischte sich der Erzkanzler ein: „Das ist der Mann, den uns Pfalzgraf Ruodbert empfohlen hat. Ein zuverlässiger Franke, der Streit mit dem betrügerischen Salzvogt im Süden des Reiches bekam. Aber Ihr habt ja den Vorfall dort unten entschieden. Ich schlage vor, ihn hier als Salzvogt einzusetzen!“
König Karl erinnerte sich der Unterschlagungen des Vogtes in Salzburg und dieses unerfreulichen Vorfalles. Schnell entschlossen stimmte er zu. Trudbert trat auf die Gruppe des Königs zu, beugte das Knie vor seinem König und dankte ihm für diese Gunst: „Allergnädigster König, laßt mich Euch sogleich einen Vorschlag machen, den ich schon seit geraumer Zeit und nach genauester Beobachtung der Arbeit hier bedenke. Man könnte die Arbeit verbessern, wenn man die Sole nicht in Erdbecken laufen und an der Sonne trocknen ließe, sondern ein anderes Verfahren bevorzugte.“
„Ja, und das wäre?“ Karl wurde neugierig.
„Nun, ich meine, wenn man große Pfannen aufstellt und gehörig Feuer darunter entfacht, dann wird die Sole in den großen flachen Eisenpfannen so lange gesotten, bis das Wasser verdampft ist und das Salz übrig bleibt. So müßte sich die Sole wesentlich schneller, sauberer und ohne Einbuße durch Versickern zu Salz sieden lassen.“
„Ein guter Einfall, er zeigt, daß Ihr gute Kenntnisse habt. Wir haben in der Handwerkertruppe einige Schmiede aus dem Süderland, die vorzüglich Töpfe und Pfannen zu fertigen wissen. Diese Männer schmieden sicher auch größere Pfannen. Holt die Männer her, sie müssen sofort ihre Arbeit aufnehmen und den Versuch mit ein oder zwei großen Sudpfannen machen. Ihr aber, Erzkanzler, werdet die Arbeit überwachen. Reitet nur alle paar Tage von *Patrisbrunna* nach Salzkotten, und seht Euch den Fortgang des Siedens an. Gelingt der Versuch, will ich Euren Vorschlag gut belohnen.“
Die Idee des Erzkanzlers, hier den Franken als Salzvogt einzusetzen, hatte einen wichtigen Fortschritt in der Salzgewinnung herbeigeführt: Entlang des Hellwegs kam in Unna, Sassendorf, Erwitte und Geseke mehr und mehr die Technik des Salzsiedens in Sudpfannen auf. Vor allem in Salzkotten, denn die reichen Solquellen sprudelten an diesem Ort besonders kräftig. Hier hatte Trudbert mit seiner Frau Rotrud und

Tochter Hadoma in der Nähe der Salzquellen ein neues Zuhause gefunden.

Die gewaltige Marsch- und Reitersäule schob sich bis in Sichtweite der Drecksburg. Dort gaben fränkische Wachsoldaten Rauchsignale an den Wartturm, der oberhalb der Ansiedlung gebaut worden war, um weit ins Land nach nahenden Freunden oder Feinden Ausschau zu halten. Kurz darauf stieg eine weitere Rauchsäule an diesem Turm auf, und Hornsignale tönten über die Hochebene. „Ihr habt tüchtige Späher und Wachsoldaten", schmeichelte Alkuin.
„Das muß sein, gerade in diesem immer noch unruhigen Abschnitt des Reiches. Um so ärgerlicher, daß der grauenhafte Mord an der Wodanseiche geschehen konnte."
„Nun, bei Nacht sind alle Katzen grau, da vermögen selbst die Falkenaugen Eurer Wächter nichts in der Dunkelheit zu erkennen. Es sei denn, sie patrouillieren nachts über das Land."
„Das habe ich strikt verboten. Es reicht, wenn sie die Augen tagsüber von den Türmen ins Land gehen lassen und alles genau beobachten. Dann können sie mit Signalen ihre Beobachtungen an die nächste Station weitergeben, so daß alle frühzeitig gewarnt sind. Aber, es ist wahr, in der Nacht sind die kleinen Stationen und Einzelhöfe leicht verwundbar."
Hinter den Mauern an den Paderquellen erklang der Königsruf aus den großen Bronzeluren. Vor der Ansiedlung flatterten bunte Wimpel über einer farbenfrohen Zeltstadt. Von der Höhe des Hügels konnte man die langen Reihen der Krieger überschauen, das Lager der Herzöge und der Grafen, die schimmernden Rüstungen der Waffenträger. Auch die sächsischen Stammesführer hatten sich mit ihren Kriegern an dieser Stelle einquartiert, da innerhalb der Mauern vorerst nur wenig Häuser und auch kaum Steinhäuser für die große Gefolgschaft zur Verfügung standen. Aus dem westlichen Tor strömte das Volk beim Herannahen des Königszuges über den aufgeschütteten Graben hinaus.
„Heil König Karl, Heil unserem Herrn, Heil, Heil!" jubelten die Menschen der Spitze der langen Marschsäule zu. Dort saßen an Karls Seite die Frauen zu Pferde, zuerst Liutgard, die schöne Frau des Frankenkönigs, seine fünfte Gemahlin. Ihr folgten die Töchter des Frankenkönigs.
„Ich bin sehr gespannt, was du, meine liebe Liutgard, und ihr, meine Töchter, zu der wieder errichteten *urbs Karoli*, meiner neuen Pfalz und dem Königssaal, sagt. Noch vor wenigen Jahren haben die aufständischen Sachsen die erste Karlsburg zerstört."
„Heute aber ist die königliche Pfalz als Residenz prachtvoller und schöner denn je ausgestattet", protzte Einhard, der die königlichen Bauten

entwarf und überwachte, „ich habe sogar einen Fußboden aus Stein legen lassen. Für einen Königssaal reichte der Boden aus festgestampftem Lehm nicht mehr aus. Was sollen Eure Besucher aus anderen Ländern sagen, mein König und Herr, wenn es gerade so aussieht wie in einem großen Bauerngehöft?"
König Karl grinste, als er seinen eifrigen Berater so reden hörte: „Warum habt Ihr dann den Bau über den Paderquellen errichten lassen? Ihr wißt doch, daß die Wasseradern nicht gerade wohltuend für mein Gliederreißen sind?"
„Nun, so ein frisches Bad am Morgen reinigt Körper und Geist! Aber im Ernst, für die vielen Bediensteten ist frisches Wasser einfach lebensnotwendig. Sollte *Patrisbrunna* einmal belagert werden – am Wasser wird es nicht mangeln! Von der Pfalz aus hat man die beste Kontrolle über dieses lebensnotwendige Element."
„Da habt Ihr recht, Einhard, laßt nur die wichtigsten Quellen fassen und später einmal mit einem mächtigen Gewölbe überdecken. Dann werden wir immer einen sauberen Zugang zu dem klaren Wasser, ja zur einzigen Quelle innerhalb der Umwallung behalten."
Die Marschkolonne war über den Graben durch das Tor eingezogen und schwenkte auf einem breiten Weg zur Königsburg hin. Da lagen die wenigen Steinbauten, gleich an die nordwestliche Mauer angebaut, die über dem Abhang mit den austretenden Paderquellen hochgezogen worden war. Die Königshalle war an der einen Kopfseite durch einen Querbau mit der Mauer verbunden. Hier lagen die Wohnräume des Königs und seiner Familie. Der zur anderen Seite führende Anbau, in ihm waren Gästeräume und die Verwaltung untergebracht, umschloß mit der gegenüberliegenden östlichen Säulenhalle am anderen Ende den Pfalzhof.
„Schaut, die wunderschöne künftige Bischofskirche, die da vorn liegt!" machte Karl seine Frau und seine Töchter auf das mächtige Gebäude, ein wenig südlich der Pfalz, aufmerksam.
„Ja, die Kirche bei der Pfalz ist von wunderbarer, sogar von erhabener Größe. Viel länger und breiter gebaut als das andere Gotteshaus. Sieh einmal die regelmäßig angesetzten Oberlichter, darunter die Seitenschiffe mit den hübschen Rundbögen."
„Um wieviel kleiner wirkt die alte Kirche daneben. Ich werde sie bald abbrechen lassen. Die Steine und Balken kann man zum weiteren Ausbau des neuen Klosters verwenden. Zunächst jedoch muß das Baugerüst an der Friedhofsseite der Basilika abgenommen werden, wenn alle Arbeiten beendet sind."
„Da sind Kreuze zu sehen, hat man dort einen Friedhof angelegt?"
„Natürlich, die ersten älteren Bewohner meiner Pfalz sollen schon in geweihter Erde ruhen, wenn sie einmal gestorben sind."

Langsam bahnte sich die Gruppe mit dem König an der Spitze einen Weg durch die Menge. Karl betrachtete interessiert die Häuser, die inzwischen im Schutz der Mauer entstanden waren: Wirtschaftsgebäude und Werkstätten, einige Vorratshäuser, Ställe für die Pferde, aber auch für das Vieh, das tagsüber auf die Weide vor den Toren getrieben wurde. Ein Gerüst von starken Balken war auf einer unterlegten Steinmauer errichtet worden. Aufrecht und quer standen sie, durch Querriegel verbunden und verstärkt, aus den Ecken liefen diagonal geführte Hölzer bis unter den starken Balken, der das nächste Stockwerk trug. Die so entstandenen Fächer waren mit Flechtwerk versehen. Darüber war Lehm geworfen und glatt gezogen worden. Wo der Lehm genügend getrocknet war, waren einige der Häuserwände bereits weiß gestrichen, die Balken dagegen mit einer dunkelroten Farbe. Einige der Bauten erhoben sich über Gruben. Hier hatten die Erbauer nur Stangen an ein langes Firstholz gelehnt, das sich längs über die aufgeworfene Vertiefung zog und vorn und hinten auf einer senkrechten Stütze ruhte. Alle Häuser, ob Fachwerk- oder Grubenhäuser, waren mit Stroh, einige mit Schilf gedeckt. Der Rauch der Herdfeuer quoll vorn und hinten aus Löchern, die unterm Dach offengelassen worden waren.
Heute aber standen die Häuser leer; ihre Bewohner, Bedienstete der Königspfalz, Händler oder Bauern, sie alle waren zusammengelaufen, um ihren König zu begrüßen. Den Weg innerhalb der Pfalzanlage säumten auch viele der sächsischen Edelinge, die zum Heerbann bestellt waren. Sie betrachteten ihren neuen Herrscher besonders argwöhnisch.
Von seiner Statur her überragte Karl die meisten seiner Untertanen. Auch die Begleiter des Königs wurden eingehend von den Edelingen betrachtet; einer von ihnen erklärte den Umstehenden:
„Der kleine, lebhafte Begleiter des Königs ist Einhard. Sie nennen ihn an der Tafelrunde *Beseleel* nach dem Baumeister der biblischen Stiftshütte; Einhard hat außer dem berühmten Kloster Lorsch auch die Pfalz zu Aachen und den Plan zu dem neuen Mariendom entworfen. Manche sagen allerdings", und er senkte die Stimme ein wenig ab, „der Plan des Domes stamme von Meister Ansegis und Einhard führe nur die Oberaufsicht. So wird es ebenfalls in *Patrisbrunna* gewesen sein."
„Die beiden anderen Männer hinter dem König sind Osulf und Erchambald, der Erzkanzler, er zeichnet die Befehle Karls auf", wußte ein sächsischer Edeling zu ergänzen.
„Sie wirken wie drei Zwerge", lachte der Vorlaute.
„Ja, klein sind sie, darum hat man den beiden mit dem kleinen Einhard zusammen den Spottnamen *die drei Beine des Königstisches* gegeben.
Die farbenprächtige Gruppe zog feierlich unter vielen Freudenrufen in die Pfalz ein. Der Hellweg verlief hier mitten durch die Stadt, am öst-

lichen Tor hinaus auf Höxter zu. An dieser Stelle kreuzte eine andere Fernhandelsstraße die volkreiche Siedlung, die zur Hauptanmarschlinie des Frankenkönigs werden konnte, wenn es notwendig war. Sie verlief aus dem Raum Worms–Mainz über Frankfurt durch Hessen nach Norden über die sogenannte „Weinstraße". Nördlich von *Patrisbrunna*, an den Lippequellen, schlängelte sich eine weitere Heerstraße nach Westen an der Lippe entlang. Schon die Römer hatten diesen Weg benutzt, um das Land der Germanen ihrem römischen Weltreich als Provinz einzuverleiben. Aber viel weiter als bis Kneblinghausen und Anreppen waren sie nicht gekommen. Ein wilder Aufstand der Germanenvölker, vor allem der Brukterer, Marsen, Sugambrer und Cherusker hatte einige Legionen vernichtet, so daß sich der römische Heerführer Varus voller Verzweiflung ob der Tausenden von verlorenen kampferprobten Männern in sein Schwert stürzte.
König Karl winkte gnädig den Kindern, Frauen und Männern zu, die den Weg säumten. Nur langsam kam man bis in den Pfalzhof. Inmitten der Menge stand der Waffenschmied Lorenzo. Sein Aussehen zeigte, daß er weder Franke noch Sachse war: Schwarzglänzend fiel sein glattes Haar bis auf die Schultern, die gebräunte Haut wies ihn als Südländer aus. Immer wieder machte er einen Schritt auf die königliche Reitergruppe zu und trug dabei ein Schwert auf seinen Händen. Es hatte den Anschein, als wolle er es dem König übergeben. Er konnte jedoch nicht in dessen Nähe gelangen.
Pfalzgraf Ruodbert eilte herbei, um seinem Herrn den Steigbügel zu halten, der König sprang jedoch schnell und gewandt allein ab: „Dank dir für die Mühe, aber ein Krieger und Jäger bedarf solcher Hilfen nicht."
Karl schritt langsam, sichtlich die neue Anlage genießend, über die Stufen in die Halle. Weiträumig lag sie da, mit fast 31 Metern* Länge und etwas mehr als zehn Metern Breite. Königlich war sie ausgestattet, entgegen der früheren Bruchsteinwände war jetzt alles mit einem glatten Kalkputz versehen, der mit Ornamenten und Schriftzügen kunstvoll ausgemalt war.
„Diese Inschrift, mein König und Herr", in diesem feierlichen Augenblick wählte selbst Einhard, der alte Vertraute Karls, die ehrfürchtige Anrede, „diese Schrift feiert Euch als den Sieger über den Drachen, das Heidentum."
„Schön, sehr schön, aber eine Inschrift zur Ehre unseres Herrn hätte gereicht."
In die kleinen Rundbögen der Fenster war Glas eingesetzt, um die kal-

* Maßeinheiten sind zur besseren Verständlichkeit in das Dezimalsystem übertragen worden.

ten Winde fernzuhalten. Kunstvoll hatten die Glasschneider die Scheiben in Bleistreifen montiert und zu bunten Bildern zusammengefaßt, die das Sonnenlicht leuchten ließen.
Zwei Bischöfe betraten die Halle und gingen auf den König zu. Sie knieten nieder und küßten den Saum des Königsmantels, den die Diener inzwischen Karl umgelegt hatten. „Meine Herren Bischöfe von Köln und Salzburg, ich begrüße Euch herzlich in meiner Königspfalz." Karl tauschte mit ihnen den Bruderkuß auf beide Wangen aus. „Laßt uns die Basilika endlich feierlich einweihen. Ich habe bereits die heiligen Reliquien bereitstellen lassen." Er winkte zwei Dienern, die einen goldenen Behälter brachten. „Darin befinden sich Haare der Muttergottes. Und in diesem Stoff", er hob ein Bündel von persisch-byzantinischem Tuch hoch, „in diesem Stoff befindet sich ein Teil des Schädels des heiligen Kilian. Wir werden die Kirche also der Muttergottes und dem heiligen Kilian weihen und danach ein feierliches Hochamt zum Dank für die glückliche Ankunft feiern."
Eine feierliche Prozession zog durch die Säulenhalle in die Basilika ein. Gleich hinter Karl ging mit ihrem Gefolge seine Gemahlin Liutgard, eine Frau mit Sinn für Mode und Schmuck. Ihre Locken waren mit einem roten Band durchzogen und kräuselten sich bis auf die Schultern herab. Die große Gestalt war in ein dunkles Purpurgewand gekleidet, mit goldenen Fransen verziert, an der Schulter glänzte ein kostbarer Beryll. Auf der Stirn trug sie ihr goldenes Diadem, am Hals ein Band von Edelsteinen. Danach folgten die beiden Töchter, ebenso majestätisch gekleidet.
„Sieh nur, Schwester, wie erhaben diese neue Basilika gebaut ist", wies eine der Königstöchter auf die lange Reihe von Pfeilern, die das Obergeschoß abstützten und sich 44 Meter lang hinzog. „Einhard erzählte mir, daß auf dem Friedhof der ersten Kirche die Fundamente des neuen Gotteshauses gelegt wurden."
„Was hat man denn mit den Verstorbenen gemacht, die hier schon bestattet worden sind?" wollte die Jüngere wissen.
„Einer der Bischöfe hat mit seinem ganzen Einfluß erreicht, daß die sterblichen Reste ausgegraben und auf dem neuen Friedhof wieder bestattet wurden."
In dem großen Gotteshaus feierten die beiden Bischöfe ein Hochamt, die Mönche des neuen Missionsklosters stimmten ihre lateinischen Gesänge an, und zum Abschluß des Gottesdienstes schallte ein feierlicher Lobgesang durch die große Basilika, die bald die neue Bischofskirche werden sollte.
Für den nächsten Tag war das gesamte Aufgebot der Sachsen mit Edelingen, Kriegern und Knechten zum Ratsfeld unter die Königslinde zur

Frühjahrsmusterung bestellt worden. Vollzählig hatten sie sich aus der Zeltstadt vor den Toren der Stadt eingefunden. In langen Reihen scharten sich die Gaumannschaften und Stämme um ihre Feldzeichen. Die Stammesführer hielten auf festlich geschirrten Pferden vor den Linien. Dahinter drängten sich die Sachsen zu Tausenden in die Schranken, die aus geschälten Stangen errichtet waren. Das war das Zeichen, daß innerhalb des weißen Holzes Friede für jedermann herrschen sollte. Ein waffenstarrender Ring fränkischer Truppen umgab das Feld und zeigte, daß dem Frieden keineswegs zu trauen war. Seit dem frühen Morgen schritt König Karl, nur gefolgt von zweien seiner Heerführer, durch die Reihen, überprüfte die Waffen, ließ sich die Ausrüstungen zeigen und verteilte Lob und Tadel. Erst nach Stunden nahm Karl auf seinem fellbedeckten Hochsitz Platz unter der alten Ratslinde, den Königsreif aus reinem Gold auf dem Haupt, die stattliche Gestalt in einen einfachen, hellblauen Leinenmantel gehüllt. Zu beiden Seiten hatten sich die Bischöfe und Grafen auf erhöhten und mit Tüchern bedeckten Sesseln gruppiert. Im Gegensatz zum schlichten Gewand ihres Königs waren sie in reichbestickte Gewänder gekleidet, denn der König liebte die prunkvolle Kleidung nicht. Er soll – so erzählte man sich – am Ende eines Feldzuges auf einen der Edlen getroffen sein, der mit goldenen und silbernen Armreifen und Ketten behangen war.
„Ei, du doppelt Goldener, ei, du Silberner, du ganz Purpurner! Reicht es dir nicht, wenn dich die Sachsen totschlagen, müssen sie noch deine Schätze haben und an den Hals ihrer Götter hängen?" soll der König ihn verspottet haben.
Herolde traten vor, hoben die großen, runden Lurenhörner und der Königsruf erschallte. Ein Beamter des Hofes hielt ein gesiegeltes Dokument in Händen, die Königsurkunde. Stille trat auf dem weiten Feld ein. Er begann zu lesen: „Unser König und Herr wird heute zunächst Gericht halten über eine furchtbare Greueltat. Angeklagt ist der sächsische Edeling von Verdi. Er hat seine entehrte Schwester selbst ins Moor geführt, um sie zu ersticken. Er glaubte, die Ehre eines freien Mannes durch den Tod sühnen zu müssen. Was sagst du selbst dazu?"
Trotzig trat der Sachse vor den Stuhl des Königs. „Herr ...", begann er zu sprechen.
„Es heißt ‚mein König und Herr'", fuhr ihn der Königsbeamte an. Der Angeklagte blickte sich um, einige Sachsen nickten bestätigend, da beugte er sich der Anweisung: „Mein König und Herr, es ist altes sächsisches Recht, dem meine Schwester verfallen war. Ich habe so gehandelt, wie es schon die zu Wodan gegangenen Vorfahren getan haben."
Des Königs Stirnadern schwollen gefährlich an, als er das Wort Wodan hörte. Doch er hatte sich fest in der Gewalt, besprach sich kurz mit Al-

kuin, der neben ihm saß. Alkuin erhob sich und verkündete die königliche Entscheidung: „Unser gnädiger König und Herr will heute ein gutes Beispiel geben und Erbarmen zeigen. Wenn du bereit bist, dem Heidengott abzuschwören und den christlichen Glauben anzunehmen, soll dir die Strafe erlassen werden."

Wieder schaute der Sachse in die Runde, wieder sah er ermunternde Blicke, ja zwei, drei der Nächststehenden nickten ihm zu. Da kam er ja besonders gut weg nach dieser schlimmen Greueltat! Kaum bewegte er die Lippen, als er sich leise vernehmen ließ: „Ich nehme die Entscheidung an und lasse mich taufen!"

„Gut, dann sollst du einer von den nächsten Täuflingen in der Königskirche sein. Halte dich bereit, in den kommenden Tagen werden wir weitere Taufen abhalten."

Alkuin trat zurück. Ein außerordentlich mildes Urteil; es zeigte, daß der König gewillt war, kein weiteres Blut zu vergießen, auch nicht zur Sühne, er wollte mit christlicher Barmherzigkeit ein Zeichen setzen und hoffte nur zu sehr, daß die letzten sächsischen Hitzköpfe ihn verstanden.

Der königliche Sekretär trat ein paar Schritte vor, entrollte eine andere große Urkunde und begann zu lesen: „Unser allergnädigster König und Herr bestimmt, daß in den Sachsengauen die fränkische Grafschaftsverfassung eingeführt wird."

Ein Gemurre und Raunen erhob sich in den Schranken, das zu einem brausenden Gemurmel anschwoll, bis der Beamte den Stab hob, um Ruhe zu fordern. Als die Grafen benannt wurden und viele Namen erklangen, die aus altem Sachsengeschlecht stammten, wurde es wieder etwas stiller im weiten Geviert.

„Wieder sind jenseits der Berge Unruhen ausgebrochen. Kleinere zwar, aber auf der Reise hierher mußte unser König und Herr selbst einen armen Menschen vom Baum schneiden lassen, der grausam ermordet wurde. Auf Geheiß unseres allergnädigsten Königs und Herrn verlese ich noch einmal die *Capitulatio de partibus Saxoniae*."

Es grummelte wie bei einem fernen Gewitter in den dichten Reihen der Sachsen. Nach vielen Unterwerfungen, Hunderten, ja Tausenden von Taufen, selbst nach dem Übertritt des Sachsenherzogs Widukind zum Christentum war keine endgültige Ruhe in den Wäldern eingekehrt. Unbeugsame Sachsenkrieger standen mancherorts auf, ließen ihre Heerhörner dröhnen und brachen sengend und brennend aus den Wäldern hervor. Überall, wo sie Holzkreuze auf den Giebelbalken anstelle der Pferdeschädel entdeckten, flammten die Schilfdächer auf. Vieh wurde fortgetrieben, in vielen Dörfern standen nur die gemauerten Herdstellen inmitten brandgeschwärzter Trümmer und verkohlter Balken. Das soll-

te nun ein und für alle Mal ein Ende haben. Heute wurde von jedem ein heiliger Eid verlangt!
„Wer in eine Kirche eindringt, mit Gewalt etwas raubt oder stiehlt oder die Kirche in Brand steckt, soll sterben!"
„Unsere Höfe haben auch gebrannt!"
„Meine Viehherden wurden von Franken weggetrieben!"
König Karl selbst hob gebietend die Rechte, da wurden die Sachsen still, und der Sekretär konnte weiterlesen:
„Wer während der vierzigtägigen Fastenzeit Fleisch ißt, soll sterben.
Wer einen Geistlichen tötet, soll sterben.
Wer Leichen nach heidnischer Art verbrennt, soll sterben.
Wer die Taufe verweigert, soll sterben.
Wer sich mit Heiden gegen Christen verbündet, soll sterben.
Wer dem König die Treue bricht, soll sterben.
Wer, vom Teufel irregeführt, glaubt, ein Mann oder eine Frau habe den bösen Blick, sie deshalb verbrennt und ihr Fleisch ißt oder zum Essen verteilt, soll sterben."
Immer mehr der stolzen Sachsen hatten ihr Haupt gesenkt. Wie oft waren sie bei solchen Greueltaten dabeigewesen? Gefährliches Schweigen lag über der Menge.
Der Schrei eines jungen Sachsenkriegers ließ sie alle plötzlich auffahren aus ihrer Tatenlosgkeit: „Genug, genug! Wie viele sollen eigentlich noch sterben? Wer und was bleibt zum Leben?"
Es war fast wie eine Antwort, als der Beamte mit ausdrucksloser Stimme fortfuhr: „Wer aber reuig mit seinen Sünden zu einem Priester geht und beichtet, wer die Buße der Kirche auf sich nimmt, kann leben." Eine unheimliche Stille lag über dem weiten Feld. Nur der Wind pfiff durch die Lanzenspitzen der Franken.
„Im übrigen verordnen Wir: Zu jeder Kirche sollen die Bewohner des dazugehörenden Gaues für den Pfarrer zwei Morgen Landes und einen Hof geben, je 120 Einwohner sollen der Kirche einen leibeigenen Knecht und eine Magd stellen. Auch soll der Kirche von ihrem Vermögen der Zehnte gegeben werden, und von ihrer Arbeit sollen sie den zehnten Tag im Dienste der Kirche werken. Wer aber weiterhin unter Bäumen, in Hainen oder an Quellen opfert, wer Roßfleisch verzehrt oder Leichen in heidnische Grabhügel bringt, bezahlt als Adliger 60 Schilling, als Gemeinfreier 30 und als Knecht 15 zur Sühne. Ferner ermahnen Wir euch, die heidnischen Priester und Wahrsager an die Kirche auszuliefern."
Jetzt wurde es wieder unruhiger in der Menge, die bei diesen Forderungen mit geballten Fäusten und zusammengebissenen Zähnen vor dem erhöhten Sitz des Frankenkönigs stand. Aber der Ring der Franken rückte näher zusammen, Speere und Schwerter schlugen an die Schilde,

die Rüstungen klirrten, unter den Helmrändern starrten harte, kalte Augen. Wieder winkte Karls Rechte, diesmal mehrfach, gebieterisch, keine Ausflüchte, keinen Widerspruch duldend. Eine Hundertschaft gepanzerter Schildträger rückte heran, nahm am Ausgang der Schranken Aufstellung in Doppelreihe. Dann nahten einige in besonders kostbare Gewänder gekleidete Priester, die auf der Stange das rote Gewand des heiligen Martin trugen. König Karl winkte nochmals, die Lurenhörner bliesen den Königsruf. Einhard, der Wachstafeln und mehrere Griffel bereitliegen hatte, die einen aus Bronze oder Eisen, einfachere aus Knochenteilen mit oben abgeflachten Enden, die das Wachs bei einem Fehler wieder zu glätten hatten, vernahm zum ungezählten Mal die zarte Stimme des Königs in einer ungewöhnlich hohen Lage, die so gar nicht zu seiner stattlichen Figur paßte, eher fast fraulich klang: „Ich befehle, auf den Mantel des Bischofs und Reiteroffiziers Martin von Tours einen heiligen Eid zur Einhaltung aller Bestimmungen der *Capitulatio de partibus Saxoniae* abzulegen. Jeder möge einzeln vortreten, die Schranken verlassen und auf den Mantel des Heiligen schwören."
Da hatte sich der Frankenkönig etwas Besonderes ausgedacht! Diesmal wurde nicht einfach die erhobene Schwurhand gefordert, jetzt sollte die Hand auf das rote Tuch, auf das Reliquiar eines großen Bischofs und gleichzeitig eines tapferen Offiziers gelegt und der Eid geleistet werden. Einzeln, und wenn es bis in die Nacht dauern würde …
An der Seite des Frankenkönigs hatten Hathumar und Badurad gestanden, die aus edlem sächsischen Geschlecht stammten. Sie waren vor Jahren mit einigen anderen Edlen als Geiseln nach einem Sachsenaufstand an den Hof gekommen und in die Domschule zu Würzburg gebracht worden und entwickelten sich dort zu leuchtenden Vorbildern des Lernens und Studierens. Karl schätzte Hathumar besonders. Er hatte sich entschlossen, ihn zum ersten Bischof für das neu zu gründende Bistum *Patrisbrunna* zu machen.

Einige Tage waren seit der großen Heerschau vergangen, nun sollte in nächster Zeit die Bischofssynode abgehalten werden. Bis dahin wurde letzte Hand an die Kirche gelegt, die in wunderbarer Größe gleich neben der Königspfalz errichtet war. Maurer, Gehilfen, Steinmetze und Tüncher rannten geschäftig hin und her, bauten an der Südseite bereits das Gerüst aus langen Fichtenstangen ab, kehrten mit Besen aus dürrem Reiser die weite Kirchenhalle aus, sammelten Unrat und Baureste vom Platz auf. Man spürte eine gespannte Atmosphäre, so als sollte sich etwas ganz Besonderes ereignen.
Während das tägliche Leben in der Pfalz seinen Lauf nahm, sprengte durch das Südtor ein von Lehm und Dreck überspritzter Reiter, sprang

vor der Königspfalz ab und verlangte den König zu sprechen. Da er sich als Bote aus Aachen auswies, wurde er unverzüglich in die Halle geführt. Er trat vor den König und übergab wortlos eine Pergamentrolle, die er aus der Ledertasche gezogen hatte. König Karl überflog das Dokument mit schnell hin- und herwandernden Augen, dann reichte er es weiter an Alkuin: „Gebt dem Boten ein Nachtlager und ein gutes Mahl mit einem Krug Wein, er hat es wegen seiner wichtigen Botschaft, die er uns brachte, redlich verdient. Wir haben wertvolle Neuigkeiten aus Rom gelesen. Seine Heiligkeit Papst Leo III. will sich unter den Schutz des Frankenkönigs stellen. Man hat ihm bei einer Prozession aufgelauert und versucht, ihn zu ermorden."
Staunen, aufgeregtes Tuscheln, neugierige Blicke ringsum. Das war eine Nachricht, die wie ein Blitz einschlug.
Karls Begleiter starrten ihren König ungläubig an: ein Attentat auf das Oberhaupt der Christen – undenkbar!
„Einhard, lest einmal vor, was die Botschaft außerdem berichtet."
Der Gelehrte las mit bleichem Gesicht von Leos Vertreibung aus Rom durch die eigenen Bürger, berichtete von den Mißhandlungen, die er erdulden mußte, von dem Versuch, ihn zu blenden, ja – wie sogar die Zunge verstümmelt wurde. Totenstill hörten alle dem unglaublichen Geschehen zu. Jetzt aber, schloß Einhard, sei Leo durch Gottes Hilfe geheilt und von allem Übel befreit worden.
Karl winkte seinem Gefolge und begab sich über eine breite holzgezimmerte Freitreppe zum Hauptportal des langen Saalbaues, durchquerte eine kleine Galerie, die mit Teppichen und Fellen behangen war, und gelangte an ihrem Ende in das Beratungszimmer, ein einfacher Raum mit angebautem Erker.
„Setzt euch alle", befahl Karl, „der Bericht bestätigt nur, was ich im Traum gesehen habe. Ich sah den Papst schmerzliche Tränen vergießen. Ihr wißt, was die Ankunft des Heiligen Vaters zu bedeuten hat?"
„Sicher steht ein neuer Italienzug bevor, vielleicht sogar ein Krieg?" vermutete der Kämmerer.
„Nein, nicht unbedingt. Aber ich werde Seine Heiligkeit unterstützen und vor Verfolgern in Schutz nehmen", antwortete der König.
„Eine weise Entscheidung, denn ein gedemütigter Papst kann Eurer Position eher schaden als nützen", stimmte ihm Einhard bei. „Denkt daran, Herr Karl, was vor Jahren der fränkische Priester Chatwulf Euch in großer Ergebenheit schrieb: *Ihr* seid der Auserwählte Gottes, der Bischof Christi, der dem Throne Gottes am nächsten steht, denn Euch ist die Neuordnung der Welt übertragen."
Alkuin ging sogar einen Schritt weiter: „Mein König und Herr, Ihr seid sogar dazu verpflichtet, in Rom wieder Ordnung und Recht zu schaffen.

Eurem Urteil allein ist dies alles vorbehalten, damit nach dem klugen Rat der Weisheit, die Euch Gott verliehen, gebessert werde, was zu bessern, und erhalten werde, was zu erhalten ist, und daß, was die göttliche Huld gnädig gefügt hat, erhoben werde zum Lob des Namens dessen, der seinen Knecht gerettet und aus der Verfolgung verabscheuenswerter Treulosigkeit befreit hat." Karl lächelte: Niemand vermochte so edel zu formulieren wie sein Alkuin. Dann straffte er sich in seinem Stuhl, richtete sich gerade auf und erinnerte an die Grußbotschaft, die er zur Wahl Leos zum Papst drei Jahre zuvor durch Abt Angilbert von St. Riquir an „Patricius Romanorum" als politische Leitlinie nach Rom sandte: „Es ist unsere Aufgabe, mit Gottes Hilfe die heilige Kirche Christi gegen den von außen kommenden Angriff der Heiden und die Verheerungen der Ungläubigen überall mit Waffengewalt zu verteidigen und die Kenntnisse des katholischen Glaubens innerhalb der Kirche zu festigen."
Karl sah in der Runde nur zustimmendes Nicken und gab dem Kämmerer Anweisung auf Anweisung, die dieser sorgfältig notierte: „Die Bischöfe von Köln und Salzburg sollen mit Gefolge südwärts ziehen, dem Heiligen Vater entgegen und den Hilfesuchenden zu mir geleiten, und zwar hierher nach *Patrisbrunna*."
„Ich betone nochmals, eine sehr weise Entscheidung, mein König und Herr", bestärkte Einhard den König, „so wirkt Ihr überzeugend als Vorkämpfer des christlichen Glaubens in diesem Sachsenland. Noch immer haben Wodan, Donar, die Kriegsgötter Eor und Sachsnot ihre Anhänger. Wenn auch nur in der stillen Heide oder auf Hainen irgendwo im dunklen Sachsenwald. Ja, es ist sehr klug, den Papst auf dem Boden des langjährigen Kampfes um den rechten Glauben zu empfangen!"
„Sodann", diktierte Karl weiter, „soll mein Sohn Pippin mit großem, ja mit ausgewähltem Gefolge Papst Leo entgegenreiten und ihn die Wegstrecke bis hierher geleiten. Es geziemt sich, daß der oberste Hirte des Erdkreises vom König Italiens begrüßt und abgeholt wird. Ich selber werde ihn in der Pfalz empfangen."
„Vielleicht solltet Ihr einen Oberbefehlshaber für das Heer bestellen, solange Ihr Euch dem Heiligen Vater widmen müßt?" gab Einhard zu bedenken.
„Das ist richtig, also wird mein Sohn Karl für diese Zeit das Kommando übernehmen. Habt Ihr alles notiert, Kämmerer?" Der nickte, klappte die Wachstafeln zusammen und verließ nach einer tiefen Verneigung den Raum, um die Anordnungen weiterzugeben.
Kaum war Karl mit seinen beiden Beratern allein, betrat ein Diener den Raum: „Mein König und Herr, gerade ist eine Gesandtschaft eingetroffen. Abgeordnete der römischen Patrizierfamilien, beide Herren sind Hofbeamte des Papstes. Außerdem ist der Neffe des verstorbenen Pap-

stes Hadrian I. bei der Delegation. Sie bitten, mit wichtiger Botschaft vorgelassen zu werden."

König Karl begab sich durch die Säulenhalle nach draußen, wo eine Steintreppe mit sechs Stufen zu einer kleinen Plattform führte, auf der ein klappbarer Thron aus Bronze aufgestellt worden war. Darauf ließ sich der Frankenkönig nieder und empfing die Gesandtschaft aus Rom. Aus der Gruppe trat einer der Hofbeamten vor: „Allergnädigster König der Franken, Herrscher des Abendlandes, alle edlen Familien in Rom sind tief bewegt, Euch von den Vorfällen in Rom mitteilen zu müssen."

„Was gibt es aus Rom zu berichten?" spielte Karl den Ahnungslosen.

„Wir müssen den Papst", er wählte schon diese neutrale, distanzierende Bezeichnung, „wir müssen ihn des Ämterkaufs und Meineids, ja der Liederlichkeit und Unzucht anklagen. Außerdem hat er die Fastengebote gebrochen."

„Zusätzlich hat er Kirchengüter verschwendet", setzte der andere Patrizier aus Rom die Anklage fort, „daher, gnädigster Herrscher der Christenheit, haben wir versucht, den Papst festnehmen zu lassen und vor ein Gericht zu stellen. Aber er ist befreit worden, ja Leo III. ist aus Rom geflüchtet und auf dem Weg nach *Patrisbrunna*."

Der Neffe des Vorgängerpapstes warf sich vor Karls Thron auf die Knie: „Ihr wart meinem Onkel, dem Papst Hadrian, so sehr verbunden, wir bitten Euch, untersucht die Vorfälle, ladet Leo vor ein Gericht und sprecht Euer Urteil, wenn er eintrifft."

„So schnell und ohne den Heiligen Vater anzuhören, kann ich kein Urteil fällen", antwortete Karl ausweichend.

Der Neffe Hadrians neigte sich bedeutungsvoll vor, als wolle er König Karl ein besonderes Geheimnis anvertrauen: „Es ist alles maßlos übertrieben, allergnädigster Herr und König, wir wollten ihn festnehmen, richtig, aber diese Verstümmelungen und Mißhandlungen sind samt und sonders erfunden. Leo will sich mit dem Glorienschein eines Märtyrers umgeben!"

Karls Augen verengten sich, er antwortete jedoch scheinbar gleichmütig: „Mir scheint, es ist das beste, Ihr macht Euch wieder auf den Weg nach Rom, und ich schicke eine Kommission von rechtskundigen Gelehrten mit. Dort in Rom kann man zunächst alle Anklagen aufnehmen und später mit Seiner Heiligkeit verhandeln."

Nach zwei Tagen gastfreundlicher Aufnahme in der Königspfalz entließ Karl die den Papst anklagende Gesandtschaft nach Rom. Sie wurde von einer fränkischen Kommission begleitet, die alle Vorwürfe an Ort und Stelle untersuchen sollte.

Die bevorstehende Ankunft des Papstes löste in *Patrisbrunna* hektische

Betriebsamkeit aus. Befehle und Anordnungen wurden mit schnellen Königsboten aus der Pfalz an der Pader in alle Richtungen gejagt. In der Siedlung über den Paderquellen wurde an vielen Stellen eifrig gehämmert und geklopft, gesäubert, hier und da letzte Hand angelegt, um alles aufs feinste für den Empfang des Papstes herzurichten. In seinem Beratungszimmer hatte König Karl Einhard, Alkuin und den Pfalzgraf um sich versammelt. Es galt, die Liste der Gastgeschenke für Leo III. zusammenzustellen.

„Wir haben schon viele schöne Dinge auf die Liste gebracht. Aber ich möchte Seiner Heiligkeit etwas Besonderes als *die* Erinnerung schlechthin an den Besuch in *Patrisbrunna* überreichen."

„Wenn der Heilige Vater in unserer Basilika den Altar einweiht, dann wäre doch ein besonderer Kelch ein großartiges Gastgeschenk. Immer, wenn er ein Meßopfer feiert, wird er an *Patrisbrunna* erinnert", schlug Alkuin vor.

„Ja, vielleicht ist das ein guter Gedanke. Haben wir denn hier einen Goldschmied, der uns schnell und vor allem in angemessener Weise dieses heilige Gefäß fertigen kann?"

„In den Mauern der Königspfalz hat sich der sächsische Goldschmied Reinhard niedergelassen. Er ist von der Weser in unsere Siedlung gezogen. Ich werde ihn in die Pfalz rufen, wenn Ihr es wünscht." Pfalzgraf Ruodbert kannte die Bewohner Patrisbrunnas natürlich am besten.

„Nur zu, er soll gleich morgen hier sein und uns einige Proben seines Könnens zeigen. Oder besser, wir werden ihn in seiner Werkstatt besuchen. Gebt ihm Bescheid, daß wir morgen gleich nach der Frühmesse dort sind."

Am nächsten Tag ging eine kleine Gruppe von Hofbeamten mit König Karl über den Hof der Pfalz in Richtung auf das östliche Tor. Unterwegs hörten sie mächtiges Hämmern vom Amboß. Der König ging neugierig auf den dunklen Eingang des Hauses zu. „Das hier ist ein Waffenschmied, nicht aber der Goldschmied, mein König!" wollte Ruodbert seinem König den richtigen Weg weisen.

„Laßt nur, ein Mann, der versteht, Waffen zu fertigen, interessiert mich. Wir schauen nur kurz bei ihm herein und gehen dann weiter zu dem Sachsen."

Durch den im dämmrigen Licht liegenden Raum flogen rotglühende Funken. Am Amboß standen zwei Gestalten, eine davon mit offenem Hemd, den schweren Lederschurz vor dem Leib. Kräftig schlug der Mann auf ein rotglühendes Stück Eisen; der zweite, viel jüngeren Alters und von feinerer Figur, drehte und wendete das rotglühende Eisen, das er mit einer Zange hielt. Erst in einer Arbeitspause wurde es still im Raum. Das Zischen des Wassers, als der Jüngere das heiße

Werkstück in einen wassergefüllten Zuber steckte, war das einzige Geräusch. Er stieß den Älteren an, um ihn auf den Besuch aufmerksam zu machen.
Ehrerbietig, ja fast unterwürfig verbeugte der sich, deutete eine Kniebeuge an, die aber mit der schweren Schürze unbeholfen ausfiel. „Arbeitet nur weiter, Meister ..., Meister ...?" sprach Karl ihn an.
„Das ist der Waffenschmied Lorenzo aus Cordoba, der sich nach dem Kriegszug in Spanien hier angesiedelt und eine Werkstatt gegründet hat", erklärte der Pfalzgraf. „Lorenzo hat Euer Schwert aus dem spanischen Feldzug nachgearbeitet, das nach Rolands Tod auf unerklärbare Weise verschwunden ist!"
König Karl blickte bei der Erwähnung des Namens Roland wie in weite Ferne. Er schien die Bilder zusammenzusuchen.
„Ja, Roland, mein getreuer Roland ... und aus Cordoba stammt Ihr?"
„Mein König, ich zeigte den Franken in den Pyrenäen den Weg aus dem Hinterhalt, stand schon lange als Waffenmeister in ihren Diensten. So kannte ich Euer Schwert, das ich mehrfach in Händen hielt, um es zu schärfen und zu richten."
„Dann laßt einmal sehen." Lorenzo ging in eine dunkle Ecke der Werkstatt und holte einen länglichen Gegenstand, der in Leintuch gewickelt war. Er schob die Hülle ab und legte eine lange, blitzende Waffe auf das Holzbrett am Fenster.
„Tatsächlich, mein Schwert aus den Tagen von Roncesvalles ..." Bilder tauchten vor seinem geistigen Auge auf, Szenen entsetzlichen Gemetzels am Fuß der Pyrenäen, der Verlust des getreuen Roland ... Der Blick des Frankenkönigs ging über das Schwert, seine Finger glitten am Knauf entlang, fuhren über die blanke Oberfläche. Karls Schwert war in Cordoba aus edelstem Stahl angefertigt worden. In den Schwertknauf sollten geschickte Hände die Speerspitze eingearbeitet haben, die Jesus am Kreuz durchbohrte. Diese Spitze hatte der griechische Kaiser zum Dank für die Bewahrung des christlichen Abendlandes vor den Mauren durch König Karl an dessen Hof geschickt. Knauf, Griff und Stichblatt waren mit 25karätigem Gold verziert und mit Lapislazuli im Cabochonschliff besetzt. Der Knauf stellte mythologische Vögel dar, deren Flügel und Beine in Schnörkel übergingen. Das Stichblatt zeigte geflügelte Drachen: Weisheit, Kraft und Kampfeswille. Ihre Augen bestanden ebenfalls aus geschliffenen Lapislazuli. In die zweischneidige Klinge war der Doppeladler Karls eingeätzt.
„Nein und abermals nein, ich will nicht an diese blutigen Tage erinnert werden. Schade um das wirklich gelungene Doppelstück, aber behaltet es." Der König wandte sich schroff um und verließ ohne weiteren Gruß den Raum. Lorenzo blieb wie versteinert mit seinem Sohn, denn dieser

war der jüngere Helfer, in seiner Werkstatt zurück. Die Arbeit von vielen Tagen, ja Wochen war umsonst gewesen.
An der Tür drehte sich Pfalzgraf Ruodbert noch einmal um: „Seid nicht enttäuscht, Lorenzo. Der König will wirklich nicht an diese Zeit erinnert werden. Aber Ihr behaltet meine Genehmigung, weiterhin hier die Herstellung von Damaszenerklingen zu betreiben. Lehrt Euren Sohn nur das vortreffliche Handwerk, dann werdet Ihr schon zu einigem Wohlstand kommen."
Trotz dieses Versprechens blickte der enttäuschte Waffenschmied finster hinter der Gruppe drein. Eine Ächtung seiner Kunst war das! Albern, der König wollte nicht erinnert sein! Nun, man wird sehen, vielleicht böte sich ja eine andere Gelegenheit zur Anerkennung seiner Fertigkeiten, die er immerhin aus dem fernen Land südlich der Pyrenäen hierher mitgebracht hatte. Mißmutig schleuderte er das Schwert in die hinterste Ecke seiner dunklen Werkstatt und machte sich mit seinem Sohn wieder an die Arbeit.
Die Männer hatten inzwischen das kleine Fachwerkhaus des Goldschmieds erreicht. Ruodbert klopfte an die feste Brettertür, die ihm sogleich geöffnet wurde.
„Ich fühle mich durch den Besuch meines Herrn und Königs und seiner Herren Begleiter sehr geehrt und bitte, in mein bescheidenes Haus einzutreten", empfing Reinhard unterwürfig seinen Besuch.
Freundlich begrüßte König Karl den Goldschmied, dem Gruß schlossen sich die Begleiter an. Reinhard hatte sich wahrlich gut vorbereitet. Unter zwei Fenstern, die geschickt zur Südseite angelegt waren und genügend frühes Tageslicht hereinließen, stand eine lange Holztruhe, auf deren Deckel er viele Schmuckteile ausgebreitet hatte: Fibeln, Gürtelschnallen, eine kostbare goldsilberne Schwertscheide, zwei Buchdeckel mit wunderschönen farbigen Emailarbeiten, einige Gemmen und Kameen mit Goldfassungen, Schmucksteine sowie liturgisches Gerät. Ein Weihrauchfaß fand gleich Einhards Gefallen, er bestellte es für seine Abtei. Zwei absolut gleich gearbeitete siebenarmige Silberleuchter hatte er neben einem ebenso einfach wie formvollendet gearbeiteten Goldkelch aufgestellt, der noch völlig ohne Schmuck war. Davor lag ein großes Vortragekreuz, mit vielen Edelsteinen verziert.
„Ein solches Kreuz wäre auch ein angemessenes Geschenk", sagte Alkuin. Aber der Frankenkönig hatte schon den Goldkelch in die Hand genommen.
„Eine wunderschöne Arbeit! Könnt Ihr daran einiges verändern, oder möchtet Ihr mir einen neuen Kelch anfertigen?"
„Mein König und Herr, selbstverständlich arbeite ich den Kelch so, wie Ihr es wünscht. Ich kann aber jederzeit einen anderen schaffen."

„Nun, so möchte ich ein paar Kostbarkeiten und eine Schrift auf dieses Gefäß aufgebracht haben." König Karl erläuterte dem Goldschmied, wie er sich die Veränderungen vorstellte. Reinhard versprach, den Kelch pünktlich zur Begrüßung des Papstes zu liefern, und versicherte, wie unendlich glücklich er sich schätze, für den hohen Besuch ein so wertvolles Gastgeschenk anfertigen zu dürfen. König Karl ließ ihm durch den Erzkanzler schon einen Teil des Lohnes auszahlen.
Als der König gegangen war, atmete Reinhard tief durch. „Ich werde gleich in die Kirche gehen und eine Kerze zum Dank stiften. Das ist ein Geschäft, ich bin der glücklichste Mensch von *Patrisbrunna*." Der tiefgläubige Reinhard verpackte die wertvollen Gegenstände seiner Goldschmiedekunst in verschiedene Wolltücher und legte sie in die schwere Eichentruhe, deren Deckel er mit einem kunstvollen Schloß einbruchsicher absperren konnte. Dann eilte er in die Kirche, kniete vor dem Altar nieder und sprach ein inniges Dankgebet. Eine Kerze, die er mit flüssigem Wachs auf den Boden klebte, warf mit ihrer kleinen gelbweißen Flamme ein warmes Licht auf die Malereien, die gleich hinter dem Altar die Wände schmückten.

An einem warmen, sonnigen Tag im Heumonat, im Juli, bestieg der König in Patrisbrunna seinen Thron und sprach feierlich zu den im Pfalzhof Versammelten: „Auf denn, ihr Edlen, legt eure besten Waffen an, mit denen ihr in den Krieg zu ziehen pflegt. So wollen wir dem großen Bischof von Rom und Heiligen Vater der ganzen Christenheit entgegenziehen und ihm Ehre erweisen!"
Auf dem offenen Felde vor der Stadt sammelte sich das Heer, Waffen funkelten, Fahnen flatterten im Winde. An der Spitze ritt der König, diesmal prachtvoll gerüstet. Vor dem Lager standen die Priesterscharen in langen Gewändern. Sie waren in drei Chöre eingeteilt, hoch trugen sie das heilige Banner des Kreuzes. Die übrige Geistlichkeit stand mit ihren Kreuzen vor der Burg. Boten berichteten Karl, daß auf dem offenen Felde langsam der Festzug nahte. Er straffte sich im Sattel, trieb sein Pferd eine kleine Anhöhe hinauf und erkannte, daß sein Sohn Pippin und der Bischof von Rom heranzogen. Ein langgezogener dunkler Ruf aus der Kriegstuba ertönte, der König gebot dem Volk, sich in kreisförmiger Anordnung zu versammeln, und sein Heer ordnete er in einem weiteren riesigen Halbkreis an. Äbte und Bischöfe standen am Prunkzelt des Königs.
Der Zug kam näher. Die Reiter bildeten eine Gasse, nahmen die Helme ab und fielen auf die Knie. Papst Leo III. ritt auf einem schneeweißen Maultier langsam auf den Frankenkönig zu, Italiens König Pippin hielt ihm den Zügel, die Bischöfe faßten zur Rechten und zur Linken den

Saum des päpstlichen Chormantels. Geistliche schwenkten Weihrauchfässer, duftende Wolken stiegen zum Himmel. Die Mönche des neuen Klosters stimmten das Gloria an.
Der König selbst half dem Oberhaupt der Christenheit von seinem Reittier. Leos Augen waren rot gerändert, beim Gehen schien er ein wenig zu schwanken. Der Frankenkönig erwies ihm sogleich die Ehre des Fußfalls, umarmte den Hohenpriester und tauschte mit ihm den Friedenskuß. Der Papst war ein mittelgroßer stämmiger Mann, sein breites Gesicht, das an einen Bauern aus Latium erinnerte, verriet Tatkraft und Klugheit. Staunend betrachtete er die Völker, verschieden in Tracht und Sprache, die Engern, Ostfalen, Männer von der Nordsee, von der Weser, aus Thüringen, ja Abordnungen der Sarazenen aus Spanien, der Westfranken, aus Aquitanien, Männer aus der Lombardei und Pannonien. Es herrschte Totenstille.
Karl behandelte den Heiligen Vater mit höchster Ehrfurcht. Während sie in die Stadt einzogen, versprach er Untersuchung des Streitfalles und bewaffnete Hilfe. Prächtig anzusehen waren die beiden Herrscher. Der Papst war in einen großen Chormantel gehüllt, grünsilbern schimmernd, mit einer breiten Goldborte eingefaßt, darunter ein gestreiftes Untergewand. Die Füße steckten in leichten, aus feinstem Ziegenleder gearbeiteten weißen Sandalen, deren Riemen sich kreuzweise über den Fuß spannten. König Karl trug über einem kurzen Untergewand einen goldenen Umhang, der am Rand rundum mit prächtig funkelnden Edelsteinen besetzt war. Seine Beine waren mit den typischen fränkischen Streifen umwickelt, die bei Karl aus feinstem Hirschleder gefertigt und kreuzweise umschnürt waren. Während der Papst barhäuptig angekommen war, trug König Karl seinen dünnen, gewundenen Stirnreif aus Gold.
Die beiden schritten gemeinsam zur Basilika. Vor dem Tor des heiligen Tempels standen die Priester und sangen in wechselnden Chören Lobgesänge, brachten Dank und Preis dem Schöpfer dar, der seinem Diener das Augenlicht wiedergegeben und seiner Zunge die Gabe der Rede, auf die er nicht mehr zu hoffen gewagt hatte. Lautes Rufen „Heil dir, Vater der Christenheit" erhob sich, drang in den blauen Himmel über den Paderquellen. Nach gewohnter Weise sollte in frommer Andacht die Feier der Papstmesse begangen werden. Unter den vielen Gläubigen befanden sich auch der Goldschmied Reinhard und ein paar Reihen weiter der Waffenschmied Lorenzo mit seinem Sohn. Vor dem Goldschmied stand der Franke Trudbert, der Salzvogt, mit zwei Frauen an seiner Seite, die jüngere drehte kurz ihren Kopf in Richtung des Sachsen. Ihre Blicke trafen sich. Beim Verlassen der Basilika bemühte Reinhard sich, in die Nähe der Frau mit den braunen Haaren zu kommen. Ehe er den

Duft, der aus ihrem Haar kam, so recht wahrnehmen und ehe er sie vor allem ansprechen konnte, hatten sich der spanische Waffenschmied und dessen Sohn dazwischengedrängt. Reinhard verlor das Mädchen aus den Augen, die Menschenmenge vor der Kirche war zu groß, als sich alles Volk dort aufstellte, um den prachtvollen Auszug anzuschauen.
Reinhard mußte sich beeilen, alles für die Übergabe des kostbaren Kelches vorzubereiten, zu der ihn ein Bote aus der Pfalz gebeten hatte. In seiner Werkstatt schloß er die Eingangstür sorgfältig zu, öffnete die Truhe und nahm den Kelch heraus. Das Sonnenlicht fiel auf das glänzende Gold, das die dunklen Winkel des Hauses erhellte. Wieder und wieder putzte Reinhard über das edle Metall, obwohl kein Makel, kein Fingerabdruck, kein Fleckchen zu sehen war. Er zog einen Hocker heran und betrachtete sein Kunstwerk, es schien gelungen …
Karl bat gleich nach dem Gottesdienst Papst Leo zum Festmahl in den Palast. Mit dem lateinischen Wort: „*Juvat cibus post opus.* Nach getaner Arbeit schmeckt das Essen“, forderte er seinen Gast auf, das Mahl zu eröffnen. „*Ede, bibe, lude, post mortem nulla voluptas.* Iß, trink, spiele, nach dem Tod gibt es keine Freude mehr“, erwiderte der ebenfalls auf lateinisch. Karl war nicht wenig erstaunt, so weltliche Worte aus dem Mund des Papstes zu hören. Beim Festessen, das mit typischen Gerichten des Landes hergerichtet wurde, ließ Leo seiner Ankündigung Taten folgen und langte kräftig zu. Eine Pilzsuppe wurde aufgetragen, deren Einlage gerade in den Wäldern frisch geerntet worden war. In eine Mischung aus Wein und Wasser hatten die Köche des Königs die Pilze eingelegt und mit Sauerrahm und Gewürzen gekocht. Danach wurde eine Fischsuppe kredenzt: Entgrätete Fische und ausgelöste Krebse waren in einem Topf mit etwas Fleischbrühe, Öl und Wein, zerhacktem Lauch und Koriander gekocht und mit ein wenig Pfeffer, Origanum und Liebstöckel sowie kleinen Teigknödeln angerichtet worden. Es folgten Schnepfen, Wachteln, Fasane, Fische, besonders Wildbret in reichlicher Menge, und dieses mit einer köstlichen Tunke aus Wein, Honig, Essig, Dörrpflaumen, Petersilie, Pfeffer und wieder Liebstöckel, Öl, Lauch und Bohnenkraut. Zum Nachtisch aß man kandierte Früchte und Nüsse in Honig, und zu allem wurde – zu Ehren des Gastes – feuriger italienischer Wein getrunken.
Nach dem Mahl überreichte Karl seinem Gast die vorbereiteten Geschenke: Drei mit wunderbaren Satteldecken und kostbarem Lederzeug aufgezäumte Schimmel wurden vorgeführt, Bedienstete trugen kunstvoll geschmiedetes Gold- und Silbergeschirr herbei. Auf einen Wink des Königs schritt Reinhard, der sich bis dahin im Hintergrund gehalten hatte, mit weichen Knien nach vorn und stellte den mit einem weißen Wolltuch verhüllten Kelch auf ein Tischchen. Er verneigte sich und trat

zurück. Der Frankenkönig bat Papst Leo näher zu treten. Er zog das Tuch fort. Der Kelch kam in seiner ganzen Pracht zum Vorschein: Den Fuß zierten Edelsteine, in die äußere Schale waren Ornamente eingraviert. Karl überreichte den Kelch: „Zur Erinnerung an den Aufenthalt in *Patrisbrunna*, das einmal die neue Bischofsstadt werden möchte."

Erfreut dankte Papst Leo für diese wunderbare Gabe, umarmte Karl. Sie winkten Reinhard kurz zu, der sich zurück in den hinteren Teil der großen Halle begeben hatte. Alle Köpfe drehten sich zu ihm. Stolz nickte er zurück – sicher wäre er bald als kunstfertiger Goldschmied im weiten Land bekannt.

Im Schatten eines Mauervorsprunges stand der Waffenschmied Lorenzo, der einen langen Gegenstand bei sich trug, sorgfältig in sauberes Leinen gewickelt. Erneut wollte er versuchen, sein kunstvoll gefertigtes zweites Schwert den hohen Gästen vorzustellen. Aber niemand hatte von ihm Notiz genommen. Bei dem wirkungsvollen Auftritt des Goldschmieds verfinsterte sich seine Miene, er drehte sich schroff um und verließ hastig den Raum.

Der Papst brachte als Gabe für die erwiesene Gastfreundschaft die Reliquien des Erzmärtyrers Stephanus aus Rom mit, mit denen der Altar in der Basilika geweiht werden sollte. König und Papst führten an diesem Abend lange Gespräche über noch offene wichtige Fragen.

Leo war froh, dem Frankenkönig endlich berichten zu können, wie man versucht hatte, ihn umzubringen: „Meine Wahl vor fast vier Jahren war recht einmütig verlaufen, und doch gab es aus den vornehmen Familien von Rom einige Stimmen, die sich mit meinem Pontifikat nicht abfinden wollten. Vor allem die Herren Patrizier glaubten, nicht nach ihren Verdiensten und Fähigkeiten behandelt und belohnt worden zu sein."

„Das ist eine Lebenserfahrung, die ich und sicher auch meine Nachfolger immer und immer wieder machen müssen. Es gibt viele Hofschranzen, die sich im Licht des Herrschers sonnen und immer höher belohnt werden wollen. Lauter Eitelkeiten, die sie treiben", stimmte Karl, dem diese Erfahrung nicht fremd zu sein schien, dem Papst zu.

„Obwohl das Amt eines dieser Herren im Papstpalast mit meiner Neuwahl nicht erloschen war, glaubte er, sein Einfluß verblasse. Zusammen mit seinem Vetter verstreute er Gerüchte in der Stadt, sie fanden schnell ebenso Unzufriedene und planten, mich am Markustag zu ermorden."

„Das ist ja ein ungeheuerliches Verbrechen!" erregte sich Karl, „und wie verlief die Tat?"

„Am 25. Tag des Ostermonats nahm ich an einer kleinen Prozession teil, die vom Lateran zur Kirche San Lorenzo führte. Die Anstifter mischten sich unter die Schar der Gläubigen. Andere Mitverschworene warteten beim Kloster San Silvester am Marsfeld. Langsam näherte sich die Pro-

zession dem Kloster, da sprangen die bewaffneten Verschwörer plötzlich und unerwartet in die Reihen der Betenden und drangen auf mich ein, die Schwerter gezückt."
„Und Eure Begleiter, was war mit Euren Vertrauten?"
Leo stockte ein wenig, drehte sich scheinbar unbehaglich auf dem Stuhl. Als er weitererzählte, glaubte Karl in seinen Augenwinkeln ein listiges Blinzeln zu erkennen.
„Leider keine sehr mutigen Männer, sie alle flüchteten. Auch die Gläubigen, alle Prozessionsteilnehmer stoben entsetzt auseinander. Ich stürzte vom Pferd, schon warfen sich die Attentäter über mich, rissen mir die heiligen Gewänder vom Leib, knieten auf meinen Armen und Beinen, um mich festzuhalten, und, ob Ihr's glaubt oder nicht", Leo beugte sich vor und unterstrich seine Erzählung mit entsprechenden Handbewegungen, „einer dieser Frevler stach mit seinem Messer in meine Augen, wollte mich blenden. Zwei andere Männer rissen mir den Mund auf, preßten die Kinnladen herunter und versuchten, mir die Zunge abzuschneiden."
König Karl blickte den Papst ungläubig an. Sollten sich sogar Bürger aus vornehmen Patrizierfamilien zu solchen Taten hinreißen lassen? Oder hatte der Neffe Hadrians recht, war die Darstellung des Papstes nur maßlose Übertreibung? Leo war immer noch nicht fertig. „Ich habe mich gewehrt wie ein Löwe. So blieb ich nackt, blutüberströmt und halbtot auf der Straße liegen. Verletzt und bewußtlos schleiften mich die Verschwörer vor den Altar der Klosterkirche San Erasmus und sperrten mich ein."
„Aber Ihr habt die Sehkraft wiedererhalten. Ich erkenne mit Staunen, wie die Zunge des Papstes, die so grausam verstümmelt wurde, nun wieder redet?" fragte der König wenig überzeugt.
„Die Mönche des Klosters pflegten mich gesund. Später gelang es mir mit Hilfe meines getreuen Kämmerers, in der Nacht aus der Haft zu entrinnen. Mein einzig Getreuer brachte einen Strick mit und seilte mich über die Mauer ab, wie sich einst der Apostel Paulus in Damaskus rettete. Er brachte mich in Sankt Peter in Sicherheit."
„Wie war die Stimmung in Rom?" interessierte sich der König für die Lage dort.
„In der Stadt war inzwischen die Gemütslage der Bevölkerung umgeschlagen. Bald scharten sich treue Anhänger um mich und viel Volk dazu. Die Verschwörer zeigten sich nicht mehr öffentlich, und so konnten gleich eure beiden Königsboten, die sich in der Gegend aufhielten, benachrichtigt werden. Sie eilten unverzüglich mit Truppen in die Tiberstadt und brachten mich nach Spoleto, wo ich erst einmal sicher aufgehoben war. Da ich mich auf keinen Fall außerhalb der Gebäude zeigen

durfte, um nicht die Verschwörer anzulocken, fühlte ich mich wie in einem Gefängnis. Daher beschloß ich, über die Alpen zu ziehen und mich in Euren Schutz zu begeben. So kam ich zu Euch, König Karl."
„Eure Heiligkeit, man erzählt sich und berichtete mir, in Rom wäret Ihr tatsächlich des Augenlichtes und der Zunge beraubt worden, nur ein göttliches Wunder habe Euch indessen beides zurückgegeben? Ja, man verehre Euch dort bereits als heiligen Märtyrer?" hinterfragte Karl noch einmal provozierend.
Der Papst sah schweigend vor sich hin. König Karl drang dann nicht weiter in ihn. Fest stand für ihn, daß er noch ein zukunftsweisendes Gespräch mit Papst Leo führen mußte: Das fränkische Reich *und* der römische Papst – vielleicht ließe sich daraus sogar die Kaiserkrone schmieden?
Leo spürte das Mißtrauen des Königs, der ihm offenbar nicht recht glaubte. Als habe er die Gedanken des Frankenkönigs erraten, neigte er sich zu Karl und sprach mit gesenkter Stimme: „Vielleicht ist jetzt die Zeit reif, um den Bau des Reiches zu vollenden. Vergeßt nicht, daß der Papst eine Krone zu vergeben hat, daß er der Hüter und Bewahrer des Purpurs der Imperatoren ist. Krönt Euer Lebenswerk, König der Franken, und setzt Euch das Diadem der Cäsaren des Westens aufs Haupt!"
Karl schwieg zu diesen kühnen Überlegungen.
Nach dem Festmahl kehrte der König zurück ins Innere seiner Pfalz. Egal, wie der Anschlag auf Leo auch verlaufen war, diese Gelegenheit würde er, Karl, sich nicht entgehen lassen.
Die Verhandlungen in der Königspfalz von *Patrisbrunna* zogen sich noch über drei Monate hin. Es waren ganz vertrauliche Gespräche, nur zwischen Papst Leo und König Karl, keine Schreiber und Sekretäre waren zugelassen, nicht einmal die engsten Berater Alkuin oder Einhard. Karl berichtete auch von den Sachsenkriegen, den neuerlichen Aufständen, schließlich von den Taufen und der Bekehrung des Oberhauptes der Sachsenstämme, Herzog Widukind.
„Aber habt Ihr ihn denn so lange Zeit nicht fassen können?" staunte Leo über das listige Verhalten des Herzogs.
„Im Kampf haben meine Krieger oder ich ihn nie stellen können. Erst als wir uns auf dem Wittekindsberg am Weserufer gegenüberstanden, verlangte er von mir ein Zeichen der Wahrheit unseres Christenglaubens. Ich wollte gerade weitere Erklärungen abgeben, da scharrte mein Pferd und schlug mit seinem Huf gegen den Felsen. Dem Stein entsprang ein Strahl klaren Wassers und rieselte als Bächlein den Berg hinunter. ‚Das ist das Zeichen', sagte ich zu meinem Gegenüber, und Widukind wurde wirklich ergriffen von dem Wunder. Er sprang vom Pferd und warf sich mir zu Füßen."

„Dann hat er sich später taufen lassen?"
„So ist es, der Held vieler Kämpfe hat in meiner Burg zu Attigny die heilige Taufe angenommen und viele seiner ihm untergebenen Fürsten und Stammesführer überzeugt, so daß auch sie sich demütig taufen ließen, so wie noch einige hundert in den nächsten Tagen dem heidnischen Glauben abschwören und sich zu Jesus bekennen werden."
„Ihr sollt klug gehandelt haben, wurde mir berichtet. Nicht nur, daß Ihr im ganzen Land Freudenglocken läuten ließet, sondern auch, daß Ihr nicht dem Herzog dessen Güter in Westfalen und an der Weser fortnahmet, zeigte euren Scharfsinn!"
Ja, er habe dem Sachsenherzog sogar noch Besitz hinzugeschenkt. Dennoch, auf dem Weg hierher sei er Zeuge eines grausamen Mordes an einem wohl gerade bekehrten Sachsen geworden.
„Aber, Heiliger Vater, ich verspreche Euch, in *Patrisbrunna* wird ein neues Zentrum der Sachsenmission entstehen. Wenn wir die Kirchensynode eröffnen, wünsche ich mir, daß an diesem Ort ein neues Bistum gegründet wird. Es wäre eine ebenso segensreiche wie vorausblickende Tat, wenn Ihr den Altar mit den Reliquien des Erzmärtyrers Stephanus, die Ihr der Pfalz zum Geschenk gemacht habt, weihen und damit die Kirche unter seinen Schutz stellen würdet."
„Das will ich gern tun, schlagt Ihr nur Tag und Zeit vor", erwiderte der Papst, „es wäre wunderbar, wenn der große Stamm der Sachsen endgültig den Glauben an unseren Herrn Jesus Christus annehmen würde."
„Nun, Wasser haben wir ja für die Tausende von Täuflingen zur Genüge an unseren Paderquellen", scherzte der König.
„Das soll ein besonderes Naturphänomen sein, berichtete mir einer Eurer Berater."
„Heiliger Vater, ich will Euch gern einmal dorthin führen, wo über 200 Quellen nordwestlich meiner Pfalz zu Tage treten."
„Gern, solche unerklärlichen Erscheinungen interessieren mich sehr!"
Mit einigen Bediensteten und Einhard, der hinzugerufen wurde, begaben sich Leo und Karl zu den Paderquellen am Abhang unterhalb der Königsburg.
„Einhard hat den Auftrag, einige der stärksten Quellen mit einem Gewölbe überdecken zu lassen. Aber zunächst soll er die Hauptquelle fassen." Sie gingen hinunter zu den Quellteichen. „Seht, wie die kleinen Luftbläschen aufsteigen, sie wirken wie gläserne Tränen!" wies Karl auf das Wasserspiel im Teich.
Einhard trat einen Schritt näher zu den beiden Herrschern hin: „Ist dem Heiligen Vater, aber auch Euch, Herr Karl, die Geschichte von der Entstehung der Quellen geläufig?" Beide schüttelten die Köpfe. „Nun, folgende Begebenheit soll sich an dieser Stelle zur Zeit der Schlacht gegen

die Römer zugetragen haben. Die Germanen waren in den Kampf gezogen, und ein Mädchen fand einen im Grase liegenden toten Legionär. Das junge und edle Antlitz des Soldaten rührte das Mädchen so sehr, daß es bitterlich zu weinen begann. Ja, sie hielt die ganze Nacht über Wache an dem Leblosen. Am nächsten Morgen legte sie seinen Schild über ihn, bedeckte ihn mit Erde und schmückte alles mit blühenden Zweigen und Blumen. Niemandem erzählte sie von der letzten Ruhestätte des jungen Mannes. Oft kam sie hierher und vergoß immer wieder Tränen an diesem Grab, das so fern der Heimat des römischen Legionärs lag. Das junge Mädchen, das heiraten wollte, kehrte noch einmal an die Stelle im Wald zurück, wo es den jungen Mann unter dem Grün begraben hatte. An diesem Abend sah sie rings aus dem Boden helle Quellen sprudeln, und sie sagte in die Stille des Waldes: ‚Das sind die Tränen, die ich über dem fremden toten Jüngling geweint habe.'"
„Eine rührende Geschichte", antwortete Leo, „die wahre Ursache für die zahlreichen Quellen wird wohl weit weniger romantisch sein."

In *Patrisbrunna* lief das Leben nach den vielen festlichen Tagen wieder in seinen gewohnten Bahnen. Tatsächlich hatte Reinhard bei den Handwerkern in und außerhalb der Pfalz hohes Ansehen erreicht. Oft klopfte es an seiner Tür, und ein sächsischer Graf oder Edeling, gar ein Abgesandter eines Bischofs kam und bestellte eines der prächtigen Schmuckstücke oder einen Gegenstand für die Empfangshalle oder gar für eine Kirche.
Reinhard beschloß, auf seinen großen Erfolg in aller Ruhe einen Becher Bier zu trinken, das in der nahen Schenke in recht guter Art und Weise gebraut wurde. Stickiger Alkoholdunst schlug ihm entgegen, als er in den niedrigen Schankraum trat. Um einige Tische saßen Handwerker der Ansiedlung und die Fuhrleute, die an diesem Tag Ware und neueste Nachrichten in die Pfalz gebracht hatten. Mit den Bauern, die tags zuvor ein gutes Geschäft beim Markttag gemacht hatten, tauschten sie allerlei Neuigkeiten aus. So mancher Becher des malzigen Braunbieres war schon geleert, als sich Reinhard auf eine Bank zwischen die Männer drückte.
„Na, der Herr Goldschmied, habt wohl ein gutes Geschäft gemacht vor ein paar Tagen, wie?" Ein offensichtlich völlig betrunkener Mann im derben Leinenkittel knuffte ihn von der Seite an.
„Nun ja", begann Reinhard bedächtig, „das war schon eine gute Arbeit, die ich im königlichen Auftrag fertigen durfte."
Ein anderer Mann, der in der Nähe saß, wandte sich aufmerksam dem Tisch zu. Er musterte Reinhard neugierig.
„Ihr seid also der Goldschmied, den der König und seine Hofleute besucht haben?"

„Ein glücklicher Augenblick in meinem Leben, als unser König meine Werkstatt aufsuchte und meine Arbeiten ansah."
„Deshalb also hat unser Herr König so wenig Zeit gehabt, sich meine Arbeit anzusehen."
„Was ist denn Eure Arbeit? Wenn ich mich nicht irre, seid Ihr doch der Waffenschmied Lorenzo aus meiner Nachbarschaft?"
„Ich betreibe mit meinem Sohn das Geschäft des Schmiedens und beherrsche die Kunst der Herstellung von Damaszenerklingen. Außerdem habe ich ein Abbild des Schwertes hergestellt, mit dem König Karl bei seinem Feldzug in Spanien kämpfte."
Hochmütig hatte der schwarzhaarige Mann, an dessen Seite sein schmalbrüstiger Sohn saß, gesprochen. Mit blitzenden Augen blickte er um sich, als erwarte er Anerkennung.
„Nur weil der Frankenkönig Euer Gold und Geschmeide näher in Augenschein nehmen wollte, lag ihm meine Arbeit wenig am Herzen!"
„Was habe ich mit Eurer Arbeit zu tun? Offenbar hatte König Karl schon die Absicht, einen Kelch für den Papstbesuch zu bestellen und sich vorher meine Arbeiten anzusehen."
Lorenzo, der spanische Waffenschmied, stand schwankend von seiner Bank auf und kam näher.
„Ihr müßt Euch nicht so wichtig tun, Ihr da mit Eurem Plunder, mit einem *Kelch* für einen Papst, den die Römer sogar aus der Stadt gejagt haben, wie man hört!"
Lorenzos Sohn sprang auf und versuchte, den Vater auf die Bank zurückzuziehen. Ärgerlich riß der sich los.
„Laß mich, du wirst nie ein guter Schwertfeger. Hast nur deine Bildhauerei im Kopf. Geh zu den Steinmetzen, da bist du besser aufgehoben als an meinem Schmiedefeuer. Hier", Lorenzo packte sich einen Becher und warf ihn in die Richtung des Goldschmieds, „und das ist für dich!"
Der wich geschickt aus, so daß der gebrannte Ton an der Wand zerschellte.
„Nun laß gut sein, Lorenzo, ich kann nichts dafür, wenn du beim König nicht die nötige Aufmerksamkeit errungen hast!"
„Aufmerksamkeit, Aufmerksamkeit, du hast vielleicht eine Ahnung! Ich habe ihm eine Nachbildung des Schwertes gezeigt, mit dem er gegen die Basken bei Saragossa gekämpft hat. Eine Klinge, die dem großen Karl verlorenging, von mir neu geschaffen!"
Das Stimmengewirr wurde ringsum an den Tischen bedrohlich laut, denn ihren König Karl wollten die anwesenden Franken nicht beleidigen lassen. Lorenzo aber nahm keine Rücksicht, ereiferte sich weiter, je mehr Reinhard schwieg, desto zorniger wurde er.

„Was hast du dagegen geschmiedet? He, sag mal, was hast du dagegenzusetzen? Einen Kelch, aus dem der Papst trinkt!"
„Immerhin das Blut Christi", wagte der Goldschmied einen letzten leisen Einwand.
„Aber das Schwert wurde erst einmal in Blut getaucht, damit wurde gekämpft, Mann gegen Mann! Ich war schließlich dabei, damals als Roland in Roncesvalles im Kampf fiel."
Reinhard schwieg, wollte sich setzen, da faßte ihn Lorenzo an der Brust.
„Du bist mir so ein Weichling, mit deinen kleinen Hämmerchen für das dünne Gold. Und wieviel hast du in deine Tasche gewirtschaftet, he, sag mal!"
Reinhard wandte sich zum Ausgang, wollte der Auseinandersetzung so ein Ende machen. Hinter ihm lallte die Stimme des Spaniers: „Ja, komm nur raus, wir werden einen ehrlichen Kampf, Mann gegen Mann, austragen!"
Der Goldschmied wollte keinen Kampf, nur schnell weg von hier, in sein sicheres Haus. Aber Lorenzo folgte ihm. Draußen verstellte er ihm den Weg. Während sich immer mehr Leute aus der Schenke nach draußen drängten, weil sie eine spannende Abwechslung erwarteten, knirschten die Scheibenräder einer ungelenken zweirädrigen Holzkarre über den Sand des Weges zwischen den Gebäuden. Sie hielt an, zwei Gestalten beugten sich vom Fuhrwerk herab. Reinhard erkannte flüchtig eine junge Frau, die ihn an seine Begegnung in der Basilika erinnerte.
Mehr konnte er nicht mehr wahrnehmen, da fühlte er bereits die harte Faust des Schmieds an seinem Wams. Ein säuerlich stinkiger Atem von Bier und Branntwein schlug ihm aus dem Mund des Angreifers ins Gesicht. Der Goldschmied war viel schwächer als Lorenzo, er hatte eigentlich keine große Chance gegen ihn. Vielleicht konnte er den nicht mehr ganz standfesten Mann nach seinem reichen Bierkonsum abschütteln? Er hatte die Arme des Spaniers umklammert, der hielt den Stoff seiner Kleidung fest. So schoben sie sich eine Weile hin und her, rangen miteinander, Reinhard versuchte, den Griff an seinem Stoff zu lockern. Lorenzo ließ tatsächlich seine Hand hinabsinken und tastete an der Seite seiner Hose herum. Reinhard bemerkte es und versuchte schnell, ihn mit einem Bein zu Fall zu bringen. So rangen sie miteinander, ohne daß der eine oder andere einen Vorteil gewann. Wieder griff Lorenzo in seinen Gürtel und hatte plötzlich einen Dolch in der Hand. Mit der ganzen Kraft der Verzweiflung versuchte Reinhard, seinen Gegner abzuschütteln und bäumte sich gewaltig auf. Dabei stolperten beide über einige Steine und stürzten zu Boden. Sie rollten eng verschlungen auf die Seite. Der junge Goldschmied konnte sich losmachen, er atmete schwer,

klopfte den Staub von der Kleidung. Lorenzo aber blieb am Boden liegen, halb auf der Seite, die fast blauschwarzen Haare bedeckten sein Gesicht wie ein Tuch. Er lag da und rührte sich nicht in der seltsam gekrümmten Lage.
„He, Lorenzo, komm hoch, es gibt frisches Bier", lockte ihn einer der Zuschauer. Reinhard stand angespannt in der Reihe der Leute, die dem Kampf zugesehen hatten.
Der Mann sprang von der Karre herab. „Ich hab' genau gesehen, wie er Euch angegriffen hat. Das ist doch Lorenzo, der Waffenschmied, aus Spanien?"
Der Mann, Trudbert, Salzvogt von Salzkotten, kniete bei Lorenzo nieder und drehte ihn behutsam um. Da sahen es alle: Aus der Brust Lorenzos ragte der Griff des Dolches. Er war in seine eigene Waffe gefallen.
Sein schmächtiger Sohn sprang aus der Zuschauerreihe hervor, er, der bisher noch nichts zu dem Kampf gesagt, nicht weiter versucht hatte, den Vater zurückzuhalten, kreischte auf: „Der da hat meinen Vater erstochen. Büttel, herbei, nehmt den Mann fest." Er gebärdete sich wie rasend, war von den Umstehenden nicht zu bändigen. „Mörder, zu Hilfe, man hat meinen Vater erstochen!"
Von der Pfalz eilten einige Bewaffnete herbei, durchbrachen den Kreis der Gaffer.
„Wer hat den Mann erstochen?" fragte der Anführer der Stadtknechte.
„Da, der Goldschmied, er hat aus Neid meinem Vater den Dolch in die Brust gestoßen!"
„So ein Blödsinn, er hat mich schon in der Schenke mit Worten angegriffen, einen Becher nach mir geworfen und ist hier draußen dann auf mich losgegangen", erwiderte Reinhard.
Trudbert mischte sich ein, während er seiner Tochter vom Wagen half. „Wir beide haben deutlich beobachtet, wie der Erstochene sein Messer aus dem Gürtel zog. Wir standen hinter ihm. Durch sein Stolpern und Fallen wird er es sich wohl selber in die Brust gerammt haben."
„Ja, so ist es", bestätigte die Tochter mit zitternder Stimme und wies auf den Goldschmied, der bei der Anklage des Sohnes vor Schreck leichenblaß geworden war, „der da", ihr Fuß pendelte in Richtung auf den am Boden Liegenden, „der da hat das Messer gezogen und es beim Ringen in der Hand behalten. Der junge Mann ist unschuldig!"
„Egal, das soll das Freigericht entscheiden. Ihr kommt alle mit und der da", der Büttel stieß mit der Lanze nach Reinhard, „der da an erster Stelle."
Ein Häuflein Menschen trottete zum Palast, wo dem Pfalzgraf der genaue Bericht des Unglücks vorgetragen wurde, den er peinlich hinterfragte. Alle durften nach Hause gehen, mußten sich aber zum Gerichtstag einfin-

den. Der Goldschmied kehrte mit hängendem Kopf in seine Werkstatt zurück. Dabei kam er an dem Pferdefuhrwerk des Salzvogts vorbei. „He, Reinhard“, die hübsche Tochter des Franken winkte ihn an den Wagen heran, „macht Euch keine Sorgen, Vater und ich werden am Gerichtstag für Euch aussagen und, wenn es sein muß, einen heiligen Eid schwören. Ihr seid völlig unschuldig an diesem Unglücksfall.“

Das Gesicht des Goldschmieds hellte sich ein wenig auf. „Es macht mich sehr glücklich, daß gerade Ihr, mein schönes Fräulein, und Euer Vater für mich aussagen wollt. Wißt Ihr, daß ich Euch vor wenigen Tagen in der Kirche sah? Leider verlor ich Euch aus den Augen. Und heute, das ist wahrlich ein großer Zufall, führt Euch der Weg hierher.“

„Das war kein Zufall, das war die heilige Mutter Gottes, die uns im rechten Augenblick nach *Patrisbrunna* führte, um Euch zu retten.“

„Dann kommt Ihr von außerhalb der Pfalz?“

„Ja, wir wohnen in Salzkotten, Vater ist dort der Salzvogt. Und Ihr, was habt Ihr hier zu tun?“

„Ich bin hier zu Hause, bin vor einiger Zeit vom Weserfluß in die Pfalzsiedlung gezogen, weil ich glaubte, als Goldschmied hier gute Arbeit zu finden.“

„Und, ist Eure Rechnung aufgegangen?“ fragte Trudbert, der hinzugetreten war.

„Sie ist bis heute abend sogar überaus gut aufgegangen, besonders durch den großartigen Auftrag, für Seine Heiligkeit aus Rom als Gastgeschenk einen Kelch zu fertigen. Er hat besondere Aufmerksamkeit gefunden.“

„Wie seid Ihr denn mit dem Schmied zusammengestoßen?“ wollte der Franke wissen.

„Ach, ich ging in die Schenke, um mir nach aller Arbeit einen frischen Schluck des guten Braunbieres zu gönnen. Da hat mich der Spanier angepöbelt und später angefallen. Wäre ich doch bloß zu Hause geblieben!“

Die Tochter des Salzvogtes hatte mit großen Augen zugehört, was der Goldschmied berichtete. Jetzt wandte er sich ihr wieder zu.

„Darf ich Euch bitten, mir Euren Namen zu sagen“, bat er die junge Frau.

„Ich heiße Hadoma und bin mit Vater und Mutter ebenfalls erst vor einiger Zeit nach Salzkotten gezogen. Wir haben vorher in Salzburg gelebt. Vater hat dort im Salzstollen gearbeitet.“

„Nun komm, du Plappermäulchen“, versuchte der Vater seine Tochter zu bremsen, obwohl der junge Mann ihm durchaus gefiel.

„Wir kommen in wenigen Tagen mit einer neuen Fuhre in die Pfalz. Ich bringe dann wieder meine Tochter mit.“

„Dann lade ich Euch beide herzlich ein, meine Werkstatt und meine kleine Ausstellung anzuschauen. Es wird Euch beiden gefallen."
„Na gut, wir werden anklopfen, aber jetzt müssen wir zurück, sonst wird es rabenschwarze Nacht, bevor wir den Stall erreichen. Das wird uns der Braune übelnehmen. Er hat Hunger und Durst."
Er klopfte dem schweren Pferd freundlich auf die Mähne, sprang auf den Wagen, half seiner Tochter hinauf und schlug dem Pferd mit dem Zügel ganz leicht aufs Hinterteil. Sogleich zog der Braune an, und die Fuhre rumpelte los. Vom Wagen winkte Hadoma lange dem jungen Goldschmied zu, der nun unbehelligt und wieder mit freundlicheren Gedanken seiner Werkstatt zustrebte. Vielleicht war es am Ende ja doch nicht so schlecht gewesen, an diesem Abend in die Schänke zu gehen.

In den nächsten Tagen konnte die Gerichtsverhandlung jedoch nicht stattfinden, denn König Karl ritt mit seinem hohen Besuch zur Jagd in den Nethegau.
Dort erreichte die Jagdgesellschaft die St.-Petrus-Kirche, einen einfachen, rechteckigen Holzbau mit kleiner Apsis nach Osten. „Hier haben wir vor 27 Jahren nach tapferer Gegenwehr durch die Sachsen eine Volksburg zerstört", erinnerte sich der Frankenkönig an den schon so lange zurückliegenden Beginn der Sachsenfeldzüge. „Auch hier stand eine Irminsul, ein Heiligtum der Germanen. Das war eine mächtige Holzsäule, die nach dem Glauben der heidnischen Sachsen das Himmelsgewölbe trug. Gerade an dieser Stelle wollten wir ein sichtbares Zeichen unseres Glaubens an den auferstandenen Jesus Christus dagegensetzen und verwandten das Holz als Baumaterial für die Kirche. Wir weihten sie Petrus, dem Fels, auf dem die heilige Kirche erbaut ist, um zum Ausdruck zu bringen, daß wir in diesem Ort etwas ganz Besonderes sehen."
„Da habt Ihr recht gehandelt, so soll es sein. Vielleicht laßt Ihr demnächst einmal die Holzkirche durch ein Steingemäuer ersetzen?"
„Daran habe ich schon gedacht, Heiliger Vater. Wir werden in nächster Zeit damit beginnen, ich verspreche es."
„Sagt einmal, wie steht es denn um die Besitzungen des neu zu gründenden Bistums *Patrisbrunna*?"
König Karl hatte diese Frage schon lange erwartet: „Wenn wir in den nächsten Tagen das Bistum mit Überreichung der Urkunden offiziell ins Leben rufen, dann werde ich einige großzügige Schenkungen vornehmen."
„Vielleicht nehmt Ihr diesen Besitz, der einstmals ein sächsisches Heiligtum war, hinzu? Ich würde es dem Bistum sehr gönnen."
Karl grinste: Leo war nicht gerade zurückhaltend, wenn es darum ging, das Kirchengut zu vergrößern.

„Ich hatte nicht nur an diese Besitzung mit dem umliegenden Königsland gedacht, sondern auch an einiges Land in Westfranken zusammen mit dem Kloster Medardus bei Le Mans." Karl wollte seinen hohen Gast natürlich bei Laune halten. Für die in greifbare Nähe gerückte Kaiserkrone lohnte es sich schon, der Kirche ein bißchen Land zu vermachen.
Papst Leo nickte sehr zufrieden und gab seinem Pferd ein wenig die Sporen. In leichtem Trab ging es nun zur Jagd. König und Papst ritten dem Jagdtrupp voran und bogen in ein Seitental ein. Bergan führte der Weg neben einem Bach hinauf in den Wald. Dort hakten die Jagdknechte die Hunde von den Leinen los. Zu den Knechten gehörte auch der Sachse Eggi. In der Pfalz hatte er den Reiterführer gebeten, ihn zu entlassen, um dem König bei seinen Ausritten zu dienen. Er stammte aus dieser Gegend und kannte die Wälder wie seinen eigenen Rockzipfel. Inzwischen gehörte er zu den Männern, die Karl ortskundig bei seinen Jagden rings um die Pfalz zu begleiten hatten. Kläffend nahmen die Hunde die Fährten auf und jagten davon. In einem Morast stöberten sie zwei Keiler auf und trieben sie auf die hohen Herren zu. Eggi schleuderte mit Wucht seinen Sauspieß in die Flanke eines Wildschweins, das gleich zusammenbrach. Karl selber jagte in schnellem Galopp hinter dem zweiten Tier her, holte es ein und erlegte es vom Pferd aus. Wenig später spürten die Jäger einem großen Auerochsen nach, dessen Fährte sie gefunden hatten. Bis zum Beginn der einbrechenden Dunkelheit verfolgten sie ihn, allen voran Karl mit dem Jagdknecht Eggi an seiner Seite. Die restliche Jagdgesellschaft war weit zurückgeblieben und wurde zu den aufgestellten Zelten geführt. Ein mächtiges Feuer loderte, rundum standen roh gezimmerte Bänke, mit Fellen bedeckt. Die Knechte bereiteten ein Mahl, das sie den Gästen reichten.
Karl und sein Jäger aber waren tief in den Wald geritten und bald von nachtschwarzer Dunkelheit umfangen. Sie mußten ein Nachtlager nehmen und legten sich einfach auf das Moos und wickelten sich in die Decken und Felle.
Der nächste Morgen kroch mit fahlem Licht über die Berge ins Land. Nebliger Dunst lag über dem Wald. Karl erwachte als erster. Leise erhob er sich und nahm allein die Spur wieder auf. Sie führte ihn an den Bach, an die Tränke des Tieres. Er hockte sich in das Gebüsch, Jagdspeer und Spieß griffbereit vor sich auf dem Boden. Plötzlich raschelten Blätter. Aus dem Morgennebel trat ein riesiges Tier an den Bachrand. Kaum senkte es den Kopf in das Wasser, schleuderte der König seinen Jagdspeer dem Ochsen ins Genick. Der Auerochse sprang mit einem gewaltigen Satz nach vorn, jagte an einem Baum vorbei, der Speer knickte ab. Er senkte den Kopf mit den blutunterlaufenen Augen und wollte auf den König los, der sich mit einem schnellen Sprung hinter einer dicken

Eiche in Sicherheit brachte. Da traf ein weiterer Speer mit scharfer Klinge das Tier, wieder in den starken Nacken. Es brach in die Knie. Doch dann erhob es sich noch einmal und stürmte mit letzter Kraft rasend vor Schmerz auf den König los. Eggi sprang vor, er hatte den zweiten Speer geschleudert, und stieß dem Tier seinen kurzen, aber scharfen Jagdspieß ins Herz. Blut sickerte aus dem Maul, röchelnd sackte der Gigant der Urwälder zusammen. Der Frankenherrscher wischte sich den Schweiß von der Stirn und wandte sich an den Sachsen, der ruhig auf seinen langen Speer gestützt den König anschaute.
„Ich danke dir, treuer Jagdgeselle. Du warst doch schon in meiner Nähe, als wir den ermordeten Sachsen fanden. Wie war noch dein Name?"
„Eggi, Eggi von Bodinkthorpe. Ich bin Unfreier auf dem Hof des Grafen und wurde zur Jagd aufgeboten."
„Nun, dann sollst du von jetzt an ein freier Mann sein und eine Jagdaufsicht in den Wäldern der Königspfalz übernehmen. Du bist mutig und geschickt, und solche Männer möchte ich in die Ämter des Hofes einsetzen." Karl hatte sich bei diesen Worten auf die Flanke des warmen Tierkörpers gesetzt. Er streckte Eggi die Hand aus, der schlug gern ein. Von dieser Minute ab war er ein freier Mann und keinem Grundherrn mehr hörig.
Nach wenigen Minuten brachen die übrigen Jagdgefährten und Knechte durch das Unterholz und fanden ihren König, Eggi an seiner Seite. Auch der Bischof von Rom stand in Jagdkleidern dabei. Alle staunten über das unerhörte Jagdglück und die Tapferkeit ihres Herrn, mit nur einem Jagdknecht einem so gewaltigen Tier gegenüberzutreten. Karl sagte: „Eggi hat den zweiten tödlichen Speer geschleudert und den Spieß in das gewaltige Tier gerammt. Ich habe ihn freigesprochen, da er mir das Leben rettete. Nun schlagt dem Ochsen das Gehörn heraus! In der Halle der Königspfalz soll es von meinem Jagdglück künden!"
Auf dem Rückweg nach *Patrisbrunna* war Eggi der glücklichste Mensch. Diese Jagd hatte sich für ihn wirklich gelohnt. Im stillen dankte er dem Herrn Jesus Christus – und Wodan. Man konnte ja nie wissen!

Nur wenige Tage später fanden die Reichsversammlung und Kirchensynode statt. Ein bedeutender Tag, an dem das neue Bistum *Patrisbrunna* geschaffen werden sollte. König und Papst hatten es so miteinander abgesprochen. In der großen Königshalle trafen nach und nach allein 15 Bischöfe ein, sie saßen auf den vorderen Plätzen, gleich dahinter die seit einiger Zeit ernannten Grafen der einzelnen Sachsengaue. Im rückwärtigen Teil der Halle, aufgereiht auf langen Bänken, saßen viele geistliche Würdenträger, darunter der Abt des Klosters St. Medardus bei Le Mans und der sächsische Edeling und Priester Hathumar, der mit dem Bischof von Würzburg angereist war. Königsfanfaren erschallten, der Frankenkönig schritt mit seinen Beratern Einhard und Alkuin zur Stirnwand, wo ein wenig erhöht der Königsstuhl mit einer Purpurdecke und etlichen Fellen ausgestattet war. Gleich daneben stand ein ebenso prachtvoll hergerichteter Stuhl. In diesem Augenblick ertönten die Fanfaren ein zweites Mal, und der Bischof von Rom, Papst Leo III., zog mit seinem Gefolge in die „aula regis". Augenblicklich lag ehrfürchtige Stille über den Versammelten. König und Papst umarmten einander vor allen Bischöfen und Edelleuten.

König Karl trat einen Schritt vor: „Es ist mein Entschluß und der ausdrückliche Wunsch Seiner Heiligkeit, des Bischofs von Rom und Papstes Leo III., diesen bisherigen Ort von Versammlungen an den Quellen der Pader zum Bischofssitz zu bestimmen. Ich werde das neue Bistum mit dem nötigen Besitz ausstatten."

König Karl blickte zum Papst hinüber, der zustimmend sein Haupt neigte.

„Ich bestimme hiermit den nach Kriegsrecht erworbenen Besitz, den Padergau, zur Schenkung an das Bistum. Ferner wünscht Seine Heiligkeit, daß die Iburg und das umliegende Königsland in den Besitz des neuen Bistums übergehen möge. Des weiteren gebe ich umfangreiches Königsgut dazu, darunter das fränkische Kloster St. Medardus. Einhard hat zur Beglaubigung dieser Schenkung eine Königsurkunde ausgefertigt. Ein jeder von Euch anwesenden Hirten eines Bistums möge vortreten und dieses Schriftstück unterzeichnen."

Einer nach dem andern traten die Bischöfe vor und setzten ihre Unterschrift unter die lange Pergamentrolle. Einhard und der Kämmerer des Papstes siegelten die Urkunde. König Karl nahm selber das Pergament und schritt zum Sitz des Papstes, um diesem mit einer leichten Verbeugung die schriftliche Ausfertigung und Bestätigung der großzügigen Stiftung zu überreichen. Zufrieden winkte Papst Leo seinem Kämmerer. Der hatte ebenfalls eine Urkunde vorbereitet. Feierlich richtete Leo das Wort an den König: „Erhabener Herrscher der Welt! Eure großzügige Schenkung an die Kirche und das neue Bistum nehme ich mit großer Dankbarkeit an. Nach den Vorbesprechungen habe ich meinen Kämmerer ermächtigt, außerdem zu der Bestätigung der empfangenen Schenkung eine Formel auf die Urkunde zu schreiben, die auf alle, die sich an den Gütern und Rechten des *Patrisbrunnaer* Domstiftes vergreifen sollten, die ewige Verdammnis herabruft. *Wonach jeder beim strengen Jüngsten Gericht Rechenschaft werde ablegen müssen, der die schöne Gabe dieser Ausstattung oder sonst etwas von dem Vermögen, das recht- und gesetzmäßig jenem Ort gehört, fortzunehmen wagen oder versuchen würde, irgendwelche Belastungen oder Beschwerungen dem Patrisbrunnaer Domstift aufzuerle-*

gen." Der päpstliche Kämmerer legte das Schriftstück auf den Tisch. Wieder erhoben sich alle Bischöfe, um ihre Unterschrift unter die Papsturkunde zu setzen.
König Karl forderte den Erzkämmerer auf, näherzutreten: „Nachdem ich *Patrisbrunna* zum Bischofssitz bestimmt habe und die Schenkungen mit Königsurkunde besiegelt sind, soll der Erzkämmerer etwas Neues verkünden. Sprecht nun!"
Der Erzkämmerer, ganz der Würde bewußt, zu den Großen und den Bischöfen des Reiches sprechen zu dürfen, kniete zunächst vor Papst Leo nieder und küßte den Saum seines Gewandes. Dann stand er auf und entrollte ein weiteres Schriftstück: „Von heute an wird im Sachsenland eine neue Währung eingeführt. Jedes Geschäft, das zwischen Bauern, Händlern und Kaufleuten abgeschlossen wird, kann mit den neuen Silberpfennigen und Denaren bezahlt werden. Meinem König und Herrn überreiche ich die ersten geschlagenen Münzen."
Er hielt sichtbar für jedermann einen Lederbeutel hoch, der offensichtlich prall mit Münzen der neuen Währung gefüllt war, und überreichte ihn dem König.
„Nun muß kein Geschäft mehr im Tausch mit Naturalien abgeschlossen werden", verkündete Karl. „Ich werde künftig alle Dienste mit der neuen Währung entlohnen."
Danach erhob sich der Erzbischof von Mainz: „Eure Heiligkeit, allergnädigster König, alles das findet unsere uneingeschränkte Zustimmung und den Beifall aller Mitbrüder. Ich erlaube mir in Erinnerung zu bringen, daß es an der Zeit wäre, ebenfalls in Minden, Münster, Osnabrück, Verden und Bremen Bistümer zu gründen, um die Missionsarbeit von diesen Orten aus schneller und mit Unterstützung des jeweiligen Bischofs rasch voranzutreiben."
„Ihr habt recht. Auch für diese neuen Bistümer sind Königsurkunden ausgeschrieben. Daher bitte ich noch einmal alle Herren Bischöfe um ihre Unterschriften." Eilfertig bauten ein paar Diener einen langen Tisch auf, an den Einhard trat und diesmal fünf Urkunden ausrollte. Nach einiger Zeit waren diese Gründungen besiegelt.
Papst Leo und König Karl besprachen sich kurz. Der Frankenherrscher hob die Hand und verschaffte sich damit augenblicklich Ruhe: „Hathumar, tretet vor!"
Von den hinteren Plätzen kam ein hochgewachsener Mann nach vorn, beugte vor dem Papst die Knie und küßte dessen Hand mit dem Ring. „Für eine gewisse Übergangszeit wird dem Bischof aus Würzburg das neue Bistum unterstellt. Metropolit über das neue Bistum, wie für Würzburg, ist der Erzbischof von Mainz. Schließt nur in Ruhe Euer Studium an der Würzburger Domschule ab, Hathumar, dann werden wir

einen günstigen Tag finden, um Euch zum Bischof zu weihen. Inzwischen wird mein Baumeister Einhard Pläne für den Bau des *Claustrums* als Wohnung des Bischofs anfertigen. Wollen sehen, daß schon bald ein festes Bischofshaus bei der Basilika steht."

Mit stolzem Blick verneigte sich Hathumar tief vor seinem König und besonders lange vor dem Oberhirten der Christenheit. Die anwesenden Edelleute, vor allem die sächsischen Grafen und Heerführer, schlugen begeistert darüber auf ihre Schilde, daß einer der Ihren, ein Sachse, zum Bischof von *Patrisbrunna* ernannt wurde.

Nach diesen feierlichen Zeremonien sollte die noch ausstehende Gerichtsverhandlung zu dem Tod des Waffenschmieds abgehalten werden. Der König selbst wollte diesen üblen Vorfall klären, bevor er in nächster Zeit die Pfalz wieder verließ. Jedermann sollte sehen, wie schnell und klar er Gerechtigkeit walten ließ.

Pfalzgraf Ruodbert führte Reinhard, den Sohn des Spaniers und den Salzvogt mit seiner Tochter vor den König. Karl ließ sich berichten, was an jenem Abend vorgefallen war. Dann befragte er den Sohn des Waffenschmieds. Der war inzwischen sehr viel einsichtiger geworden und erhob keine Anklage mehr wegen Mordes. Als schließlich Trudbert und seine Tochter als Zeugen übereinstimmend für Reinhard aussagten und der Vogt von Salzkotten einen heiligen Eid auf diese Aussage ablegte, fällte Karl sein Urteil: „Es ist hiermit zweifelsfrei erwiesen, daß der Tod des Waffenschmieds Lorenzo de Cordoba ein Unfall war, an dem er selbst die Schuld trägt. Der Mann war offenbar so erregt und vom großen Bierkonsum betäubt, daß er nicht mehr Herr seiner selbst war. Reinhard, ich spreche Euch frei von der Anklage des Mordes."

Hadoma, die während der kurzen Verhandlung an Reinhards Seite stand, fiel ihm glücklich um den Hals. Der Vater trennte die beiden schnell wieder. Es war ihm sichtlich unangenehm, daß seine Tochter vergaß, vor welch einem erlauchten Kreis sie so offen ihre Zuneigung gezeigt hatte. König Karl lächelte bei diesem belanglosen Vorfall. Manche Anwesende in den ersten Reihen hatten den Eindruck, als segnete der Papst von seinem Sitz die beiden jungen Leute mit einem kleinen Kreuzzeichen.

Der Herrscher über das Frankenreich und der Papst begaben sich, gefolgt von den Bischöfen, Edelleuten und Geistlichen, auf den Hof der Königsburg, wo jetzt viele Sachsen den neuen Glauben annehmen und sich taufen lassen wollten – oder mußten. Vor der Basilika hatten die Mönche des ersten Domklosters Aufstellung genommen. Ein Gebäude der Klosteranlage stand bereits. Die Mönche sollten noch entschiedener die Missionsarbeit im Sachsenland von *Patrisbrunna* aus durchführen. Daher war es von großer Bedeutung, daß heute wieder einmal viele

Sachsen den neuen Christenglauben annahmen und sich taufen lassen wollten.

Fünfzehn Bischöfe, darunter die Oberhirten der Diözesen von Köln, Salzburg, Würzburg, Trier, Mainz, Passau, Freising und Regensburg, sowie Papst Leo III. tauften Hunderte von Frauen und Männern aus dem Sachsenland. Ein sächsischer Bischof sprach die Täuflinge in altdeutscher Sprache an: *„Hloset ir, chindo liupostun, rihtida thera galaupa …* Höret ihr, der Kinder liebste, die Richtschnur des Glaubens, die ihr im Herzen erwägen sollt, die ihr den christlichen Namen empfangen habet, das ist die Kunde eurer Christenheit, von dem Herrn verkündet, von seinen Jüngern gesetzet …"
Die feierliche Absage an die heidnischen Götter und das christliche Glaubensgelöbnis aus der altsächsischen Taufliturgie schallten laut über den Platz:
„Widersagst du dem Teufel?"
„Ich widersage dem Teufel."
„Und allem Teufelsdienst?"
„Und ich widersage allem Teufelsdienst."
„Und allem Teufelswerk?"
„Und ich widersage allem Teufelswerk und Teufelswort; Donar und Wodan und Saxnot und alle den Unholden, die ihre Genossen sind."
Die Täuflinge stiegen ins Taufbecken, beugten den Kopf, und aus dem Taufwasserkrug lief das gesegnete Wasser in Form eines kleines Kreuzes über ihre Häupter.
„Ich taufe dich im Namen des Vaters und des Sohnes und des Heiligen Geistes. Amen." Die Absage an die heidnischen Götter war vollzogen.
König Karl saß in Gedanken versunken auf seinem Königsstuhl. Er dachte an den großen Augenblick vor einigen Jahren, als Widukind sich in Attigny endlich hatte taufen lassen und in „geistliche Sohnschaft" zu ihm, dem Frankenkönig Karl, getreten war. Damals traf der sächsische Herzog in der Pfalz Attiniacum ein, begleitet von seiner Familie und zahlreichen sächsischen Adeligen. Eine Bedingung hatte er allerdings vor der Taufe gestellt: Das Gelöbnis wollte er in seiner Stammessprache und nicht auf lateinisch sprechen. Karl hatte es ihm großmütig gewährt. Am Weihnachtstag des betreffenden Jahres drängte sich die Taufgesellschaft in der kleinen steinernen Pfalzkirche. Festlich geschmückt mit Mistelzweigen, Efeu und Tannengrün war der enge Raum, das Taufbecken war umkränzt mit immergrünen Reisern. Kerzen warfen ein warmes Licht zwischen die Pfeiler und erwärmten mit ihren Flammen den kalten Raum, ließen Honigduft durch die Halle schweben. Aus dem Taufbecken stieg Dampf auf, denn das Wasser war wegen der großen Kälte

dieser Jahreszeit erwärmt worden. Die Täuflinge waren in weiße Hemden gekleidet. „Ich habe ihm die Herzogswürde über Westfalen und Engern belassen. Nur sein Wappen, das wandelte ich aus dem schwarzen, springenden Roß in ein weißes", dachte Karl an die vergangenen Tage zurück.

An diesem Tag wurde ein großes Fest in *Patrisbrunna* gefeiert. Alle Schenken quollen über von fröhlichen Menschen. Auf den Plätzen und in den Straßen waren in aller Eile Zelte und Buden aufgebaut worden, die kleine Köstlichkeiten für den Gaumen und die Kehle bereithielten. Gaukler und Musiker hatten sich eingefunden und unterhielten das Volk an den Paderquellen. Woher sie kamen, wußte niemand. Zwischen den Buden schlenderten Reinhard und Hadoma, sie hielten sich an den Händen.
„Wenn die Glocke den Angelus läutet, sollen wir an deiner Werkstatt sein. Vater und Mutter möchten sie sich nur allzugern ansehen."
Reinhard nahm seine hübsche Fränkin in den Arm und küßte sie zärtlich.
„Wenn du ein so guter Goldschmied bist, wie du küßt, verstehst du dein Handwerk." Mit blitzenden Augen stand Hadoma vor ihm. „Laß uns ein wenig weitergehen, bis zu den Quellen. Schließlich haben die Paderquellen uns zusammengeführt."
Später in der Werkstatt mußte Reinhard einige Kerzen anzünden, als er seine Schmuckstücke auf der Truhe ausbreitete. Hadoma gingen bei dieser Pracht von Silber, Gold und Edelsteinen die Augen über. Trudbert schätzte schnell und sicher den Wert ab und wußte, daß Reinhard ein wohlhabender Mann war.
Der junge Goldschmied faßte die Gelegenheit beim Schopf. „Wir haben einige ungewöhnliche Situationen in letzter Zeit erlebt. Laßt mich Euch daher hier und jetzt um die Hand Eurer Tochter Hadoma bitten. Ich liebe sie und spüre, ja, ich weiß, daß auch sie mich liebt."
Trudbert fragte erst einmal seine Tochter, ob sie die Zuneigung erwidere, gegen ihren Willen mochte er sein einziges Kind nicht verheiraten. Auch die Mutter blickte erwartungsvoll zu ihr hinüber.
„Ich liebe Reinhard ebenfalls sehr und möchte nur zu gern seine Frau werden."
„Dann habt ihr beide meine Einwilligung." Über das Gesicht des Vaters lief ein leichtes Zucken, denn er würde die geliebte Tochter aus dem Haus in Salzkotten verlieren.
Hadoma erriet seine Gedanken: „Vater, Salzkotten ist doch nur einen Katzensprung von hier entfernt. Ich verspreche Euch, oft nach dem Rechten zu sehen und der Salzsiederei einen Besuch abzustatten. Reinhard wird sicher gern mitkommen."

„Zu diesem Tag möchte ich dir ein Geschenk machen. Such dir von all den Dingen, die ich geschaffen habe, das Schönste aus", lenkte Reinhard das Gespräch in eine andere Richtung.
Nachdem sie Ringe, Fibeln und Anhänger genau angesehen, ja ihrer Mutter das eine oder andere gezeigt hatte, hielt Hadoma eine Fibel an ihr Gewand. Diese war mit feinen Goldstegen überzogen, in die Zwischenräume hatte Reinhard zarte Emailfarben eingeschmolzen.
„Das ist eine germanische Rune, das Zeichen für Fruchtbarkeit", grinste der Goldschmied.
„Mein Gott, was habe ich da nur ausgewählt", lachte Hadoma ihre Eltern an.

Wenige Tage später war ganz *Patrisbrunna* auf den Beinen, denn wie ein Lauffeuer lief die Nachricht durch die Ansiedlung „Der Papst reist nach Rom zurück!" Viel Volk, Sachsen und Franken, die Geistlichen, Mönche des entstehenden Klosters, die Landleute und Handwerker, Krämer und Händler, groß und klein standen im Pfalzhof, um den Bischof von Rom bis zur Warthe bei Salzkotten zu geleiten. An einer Ecke hatten sich die unfreien Bauern versammelt, die immer und immer wieder neue Lieferungen in die Pfalz zu bringen hatten. „Ich sage dir, Diethelm, nun wird auch der Frankenkönig bald abziehen und mit ihm die vielen, vielen Krieger und Hofleute. Dann wird es ruhiger für uns."
„Wird auch Zeit, mir geht langsam das Korn aus", meinte ein anderer. „Sollen sich doch die hohen Herren woanders durchfressen."
„Nur gut, daß in wenigen Tagen die neue Ernte eingebracht werden kann. Endlich werden dann Scheuer und Böden wieder gefüllt."
Isenhard, ein alter Meier auf dem Besitz von Bodinkthorpe, nickte bedächtig mit dem Kopf. „Hühner und Gänse müssen neu aufgezogen werden, und der Bestand von Rindern und Sauen hat deutlich abgenommen. Wir müssen schnellstens die Muttertiere decken lassen, damit im Frühjahr die Ställe wohlgefüllt sind."
Diethelm stieß die anderen an, sie sanken schnell auf die Knie, beugten demütig die Köpfe. Langsam ritt der Papst auf seinem Schimmel, einem Geschenk des Königs, an den Bauern vorbei und segnete sie und die anderen Menschen, die sich an den staubigen Wegrändern drängten. Dann war die Schar vorüber.
Einige Mönche des Domklosters standen noch eine Weile am Wegesrand, sächsische und fränkische, und schwatzten über Papst, König und alle Welt, während der lange Zug über den Hellweg nach Salzkotten hinter der Kuppe verschwand.
„Bruder Theodulf, stellt Euch einmal vor, beide zusammen, der Papst als Herrscher über die Christenheit und unser König Karl schafften

tatsächlich eine bessere Welt!" Freudige Erwartung blitzte in den Augen von Bruder Bernulf.
Der Leiter der Domschule blieb skeptisch. Er war stolz auf seine Bildung und glaubte, sich in der großen Politik bestens auszukennen.
„Auch über eine Welt, in der zwei Kaiser regieren? Der eine im Abendland und der andere im Morgenland? Wird es nicht eher zu einer Spaltung der Christenheit führen?"
Auch dem Bruder Ansbert kamen Zweifel, er war vor seinem Eintritt ins Kloster weit herumgekommen und hatte dabei erlebt, wie grausame Kriege geführt wurden, ohne Rücksicht auf Menschenleben.
„Hoffentlich zerschlägt unser König nicht den alten Bund zwischen Rom und Byzanz."
Bruder Theodulf aber blinzelte mit seinen Augen. „Der König hat sicher seine Pläne, vielleicht kann er eine Hochzeit stiften, und es gelingt ihm so, mit Byzanz einen festen Bund zu gründen."
Auch Bruder Bernulf ließ sich seinen Optimismus nicht nehmen.
„Vertrauen wir König Karl und dem Papst. Ihnen ist die Neuordnung der Welt übertragen."
„Gehen wir in die Basilika und sprechen unser Gebet für König und Papst."

In der Basilika von *Patrisbrunna* heirateten an diesem Tag Reinhard und Hadoma von Salzkotten. Einige Handwerker, Bürger und der Pfalzgraf hatten sich eingefunden, um bei diesem kleinen Fest dabeizusein. Selbst der Sohn des Waffenschmieds hatte seinen Meißel beiseite gelegt und stand ein wenig abseits an einer Säule, an der er gerade ein strenges, aber ausgewogenes Würfelkapitell vollendet hatte. In der Schenke, in der vor einigen Wochen der tödliche Zwischenfall geschehen war, wurde die kleine Hochzeitsfeier gehalten. Dann führte Reinhard sein Eheweib in das Wohnhaus, das sie von nun an gemeinsam bewohnen und bewirtschaften sollten. Am nächsten Tag zogen Trudbert und Rotrud auf dem Weg nach Salzkotten zurück, den schon zuvor der Papst mit all seinen Begleitern geritten war.

Über die Hochfläche von *Patrisbrunna* fegten die ersten Herbststürme. Schon am frühen Morgen glühten die Holzkohlen in den bronzenen Wärmeschalen, der Regen schlug prasselnd an die ölgetränkten Tierhäute, welche die winzigen Fenster verschlossen. Einige Wachskerzen erhellten den angenehm erwärmten Raum. König Karl stützte die Arme auf den großen Lehnstuhl, der mit weichen Otternfellen ausgelegt war. Er blätterte in dem Evangelienbuch, das der kunstfertige Mönch Godescalk mit Goldtusche auf Purpurgrund geschrieben hatte.

Alkuin reichte ihm ein Pergamentblatt. „Seht, was ich in alten Rechnungsbüchern gefunden habe: 1 Pfund Gold galt zu Zeiten des Kaisers Konstantin 13 Pfund Silber, zur Zeit Kaiser Theodosius' bekam man nur noch 6 Pfund Silber. Bis zu Euren Eroberungen war die allgemeine Grundlage der Währung der byzantinische Gold-Solidus mit dem Kaiserbildnis, eine vollgültige Münze aus purem Golde, die allein ihre 40 Silberdenare wert war."
„Aber Ihr wißt doch, daß wir kein Gold besitzen, um Münzen prägen zu können! Die Bergwerke in Spanien, in den Cevennen und in Aquitanien sind erschöpft, die Goldwäscherei im Rhein und in den Alpenflüssen ist wenig ertragreich. Deshalb haben wir die Silbergruben in Pannonien wiedereröffnet und lassen uns von den Thüringern den Zins in Harzsilber abliefern."
„Genau darum, mein König, sollten wir den Silber-Solidus mit Eurem Königsbild einführen."
„Ein guter Vorschlag, genauso werden wir die sächsischen Lande aufbauen. Vielleicht können wir den alten Handelsverkehr zwischen den entfernten Provinzen in Ost und West wieder aufleben lassen. Nur, das einfache Wirtschaftssystem der Germanenvölker spricht dagegen. Alles, was sie brauchen, schenken ihnen Äcker und Vieh. Geld benötigen und besitzen sie kaum. In dieser Welt, in der Reichtum und Macht nach Viehherden, Weizenscheffel und nach dem Besitz von Äckern gerechnet wird, muß notwendig der Großgrundbesitzer den Ausschlag geben."
„Durch den Ausbau Eurer Pfalzen zu prachtvollen Königssitzen erhalten und schaffen wir eine neue Stadtkultur."
„Das wird aber nur sehr langsam geschehen. Vor allem hier im Nordosten des Reiches werden zunächst weiterhin die großen Grundherren die Schlüssel der Macht in den Händen haben. Es sind stolze, rücksichtslose Edelinge. Sie nehmen Zins von den umliegenden Gemeinfreien, und ihr grausamer Druck lastet schwer auf der Masse des Volkes. Die Stammeshäuptlinge bringen viele ehemals freie Bauern sogar dazu, auf die Unabhängigkeit zu verzichten und sich in ein Schutz- und Zinsverhältnis zu begeben."
Im Raum hörte man das Heulen und Toben des Herbststurmes, der prasselnd die Regenschauer gegen die Fensterbespannung warf. König Karl war aufgestanden und ging unruhig vor seinem Königsstuhl auf und ab.

Dem König lag aber nicht nur die Wirtschaft am Herzen. Der Geist antiker Freude an Wissenschaften, an Philosophie und Dichtung war wiedererwacht, die Italienzüge hatten König Karl den großen Bildungsunterschied zwischen dem fränkischen Volk und den Nachfahren der Römer erkennen lassen. Er wollte auch auf diesem Gebiet Wandel schaffen und holte dazu viele Gelehrte und Wissenschaftler, die ihm dabei helfen sollten. Besonders begabte junge Männer ließ er in seinen Domschulen ausbilden. Auch in *Patrisbrunna* sollten nach Karls Willen Kunst und Wissenschaft gepflegt werden. Der bereits bestimmte Bischof Hathumar war als Bittsteller aufgetreten, um am Ort der neuen Königspfalz eine Domschule einzurichten und die klassischen Künste zu lehren. Er hatte sein Gesuch in Verse und ausgewählte griechische Zitate gekleidet. Diese ungewöhnliche Form der Bittstellung fand Gehör beim Frankenherrscher, schon bald wurde mit dem Bau für eine Domschule begonnen.

Karl betrat mit seinen Beratern das Domkloster, um die Arbeit der Mönche zu inspizieren. Die Fenster waren mit hölzernen Luken verstellt und mit Decken verhängt. Über den Feuerböcken des Kamins loderten Buchenscheite, um die feuchte Kälte des nahenden Winters zu vertreiben. In den Eisenringen an der Wand brannten und qualmten die Kienspäne. Die Mönche saßen über ihre Schreibpulte gebeugt, die Rohrfedern kratzten über das Pergament, manchmal murmelte einer vor sich hin, aber sonst war es still. Alle waren fleißig bei der Arbeit. Der Leiter der Schreibwerkstatt, Bruder Landulf, wies König Karl auf ein besonders gut gelungenes Blatt hin, eine beschriebene und ausgemalte Seite, die eine Miniatur inmitten des Textes zeigte: zwei Pfauen, die aus einem Kelch trinken. König Karl ließ sich den Mönch vorstellen, der diese besondere Kunst beherrschte. Anerkennend schüttelte er ihm die Hand, bat ihn, viele weitere schöne Buchmalereien zu schaffen. Alkuin nahm eines der Blätter in die Hand und las ein lateinisches Wort nach dem anderen dem König vor. Der sprach jedes nach und ritzte es mit dem Griffel in eine Wachstafel ein. Es waren die Wörter für Sonne und Mond, für die Jahreszeiten und die Monate.
„Der König muß nachholen, was der Knabe durch Reiten und Jagen versäumte", erklärte er vielsagend.
Die Begleiter nickten und lobten den Frankenherrscher für seinen Lerneifer. Der wiederholte leise für sich die lateinischen Monatsnamen. Plötzlich stockte er, den Namen Mai hatte er vergessen. Lächelnd flüsterte Alkuin ihn seinem König zu.
„Vorsagen darf man eigentlich nicht! Aber Mai, Mai, darunter versteht unser Frankenvolk nichts. Es soll sich nicht mit diesen lateinischen Namen plagen. Es bleibt beim Wonnemonat und bei den fränkischen Monatsnamen."
So hieß der Monat Januar Wintermonat, der Februar Hornung, März Lenzmonat, April Ostermonat, Mai Weide- oder Wonnemonat, den Juni

nannte man Brachmonat, den Juli Heumonat, den August Erntemonat, der September wurde zum Holzmonat, der Oktober zum Weinlesemonat, aus November ein Herbstmonat, und der Dezember schließlich wurde Heiligmonat im Frankenreich genannt.
Der König legte die Wachstafel zur Seite: „In allen Abteien und Klöstern sollen gute Schulen sein! Wer dem Reiche oder der Kirche dienen will, muß lesen und schreiben können. Allem voran aber steht die Sprache der Römer, in der uns soviel Heiliges überliefert ist. Gebt Euch mit Euren Schülern also Mühe!"
Er beauftragte Alkuin, die Schulen im Reich zu fördern, zu verbessern und überwachen zu lassen. Mit Freuden versprach das der Angelsachse, der in seiner Inselheimat eine Domschule geleitet hatte.
Im nächsten Raum wandten sie sich den Schülern zu.
„Das sind die Schüler Liuthard, Biso und Sigmund. Hier hinten der stille Junge ist der Bernhard", stellte der Leiter der Domschule die Knaben vor.
Der König kam gleich zur Sache: „Nun, habt ihr fleißig den Vergil, Sallust und Statius gelesen?"
Die Knaben nickten eifrig.
„Welche freien Künste werden denn schon in der neuen Schule unterrichtet?" fragte Karl den Leiter Theodulf.
„Mein gnädigster König, wir haben bereits Lehrer, die Mathematik, Astronomie, Physik, Geometrie und Musik unterrichten. Die Knaben nehmen regelmäßig teil."
„Wie steht es denn um die Sprachen?"
„Nun, dafür haben wir den ausgezeichneten Bruder Bernulf, der vor allem in der Sprache der Angelsachsen unterrichtet!"
„Aber Ihr habt doch wohl auch talentierte Jungen aus dem Volk aufgenommen?"
„Doch, doch", beeilte sich Theodulf zu bestätigen, „da sind zwei Knaben aus dem Süderbergland und dazu einer, Xaverius Dahlus mit Namen, aus dieser Stadt. Sie versprechen einiges. Besonders der eine scheint ein begabter Schreiber zu werden!"
Beim Hinausgehen ließ sich der König ein Wachstäfelchen geben.
„Heute abend werde ich ein wenig weiterüben", lächelte er in die Runde und schaute die Schülerschar dabei besonders ermunternd an.
Gleich nach der Schulvisitation begab sich der König in den Kräutergarten, den jedes Gut und die Klöster aufzuweisen hatten. Bruder Odilo führte nun die Hofgesellschaft, und Karl nickte zufrieden, als er sah, daß Carota, Salvia, Rosmarinus, Carum, Mentha, Artemisia und Levisticum in ausreichender Zahl vorhanden waren. Der Gärtner solle nicht nur Salbei und Raute, Rosmarin und Anis, Weißwurz und Koriander anpflan-

zen, sondern über das Haus des Abtes oder des Verwalters Hauswurz ziehen. Das heile nicht nur Wunden, sondern halte den Blitz vom Dach ab, war die feste Meinung des Kräuterkundigen.
„Bruder Odilo, habt Ihr genügend Beinwell für die Krankenstube angepflanzt?" König Karl wollte es genau wissen.
Die Augen des kleinen rundlichen Mönchs blinzelten fröhlich, ja ein wenig listig unter den dichten grauschwarzen Augenbrauen her: „Wenn Ihr einen feuchten Umschlag mit dem Absud von Beinwell benötigt – ganz wie's beliebt, er ist schnell bereitet!"
„Laßt's gut sein, noch bin ich kerngesund. Aber wie steht's um die Gewürze für die Küche und besonders fürs Geflügel?"
„Für ein gutes Geflügel benötigt man Gewürze und Salz. Salz bringt der Trudbert von Salzkotten, und die übrigen Gewürze liefert der Küchenkräutergarten des Domklosters. Geflügel ohne Würze, das ist wie ein hübsches Mädchen ohne Brüste!"
Das war ein starker Spruch aus dem Mund eines Bruders! „Bruder Odilo hat sich erst seit einem Jahr von seinem Hof hier eingefunden. Er lebt noch ein wenig in der Vergangenheit", versuchte Theodulf völlig unnötig zu beschwichtigen.
„Gehen wir zurück in die Pfalz, wärmen wir uns an den schönen Künsten!" forderte Karl seine Begleiter auf, ohne die Mönche weiter zu beachten. Wie gern hätte er bald in *Patrisbrunna* einen Musenhof, ein karolingisches „Athen". Aber bis dahin ...
Der Raum, in dem sie sich nach dem gemeinsamen Mahl zusammenfanden, war mit bunten Teppichen und schönen Geweben ausstaffiert. Byzantinische Maler hatten auf Purpurgrund Fresken gemalt, die sehr fremdartig in dieser Umgebung wirkten. Einhard stand davor und erklärte, daß sich in diesen Bildern Kunst, Wissenschaft und Religion verbänden. Jede Farbe habe ihre sinnbildhafte Bedeutung, jede Geste, jedes Größenverhältnis symbolisiere einen frommen Gedanken: Gold sei die Farbe der Ewigkeit, Grün deute die keimende Erwartung an, Gelb erhörtes Flehen und Rot die flammende Liebe. Etwas ganz Besonderes waren die kleinen, buntgefärbten Glasfenster, die das Licht nur als farbigen Dämmerschein ins Gemach dringen ließen. Auf dem Pult lag das Evangelienbuch des Königs.
Trotz der angenehmen Ausstattung des Raumes blieb es kühl, das mächtige Feuer im Wandkamin reichte nicht aus, dem Raum warme Behaglichkeit zu geben. Die Diener hatten schon vorsorglich unter den Sitzen und unter dem großen Tisch Strohbündel ausgebreitet, um die Bodenkälte fernzuhalten. König Karl ließ sich in seinem Holzstuhl nieder. Ein weiter Mantel aus Wolltuch umhüllte ihn, Eichhörnchenpelz als Besatz an Ärmel und Halsausschnitt gab Wärme. Er zog einen Tisch heran,

den kostbaren Goldtisch vom Kalifen Harun al Raschid, ein Gastgeschenk. Auf der Platte war die Karte der Erde in feinen Gravuren eingearbeitet – soweit man sie kannte, dazu das Himmelssystem mit all den Planetenbahnen und Sternbildern.
Aus der Gesellschaft nahm jemand ein Instrument, griff in die Saiten, ließ Akkorde aufklingen, einige Tonläufe perlten durch den Raum. Mit leiser, warmer Stimme trug eine junge Frau ein Lied vor. Ein anderer las griechische Verse, die er in die Hofsprache übersetzte. „Wilder Homer" nannte man ihn wegen seiner Vorliebe für die Sprache der Griechen. So manches „Winelied", zu Wein gedichtet, erklang an dem langen, kalten Abend, und noch so mancher antike Text wurde gelesen und erklärt.
Karl war sehr still an diesem Abend. Wie viele Pläne hatte er für die Zukunft, die er sich für sein Reich erhoffte. Noch war es praktisch ein Rohbau, noch fehlte dem Haus die römische Pracht, der klassische Glanz. Der Geist der Antike mußte die Germanenwelt erfüllen. Aber das würde er, egal wie viele Jahre ihm noch blieben und wie groß auch seine Anstrengungen wären, kaum noch erleben. Von daher wäre es vielleicht gut, auch nicht zu vergessen, daß sie Franken waren, einen eigenen Charakter und eine eigene Art besaßen, die man erhalten und pflegen sollte. Nicht nur das Alte gelte es nachzuahmen, auch die Erinnerungen der fränkischen Vorzeit sollten bewahrt und erneuert werden: Die alten Heldengesänge, die Lieder aus Wander- und Kampftagen seines Volkes sollten in seinem Namen gesammelt und aufgezeichnet werden.
Eifrig glitt an diesem Abend Einhards Bronzegriffel über so manche Wachstafel.

Tage später kehrte König Karl mit seinem Gefolge zurück in den Westteil des Frankenreiches. Der große Heerbann, viele sächsische Edelleute und einige Grafen begleiteten ihn. Kurz vor den Weihnachtstagen erreichten sie ihr Ziel. Diesen Winter verbrachte der Herr des Frankenreiches in der neugebauten Pfalz Ingelheim am Rhein. Nur wenige Tage nach dem Jahreswechsel erreichte die königliche Pfalz eine Botschaft. Die fränkische Untersuchungskommission hatte in Rom die Hintergründe des Attentats auf den Papst nicht entwirren können. Karl verkündete daher, daß er selber nach Rom marschieren wolle, und das an der Spitze eines großen Heeres.

800 Ein Jahr später zur gleichen Jahreszeit – König Karls fünfte Gemahlin Liutgard war zu Tours gestorben. Er brach diesmal ohne die große Familie, aber mit seinem Heer nach Rom auf. Sein ältester Sohn Pippin, Vizekönig Italiens, und sein Sohn Karl begleiteten ihn mit vielen Edlen. König Karl zog an der Spitze seines Gefolges bis kurz vor Rom. Hierher hatte ihm Papst Leo die Fahne der Stadt entgegengesandt. Schon wenige Tage danach, am 1. Dezember, berief Karl in der Peterskirche in Rom eine Synode ein und bestieg als Schutzherr der Kirche den Richterstuhl, entschlossen, für klare Verhältnisse zu sorgen.

Trotz des Appells, die Anschuldigungen gegen den Papst zu präzisieren oder aber die früheren Anschuldigungen klar zu widerlegen, hatten Gegner wie Freunde des Papstes nichts Schlüssiges vorzutragen. Mehr als zwei Wochen dauerte der Prozeß. Karl war daran gelegen, Leo von allem Verdacht freizusprechen und seine Ehre wiederherzustellen.

Kurz vor dem Weihnachtsfest nahm Alkuin seinen König in einer Verhandlungspause zur Seite und warnte in poetischer Weise: *„Wehe, daß ein solches Zerreißen des apostolischen Netzes plötzlich dort erfolgt, wo jener große Seelenfischer im allerherrlichsten Leibe ruht, so daß bei der Zusammenkunft heiliger Lehrer aus aller Welt der Riß unseliger Zwietracht nur mühsam mit den Fäden heiliger Liebe wieder genäht werden kann."*

„Du hast völlig recht", stimmte Karl seinem langjährigen Berater zu, „ich werde jetzt dem Spiel ein Ende bereiten."

Der König und die Schöffen zogen sich zur Beratung zurück. Schon nach kurzer Zeit betraten sie wieder die Kirche. In Gegenwart des Königs, der weltlichen und geistlichen Spitzen und des Volkes von Rom legte nunmehr der Papst die rechte Hand auf die Heilige Schrift und begann mit klarer, weithin vernehmbarer Stimme den *Reinigungseid* zu sprechen: *„Deshalb bekenne ich, Leo, Papst der heiligen römischen Kirche, mich in Eurer Gegenwart vor Gott, der mein Gewissen kennt, und vor dem heiligen Apostelfürsten Petrus, in dessen Kirche wir sind, rein von allen schuldvollen Verbrechen, wie sie mir zur Last gelegt sind. Ich habe sie weder getan noch tun lassen. Dessen ist Gott mein Zeuge, vor dessen Angesicht wir kommen werden und vor dessen Angesicht wir stehen. Dies tue ich aus meinem freien Willen."*

Karl verkündete das Urteil. „Nach langen Beratungen in der Synode und nachdem Seine Heiligkeit, der oberste Hirte der Christenheit, den üblichen und ausreichenden Reinigungseid geleistet hat, will ich heute, am Tag vor dem hohen Weihnachtsfest, verkünden, zu welchem Urteil die Synode gekommen ist."

Karl ließ seinen festen Blick einmal rundum über die Köpfe der Versammelten kreisen; besonders den römischen Adligen in den ersten Reihen sah er in die Augen: „Die Verschwörer und Attentäter werden wegen Aufruhr, Verrat und Meineid zum Tode verurteilt und ihre Güter zugunsten der Kirche eingezogen."

Jetzt aber scharrten viele Füße, die Menge rutschte auf den Bänken unruhig hin und her. Es schien, als wolle sich die überreizte Stimmung ent-

laden, gedämpfte Ausrufe waren zu hören, noch unverständlich. Karl fuhr unbeeindruckt fort: „Wegen des bevorstehenden Weihnachtsfestes aber hebe ich das Todesurteil auf und wandle es in Verbannung um."
Da begannen einzelne Stimmen „Laudate Dominum" zu singen, immer mehr fielen ein, die aufgeladene Atmosphäre entspannte sich schnell, bis schließlich durch die Basilika des heiligen Petrus ein brausender Lobgesang erschallte.

Festlich läuteten alle Kirchenglocken den Morgen des Weihnachtstages im Jahr 800 ein. Der König, die Hofleute und Großen, die vornehmen Familien und übrigen Bewohner Roms drängten sich dicht an dicht in die Peterskirche. An diesem Tag sahen Franken wie Römer den König, wie er nie zuvor aufgetreten war. Er trug römische Patrizierkleidung: eine Tunika mit goldenem Gürtel, dann einen knielangen, mantelartigen und goldbestickten Überwurf, den Chlamys, und die traditionellen Purpurschuhe. Sie waren mit Juwelen besetzt. Zu beiden Seiten des Altares hatten Bischöfe und römische Senatoren Platz genommen. Am Hochaltar über dem Apostelgrab zelebrierte Papst Leo die Messe, assistiert von den anwesenden Bischöfen. Das gewaltige Kirchenschiff war mit seidenen Wandbehängen festlich geschmückt, in massiven Silberleuchtern brannten Hunderte von Kerzen. Eng gedrängt standen die Gläubigen, unter den langen Säulenreihen, in den Seitenschiffen und Kapellen wogte Kopf an Kopf die Menge. Süßlicher Rauch aus goldenen Weihrauchfässern stieg in die Gewölbe auf, von der Empore tönte Orgelklang.
Nach Beendigung der Messe blieb König Karl am Petrusgrab, um dort ein Gebet zu sprechen. Er kniete nieder, einige Schritte hinter ihm standen in Festgewändern, nur mit den fränkischen Kurzschwertern bewaffnet, die Reihen seiner Getreuen. Es war totenstill in der Kirche, eine namenlose Spannung lag in der Luft. Papst Leo erhob sich von seinem Thron und schritt mit hocherhobenen Händen, in denen – für das gesamte anwesende Volk sichtbar – etwas Goldenes blitzte, auf Karl zu. Er trat hinter den König, wartete ruhig ab, bis Karl sein Gebet beendet hatte und seinen Kopf hob. Der schien für einen Moment überrascht, dann senkte er wieder schweigend sein Haupt. Der Papst drückte ihm eine goldene Krone auf das leicht ergraute Haar. Der Kämmerer trat heran, hielt eine goldene Schale mit geweihtem Öl. Leo salbte die Stirn Karls mit heiligem Chrisamöl.
Die Franken hatten als erste begriffen und riefen: „Es lebe unser Kaiser Karl!" Rufe aus den Reihen der Bischöfe wurden laut: „Karl, dem Augustus, dem von Gott gekrönten, großen und friedenbringenden *Kaiser der Römer,* Leben und Sieg!"
Staunen in der Kirche, eine raunende Menge, anschwellendes Stimmge-

wirr und dann ein weiterer jubelnder Chor: „Vivat Cäsar Augustus! Ex deo coronatus!" Gemeinsam wiederholten die Massen: „Leben und Sieg dem Kaiser Karl! Heil dem von Gott Gekrönten! Kaiser der Römer!" Papst Leo warf sich dem gekrönten und gesalbten Kaiser zu Füßen. Schnell zog ihn Kaiser Karl zu sich hoch und drehte sich zum Volk in der Kirche um, das ihn mit Hochrufen weiter ehrte.
Noch am Abend dieses bedeutenden Tages ließ Kaiser Karl viele Geschenke verteilen: Sankt Peter erhielt einen Silbertisch mit Goldgefäßen und eine mit Edelsteinen verzierte Goldkrone. Für Pilger aus dem Frankenreich stiftete er ein Hospital dicht neben der Peterskirche. Später diktierte er dem Erzkanzler: „*Wir, Karl, durch Gottes Gnade König der Franken und Langobarden und Kaiser der Römer, grüßen unseren Herrn Bruder, den Kaiser der Griechen …*" Byzanz aber hüllte sich in Schweigen. Der Nachfolger der Kaiserin Irene, Nikephoros, fühlte sich als der alleinige Träger der imperialen Tradition. Das alte Band zwischen dem Osten und dem Westen war zerschnitten. Die Geschichte des Abendlandes löste sich von Byzanz und betrat den Weg eines eigenen Schicksals.

806 In *Patrisbrunna* las der Bischof von Würzburg in der Basilika der Pfalz die Messe. Vor dem Chor standen Kaiser Karl und Hathumar, hinter ihnen viele Hofleute und sächsische Adlige. Rundum drängte sich das Volk aus den Häusern um die Kaiserpfalz.
Auch der Goldschmied Reinhard wohnte mit seiner Frau Hadoma und ihrem ersten Kind, der Tochter Hildegund, dem Gottesdienst bei. Die junge Mutter trug ein kleines Bündel im Arm – den vor einiger Zeit geborenen Sohn Gero, der nach der feierlichen Handlung getauft werden sollte. Reinhard und Hadoma hatten sich glücklich angesehen, als der Kleine nach dem blitzenden Ring griff, den der Goldschmied vor dessen Augen hin- und herpendeln ließ. Sollte das ein gutes Zeichen sein? Sollte der Kleine ein ebenso erfolgreicher Goldschmied werden wie der Vater? Hildegund ähnelte der Mutter sehr, besaß die gleichen braunen Locken, hier und da von einer helleren Strähne durchzogen.
Nach der Predigt schritt der Kaiser zum Altar und trat neben den Kirchenfürsten aus Würzburg, der bisher das neue Bistum im Sachsenland verwaltet hatte. Vor beiden kniete Hathumar.
„Ich bin der Kaiser und Herr der Kirche im Frankenreich, erhebe dich, du Diener des Herrn!" Kaiser Karl reichte Hathumar die rechte Hand und zog ihn von den Stufen empor. „Zum ersten Bischof in meinem Sachsenlande und Bistum der Pfalz *Patrisbrunna* erhebe ich dich hier vor meinen Großen und vor allem Volke. Unerschrocken hast du dich vor Jahren als Geisel mit anderen in meine Hand begeben. Mit großem Fleiß hast du an der Domschule zu Würzburg deine Studien betrieben. Du

wurdest ein leuchtendes Vorbild für viele Priester. *Patrisbrunna* wird dein Amtssitz. Das Land der Ostfalen und Engern sei dein Sprengel!" schloß der Kaiser feierlich.

Der Bischof setzte Hathumar die Bischofsmütze mit einem Stirnreif auf das Haupt. Der Kaiser übergab ihm das Pallium, ein aus Lammwolle gewebtes Band mit mehreren Kreuzen. Er selbst hängte dieses höchste Abzeichen der Bischofswürde über Hathumars Schulter. Dann wurden ihm noch der Gürtel, der Hirtenstab und das Evangelienbuch überreicht.

Kaiser Karl ermahnte seinen Bischof: „Erbaue weiter Kirchen und setze Priester ein in deinem Sprengel! Wache über die Gläubigen und über ihre Hirten! Sei du ihr Vater!"

Der Erzkaplan trat an Hathumar heran und überreichte ihm die in der Kanzlei geschriebene und gesiegelte Bischofsurkunde. Ein feierliches Tedeum beendete die Einsetzung des neuen Hirten.

Nach der Zeremonie wurde das Kind des Goldschmieds und seiner Frau getauft. Als das kalte Wasser den Kopf hinabrann, begann Gero kräftig zu schreien.

„Eine laute Stimme hat er ja", freute sich Reinhard. Die Mutter drückte ihr Töchterchen glücklich an sich.

„Vielleicht tritt der Kleine ja einmal in die Fußstapfen des Vaters. Gebt ihm nur eine gute Ausbildung, dann wird es später an Aufträgen in unserem Bistum nicht mangeln", fand Hathumar ein paar freundliche Worte für die kleine Familie, die so nahe bei seinem Bischofssitz wohnte. „Vorerst wollen wir zur Mutter unseres Herrn beten, denn sie hat auch die große Gnade der Geburt erlebt!"

Patrisbrunna war Bischofssitz für Bischof Hathumar geworden. Er diente seinem Kaiser und Herrn bis zu dessen Tod 814 treu und trieb die Missionierung Sachsens stark voran. Das Bistum wuchs weiter, Klöster wie Meschede und Hethis, das später nach Corvey verlegt wurde, wurden gegründet, Pfarrkirchen erbaut. Ein Jahr nach Kaiser Karl starb Hathumar.

822 Hathumars Nachfolger wurde Badurad, ebenfalls ein sächsischer Adliger und ursprünglich Geisel am Hof Karls. Seine Familie war in der Warburger Börde recht begütert. Wie sein Vorgänger hatte er in der Bischofsstadt Würzburg seine theologische Ausbildung erhalten. Mit Kaiser Ludwig dem Frommen, Sohn Kaiser Karls – diesem hatte man bereits den Beinamen „der Große" gegeben –, verband Badurad ein enges Vertrauensverhältnis, da er oft für den Kaiser schwierige Verhandlungen führte.

Sieben Jahre nach seiner Ernennung erhielt Badurad für sein Bistum ein

„Immunitätsprivileg, das die Besitzungen und Rechte des Bistums sicherte. Im Kreise seiner Hofbeamten ließ er die Urkunde des Kaisers Ludwig des Frommen verlesen: „*Indem Wir dies anordnen, befehlen Wir, daß kein öffentlicher Richter oder irgendein Angehöriger der Richterschaft Macht haben solle, in den Kirchen, in den Orten oder in den Fluren oder anderen Besitzungen des genannten Bistums, weder gerichtliche Verhöre durchzuführen noch Bußen aufzulegen, noch Einkerkerungen und Verwahrungen vorzunehmen, noch Zeugen vorzuladen, noch Leute des Bistums ohne Beweisführung zu foltern, noch irgendwelche Entschädigungen oder unerlaubte Beschlagnahmungen einzufordern – vielmehr steht es dem genannten Bischof und seinen Nachfolgern zu, den Besitz des genannten Bistums mit allem Zubehör ungestört zu verwalten und getreu Unserem Reich zu dienen. Was man auch immer an Nutzen daraus erhoffen könnte, das gewähren Wir alles …*
Und damit dieses mittels Amtsvollmacht für künftige Zeiten besser bewahrt bleiben möge, haben Wir es mit Unserem Handzeichen bekräftigt und befohlen, daß es mit dem Aufdruck unseres Ringsiegels gesiegelt werde.
Gegeben am vierten Tag der Nonen des Monats April, im neunten Jahr des Kaisertums des allerchristlichsten und erhabenen Herrn Ludwig. Geschehen im königlichen Palast zu Aachen 822. In Gottes Namen, möge es zum Heil gereichen. Amen."
Von nun an konnte der Bischof von *Patrisbrunna* wie ein weltlicher Herrscher regieren, Recht sprechen und Steuern einnehmen. Graf Folodag wurde sein bischöflicher Vogt, der ihn in allen Angelegenheiten zu vertreten hatte. Als erstes erhielt er den Auftrag, durch die Kopisten des Klosters eine Abschrift des Privilegs anfertigen zu lassen und allen Grafen des Herzogtums Sachsen den Inhalt zur Kenntnis zu bringen.

Das Domkloster der Bischofsstadt war in den wenigen Jahren beachtlich gewachsen. Neben der Kirche standen die fertiggestellten Gebäude, ein Dormitorium, ein Refektorium, Keller und Wirtschaftsgebäude. Eine Mauer umschloß das Kloster, das nur durch ein einziges Tor zu betreten war. Hier wohnten und lebten die Domgeistlichen. Morgens zogen sie schon in der Frühe um vier zum ersten Stundengebet in den Kapitelsaal ein, um ein Kapitel der Klosterregel nach dem heiligen Benedikt zu hören, später feierten sie gemeinsam das Meßopfer in der Basilika.
Eines Tages wurde Bischof Badurad der Grundherr von Böddeken gemeldet, er brachte seinen zwölfjährigen Sohn Meinolf mit und hatte den Wunsch, daß dieser in die Domschule aufgenommen werde. Der Bruder Pförtner kam aus der kleinen Zelle am Eingang, öffnete die eisenbeschlagene Tür und ließ den Herrn von Böddeken mit seinem Sohn eintreten. Freundlich begrüßte der Bischof den Grundherrn und den Jungen: „Das ist also der Meinolf. Ihr wollt ihn der Obhut der Mönche übergeben?"

„Ja, Herr Bischof, er ist wohl für schwere Arbeit nicht so geeignet. Dafür schreibt Meinolf den ganzen Tag die schwierigsten Buchstaben auf die Wachstafel, die ihm unser gnädiger Kaiser Karl vor Jahren als sein Taufpate geschenkt hat. Fleißig üben sollte er, hatte unser Herr damals dazu gesagt."
„Wenn der Kaiser Karl das schon gewünscht hat, dann müssen wir den Meinolf wohl aufnehmen", schmunzelte Badurad. „Bruder Ansbert, habt Ihr alles vorbereitet?"
Der große Mönch mit kräftiger Glatze, die von einem dichten Kranz dunkler Haare umrahmt war, nahm ein vorbereitetes Formular aus einem Kästchen und ging der Gruppe voran zur Hauskapelle, deren Altar mit zwei brennenden Kerzen geschmückt war. Nachdem Meinolfs Vater vor dem Bruder als Zeugen seinen Wunsch wiederholt hatte, wickelte Bischof Badurad selber die Hand des Jungen in das Tuch des Meßkelches und ließ den Vater die andere Hand des Kindes ergreifen. Langsam und deutlich verlas er die vorgeschriebene feierliche Formel:
„Da es von alters her gesetzmäßig festgelegt und vorgesehen ist, daß Eltern ihre Kinder zu treuen Diensten in den Tempel des Herrn geben, so wird uns dadurch ein heilsames Beispiel, was wir mit unseren Kindern zu tun haben, gezeigt …
Deshalb will ich diesen unseren Sohn, namens Meinolf, der die Opfergabe und Bitturkunde um die Aufnahme in der Hand hält, und dessen Hand in die Altarpalla gewickelt ist, in dem Namen des heiligen Kilian und der heiligen Mutter Gottes und in meinem eigenen Beisein vor Zeugen hiermit übergeben, daß er der Regel gemäß hierbleibe. Er darf also von diesem Tage ab seinen Nacken nicht mehr dem Joch der Regel entziehen – noch auf irgendeine Weise durch mein Zutun irgendeine Gelegenheit zum Austritt erhalten. Und damit dieses mein Ansuchen endgültig ist, habe ich es durch eigenhändige Unterschrift bekräftigt."
Bruder Ansbert schob dem Vater die Urkunde zu: „Malt euer Kreuz auf diese Stelle, Grundherr!"
Dann mußte Meinolf seine Unterschrift geben. Er konnte bereits seinen Namen in ungelenken Buchstaben unter das Schriftstück setzen. Als Zeugen unterschrieben der Pförtner und Bischof Badurad selber. „Nun nehmt Abschied!" sagte Badurad aufmunternd und wandte sich zum Ausgang, damit Vater und Sohn allein waren. Der Grundherr von Böddeken legte seinem Sohn, der mit scheuen Augen die fremdartige Umgebung musterte, die Hand auf die Schulter, strich ihm über das Haar und verabschiedete sich von ihm:
„Wenn du einmal Priester oder Mönch bist, dann wirst du freier sein, denn nur die Kirche nimmt das Joch vom Nacken des Menschen. Sieh zu, daß du es weiterbringst als bis zum Pförtner!"

„Wenn ich erst alle Studien abgeschlossen habe", seufzte der Knabe, „dann möchte ich schon Pfarrer oder gar Bischof sein!"
Zusammen mit vielen anderen Schülern saß er von jetzt an jeden Tag im Unterrichtsraum der Domschule und hörte seinen Lehrern zu, sie schrieben fleißig das Alphabet, lernten Zahlen, studierten die großen Philosophen und wurden in den Lehren der heiligen Kirche unterwiesen.

Die Erweiterung des Gotteshauses lag Bischof Badurad besonders am Herzen. Denn seit dem großen Treffen zwischen Kaiser und Papst hatten sich zahlreiche Handwerker und Tagelöhner, einige Bauern, Händler und Fuhrleute sowie Bedienstete des Königshofes, dazu Mönche und Priester in *Patrisbrunna* angesiedelt. Häuser waren inmitten der Umwallung errichtet worden, schöne stattliche Fachwerkbauten. Die Grubenhäuser waren fast alle verschwunden.
Mit seinem Baumeister Lorenzo dem Jüngeren, dem Sohn des unglücklichen Waffenschmieds Lorenzo de Cordoba, stand Bischof Badurad vor der Basilika. Seit einem Jahr war Lorenzo mit Hildegund, der Tochter Reinhards, verheiratet, der nur schweren Herzens der Hochzeit zugestimmt hatte. Der Gedanke, am Tod des Großvaters seiner eigenen Enkel beteiligt gewesen zu sein, belastete ihn sehr. Aber er wollte dem Glück seines einzigen Kindes – der Sohn Gero war wie so viele Kinder früh gestorben – nicht im Wege sein und auch seinen Teil zum Frieden zwischen den Familien beitragen, also willigte er ein, als der Baumeister um die Hand seiner Tochter bat. Als sollten sich seine düsteren Vorahnungen erfüllen, traf ein schwerer Schlag die junge Familie, denn schon mit einem Jahr erblindete ihr Sohn Konrad nach schwerer Krankheit. Sogar der Wundarzt, den Bischof Badurad aus dem Palast geschickt hatte, konnte nichts ausrichten.
„Vielleicht gibt es ja die Möglichkeit, den Kleinen einmal eine heilige Reliquie berühren zu lassen. Das hat schon viele Leiden geheilt", versuchte der Bischof seinen Baumeister zu trösten. Lorenzo starrte düster vor sich hin: War das Unglück nicht doch die Auswirkung des bösen Fluches seines unseligen Vaters?
Der Bischof erkannte, daß es besser war, das Thema zu wechseln. „Damals, als dieser Bau errichtet wurde, reichte der Platz noch für die ersten Bewohner unserer Siedlung. Es sind mehr und mehr geworden. Daher müssen wir erweitern. Vielleicht haben wir in nächster Zeit ein besonders verehrungswürdiges Heiligtum hier. Dann kommen noch mehr Beter, ja Pilger, die unsere Basilika aufsuchen, die Reliquien sehen wollen und" – der Bischof machte eine bedeutungsvolle Pause – „Geld in die Siedlung bringen!"

Lorenzo, immer noch von schmaler Gestalt, die so filigran wie manche Ranke an den von ihm geschaffenen Kapitellen wirkte, nickte zustimmend.
„Hochwürdigster Herr Bischof, wir können hier nur einen Erweiterungsbau anfügen. Sonst müßte das gesamte Gotteshaus abgerissen werden."
„Das können wir uns nicht leisten, es würde zuviel Geld kosten, das wir nicht aufbringen können."
„Daher meine ich, am sinnvollsten wäre es, einen westlichen Querbau anzusetzen."
„Da habt Ihr wohl recht, Baumeister, aber irgend etwas Besonderes sollte die Erweiterung schon aufweisen. Nun, wie steht es um Eure Einfälle?"
„Ausgewogen, wie schon gesagt", jetzt kniete sich Lorenzo auf den Boden, nahm ein kleines Stöckchen und zog Linien in die Erde, „das hier ist der Grundriß unserer Basilika. Ein rechteckiger, länglicher Bau mit drei Apsiden, davon die mittlere weiter ausgeformt. Wenn man nun im Westen ein Querhaus ansetzt, das in der Größe etwa dem Langhaus entspricht, wäre das ein sehr ausgewogenes Gesamtbild."
Er zeichnete in den Grundriß der Westfassade eine Apsis, die etwa der Größe der Hauptapsis im Osten entsprach.
„Das sieht schon sehr gut aus, gefällt mir", Bischof Badurad schob die Spitze seines Schuhs in Richtung der starken Auswölbung, „hier aber muß etwas Außergewöhnliches hin, ich denke da an eine Krypta. Wie im Petersdom", geriet der Bischof ins Schwärmen. „Da können wir Reliquien ausstellen oder Heiligengräber ohne Störung des Chordienstes zur, na, sagen wir zur ‚handgreiflichen' Verehrung anlegen. Was haltet Ihr davon?"
„Wunderbar, eine Krypta, das ließe sich machen. Man könnte sie ringförmig planen."
Wieder zog er mit dem kleinen Holz durch den Sand: „Wenn man innerhalb des Apsisrunds einen umlaufenden Stollen bauen würde, so könnte er zu einem Mittelgang führen, dessen hinterer Teil das Besondere aufnehmen könnte."
„Hervorragend, und das wird eine bedeutende Reliquie zur Anbetung sein. Genau, das ist es. Das habt Ihr wunderbar überlegt!" Der Bischof klatschte vor Begeisterung in die Hände. „Macht mir nur bald die genauen Baupläne, damit wir schon in den nächsten Wochen mit der Erweiterung beginnen können! Es soll Euer Schaden nicht sein, wenn Ihr zuverlässig und schnell arbeitet."
Bischof Badurad verabschiedete sich von Lorenzo, der sich in die Bauhütte seitlich des Domes zurückzog, um gleich die ersten Striche mit

einem Stück Kohle auf ein Leder zu bringen. Später würde er alles auf Pergament übertragen, mit genauen Maßen, damit die Bauleute das Fundament und die Grube für die Krypta und übrigen Mauern ausheben konnten.

833 In dieser Zeit weilte Bischof Badurad des öfteren in Westfranken bei seinem Freund Aldrich, dem Bischof von Le Mans, der einige Zeit Beichtvater Ludwigs des Frommen war und dem 832 die Bischofswürde von Le Mans übertragen worden war. Ein Treffen auf der Aachener Synode ein Jahr später nutzte Badurad, um Aldrich seine nach wie vor großen Probleme in *Patrisbrunna* zu schildern.
In einem Gespräch berichtete Badurad seinem westfränkischen Mitbruder von der Berufung in *Patrisbrunna*: „Die Mission der Heiden, die ich von meinem Vorgänger, Bischof Hathumar, übernommen habe, bildet immer noch meine Hauptaufgabe. Viele Pfarrkirchen habe ich deshalb im ganzen Bistum errichten lassen. Die Hauptkirche in *Patrisbrunna* aber muß mit außerordentlichem Schmuck und einem großen Werk vollendet werden. Denn trotz aller Mühen, trotz aller Unterweisungen ist das Volk, besonders die gemeinen Leute, schwach im Glauben. Unsere Missionare können sie nur mit Mühe gänzlich von ihren heidnischen Irrtümern losreißen. Meine Priester melden mir, daß sie sich immer wieder heimlich einigen angeerbten heidnischen Gebräuchen zuwenden."
Da Aldrich selbst aus sächsischem Geschlecht stammte, kannte er die Probleme Badurads nur zu gut: „Oft ist das neue Christenvolk am leichtesten von seinem Unglauben zu bekehren, wenn der Leib eines berühmten Heiligen seine Ruhestätte in der Mitte der Gemeinde, in der Kirche, findet."
„Ich habe schon daran gedacht, daß solche Reliquien fehlen, die unsere Sachsen enger an das Bistum, an die Basilika binden."
„Nun, eine Reliquie habt Ihr doch vom Heiligen Vater selbst erhalten, die Gebeine des Erzmärtyrers Stephanus."
„Aber das genügt noch nicht. Es müßte eine Reliquie sein, die durch Wunder und Zeichen und durch Heilung Aufsehen erregt. Das Volk muß anfangen, die Gebeine zu verehren, ja den Schutz des Heiligen anzurufen."
„Du hast recht, Badurad, nur was die vor kurzem Bekehrten vor ihren Augen sehen, dem können sie ihren Glauben nicht versagen. Ich zweifle nicht daran, daß den Gläubigen der Stadt und den nach *Patrisbrunna* Kommenden auf ihre innigen Gebete hin reicher Trost und Gnade gespendet werden. Ein solcher Ort steht natürlich ganz besonders unter dem Schutz des Heiligen, erfährt aber den größten Ruhm, wenn Wunder und Heilungen geschehen!"

„Nur hat der heilige Stephanus uns leider, leider noch keine solchen Zeichen gegeben!“ seufzte Badurad
„Vielleicht“, sagte Aldrich zögernd, „sind die sterblichen Reste des ganzen Körpers eines Heiligen wirksamer als nur einzelne Gebeine. Das *Grab* eines Heiligen muß zum Zentrum der Christen werden. Schon lange stehen wir in Le Mans in enger Beziehung zum Sachsenland. Damals, bei der Errichtung deines Bistums, schenkte der selige Kaiser Karl aus seinem Königsbesitz dem neuen Bistum *Patrisbrunna* das Medarduskloster, es ist ja nur zwölf Meilen entfernt. Aus dieser langen Verbundenheit möchte ich dir, lieber Badurad, und deinem Bistum die Gebeine des heiligen Liborius als Geschenk in die Obhut des Domes geben. Vorausgesetzt, der Kaiser stimmt zu.“
„Ich werde eine Gesandtschaft nach Le Mans senden und dann in feierlicher Translatio den Leichnam nach *Patrisbrunna* in die Basilika überführen. Ich schicke dir den gerade ernannten Archidiakon Meinolf; er ist mein unbedingt Vertrauter im Bistum“, machte Badurad gleich ganze Sache, denn er hatte gemerkt, daß Aldrich das Angebot nicht leichtgefallen war. Mit Handschlag beschlossen sie die Abmachung.

836 Nicht lange nach seiner Rückkehr stellte Bischof Badurad an der Pader die Gesandtschaft zusammen und ließ sie mit einer kleinen Begleitmannschaft und vielen Segenswünschen nach Westfranken aufbrechen. Die Führung übernahmen der Archidiakon Meinolf und der ergraute, alte Pfalzvogt Folodag. Auch Baumeister Lorenzo hatte sich mit seinem Schwiegervater Reinhard und seinem Sohn Konrad der großen Wallfahrt angeschlossen. Die Familie, mit dem blinden Sohn seit 20 Jahren schwer getroffen, wollte nichts unversucht lassen, was Heilung verheißen könnte, und hatte Bischof Badurad gebeten, sich dem Zug nach Le Mans anschließen zu dürfen. Vier Wochen reisten sie auf staubigen Wegen, manchmal über die verfallenen Römerstraßen, dann wieder waren sie auf den Heer- und Handelswegen unterwegs. Pfalzen und Klöster beherbergten sie, denn sie ritten in königlichem Auftrag.
Die Pferde trotteten in den ersten warmen Strahlen eines Frühlingstages in Richtung Chartres. „Ob die Leute von Le Mans die Reliquien ihres so sehr verehrten Liborius überhaupt herausgeben werden? Ob der Heilige mir das Augenlicht wiedergeben kann?“ fragte Konrad seinen Vater, der schläfrig an Konrads Seite ritt, ebenso unvermittelt wie mutlos. Lorenzo war sofort hellwach, so resigniert hatte sein Sohn noch nie geklungen, vielmehr schien er während der langen Reise große Hoffnung auf die Kraft des Heiligen zu setzen.
„Liborius ist ein ganz großer Heiliger, er wurde 337 zum Bischof gewählt und wie Martin von Tours vom Volk sehr geliebt, weil er sich be-

sonders der Armen und Kranken annahm. Vor allem aber wollte er über die Grenzen der Stadt Le Mans hinaus im heidnischen Umland den christlichen Glauben ausbreiten, nur in der Stadt selber gab es schon sehr viele Christen. Er ließ allein etwa 20 Kirchen errichten und hat über 200 Priester geweiht. Er soll auch eine Herkulesstatue umgestürzt und sich den gallischen Druiden widersetzt haben. Er trat ihnen im heiligen Hain gegenüber. Dabei hat er einen der geheiligten Mistelzweige von der Eiche geholt und gezeigt, daß er in seinem Glauben an Jesus Christus stärker ist als ein Heidenschwert. Ein solcher Heiliger vermag viel!" versuchte Lorenzo seinem Sohn Mut zu machen. „Er lebte nicht nur zur Zeit des heiligen Martin von Tours, sondern er war auch dessen Freund. Als Martin hörte, daß Liborius im Sterben lag, eilte er zu ihm und blieb in seiner letzten Stunde an seinem Lager. Martin leitete auch das Begräbnis in der Zwölfapostelkirche, in der der erste Bischof von Le Mans, der heilige Julian, begraben liegt. Dort sind schon bald nach dem Tod von Liborius die ersten Heilungswunder geschehen. Der Heilige wird auch dich heilen, vertrau auf ihn!"
„Der Heilige wird ihn kaum heilen", unterbrach Meinolf, der den Rest ihres Gespräches mitbekommen hatte. „Ein Wunder vollbringen kann nur Gott der Allmächtige selbst. Der Heilige kann nur unser Fürsprecher sein beim himmlischen Herrn." Ärgerlich blickte Lorenzo zu Meinolf hinüber. Was mußte er Konrad den Mut nehmen mit seinen theologischen Spitzfindigkeiten. Gott oder Liborius oder beide, war doch egal, wer heilte – Hauptsache, sein Sohn würde wieder sehen können!

Nach anstrengendem Ritt erreichte die Gesandtschaft aus *Patrisbrunna* Le Mans. Bischof Aldrich und zahlreiche Mitpriester nahmen sie herzlich auf. Nach einem längeren Fasten zogen sie in einer feierlichen Prozession durch Le Mans zum Grab des heiligen Liborius. Die Bischöfe und Priester trugen ihre liturgischen Gewänder, Diakone hielten Evangelienbücher, in den Händen der Subdiakone leuchteten helle Kerzen. Lorenzo schritt mit seinem blinden Sohn an der Hand inmitten des feierlichen Umzuges. Plötzlich glaubte er einen so herrlichen Duft zu verspüren, wie ihn kein Arzt mit allen Arten von Gewürzen zusammenstellen oder bereiten konnte.
„Konrad, bemerkst du auch diesen wunderbaren Wohlgeruch?"
„Ja, es duftet, wie von vielen tausend Rosen!"
„Das ist es, wie Rosen im hohen Sommer, wenn die Sonne darauf steht und die Blüten geöffnet sind! Das ist gewiß schon ein gutes Zeichen!"
Ringsum wurden die Menschen unruhig, denn auch sie nahmen diesen unvergleichlichen Wohlgeruch in der Luft wahr. Niemand konnte sich den Grund erklären. Dann wurde der heilige Leib aus dem Grab ge-

nommen, dabei schien der Duft wie von vielen verschiedenen Rosenblüten sogar noch intensiver zu werden.
Lorenzo näherte sich mit seinem Sohn ehrfürchtig dem in Tücher gehüllten Körper des heiligen Liborius, und Konrad legte kurz seine Hand auf den Leib des Toten. Viele Kranke wurden an den Heiligen herangeführt. Aber niemand konnte ein besonderes Zeichen von Heilungen erkennen.
Nur langsam ordnete sich der Zug, um die Reliquien zur Kathedrale von Le Mans zu überführen. Von dort ging es weiter zur Vinzenzkirche am Stadttor. Hier sollte der Körper des heiligen Liborius der Paderborner Gesandtschaft übergeben werden. Die Stimmung in der Bevölkerung wurde immer unruhiger, schon erhoben sich heftige Klagen gegen Aldrich: „Wir werden des Schutzes unseres großen Patrons beraubt!" „Nach Gott ist Liborius der einzige Schutz unseres Landes!" Bischof Aldrich bestieg die Kanzel der Kirche, versuchte den Zorn seiner Gläubigen zu besänftigen. „Meine Brüder, glaubt nicht, daß ich euer Wohl vergessen hätte. Nein, ich habe die Reliquien unseres Patrons nicht ohne Gottes Vorsehung und klare Offenbarung von hier fortgeschickt. Auch muß ich euch sagen, meine lieben Gläubigen, daß Kaiser Ludwig den Befehl gegeben hat, und wer immer sich seiner Amtsgewalt widersetzt, widerstrebt Gottes Anordnung", drohte er unverhohlen.
Die Empörung und das Klagen in den dichtstehenden Reihen der Christen von Le Mans wollten dennoch nicht aufhören. Lorenzo hielt seinen Sohn fest am Arm. Archidiakon Meinolf, der sich mit dem Vogt Folodag neben dem Sarg mit den Gebeinen befand, blickte ängstlich umher und murmelte vor sich hin: „Ich gebe meinen ganzen Erbanteil zu Ehren des heiligen Liborius und gelobe zudem, in Böddeken, meiner Heimat, ein Kloster zu bauen und dort zum Dienst der Gottesmutter und des heiligen Liborius eine Gemeinschaft von gottgefälligen Frauen zu versammeln, wenn alles ein gutes Ende nimmt."
„Ich nehme diese Schenkung vor den hier anwesenden Zeugen gern im Namen des Kaisers und des Bistums an", wandte sich Folodag rasch dem verdutzt dreinblickenden Meinolf zu.
Auf der Kanzel redete Bischof Aldrich unverdrossen weiter auf seine Gläubigen ein: „Nun laßt uns doch ein gutes, ja ein sehr gutes Werk tun und unseren Glaubensbrüdern im fernen Sachsenland durch die Wunder unseres Heiligen ein Zeichen Gottes geben. Dieses jüngst zum Glauben berufene Volk besitzt wenig Hilfe und Stärkung, wie sie der heilige Liborius zu vermitteln vermag. Sie haben von uns Unterstützung erbeten, und wir dürfen nicht gegen das Gesetz der Bruderliebe unser Herz verschließen. Auch dort soll das Volk anfangen, die Gebeine zu ver-

ehren, ja den Schutz des Heiligen anrufen können. Die gerade Bekehrten werden sie mit ihren Augen sehen, und dann können sie dem sichtbaren Beweis ihren Glauben nicht versagen. Auf ihre Fürbitten hin wird ihnen reicher Trost und Gnade gespendet werden. Laßt unsere Gabe zum Liebesbund ewiger Freundschaft zwischen Le Mans und *Patrisbrunna* werden! Darum, Brüder, laßt ab von eurem Zorn, damit ihr nicht gegen Gottes Anordnung aufsässig erscheint!"

Langsam wurde es ruhiger in den Reihen der Menschen, und Aldrich konnte endlich die Gesandtschaft entlassen: „Gottes Segen für eure weitere Reise. *Benedicat vos omnipotens deus, pater et filius et spiritus sanctus ...*" Er segnete die Männer aus *Patrisbrunna* und das Volk, das nicht länger aufbegehrte und stumm Abschied von seinem toten Bischof nahm. Einige winkten den Scheidenden sogar zu, die sich auf den nächsten Teil der Reise, zum Medarduskloster, machten.

Schweigend ritten Lorenzo und Reinhard hinter der Reisegesellschaft her. Die Enttäuschung, daß sich trotz der beschwerlichen Reise an das Grab der Zustand des blinden jungen Mannes noch nicht geändert hatte, stand beiden deutlich ins Gesicht geschrieben. Sie zuckten voller Ratlosigkeit die Schultern, als es vorne in der Gruppe unruhig wurde. Dort hatte Konrad den Arm zum Himmel gestreckt. „Es ist so hell geworden! Es leuchtet überall! Seht ihr auch diesen Schein?"

Mit aufgerissenen Augen starrte Konrad zum Himmel. Lorenzo und Reinhard preschten sofort nach vorn und sahen in Konrads Gesicht. Der wies zum Himmel: „Was ist das? Was ist da über uns? Seht nur, seht mal alle her, nennt man das einen Vogel?"

Sie schauten hoch und entdeckten einen Pfau mit wunderbarem blaugrün-goldenem Gefieder, der vor der Schar herflog. Mit kräftigem Flügelschwingen kreiste er um den Reliquienschrein herum. Da erst begriffen sie richtig, was geschehen war: „Ja, Konrad, das ist ein Vogel, ein Pfau, und du hast ihn entdeckt. Dann kannst du wieder sehen!"

Lorenzo konnte es kaum fassen, er sprang vom Pferd und faßte Meinolf an beide Schultern und schrie es ihm ins Gesicht: „Archidiakon, mein Sohn kann wieder sehen, er hat den Pfau entdeckt!"

Es gab keinen in der Gruppe, der nicht herbeigerannt kam – ein Wunder, wer wollte das nicht aus nächster Nähe sehen!

Der Vater wollte Konrad nach alter Gewohnheit vom Pferd helfen, aber geschickt rutschte er vom Sattel auf den Boden.

„Konrad, zeig mir einmal, wo sich jetzt der Vogel befindet!" forderte ihn Reinhard auf.

Der junge Mann wies genau auf die Stelle, wo der schöne Pfau saß, nämlich auf einem Busch in der Nähe des Schreins.

„Sag mal, welches Gewand trage ich, welche Farbe hat es?" prüfte Meinolf weiter.
„Ich habe gehört, daß Ihr ein weißes Gewand tragt. Sonst weiß ich nicht, wie Farben aussehen."
Reinhard wischte sich verstohlen eine Träne von der Wange. Was würden seine Frau Hadoma und erst seine Tochter Hildegund sagen? Ihr war nun doch großes Heil durch das Wunder an dem blinden Sohn widerfahren. Dem Himmel sei Dank!
Nur langsam kehrte Ruhe in die Reisegesellschaft ein, dann saßen alle wieder auf und zogen weiter.
„Du weißt doch, Konrad, welche Bedeutung dieser Vogel hat?" fragte ihn Meinolf, der eine Weile mit ihnen ritt. Der schüttelte den Kopf.
„Der Pfau gilt als Symbol der Unsterblichkeit und als Zeichen königlicher Würde."
In sich gekehrt ritten die Männer und Konrad schweigend den Rest des Weges.
Schnelle Boten hatten dem Abt von St. Medardus das Nahen der Reliquienprozession verkündet. Er eilte mit seinem Konvent den Gesandten entgegen, empfing sie mit großen Ehren und geleitete die Träger mit dem heiligen Leib in die Klosterkirche, wo die Gebeine auf dem Altar niedergestellt wurden. Dann setzte er sich an sein Schreibpult und schrieb alles genau auf, um später darüber berichten zu können.
Im Kloster verweilte die Reisegruppe zwei Tage, nahm ihr Nachtlager und versah sich mit allem Notwendigen für die weitere lange Reise, die fast dreißig Tage durch das Land nach Chartres und Paris, weiter an der Oise entlang nach Norden, später mit einem Schwenk nach Osten führen sollte. Die Bahre des heiligen Liborius wurde auf jeder Seite von vier Männern getragen. Auf zwei armdicken Stangen, die sie auf ihre Schultern gelegt hatten, ruhte ein Holzschrein aus kostbarem Olivenholz, in dem die Reliquien aufbewahrt waren.
Überall aber, so erzählte man später, wo die feierliche Reliquienprozession entlangzog, sprossen Blumen auf, und fremde, nie gesehene Vögel jubilierten zum Preis des Heiligen am Himmel. Wo sie im Freien übernachteten, quollen klare Brunnen zu ihrer Erquickung. Wenn sie mit ihrer Last an einen Fluß kamen, gingen sie hindurch, ohne ihre Füße zu benetzen; die Dornen am Wege stachen sie nicht, und die scharfen Steine ritzten nicht ihre Fußsohlen.
Schnell war die Nachricht über die Reise mit den Gebeinen des heiligen Liborius und der ersten Wunderheilung der Prozession vorausgeeilt. Schon am Rhein erwarteten unzählige Scharen von Franken und Sachsen die Prozession. Viele glaubten auch den Pfau zu sehen, von dem berichtet wurde, er fliege dem langen Zug voran. Die Gesandtschaft zog

weiter über den Hellweg. Hier kam sie wegen der immer größer anwachsenden Menge von versammelten Christen in den Orten nur schrittweise vorwärts.
Am Pfingstsonntag erreichte man die Bistumsgrenze bei Salzkotten. An dem kleinen Flüßchen Heder wurde mitten auf dem Feld ein Meßopfer gefeiert. Die Menschen waren neugierig und wollten den Geheilten sehen. Überall streckten sich ihm Hände entgegen, die er ergreifen mußte. Einige Blinde führten seine Hand sogar an ihre Augen. Konrad, überglücklich über das wiedergefundene Augenlicht, ließ das alles ruhig und gelassen mit sich geschehen. Unablässig zogen die Menschen am Schrein vorbei; fünf von ihnen wurden an die Reliquien geführt, berührten sie und sollten von ihren schmerzvollen Steinleiden befreit worden sein.
Wie schon vor 37 Jahren bei der Ankunft des Papstes Leo III. erwarteten alle Priester, hohe geistliche Würdenträger, die Mönche, der gesamte Klerus und viele, viele gläubige Sachsen die Ankunft der Gesandtschaft mit den Gebeinen des Heiligen. Natürlich wollten alle auch den geheilten Sohn Lorenzos sehen. Vielleicht würde sich ja noch ein neues Wunder ereignen. Da wollte man doch dabeisein!
Sobald die Gruppe in Sichtweite kam, warf sich die Menge zu Boden. Die Abordnung zog mit dem Holzschrein durch das Pfalztor in *Patrisbrunna* ein. Konrad ging voraus; auch hier betasteten ihn viele Hände. Dann stand eine Frau vor ihm. Sie ging wortlos auf ihn zu und nahm ihn stumm in die Arme. Konrad spürte, daß es seine Mutter war, obschon er sie nie jemals zuvor gesehen hatte! Tief bewegt knieten die Menschen nieder und priesen Gott den Herrn.
Später behaupteten einige, der Pfau sei lange über der Gruppe gekreist. Als sie *Patrisbrunna* erreicht hätten, sei der Vogel tot zu Boden gestürzt. Die Gebeine des Heiligen wurden in der Westkrypta des Domes niedergesetzt. Den Tag und die Nacht zogen unablässig betende und singende Christen durch den Dom, der Lobpreis Gottes wollte kein Ende nehmen.

Tags darauf ließ Bischof Badurad den Goldschmied Reinhard zu sich in den Bischofspalast kommen.
„Braun gebrannt seid Ihr, die Reise nach Le Mans hat Euch wohl nicht sehr angestrengt?"
„Hochwürdiger Herr Bischof, es war zwar eine lange Strecke in das westliche Frankenreich und wieder hierher, aber wie könnte ich erschöpft sein, nachdem unsere Familie ein so großes Glück erleben durfte. Ich fühle mich so jung wie seit Jahren nicht mehr.
„Ja, wirklich ein großes Wunder und ein großes Zeichen Gottes! In den nächsten Tagen werde ich Euer Haus aufsuchen. Ich muß doch den

Konrad selber einmal sprechen. Aber ich habe Euch noch wegen einer anderen wichtigen Aufgabe rufen lassen. Ihr habt uns schon so viele Gerätschaften und Schmuckstücke angefertigt, daß es Euch sicher nicht schwerfallen wird, meinem Wunsch zu entsprechen."

„Gern, sagt mir nur, was Ihr wünscht."

„Auf der Reise habt Ihr ja den Schrein mit den Reliquien des heiligen Liborius immer vor Augen gehabt. Das ist zwar ein edles Holz, aus dem der Behälter angefertigt wurde, aber ich möchte, daß Ihr den schlichten Holzschrein verziert. Wie könnte das geschehen, welche Vorschläge habt Ihr?"

Reinhard bekam große Augen. Ein solcher Auftrag für ihn? Das würde sein Lebenswerk krönen!

„Wenn der Holzschrein erhalten werden soll, dann kann man ihn nur verkleiden. Es wäre möglich, silberne oder gar goldene Beschläge anzufertigen. Diese könnten als Fassungen für besondere Edelsteine gearbeitet werden. Ja, ich würde einen Segensspruch in eines der Metallbänder oder sogar eine Figur hineinarbeiten."

„Eine gute Idee. Einen völlig neuen Schrein können wir zu dieser Zeit nicht herstellen. Das Geld wird für die Erweiterung der Kirche und der Bauten rings um das Gotteshaus benötigt. Aber ein solcher Schmuck, wie Ihr ihn vorschlagt, stände dem Schrein sicher gut an."

Die Begleiter aus Le Mans und dem Kloster St. Medardus kehrten nach wenigen Tagen Aufenthalt in der Bischofsstadt mit dem Segen Badurads und mit vielen Gastgeschenken in ihre Heimat zurück. Reinhard machte sich sofort ans Werk, und in wenigen Wochen war zur Zufriedenheit des Bischofs der Holzschrein mit edlen Metallbändern beschlagen. Darauf funkelten farbige Edelsteine. Mit dem Oberhirten von *Patrisbrunna* und den Priestern der Bischofskirche bettete der Goldschmied die Reliquien wieder in den Schrein. Er wurde versiegelt und in der Krypta beigesetzt.

An diesem Tag feierte man in *Patrisbrunna* ein großes Fest vor der Basilika. Auf dem Domplatz drängten sich Bürger und Bauern. Fahrende Leute waren von allen Seiten herangezogen, als sie von dem bevorstehenden Fest erfuhren: Musiker, Gaukler, Puppenspieler und Schwerttänzer. Seiltänzer hatten ihr Gerüst aufgeschlagen und vollführten hoch über den Gaffern ihre Kunststücke. Vor dem Dom hatten Spielleute Bretter über Fässer und Kästen gelegt und eine Art Bühne errichtet, während Hunderte von Bauern und Klosterleuten, Handwerkern und Kriegern herbeidrängten, um dem fröhlichen Spiel beizuwohnen. Der Hauptteil der Vorführung wurde von einem in bunte Lappen gekleideten Narren bestritten, der mit tolpatschigem Hinfallen, derben Prügeleien und Gesten zweideutiger Art die Zuschauer unterhielt. Bescheiden waren die Ansprüche der Menschen aus der neuen Sachsenstadt. Fahrende Händler verkauften Töpfe und Krüge, Gerät und Geschirr, Taue und Seile. Auch waren viele Buden aufgestellt worden. Das Volk beschaute und bestaunte darin die Honigkuchen und süßen Früchte, bunte Bänder und Tücher, Ringe und Schnallen, Ohrgehänge, Ketten und Perlen aus Glas. Junge Leute sammelten sich auf dem Anger vor der Kirche. Dort fiedelten und flöteten die Musikanten. Burschen und Mädchen hatten Tanzpaare gebildet, sie ahmten den Flug der herabstoßenden Falken und die verfolgte Schwalbe nach, in zierlichen Kreisen umschwebten sie sich, ohne einander zu berühren. Rings um die Wiese standen die älteren Frauen, mit Schleiern und feingesponnenen Haarnetzen, die Männer in leinenen Beinkleidern und bunten, gestrickten Strümpfen, die Oberkleider waren durch einen Gürtel gerafft. Ein kurzer, bestickter Mantel schützte gegen die Kühle des hereinbrechenden Abends.

Endlich trieb der Hunger die Bürger nach Haus und die Bauern in die Herbergen. Sie fütterten zuerst ihre Pferde und Ochsen und setzten sich dann an die schweren Holztafeln auf Böcken in den Stuben. Alle genossen den Tag, besonders aber die Familie des Goldschmieds voller Freude über die wundersame Heilung und diesen festlichen „Liborius-Tag".

Patresbrunna

1002-1036

1002 In *Patresbrunna* stand an einem warmen Augustmorgen ein kleiner, stämmiger Mönch vor seinem Schreibpult. Er tauchte den Gänsekiel in die fast schwarze Tinte, setzte zum Schreiben an, dann verweilte er einen Moment und hob die Augen vom Pergament. Sein Blick fiel durch das weitgeöffnete Fenster der Schreibstube, hinaus auf die Häuser, den Platz. Der *poeta saxo*, der sächsische Dichter in Mönchskutte, tunkte noch einmal die Feder ein und begann zu schreiben: *„Wo einst ein so großes Dorf war, glänzt nun ein berühmter Bischofssitz!"*
Ein verheerender Stadtbrand hatte zwei Jahre zuvor in der Ansiedlung gewütet und die Weltuntergangsstimmung des Wechsels eines Jahrtausends auf den Ort an der Pader übertragen. Ein Stern – wie eine feurige Rute – war über den Nachthimmel gezogen. Schreckliche Zeichen des Weltenendes mehrten sich. Fahrende Händler berichteten, daß im fernen Umbrien blutiger Regen gefallen sei, ja in Unteritalien habe die Erde gebebt! Von Mainz kam die Kunde, daß man den Antichrist von Angesicht zu Angesicht gesehen habe. Geistliche beschrieben das Auftreten des Satans in grausigen Farben. Einsiedler und Mönche sagten den Weltuntergang voraus, prophezeiten das Gericht für das Jahr 1000 nach Christus. Dazu erregten weitere Naturereignisse am Bodensee, in der Eifel und am Rhein die Menschen. Auf den Landstraßen zogen Wallfahrer, Choräle singend oder schweigend, Kirchen waren voller Menschen wie nie zuvor.
„In Patresbrunna verzehrte zur Strafe für die Unredlichkeit Feuer das Monasterium mit allem, was dazugehörte; das machte die Herzen vieler Gläubigen beklommen, und liebendes Vertrauen auf Gottes Gerechtigkeit entflammte sie mit gemeinsamer Kraft zum Wiederaufbau", schrieb der Mönch weiter. Nach der Feuersbrunst war mit gemeinsamer Kraft von Bischof und Bürgern der Wiederaufbau fast vollzogen. Der Dom hatte den geringsten Schaden davongetragen; trotzdem war er noch nicht wieder völlig fertiggestellt. Das Bischofshaus war in allerschönster Pracht errichtet worden. Der kunstfertige Schreiber machte eine Pause an seinem Fen-

sterplatz. Es tat ihm, dem Alten, über alle Maßen gut, in der warmen Mittagssonne zu sitzen. Mit Behagen ließ er den Blick über die Häuser wandern. Er drehte sich ein wenig, betrachtete die ersten Ansiedlungen unten an der Pader.
Da durchbrach Lärm, Waffen- und Eisengeklirre, die friedliche Stille. Ein Hauptmann der königlichen Wache gab laute Kommandos: „Die Hellebardiere auf die linke Seite, Lanzenträger nach rechts, bildet eine Gasse. Die Reiter in langer Reihe dahinter aufstellen."
Der *poeta saxo* lehnte sich neugierig aus dem Fenster. „He, Hugbald, was gibt's, warum versammelt ihr euch?"
Der Hauptmann, ein großer Krieger mit einem Gesicht, das von Wind und Wetter gegerbt war, bekleidet mit Lederkoller und Kettenhemd, wies mit der Schwertspitze nach Süden: „Unser Herr Heinrich, König und Bayernherzog, kommt von Corvey mit seiner Gemahlin Kunigunde hierher. Hohe Herrschaften aus dem Bayerischen sollen dabeisein. Wir bereiten den Empfang vor."
„Wieder einmal ein großer Besuch in *Patresbrunna*!"
„Das kann man wohl sagen. Der neue König begibt sich auf seinen Krönungszug nach Aachen!"
Der Bruder schlug das Fenster zu und eilte in das Kloster. Es war Zeit für das Stundengebet. „Dies irae, dies illae ..." Feierlich klangen die Choräle durch das Kloster. Danach räusperte sich der Abt: „Meine lieben Brüder. Ich darf es euch heute verraten, der neue König kommt mit seiner Gemahlin in die Pfalz. Im Dom soll Kunigunde die Weihe und Krönung als Königin erhalten."
Es klopfte am Kapitelssaal. Der Bischof trat ein.
„Vater Abt, wir werden hohen Besuch bekommen. Der neue König Heinrich II. beehrt uns."
„Ich hatte es gerade meinen Mitbrüdern bekanntgegeben, Bischof Rethar."
„Aber das ist noch nicht alles. Seine Gattin Kunigunde wird bei uns geweiht und gekrönt."
„Auch das hatte ich schon verkündet."
„Die Klosterbrüder wissen scheinbar wieder einmal alles vorher. Aber von der dritten Überraschung habt ihr noch keine Kenntnis – oder?"
Bischof Rethar wartete eine Weile, dann erst fuhr er fort:
„Die Schwester unseres hochverehrten, von uns gegangenen Kaisers Otto III., Sophia von Gandersheim, wird hier vom Erzbischof aus Mainz zur Äbtissin geweiht."
Verblüfftes Schweigen ringsum.
„Nun hat es euch wohl die Sprache verschlagen? Also, gebt Anweisung, daß der Dom prächtig geschmückt wird. Denn schließlich ist mit der

Weihe der Tochter Kaiser Ottos endgültig der elende Schleierstreit beendet", sagte der Bischof spitz.
Der Abt nickte verstehend. Wollte doch die Kaisertochter Sophie von niemand anderem als allein vom Mainzer Erzbischof den Schleier nehmen, wenn sie in den Konvent des Klosters Gandersheim aufgenommen wurde. Aus den Händen von Bischof Rethar wollte sie ihn nicht.
Die Mönche machten sich an die Arbeit. König und Königin würden zu Gast in ihren Mauern sein, ja sogar die neue Äbtissin vom Kloster Gandersheim sollte hier geweiht werden, eine besondere Ehre!
Der Mönch und Poet aus Sachsen kannte sich aus. Er stammte von weit her, wo es das mächtige Gebirge gab, das man den „Harz" nannte. Während er das große Evangeliar auf den Altar stellte und die bunten Bänder in die verschiedenen Seiten ordnete, dachte er zurück an seine Heimat: Kloster Gandersheim, am Fuß des Harzes im dunklen Wald! Fromme Schwestern lebten dort. Oft war er ihnen als Kind begegnet, wenn er etwas beim Kloster zu besorgen hatte. Im hohen Alter war seine Mutter in das Kloster eingetreten und hatte sich der Muttergottes geweiht.

Schon bald zogen die Bayern in einem farbenprächtigen Aufzug in die Königspfalz ein. An dem Tag, an dem das Martyrium des heiligen Laurentius festlich begangen wurde, erhielt Kunigunde in Demut Segnung und Krone. Anschließend wurde die bereits eingesetzte Äbtissin von Gandersheim, Sophie, vom Erzbischof geweiht.
Während in der Königspfalz ein fröhliches Fest gefeiert wurde, drehte sich draußen ein mächtiger Ochse am Spieß. Der Bruder aus dem Kloster, *der poeta saxo*, hatte wieder seinen Beobachtungsplatz am Fenster eingenommen und betrachtete das Treiben draußen auf dem Platz, wo die Begleitmannschaften und die Bürger den hohen Herren beim Feiern nicht nachstehen wollten. Die Schenke am Markt hatte gutes Bier im Faß, und so wurde reichlich getrunken und gegessen. Vor allem die bayerische Begleitmannschaft langte kräftig zu. Bis zum Abend war die Schenke trocken getrunken und leer gegessen. Johlend verlangten sie lautstark neues Bier und mehr zu essen. Sie, die sich zu Hause mit wenig zufriedengeben mußten, waren hier unersättlich! Schließlich schwangen sie sich auf ihre Pferde und ritten zum Tor hinaus. Vielleicht gab's was in der Umgebung aufzutreiben?
Für kurze Zeit herrschte Frieden, dann hörte man Hörner von außerhalb der Stadt. Ein Mann kam auf einem spindeldürren Klepper zum Tor hineingeritten und brüllte über den Platz: „Die Bayern rauben in der Umgebung Feldfrüchte. In den Höfen fordern sie Essen und Trinken. Die Bauern haben mich als Boten geschickt. Wo ist die Wache?"

Schnell wiesen ihn einige Leute zur Pfalz und brachten ihn zum Pfalzgrafen. Der rief seinen Hauptmann. „Wir wollen den Burschen mal ein wenig Feuer unter ..." Dem Hauptmann fiel noch frühzeitig ein, daß er mit dem Pfalzgrafen sprach. „Na, ja, also, wir wollen dafür sorgen, daß an Martini genug für uns und die Pfalzbewohner in die Scheune kommt. Abmarsch!"
Die Fußtruppe marschierte ab, die Reiter schlugen die Hacken in die Flanken der Pferde und preschten los.
Die friedliche Stille des Abends sollte nicht lange währen auf dem Platz vor dem Kloster in *Patresbrunna.* Die letzten Gäste in der Schenke horchten auf. Vom Tor her kamen Berittene im scharfen Galopp, andere hinterher. Bis in den Königshof sprengten sie, suchten Schutz im Schatten der Pfalzmauer. Der Hauptmann der Pfalzwache jagte mit mehreren Reitern heran, die Schwerter gezückt. Kriegsleute drängten hinterher, die Hellebarden und Lanzen gefällt. Landleute liefen mit erhobenen Sensen und Äxten in die Pfalz. Schon klang das Eisen der Schwerter aufeinander. Den ersten der fremden Truppe traf ein gewaltiger Schwerthieb. Er fiel in den Sand, blieb liegen.
„Haltet ein, ihr Männer. Das sind schließlich Mitstreiter des Bayernherzogs!"
Eine mächtige Stimme gebot Frieden. Ein sächsischer Adliger war mit seinen Männern herbeigeeilt und hatte sich zwischen die Kämpfenden gedrängt.
„Herzog Bernhard, Ihr seid es, aber wir sollten die Plünderer stellen!" verteidigte der Hauptmann sein energisches Vorgehen. Der Mann auf dem Boden gab keinen Muckser von sich. Hugbald, der die Wachtruppe in der Pfalz kommandierte, drehte den still Daliegenden auf den Rücken. Hinter ihn war der Anführer der Sachsen getreten. „Rückt sofort ab in eure Quartiere!"
Er beugte sich über den Mann: „O Gott, das ist Heinrich, der Bruder des Kanzlers." Herzog Bernhard legte sein Ohr an den Mund des Getroffenen. „Er atmet noch schwach. Holt eine Trage, und bringt ihn mit allergrößter Behutsamkeit in die Krankenstube des Klosters. Man soll ihn dort versorgen!"
Hauptmann Hugbald schickte seine Leute fort, blieb selbst aber in der Nähe des Herzogs.
„Verdammt, ein schlechtes Willkommen für den Besuch aus Bayern. Aber wir hatten den Auftrag, dem Plündern auf den Feldern ein Ende zu bereiten", verteidigte sich Hugbald energisch, denn nur allzuoft war rasch ein Sündenbock gefunden, der er nicht sein wollte.
„Euch trifft keine Schuld! Diese Sauf- und Raufbolde aus Bayern hätten sich nach dem Umtrunk und einem gebratenen Ochsen gut und gern

zurückhalten können. Was mußten die auch auf den Feldern und Höfen der Bauern rauben und stehlen!"
Erleichtert schaffte Hugbald mit einigen Knechten den Schwerverwundeten fort.
Der *poeta saxo* hatte seinen Beobachtungsplatz am Fenster verlassen und eilte in die Krankenstube. Der Bruder Wundarzt untersuchte den Schwerverletzten bereits und schüttelte stumm den Kopf.
„Laßt uns viele Gebete sprechen und ein Wachslicht anzünden. Ich glaube nicht, daß ich noch viel tun kann."
Dennoch nahm er einige Kräuter aus einem Korb, legte sie behutsam auf die klaffende Wunde des Bayern und darüber ein sauberes, frisches Leintuch.
„Wir können nur hoffen. Betet, Brüder!"
Am nächsten Tag wurden die Anstifter der schweren Gewalttaten, soweit man sie ermitteln konnte, bestraft. Der Bischof von *Patresbrunna* war tief betroffen über den Ausgang des hohen Festes zur Krönung und Weihe. König Heinrich linderte seinen Gram durch die Schenkung des Gutes Bökenförde an Bischof Rethar, das sein Hofkaplan Meinwerk aus seinem reichen Familienbesitz dafür hergab.

1009

Ein Wintersturm jagte noch im März graue Schneewolken über den großen Wald am Barenberge. Mit anderen Gehöften duckte sich das weitläufige Gut Lutter in den Schutz des Gebirgszuges. Ein kleiner Fluß schlängelte sich durch das Tal. Noch lagen alle Felder und Wiesen unter den Resten einer wässerigen Schneedecke. Trotz des späten Wintereinbruchs hätte das Gesinde in den Scheunen und auf der großen Tenne längst das Gerät bereitstellen müssen, um beim Nachlassen des letzten Schneeregens die ersten Feldarbeiten aufzunehmen. Statt dessen saß der Gutsvogt am Küchenherd, eine Kanne Met vor sich. „Wenn, wenn endlich der Schnee von den Fel-, Feldern getaut ist, fangen wir, jawohl, dann fangen wir an", brabbelte er vor sich hin. „He, komm einmal her!" rief er der Magd zu, die mit den Töpfen am Feuer hantierte, „komm her, du roter Teufel!" Zurückhaltend trat die rothaarige Magd näher. „Komm, setz dich auf meine Knie." Er schlug einladend auf seine Schenkel. „Nein, ich muß den Brei kochen, sonst schimpft Ihr wieder mit mir." Er versuchte, nach ihr zu greifen, dabei rutschte er vom Sitz. Im Fallen riß er den Krug mit, das süß-säuerliche Getränk bildete auf dem Boden eine große Lache. Die Magd stürzte nach draußen, um Hilfe zu holen.
Am Zauntor schwatzten zwei Knechte und eine Magd miteinander. Das Mädchen aus der Küche rief ihnen zu: „Kommt mal rein, der Vogt ist betrunken. Er liegt auf dem Boden!" Einer der Knechte wies auf den Hang, der zum Gut abfiel: „Halt, wartet mal, da kommen Reiter."

Sie blieben stehen und starrten gleichgültig auf die Herankommenden. Gelangweilt sahen sie zu, wie die Reiter durch das Tor über den Hof auf die Tenne zuritten. Durch die weitgeöffneten Torflügel sahen die Reiter an den Wänden das aufgehäufelte Saatgut, das alsbald in den Boden gelegt werden mußte, wenn es im Sommer reiche Ernte bringen sollte.

Der letzte der Reiter sprach leise mit seinem Begleiter: „Otto III. hat mir hier für treue Dienste zwei Königshufen geschenkt."

Der Reiter neben Meinwerk, denn kein anderer war der letzte in der Gruppe, wußte, daß dieser die Bewirtschaftung einem Gutsvogt überließ: „Glaubt Ihr, daß der Vogt hier in Königslutter Euch die Treue hält? Es macht alles einen verwahrlosten Eindruck. Kein Mensch scheint Euch zu kennen und kommt zur Begrüßung."

„Deshalb will ich ihn und das Gesinde unerkannt prüfen. Nennt also nicht meinen Namen, wenn wir auf ihn treffen."

„Das Saatgetreide müßte jetzt in der Deele des Hofes aufgehäufelt sein. Die Hakenpflüge sollten bereitstehen, Schaufeln und Hacken ebenfalls, die Holzwannen für die Aussaat mit neuen Gurten versehen sein. Wollen doch mal sehen", sagte Meinwerk mehr zu sich als zu seinen Begleitern. Direkt zu ihnen gewandt, forderte er sie auf: „Also, Ihr reitet jetzt mit den Pferden in die Deele. Tut so, als ob Ihr über die Saatkörner reiten wolltet. Ich bin gleich hinter Euch. Also los!"

Die Reiter hielten drauf zu. Zwei Knechte standen mit Holzschaufeln in der Nähe; die drei vom Zauntor und die Küchenmagd traten ebenfalls in den Raum. Niemand machte Anstalten, die Reiter aufzuhalten. Schon setzte das erste Pferd seinen Huf in den goldgelben Körnerhaufen, da brüllte Meinwerk wütend vom Deelentor: „Halt! Holt mir den Vogt!" herrschte er die Knechte an. Die zuckten gleichgültig mit den Schultern und schauten fragend die Magd an.

„Der liegt betrunken am Herd!" Ihre rote Mähne flog mit der Kopfbewegung wie eine Fahne hoch, als sie auf den rückwärtigen Teil des Hauses wies. „Wieder bei Met und Speck, und wir dürfen hier schuften!"

„Holt endlich den Mann her, ich bin Meinwerk, der Besitzer dieser Königshufe! Schuften kann man Euer Herumlungern auch nicht gerade nennen. Hier herrscht ja die reinste Lotterwirtschaft!"

Ein Mann mit grauen Bartstoppeln, wirr ins Gesicht hängenden Haaren und einem mit Flecken übersäten Wams stand nur wenige Sekunden später schwankend vor Meinwerk. Zwei Knechte wollten ihn stützen, unwirsch schob er sie beiseite.

„Diese Hufe gehört mir. Die Wiesen und Felder gehören mir. Den Hof habe ich bauen lassen. Dich habe ich als Vogt hineingesetzt, und so lohnst du mir mein Vertrauen?"

„He-, He-, Herr", begann der Vogt zu lallen und zu stottern, aber mehr brachte er nicht mehr heraus, da donnerte Meinwerk ihn an: „Eigentlich müßte ich dich vom Hof weisen. Aber um Christi willen sollst du die Möglichkeit bekommen, deine Sache wiedergutzumachen. Ab sofort gibt es nur am Sonntag einen Krug Met zum Mittagsmahl, sonst will ich hier kein berauschendes Getränk mehr sehen. Nun hört alle gut zu", er blickte zornsprühend von einem zum anderen, „ich ermahne euch, jeden Knecht, jede Magd, und den Vogt vor allem, daß ihr hier gute Arbeit zu leisten habt, denn dafür steht ihr bei mir in Lohn und Brot. Also, wenn Getreide auf der Tenne ausgebreitet ist und Fremde darüberreiten wollen, dann nehmt gefälligst einen Knüppel, und jagt die Kerle davon! Ich ermahne euch nur einmal, mir treue Dienste zu leisten."
Betroffen hatten die Knechte und Mägde ihre Blicke zu Boden gesenkt, auch der Vogt. Er hielt sich nur mit Mühe aufrecht, einen Arm um den Türpfosten gelegt.
„Vor allem aber du, Gutsvogt, machst du deine Sache weiterhin so schlecht, dann werde ich dich wirklich und wahrhaftig davonjagen. Werden aber deine Arbeit, deine Aufsicht und die Führung des Hofes besser, so will ich dich behalten. Ich komme häufiger ohne Anmeldung hierher, um nachzuprüfen. Verlaßt euch darauf! Und richtet nun ein Nachtlager für mich und meine Begleiter. Schafft etwas zum Essen und einen Krug mit klarem Brunnenwasser herbei!"
Wie der Wind fegten die Gescholtenen hin und her, froh, noch einmal davongekommen zu sein, versorgten die Pferde, entfachten das Feuer im Wohnraum neu, reinigten den Boden und schütteten Stroh auf. Die Gesellschaft saß bald zu Tisch und besprach das Ereignis. Später wurden Felle und Decken ausgebreitet, und alle verbrachten eine ruhige Nacht im Vogthof am Barenberg. Am nächsten Morgen ging der Ritt weiter auf Goslar zu. Endlos zogen sich die Wege hin. Stunde auf Stunde trabten die Pferde über aufgeweichte, morastige Wege, endlich fand die Gruppe an den Orkefluß. Die Nacht brach herein.

Auf dem offenen Herd in der Halle eines geräumigen Bauernhauses leuchtete helle Glut von verbrannten Buchenscheiten. Ein Knecht schob die glühenden Stücke zusammen. Funken stoben unter das nackte Sparrenwerk des hohen Daches.
„Du drehst das Wildschwein am Bratspieß!" befahl der Großknecht. Über dicker Glut glänzte das vorgebackene Schwein, quietschend kurbelte der Mann die Eisenstange und goß hin und wieder Fett darüber. „Hier um das Feuer stellt ihr Tische und Bänke", wies er die Herumstehenden an. „An die hintere Wand packt ihr Stroh und darauf die Bärenfelle, wenn nachher jemand schlafen will!" Der Mann, der die Anord-

nungen getroffen hatte, horchte hinaus in die Nacht, doch er hörte nur den Sturm, das Knacken und Brechen von Ästen im Wald.
Dann aber schlugen mit einem Mal vor dem Haus die Hunde an. Die schwere Balkentür schwang auf, Schnee stob herein. Die Knechte verneigten sich, König Heinrich war mit seinem Jagdgefolge, einem guten Dutzend weiterer Männer, gekommen. Schwerter, Schilde und Spieße hängten und lehnten sie an die Pflöcke der eichenen Pfosten. Sie schüttelten und stampften den Schnee von ihren Kleidern und drängten sich um den Herd. Fröstelnd hielten sie ihre klammen, kalten Hände über die Glut, rieben und kneteten, bis das Blut heftiger pulsierte und die Finger wärmer geworden waren. Die Knechte nahmen die nassen Umhänge ab und gaben ihnen trockene, warme Tücher, die sich die Männer behaglich umwickelten.
Der Großknecht zerteilte das Wildschwein, die Knechte stellten Fleisch und Hörner mit Met auf die Tische.
„Die Winterjagd hat uns reiche Beute beschert. Dank sei dem Herrn für die gute Jagd!" prostete der König seinen Jagdgefährten zu.
Draußen heulte der Sturm um das hohe, breite Dach. „Hört nur!" König Heinrich wies in die Höhe. „Unsere Vorväter hätten gesagt: Jetzt reitet Wodan mit dem wilden Heer durch die Lüfte!"
„Den ersten Trunk dem Wodan und unseren toten Vätern!" rief ein großer rotblonder Jäger im Kreis des Königs.
„Nein, wir danken Christus, dem König des Weltalls. Wodan lebt gottlob nur noch in alten Erinnerungen." Der König nahm das Gefäß an die Lippen und tat einen kräftigen Zug. Als er das Horn weiterreichte, sagte er: „Eigentlich müßte mein Hofkapellan Meinwerk hier bald eintreffen, ich habe ihn hierher nach Goslar rufen lassen."
Die Männer rückten enger an die wärmende Glut. Draußen schlugen wieder die Hunde an. Knechte liefen hinaus und führten zwei Männer in die Halle. König Heinrich war von seinem Sessel aufgestanden und begrüßte herzlich die Angekommenen.
„Meinwerk, wie freue ich mich, dich wiederzusehen. Lange ist es her, daß wir gemeinsam in Hildesheim die Schulbank drückten."
„Wenn ich daran zurückdenke, mein König – wir haben unserem Lehrer Thangmar das Leben oft ganz schön schwergemacht!"
„Mein lieber Freund, du bist wie ich *‚regio stirpe genitus'*, wenn du noch weißt, was das heißt", spielte der König auf Meinwerks fehlerhaftes Latein an und übersetzte schon für ihn: „‚Geboren aus königlichem Geschlecht'. Deshalb bleibt es, wie früher, nur bei Heinrich!"
„Das ist eine freundschaftliche Geste, Heinrich, aber von diesen langweiligen und schwierigen Lateinstunden laß uns lieber nicht mehr reden. Die Zeiten sind vorbei."

„Für uns vielleicht, sonst aber ist es immer noch üblich, alles in dieser Sprache abzufassen und aufzuschreiben. Aber jetzt nimm Platz! Iß und trink und sei guten Mutes, denn morgen wird ein besonderer Tag in deinem Leben sein."

In Goslar berief König Heinrich II. alle anwesenden Fürsten und Bischöfe zu sich und beriet mit ihnen, wer für den Bischofssitz in *Patresbrunna* geeignet sei. Die Bischöfe schlugen ihre Kandidaten vor, die sächsischen Fürsten wollten gern einen der Ihren auf dem Bischofsstuhl der Sachsenmetropole sehen. Auch König Heinrich hatte seinen Vorschlag bereit: „Nach allen Kandidaten, die heute als Bewerber für das Bischofsamt genannt wurden, schlage ich meinen Hofkapellan Meinwerk vor. Er entstammt dem angesehenen Grafengeschlecht der Immedinger, ja von mütterlicher Seite ist er ein Verwandter ebenso des karolingischen wie des sächsischen Kaiserhauses. Ich selber möchte ihn meinen ‚Neffen' nennen. Bereits als Diakon und als Kardinaldiakon der Aachener Pfalzkapelle unter meinem Vorgänger Kaiser Otto III. hat er sich Verdienste erworben. Großzügig stellte Meinwerk aus seinem Besitz das Gut Bökenförde zur Verfügung, um Bischof Rethar eine hochherzige Stiftung zu machen. Daher zielt mein Vorschlag für den neuen Hirten des Bistums auf Meinwerk, der durch edle Abkunft und Eigenbesitz die erforderlichen Voraussetzungen erfüllt."
Die sächsischen Stammesfürsten waren gleich überzeugt, der Reihe nach nickten sie zu dem Vorschlag des Königs, da wieder einer der Ihren aus dem Geschlechte Widukinds auserwählt werden sollte. Auch die Bischöfe gaben ihre Zustimmung und beglückwünschten Heinrich zu dieser Erwägung. Der König ließ Meinwerk herbeiholen. Heinrich lächelte seinen ehemaligen Mitschüler, seinen „Neffen" und Hofkapellan freundlich und mit dem gewohnten Wohlwollen an. Er reichte ihm einen Handschuh und sagte: „Da, nimm!"
Meinwerk blickte verwundert, er wußte nicht so recht, was der Handschuh bedeutete. „Was, mein gnädiger König, empfange ich damit?" entgegnete er scheinbar gleichgültig.
Die Antwort Heinrichs war kurz und bündig: „Die Paderborner Kirche."
„Verzeiht, mein König und Herr, wenn ich offen bin. Aber was soll ich mit diesem Bistum, wenn ich mir mit meinem eigenen großen Besitz selber ein glänzenderes Reich schaffen kann?"
Die versammelten Edlen und Kirchenfürsten glaubten ihren Ohren nicht zu trauen. Selbst der König schien nicht wenig überrascht, doch kannte er seinen Schulfreund lange genug. Er würde das hohe Amt nicht aus Arroganz oder Hochmut ablehnen.

„Gerade diese Überlegung hat mich bei deiner Wahl geleitet. Denn ich wünsche, daß du dem Mangel gnädig beistehst und der Armut der Kirche des Bistums abhilfst. Wenn du auf Erden die Kirche als Erbin einsetzt, wirst du dir die Teilnahme am himmlischen Leben verdienen. Du wirst im Himmel dessen Miterbe, dessen Mutter du auf Erden zu deiner Erbin gemacht hast."
„Mit dieser Hoffnung und unter dieser Bedingung übernehme ich das Bistum", beugte sich Meinwerk hinterlistig grinsend dem königlichen Wunsch. Den selbstbewußten Heinrich für einen Moment unsicher zu sehen hatte ihm sichtlich Freude bereitet.
Durch die Übergabe des Handschuhs übertrug Heinrich II. Meinwerk das Bischofsamt symbolisch und das Bistum Paderborn mit dem Hinweis auf Maria, die Patronin des Paderborner Domes.
„Ich bin froh, daß du nicht aus Verachtung der Armut oder gar aus dem Streben nach einem größeren Bistum oder höheren Bischofsamt Widerspruch eingelegt hast, sondern weil du allein die Sorge um den größtmöglichen Nutzen der Güter mit dir trägst. Aber denk daran, mein alter Freund, daß du auch den Königsdienst zu leisten hast. Denn wir haben im Reich einiges zu bereinigen, wenn ich an die Brüder der Königin Kunigunde oder an den Herzog von Polen denke, der immer wieder Aufstände in den Grenzmarken anzettelt."
Meinwerk sah schon das große Aufgabenfeld vor sich: Er wurde mit der Bischofswahl ein Fürst des Reiches, aber auch Leiter eines Bistums. Und in der Bischofsstadt gab es wahrlich eine Menge zu tun. „Ich setze daher den nächsten Sonntag als Tag der Bischofsweihe fest. Würdet Ihr, Erzbischof Willigis von Mainz, die Weihe vornehmen?" führte Heinrich seine Anordnungen fort. Willigis, der dem Erzbistum am Rhein und als Metropolit der Kirchenprovinz dem Bistum an der Pader vorstand, nahm die Bitte des Königs mit einer leichten Verbeugung zum Königsthron an.
Heinrich reiste in seine Königspfalz Dortmund. Meinwerk empfing am Sonntag Reminiscere, am 13. März 1009, vom Erzbischof Willigis und den in Goslar anwesenden Bischöfen die Bischofsweihe.

Beim Einzug in *Patresbrunna* wurde er feierlich empfangen. Im unvollendeten Dom seines Vorgängers Rethar nahm er den Bischofssitz ein und segnete von dort die große Menge der Gläubigen. Bereits wenige Tage später rief Bischof Meinwerk alle Bauleute zusammen. Er schaute sich lange Zeit die gewaltige Wucht der Dommauern, die schweren Rundbögen an, spürte die lastende Kraft der Gewölbe, die auf starken Pfeilern ruhten. Die niederen Säulen wuchsen aus der Erdenschwere, starke Gurtbögen verbanden sie miteinander, ließen sie mit der Kraft

des Bodens eins werden. Hier fühlten sich die Menschen wie unter einem Mantel im Schutz Gottes sicher und geborgen.
„Nun bleibe ich immer als Bischof bei euch. Wir wollen den Dom endlich fertigstellen. Wo und wer ist der Baumeister?"
Ein dunkelhaariger Mann in den besten Jahren trat vor ihn hin: „Ich bin Laurentius Cordatus und habe schon für Bischof Rethar gearbeitet. Meine Vorfahren waren hier als Bauleute an der Karlspfalz tätig. Daher bin ich mit allen Dingen sehr gut vertraut."
„Dann laß uns einen Rundgang machen. Die Leute können mitgehen, ich werde auf Euren Vorschlag die einzelnen Werkmeister bestellen, und gleich morgen beginnen die Arbeiten!"
Meinwerk und Laurentius durchschritten das Langhaus.
„Prüft sorgfältig die Fundamente, Baumeister, wenn sie ausreichen, wird keine neue Grundmauer gesetzt. Auch die Umfassungsmauern der Krypta laßt Ihr so."
„Wenn ich Euch, hochwürdigster Herr Bischof, raten darf, dann wäre es gut, wenn die Krypta rechteckig ummantelt würde."
„Gut, das könnt Ihr einbeziehen. Aber Westwerk und Ostchor bleiben mir so, sonst können wir ja gleich das alte Gotteshaus ganz abreißen und ein neues bauen."
„Ich schlage vor, daß das Westwerk fünfteilig untergliedert wird. Zwei kleinere Ecktürme und ein mächtiger Mittelturm im Scheitelpunkt sollten sich dort erheben."
„Nun gut, Türme müssen sein, schon für die Glocken und um von weitem auf unser Gotteshaus aufmerksam zu machen. Noch eins, Baumeister, der Fußboden bekommt einen völlig neuen Belag aus hellgrauem Kalkstein und schwarzen Tonschieferplatten."
„Habe ich bereits in der Nachbarstadt Soest gesehen, das sieht sehr gefällig aus."
„Auch möchte ich eine kleine Bischofskapelle, in der ich mich zum Beten zurückziehen kann. Was schlagt Ihr vor?"
„Wenn wir das neue Ostquerhaus nach Süden um diese Kapelle verlängern würden? Zur anderen Seite steht uns das Domkloster im Weg, es geht eigentlich nur in die Südrichtung."
„Nun gut, ich plane ohnehin, die gesamte Domburg mit einer Mauer zu umgeben. Dann nehmt das alles so in Eure Überlegungen auf."
Bischof Meinwerk legte diese große Aufgabe voller Vertrauen in die Hände des Baumeisters, in dessen Adern das Blut spanischer Vorfahren floß. Schon seine Ahnen hatten in den zurückliegenden Jahren an den Gotteshäusern gearbeitet.
Von den Arbeiten unter Bischof Rethar her standen einfache Schwenkkräne auf den Mauern, mit Flaschenzügen wurden die Quadersteine

hochgezogen. Bauern karrten auf Ochsenfuhrwerken Stein auf Stein heran. Zimmerleute mit geschweiften Beilen hauten die Balken zu, Gesellen mit Hammer und Stemmeisen kerbten die Sparren und Binder, der ganze Platz war schon am nächsten Tag wieder vom Hämmern, Sägen und Geschrei erfüllt. Hörige und Tagelöhner der Grundherren schleppten das kleinere Material, Hausteine und gebrannten Kalk, in Tragen auf die Gerüste. Laurentius entwarf, beaufsichtigte, legte selber Hand an, rackerte vom ersten Morgengrauen bis zum Sonnenuntergang. Abends saß er noch an seinem Tisch und überarbeitete seine Entwürfe.

Viele Mundarten klangen auf dem Domplatz durcheinander. Der Benediktinermönch aus der Schreibstube des Klosters, während der Jahre in seinem Haarkranz ein wenig grauer geworden, hatte seinen Platz am Fenster verlassen und schaute draußen den Handwerkern zu. Als er einen Maurer mit umgelegtem Schurzfell in unverfälschter rheinischer Mundart reden hörte, sprach er ihn an: „Du bist kein Sachse, welcher Wind hat dich in dieses Land verschlagen?"

Der Rheinländer lachte, mit gezogener Kappe gab er dem Klosterbruder Antwort. „Wir sind ein ganzes Gewerke. Der Meister und zehn Gesellen samt Knechten und Lehrjungen haben sich dem Bischof verdingt. Unser Herr ist sonst der Erzbischof von Köln."

Räder quietschten, unterbrachen das Gespräch, Pferde wieherten, Ochsen ließen dumpfes Brüllen hören, dazwischen mischten sich Rufe und das Bollern rumpelnder Wagen. Auf dem holprigen Weg längs des Domes schwankten einige Planwagen heran; vorn auf der schmalen Bank schaukelte die Familie des Salzhändlers Voigt, die heute von Salzkotten nach *Patresbrunna* umzog. Der Maurer deutete zu dem Troß hinüber: „Es vergeht kaum ein Tag, an dem nicht neue Menschen hier eintreffen. Ich beobachte das alles vom Bau aus. Kaufleute, Adlige und Bauern mit ihren Familien; die Stadt braucht Menschen, und der Bischof hat allen, die hier siedeln, große Freiheiten versprochen."

„Und Ihr, habt Ihr keine Angst vor den Slawen, die wieder neue Aufstände entfacht haben?" Der Mönch kannte die große Weltgeschichte.

„Nicht hinter den Mauern! Nicht im Schutze eines starken Heeres, das jetzt über geübte Reiter verfügt."

„Traut Ihr den Mauern nicht ein wenig zu sehr?" lächelte der Mann in schwarzer Kutte.

Der Handwerker richtete sich auf: „Bischof Meinwerk will die Wälle durch Mauern ersetzen, Türme und Tore bauen. Die Mauer macht frei. Das ist auch der Grund, weshalb so viele Bauern die Höfe verlassen und sich unters Dach der Stadt flüchten. Hinter den Wällen gibt es keine Gewalttat der Grundherren, und es gibt keine Willkür der Edelinge."

Eine Baustelle für den Ringwall schimmerte aus dem Grün der Paderwiesen. Draußen lagen einige Hofrodungen breitflächig am sanften Hang. Vieh weidete auf den weiten grünen Flächen. Dazwischen gingen Landleute ihrer Arbeit nach.
Der Wagen mit der Salzhändlerfamilie war am Tor des neuerbauten Handelshauses angekommen. Zwei Knechte kamen und entluden den ersten Wagen, trugen Waren auf den Speicher des Kontors. Recht dickbauchige Säcke waren es, die im Haus verschwanden.
„Sieh nur, Wiksuit", sagte der Händler, dessen Sippe einmal als Salzvögte in Salzkotten dem König gedient hatte, „aus diesem Ort ziehen die Handelsleute ins Slawenland. Es ist gut, daß wir uns hier niederlassen werden." Ein heftiger Husten schüttelte den Körper des Kaufmanns. Seine Frau blickte besorgt auf: „Mein lieber Ethiker, hier im Schatten des Domes und unter der Obhut des neuen Bischofs fühle ich mich sicher. Unser Sohn wird vielleicht die Domschule besuchen können und eines Tages das Geschäft mit dir fortführen. Aber jetzt mußt du dich vor allem anderen schonen, der Husten ist schon wieder stärker geworden."
Ethiker legte den Arm um die Schultern seiner Frau und betrat das Haus. In der Haustür drehte er sich noch einmal um. Er wies auf die Umgebung: „Hier, hinter den Wällen und künftigen Mauerringen können wir die Säcke stapeln. Die Speicher werden von Kisten und Kästen überquellen: Gewürze und edle Stoffe, aber auch Leinen, Rohwolle, Ballen mit Waid zum Färben der Stoffe, Pelze, Tierhäute und gegerbtes Leder, Fässer mit Salz, Krüge mit Öl und Wein. Die Warenladungen folgen dann den Priestern und Mönchen über die Grenze. König und Bischof sichern das Land durch Wehrbauten. Und draußen", er deutete über die Stadtwälle hinaus, „da draußen bebauen die Bauern das Land. Jetzt, wo die Ungarneinfälle endgültig der Vergangenheit angehören, haben wir Ruhe im Land. Es wird aufblühen, sage ich dir!" Ein neuer Hustenanfall beendete seine großen Zukunftshoffnungen. Er preßte ein Tuch gegen die Lippen. Aus dem Haus lief ihnen Bert entgegen, der junge Sproß der Kaufmannsfamilie, und sprang dem Vater in die Arme.
„Ich muß dafür sorgen, daß alles gut untergebracht wird. Die Ware soll trocken und sicher in wenigen Tagen auf den Transport in Richtung Goslar gehen."
Er wies seine Knechte und die Fuhrleute an, die wertvolle Handelsware in das Haus trugen. Drei Stockwerke hatte es über einem starken Sockel aus Bruchstein. Unten war für ihn ein Kontor eingerichtet, nebenan verfügte es über einige Vorratsräume. Im Stockwerk darüber lag die Wohnung. Ganz oben spannte sich noch ein geräumiger Dachboden, der ebenfalls Ware aufnehmen konnte. Zur Belüftung waren in das Dach große Gauben eingebaut worden. Die größte lag in der Mitte, in ihrem

Giebel hing ein Holzrad. Darüber lief ein dickes Seil – der einfache Lastenaufzug, um oben Waren zu stapeln.

Aus den Wohnräumen war Gesang zu hören. Wiksuit, die junge Frau des Salzhändlers, bereitete mit der Magd das Abendessen. Sie sang gern, hatte zudem eine sehr schöne Stimme.
„Holla, eine hübsche Nachtigall höre ich da!" schmeichelte Baumeister Laurentius, der mit seinem Gehilfen zur Bischofsburg hinüberging. Er trug einige Pergamentrollen unter dem Arm. Der Baumeister zeigte gleich großes Interesse.
„Das ist die Frau des Salzhändlers, der heute aus Salzkotten hierhergezogen ist", erklärte sein Gehilfe.
„Ein schönes Haus hat der Herr", bestaunte Laurentius fachgerecht den Neubau.
„Aber er ist nicht recht gesund, hustet stark!"
Im Bischofspalast angekommen, hörte Bischof Meinwerk nur zu gern von Plänen, *Patresbrunna* zu vergrößern und schöner zu gestalten.
„Sehr schön, diese Hütten, Häuser, Mühlen, die Bischofsburg, die Pfalz, der Dom …" Er fuhr mit dem Finger über die Linien, die Laurentius auf einige zusammengenähte Häute gezeichnet hatte.
„Was Ihr hier seht, hochwürdigster Herr Bischof, ist ein fernes Wunschbild. Eine vollkommene Königspfalz und Bischofsstadt umfaßt nicht nur den Dom und das Kloster, es fehlen noch Bibliothek und Laienschule, ein Spital, Handwerksstätten, ein Brauhaus, Vorratshäuser, Ställe, Scheuern und Knechtswohnungen, Höfe, Tore und Türme. Dazu gehören Gemüse-, Kräuter- und Obstgärten", geriet der Baumeister ins Schwärmen.
„Alles gut und recht", knurrte der Bischof, „aber was brauchen wir Bibliotheken und Schulhäuser? Bin selber lange genug gequält worden mit Latein und Griechisch. Baut zuerst den Dom, dann den Stadtwall mit Mauern und Türmen. Später mag das andere dazukommen."
„Aber die Handwerker, die Kaufleute und all ihre Bediensteten bringen der Bischofsstadt Geld. Das wiederum kann man in prächtigen Gebäuden anlegen."
„Richtig, Laurentius, deshalb wollen wir in alle Himmelsrichtungen Kirchen und Klöster bauen. Seht einmal her", er wies mit dem Finger auf eine Stelle, „hier im Westen soll bald in der Nähe der Kaiserpfalz ein neues Kloster entstehen." Seine Hand glitt weiter über den Plan: „Und hier möchte ich eine besondere Kirche errichtet haben, eine Kirche im Wald, hier im Bostingdorp. Mit dem Grundbesitzer Boso werde ich sicher schnell einig. Auch hier der Kamp im Süden bietet guten Baugrund für ein Kloster, ebenso das Gelände im Norden."

„Dazu müssen aber weitere Bauleute her und Helfer und Fuhrleute, die Material heranschaffen."
„Deshalb habe ich bereits nach Mainz und Aachen, nach Regensburg und Trier Botschaften gesandt. Man soll dort weitere tüchtige Männer anwerben, die hier unsere Pläne verwirklichen."
„Wunderbar, denn die angeworbenen Dombauleute von Köln schaffen es allein nicht mehr. Also, der Dom hat auf jeden Fall Vorrang und danach?"
„Ich denke, die Befestigung der Stadt ist notwendig, aber der Bau von Kirchen und Klöstern ist mir ebenfalls wichtig. Denn diejenigen, die dort unserem Herrn Jesus Christus dienen, können unseren Ort auch mit Gebeten verteidigen. Die Bischofsstadt werden wir in Form des Kreuzes bewehren. Der Dom bildet das Zentrum, gegen Westen soll das Abdinghofkloster stehen und nach Osten die künftige Jerusalemkirche nach dem Vorbild der Grabeskirche. Im Norden und Süden werden weitere Klöster das Kreuz vollenden. Mit diesen Bollwerken wird die Stadt sicher befestigt sein, und die Diener des Gekreuzigten werden den feindlichen Geschossen mit den Waffen des Gebetes begegnen können."
„Dazu müßte ich allerdings Angaben über die Grabeskirche in Jerusalem bekommen: Maße, Zeichnungen, Aufrisse und einen Grundriß."
Noch ehe der Bischof seine Antwort geben konnte, stürmte ein Domkapitular auf ihn zu: „Hochwürdigster Herr Bischof, soeben sind Nachrichten eingetroffen, Gerüchte über schreckliche Greueltaten, die an heiliger Stätte in Jerusalem verübt worden sind. Der Kalif el-Hakim hat die vollständige Zerstörung des Heiligen Grabes und anderer heiliger Stätten angeordnet." Der Domherr war völlig außer sich.
„Damit wird die Sehnsucht der Christen, mit eigenen Augen die heiligen Stätten mit dem Grab des Herrn zu sehen, gewaltsam zerstört."
Dem Bischof standen die Tränen in den Augen. „Ich selber hatte mir vorgenommen, nach Jerusalem zu pilgern."
„Viel schlimmer, hochwürdigster Herr", die Stimme des Domherrn zitterte, „jetzt bricht der Endkampf der Heilszeit aus. Jetzt ist der Satan freigelassen!"
„Es sind die Vorboten der Reiter der Apokalypse. Wir nehmen das als ein von unserem Herrn und Heiland gewolltes Zeichen. Gleich morgen früh feiern wir ein besonderes Meßopfer in Erinnerung an das Leiden, Sterben und die Auferstehung des Herrn in Jerusalem. Und Christus wird vor dem Weltenende über alles herrschen!"
Die unheilvollen Nachrichten aus Jerusalem brachten für lange Zeit den Plan Meinwerks zum Erliegen, im Osten der wachsenden Bischofsstadt eine Heilig-Grab-Kirche zu errichten.

Dennoch machte Laurentius Cordatus mit den umfangreichen Bauplänen seines Bischofs *Patresbrunna* zur ewigen Baustelle. Am Dom wurde fleißig weitergebaut; nördlich davon entstand eine große neue Pfalz. Die alten, durch Bischof Rethar notdürftig hergerichteten Gebäude wurden abgerissen und eingeebnet. Nur wenige Meter näher an die Paderquellen gerückt, zogen die Maurer einen großen Saalbau hoch. Er sollte die gewaltigen Maße von über 44 Meter Länge und 16 Meter Breite bekommen, mit zwei südlichen Treppenvorbauten, die nach unten in die Halle führten. Für die Mauern verwendeten die Arbeiter Plänerkalksteine. Während eines Rundganges erklärte Laurentius seinem Bischof, der die neue Pfalz im Auftrag des Königs durchführen ließ: „Kalk, der wird so hart wie Stein, und kein Wintersturm kann solche Mauern brechen."
„Und das Dach?" fragte Meinwerk.
„Das machen wir aus Pfannen, wie sie die Römer schon hatten. Ich werde Kalk und Pfannen beschaffen."
Immer mehr Arbeiter waren inzwischen auf den verschiedenen Baustellen beschäftigt, denn nun begannen Meinwerks Pläne mit den Kirchen um den Dom herum langsam Gestalt anzunehmen. Die Domherren ließen sich Höfe und Wohnungen errichten. Bischof Meinwerk legte den Grundstein für ein neues Benediktinerkloster mit Kapelle. Vor allem der Bischofspalast wurde schöner und größer denn je: zwei Stockwerke mit Speisesälen, für den Sommer der eine und beheizbar der andere für den Winter, Gebetsräume dazu und eine Durchfahrt, die Galerie und die bischöfliche Küche. Er wurde sogar noch größer als die Königspfalz – 60 Meter lang!
Baumeister Laurentius wollte ein besonderes Zeichen seiner Baukunst setzen: Während die Mauern seiner Bauwerke aus Kalksteinen breitfugig verputzt wurden, ordnete er an, deren Ecken aus Sandsteinblöcken zu errichten, je nach Bauwerk zwischen einem halben bis einen Meter hoch. Den untersten Stein dieser Blöcke an den verschiedenen Bauwerken aber gestaltete er selbst. Er ließ den Meißel mit geschickten Hammerschlägen über den Sandstein tanzen. Schon bald entstand an dem Block ein umlaufender Wulst. Unten schlug er sein Zeichen ein.

Laurentius meißelte gerade das Steinmetzzeichen an den Fuß des Steins, der am Haupteingang des Domes eingesetzt worden war, als ihn eine Stimme von hinten ansprach. „Ihr legt also selber letzte Hand an, um das Portal fertigzustellen?" fragte Meinwerk, der dem völlig in seiner Arbeit Versunkenen schon länger zugesehen hatte.
Laurentius legte Hammer und Meißel beiseite: „In wenigen Tagen ist

das äußere Bauwerk fertig. Dann müssen wir an die Innengestaltung denken."

„Gut, daß Ihr davon sprecht. Ich habe mir einige Gedanken gemacht. Ich sagte Euch ja schon, daß ich im Dom einen helldunkel gemusterten Fußboden haben möchte. Das lange Haus des Domes soll wie eine Prozessionsstraße aussehen."

„Ihr hattet Tonschieferplatten vorgeschlagen. Ich habe bereits einige Muster in den Gang legen lassen. Wenn Ihr einmal schauen möchtet?"

Sie betraten das lange Mittelschiff. Zwei Steinmetzen waren damit beschäftigt, mit dem hellen polierten Kalkstein und schwarzen Schieferplatten unterschiedliche Muster zu legen.

„Das ist eine recht gelungene Anordnung der Platten. Gefällt mir. Laurentius, laßt es so fertigstellen. Ich möchte, daß für den Einzug des Kaisers Heinrich ein angemessener Rahmen geschaffen wird."

Der Baumeister und die Gehilfen sahen sich an.

„Ja, staunt nur, ich werde in Kürze unseren jetzigen König auf seinem Romzug begleiten. Nach der Krönung lade ich den neuen Kaiser Heinrich zur Domweihe nach *Patresbrunna* ein."

Meinwerk verabschiedete seinen Baumeister. Er selber machte sich auf den Weg, denn er wollte in der Umgebung die ersten Visitationen durchführen. Nicht noch einmal sollte eine solche Schlamperei wie auf der Königshufe bei Lutter vorkommen. Mit nur drei Knechten bereiste Meinwerk in den darauffolgenden Tagen, als Kaufmann verkleidet, unerkannt das nächste Umland. Am Zaun eines Hofes, der zu seinem Besitz gehörte und einem Meier übertragen war, posierte ein hübsches Weib, offenbar die Meierin, in schönsten Kleidern. Die Haare zu kunstvollen Locken gedreht, das Gewand aus hellen Stoffen, flache goldfarbene Schuhe an den Füßen, stolzierte sie am Zaun des Gartens hin und her und schaute zu den Besuchern hin. Hinter dem Zaun allerdings sah es schlimm aus. Unkraut, Brennesseln und Disteln standen hoch, das Gemüse, die Kräuter waren dicht überwuchert.

„Ist das Euer Garten, schöne Frau?" fragte Meinwerk scheinbar harmlos.

„Dieser Garten, was soll der schon? Ich habe andere Dinge, die mich erfreuen."

„Dann wollen wir beginnen, den Garten in Ordnung zu bringen. Ich bin nämlich dein Herr, Bischof Meinwerk, und es ist deine Aufgabe, dich um Garten und Gemüse zu kümmern."

Auf einen Wink packten die Knechte die herausgeputzte Meierin und zogen sie so lange in ihrem Prachtkleid über Unkraut, Brennesseln und Disteln, bis alles niedergelegt war.

Diese handgreifliche Ermahnung blieb nicht ohne Erfolg. Als der Bischof das nächste Mal in seinen Hof bei Nieheim kam, war der Garten mustergültig in Ordnung.

1014 Einige Jahre waren mit reger Bautätigkeit in *Patresbrunna* vergangen. Meinwerk hatte den König 1013 auf dessen Romzug begleitet. Papst Benedikt VIII. krönte Heinrich II. zum Kaiser. Obwohl das kaiserliche Gefolge in Rom von einer Seuche heimgesucht worden war, kehrte der Paderborner Oberhirte gesund in seine Bischofsstadt zurück. Als besonderes Gastgeschenk des Papstes hatte er die Reliquien des heiligen Blasius mitgebracht. Noch auf der Rückreise sprach Meinwerk eine Einladung an den Kaiser zur Domweihe aus.
„Gern käme ich zur Domweihe. Außerdem müßte ich mich auch selbst einmal um meine Kaiserpfalz kümmern. Boten haben mir allerdings berichtet, daß der Herzog von Polen wieder neuen Aufruhr entfacht. Vielleicht muß ich erst einen Feldzug gegen Boleslav anführen, wer weiß?"
Sie ritten durch die Poebene, überquerten die Alpenpässe und betraten bald wieder die Stammlande der bayerischen Herzöge. In Meinwerks Gefolge befanden sich griechische Bauleute, die er durch den Hof Papst Benedikts hatte anwerben lassen. Der Paderborner Bischof war fasziniert von der Kunst dieser Männer, wunderbar schlanke und leicht scheinende Säulen mit Kapitellen als Stützen der schweren Gewölbe herzustellen. Diese Griechen sollten ihm eine Kapelle zwischen Dom und der neuen Kaiserpfalz zu Ehren des Apostels Bartholomäus erbauen.

Tatsächlich fand die Domweihe im folgenden Jahr ohne den Kaiser statt. Viele Bischöfe waren versammelt, auch der Erzbischof von Mainz als Metropolit der Kirchenprovinz war anwesend. Priester, Mönche, die sächsischen Grafen scharten sich mit der Bevölkerung *Patresbrunnas* um den Dom. Feierlich überreichte der Baumeister Laurentius Bischof Meinwerk auf einem Brokatkissen den großen Schlüssel des Hauptportals. Die Glocken in den Türmen läuteten, was die Kraft der Männer, die an den Seilen hingen, hergab. In den Seitenflügeln hatten die Mönche Aufstellung genommen und sangen den Introitus des Tages: „Voll Schauer ist dieser Ort. Gottes Haus ist hier und die Pforte des Himmels; sein Name ist: Wohnung Gottes." Diakone und Subdiakone schwangen Weihrauchfässer, in dicken weißen Wolken stiegen die Wohlgerüche unter das lange Dach der Basilika. Meinwerk saß auf einem Bischofsstuhl, der wie ein fränkischer Königsstuhl gearbeitet war: aus hellem, beinahe weißem und poliertem Schiefer mit dem bischöflichen Wappen, verziert mit bunten Steinen. Auf sein Handzeichen traten mehrere Männer näher. Drei von ihnen machten einen Schritt nach vorn, jeder hielt einen Kelch hoch. Sie setzten die Gefäße auf den Altar. Darauf nahmen

zwei Männer eine große Tafel aus feinstem Gold in die Hände und stemmten sie in Augenhöhe, damit alle Versammelten dieses kostbare Antependium sehen konnten. Laurentius trat hinzu mit einer Kelle in der Hand, ein Gehilfe stellte einen neuen Zuber mit Mörtel dazu, den er auf die Vorderseite des Altars auftrug. Die beiden Männer setzten die Goldtafel auf zwei vorbereitete Haken. Laurentius schlug mit raschen Schlägen auf zwei bronzene Stifte, die oberhalb der Tafel aus dem Altar ragten, bis sie rechtwinklig nach vorn gebogen waren. Das Antependium war befestigt. Nach einem ehrfurchtsvollen Kniefall trat der Baumeister zur Seite. Meinwerk lächelte ihm zu.
„An diesem Freudentag für *Patresbrunna* schenke ich, Bischof Meinwerk, dem Dom drei Kelche und eine Tafel aus feinstem Gold. Ferner stifte ich einen Radleuchter. *Patresbrunna,* 15. September 1015, am Fest der Sieben Schmerzen der allerseligsten Jungfrau Maria", verlas der Dompropst die Schenkungsurkunde.
Die Blicke der Menschen im Dom wanderten zur Balkendecke. Schon beim Hereinkommen hatten sie den gewaltigen Leuchter bewundert. Wohl fünf Meter Durchmesser mußte er aufweisen! Er blitzte im Licht der vielen Kerzen.
Unter den Menschen im Dom befanden sich auch der Goldschmied Brunhard und sein Sohn Erpho. Sie hatten in ihrer Werkstatt, unweit des Tores nach Osten, seit Monaten gearbeitet, viele Entwürfe gefertigt. Das Haus der Goldschmiede stand schon lange. Der Vorfahr Reinhard hatte es vor zweihundert Jahren errichtet und eine Werkstatt gegründet, die aus der Pfalz viele Aufträge bekam. Sechs Generationen hatten das Handwerk weitergeführt, und auch Erpho war in die Fußstapfen seines tüchtigen Vaters getreten.

Seine Gedanken flogen einige Monate zurück. Eines Nachmittags hatte Bischof Meinwerk den Vater rufen lassen. Zwei Stunden später betrat er völlig aufgeregt die Küche und platzte gleich los: „Ihr könnt es euch nicht vorstellen. Der Bischof hat mir einen großen Auftrag gegeben. Er will zur Einweihung des Domes drei Kelche und eine große Platte für den vorderen Teil des Altares aus unserer Werkstatt!"
„Nun setz dich erst mal hin, Brunhard, die Suppe wird kalt. Hier nimm ein Stück Brot dazu, ich habe es heute erst frisch gebacken." Seine Frau stellte eine Tonschüssel mit Mehlsuppe vor ihn und schnitt ein Stück vom Brotlaib ab.
„Stellt euch vor, drei Kelche. Welch ein Gold benötigen wir nur dazu! Und Silber und Edelsteine! Und dann erst die Altarplatte. Ich weiß nicht, wie wir das schaffen sollen!" Brunhard bemerkte das Essen überhaupt nicht.

„Dir wird schon etwas einfallen. Hast immer schon die heiligen Gefäße wunderschön gearbeitet", blieb Erpho gelassen.
„Um die ist mir nicht bange. Aber die große Platte bereitet mir schon einige Kopfschmerzen. Wenn ich nur wüßte, wie ich die gestalten soll."
„Hat Bischof Meinwerk irgend etwas vorgeschlagen?"
„Er hat mir völlig freie Hand gelassen. Nur die Heiligen Liborius, Kilian und die Mutter Gottes sollen auf das Antepen…, Anpente…"
„Antependium heißt das, Vater. Was hältst du denn davon, wenn wir diese neue Technik Smaltum einsetzen, um ein schönes Bild zu schaffen?"
„Du meinst das Schmelzen von Glas?"
„Ja, wir müßten uns gefärbtes Glas kaufen. Es muß sehr fein gemahlen werden. Dann läßt es sich schmelzen und auf Kupferblech auftragen."
„Wenn du damit deine Meisterarbeit anfertigen willst, dann soll es mir recht sein, und ich übergebe dir diesen Teil des Auftrages."
Erphos Augen blitzten: „Aber beim Entwurf der Figuren mußt du mir doch ein wenig helfen."
„Abgemacht, ich spreche gleich den Kaufmann an. Er muß uns gemahlenes Glas, vielleicht aus Köln, beschaffen."

Viele Tage hatten sie entworfen, gezeichnet, mit bunter Kreide gemalt, die Figuren neu gestaltet. Schließlich war ihnen eine ansehnliche Komposition gelungen: In der Mitte thronte die Gottesmutter, rechts und links hatten die Goldschmiede die Heiligen angeordnet, jeweils Maria zugewandt.
Vater und Sohn waren gerade dabei, Türen und Fensterläden zu überprüfen, als Kaufmann Voigt in die Goldschmiedewerkstatt wankte. Er keuchte schwer unter der Last, die er im großen Sack auf dem Rücken heranschleppte. Sein bleiches, hohlwangiges Gesicht blickte wie ein Gespenst unter der schwarzen Samtkappe hervor. Sie begrüßten den Nachbarn aus dem Handelshaus besorgt, aber auch erfreut, denn die beiden erwarteten seit Tagen diese wichtige Fracht.
„Das ist recht, seht nach Tür und Fenster, damit sie gut gesichert sind. Man weiß nie, welch ein Gesindel bei Nacht hier herumschleicht."
„Gewiß, Kaufmann Voigt, Bischof Meinwerk will zwar bald Mauern und Tore um *Patresbrunna* errichten, aber bis dahin müssen wir uns noch selber helfen."
„Ich habe Euch die Ware vom Rhein mitgebracht." Mit einer Kopfbewegung wies er auf den großen Leinenbeutel, den er mit Schwung auf dem Tisch absetzte. Kaum war er die schwere Last los, hustete er zum Erbarmen. Brunhard schob ihm schnell einen Holzschemel hin. Voigt zog ein Tuch aus der Tasche, auf dem schon Blutspuren zu sehen waren.

„Dieser verdammte Salzstaub …" Mehr brachte er nicht mehr heraus. Ein heftiger Ausbruch von blutigem Schleim schüttelte seinen in den Jahren abgemagerten Körper. Er brach zusammen.
„Ihr hättet Euren Knecht mit dem Sack schicken sollen." Brunhard beugte sich besorgt über den heftig atmenden Mann.
„Die Ware …, etwas Außergewöhnliches …, wollte selber kommen … wußte, daß Ihr wartet …"
Der schmächtige Körper des Salzhändlers und Kaufmanns bäumte sich auf. Seine Stirn war schweißnaß, die Hände zitterten: „Holt meine Frau Wiksuit, … es geht zu Ende, … kann nicht mehr …"
Erpho war schon längst rausgerannt, um im Kaufmannshaus Bescheid zu geben, wie schlimm es um den reichen Ethiker stand. In den Jahren der neuen Niederlassung in *Patresbrunna* hatte der Handel mit Salz und vielen neuen Waren immer mehr zugenommen. Und zugenommen hatten auch die Hustenanfälle, die den Körper des Händlers immer stärker ausgezehrt hatten. Er konnte schon seit Jahren selbst kaum noch zupacken, nur die geschäftlichen Verhandlungen führte er noch mit starker Hand. Bert, sein Sohn, war gerade erst fünfzehn Jahre alt. Das Geschäft mußte weitergeführt werden, wer sollte es an seiner Stelle tun? Hätte er doch eher Vorsorge getroffen! Seine hübsche Frau war tüchtig im Haus und Garten, kümmerte sich sehr um den Jungen, aber sie war keine Kaufmannsfrau.
Die Tür öffnete sich. Wiksuit eilte auf ihren Mann zu, den der Goldschmied auf ein paar Decken gebettet hatte. Sein Kopf war zur Seite gefallen, er atmete kaum. Wiksuit kniete an seiner Seite, nahm den Kopf liebevoll zwischen ihre Hände, hob ihn ein wenig hoch, tupfte den Schweiß mit einem feuchten Tuch ab, das der Goldschmied mit einem Topf Wasser bereitgestellt hatte.
„Wiksuit", die Stimme des Händlers war kaum mehr als ein Hauch, „ich wollte … die kostbare Ware … selber bringen." Schwer keuchte er zwischen den hervorgestoßenen Sätzen. „Hat mich … umgeworfen."
Ihre feinen Hände strichen behutsam über Stirn und Wangen. Besorgt blickte sie zu Brunhard auf. Der zuckte hilflos mit den Schultern: „Was sollen wir tun? Willst du, daß ich nach dem Wundarzt aus dem Kloster schicke?"
„Wenn sich der Anfall nicht wiederholt, sollten wir ihn zu uns nach Hause bringen. Erpho, lauf bitte schnell ins Kloster, und hol Bruder Ludwig!"
„Wenn ich das geahnt hätte, Wiksuit, ich hätte das Smaltum selber geholt", stammelte Brunhard mit schlechtem Gewissen.
„Macht Euch keine Vorwürfe, Ihr habt doch keine Schuld an seiner Krankheit. Ich stifte dem Dom und dem heiligen Liborius einigen

Grundbesitz, wenn mein Mann nur wieder gesund wird", klammerte sich Wiksuit an die letzte Hoffnung.
Ethiker beruhigte sich etwas, sie schafften den wie leblos Daliegenden auf einer Trage behutsam ins Kaufmannshaus, Bruder Ludwig stand mit seiner Arzneitasche voller Kräuter und Tinkturen schon bereit. Er untersuchte ihn und schüttelte niedergeschlagen den Kopf: „Liebe Frau, ich befürchte das Schlimmste. Hier kann ich nicht mehr viel tun. Gebt ihm trotzdem diesen Trank", er nestelte eine Phiole aus einem Leinenbeutel, „richtet ihn mit ein wenig lauwarmem Wasser an. Wenn er nicht trinken kann, dann tupft die Flüssigkeit auf seine Lippen. Lagert den Kopf ein wenig höher."
„Bruder Ludwig, sagt dem Vater Abt, daß ich einigen Grundbesitz stifte, wenn Ihr nur viele Gebete sprecht, damit mein Ethiker wieder gesund wird."
Bruder Ludwig nickte stumm und verabschiedete sich.

In der Frühe des nächsten Morgens polterten die beiden Goldschmiede nach dem furchtbaren nächtlichen Zwischenfall in großer Geschäftigkeit in ihrer Werkstatt herum. Der junge Goldschmied brach ein Siegel an der Tuchverpackung, knotete die Fäden auf und langte in den Sack, um kleinere Beutel aus feinem Leinen auf den Tisch zu stellen.
„Sieh einmal", er öffnete einen der kleinen Behälter und schüttete etwas von dessen Inhalt auf eine Kupferplatte, „das ist Smaltum, nun können wir bald mit dem Auftragen beginnen."
Brunhard fiel ein, daß er durch den schlimmen Zusammenbruch des Kaufmanns völlig vergessen hatte, die Ware zu bezahlen. Er ging rasch zum Kaufmannshaus, wollte dabei auch sehen, wie es Ethiker ging. Erpho dagegen konnte es nicht erwarten, die erste Schmelzprobe durchzuführen. Auf dem Feuer, das viel kleiner war als das in der nachbarlichen Eisenschmiede, bereitete er alles vor, um geschmolzenes Glas in eine vorbereitete Form zu gießen. Fast weiß glühte die Holzkohle, der er immer wieder mit einem Blasebalg Luft zuführte, dann schmolz mit einem Schlag das kleine Häuflein Glaspulver zu einer Flüssigkeit. Er nahm eine Zange und goß den Inhalt der Schmelzschale auf ein vorbereitetes Stück Blech. Nachdem die Probe genügend erkaltet war, drehte er sie hin und her, klopfte darauf – sie blieb auf der Unterlage haften.
Vorn öffnete sich die Haustür. Sein Vater kam zurück. Bedrückt stand er vor ihm: „Kaufmann Voigt ist tot. Er hat die schlimmen Hustenanfälle nicht überlebt. Sein Körper war zu geschwächt."
„Wie geht es seiner armen Frau, was hat sie gesagt?" fragte Erpho voller Mitgefühl. Wie mochte es jetzt mit der Kaufmannsfamilie weitergehen?
„Sie war bei aller Trauer sehr gefaßt. Nun, bei der immer deutlicher wer-

denden Auszehrung ihres Mannes war sie wohl schon seit längerem auf das Schlimmste gefaßt." Brunhard schüttelte nachdenklich den Kopf. Erpho holte stolz seine Probe her. Das Leben mußte weitergehen, und sie alle befanden sich letztlich allein in Gottes Hand. „Sieh nur, dieses herrliche Blau. Ich poliere es noch ein wenig, dann glänzt das geschmolzene Glas besonders schön im Licht." Der ältere Goldschmied drehte das Werkstück hin und her. Er hatte nichts auszusetzen, die strahlende Farbe begeisterte ihn. „Ich habe den letzten Steg auf die Unterlage gesetzt. Morgen können wir mit der Arbeit des Schmelzens und Auftragens beginnen."

Aufregende Stunden und Tage waren es. In der nächsten Zeit trugen die beiden Goldschmiede den Zellenschmelz auf die vergoldete Basis, um die Brunhard ein reiches Dekorband stanzte und mit Silber verzierte. Dazwischen hatte er in kräftige Fassungen bunte Edelsteine gesetzt. Die Figuren waren in die Metallplatte geritzt, auf die Linien hatte Erpho Stege aufgebracht, so daß ein Netz von Zellen entstanden war. Zelle für Zelle füllten die beiden nach einem genauen Farbentwurf mit dem flüssigen Glas. In den strahlendsten Farben nahmen langsam die drei Figuren ihre Gestalt an. Und eines Tages war das Altarbild, die Tafel mit den drei Heiligen, endlich fertig geworden.

In der Kirche flüsterte der Goldschmied seinem Sohn zu: „Schau, wie das vergoldete Kupferblech und das Silber funkeln und glänzen!"

Erpho nickte und versuchte, etwas von ihrer Tafel vor dem Hauptaltar zu sehen. Die Figuren, das Bild, an dem er so lange gearbeitet und seine ganze Kunst versucht hatte, konnte er aus der Entfernung und durch die dichten Reihen der Betenden nicht erkennen.

Bischof Meinwerk war mit dem Erzbischof von Mainz an den fünf Altären des Domes entlanggezogen und weihte sie der Reihe nach ein – ein langer Weg, denn nach dem Hochaltar zu Ehren der Gottesmutter war die nächste Station der Triumphbogen, wo sich der Kreuzaltar befand. Im Westchor stand der Altar mit den Reliquien des heiligen Liborius und des heiligen Kilian. Dann stiegen die Bischöfe zum vierten Altar in die Krypta hinab. Viele Reliquien lagen hier verwahrt, daher wurde sie „Heilstumskammer" genannt. Zuletzt weihte Meinwerk den fünften Altar im Anbau, in seiner Bischofskapelle.

Nach der Weihe des Domes und einem feierlichen Pontifikalamt zogen sich die Herren des neuen Domkapitels, Dompropst, Dechant, Kämmerer, Schatzmeister, Kantor und Zellerar sowie der Scholasticus, in ihre Wohnungen zurück, die im Nordost- und Ostteil der neuen Domburg eingerichtet worden waren.

Für den nächsten Morgen hatte Meinwerk die Herren zur Nordseite des

Domes bestellt, wo ein ganz besonderes Bauwerk entstand. Er wollte sehen, wie die Arbeiten an dieser kleinen, aber einzigartigen Kapelle vorangingen, und dazu die Meinung der Kapitulare anhören. Meinwerk betrat mit seinem Domkapitel und anderen geistlichen Herren den Rohbau der Kapelle. Die griechischen Bauleute verneigten sich tief und warteten bescheiden an der Nordwand.
„Mein Baumeister Laurentius fehlt. Wo ist er?" fragte Meinwerk ungehalten. Ein dunkelhaariger, großer Grieche mit scharf geschnittenen Gesichtszügen trat vor. Mit feingliedrigen Händen wies er nach draußen: „Der Baumeister ist zum Haus des toten Kaufmanns gegangen."
Kurz darauf eilte Laurentius ein wenig atemlos in die Kapelle. „Hochwürdigster Herr Bischof, ich war auf einen Sprung bei der Witwe Voigt, deren Mann vor einiger Zeit gestorben ist. Jemand muß sich ja um die Frau und den Jungen kümmern."
„Und das besorgt Ihr – und vergeßt Euren Auftraggeber", tadelte Meinwerk. „Also jetzt endlich hier zur Sache. Was muß noch alles getan werden?"
„Der erste Steinmetz der Griechen, Georgios Constantinos, hat mir gestern erst zugesichert, daß er im nächsten Jahr fertig sein wird. Leider fehlen ihm gute Sandsteinblöcke, um weitere Säulen und Kapitelle herauszuhauen."
Georgios war hinzugetreten und nickte zu den Worten des Baumeisters. „Wir müssen weitere Steine haben, gute Steine. Ich werde sie aussuchen in den nächsten Tagen."
Meinwerk ging umher, schaute sich die Kapelle gründlich an. Die zum Teil bereits halbhoch errichteten Wandscheiben ließen ein rechtwinkliges Gebäude erkennen, das zur Ostseite eine kleine Apsis aufwies. Durch fünf kleine rundbogige Fenster in der Ostfassade fielen die ersten Strahlenbündel der Sonne. Von den ersten vier Säulen spannten sich starke Gurtbögen. Sie ließen erkennen, daß die Decke als dreischiffiges Gewölbe errichtet werden sollte. Während von außen die Wand nur glatt hochgezogen war, zeigte der Wandaufriß von innen tiefe, überaus schlanke Bogennischen.
„Eine ungewöhnliche Konstruktion und Gestaltung des Kapellenraumes, Baumeister!"
„Das hier ist einzigartig auf dieser Seite des großen Gebirges der Alpen. Die erste Kirche, die konstruiert ist wie eine Halle", kam Georgios dem Baumeister zuvor.
„Georgios hat recht, *wir* werden die Kapelle mit einem dreischiffigen Gewölbe ausstatten", versuchte Laurentius den Griechen etwas zurückzudrängen. „Hier und hier stehen zwei Säulenpaare, sie fangen die Last des Gewölbes auf."

Doch der Grieche war nicht zu halten, er legte an die bezeichneten Stellen Steine, um so den Grundriß zu verdeutlichen.
Meinwerk trat zweifelnd an das erste Säulenpaar: „Sie sind auffällig schlank, tragen sie denn wohl das schwere Gewölbe? Werden sie nicht zerbrechen?"
„Ich hatte ebenfalls große Bedenken, gnädiger Herr", bestätigte Laurentius seinen Bauherrn, „aber Georgios hat geredet und geredet ..."
„Georgios hat einen Plan gemacht, nicht nur geredet. Georgios hat auch gerechnet. Früher man hat in Griechenland und Byzanz die Säulen sehr eng gestellt, nur ein Raum von anderthalb Säulen war dazwischen. Wir haben gerechnet mit der großen Arithmetik der griechischen Baumeister. Der Zwischenraum in der Länge mit acht Stärken und quer in elf Stärken, das genügt. Ganz bestimmt!"
Bischof Meinwerk schaute skeptisch nach oben. Aber die erste Hängekuppel saß fest, kein Riß war zu sehen, alles schien zu halten.
„Darf ich den Aufbau der Säule erklären?" drängte sich Georgios weiter in den Vordergrund. Er kniete sich an das erste Säulenpaar und wies auf den Fußboden.
„Die Basis ist aus demselben Stein gemacht, hier ist der Anlauf." Er zeigte auf eine schlanke aufsteigende Kehlung, die einen Übergang zum Säulenschaft vermittelte. „Hier unten ist die Säule dicker, sie wird nach oben schlanker und dann wieder dicker."
„Georgios meint, die Säule zeigt ein An- und Abschwellen bis an den Halsring oben", mischte sich Laurentius ein, der den verdammten Griechen nun langsam wirklich satt hatte. „Darauf liegen die Kapitelle, die wiederum den Kämpfer tragen. Und da setzen wir unmittelbar die Gewölbe mit den tragenden Gurtbögen auf."
„Bitte, hochwürdigster Herr, schaut Euch einmal die wunderschönen Kapitelle von meiner Hand an!" Der Grieche zeigte zuerst stolz auf sich, dann auf die ersten zwei gestalteten oberen Abschlüsse der Säulen. „Ich werde sie an dem Säulenpaar im Osten und Westen gleich ausführen. Hier, seht", er zeigte nach oben, half Bischof Meinwerk auf das Gerüst und sprang schnell hinterher: „Man muß die Kapitelle zu Paaren stellen. Ich habe mit meinem Kollegen korinthische Kapitelle gemeißelt, ganz so wie bei den Griechen vor der Geburt unseres Herrn Jesus Christus."
Meinwerk schritt aufmerksam um die Säulenköpfe herum.
„Da fehlt die Fiederung der Blätter!"
„Einer meiner Leute ist krank geworden, er wird morgen oder am nächsten Tag weiterarbeiten." Georgios war nie um eine Ausrede verlegen.
„Aha, hier sind Köpfe anstelle der Rosen." Meinwerk wies auf die Deckplatten. Ihm blieb nichts verborgen.
„Unsere Vorfahren haben einst solche Veränderungen geschaffen, wir

haben das hier einmal übernommen. Aber wenn der Herr Bischof Rosen möchte ...", schaltete sich Laurentius verzweifelt von unten in das Gespräch ein. Mit dem Können des Griechen konnte er nicht mithalten, das wußte er nur zu gut.
„Nein, laßt nur, das ist schon recht. Wie wollt Ihr denn die mittleren Säulenkapitelle gestalten?" Meinwerk kletterte vom Gerüst herab. Laurentius holte ein Stück Pergament aus einem Weidenkorb und rollte es auseinander.
„Wenn Ihr bitte sehen wollt, Herr Bischof, hier werden *wir* die Aufsätze wie Körbe formen, vielleicht mit diesen Bändern einfassen und vorwiegend die Zwickel mit pflanzlichen Ornamenten füllen."
„Schön, meine Herren, nur beeilt Euch ein wenig – und", er hob mit lächelnder Miene drohend den Finger, „lauft mir nicht zu oft in das Haus der hübschen Witwe. Kümmert Euch lieber um die Pfalzkapelle." Er drehte sich beim Hinausgehen noch einmal um.
„Wie wollt Ihr die Fenster in den Wänden gestalten?"
Laurentius wies auf einen Aufriß: „In der Höhe wie die Fenster in der Ostwand."
„Nun, was haltet Ihr davon, Baumeister, wenn Ihr sie höher legt, etwa in der Höhe der Kapitelle. Ich habe solche Anordnungen in Hildesheim gesehen. Wir könnten an dieses Hoheitsmotiv anknüpfen."
„Gewiß, hochwürdigster Herr, wenn Ihr es wünscht, *ich* will es gern bedenken."
Die Arbeiten gingen Schritt für Schritt voran. Bei den neuartigen Konstruktionen ließen Laurentius wie Georgios höchste Sorgfalt walten. Die Mauern wuchsen, das nächste schlanke Säulenpaar entstand, die Gewölbe spannten sich, und durch die Kunst der Bauleute blieb die Pfalzkapelle von Einstürzen verschont.

Es war später Dezember geworden. Über die wachsende Bischofsstadt fegte ein eisiger Wind. Seit zwei Tagen befand sich Kaiser Heinrich in der Pfalz. Ein großer Empfang stand bevor. In den Kaminen knackten mächtige, trockene Buchenscheite. Überall prasselten die Feuer, um die klamme Kälte zu vertreiben. Im Königsgemach glühten in großen Eisenpfannen Holzkohlestücke. Dennoch trugen alle Frauen und Männer in den Gemächern schwere wollene Gewänder und hatten außerdem Tücher darüber geschlagen. Ihre Füße steckten in unförmigen Filzschuhen, in denen sie sich fast lautlos über die Stein- und Holzböden bewegten.
Heiße Getränke wurden nach der Vesper gereicht, die alle Hofleute gemeinsam mit Bischof Meinwerk besucht hatten. Mit feierlichen Hymnen, Psalmen und Fürbitten hatten sie sich auf das Weihnachtsfest vorbereitet.

Der Mundschenk goß einen köstlichen Ingelheimer in die Silberbecher, den der Kaiser eigens aus seiner Pfalz am Rhein hatte nach *Patresbrunna* schaffen lassen. Heinrich wies den wohlschmeckenden Wein jedoch von sich, der ihm viel zu kühl war: „Nur eine Kanne mit heißem Wein, gewürzt mit Nelken und Zimt und mit einem großen Löffel Honig!" Zunächst wärmte sich der Kaiser die Finger an dem Gefäß, dann trank er in großen Schlucken von dem heißen Getränk. Langsam erwärmten sich die Glieder, und Heinrich fühlte sich angenehm entspannt.

„He, komm einmal her", rief er einen Diener. Einer der Palastdiener trat heran. Auch dessen Finger waren blau gefroren. Er bibberte vor Kälte.

„Nimmst selber rasch einen heißen Trunk, dann trägst du diesen silbernen Becher mit dem besten Wein aus Ingelheim zum Bischof mit einer sehr freundlichen Empfehlung von mir. Er soll ihn nur gleich trinken, damit ich mein Eigentum zurückbekomme. Und richte meine Bitte aus, bei der nächsten Vesper einen kürzeren Psalm zu wählen, damit ich nicht so sehr unter der Kälte leide!"

Kaum war der Bote aus der Tür hinaus, lachte der Kaiser verschmitzt vor sich hin: „Meinwerk wird ebenso frieren. Mal sehen, was er zu dem kalten Wein sagt!"

Der Diener schritt durch den frisch gefallenen Schnee zum Bischofspalast, klopfte an und wurde sofort vorgelassen. Er hielt Meinwerk das Trinkgefäß entgegen: „Mit einer freundlichen Empfehlung von Kaiser Heinrich, diesen Silberbecher mit Wein soll ich überbringen, damit bei der nächsten Vesper ein kürzerer Psalm ausgewählt wird!"

Der Bischof überlegte kurz: Was sollte er mit diesem kalten Wein? Aber dieser schöne Pokal – ja, das wär ein Gedanke!

Sofort beauftragte er einen Boten, den Goldschmied Brunhard in den Bischofspalast zu holen.

„Brunhard, Ihr habt mir so schöne Kelche für die Einweihung des Domes angefertigt. Könnt Ihr ganz schnell diesen Silberbecher zu einem Kelch umarbeiten?"

„Sonst wäre ich wohl ein schlechter Goldschmied!"

„Also los, ab in Eure Werkstatt. Vor der Weihnachtsmesse muß der Kelch fertig sein. Ich will Euch gut entlohnen."

Brunhard eilte in sein Haus zurück, holte seinen Sohn Erpho hinzu, beratschlagte kurz und begann mit dem Goldschmiedehammer das Gefäß zu bearbeiten. Sein Sohn entfachte inzwischen das kleine Schmiedefeuer, um vielleicht etwas umzuschmelzen oder zu verformen. Sie arbeiteten mit Eifer die ganze Nacht hindurch. Den Fuß des Bechers beließen sie und übernahmen ihn für den Kelch, somit blieb eine Inschrift erhalten. Es war noch stockdunkel, als Brunhard in den Bischofspalast eilte, um den Silberkelch abzugeben.

Am Weihnachtsmorgen hatten sich alle Bürger der Stadt in ihr bestes Gewand gekleidet und erwarteten am 25. Dezember in den Gassen und Wegen, auf dem Domplatz und im Pfalzhof den hohen Gast: Kaiser Heinrich II. machte sein Versprechen wahr und feierte das Weihnachtsfest mit Bischof Meinwerk und den Bürgern im neuen Dom.
Kaiser und Bischof betraten im feierlichen Zug das neue Gotteshaus, zogen in langer Prozession über den schwarzweißen Fußboden durch den Dom. Heinrichs blauer Mantel war mit vielen Sternen besetzt, der ihn als Herrscher der Welt, ja als Stellvertreter Gottes auswies. Aber auch Meinwerk war prächtig gewandet: Er trug den Pontifikalumhang sowie den aus dreifachem Ebenholz zusammengesetzten Bischofsstab in der Hand, die perlengeschmückte Bischofsmütze bedeckte sein Haupt. Heinrich ergriff mit seiner Linken die Rechte Meinwerks und ging mit ihm auf den Altar zu, wo die Bischöfe und Äbte der Klöster, das Domkapitel, viele Priester und Mönche bereits Aufstellung genommen hatten. Ritter, Knappen und Edelleute standen im langen Mittelschiff, in den Seitengängen drängten sich die Bürger, Handwerker, das Volk von *Patresbrunna.* Auch Wiksuit stand mit ihrem Sohn Bert unter den Betern, ebenfalls die griechischen Bauleute, Georgios an ihrer Spitze. Verstohlen sah die Kaufmannswitwe herüber.
„Ein hübscher Kerl, dieser Grieche, wie ihm die Haare in grauen und schwarzen Wellen auf die Schulter fallen. Und ein guter Steinmetz soll er sein. Ob er auch ein zärtlicher Mann sein kann?" Ihre Gedanken wurden unterbrochen.
„Ihr Herren, ihr Bürger der Bischofsstadt, hier steht der von allen Fürsten zum König erhobene rechtmäßige Erbe des Thrones, der vom Papst zum Kaiser Gekrönte", sprach Meinwerk das Willkommen. Auf dem Altar waren die Zeichen der Kaiserwürde ausgebreitet: Reichsschwert, Zepter und Diadem. Meinwerk reichte alle Kleinodien Heinrich, der auf dem Königsthron Platz nahm. Die Mönche stimmten den feierlichen Gesang an „Deus, qui hanc sacratissimam ... – Gott, du hast diese hochheilige Nacht durch den Aufgang des wahren Lichtes taghell gemacht ..." Über *Patresbrunna* läuteten die Glocken. Weihrauch wolkte aus den geöffneten Domtoren. Meinwerk selbst las das Evangelium: „In jener Zeit erging vom Kaiser Augustus der Befehl, das ganze Reich aufzuzeichnen ..." Das Opfer Christi wurde zelebriert. Der neue Hofkapellan versah den Dienst als Diakon, nahm das Tuch vom Kelch und erkannte an dem Fuß und der Inschrift, wem der Becher ehemals gehört hatte. Er reichte ihn dem Kaiser, der sichtlich verärgert war. Sein Thronsessel stand im Dom neben dem des Kirchenfürsten. Er neigte sich aufgebracht herüber und sprach halblaut mit Meinwerk: „Glaubst du, daß du Gott mit solch einem Raub einen angenehmen Dienst erweist?" Der könig-

liche blaue Mantel war durch die heftige Bewegung herabgerutscht und lag hinter dem Thronsessel.
Meinwerk verzog keine Miene: „Ich habe keinen Raub begangen, sondern nur den übertriebenen Aufwand des Kaisers zum Gottesdienst verwendet. Wenn Ihr das Herz dazu habt, mein Kaiser und Herr", versetzte er spöttisch, „dann möget Ihr den Kelch nur wiedernehmen."
Kaiser Heinrich blickte aufgebracht seinem Freund Meinwerk ins Gesicht: „Ach was, ich werde doch Gott nicht das entwenden, was unserem allerhöchsten Herrn einmal geweiht ist. Lieber will ich das Meinige Gott geben. Du bist wirklich unersättlich, wenn es darum geht, den Besitz des Königs zum Besitz des Bistums *Patresbrunna* zu machen."
Nach dem erhebenden Hochamt zog der Kaiser mit den Fürsten zur Pfalz, wo eine prächtige Tafel gerichtet war. Heinrich stellte sich wahrhaft als der Kaiser des Reiches dar, die vornehmsten und mächtigsten Fürsten des Sachsenlandes umstanden seinen Thronsitz als Marschall, Kämmerer, Mundschenk und Truchseß.
Die Bürger verweilten nach der Messe noch kurz vor dem neuen Dom, wünschten sich ein „gesegnetes Weihnachtsfest" und tauschten die neuesten Nachrichten aus. Wiksuit und ihr Sohn Bert schlenderten langsam nach Hause. Georgios hatte seinen Rückweg zur Bauhütte am Dom so gewählt, daß er den Weg der schönen Kaufmannswitwe kreuzen mußte.
„Ein gesegnetes Weihnachtsfest und fröhliche Tage dazu!" Er schwenkte sein Barett aus grünem Stoff, das er mit einer Pfauenfeder geschmückt hatte.
„Danke, Georgios, Euch ebenfalls ein schönes Fest! Wie feiert Ihr das so fern der Heimat?"
„Wir Griechen feiern mit gutem Essen, köstlichem Wein aus unserer Heimat und den Liedern zur Kithara. Später tanzen wir sogar zusammen."
„Nur ihr Männer?"
„Ja, nur wir Männer, das ist so Sitte in Griechenland. Aber wenn Ihr wollt, dann können auch wir einmal zusammen tanzen. Am Tag des neuen Jahres gibt es ein großes Fest in der Schenke am Markt."
„Um Gottes willen, ich stecke in der Trauerzeit um meinen verstorbenen Mann. Da schickt sich solches Tanzen nicht", erwiderte Wiksuit wenig überzeugend.
„Trauer hin, Trauer her, das Leben geht weiter. Ihr müßt aufhören, Euch zu grämen und immer nur an den armen Ethiker zu denken."
„Ja, ja, das ist leichter gesagt als getan. Also, noch mal, ein schönes Fest, Georgios!"
Sie lächelte ihn zum Abschied an, koketter als beabsichtigt, winkte ihm

ein paarmal zu und ging Bert hinterher, der schon voraus ins Haus geeilt war.
Der fröhliche Grieche ging ihr nicht aus dem Kopf. Am Mittag klopfte es an der Haustür. Ein junger Bursche stand draußen. „Ich bringe einen griechischen Weihnachtskuchen von Georgios und eine Amphore mit Samos dazu."
„Danke, herzlichen Dank, grüßt Georgios. Ich will das Weihnachtsgeschenk gern annehmen."
Am Nachmittag kostete sie ein Stück des süßen Kuchens. Aus einem hübschen Glas, geblasen im Böhmerwald, das ihr Mann für sie erworben hatte, gönnte sie sich einige kleine Schlucke dieses wunderbar süßen Weines.
Und alles kam von diesem Georgios ...

Im Dom war der Mantel des Kaisers liegengeblieben. Meinwerk ließ ihn wegräumen und legte ihn schon für die Vesper anstelle des Kirchenornates um. Die Dämmerung war hereingebrochen. Die Kerzen tauchten den Kirchenraum mit ihrem schwachen Schein in ein mattes Licht. Tatsächlich hielt der Bischof diesmal nur eine kurze Weihnachtsvesper. Beim Auszug reichte er Heinrich, der wieder mit seinem Hofstaat anwesend war, die Hand und ging Arm in Arm mit ihm zum Dom hinaus. Da erst wurde der Kaiser aufmerksam.
„Das ist doch mein Sternenmantel? Woher hast du den schon wieder?"
„Mein Kaiser und Herr", sagte er in dem gleichen ironischen Tonfall wie am Vormittag, „mein alter Freund Heinrich hat ihn in der Kirche abgelegt. Vielleicht gefiel er ihm nicht mehr? Daher dachte ich, daß er als Kirchenornat gut zu verwenden sei."
„Mein alter Freund Meinwerk", erwiderte Heinrich spöttisch, „ich werde dich schon irgendwann für diese Mauserei zu bestrafen wissen. Wart's nur ab!"
„Dergleichen kostbare Sachen schicken sich einfach besser zum Gottesdienst als zu weltlicher Pracht!"
Am darauffolgenden Tag feierte Meinwerk wieder das Hochamt. Kaiser und Kaiserin opferten nach gutem Brauch und legten eine Schenkungsurkunde auf den Altar. Meinwerk las sie, nahm das Opfer der Kaiserin an; die Urkunde des Kaisers aber zerriß er und verstreute die Pergamentschnipsel neben den Altar. Wieder hatte der Kaiser nicht das erwünschte Königsgut Erwitte dem neuen Bistum übertragen. „Ich werde dich schon herumkriegen, das Opfer zu bringen", dachte Meinwerk bei sich. Dann wandte er sich wieder der heiligen Feier zu und sprach, völlig in sich gekehrt, die Wandlungsworte.
Nach der Messe ließ der Kaiser insgeheim seinen Sekretär kommen und

eine Schenkungsurkunde über Erwitte aufsetzen. Am dritten Tag legte der Kaiser die neue Urkunde auf den Altar. Nach dem Opferungsgebet rief der Bischof aus: „Gott wolle unserem Kaiser Heinrich die großherzige Schenkung von Erwitte an das Bistum reichlich belohnen!" Während die Gemeinde mit einem freudigen „Amen" antwortete, erwiderte Heinrich leise mit abgewandtem Gesicht von seinem Thronsessel her: „Und Gott wolle es dir verzeihen, daß du nicht aufhörst, mich meiner Reichsgüter zu berauben!"

Der Kaiser lag in dieser Nacht lange wach. Wie sehr hatte er in den vergangenen Tagen Meinwerk nachgegeben. Immer wollte der etwas für seine Kirche oder sein Bistum. Natürlich hatte er ihn zum Bischof gemacht, um das Bistum *Patresbrunna* zu vergrößern, aber doch nicht nur auf Kosten der Krone.

Zumindest müßte er seinem alten Freund die Dreistigkeit, die er dabei in den letzten Tagen gezeigt hatte, ein wenig heimzahlen.

Am nächsten Morgen schickte er seinen Boten. „Lest bitte ein Seelenamt für meine verstorbenen Eltern, lieber Meinwerk!" hatte er auf ein Pergament schreiben lassen. „Gern", hatte Meinwerk darunter geschrieben, „morgen früh um fünf Uhr!" Zu dieser frühen Stunde waren nur die Mönche aus dem Kloster und der Domschule in der Basilika, als Kaiser Heinrich mit nur wenigen Herren seiner engsten Umgebung in die Kirche kam. Ihm zur Seite schritt sein Hofkapellan. Meinwerk stutzte, als er seinen Nachfolger am kaiserlichen Hof schon in aller Frühe fröhlich grinsen sah. Das frühe Aufstehen behagte dem doch sonst gar nicht. Dann feierte er mit großem Ernst das Seelenamt. Er sagte laut an, wie es üblich war, für welche Verstorbenen das Opfer gefeiert wurde, und schaute dazu in das Missale. Dann hob er seine Stimme und begann zu sprechen: „*Pro mulis et mulabis* ... – für die Maulesel und Mauleselinnen ..." Meinwerk hatte kaum zu Ende gesprochen, da merkte er, welchen Fehler er gemacht hatte. Die Mönche stießen sich an, gaben sich nur wenig Mühe, ihr Lachen zu unterdrücken. Rasch verbesserte sich Meinwerk „*Pro famulis et famulabis Dei* – für die Diener und Dienerinnen Gottes".

Nach der Messe kam der Kaiser scheinbar wütend in die Sakristei: „Nun fordere ich Genugtuung dafür, daß du meine Vorfahren als Esel bezeichnet hast."

„Du weißt doch – mein schlechtes Latein." Meinwerk verzog keine Miene, zuckte nur mit den Schultern.

Hinter Heinrich stand der Hofkapellan und lachte über das ganze Gesicht.

„Was diese zwei kleinen Buchstaben ausmachen. Wenn *wir* die belassen ..."

„Was heißt ‚wir' und ‚die belassen'?" war Meinwerk sofort hellwach. Ehe sich Heinrich einmischen konnte, plapperte der Kaplan schon los: „Ja, eh, ja, ich habe auf Geheiß unseres gnädigen Herrn Kaisers die Silbe *fa* in den Worten *famulis* und *famulabis* weggekratzt."
Außer sich vor Wut, packte Meinwerk den Kaplan am Arm: „Diener, Knechte, packt diesen hier, hier bin ich Hausherr, der kaiserliche Hofkapellan erhält fünf Stockhiebe." So mußte der Kaplan für die Genugtuung seines Herrn hart büßen. Heinrich aber mußte nach so vielen Jahren der Freundschaft erkennen, daß Meinwerk auch lieber seinen Spaß an anderen trieb, als selber Opfer derber Späße zu sein. Der Kaiser hielt es für das beste, die Angelegenheit schnell zu vergessen. Er sprach nie wieder mit Meinwerk über diese Ereignisse. Einige Tage später verließ er die Pfalz über den Paderquellen, um nach Aachen zu reisen. Kaiserin Kunigunde dagegen hatte Kaufungen als Ziel.

1017 Im Frühjahr hatten die Bauleute aus Griechenland die Pfalzkapelle vollendet. Im Bischofspalast herrschte rege Tätigkeit, Kaiser und Kaiserin hatten erneut ihren Besuch angekündigt.
„Wir wollen die Gelegenheit nutzen und zusammen mit dem kaiserlichen Besuch die Pfalzkapelle einweihen", schlug Bischof Meinwerk im Kreis seines versammelten Domkapitels vor. „Ich möchte die Kapelle dem heiligen Bartholomäus weihen. Der Apostel ist der Patron der Buchbinder, Gerber, Handschuhmacher, Hirten, Landleute, Lederarbeiter, Metzger, Schneider und Schuhmacher, also all jener Handwerker, die in *Patresbrunna* vertreten sind."
„Ein guter Einfall; zum Termin aber bedenkt, daß die Kaiserin in Kaufungen schwer erkrankt sein soll", gab Dompropst Henricus zu bedenken.
„Richtig, aber inzwischen ist sie wieder genesen und wird vom Stiftswald gleich hierherkommen und ihren kaiserlichen Gemahl treffen!"
Am Ostersonntag schritt das Kaiserpaar in feierlichem Zug zur neuen Pfalzkapelle. An der Pforte wartete Bischof Meinwerk.
„Sehet, ich führe vor euch Heinrich, den Gott zu eurem König gewählt, Papst Benedikt aber zum Kaiser gekrönt hat. Fortan soll dieses neue Gotteshaus die Palastkapelle sein." Mit diesen Worten stellte Meinwerk Kaiser Heinrich mit feierlichen Worten dem Volk vor. Sie umarmten sich, diesmal ergriff der Bischof von *Patresbrunna* Kaiser Heinrichs linke Hand und geleitete ihn in die neue Kapelle. Kopf an Kopf standen die hohen Adligen, das Domkapitel und einige Mönche aus dem Domkloster in dem kleinen Raum beieinander.
Zwei Herren des Domkapitels brachten ein weißes Seidenkissen mit der Reichskrone. Heinrich nahm sie, setzte sie sich auf. Auf dem kleinen Al-

tar lagen die Zeichen der Kaiserwürde, die ihm übergeben und angelegt wurden. Im festlichen Kaiserornat feierte Heinrich in seiner Festtagspfalz den Gottesdienst zum Ostertag. Nach der Predigt ließ er verkünden, daß zum Mittag das Volk auf dem Marktplatz mit Braten, Brot und Landwein bewirtet werde. Selten hatte das Volk von *Patresbrunna* freudiger das Tedeum gesungen.

An einem Tisch vor dem Dom langten auch die Kaufmannswitwe Wiksuit mit ihrem Sohn Bert kräftig zu, der inzwischen sehr fleißig im Kontor bei den Geschäften half, sich allerlei Kenntnisse angeeignet hatte und zunehmend ein guter Händler und Kaufmann zu werden versprach.
„Trink doch zur Feier des Tages noch einen Becher Wein. Der ist leicht und bekömmlich", ermunterte Wiksuit ihren Sohn, der ihr viel zu still und in sich gekehrt war.
„Ach, lieber nicht, Mutter. Mir schwankt jetzt schon alles ringsum."
Eine Hand legte sich sanft auf Wiksuits Schultern. „Ein sonniger Tag, schöne Frau! Ich freue mich, Euch zu sehen!" Erregt stellte Wiksuit fest, daß Georgios seine Hand viel länger auf ihrer Schulter verweilen ließ, als dies schicklich war. Mit eindeutigem Lächeln schaute sie über die Schulter zurück. Er lächelte sie an und schob eine Locke aus der Stirn. Galant zog Georgios sein Barett von dem graumelierten Haarschopf, verbeugte sich und trat an den Tisch.
„Setzt Euch. Nehmt ein Stück von dem köstlichen Braten."
„Gern und natürlich einen Schluck von dem kaiserlichen Wein. Wollen doch mal sehen, ob er so gut ist wie ein griechischer Wein."
Bert entfernte sich stillschweigend, er merkte rasch, daß seine Anwesenheit nicht unbedingt angebracht war. Statt der Turtelei seiner Mutter schaute er sich lieber die Späße der Gaukler an, obwohl das Verhalten seiner Mutter im Grunde genauso lächerlich war. Was wollte sie von dem Fremden? Der würde doch bald über alle Berge sein!
„Georgios, ich würde mir gern die fertige Kapelle anschauen. Wollt Ihr mich begleiten und mir Euer Werk erklären?"
„Gern – mein und meiner Landsleute Werk, wie gern möchte ich Euch das zeigen!"
„Nach der Vesper, wenn die Kapelle leer ist, treffen wir uns am Eingang."
Wiksuit stand auf und ließ ihre Hand auch ein wenig länger als für einen Abschiedshändedruck in seiner Hand liegen. Der drückte lange ihre schlanken Finger, nahm sie dann in beide Hände und führte sie behutsam an seine Lippen. Mit leisem Lachen befreite sich die Kaufmannsfrau und lief hinüber in ihr Haus.

Schon einige Zeit, bevor die Glocke das Ende der Vesper anzeigte, begab sich Georgios zur Pfalzkapelle. Mit den Besuchern des Abendgottesdienstes trat Baumeister Laurentius aus der Pforte.
„Ah, unser großer Baumeister“, kam der Gruß ein wenig anzüglich von den Lippen des Griechen.
„Und mein Herr Steinhauer.“ Laurentius war schlagfertig genug, um den spöttischen Seitenhieb abzuwehren.
Georgios schaute ihn mit hochgezogenen Augenbrauen an. Er mußte diesem selbstgefälligen Baumeister eins auswischen und ihn hier weglocken, ehe Wiksuit eintraf. Oft genug hatte er der Frau schon mit großen Augen nachgeblickt.
„Wart Ihr schon im Bischofspalast? Unser gnädigster Herr Bischof will Euch dringend sprechen!“
„Wie, was, der Bischof?“
„Ja, er hat etwas an den Ecksteinen auszusetzen. Ich würde schnellstens zu ihm eilen, denn die Gunst, die er Euch zeigte, kann schnell umschlagen!“
Laurentius schüttelte erstaunt den Kopf. Vielleicht beabsichtigte Bischof Meinwerk, eines seiner neuen Projekte mit ihm zu besprechen. Dann sollte er sich wohl besser auf die Suche machen!
„Über Euch, Meister Georgios, ist Meinwerk ebenfalls verschnupft. Ihr habt in der Kapelle am ersten Kapitell rechts die Blätter nicht vollendet!“ verpaßte er dem Griechen noch einen Seitenhieb.
Georgios knurrte etwas wie „wird schon“ in den schmalen schwarzgrauen Bart, den er sich heute besonders sauber ausrasiert hatte.
Wiksuit hatte sich ebenfalls prächtig herausgeputzt in einem langen, bis auf die Schuhspitzen reichenden Kleid aus blauem Wollstoff, das durch einen gleichfarbigen Stoffgürtel eng gerafft war. Ein blendendweißer und großer Kragen machte das Kleid festlicher. In ihre braunen Haare hatte sie kleine Blumen zu einem Kränzchen gesteckt.
Das schräg einfallende Licht der Abendsonne ließ ihr Haar leuchten. Angenehm warm war es an diesem Festtag geworden. Noch immer saßen viele Leute vor dem Dom. Fern in der Schenke klangen Fidel und Trompete, die zum Tanz aufspielten.
Schon von weitem streckte sie Georgios die Hand entgegen. Der zog sie ausgelassen hinter sich her. Ein wenig atemlos erreichten sie die Kapelle. Stille umgab sie, hoch reckten sich die Säulen in die Gewölbekuppeln, in denen der letzte Duft des Weihrauchs und der Bienenwachskerzen hing.
„Sieh nur, Wiksuit, hier diese Ranken und –“, er brach unvermittelt ab. Schaute entsetzt hoch, in der Tat, die Blätter! „Christos, erbarme dich des armen Georgios.“

Die Kaufmannswitwe verstand gar nichts mehr. Was hatte Georgios nur?
„Vielleicht sagst du mir einmal, was dich so bekümmert sein läßt?"
„Schau nur hin, an den Blättern fehlen die feinen Rippchen. Ich habe sie immer vergessen. Bischof Meinwerk wird sicher sehr verärgert sein."
„Aber schau nur, Georgios, wie hübsch diese kleinen eingerollten Schnecken sind. Oder hier", sie wies auf einen anderen Säulenkopf, „dies sieht aus wie Knospen, bevor sie zu Blüten aufbrechen!"
„Die schönste aller Blüten bist du, Wiksuit", raspelte der byzantinische Baumeister kräftig Süßholz, der in ihrer betörenden Nähe seinen Fehler schnell wieder vergaß. Falls Meinwerk sein Versäumnis bemerken würde – ihm fiele schon irgendwas ein. Er wollte gerade einen Arm um sie legen, da hob sie die Augen zum Gewölbe, zeigte mit ausgestrecktem Finger nach oben: „Welch ein großartiger Klang zeigt sich in diesem Raum, wenn wir sprechen. Wie ist es erst, wenn man singt?" Ehe er etwas dazu sagen konnte, begann sie mit zart angesetzten Tönen eine Weise zu summen, nein, eher zu hauchen: „Dies ist der Tag, den der Herr gemacht hat; lasset uns an ihm frohlocken und fröhlich sein ..."
Georgios hatte die Hände verschränkt, stand mit übergeschlagenem Bein vor einer Säule. Die Augen geschlossen, hörte er dem ein wenig lauter werdenden Gesang zu. Lange verharrte er so, schon längst war der letzte Ton verklungen.
„Dies war viel schöner, als die Weihe heute morgen. Du gibst dem Raum die Bestimmung: Mit Gesang Christos zu loben!" Georgios wußte wirklich, wie Frauen zu beeindrucken waren.
Wiksuit ging zu ihm. „Das hast du schön gesagt. Ihr Griechen habt hier für alle Zeit eine bleibende Erinnerung an die große Baukunst eurer Heimat geschaffen. Ich werde immer an euch Bauleute denken."
„Ich hoffe vielmehr, daß du an mich denkst, auch wenn ich wieder auf meiner Insel Delos weit weg in der Ägäis stecke." Er hielt ihr höflich die schwere Holztür auf, damit sie nach draußen treten konnte. Sie drehte sich überrascht um, sah ihn mit großen Augen an: „Du gehst fort – wie, wann?"
„Unsere Zeit ist um, unsere Aufgabe beendet. Jetzt erhalten wir unseren letzten Lohn, und wir machen uns auf den Weg in die Heimat."
Er sah bei diesen Worten nicht besonders glücklich aus.
„Ach, Georgios, Georgios, ..." Eine Weile gingen sie schweigend nebeneinander her. Sie kamen der Musik immer näher, die aus den weitgeöffneten Fenstern der Schenke drang. Wildes Fußgestampfe zeigte an, daß drinnen getanzt, eigentlich mehr durch den Raum gesprungen wurde. Beiden war nicht nach Einkehr zumute. Langsam schlenderten sie über den Anger vor den Wällen von *Patresbrunna.* An einer Holzhütte lag das

Stück eines Baumstammes. Darauf setzten sie sich und genossen die letzten warmen Strahlen der Sonne, die langsam im Westen unterging. Ihre Blicke wanderten in die Ferne. Sie sahen sich nicht an.
Der Grieche schwenkte seinen Arm breit nach Süden: „Dorthin werde ich gehen, morgen schon. Wir müssen Abschied nehmen." Wiksuit lehnte ihren Kopf an seine Schulter. Er nahm sie in den Arm und küßte sie leidenschaftlich. Tagelang kokettierte sie, wartete, ja wartete fast zu lange, jetzt war es zu spät – oder?
Glühend erwiderte sie die Küsse. War er doch noch zu halten? Ihre Körper schmiegten sich aneinander, erspürten sich.

Dunkelheit war über das Land gefallen, als sie die Hütte verließen. Georgios suchte die Heufäden aus ihren Haaren. Sie klopften sich den Staub von den Kleidern, bemerkten nicht, daß eine dunkle Gestalt sie vom Wall her beobachtete.
Laurentius hörte das Kichern und die verhaltenen Stimmen, vernahm ein leises Singen „... gold'ner Abendstern ...", erkannte daran Wiksuit. „Gleich morgen, – ... wir fragen den Prälaten ... –, heiraten..., Platz ist im Haus genug", hörte er ihre Stimmen. Schweigend starrte er in die Nacht. Immer wieder hatte er ihr seine Aufwartung gemacht, gezeigt, daß sie ihm nicht gleichgültig war, daß er sich um sie kümmern wollte.
Deshalb hatte ihn Georgios also zum Bischof geschickt, der ihn damit abfertigte, ein Steinmetz brauche weder Namen noch gezeichnete Ecksteine. „Der Baumeister lebt im Stein weiter", hatte Meinwerk ihn gerügt.
Sie kamen näher, Laurentius zog sich in den Schatten eines Mauervorsprungs zurück. Er hatte sich die ganze Zeit eingeredet, sie warte auf ihn, müsse nur die Trauerzeit abwarten, wie es sich gehöre. Wie es sich gehöre – hätte er sich doch bloß um diesen Blödsinn nicht gekümmert, nun hatte er sie an den eingebildeten Griechen verloren, den gute christliche Sitten einen Dreck geschert hatten. Alle großen Bauwerke, die er für den Bischof und *Patresbrunna* geschaffen hatte, waren bedeutungslos angesichts dieser Demütigung. Gewiß, er hatte bemerkt, daß der verdammte Grieche Wiksuit nachstellte, aber er war doch schließlich der Baumeister von *Patresbrunna* und genoß Ansehen in der Ansiedlung über der Pader.
Als sie eng umschlungen an ihm vorübergingen, war nur zu klar, daß er seine Chance vertan hatte. Laurentius stand wie gelähmt. Verwirrt stolperte er den Weg zurück. Er erreichte seinen Dom, fühlte sich schwach und hilflos. Die Schwärze der Nacht umgab den mächtigen Bau. Niemand sah, wie Laurentius das Gotteshaus betrat und langsam die Treppe zum Turm aufstieg. Das Bleidach war noch nicht ganz geschlossen.

Die Steinmetzen hatten an diesem Tag nicht gearbeitet, sondern geholfen, den fettglänzenden Ochsen zu zerteilen. Laurentius ging an der Mauerkante entlang und strich gedankenverloren mit der Hand darüber. Das Werk war fast vollendet. Wenn das restliche Blei aus Ramsbeck im Süderland kam, konnte das Dach geschlossen werden.
Doch, dort, was war das?
Laurentius ging an der Mauerkante, die sich kaum fußhoch über dem Boden aus dicken Bohlen erhob, entlang, um genauer sehen zu können. Ein Riß in der Bleiplatte? Er schob sich ein wenig näher, beugte sich weit vor. Aus dem Turm dröhnte gewaltig der Glockenschlag zur vollen Stunde. Laurentius, leichtsinnig und geistesabwesend im Mondlicht am schmalen Steinrand entlangtapsend, erschrak, drehte sich einmal um sich selbst, wankte, griff nach einem Halt und stürzte in die Tiefe. Einen Augenblick bekam er das Gefühl grenzenloser Leichtigkeit, dann schlug der Körper hart auf dem festen Boden vor dem Dom auf.

Erst am nächsten Morgen wurde der tote Körper des Baumeisters entdeckt. Die Umstände seines Todes konnten nie aufgeklärt werden. Georgios blieb auf der Dombaustelle, jetzt mußte er die letzten Arbeiten beaufsichtigen. Er und Wiksuit heirateten alsbald in der Bartholomäuskapelle. Einer der Domkapitulare nahm die Trauung vor. Eine kleine Feier im Kaufmannshaus schloß sich an. Dann aber packte der frischgebackene Ehemann sein Bündel auf ein Maultier, das er gekauft hatte. Er wollte in die Heimat, seine Sachen ordnen, ein paar seiner Habseligkeiten hierher nach Norden schaffen und von seinen Eltern auf der Insel Delos Abschied nehmen. Er hatte sich entschlossen, mit seiner Frau an der Pader zu leben, denn hier war seine Kunst etwas Besonderes. Auch würde der Bischof bald einen neuen Baumeister brauchen!

Nach einem Vierteljahr traf eine grauenvolle Nachricht in der Paderstadt ein. Der Erzpriester von Delos hatte eine Botschaft auf Pergament geschrieben: Georgios war bei der Überfahrt zur Insel in stürmischer See ertrunken. Zum zweiten Mal machte das Schicksal Wiksuit zur Witwe. Viele Nachbarn, die Freunde ringsum und die Kaufleute mit ihren Familien nahmen schmerzlichen Anteil an dem erneuten Verhängnis, das über dieses Haus hereingebrochen war. Und neun Monate nach der Hochzeit brachte Wiksuit einen Sohn zur Welt. Schon nach wenigen Wochen zeigte Georg, wie sie ihn taufen ließ, eine tiefdunkle Haarfarbe. Bert beachtete seinen Bruder kaum; er hatte im Kaufmannshaus viel zu tun und wickelte die Geschäfte ab. Seine Mutter konnte sich auf ihn verlassen, auch wenn ihm hier und da noch die Erfahrung fehlte. Dennoch ging es der Familie längst nicht so gut wie in vergangenen Tagen.

1018 Kaiser Heinrich übereignete dem Bistum die Abtei Helmarshausen oberhalb der Diemel. Bischof Meinwerk verfolgte mit dem neuen Kloster mehrere Ziele: Zum einen wollte er es dem inzwischen einflußreichen Kloster Corvey entziehen, zum anderen sollte hier ein Zentrum der Ausübung vieler Künste entstehen: Gold- und Silberschmiede, Meister der Emaillierkunst, Bildhauer und Steinmetzen wollte er in diesem Kloster von sachkundigen Mönchen und Meistern ausbilden lassen. Einen Abt für das Kloster hatte er schon gefunden: Wino aus dem Konvent des Abdinghofklosters zu *Patresbrunna*. In die weitläufigen Anlagen oberhalb des Diemelflusses hatte dieser sich einen besonders guten Goldschmied aus der Bischofsstadt mitgebracht – Erpho, den jungen Meister, der sich mit dem Antependium einen hervorragenden Ruf erworben hatte. Andere Künstler kamen dazu. Helmarshausen wurde als Kloster und Kunstschule schnell im weiten Land bekannt.
Immer wieder hatte die Bürgerschaft der stetig wachsenden Siedlung an der Pader ihren Bischof drängen müssen, die nötigen Mittel für die schon lange angekündigte Befestigung bereitzustellen. Dann endlich ordnete Meinwerk an, mit dem Bau zu beginnen. Während überall starke Holzgerüste errichtet und Steine herangefahren wurden, mischten die Maurer den Mörtel, schlugen die Steinmetzen Grauwacke und Sandstein zurecht, nahmen Zimmerleute das Maß für feste Holztore und errichteten die Gerippe für Torhäuser, die sich an die Stadtmauer anlehnen sollten.
Wo die Quellen der Pader an das Licht der Erde traten, war in den vergangenen Jahren eine große Marktsiedlung entstanden. Auf dem Gelände vor der Kaiserpfalz und dem Dom, wo es zuvor nur einzelne Häuser mit Wiesen und Bäumen gegeben hatte, wuchsen mehr und mehr Gebäude empor. Größer und stattlicher als alles, was bis dahin an Grubenhütten und Fachwerkhäusern gestanden hatte. Häuser aus Holz und Mörtel, verfugt und verputzt, weiß gestrichen, an den Balken mit hübschem Schmuck versehen, nachgearbeitet den ornamentreichen Steinen in den Gotteshäusern. Auf der weiten Fläche des Marktfleckens und vor den Wällen herrschte geschäftige Betriebsamkeit. Meinwerk ging ständig umher, kontrollierte, regte an, verbesserte, lobte und tadelte seine Handwerker. Hier mußte stärkeres Holz her, dort sorgfältiger Mörtel gemischt werden, er war nie zufrieden. Er hatte für seinen tüchtigen Baumeister Laurentius keinen Nachfolger gefunden. Seitdem kümmerte er sich zum Leidwesen der Handwerker noch mehr selbst um die Baumaßnahmen.

1028 Es war früher Morgen in der Padersiedlung. Wiksuit kam mit ihrem jüngsten Sohn Georg aus der Frühmesse des Domes. An einem Pfeiler standen einige Tagelöhner und arbeitslose Dienstboten, die auf Angebote warteten. Die Domburg eignete sich gut für die Arbeitssuche, denn hier kamen die Bauleute und Händler vorbei, die für Stunden oder einen Tag Hilfen suchten.
„Da schau nur, welch ein Dreck auf der Wiese an der Domschule. Als wenn die Scholaren nicht ihren eigenen Mist aufheben könnten." Wiksuit schüttelte den Kopf.
Sie bahnten sich einen Weg durch die Lastesel, die Berittenen und Kaufleute. Etwas weiter stand eine Pilgergruppe, die im Dom das Grab des heiligen Liborius besuchen wollte. Auf einer Trage schleppten sie einen Kranken mit, sicher jemand, der mit Gebet und Opfer seinem Steinleiden abhelfen wollte.
„Ein schreckliches Gewimmel, seitdem bekannt geworden ist, daß Besuche am Grab des Heiligen in *Patresbrunna* von diesen schlimmen Schmerzen befreien können", seufzte Wiksuit, während sie Georg hinter sich herzog.
„Du wolltest doch zum Handelskontor vom Kaufmann Daniel", erinnerte der Junge seine Mutter.
„Eigentlich wollte ich dort tatsächlich hin, um nach den Waren aus Mainz und Aachen zu sehen."
Sie schubste einen aufdringlichen Krämer mit seinem Bauchladen zur Seite, schob sich an einer anderen Gruppe von laut singenden Pilgern vorbei und mußte sich mit einem kleinen Sprung vor einem Wagen in Sicherheit bringen, auf dem Hölzer gestapelt waren. Aus einer Pfütze spritzte Übelriechendes hoch. Georg hielt sich die Nase zu.
„Pfui, ein abscheulicher Gestank." Sie klopfte vergeblich an ihren Kleidern herum. „Ein schlimmer Dreck. Alle kippen ihren Abfall einfach auf die Straße. Das geht so nicht weiter. Ich werde mich beim Bischof beschweren."
„Ist das heute ein Betrieb, Mutter! Halt, warte mal, da kommt eine Prozession. Hab' glatt vergessen, daß heute wieder ein Pilgertag ist."
Bunte Fahnen flatterten in der Luft, Kreuze schaukelten über den Köpfen der buntgekleideten Männer und Frauen, die im langen Zug, angeführt von einigen Mönchen in braunen Kutten, betend näher kamen. Die Gruppe mit dem Kranken schloß sich an, schließlich waren alle im Dom verschwunden.
Mutter und Sohn eilten an der Häuserzeile entlang. Giebel auf Giebel reihte sich mit Ausblick auf den Dom um den Platz. Plötzlich rauschte ein Schwall übelriechender Flüssigkeit von oben vor ihnen auf die Straße.

„Hallo, Müllersche, kippt euren Nachttopf hinten auf die Wiese, aber nicht ehrbaren Bürgern vor die Nase. Beinahe hättet ihr mich getroffen!"
Keine Antwort, oben klappte nur eine Luke zu.
Bald hatten sie das Haus des Fernhandelskaufmanns Daniel erreicht und betraten die geräumige Halle.
„Die Frau Nachbarin. Womit kann ich Euch dienen?"
Höflich schob Daniel ihr einen Stuhl hin. „Aha, der Sohn ist dabei. Magst du eine Zuckerstange, junger Freund?"
Der kleine Georg nickte, das war eine besondere Überraschung. „Aus dem Orient, habe ich für den Hof des Kaisers besorgt. Feine Gewürze, Öl, Spezereien. Hier schaut einmal, Wiksuit, dieses kostbare Seidentuch kommt aus den fernsten Ländern." Er wickelte ein wenig von einem Stoffballen ab und hielt es der Kaufmannswitwe hin.
„Als mein erster Mann noch lebte, lagen solche Waren auch in unserem Kontor."
„Ihr müßt nach so vielen Jahren nicht mehr Eurem Mann nachtrauern. Behaltet ihn in Eurem Herzen, aber jetzt ist eine neue Zeit, hier in *Patresbrunna* gibt es viel zu tun."
„Daniel", sie nestelte an einer Ledertasche herum, die sie an einem Gürtel trug, „hier ist ein Brief, der Fuhrmann soll ihn mit nach Corvey nehmen."
„Da habt Ihr Glück, denn ich habe eine Ladung Tuche für die Kaiserpfalz in Goslar."
Daniel drehte sich zu dem an der Zuckerstange lutschenden Georg. „Lauf schnell zum Apotheker, und sag ihm, daß die bestellte Lieferung von Rosenöl und Mandeln angekommen ist." Daniel wollte den Jungen loswerden, das merkte Wiksuit nur zu deutlich. Sie ahnte schon, welches Thema er wieder einmal anbringen wollte.
„Ich hoffe, daß ich Euch nicht zu sehr an Vergangenes erinnert habe? Aber täglich sehe ich Euch, und täglich höre ich, wie schwer Ihr es habt, das Geschäft mit Eurem Sohn zu betreiben. Euch ist viel Unglück zugestoßen, zuletzt starb Euch der zweite Ehemann. Nun steht Ihr wieder ganz allein da."
„Bert gibt sich viele Mühe, aber er ist noch so unerfahren. Er hätte bei einem bewanderten Handelsmann lernen müssen und dann erst das Geschäft übernehmen sollen. Aber", sie seufzte und schlug die Hände aneinander, „wir müssen so weitermachen und hoffen, daß sich mein Sohn langsam vorarbeitet."
„Aber Wiksuit, es wäre doch so einfach, wir legen beide Geschäfte zusammen, machen eins daraus. Bert und ich, wir würden schon gut miteinander auskommen. Irgendwann kommt der kleine Georg dazu ..."
„Der ist ganz und gar nicht für den Kaufmannsberuf geeignet. Er

schnitzt den ganzen Tag an irgendwelchen Hölzern herum, und das nicht einmal schlecht", lenkte Wiksuit ab, die nur zu gut wußte, was Daniel unter „Geschäft zusammenlegen" verstand.
„Ich habe eine solche Figur gesehen, die er aus Lindenholz gefertigt hat. Er müßte zu einem guten Meister oder besser in die Kunstschule, um gründlich ausgebildet zu werden."
„Soviel Geld habe ich nicht."
„Wenn wir ein gemeinsames Haus gründen, dann teilen wir selbstverständlich den Gewinn. Und Ihr habt genug Geld, besonders für solche Dinge."
Wiksuit schien der Vorschlag zu gefallen.
„Mal sehen", verabschiedete sie sich ausweichend. Sekundenlang standen die beiden voreinander.
„Ein gutaussehender Mann", dachte sie, während ihr Blick über die Gestalt des Mannes glitt. Von den Handelsfahrten war sein Gesicht leicht gebräunt, auch bei ihm umrandete nach der Mode der Zeit ein feiner, sauber rasierter Bart das Kinn, zwei braune Augen blickten freundlich und ohne Hintergedanken auf sie. Sauber gekleidet war er, in ein Wams und helle Beinkleider, ja und ein gutgehendes Kaufmannskontor besaß er ohnedies. Eigentlich wäre er eine gute Partie. Sie hatte zweimal aus Liebe geheiratet, vielleicht wäre es an der Zeit, hier andere Gründe zu berücksichtigen.
„Ich grüße Euch, schöne Witwe, und Euch auch, Herr Nachbar", ertönte hinter ihnen eine Stimme. Gerald, der Gerber und Kürschner, war unbemerkt eingetreten.
„Ihr solltet Euch um Euren Graben kümmern", überfiel ihn gleich Daniel, dem die Störung gar nicht gelegen kam. „Der stinkt ja zum Himmel, und ständig ist das Bachwasser verfärbt."
„Ihr tragt doch so gern bunte Kleider und weiche Schuhe, und das geht nicht ohne Gestank und Farbe ab, wenn ich Tierhäute zu Leder verarbeite und dem Leinen eine leuchtendblaue Farbe gebe."
„Habe für Euch neue Waidpflanzen mitgebracht. Könnt dann wieder neues Garn und Tuch leuchtend blau färben", knurrte Daniel ärgerlich.
Beim Hinausgehen versuchte Wiksuit zu vermitteln: „Streitet Euch nicht. Daniel verdient an seinem Fernhandel, Gerald an den Luxuswaren, könnt doch beide zufrieden sein. Und damit, Gott befohlen!"
Der Kaufmann und der Handwerker schauten hinter Wiksuit her.
„Eine schöne Frau", kam es sehnsüchtig von Gerald, der sich die blaugefärbten Hände rieb. „Nicht zu übersehen, Daniel, daß Ihr der Witwe schöne Augen macht. Sie gefällt ja vielen, Euch und vorher dem Griechen. Aber denkt daran, ihre Männer leben gefährlich."
„Nur kein Neid! Ihr mit Eurer blaugefärbten Haut habt da eh keine

großen Chancen. Also, was ist, wollt Ihr nun das Garn aus Köln kommen lassen – oder ..."
„Deshalb bin ich ja da, ich benötige ganz dringend die neue Lieferung." Gerald war sichtlich gekränkt.
„Also gut, wenn der Transport aus Corvey zurück ist, geht es gleich nach Köln. In ein bis zwei Wochen habt Ihr Euer Garn."
„Das ist zu spät, Daniel. Die Herren in der Pfalz drängen jeden Tag auf die Tuche, die aus den Garnen gewebt werden sollen."
„Wartet mal, morgen bekomme ich eine Lieferung aus Frankfurt, die sollte weiter nach Goslar. Ich werde dorthin eine Nachricht geben, daß sie ein paar Tage warten müssen. Also, abgemacht, die nächste Lieferung für Euch – aber", er stockte eine Weile, „sie ist dann ein paar Pfennige teurer."
„Ihr seid ein gerissener Schuft, macht gleich einen Gewinn aus meiner Lage." Geralds Augen sandten giftige Blicke auf sein Gegenüber.
„Wenn Ihr nicht wollt", Daniel blieb gelassen.
„Was soll ich machen, ich muß liefern. Also gut, aber nur drei Pfennige mehr für die Rolle." Daniel hielt die Hand hin, Gerald schlug ein, der Handel war perfekt.

Inzwischen war Wiksuit nach Hause geeilt. Die Fenster, ungewöhnlich für viele Häuser in *Patresbrunna,* waren weit geöffnet. Die Flügel mit richtigen Fenstern, in Blei gefaßte, dicke, runde Butzenscheiben, standen nach innen. Draußen schlug jemand mit dem Klopfer aus Messing auf die Holztür. Georg stand im Türrahmen und schnupperte.
„Hm, es riecht gut, hast du schon das Essen fertig?"
Von der Küche her drang Essensduft.
„Frau Wiksuit, wir können essen!" rief die Magd.
„Ja, Maria, wir kommen."
Die Magd hatte auf der offenen Feuerstelle Hühnchen auf einem Spieß goldbraun und knusprig gebraten. Noch einmal goß sie mit einem Holzlöffel Fett darüber. In einem eisernen Topf hatte sie Mandeln und Reis für eine Nachspeise zerstampft. Für jeden lag eine Scheibe Brot bereit.
„Stell die kleine Wasserschüssel auf den Tisch. Beim Geflügel bekommt man so fettige Finger!"
„Gern, Frau Wiksuit. Hier die Messer, eine Gabel zum Aufspießen der Beinchen und Brüstchen; ich habe schon alles zerlegt." Sie stellte eine große Schüssel mit dem zerkleinerten Geflügel auf den Tisch. Alle griffen mit den Fingern zu, aßen von dem Brot und tranken stark verdünnten Wein. Wiksuit legte großen Wert auf gutes Essen – und gute Manieren. Daher wusch sich jeder öfter die Finger während des Mahles in den Wassergefäßen, die von der Magd bereitgestellt worden waren. Das fei-

ne Essen würden sie sich allerdings nicht mehr lange leisten können, die Geschäfte gingen zu schlecht. Vielleicht würde sie doch den einzigen Weg aus der Misere nehmen müssen.
Nach dem Essen setzte sich Georg auf die Holzbank vor dem Haus, nahm sein Schnitzmesser und eine halbfertige Figur zur Hand. Vorsichtig kerbte hier die Klinge etwas aus dem Holz, schnitt da eine tiefe Falte ein oder höhlte mit der Messerspitze eine Vertiefung aus. Ein Schatten legte sich über den Schnitzer. Der blickte auf und blinzelte in die Mittagssonne. Dann sprang er auf und verneigte sich: „Herr Bischof, ich habe Euch gegen die Sonne nicht erkannt. Verzeiht ..."
„Junge, wenn man so vertieft ist in sein Werk wie du ..., zeig einmal her, was du da gerade arbeitest."
Georg reichte Meinwerk die Figur.
„Welche Person willst du mit deinem Werk darstellen?"
„Ich möchte einen Bischof schnitzen mit hoher Mütze und darüber einen Pfauenwedel."
„Also den heiligen Liborius etwa?"
„Ja, Liborius, aber dessen Mantel will mir nicht so recht gelingen. Und vor dem Gesicht habe ich richtig Angst.
„Du bist doch Georg hier aus dem Kaufmannshaus?"
Der Junge nickte eifrig.
„Ich habe von deinen Fertigkeiten gehört und wollte mal mit deiner Mutter sprechen. Vielleicht wäre es gut, wenn du in unsere Kloster-Kunstschule nach Helmarshausen gingest, um die Bildschnitzerkunst richtig zu erlernen."
„In eine Kunstschule, meint Ihr denn, hochwürdigster Herr Bischof, mein Sohn hätte Talent dazu?" Wiksuit war aus der Haustür getreten, durch die offenstehenden Fenster hatte sie den Besucher entdeckt und das Gespräch mit angehört.
„Dieser junge Schnitzer ist wirklich sehr begabt, er müßte natürlich noch viel dazulernen und unterwiesen werden."
„Und das soll die Kunstschule in Helmarshausen besorgen?" fragte Wiksuit erwartungsvoll.
„Ich suche im ganzen Bistum junge Menschen mit besonderen handwerklichen Fähigkeiten, um sie in unserem Kloster an der Diemel auszubilden. Erpho, der Sohn des Goldschmieds aus *Patresbrunna*, ist dort als Meister tätig."
Georg sah seine Mutter flehentlich an.
„Ihr wißt, hochwürdigster Herr Bischof, daß nach dem Tod meines Mannes das Handelskontor nicht mehr so gut läuft wie früher, obwohl Bert sich alle Mühe gibt."
„In guten Tagen habt Ihr dem Bistum einiges Land geschenkt. Ich nehme

Euren Sohn gern in die Klosterschule auf. Es soll Euch nicht viel kosten, aber etwas unterstützen müßtet Ihr ihn in den nächsten Jahren schon."
Wiksuit beugte die Knie vor dem Bischof und wollte den Saum seines Mantels küssen. Meinwerk wehrte ab und zog sie hoch.
„Wenn Euer Sohn fleißig ist, dann wird er eines Tages sicher ein guter Bildschnitzer sein. Wenn er dem Dom dann eine wunderschöne Madonna anfertigt, soll es recht sein, was, Georg?"
„Gern, ja sehr gern, Herr Bischof, wenn ich das dann kann."
„Gnädigster Herr Bischof, wenn ich Euch ein ganz anderes Anliegen vortragen darf?" bat die Witwe.
„Sprecht, Ihr wißt doch, daß ich für meine Bürger immer ein offenes Ohr habe."
„Heute morgen habe ich wieder erlebt, wie übelriechende Jauche auf der Straße von vorbeifahrenden Fuhrwerken auf die Bürger, auf uns, verspritzt wird. Beinahe hätte mir die Müllersche den Inhalt ihres Nachttopfs auf den Kopf geschüttet, als wir aus der Frühmesse kamen. Heute mittag habe ich den Gerber Gerald in seinem Dreckzeug gesehen. Und an der Domschule liegt die Wiese voller Unrat von den Scholaren! Das steht doch unserer Bischofsstadt nicht gut an. Wenn nun so viele Pilger herkommen, müßte für mehr Sauberkeit gesorgt werden."
„Ihr habt nicht unrecht, ich werde die Sache prüfen und für Abhilfe sorgen. Verlaßt Euch darauf, *Patresbrunna* soll sauber werden."
Meinwerk und Wiksuit verabredeten, daß Georg und sie in den nächsten Tagen in den Bischofspalast kommen sollten, um alles weitere zu besprechen. Wiksuit konnte ihr Glück nicht fassen: Eine solche Gelegenheit für ihren Sohn konnte sie sich nicht entgehen lassen. Aber es mußte noch Geld her, denn Bert, der sich nie so recht mit seinem Halbbruder verstanden hatte, würde murren. Schon oft hatte er über Georg genörgelt, der arbeiten solle, sobald er nur könne, statt seine Zeit mit nutzloser Schnitzerei zu verplempern. Sie würde wohl doch dem Werben des Kaufmanns nachgeben, ob sie wollte oder nicht. Es gab Schlimmeres – obwohl sie nach Georgios' Tod keinen Mann mehr hatte lieben wollen.
Meinwerk setzte seinen Weg zwischen den Häusern fort. *Patresbrunna* war nur von wenig Wald, aber vielen Wiesen, von Bruch und Heide umgeben. Er stieg auf einen Wall und schaute in das Land. Aus der weiten Fläche liefen die Handelswege in die Siedlung. Sie bahnten sich einen Weg durch die Landwehr, einen Wall mit Graben, der die Flur draußen und ihre Gemarkungen in weitem Kreise umzog. Dornengebüsch und Knicke, besonders dichte Hecken, sollten Feinde abhalten. Wie schon vor 200 Jahren standen die Warttürme, nur durch Leitern zugänglich und oben mit einem Umgang. Von dort wurde das weite Land sorgfäl-

tig beobachtet. Unten glänzten in der späten Nachmittagssonne die bleiernen Spitzen der beiden Türme und der Westfassade des Domes und der vielen großen und kleinen Türme neuer Kirchen und Klöster in der Padersiedlung.
Inzwischen hatten sich dem Bischof dessen Sekretär und der neue Baumeister Reinbold angeschlossen. Langsam ging Meinwerk mit den Männern weiter.
„Hier hat ein neuer Goldschmiedemeister seine Werkstatt, seit Erpho in Helmarshausen wirkt. Sein Vater Brunhard hat einige schöne Jahre gehabt", erinnerte sich Meinwerk. „Erpho hat das Haus nach dessen Tod an einen neuen Meister verkauft. Der handelt dazu noch mit Edelsteinen. Er soll schöne geschnittene Kameen und Gemmen aus dem Orient anbieten", informierte ihn Reinbold.
„Dann wollen wir ihn in den nächsten Tagen einmal bitten, uns seine Schätze zu zeigen."
Als sie das Haus des Feingerbers erreichten, kam Meinwerk gar nicht darum herum, sich der Worte der Kaufmannswitwe zu erinnern. „Wiksuit hat recht. Wir müssen hier bessere Abflußkanäle schaffen. Das stinkt ja wirklich zum Himmel!" Der Bischof hielt sich die Nase zu und gab Auftrag, gleich morgen hier Abhilfe schaffen zu lassen.
„Sekretarius, notiert einmal. Ich ordne an, daß die Nachttöpfe in eine Grube hinter den Häusern entleert werden, ähnlich den Jauchegruben auf den Bauernhöfen. Nichts wird mehr nach vorn aus den Fenstern auf die Straße entleert."
Sie waren zu den Mauern gekommen, die an der Domburg erneuert wurden. Meinwerk wandte sich an Reinbold: „Baumeister, sorgt dafür, daß besserer Mörtel genommen wird. Hier", er bückte sich, nahm einen herabgefallenen Brocken und zerbröselte ihn mit der Hand, „da muß höherer Kalkanteil hinein und besser gemischt werden. Die neuen Mauern sollen stärker sein als die alten und länger halten!" Meinwerk verstand nach den vielen Jahren unermüdlicher Bautätigkeit mittlerweile eine Menge von dieser Arbeit.
„So, und nun zeigt mir den Plan unserer Marktsiedlung an der Pader." Eifrig rollte der neue Baumeister einen Plan auseinander, legte einige Steine auf die Ränder. Dann beugten sich beide darüber. „Hier", der Bischof wies mit dem Finger auf einen Strich, „die Hellwegstraße nehmen wir aus der Domburg heraus. Sie kann künftig über den Kamp verlaufen. Wenn der alte Handelsweg weiterhin durch das Viertel rund um den Dom führt, wird es zu eng vor lauter Pilgerzügen und Handelsfuhrwerken." Mit einem Holzstöckchen zog er eine unsichtbare Linie über die Stelle, wo einmal das südlichste Kloster des von Meinwerk geplanten Kirchenkreuzes um den Dom gegründet werden sollte.

„Die neue Straße trifft dann im Südosten der Domburg auf die von Süden kommende."
„Dann ist aber das alte Tor nutzlos", warf der Baumeister ein.
„Also reißen wir es ab, schließen die Mauer und bauen weiter südlich ein neues Stadttor. Macht das neue Tor größer und noch stärker. Legt eine Bohlenbrücke über den Graben. Den aber hebt mir breit genug aus. Wenigstens sieben Meter breit und etwa fünf Meter tief. Wir wollen ihn mit Wasser füllen und Fische darin halten."
Nach und nach wuchsen um *Patresbrunna* feste, starke Mauern, hier und da ein Turm, mal rund, mal eckig erbaut. Erker sprangen aus der Mauer nach außen zum Stadtgraben hin. Weiter unten, dort, wo die Paderquellen zutage traten, waren Mühlen mit gewaltigen Radschaufeln gebaut worden. Auch sie standen im Schutz der neuen Mauern und Türme, damit die Stadt in Notzeiten nicht ohne Brot blieb.
Patresbrunna war unter Meinwerk stetig größer geworden und zu einer beachtlichen Stadt gewachsen, die schon bald über Markt-, Münz- und Zollrechte verfügen sollte.

Reinbold, der Nachfolger des abgestürzten Baumeisters, hatte sich über die Zeit hin gut eingearbeitet. Mit dem sehr gealterten Bischof Meinwerk schritt er über den Domplatz.
„Habt Ihr schon Pläne für die Heilig-Grab-Kirche im Busch gemacht? Ich sagte Euch doch vor einiger Zeit, daß ich schon lange diesen Plan hege, leider aber durch mancherlei Wirren davon abgehalten wurde", griff Meinwerk sein Lieblingsprojekt wieder auf.
Der Baumeister bat Meinwerk in seine Hütte, die sich gleich an die Domwand anlehnte. Über zwei Holzböcke war eine aus roh geschnittenen Brettern gefügte Platte gelegt, auf der einige Pergamentrollen lagen. Reinbold zog eine Rolle hervor, breitete sie aus, glättete sie ein wenig und legte ringsum ein paar Steine auf die Pergamentränder.
„Hier seht, das ist ein erster Entwurf!"
„Hmhm", brummte Meinwerk, seine Augen gingen hin und her über die Striche und Kurven, sahen Zahlen am Rand.
„Wenn wir hier", er nahm sich ein kleines Stückchen Holzkohle, das in einer Tonschale lag, und machte schnell und sicher ein paar korrigierende Striche, „die Grundmauern verlaufen ließen? Ich möchte den Bau genauso wie die Grabeskirche in Jerusalem. Habt Ihr schon einmal davon gehört?"
„Sicher, hochwürdigster Herr, gehört schon. Es soll ein Rundbau sein oder sogar mit acht Seiten versehen. Ob wir nicht doch besser mit einer Basilika beraten wären?"
„Nein, nein und nochmals nein! Seit langem habe ich eine Pilgerreise

nach Jerusalem gelobt. Aber die Sorge um die Bischofsstadt und die seit langem unsicheren Verhältnisse in Palästina haben dies verhindert. Jetzt bin ich zu alt, daher soll es wenigstens eine Kirche nach dem Abbild der heiligen Kirche zu Jerusalem sein, die wir hier im Osten der Stadt zur Gewinnung des himmlischen Jerusalem errichten!"

Während der heftigen Erwiderung des Bischofs hatte Reinbold ein paar Striche auf das dicke Pergament gebracht. Kreise, die er in acht Ecken aufteilte.

„So ginge es, ich schabe gleich einmal das Pergament ab und zeichne die Stelle des Entwurfs neu." Der Baumeister nahm einen scharfkantigen Stein und fuhr damit über das dicke Pergament, bis die Striche verschwunden waren. Schnell entstand unter seinen begabten Fingern ein neuer Plan: ein großer Kreis mit einem Vorbau, den zwei Türme flankierten.

„Ja, so könnte der Bau in Angriff genommen werden. Plant die Einzelheiten, bis ich zurückkomme. Wir sehen dann weiter."

„Hochwürdigster Herr Bischof, in welcher Größe soll das Werk ausgeführt werden? Welchen Durchmesser soll ich für den Rundbau annehmen? An welcher Stelle möchtet Ihr das heilige Grab angelegt sehen? Und welche Höhe wollen wir der Kuppel geben? Und die Türme im Westen?"

„Ach, wißt Ihr was, Baumeister, ich werde einen Vertreter nach Jerusalem entsenden, der soll einmal die Kirche dort ausmessen. Wie mir der Metropolit berichtete, werden dank der Bemühungen des kaiserlichen Hofes von Byzanz und mit Zustimmung des Kalifen die Wiederherstellungsarbeiten in Angriff genommen. Der Wiederaufbau der Rotunde über dem so lange zerstörten Heiligen Grab Christi hat begonnen."

1033 Bischof Meinwerk sandte Abt Wino von Helmarshausen nach Jerusalem mit dem Auftrag, ihm die Maße der dortigen Kirche und des Heiligen Grabes zu bringen sowie gleichzeitig in Stellvertretung die gelobte Pilgerreise durchzuführen.

Lange Zeit verging, bis Abt Wino zurückkehrte. Sonnenverbrannt stand er vor seinem Bischof, um ihm Bericht zu erstatten. Die Domherren hatten sich zusammen mit dem Baumeister im weiten Halbkreis am anderen Ende des Raumes versammelt, um dem Pilger zuzuhören. Meinwerk wies ihm einen Stuhl zu: „Nehmt Platz, Wino, und dann höre ich Euren Bericht!"

Der Abt rückte sich den Stuhl zurecht. Der Bischof spürte, das würde ein langer Vortrag werden, als Wino damit begann, daß schon das Reisen zu Lande beschwerlich und gefährlich genug gewesen sei. Aber geradezu

unglaubliche Strapazen hätte er auf der langen Seereise ertragen müssen, die ihn von Venedig nach Palästina gebracht habe.
„Als wir uns anschickten, meine beiden Mitbrüder aus Helmarshausen und ich, zum Grabe unseres Herrn übers Meer zu reisen, haben wir uns mit Bett, Leintüchern, Kissen, einem Teppich und einer Lade versehen. Der Patron des Schiffes hatte uns nicht mehr als drei Spannen weit und acht Schuh lang Raum auf dem Mitteldeck gegeben. Hier war wohl der Seewind unangenehm, aber das Schiff schlingerte nicht so stark. Wir Pilger lagen dicht einer neben dem anderen und brachten Läuse und Flöhe mit, die uns in Massen überfielen und plagten. Dank Eurer guten Reisekasse", Wino machte eine leichte Verbeugung zum Bischof hin, „konnten wir uns immerhin mit gutem Essen und Wein versorgen und auf den Inseln unterwegs unsere Vorräte ergänzen. Mit Schmalz, Käse und Eiern, etwas Schweineschinken, geräucherten Zungen, gedörrtem Fisch und Salz hatten wir sogar so reichlich zu essen, daß wir manchem unserer armen Leidensgenossen davon abgeben konnten. Denn an Bord gab es nur zweimal am Tag üble, halbverdorbene Kost zu essen! Das Brot war alt und hart wie ein gebackener Stein, voller Maden, Spinnen und roter Würmer. Die Pilger zu den Stätten unseres Herrn Jesus Christus sind wahrlich zu bedauern. Es ist eine Schande, wie sie von ihren Glaubensbrüdern ausgeplündert und betrogen werden. Wir hatten zum Glück unsere eigenen sauberen Löffel und zinnerne Schalen, aus denen wir aßen und tranken. Obwohl wir schon morgens in der guten Seeluft saßen und unseren Schluck Malfasier mit einem Pülverchen gegen die Übelkeit tranken, ließ bei manchem das Erbrechen nicht nach."
„Nun ist es gut, Abt Wino", unterbrach Meinwerk, den die schlimme Reise nicht sonderlich zu interessieren schien, „man muß bei solchen Umständen immer der Leiden unseres Herrn gedenken. Laßt uns von Jerusalem hören!"
Im Hintergrund des Raumes steckten zwei Domherren die Köpfe zusammen: „Meinwerk drängt wegen seines Alters und seiner angegriffenen Gesundheit. Da mag er solches nicht mehr hören. Ihm ist die Heilig-Grab-Kirche allein wichtig, weil sie Ersatz für die von ihm gelobte, aber nicht mehr mögliche Pilgerfahrt ist."
„Unsere Hemden waren ständig verschwitzt, denn es war stickig schwül und sehr heiß im Schiff", setzte Wino ungerührt fort. „Die Riechmittel gaben uns nur wenig neue Kraft über dem faulen, schlechten, gar bösen Gestank. Wir landeten schließlich im Hafen von Askalon. Auf mehreren Maultieren setzten wir unsere Reise durch die wüstenähnliche Gegend Richtung Jerusalem fort. Ja, das Heilige Land ist ein wasserloses und unwirtliches Land, kein Garten Eden. Hunger und Durst quälten uns sehr, und wir hatten fast nichts mehr zu essen außer den Dorn-

sträuchern, die wir ausrissen und zwischen den Händen zerrieben. Endlich, endlich erreichten wir Jerusalem."

Abt Wino berichtete nun von der großen Enttäuschung, als er nach all den Mühen entdecken mußte, daß die Arbeiten an der Grabeskirche erst wenig Fortschritte zeigten, ja eigentlich immer noch nur eine Ruine zu sehen war.

„Immerhin habe ich für die neue Heilig-Grab-Kirche in *Patresbrunna* Reliquien mitgebracht", sagte Wino und stellte ein Kästchen vor den Bischof hin. „Es enthält Steinchen vom lebenspendenden Ort der Auferstehung, Öl von den Lampen des Heiligen Grabes, Holzteilchen vom Ölberg und Steine aus der Krippe von Bethlehem und anderen heiligen Orten. Sogar Partikel vom Kreuz und vom Purpurgewand, das unser Herr bei der Verspottung durch die Soldaten und Zuschauer trug, ja vom Schweißtuch der Veronika."

„Jetzt beugt er vor, denn bei den Ruinen kann er wohl nicht viel ausgemessen haben", flüsterte ein Domherr im Hintergrund und lachte dabei hämisch.

„Ruhe!" donnerte Meinwerk und bedeutete Wino fortzufahren.

„Ich habe schon versucht, das Heilige Grab auszumessen. Hier sind die wenigen Maße, die ich mitbringen konnte." Er entrollte ein Pergament und breitete es vor Bischof Meinwerk aus. „Ich habe die Route der Rückreise so gewählt, daß ich noch andere Zentralbauten vermessen konnte, die der Kirche in Jerusalem nachempfunden worden sind: San Stefano in Bologna", er nahm einen weiteren Pergamentbogen, „und San Stefano Rotondo in Rom. Auch St. Michael in Fulda, vor allem die Mauritiusrotunde in Konstanz, die in ihrem Aufriß und Grundriß eine genaue Kopie der Jerusalemer Heilig-Grab-Kirche darstellen soll, habe ich als genaue Maße und Zeichnungen hier vorliegen."

Mit diesen Ergebnissen zeigte sich Meinwerk einigermaßen zufrieden. Wenn die Grabeskirche noch immer eine Ruine war, was hätte Wino machen sollen?

„Ihr habt sehr klug und umsichtig gehandelt, Abt Wino, Euch gebührt unser aller Dank." Meinwerk schüttelte ihm die Hand und winkte den Baumeister herbei, der die ganze Zeit über geduldig in seiner Ecke gewartet hatte. Er übergab ihm alle Pläne und ermahnte ihn zu allergrößter Eile, den Rundbau mit allen Kräften zu beginnen: „Denkt an unsere Überlegung: Ein Siebtel kleiner als die Jerusalemer Rotunde wird die Grabeskirche. Ihr sollt das Fundament kreisförmig ausführen und darauf die Mauern achteckig hochziehen."

Bischof Meinwerk beschrieb einen Kreis auf dem Entwurf, der vor ihm lag und bereits das fertiggestellte Westwerk mit den zwei flankierenden Rundtürmen aufwies, eine halbrunde Eingangsnische und darüber die

Glockenstube. Die Westseite der neuen Kirche im Osten von *Patresbrunna* war der abendländischen Bautradition entnommen.
Bischof Meinwerk zeigte in den nächsten Tagen und Wochen große Unrast. Er selbst trieb die Bauleute an, sie mußten sogar länger als 16 Stunden arbeiten. In der Morgendämmerung wurden Fackeln angesteckt, alle fanden wenig Schlaf, denn bis in die tiefe Nacht ging das Hämmern und Klopfen, quietschten die Holzräder der einfachen Aufzüge. Der Bischof schien zu spüren, daß ihm nicht mehr viel Zeit blieb. Obwohl die gesamten Arbeiten in einer geradezu gefährlich flüchtigen Bauweise ausgeführt, obwohl ungezählte Tagelöhner, ja sogar die Mönche der gerade entstehenden Klöster eingesetzt wurden, konnte die Kirche nicht so schnell fertiggestellt werden, wie Meinwerk es wünschte. Die Ausbauten in alle Himmelsrichtungen waren abgeschlossen, aber es fehlten noch die Dächer. Die Kuppel über dem Achteck schloß sich nur allmählich. Dennoch war bereits das Grab im Mittelpunkt der Kirche mit dem Altar darüber fertiggestellt.

1036

Die Domglocken läuteten. Im Mai versammelten sich die Großen des Reiches in *Patresbrunna* zur Weihe der Busdorfkirche. Bischof Meinwerk wies der Kirche fünf Siedlungen vor der Stadt zu: Aspethera, Hildelinchusen, Hasuitehusen, Hohensile und Esbegtinghusen. Vom „Im Aspern" erstreckte sich die alte Aspethera-Siedlung* und bildete damit den neuen Pfarrsprengel, dem Propst Bovo vorstehen sollte. Ein letzter Höhepunkt sollte die Teilnahme an dieser Feier für den alt gewordenen Meinwerk sein, eine letzte Berührung mit der großen Welt. Rund um den Domplatz drängten sich die Handwerker, Bauleute und Tagelöhner, Männer, Kinder und Frauen der täglich wachsenden Stadt. Die Reihe der weltlichen Großen führten der Nachfolger Heinrichs II., Kaiser Konrad II., und seine Gemahlin Kaiserin Gisela an. Konrad, der einen prunkvollen Byzantinermantel umgeworfen hatte, erwartete den Klerus vor dem Eingang, hohe Reichsfürsten an seiner Seite. An diesem 25. Mai 1036 weihten Bischof Meinwerk, Bischof Bruno von Würzburg, der Metropolit und Erzkanzler des Reiches für Italien, Pilgrim aus Köln, und Erzbischof Bardo von Mainz die Kirche ein.
Es war, als hätten die Großen der Zeit gemeinsam von Meinwerk Ab-

* „Im Aspern" ist im heutigen *Maspernplatz* lebendig geblieben. Die Feldflurbenennung *Hildelinghäuser Bach* und die Straße *Am Hilligenbusch* erinnern an den schon um 1180 wüsten Ort Hildelinchusen. Hasuitehusen lag am oberen Ende des *Pohlweges* auf der *Haxterhöhe* in einer Erdsenke, dem *Haxter Pohl.* An Hohensile, auch mit zweitem Namen als *Quaden* bezeichnet, erinnert der heutige *Querweg (Queer- oder Quedenweg),* Esbegtinghusen taucht später als *Espringsen bowen Paderborn* auf.

schied nehmen wollen. Mit nur schwacher Stimme verlas der Bischof die Gründungsurkunde: *„... dem gesamten christlichen Volk sei angezeigt, daß ich, der Sünder Meinwerk, im Jahre 1036 ... mit Erlaubnis des erlauchten Kaisers Konrad ... begonnen habe, ... eine Kirche zu bauen als ein Abbild der heiligen Jerusalem-Kirche ...“* Das Sprechen fiel dem Sechzigjährigen sichtlich schwer. Mit zitternden Händen übergab er die Urkunde Bischof Bruno von Würzburg, der den Rest der langen Liste von Zuweisungen von Besitzen verlas, wie es bei Kircheinweihungen guter Brauch war.

Und doch schritt Bischof Meinwerk nur wenige Tage später, am 5. Juni 1036, bereits wieder über seine Baustelle. Antreiben wollte er die Bauarbeiter, jetzt sollten im Sommer endlich die Dächer geschlossen, der Rest der Türme schnellstens hochgezogen werden. Die sengenden Sonnenstrahlen vom wolkenlosen Himmel brachten die ersten heißen Frühsommertage, die dem Bischof schwer zusetzten. Plötzlich torkelte er, stürzte, wurde eilig fortgetragen in den Bischofspalast. Auf dem Bett murmelte er leise: „Das Westwerk, das Westwerk, die Türme, an St. Heribert denken, Konstanz nicht vergessen ...“

Es waren seine letzten Worte. Meinwerk starb in der Bischofspfalz. Auf seinen Wunsch wurde er in der Krypta der Abdinghofkirche beigesetzt. Das Land, das Bistum, die Stadt trauerten um Meinwerk.

Patherbrunenses

1051-1125

1051 Oberhalb der Stelle, wo sich die fünf Paderquellen trafen, war alles größer geworden als das, was man in *Patherbrunenses* bis dahin gesehen hatte. An Straßen und Wegen, in den Häusern aus Holz und Mörtel, zwischen Stadtmauer und Domburg herrschte geschäftige Betriebsamkeit. Die fast viereckigen Maße der Bischofsstadt ließen sich bereits erkennen. Der alte Hellweg war vor die Mauern der Domburg verlegt worden. Davor war der Rickerswyk mit der Wohnung des Stadtgrafen – ihm war die Stadt mit wehrhaften Mauern vom Bischof unterstellt, in der er für Recht und Ordnung zu sorgen hatte – entstanden, ein wehrhafter quadratischer Turm von 11 mal 11 Metern, der von einem breiten Graben, hinter dem sich eine starke Befestigung mit Palisaden befand, umgeben wurde. Auf der Westseite gewährte das Western-Tor den Besuchern Einlaß. Hier hatten die Kaufleute ihre Hauptsiedlung errichtet, den westlichen Stadelhof, zu dem später auf der östlichen Seite, am Stadtausgang mit dem Gierstor, eine weitere Kaufmannssiedlung, der östliche Stadelhof, kommen sollte. Vor dem Klosterbezirk des Abdinghofes befanden sich Viehgehege, davor die Stände des Käsemarktes und weiter nach hinten die der Bauern und Händler. Die Handwerker standen wie aufgereiht in schmalen Gassen: Schuhmacher, Wagner, Tuchhändler, Schneider, Küfer mit ihren Fässern, Wollhändler, Zimmerleute, Silberschmiede mit ihren kleinen Andenken an die Reliquien der Domkirche, dann die Bäcker und Metzger, Stände mit Feld- und Gartenfrüchten und Gewürzen. Dazwischen boten Garküchen gebackene und gekochte kleine Mahlzeiten zur Stärkung nach langer Wallfahrt. Hier stellte der Bischof auch seine Macht als Landesfürst und oberster Gerichtsherr dar: Fußblöcke waren aufgestellt worden, in die Straftäter eingeschlossen wurden.

Bischof Imad, ein Neffe des seligen Meinwerk, seit einigen Wochen auf dem Bischofsstuhl, betete in der kleinen Kapelle am rechten Seitenflügel des Domes. Er betrachtete beeindruckt die gewaltige Wucht der Dommauern, die schweren Rundbögen, die wuchtigen Gewölbe. Gegenüber, auf der anderen Seite des Querschiffes, übte der Prior mit seinem Domchor neue Hymnen und Choräle. Zwei Dutzend Sängerknaben standen in weißen Chorhemden vor ihm. Eine kleine Gruppe stimmte den Festgesang an, eine zweite setzte in Quinten und Quarten ein und wiederholte dasselbe Thema. Alle Stimmen klangen zusammen in kunstvoller musikalischer Harmonie. Bischof Imad, der die Wissenschaft und über alles die Kunst liebte, stellte zufrieden die Gleichheit des Tempos und des vielfach verflochtenen Stimmengesanges fest. Die jungen Sänger in der Übungsstunde zeigten große Disziplin. Wenn sein Freund, der Erzbischof Anno von Köln, in wenigen Wochen zu Besuch weilen würde, dann konnte man einen wahrlich festlichen Gottesdienst feiern.

Die Glocken riefen zum Meßopfer. Über der Hochfläche lag verglühend das letzte Sonnenlicht. Dicht gedrängt stand das Volk in den Straßen, als der hohe Gast aus Köln eintraf. Mit blitzenden Rüstungen, bunten geviertelten Röcken über den Panzern und wehenden Wimpeln an den langen Stoßlanzen ritt die Gefolgschaft des Kölner Erzbischofs an der gaffenden Bevölkerung vorbei zum Dom. Vor den Bischöfen schwangen Kleriker die Weihrauchkessel, im Gefolge nahten die gewappneten Lehnsleute der Kirchenfürsten, nicht weniger kriegerisch als die Vasallen der weltlichen Fürsten.

Als nach dem großen Festamt der Erzbischof die Hand hob, um den Segen zu erteilen, beugte in den Gängen des Domes das in Samt, Seide und Eisen betende *Patherbrunenses* die Knie. Annos Blick schweifte durch die Bischofskirche, blieb hier und da an Schmuckwerken hängen, musterte den Bau mit sachkundigen Blicken.

Beim Festmahl sprach Anno aus, was ihm in der Kirche aufgefallen war: „Dein Vorgänger Meinwerk hat prächtige Bauten und wunderschöne Kunstwerke geschaffen, aber die Verehrung des heiligen Liborius wird über alles vernünftige Maß betrieben."

„Wir haben nun einmal nur die Reliquien und sonst nichts."

„Sonst nichts, und wo bleibt das Gedenken an die Mutter unseres Herrn, die schließlich einmal mit dem heiligen Kilian die Beschützerin des Domes war?"

„Du hast vielleicht nicht ganz unrecht, Anno. Ich hatte vor kurzem einen seltsamen Traum, der mir wohl Ähnliches verheißen sollte."

„Da bin ich aber gespannt!" forderte Anno ihn, belustigt mit den Augen zwinkernd, auf. Schon in den lange vergangenen Tagen ihrer gemeinsamen Schulzeit hatte Imad immer zu den ganz Frommen gehört.

„Ein Fremdling tauchte in meinem Traumbild auf, er hatte sich zu mir

führen lassen. Der Mann sprach von einem Brunnen, über dem der Dom erbaut worden sein soll.
‚So, so', sagte ich, ‚einen Brunnen soll es unter der Basilika geben. Davon ist mir nichts bekannt.'
‚In diesem Brunnen liegt ein wundertätiges Marienbild. Aber nicht nur das, sondern auch ein Wunderland mit Palästen aus Edelsteinen, Gärten mit Diamantenblumen und Felsen mit sprudelnden Rubinen. Das Bild wird Euch berühmt machen und die Schätze den Reichtum des Bistums vermehren. Laßt mich das Bild heraufholen.'"
„Solch ein Fremder müßte mir einmal die Schätze in Köln zeigen. Könnte ich wirklich gut gebrauchen", witzelte Anno.
„Leider braucht heutzutage jeder immer mehr Geld! Auch hier in *Patherbrunenses* drängen die Bürger auf den Ausbau der Befestigungen. Und das kostet Unsummen!"
„Und wie ging der Traum aus? Ich hoffe, du bist jetzt der reichste Bischof im Reich", amüsierte sich der Kölner. Er hatte immer noch nicht gemerkt, wie ernst seinem Freund die Sache war.
„Ich ging mit dem Fremden durch unendlich viele Gänge, stieg Treppen hinab, öffnete Türen. Tatsächlich, wir standen bald vor einem Brunnen. Hier sprach der Fremde ein Zauberwort, worauf das Wasser des Brunnens sich langsam senkte und Treppenstufen freigab, auf denen er in den Brunnen hinabstieg. Kurze Zeit später kam er mit dem verwitterten Steinbild auf seiner Schulter wieder herauf. Hinter ihm stieg das Wasser im Brunnen wieder an. Ich schaute mir die Muttergottes an, ehrfürchtig, voller Bewunderung: ein graues, vom langen Liegen im tiefen Wasser mit grünen Algen überwuchertes Bild. Und doch strahlte es aus dem Gesicht der hohen Frau – gütig, erbarmungsvoll, gutherzig."
„Aber die Schätze, von denen der Mann gesprochen hatte, hast du sie völlig vergessen?" hatte Anno gleich wieder das Wesentliche im Blick.
„Das Wasser war doch hinter dem Mann hochgestiegen, hatte die Stufen bereits wieder überspült. Aber ich habe den Fremden im Traum gefragt, was er unten weiteres gesehen habe. Er erzählte mir von der Zauberwelt und den unermeßlichen Schätzen. Ich drängte ihn, noch einmal das Zauberwort zu sprechen. Wieder wich das Wasser zurück, aber diesmal heftig brodelnd, schäumend und zischend. Der Fremde stieg die Stufen hinab, kam und kam aber nicht zurück. Lange Zeit habe ich gewartet, aber er blieb verschwunden. Plötzlich stieg das Wasser wieder an, und als ich mich umdrehte, war auch das Marienbild verschwunden.
Schweißgebadet wurde ich wach, wußte zunächst gar nicht, wo ich mich befand. Dann stellten sich die Bilder des Traums wieder ein, wurden deutlicher. Schon am Morgen habe ich nachgeforscht, ob es wirklich einen Brunnen gäbe unter dem Dom. Aber niemand weiß etwas von

dessen Bestehen; auch in alten Aufzeichnungen läßt sich nichts darüber finden.
Später, bei der Frühmesse, begriff ich erst, wie schlimm mein Verhalten war. Ich habe mit heißem Herzen bereut, einen Mann abenteuerlicher Schätze wegen in Gefahr, vielleicht sogar in den Tod zu treiben – selbst wenn ich dies nur im Traum getan habe."
„Aber mein lieber Imad, das waren eben nur Scheinbilder! Wir können es leider nicht ändern, daß wir in dieser Welt Geld brauchen, um unsere Pflichten zu erfüllen."
„Schon, Anno, aber diese Gedanken quälen mich. Es bleibt sündhaft, und ich kann mir nicht verzeihen, der Versuchung des Reichtums so nachgegeben zu haben, wo doch unser Herr Jesus Christus die Armut gepriesen hat. Ich lege mir selber als Buße die Stiftung einer schönen Statue mit dem Bild der Madonna auf. Ich werde sie schaffen lassen und im Dom aufstellen. Ich glaube, das war es, wozu mich der Traum von Anfang an leiten wollte."

Schon bald besprach Bischof Imad mit seinem Domkapitel den Gedanken der Stiftung eines Marienbildes und fand große Zustimmung. Nur, wer sollte das Bild, die Statue, schaffen? Der im Dienst des Domkapitels ergraute Schatzmeister wußte Rat. Er kannte die Bewohner von *Patherbrunenses* besser als sein Bischof, der erst seit einem Jahr das Amt bekleidete: „In der Kunstschule des Klosters Helmarshausen wurde vor vielen Jahren der Sohn der Kaufmannsfrau Wiksuit ausgebildet. Bischof Meinwerk hat ihn selber ausgewählt. Heute unterhält der Bildhauer Georg eine kleine Werkstatt in der Nähe des Gierstores."
„Laßt ihn holen, ich will noch heute mit ihm über das Bild sprechen."
Bereits am Nachmittag kniete Georg im Palast vor Bischof Imad.
„Steht auf, Bildhauer Georg." Der erhob sich und stand in respektvollem Abstand vor dem Bischofsstuhl, nicht besonders groß von Gestalt, aber sehnig, mit olivfarben gebräunter Haut, dunklem, recht kurz geschnittenem Haar.
„Nun, Georg, Sohn der Frau Wiksuit, ich beabsichtige, dem Dom zu *Patherbrunenses* ein Madonnenbild zu stiften. Ich möchte ein wahrhaft königliches Abbild der Mutter des Weltenkönigs Christus von Euch schaffen lassen. Plant eine Statue Mariens mit ihrem Sohn, den sie auf dem Schoß trägt!"
„Ich denke oft an meine Mutter, wie ich auf ihren Knien saß. Kein Schmerz, kein Leid zeichnete ihr Gesicht trotz schlimmer Schicksalsschläge. Nur das Glück strahlte aus ihr, Söhne zu haben."
„Ihr habt recht, Georg, ein irdisches Bild der himmlischen Frau mag unter Euren Händen entstehen. Wir wollen diese bewunderungswürdige

Gestalt in den Dom stellen, und zwar an hervorragender Stelle, für alle sichtbar!"
Georg sah durch den Bischof hindurch eine Vision, er sah schon *sein* Bild Mariens vor Augen.
„Ihr sollt", erklärte Imad dem geistesabwesenden Georg weiter, „eine huldreiche, aber königliche Figur schaffen. Die auserwählte Frau muß spürbar anwesend sein, hier zwischen Kaiserpfalz und Bischofspalast hofhalten, damit von diesem Ort Trost und himmlischer Schutz ausgehen."
Sie verhandelten noch über das Material. Lindenholz müsse es sein und bemalen sollte Georg die Statue auch. Stolz ging er ohne Umwege gleich in seine Werkstatt. Durch ein großes Fenster zur Westseite fiel das tiefstehende Licht der Herbstsonne. Georg suchte in den Werkstücken, die er sorgfältig in einem Holzregal aufbewahrte. Das Holz mußte gut gelagert sein, durfte keinen Befall zeigen. Nur dann würden Beitel und Schnitzmesser tadellose Arbeit vollbringen können.

Nur zwei Wochen später legte Georg dem Bischof Imad einen Entwurf vor. Er hatte auf ein Stück Haut die Umrisse einer Figur skizziert. Während er den Plan entrollte, wies er auf den Holzblock, den er ebenfalls mitgebracht hatte, und entwickelte seine Gedanken.
„Ich habe hier im gleichen Größenverhältnis nach vielen Entwürfen die Gestalt gefunden, die ich dem Holz geben möchte."
Mit ein paar dicken Bücherrücken hinderte er das helle Leder, sich wieder zusammenzurollen. Imad trat mit schnellen Schritten an den Tisch, sah unentschlossen auf die Zeichnung: „Ihr habt bereits mit einigen Farben gearbeitet?"
Georg wies auf den Faltenwurf: „Den Mantel möchte ich wie das Buch, welches das Jesuskind hält, in karmesinroter, königlicher Farbe gestalten. Und mit viel Gold, das gibt der hohen Frau einen überirdischen Glanz."
Imad nickte zustimmend. „Mir gefällt die einfache Linienführung des Gewandes. Auch das Gesicht zeigt einen klaren Verlauf."
„Hochwürdigster Herr Bischof, fällt Euch auf, daß ich die Finger der segnenden Hand ein wenig größer gestalten will?"
„Ein guter Einfall, so wird der Segen im Mittelpunkt von Mutter und Sohn hervorgehoben. Ihr müßt schon morgen beginnen, meine Zustimmung zu diesem Entwurf habt Ihr hiermit. Auch das Holz", er strich beinahe zärtlich über die helle Oberfläche, „auch das ist gut gewählt."
Imad klingelte mit einer kleinen Bronzeglocke. Einer der Domkapitulare kam sofort zur Tür herein: „Seht einmal, Schatzmeister, Euer guter Vorschlag hat bereits Gestalt angenommen. Georg hat einen königlichen

Entwurf für das Madonnenbild gefertigt. Bitte, gebt ihm die Hälfte des vereinbarten Preises." Mit huldvoller Geste entließ der Bischof einen glücklichen Mann.
Georg rückte sofort das Stück Stammholz auf den Arbeitstisch, befestigte es, damit es nicht wegrutschte, und begann, seine Arbeitsgeräte, Beitel und Messer, auf einem Stein zu schleifen. Er heftete den Entwurf an die Wand, rückte seinen hohen Hocker heran und ließ das Schnitzmesser in das helle, weiche Lindenholz sinken.
Oft stand er in den folgenden Wochen auf bei seiner Arbeit, hielt inne, ging hin und her, versenkte den Kopf in die Hände. Dann wieder setzte er sich ans Fenster, das den Blick durchs Stadttor auf die weiten Flächen der Hochebene freigab, ließ seine Augen ins Land hinauswandern, suchte am Himmel nach dem Bild, das immer näher auf ihn zurückte. Span auf Span hob er aus dem Stamm, dann wieder glättete er die Formen, zog Linien deutlicher ein, entfernte behutsam Störendes, Fremdes, was ihm in der Linienführung, im Gewand mißfiel. Nur selten nahm er den Holzhammer, um größere Stücke zu entfernen, nein, er schnitt behutsam das Holz weg, das ihm zuviel schien, und legte nach und nach vorsichtig eine sitzende Muttergestalt frei, die auf dem linken Knie eine Kinderfigur trug. Am Ende rieb er noch einmal kleine Unebenheiten mit einem rauhen Stein ab, polierte das Holz mit einem weichen Tuch und setzte sich vor sein Werk.
„Für dich, Mutter, für meine späte Geburt habe ich dieses Werk geschaffen."
Er schaute lange auf das Gesicht der Frau, nickte zustimmend – er war zufrieden mit seinem Werk.

Kaum stand die Sonne am Himmel, meldete er sich bei Bischof Imad an, um die Madonna abzuliefern.
„Kommt, meine Herren Kapitulare, wir wollen das neue Marienbild im Dom aufstellen. Ich habe bereits einen Sockel errichten lassen. Ihr werdet schon sehen ..." Erwartungsvoll winkte Imad den Männern, dem Schatzmeister insbesondere, dem Leiter der Domschule, dem Prior des Klosters, dem Sekretär und allen anderen, zu, ihm zu folgen. Sie eilten voller Spannung in die Kirche. Vorn am Altar wartete bereits Georg, der mit seinem Werk vorausgeschickt worden war. Er hatte die Statue auf eine Steinplatte abgesetzt und mit einem weißen Tuch verhängt.
„Laßt uns ein Ave-Maria beten, dann wollen wir das Werk zeigen." Das „Amen" war kaum gesprochen, da gab Imad ein Zeichen. Georg zog die verbergende Hülle ab. Im einfallenden Sonnenlicht zeigte das von ihm geschaffene Kunstwerk eine eindringliche Wirkung. Kein „Ah" oder „Oh", nein, still, versonnen und versunken in die Betrachtung der Got-

tesmutter und des Kindes, standen die Geistlichen im Halbkreis um die Figur. Der Bildhauer richtete lange den Blick auf sein Lebenswerk. Die in sich geschlossenen Linien der Gestalt erschienen sanft abgerundet. Und doch saßen Mutter und Kind in streng geometrischer Haltung, geborgen in dem Faltenwurf des Mantels, der ebenmäßiger nicht zu schaffen war. Die Himmelskönigin schaute mit einem hoheitsvollen, aber unbewegten Gesicht, die Sorge um den Sohn hatte hier keinerlei Spuren gezeichnet. Gottes Sohn und seine Mutter strahlten himmlische Ruhe aus: Jesus, geborgen auf dem Schoß der Mutter, einem würdigen Thron. Auch er war in ein strenges Gewand gekleidet.
Bischof Imad lud Bildhauer Georg zu einem Glas Wein in den Bischofspalast. Der Kämmerer übergab ihm einen mit Silberstücken prall gefüllten Lederbeutel. Sie unterhielten sich lange über Helmarshausen und dessen großartigen Goldschmied Erpho.
„Er muß doch nun schon bald sechzig Jahre alt werden, denn er bildet seit über dreißig Jahren die Goldschmiede an der Diemel aus", wollte Imad wissen.
„Mein Freund Erpho ist jetzt genau siebenundfünfzig Jahre. Obwohl er über dem feuchten Flußtal lebt, rackert und werkelt er selbst noch immer rüstig. Jeden Handgriff macht er seinen Lehrjungen vor."
„Ich hörte, daß er sogar ein strenges Regiment mit seinen Werkbrüdern hält und sich die Gemeinschaft untereinander sehr hilft?"
„Das ist wahr, wenn einer ein Werk annimmt mit dem Versprechen, dies in einer bestimmten Zeit zu vollbringen, und das nicht tut oder es mit Frevel zurückhält oder aus Rache, so bezahlt er, wenn es herausgefunden wird, jedesmal acht Schilling und vier Pfennig. Deshalb ist ihm sein Nachfolger Sibo hier in der Padersiedlung nicht wohlgesinnt."
„Das ist hart, aber gerecht, denn man darf nichts versprechen, was man nicht einhalten kann. Und dieser Sibo, hat er ..."
„Ja, er hat Erphos Haus und Werkstatt gekauft und ordentlich bezahlt. Aber einen wichtigen Terminauftrag hat er gleich nicht eingehalten. Sofort hielt Erpho die Hand auf und kassierte für die Gemeinschaft."
„Dabei hätte Sibo gutes Geld nach dem Hauskauf gebrauchen können. Nun sagt mir mal im Vertrauen, was mit ihm ist."
„Sibo kehrt gern in der Schenke am Dom ein und vergißt bei dem guten Wein und Bier Ort und Zeit."
„Das habt Ihr aber nett umschrieben. Sibo ist also ein Trinker?"
„Leider muß man das sagen. Wir alle spucken ja nicht in den Becher, und mancher Schluck wird unter Brüdern und Künstlern genommen, aber was zuviel ist, ist zuviel. Es ist eine Schande – ein so junger, hochbegabter Kerl!"
„Und deshalb nehmen wir jetzt den letzten Becher, Georg. Auf Euer

Werk und auf Eure Kunst! Morgen möchte ich die Frühmesse zu Ehren der heiligen Mutter Gottes feiern."

Im ganzen Land, sogar über die Grenzen des Bistums hinaus sprach sich herum, wie prachtvoll die neue Marienstatue im Dom war. Täglich strömten Pilgerzüge in die Basilika, um vor dem Reliquienschrein des heiligen Liborius und vor der Madonna zu beten und zu singen. Die Gottesmutter war den Menschen sehr nahe mit ihren fraulichen Gesichtszügen, war ihnen liebgewordene Mutter.

1058 Am Stadelhof gingen die Kaufleute ein und aus. Große Ballen und verschnürte Weidenkörbe wurden von einem Wagen geladen. Ein Zug von sieben, acht Eseln hielt an und wurde an die Pflöcke vor dem Hof gebunden. Die Begleiter nahmen die Bündel von den Lasttieren. Eine Verschnürung öffnete sich, Pelze fielen heraus, lagen im Staub der Straße. Der Knecht bekam heftige Schelte von dem Händler, der auf den Stufen des Handelshauses das Abladen genau kontrollierte. Sie waren von Westen über den Hellweg gekommen, andere über den Weg, der von Frankfurt aus dem Süden herführte. Bert, der Vorsteher des Stadelhofes, strich sich über seinen eisgrauen Bart, der bis auf sein buntes Wams reichte, und beobachtete den regen Betrieb der ankommenden und abgehenden Ware durch das geöffnete Fenster. Fässer mit einigen Fuder Wein rollten heran, Kürschner wollten vor dem nächsten Winter neue Pelze zur Verarbeitung einkaufen, Gold, Silber und Edelsteine wurden gehandelt, denn die Goldschmiedezunft aus der Kunstschule hatte einen guten Ruf bei den Klöstern, Bischofskirchen und mächtigen Edelherren. Es mangelte nicht an guten Geschäften, und die Geldstücke klingelten in den Beuteln.
Mit lautem Geschrei jagten Berts beiden Kinder durch die Räume, sie wollten den Vater besuchen.
„Kinder, das geht zu weit, ihr müßt hier aus dem Betrieb des Handelshofes keinen Spielplatz machen. Geht zum Dom. Heute ist wieder Pilgertag, da gibt es bestimmt was zu sehen!" Sanft, aber bestimmt schob Bert seinen Sohn Heinrich und seine Tochter Jutta aus dem Raum. Er hatte erst spät heiraten können, sein Stiefvater Daniel hatte ihn sehr knapp gehalten.
„Komm, wir suchen den kleinen Konstantin, der so wunderbare Puppen aus Holz schnitzen kann. Sicher sitzt er bei seinem Vater in der Werkstatt."
Die Kinder tobten über den Markt und trafen Georg, den Bildschnitzer, der an der Seite seiner noch jungen Frau Margret und seines Sohns Konstantin über den Platz ging. Margret seufzte: „Es nimmt langsam über-

hand mit den Pilgern. Seitdem die Gebeine hier im Dom *und* die Madonna zur Verehrung ausgestellt sind, kommen immer mehr Wallfahrer in die Stadt. Du solltest deine Kunstwerke zum Verkauf anbieten. Dann wäre dieser Trubel wenigstens zu irgendwas nutze." Die Frau des Bildschnitzers dachte sehr geschäftstüchtig.
„Das geht doch nicht. Was würde der Bischof dazu sagen. Du solltest mehr Verständnis für die Pilger aufbringen. Schließlich hilft Liborius bei den schlimmen Schmerzen, die die Steine im Leib hervorrufen!"
„Glaubst du im Ernst, Georg, so alte Menschenknochen bewirkten diese Wunder?" Margret blieb trotz der unablässig strömenden Pilgerzüge skeptisch.
„Das laß unseren Bischof aber nicht hören, dann bin ich die längste Zeit sein erster Bildschnitzer gewesen. Das sind ja keine Überreste von irgendwelchen Toten, sondern von einem Heiligen. Immerhin geschahen bei der Übertragung der Reliquien von Le Mans schon viele Wunder. Auch heute stehen Todkranke dort von ihrer Trage auf. Die Menschen kommen gern zu den toten Heiligen, um sie zu verehren."
Konstantin zupfte am Ärmel des Vaters: „Ich könnte doch kleine Marienstatuen aus Holz schneiden."
Mutter Margret antwortete anstelle des Vaters: „Immerhin scheint mir mit den Knochen mehr Geld verdient zu werden, als sich Heilerfolge zeigen. Wenn viele Pilger kommen, kannst du deine Figuren ausstellen und verkaufen."
Konstantin ging zu Heinrich und Jutta, die den Meinungsverschiedenheiten der Bildschnitzerfamilie nicht sehr interessiert zugehört hatten, winkte sie mit einer Kopfbewegung zur Seite und raunte ihnen zu: „Ich habe schon drei kleine Marienfiguren geschnitzt. Wenn Vater und Mutter fortgegangen sind, setze ich mich auf die Domstufen und biete die Statuen zum Verkauf an. Ihr könnt ja mitkommen!"
Die Holzstatuen, die Konstantin wie einen großen Schatz bei sich trug, beulten sein Wams deutlich aus.
„Hier, nimm meine Schürze", Jutta nestelte ein dunkelblaues Tuch ab, das sie über dem hellen Leinenkleid trug, und schon breitete sie es über ein Stück Mauer. „Da kannst du deine Figuren aufstellen. Was sollen sie denn kosten?"
„Vielleicht sollte ich fünf Silberpfennige dafür verlangen?"
„Oh, das ist aber viel Geld, sind nicht drei schon genug?" Heinrich war ganz Kaufmann wie sein Vater.
Plötzlich begannen die Glocken zu läuten. Vom Dom, von der Abdinghofkirche, von den anderen Klöstern und Kirchen fiel eine Glocke nach der anderen in das Sturmgeläut ein.
„So läuten sie nicht zur heiligen Messe", rätselte Heinrich noch, als

schon im Laufschritt die Palastwache der Domburg herbeieilte: „Aus dem Weg, es brennt, am Gierstor ist ein Feuer ausgebrochen."
Von der Kaiserpfalz rannten Knechte herbei, die Handwerker kamen aus ihren Häusern. Ein fürchterliches Durcheinander herrschte auf den Wegen und der breiten Handelsstraße. Überall rannten „Feuer, Feuer, Feuer" schreiende Menschen kopflos hin und her. Von der Ostseite her stieg dichter Qualm zwischen Wall und den Mauern der Domburg auf. Jutta, Heinrich und Konstantin liefen um die Ecke: Aus den Strohdächern der Häuser am Stadttor schlugen hellrote Flammen. In den trockenen Abdeckungen fanden sie reiche Nahrung und breiteten sich schnell und gierig über die Dächer aus.
„Weg hier, Leute, geht zurück!" rief der Stadtgraf, der mit seinen Knechten herbeigeeilt war, um mit den anderen gegen den Brand zu kämpfen. „Frauen und Kinder vor den Wall, auf die freie Fläche. Alle Männer zu mir."
Er teilte die Gruppen ein, die aus dem Stadtgraben Wasser schöpften, um die Flammen zu löschen: „Die Männer vom Bischofspalast und der Kaiserpfalz bilden eine Kette zu den Paderquellen. Schützt den Dom und das Kloster!"
Die Handwerker hetzten mit Hacken und Äxten an die Brandherde, zogen Stroh und Holzbalken auseinander. Krachend brachen die ersten Dachstühle zusammen, die Funken stoben in den Himmel, fielen auf Nachbardächer, neue Flammen züngelten auf: „Zimmerleute und Dachdecker auf die Dächer der Häuser, die nicht brennen. Gießt ohne Unterlaß Wasser darüber!"
Aber alle Anstrengungen blieben nahezu erfolglos, das Feuer weitete sich immer mehr aus, erfaßte Teile des Domes, sprang auf den Klosterbezirk des Abdinghofes über. Rasch verbreitete sich hier das Feuer über die mit Holzschindeln gedeckten Fachwerkbauten. Hastig und überstürzt rannten die Mönche aus der Klausur die Treppe hinunter, sie wollten in den rettenden Klostergarten flüchten. Heute war nicht der Tag, an dem sie die Abgeschlossenheit des Kloster verlassen durften.
„Wo ist Bruder Hildegrim? Habt ihr Hildegrim gesehen? Der Bruder fehlt!" riefen sie durcheinander. „Sicher ist er in der Zelle geblieben!" Sie versuchten vergeblich, durch die Tür in den Klostergarten zu eilen, die Flammen schlugen von der Holztreppe, den Deckenbalken – eine Flammenwand, niemand wäre noch einmal hinaufgekommen, da zerbarst unter der Gewalt der Feuerhitze das steinerne Türgesims, stürzte auf die Mönche und begrub sie allesamt unter sich.
Später zogen Helfer an dieser Brandstätte die verkohlten Balken auseinander, stießen auf eine Steinwand, die Tür darin war nur versengt,

ein Fußtritt genügte, um sie aufzustoßen. Auf dem Boden kniete Bruder Hildegrim, tief in sein Gebet versunken. Durch die Hände glitten die schweren Kugeln des Rosenkranzes: „... und erlöse uns von dem Übel!"
„Bruder Hildegrim, Ihr seid gerettet, Ihr habt das Feuer überstanden!"
„Heilige Mutter Gottes, bitte für uns Sünder, jetzt und in der Stunde unseres Todes." Auch jetzt verharrte der Gerettete auf dem Boden, betete, ließ sich nicht stören.

Auf dem Domplatz hielt Georg seine Frau mit vor Schrecken geweiteten Augen in den Armen. „Du mußt hier weg. Schnell, such die Kinder, lauft alle an die Quellen, da breitet sich das Feuer nicht so schnell aus."
Das Feuer hatte längst den Dom erreicht. Aus dem Gebälk schlugen hohe Flammen, grell und heiß. Knirschend fraß sich das Feuer durch das Holz, es knisterte und prasselte, krachend brachen die Sparren.
„Und du, Georg, was hast du vor, du kommst doch mit – oder?"
„Nein, ich muß in den Dom, die Madonna retten, mein Lebenswerk."
Ehe Margret ihn aufhalten konnte, stürzte sich Georg in das lohende Feuermeer, das bereits aus der Dompforte schlug.
Die Frau des Bildschnitzers verharrte fassungslos, ihr Mund war weit geöffnet, kein Schrei kam heraus. So stand sie da, wie zur Salzsäule erstarrt, wie Lots Weib, bis ihre Kinder sie umringten, die zurückgelaufen waren. Ihre Mutter wartete, schaute auf die Hölle aus Feuer, Qualm, zerplatzenden Steinen, herabstürzenden Balken, lichterloh brennenden Holzschindeln. Hier war nichts mehr zu retten, wenn doch Georg nur seinen Verstand gebraucht hätte – diese verdammte Madonna, das war sie doch nicht wert!
Eine Gestalt taumelte aus der Pforte, trug etwas im Arm. Einige Männer sprangen herbei, stützten und umhüllten Georg mit nassen Tüchern, führten ihn zur Seite, wo sie ihn behutsam hinlegten. Margret war gleich an seiner Seite. Mit Mühe schlug er die Augen auf: „Du, ... du ... hast die Heiligen gelästert! Aber ich, ... ich habe", ein Keuchen entrang sich seiner Brust, dann Husten, er spuckte Blut und Schleim, „ich habe gesühnt. ... Madonna gerettet ..." Sein Kopf fiel zur Seite. Margret schrie gellend auf und sank auf den Sterbenden. Leises Wimmern kam aus ihrem Mund. Aber Georg wachte nicht mehr auf, der Qualm hatte seine Lunge vergiftet, ihm den Tod gebracht.
Eine Hand legte sich auf Margrets Schulter. Bischof Imad selbst war gekommen, um den Leuten bei dem Kampf um Dom, Kloster und Häuser Mut zu machen. Er hatte mit ansehen können, wie Georg aus dem Dom gewankt kam und die Madonna vor den Flammen gerettet hatte. Der Bildschnitzer hatte sein Lebenswerk mit seinem Körper geschützt, die

Gnadenmutter war nur ein wenig angesengt, einige Brandstellen hatten schwarze Flecken hinterlassen.

Bereits am nächsten Tag versammelte Bischof Imad das Domkapitel um sich und besprach, was zu tun sei, um *Patherbrunenses* wieder aufzubauen. Aus seinem Privatbesitz stiftete er eine große Summe, um sofort mit dem Wiederaufbau des Domes beginnen zu können.
„Ich werde den Bürgern Holz aus meinen Wäldern geben, damit sie schnell beginnen, ihre Häuser wieder zu errichten. Das wird mich zwar meinen halben Waldbestand kosten, aber es ist notwendig, *Patherbrunenses* muß bald im alten Glanz erstrahlen."
Mit den Bauleuten, allen voran dem Baumeister, überlegte Imad Möglichkeiten, den Feuerschutz zu verbessern.
„Wenn man den Hausbesitzern rät, anstelle von Schilf, Stroh oder Schindeln die Dächer mit Ziegeln zu versehen ..."
„Das können eben nicht alle bezahlen", brachte der Baumeister das Problem auf den Punkt.
„Aber es würde die Feuersgefahr sicher beschränken", wägte der Stadtgraf ab, der trotz aller Bemühungen und des lebensgefährlichen Einsatzes erfolglos mit seinen Männern gegen das Feuer gekämpft hatte.
„Ich gebe jedem Bürger ein Drittel des Geldbetrages dazu, wenn das Haus Tonziegel erhält. Einige Handwerksburschen sind zu spät zum Löschen gekommen, da muß auch etwas geschehen." Bischof Imad zeigte sich ungehalten. „Ich schlage vor, wir stellen eine Feuerordnung auf. Wenn einer nicht zur Brandbekämpfung erscheint, muß er in acht Tagen *Patherbrunenses* verlassen oder er wird im Stock sitzen!"
„Aber die schnellsten Helfer sollten belohnt werden", schlug der Stadtgraf vor. „Am besten wir teilen auf: Wer zuerst mit wassergefüllten Eimern an der Brandstelle erscheint, erhält 4 Pfennige, wer als zweiter kommt 2 Pfennige. Vielleicht sollten wir auch den Einsatz der verschiedenen Handwerker straffer einteilen: Zimmermeister und Steinmetzmeister müssen mit ihren Gesellen zum Feuer eilen und ihre Beile und Äxte mitbringen. Die Bader müssen ihre Tragezuber dabeihaben. Nach dem Löschen sollen alle Gesellen abwechselnd Feuerwache halten, damit das Feuer nicht neuerlich aufflackert. Außerdem – wenn der Stadtgraf bei Feuersnot befiehlt, ein Haus abzubrechen, so hat niemand zu widersprechen!"
„Richtig! So soll es sein. Gut überlegt, Stadtgraf", stimmten die Domkapitulare zu. „Ein jeder Bürger soll in seinem Hause eine lange Leiter haben, die bis auf sein Dach reicht, und dazu einen Wassereimer, der immer bereitsteht."
„Sekretarius, habt Ihr das alles notiert? Wir werden es den Bürgern

schon bald verkünden. Und nun holt mir die arme Witwe des Bildhauers in den Palast. Ich habe etwas mit ihr zu besprechen."

In den Gassen und auf den Wegen von *Patherbrunenses* war jedermann damit beschäftigt, die verkohlten Balken und den Brandschutt wegzuräumen. Zerborstenes Mauerwerk wurde bereits hier und da wieder aufgemauert. Dennoch sah das einstmals so blühende Marktviertel um den Dom trostlos aus.

Durch das Gierstor ritt der alte Erpho ein, er hatte in Helmarshausen von dem Stadtbrand gehört und wollte mit eigenen Augen sehen, wie sehr sein Heimatort verwüstet worden war. Ein abscheulicher Geruch stieg aus den schwarzen Balken und Trümmerhaufen auf. In jähem Schreck zog er die Zügel an, als er das Tor passiert hatte. Nur ein Haus stand noch am Markt. Als er langsam weiterritt, fand er hinter den Dommauern nur das Haus des Königs, die Pfalz, unversehrt. In der Nähe des Stadelhofes entdeckte er inmitten verkohlter Trümmer Margret, die Frau seines Freundes Georg. Sie verwischte die Tränen im rußverschmutzten Gesicht, abwesend starrte sie an Erpho vorbei. Heute hatte sie ihren Mann neben dem Dom beerdigt. Ein Schauer war der noch jungen Frau über den Rücken gelaufen, als Bischof Imad, der selber die Toten der Brandkatastrophe eingesegnet hatte, betete: „Asche zu Asche, Staub zu Staub ..." Wie grausam hatte der Herr sie gestraft! Am Nachmittag sollte sie in die unversehrt gebliebene Pfalz kommen, dort hatte der Bischof Quartier genommen, bis sein Palais wiederhergerichtet war. In der weiten Halle und im Dom, dessen Dach man notdürftig abgedichtet hatte, ließ er Frauen und Kinder schlafen.

„Margret", rief Erpho bestürzt. „Margret, ich habe von Georgs Tod gehört. Es tut mir so leid", versuchte er hilflos zu trösten. Ihr Anblick, ihr stumpfer, hoffnungsloser Gesichtsausdruck, entsetzte ihn zutiefst. Nur mühsam kletterte er nach dem langen Ritt von seinem Pferd. Er war doch nicht mehr so gut in Schuß wie noch vor einigen Jahren – wie Georg dem Bischof dies noch dargestellt hatte. Ihm traten Tränen in die Augen: Der alte Künstlerfreund, dieser hochbegabte Mann, tot? – Er mochte es kaum glauben.

„Ach, Erpho, es ist alles so schrecklich. Ich weiß nicht, wie es weitergehen soll. Was wird aus mir? Was soll bloß aus Konstantin werden? Er sollte in der Werkstatt seines Vaters ausgebildet werden. Aber nun?" Sie zuckte entmutigt mit den Schultern.

Seine Augen ruhten nachdenklich auf dem grauen, bleichen Gesicht der Bildhauerwitwe: „Komm einfach mit nach Helmarshausen. In der Nähe des Klosters steht eine kleine Hütte leer. Die kannst du dir mit Konstantin einrichten. Vielleicht kann ich ihn in die Schule aufnehmen."

„Ich bin zum Bischof bestellt; er hat mit angesehen, wie Georg die Madonna aus dem brennenden Dom gerettet hat. Vielleicht kommt von ihm Hilfe?"
„Das wäre natürlich gut. Auch ich bin zum Bischof bestellt. Der hochwürdige Herr hat schon lange den Wunsch, einen neuen Reliquienschrein für die Gebeine des heiligen Liborius herstellen zu lassen."
„Gerade über diese Gebeine habe ich vor dem Brand gelästert. Georgs letzte Worte waren ‚Ich habe gesühnt dafür.' Nur ich bin schuld an seinem Tod."
„Quäl dich nicht so. Wir alle sagen Dinge, die wir nicht so meinen. Georg war ein empfindsamer Künstler und die Madonna sein Lebenswerk. Er war sicher nicht mehr ganz bei Sinnen, nachdem er sich durch den Feuerherd und den dichten Qualm gekämpft hatte."
Tränen liefen über das Gesicht der Witwe. Hätte Erpho doch bloß recht! Warum hatte der Herr nicht sie bestrafen können, warum nur ihren Mann?
„Nun richte dich ein wenig her. Wir wollen sehen, was der Bischof möchte."
Wenig später traten die beiden in die Königspfalz. Sibo, der Goldschmied, der das Haus Erphos gekauft hatte, kam ihnen höhnisch grinsend entgegen: „Sieh an, der Herr Erpho. Ja, mein Haus ist auch dahin. Aber vielleicht bekomme ich einen guten Auftrag vom Bischof. Dann kann ich es bald wieder aufbauen. Ach, und Frau Margret geht mit Euch? Schrecklich, Euer Mann, wie konnte er nur so blöd sein?"
Sibo schwatzte und schwatzte. Beim Hinausgehen drehte er sich leicht schwankend nochmals um: „Vielleicht kann ich Euch helfen, schöne Frau? Ihr seid doch jetzt so allein. Wo werdet Ihr Euer Nachtlager finden?"
„Er wird wieder gesoffen haben. Sein Auftritt beim Bischof wird wohl nicht gerade beeindruckend gewesen sein", dachte Erpho, als ein Diener sie zum Bischof vorließ.
Bischof Imad versprach der Witwe des Bildhauers zunächst einmal seine Hilfe. Mit dem Vorschlag des Goldschmieds Erpho, den Jungen in die Kunstschule zu schicken, war er allerdings ganz und gar nicht einverstanden: „Für den Neubau des Domes werde ich viele Bauhandwerker aus Köln, aus Mainz und aus Aachen anstellen. Sie werden direkt am Dom leben, in eigenen Hütten versteht sich. Hier könnte Konstantin ein anderes Handwerk erlernen, das eines Steinmetzen. Mit seinem Talent wird er großartige Bilder in den Stein schlagen. Darstellungen aus dem Alten und Neuen Testament, ja vielleicht aus den Königssagen."
„Werden denn die Meistersteinmetzen, die einer solchen Bauhütte vor-

stehen, einen unbekannten Lehrling einstellen? Und mit Verlaub, hochwürdiger Herr Bischof, Konstantin könnte ohne Frage zunächst auch als Schnitzer in Holz ausgebildet werden und dann auf den Stein übergehen", antwortete Erpho wenig überzeugt.
„Würde denn Konstantin gern für den Dom arbeiten?" Imad ging auf die Bedenken des Goldschmieds nicht ein und wandte sich an die Mutter. Die war unschlüssig: „Ich weiß es nicht, bisher hat er ja nur mit Holz geschnitzt; vielleicht liegt es ihm mehr."
„Das ist gleich, ob Stein oder Holz. Mit dem Vorsteher der Bauhütte spreche ich selber, und er wird seinem Auftraggeber gewiß keine Bitte abschlagen. Mit Eurem Sohn aber solltet Ihr sprechen. Also sagen wir, er geht zunächst nach Helmarshausen. Erpho zeigt ihm seine Künste, bildet ihn aus, und später setzt er bei den Steinmetzen seine Ausbildung fort. Laßt ihn zu Michaeli beginnen. Von mir bekommt er einen Silberpfennig im Monat. Ihr aber, Witwe Margret, könnt Bauholz für ein kleines Haus von mir bekommen, so daß Ihr mit dem Aufbau Eures abgebrannten Anwesens anfangen könnt. Aber setzt um Gottes willen ein Ziegeldach darauf!"
Margret sank in die Knie und küßte den Saum des bischöflichen Gewandes.
„Nun gut, laßt nur, laßt nur", wehrte Imad ab, „wir haben dem mutigen und überaus kunstfertigen Georg zu danken."
Dann sprach er den Goldschmied an: „Erpho, Euch habe ich gerufen, weil ich vor Ausbruch des Stadtbrandes daran dachte, die Gebeine des heiligen Liborius in einen neuen Schrein betten zu lassen. Ich wollte Euch den Auftrag geben. Aber dieses Höllenfeuer zwingt mich, in anderer Folge vorzugehen: Erst die Häuser und dann der Dom, darauf folgt erst das Abdinghofkloster. Vielleicht werde ich später einmal auf einen neuen Schrein zurückkommen."
Erpho war zwar stolz, daß er ausersehen gewesen war, einen neuen, wahrscheinlich sehr kostbaren Schrein für die Reliquien zu fertigen. Noch größer aber war seine Enttäuschung: Bis *Patherbrunenses* wieder aufgebaut wäre – darauf konnte er nicht warten, dann würde ein anderer den Schrein schaffen!
„Also vorläufig haben wir andere Sorgen. Helfen wir den Leuten hier, bald neue, gute Wohnungen zu beziehen."
Die beiden Besucher wollten sich schon entfernen, als Imad sie noch einmal zurückrief: „Erpho, wartet! Vielleicht sollten wir noch überlegen, wie die so wunderbar gerettete Madonna künftig besser geschützt werden kann. Irgendwie müssen auch die Brandflecken überdeckt werden. Wißt Ihr eine Möglichkeit, dies in geschickter Weise zu tun?"
„Man könnte die Brandstellen übermalen. Aber wer hätte das – außer

Georg – passend und geschickt genug durchführen können? Ich wüßte niemanden."
„Aber ich", der Bischof wies mit dem Finger auf Erpho, „Ihr und kein anderer!"
„Nein, nein, hochwürdigster Herr, bitte, laßt mich aus dem Spiel bei dem Werk Georgs. Ich bin kein guter Maler – und Bildschnitzer schon gar nicht."
„Ihr sollt weder malen noch schnitzen", der Bischof machte eine bedeutungsvolle Pause, so daß nicht nur Erpho, sondern auch Margret wieder einen Schritt näher zu seinem Stuhl hin machte.
„Keine Bemalung – und mit dem Schnitzmesser bleibt Ihr mir von der wunderbaren Statue! Wir werden die Gottesmutter in einen kostbaren Mantel aus Gold kleiden und diesen mit leuchtenden Steinen besetzen, so daß sie ein starkes Licht aussenden wird in dieser düsteren Zeit! Und diesen Mantel fertigt Ihr an, Erpho!"
„Das ist ein großartiger Gedanke, und ich muß nicht Hand an das Kunstwerk meines Freundes Georg legen."
„Im Gegenteil, Ihr umgebt die Kunst mit einem Schutz, der ebenso ein Meisterwerk sein wird. Ich hatte zwar an Sibo gedacht, weil er mir so außergewöhnliche Steine vorgelegt hat und sein Handwerk zu verstehen scheint. Aber sein Auftritt hier – einfach schrecklich! Also erschafft mir ein zweites, goldenes Bild der heiligen Jungfrau."
Sibo hatte draußen auf die beiden Besucher des Palastes gewartet. Nur mühsam hielt er mit Erpho und Margret Schritt, die mit schnellem Gang den Marktplatz überquerten. Aber mehr als ein trunkenes Torkeln kam dabei nicht heraus.
„Erpho, du mußt mir mit Kupferblech aushelfen. Soll 'nen Madonnenmantel schaffen. Kein Geld mehr im Beutel, nur'n paar Stein ..., Steinchen."
„Mach dir keine Gedanken mehr, Sibo, den Auftrag habe ich soeben erhalten. Im Gegenteil, du kannst mir die Steine verkaufen", antwortete Erpho triumphierend. Sibo blieb stehen, schwankend auf den unsicheren Beinen, pendelte mit dem Oberkörper vor und zurück.
„Was, du hast ...", das Wort blieb ihm im Hals stecken, er wies mit ausgestrecktem Finger auf Erpho, „du bist wohl ein Lieb..., ein Liebling des Bischofs? Hast mich schlechtgemacht! Das werd ich dir heimzahlen!"
Mit stolperndem Schritt setzte Sibo seinen Weg fort hin zu einem Stand, der anstelle der abgebrannten Schankstube draußen den Wein verkaufte.
„Jetzt versäuft er wahrscheinlich nicht nur die letzten Pfennige, vielleicht versetzt er Stein um Stein, um sich zu betäuben", sagte Erpho zu Margret.

„Vielleicht solltet Ihr doch bald ein paar Steine erwerben, schöne Stücke hat er ja anzubieten. Der Bischof wird ihn nicht umsonst zu sich bestellt haben."
Sibo hatte sich auf eine Bank fallen lassen und stierte den beiden hinterher.
„Du stolzes Weib! Wart nur, eines Tages bist du froh, den Sibo heiraten zu können!" Die Antwort gab er sich selbst: Mit einem Zug stürzte er den Becher Wein herunter.

Wochen später kam Erpho wieder nach *Patherbrunenses* geritten, am Sattel einen Weidenkorb geschnallt. Im Bischofspalast, der notdürftig wieder hergerichtet und mit einem neuen Dach versehen war, stellte er den Mantel für die Figur der Gottesmutter vor.
„Eine *glänzende* Arbeit! Aber ein paar Steine solltet Ihr dem Mantel hinzufügen", sparte Imad nicht mit Lob.
„Hochwürdigster Herr, meine Finger werden langsam doch zittrig. Ich kann wohl den Lehrlingen und Gesellen gute Ratschläge erteilen. Aber das wird wohl meine letzte Arbeit gewesen sein. Ihr kauft besser bei Sibo die vorgelegten Steine. Ich mag nicht hingehen, da er mich fortwährend beschimpft und die Witwe Margret dazu. Mir wird er die Steine sicher nicht verkaufen."
„Ich werde den Kämmerer schicken, er versteht etwas von Steinen. Und morgen vor Eurer Rückreise kommt Ihr, um Rubine, Saphire, Amethyste und Kameen mitzunehmen. Oder besser, reitet nur allein und ohne die wertvolle Fracht. Ich werde sie mit bewaffneter Mannschaft nach Helmarshausen senden. Dann sind wir sicher, und die Männer bringen mir die fertige Mantelmadonna mit zurück. Verpflegt meine Leute nur ein paar Tage im Kloster, und bringt sie gut unter. Sie haben es nach dem Kampf gegen die Flammen verdient!"

So stand eines Tages im Dom eine strahlende Madonna, umhüllt von einem Mantel aus vergoldetem Kupferblech. Vom Saum des Umhangs glitzerten bunte Steine. Maria mit dem Jesuskind thronte hoheitsvoll, Königin des Himmels, an gut sichtbarer Stelle in der Bischofskirche. Wieder setzte ein gewaltiger Pilgerstrom nach *Patherbrunenses* ein, um innige Gebete und Bitten in den Himmel zu senden – und viele Geldstücke klimperten in die mit Eisenbändern umkleideten Sammelkästen. Der neue Dom wuchs, Imad ließ ihn in viel größeren Abmessungen errichten. Die Königspfalz erhielt über dem Saal ein Obergeschoß, getragen von einer Pfeilerreihe in der Mitte. Von der Südwand führte ein Treppenaufgang hinauf. Über dem östlichen Treppenvorbau entstand ein großartiges Portal. Als die Domschule wieder errichtet war, blühten

die Studien glänzender denn je. Vor allem Philosophen, Rhetoriker und Grammatiker lehrten dort Horaz und Vergil, Crispus und Sallus. Imad stiftete der Domschule nützliche Bücher, Werke der Kirchenväter, aber auch Platons und Philos.
Als die Stadt sich allmählich von den Folgen der Brandkatastrophe erholte, griff Imad im Kreise des Domkapitels seinen Plan wieder auf, einen neuen Schrein für die Gebeine des heiligen Liborius zu schaffen. Erpho war zu alt, er hatte seine Mitwirkung abgesagt. Der Scholaster schlug Sibo vor. Er habe sich gebessert, sagte er, und eine Frau habe er gefunden.
„Wenn Erpho bereits die Segel gestrichen hat, dann könnte er zumindest einen seiner begabtesten Schüler nennen. Für Sibo sollte man seine Hand lieber nicht ins Feuer legen", gab der Schatzmeister zu bedenken. Der Leiter der Domschule aber blieb hartnäckig: „Sibo hat uns vor einiger Zeit seine Steinkollektion gezeigt. Einzigartig, ich bin davon überzeugt, daß weit und breit kein anderer Goldschmied und Juwelenhändler solche Steine besitzt."
„Dann kaufen wir ihm die Steine ab, wie schon einmal für den Mantel der Madonna." Imad war für das Pragmatische. „Also, meine Herren, wir reisen gemeinsam zur Kunstschule ins Kloster Helmarshausen und schauen uns die Arbeiten an. Mit Gottes Hilfe und dem Rat unseres verdienten Goldschmieds Erpho finden wir schon den rechten Künstler. Ich jedenfalls stifte für den Schrein 24 Gewichtsmark Gold."
„Hochwürdigster Herr Bischof, wir könnten doch Sibo ebenfalls einen Entwurf vorlegen lassen – und schauen uns außerdem die jungen Künstler in der Kunstschule an." In dem Scholaster hatte Sibo einen starken Fürsprecher.
„Also gut, machen wir es so. Geben wir Sibo eine Chance! Wollen für ihn hoffen, daß er sie nutzt."

Sibo freute sich diebisch, als ein Palastdiener die Botschaft überbrachte, er solle einen Entwurf für einen neuen Reliquienschrein machen. Der Bischof wünschte, diesen in etwa vier Wochen zu sehen. Und seine Juwelen wollte man anschauen, um auszuwählen! Zum Liborifest hatte Sibo Kunigunde, ein hübsches, junges Weib, das er auf dem Markt kennengelernt hatte, geheiratet. Sie war die energische Tochter eines Töpfers, der mit dem Handel von irdenem Geschirr recht viel Geld verdient hatte, wie man sagte. Vielleicht, so meinte der eine oder andere Zechkumpan, würde sie ja den Haushalt *und* Sibo wieder auf Vordermann bringen!
Zwei Esel zogen eines Nachmittags das bescheidene Fuhrwerk durch die Gasse, auf dem sein Eheweib Bettzeug und Geschirr mitbrachte. Außen an der Karrenwand hingen einige Körbe, darin schnatterten

Gänse, Hennen und ein farbenprächtiger Hahn. Zuerst reichte sie Sibo eine Lade aus dunklem Holz. Sie tat geheimnisvoll, als berge die Kiste einen großen Schatz.
„Gib acht auf die Lade!" Mit fester Stimme gab sie von nun an ihre Kommandos. Dann musterte sie das Haus des Juwelenhändlers von oben bis unten, ließ ihre Bernsteinaugen wortlos über die Wände, das Dach, den verwilderten Kräutergarten gehen. Sie sprang vom Karren und eilte ins Haus. „Sibo, hier wird erst einmal aufgeräumt! Dann zeigst du mir deine Schätze und wo du sie aufhebst."
Ja, sie räumte tatkräftig auf. Die Abfälle fegte sie auf die Straße. Danach fachte sie das schwelende Feuer an, setzte ein paar Töpfe mit Essen auf. Ein Kommando jagte das andere, sie war wirklich eine energische Frau.
„Sibo, hol Wasser." Sibo ging mit dem Holzeimer zum nahen Brunnen und holte das kühle Paderwasser.
„Sibo, setz die Hühner in den Garten, die Gänse in das Gatter, und bringe mir das Bettzeug."
Geschäftig eilte die Frau durch alle Räume, sah sich die Schlafkammer an, ging in die Werkstatt, um bald wieder in die Küche zurückzukehren.
„Sibo, wir essen!"
Sie schob das schulterlange Haar unter ein weißes Kopftuch, und schon saß sie am Tisch, tunkte den Holzlöffel in den Topf. Die Suppe tropfte, als sie fragte: „Na, Sibo, schmeckt's?" Dann wischte sie mit dem Handrücken über die Lippen und gähnte laut und vernehmlich.
„Sibo, Nachtruhe." Sie verschwand in der dunklen Kammer, wo sie sich im Handumdrehen in ein dickes Federbett wickelte. In wenigen Minuten war sie in tiefen Schlaf gesunken.
Mit dieser straffen Führung seines Haushaltes war Sibo – und das schien wirklich ein Wunder – zufrieden. Als nur einige Wochen nach der Hochzeit für jedermann offenkundig wurde, daß Kunigundes Beleibtheit nicht allein von ihrer Kochkunst und Freude am guten Essen herrührte, wußte bald ganz *Patherbrunenses*: Sibo hatte Kunigunde heiraten *müssen*, sonst hätten ihm die Brüder der Hochschwangeren einen Tontopf nach dem anderen auf dem Kopf zertrümmert. Trotzdem schien Sibo die Ehe gut zu bekommen. Er saß nicht mehr so oft in der Schenke am Dom, dafür öfter in seiner Werkstatt, zeichnete und entwarf. Er hatte fest vor, am vereinbarten Tag den hochwürdigen Herren einen erstklassigen Entwurf des neuen Schreins für die Gebeine des heiligen Liborius vorzulegen. Mit dem Gedanken: „Nur nicht verlieren. Nur nicht abgeben an die Herren Künstler in Helmarshausen" entwickelte er sogar richtigen Ehrgeiz.

„Sibo, hol mir die Gevatterin Heidrun, und mach schnell, beeile dich,

meine Zeit ist gekommen!" riß Kunigunde ihren Mann vom Arbeitstisch hoch. Sie stöhnte und schrie so zum Erbarmen, daß Sibo beide Beine in die Hand nahm und so schnell wie selten zuvor den Weg zur kleinen Hütte der Hebamme hinunterrannte. Zwei Nachbarinnen waren auf das Geschrei hin in das Haus geeilt und hielten Kunigunde die Hand. Sie saß auf dem niedrigen Gebärstuhl, stützte sich mit dem Rücken gegen die Wand und erwartete so die alte Heidrun. Sibo trat hinter der Hebamme ein, er hatte ihr den Korb getragen, in dem sie allerlei Gerät mitbrachte. Die Alte gab ruhig ihre Anweisungen: „Nachbarin, stellt warmes Wasser in einem Zuber bereit."
Dann horchte sie am Bauch von Sibos Frau, nahm ihre Hand und sang mit krächzender Stimme dreimal hintereinander: „Lazarus, tritt herfür". Damit sollten die Wehen beschleunigt werden. Über Kunigundes Gesicht lief der Schweiß, ihr Gesicht war rot. Sie keuchte und schrie abwechselnd. Die beiden Frauen stießen auf einmal einen Schrei aus, der Kopf des Kindes wurde sichtbar. Die Gevatterin kniete sich zwischen die angezogenen Knie der Gebärenden und half dem Kopf, dann dem Oberkörper und schließlich den Beinen auf die Welt.
„Ein Junge!" rief Sibo, der sich neugierig hinter die Nachbarinnen gestellt hatte. Die Alte gab dem Neugeborenen einen Klaps auf das Hinterteil, und schon fing es an zu schreien. Die bläuliche Farbe der Haut änderte sich plötzlich, der kleine Körper wurde mehr und mehr rosig. Die Gevatterin war mit der Nachgeburt und der Nabelschnur beschäftigt, während die Nachbarinnen das Kind nahmen, es wuschen und mit dem kleinen Wurm gurrten und girrten. Der scherte sich wenig um die nahen Frauen. Ehe sie sich's versahen, richtete sich der kleine Penis auf, und ein warmer Strahl besprühte die Gesichter der Neugierigen.
„Der wird ein Heißsporn, ein Teufelskerl, ja ein Tunichtgut!" Die Meinungen über den Kleinen und seine erste Erdentat waren einhellig. Das konnte nichts Gutes bedeuten!
„Sibo, marschier ab, hol die beiden Paten. Wir wollen das Kind taufen."
Mit gemischten Gefühlen rannte Sibo zum Kloster, dem Scholaster seine Bitte vorzutragen.
„Sibo, Ihr wißt ja, morgen ist der Tag. Seid Ihr bereit, den Entwurf vorzulegen?"
„Gewiß, gewiß, es ist alles bereit, nur kommt jetzt bitte, und tauft meinen Sohn."
„Habt Ihr schon einen Namen?"
„Ja, er soll Rother heißen!"
Als alle, Sibo, Kunigunde, Kind und Hebamme, Taufpaten und Priester, als diese kleine Gruppe um das Taufbecken des Domes stand, sprach

der Scholaster die Gebete. Die Paten mußten im Namen des Täuflings antworten.
„Widersagt Ihr dem Teufel und allen seinen Werken?“
„Wir widersagen!“
Der Priester betete das Glaubensbekenntnis. Er nahm in einem Silberkännchen Wasser aus der Messingschale und goß es in Kreuzform über den Kopf.
„Ich taufe dich, Rother, im Namen des Vaters, und des Sohnes, und des Heiligen Geistes.“
Still plätscherte das Wasser in das Taufbecken zurück. Nichts geschah, kein Schreien des Säuglings. Kunigunde schaute verzweifelt zur Gevatterin, sah hilfesuchend zum Scholaster. Der zuckte unsicher mit den Schultern. Die Paten tuschelten: „Das ist das zweite Zeichen. Wenn das Kind nicht schreit, ist der Teufel nicht ausgetrieben. Erst das Anpinkeln, jetzt dies.“
Sibo schlich sich aus der Kirche. Nur schnell jetzt einen Becher Wein. Und noch einen. Und wieder nachschenken. Nicht daran denken. Aber die Hirngespinste holten ihn ein. Kunigunde hatte sich nicht vor das Kirchenportal gekniet, weil sie nach der Geburt eines Kindes unrein war. Dann der Urinstrahl und kein Geschrei, nicht einmal das kleinste Gekrähe oder wenigstens ein Wimmern. Nichts, rein gar nichts.
„He Sibo, willst du noch einen?“
Der Wirt stand vor ihm, die Kanne in der Hand.
„Her mit dem Wein, dem einzigen Tröster auf dieser Welt.“
Während Kunigunde mit dem Kind im Arm, gefolgt von den Paten und der Hebamme, nach Haus ging, zechte Sibo weiter, schüttete Becher auf Becher Wein in sich hinein, spülte seinen Kummer herunter, bis der Morgen graute.
„Ro-ro-rother heißt mein Sssohn. Mein erster Sssohn, an dem ich mein Wohlgefallen habe“, brabbelte er unglücklich vor sich hin. Als der Hahn krähte, lag Sibo mit dem Kopf und ausgebreiteten Armen auf dem Wirtshaustisch und schlief tief und fest. Als er wieder zu Sinnen kam, war der Termin verstrichen, an dem er dem Bischof den Entwurf für den Reliquienschrein vorzulegen hatte. Imad hatte lange gewartet, aber als Sibo sich nicht meldete, schickte er Boten nach Helmarshausen und ließ melden, daß er in zwei Tagen dort sei.
Sibo hatte endgültig die Gunst der Stunde vertrunken.

Im Kloster über der Diemel holte der greise Erpho seine Lehrlinge und Gesellen zusammen. Wohl sechs, acht junge Goldschmiede standen in der großen Werkstatt. Alle platzten vor Tatendrang, denn ihr hochbetagter Meister hatte ihnen den Grund des Bischofsbesuches genannt.

Imad erläuterte, was er von ihnen wollte. Fleißig machten sie sich am Abend an die Arbeit. Erpho verbesserte hier, beriet da und ging dort mit dem Kohlestift über das Pergament. In ihrer Runde wählten sie einen Entwurf aus, den sie Wochen später gemeinsam vollendeten.
In einer Holztransportkiste verpackten sie ihr Werk und begaben sich alle zusammen nach *Patherbrunenses*.

Viele Jahre hatte es gedauert, bis nach dem verheerenden Stadtbrand der Dom wieder fertiggestellt war. Am Liborifest, dem 23. Juli 1068, gab Imad der wieder erstellten Bischofskirche die Weihe. Zu diesem Fest wurde auch der neue silberne Schrein mit den Gebeinen des heiligen Liborius den vielen Gläubigen, die in die Basilika geströmt waren, gezeigt.
Trotz dieser großen Leistung, Dom, Kaiserpfalz und Marktsiedlung völlig neu zu erbauen, der Madonna einen kostbaren Goldmantel zu verleihen und die Gebeine des Kirchenpatrons in einen weitaus prachtvolleren Schrein zu betten, trotz all dieser Schaffenslust hatte Imad in den letzten acht Jahren seines Lebens nur noch wenig Freude. *Patherbrunenses* verlor seine Bedeutung als Festtagspfalz; Kaiser Heinrich IV. besuchte nur noch viermal die Paderquellen, keines der hohen Feste hatte er in der Kaiserpfalz und im Dom gefeiert. Seinen Lebensabend überschattete zunächst der Streit zwischen Kaiser Heinrich IV. und den Sachsen, als der Herrscher nach langen Jahren der Unmündigkeit daranging, Königsgut in Sachsen wieder in seinen Besitz zu bringen. Auch sah Imad noch den Investiturstreit heraufziehen, der das lange Zusammenwirken von Kaiser und Papst endgültig zerstören sollte. Dem Kaiser sollte es nicht mehr erlaubt sein, die Bischöfe im Reich einzusetzen. Dagegen wehrte sich Heinrich mit aller Energie, was ihn dahin bringen sollte, sich in Canossa als Büßer dem Papst zu Füßen zu werfen, damit dieser ihn vom Kirchenbann löse. Das allerdings mußte Imad nicht mehr erleben: 1076, am 3. Februar, starb der Bischof von *Patherbrunenses*.

1100 Ein neues Jahrhundert war angebrochen, in *Patherbrunenses* war seit zehn Jahren Friede eingekehrt. Sechs Jahre hatten Bischof Heinrich von Assel und Bischof Heinrich von Werl die Macht beansprucht, bis der von Assel in die Verbannung nach Magdeburg gegangen war und der Werler sich in der Auseinandersetzung behauptet hatte. Aber kein anderer Bischof wie er lud in diesen Zeiten so häufige und so lange Absetzungssprüche und Bannflüche von Päpsten und Königen auf seine Schultern wie Heinrich. In den wirren Jahrzehnten des Investiturstreites ging der Bischof als Anhänger des Kaisers unbeirrt sei-

nen Weg und regierte, vor allem nach der Aussöhnung mit dem Papst, segensreich über sein Bistum.
Vor allem auf die Benediktinerklöster in seinem Sprengel konnte er sich verlassen. Er beschenkte sie deshalb immer wieder reichlich: Die Abdinghofkirche erhielt ein kostbares Triumphkreuz und bestätigte den Kauf der Externsteine. Auch Helmarshausen lag ihm sehr am Herzen. So begab er sich in diesen Tagen wieder einmal dorthin.
Gleich nach der Ankunft und feierlichen Begrüßung ließ er sich in die große Goldschmiedewerkstatt der Kunstschule führen. Dort führte ein junger Benediktinermönch namens Rogerus die Tradition fort. Er war aus dem Maasland hierher gekommen, hatte in Stavelot und in Köln an St. Pantaleon gewirkt. In den vorhergehenden Werkstätten hatten ihn besonders die Schmuckstücke und Arbeiten interessiert, die aus den byzantinischen Ländern an die Maas und an den Rhein gekommen waren.
Der Bischof lehnte in der Fensternische der Werkstatt und ließ seinen Blick über die Arbeitstische der Mönche gehen. Sonnenkringel spielten auf den weißen, nur verputzten und gekälkten Wänden. Die Fensterflügel standen wegen der ersten warmen Frühlingstage offen. Die Luft strich warm und erregend herein und milderte die Kühle, die das dicke Mauerwerk der Klosteranlage ausströmte.
Wohlgefällig betrachtete er den still, aber unentwegt arbeitenden Rogerus. Er war über ein Band aus Kupfer gebeugt, auf das er eine umlaufende Figurendarstellung gravierte. Bischof Heinrich wies mit dem Kopf zu ihm und fragte den Abt: „Da entsteht wohl der Tragealtar für das Abdinghofkloster?"
„Tretet näher, hochwürdigster Herr Bischof, schaut Euch nur dieses einzigartige Meisterwerk unseres Bruders Rogerus an."
Der junge Mönch hielt jetzt kurz inne und schob den Gegenstand über die Werkbank auf die beiden zu.
„Hier oben liegt der Marmorstein, der kleine Altar steht auf Klauenfüßen."
„Und das hier", der Bischof wies auf die bereits fertigen Darstellungen, „das hier sind wohl Petrus und Paulus als Stiftspatrone?"
„Gewiß, hochwürdigster Herr", Rogerus hatte bescheiden die Augen nur kurz erhoben und deutete auf die anderen Szenen, „hier entstehen Bilder aus dem Leben der Apostel und Märtyrer."
Er war aufgestanden. „Verzeiht, werte Herren, ich muß jetzt an den Schmelzofen, die Legierung ist fertig."
Mit großem Interesse verfolgten Bischof und Abt, wie Rogerus eine aus Silber, Blei, Kupfer, Schwefel und Salmiak vorbereitete Flüssigkeit in die eingravierten Linien der Gravur einschmolz.

„Wartet noch ein wenig, dann poliere ich dieses Stück, und der Unterschied zu dem Farbton des Kupferblechs wird deutlich."
Einige Zeit verbrachte der junge Künstler mit eifrigem Polieren an dem Werkstück. Dabei flüsterte der Abt seinem Bischof zu: „Wir haben fast wöchentlich Besucher, die unserem Rogerus bei der Arbeit zusehen wollen. Sein Ruf ist schon durch das Reich gedrungen."
„Ja, ja, ich habe auch gehört, daß er als einer der besten Goldschmiede unserer Zeit angesehen wird", bestätigte der Bischof.
Nun hielt der Mönch den Herren das fertig bearbeitete Metall hin. Ausrufe der Bewunderung ließen die anderen Goldschmiede und die übrigen tätigen Mönche aufhorchen.
„Wunderbar, ganz und gar wie die Schmuckwerke aus dem fernen Byzanz!"
„Hier seht einmal, wie deutlich und lebhaft die Figuren dargestellt sind, sie zeigen viel Bewegung."
„Soviel, Herr Bischof, daß der eine hier das Schwert hebt und mit der anderen Hand den Kopf des Mannes gerade so hält, als wolle er ihn abschlagen!"
„Hier sitzt ein Mann im Badezuber, dort auf einem Thron im angeregten Gespräch mit anderen Männern."
„Aber das sind nur Sinnbilder, sie haben eine ganz andere Bedeutung."
„Und was, bitteschön, habt Ihr Euch gedacht, lieber Bruder Rogerus?"
„Hier sind Bilder aus dem Martyrium des hl. Felix und des hl. Blasius. Diese vermeintliche Kampfszene ist die Enthauptung des Apostels Paulus. Und das Bad soll nichts anderes als eine Taufe durch Petrus darstellen."
„Hat diese Technik auch einen Namen?"
„Man nennt sie nach einer altägyptischen Technik in der lateinischen Sprache *‚nigellus'*, was ja bekanntlich schwärzlich heißt. Meine Goldschmiedekollegen haben daraus den Namen ‚Niello' gemacht."
Der Bischof hatte eine Idee und faßte Rogerus an die schwarze Kutte.
„Hört, Bruder, Ihr müßt mir unbedingt für den Dom einen ähnlichen Tragealtar schaffen. Auch mit einer Marmorplatte, umlaufenden Figuren, vor allem des heiligen Liborius, und", er machte eine kleine Pause und überlegte, „ja den heiligen Kilian nicht vergessen."
Noch lange besprachen die drei Männer, wie wohl ein Tragealtar für den Dom aussehen sollte. Danach führte der Abt seinen Bischof in das Refektorium und zeigte ihm zwei weitere Arbeiten, die aus der Hand des hochgelobten Goldschmieds stammten: ein Reliquienkreuz und einen noch verhüllten Gegenstand. Als der Klostervorsteher das Tuch abgenommen hatte, sah der Bischof einen prunkvollen Vorderdeckel für ein großes Buch.
„Sicher für das in Arbeit befindliche Evangeliar?" fragte Heinrich.

„Ihr habt richtig geraten. Noch sind meine Mitbrüder in der Schreibstube fleißig dabei, Seite um Seite zu schreiben und mit farbigen Ausmalungen zu schmücken. Dann aber haben wir in Helmarshausen ein großartiges Evangelienbuch!“

Nach einem langen und strengen Winter meldete sich eines Tages Rogerus, der Goldschmied und Mönch von Helmarshausen, in der Bischofsburg. Auf dem Rücken eines Esels hatte er eine kleine Holzkiste mitgebracht, die er im Audienzzimmer vor den Bischof stellte. Er öffnete den Deckel und hob den fertigen Tragealtar heraus.
Minutenlang blieb es still im holzgetäfelten Empfangsraum des Bischofs. Dann drehte er den goldglänzenden Kasten nach allen Seiten und betrachtete sehr eingehend die Darstellungen.
„Ein Eichenholzkasten und mit vergoldetem Silberblech beschlagen“, erklärte Rogerus.
„Na, na, nun mal nicht so bescheiden, auf dem *‚Blech‘*, wie Ihr es nennt, habt Ihr ja meisterliche Darstellungen geschaffen.“
„Nun auf der Seite, die dem Priester zugewandt sein wird, habe ich Christus auf einem Regenbogen, umgeben von einer Glorie, dargestellt. Rechts und links die beiden gewünschten Heiligen. Hier“, und er tippte vorsichtig nur mit dem gespreizten kleinen Finger auf eine Figur, „das hier ist der heilige Liborius mit der aufgeschlagenen Bibel, die DS und MS als Schriftzeichen trägt.“
„Verstehe“, sagte Bischof Heinrich, „Deus – Meus, – mein Gott.“
„Und hier“, Rogerus drehte den Tragealtar um und stellte ihn auf die Oberseite, „hier habe ich auf die Unterplatte noch einmal den Heiligen in einer Säulenarkade, die von drei Turmaufbauten bekrönt wird, eingraviert.“
„Schön, wie die Edelsteine in dem Glorienkranz glänzen, aber auch, ach dreht doch den Altar einmal wieder um, ja so, auch hier oben die Perlen und Steine rund um den grünen Marmorstein habt Ihr wunderschön angeordnet. Und wen stellt diese Figur dar?“
Rogerus druckste ein wenig verlegen herum, eine leichte Röte überzog seine Wangen. „Mit dieser Zeichnung wollte ich Euch, hochwürdigster Herr Bischof, verewigen. Ihr tragt den Bischofsstab und schwenkt zur Ehre Gottes ein Weihrauchfaß.“
Der Bischof stand auf und schüttelte dem meisterlichen Goldschmied herzlich beide Hände: „Ein großartiges Werk, ich kann den Tragealtar oft mit auf Reisen nehmen. Ihr habt sicher gehört, muß bald wieder nach Rom zu unserem Heiligen Vater, vielleicht trete ich auch eine Pilgerreise nach Jerusalem an, na ja, da habe ich wenigstens meinen eigenen kleinen Altar für das Meßopfer.“

1112 Ein halbes Jahrhundert nach dem katastrophalen Stadtbrand hatte sich *Patherbrunenses* in bemerkenswerter Weise erholt, war größer, reicher, ja stattlicher geworden. Das Pontifikat des Bischofs Heinrich wirkte sich immer segensreicher aus. Die Bürger zeigten mehr und mehr Selbstbewußtsein.

An einem frühen Sommerabend saßen viele Bürger der Domstadt in der Schenke der Marktsiedlung, südlich des Bischofspalastes. „Zur Goldenen Madonna" verkündete ein Schild über dem Eingang, aber hinter dem Schanktisch stand anstelle einer Madonna eher eine Matrona: Margret, die Witwe des Bildschnitzers Georg. Im Haus, das ihr damals Bischof Imad nach dem Tod ihres Mannes zugewiesen hatte, war eine bekannte Gastwirtschaft entstanden. Ein gutes Essen stand immer auf dem gemauerten Herdfeuer bereit. In den gußeisernen Töpfen köchelte kräftige Suppe, und auf den Regalen lagen frische Brote, das scharf geschliffene Messer auf dem Holzbrett daneben.

Margret, die im hohen Alter stehende und geachtete Wirtin, scheuchte ihre Schankmägde geschäftig zwischen den derben Tischen und Bänken hin und her. Hier schenkten sie aus einem großen Tonkrug dunkles Bier nach, dort schoben sie ein Holzbrett mit Ziegenkäse und Brot hin.

„He, Margret, mir noch eine Schweinshaxe mit viel Kraut!" rief ein Mann in feinem Anzug, ein Kaufmann offenbar.

Margret war nicht nur die Besitzerin, sie war auch die Seele des Geschäftes. Sie hielt den Laden zusammen, galt in *Patherbrunenses* als echtes Original und war der Grund dafür, daß nicht nur Handwerker, sondern auch Kaufleute und bessere Herrschaften die einfache Schenke besuchten. Sie wischte sich den Schweiß von der Stirn und rief einer der beiden Köchinnen, die an der Feuerstelle hantierten, die Bestellung zu.

Immer mehr Besucher drängten in die Gaststube, suchten in der schwülen Gewitterluft einen kühlen Trunk. Viele Handwerker saßen auf den Bänken, einige Kaufleute waren dabei.

„Karl", rief sie nach hinten, „schaff Bänke und Schemel aus der Stube her. Es kommen immer mehr Leute!"

Sie wirkte viel zu klein geraten in ihrem Unterkleid aus schlichter grauer Wolle. Darüber trug sie ein Überkleid in dunklem Blau. Um die Taille hatte sie einen Ledergürtel geschnallt, daran das Schlüsselbund und eine Ledertasche, die Geldbörse zum Kassieren. Ihr Haar hatte sie ordentlich geflochten und neben den Ohren aufgerollt, ein paar graue Strähnen hatten sich im Eifer der anstrengenden Bedienung gelöst. Die blies sie jetzt zurück, als sie sich über einen frei gewordenen Tisch beugte und mit dem Tuch eine verschüttete Bierlache aufwischte, die Brotkrümel dazu. Unerträglich warm war es in der Gaststube an diesem heißen Sommerabend.

Kaum wiederzuerkennen war das Haus „Zur Goldenen Madonna", das im Laufe von fast fünfzig Jahren aus dem kleinen Anwesen durch manche Um- und Anbauten zu einem stattlichen Gasthof gewachsen war. Bischof Imad hatte ihr im Gedenken an die Leistungen ihres Mannes den Grundbesitz übereignet. Natürlich mußte sie sich – wieder heiraten mochte sie nicht – eine Verdienstmöglichkeit suchen. So war ihr rasch der Gedanke gekommen, für die wachsende Marktsiedlung und die vielen ein- und ausfahrenden Kaufleute Essen und Trinken anzubieten. Vor allem ihr selbstgebrautes Bier hatte einen guten Ruf in der Domstadt, und nicht wenige der Gäste kamen eigens her, um diesem köstlichen Trunk zuzusprechen. Der Küfer hatte ihr ein paar ordentliche, große Fässer gemacht, und als der erste Sud fertig war, hing sie ihr Wirtshausschild raus. Sogar der Bischof schickte einen Bier-Verkoster aus dem Domkloster, um die Qualität ihrer Braukunst zu prüfen. Bruder Albert, Braumeister seines Zeichens, lobte kräftig rülpsend, ein besseres Braunbier habe er seit Monaten in *Patherbrunenses* nicht zu trinken bekommen. Für den Rest des Tages blieb er bei Mutter Margret. Sie schenkte das Biermaß so voll, daß es überfloß. Denn, das war ihr Grundsatz geworden: Kein Maß mit falschem Boden. Sie verdiente bald so gut, daß sie zwei Mägde für die Küche, zwei für den Schankraum, einen Burschen für das Braugeschäft und einen für Haus und Hof anstellen konnte.
Stolz ging ihr Blick durch den großen Raum, der aus starken Balken und Brettern gebaut war, auf einem Steinsockel erhoben sich die Fachwerkwände.
„Alles auf Denar und Pfennig bezahlt und keine Schulden auf dem Haus." Für einen Augenblick leuchteten ihre Augen. Dann wandte sie sich wieder ihrem Schankgeschäft zu, das sie bis jetzt immer noch selbst versah, so schwer es ihr fiel. Die Beine wollten nicht mehr so recht, und auch die Kraft in den Armen, Biermaße und Becher zu tragen, ließ nach. Das besorgten die beiden Mädchen. Und die wurden schon wieder gerufen:
„He, holla, was ist mit meiner Maß Bier? Sind die Arme müde geworden? Ihr nichtsnutzigen Weiber könnt wohl nur den Besen schwingen!" Der unsicher schwankende Gast griff nach den Oberarmen der Magd und grabschte nach ihrem Hintern. Der rüde Ton des Goldschmieds Sibo riß Mutter Margret aus ihren Gedanken. Typisch – dieser alte, widerliche Kerl hatte sich mal wieder an ihren fleißigen Mägden vergriffen. Das lockere Mundwerk aus jungen Tagen hatte Margret nicht abgelegt, bei solchen Gästen war sie ohnehin nicht gerade auf den Mund gefallen und zahlte sofort mit gleicher, wenn nicht besserer Münze zurück: „Du alter Ziegenbock, du Suffkopp", herrschte sie den Trunkenen laut-

stark an, „du hast ja nicht mehr Kraft als ein Pfaffenfurz! Hier meine Mädchen zu traktieren! Dir werd' ich zeigen, wie ich den Besen schwinge!" Schon drang sie mit dem Reiserbesen auf ihn ein, der sonst das fertige neue Biergebräu draußen anzeigte.

„Hast wohl selber zu sehr deinem Gebräu zugesprochen und kannst jetzt nicht mehr, du alte Vettel." Der zechende Sibo war nicht ruhig zu kriegen. Einige Handwerker und Kaufleute waren aufgestanden und beruhigten die Wirtin: „Laß gut sein, der Kerl ist ja betrunken! Du kennst doch Sibo, wenn der ein paar über den Durst getrunken hat, ist er nun mal so. Der kann den Hals nicht voll genug bekommen!"

„Diesen Sommer ist mir zwar der letzte Zahn ausgefallen, jawohl, meine Schönheit ist dahin. Für Euch bin ich zuletzt nur die alte Mutter Margret gewesen. Als mein Georg noch lebte, zu der Zeit hatte ich Zähne wie eine Reihe schimmernder Perlen und eine Haut so schön und glatt wie ein rotwangiger Apfel. Dazu Haare wie gesponnenes Gold!" Rührselig wischte sie sich ein paar Tränen aus den Augenwinkeln. Dann griff sie sich einen Becher.

„Schenk mir ein!" rief sie ihrer Magd zu, „denn diesen Mann trinke ich unter den Tisch! Zum Wohl!"

Mutter Margret braute nicht nur ein treffliches Bier, sie trank es auch selber gern. Mit fröhlichem Augenzwinkern hob sie den Becher in die Runde und schüttete den Inhalt in einem Zug hinunter. Dann drehte sie das Gefäß um und ließ die letzten Tropfen über Sibo rinnen.

„Bravo, Mutter Margret, zeig's ihm! Du bist dein guter eigener Gast!" Die Männer an den Tischen klatschten begeistert in die Hände und prosteten ihr zu. Ein jüngerer Mann wollte aufspringen, etwas entgegnen, ein anderer hielt ihn zurück, zischte ihm „Still, Rother, nicht auffallen!" zu. Der Sohn des schon fast volltrunkenen Sibo ließ sich in der Ecke der Gaststube wieder auf die Bank fallen und sprach mit seinem Nachbarn: „Friedrich, wenn erst dein Namensvetter von Arnsberg erscheint, gibt's soviel Unruhe, daß wir uns aus dem Staube machen können. Und jeder wird beschwören, daß wir bei dieser Zecherei dabei waren!" Rother hatte seine Beherrschung wiedergefunden.

Wieder ging die Tür auf, und eine große Gruppe von Männern trat in den Schankraum.

„Konstantin, mein Junge!" Mit einem Freudenschrei stürzte Mutter Margret auf einen stattlichen Mann zu. Graue Locken umrahmten das Gesicht des „Jungen", ein gut rasierter, eisgrauer Backenbart umschloß Wangen und Mund. Freundliche Augen blitzten unter der hohen Stirn, als er jetzt auf die Gastwirtin zutrat und sie lange und herzlich in den Arm nahm.

„Mutter! Daß du immer noch so schuften mußt. Jetzt ist endgültig Schluß

damit!" Er hob seine Mutter mit starken Armen auf und wirbelte sie einmal, zweimal im Kreis herum. „Ich bin seit heute Dombaumeister."
„Vielleicht möchte ich ja gar nicht, daß damit Schluß ist. Kannst du dir vorstellen, daß ich den ganzen Tag im Schaukelstuhl sitze, aus dem Fenster schaue und auf mein Ende warte? Nein, so wie jetzt ist es recht", antwortete Margret fest.
„Ein Hoch auf unseren neuen Dombaumeister!" rief eine Stimme aus dem Kreis.
„Hoch, Konstantin, hoch!" schlossen sich die übrigen Gäste rasch an, hier gab es doch sicher das ein oder andere Bier abzustauben. Tatsächlich mußte der Brauknecht schon bald den Hahn in ein neues Holzfaß schlagen. Das braune Bier, kühl im Hauskeller gelagert, floß in Strömen.
„Konstantin, wo ist deine Frau, ich habe sie schon lange nicht mehr gesehen?" Margret beugte sich trotz des fröhlichen Lärms zu ihrem Sohn. Der mußte gegen die laute Fröhlichkeit anschreien: „Sie ist mit unseren Kindern ins Dorf unter dem Wewelsberg. Will einmal nach dem Rechten bei ihren alten Eltern sehen."
„Wenn sie mal nur nicht den wilden Gesellen des Arnsberger Grafen und seines Bruders in die Finger fällt!"
„Ach was, Frauen und Kindern tun nicht einmal die was. Sie sind nur auf reiche Beute aus!"
„Ein übles Raubritternest, da oben auf dem Berg. Der Arnsberger zwingt seine Bauern am Wewelsberg und sogar in Böddeken zu harten Frondiensten. Der Bau gehört ausgeräuchert!"
Einer der Kaufleute hatte das Stichwort Wewelsberg gehört und stimmte gleich laut in die Aufforderung ein: „Jawohl, ausräuchern sollte man das Räubernest! Dieser Arnsberger und der Rietberger sind gewalttätige Männer. Wie der Bischof seinem Bruder nur das Amt des Schirmvogts der Kirche unserer Stadt bestätigen konnte!"
„Aber das ist schon seit alters her so. Deren Vater, Graf Konrad von Werl, war bereits unser Vogt, sogar, als er nach Arnsberg zog. Und dann hat sein Sohn, Graf Heinrich von Rietberg, das Amt geerbt. Und der Onkel, Bischof Heinrich von Werl, hat's bestätigt. Immer so'n Verwandtenklüngel."
Der wilde Graf Friedrich von Arnsberg und sein Bruder, Amtsinhaber der Hochvogtei von *Patherbrunenses*, waren unbeliebt. Man erzählte sich von diesen streitbaren Recken die schlimmsten Geschichten. Die Grafen ließen wohl keine Gelegenheit aus, um sich mit anderen, ja mit den höchsten Herren anzulegen. Schon bald hatte Friedrich den Beinamen „der Streitbare" weg.
Als die Rede auf ihn kam, rief ein Handwerker erregt: „Seine Hand ist gegen alle, und alle Hand ist gegen ihn!"

„Eine richtige Zwingburg steht da auf dem Wewelsberg!"
„Jetzt will der Graf sie tatsächlich ausbauen!"
Sofort bekam er von allen Seiten recht. „Augenblicklich hält er zu unserem König Heinrich V., der mal wieder nach Rom gezogen ist. Kaiser will er werden. Soll mir was Nettes werden, da unten!"
„Graf Friedrich und Graf Heinrich haben einige hundert Ritter aufgeboten und begleiten den König. Wenn's sein muß, dann räumen die beiden erst einmal auf in Rom."
„Mit den Leuten aus dem Almetal sollten wir das Nest ausräuchern! Jetzt ist sie noch klein, die Burg, wenn der alle Mauern hochgezogen hat, wird's zu spät sein!"
Aus allen Winkeln kamen die drohenden Zurufe.

Plötzlich drang von draußen her das Klappern von unzähligen Pferdehufen, vermischt mit lautem Klirren von Eisen auf Eisen. Neugierig drängten sie alle an die Tür und die Fensterluken, die wegen der sommerlichen Schwüle weit geöffnet waren.
Über die Straße des Marktviertels zogen waffenstarrend mehr als hundert in Eisen gepanzerte Reiter. Ihnen folgten mit festem Schritt noch einmal so viele Bogenschützen. Umgeben von einer Schar bunt gekleideter Ritter, ritt der Anführer, der über dem Kettenhemd einen schwarzen Überwurf trug, an der Seite einen Schild, der über die ganze Fläche sein Wappen zeigte: den silbernen Adler mit goldenem Schnabel und Fängen auf blauem Grund – das Wappen der Arnsberger Grafen. Finster und hart blickten stechende Augen unter dem blitzenden Helm auf die Menschen, die sich scheu in die Schatten der Häuser drängten. Eine Hand hatte Graf Friedrich in die Seite gestemmt. An seiner Seite ritt sein Bruder Heinrich, Graf von Rietberg, auch in Eisen gekleidet, nicht weniger streng starrte er auf die mehr und mehr herbeieilenden Bewohner der Domstadt. Als Friedrich die vielen Männer neugierig aus der „Goldenen Madonna" herausblicken sah, verzog er spöttisch den Mund, als wolle er sagen: „Euch kriege ich schon klein, ihr Pfeffersäcke! Zerstören werde ich euch wie die Eresburg, wenn ihr aufbegehrt!" Stolz und hochmütig, ja überheblich saß er hoch im Sattel über den Menschen von *Patherbrunenses.*
Gleich hinter den beiden Brüdern ritt der engste Vertraute, ihr Vogt Walo. Leichenblaß schaute dessen Antlitz aus einem grauschwarzen Bart, die Miene noch düsterer als die seines Herrn.
„Der Arnsberger – Graf Friedrich – dazu der streitbare Schirmvogt aus Rietberg und ihr unheimlicher Schatten Walo", flüsterte man sich auf den Gassen und Wegen zu. „Überall haben sie irgendwelche Händel und Fehden!" Keiner wagte angesichts dieser Streitmacht ein lautes Wort.

Donnernd polterten die Hufe auf den Brettern der Zugbrücke, die am Stadttor zur Domimmunität für den Grafen und seine Männer herabgelassen war. Waffenklirrend zog der Trupp zum Bischofspalast. Die Bürger starrten dem Troß nach.
„Die haben doch was vor, wenn sie mit solch starker Mannschaft hier einmarschieren!" Der lauten Überlegung Konstantins schlossen sich viele Männer im Gasthof an.
„Wir sollten auf der Hut sein. Es ist an der Zeit, daß wir uns zusammentun. Alle Handwerke müßten sich eine feste Regel geben. Genauso wie wir zur Bekämpfung des Feuers gerufen werden, können wir auch zur Abwehr von Feinden auftreten."
„Richtig, Konstantin, und wir haben ja als freie Bürger der Stadt eigene Waffen zu Hause", unterstützte der Kaufmann Heinrich, Sohn des Bert aus dem Stadelhof, den neuen Baumeister. Auf ihn, einen reichen und einflußreichen Mann in *Patherbrunenses,* hörten viele Leute. „Vor allem die Spieße! Schleift schon einmal die Spitzen und die Klingen, wer weiß, wann wir sie benötigen!" Er brauchte den Schutz für seine Warenlager und Fuhrwerke, wenn sie über die Lippestraße oder den Hellweg zogen, am nötigsten.
„Vielleicht sollten wir uns in den nächsten Tagen schon einmal treffen. Von jedem Handwerk kommt ein Meister zu mir. Bis dahin überlegen die Metzger, die Zimmerleute, Dachdecker, die Schmiede, Gerber, Tuchmacher und Kaufleute, welche Leitsätze sie sich geben wollen. Und ein Haus der Ämter für alle Handwerke brauchen wir dazu." Einige Heißsporne wagten sich schon recht weit vor mit ihren Meinungen.
„Noch haben wir keine Not. Und der Stadtgraf Elver kann auch mit seiner Truppe antreten! Er ist ja eigens mit dem Schutz der Stadt beauftragt", versuchte Konstantin die hitzige Stimmung zu beruhigen.
Da kam er aber schlecht an mit seiner Meinung. Ein Meister der Zimmerleute, ein Hüne von Gestalt, schlug sein scharfes Beil mit einem Schlag in die Tischplatte. Vor Zorn war sein Gesicht gerötet.
„Schutz der Stadt, ach was, seine Frau Regelindis war doch die Schwester des Bischofs, und der steckt mit dem Stadtgrafen unter einer Decke!"
„Da hast du recht, eine Krähe hackt der anderen kein Auge aus!"
„Verfilzt wie eine zusammengelaufene Wolljacke! Das muß zerschnitten werden!"
Der Metzgermeister stieß zur Bestätigung sein Messer neben das Beil des Zimmermanns ins Holz.
„Langsam, langsam Leute, nur ruhig Blut! Ihr zerfetzt meiner Mutter ja den Tisch. Also Meister Hermann, wenn das so weitergeht, dann fertigt Ihr morgen eine neue Platte."
Der Sohn der alten Wirtin war ruhig geblieben, doch nur allmählich

konnte er die anderen besänftigen. „Leute, wir haben städtische Gesetze. Bischof Heinrich hat sich selber darum gekümmert. Nach dem Vorbild der Stadt Dortmund. Wir haben Mauern, Tore und ein eigenes Recht."

„Du hast völlig recht, Konstantin. Trotzdem müssen wir uns als Handwerker und als Kaufleute endgültig fester zusammenschließen!"

Während des hitzigen Wortgefechtes hatten sich Rother und Friedrich von Geseke verstohlen angestoßen und waren still durch eine Hintertür verschwunden. Niemand hatte etwas bemerkt. Sibos Kopf war auf die Tischplatte gesunken; bierselig schlief der Alte tief und fest.

„Trotzdem, wir sollten den Arnsberger und seinen Bruder im Auge behalten. Was will er hier? Bischof Heinrich ist nach Salzwedel aufgebrochen, hat wohl mit der Rückkehr aus Rom zu tun. Vielleicht ist er gar beim neuen *Kaiser* Heinrich?"

Jetzt ließ sich Mutter Margret vernehmen: „Ja, ja, nun bin ich schon gut und gerne fünfzig Jahre hier in meinem Gasthof, und das Theater um den Bischof hört und hört nicht auf. Als wenn wir nicht schon genug mit uns und unserer Stadt zu tun hätten. Diesmal hat es wohl was mit dem neuen sächsischen Herzog zu tun, diese verdammten Sachsen."

„Ja, Mutter, und wir dürfen es nicht einmal laut sagen. Rechtmäßig ist seine Wahl damals wohl nicht verlaufen. Kaiser Heinrich IV. war im Kirchenbann, als er Heinrich von Werl zu unserem Bischof ernannte, und der Papst, der ihn bestätigte, war ein Gegenpapst, nicht der rechtmäßige."

Wieder gingen bestätigend die Köpfe auf und nieder.

Als wollte der Himmel sein „Jawort" dazu geben, knallte draußen ein mächtiger Donnerschlag. Alle fuhren zusammen, blickten zu den Fensterluken, als hätte der „Streitbare" schon zugeschlagen. Draußen war es in Minutenschnelle finster geworden, durch die Dunkelheit zuckten mehrere Blitze, gefolgt von mächtigen Krachern. Ein schweres Sommergewitter entlud sich.

„Hoffentlich schlägt der Blitz nicht irgendwo ein!" Befürchtungen wurden laut. Einige bekreuzigten sich. Angstvolle Stille machte sich breit.

Wieder ein mächtiger Schlag, dem ein langes Rollen folgte. Dann platzte es aus dem Himmel wie aus tausend geöffneten Flußschleusen. Dichter Regen prasselte herab.

Gerade rechtzeitig vor dem Gewitter und Wolkenbruch hatten die Männer des Arnsberger Grafen in den Häusern der Pfalz von *Patherbrunenses* Unterschlupf gefunden. Die gräflichen Brüder Friedrich und Heinrich polterten unverzüglich in den Bischofspalast, gefolgt von ihrem Vogt Walo. Aber sie trafen nur Herren des Domkapitels an.

„Ihr Oheim bedauert“, dienerte einer der Kapitulare, „der ist zu Pferd nach Salzwedel. Aber er läßt Ihnen ausrichten, daß Ihr gleich weiterreiten möchtet nach Münster. Unser neuer Kaiser lädt die wackeren *Helfer* von Rom“, dem in Schwarz gekleideten geistlichen Herrn kam das Wort Helfer recht süffisant von seinen Lippen, „an den Hof des neuen Kanzlers, Bischof Buchard.“
„Das ist die Belohnung für unseren Kampf an der Seite des Königs!“ rief Friedrich seinem Bruder zu.
„Und für die Gefangennahme des Papstes und seiner dreizehn Kardinäle, du alter Haudegen“, lachte Heinrich zurück und freute sich noch immer über diese verwegene Tat seines Bruders.
„Wenn Bischof Buchard nicht diesen Rat gegeben hätte, säßen wir vielleicht noch immer in Rom, und der König wartete auf seine Kaiserkrönung!“
„Phh – diese angekränkelten Römer, hat schon mit Leo damals angefangen und hört auch heute nicht auf. Denen muß man nur gehörig mit dem Schwert rasseln, dann mucken die auch nicht auf!“
Während dieses Gesprächs der beiden Brüder waren mehr und mehr Domkapitulare in die Halle getreten. Diese Raufbolde gefielen den Herren ganz und gar nicht! Der Dompropst trat auf Friedrich zu. „Herr Graf, wenn Ihr ein Wort gestattet. Die Bauern von Böddeken und auch die Siedler am Wewelsberg ...“
Der Streitbare schnitt ihm das Wort ab: „Kümmert Euch um die Pfründen hier rings um den Dom, und laßt mir meine Herrschaft. Mit den Bauern komme ich schon zurecht.“
„Aber sie klagen und schaffen ihre eigene Arbeit nicht.“
„Wir bauen unsere Burg und stärken dem Bischof noch dazu den Rücken. Was wollt Ihr mehr? Jeder macht sein Geschäft, wir in Arnsberg, Rietberg und am Wewelsberg und Ihr hier, was soll's? Und nun, Gott befohlen!“
Eine Mauer eiskalten Schweigens stand vor Friedrich und seinem Bruder. Ohne die Herren eines weiteren Wortes, geschweige denn eines weiteren Blickes zu würdigen, drehte sich der Graf herum, winkte den beiden, und alle drei verließen waffenklirrend den Raum.
Heinrich rief: „Ich reite mit meinen Männern schon voraus nach Rietberg. Kommt beide so schnell wie möglich nach, wenn ihr an der Wewelsburg nach dem Fortschritt der Bauarbeiten gesehen habt!“ Und schon klapperten die Hufe vieler schneller Pferde durch die Nacht.
Friedrich und Walo eilten über den Hof zur Pfalz. Durch die Nachtschwärze zuckten Blitze. Die hellen Steinmauern von Pfalz, Palast und Dom leuchteten blauschwarz auf. Einzelne Lichtflecke zuckten auf den Häusern. An der Bartholomäuskapelle prallten sie mit zwei Gestalten

zusammen, die sich dort in der Dunkelheit zu schaffen machten. Blitzschnell hatten beide ihre Schwerter gezogen und den Kerlen gleich auf die Brust gesetzt.
„Was treibt ihr hier?“ Keine Antwort. Eine Schwertspitze ritzte die Haut an der Kehle des Nächststehenden.
„Ich bin Rother, der Sohn des Goldschmieds, und der da ist Friedrich von Geseke!“ preßte der zitternd heraus.
„Sieh an, ein Namensvetter“, grinste der Graf.
„Los, hier in die Kapelle“, sie drängten die beiden durch die Tür. Vor dem Altar ließ er Feuer schlagen und eine Kerze anzünden. Mit der freien Hand leuchtete er beiden ins Gesicht. „Und in diesem Beutel, was habt Ihr da?“
Mit dem Fuß stieß er an einen Sack, der aus Tierhäuten zusammengenäht war. Es klirrte metallen. Die beiden machten keine Anstalten zu antworten.
„Vogt, los mach den Sack auf!“ Graf Friedrich hielt beide Männer in Schach. Mit flinken Fingern knüpfte Walo die Verschnürung auf und ließ den Inhalt auf den Kapellenboden rollen.
„Sieh an, sieh an“, der Arnsberger schob mit der Fußspitze Gold und Edelsteine auseinander, „zwei diebische Elstern.“
Walo flüsterte dem Streitbaren etwas ins Ohr.
„Richtig, wenn wir das gestohlene Gut zurückgeben, haben wir nichts davon. Nehmen wir es für uns allein, erzählen die beiden herum, wir seien die Diebe.“
Er wandte sich den beiden zu.
„Was meint ihr Galgenvögelchen dazu, wenn wir miteinander teilen? Nun, raus mit der Sprache. Ihr bekommt die Hälfte und wir die andere. Unsere Hälfte wird dabei ein bißchen größer ausfallen, habt doch sicher nichts dagegen, oder?“
Rother schluckte mehrmals und nickte – was blieb ihm auch anderes übrig.
„Was Walo, da können wir uns schadlos halten, jedenfalls vorläufig!“
Walo kniete nieder, schob mit schnellen Bewegungen die goldenen Gegenstände, dann die Edelsteine hin und her, schnell war in vier ungleiche Haufen aufgeteilt.
„Rother, Sohn des Goldschmieds Sibo, bist du?“
Der nickte zustimmend.
„Hier, nimm diese gelbroten Hyacinthen und Perlen, dein Vater soll für mich ein Kreuz daraus arbeiten.“
„Die Gelegenheit ist günstig. Auch ich möchte ein Schmuckstück angefertigt haben, aber zu einer Kette, die ich meiner Tochter schenken werde.“ Walo nahm einige der Edelsteine von seinem Anteil in die Hand,

ließ sie auf die geöffnete andere Handfläche gleiten, sah auf und gab sie Rother.
Draußen zuckten mehrere Blitze hintereinander auf, die ihren weißblauen Schein durch die Kapellenfenster warfen. Dann krachte es in der Nähe ohrenbetäubend.
Walo stieß ein heisernes Lachen aus: „Da hat's eingeschlagen! Hölle und Teufel sind mit im Bunde. Wenn Ihr etwas in die Hand nehmt, Graf Friedrich, dann macht sogar die Unterwelt mit!"
Die fahle Helligkeit der Blitze wurde von einem rötlichen Schein abgelöst. Schon hörte man Stimmen „Feuer, Feuer" rufen. Hörner bliesen. Immer mehr Rufe waren von Menschen zu hören, die draußen umherliefen.
„Packt den Plunder ein und verschwindet. Macht Euch aus dem Staub! Die fertigen Schmuckstücke bringt Ihr mir unauffällig auf den Wewelsberg, in meine Burg, verstanden? Solltet Ihr das *vergessen*", Graf Friedrich hob sein Schwert ein wenig, „seid Ihr bald nicht mehr ein so stattlicher Dieb."
Die beiden packten die Beute in den Ledersack, verschnürten ihn und verschwanden schnell und leise durch die Kapellentür.
Draußen leuchtete heller Feuerschein durch die Gassen. Ein Haus stand in hellen Flammen. Der Blitz hatte das Dach und Gebälk in Brand gesetzt.
Trotz des Unglücks war es seltsam still an der Brandstelle. Unaufhörlich prasselte der Regen auf den Rest des Daches, nur halblaut drangen die Kommandos bei den Löscharbeiten durch das Unwetter. Rother sah, wie Männer eine Gestalt aus dem Haus trugen.
„Es ist die Frau des Bäckermeisters", ging es von Mund zu Mund.
„Der Blitz hat sie erschlagen", sagte jemand und schlug schnell ein Kreuz.
Aus dem Haus stieg nur noch weißer Dampf. Der gewaltige Sturzregen hatte das Feuer gelöscht.
Rother und Friedrich von Geseke machten einen weiten Bogen um das Haus, hetzten durch die kleinen Gassen hin zum Haus des Vaters.
„Der Alte wird wohl im Gasthof seinen Rausch ausschlafen. Wir verstecken einen Teil der Beute. Den anderen Teil nimmst du und verschwindest nach Geseke."
Von hinten stiegen sie in das Haus des Goldschmieds. Der Spießgeselle von Geseke ging mit auf den Boden. Dort stand eine geschnitzte Truhe. Rother drückte auf eine Knospe, die in das Rankenwerk an ihrem Fuß geschnitzt war, eine bisher verborgene Lade sprang auf, in die er seine Beute hineinschüttete.
„Die goldenen Teile schmelze ich gleich ein, und die kleinen Barren verberge ich gut."

Der Geseker verabschiedete sich und wanderte noch in der Nacht los. Am nächsten Morgen strahlte die Sommersonne über *Patherbrunenses.* Die große Mannschaft des Grafen Friedrich war zur Wewelsburg weitergezogen. Glocken riefen wie immer zur Frühmesse. Plötzlich aber schlug das Geläut um, läutete Sturm. Die Bürger eilten zum Dom. Es dauerte nicht lange, da erschien inmitten seines Domkapitels der Dompropst und gab bekannt, daß in der Nacht verabscheuenswerte Diebe in die Kirche eingedrungen seien und Gold und Edelsteine gestohlen hätten. Das Domkapitel setzte zur Ergreifung der Räuber 100 Silberdenare aus, aber so sehr man sich bemühte, Räuber und Diebesgut blieben unentdeckt.

Ein paar Jahre später. Die Handwerker feierten wieder in der „Goldenen Madonna". Sie hatten es geschafft. Nach langen Besprechungen und immer neuem Aufschub waren sogenannte „Ämter" gegründet worden, in denen sich die verschiedenen Berufe zusammengeschlossen hatten. Auch einen Bauplatz für das Ämterhaus hatte man gefunden.
An diesem Tag hatten sie miteinander die Grundsteinlegung gefeiert. Die Gastwirtschaft war von Konstantin verkauft worden. Seine Mutter hatte sich natürlich nicht von ihrer geliebten Schenke trennen können, alle Versuche ihres Sohnes, sie zu einem ruhigen Lebensabend zu bewegen, hatte sie energisch abgelehnt. Selbst so alte Trottel wie Sibo seien ihr im Laufe ihres langen Lebens ans Herz gewachsen, hatte sie gescherzt. Eines Morgens hatte sie tot im Bett gelegen; offenbar war sie friedlich eingeschlafen. In ihrem Nachlaß hatte sie bestimmt, daß die Gäste eine ordentliche Ration Freibier erhalten sollten. Lange war gezecht worden. Der neue Wirt wollte abschließen.
„Na, Goldschmied Sibo, Ihr seid ja wieder einmal stockbetrunken! Kommt, wir wollen das Haus schließen. Die Büttel kommen gleich durch, wenn ich wegen der Brandgefahr nicht pünktlich bin, muß ich ein dickes Bußgeld auf den Tisch legen. Also, zahlt Eure Zeche!" versuchte der Wirt seinen letzten Gast endlich loszuwerden, weil er einen wirklich anstrengenden Tag hinter sich hatte.
Er hielt die Hand hin. Sibo brabbelte sich irgendwas, kramte in seinen Taschen und warf ein Goldstück auf den Tisch.
„Is-as le-letzte vom Scha-a-atz ausem Dom."
„Was heißt hier ‚Schatz aus dem Dom'?" Der Wirt wurde hellhörig.
„Hat mein feiner Herr Sohn mit Friedrich von Geseke beschafft."
Er hob seinen Kopf, schwankte mit dem Oberkörper hin und her. Vorn im Gasthof schlug die Tür an, feste Schritte polterten bis an den Tisch.
„Wiederholt das einmal von dem Schatz aus dem Dom!" Die Stadtbüttel hatten die letzten Sätze mit angehört, gleich die Pike gesenkt und auf

Sibo gerichtet. Der dreiste Domraub war bei allen Bürgern noch nicht vergessen.
Der Goldschmied war mit einem Schlag nüchtern, als er so streng befragt wurde.
„Ja, damals, da haben die beiden die Schätze aus dem Dom geholt! Das war bei dem gewaltigen Gewitter, als das Haus des Bäckers brannte und seine Frau vom Blitz getroffen wurde."
„Dann kommt mal mit, wir müssen Euch schleunigst dem Domkapitel vorführen."
Sie faßten den Alten unter die Arme und warfen ihn vorerst in den Kerker des Bischofspalastes.

Wenige Tage später stand Sibo wie ein menschliches Wrack vor dem bischöflichen Gericht. Ungekämmt, weißgraue Bartstoppeln überzogen seine Wangen, Strohhalme hingen in den unordentlichen Kleidern, so stand er vor dem Richterstuhl. Der Dompropst führte die Vernehmung.
„Sibo, wie weit ist es mit Euch gekommen! Eine glänzende Laufbahn als Goldschmied in bischöflichen Diensten stand Euch bevor. Aber der Alkohol hat Eure Seele schon früh geholt. Erleichtert Euer Gewissen, und erzählt lückenlos, was Ihr wißt von diesem dreisten Diebstahl!"
Sibo berichtete von jener Nacht, in der er bis zum Umfallen bei Mutter Margret gezecht hatte. Sein Sohn Rother sei mit Friedrich von Geseke in den Dom und habe Gold und Edelsteine entwendet. Dann sei die Beute auf vier Teile verteilt worden.
„Warum denn in vier Teile, Rother, Friedrich und Ihr seid doch nur drei Gauner?"
„Nun, Ihr werdet es vielleicht nicht glauben, aber ein hoher Herr, der an diesem Tag in *Patherbrunenses* weilte, war mit seinem Vogt Walo dabei!"
Der Dompropst schaute sich überrascht im Kreise um. Die übrigen Herren des Kapitels rückten näher, streckten die Köpfe nach vorn, als könnten sie mit den Nasen die Antwort erschnüffeln.
„Ihr denkt doch nicht etwa an den Grafen Friedrich den Streitbaren von Arnsberg?"
„Genau der, er hat zusammen mit seinem Vogt Walo meinen Sohn und den Geseker beim Raub überrascht und dann die Beute mit ihnen geteilt. Rother hat mir am nächsten Morgen das Diebesgut gezeigt und den Auftrag vom Grafen, ein Kreuz anzufertigen, übermittelt."
„Ein Kreuz, das heilige Zeichen, aus dem gestohlenen Gold, eine Schande, eine Gotteslästerung", so riefen die Domkapitulare durcheinander.
„Und eine Kette für den Walo."
„Aber es verblieb Euch doch eine ansehnliche Menge Gold?"

„Schon, ja, aber einen Teil dieses Goldes und weitere Edelsteine haben Friedrich von Geseke und seine Frau bei einem erneuten Einbruch aus meiner Werkstatt gestohlen! Drei Pfunde Gold waren mir nur geblieben."
„Was habt Ihr damit angestellt? Oder liegt es bei Euch im Haus?" Der Dompropst drang in Sibo, seine bisher freundliche Stimme hatte ihre Wärme verloren, messerscharf klang sie durch den Raum.
„Nein, Herr, einen Teil habe ich einem Künstler verkauft für elf Mark. Kaum hatte ich das Geld im Beutel, da tauchte ein Dienstmann des Grafen Friedrich bei mir auf und verlangte im Namen seines Herrn die Herausgabe, andernfalls wolle man mich beim Domkapitel anzeigen."
Der Domkämmerer, der die Gelder des Bistums zu verwalten hatte, war aufgesprungen.
„Nun, Ihr habt Euch doch wohl geweigert, oder?"
„Nein, nein, ich habe keine Kraft mehr, mich zu wehren, ich habe die elf Mark herausgegeben. Eine Mark des Goldes hat Walo behalten, ich mußte ihm von der einen Hälfte gleich ein paar Ohrringe für seine Tochter anfertigen und eine Kette. Von der anderen Hälfte ließ er gleich drei Paar Ohrringe anfertigen."
„Das ist aber nicht die gesamte Beute, die damals Eurem Sohn in die Hände fiel?"
„Ich habe Gold und Pretiosen verkauft, einiges in das Kreuz für den Grafen verarbeitet und in die Kette für Walo. Den Rest hat Rother mit nach Bremen genommen, er wollte Ohrringe und Steine zu Geld machen."
Mit großem Erstaunen hatten die Domherren die neuen Geständnisse vernommen. Einige Sekunden waren sie stumm geblieben, dann zogen sie sich zur Urteilsfindung zurück.
Erst am Nachmittag des dritten Tages kehrte das hohe Gericht in den Saal zurück, um das Urteil zu verkünden.
Der Sekretarius verlas das Urteil: „Wir verurteilen in Abwesenheit den Rother wegen schändlichen Diebstahls im Dom. Bei Ergreifen soll seine rechte Hand abgehackt werden. Den Friedrich von Geseke verurteilen wir in gleicher Weise.
Sibo, der Goldschmied, wird wegen Hehlerei auf ein Jahr Kerkerstrafe bei Wasser und Brot verurteilt.
Die Begründung zu diesem Urteil ist ..."
An Graf Friedrich den Streitbaren aber wagte sich niemand heran.

1123 Die Jahre waren ins Land gegangen, Bischof Heinrich von Werl hatte fortan segensreich über sein Bistum regiert. *Patherbrunenses* war mit einer wehrhaften Mauer umgeben worden. Die Stadtgrafen sorgten für Ruhe und Ordnung. Des Bischofs besondere

Sorge galt seinen Diözesangeistlichen, die er regelmäßig auf Synoden in der Bischofsstadt zusammenrief.
So ruhig das Leben jetzt in der Domstadt verlief, so unruhig war das Wirken der gräflichen Brüder Friedrich und Heinrich verlaufen. Kaum hatte sich der Herzog von Sachsen gegen Kaiser Heinrich V. erhoben, da stürzten sich die beiden in die Schlacht bei Welfesholz. Graf Heinrich erlag einem tödlichen Speerwurf. Die Würde des bischöflichen Schirmvogtes, vor allem aber die Regierungsgewalt über die Grafschaft Rietberg, ging sofort auf Graf Friedrich den Streitbaren über. Der aber verteilte seine Gunst je nach politischer Lage: Mal hielt er sich im Lager des Erzbischofs von Köln auf, mal focht er an der Seite des Kaisers oder kämpfte gegen den sächsischen Herzog Lothar. Geschickt fädelte er eine Hochzeit seiner Tochter Jutta mit dem Grafen Gottfried von Cappenberg ein, um eventuell alle drei Grafschaften einmal zu einigen. Aber der Herzog von Sachsen erweiterte ebenfalls in bedrohlicher Weise seine Macht und brachte sich selbst in *Patherbrunenses,* der Domäne des Arnsbergers, in gebührende Erinnerung. Als dann noch Friedrichs Schwiegersohn Gottfried, Graf von Cappenberg, wegen der hinreißenden Beredsamkeit des Prämonstratensers Norbert von Xanten mitsamt seiner Frau, der Tochter des streitbaren Grafen, in das neue Kloster Cappenberg eintrat, brach für Graf Friedrich von Arnsberg eine Welt zusammen. Voller Zorn hatte er bei Nacht und Nebel den Prämonstratensermönch überfallen und auf seine Wewelsburg geschleppt. Das jedoch war selbst für seinen duldsamen und oft umstrittenen Onkel, Bischof Heinrich, zuviel. Er lud seinen Neffen vor das Domkapitel.
In einer erregten Sitzung wurde dem „Streitbaren“ eine Urkunde vorgelesen, in der es hieß, daß er mit sofortiger Wirkung von seinem Amt als Schirmvogt über das Bistum entbunden sei. Bischof Heinrich überließ dem Dompropst das Wort: „Anstelle des Grafen Friedrich von Arnsberg setzen wir hiermit Graf Widukind I. von Schwalenberg in das Amt ein. *Patherbrunenses,* Bischof Heinrich I. Graf von Werl.“ Der Dompropst ließ das Pergament sinken und blickte Friedrich ernst an. „Es gibt weiter nichts zu sagen. Graf Widukind erhält nunmehr unmittelbar die Ernennungsurkunde.“
Mit verächtlichem Gesichtsausdruck vernahm Friedrich die Absetzung. „Was soll dieses Spielchen, lieber Onkel?“
An dessen Stelle antwortete der Dompropst: „Es ist doch wahrlich nicht schwer zu überlegen, warum man Euch dieses Amt entzieht! Warum vergreift Ihr Euch an dem wahrlich unschuldigen Norbert von Xanten?“
„Unschuldig, unschuldig? Daß ich nicht lache! Ein gemeiner Pfaffenkomplott war dieses Spielchen in Cappenberg. Er soll meinen Schwie-

gersohn zurückpfeifen, das Kloster aufheben, dann können wir weiterreden!"
„Graf Friedrich, Euer Schwiegersohn hat aus freien Stücken gehandelt. Die Grafschaft ist sein Besitz, da habt Ihr nicht reinzureden!"
„Und meine Tochter Jutta, ist die etwa aus freien Stücken ins Kloster eingetreten?"
„Nun, da war sicher Gottes Wille mit im Spiel – und hat sie nicht auch am Altar gelobt, ihrem Mann überall hin zu folgen?"
„Eine gemeine Verschwörung, nichts anderes ist das alles. Und übrigens, warum sagt mir mein Onkel, Bischof Heinrich, Graf von Werl, dieses alles nicht selber?"
„Weil er sich schwach und krank fühlt, könnt Ihr das nicht verstehen?"
„Nein, das kann ich nicht, denn mit dem Bau der Wewelsburg habe ich Euch, verehrter Onkel, immer den Rücken freigehalten! Vor allem, als Ihr häufiger von Eurem Amt suspendiert worden seid."
„Herr Friedrich, die Urkunden wurden unter Zeugen schon vor einiger Zeit ausgefertigt. Ihr wurdet ja seit längerem geladen, konntet Euch aber offenbar nur schwer von Euren vielen Fehden lösen und hierher bewegen."
Ohne ein weiteres Wort zu verlieren, verließ Friedrich die Bischofsburg.

1125 Ein langer Zug kam von Norden in die Stadt zurück und fuhr auf den Palast zu. Bischof Heinrich war müde und erschöpft, er war mit seinem Domkapitel von den Externsteinen zurückgekommen. Dort hatten sie in großer Gemeinschaft die Kapelle eingeweiht. Schon vor vielen Jahren hatte er den Mönchen vom Abdinghofkloster den Kauf dieser Externsteine bestätigt. Dann hatten die frommen Männer begonnen, eine Nachbildung des Heiligen Grabes in Jerusalem zu bauen. Das Werk war vor Jahren entstanden, als wegen des langen Einsetzungsstreites oft niemand zu sagen wußte, wer der rechte Kaiser, der rechte Papst, ja in *Patherbrunenses* auch für einige Jahre nicht, wer der rechte Bischof sei, als Wallfahrten nach Jerusalem kaum möglich waren und heimkehrende Kreuzfahrer verwirrende Berichte mitbrachten. Auch Bischof Heinrich konnte eine Pilgerfahrt in das Heilige Land, die er gelobt hatte, nicht mehr durchführen, seine körperlichen Kräfte erlaubten es nicht mehr. Er mußte damit sorgsam umgehen, denn noch wollte er oberhalb des Klosters Helmarshausen ein weiteres Gotteshaus nach dem Grundriß der Grabeskirche errichten.
Während er in Begleitung seiner Domherren durch lange dunkle Flure in den Kapitelssaal zurückging, erinnerte er sich daran, was man über den Tod des streitbaren Grafen, seines Neffen Friedrich, erzählte. Seit der Absetzung hatte er ihn nicht mehr gesehen.

Auf dem Wewelsberg hatte Graf Friedrich der Streitbare von Arnsberg vor Monaten mit seinen Kumpanen ein ausschweifendes Fest gefeiert. Wie in alten Tagen hatte er auffahren lassen, was Küche und Keller hergaben – Pasteten, Fleisch, Gemüse, Süßspeisen und die köstlichsten Weine. Er hatte vorgegeben, ein Versöhnungsmahl für Norbertus von Xanten halten zu wollen. Die Jahre und die vielen Feindschaften hatten seine Haare gebleicht, und die Wangen waren fahl geworden. Der Prämonstratenser aber hatte bis dahin im Burgverlies als Gefangener geschmachtet, weil er das Kloster Cappenberg gegründet hatte. Während die Wogen des Festes hochschlugen, war ein Bote aus dem Kloster Cappenberg gekommen. Eine demütige Botschaft bat flehentlich um Freilassung des Priesters.

„He, Sekretarius, lies mir vor, was auf dem Fetzen steht."

Vor Friedrichs Augen stand wieder seine hübsche Tochter Jutta – jetzt eine Nonne in Cappenberg. Der Traum der Vereinigung der drei großen Grafschaften Arnsberg, Rietberg und Cappenberg war durch den verdammten Xantener ausgeträumt. Der Graf strich sich über die Stirn, wollte die Bilder wegwischen.

Der Bedienstete entfaltete das Pergament und las:

„... bitten wir um der Gnade Christi willen den Bruder Norbert wieder freizu..."

Weiter kam der Sekretär nicht, höhnisches Lachen unterbrach ihn: „Der und frei, ich werde ihm nochmals für drei Tage Wasser und Brot entziehen." Er hob den Becher. Ein teuflisches Grinsen zeichnete sein Gesicht. „Ich schwöre hier vor allen meinen Gefolgsleuten hoch und teuer, daß ich den Gütererschleicher Norbert in Strenge und in Ketten gefangenhalte."

Er wollte gerade seinen Becher Wein darauf leeren, da geschah Unerwartetes und gar Schreckliches vor den Augen aller Gäste, denn plötzlich schrie Friedrich von Arnsberg: „Helft, helft! Ich platze!" und stürzte mit geborstenem Leib tot zu Boden.

Als man ihn am nächsten Tag in seiner Burghalle aufgebahrt hatte, ließ man endlich Norbert von Xanten frei.

Draußen vor dem Portal des Palastes polterte es, Fäuste hämmerten an die Tür. Sie wurde aufgerissen, und einige Männer der Handwerkerämter, an der Spitze Konstantin, stürzten in die Halle, auf dem Fuß folgten einige Palastwachen.

„Gnädiger Herr Dompropst, Herr Bischof, die Männer sind einfach vorgedrungen, wollten sich nicht abhalten lassen ..."

Konstantin, der Dombaumeister, machte sich zum Sprecher: „Hochwürdige Herren, allergnädigster Herr Bischof, ich muß Euch Mitteilung machen, daß sich die Landleute rund um den Wewelsberg, ja aus dem gesamten Almetal erhoben haben, sie schicken nach *Patherbrunenses* um Hilfe, und die Handwerker sind in ihren Ämtern mit allen Meistern und Gesellen ausgezogen. Auch der sächsische Herzog hat einen kleinen Heerhaufen geschickt. Die Raubburgen der streitbaren Grafen auf dem Wewelsberg und in Rietberg werden niedergerissen, angesteckt und dem Erdboden gleichgemacht."

Die Antwort des sehr alten Bischofs fand Konstantin zu diesem Zeitpunkt mehr als denkwürdig. „Ja, dann ist ja die gerechte Strafe gekommen, und wir sind von der Gottesgeißel befreit. Laß das den Lothar von Sachsen besorgen, dann müssen wir uns die Hände nicht schmutzig machen!"

Und während der greise Bischof sich umdrehte und mit müden Schritten zurückging, sagte er mehr zu sich: „Aber Friedrich von Arnsberg war dennoch der einzige, der angestrebt hat, das Land in sich selbst zu einen."

Zwei Jahre später starb Bischof Heinrich von Werl nach insgesamt 43 Regierungsjahren. Sein Pontifikat war zu einem der längsten in der Bistumsgeschichte geworden.

Patherborne

1220-1247

1220 In *Patherborne* herrschte auf dem Platz vor dem Dom an einem Sommertag dieses Jahres ein unglaubliches Durcheinander. Jedenfalls sah es auf den ersten Blick so aus. Bei genauerem Hinsehen aber erkannte man die Ordnung, die dahintersteckte. Hunderte von Arbeitern und Handwerkern, Bauleuten und Tagelöhnern lebten und arbeiteten für den neuen Dom.

Auf der Süd- und Westseite standen hohe Gerüste, die von Zimmerleuten weiter aufgestockt wurden. Oben dröhnten die Hammerschläge, um den Balken mit Verzapfungen festeren Halt zu geben. Dort, wo sich waagerechte, senkrechte und diagonale Verstrebungen kreuzten, hatten die Gesellen gedrehte Hanfstricke um die Hölzer geschlungen und fest verknotet. Tagelöhner stiegen mit Holzzubern auf den Schultern die schaukelnden Leitern hoch, um den Maurern neuen Mörtel hinzustellen. Feucht geworden waren die Holztritte von dem überschwappenden Gemisch, richtig naß und dazu glitschig. Über ein einfaches hölzernes Laufrad zerrten zwei Männer die Steine hoch, die zur Mauer des neuen wuchtigen Westturmes gesetzt wurden. Auf einem Holzschlitten mit eisenbeschlagenen Kufen schleiften sechs Ochsen mit dumpfem Gebrüll und unterstützt von einem Dutzend Fuhrknechten, die sich gleich den massigen Tieren, aber lange nicht mit derselben Wirkung mächtig in die Zugseile legten, neue Sandsteinblöcke heran, die unter dem Dach der Dombauhütte bearbeitet werden sollten. Hier saßen Steinmetze, erfahrene Gesellen, die mit sicheren Schlägen den unbehauenen Stein bearbeiteten und ihm die wunderlichsten Verzierungen gaben.

Unter einem anderen Dach, das nur auf starken Pfosten ruhte, waren Maurergehilfen dabei, gebrannten und gelöschten Kalk mit Sand und Wasser zu vermengen. Den so gewonnenen Mörtel schaufelten sie in flache Holzwannen. Ungeduldig warteten die Helfer, um den Maurern hoch droben auf den beiden runden Flankentürmen Nachschub zu bringen.

„Mörtel, Mööörtel!“ kam die Stimme von oben.

„Nun mach schon, Kunibert, die Maurer sind ungeduldig!“

Noch schneller platschte die weißlich körnige Masse in den Zuber, Kunibert nahm ihn auf die Schulter und ging los.
„Man müßte ein Gestell bauen, um die Bütte gleich in passender Höhe auf die Schulter nehmen zu können", dachte er auf dem Weg zum Gerüst, „die 99. ist es heute schon, noch eine, und es gibt ein paar Pfennige mehr nach diesem Tag, wenn der Lohn gezahlt wird!" Er keuchte schwer unter der Last auf seiner Schulter.
„Mööörtel!" kam schon wieder der Ruf vom Gerüst.
Der Mann begann zu traben, lief sogar die letzten Schritte. Der Mörtel schwappte über, das aus dem Mörtel-Sand-Gemisch abgesetzte milchige Wasser rann ihm über die braune Kutte aus grobem Stoff, die hinten eine Kapuze hatte. Wegen des heißen Tages hatte Kunibert sie vom Kopf geschoben. Jetzt rieselte ihm die Mörtelbrühe in den Kragen, tropfte auf die Hölzer der Leiter, die nach oben führte. Er wollte seine Last schnell loswerden, bald war Feierabend, dann konnte er sich an der Pader waschen.
Gelangweilt verfolgten ihn einige Gesellen mit ihren Augen, ihre Arbeit war getan, der letzte Mörtel nach einem langen Arbeitstag gemischt. 16 Stunden hatten sie heute gearbeitet, denn schon vor Sonnenaufgang standen sie um vier Uhr auf dem Domplatz. Gerade schlug die Glocke vom nahen Kloster achtmal, da gellte ein Schrei über den Köpfen aller Bauleute. Danach war ein dumpfer Aufschlag zu hören.
Meister und Gesellen eilten an das Gerüst vor dem Westturm. Unten lag ein zerschmetterter Körper – Kunibert.
„Verdammt, hätte er doch nur nicht so gehetzt, aber er wollte unter allen Umständen heute 100 Bütten hochschleppen, um für seine Frau und Kinder etwas mehr Geld zu haben."
Erregte Stimmen der Handwerker vom Dom und aus der Stadt wurden laut.
„Es müssen ein paar Helfer mehr auf den Bau."
„Das ist Schinderei, 15, 16 Stunden am Tag!"
„Die Gerüste sind zu hoch für den Aufstieg, reichlich Winden und Aufzüge müssen aufgestellt werden!"
Ein Mann bahnte sich den Weg durch den Kreis der Herumstehenden, die vor ihm ehrfürchtig zurückwichen. Dombaumeister Johannes trat in den Kreis, kniete sich vor den Abgestürzten, drehte ihn auf den Rücken und horchte an seinem Mund.
„Der ist so tot wie ein plattgewalzter Maulwurf", ließ sich eine Stimme hinter ihm vernehmen. Der Dombaumeister erhob sich und stand vor Andreas Gyr-Vultur vom Stadelhof, dem reichsten und angesehensten Kaufmann. Er war in diesen Tagen zum Bürgermeister gewählt worden. Ein zweiter Bürgermeister stand ihm im Amt zur Seite,

ein Kämmerer und 18 Ratsherren, allesamt angesehene Bürger von *Patherborne*.
„Wenn weitere Unfälle geschehen, dann spricht sich das herum, und die Stadt bekommt einen schlechten Ruf. Die Handwerker und vor allem die Händler werden sie als Unglücksort meiden wie eine schlimme Seuche! Ihr solltet Euch einmal Gedanken darüber machen, Baumeister", sagte der Bürgermeister spitz.
„Ihr habt recht, es geht wirklich nicht so weiter. Das Domkapitel muß mehr Geld für die Sicherheit der Leute, für den Krankheitsfall, ja auch beim Tod eines Bauarbeiters bereitstellen." Johannes war bedrückt, sein Werk, seine Arbeit, ja die Arbeit für viele, viele Handwerker und Helfer war gefährdet.
Aus dem Dom eilte ein Domkapitular herbei, sah das Unglück und begann gleich mit dem Baumeister zu zetern. „Ihr müßt die Gerüste sicherer machen, Johannes. Das ist jetzt schon der zweite Absturz in diesem Monat."
Johannes sagte nichts, wies zwei Gesellen an, den Toten auf eine Bahre zu legen: „Sagt dem Ältesten der Tagelöhner, er soll alles für ein christliches Begräbnis richten. Eine Messe zu Ehren unseres Schutzpatrons, des heiligen Christophorus, lassen wir auch lesen. Die Bauhütte trägt die Kosten."
„Die häufigen Unfälle bei der Arbeit sind kein gutes Zeichen. Ich werde dem Herrn Bischof berichten. Kümmert Euch darum, Baumeister", ließ der Domkapitular nicht locker.
„Es ist alles eine Frage des Geldes, Herr Dompropst Anselmus. Wenn weitere Gelder bewilligt würden, könnte ich mehr Stangen und Bretter am Gerüst anbringen. Aber es muß ja überall gespart werden, somit ist die Sicherheit auf der Baustelle stark gefährdet!"
Er ließ den Domherrn einfach stehen und wandte sich an die Umstehenden: „Sagt der Witwe des Kunibert, daß ihr selbstverständlich der Tagelohn für 100 hochgetragene Bütten ausgezahlt wird. Und zehn Silberpfennige dazu, das haben wir so für den Todesfall abgemacht."
„Tragt doch dem Bischof vor, daß nicht nur für Löhne und Material Geld dasein muß, sondern auch für die Sicherheit der Männer, die hier arbeiten", unterstützte der Bürgermeister den Baumeister überraschend.
Der Dompropst schüttelte unwillig den Kopf und ging davon. Er hatte nie etwas davon gehalten, den Bürgern in der Stadt eine Selbstverwaltung mit Bürgermeister und Ratsherren zu genehmigen. Das hatte man davon, aufmüpfig wurden sie, schuldeten Bischof und Kapitularen den gehörigen Gehorsam.
Nach ein paar Schritten drehte er sich um: „Die Arbeiten, Meister Jo-

hannes, müssen ohne Einschränkung weitergehen. Der nächste Schritt des Umbaus nach der Errichtung der Türme wartet schon!" Den Bürgermeister beachtete er nicht, der war Luft für ihn.
Johannes schwirrte der Gedanke durch den Kopf: „Verdammter Menschenschinder", aber er schwieg – zunächst noch. Im weitesten Sinne war der Propst sein Arbeitgeber.
Zu den herumstehenden Dombauarbeitern sagte er ruhig: „Am nächsten Sonntag treffen sich alle Meister der Ämter hier an der Bauhütte. Wir werden einiges zu besprechen haben. Nun laßt uns ein Gebet für die arme Seele sprechen."
Alle zogen ihre Kopfbedeckungen, die Zipfelmützen von den Arbeitskutten, die Lederkappen, die besseren Herren ihre prunkenden Filzhüte, und falteten die Hände. Klar und deutlich sprach Johannes vor: „Vater unser, der du bist im Himmel …" Im Umkreis murmelten alle das Gebet zu Ende: „… jetzt und in der Stunde unseres Todes. Amen."

Einige Jahre zuvor hatte ein Brief aus Le Mans im Bischofspalast für große Aufregung gesorgt: „. . . ziehen wir die Rückführung der Reliquien des heiligen Liborius in Erwägung", hatte da in den Zeilen gestanden.
Sicher, das Bistum bot ein trauriges Bild. Immer weiter abwärts war es in den letzten Jahren mit dem Land gegangen, und mancher Sturm war über die Hochfläche der Paderquellen hinweggefegt. Der Vorgänger im Bischofsamt, Bernhard II., hatte zielbewußt die weltliche Verwaltung neben der geistlichen ausgebaut. Kaiser Friedrich II. von Hohenstaufen hatte den Bischöfen Rechte wie einem Landesherrn gewährt: Sie durften Städte gründen, Burgen und Stadtbefestigungen anlegen, Münzen prägen, Zölle einnehmen, Märkte durchführen lassen, Bodenschätze fördern, Jagd- und Fischereirechte vergeben, kurz – aus den Bischöfen wurden Landesherren und damit eigenständige Fürstbischöfe. In einer fürstlichen Hofhaltung vergab der Bischof schon seit Jahrzehnten Ämter für den Marschall, Mundschenk, Truchseß und Kammerherrn – und die waren außerordentlich begehrt!
Diese Entwicklung führte aber nicht zu Frieden und Eintracht, sondern im Gegenteil – mit Zähnen und Klauen verteidigte jeder seine bis dahin erworbenen Rechte. Grafschaften wurden getrennt und neue geschaffen, abermals Grafen eingesetzt, die zum Leben und Unterhalt ihrer Burgen Gelder benötigten. Viele Grafen wollten sich nicht durch bischöfliche Beamte verwalten lassen, sie rüsteten zum Kampf und befehdeten den Bischof. Zwischendurch machten sich immer wieder Ritter aus dem Bistum zum Kreuzzug ins Heilige Land auf. Mancher von ihnen kehrte nicht in die Heimat zurück und fand im Sand auf dem Weg nach Jeru-

salem ein armseliges Grab. Rund um *Patherborne* gründete man neue Städte, Burgen wuchsen auf den Höhen, befestigte Grenzen sicherten das Bistum *Patherborne*, denn mit den nächsten Nachbarn, vor allem dem Bischof von Münster und dem Erzbischof von Köln, gab es ständige Auseinandersetzungen. Hier widersetzte sich ein Abt, sogar mit Waffengewalt, oder ein ganzes Nonnenkloster zeigte ungeziemlichen Ungehorsam. Vor allem aber hatte der Thronstreit zwischen Welfen und Staufern lange die Situation im Reich überschattet. Bischof Bernhard III. hatte sich dabei anders als sein Vorgänger auf die Seite der Staufer gestellt. Und zu allem Übel warf ihm der Papst deshalb einen Treuebruch vor.
Die Reliquien aber und das dazugehörende einträgliche Geschäft mit den Wallfahrten, das wollte man sich in diesen ungeordneten Zeiten auf gar keinen Fall nehmen lassen, darauf konnte *Patherborne* keineswegs verzichten. Also rief Bischof Bernhard seinen Sekretarius zu sich und diktierte ihm einen langen Brief an „den lieben Bruder in Christo" und versicherte ihm, daß der Bistumspatron nach wie vor in hohen Ehren stehe. Außerdem wolle man besonders des heiligen Julian von Le Mans in den Gottesdiensten gedenken. Bischof Bernhard stützte den Kopf in beide Hände und suchte nach Lösungen für so viele Probleme. Es mußte unbedingt etwas am Dom geschehen. Am besten ein völlig neuer Bau, jedoch die eisernen Schatztruhen waren leer, das Geld reichte hinten und vorne nicht. Der Turm zeigte einige Schäden, mit deren Beseitigung man notgedrungen beginnen mußte. Oder ein prachtvollerer Eingang vielleicht, so wie es die Pilger aus dem Frankenreich jenseits des Rheins berichtet hatten. Aus Chartres war die Kunde gekommen, daß dort die Kathedrale allein im Querschiff zwei prächtige Portale aufzuweisen hatte. Diese Gedanken gingen dem Bischof durch den Kopf, als er den Brief nach Le Mans einem Boten übergab.
„Meine Herren Domkapitulare und Hofbeamten", Bischof Bernhard hatte sie alle an einem Morgen nach der heiligen Messe um sich versammelt, dazu die Herren des fürstbischöflichen Hofes, „wir haben auf die Kritik aus Le Mans zu reagieren. Ein Umbau oder vielleicht sogar ein Neubau des Domes muß in Angriff genommen werden. Wenn wir das Geschäft mit den vielen Wallfahrern auf Jahre sichern wollen, dann müssen wir den Pilgern eine Möglichkeit geben, sich bei schlechtem Wetter gut zu ordnen und dann in den Dom einzuziehen. Eine große Vorhalle wäre gerade recht."
Der Thesaurar, er verwaltete die Gelder, meldete sich zu Wort: „Das sind große Vorhaben, Herr Bischof, und unsere Kassen sind leer. Es muß erst eine Geldquelle erschlossen werden. Eine Bauhütte müßte eingerichtet werden. Gibt es überhaupt schon einen Meister? Das ist nicht gerade bil-

lig, wenn ich an die vielen Arbeiter, Steinmetzen, Maurer und Tagelöhner denke. Andererseits könnte man ja einiges an Material, das nur mit viel Zeit und Aufwand hergestellt werden kann, übernehmen!"
Vom Dompropst kam eine Antwort, die dem Bischof gefiel: „Eine gute Idee. Vor allem Säulen und Kapitelle, die kosten einfach längere Arbeitszeiten und somit auch viele, viele Silberpfennige. Gut, es wird durch die Verwendung alter Materialien gespart, aber wir müssen dennoch einiges an Geld zusammenbekommen. Da sollten die Abgaben im Land erhöht werden. Und an den Eingängen zur Stadt lassen wir gehörig Maut kassieren. Dann rufen wir noch zu großherzigen Spenden auf. Vielleicht", und bei diesem Gedanken lief ein Lächeln über sein Gesicht, „werden Ablaßbriefe zu bestimmten Sündenstrafen besonders gut bezahlt. Wie dem auch sei, der Dom muß prächtiger denn je aussehen. Dann werden die Pilgerscharen schon kommen, und das Geld wird im Kasten klingeln. Nur, ob die Bürger da mitmachen werden?"
Der Bischof seufzte und blickte nachdenklich von einem zum anderen: „Man hätte der Bürgerschaft einfach nicht so viele Rechte und eine so umfassende Selbstverwaltung ihrer Stadt einräumen dürfen."
Die Herren des Domkapitels, vor allem aber die Hofbeamten nickten zustimmend. Einzelheiten hatte gleich der Truchseß zur Hand: „Mehr Münzen prägen, in den bischöflichen Besitzungen höhere Zölle einnehmen, die Verpachtung der Mühlen erhöhen, Märkte gegen klingende Münze durchführen lassen, den Abbau der Bodenschätze stärker fördern, Jagd- und Fischereirechte gegen Bares vergeben, das alles, hochwürdiger Herr, das alles und noch weitere Einnahmen, die wir überlegen sollten, füllen die Kassen des Bistums."
Bedenken stärkerer Art äußerte der Hofmarschall: „Wenn sich nun die Bürger bei der kräftigen Anhebung von Abgaben und Steuern widersetzen?"
„Hofmarschall, wir müssen das den Menschen hier einleuchtend erklären. Allerdings", jetzt hellte sich das Gesicht des Bischofs auf, das sich im Laufe der Besprechung verdüstert hatte, „allerdings sollten wir das mit Darstellung bischöflicher Stärke deutlichst untermauern!"
„Ihr meint, wir sollten die bischöflichen Truppen, die lehenspflichtigen Ritter und Herren aufmarschieren lassen, jeden Mann unter Waffen, und so den Beschluß verkünden?"
„Gleich am nächsten Sonntag, und anschließend sollen die erfahrensten Steinmetzen und Baumeister in den Bischofspalast kommen. Wir wollen das Werk besprechen und eine Dombauhütte gründen, der ein Meister vorstehen soll. Also schickt Boten aus und laßt alles bekanntgeben!"
Bischöfliche Ausrufer waren durch die Stadt gezogen und hatten verkündet, daß sich die Bürgerschaft am Sonntag versammeln solle. Außer-

dem mögen sich die Handwerker mit ihren Zusammenschlüssen, den Ämtern, einfinden, hatte es geheißen.

Während die Sonne über *Patherborne* aufging, rückten aus allen Himmelsrichtungen Gruppen, Abteilungen, ja größere Trupps von gewappneten und gepanzerten Reitern mit unzähligen Knechten heran. Die Stadt glich einem Heerlager.
Nach dem Gottesdienst hatte Bischof Bernhard seine Gefolgschaft aufgestellt. Auf der Seite vor dem Dom hatten sich die dienstpflichtigen Ritter versammelt, die ein Lehen vom Bischof hatten. In Schuppenhemden, Kettenpanzern und mit langen Lanzen, die kurzen, gebogenen Schilde am linken Arm, saßen sie auf ihren schweren Pferden, die mit prächtigem, silberbeschlagenem Lederzeug und bunten Decken geschmückt waren. Hinter dem Block der Ritterschaft reihten sich die adeligen, vornehmen Geschlechter aus dem Lande rings um die Bischofsstadt, ebenfalls zu Pferde, die Stoßlanze in der Rechten; ebenso gerüstet war der Landadel. In dichten Reihen hatten sich die Knappen, Knechte und Krieger zu Fuß aufgestellt, in den Händen ihre Streitäxte, die Langbogen auf den Rücken, Köcher mit todbringenden Pfeilen an der Seite.
Auf den beiden anderen Seiten des Platzes hatten die „Spießbürger" ihren Wald von Speeren aufgerichtet, jene länger als ein Jahr in der Stadt wohnende freie und bewaffnete Bürgerschaft, die als Handwerker, Händler, Kaufleute oder Hausbesitzer den mittleren Stand der Stadt bildete. Dahinter drängte sich die festlich gekleidete Menge, Frauen und Kinder und die aus dem Land herbeigeströmten Bauern, dazu die Pfahlbürger, die vor den Toren wohnten, die Tagelöhner, Handlanger und die bunte Schar der Landfahrer, die sich zu allen Volksaufläufen einfanden.
Unter dem Festgeläut der Glocken bewegte sich der Zug des Domkapitels mit dem Bischof auf eine kleine Holzempore zu. Er hielt sich nicht lange mit der Vorrede auf und forderte zur Bekanntgabe der Beschlüsse auf. Der Marschall trat vor und rief aus: „Seine Fürstbischöfliche Hoheit, unser aller Landesherr, der hochwürdigste Herr Bernhard III., läßt bekanntgeben, daß in allernächster Zeit mit einem großen Domneubau begonnen wird, der vielen Menschen über lange Zeit Lohn und damit Brot sichert. Männer aus vielerlei Berufen werden hier Arbeit finden. Der Dombau ist unumgänglich, weil andernfalls die Reliquien des heiligen Liborius ins Frankenreich zurückgegeben werden müssen. Allerdings", und nun machte er eine Pause, um seinen Worten nachhaltige Wirkung zu verleihen, „allerdings müssen wir alle Abgaben und Steuern erhöhen ..."
Weiter kam er nicht, in den Reihen der Spießbürger erhob sich heftiges

Gemurmel, das zu einem empörten, drohenden Murren anschwoll. Bürgermeister Andreas trat vor und wollte zu einer besänftigenden Rede ansetzen. Aber ihm blieb das Wort im Hals stecken. Denn anstatt ihn reden zu lassen, hob der Bischof die Hand, die Ritter zogen die Zügel ihrer gepanzerten Pferde an und ritten auf die Bürger mit ihren Spießen zu. Noch einmal ein Handzeichen des Bischofs, die lebendige, hochbeinige Wand aus Muskeln und Eisen hielt an. Das Zeichen war allzu deutlich. Die aufgebrachten Bürger schwiegen.
„Und ein jeder soll sich selbst in Bewegung setzen, Arme und Beine gebrauchen und alle Kräfte anstrengen, damit das Werk zur höheren Ehre Gottes gereiche!" beendete der Marschall seine Rede hochtrabend.
Bürgermeister Andreas beruhigte die in der Menge um ihn herumstehenden Ratsherren.
„Wartet ab, wir finden eine bessere Gelegenheit ..."

So war die Dombauhütte von *Patherborne* entstanden. Die wenigen anwesenden Steinmetzen und zwei Baumeister hatten sich unter dem Druck des Domkapitels und der Hofbeamten schnell einstimmig auf den Meister Johannes geeinigt, der nicht nur ein großartiges Meisterstück und viel Erfahrung vorweisen konnte, sondern der in seiner langen Ahnenreihe Vorfahren wie Georgios und Konstantin aufzuweisen hatte.
Seine meisterliche Arbeit war eine Säule mit einem Kapitell, das wie ein Würfel gearbeitet war. Sie stand auf einer Basis mit Eckhülsen. Dieses treffliche Werk hatte ihm die Zustimmung aller eingebracht. Nun war er zum Dombaumeister gewählt worden. Bischof Bernhard hatte ihm den Auftrag gegeben, eine Reihe von weiteren Bauleuten anzuwerben: „Schon einmal haben wir im Verlauf des Dombaues aus Aachen und Köln Hilfe bekommen. Ich könnte meinen bischöflichen Brüdern Briefe senden und wieder um Leute bitten, die dort abkömmlich sind."
„Hochwürdiger Herr Bischof", Johannes verbeugte sich leicht, „auf meiner Wanderschaft durch die verschiedenen Landschaften und vor allem am Dom in der Stadt Münster habe ich einige vertrauenswürdige Männer kennengelernt. Auch ich könnte mit Eurer Erlaubnis dorthin Botschaft senden, um sie hier an die Dombauhütte zu bringen."
„Also gut, wir verfahren auf beiden Wegen und stimmen die Einstellungen von Meistern ab. Noch eines, Dombaumeister. Verfahrt mit der allergrößten Sparsamkeit! Prüft einmal, ob nicht die alten Säulen und Kapitelle in den Turm eingebaut werden können."
Schon bald waren viele Steinmetzen, Maurer und Zimmerleute rund um den Dom tätig. Die Tagelöhner hatte Johannes in *Patherborne* und im weiten Land anwerben lassen.

Nun stand Meister Johannes mit Dompropst Anselmus auf dem weiten Platz vor der Südseite des Domes, sonnengebräunt in einem langen schwarzbraunen Gewand, das nur von einem einfachen Ledergürtel zusammengehalten war. Sein wettergegerbtes Gesicht war von vielen Furchen durchzogen, Sorgen und Unglücksfälle während der Bauzeit am Dom hatten sie in Stirn und Wangen gegraben. Lange dunkelblonde Haare, von grauen Strähnen durchzogen, fielen ihm auf die Schultern. Mit einem zusammengerollten Plan wies er auf die Baustelle, aus der die Mauern des neuen Westturmes mit den Flankentürmen gewachsen waren.
Baumeister Johannes war ganz dem alten Stil verbunden. Die Altgesellen hatten ihm schon in den Ohren gelegen, doch diese langen spitzen Fenster und höhere Gewölbe zu bauen. Natürlich interessierte auch er sich für die neuen Bauformen, aber er war schließlich nicht der Bauherr. Der Bischof wollte mit dem Dom und seinem wuchtigen, schweren Turm die beherrschende Mitte der Bischofsstadt herausstellen. Nicht formenreich, alles Spielende unterblieb, dafür stand der Bau in stummer Wucht, ein Koloß, groß, schwer, dem Boden verhaftet. Hier sollten die Gläubigen Schutz und Aufnahme finden. Viele kleine Öffnungen in den vier Seiten, geordnet, gereiht wie ein Heer, demonstrierten Herrschaft. Die Härte des Steins wurde fühlbar. Aus den Mauern sprach Kraft, Gottvertrauen, ja man fühlte sich dahinter geborgen.
Johannes machte wenig Aufheben um seine Aufgabe. Er ging ganz in seiner Arbeit auf, verlor nur dann Worte, wenn es darum ging, das Werk und seine Bauweise zu erklären. Beide blickten einige Zeit stumm auf das, was sich auf dem Domplatz tat.
Mit verhaltenem Gruß verabschiedete sich Johannes nach dem Disput vom Dompropst, der nach dem Bischof die Oberaufsicht über Bistum und Dom hatte. Während der Domkapitular in den Bischofspalast eilte, kam Bürgermeister Andreas auf den Dombaumeister zu: „Die Meister müssen zusammentreten. Einer der Goldschmiedegesellen in Helmarshausen hat den Antrag gestellt, seinen Beruf frei in *Patherborne* ausüben zu können."
„Dann soll er seine Zeugnisse zeigen und ein Meisterstück. Er wird ja wohl die sieben Jahre nachweisen können?"
„Wird er wohl", die Vorschriften schienen dem Bürgermeister unwichtig, „er möchte die alte Tradition der Goldschmiede in der Stadt wieder aufleben lassen. Wie ich höre, arbeitet er an einer Monstranz, die der künstlerischen Entwicklung weit voraus sein soll."
„Es mag sein, wie es ist", und nun hob der Baumeister fünf Finger der rechten Hand und zwei der linken, „die fünf Lehrjahre und zwei Gesellenjahre sind nachzuweisen. So ist es guter Brauch und Handwerksregel."

Der Bürgermeister lenkte auf ein anderes Thema: „Johannes, ich möchte Euch heute abend bei mir im Kontor sprechen. Kommt bitte unauffällig, sorgt dafür, daß Ihr nicht beobachtet werdet. Wir haben etwas Wichtiges miteinander zu bereden."
Meister Johannes schüttelte mit festem Händedruck die dargebotene Hand.

Im Kontor saßen am Abend dicht gedrängt viele honorige Bürger aus *Patherborne*, einige Meister der verschiedenen Handwerkerämter, zwei, drei wohlhabende Händler, einige der Ratsherren und der Bürgermeister selbst, Andreas Gyr-Vultur vom Stadelhof. Auch der Dombaumeister traf ein.
Stimmengewirr füllte den Raum unter der niedrigen Balkendecke. Die Runde diskutierte erregt über die Erhebung neuer Steuern und Abgaben. Immer wieder war es zu Gewalttätigkeiten in den Straßen, den Höfen und Häusern gekommen. Zwar gingen die Händler und Handwerker friedlich ihren Geschäften nach, doch die Büttel des Fürstbischofs kannten keine Gnade, wenn sie Gelder einzutreiben hatten. Die ganze Stadt war empört über die Übergriffe der bischöflichen bewaffneten Steuerknechte.
„Da wartet noch so mancher Meister auf seine Bezahlung, aber schon stehen die Knechte des Bischofs und wollen Steuern kassieren!" rief einer der Zimmerleute in die Runde.
„Vor ein paar Tagen haben Bewaffnete einfach den Geldkasten vom Gewürzhändler Friedrich am Westerntor geleert, obwohl der selber eine Rechnung in der bischöflichen Küche ausstehen hatte. Mit Engelszungen hat er geredet, daß der Schatzmeister des Domkapitels ihm Geld schulde, aber es hat nichts genutzt."
Ein anderer wußte zu berichten, daß bischöfliche Bewaffnete zwei Hörige wieder aus der Stadt gejagt hätten, obwohl sie schon mehr als ein Jahr und einen Tag hinter den Mauern lebten.
„Stadtluft macht frei!" rief der Anführer der Dachdecker. „Aber nicht frei, wenn man einem Grafen gehört, der bischöfliches Lehen hat."
Der Müller, dessen beide Mühlen unter bischöflichem Recht standen, war ziemlich am Ende: „Immer wieder werfen mir die Leute vor, daß ich zuviel von ihrem Mahlgut in meine Tasche wirtschafte. Dabei muß ich doch vom Mehl an den Bischof abliefern. Er hat das Mühlenmonopol. Wenn ich Besitzer der Mühlen wäre, könnte ich ganz anders arbeiten. Ich brauchte nur meinen Verdienst, und jedermann bekäme sein gutes Quantum Mehl zurück, aber so …" Er ließ offen, wie es in den bischöflichen Mühlen weitergehen sollte.
„Bischof Bernhard hat Sorgen wegen der Auseinandersetzungen, ja er

braucht die *Patherborner* Bürger", versuchte Johannes die hitzige Stimmung etwas zu beruhigen. Schließlich stand er in den Diensten des Bischofs.
„Klar braucht er die, zum Steuerzahlen!" riefen einige Männer in den Raum.
„Nun, er benötigt das Geld für den Dombau."
„Und wir brauchen die Hörigen, die in unseren Mauern Schutz vor ihren Grundherren suchen. Sie sind gute Arbeiter – als Gesellen oder Handlanger beim Dombau, das weißt du doch auch, Dombaumeister!"
„Du hast gut reden, Johannes, bekommst ja selber deinen Teil davon ab. Daher wirst du den Bischof nicht verurteilen!"
„Der Bürgermeister hätte dich gar nicht hierher bestellen dürfen. Am Ende spionierst du noch für deine feinen Herren!" Aus allen Richtungen redeten sie auf den Baumeister ein, der nicht bereit war, sich solche Anschuldigungen gefallen zu lassen: „Ich spioniere für niemanden und verrate keinen, aber wir stellen doch alle unsere Kräfte in den Dienst einer großen Sache! Wenn der Dom erst einmal fertig ist, dann sagen wieder alle: ‚Die Plackerei hat sich gelohnt, und was haben wir da für eine schöne Kirche gebaut!'"
Johannes wurde recht unbehaglich zumute. An seinen Nackenhaaren bildeten sich kleine Schweißtröpfchen. Mit dem Zeigefinger fuhr er hinter seinen Kragen. Alles wurde ihm zu eng, zu heiß.
Energisch sorgte Bürgermeister Andreas für Ruhe: „Grundsätzlich hat Meister Johannes recht. Ihr wißt, warum ich Euch gerufen habe! Das Unrecht schreit zum Himmel, die geknebelte Freiheit ruft um Hilfe! Wir müssen Bischof Bernhard klarmachen, daß wir nicht nur seit Jahrzehnten Mauern und Tore haben und jetzt unsern eigenen Rat, sondern daß wir auch mit uns reden lassen und er auch mit uns reden muß!"
Der erste Meister der Schmiede schlug mit seiner gewaltigen Pranke auf die Tischplatte, daß sie bebte.
„Der Bischof ‚befiehlt' neue Steuern und höhere Abgaben. Ja, er setzt sie mit eiserner Härte durch. Die Hörigen seiner Lehnsleute jagt er trotz ihres Hierseins von Jahr und Tag fort. Das lassen wir uns nicht gefallen."
Einer der Händler, Hermann der Däne, stimmte ihm zu: „Er braucht uns für seine Landespolitik. Also muß er mit uns reden – und nicht nur befehlen!"
Andreas, Wortführer der Kaufleute, nickte: „Wir wollen die Stadtgemeinde als eine mit besonderen Rechten ausgestattete Vereinigung. Und daran hat der Bischof nicht zu rütteln!"
Wieder nahm der Bürgermeister das Wort.

„Ich frage Euch, Bürger von *Patherborne*, ob es im Evangelium bestimmt ist, daß der Bischof Herr über die Bürger ist und Richter, anstatt Hirt seiner Herde? Die Stadt verarmt durch diese Beisteuer zum Dombau. Wer soll das auf die Dauer bezahlen? Wir müssen das dem Bischof in aller Deutlichkeit klarmachen."
„Und wie? Sag mal, wie du ihm das klarmachen willst!" Alle drangen auf den Bürgermeister ein.
„Wie wir alle vernommen haben, kommt der bischöfliche Geleitzug mit Bernhard in den nächsten Tagen zurück von seiner Reise. Es heißt, daß er über Helmarshausen reist, um eine prachtvolle Monstranz anzusehen, die unser neuer Goldschmied dort angefertigt hat. Ihr wißt ja, daß künftig das geweihte Brot in der Kirche gezeigt werden soll, ja daß die Beter und Pilger sogar im Dom anbetend verweilen können. Dazu hat Goldschmied Christianus von der Diemel eine kostbare Hülle aus Gold und Glas geschaffen. Diese wird der Bischof abholen. Für die wertvolle Fracht stößt noch einmal eine große Mannschaft von Bewaffneten zur bischöflichen Kolonne. Nur wenige Männer der Palastwache sind in den Mauern der Stadt, die halten wir in Schach. Nun hört gut zu, ihr Bürger", Andreas vom Stadelhof beugte sich vor und sprach leise und eindringlich, „dann sperren wir die Stadttore zu und handeln neue Abgaben mit Bischof Bernhard aus!"
Das war ein Vorschlag! Die Männer sprangen vor Begeisterung auf. Sie klatschten sich auf Schultern und Schenkel. Es wurde immer lauter bei der Zustimmung, die von allen Seiten kam.
„Das wird eine Sache, den Bischof aus der Stadt aussperren!"
„Der wird schon sehen, wo er bleibt!"
„Dann muß er nachgeben, er braucht ja seine Bürger hier!"
So tat jeder seine Meinung lautstark kund, der Bürgermeister aber mußte seine Vertrauten beschwichtigen: „Noch haben wir nicht gewonnen. Laßt uns heimgehen und alles in Stille vorbereiten."
In aller Heimlichkeit wurden die Vorbereitungen getroffen. Sobald das vereinbarte Zeichen aus dem Stadelhof gegeben wurde, sollten die Tore geschlossen und mit den verschiedenen Ämtern der Handwerker, den Zimmerleuten, den Schmieden, Gerbern und Tuchmachern, den Bäckern, Fleischhauern, Schuhmachern, Kaufleuten, Maurern, und überhaupt mit allen Bürgern besetzt werden. Alle hatten ihre Spieße mitzubringen.

Wenige Tage später lief die geheime Nachricht von Haus zu Haus. Knarrend schlossen sich die Tore. Die bischöfliche Palastwache blickte in einen Wald von Spießen, die ihr entgegenstarrten, als sie zum Tor hinauswollten, um Ruhe und Ordnung herzustellen.

„Geht zurück in eure Wachstube, dann passiert euch nichts. Wir wollen mit dem Bischof etwas aushandeln."
Der bischöfliche Zug nahte.
Bischof Bernhard glaubte, seinen Augen nicht zu trauen – die Stadttore geschlossen! Er ließ auf freiem Feld anhalten und durch einen Boten fragen, was denn um alles in der Welt in der Stadt los sei. Er, Bischof Bernhard, stehe vor dem Tor.
Durch seine Boten erfuhr er von den Forderungen der selbstbewußten Bürger mit ihrem Bürgermeister an der Spitze. Man wolle mit dem Bischof verhandeln und die Domherren sollten dabeisein. Das Tor wurde ein wenig geöffnet und die Gruppe zur Verhandlung hereingelassen. Auch Dompropst Anselmus war gekommen und weitere Ministerialen aus dem Bischofspalast. Hin und her ging die Verhandlung. Keiner wollte zunächst beigeben.
Die Mühlenrechte antasten, wo käme man denn da hin? Vor allem war Bischof Bernhard über den Angriff auf seine priesterliche Person und als oberster Hirte des Bistums tief gekränkt. Der Kapitular vermittelte, schlug neue Abmachungen vor und glättete die Wogen der Erregung.
Schließlich schien ein Ausgleich greifbar nah: Der Bischof würde auf allzu radikale Eintreibung der Abgaben verzichten. Jeder Handwerker und Kaufmann sollte Steuern stunden und später zahlen können, wenn er gerade kein Geld habe. Dann ertrotzten die Ratsherren ihr eigenes Stadtgericht und das Recht auf den Zoll, die Münzen und den Markt. An dieser Stelle riß dem Bischof der Geduldsfaden. Er wollte auf das freie Feld zurück und weitere Truppen zum Sturm auf die Stadt holen lassen.
Ehe er den Befehl geben konnte, raunte ihm Anselmus etwas zu, nickte sehr ernst dabei und redete beinahe beschwörend auf Bernhard ein. Dessen Gesicht war leichenblaß bei dieser Nachricht geworden. Aufgeregt betupfte er mit einem weißen Tuch seine Stirn, auf der sich Angstschweiß gebildet hatte.
„Ist es tatsächlich wahr, Dompropst, daß sich die Stedinger Bauern gegen meinen Bruder in Christo, den Erzbischof von Bremen, auflehnten und in einer Schlacht 200 Ritter umgebracht haben?"
Der nickte bestätigend. Bernhard schüttelte mißmutig den Kopf.
Bürgermeister Andreas bemerkte den Stimmungsumschwung und erhärtete die Forderungen. Nur wenn den Bürgern die geforderten Rechte eingeräumt würden, dann könne man höheren Abgaben für Bistum und Waffenhilfe bei weiteren Kriegszügen zustimmen, aber nur dann ...
Schließlich gab der Bischof den Forderungen der Bürger nach. Nur auf seinem Mühlenrecht, da pochte er, das wollte er nicht abgeben. Außerdem könnten die Hörigen in der Stadt bleiben, wenn sie ein Jahr und einen Tag in *Patherborne* gelebt hätten.

Aber – daß die Bürger ihren geliebten Bischof so behandelten, das ließe sich ja nicht einmal auf eine Kuhhaut schreiben. Darüber kam der Bischof nicht hinweg!
Also wenn er solche Zugeständnisse machte, dann sollten die Bürger zeigen, daß es ihnen leid tue, den Bischof beleidigt zu haben. Sie sollten Buße leisten.

Ein seltsamer Zug von Menschen machte sich Tage später durch die Gassen und Straßen der Stadt auf: 500 Bürger tappten mit nackten Füßen und in wehenden Büßerhemden vom bischöflichen Haupthof Enenhus durch das Westerntor zur Bischofspfalz. Dort ordneten sie sich in langen Reihen, die Häupter demütig gesenkt, um Gnade und Reinigung zu erfahren. Bürgermeister Andreas marschierte an der Spitze hocherhobenen Hauptes und legte Bischof Bernhard den Beutel mit 140 Markstücken in die Hand. Wegen der Unbotmäßigkeit gegen den Bischof. Dann knieten alle nieder und empfingen den gnädigen bischöflichen Segen. Endlich schien über die Bürger von *Patherborne* wieder die Sonne bischöflicher Gnaden …

Jahre waren vergangen, Westturm und Flankentürme inzwischen fertiggestellt. Scharen von Pilgern, Wallfahrern, kamen täglich an die Paderquellen. Sie brachten viel Geld nach *Patherborne.* Der Streit um die Einkünfte und Abgaben war lange vergessen.
Nun sollte Dombaumeister Johannes mit Elan an den Bau von Paradieshalle und Portal gehen. Nach dem Eklat mit Bischof Bernhard III. betrieb der Dompropst den Ausbau für den neuen Bischof Bernhard IV. zur Lippe weiter.
Johannes und Anselmus standen am südlich gelegenen Eingang des Domes.
„Seht, Herr Dompropst, wir schaffen für die Halle zunächst ein Türgerüst mit Bögen. Das Bogenfeld selber fangen wir mit Kleeblattbögen ab."
„Genauso hatte uns ein Pilger die Türen im nördlichen Frankreich geschildert. So ist es gut, denn wenn die frommen Wallfahrer in die Kirche einziehen, können sie die verschiedensten Heiligen sehen, um festlich eingestimmt zu werden."
„Deshalb sollten allmählich die Figuren benannt werden, die rechts und links das Portal schmücken sollen."
„Da hat unser Herr Bischof einige Wünsche: Auf jeden Fall muß der heilige Julian von Le Mans hier dargestellt werden. Schon aus politischen Gründen, denn die Leute jenseits des Rheins sind immer noch nicht so ganz grün auf uns!"

Johannes schrieb den Namen auf den entrollten Plan. „Und welche Heiligen wünscht Ihr außerdem?"
„In der Mitte der Tür muß die Hauptpatronin des Domes auf die Gläubigen schauen, natürlich mit dem Gottessohn auf dem Arm. Vielleicht könnt Ihr oben in dem Bogenfeld die beiden anderen Patrone des Domes, Kilian und Liborius, darstellen lassen?"
„Das ist nicht schwer, Herr Dompropst. Auf die Wände rechts und links möchte ich Petrus, Paulus und den Pilger Jakobus, dessen Pilgerpfad hier vorbeiführt, und drei weitere Apostel abbilden."
„Eine gute Idee, während dem Julian gegenüber die heilige Katharina dargestellt wird."
„Dürfen meine Steinmetzen die Friese nach eigenen Vorstellungen gestalten?"
„Aber gern, setzt überall, bei dem Zierat am Dom und für die Figuren, nur die Besten ihres Faches an. Denkt immer daran, hier ziehen die Pilger ein, und die Bilder sollen, nein, müssen sie eindringlich darauf hinweisen, daß sie nur nach dem Vorbild der Heiligen mit frommen Gebeten und einem gottgefälligen Leben das Paradies erlangen können."
„Das wird eine gewaltige Arbeit, hochwürdigster Herr, aber wir werden das schaffen!"
„Recht so, Eure Zuversicht. Aber vergeßt darüber nicht die Entwürfe für den großen Ausbau des Domes."
Sie schlenderten im Gespräch über den Domplatz. Die Sonne brannte ohne Erbarmen vom Himmel. Handlanger schleppten Mörtel und Steine, sogar Mönche halfen dabei. Aber die hatten schon einen listigen Brief an den Bischof geschrieben, daß sie seit fünf Jahren mehr bauen als beten müßten. Der neue Bischof wollte jetzt die Sache entscheiden.
Sie kamen an die Bauhütte, im weiten Kreis unter dem Schattendach saßen Steinmetzen und Bildhauer, um aus dem Sandstein Profile, Kreuzblumen und anderen Zierat zu schneiden. Unterschiedliche Meißel waren ihre einzigen Werkzeuge, die von den Männern mit Holzklöppeln geschlagen wurden. Ein sicheres Auge, eine geschulte Hand und vor allem die künstlerische Eingebung gaben den Steinen die Konturen. Die Schwierigkeit lag darin, daß der Steinmetz den Felsbrocken vor sich liegen hatte, ein unregelmäßiges Stück Stein, aus dem er einen Quader, ja, eine Figur herausholen mußte. Dazu konnte man nicht an irgendeiner beliebigen Stelle anfangen und es darauf ankommen lassen, wie weit man kam. Der Steinmetz, mehr noch der Bildhauer mußte von vornherein sehen, wie die gewünschte Figur in dem Brocken verborgen war. Das brauchte lange Übung und künstlerischen Blick.
„Gut, daß Ihr vorbeikommt, Dombaumeister, am Sonntag werden zwei

Lehrjungen freigesprochen, und ein Geselle soll zum Steinmetzen ernannt werden." Ein älterer Geselle der Dombauhütte hatte Johannes angesprochen.
„Recht so, veranlaßt alles für die Stunde nach dem Hochamt am Sonntag."
Sie setzten den Weg fort. Johannes deutete auf einige Profile: „Das sind Musterstücke für die Rundstäbe und Kelchkapitelle."
„Sehr schön, laßt diese Kleeblattbögen über jede Figur arbeiten." Dompropst Anselmus war hoch zufrieden mit den Probearbeiten. „Dombaumeister, wollt Ihr das Lot einmal an die Mauer halten?"
Einer der Maurer hantierte mit dem Winkelmaß, rückte den Stein zurecht und stieg über die schwankende Leiter auf die Erde. Johannes kletterte hoch und nahm eine Schnur aus der Ledertasche seines Gürtels, an deren Ende ein spitz zulaufendes Stück Blei hing. Er hielt das Lot an die Mauerecke und nickte zufrieden.
„Alles im Lot! Weitermachen!"
Kurz und knapp, keine unnötigen Worte, das war typisch für Johannes, der schon seit Jahren die Dombauhütte und den Ausbau des Domes leitete. Jetzt war die Paradieshalle mit zwei Jochen fertiggestellt und mußte mit dem Portal ihren besonderen Schmuck erhalten.
Lehrjungen wieselten überall herum.
„He, Junge, roll mir den Block auf das Holzpodest!"
„Martin, lauf mal zum Schmied, laß die Meißel nachschärfen!"
„Georg, hol eine Kanne Wein, und verdünne sie mit Brunnenwasser!"
„Los, ihr beiden, noch seid ihr keine Gesellen, faßt mal mit an. Vorsicht, das soll mal der heilige Petrus werden!"
Die beiden Jungen, die gerade ihre fünf Lehrjahre mit Erfolg abgeschlossen hatten, hoben zusammen mit einem älteren Gesellen einen Felskoloß auf und stellten ihn in die Senkrechte.
„Nee, gefällt mir nicht, dreht doch mal den Stein herum!"
Keuchend und schwitzend stellten die Jungen das andere Ende nach oben. Schnell zog einer der beiden die Hand weg, als der Stein gekippt wurde.
„Mensch, meine Hand brauche ich noch!"
„Dann paß doch auf, du Dummkopf! Dreht den Stein mit dieser Seite in die Sonne!" kommandierte der Geselle die beiden Lehrjungen.
Georg raunte seinem Freund zu: „Der Teufel tritt in allen Gestalten auf, niemals aber traut er sich, als Lehrjunge daherzukommen!"
„Sonntag nach der Lossprechung aus der Lehre ist's vorbei mit der Schinderei durch die Gesellen. Dann gehören wir Junggesellen zur Zunft der Steinmetzen!" zeigte sein Leidensgenosse Zuversicht, und so verrichteten sie die unangenehmen und schmutzigen Arbeiten an die-

sem Tag, wenn der Ruf nach den Lehrjungen erscholl, so zufrieden wie selten zuvor.
„So, nun räumt den Arbeitsplatz hier auf. Seid ja nicht zu schade dafür", der ältere Geselle hatte seinen Spaß daran, daß so ein Lehrling rasch für das Leben zurechtgeschliffen werden müsse, wie er meinte.
Der Bildhauer nahm ein Stück Holzkohle, ging abwägend um den Stein herum. Er zeichnete mit sicherem Strich erste grobe Umrisse auf den Stein, wischte hier etwas fort, änderte dort eine Kontur, schien schließlich zufrieden mit seinem Entwurf. Inzwischen war Martin mit den Eisen vom Schmied zurück. Mit dem Zahneisen bekam die Figur langsam, Schlag für Schlag, ihre Formen. Der Hammerschlag wirbelte Staub auf, der Geselle nahm ein Tuch aus der Tasche, band es sich über die Haare. Dann legte er eine Schutzmaske aus feinem Drahtgeflecht über die Augen zum Schutz vor den umherspringenden Steinsplittern. In langer Reihe traktierten die Steinmetzen und Bildhauer mit kräftigen, geübten und gleichmäßigen Schlägen die roh gebrochenen Steine, die vor ihnen lagen. Sie gaben mit dem eisernen Zweispitz, einer Art Axt für Steine, den Quadern die Formen. Dabei mußten sie nicht nur auf saubere Kanten, die mit der Lotwaage immer wieder nachgeprüft wurden, sondern auch auf die genaue Einhaltung der vom Meister vorgegebenen Maße achten. Eine anstrengende Arbeit! Die Kehlen dörrten dabei aus, oft, ja zu oft in diesem heißen Sommer ging der Griff zum Weinkrug. Aber niemand von den Gesellen mochte für kein Geld in der Welt mit den Männern tauschen, die die schweren Quader und Felsbrocken auf den Ochsenschlitten zur Bauhütte schafften. Nach einem Blick auf die Staub aufwirbelnden Gespanne ließen die Gesellen die Spreng- und Beizeisen flinker als zuvor über den hellen Sandstein tanzen, um die Feinheiten herauszuarbeiten. Langsam erschienen die ersten Falten der Gewänder, Gesichter, die Haarlocken, Gegenstände in den Händen oder Tiere zu Füßen der Heiligen. Mit Hohleisen meißelten sie die Rundungen aus. Hier und da glitten schon die doppelseitigen Feilen über die Steine, um die Spuren der Zahneisen und Meißel verschwinden zu lassen.
„He, Junge, hol mir was zu trinken, aber nur Brunnenwasser. Man wird ja ganz beduselt vom Wein!"
„Am Wein soll's nicht liegen, Männer, wenn ihr nur schöne Figuren schafft für das Paradiesportal!" Dompropst Anselmus wußte die Leute in der Bauhütte anzutreiben, aber nicht jeder griff zum Weinkrug. Das klare Wasser aus den Paderquellen löschte auch vorzüglich den Durst. Stundenlang konnte Anselmus über die Baustelle gehen und dem Treiben zusehen. Täglich war er hier zu finden, sprach mit den Zimmerleuten, mit den Maurern. Heute bewunderte er die Steinmetzen und Bildhauer bei ihrer Arbeit. Hier wuchs unter den außergewöhnlich ge-

schickten Händen eines Bildhauers eine Marienfigur aus dem Stein; schon erkannte Anselmus die liebkosende Hand des Jesuskindes am Kinn der Mutter Maria. Da entstand unter dem Eisenmeißel die Mitra eines Bischofs. „Julian wahrscheinlich", dachte der Propst. Besonders ausgefallen schien ihm eine weibliche Heilige zu sein, denn es sah so aus, als trete sie einen Gekrönten nieder, der auf dem Bauch lag und die Hände gegen den Boden preßte. Er sprach den Bildhauer an: „Sagt mal, junger Freund, was habt Ihr Euch bei dieser Heiligen gedacht?"
„O, – eh, – also, das ist", stotterte er verlegen herum, „ja das ist die heilige Katharina."
„Und wen soll der Gekrönte darstellen?"
„Hochwürdigster Herr", der junge Künstler atmete tief durch und erklärte seinen Einfall, „Ihr wißt ja doch, daß die Heilige vor dem Kaiser Maxentius einen wissenschaftlichen Streit mit 50 heidnischen Philosophen zu führen hatte. Und weil sie, ja eben, weil sie gesiegt hat in dieser Auseinandersetzung und damit auch über die Heidenkaiser, habe ich mir gedacht, das kann die Figur mit der Krone ausdrücken, die von der Heiligen in den Staub getreten wird."
Dompropst Anselmus nestelte an seinem Gewand, zog einen Lederbeutel hervor und entnahm ihm eine Silbermünze.
„Das ist für dich, mein Sohn, eine so vorzügliche Idee muß belohnt werden!"
Er ging in die zweite Reihe der eifrig Schaffenden. Die jüngeren Gesellen waren mit dem Fries für die Deckplatten beschäftigt. Diesen jungen Männern war allerlei Schmuckwerk eingefallen! Da wehrte doch ein Männchen einen Vogel ab. „Was dieses Bild wohl zu bedeuten hat?" dachte Anselmus noch, als er bereits Jagd- und Winzerszenen entdeckte: Ein Mann schnitt Trauben, ein Hase nagte daran. Ein Junge zielte mit einem Bogen nach einem Vogel, Weinlese und Kelter waren weitere Szenen.
Den Kapitular dürstete bei so vielen Weindarstellungen und bei der Hitze nach einem kühlen Trunk. Unbeweglich stand er in seinem schweren dunklen Gewand, den schwarzen Hut auf dem Kopf. Kleine Schweißperlen bildeten sich auf seiner Stirn. Die Hitze stand unter den Dächern der Bauhütte, kein Lüftchen bewegte sich, nicht ein einziger kühler Hauch wehte.
„Ich werde mir auch das Portal anschauen. Die ersten Steine werden ja schon gesetzt."
Langsam wandelte der hochwürdige Herr zum Eingang des Domes hin. Plötzlich hielt er auf dem Weg an, faßte sich an den Kopf und sackte zusammen, schlug hin in den Sand der Baustelle. Schnell waren Gesellen hinzugesprungen. Auch Johannes kam unter dem Dach der Bauhütte

hervor, sah sich den Dompropst an, der mit hochrotem Gesicht regungslos in der unbarmherzig brennenden Sonne lag.
Johannes gab schnell Anweisungen: „Holt den Bruder Sergius aus dem Kloster, er weiß dem Propst zu helfen. Wir legen indessen seine Beine höher. Gebt mir ein Tuch und einen Kübel mit kaltem Wasser."
Rasch öffnete er die engen Verschlüsse des dicken Gewandes und legte dem Propst das ins Wasser getauchte und ausgewrungene Tuch über die Stirn. Der Dompropst bewegte sich immer noch nicht.
Unheilvolle Gedanken jagten Johannes durch den Kopf. „Nicht schon wieder ein Toter am Dom. Das bedeutet Unglück und Unheil. Es darf nichts mehr passieren." Noch einmal wechselte er das Tuch, kühlte die Stirn des regungslos Daliegenden.
Bruder Sergius eilte mit wehender Kutte herbei, kniete bei dem Liegenden nieder und fühlte dessen Handgelenk.
„Er hat einen Sonnenstich, mußte ja so kommen, wenn der Herr Anselmus jeden Tag im Hochsommer stundenlang auf dem Bauplatz herumlaufen muß."
Der Ohnmächtige wurde auf eine Trage gelegt und nach Anweisungen des Klosterbruders in die Krankenstube gebracht.
Auf dem Platz vor dem Dom klopften die Hämmer weiter, klang das muntere „Plink-Plank" der Stemmeisen, brüllten die Ochsen in den Jochen, als sei nichts Besonderes geschehen.

Am Sonntag war die Dombauhütte so sauber und ordentlich wie selten aufgeräumt. Die Reiserbesen hatten im feinen Sand ihre Spuren hinterlassen. Es war der Morgen, an dem die feierliche Gesellenweihe stattfinden sollte. Am aufgestellten Tisch saßen der Dombaumeister und zwei Meister zu seiner Rechten, zwei Altgesellen zur Linken. Rundum gruppierten sich die anderen Gesellen aus der Zunft der Steinmetzen und Bildhauer, dahinter die Lehrjungen. Im weiten Kreis hatten sich die Maurer, Zimmerleute und Lohnarbeiter eingefunden, fast alle, die in der Dombauhütte arbeiteten, waren gekommen. Auch einige Kirchenbesucher waren im Hintergrund stehengeblieben, eine solche Lossprechung von der Lehrzeit mit einer Gesellenweihe gab es nicht alle Tage. Mit einem Klöppel, wie er zum Schlagen der Meißel genutzt wurde, schlug Dombaumeister Johannes dreimal laut und weithin vernehmlich auf den Tisch.
„Ihr ehrenwerten Meister und Gesellen, laßt uns beginnen."
In der großen Runde trat Schweigen ein.
„Man bringe die Lade – nach gutem Handwerksbrauch und alter Gewohnheit."
Zwei Gesellen hatten die Lade vor ihn gestellt und geöffnet, ein prächtig

geschnitzter Holzschrein, der in der Stube des Dombaumeisters aufbewahrt wurde, kam zum Vorschein. Papierrollen, Tinte, Federn, Wachs und Siegel wurden unter dem Deckel sichtbar.
„Hochachtbare Meister, gütige und liebe Werkbrüder, die Lehrlinge Georg und Martin haben darum angehalten, von ihren fünf Lehrjahren losgesprochen und in den Gesellenstand aufgenommen zu werden. Wollen wir unser Beisammensein am heutigen Tage damit beginnen, daß wir diese Bitte prüfen und, wenn wir können, erfüllen!"
„Ja", sagten die Meister.
„So sollen die Lehrjungen nach vorn kommen."
Sie traten mit weichen Knien vor.
„Hier stehen Georg und Martin. Haben sie ihre Lehrjahre vollständig ausgestanden?"
„Ja, sie haben es!" klang es zur Rechten aus dem Mund der Meister, die die Lehre überwacht hatten.
„Hat einer der anwesenden Meister an den Jungen etwas gefunden, das sie des Losspruchs unwert macht?"
Wieder klang die Stimme eines Meisters: „Ich weiß von beiden nur Rechtes und Gutes."
Der Dombaumeister fuhr fort: „Weil die beiden ihre Lehrzeit ehrlich und brav ausgestanden haben, so spreche ich sie los."
Johannes rückte seinen Stuhl weg, stand auf und mit ihm alle Versammelten.
„Ich spreche euch los im Namen des Vaters, des Sohnes und des Heiligen Geistes."
Unter dem Dach der Dombauhütte war ein kräftiges „Amen" zu hören.
„Nun zu euch, ihr ehrenwerten Gesellen. Hier stehen Georg und Martin. Sie sind vor der offenen Lade ihrer Lehrzeit frei und ledig gesprochen worden. Ihr sollt sie zu ehrlichen Gesellen machen. Oder wißt ihr von ihnen etwas, was sie unwert macht der Aufnahme in euren Stand?"
„Nein", klang zur Linken des Dombaumeisters die rauhe Stimme des Altgesellen. Der stand auf und sagte: „Wir wollen sie aufnehmen, wenn sie bereit sind. Seid ihr, Georg und Martin, willens, auszustehen, was auch andere ehrliche Gesellen ausgestanden haben?"
„Ja, ja, wir wollen es!"
„So seid uns willkommen; wir wollen es leidlich mit euch angehen lassen."
Der Dombaumeister, die Meister und die Altgesellen schüttelten den Jungen die Hände.
„Meister und Gesellen sind zu einem Schmaus und Umtrunk in die Schenke zur „Goldenen Madonna" eingeladen!" kam jetzt eine Stimme

aus dem Hintergrund. Es war der Dompropst, der nach dem Hitzschlag unter den kundigen Händen von Bruder Sergius genesen war.
„Der hochwürdigste Herr Fürstbischof läßt bitten und sagt, daß morgen mit großem Fleiß am Paradiesportal weitergearbeitet werden soll. Dazu spendiere ich ein Faß Braunbier, weil ihr mir bei meinem Hitzschlag so schnell geholfen habt."
Eine lange Gasse war entstanden, an deren Ende war der Kapitular zu sehen. Auf ihn gingen der Dombaumeister, die Meister und Gesellen mit den beiden Junggesellen zu und bedankten sich für die Einladung.
In der Schenke hockten alle Gesellen an einer hufeisenförmigen Tafel, jeder hinter einem Krug Bier. Vorn saßen die Meister. Als die Feier begann, mußten sich Georg und Martin zwischen den Tischen aufstellen.
Der Dombaumeister hielt eine Rede: „Lernen heißt: aufpassen, genau hinsehen, Erfahrungen sammeln und an sich selbst arbeiten. Aber alles Werk wird nicht gelingen, wenn es ohne die besondere Begabung geschieht. Und die ist einem in die Wiege gelegt oder nicht."
Dann sprach der älteste der Altgesellen: „Junggesellen, ich will euch die Handwerksgewohnheiten sagen. Öffnet eure Ohren, und merkt fein auf. Zwischen Ostern und Pfingsten, wenn es warm wird und die Bäume Schatten geben, da ist gut wandern. So nehmt einen ehrlichen Abschied von euren Meistern, und zwar am Sonntag zu Mittag nach dem Essen. Denn es ist nicht Handwerksgewohnheit, daß einer erst in der Woche aufsteht."
Dabei stieß er die beiden mehrfach mit dem Holzklöppel, den er mitgenommen hatte, damit sie sich ja alles deutlich einprägten. Dann kam der Altgeselle zum Schluß: „Alles mit Gunst. Ich wünsche euch Glück zu Wege und Stege, zu Wasser und Land, wohin euch der Herrgott sendet."
Plötzlich riefen einige der Gesellen aus der Runde: „Feuer, Feuer!"
Die Runde sprang auf, rannte nach draußen. So wollte es der Brauch, denn sie ergriffen dabei die Eimer, die im Haus waren, und überschütteten die beiden Junggesellen vor der Tür mit dem klaren, kalten Wasser der Pader. Das war die Taufe.
Danach ging es hoch her, bei einem großen Eß- und Trinkgelage mit gutem Braten vom Spieß, frischem Brot aus dem Ofen und reichlich Braunbier wollten Meister und Gesellen bis Mitternacht zusammensitzen.
„Schöne junge Frau, bringt mir ein Stück vom Braten, und füllt mir den Becher nach!" Baumeister Johannes zeigte beste Laune, und es schmeckte ihm vorzüglich.
Kräftige Stöße donnerten gegen die Tür des Wirtshauses. Sie knallte gegen die Wand, so heftig wurde sie aufgestoßen. Schwer atmend stand ein Mann in der Öffnung.

„Schnell, schnell, Baumeister, Ihr müßt kommen, einige Steine haben sich im Westturm gelöst und sind herabgestürzt. Zwei Frauen sind getroffen."
Johannes setzte den Krug so heftig auf, daß ein Schwall Braunbier auf den Tisch spritzte, stieß den Stuhl zurück und eilte davon. Einige Meister und Gesellen folgten ihm.
Im Dom standen Frauen zusammen. Aufgeregt und im schrillsten Ton klangen ihre Stimmen, als sie Johannes erblickten.
„Dombaumeister, hier seht, das ist von der Decke gefallen!"
Zwei, drei Hände hielten ihm Steine hin, die sie von der Erde aufgelesen hatten. Ehe er antworten konnte, eilte schon Dompropst Anselmus herbei und ließ sich den Vorfall berichten.
„Johannes, ich habe Euch immer gesagt, daß Ihr achtgeben, aufpassen sollt, daß keine weiteren Unfälle passieren. Nun das wieder!"
Ehe der antworten konnte, drangen die Frauen auf die beiden Männer ein.
„Hier, Mathilde ist getroffen worden am Kopf. Sie hat eine blutige Wunde."
Die hielt den Kopf hin: „Wenn ich nicht mein dickes Kopftuch getragen hätte, wäre es sicher schlimmer ausgegangen!"
„Was ist das nur für ein Pfusch, der hier betrieben wird. Könnt Ihr denn nicht mal anständig mauern lassen?" Die andere Frau schaltete sich ebenfalls ein.
Dompropst Anselmus zog den Baumeister auf die Seite.
„Hört zu, Johannes, es darf nichts mehr passieren. Ihr habt jetzt Geld genug zur Verfügung. Nehmt nur bestes Material. Keine falsche Sparsamkeit mehr!"
„Hochwürdigster Herr", Johannes wurde jetzt sehr förmlich, „Ihr selbst habt diese Sparsamkeit verordnet. Ihr wißt doch genau, daß die Gründe für diese Schäden im Material, das wir zu Anfang des Turmbaus verwandt haben, zu suchen sind. Ich habe damals frühzeitig gewarnt und besseren Kalk verlangt. Aber wir mußten ja dafür mehr Sand nehmen, um den Mörtel zu ‚strecken'."
„Gewiß, aber die Zeit ist lange vorbei. Ich verspreche Euch, wenn es an die Domerweiterung geht, bekommt Ihr einen Kran mit einem Tretrad. Aber, ich muß Euch in aller Eindringlichkeit sagen, wenn es zu einem größeren Unglück kommt, dann müßt Ihr gehen. Ich kann Euch vor dem Domkapitel unter Vorsitz des Bischofs nicht schützen. Also tut, was Ihr könnt!"
„Ich werde den Schaden beheben lassen und nochmals sorgfältig nachprüfen, ob sich weitere Schäden zeigen. Mehr kann ich nicht tun, sonst müßte man den Turm wieder abreißen", erwiderte Johannes bedrückt.
Ihm allein würde man die Schuld zuschieben. Von dem schlechten Ma-

terial, das er hatte verwenden müssen, würden Bischof und Domkapitel nichts mehr wissen, wenn es hart auf hart ging.
„Also, ich werde den Frauen einen guten runden Silberdenar geben, dann sind die erst einmal ruhig, und Ihr verfahrt, wie ich es Euch geraten habe!"
Der Zwischenfall war bald vergessen, die Arbeiten am Paradiesportal kamen gut voran. Schon bald konnten sich unter den beiden Gewölben die Pilger bei schlechtem Wetter versammeln. Das sprach sich im Land herum, mehr und mehr Wallfahrer kamen, um am Grab des heiligen Liborius zu beten – und klingende Münzen in die eisenbeschlagenen Kisten zu werfen.

Am Stadelhof war ein Handelszug eingetroffen. Aus dem Osten hatte Kaufmann Henricus Endehachte wertvolle Güter bekommen, vor allem aus dem Land der russischen Fürsten: Pelze, Zobel und Silberfuchs. Lange waren sie unterwegs gewesen, hatten die riesigen Ströme Wolga und Beresina überqueren müssen, und nun packten die Knechte im Kontor ihre Waren aus. Die Begleitmannschaft aber war schon in „Die Goldene Madonna" geeilt, um sich nach den kaum vorstellbaren Strapazen der Fahrt in die östlichen Länder nach Herzenslust Bier und guten Braten zu gönnen. Die Anführer der Männer, der Fuhrmeister und der Hauptmann, begaben sich zum Barbier. Es waren harte Männer, die nicht nur mit Pferd und Wagen umzugehen wußten, sondern auch schnell Dolch und Messer bei der Hand hatten. Sonnenverbrannt, die Haut von vielen Furchen und Narben durchzogen, zotteliges Haar, muskulös und sehnig, wilde Kerle, die viel von der Welt gesehen hatten und daher begehrte Erzähler von unglaublichen Geschichten waren.
„He, Barbier, eine sanfte Rasur für uns, aber vom Feinsten, sonst ...", der Hauptmann machte nur eine Bewegung mit dem Zeigefinger entlang seines Halsansatzes, die alles sagte.
„Zu Diensten, mein Herr, nur das Allerbeste für Euch, wenn Ihr hier Platz nehmen wollt."
„Und die Haare sauber geschnitten. Könnt Ihr auch Locken drehen? Will heute mal die Weiber am Stadttor besuchen. Und ein wenig Duftwasser kann nicht schaden!"
Der Barbier dienerte um den Mann herum, während sein Fuhrmeister auf einer Bank Platz nahm. Vorsichtig hielt er die Hand in eine Schale mit warmem Wasser: Oh ja, angenehm lau, das würde guttun! Bald schäumte ein gewaltiger weißer Berg um das Kinn des Mannes. Der Lehrjunge strich immer wieder eine blitzende Klinge über ein schmales Leder und reichte es schließlich seinem Meister. Vorsichtig schabte der über die Haut, rasierte Streifen für Streifen den Bart ab. Dann nahm er

ein frisches Tuch, das er in angewärmtes Wasser tauchte, und betupfte vorsichtig das glattrasierte Kinn des Mannes.
Der Barbier versuchte ein kleines Schwätzchen mit seinem Besucher in Gang zu bringen, wollte ihn auch ein wenig aushorchen: „Euer dichter Bart und Eure Bräune lassen auf eine lange Reise schließen, mein Herr?"
„Wir kommen von weit her, haben dem Kaufmann Endehachte wertvolle Fracht aus dem Land zwischen Wolga und Don gebracht!"
Der Fuhrmeister mischte sich von der Bank her ein: „Eine abenteuerliche Fahrt kann ich Euch sagen! Beinahe wären wir diesem wilden Reitervolk des Dschingis-Khan in die Finger gefallen! Hier", er streifte den Ärmel hoch und wies auf eine lange Narbe am Unterarm, „dies habe ich mir als Andenken mitgebracht!"
„Wie seid Ihr da rausgekommen?" Neugierig drehte der Barbier sich zu dem Fuhrmann um.
„Mensch, weitergemacht, ich will hier nicht übernachten!"
Sofort wandte er sich wieder der Rasur zu. Aber der Fuhrmann erzählte weiter. Es gefiel ihm, diese einfältigen Bürger, die nie aus den Mauern ihrer Stadt herauskamen, zu beeindrucken: „Ja, wenn uns nicht ein kleiner Heerhaufen des Fürsten von Kiew zufällig geholfen und herausgehauen hätte, dann säßen wir heute wohl in einer Jurte, oder unsere Knochen bleichten in der Taiga."
„Jurte, Taiga, was ist denn das?"
Da erzählte der Fuhrmann von den Steppenbewohnern, die klein, gedrungen und von gelblicher Hautfarbe seien. Das Gesicht von Schlitzaugen und hohen Wangenknochen gekennzeichnet, und die Kerle seien ganz hervorragende Reiter. Unter ihrem Anführer Dschingis-Khan, den sie jetzt als „Herrn der Welt" bezeichneten, hätten sie sich von Osten bis an das Schwarze Meer und die Wolga verbreitet, stießen aber immer wieder mit schnellen kleinen Reitertrupps darüber hinaus weiter nach Westen vor. Sie lebten in runden Lederzelten, das seien die Jurten, und ernährten sich von Fleisch und einem Getränk, das aus Kuhmilch hergestellt wurde.
„Mann, Friedericus, erzähl nicht soviel, ich werde ja verrückt vor Durst! Los, Barbier, macht voran. Jetzt an die Locken!"
Während der Mann einen Eisenstab aus dem kleinen Herdfeuer nahm und eine Haarsträhne des Hauptmanns herumwickelte, erzählte der Fuhrmann weiter.
„Stinkt brandig hier! Na ja, was man nicht alles für die Weiber macht! In der Steppe hättest du das nicht nötig gehabt. Du wärst ebenfalls ein guter Reiterführer beim Khan gewesen, mit Bogen, Schwert, Lanze und Schild bewaffnet. Mann, o Mann, dann – hui – wären deine Pfeile auf uns arme Fuhrleute gezischt!"

„Die ‚Geißel Gottes', wie sie schon in allen russischen Fürstentümern, jedenfalls was davon übriggeblieben ist, genannt wird, haben wir doch gut überstanden."
„Dafür sind andere Dörfer, ja ganze Völkerschaften vor Dschingis und seinen Horden geflohen. Diese hervorragenden Reiter können nicht nur vom Pferd aus mit ihrem Bogen jedes Ziel treffen, stundenlang reiten, ja schlafen im Sattel, sie essen und trinken sogar während des Ritts und legen dadurch weite Strecken zurück. Keine Ansiedlung, keine Stadt ist vor ihnen sicher."
Der Barbier betupfte nun das Kinn und die Wangen seines Kunden mit einer wohlriechenden Tinktur und legte ihm ein angewärmtes Tuch über die untere Gesichtshälfte.
„Vorzüglich, Mann, sehr angenehm, Ihr versteht Euer Handwerk!"
Großzügig legte der Hauptmann einige Silberpfennige hin. Sein Begleiter wollte den Bart behalten, nur die Haare ein wenig zurechtgeschnitten haben, und so waren die beiden Kunden des Barbiers bald bedient.
„Ab in die Schenke, laß uns einen heben und die paar freien Tage genießen, ehe es wieder weitergeht mit dem nächsten Transport."
„Wir sollen dann ja wohl nach Nowgorod, hoch in den Norden von Rußland. Damit wir vor Wintereinbruch zurück sind, brechen wir bereits in den nächsten Tagen wieder auf!"
„Also, dann – genießen wir das Leben!"
So florierte der Fernhandel, Händler und Kaufleute wurden zu wohlhabenden Bürgern. Auch der zweite Bürgermeister von *Patherborne*, Henricus Endehachte, war ein Kaufmann, und ein besonders reicher dazu. Gleich neben dem Stadelhof baute er sich ein großartiges Fachwerkhaus mit weit überkragendem erstem und zweitem Obergeschoß. Das wurde für allerhand Baulustige zum Vorbild, und viele andere Bürger, die über einen gutgefüllten Geldbeutel verfügten, ließen sich ebenfalls sehr ansehnliche Bürgerhäuser errichten. Sie waren Zeugnisse vom Reichtum der erfolgreichen Fernhändler und verfügten über eine Diele, Küche, Wohn- und Schlafräume, vor allem aber stattliche Kontore der Kaufleute, dazu große Gewölbe für die Vorräte. Schon bald machten es die Herren des Domkapitels und die Amtsträger aus dem Bischofspalast den Bürgern nach und legten einen ähnlichen Baueifer an den Tag.
Das war Gesprächsthema in der „Goldenen Madonna".
„Hallo, der Herr Begleithauptmann und der Fuhrmeister, na, fein herausgeputzt habt Ihr Euch, wo soll's denn hingehen?" Mit dröhnendem Baß begrüßte Bürgermeister Endehachte seine Vertrauten, die ihm die wertvolle Fracht sicher nach *Patherborne* gebracht hatten. Das Braunbier floß an diesem Tag in Strömen, ja sogar ein paar Kannen vom guten Rheinwein kamen auf die Tische.

„Man hört, das Domkloster soll aufgehoben werden?“ schob sich der Dombaumeister Johannes, der sich gern für immer in der Stadt ein Haus bauen wollte, an den Bürgermeister heran.
„Es sind noch erste Überlegungen, die aus dem Bischofspalast kommen“, wiegelte der ab.
„Nein, nein, ich hörte es direkt von einem der Herren Prälaten, als ich im Bischofspalast zu tun hatte.“
Der Bürgermeister schwieg dazu, dachte sich aber seinen Teil. Da müßte man sich doch schnell ein gutes Grundstück sichern, vielleicht sogar zwei oder drei? Die könnte er dann mit einem guten Gewinn an die adeligen Baulustigen verkaufen, vielleicht an den Baumeister, wer weiß? Nun, er würde schon als einer der ersten zur Stelle sein.
So gingen bald die schönsten Flächen rund um den Dom weg wie warmes Brot. Die Domherren, zumeist adeliger Abstammung, gaben nach und nach das gemeinsame Leben im Kloster auf und ließen sich eigene stattliche Häuser bauen, die „Kurien“ mit klangvollen Namen wie Rabodo, von Schwalenberg, de Crevet, von Imbsen, von Brenken, Sternberger Hof, von Haxthausen oder von Westphalen.

Wieder waren einige Jahre ins Land rund um *Patherborne* gegangen. Immer noch regierte Fürstbischof Bernhard IV. Nach reiflicher Prüfung und intensiver Beratung hatte er der Bitte der Mönche entsprochen und sie wieder von den Arbeiten am Dom und anderen Bauwerken entbunden. Ihm lag das religiöse Leben in seinem Bistum am Herzen. So wundert es nicht, daß in den fast zwei Jahrzehnten seines Bischofsamtes viele Klöster gegründet wurden: ein erstes Frauenkloster in *Patherborne*, weitere in Ottbergen, Holthausen und Falkenhagen, für die Grauen Schwestern eines in Wormeln, in Dalheim, aber auch Männerklöster, etwa das der Franziskaner in der Paderstadt. Bei vielen anderen Gründungen war er ein gerngesehener Gründungsgast. Die Zeiten aber waren unruhig, obschon ein Jahr zuvor der allgemeine Landfrieden verkündet worden war. Seitdem Friedrich II. in Rom zum Kaiser gekrönt worden war, hatte er immer wieder Stürme sich widerstreitender Gewalten auslöst. Mal wurde er wegen eines nicht durchgeführten Kreuzzuges gebannt, dann zog er als Verstoßener in Richtung Jerusalem, wurde wieder vom Bann gelöst. Nach dem Signal der Stedinger Bauern wurde so mancher Bauer rund um *Patherborne* bockig, ja aufsässig. Wenig später rebellierte sogar Heinrich VII. gegen seinen Vater Friedrich. Der Aufruhr griff auf die lombardischen Städte über, der Kaiser hatte hier mächtig zu kämpfen. Vor allem aber geriet Friedrich immer stärker in Konflikt mit dem Papst, der sich von dem Stauferkaiser, der in Süditalien herrschte, mehr und mehr bedroht fühlte. Gerade kam die Nach-

richt, daß er zum zweitenmal gebannt worden sei. Um das ganze Maß der wogenden Unruhe im Norden, Süden und Westen nun im Osten vollzumachen, pochten die Mongolenheere bereits an die Grenzen der polnischen Fürstentümer. Es war abzusehen, wann die deutschen Ritter gegen die „Geißel Gottes" anzutreten hatten!
Noch stürmten die Kriegsgewitter fernab der Grenzen des Bistums an den Paderquellen, noch lag die durch ihren Gewerbefleiß und Handelsverkehr gesegnete Bischofsstadt wie eine Insel des Friedens abseits von den Greueln des Krieges. Es herrschten Ruhe und Ordnung im Land, es gab keine Räuberbanden und keine marodierenden Plünderer.

Den Dombaumeister wunderte es sehr, als er eines Tages den Auftrag erhielt, nach Norden eine weiteres Portal anzulegen. Vor allem, weil ihm in der Besprechung mit dem Domkapitel der Kämmerer mitgeteilt hatte, vor diesem Portal sollte künftig das Blutgericht abgehalten werden. Daher wünsche er für die Rechtsprechung des Hochgerichtes über die Bürger der Domstadt eine rote Pforte im Portal. Die Dombauhütte hatte sie bald fertiggestellt und war noch mit Arbeiten im Westchor beschäftigt. Johannes prüfte mit kritischen Augen das Werk. Nicht ganz so prachtvoll war es wie das Paradiesportal, aber es konnte sich ebenfalls sehen lassen. Er hatte hier ein mehrfach abgetrepptes Säulenportal gewählt. Bei den Kelchblockkapitellen konnten die jungen Gesellen nach Herzenslust ihre Kunst ausüben. Zwei Frohnaturen stammten aus dem Rheinland und hatten sich dort gut umgesehen. Nun zeigten die Steine Tier- und Pflanzenornamente. Josef von Köln hatte einige Vögel gearbeitet; einer pickt in ein Tau, andere beißen in den Hals des großen Tieres. Der andere Bildhauer ließ Ranken mit Blättern und Früchten entstehen. Das Domkapitel war sehr zufrieden mit den Arbeiten.

Der Dombaumeister wollte sich zum Mittagsmahl in die Dombauhütte begeben, wo sich seine Meister und Altgesellen mit dem Schlag der Glocke um zwölf Uhr einfanden.
Ein ungewöhnliches Geräusch ließ ihn stutzen. Was war das? Es hörte sich an, als wenn ein Riese mit den Zähnen knirschte. Dann wurde ein Rumpeln und Poltern daraus, so daß Johannes schnell einige Meter zurückwich. Er konnte nicht sehen, was geschah, und lief weiter zurück. Da hörte er Entsetzensschreie von der anderen Seite des Domes. Schreckensbleich mußte er mit ansehen, wie das Dach des Turmes im Osten über der Vierung plötzlich wegsackte.
„Der Turm, die Kirche, alles stürzt ein!"
Rufe, Gebrüll, Lärm, dazwischen lautes Krachen, splitternd zerbarsten Holzbalken, Steinbrocken, kleinere Quader rollten über den Domplatz,

polternd und donnernd stürzten Mauern und Joche in sich zusammen. Eine undurchdringliche Wolke aus Steinstaub, aufgewirbeltem Sand, zerbröseltem Mörtel und zerriebenem Gips hing über dem, was vom Dom übriggeblieben war. Immer mehr Männer der Dombauhütte liefen zusammen, die ersten Handwerker und Bürger eilten aus den Häusern herbei, mit wehenden schwarzen Rocksäumen kamen die hohen Herren des Domkapitels um die Ecke der Westturmes, der sicher und wuchtig stand. Mit einem Mal war es still, totenstill, auf dem weiten Platz. Gespenstisch ragten wie lange Krallenfinger einer Riesenhand die zerborstenen Balken aus dem Schutt, über den sich langsam die gelblichweiße Staubfahne senkte und alles wie mit einem schmuddeligen Leichentuch bedeckte.

Johannes stand regungslos vor dem gewaltigen Trümmerfeld. Er war sichtlich um Fassung bemüht, aber die Tränen liefen über das Gesicht. Sein Werk, die Arbeit so vieler fleißiger und begabter Handwerker, zerstört, vernichtet, er war ruiniert. Man würde ihn fortjagen mit Schimpf und Schande, und niemand hätte das geringste Vertrauen, ihm noch einmal einen solchen Auftrag zu geben.

„Baumeister Johannes, Ihr werdet Euch zu verantworten haben!" Das war die schneidende Stimme des Dompropstes, der ihm zwar in letzter Zeit wohlgesinnt war, aber nie versäumt hatte, auf Sicherheit und beste Bauausführung zu drängen. „Baumeister" hatte der ihn schon genannt, nicht mehr „Dombaumeister".

Am Abend betrat ein Bote aus dem Bischofspalast sein Quartier: „Johannes, Baumeister aus *Patherborne*, das Domkapitel und der hochwürdigste Herr Fürstbischof befehlen Euch, morgen nach der Frühmesse an der Bartholomäuskapelle zu erscheinen. Ihr sollt Euch für das gewaltige Unglück rechtfertigen."

Als Johannes am nächsten Morgen um die Ecke des Westturmes nach Norden bog, saß das Domkapitel bereits in weitem Halbkreis unter der Roten Pforte. In der Mitte Fürstbischof Bernhard, grau, in sich zusammengesunken, gezeichnet von der Enttäuschung, daß ein Großteil auch seines Lebenswerkes in sich zusammengestürzt war. Als Johannes dem Blick des Kämmerers begegnete, der die Verhandlung leitete, wurde er immer mutloser. Ein ausdrucksloser Blick traf ihn aus einem wäßrigen, beinahe farblosen Augenpaar über einer langen Nase. Seine fahrig über das Gewand streichenden Finger waren mit Ringen bedeckt, und er rief den Fall mit dem dünkelhaften, trägen Tonfall eines Menschen auf, der gewohnt ist, daß man ihm dient.

Blaß, sauber rasiert, so daß seine bleichen Wangen deutlicher hervortraten, stand Johannes dennoch unerschrocken vor dem Gericht. Er hatte seine Arbeit gut getan, von Sonnenaufgang bis zu ihrem Untergang auf

der Baustelle alles genau überprüft, Wände genau nachgemessen, das Material begutachtet und die Maurer, Steinmetzen und Zimmerleute entsprechend beaufsichtigt.
Der Kämmerer, der schon mit Beginn der Sitzung ermüdet schien, rutschte mit ungeduldiger Miene auf seinem Stuhl hin und her. Das Kruzifix schaukelte an einer Goldkette über den Falten aus Fett und Seide auf seinem Bauch. Träge hob er seine Hand und sagte Johannes kalt und in einem gleichgültigen Tonfall, daß dieser Einsturz zwar keine Halsgerichtsbarkeit erfordere, man aber wegen der Wichtigkeit des Gegenstandes hier zusammengetreten sei.
„Baumeister Johannes, habt Ihr mustergültig und trefflich genug gearbeitet, so wie Euch die Verantwortung in Amt und Beruf verpflichtete?"
„Ja, Herr Kämmerer." Es war immer schon seine Art gewesen, kurz und knapp zu reden. Selbst die Notwendigkeit seiner eigenen Verteidigung konnte nicht mehr aus seinen Lippen herauspressen!
„Was könnt Ihr zu Eurer Entlastung sagen?" Ohne sonderliche Gefühlsregung schoben sich die Fragen aus dem blassen Mund seines Gegenübers.
Immer wieder habe er zu Beginn der Bauarbeiten auf besseres Material, vor allem besseren Kalk, gedrungen. Er aber sei aus Gründen der Sparsamkeit angehalten worden, mehr Sand in den Mörtel mischen zu lassen. Die Finanznot der damaligen Jahre habe bewirkt, daß oft nur mangelhaftes Baumaterial verwendet werden konnte.
Für einen Moment wurden die Augen des Kämmerers schmal wie die einer heimtückischen Katze, als er die Einwände hörte, aber im Gesicht regte sich kein Muskel während des Verhörs. Als der Baumeister gar zu seiner Entlastung auf wenigstens sechs Meister und Altgesellen, die seit Anbeginn der Bauarbeiten in der Dombauhütte arbeiteten, als Zeugen verwies, spürte er, daß der Vorsitzende des Gerichts es nicht mochte, wenn man ihm die Stirn bot. Es war alles verloren, ein langer Finger fuhr auf ihn zu.
„Ihr, Baumeister, habt die alleinige Schuld für den Einsturz zu tragen. Ihr seid der Erste und Oberste aller hier Beschäftigten, alles oblag Eurer Verantwortung und Aufsicht."
Keine Entgegnung auf die Gründe, auf die übertriebene Sparsamkeit und dem trotzdem betriebenen Fortgang der Bauarbeiten. Fürstbischof Bernhard, der schweigend der Verhandlung beigewohnt hatte, neigte sich jetzt zum Kämmerer und besprach sich leise mit ihm. Dann erhob sich der Kämmerer und verkündete:
„Ein guter Baumeister muß Künstler sein und Handwerker, Mathematiker und Techniker. Ihr habt den Ansprüchen nur zum Teil genügen können. Vor allem war offensichtlich Eure Aufsicht mangelhaft. Bei

dem Unglück ist Gott sei Dank keine Menschenseele zu Schaden gekommen, das ist das einzige, was Ihr Euch zugute halten könnt. Daher will der hochwürdigste Fürstbischof von einer Strafe absehen. Ihr werdet nur ohne Frist von Tag und Stunde entlassen. Verlaßt die Stadt, und geht Eurer Wege."

Der Kämmerer musterte Johannes einen Augenblick eingehend und wandte sich dann jäh ab, warf den Kopf hoch und verließ mit raschem Schritt die Runde. Die anderen Herren folgten ihm ohne jeden Gruß. Die Meister und Altgesellen standen hilflos hinter Johannes. Einer hatte schon die Hand gehoben, um ihm besänftigend auf die Schulter zu klopfen, ließ sie aber verzagt fallen.

Ein hartes Urteil, denn der Baumeister war ohne Schuld. Aber die wirklich Schuldigen würden dies kaum zugeben. Sie hatten über ihn zu Gericht sitzen dürfen.

Trotz seiner großen und vielseitigen Leistung, die er in den Jahren bewältigt hatte, blieb ein Baumeister anonym, namenlos wie so mancher Handwerker, ja Künstler, der am Dom mitgewirkt hatte. Die Person war nicht wichtig, wichtig allein war das Werk zu Ehren Gottes. Mit diesen Gedanken ging Johannes langsam weg von der Roten Pforte, schnürte sein Bündel und verließ noch am Abend *Patherborne.*

Niemals wieder hörte man etwas von Johannes, dem unglückseligen Baumeister des Domes von *Patherborne.*

Wenige Tage später begannen die Aufräumarbeiten. Brauchbare Steine und Kapitelle wurden an den Platzrändern aufgestapelt, die zersplitterten Balken an Ort und Stelle verbrannt. Als die erhaltenen Mauern vom Schutt befreit waren, sah man erst das ganze Ausmaß des Schadens: Nicht nur ein Großteil des Turmes im Osten war eingestürzt, sondern auch 14 Gewölbejoche des Domes. Mit Besen und Wasser wurden die Gänge und Böden gereinigt, während des Sommers konnte in der Apsis notdürftig der Gottesdienst gefeiert werden. An einem Sonntag während des Hochamtes, das Fürstbischof Bernhard selber hielt, zeichnete er die Gräber der heiligen Bischöfe Imad und Rotho durch eine Ewig-Licht-Lampe aus.

„Liebe Bürger von *Patherborne*! In dem schrecklichen Unglück, das unseren Dom heimgesucht hat, wollen wir ein Gottesurteil sehen! Das Werk war Gott, dem Schöpfer aller Dinge, nicht wohlgefällig. Daher wollen wir sehr schnell an den Wiederaufbau gehen. Ich gewähre einen Ablaß von 20 Tagen für Spenden zum Wiederaufbau."

Die Männer der Dombauhütte füllten am Tag nach dem Aufruf das Untergeschoß der Meinwerkkapelle mit den Resten der zerstörten Gewölbe auf. Mit den Meistern saß das Domkapitel jetzt häufiger zusammen, um den alten Plan für die Kirche zu überarbeiten. Der älteste der Meister mußte das Pergament abscheuern, Bischof Bernhard wollte davon nichts mehr sehen. Er selber skizzierte nun mit einigen Strichen seine Ideen, ein neuer Plan entstand. Aber es sollten zwei Jahre vergehen, ehe eine Wende bei den Plänen eintrat.

Kaum war der letzte Schnee von der ersten warmen Frühjahrssonne geschmolzen, bat eine kleine Gruppe von Männern beim Fürstbischof um Vorsprache. Da sie sich als Bauleute mit einem Baumeister an der Spitze auswiesen, wurden sie sofort vorgelassen, denn der Bauhütte stand schon lange kein Dombaumeister mehr vor.
Sie seien geradewegs aus Frankreich gekommen, wo sie an verschiedenen Dombauten mitgewirkt hätten. Die Papiere, die sie vorlegten, bestätigten es. Sie hätten gehört, daß in *Patherborne* wieder ein neuer Dom entstehen solle.
„Also Ihr seid Baumeister, Herr, Herr . . .?" fragte Fürstbischof Bernhard den Anführer.
„Mein Name ist Matthäus, und das hier sind meine drei engsten Mitarbeiter: ein Steinmetz, ein Bildhauer und ein Maurer. Sie verstehen eine ganze Menge von ihrem Handwerk. Wir sind bereits seit über fünf Jahren zusammen."
Der Bischof war heilfroh und dankte Gott im stillen, daß er die Schritte der Männer hierher gelenkt hatte – Handwerker, die Ideen aus Frankreich mitbrachten!
Schon am Nachmittag machte eine große Kommission, bestehend aus Bischof Bernhard, dem Domkapitel und den Hofbeamten, gemeinsam mit den Bauleuten einen Rundgang durch die Domruine. Prüfend, das eine gegen das andere abwägend, gingen die Blicke der Männer zur Decke.
„Hochwürdigster Herr Bischof, ich möchte Euch den Vorschlag machen, die Seitenschiffe nicht mehr niedriger als das Mittelschiff zu bauen, sondern mit etwas steileren Gewölben fast gleich hoch zu ziehen. Nach Osten hin sollten die Fenster immer breiter werden und mit farbigen Gläsern dem Raum ein warmes, dennoch flutendes Licht geben. Ja, es muß ein neuer, weiter und einladender Raum für die vielen Gläubigen werden!" Der Baumeister als Sprecher der Gruppe wußte mitzureißen und fügte an: „Es muß ein Abbild der himmlischen Stadt Jerusalem werden!"
Der Vorschlag überzeugte den Fürstbischof, gleich an Ort und Stelle ernannte er Matthäus zum Dombaumeister. Mit seinen Begleitern sollte er am nächsten Tag die Arbeit aufnehmen.

Wieder setzte eine rege Bautätigkeit ein, ja eine wahre Bauwut überfiel die Stadt, die im Bischofspalast ebenso zu spüren war wie in jedem Kontor, in jedem Gasthaus der Stadt. Nun wollten sie ihn alle, ihren Dom, und der mußte noch schöner, vor allem in diesem neuen Stil aus Frankreich wieder aufgebaut werden! Tatsächlich vermochte der Fürstbischof alle, ob mächtige Herren oder edle Frauen, begüterte Kaufleute und ehrfürchtige Pilger, zu begeistern. Sie führten dem Kirchenbau Kalk, Steine, Holz und immer wieder neues Geld aus Spenden und Opfern zu. Ihr Gotteshaus bedeutete für sie die Stadt Gottes auf Erden. Das wunderschöne Paradiesportal war nicht zerstört worden, es war gleichsam das Tor in die himmlische Stadt Jerusalem. Das Langschiff gab die Hauptstraße wieder und das Querhaus mit dem Chor den Herrscherpalast. Die kleinen Kapellen und Nischen in den Seitenschiffen waren die Stände oder Häuser der Händler. Zudem wußte Dombaumeister Matthäus um die großartige Erfindung des Kreuzrippengewölbes. Eine neue Epoche der Baukunst war eingeleitet worden.
Dombaumeister Matthäus verstand sein Geschäft. Angefangen hatte er als Maurer in einer Bauhütte und sich viele Jahre Kenntnisse angeeignet. Er zeigte viel Verständnis für die Arbeiter auf dem Dombauplatz. Die Männer, die hier Aufnahme gefunden hatten, kamen aus vielen Ländern und Gauen: Rheinländer, Schweizer, Franzosen, Engländer und Flamen. Der Ruf des Bischofs war weit gedrungen. Jetzt bildeten sie eine verschworene Gemeinschaft. Niemand sprach mehr über das Unglück des Einsturzes. Nein, ihr ganzes Denken und Handeln richtete sich auf ein Ziel, den Bau des neuen Gotteshauses im Stil der Zeit: mit himmelwärts ragenden, hoch aufstrebenden Spitzbögen, mit Kreuzrippengewölben und großen Fensterflächen und kunstvollen Fensterrosen. Für Matthäus war dieser neue Auftrag eine große Herausforderung. Selbstbewußt, aber nicht überheblich leitete er die Arbeiten.
Das Domkapitel war zuversichtlich, mit Meister Matthäus einen guten Griff getan zu haben. Er hatte den Domherren ein überzeugendes Modell ihres neuen Domes vorgestellt und lieferte eine genaue Kostenrechnung. Er konnte Bischof Bernhard und seine Herren überzeugen, mit den Steinmetzen besser Tagelöhne anstatt Stückzahllöhne zu vereinbaren, selbst wenn zu befürchten sei, daß die Arbeiter versuchen würden, die Beendigung ihrer Tätigkeit hinauszuzögern. Andererseits hoffte man, und dafür stand Matthäus ein, auf diese Weise eine bessere Qualität zu erreichen.
Zur Zeit waren die Zimmerleute damit beschäftigt, den Dachstuhl zu errichten, auf dem in wenigen Tagen ein Kran aufgestellt werden sollte, um die Steine und Gerüstteile besser nach oben bringen zu können. Der Dombaumeister hatte sich für einen großen Lastenaufzug entschieden.

In ihm sollten mindestens zwei Windeknechte durch ständiges Treten die Trommel drehen, auf der das Tragseil aufgewickelt wird. Schon der Vorgänger hatte ja immer einen Kran gefordert; nun hatte Matthäus seine Maschine. Die zwei Knechte mußten in dem dunklen Kasten laufen. Da der Baumeister wußte, wie stumpfsinnig das Tagwerk in diesem Tretrad war, ja mühsam und anstrengend, hatte er zwei weitere Männer eingestellt, die abwechselnd mit den beiden anderen den Kran bedienen mußten.
Häufiger als sonst kamen die Herren des Domkapitels auf den Bauplatz und suchten in der Bauhütte den Dombaumeister auf, ließen sich dieses und jenes erklären. Ein nochmaliges Unglück sollte mit gemeinsamer Kontrolle verhindert werden! Auch Fürstbischof Bernhard fand sich ein. Er sah Matthäus über den Plänen hocken.
„Das Werk nimmt einen guten Fortgang?" fragte der Bischof lebhaft; sein Blick flog zu den ausgeschachteten Baugruben hinüber. „Wie mir scheint, ist die eine Seite des Bauplatzes feucht und moorig und die andere Seite sehr felsig."
Der Meister nickte, dann bat er den Bischof und die Herren mit höflichen Worten, ihm zu folgen. Er wies auf die Kiesschicht und die ersten Quader, die gesetzt wurden: „Ich werde schon für den Dombau einstehen."
Der Bischof schmunzelte. Er verließ sich auf seinen Dombaumeister.

Nachdem die Mauern des Langhauses und die Pfeiler verändert und endlich nach langen Wochen hochgezogen waren, konnten die Zimmerleute kaum so schnell ihrer Arbeit nachkommen. Sie waren vollauf damit beschäftigt, den Dachstuhl zu vollenden. Mehrere tausend Bäume hatten sie während der vergangenen Woche dafür zugehauen, zu Balken und Brettern zersägt und verzapft. Immer wieder forderten sie von den schwarzen Gesellen, den Schmieden, die unablässig an ihren Essen standen und Zugbänder, Maueranker und Nägel fertigten, neue Sägeblätter. Matthäus mußte oft beschwichtigen, wenn einer der Altgesellen zu forsch auftrat und sein Werkzeug als erstes hergestellt haben wollte.

Während die Rahmen im Dachstuhl aufgerichtet wurden, meißelten Steinmetzen und Bildhauer die Wasserabläufe für die Pfeiler. Fässer mit Pech schaukelten nach oben, das Dachholz wurde zum Schutz gegen Fäulnis damit bestrichen. Die Dachdecker hatten unten auf der Erde noch nicht alle Bleiplatten gegossen, da wurden schon die ersten an das Rahmenwerk genagelt und ihre Kanten hochgebogen, damit kein Wasser eindringen konnte.

Endlich konnten Zimmerleute und Maurer an die Auswölbung der Seitenschiffe und des Mittelschiffes gehen. Über einem hohen Gerüst bauten sie halbrunde Lehrgerüste; sie stützten von unten die steinernen, gemauerten Rippen, die erst trugen, wenn der Mörtel trocken geworden war. Joch um Joch entstanden wieder 14 Gewölbe. Jeder Wölbstein wurde von den Maurern sorgfältig an seinen Platz gesetzt, zuletzt wurde der Schlußstein, ein kreuzförmig gehauener Steinblock, eingesetzt.
Schon in den Tagen darauf verkleideten die Zimmerleute den Raum zwischen den Kreuzrippen mit Brettern und legten eine Schicht aus leichtem Stein auf, um die Rippen ein wenig zu belasten. Um Risse zu verhüten, strichen die Maurer zuletzt eine dicke Gußmörtelschicht über die Steine. Nun hieß es Geduld üben und warten, bis das gesamte Material hart geworden war. Erst dann konnten die Zimmerleute wieder die Verschalung entfernen und zum nächsten Gewölbe übergehen.
Draußen in ihrer eigenen Glashütte hatten die Glasbläser unter Anleitung eines Mannes, den man aus Böhmen angeworben hatte, mit der Herstellung der farbenprächtigen Scheiben für die großen Fenster begonnen. Sie nahmen einen Klumpen der geschmolzenen Glasmasse an die Hohlpfeifen und bliesen sie zum Hohlkörper auf, schlugen die Kugel ab und schnitten sie auf. Noch einmal wanderte das Glas in den Ofen, wurde erhitzt und dann zu Platten ausgewalzt. Auf einer großen Werkbank legten die Glaser dann die farbigen Glasscherben auf den Entwurf, schnitten sie zu und verbanden sie mit Bleistegen. Natürlich mußten die großen Verglasungen noch einmal mit eisernen Verstrebungen zwischen den steinernen Pfosten gestützt werden.
Unten im Dom wurde der Fußboden schon mit vielen Kübeln Wasser gesäubert, denn die Arbeit näherte sich allmählich ihrem Ende. Die Skulpturen, Reliquien und Kerzenständer wurden wieder aufgestellt: Der Dom war aus Trümmern wieder erstanden.

Zwischen Bürgern, Bauern und Scharen von Wallfahrern ging der Zug der dem Bischof dienstpflichtigen Ritter mit ihren Damen zum feierlichen ersten Gottesdienst. Vom schweren massigen Turm schallte das Geläut der Glocken und übertönte das Lärmen des Volkes, das die Portale des Domes umdrängte. Vor den schweren Holztüren lagen kreuzweise ausgestreckt Büßer und bekannten mit heiseren Stimmen ihre Sünden. Einer der Sünder hatte sich an ein schwarzes Kreuz binden lassen.
Mit goldbestickter Mitra und schwarzweißem Pallium trat Fürstbischof Bernhard aus dem Bischofspalast, Kleriker trugen den Baldachin, Prälaten gaben ihm das Geleit. Der Kirchenfürst schritt segnend über den Platz, vorüber an den andächtig knienden Männern und Frauen. Unab-

lässig klingelten die Münzen in die Mützen der Kranken und Bettler, aber auch in die aufgestellten Kästen vor den Eingängen zum Dom. Bis auf die Köpfe der Gottesdienstbesucher hingen farbige Fahnen im Langhaus herab, und an allen Pfeilern brannten die Kerzen.
Unter den Betern befand sich in der ersten Reihe Dombaumeister Matthäus. Seine kraftvolle Gestalt stand gleich neben dem Bürgermeister, den angesehensten Kaufleuten und den Meistern der Zünfte. Viele nickten ihm anerkennend zu. Er verneigte sich nur leicht, sein Gesicht blieb unbeweglich, zeigte Ernst und Würde. Er war stolz, hatte er doch dem Dom von *Patherborne* wieder neuen Glanz verliehen. Seine Hallenkirche konnte sich jetzt neben den Hinterlassenschaften seines Vorgängers, neben der Roten Pforte, dem Westturm und dem Paradiesportal, sehen lassen. Er hatte die breitbrüstige, breitschultrige Kirche in einen Gemeinderaum verwandelt, eine mächtige Halle. Der Besucher würde wunderbar eingestimmt, ja heiter den Dom betreten, hatte er erst einmal die Schelmereien draußen an den Kapitellen gesehen: vom weinlesenden Bauern bis zum Hühnerdieb. Danach würden die Augen weiterschweifen: durch das Langhaus, durch die Seitenschiffe bis hin zum Altar. Licht durchflutete die Halle von den größer gestalteten Seitenfenstern her. Schlankere Pfeiler hatte er entworfen, ihre Profile waren bewegter geworden, und doch ruhte das Kircheninnere in sich. Es war kühn, die französischen Einflüsse hier deutlich werden zu lassen. Ein Aufbruch war geschehen, ein neuer Geist, der in ein neues Zeitalter wies.
Die Gesichtszüge des Baumeisters entspannten sich, er lächelte plötzlich in sich hinein. Die Freude über das gelungene Bauwerk war ihm sichtlich anzumerken. Er bemerkte nicht, daß er die ganze Zeit über beobachtet wurde. Ein junges Mädchen hatte das Gotteshaus betreten, die Tochter des reichen Bürgermeisters und Kaufmanns Endehachte, Eleonore, deren Schönheit in den Mauern der Bischofsstadt gerühmt wurde. Sie trug ein goldgelbes Kleid aus Saban, dem feinsten byzantinischen Linnen, in den offenen langen Haaren ein purpurfarbenes Band und rote Schuhe aus feinstem Ziegenleder. Eleonore begeisterte sich sehr für große Taten außergewöhnlicher Männer; stundenlang hätte sie den Erzählungen von Fahrensleuten und Abenteurern lauschen können, staunend bewunderte sie Künstler und Bauleute und deren Werke, die zur Ehre Gottes geschaffen worden waren. Für den Adel blieb sie aber bei aller Schönheit und allem Reichtum nur ein Bürgermädchen, wohl oder übel mußte sie unter den vornehmen Söhnen des Patrizierstandes wählen. Und wählen wollte sie, oh ja!
Sie nahm den Platz an der Seite ihres Vaters ein, und ihr Blick fiel auf diesen stattlichen Mann, der nur Blicke für den Dom zu haben schien. „Der Dombaumeister, Eleonore", flüsterte ihr Vater. Sie nickte kaum

merklich, mußte aber fortwährend zu ihm hinschauen. Der würde ihr gefallen! Ihn würde sie am Abend beim großen Dombaufest zu ihrem Tänzer wählen. Am Ende des Gottesdienstes wartete sie, bis sich die große Halle langsam leerte. Mit sittsam niedergeschlagenen Augen ließ sie im Vorübergehen ihr Spitzentaschentuch fallen; Baumeister Matthäus, etwas verdutzt, hob es schnell und unbemerkt auf.
Beim Auszug aus dem Dom blieb Fürstbischof Bernhard mit seinem Gefolge hier und da stehen und besichtigte die eine oder andere Einzelheit am Bauwerk. Alle entdeckten nun erst, bei dem hellen Licht und dem Schein der vielen Kerzen, daß an der rechten Seite einer Säule Männer dargestellt waren, die keuchend eine schwere Last trugen. An der gegenüberliegenden Seite sahen sie an einem Pfeiler eine in Stein gehauene flatternde Fledermaus.
„Kommt einmal her, Dombaumeister, was habt Ihr Euch denn bei diesen Bildern gedacht?“ wollte der Bischof wissen.
Der Baumeister erklärte lächelnd: „Hier rechts ist der Boden feucht und locker, deshalb mußten wir den Bau mit unserer Kunst stützen; dort hinten ist der Boden so fest, daß leicht eine Fledermaus den Dom halten könnte.“
Verhaltenes Lachen ging durch die Gruppe. Eleonore und ihr Vater hatten die Fragen und Erklärungen mit angehört, sie blickten anerkennend zu Matthäus hinüber.
Auf dem Domplatz hatten die Zimmerleute aus Balken und Brettern eine Bühne zum Tanzen und für die Vorführungen, dazu viele Tisch- und Bankreihen gezimmert. Holz war genug vom Dombau geblieben! Die Bühne hatten fleißige Hände mit Blumen geschmückt, kostbare Tücher flatterten im sanften Wind, der über die Hochfläche wehte. Vor dem Bischofssitz, einem mit Teppichen überdachten Vorbau, flatterten Wimpel, Banner und Fahnen. Um ihn herum nahmen die Vornehmen des Bischofspalastes und aus den Adelshäusern Platz. Während sich die Sitzreihen mit Bürgern und Handwerkern füllten und das erregte Lärmen der Gesellschaft wie eine Woge über dem weiten Platz zusammenschlug, sammelten sich Gaukler und Spielleute am Ostchor des Domes. Trommel, Dudelsack und Drehleier ertönten, ein Tamburin wurde geschlagen. Noch war an der Mauer ein Bär angekettet, der später tanzen sollte. Seiltänzer breiteten weiter vorn ihre Matten aus. Ein Muskelmann lud Ketten von seinem Handkarren. Ein Feuerschlucker pustete in sein Kohlebecken, er mußte frühzeitig die Glut entfachen. Auch eine Akrobatenfamilie, Mann und Frau und zwei Knaben, war zu sehen. Eine Schauspielertruppe lief bereits in Kostümen herum, die große Verwunderung hervorriefen. Das Stück von Adam und Eva und dem Sündenfall sollte aufgeführt werden.

In Knittelversen und ein wenig langatmig ging das Spiel über die Bühne. Dann tanzten die Akrobaten, verdrehten ihre Körper, der Feuermann schluckte und spuckte Feuer, und als gerade der Muskelmann seine Ketten einpacken wollte, die er zweimal, dreimal zerrissen hatte, trat der vierschrötige Kettenschmied Baldur von der unteren Pader vor und wollte es ihm gleichtun.
Der Kettenreißer war von gewaltiger Körpermasse, kahlköpfig, mit einem Kupferring im Ohr. Baldur hielt ihm die Hände hin, der Mann sollte ihn fesseln. Mehrfach schlang er rasselnd die Ketten um Baldurs muskulösen Oberarme. Der begann zu ziehen und zu zerren, stieß gewaltige Laute aus, rollte mit den Augen, ging in die Hocke, drückte und preßte, dehnte und spannte, es half alles nichts, die Ketten fielen nicht.
Der Muskelmann kam näher, schnaufte wie ein Ringer, hob die Hände, als wolle er Baldur in den Klammergriff nehmen. Aber es war mehr eine Drohung, um dem unterlegenen Schmied Angst einzujagen. Er war ein, zwei Schritte von ihm entfernt, da machte Baldur einen Ausfall, trat nach ihm, und sein Fuß traf den Leib unterhalb des Herzens. Der Protz fiel in die Knie, krümmte sich nach vorn und rang nach Luft. Baldur hatte die Arme erhoben, einer seiner Gesellen kam und wickelte die Ketten ab. Plötzlich, er hatte wohl zufällig an einen geheimen Verschluß gefaßt, fielen die Ketten auseinander.
„Betrug, Betrug, ich habe doch gleich gewußt, daß es hier nicht mit rechten Dingen zugeht." Er warf den Kettenhaufen auf den am Boden liegenden Akrobaten, der nur mit knapper Not dem gefährlichen Wurfgeschoß ausweichen konnte.
Die Musiker begannen einige fröhliche Weisen zu spielen und entspannten die hitzige Situation. Bürger trafen sich und luden sich gegenseitig zum Umtrunk ein. Auch der Bürgermeister schlenderte zusammen mit seiner Tochter über den Platz, begrüßte hier und da die Handwerker, die anderen vornehmen Kaufleute, die Domkapitulare, hielt mit den Herren ein munteres Schwätzchen oder verbeugte sich in Richtung des einen oder anderen adeligen Ritters. Eleonore ließ ihre Augen umherschweifen. Irgendwo mußte doch der Dombaumeister stecken. Sie drehte sich verführerisch in den Hüften und wiegte sich zur Musik in kleinen, nur mehr angedeuteten Tanzschritten, als sie weitergingen. Nicht lange, da traf Bürgermeister Endehachte in dem ganzen Trubel auf den Dombaumeister. Eleonore stieß den Vater in die Seite, er sollte sie doch mit Matthäus bekannt machen.
„Guten Abend, Herr Bürgermeister, guten Abend, schöne Tochter Eleonore. Ich habe im Dom dieses Spitzentüchlein gefunden. Es hat die Großbuchstaben E+E. Ich glaube, es gehört Euch. Erlaubt, daß ich es zurückgebe."

Eleonore neigte leicht den Kopf und zeigte sich als eine sehr geschickte Schauspielerin. Sie wurde überhaupt nicht verlegen oder rot und hauchte nur ein leises „Ja" als Antwort.
„Jedoch bitte ich den Vater höflich, mir einen Tanz mit seiner Tochter zu erlauben!"
„Es sei Euch gewährt, Dombaumeister!"
Der verbeugte sich galant vor Eleonore, die sich sogleich noch mehr drehte, als habe sie nur darauf gewartet, zum Tanz gebeten zu werden. Matthäus reichte ihr seinen Arm, in den sie sich sogleich einhakte. Ihr Vater strahlte, als das Paar die Holzstufen am Tanzpodest hochstieg.
„Das wäre doch ein Schwiegersohn! Tüchtig und anerkannt, eine gute Partie für meine Eleonore!"
Schon drehten sie sich zu den Klängen von Flöte und Drehleier. Das Tamburin rasselte. Die Trommel schlug immer schneller. Immer wilder wirbelten die beiden im Kreis herum, bis endlich die Spielleute eine Pause machten. Schwer atmend lehnten beide an der Brüstung des Podiums.
„Ihr seid ja ein geübter Tänzer. Und ich dachte, Ihr könntet nur Kirchen und Kathedralen entwerfen, die Maurer und Steinmetzen zur Arbeit antreiben und beim Bischof das Geld abholen."
„Und ich dachte, Ihr könnt nur schöne Seidentüchlein auf den Boden flattern lassen, um arme, unschuldige Männer in Eure Falle zu locken!"
„Oh, Ihr seid schnell mit der Zunge. Sagt man das einer Dame?"
„Kommt, Eleonore, laßt uns einen Becher Wein trinken. Ich will nicht streiten, heute bin ich ein glücklicher Mensch. Teilt das Glück mit mir!"
Endehachte richtete einige Zeit später für seine Eleonore und den Schwiegersohn Matthäus eine prächtige Hochzeit aus, von der die Stadt noch lange sprach. Von nun an steckte die junge Frau ihr langes Haar „unter die Haube", denn nur unverheiratete Mädchen durften ihre Frisur offen und lang tragen. Das Paar zog in ein stattliches Haus in der Nähe des Domplatzes, das Jahr um Jahr von Kindergeschrei erfüllt war.

1241 Schlimme Kunde drang in die Bischofsstadt über den Paderquellen: Die „Geißel Gottes", das Mongolenheer, hatte ein vereintes deutsch-polnisches Ritterheer bei Liegnitz vernichtend geschlagen. Fahrende Sänger und Fernhändler, die seit einigen Tagen in die Stadt kamen, berichteten in wahren Schauermärchen über das, was sich an der Grenze Schlesiens abgespielt hatte.
In einem kleinen, behaglich eingerichteten Saal des bischöflichen Palastes zu *Patherborne* saßen an diesem Abend Fürstbischof Bernhard und sein Dombaumeister Matthäus im ernsten Gespräch zusammen.
„Alles fällt auseinander", sagte der Bischof nachdenklich, „der Traum

vom abendländischen Reich, von der Gemeinschaft und dem wiedererstandenen Imperium ist vergessen. Wen das Feuer im eigenen Hause gefährdet, der hat keinen Blick mehr für den Nachbarn, für die große Idee der Vereinigung. Die Menschheit ist des Hoffens müde geworden, niemand glaubt mehr an eine friedliche Zukunft ohne Kampf und Streit, vor allem, wenn die gelben Dämonen unser Land überschwemmen."
Matthäus wagte einen Einwand: „Aber der Kaiser, er hat sich doch mit einem Aufruf an die gesamte Christenheit gewandt?"
„Ja, ja, er hat das an Waffen furchtbare Germanien, das an tüchtigen Soldaten reiche Frankreich, das kriegerische und kühne Spanien, das über viele Kriegsschiffe verfügende England, das mit ungestümen Kämpfern gesegnete Schwaben, das seebeherrschende Dänemark, das ungezähmte Italien, das des Friedens ungewohnte Burgund, das ruhelose Apulien und die Inseln des griechischen Meeres, das kampffrohe Irland und Schottland und das eisige Norwegen wegen seiner auserlesenen Männer zur Kreuzesfahne gerufen, aber", und da machte Bischof Bernhard eine lange Pause, in der er niedergedrückt in die Ferne blickte, „aber der Kaiser selber bleibt dem Unternehmen fern!"
Der Baumeister nickte wissend: „Seine Kräfte werden von dem Kampf mit dem Papst in Anspruch genommen!"
„Daher blieb sein leidenschaftlicher Aufruf ohne Wirkung. Die Christenheit versagt vor dieser Aufgabe, deren Größe und Bedeutung niemand erkennt. Ja, nicht einmal die deutschen Fürsten gehorchen dem Appell des Kaisers."
„Gestern abend in der Schenke hörte ich den Bericht eines Fernhändlers. Herzog Heinrich von Schlesien mußte ohne Hilfe dem Anprall der Mongolen standhalten?"
„Ihr habt richtig gehört. Allein mit einem kleinen, schwergepanzerten Ritterheer traf er auf die Übermacht des Großkhans. Am Abend steckte sein abgeschlagener Kopf im Lager der Sieger auf einer Stange."
„Der Sänger in der Schenke hat es noch drastischer geschildert: *Es war die Hölle selber, die sich auftat. Wie eine einzige Woge erhob sich die Erde, wälzte sich wie eine Mauer von Pferde- und Menschenleibern näher und starrte aus Zehntausenden geschlitzter Augen. Über diesem Meer der windschnellen Reiter flatterten seltsame Schreckgespenster: mit heißer Luft gefüllte Drachen, Fratzen und Riesenmasken.*
Verloren schwankte die Ritterschaft auf dem Felde von Liegnitz und versank unter einem Wald von Lanzen, unter Wolken von Pfeilen.
Als die Mongolen unter Fürst Orda vom Schlachtfelde ritten, führten sie sechs Säcke mit abgeschnittenen Menschenohren als Trophäen mit fort.
Von den Leichenhügeln bei Liegnitz bog der Strom nach Süden ab, um sich der Hauptmacht des Fürsten Batu anzuschließen. Der hatte den ungarischen König

Bela besiegt; unaufhaltsam brauste die Sturmflut gegen die offenen Tore des Westens."
„Oh Gott, bei dieser drohenden Gefahr aus dem Osten brauche ich Hilfe, Dombaumeister. Ihr müßt eine Gebetsstation, ein Bild, eine Ikone, ein Darstellung von so fesselnder Leidenschaft schaffen, daß von da die heißesten und inbrünstigsten Gebete zum Himmel geschickt werden!"
Nur der Herr selbst konnte noch Hilfe bringen gegen die grausamen heidnischen Barbaren, wenn Kaiser und Papst sich lieber gegenseitig bekämpften, statt den Gläubigen zu Hilfe zu kommen.
„Ich habe schon eine Idee. Gleich morgen werde ich sie auf ein Gipslaken zeichnen und Euch vorstellen."
Der Bischof griff zu dem geschliffenen Pokal aus böhmischem Glas und trank seinem Gegenüber zu.
Der Baumeister erhob seinerseits das Glas und dankte für den neuen Auftrag.

Wenige Wochen später kam Fürstbischof Bernhard mit seinem Domkapitel und den Hofbeamten in die östliche Arkade des Hasenkampes. Sie wurden vom Dombaumeister und einigen Bildhauern der Dombauhütte empfangen und bestaunten das neue Werk im Dom, das Heilige Grab.
„Seht nur, Ihr Herren, die beiden Diakone mit dem Weihrauchfaß, wie sie zum andächtigen Gebet schreiten. Dies soll ein gutes Beispiel sein!"
Der hochbetagte Dompropst Anselmus schob sich vor: „Hier läßt sich still und flehentlich beten. Es ist vorzüglich gelungen, Meister Matthäus."
„Nicht allein mein Verdienst, meine Bildhauer haben schnell und außerordentlich gut gearbeitet."
Auch der Kämmerer, der seinerzeit die Verhandlung gegen den Dombaumeister Johannes geleitet hatte, konnte sich des Lobes nicht enthalten. Und er hatte noch einen weitergehenden Vorschlag.
„In vielen Domkirchen", wandte er sich an Bischof Bernhard, „ist der Chorraum vom Kirchenschiff abgetrennt. Auch wir Herren des Domkapitels sollen täglich das Stundengebet verrichten. Es wäre gut, einen stillen Raum, getrennt von dem Getriebe der Wallfahrer und Pilger, zur vollkommenen Andacht zu bekommen!"
Das leuchtete dem Fürstbischof ein, und er bat den Dombaumeister, schon in den nächsten Tagen mit dem Einbau eines steinernen Lettners zu beginnen.

Ein fahrender Sänger zog durch das Westerntor nach *Patherborne* ein. Es war die Zeit des Marktes. Bauern und Händler, Handwerker, Bürger der

Stadt und Scharen von Pilgern, die den Dom aufgesucht hatten, füllten den Domplatz. Walther nahm seine Laute und begann die Geschichte von der Rettung vor dem Mongolensturm vorzutragen: *„Hört, Volk von Patherborne, wie die glückliche Errettung von der Geißel Gottes war. In der Weite der tibetanischen Hochfläche grub ein Kaninchen seine Gänge. Darüber ritt Ügetai, der Großkhan des Ostens, zur Jagd, und sein Pferd trat im sausenden Galopp in den Kaninchenbau und überschlug sich. Die begleitenden Leibwächter zerrten den Toten unter dem Gaul hervor.*
Als nun die Kunde auf hundert Rossebeinen um den Erdball geflogen war und Batu erreicht hatte, wandte Fürst Batu mitten im Siegeslauf seine Banner nach Osten zurück. Er wollte dabeisein, wenn die Khane den neuen Herrn des ungeheuren Reiches erwählten."
Der Herr hatte die Gebete seiner Gläubigen erhört.
Bald erfüllten Glocken mit ihrem Festgeläut den Himmel über der Stadt, durch alle Gassen und Straßen wogten die Züge der Gäste aus dem Umland. Mit Kreuzfahnen zogen Prozessionen durch die Stadttore, Prälaten und Grafen mit reichem Gefolge ritten zum Domplatz, auf dem die Menschen dicht an dicht standen. Fürstbischof Bernhard schritt durch das Paradiesportal in den Dom. Der schillernde Zug der weltlichen und geistlichen Macht rauschte und klirrte an den Bürgern vorüber und erreichte das Gestühl im Chor. Der Dankgesang der Mönche brauste durch den Dom: „Hoch preisen will ich dich, mein Gott und König, will deinen Namen rühmen für und für ..."
Die Bischofsstadt, das ganze Abendland atmete erleichtert auf und dankte Gott in feierlichen Prozessionen und Messen. Im Dom über der Pader waren treppenförmige Sitze aufgerichtet, die mit kostbaren Fellen und Tuchbahnen bedeckt waren. Jetzt, als der Bischof den Introitus: „Ich freue mich im Herrn und frohlocke in Gott, meinem Heiland" betete, flüsterte der Dompropst leise mit Herrn Matthäus. „Feinde lauerten ringsum, mit Eurem prachtvollen Grabmal habt Ihr die Menschen angetrieben, innige Gebete zum Himmel zu schicken. Und wir haben nun unseren stillen Andachtsraum hinter der Trennmauer, dem Lettner. Wir müssen Euch ebenfalls danken, Baumeister!"
Sie knieten alle nieder und empfingen den Segen vor dem Kreuzaltar, den der Bischof vor dem Lettner hatte errichten lassen.

1247 Zum Nachfolger Bischof Bernhards, der in diesem Jahr gestorben war, wurde sein Neffe gewählt, der Edelherr Simon zur Lippe. Um sich die Unterstützung der Landstände zu sichern, mußte er schwören, die Städte, Burgen und Festungen des Hochstiftes nicht zu veräußern, die Hochvogtei nicht zu verlehnen, den Besitz der Adligen zu beschützen und alle Rechte anzuerkennen.

Unglücklicherweise verlor er eine Fehde gegen den Kölner Erzbischof und Herzog von Westfalen und geriet in die Gefangenschaft des Kölners; zwei Jahre lag er in den Kerkern des Münsteraner Bischofs. Nach seiner Rückkehr suchte er die zerrütteten Verhältnisse im Bistum zu ordnen und griff sogar im Domkapitel mit ungewohnter Härte durch: Dem Friedensvertrag hatten die Städte *Patherborne* und Warburg zuzustimmen. Den alternden Dompropst Anselmus bat er, seinem Neffen Otto von Rietberg Platz zu machen. In der folgenden Zeit vollendete er die Gründung der Stadt Nieheim, befestigte Salzkotten, Kleinenberg, ließ Blankenrode und Driburg errichten und verlieh Steinheim Stadtrechte, gewann in Brakel Einfluß und ließ das Archidiakonat von der Iburg nach Brakel verlegen. Dennoch bekam er schon bald die Eigenständigkeit der Städte zu spüren.
Als die Bürger von *Patherborne* zu ihrem erprobten Mittel griffen und wieder einmal ihren Bischof aus der Stadt sperrten, hatte er nur wenig Kraft zum Widerstand und flüchtete 1275 nach Neuhaus, wo am Zusammenfluß von Pader, Lippe und Alme eine Domburg entstand. Hier residierte er für den Rest seiner Jahre an der Bistumsgrenze.

Auf einer Reise diktierte er in Lippstadt sein Testament:
Ich, Simon, von Gottes Gnaden Bischof von Patherborne, mache kund und sage öffentlich, daß ich angesichts des nahen Todes meine Angelegenheiten in Form eines Testamentes ordne. Ich bekenne meine Verirrungen und widerrufe und korrigiere sie, soweit ich es vermag.
Die Besitzungen der Söhne des Widego habe ich freigegeben. Der Gräfin von Patherborne sollen 60 Mark gegeben werden. Desgleichen gehört der Pömbsener Zehnt der Kirche in Pömbsen. Außerdem gehören die Zehnten von Nigenhus, Nieheim, Steinheim, Schunen, Malrede der Kirche St. Peter und Andreas in Patherborne. Ich bekenne, daß ich unrechtmäßig gehandelt habe, wenn ich Maßnahmen bezüglich der Besitzungen der Domkapitulare und anderer Kirchen der Diözese getroffen habe. Ich erkenne an, daß die armen Hofbeamten sich gleicher Rechte erfreuen sollen wie die vermögenden. Ich bekenne unter Anrufung des Letzten Gerichtes, daß ich den Brief, den ich den Patherborner Bürgern gegeben habe, deshalb so abfaßte, um größeres Übel, nämlich die Zerstörung des Landes, zu verhindern.
Dieses Bekenntnis und Eingeständnis habe ich mit meinem Siegel versehen.
Lippstadt, 5. Juni 1277

Die Bürger von *Patherborne* hatten endgültig über die Willkür der Bischöfe gesiegt.

Paderbrunon

1385-1394

1385 Dreimal in der Woche hatte die Stadt einen Markttag. Dann hing aus dem Rathausfenster eine große, rote Fahne. Des Morgens im Dämmerlicht, wenn die Stadttore noch geschlossen waren, kamen schon die Bauern aus dem weiten Umland der Bischofsstadt, aus den verschiedenen Bauerschaften, von der weiten Hochfläche, aus dem Sintfeld, entlang des Hellwegs, aus der Börde rund um Soest. Händler aus den näher und weiter entfernt liegenden Städten, ob Warburg und Brakel oder Münster, Osnabrück, gar von Köln oder von der Nordsee, standen auf dem Platz, sogar aus dem fernen Holland, die ihre Waren anpreisen und handeln wollten, und am Dom warteten die westfälischen Bauern, um zu verkaufen und gutes Geld mit nach Hause zu bringen. Sie alle hatten bisweilen die halbe Nacht vor der Stadt gelegen, der eine oder andere sogar die ganze Nacht, da sie am Abend zuvor erst nach Toresschluß angekommen waren. Aus allen Himmelsrichtungen zogen die Trecks heran, kleine und große Karren schaukelten über die steinigen Wege und durch ausgefahrene Hohlwege auf die Stadttore zu, während die Sonne langsam am Horizont hochkletterte. Sie warteten geduldig, bis sich hinter den Mauern die Stadtwächter rührten und knarrend die dicken, schweren Torflügel öffneten.

„Halt!" – Die Pike senkte sich vor Frans ten Brummelhuis, der mit einer Fuhre feiner Tuche den Markt aufsuchen wollte.
„De Coepmannen van Deventer haben freies Marktgeleit!" rief er und schwenkte ein Dokument, das vom Bürgermeister der Stadt *Paderbrunon* ausgestellt worden war. Im Gegenzug konnten die Fernhändler der Paderstadt in Holland ihre Waren anbieten.
„Vergeßt nicht, am Rathaus vorbeizugehen. Ihr dürft Eure Ware erst feilbieten, wenn das Geldwertzeichen aufgedruckt ist!"
„Ich weiß, bin ja nicht zum ersten Mal hier."
Sie lenkten den Karren zum Rathaus, und ein Zollknecht drückte ein Zeichen mit dem Eisenstempel auf die verschnürten Ballen. So kontrol-

lierten sie am Ende des Markttages, vor allem wenn die Händler die Stadt verließen, wieviel verkauft worden war, und rechneten die Zölle aus.
Danach durfte Frans durch die Gassen zum Domplatz weiterfahren.
„Hier Geerd, das ist die Stadtwaage", wies er seinen Fuhrknecht auf den Wäger hin, der unter einem Dachvorsprung sein Wiegegerät befestigt hatte: An einer Kette hing ein eiserner Vierkant, der den Waagebalken hielt und an beiden Enden in Haken auslief. Daran pendelten die Wiegebretter, mit Seilen an den Haken befestigt. In einem Eisenkessel lagen die Gewichte.
„Gott sei Dank, wir müssen nichts auswiegen, wir haben nur abzumessen, aber Jan aus Almelo, der mit seinen vielen Käselaibern, wird viel zu tun haben!"
Sie beobachteten, wie sich die Kaufleute um die Stadtwaage drängten. Der Wägemeister wartete. Seine drei Knechte legten die großen und kleinen Gewichte bereit. Da war auch sein Landsmann Jan, er gab dem Wägemeister die Hand, begrüßte andere Kaufherren und sagte: „Kommt heran, Ihr Herren, und nehmt jetzt Euer bestelltes Gut in Augenschein! Gebt gut acht, daß Ihr Euer richtiges Gewicht bekommt, wiegt selber mit, wenn es Euch nicht zu stimmen scheint!"
Ein Stück nach dem anderen wurde gewogen. Der Wägemeister rief mit lauter Stimme die Namen der Kaufleute auf. Sie paßten scharf auf und nahmen der Reihe nach ihre Waren entgegen. Kaum waren die Kaufleute abgefertigt, drängten einige Bauern mit vollen Kornsäcken an die Stadtwaage. Zwei Bauern hatten es besonders eilig, sie wollten die auf ihren Karren hoch aufgetürmten Hopfensäcke wiegen lassen.
„Die Biergeigen warten, bald ist wieder Brautag, laßt uns mal vor!"
Ehe ein Streit ausbrach, trieb Frans seinen Gehilfen weiter. Sie mußten nochmals zum Rathausportal zurück und das vergessene Maß halten.
„Hier, Geerd, halt den Stab mal an das Stadtmaß, ob unsere Ellen auch stimmen! Hätte ich doch beinahe vergessen."
Der Tuchhändler zog einen geglätteten Holzstab aus einer Satteltasche und gab ihn seinem Gehilfen. Der trat an die Rathaustür und verglich den Holzstab mit der dort angebrachten Elle.
„Das Maß ist genau, Minheer Frans, wir müssen keine Kontrolle fürchten."
Während der Gehilfe des Holländers die Maultiere von den Lasten befreite und losschirrte, beobachtete Frans die rastlose Geschäftigkeit zwischen den Marktständen. Besonders ein Zelt, das mit bunten Fähnchen geschmückt war, zog die Aufmerksamkeit vieler Schaulustiger auf sich. Ein buntgekleideter fahrender Sänger stellte Tafeln mit Malereien auf, die Geschichten erzählen sollten.

Frans, der Holländer mit dem neuen roten Wagen, wurde abgelenkt, denn gerade trat die Marktaufsicht an seinen fertig aufgebauten Stand, zwei Männer, die einen kurzen Leibrock trugen, der mit einem schmalen Ledergürtel um die Hüften gerafft war. Darunter ein Hemd mit weiten Ärmeln. Die Beine umschlossen eng anliegende Strümpfe. Auf dem Kopf hatten sie einen Filzhut, dessen Rand nach oben eingerollt war.
„Morgen", sagte der eine kurz angebunden und stützte sich gewichtig auf seinen langen Stab, seine einzige Waffe, die er wahrscheinlich eher nutzte, um aufgebrachte Händler zurückzuhalten, „ich bin der *Underkop*, das ist der *Upschroer*", wies er auf seinen Begleiter, „wir sind vom Stadtrat beauftragt, den Markt zu überwachen. Könnt Ihr die Mitgliedschaft zur hansischen Kaufmannsgemeinschaft und Fahrtgenossenschaft vorweisen?"
Frans zog ein Schreiben aus seinem Wams.
„Hier sind alle Privilegien eines hansischen Kaufmanns, verbrieft und gesiegelt."
„Nun gut", der *Upschroer* sah sich das Siegel an, „zahlt jetzt Euer Standgeld."
Er hielt ihm die Hand hin, und der Tuchhändler zählte drei Silberpfennige hinein. Der Aufseher ließ die Münzen in den Beutel fallen. Vom Dom her nahte eine respektgebietende Gruppe, an der Spitze der würdevolle, allerdings vom vielen Studieren in seiner recht dunklen Kammer sehr bleichgesichtige Dompropst Wolter im wallenden Gewand, begleitet von sechs bischöflichen Wachsoldaten, die mit Schwert und langer Pike bewaffnet waren. Er blickte gar nicht vergnügt auf das Treiben, blieb stehen, runzelte die Stirn und schüttelte mißbilligend den Kopf. Unter seinem schwarzen Überwurf bauschte sich ein größerer Gegenstand, den er besorgt zu verdecken suchte.
Während das Geldgeschäft am Tisch des Holländers abgewickelt wurde, zog ein kleiner Trupp von städtischen Amtsknechten auf, die ähnlich wie der *Underkop* gekleidet waren, nur führte einer von ihnen eine Trommel mit, alle waren sogar mit einem längeren Dolch bewaffnet, der im Gürtel steckte. Auf ihren Umhängen war das Zeichen der Stadt eingestickt. Der Trommler rührte einen Wirbel auf dem Kalbfell, der zweite Mann schob die Leute zurück, und der dritte entrollte eine größere Urkunde, von der Siegelbänder herabhingen.
„Hiermit tut der Rat der Stadt *Paderbrunon* jedermann kund und zu wissen, daß die Einschränkung der Marktfreiheit durch den Herrn Bischof wieder aufgehoben ist. Alle Ein- und Ausfuhrzölle sind ausschließlich dem Stadtrat abzuliefern. So der Spruch des Schiedsgerichtes, bestehend aus den Herren Friedrich von Brenken und Heinrich Westphalen."

Wieder rollte ein Wirbel, und der Trupp marschierte zur nächsten Ecke, um die Bekanntmachung vorzulesen.
Der kleine Aufzug um den Dompropst kam näher.
„So war das also mit dem Streit zwischen Bischof und Stadtrat", wandte sich der Händler aus Deventer an seinen Nachbarn, einen Sensenschmied, „jetzt kann er also kein Geld mehr eintreiben für Simon II. von Sternberg, der seit einiger Zeit recht glücklos auf dem Bischofsstuhl sitzt und nicht weiß, wie er die Kasse auffüllen soll."
„Wann wart Ihr zum letzten Mal hier, Holländer, viel ist seither los gewesen. Erst erhält unser Herr Domdechant und Graf Sternberg ohne Wahl seines Domkapitels in Rom den Bischofsstuhl vom Papst. Dann kauft er als Fürstbischof für die beachtliche Summe von 6 000 Florenen das Marschallamt von Westfalen. Als wenn er genug Geld im Säckel hätte, dieser Bischof Simon, Graf Sternberg!"
Ein Schuhmacher aus Brakel schob sich hinter seinem Marktstand hervor und mischte sich in das Gespräch: „Damit hatte er aber den militärischen Oberbefehl und die hohe Gerichtsbarkeit."
„Ja, ja, die hätte er dann auch besser behalten! Heute könnte er viel besser gegen das Gesindel im Land vorgehen. Aber zurückgegeben hat er das Amt!"
„Das wundert mich, denn hier läuft Euer Fürstbischof immer mit dem Waffenrock herum. Nur neulich beim Liboriusfest hat er beim Pontifikalamt geistliche Kleidung getragen."
„Und dabei ist es auch geblieben, zweimal soll er die Mitra aufgesetzt haben! Für Sakramente und Segnungen hat er hier seinen *Wiggelbiscop.*"
Frans aus Deventer schüttelte den Kopf, daß die lockigen Wellen seiner Haare lebhaft hin und her flogen, und hatte noch eine Frage.
„Und warum sind seine Kassen leer? Früher war das doch nicht so, da ist der weit über die Landesgrenzen bekannte Dom und so manch ansehnliches Gebäude hier auf dem Platz errichtet worden."
„Der Graf hat so viele Schulden, daß er eine Burg nach der anderen verpfänden mußte. Deshalb hat er auch dem Stadtrat alle Marktrechte, die Bier- und Brottaxe und die Zolleinnahmen verkauft. Aber dat reicht immer noch nich ..."
Gemessenen Schrittes war inzwischen der bischöfliche Trupp zum Haus des Goldschmieds weitergezogen. Auch die Marktaufseher machten, daß sie weiterkamen; einer der beiden brummelte so etwas wie „Gute Geschäfte" und zog mit dem *Underkop* zum nächsten Händlertisch.
Vom Nachbarstand klang lautes Gelächter. Der mehlbestäubte Bäcker schubste ausgelassen einen anderen Mann vor die Brust: „Das hätte dem Geldschneider Simon so gefallen, wenn er auch noch von uns Handwerkern und von Euch Händlern die Zölle hätte kassieren können!"

„He, he, he, he", meckerte vom Nachbarstand der Schneider in seinen Spitzbart, den er bei dem ausgestoßenen Lachen immer wieder liebevoll strich, „und erst die Biertaxe, da war der Bischof ja wie wild hinterher!"
„Ja, Meister Lemke, Ihr habt recht, aber sauft deshalb keinen Humpen Bier mehr, sonst werden die Nähte wieder mal krumm und schief!"
Die beiden anderen brüllten vor Lachen über ihren vermeintlichen Witz. Der Schneider drehte sich gekränkt um und setzte sich mit einem Schwung auf seinen Schneidertisch, kreuzte die Beine, griff sich einen Stoff und begann heftig in diesen einzustechen und die Fäden durchzuziehen.
Ein Braumeister aus der nahen Schenke schob sich vor, blickte von einem zum anderen und strich sich über die lange Lederschürze.
„Es stimmt ja, was der Kleidermacher sagt, aber viel mehr bluten müßten die Pfeffersäcke, diese Kaufleute werden ja steinreich, wenn die Marktgeschäfte hier so weiterlaufen. In alle Welt gehen heutzutage die Handelsgüter aus *Paderbrunon*."
Meister Lemke wollte die Kränkung nicht auf sich sitzen lassen und rief vom Tisch her: „Seid mal nur nicht so sicher mit Eurem Ausschank, Braumeister, inzwischen gibt es in der Stadt sechs Biergeigen. Hoho, *sechs* Bürger dürfen Bier brauen und ausschenken! Wollen mal sehen, wo es das süffigste Bier gibt!"
„Richtig, nun bin ich an der Reihe, und heute abend werde ich den Bierwisch zur Tür hinausstecken. Da kannst du kommen, wenn du Durst hast, denn meine Braustube ist geöffnet!"
„Wenn das eine Einladung ist, komme ich gern!"
„Ja, ja, komm nur Meister, deine durstige Seele werden wir schon tränken können. Und wenn's Geld nicht reicht vom Markttag, dann hab' ich auch noch mein Hausbier, schön säuerlich, das macht besonders lustig!"
Lemke kniff Augen und Lippen zusammen, nahm seine Elle und schlug nach ihm, der dickbäuchige Braumeister ließ sich's gefallen, fing mit gewaltiger Pranke den Stab auf und schob ihn zur Seite.
„Damit kannst du nur Fliegen verscheuchen", meinte er, den leichten Schlag abwehrend. „Wir haben ganz andere Sorgen, denn ich hab' vor einer Woche auf Lippspringe zu einen Bauern erwischt, der Hopfentreber auf dem Karren hatte. Man konnte es von weitem riechen. Der wollte doch wahrhaftig selber Bier brauen und unter unserem guten Namen verkaufen!"
Der Schneider wurde neugierig, rutschte näher auf seinem Sitz.
„Und, was habt Ihr gemacht?"
„Wir sind bei Nacht und Nebel mit großer Mannschaft an die Lippe auf den Hof des Bauern Pott gezogen, und dann krachten die Schläge, die Äxte zerschlugen das Holztor. Fuderfässer wurden auf den Hof ge-

wuchtet, Beilhiebe fuhren hinein, und das schwarzgebraute Bier floß in die Mistkuhle. Hauruck, und das zweite, das dritte. Als die Bauern sich erst zusammengefunden hatten und mit Spießen und Mistgabeln bewaffnet anrückten, da roch der ganze Hof nach Bier."

Der Bäckermeister wollte es genauer wissen.

„Und, die Bauern, haben die so tatenlos zugesehen?"

„Wir rückten gegen die Schwarzbrauer vor, waren zwanzig, dreißig Kerle, die Gesichter schwarz wie Pech, vom Licht der Fackeln höllisch angeleuchtet. Einer von uns war wie der Gottseibeiuns selber angetan, trug ein Bocksgehörn auf dem Kopf und einen Pferdeschweif am Rücken. Er stieß ein wüstes Gelächter aus und brüllte:

Zu spät des Sünders Reue ist;
das schwarze Bier läuft auf den Mist.
Ein nüchtern Bauer Gott gefällt,
macht Kopfweh nicht und spart das Geld.

Und bei unserem wahrhaft höllischen Gelächter zogen es die herbeigeeilten Männer des Bauern doch vor heimzugehen."

Der kleine Schneider hatte schnell ein Kreuzzeichen geschlagen, als vom Gottseibeiuns die Rede war. Für seine zarte Seele war das zuviel; ob er da heute abend zu Gast sein konnte?

An seinem Stand zog der Holländer einen Geldbeutel vor, blickte hinein und gab seinem Gehilfen Bescheid.

„Geerd, ich geh' mal zum Wechsler rüber, muß noch Kleingeld haben. Paß auf die Ware gut auf!"

Als er in der großen breiten Gasse zwischen allen Marktständen verschwand, trommelte plötzlich wieder irgend jemand. Auch der ängstliche Schneider drehte sich erschrocken auf die andere Seite. Was war denn nun schon wieder los?

Ein Kleinhändler kam geritten und schlug mit zwei Schlegeln auf eine kleine Trommel ein, um auf seine Ware aufmerksam zu machen. Ziemlich abgerissen sah er aus, im Gesicht hohlwangig, bot er einen wenig gesunden Anblick. An den Sattel war ein Esel mit langer Leine gebunden, der hinter Pferd und Reiter hertrottete. Er sah recht zerzaust aus, und die zwei oder drei Ballen auf dem Rücken des müden Grauen schienen zerfleddert.

„Wohl verschlafen? Müßt auch früher aus den Federn! Warum kommt Ihr jetzt erst, wo bereits die meisten Geschäfte getan sind?"

Schadenfrohe Sprüche mußte er sich anhören, nur wenig Mitleid klang dem spät eintreffenden Händler entgegen.

„Ach", begann er zu klagen, während er seine geringe Ware vom Esel nahm, „ich hatte mich früh auf den Weg gemacht und wollte auf der Höhe nach Salzkotten unter dem Schatten des Lindenbaums eine kleine

Rast halten, um Käse und Brot zu verzehren. Die Häher im Wald hinter mir machten ein gewaltiges Gezeter. Ich sprang auf und sehe einen Reiter aus dem Gesträuch heraussprengen. Wohin sollte ich? Um mich herum überall offenes Weideland, der Wald weit hinter mir. Und ein Kampf zwischen meinem Gürtelmesser und dem Ritterschwert war hoffnungslos!" Er legte ein paar Teile auf den Boden, die er aus den Säcken holte.
„Ja, und, was ist weiter geschehen, erzählt!" waren alle um ihn herum neugierig geworden und kamen näher.
„Ich schickte ein Gebet zum Himmel und kletterte, so rasch ich konnte, in das Geäst der Linde. Meinen Grauen ließ ich stehen. Aber meine Geldkatze, die trug ich auf dem Leib. Schon war der Ritter unter mir, machte aber einen ziemlich trostlosen Eindruck, sein Kettenhemd zerrissen, der Schild verbeult, und, ob Ihr's alle glaubt oder nicht, der hatte einen Sprung in der Schüssel!"
„Was heißt hier Schüssel?"
„Na, sein Eisenpott, den er auf dem Kopf trug", grinste der Kleinhändler, „er entdeckte mich leider schnell, schlitzte die Ballen und Säcke auf dem Lasttier auf und wollte, daß ich ihm den Geldbeutel runterwerfe. Ich spuckte kräftig auf diesen Mistkerl und trat nach seiner Blechschüssel, die fiel ab. Nur gut, daß der jämmerliche Kerl weder Pfeil noch Bogen und auch keinen Speer bei sich trug. Er stieg mir nach, aber ich sprang auf ihn. Und mit der Wucht unseres zweifachen Gewichtes schlug er mit dem Kopf auf die dicke Lindenwurzel. Auch ich saß unsanft auf dem Boden, war aber geschwind wieder auf den Beinen. Ich sprang auf sein Pferd, und so bin ich hierher gekommen!"
„Recht so, das hast du trefflich gemacht. Hättest dem Strauchritter noch eins auf die Rübe geben sollen. Der gehört ins Jenseits befördert, brave Handelsleute zu überfallen!"
Alle waren der Meinung, daß der späte Händler viel zu glimpflich mit diesem Galgenvogel umgegangen sei. „Hättest ihn gleich aufspießen sollen!"
Langsam nahmen die Überfälle durch die verarmten Herren, die auf den verfallenden Ritterburgen saßen, überhand. Seit bewaffnete Bürgeraufgebote mehr und mehr Ritterheere im offenen Kampf besiegten und die Langbogenschützen des englischen Königs im großen Krieg mit Frankreich die Ritter des französischen Königs reihenweise erlegt hatten, sank die Bedeutung der Ritter für den Krieg immer weiter. Als arbeitslose Kriegerkaste gerieten sie zumeist in große Not. Auch sank ihr Ansehen zusehends. Vor Jahren hatten sie in dieser Gegend den „Falknerbund" gegründet, Johann von Padberg und Konrad vom Desenberg waren ihre Anführer. In Frankenberg allerdings hatten sie sich

blutige Nasen geholt, da wurden fünf Knechte des Padbergers gefangen und hingerichtet. Aber ein Gerücht lief durchs Land: Wieder schlössen sich weitere verarmte Ritter zusammen. Der Bischof müßte mit Heeresmacht dagegen einschreiten, meinten die Bürger von *Paderbrunon*.

Inzwischen war Dompropst Wolter im Haus des Goldschmieds, eine Monstranz unter dem Gewand, eingetroffen. Er besprach mit Lübbert de Sachs, wie das wunderschöne Stück aufgearbeitet werden sollte, denn einer der Strahlen des Kranzes aus feinem Silber war abgebrochen. Anlöten würde er ihn, dann polieren und in den Dom zurückbringen.

Der Dompropst verließ das Haus des Goldschmieds und nahm den Weg zurück über den Bäckermarkt in den Bischofspalast. Ein wildes Gezeter ließ ihn anhalten. Gerade wurde die Brottaxe von den städtischen Marktknechten eingefordert. Offensichtlich war sie den Bäckersleuten zu hoch. Besonders die Frau eines Bäckers feilschte um jeden Pfennig, während ihr Mann stumm daneben stand. Er hatte ein ziemlich einfältiges Gesicht mit den fast geschlossenen Augenlidern und den herabgezogenen Mundwinkeln, während seine Frau frische rote Wangen zeigte und vor allem ihre Augen flink und wachsam kreisen ließ.

„Ihr könnt auch nichts anderes, als ehrbaren Handwerkern das Geld aus dem Beutel holen. Dabei haben wir es sowieso schwerer als die Zunftkollegen hier in *Paderbrunon*."

Auch ihr Mann bekam sein Fett ab: „Wenn du nicht das Maul zum Essen aufmachen müßtest, wäre dir's längst zugewachsen! Sag doch auch mal was!"

Sie war stadtbekannt und von solch einer aufbrausenden Gemütsart, daß viele Käufer einen großen Bogen um den Stand machten. Wegen ihrer ständig mürrischen Miene nahm sie manchen Silberpfennig weniger ein. Heute trieb sie es gar ihrem Mann zu toll; endlich tat er den Mund auf und meinte träge: „Sieh du nur zu, daß du dich nicht einmal um Kopf und Kragen redest!"

Sie aber schimpfte weiter auf alles in der Welt, vom Marktknecht bis zum Bürgermeister, ja bis zum gnädigen Herrn Fürstbischof selber, der die neue Ordnung herausgegeben hatte. Dennoch rief sie dem zuschauenden Dompropst Wolter zu, die Aufsicht wieder über Bäcker und Brauer zu führen.

„Also, ich will Euch mal was sagen. Ist denn das gerecht, daß wir Bäcker aus dem Umland das Brot für dasselbe Geld schwerer und größer machen müssen als die Zunftkollegen aus der Bischofsstadt?"

„Zu Paderbrunon ist gottlob so viel Brot, daß wir fremder Bäcker nicht bedür-

fen, die es hier hineinbringen, so heißt es in Eurer Verordnung", leierte ihr Mann einfältig die Verordnung herunter.
„Du hast wieder nur die Hälfte verstanden, lieber Mann, denn da heißt es weiter: ,*Geschieht solches, so muß der Fremde ein Wecken von 2 Pfennigen auf einem Loth schwerer und größer backen als die paderbrunonschen Bäcker*'", empörte sich seine Frau nicht zu Unrecht.
Der Dompropst zuckte gleichgültig mit den Schultern: „Die Räte der Stadt wollten es so und haben sich's ja teuer erkaufen müssen: Am Paschafest und am Fest des heiligen Michael zahlt der Rat der Stadt an den Bischof dafür 18 Gulden!" Stumm waren sie alle geworden, die Marktknechte warteten zurückhaltend, bis der Dompropst fertig war mit seinen Erklärungen.
„Zwar hat Gottfried von Soest, Richter am Apostolischen Stuhl, das Gutachten unseres Bischofs Simon für richtig anerkannt und jedermann, der zuwiderhandelt, sogar die Exkommunikation angedroht, aber leider, leider", er seufzte mehrmals tief auf, „leider hat schon Bischof Otto die städtische Aufsicht über den Brot- und Bierhandel anerkannt."
Als die Bäckerin immer noch nicht die hohe Taxe bezahlen wollte, fügte Dompropst Wolter hinzu: „Es ist schon genug, daß wir unsere eigenen Geistlichen und Mönche zurückrufen müssen, die den Handwerkern hier auf dem Domplatz angeblich das Geschäft sauer machen!"
Da legte die Bäckerin erst recht los: „Das will ich Euch auch mal sagen, eine Sauerei ist das, wenn die Brüder aus dem Kloster hier Brot und Backwaren anbieten, billiger dazu!"
Damit hatte die Bäckersfrau in ein Wespennest gestochen, plötzlich hatte sie viele auf ihrer Seite, die vorher gelangweilt oder wenig interessiert ihr Gekeife verfolgt hatten. Auch der Braumeister schob sich in die Reihe der Streitenden: „Hat ja auch noch nicht aufgehört damit. Immer noch verkaufen die Mönche ihre Erzeugnisse vor unserer Nase. Und der Bruder Braumeister Albertus erst. Jetzt rollt er sogar seine Fäßchen auf den Domplatz und schenkt täglich den Pilgern aus. Ist doch nicht richtig, wo wir die Biergeigen haben!" Die Marktknechte hatten vorsichtshalber ihre langen Stäbe quer gelegt und hielten damit die aufgebracht miteinander redenden Händler und Marktbesucher zurück.
Dompropst Wolter zuckte wieder nur mit den Schultern, als wollte er sagen, was geht mich das an. Aber der Brauer hatte sich in Fahrt geredet: „Gerade haben wir vor, ein größeres Brauhaus zu bauen, weil wir Bier aus *Paderbrunon* nach Münster, Osnabrück, Kassel, Bremen, Herford und Oldenburg zum erschwinglichen Kauf bringen. Die Stadtkasse erhält dafür ihre Abgaben. Nun kommen uns wieder die Geistlichen ins Gehege! Der Bürgermeister selber hat gesagt, daß die Zolleinnahmen

aus dem gesamten Handel in der Stadt eine wichtige Einnahmequelle der Stadt darstellen. Und wo ist der Bischof?"
Er gab sich selbst die Antwort: „Der reitet am Rande des Sintfeldes herum und versucht, drei Ritter zu beschwatzen, vor dem Blankenroder Schloß eine Vorburg zu bauen, um den Herbold von Brobeck aus seinen Besitzungen zu verdrängen. Es wäre besser, er schafft mal hier mit harter Hand Ordnung!"
„Ja, und deshalb, gute Frau, entrichtet endlich die Brottaxe, damit die Geldtruhe der Stadt voller wird."
Der Marktknecht schubste sie hinter ihren Marktstand. Nein, sie wollte nicht zahlen, um keinen Preis der Welt. Und dann beschimpfte sie noch den Marktknecht.
Der aber packte ohne viel Federlesens die Frau und schleppte sie mit Hilfe seiner Begleiter vor den Marktrichter. Dieser war einer der Männer im Rat, die das Herz auf dem rechten Fleck hatten. Seine klugen Augen waren streng und doch gütig. Die Bürger, die heute die Gerichtslaube umstanden, sahen mit Achtung zu ihm hin; die Schuldigen traf er so, wie es das Wohl der Stadt erforderte. Ob die Kritik der Frau berechtigt war oder nicht – die Gesetze mußten erfüllt werden.
Die Bäckersfrau wurde an den Pranger geschleppt, die Hände in die Eisenringe geschlossen. Viele Leute spotteten bereits über sie. Sie blickte wütend umher. Arg traf sie die Entscheidung des Richters: Sie sei anzuketten und ein Korb mit alten Backwaren neben sie zu stellen. Solange sollte sie gefangen bleiben, bis der leer gegessen war. Die Bürger nickten einander lächelnd zu bei diesem Urteil. Recht geschah diesem frechen Weib! Sollte sie doch die Angelegenheiten den Männern überlassen! Selbst die, die noch vor wenigen Minuten durchaus ihrer Meinung gewesen waren, genossen nun grinsend diese amüsante Abwechslung.
Mühsam mußte sie sich mit dem schweren Eisen zu dem Behälter bücken, nahm das erste Stück Brot und begann zu kauen und kaute und kaute. Während sie weiter mühsam das alte, trockene Brot mümmelte, lief ihr Mann herbei und fuchtelte aufgeregt mit den Armen in der Luft umher.
„Herr Marktrichter, laßt mein Weib frei. Ich zahle das Geld sofort. Die macht mir sonst das Leben schwer, wenn ich schweige und sie nicht auslöse."
Mürrisch und widerwillig zählte er das Geld auf den Richtertisch.
„Aber das Brot ißt sie auf", schmunzelte der Richter, und erst als das letzte Stück in die vollen Backen geschoben war, durfte der Gerichtsdiener die Eisenfesseln aufschließen. Zeternd verließ das Bäckerpaar die Gerichtslaube; bis auf den Domplatz hörte man das Schelten und Schmähen der Bäckersfrau.

Als endlich die Sonne so hoch gekommen war, daß sie über die spitzen Giebelhäuser einen Blick auf den Domplatz tun konnte, war er voll von bietenden, fordernden, feilschenden, lachenden, lärmenden und hin und her hastenden Menschen, Männern wie Frauen. Bürger mit ihren Frauen am Arm schritten vorüber. Bauern vom Land boten Gemüse, Getreide und Äpfel an, auf ihren Karren und in kleinen Käfigen flatterte und schrie einiges Geflügel. Vor den Hallen des Rathauses hatten Goldschmiede und Wechsler ihre Tische aufgestellt. Sie alle machten gute Geschäfte an diesem Tag. Auch Frans ten Brummelhuis war recht zufrieden; jetzt bummelte er ein wenig an den Ständen der anderen Händler vorbei.
Hinter einem Tisch saß auch Lübbert de Sachs. Nachdem der Besuch aus dem Bischofshaus seine Werkstatt verlassen hatte, konnte er auch den Markt aufsuchen. Seine Familie mit über hundertjähriger Tradition war aus dem tiefsten Sachsenland in das alte Fachwerkhaus am Westerntor gekommen, sein Vorfahr hatte es dem glücklosen und Alkohol verfallenen Sibo abgekauft. Seit Generationen hatten sie kunstvolle Becher, Schalen aus Silber und Schmucksachen, ja goldene Gerätschaften für den Dom und die anderen Kirchen gefertigt und den guten Ruf des Handwerks in Sibos Haus wiederhergestellt.

Ein fein gekleideter Mann trat an den Tisch des Goldschmieds. Nur die Vornehmsten aus *Paderbrunon* gingen so stolz einher wie der. Er trug einen dunkelroten Samtmantel, ein Barett aus Pelzwerk und goldverzierte Schnabelschuhe. Er winkte seiner Frau zu, sie solle zu ihm an den Goldschmiedtisch treten. Scheinbar strahlte sein Gesicht ein gütiges Lächeln aus. Sein Mund zog sich in die Breite, Lachfältchen bildeten sich ringsum – aber seine blauen Augen blickten so kalt wie Eis. Er wies auf diesen und jenen Schmuck, doch sie wählte ein kostbares Perlengehänge aus, und er legte es ihr gleich mit protzigem Gebaren um den Hals. Es fiel weit über das goldgezierte Mieder. Kurz nur blitzte sie ihren Begleiter an, ein kaum merkliches Kopfnicken, sonst keine Geste, nicht mal eine besondere Gemütsbewegung wie ein überraschtes Lächeln, nein alles nicht, geschweige denn ein „Danke".
Nach dem Kauf nahm sie wieder ihre breite Schleppe, die sie über einer stattlichen Zahl von Röcken trug, und wandte sich langsam dem Tisch eines Spitzenhändlers zu. Ihr Gewand rauschte und knisterte.
So mancher Marktbesucher sah dem eindrucksvoll gekleideten Paar nach. Die beiden schlenderten gemächlich weiter und standen schließlich unweit des mit bunten Wimpeln geschmückten Zeltes, wo ein fahrender Sänger mit großer Meisterschaft die Saiten seiner Laute zupfte. Es war wohl so recht nach dem Geschmack der Begleiterin des feinen

Herrn, denn sie zupfte ihn am Ärmel, hier haltzumachen. Ein, zwei Schritte näher ging sie auf den singenden Poeten zu, sah ihn interessiert, ja erwartungsvoll an.
Dessen Kleidung war auffällig bunt: Er hatte seinen Kopf mit einem grünen Tuch umschlungen, dessen Ende auf die Schulter herabfiel. Im Scheitel dieses Turbans glänzte ein funkelnder Stein. Sein gelbrotes Kleid war kurios geschnitten, es bedeckte den Oberkörper, die Lenden, lief aber auf den Innenseiten der Schenkel gerafft zusammen. Der lange spitze Ausschnitt war mit kleinen Metallschellen besetzt, die immerzu ein fröhliches Gebimmel abgaben. Um das linke Knie hatte er ein weiteres grünes Tuch geknotet, unterhalb des rechten Knies waren an einer Spange weitere Schellen befestigt. Seine Füße steckten in besonders lang und spitz auslaufenden Schnabelschuhen aus weichem rotem Leder.
Er drehte und wendete sich anmutig mit seiner Laute im Arm, die er nur absetzte, um seine Worte nach einer eindrucksvollen Pause besonders wirken zu lassen oder um auf die gemalten Bilder zu deuten. Ein weiter Halbkreis von Händlern, Käufern, Müßiggängern und Pilgern hatte sich um das bunte Spektakel gebildet. „Wer ist das?" tuschelte Frans ten Brummelhuis seinem Nachbarn zu, auf das vornehme Paar deutend.
„Oh, Ihr seid wohl fremd hier, Herr, sonst würdet Ihr doch den Bürgermeister Gottschalk kennen. Er hat ein großes Handelshaus und vor der Stadt viele Ländereien in der Feldmark und auf der Haxter Höhe, dazu auch einige Meierhöfe. Fragt einmal herum bei den hohen Geistlichen und Rittern hierzulande, da ist kaum einer unter ihnen, dem der Herr nicht Geld geliehen hat."
Frans hatte gespannt zugehört. „Der Bürgermeister und seine Frau", tuschelte es jetzt in den Reihen hinter ihm. Gottschalk, der Wendische war es, der aus dem Land am Elbstrom an die Pader gezogen war und ein großes Kontor mit Fernhandel eröffnet hatte. Erst vor wenigen Wochen hatte er sich Dorothea auserwählt. Sie stammte aus dem Haus eines verarmten Ritters, der in die Bischofsstadt gezogen war, als er seine Tochter so reich verheiratet hatte. Zusammen mit seinem Bruder Johann führte Bürgermeister Gottschalk das einträgliche Handelsunternehmen.

Der Nachbar des holländischen Tuchhändlers schwatzte indes munter weiter: „Ja, und Ihr solltet einmal die Pracht seines Hauses sehen, Kaiser Wenzel in seiner Burg in Böhmen kann nicht schöner leben als Herr Gottschalk." Gewiß hätte der redselige Nachbar noch vieles erzählt über den stolzen Ratsherrn und Bürgermeister, erfolgreichen Kaufmann und jungen Ehemann, wenn nicht der Sänger ein neues Lied angestimmt hätte:

„In Frankreich, Kastilien, England,
in Schweden, Ungarn und Navarra,
Granada, Portugal, Ägypten –
alle diese Königreiche,
ich habe sie umfahren …“

In angenehmen Versen erzählte der Fahrensmann, daß ihm vier Königinnen große Ehren erwiesen hätten, sah aber dabei mit kessem Lächeln zu Dorothea herüber.

Er zupfte ein paar Akkorde und fuhr fort, indem er näher an das Bürgermeisterpaar herantrat:

„Ein schön'res Weib
hat noch kein Mensch gesehen;
wer sie kennt,
der kann mit Recht nur sagen:
An ihr ist alles fehlerlos.
Ihr Antlitz leuchtet wie die Sonne,
und klar die hellen Augen,
rot der Mund.“

Dabei schürzte er seine Lippen, als wolle er die schöne Bürgermeistersfrau küssen.

„Komm, Dorothea, laß uns weitergehen, dieser vulgäre Spielmann ist nichts für uns.“

Die aber war ganz anderer Meinung und wich mit keinem Schritt von der Stelle, als der Spielmann wieder anhob:

„Ich hoffe nun:
die hell, zart, rein ist,
lieblich schön,
wird sich als treu erweisen,
wird meinen Liebeskummer bald beenden.“

Ärgerlich drehte Gottschalk sich bei solchen Anspielungen weg und ging in Richtung Rathaus zurück.

„Wichtigeres zu tun, als diesem liederlichen Schelm zuzuhören“, brummte er vor sich hin und war bald in den dichten Reihen der Schaulustigen verschwunden. Dorothea aber stand in der ersten Reihe, sah den bunten Lautenschläger mit einem Blick an, der ausdrückte: „Nur weiter so!“ Er stimmte seine Laute, überlegte einen Augenblick, legte sie aber weg und nahm eine Drehleier, zu deren Tönen er sang:

„Ich hör', daß mancher allgemein
die Frau von Adel schätzt,
gleichviel aus welchem Land,
aus welcher Stadt,
von welchem Schloß sie stammen mag.

So denk ich nicht!
Doch nun lockt mich
ein roter Mund hier hoch im Norden,
lockt mit Gebärde, Wort
und insgesamt: Figur, Person."

Das war deutlich, zumal er der schönen Dorothea unentwegt bei diesem Lied in die Augen geblickt hatte!

In der Pause nahm er sein Tamburin, drehte es mit der Haut nach unten, ging an den Zuhörern vorbei und sammelte Geld ein. Hier und da klapperten einige Münzen auf das Fell. Nach der Vorführung stahlen sich zu gerne die Zuhörer davon, ohne ein paar Münzen zu zahlen. Er ging enttäuscht an seinen Platz.

„Hier, mein schöner Sänger", Dorothea drängte sich nahe an ihn heran, „hier mein Obolus." Dabei streifte sie einen Ring vom Finger und ließ ihn auf das Tamburin fallen. Sie neigte sich ihm zu und fuhr leise und eindringlich fort: „Ihr könnt ihn einlösen, heute nacht. Wenn der Nachtwächter die zehnte Stunde ausgerufen hat, erwarte ich Euch hinter dem Kontor am Stadelhof." Ihr schönes, glattes und ebenmäßiges Gesicht war ihm sehr nah. Er sah die leicht geschwungenen Augenbrauen, die dichten, langen Wimpern und bemerkte einen feinen Nasenrücken über einladenden Lippenbögen.

Mit einem spitzen Fingernagel ritzte sie über seine bloße Haut, die der spitze Ausschnitt seines Kleides freigab. Sie hob den Kopf, raffte ihre Kleider und rauschte davon.

Gunter, der Sänger und Lautenschläger, sah ihr hinterher. Ja, die Liebeslieder der wirklich großen Minnesänger hatten es in sich. Eine so schöne Frau wäre eine Sünde wert.

Er griff wieder zur Laute, und mit gewaltiger Stimme schallte es: „Kommt alle her, ihr Leute, und hört Euch an, wie es um die Ritter und uns Bürger steht!"

Von Rittern zu Strauchrittern, ja Raubrittern hatten sich diese einstmaligen Edelleute gewandelt, darüber sollte er singen, jawohl, das wollten sie hören. Und so kamen sie alle herbei: der Holländer, Bierbrauer und der Bäcker, alle Handwerker, die im weiten Rund ihre Tische hatten, dazu die Tuchhändler, Kaufleute und das andere Volk.

Gunter sang mit wunderbar tiefer Stimme ein Streitlied von einem armen Ritter und einem reichen Bürger. Das Lied und die Bilder auf der neu entrollten Leinwand erzählten, wie die Herren mit einer erfahrenen Kupplerin diskutierten, welchen der beiden die Damen wohl erhören würden: den vornehmen, wenn auch leicht verarmten Adligen mit dem feinen Benehmen oder den kreuzbraven Bürger mit dem prallen Geldsack. In seinem Lied entschied die alte Vettel, daß höfisches Benehmen

und Tapferkeit vor dem Feind zwar sehr löblich seien, einem jungen Mädchen aber weit weniger imponiere als das Geschenk eines schicken Kleides mit dem entsprechenden Geschmeide.
Jetzt wurde der Gesang laut und lauter, ja recht dramatisch, denn er erzählte, wie der Ritter höchst unritterlich der Alten ein paar Zähne ausschlägt. Der Bürger dagegen gab der Kupplerin ein ansehnliches Schmerzensgeld und versprach ihr mehr, wenn sie ihm ein knackiges Mädchen für die Nacht beschaffe.
Begeistert klatschten die Umstehenden Beifall für dieses Lied, in dem der Geldsack auf der ganzen Linie siegte und der Ritter voller gescheiterter Hoffnungen in seiner armseligen Burg hockte.
„Ihr habt es gut besungen, wunderbar, so ist es", schrie der Schneidermeister vor Begeisterung, der nebenan von seinem Tisch gesprungen war.
„Jawohl, das sind inzwischen die wahren Hungerleider, diese Strauchritter", bestätigte der Bäcker. Nur der Holländer warnte: „Wenn die uns nur in Ruhe lassen. Morgen werden wir am besten im großen Troß weiterfahren."
Gunter, der Sänger, aber vollendete sein Lied:

„Wohin ich schau:
nur Kälber, Geißen,
Böcke, Ringer und Bauerndeppen,
häßlich, schwarz, im Winter ganz verrotzt!"

Jetzt zückten die Handwerker, Meister, Händler, Kaufleute ihre Beutel, die Silberpfennige klingelten auf den Sammelteller, nur ein paar Bauern drehten sich um, die hatte er beleidigt, „Bauerndeppen" hatte er gesungen. Keine Ahnung der Kerl! Auf dem Markt hatten die Bauern gute Geschäfte abgeschlossen und erhielten ihren reichen Lohn für Tiere, Fleisch oder Getreide. Verschmitzt eilten sie zurück an ihre Stände. Sollte er doch singen, sie trugen eine volle Geldkatze am Leib, versteckt unterm Wams.
Im Mittelteil des Marktes standen hinter einer rechteckigen Mauer die Fleischhauer vor den blutigen Haublöcken. Da schlug einer mit seinem großen Beil ein Ochsenstück auseinander, daß einem die Knochensplitter nur so ins Gesicht spritzten.
Plötzlich schrie jemand aus Leibeskräften „Haltet ihn! Diebe! Diebe!" Einer der Geldwechsler rannte hinter einer flüchtenden Gestalt her. Kräftige Fäuste packten sie nach dem Geschrei. Der Dieb wehrte sich heftig, schon aber waren die Marktknechte da und schleppten ihn fort. „Der wird wohl an den Pranger kommen oder gar auf die Wippe!" Das war einhellige Meinung der Umstehenden.
Um die Ecke waren die Schuhbuden aufgeschlagen, mit seltsam ver-

schrullten Schuhen, die in Mode waren: vorn waren sie zu langen Entenschnäbeln verlängert und mit kleinen Schellen verziert. „Der lebt aber auf großem Fuß!“ wiesen die Umstehenden auf die auffällig lange Fußbekleidung.

Die Bauern klapperten in ihren Holzschuhen weiter über diesen Teil des Marktes und standen vor ihrem Vieh- und Heumarkt. Lautes Gezeter erhob sich auch hier, denn einer der Marktknechte hatte sich mit einem der ihren angelegt, dessen Säue die Pflastersteine des Hauptweges über den Markt aufgewühlt hatten. Der aufgebrachte Bauer schimpfte: „Erst müssen wir uns dieses Spottlied über die Bauern anhören, dann willst du noch Strafgeld, weil ich gut gemästete Schweine in die Stadt treibe und anbiete?“
„Es ist nicht recht, daß Eure Schweine so den Boden aufwühlen. Sperrt sie in ein Gatter.“
„Die Säue und Eber müssen frei laufen, damit jeder Interessierte sie genau sehen und anfassen kann. Dafür sind wir ja hier auf dem Markt, sonst könnten die Leute auch auf meinen Hof kommen!“
„So, nun mit ins Rathaus. Sollen die Ratsherren entscheiden, ob Ihr mit einem Tag Haft im Zwinger oder sogar mit der Wasserwippe zu rechnen habt!“
Wort um Wort gab ihm der Bauer zurück, der nichts auf seine Tiere kommen lassen wollte. Aber der Büttel zerrte ihn mit ins Rathaus. Als er am großen Saal anklopfte, hörte er erregtes Stimmengewirr, öffnete die Tür nur einen Spalt und steckte seine Nase hinein. Dann schlug er sie wieder zu.
„Da ist irgendwas los, dicke Luft, also ich lasse Euch für heute laufen, aber wehe, beim nächsten Markt wühlen Eure Säue wieder ... !“ Er ließ offen, was dem armen Bauern dann geschehen sollte.

Im Rathaussaal herrschte wirklich dicke Luft, denn als Bürgermeister und Kaufmann Gottschalk eingetreten war, hatte ihn ein Ratsbote mit einem Brief in der Hand angesprochen.
Böse Nachrichten, ja schlimme Kunde kam aus der Nachbarstadt Warburg: Die Padberger hatten sich wieder gerührt, zogen durch das Land und holten sich von den Reisenden, aber auch von den Bauernhöfen, was sie nur kriegen konnten. Das kam dem verdrossenen Gottschalk gerade recht.
„Als Bund der ‚Bengler‘ haben sie sich enger denn je zusammengeschlossen“, berichtete Gottschalk den gespannt zuhörenden Ämtermeistern, „sie empören sich gegen die Fürsten und gegen unser emporblühendes *Paderbrunon.* Vor allem die Hansekaufleute sind ihnen ein Dorn im Auge.“

Die Tür schlug auf, und jemand drängte sich durch die Meister im Saal. Entsetzen sah ihm aus den Augen.
„Ihr Herren", er stand und rang mit seinem Atem, „um Christi willen, Ihr edlen Herren, steht nicht und starrt mich an. Wohl an die hundert Straßenräuber sind unterwegs. Sie ziehen über das Sintfeld und verwüsten alles, was ihnen in den Weg kommt. Ich konnte gerade noch vor ihnen fliehen. Meinen alten Vater, den Siebzigjährigen, der ihnen entgegentrat, haben sie zu Boden geschlagen und mit den Füßen getreten – bei Gott und seinen Heiligen, lebendig unter die Füße und ihn zertreten und zertrampelt. Nun plündern sie die Häuser und nehmen alles mit, was nicht niet- und nagelfest ist."
Den schlimmsten Hochmut sollten die Ritter von Padberg, an der Spitze Friedrich der Saure von der Alten Burg, zeigen. Als die Kunde durch den Saal lief, stand Johann, der Bruder des Bürgermeisters, auf. Er war ein großer, starker Mann mit einem eckigen Gesicht. Flammendes Haar und ein gleichfarbiger Bart machten ihn gut kenntlich.
„Genug!" schrie er dem versammelten Rat zu, „genug mit den verfluchten Raubrittern. Wir werfen uns auf sie und schlagen sie tot!"
Die Schwerter flogen aus den Scheiden, Messer und Dolche blitzten in den Händen der Handwerker und Händler auf. Sobald die Glocken Sturm läuteten und die Hörner Signale bliesen, wollten sie sich unter den Bannern der Ämter versammeln und die Stadt verteidigen, ja einen Ausfall wagen, um die Bengler zu verjagen, auch wenn sie mit dieser furchtbaren Waffe, dem Bengel, ausgerüstet waren; eine schwere Keule, die sie sicher zu handhaben wußten. Der Rat gab die Botschaft unverzüglich weiter in den Bischofspalast. Vorerst jedoch nahm das Leben in *Paderbrunon* den gewohnten Gang eines normalen Markttages.

Am Abend hatten sich viele der Marktleute, aber auch die Ratsherren mit ihrem Bürgermeister an der Spitze, in den Gasthöfen eingefunden. Inzwischen waren einige Schenken in *Paderbrunon* entstanden, die sich auf die Braukunst verstanden.
Der Spielmann war in den „Ratskeller" gegangen, er wollte weitersingen, denn bei Bier und Wein saßen die Pfennige lockerer als sonst. Er hatte den Wirt gefragt, und der hatte gemeint: „Für ein Maß Bier die Stunde oder einen Schoppen Wein, ja, wenn ich sonst nichts zahlen muß, unterhaltet nur die Leute."
Zuerst mußte der Wirt aber ein neues Faß Bier anstechen.
„Her mit der Kanne, wir wollen es prüfen!" riefen einige Zecher. Der Wirt gab ihnen tatsächlich die erste gefüllte Bierkanne herüber. Sie schütteten es über eine Bank und setzten sich in die Bierlache, blieben einige Minuten sitzen. Dann wollten sie aufstehen, aber die Hosenböden

klebten fest auf dem Holz. Erst als sie rissen und fest am Stoff zogen, kamen sie hoch.
„Ein gutes Bier, es klebt anständig!" riefen sie. Nun wurde ausgeschenkt, und dann ging es hoch her, als der Sänger seine derben Liebeslieder hören ließ. Und als er sang:

„Herr Wirt, wir haben großen Durst! Trag auf das Bier!",

da hoben alle die Becher, und der Wirt konnte gar nicht schnell genug nachschenken.
Noch einmal griff er in die Saiten, und er besang wieder den aus den Fugen geratenen Ritterstand:

„Herr Junker, jetzt wird's brenzlig,
zwei Runden sind verloren,
verspielt ihr auch die dritte,
so haltet euch an die!"

Laute Zustimmung brüllten die Zecher durch die Wirtsstube. „So ist es, gib es ihnen, Spielmann, das Lumpengesindel liegt doch nur im Hinterhalt und wartet auf fette Beute!"
Gunter ließ sich nicht zweimal bitten, aber jetzt folgte etwas Feuriges:

„Hans Maler, hör, was ich dir sag':
Das Dörle hat dich nicht bloß gern,
sie ist auch wild auf dich!"

Das war so recht nach dem Herzen der vielen betrunkenen Händler und Handwerker, die an den Tischen hockten. Nicht wenige waren gekommen, um ihre Angst vor einem drohenden Kampf mit den Benglern im Alkohol zu ertränken.
„Weiter, Gunter, laß deinen Baß noch einmal schmettern!" feuerten ihn die schwankenden Gestalten in der halbdunklen Wirtsstube an.
Und der Sänger wurde kecker:

„Auf diese Weise, liebes Dörle,
vertreibe ich hier meine Nächte!
Dein schöner Leib hält mich gebannt,
das sing' ich unverblümt.
Du läßt mir keine Ruhe,
Liebes, tu jetzt was,
damit das Bettlein kracht!
Die Lust erreicht den höchsten Punkt,
wenn ich vor Augen hab',
wie liebevoll die schöne Frau
zur Morgenstunde mich umarmt!"

Wildes Klatschen, Pfeifen und Johlen belohnte den Spielmann für seinen lockeren Vortrag. Mancher Becher wurde ihm gereicht. Er aber winkte ab, sein Lied war noch nicht zu Ende:

„Der Handel war nicht ganz reell.
Das wurde mir erst richtig klar,
als es dann knüppelhageldick
auf mich hereinbrach, Schlag um Schlag.
Bestimmt, so schlimm erging's mir
nie auf einer solchen Tour!"

Er legte die Laute zur Seite und blickte keck in die Runde der übermütigen Zecher. Sie meinten es gut und wollten ihm wohlmeinenden Rat geben.

„Ja, da mußt du dich auch vorsehen!"

„Gib nur acht, daß du keinen Ehekrieg vom Zaune brichst!"

„Die Ehemänner lassen dich grün und blau schlagen!"

Von überall kamen weise Ratschläge. Der Sänger sammelte ungerührt die Münzen ein, die immer reichlicher aufs Tamburin flogen.

Draußen ging der Nachtwächter vorbei.

„Hört ihr Städter, Frau und Mann!
Die zehnte Stund hat hoben an.
Sprecht ein Gebet! Der Herrgott wahr'
Euer Leib und Seel' vor Höllengefahr.
Herr, gib den Toten ihre Ruh'!
Führ uns dem ewigen Morgen zu!"

Danach ertönte ein schauerliches Tuten aus seinem Horn, das sich mit ihm langsam in den Gassen verlor.

Die Besucher der Ratsschenke hatten sich bis zum Kragen mit dem frischen Bier vollaufen lassen. Sie hingen sich in den Armen, einige waren bereits auf den Tischen eingenickt, andere lallten herum, nur wenige stießen noch mal mit überschwappenden Bechern an.

Niemand achtete mehr auf den fahrenden Sänger, als dieser sich unbemerkt davonstahl. Auf leisen Sohlen schlich er sich in Richtung Stadelhof. Gleich daneben stand das breite Fachwerkhaus des Bürgermeisters und Kaufherrn. Der Giebel schaute zur Straße, die prachtvoll geschnitzten Balken in ihren bunten Schriftzügen teilten bei Tag den Vorübergehenden mit, wer hier dieses Haus gebaut hatte. Gunter ging behutsam um das Haus herum, um in den weiten Hof zu gelangen, wo ihn die Schöne vom Vormittag erwarten wollte.

„Sssst, sssst", machte es von irgendwoher. Und noch einmal „Sssst", da hatten sich Gunters Augen an die beinahe völlige Schwärze gewöhnt. Ein helles Oval schimmerte aus dem Dunkel. Er ging darauf zu. Dann legten sich zwei Arme um ihn, eine Hand strich über sein Haar, und ohne weitere Worte suchten warme Lippen seinen Mund.

„Komm nur, komm, ich habe alles vorbereitet!" Sie ging vor, tastete sich ohne Licht durch einen Gang, Hausflur dieses Hinterhauses, an dessen Ende ein Zimmer lag. Inzwischen konnte Gunter erkennen, daß sie sich in einem Raum mit einem breiten Bett befanden. Dorothea schloß die Tür, verriegelte sie vorsichtig, ohne einen Laut zu verursachen. Keine Kerze brannte, kein Mondlicht fiel in diese Dunkelheit. Einen Becher Wein reichte sie ihm, ein schwerer, süßer Tropfen, aber jetzt ließ er ihn genüßlich über die Zunge fließen.
Ohne Worte löste sie das Pfand ein.

Später schliefen sie zusammen ein, ruhten eng umschlungen, wie Liebende es tun – obschon sie keine waren. Irgendwann bewegte sich Dorothea, drehte sich um, legte ihren Kopf auf seine Brust. Leise begann sie zu erzählen, und Gunter hörte die leidvolle Geschichte seiner Geliebten.
„Ein gräßlicher Mann, hast du gesehen, wie seine Augen blicken?"
„Ja, das fiel mir gleich auf, eisblaue Augen hat er, sein Blick ist so kalt wie das Eis im Nordmeer."
„Er hat bei meinen Eltern um meine Hand angehalten und eine großzügige Morgengabe ausgesetzt. Das war meinem Vater, aus dem ein verarmter Ritter geworden war, nur recht. Es fehlt mir auch an nichts, ich habe gutes Essen, gute Kleider, zwei Mägde."
Die schöne Bürgermeistersfrau strich zärtlich mit ihren Händen über seinen Körper: „Damals traf er auf einem weißen Zelter und in Begleitung von Dienern bei uns im Haus ein und brachte Geschenke. Er erregte Aufsehen, wann immer er durch die Gassen ritt. Stets zeigte er modische Kleidung, enganliegende, scharlachrote Beinkleider, eine Pelerine mit rotsilber durchwirkter Schärpe, einen Hut mit Pelzrand, das pelzgefütterte Obergewand von einem silberbeschlagenen Gürtel gehalten, selbst an seinen Fingern glitzerte Gold. Alle führten den Namen meines Freiers im Munde: Gottschalk, wie eindrucksvoll, wie elegant! Und der warb um eine arme Rittertochter. Sein Herz aber ist aus Eis."
„Du willst ihn nicht, er macht dir angst?"
„In der Hochzeitsnacht verriegelte er die Tür, befahl mir, mich auszuziehen. Dann blinzelte er mich an, mit flinken Augen wie die Eidechsen. Ich wollte nicht tun, was er von mir verlangte. Er aber schalt mich eine Hexe, schlug mich und warf sich wieder und wieder auf mich. Am Morgen sagte er kalt zu mir, daß ich aufstehen und ihn bedienen solle. Aber es war schrecklich, wie er sich dieses Bedienen vorstellte."
„Still, mein Dörle, sei still, rühre keine alten Geschichten mehr auf", murmelte er.
„Ich mochte viele Monate meinen Mann nicht sehen, habe mir hier ein Zimmer für die Nacht eingerichtet. Er hat das angenommen, weil er um

den guten Ruf als Bürgermeister und Handelsmann besorgt war, er ließ mich in Ruhe und beschenkte mich in aller Öffentlichkeit, als sei er unsterblich in mich verliebt."
„Das ist ja grauenhaft, hast du nie daran gedacht, deinen Mann zu verlassen?"
„Daran gedacht? Sicher, oft, aber will eine Frau ehrbar bleiben, geht sie nicht so schnell von ihrem Mann fort. Und sollte ich zurück in das kleine Haus meiner Eltern, mich dem Gespött der Leute aussetzen? Ich weiß ja nicht einmal, ob meine Eltern mich wieder aufnähmen! Schließlich haben sie ihre verfallene alte Burg verlassen, weil sie hier in der Stadt ein besseres Leben führen wollten."
Sie seufzte tief. Gunter wischte die Tränen weg, die über ihre Wangen liefen.
„Gunter, laß uns fliehen. Ich habe hier in der Truhe Geld und viel Schmuck, Edelsteine. Mit dir könnte ich durch das Land ziehen, du könntest mich einiges lehren", drängte sie ihn mit leuchtenden Augen.
Er hatte es schon befürchtet, sie suchte nur jemand, der ihr bei der Flucht aus dem Kaufmannshaus half.
„Mein Dörle, so einfach geht das nicht, wie du glaubst", antwortete er zögernd. „Erstens bist du die Tochter eines Ritters, wenn auch eines niederen und verarmten, und ich bin nur ein fahrender Sänger. Zweitens fehlen uns schnelle Pferde, vor allem welche zum Wechseln. Drittens würde dein Mann, vielleicht sogar deine Eltern, Himmel und Hölle in Bewegung setzen, um uns einfangen zu lassen. Wir müßten alles viel genauer planen, von langer Hand vorbereiten. Wenn ich zurückkomme, sehen wir uns wieder. Heute aber, heute habe ich, wenn ich ehrlich sein soll, nicht wenig Angst vor dem Gedanken, dich zu entführen. Denn so würde es dein Mann auslegen."
Dorothea drehte sich enttäuscht auf die andere Seite, sie hatte so gehofft, den fahrenden Sänger zu diesem Abenteuer überreden zu können.

Die Sonne hatte sich noch nicht über die Linie zwischen Himmel und Erde auf der freien Fläche im Osten von *Paderbrunon* geschoben, die graue Dämmerung umhüllte noch den weiten Mauerring der Stadt. Leise näherte sich im letzten Nachtschatten ein langer Zug von Reitern und Bewaffneten. Die Hufe waren mit Stroh umwickelt, Schwerter und Speere lagen fest in der Hand der Männer, um jedes Eisenklirren zu vermeiden. Zwanzig, dreißig Reiter, dazwischen Haufen von Bewaffneten. An ihrer Spitze ritt eine hohe Gestalt, von der sogar in dieser Dunkelheit ein goldener Glanz ausging.

Zur gleichen Zeit schlich sich Gunter leise hinaus, suchte sein Zelt auf, packte in Windeseile die wenigen Habseligkeiten zusammen und wollte mit dem ersten Hahnenschrei durchs Stadttor das Weite suchen. Hier wurde ihm der Boden zu heiß. Wenn er das alles nur geahnt hätte! Wenn der Bürgermeister ihn erwischen würde! Was hatten die Trinkbrüder am Abend gesagt? Von „sich vorsehen" hatten sie gesprochen und von „einem Ehekrieg", gar von „grün und blau schlagen"! Nein, das war für seiner Mutter Sohn nichts, nur schnell weg von diesem Ort. Andere Mütter haben auch schöne Töchter, und das Land war weit. Um *Paderbrunon* – und Dorothea – würde er in den nächsten Jahren einen großen Bogen machen.

Er hielt mit seinem zotteligen Pferd, auf das all sein Besitz gebündelt und gebunden war, am Westerntor, noch war es nicht geöffnet. Aber mit Sonnenaufgang würde er die Stadt schleunigst verlassen können. Gunter blickte um sich, ein erster grauer Lichtschimmer hing über den Häusern. Da, aus einem Fenster fiel ein Lichtstreif. Neugierig trat er näher, blickte in eine Werkstatt.

„Das ist doch der Goldschmied?" erinnerte er sich. Drinnen saß Lübbert an einem Blasebalg, wie man ihn in einer Schmiede zu sehen bekommt, aber viel kleiner. Viele merkwürdige Dinge standen herum. Der Sänger stutzte – war das wirklich eine Goldschmiedewerkstatt? Im Hintergrund brannte auf einem Tiegelofen ein sehr heißes Feuer, sonderbare Kupferkrüge mit langen Schnäbeln reihten sich auf Regalen, gleich daneben stand ein großer Glaskrug mit einem gewundenen, spitzen Ausguß, der sich nach unten und zur Seite bog. Dann waren Gestelle und Zangen und kleine Krüge und Kästchen voller eigenartiger Dinge zu sehen. Die nur angelehnten Fenster klapperten, es stank bestialisch. Gunter hielt sich die Nase zu, um sich nicht auffällig zu schneuzen.

Lübbert eilte geschäftig umher, so als beschäftigte ihn etwas. Wieder trat er feste den Blasebalg, Funken stoben auf und flogen herum, er brauchte noch mehr Hitze. Etwas tröpfelte in ein Behältnis.

„Donnerwetter", dachte der Sänger. Er hatte irgendwo davon gehört, daß hier und da Alchimisten in ihren Stuben saßen, um einfache Metalle in Gold zu verwandeln. Zauberei sollte das sein oder mehr! War er etwa einer solchen Hexenküche auf die Spur gekommen?

Hinten aus der Dunkelheit blinkte etwas. Gunter schob sich näher heran, es war eine wunderschöne Monstranz! Doch ein Goldschmied! Dann wurde seine Aufmerksamkeit wieder gefangen, denn Lübbert ließ eine klare Flüssigkeit in ein Medizinfläschchen tröpfeln und versiegelte es sorgfältig.

Vor der Mauer waren inzwischen die Bengler behutsam aus den Sät-

teln gestiegen, hatten die letzten Meter zu Fuß zurückgelegt und die Pferde stillgehalten. Die Umwallung war erreicht. Bisher hatte sie niemand entdeckt. Weitab vom Tor warfen sie eine Strickleiter über die Mauer, zwei, fünf, zehn Männer enterten schnell und gewandt hoch, verschwanden hinter dem Steinkranz. Sie schlichen zum Tor, und plötzlich wurde es dem Torwächter schwarz vor Augen. Was ihm da über Nase und Mund bis auf die Hände rutschte, war ein Sack, und was seine Kehle zudrückte, war eine harte Männerfaust. Schon war der Riegel weggezogen, der Querbalken hochgenommen, und die Torflügel schwangen auf. In diesem Augenblick ertönte vom anderen Tor das Warnzeichen, und wenig später läutete die erste Glocke Sturmsignale, andere fielen ein. Der Überfall war entdeckt! Die Ritter schwangen sich auf ihre Pferde, die Knechte fällten die Speere, hier und da blitzte es metallen auf, die Schwerter waren aus den Scheiden gezogen. Die Raubritter stürmten durch das stille *Paderbrunon.* Am Westerntor entdeckten sie hinter dem nur wenig geschlossenen Fensterladen ein Licht. Ihr Anführer klappte sein Visier auf, es war Friedrich der Saure von Padberg mit einem frischen, leicht gebräunten Gesicht, aber schmalen, beinahe blutleeren Lippen und auffälligen, dicht beieinanderstehenden Augenbrauen. Er deutete mit der Schwertspitze auf das Haus.
„Das muß der Goldschmied sein. Nur hinein und nicht lange fackeln. Alles mitnehmen. Aber wen haben wir denn da?"
Er hatte den Spielmann entdeckt, der sich beim Herannahen dieser Räuber in einen dunklen Winkel gedrückt hatte.
„Herr, laßt mich Euch sagen . . .", weiter kam er nicht, denn ein gewaltiger Schlag mit dem Bengel traf seinen Kopf und Oberkörper. Friedrich von Padberg führte geschickt diese gefürchtete Schlagwaffe, ein mit Eisenstacheln besetzter „Morgenstern", bei dem der Knollen mit einer Kette am oberen Ende eines langen Schaftes befestigt war. Der leblose Körper des Spielmanns fiel lautlos zu Boden, eine einzige klaffende Wunde von der Schulter bis zum Leib, aus der das Blut strömte.
Schnell hatten die Männer die Tür aufgebrochen und standen in der Werkstatt und Alchimistenküche. Der Goldschmied war dabei, mit seinen Mixturen zu hantieren. Einer der Eindringlinge hielt ihm die blanke Klinge unter die Nase, nahe an die Kehle: „So, Bürschchen, mal heraus mit allem Gold und Silber. Na, wo ist es versteckt?"
Die Eindringlinge stellten die Werkstatt auf den Kopf, durchwühlten alles, in der Tür stand der Padberger und übersah mit einem Blick die Werkstatt.
„Ihr seid wohl dabei, Gold zu machen, was?"
Und ehe er antworten konnte, befahl Friedrich der Saure: „Dahinten die

Silbermonstranz einpacken. Der Kerl wird gefesselt. Schafft ihn raus, zwei Mann bringen ihn schnellstens zur Burg. Wollen sehen, ob er nicht für uns Gold machen kann!"
Friedrich war wieder zur Tür hinaus. Die anderen wühlten weiter in der großen Truhe und den vielen Kästen herum, fanden aber nicht viel, denn Lübbert hatte alles gut unter den Bodendielen unauffällig in einem festen Holzverschlag versteckt. Man wußte ja nie, welche Schnapphähne irgendwann einmal eindringen würden.
Draußen dröhnten und bimmelten Glocken und Glöckchen. Die Zimmerleute eilten zu ihren Sammelplätzen, die Schmiede zur anderen Seite, vom Stadelhof kamen mit wehendem Banner die Kaufleute mit ihren Knechten. Aus allen Winkeln der Stadt rannten sie heran. Ein kleiner Trupp von Bewaffneten mit Fackeln und Windlichtern eilte vom Dom her. Die Fleischhauer waren es, starke Gestalten mit Beilen in den Fäusten. Johann, der Bruder des Bürgermeisters, hastete mit seinem Haufen zum Westerntor. Die Raubritter sprengten vom Stadtgraben her in die Stadt. Vier, fünf Bewaffnete aus dem Stadelhof waren an der Seite des Händlers, sie wollten auf die Ritter einschlagen, waren ihnen aber nicht gewachsen. Mit dem Morgenstern, dieser furchtbaren Waffe der Bengler, schlugen sie gnadenlos zu, trafen Johann, der stumm in den Kot der Gasse sank. *Paderbrunon* war in Bedrängnis! Gepanzerte jagten durch die Straßen, plündernde Knechte drangen in die Häuser, immer noch eilten die Ämter der Handwerker und Händler unter ihren Bannern auf die umkämpften Plätze der Stadt.
Vom Dom her schallten einige knappe Kommandos. Bischöfliche Soldaten und Knechte bogen im Laufschritt um die Ecke, an ihrer Spitze eine Abteilung Berittene.
„Der Stadtgraf kommt", riefen Stimmen. Nun griffen die Soldaten mit gewaltigen Hieben in den Kampf ein, konnten die Bengler Stück um Stück aus den Gassen und Straßen zurückdrängen, schließlich aus den Toren hinausjagen. Draußen, auf dem weiten Feld vor den Stadtmauern, versuchte Bischof Simon, die Raubritter zu stellen. Aber Friedrich, der goldene Ritter, und seine Männer gingen so gewaltig auf die Truppen des Domkapitels aus *Paderbrunon* los, daß sich diese bald wieder hinter die schützenden Mauern zurückzogen und schnell die Stadttore schlossen.

Nach Stunden war alles wie ein Spuk vorüber, die Sonne hatte Straßen und Gassen in helles Licht getaucht.
Die Toten wurden vor den Dom getragen. Das Gesicht des Bürgermeisters Gottschalk war wie aus Granit gemeißelt, sein Mienenspiel zeigte keine Bewegung. Die Lippen preßte er fest zusammen, als er an den Reihen der Toten entlangging und schließlich vor seinen Bruder trat. Auch

Bischof Simon, noch im Kettenhemd und das Schwert in der Hand, trat hinzu.

„Bürgermeister Gottschalk, kommt morgen in den Palast, wir müssen dringend über Maßnahmen sprechen, die wir gegen diese Überfälle und gegen die Raubritter selber ergreifen sollten!"

„Mit Verlaub, hochwürdigster Herr Bischof, die Zeit ist überfällig, denn die Straßen sind unsicherer denn je geworden. Dazu dieser Überfall auf die Stadt. Da muß endgültig etwas geschehen!"

Einige Stadtknechte stießen einen Mann vor sich her, dem sie Ketten angelegt hatten.

„Herr Bürgermeister, wir haben einen von den Strauchrittern eingefangen, es soll einer von den Wölfen zu Gudenberg sein!"

Sie führten den Ritter heran. Er trug die Hände in Ketten, das Gesicht war von Blut verschmiert. Einer der Stadtknechte wollte den Ritter hinten im Nacken anpacken. Da warf der Ritter den Kopf zurück und zog die Stirn in Falten; er schüttelte den Knecht von sich ab und stieß ihn weg.

Die herumstehenden Leute begannen zu toben.

„Einem ehrlichen Kaufmann hat er den Spieß in den Leib gerannt. Buschklepper, Schnapphahn, an den Galgen!"

Sie reckten die Fäuste und bückten sich, suchten Steine und Hände voller Erde und warfen nach ihm.

Der Bischof riß die Angelegenheit an sich: „Führt ihn zur Roten Pforte, wir wollen die Sache gleich abhandeln."

Schnell war dort ein Tisch hingeschoben, ein Kruzifix darauf gestellt, Stühle dahinter für den Bischof, den Bürgermeister und einige Herren. Da stand Ritter Wolf von Gudenberg, sah nicht das Kreuz auf dem Tisch, sondern spöttisch dem Bischof ins Gesicht. Auf seinem zerrissenen Überwurf glänzte der Morgenstern – das Abzeichen des Ritterbundes. Darunter zerrissen und rostig das Kettenhemd. Bischof Simon hob die Hand, alle verstummten. Dann verhörte er ihn. Er fragte nach allen Einzelheiten des Überfalles, und der Gudenberger antwortete ohne Bedenken. Nur auf die Frage, wer sonst noch am Überfall beteiligt gewesen sei, schwieg er trotzig.

„Warum habt Ihr *Paderbrunon* überfallen?"

„Wir Ritter vom Bengler-Bund sehen Euch, Bischof, die Pfeffersäcke und Städte als unsere Feinde. Gegen Euch führen wir die Fehde. Ihr alle habt uns arm gemacht!"

„Nun hört Euch das an, an den Galgen mit ihm!" riefen die Leute.

„Ruhe! Noch ist das Urteil nicht gesprochen!" gebot der Bischof. Aber das ließ nicht auf sich warten. Bischof Simon Graf Sternberg erhob sich und sprach: „Ritter Wolf von Gudenberg, da Ihr nicht leugnet und auch

nicht leugnen könntet, unsere Stadt mit anderen überfallen zu haben und dabei viele ehrenwerte Bürger, Kaufleute und Handwerker getötet zu haben, zerbreche ich Euer Leben, wie ich diesen Stab hier zerbreche."
Er warf die Enden des Stabes von sich unter die Leute. Die fuhren herunter und griffen danach.
„Eine Stunde vor der Vesperzeit wird die Arm-Sünder-Glocke läuten. Dann sollt Ihr zum Richtplatz geführt werden."
Bis zum letzten Augenblick erlosch der hochmütige Blick des Ritters nicht. Als er die Schlinge um den Hals trug, rief er mit lauter Stimme über den Platz:
„Weh Euch, meine Ritterbrüder werden mich rächen!"

Am nächsten Tag versammelten sich die Meister der Ämter erneut im Rathaussaal. Viele hatten Angehörige verloren. Einzige Tagesordnung waren die Maßnahmen zur besseren Verteidigung, vor allem die, schneller auf den verabredeten Posten zu sein. Mehr Wächter sollten an die Tore und auf den Türmen in den Ausguck gestellt werden.
Vor allem aber – da waren sich alle einig – mußte man endlich energisch gegen die Raubritter vorgehen. Überall entstanden zur Zeit deren Bündnisse.
„Im benachbarten Hessen ist die ‚Gesellschaft vom Stern' entstanden", wußte einer der Kaufleute zu berichten. „2 000 Ritter und Knappen gehören dazu, davon sind allein 350 Besitzer von Burgen! Wenn das erst hier bei uns Schule macht, dann können wir uns gar nicht mehr wehren!"
Bürgermeister Gottschalk nahm das Wort: „Ich bin heute nachmittag zum Bischof gebeten. Wir werden gemeinsam überlegen, wie wir der Sache Herr werden."
„Seit einiger Zeit stehen die Padberger mit anderen Rittern zusammen. Wenn sich dann weitere Raubgesellen anschließen, können wir mit unseren Männern nichts mehr dagegen unternehmen. Wir wollten uns deshalb schleunigst mit anderen Städten zusammentun."
„Das ist ein hervorragender Gedanke, ich hatte auch schon an die Nachbarstädte Geseke oder Büren gedacht. Auch Soest hat eine gute Mannschaft."
„Aber das mächtige Soest ist zu weit weg, wir müssen uns schnell gegenseitig helfen können. Was, Herr Gottschalk, haltet Ihr denn von einem Bündnis zwischen *Paderbrunon*, Warburg und Brakel? Natürlich wäre es gut, wenn die beiden anderen Städte auch dazukämen."
„Ihr habt alle völlig recht, den großen Territorialherren sind wir, die reich und anspruchsvoll gewordenen Städte, genauso ein Dorn im Auge wie die Raubritter. Deren Kampf gilt dem emporstrebenden Stand der

Bürger. Da bleibt uns in den Städten nichts anderes übrig, als daß wir inmitten einer räuberischen und rechtlosen Welt, die leider Gottes eines starken Richters entbehrt, im Bündnis und zum gegenseitigem Schutz vereint auftreten."
Die anwesenden Meister und Kaufleute trampelten begeistert mit den Füßen, klatschten in die Hände und trommelten auf die Tische. Bürgermeister Gottschalk hob beschwichtigend beide Hände: „Alles das werde ich auch mit unserem Bischof besprechen. Als Landesherr hat er die größte Verantwortung zu tragen. Er muß seine Streitmacht vergrößern und besser bewaffnen. Vielleicht findet er auch einige Verbündete. So wären wir gemeinsam stark!"
Plötzlich rief jemand in die Versammlung: „Wo ist der Goldschmiedemeister Lübbert de Sachs? Wir haben ihn nicht beim Aufgebot gesehen."
Jetzt erst war das Fehlen des sehr zurückgezogen lebenden Mannes bemerkt worden.
„Vielleicht ist er in der Werkstatt", mutmaßte einer der Meister.
Bürgermeister Gottschalk schickte einen Boten in das Haus am Westerntor. Es dauerte nur wenige Minuten, dann war klar, daß Lübbert verschwunden war. Die Werkstatt hatte der Bote verwüstet und das Unterste zuoberst gekehrt aufgefunden.
„Da hat auch der Padberger gehaust. Wer weiß, was der alles hat mitgehen lassen!" Dabei machte Gottschalk eine einsackende Handbewegung.
Schon am Nachmittag hörte er in der Besprechung, daß die einzigartige Silbermonstranz gestohlen worden sei. Und die könne nur auf der Burg Padberg sein.

Durch das breite Tor der Burg Padberg ritten sie nach und nach ein: Friedrich, genannt der Saure, und seine Söhne, der Ritter Rabe von Canstein, der von Papenheim, von Brenken, der Spiegel zu Desenberg, einer der Wölfe von Gudenberg, der Dalwigh, die Ritter von Hertinshausen, von Viermünden und von Brobeck. Nach dem Überfall auf *Paderbrunon* wollten sie auf der bisher unbezwingbaren Burg ihr Schutz- und Trutzversprechen erneuern.
Einige junge Burschen liefen von den Pferdeställen heran, faßten die schweren, breitrückigen Hengste in den Zaum und hielten den Reitern die Bügel. Schwerfällig, mit gespreizter Würde stieg Friedrich der Saure aus dem Sattel. Finster schaute er um sich. Es war beinahe umsonst! Wolf von Gudenberg würde sicher hängen, nur eine Monstranz, eine Menge Blessuren und dieser windige Goldschmied!
Lübberts Hände waren auf den Rücken gebunden. Nur mit Mühe gelang es ihm, vom Pferd zu rutschen. Friedrich wandte sich an einen der Knechte: „Schafft mir diesen Alchimisten in das oberste Turmzimmer.

Da soll er sich seine Zauberküche einrichten! Und du Kuno, du besorgst ihm alles, was er zum Goldmachen benötigt!"
Ein Goldmacher, da ist es ja bald aus mit der Armut hier oben, dachte der Knecht, als er Lübbert vor sich herschubste, um ihn in den sicheren Turm, oben bei den Dohlen und Krähen einzuschließen.
„Wir sehen uns in der Halle!" rief Friedrich seinen Begleitern zu. Wenig später drängten sich alle um ihn.
„Habe gerade Kunde vom Gerichtstag zu Erfurt erhalten, wo der König neunundzwanzig unserer Edlen, er sagt Raubritter, hat hängen lassen!" Friedrich sprühte vor Zorn: „Im Fränkischen und Schwäbischen liegen die Burgen in Schutt und Asche. Geht man da allein hin, wird man am Galgen enden, das ist so gewiß wie das Amen in der Kirche. Deshalb, meine ritterlichen Brüder, müssen wir uns noch enger zusammenschließen!"
„Ihr wißt, daß der Graf, der jetzt ein Bischof ist, ein Fürst-bi-schof gar", den letzten Titel betonte er Silbe für Silbe mit zynischem Spott, „daß dieser Simon II. ein Bündnis mit dem von Natzungen und anderen schloß und allen 500 blanke Taler zusagte, wenn sie vor mein Schloß eine Vorburg bauen würden, um mich aus meinen Besitzungen zu verdrängen, die sich Simon dann unter den Nagel reißen wollte!" Die Stimme des Brobeckers schlug in blanken Haß um: „Wenn uns das Leben lieb ist, Ihr Herren, dann schließen wir ein fünfjähriges Bündnis zum gegenseitigen Schutz."
Friedrichs Stimme zeigte gleichfalls Wut: „Den Verrätern wird das leid tun, eines Tages werden sie sich auch unserem Bund anschließen! Aber jetzt, die Schwerter heraus, laßt uns das Bündnis besiegeln!"
Auf die blanken Waffen legten sie den Eid ab, sich gegenseitig zu schützen und gemeinsam gegen den Bischof und die Städte zu kämpfen. Dann schickte Friedrich seine Söhne in den Turm, den Goldschmied zu holen. Blaß und verschüchtert stand er bald vor den Rittern. Die beiden Padberger mußten ihm höllisch eingeheizt haben.
„Wie heißt du?"
„Ich bin Lübbert de Sachs, Goldschmiedemeister meines Zeichens."
Friedrich winkte einem Knecht, der legte einen Sack auf den Tisch. Daraus polterte die Silbermonstranz.
„Bevor du deine Versuche fortsetzt, um aus Metall für uns alle Gold zu machen, schmilzt du dieses Ding hier ein."
Jetzt sprach er alle im Kreis stehenden Ritter an: „Er soll uns ein silbernes Abzeichen schaffen. Nicht nur eingestickt gehört er auf Wams und Kleid, sondern wir wollen ihn immer groß an uns zeigen – den Bengel, damit auch jedermann weiß, mit wem er es zu tun hat. Das wird den Pfeffersäcken gehörigen Respekt, ja Furcht einflößen!"

Er übergab Lübbert die Monstranz.
„Habt Ihr ein genügend heißes Feuer? Wie lange dauert es, bis Ihr die Schmelzform geschaffen habt? Reicht die Monstranz für alle Abzeichen? Los, nun redet schon!"
Lübbert sagte ihm, daß zwar ein Ofen im Turm vorhanden sei, aber er müsse vorab Formen herstellen. Die Monstranz sei ein kirchliches Kunstwerk, und eine Gotteslästerung der Gedanke, sie einzuschmelzen, wo doch ein anderer Silberschmied soviel Zeit und Fertigkeit darangesetzt habe, um für Gott, den Herrn, diese Arbeit zu tun!
„Papperlapapp, schert Euch um den Auftrag, macht mir keinen theologischen Disput. Und nun ab in den Turm und an die Arbeit, in zwei Tagen will ich die Form sehen!"
Die Bengler zwangen den Goldschmied, die Monstranz einzuschmelzen. Nachdem er eine Gußform hergestellt hatte, trugen bald alle Mitglieder des Ritterbundes den kleinen silbernen Bengel als Abzeichen auf der Brust. Der „Bengel" war einem Dreschflegel ähnlich, ein „Schlagetot", den Friedrich von Padberg beim Überfall auf die Stadt über den Paderquellen mit tödlichem Ausgang eingesetzt hatte.
Inzwischen waren auch alle Geräte beschafft worden, mit denen Lübbert Gold für sie machen sollte. Sie brauchten das Geld dringend, denn noch immer nicht waren bei dem Padberger die vereinbarten 300 Goldgulden aus Dortmund eingetroffen. Er hatte sich mit seinen Gefolgsleuten verpflichtet, der Stadt in der Fehde gegen 45 Landesherren mit 800 Rittern und Knechten beizustehen, wenn es zum Kampfe kommen sollte. Das Geld war verbraucht, Einkünfte hatten sie nicht mehr, Bündnisse gab es keine abzuschließen. Daher war der Goldmacher, der ihnen in die Finger geraten war, gerade richtig gekommen. Aber es ging nicht so recht voran. Jeden Tag vertröstete er sie, und außerdem stank es da oben infernalisch, als ob dort der Leibhaftige ein- und ausginge. Manchmal quoll ein eigentümlich übelriechender Rauch durch die Turmluken. Die schwarzen Rabenvögel hatten sich seitdem verzogen. Eines Tages hatte es fürchterlich gezischt, später einen lauten Knall gegeben, wieder war Qualm aus den Öffnungen gedrungen, zunächst gelb, dann sehr dunkel, und als die Söhne mit Friedrich die Treppe hochgejagt waren, die Tür aufschlossen, stand Lübbert mit geschwärztem Gesicht vor ihnen – ohne Gold. Daraufhin hatten sie beschlossen, ihre Streifzüge durch das Sintfeld wieder aufzunehmen, Dörfer und Klöster „aufzusuchen" und die Waren der Kaufleute zu „pfänden".

Der Tuchhändler Frans, Mitglied der Hanse und Kaufmann aus Holland, rollte in einem stattlichen Warenzug auf *Paderbrunon* zu. Diesmal

kam er von Süden, aus Frankfurt, wo er gute Geschäfte gemacht hatte. Er hatte seinen Handel ausgeweitet, nicht nur Tuche, sondern auch Gewürze, ja sogar Schmuck gehörten jetzt zu seinem Warenangebot. Den Rest der Ware wollte er in der Domstadt absetzen, dann über den Hellweg nach Westen zurückfahren. Drei Knechte begleiteten Frans ten Brummelhuis. Er selbst ritt in voller Waffenrüstung nebenher. Zwei Fuhrleute saßen auf seinem Wagen und hielten die Zügel. Unterwegs hatten sich weitere Fuhrwerke angeschlossen, sogar ein paar bewaffnete Reiter, die zum Bischof Simon Graf Sternberg wollten, um ihm Nachrichten zu überbringen.
Frans ritt mit einem der Reiter voraus, um Ausschau nach Strauchrittern zu halten. Als hinter ihnen der Fuhrmann des vorderen Wagens laut über den holprigen Weg fluchte, drehten sie sich um und sahen, wie der erste Wagen von einem Loch in das andere fiel und stark hin und her schwankte, so daß der Kaufmann fürchtete, sein kostbares Gut könnte in den Staub der Landstraße rollen.
„Wir müssen etwas langsamer reiten, ein paar Stunden, und wir sind in der Bischofsstadt. Wenn wir in dieser schnellen Fahrt dahinjagen, kippen die Wagen um oder erleiden einen Radbruch auf dieser elenden Straße."
So ritten sie gemächlicher durch einen Wald, der schier kein Ende nehmen wollte. Die sechs mit weißen Planen bedeckten Wagen hielten an, die Fuhrleute warfen den dampfenden Pferden Decken über; Hafersäcke wurden den Tieren vorgehängt, und die gewappneten Knechte, die die Wagen begleiteten, holten Brot, Fleisch und Käse aus den Schnappsäcken, Geerd, der Kaufmannsgehilfe, schenkte aus einer bauchigen Korbflasche verdünnten Wein in die Lederbecher. Nicht lange verweilten sie am Wegkreuz, ein altes Sprichwort sagte, man solle die Galgenhügel und die Kreuzwege meiden. Auch war der Tag fortgeschritten, die Sonne neigte sich dem Rand der westlichen Höhen zu. Die Wagenkolonne schien stark genug, einem Haufen von Strauchdieben zu trotzen. Nach kurzer Rast knarrten die Räder das Tal entlang, über das riesige Buchen lange Schatten warfen.
Plötzlich hielt Frans sein Pferd an und griff in die Zügel des Reiters an seiner Seite.
„Was ist?" fragte der verwundert, „was seht Ihr so starr geradeaus?"
„Vielleicht nur eine Einbildung, aber mir schien, als hätte ich einen Pferdekopf am Ende der Straße aus dem Busch herausgucken sehen. Aber man sieht vor lauter Sorge wohl schon Gespenster."
Der Begleiter beobachtete scharf den Waldrand. Aus alter Gewohnheit nahm er den langen Speer von der Schulter und hielt ihn fest in der Rechten. Da sah er, wie sich die Zweige rechts an einem Busch heftig be-

wegten. Kein Lüftchen regte sich, der Wind konnte es nicht sein. Er ritt langsamer, schaute aber um so schärfer aus und horchte nach vorn. Plötzlich erklang helles Pferdegewieher. Frans hielt erschrocken sein Pferd an, sein Begleiter winkte dem Fuhrmann zu, Pferd und Wagen zum Stehen zu bringen. Die Fuhrknechte sprangen von ihren Sitzen. Ehe sie mit den drei bewaffneten Begleitern nach vorn eilen konnten, erklang Hufschlag und ein lauter Ruf: „Drauf, Bengler, drauf!"
Wie der Sturmwind fegte um die Waldesecke, hundert Schritt vor ihnen, ein Trupp von einigen Reitern mit eingelegten Speeren auf den Treck los, einer voran mit Panzer und Wappenschild.
„Überfall!" schrien die Fuhrleute und rissen ihre Speere unter den Wagendecken hervor. Die Knechte eilten mit eingelegter Lanze nach vorn.
„Jetzt gilt's!" brüllte einer der bewaffneten Begleiter dem Kaufmann zu. „Gebt dem Gaul die Sporen! Drauf, damit sie uns nicht im ersten Ansturm niederreiten. Ich nehme den Anführer!"
Dann prallten sie aufeinander.
Der Kaufmann warf einen Angreifer aus dem Sattel, der blieb ächzend auf dem Boden liegen. Aber der Speer seines Begleiters zerbarst krachend am Schild des Anführers. Er riß das Schwert empor und drang auf ihn ein. Der wollte seine gefürchtete Mordwaffe über dessen Haupt kreisen lassen, da jagte von der Seite einer der Knechte seine scharfgeschliffene Lanze in die Flanke des Pferdes. Das stürzte und begrub seinen Reiter unter sich.
Der zweite Bewaffnete kämpfte mit wuchtigen Schwerthieben gegen einen anderen Raubritter.
„Schuft, du sollst zum letzten Mal deinen Ritterhelm tragen!" Er traf den Schwertarm des Raubritters so kräftig, daß dessen Waffe klirrend zu Boden fiel. Der wich einige Schritte zurück und rief seinen Knechten zu: „Schlagt jeden nieder, sonst ist alles verloren!"
Aber da waren die bischöflichen Begleiter herangeprescht und griffen in den Kampf ein. Die Fuhrleute, die bald merkten, daß ihre Beschützer die Oberhand behielten, waren mit ihren Speeren herbeigeeilt und stachen nach den Pferden, damit keiner der Raubgesellen entweichen konnte.
Voll Entsetzen über diese ungeahnte Abwehr sprengten, solange noch Zeit dazu war, die restlichen Angreifer davon. Die anderen wurden gefangengenommen und gefesselt. Zähneknirschend wand sich der Anführer in seinen Stricken.
„Euch Pfeffersäcke allein ohne die Begleitung hätten wir schnell erledigt."
„Maul halten!" rief grimmig einer der Fuhrleute und schlug ihm die Faust ins Gesicht.

„Was machen wir mit diesem Gesindel?“ wollte Frans wissen. „Sollen wir es hier liegen lassen und weiterziehen?“
„Damit sie sich befreien und uns beim nächsten Mal wieder überfallen? Nein, hängt sie an den nächsten Baum, allen Raubrittern zur Warnung!“
Jetzt bat der Anführer flehentlich: „Die Schande des Aufhängens dürft ihr uns nicht antun. Wir sind Ritter. Gebt uns lieber den ritterlichen Tod durch das Schwert.“
„Ritterehre – daß ich nicht lachte, durch diesen hinterhältigen Raubüberfall ist Eure Ritterehre geschändet, Ihr habt kein Anrecht mehr auf Ritterbrauch“, sagte der bischöfliche Begleiter kalt. Dann wandte er sich an die Knechte: „Im Namen des Bischofs von *Paderbrunon*, hängt sie auf!“
Eine halbe Stunde später baumelten im Walde fünf Raubritter und ihre Gesellen zwischen Himmel und Erde. Krächzend kreisten die Raben über der Stätte der gerechten Strafe.
Der letzte Teil der Fahrt verlief ohne Zwischenfälle. Die Männer atmeten auf. Staub stob auf von den Hufen der Pferde. Peitschen knallten, weit voraus trabte Frans auf die Bischofsstadt zu.
Die Sperrstunde war bereits vorüber, doch angesichts des großen Wagenzuges und der beiden bischöflichen Reiter und ihres Wappens schoben die Stadtknechte die schweren Riegelbalken zurück und gaben die Toreinfahrt frei. Frans hatte seine Knechte Fackeln entzünden lassen, deren Flammen das alte Gemäuer beleuchteten. Mächtig ragten die Tortürme über die niederen Wachhäuser. Die Planwagen rollten in die enge Gasse zu Seiten des Tores und reihten sich unter dem Wehrgang auf.
Der Hauptmann der Wache, breitschultrig und mit unbewegter Miene über dem dichten schwarzen Bart, ließ die schweren Tore wieder schließen und kontrollierte die Leute, die mit dem Wagen gekommen waren. Der Holländer wies seine Begleitpapiere vor, die ein rasch herbeigerufener Zollschreiber überflog.
Vom Bischofspalast nahte eine Wache, die Reiter machten sich bekannt. Sie hörten, daß die Bengler sich an der Handelsstraße wieder mit weiteren Rittern zusammenschließen wollten.
„Deshalb nur dieser kleine Überfall mit wenigen Leuten. Mich hatte es auch gewundert. Sonst treten die Bengler in größeren Haufen auf, um ihre Geldkatze zu füllen. Aber wenn sie auf den Burgen von Padberg versammelt sind, ja, dann haben wir noch mal Glück im Unglück gehabt!“

Tatsächlich schlossen sich auf der Burg Padberg 28 Ritter zu einem weitaus größeren Bündnis gegen den Bischof aus *Paderbrunon* und Landesherrn Simon zusammen. Ihre Anführer waren wieder Friedrich der Saure vom Alten Haus in Padberg, Ritter Herbord von Brobeck, Ritter von

Spiegel zum Desenberg, von Papenheim und der von Brenken. Dazu gehörten weiterhin alle Padbergs, die Raben von Canstein, Wolf von Gudenberg, die von Dalwigh, von Hertinghausen, von Viermünden.
Was der Holländer nicht wußte, war, daß in diesen Tagen auch der Bote aus Dortmund auf Burg Padberg angekommen war. Für das Bündnis mit der Stadt überbrachte er 300 Goldgulden, die nur vorläufig das gewaltige Loch in der Kasse stopfen konnten.
Friedrich den Sauren hielt es nicht auf seiner Burg. Kaum war ihm die Botschaft zu Ohren gekommen, daß am Weihnachtsfest im Haus des Fürstenbergers eine Kindtaufe gefeiert werden sollte, rief er seine Freunde im Alten Haus zusammen, und am nächsten Morgen schon jagten sie im wildesten Galopp nach Norden. Der Fürstenberger würde sich über einige Gäste mehr sicher freuen!
In der Fürstenberger Burg trat der Kammerdiener in das Gemach seines Herrn, um ihn zu barbieren. Er half ihm ins Hemd, band ihm die Schnabelschuhe zu, nahm Leibrock und Überrock vom Haken, strich sie glatt und brachte sie in Ordnung. Danach bürstete er ihm die Haare, bis sich wohlgestaltete Reihen um Reihen kleiner Locken um seinen Kopf zogen. Dann holte der Barbier einen kleinen Topf und tauchte den Finger hinein. Flink und gewandt verstrich er den geheimnisvollen Inhalt auf den sonst bleichen Wangen, und es entstand das blühende Aussehen, das die Frauen im Dorf so bestaunten.
Hubertus von Fürstenberg klatschte in die Hände, sein Kammerdiener läutete mit einem silbernen Glöckchen. Kurze Zeit später trat Irmintraud, die Gemahlin, ins Zimmer, im Arm ein weißes Bündel.
Ohne Gruß und sichtliche Gemütsregung wies er sie zurecht: „Es gehört zu den Pflichten einer Ehefrau, früh aufzustehen, vor allem an einem Festtag. Faulheit ist eine Todsünde. Die Frau sollte nie mutwillig ihrem von Natur aus unreinen Wesen weitere Sünden hinzufügen."
Mit weit aufgerissenen Augen hatte Irmintraud diese Worte gehört. Sie hatte den Stammhalter geboren, und nun schlug Hubertus von Fürstenberg diese harten Töne an? Mit näselnder Stimme fuhr er fort: „Genug gesehen, du rückständige kleine Rittertochter? Raus jetzt, ehe ich dich wieder lehren muß, wo dein Platz ist. Schau, daß die Weiber unten das gute Silbergeschirr auf die Tafel stellen. Es muß glänzen, poliert es also gut, wenn wir zum Taufessen schreiten!"
Sie verzog sich mit dem Kind schnell in die Küche, gab den Kleinen der Amme und schaute zu, wie im Speisesaal eine große Festtafel mit schönstem weißem Leinen und dem erlesensten Tafelgeschirr gedeckt wurde. Es war keine leichte Aufgabe für ein junges Mädchen, das aus einem verarmten Ritterhaus kam und eben vierzehn und einen halben Lenz zählte. Verlassen stand sie am Herdfeuer herum und sah recht verloren

aus, zu schüchtern, als daß sie zu fragen gewagt hätte, was zu tun sei. Die Köchin und die Mägde wußten gut genug, was vorbereitet werden mußte. Das Gesinde hatte Mitleid mit ihrer jungen Herrin, die nur dazu gut genug schien, Kinder und Erben in die Welt zu setzen.

Die Taufzeremonie fand in der Burgkapelle statt, sie war kurz und bündig. Während der kurzen Andacht war der Fürstenberger auf den Knien und verdrehte die Augen gen Himmel. Als der Pater aus dem Kloster Dalheim dem Kleinen das Wasser über Kreuz auf das schwarze Strubbelhaar goß und dabei sprach: „Ich taufe dich im Namen des Vaters ...“, und er hatte noch nicht „Amen“ gesagt, da schrie es kräftig aus dem Bündel.
„Na, al – so“, stieß der Fürstenberger an, „jetzt mußt du dich noch auf die Schwelle der Kapelle knien, dann bist du wieder rein!“
Der Pater runzelte entsetzt die Stirn: Auch wenn nur selten aus Liebe geheiratet wurde – ein solcher Ton war ihm noch nie untergekommen. Die Magd hatte die Kindsfrau angestoßen und hinter dem Rücken des blasiert dreinschauenden Adligen vielsagend mit dem Kopf geschüttelt.
Später, als die wenigen Gäste, auch der Pater – alle waren erstaunt, daß der als geizig verschriene Burgherr diese Gesellschaft eingeladen hatte –, um den Tisch versammelt waren, hob ein reichhaltiger Kindtaufschmaus an, ein guter Wein wurde ausgeschenkt, der Braten lockte mit kräftigem Duft, die Hühnerschenkel waren knusprig geraten, das Brot kam frisch aus dem Ofen und zeigte eine bräunliche Kruste, ja, es hätte ein Festmahl vom Feinsten sein können, wenn nicht plötzlich die Tür aufgestoßen worden und Friedrich der Saure von Padberg mit seinen Männern hereingestürmt wäre.
Aschfahl saß Hubertus von Fürstenberg mit aufgerissenem Mund da, als er den Eindringling erkannte.
„I-I-I-Ihr, Friedrich“, schnell fand er die Fassung wieder. „Was wollt Ihr hier, Ihr seid doch nicht eingeladen?“ preßte er dümmlich hervor.
„Der Padberger lädt sich immer selber ein, er braucht Eure Einladung nicht! Und nun her mit dem Plunder, los, Männer, packt alles in die Tücher und den Braten auf die Messer.“
Das ließen sich die Spießgesellen nicht zweimal sagen. Entsetzt wichen die Damen und Herren in ihren Stühlen zurück, als die eisengepanzerten Arme mit langen Dolchen in die Braten stießen und dann das ganze Silbergeschirr, so wie es von Fett und Bratensoße triefte, in die weißen Leinentücher packten, mit kräftigem Schwung über die Schulter warfen und, nachdem sie einen langen Zug aus den Silberbechern genommen hatten, unter höhnischem Gelächter aus dem Saal stürzten.

Kurze Zeit später hörte man den Hufschlag der davonjagenden Meute. Zu Hause auf der Padbergschen Burg aber mußten sie feststellen, daß Lübbert de Sachs inzwischen aus seinem Turm geflohen war.
„Hätte uns sowieso nichts gebracht, dieser Quacksalber, dieser Schwefelzauberer, kein bißchen Gold macht der!" Das war Friedrichs einziger Trost.

Schon am nächsten Tag stand Hubertus von Fürstenberg vor Bischof Simon und klagte ihm sein Leid. Innerlich mußte der über den entrüsteten Ritter lächeln, aber als Landesherr und Fürstbischof galt es nun doch zu handeln. Er versprach schnelle Abhilfe von diesem leidigen Raubritterunwesen.
Nach wenigen Tagen hatte der Bischof seine Ritterschaft aufgeboten und stellte sich selber im Kettenhemd und den Ritterhelm auf dem Kopf mit Schwert und Lanze an die Spitze des kleinen Heeres. Gleich zu Beginn des Monats Januar zog Bischof Simon mit seinen Truppen los. Seine Späher hatten berichtet, daß sich die Bengler an der Orke, in der Wasserburg des Herrn von Brobeck, verschanzt hatten.
Eine kleine Abordnung mit dem Fürstbischof an der Spitze machte einen Schwenk nach Osten zur Burg Dringenberg. Hier ließ Bischof Simon den Rektor der Priesterkommunität in *Paderbrunon*, Ludwig von Büren, vor sich treten. Der hatte gegen den Willen des Bischofs die päpstliche Bestellung zum Propst in der Gaukirche erhalten und das Amt angenommen. Da ließ Simon nicht mit sich spaßen und handelte über die Maßen grausam. In einer kurzen Gerichtssitzung verurteilte der Landesherr in unverständlicher Härte den Rektor zum Einschließen in den Holzblock.
Inzwischen war die Hauptmacht langsam nach Süden geritten, und bald hatte sie der kleine Trupp um Bischof Simon eingeholt. Gemeinsam bewegten sie sich auf das Flüßchen Orke zu, das nördlich von Frankenberg in die Eder mündet. Hier schlug das bischöfliche Heer sein Feldlager auf. In den nächsten Nächten wollten sie eine Brücke aus Holz über die Orke bauen, um an die Wasserburg heranzukommen. Schon nach einigen Tagen hallten Axtschläge durch den Wald von Lichtenfels, als ein Bote von Norden heranpreschte. Er gab im Zelt des Bischofs eine Botschaft ab: In Dringenberg war der Propst im Block gestorben. Alle im Lager sahen darin ein böses Vorzeichen. Abends an den Feuern wurde offen darüber gesprochen, lieber nach Hause zu reiten und die Belagerung abzubrechen. Aber der Bischof blieb von unnachgiebiger Härte.

Am Morgen eines glasklaren Wintertages gab Bischof Simon Graf Sternberg das Signal, die Brücke zu überschreiten. Er befahl, daß immer nur kleine Scharen zugleich die Brücke betreten sollten. Ein weiser Befehl, denn auf einmal kamen vom Oberlauf her gewaltige Baumstämme den Strom hinabgeschwommen. Sie sollten durch ihren Aufprall die hölzernen Träger der Brücke zerbrechen. Aber der kriegserfahrene Bischof wußte Rat. Unter seinen Männern waren viele aus den Wäldern an der Weser, Flößer, die mit schwimmendem Holz umzugehen wußten. Mit langen Stangen lenkten und stießen sie die Stämme so, daß sie zwischen den Stützen hindurchschossen und keinen Schaden anrichteten.

Die Straße, über die sich der ritterliche Zug auf die Wasserburg Brobeck zubewegte, war gerade breit genug für einen Karren. Auf der Höhe lag die Burg, von einem Teich umgeben. Vorsichtig ritten die Männer mit Simon an der Spitze auf die Burg zu. Sie wollten den Räuberbau im Sturm nehmen. Kaum hatten sie die Enge erreicht, zischte ein Hagel von todbringenden Pfeilen auf die Vorhut herab. Alle Männer hatten ihre Schilde hochgehalten, nur der Bischof hatte auf diesen Schutz verzichtet. Ein Pfeil durchbohrte sein Kettenhemd und ragte mit kurzem Schaft aus dem Unterleib. Langsam glitt er vom Pferd. Unter dem Schutz hochgehaltener Schilde trugen die Männer ihn behutsam zurück. Simon verlor sehr viel Blut. Im Feldlager kümmerten sich die Wundärzte um ihn. Dennoch konnten die Ärzte dieser schweren Verwundung nicht Herr werden, und nach qualvollen 20 Tagen starb Bischof Simon. Die Männer im Belagerungsring hatten Recht behalten, das böse Omen war in Erfüllung gegangen. Die Nachricht erreichte schnell *Paderbrunon.*

Aber es sollte noch schlimmer kommen: Die Bengler waren den Bischöflichen nachgeeilt, ja sie hatten sich mit allen ihren Bundesgenossen zusammengeschlossen und die langsam heimziehende Streitmacht östlich überholt und ohne langes Zögern Kloster Dalheim überfallen. Den erstbesten Mönch schleppten sie mit derben Stößen in den Rücken zu ihrem Anführer. Friedrich der Saure herrschte ihn an, wo denn der Schatz des Klosters liege. Er führte sie an ein verstecktes Türchen, und sie fanden im Gewölbe einige Leuchter. Aber große Beute machten sie damit nicht, sie waren aus vergoldetem Kupfer, hatten großes Gewicht und geringen Wert. Als einer der Strauchritter den goldenen Hahn mit einem Speer vom Turm holen wollte, lehnte er sich zu weit über, stürzte ab und brach den Hals. Ein weiterer Räuber glitt auf dem Dachfirst aus und brach sich die Knochen. Die Padberger wüteten um so mehr. Sie machten in der Kirchenpforte einen Scheiterhaufen, legten die beiden Toten darauf und steckten ihn an. Während die Flammen die Körper auffraßen, stellten die Bengler das Kloster auf den Kopf und plünderten es aus.

Dann ritten sie in ihrer Mordlust weiter auf das Kloster Böddeken zu. Zitternd und bebend bat die Äbtissin Friedrich um Gnade. Der ließ sich

auf einem Pergament bestätigen, daß das Kloster Böddeken alle Rechte abgäbe. Zudem wurden auch die Rechte am Amt Weddene an Friedrich und seine Söhne übertragen, daß sie dem Stift „gnädig und freundlich sind".
Trotz aller Überfälle litten die Bengler weiterhin unter anhaltendem Geldmangel, da die wenige Beute unter den vielen Rittern schnell aufgebraucht war. Widekind von Falkenburg meinte, mit der Stadt Warburg nur wenig Federlesens zu haben, und zog vor deren Mauern. Er schlug das rasch aufgestellte Bürgerheer und plünderte gleich dazu ein Kloster. Für die Gefangenen forderte er 7 000 Gulden Lösegeld.

Alle diese schlimmen, gefährlichen und beunruhigenden Meldungen erreichten auch *Paderbrunon*. Aber hier vertraute man auf die festen Mauern und Tore. Selbst der Tod ihres Bischofs berührte die zu großem Reichtum gelangten Bürger nicht besonders. Zu wenig hatte er sich um ihre Belange gekümmert. Seine Bündnispolitik war ohne Glück und Augenmaß. Verschuldet war das Bistum, und seine Härte kannte bisweilen keine Grenzen.
Mehr und mehr Rechte aber waren auf die Bürger übergegangen. Sie hatten Ansehen erlangt, waren mit dem Handel in die fernsten Städte reich geworden. Aber mit dem Wohlstand begannen Übermut und Lässigkeit. Zwar hatten sie mehr Wachsoldaten an den Toren, sie konnten es sich ja auch leisten mit dem vielen Geld, das in die Stadt kam. Dafür ging es in den Trinkstuben, den Gast- und Brauhäusern hoch her. Um so stiller wurde es in den Hallen des Domes. Auch der Tag des heiligen Liborius wurde nicht mehr feierlicher begangen als jeder andere Festtag. Bürgermeister Gottschalk und der Rat wiesen zuletzt den uralten Brauch und die Ehre, bei der Prozession den Reliquienschrein tragen zu dürfen, mit verächtlicher Gebärde von sich.
Nun aber war der Krieg gegen die Raubritter über Land und Stadt gekommen. Da ging doch der eine oder andere Bürger in sich und betete um Hilfe. Auch ein alter heiligmäßig lebender Kanonikus lag noch in später Nachtstunde im innigen Gebet auf den Knien. Als er beim zwölften Glockenschlag aus dem Fenster seiner Kurie auf den Marktplatz hinausblickte, glaubte er eine festliche Prozession aus den sich weit öffnenden Pforten des Domes schreiten zu sehen. Seltsam bekannt schienen ihm die Männer, die den Liborischrein auf ihren Schultern trugen. Je länger er sich die Gesichter anschaute, je deutlicher wurde ihm: Es waren die Gestalten auf dem uralten Gemälde, das die Ankunft der heiligen Gebeine aus Frankreich darstellte. Der Kanonikus sah, wie die Männer, die also einst die Reliquien nach *Paderbrunon* gebracht hatten, singend und in tiefster Ehrfurcht mit dem Schrein durch die Straßen der

Stadt zogen; und dazu hörte er den feierlichen Klang der Glocken vom Hohen Dom. In der Frühmesse am anderen Morgen verkündete der ehrwürdige Greis den Bewohnern der Bischofsstadt in glühenden Worten das Gesicht, das er gehabt hatte. Die Bürger deuteten das Gesicht als ein Zeichen zur Umkehr. Reichtum und Wohlstand seien doch nur zeitliche Werte.

1389 Der Rat hatte endlich eine Sitzung einberufen. Bürgermeister Gottschalk hielt auch mit seinen Neuigkeiten nicht lange hinterm Berg: Ein neuer Bischof, ein gebildeter Mann, sollte aus dem Bistum Passau kommen, einem der bedeutendsten Kirchensprengel im Reich. Auf die Fragen seiner Ratsherren, wer es wohl sei, konnte er berichten, der neue Bischof sei der Herzog von Berg, der erstgeborene Sohn Herzog Wilhelms I. und dessen Gemahlin Anna, einer Tochter des Kurfürsten von der Pfalz, also von sehr edler Geburt.
Bald hielt der neue Bischof Einzug in *Paderbrunon*. Die erste Beratung fand im fürstbischöflichen Palast statt, zu der auch die Ratsherren eingeladen waren. Im Kapitelsaal waren die Domherren, die Hofbeamten, lehnspflichtige Ritter und der Rat versammelt. Fürstbischof Rupert von Jülich-Berg trat vor die Versammlung. Zunächst hielten die Herren ihn bloß für einen bartlosen Jüngling, aber je länger sie ihn reden hörten, desto mehr waren sie von ihm beeindruckt.
Er sei von tiefer Sorge über die tiefgreifenden Veränderungen der Lebens- und Geisteshaltung des Volkes erfüllt. Unruhe und Kampf gingen von den Raubrittern aus. Bauern und Leibeigene forderten weitere Rechte, vom Bürgertum ganz zu schweigen, das als dritter Stand neben Klerus und Adel getreten sei.
Mit vom Zorn geröteten Gesicht rief Rupert: „Sollen wir tatenlos zusehen, daß überall im Lande überfallen, geplündert und geraubt wird, daß die Bengler sich sogar am Besitzstand der heiligen Kirche vergreifen?“
Zustimmendes Raunen ging durch den Saal.
„Genug!“ schleuderte Rupert den Anwesenden entgegen. „Ich habe lange mit den Herren vom Domkapitel und bischöflichen Hof beraten. Jetzt verordne ich: Kampf den Raubrittern bis zum letzten Mann. Ich löse aus meinen Geldmitteln die Pfandsumme für Stadt und Burg Dringenberg ein. Mit dem Kölner Erzbischof und meinen anderen Amtsbrüdern werden wir den Landfrieden in Westfalen ausrufen lassen. Und wehe dem, der ihn bricht! Ich werde durch das gesamte Bistum Visitationen senden, um in allen Klöstern und Pfarreien nach dem Rechten sehen zu lassen.“
Die Anwesenden nickten bestätigend, ja ihre Augen leuchteten vor Begeisterung. Endlich ein Landesherr, der Gerechtigkeitsempfinden, Tapferkeit und Frömmigkeit zeigte.

Aber die Raubritter ließen mit der Antwort nicht lange auf sich warten. Auf den Burgen von Padberg, dem Alten und dem Neuen Haus, erneuerten sie den Bengler-Bund. Mit der Versammlung der Landstände im Bischofspalast fühlten sie sich herausgefordert und beschimpft. Wenn der Jüngling in *Paderbrunon* Krieg haben wollte, dann konnte er ihn bekommen! Schlimmer als je zuvor überzogen sie das Land mit Feuer und Schwert.
Täglich versammelten sich auf dem Domplatz zu *Paderbrunon* viele Bürger und Frauen. Aufgeregt besprachen sie die schlimme Gefahr, die nun schon Jahre währte und noch immer nicht gebannt war. Wilde Gerüchte schwirrten durch die Stadt und erschreckten die ängstlichen Seelen. Die Mutigen aber sprachen nur noch vom Krieg gegen die Bengler. Am stärksten zur Fehde riet der kühne Bischof Rupert, er erschien in den Sitzungen nun immer mit einem Schwert an der Seite. Jedesmal auf dem Wege dorthin jubelte das Volk ihm zu. Der deutsche Kaiser sandte den Hansestädten, auch der Stadt an der Pader, keine Hilfe, zu groß waren im Reich Fehde und Uneinigkeit. So waren Bischof Rupert und die Stadt auf sich allein angewiesen.
Späher beobachteten jede Bewegung der Raubritter. Einmal konnte Bischof Rupert die Bengler auf dem Rausenfelde bei Büren stellen, als sie mit einem Teil der Beute aus der Kirche in Verne auf dem Weg nach Padberg waren. Nach hartem Kampfe siegten die Bürger von *Paderbrunon*. Friedrich und 78 Genossen wurden gefangengenommen zwischen Wünnenberg und Büren am Ackenthal und aufs Haus Dringenberg gebracht. Rupert forderte für den Anführer ein hohes Lösegeld, aber versäumte, den Sauren Frieden und Treue geloben zu lassen. Ehe er diesen groben Fehler wiedergutmachen konnte, war der wilde Padberger aus der Gefangenschaft losgebrochen. Den Anführer der Bande noch einmal wie einen Adligen statt wie einen gemeinen Räuber behandelt zu haben, sollte Rupert noch schwer bereuen.
Er sah ein, daß er mit seinen wackeren Bürgern aus *Paderbrunon* allein dem Raubritterbund nicht beikommen konnte und verbündete sich mit seinem Onkel, dem Waldecker Grafen Heinrich VI., genannt „der Eiserne“, und dem Erzbischof von Köln sowie dem Landgrafen von Hessen. Gemeinsam wollten sie gegen die Bengler zu Felde ziehen.
Vom Dom dröhnten die Glocken, die Ämter rotteten sich um ihre Banner und eilten bewaffnet auf den Platz. Draußen hatten sich die lehnspflichtigen Ritter und Grafen mit vielen Mannen versammelt. Die Kriegsfanfaren erklangen, der lange Zug ordnete sich und marschierte nach Süden, nach Padberg. Drei Heeressäulen schlängelten auf die Stadt zu, die nur palisadenbewehrt über der Diemel lag. Von Südwesten zog ein großes Heer des Erzbischofs von Köln heran, und von Südosten

walzte die gepanzerte Reiterkolonne der Waldecker alles nieder, was ihr in den Weg kam.
Rund um die feindliche Stadt Padberg bezog das Heer Stellung. Es war ein gewitterschwüler Hochsommertag im Juni, schauerartige Regenfälle waren über dem Land an der Diemel niedergegangen. Im Südwesten ballte sich neues schwarzes Wettergewölk. Das Gewitter lag über den Kronen der Buchen, unter denen sich die Truppen verborgen hielten. Langsam schoben sich die hölzernen Angriffstürme auf Padberg zu, Katapulte beschossen die Palisaden auf den Wällen. Riesige Geschosse krachten gegen die Balkenwände, hinter denen sich Kopf an Kopf der Haufen der Bürger drängte. Mit Pfeilen und Bolzen von Bogen und Armbrust verteidigten die von den Benglern zu Kriegsdiensten gepreßten Männer ihre Stadt. Mit gezogenen Schwertern wachten die Raubritter im Hintergrund über die Verteidiger. Ein Steinhagel prasselte auf die gewölbten Schilde der vorrückenden Angreifer. Die Ritter und Grafen waren aus den Sätteln gestiegen und rückten in voller Rüstung, mit dem Schwert als einziger Waffe, in den Reihen des Fußvolkes vor. Am Stadttor griffen die bischöflichen Ritter an, der Fürstbischof selbst hatte eine Rüstung angelegt und führte die Lehensträger gegen den Feind. Panzer und Schwerter klirrten, gellend schmetterten die Hörner zum Angriff, und immer wieder hörten die Kämpfer – selbst Glocken, Lärm und Geschrei übertönend – die mächtige Stimme Friedrich des Sauren vom Alten Haus, der die nur unwillig kämpfenden Bürger anfeuerte. Die Bogenschützen hatten vor ihren Stellungen Hürden aus Pfählen und Weidengeflecht aufgestellt und konnten von hier aus gut gedeckt die Stadt beschießen.
Endlich hatten die Geschosse eine Bresche in die hölzerne Wand gerissen, die Ritter aus Waldeck drängten vor, überschritten den breiten Graben, den die Kriegsknechte mit Reisig ausgefüllt hatten, brachen mit erhobenen Schwertern in die Stadt ein. Schnell war Fürstbischof Rupert mit seinen Männern an ihrer Seite. Die Bürger ließen die Waffen sinken, baten um Gnade.
„Kein Morden mehr, laßt die Bürger gewähren“, befahl er. Er schaute umher, kein Bengler zu sehen, sie waren geflüchtet, allen voran Friedrich auf seine Burg.
„Herr, Herr“, ein Mann verschaffte sich Gehör, „ich bin der Bürgermeister der Stadt. Alle Männer sind von den Benglern zum Kriegsdienst gepreßt worden. Wir bitten um Gnade, verschont uns um Christi willen!“
„Ist schon gewährt.“
Rupert zeigte fürstliche Würde und christliche Verantwortung, ja hohen Gerechtigkeitssinn als Landesherr. Was nutzte es, hier ein Blutbad anzurichten?

Bereits am nächsten Tag zogen der Waldecker Graf und andere Verbündete enttäuscht ab. Sie hätten zu gern die Stadt geplündert, nur war ihnen das vom Fürstbischof selbst verwehrt worden. Deshalb wollten sie, da das größte Hindernis beseitigt schien, so schnell wie möglich zurück in ihr Land. Bischof Rupert aber gedachte seines Schwures und setzte den Kampf mit der Belagerung der alten Bergfestung fort, um die Bengler durch Aushungern zur Übergabe zu zwingen und endlich das Raubritternest über der Diemel auszuräuchern.

Auf der Burg Padberg hatten sich die Bengler gesammelt, dabei allerhand Fußvolk, das mit ihnen auf neue Raubzüge hoffte: davongelaufene Bauernknechte, Fuhrleute und dunkle Gesellen, die sich in Waldschenken und an Kreuzwegen herumtrieben und deren Werk in der Dämmerung begann. Lärmend stimmten sie den um einen großen Tisch versammelten Schwurgenossen der Bengler zu; Kannen wurden geschwenkt, Becher nachgefüllt und geleert.
Ein Bote des Fürstbischofs war mit erhobener Lanze, an der ein rotes Tuch flatterte, erschienen und hatte ein blutbesprengtes Schwert, einen Lederhandschuh und den Fehdebrief überreicht. Angesagte Fehde galt nicht nur dem Leib und Gut des namentlich genannten Gegners, sondern allen Genossen des Hauses: Knechten, Hörigen, Unfreien, eigenen Bauern, Blutsverwandten und Verbündeten.
Aber der Padberger und seine Söhne, mit ihnen der Bund der Bengler, waren sich sicher: Die Burg war uneinnehmbar. Für die eingeteilten Besatzungen der Spießgesellen lagen die Armbrüste, reichlich Bolzen dazu, Spieße und Eisenhüte bereit, schwere Steinbrocken zum Zerschmettern der Angreifer waren aufgehäuft, Pech waberte auf immer brennenden Feuern, Wachen auf Mauern und Toren waren verstärkt, in der Nacht brannten Feuer auf den Turmplattformen. In den Gewölben lagen für viele Monate Vorräte, Vieh brüllte in den Ställen, die Scheunen waren mit Heu prall gefüllt. Nur Geld fehlte den Benglern, aber das wollte man schon in die Finger kriegen, war erst nur die Belagerung abgewehrt.
Auf der Zinne eines steinernen Turmes standen Friedrich und seine Söhne. Seine Stimme dröhnte gegen den Wind. Unbeugsam und stolz klang sie: „Mehr Land, mehr Freiheit, das werden wir nach der Abwehr des Bischofs bekommen!"
„Vater, wir sind in Sorge, daß wir die Belagerung überstehen. Wenn wir weiterhin das Land verwüsten, verlassen mehr und mehr Bauern ihre Höfe, wir werden bald Wildnis haben. Werden wir uns dann hier glücklich fühlen?"
„Paßt nur auf, meine Söhne, es dauert nicht lange, dann rücken die Bischöflichen wieder ab!"

Sie blickten weit in das Land hinein. Rings um die Burg hatte das bischöfliche Heer seine Zelte aufgebaut. Ein beinahe friedliches Bild bot sich ihnen da, die bunten Wimpel wehten im Sommerwind, unten gingen die Ritter, Knappen und das übrige Fußvolk zwischen den farbig gestreiften Leinwänden hin und her. Kleine Rauchsäulen stiegen von Feuerstellen auf, an denen die Männer ihre Mahlzeiten bereiteten.
So vergingen die Sommertage. Heiß brannte die Sonne vom Himmel. Die Tümpel zeigten bereits brackiges Wasser. Von den Waldrändern stank es unerträglich aus den Kotgruben. Die Waldecker hatten einigen Vorrat auf schweren Fuhrwerken dagelassen. Es sollten Waren sein, die auf der Weser herangefahren worden waren. In einer mondhellen Nacht sprang eine Ratte mit flinken Bewegungen vom Wagen, der lange Schwanz schleifte über den Boden. Bald gab es ein paar verdächtige Kranke im Feldlager. Ganz plötzlich befiel diesen und jenen ein heftiges Fieber mit Erbrechen und Durchfall. An den Gliedmaßen zeigten sich bläuliche, dann allmählich fast schwarze Flecken. Zuletzt brachen diese Stellen auf und ergossen einen dunklen Eiter, der furchtbar roch; das war der gefürchtete Pestgestank!
Die Seuche griff im Lager der Ritter und Knechte um sich. Die Feldärzte wurden zu Rate gezogen, aber sie wußten nur, daß die Seuche ansteckte, aber nicht auf welchen Wegen. Als einziges Gegenmittel wandten sie das Räuchern mit stark riechenden Hölzern an. Die Knechte mußten hohe Holzhaufen errichten und Wacholderreiser daraufwerfen, wenn die Flammen herausschlugen.
Wieder stand der Padberger auf dem Turm der Burg und wies auf die qualmenden Feuer.
„Seht ihr", sagte er zu seinen Gefolgsleuten, „das ist es, Krankheiten sind ausgebrochen, wahrscheinlich die Pest. Nun müssen die Bischöflichen abrücken!"
Und dann hörten sie mit einem Schlage das erregte Schreien der Menge der Belagerer, der tödliche Ruf flatterte bis auf die Wehrgänge der Burg: „Die Pest! Sie haben die Pest!"
Der Bischof, und das zeichnete ihn besonders aus, kümmerte sich um jeden Kranken, suchte ihn auf, spendete Trost. Aber es nutzte nichts, rein gar nichts. Die Soldaten, die Ritter wurden von der Seuche befallen. Erste Tote wurden mit einem schwarzen Kreuz gekennzeichnet und auf der Karre zum gemeinsamen Grab gebracht, in die Grube geworfen. Eines Tages fieberte auch Bischof Rupert. Er phantasierte und glaubte, er sei in seinem Palast in Passau. Sein Arzt wies die Knechte an, ihn in die Niedere Mühle zu bringen und auf ein bequemes Lager zu betten. Dann legte er ihm die Hand auf die Stirn. Er glühte nur so! Das war ein gefährliches Fieber. Der Arzt ließ Tücher in kaltem Wasser auswringen

und ihm auf Kopf und Leib legen. Aber ihm fiel auf, daß sich große Geschwülste an seinem Nacken und unter seinem Arm gebildet hatten. Vor Einbruch der Nacht waren es viele, viele mehr. Der Feldarzt zündete eine Kerze an, damit er besser sehen konnte. Als er die Kerze hoch über das Lager des Bischofs hielt, wurde ihm klar, daß Rupert seinen letzten Atemzug getan hatte. Im Lichtkreis der Kerze, die der Arzt langsam über den ganzen Leichnam wandern ließ, zeigten sich Ansammlungen von schwarzen Beulen, welche die Haut des Bauches verunstalteten und aus dem Gesicht eine nicht wiederzuerkennende Fratze machten. Am nächsten Morgen liefen die Knechte und Ritter des Feldlagers vor Padberg auseinander. Wie vom Teufel und allen Furien gehetzt, jagten sie in alle Himmelsrichtungen. Wer nur ein Pferd greifen konnte, schwang sich auf und jagte davon. Jetzt verbreitete sich die Pest über das ganze Land.

In *Paderbrunon* verrammelte man bei der Nachricht vom Tod des Fürstbischofs sofort die Tore. Doch das Schicksal wollte es anders. Unmerklich schlich der fahle Tod über die Hochfläche bis an die Mauern, Tore und Türme der Stadt, klopfte an. Es dauerte nicht lange, da wütete auch in der Bischofsstadt die Seuche. Häuser, Winkel und Plätze lagen voll Sterbender und Toter, der Hauch der Verwesung strich durch die Gassen. Hunderte von Bürgern starben qualvoll. Eine allgemeine Flucht der Wohlhabenden aus der Stadt setzte ein. Bürgermeister Gottschalk verlor seine schöne Dorothea, die schon lange nicht mehr sein geliebtes Weib war, als eine der ersten Pesttoten.

Vierzehn Tage später lagen die Gassen der Stadt verödet, nur hier und dort huschten verängstigte Gestalten, die einen Mantelzipfel oder ein Tuch vor das Gesicht preßten, um Ecken und Plätze. Berittene Streifen trabten über den Domplatz. Von den Wiesen unten an der Pader wehte der süßliche Verwesungsgeruch, den Hunderte von unbeerdigten Leichen ausströmten. Als eine erste Welle des Schreckens viele Einwohner aus den Toren der Stadt gejagt hatte, senkte sich Gleichgültigkeit und dumpfe Ergebung über die Zurückgebliebenen.

Vor dem Dom hatte sich eine zerlumpte Schar der letzten Bewohner eingefunden. Man hörte Stimmen:

„Das Ende der Welt ist gekommen!“

„Ein Zeichen!“

„Seht her!“

Eine Frau hatte einen Buchweizenpfannkuchen in der Hand. Er war ihr offensichtlich verbrannt. Sie schwenkte ihn mit beiden Händen vor den Gesichtern der Leute hin und her.

„Seht her, ein Wunder. Ist es nicht das Gesicht unseres Heilands?“

Alle drängten sich weiter vor.
„Ja, das ist es!"
„Wahrhaftig, ein Gesicht!"
„Jeder der den Pfannkuchen gesehen hat, ist errettet von der Pest!" schrie die Frau hysterisch.
Vom Gierstor her schob sich langsam eine seltsame Gruppe über den Domplatz. In Verzückung hatten einige die Hände zum Himmel emporgestreckt und riefen immer wieder:
„Errette uns!"
„Sei uns barmherzig, o Gott!"
„Verschon uns arme Sünder von der Pest!"
Ein bärtiger Mann trug ein Kreuz, über dessen Querbalken eine Dornenkrone gesteckt worden war. Drei, vier Männer hatten ihren Oberkörper entblößt und peitschten sich selber mit heftigen Schlägen. Blut rann über ihre Rücken, von den Köpfen, sie zeigten gequälte Gesichter. Dahinter rutschten gar mehrere auf den Knien zum Paradiesportal hin. Fromme Lieder singend, folgten ihnen die anderen Pilger. Die Geißeler, die Flagelanten, wie sie genannt wurden, verschwanden nach und nach im Dom.
Über *Paderbrunon* wehte der Hauch des Todes …

„Pader Porn“

1585-1648

1585 Schwere Stürme waren über das Abendland in den vergangenen Jahrzehnten hinweggefegt. Im 15. Jh. hatte das ausgehende Mittelalter noch gleichsam den Atem angehalten. Die Macht des Kaisers war im Reich mehr und mehr verfallen, alle Fürsten versuchten rücksichtslos, ihren Besitz zu vergrößern. Das Bistum Paderborn hatte dies auch zu spüren bekommen, als Dietrich von Moers, Erzbischof von Köln und Administrator des Bistums Paderborn, versuchte, das Bistum aufzulösen und Köln einzuverleiben. Das Paderborner Domkapitel hatte diesen Versuch in jahrelangem Ringen schließlich abwehren können. Das Ansinnen des Kölners war jedoch typisch für das immer politischer, weltlicher werdende Denken der Kirche. Die Bischöfe dachten fast nur noch politisch, die Seelsorge wurde sträflich vernachlässigt, die Sitten verfielen zusehends. Die Rufe nach einer umfassenden Reform – der Kirche und des Staates – verstummten nicht mehr. Die Menschen beschlich mehr und mehr das Gefühl, an einer Zeitenwende zu stehen. Das stand ihnen deutlich vor Augen, als Kolumbus eine neue Welt in den Blick des Abendlandes brachte. Martin Luther hatte schließlich im Jahre 1517 die Lunte an das Pulverfaß gelegt. Seine Kritik an dem unerträglichen Gebaren der Kirche hatte zu einem ebenso raschen wie radikalen Abfall von der römischen Kirche und schließlich zur Etablierung eines neuen Bekenntnisses in der abendländischen Christenheit geführt. Schwere Unruhen – Bauernaufstände, der Aufstand der Ritter und radikale religiöse Wirren wie der Krieg gegen die Wiedertäufer (Münster) – hatten diese Entwicklung begleitet, an deren Ende fast ganz Norddeutschland „evangelisch“ geworden war. Kaiser Karl V. konnte diese Entwicklung nicht stoppen – weder durch Verhängung der Reichsacht gegen Luther noch durch seinen militärischen Sieg über die Führer der Evangelischen: Hessen und Sachsen. Schließlich einigten sich katholische und evangelische Fürsten im Augsburger Religionsfrieden darauf, daß der jeweilige Landesherr auch den Glauben seiner Untertanen bestimmen konnte. Ein geistlicher Fürst jedoch mußte sein Amt niederlegen, wenn er zum evangelischen Glauben übertrat. Die völlig ver-

weltlichten Päpste in Rom hatten viele Jahre gebraucht, ehe sie um die Mitte des 16. Jh. die Kräfte der katholischen Kirche sammelten und im Trientiner Konzil (Versammlung) die Basis für eine umfassende Reform schufen. Der neugegründete Jesuitenorden war ihr wichtigstes Instrument für deren Durchsetzung. Der Orden sorgte für gute Ausbildung und gewann durch prächtige Bauten, Prozessionen und geistliche Spiele auch großen Einfluß auf die Bevölkerung.
An dem Bistum Paderborn waren diese Umwälzungen natürlich auch nicht spurlos vorübergegangen. Es war allerdings zu keinen größeren Unruhen gekommen, da die meisten Bischöfe nicht eindeutig Position bezogen, entweder selbst dem evangelischen Glauben zuneigten oder aber zumindest den Dingen ihren Lauf ließen. Viele Bürger und auch große Teile des Bistumsadels waren mittlerweile evangelisch geworden. Vor allem waren die Bürger Paderborns weiterhin auf ihre Unabhängigkeit vom Bischof bedacht: Für einige Jahrzehnte hatten die vier Paderborner Bauerschaften 40 „Wahlmänner" – die Stadtvertreter – gewählt, die in jedem Jahr wiederum den Rat der Stadt wählten. 1532 hatte Erzbischof Hermann von Wied – Erzbischof von Köln und Administrator von Paderborn – nach Unruhen dieses Recht eingeschränkt. Er verordnete, daß anstelle der 40 „Wahlmänner" nur noch 24 Gemeindevertreter aus den Bauerschaften *„von dem Rat ausgewählt werden"*. Obwohl Hermann von Wied ausdrücklich bestimmt hatte, daß ein Rat nicht mehr den nachfolgenden Rat wählen soll, wurde das mehr und mehr zur Regel, schloß natürlich den Einfluß der meisten Bürger aus und öffnete einer Klüngelwirtschaft der angesehenen, im Rat vertretenen Familien Tür und Tor. Vetternwirtschaft, Bestechung und Machtmißbrauch waren bei dieser Herrschaft weniger reicher Bürger an der Tagesordnung.

In Paderborn schrieb man seit sieben Monden in der gespaltenen Christenheit und so auch in der Bischofsstadt das Jahr des Herrn 1585. Zu dieser Zeit herrschte in den Stuben der Bürger und in den Werkstätten der Ämter große Erwartung. Die gelehrten Herren vom Rat steckten noch mehr als sonst die Köpfe zusammen, die Diskussion drehte sich um die Zustände in der Stadt und den neuen Fürstbischof.
„Und ich sage Euch, es wird endlich Zeit, daß wir einen Bischof bekommen, der mit dem ewigen Hin und Her ein und für allemal Schluß macht! Die letzten Landesherren bekannten sich als gut papistisch, ließen aber doch alles in den neuen Bahnen noch besser lutherisch laufen!" Bürgermeister Johann Schaftodt hing immer noch an dem alten katholischen Glauben.
„Dabei hatten wir alten Paderborner so sehr auf Graf Salentin gesetzt,

als er gewählt war und inmitten von mehr als eintausend Reitern in glänzender Ritterrüstung und Helm vom Dom Besitz nahm. Mit seinem Treueid gegenüber der Kirche gab er doch ein Zeichen, ihre alten Rechte mit Kraft zu verteidigen", wußte ein grauhaariger Rat zu berichten.
„Alles Quatsch, Waffen hat er gesammelt und seinen Stammbaum gerettet, ist ja nie zum Bischof geweiht worden", nörgelte ein anderer.
„Jedenfalls war ganz Paderborn den Tränen nahe, als er aus der Stadt ritt, um die Gräfin Agnes in Bonn zu heiraten." Der Grauhaarige hatte glänzende Augen bei der Erinnerung an die kurze Regierungszeit des Grafen Salentin bekommen.
Sein Mitbürgermeister, Heinrich Elebracht, war ganz anderer Meinung: „Dagegen hat Bischof Heinrich von Sachsen-Lauenburg schon alles richtig eingefädelt. Er hat uns freigestellt, für oder gegen die Kirche der Reformation zu entscheiden."
Einer der Ratsherren wagte heftigen Widerspruch: „Du scheinst wohl vergessen zu haben, daß er zwar die Förderung des katholischen Glaubens beeidete und versprach, sich zum Bischof weihen zu lassen. Na, und was ist passiert?"
„Ja, ja, wissen wir zur Genüge, er wollte niemals selber katholischer Bischof sein, weil er Protestant und legitim verheiratet war!" rief ein anderer der gewählten Stadtvertreter.
„Als er damals zur Besitzergreifung in die Stadt kam, wißt Ihr es noch, da ritt auf einem weißen Zelter neben ihm seine Gemahlin Anna!"
Einer der Herren sprang auf: „Erinnert Euch lieber, daß er das Bistum in ein weltliches Fürstentum umwandeln wollte. Aber schon damals widersetzte sich Dietrich von Fürstenberg als junger Dompropst mit einigen anderen Domkapitularen – übrigens alles wackere Sauerländer, dieser von Meschede, von Plettenberg und von Brabeck – seiner Politik."
Einer der katholischen Räte kannte auch das Ende des hohen Herrn: „Von seiner ganzen Politisiererei hat der arme Kerl nicht viel gehabt, als er am letzten Palmsonntag vom Pferd stürzte und an den Folgen starb."
„Der Herr sei seiner armen Seele gnädig!" Alle am langen Tisch schlugen das Kreuzzeichen.
Nachdem es eine Weile still geblieben war, flammte bald das Für und Wider in der Stadtpolitik erneut auf, als einer der Räte an die Unabhängigkeitsbestrebungen der Paderstadt von den Landesherren erinnerte: „Ihr Herren, erinnert Euch, was nur noch wenige selber berichten können und was Eure Väter berichtet haben. Welche Unruhen flammten immer wieder auf! Wie oft haben die Bischöfe früher Aufstände unzufriedener Bürger niedergeschlagen."
„Bischof Hermann von Wied hat damals hart genug in unsere städti-

schen Verhältnisse eingegriffen und verordnet, daß es nur 24 Gemeindevertreter geben soll, die vom Magistrat ausgewählt werden!"
„Vetternwirtschaft, Vetternwirtschaft!" schrie es von den hinteren Bänken, wo ein paar andere Bürger saßen und dem Gespräch interessiert zuhörten.
„Und der Landesherr damals verbot den Kirchengesang!" erinnerte einer der Ratsherren, die in ihren dunklen Umhängen mit weißem Kragen ganz nach der neuesten holländischen Mode gekleidet waren.
„Die Pfarrer haben auch genug lutherischen Krimskrams eingeführt", meinte der katholische Bürgermeister, „sie lösen den Zölibat, heiraten wie der Pastor Tünneken, aber ihre Kinder dürfen nicht in Ämter und Stadtvertretung!"
Einer der Ratsherren ließ seine kräftige Stimme durch den Rathaussaal klingen: „Dann lob' ich mir doch den Lauenburger, der ein offener Anhänger Luthers war, und zur *Confessio Augustana*, dem wichtigsten Glaubensbekenntnis der Lutheraner, riet."
„Tja, und mit seiner Gemahlin an der Seite gab der bischöfliche Ehegemahl das lutherische Bekenntnis frei. Nee, nee, hör mir doch auf mit dem ganzen Reformgedöns!" Bürgermeister Schaftodt war es offensichtlich leid.
„Vielleicht wären wir unter dem Lauenburger in *einem* großen Fürstentum aus Bremen, Osnabrück und Paderborn gut gefahren?"
„Ach was, das hätte die schlimmsten Unruhen hier gegeben. Um keinen Fehler zu begehen, hat er sich doch erst mal mit Erzbischof Gebhard Truchseß Freiherr von Waldburg im heiligen Köln getroffen, der das alte Erzbistum Köln ebenfalls in ein weltliches Fürstentum umwandeln wollte."
„Gebhard Truchseß, hatte der nicht so 'ne Geschichte mit 'ner Nonne?"
„Klaaar, ‚*Ego dei gratia, coloniae episcopa*'", grinste der lutherische Bürgermeister.
„Geh mir doch weg, meinst wohl, wärst was Besseres mit deinem bißken Latein aus der Domschule, und was heißt das?"
„‚*Von Gottes Gnad' ich bin, zu Köln die Bischöfin!*' Und bei denen beiden wollte sich unser Bischof Heinrich eben ein bißchen was abgucken. Das fromme Fräulein Agnes von Mansfeld war eine Chorfrau im Stift Gerresheim, die ihren geliebten Gebhard zur Heirat zwingen wollte. Ihre Brüder haben ihm ein wenig mit den Degenspitzen auf der Brust rumgepiekt, und schon verfiel er ihr in rasender Liebe. Ist ja gerade erst drei Jahre her, daß Gebhard seine Agnes in Bonn geheiratet hat."
„Und alles Volk soll jetzt gut lutherisch werden, ist es nicht so?"
„Ja, ja, aber der Krieg tobt in Kölner Landen, und wie es scheint, muß sich der Herr Gebhard bald irgendwohin verdrücken!"

„Ist schon ein Theater, wenn seit Hunderten von Jahren die hochwürdigen Herren Fürstbischöfe sich nur um ihre weltliche Herrschaft kümmern, ohne Weihen als Priester oder Bischof!"
„Wenn jetzt der Fürstenberger durchgreift und auf den Rat seiner bischöflichen Beamten hört, dann kann man sich schon denken, wer die Mitglieder einer neuen Ratsvertretung werden sollen!" ließ sich der Grauhaarige noch einmal vernehmen.
„Nun sag schon, was du denkst!" forderten ihn seine Kollegen auf.
„Ist doch klar, Mitglieder der katholischen Minderheit in der Stadt, insbesondere Juristen, eine kleine Gruppe, die einiges an Vermögen haben und gerne mit unseren alten Ratsfamilien wetteifern möchten."
„Ist das so schlimm?" Der alte Bürgermeister Schaftodt war das Hin und Her langsam leid. Aber da brauste Heinrich Elebracht noch mal so richtig auf: „Alles Pfaffenkinder, die Bälge von Geistlichen und Adligen sind es, die die Beamtenstellen im Dienste der Fürsten besetzen. Und diese Katholischen werden uns mit Dietrich zusammen das Leben schwermachen!"
Die ganze Zeit über hatte ein Ratsherr aufmerksam die Diskussion verfolgt. Nun schob Liborius Wichard mit einem heftigen Ruck den Stuhl von sich, schlug mit der Faust auf den Tisch und brüllte in den Raum: „Ihr streitet Euch bloß um Nebensächlichkeiten – lutherisch oder papistisch, daß ich nicht lache. Am gefährlichsten für uns Bürger war doch, daß Bischof Heinrich aus dem Hochstift Paderborn ein weltliches Fürstentum machen wollte. Und dann, meine Herren Stadträte und Bürgermeister, hm, was wäre dann passiert? Ich will es Euch gleich selber sagen: Dann hätten wir Bürger gar nichts mehr zu sagen gehabt."
Seine Adern auf der Stirn waren vor Zorn angeschwollen. Stadtrat Liborius Wichard war trotz seines scharfsinnigen Geistes, seiner Beredsamkeit ein eigensinniger Mann, der heftig aufbrausen konnte, wenn es darum ging, die Meinung anderer zu widerlegen. Die beiden Bürgermeister blinzelten sich verschmitzt zu, und Schaftodt antwortete ihm: „Dafür hat er ja auch die Strafe des Allerhöchsten hinnehmen müssen", ein höhnisches Lachen unterbrach seine Erklärung, „immerhin stürzte er nach einem lutherischen Gottesdienst in Bremervörde so unglücklich vom scheuenden Pferd, daß er nur wenige Tage danach verstarb."
„Haben wir ja schon gehört, Johann, ein lutherischer Gottesdienst war das, hehehe", kicherte sein Amtskollege Heinrich Elebracht.
„Nun haben wir ja einen neuen Bischof!" rief ein Ratsherr, der wieder zum Kern der Diskussion zurückkommen wollte.
„Kennen wir doch", tat ein anderer besserwisserisch ab, „war ja lange

genug Dompropst hier und hat sich mächtig gegen die Politik Herzog Heinrichs von Sachsen-Lauenburg gewehrt!"

„Also, meine Herren im Rat, Dietrich von Fürstenberg stammt aus altem sauerländischem Adel, vom Schloß Waterlappe bei Werl. Sein Vater Friedrich stand in Diensten des Kölner Kurfürsten, und seine Mutter ist eine von Westphalen. Nachdem er das städtische Gymnasium in Dortmund besucht hat ...", holte der amtierende Bürgermeister weitschweifig aus.

„Und warum nicht das Klostergymnasium der Norbertiner in Arnsberg? Es genießt doch einen hervorragenden Ruf als Schmiede junger Gelehrter?" unterbrach ihn Wichard hitzig.

Der Bürgermeister fuhr ungerührt fort: „... das Gymnasium in Dortmund besucht hat, ging er zum Tricoronatum in Köln, schloß ein Theologiestudium an und machte eine Bildungsreise nach Rom."

Wichard war nicht zu beruhigen und ließ seinem cholerischen Temperament freien Lauf: „Wissen wir doch alles längst, Bürgermeister, schließlich kam er in demselben Jahr als Dompropst nach Paderborn, als ich Ratsherr wurde. Er schwang sich zum Führer der katholischen Gruppe im Domkapitel auf. Ihm ist es zu *verdanken*, daß die Jesuiten das Dompredigeramt und auch das Domgymnasium in die Finger bekamen."

Bürgermeister Schaftodt ließ sich von Wichard nicht beirren: „Mit seiner Wahl sind jedenfalls die Weichen neu gestellt worden. Dietrich von Fürstenberg steht in den besten Mannesjahren und wird unterstützt von seinem Bruder Caspar, einem sehr schlauen Juristen."

Wichard gab nicht auf: „Und mit dem zusammen wird er, ein tatkräftiger, selbstbewußter, reformfreudiger Mann, seine Stellung als Landesherr zu festigen und seine landesherrlichen Rechte zu sichern suchen. Ihr wißt doch alle, wie sein Wahlspruch ist?"

Er schaute in die schweigenden Gesichter.

„Der heißt: *‚Die Waffen soll man werffen weit, nach Frieden trachten alle Zeit, kans aber je nit anders sein, so schlag als dan mit Freuden drein!'*"

„Dann Gnade uns Gott!" rief jemand von den letzten Bänken.

Während im Ratssaal weiterhin lautstark über den neuen Fürstbischof von Paderborn gestritten wurde, stand der junge Goldschmied Engelbert mit seinem Vater Andreas Marquart am Werktisch. Der war ein ehrbarer Goldschmiedemeister. Die Goldschmiedefamilie Marquart bestand aus dem 54jährigen Vater Andreas, dem 19jährigen Sohn Engelbert und dem 13jährigen Sohn Tileman. Andreas' Frau war gleich nach der Geburt des Jüngsten gestorben, so wirtschafteten die drei Männer mit einer alten Magd allein im Haus herum.

Gerade trieb Andreas mit Punzen und Hammer den Fuß eines goldenen

Leuchters. Vor ihm lag das Blatt Pergament mit der Zeichnung. Die hatte der ältere Sohn, der in den nächsten Jahren sein Meisterstück schaffen wollte, für das Werkstück entworfen. Hinten an einem kleineren Tisch schnitt und feilte der jüngere Bruder Tileman an Reststücken von Metall herum. Vater Andreas und sein Ältester begutachteten den Entwurf.
„Engelbert, bist ein begabter Junge! Warum nicht gleich so mit dem feinen, anmutigen Rankenwerk. Wirst sicher einmal ein erstklassiges Meisterstück schaffen!"
„Vater, warum willst du nicht selber zeichnen, schließlich hast du noch mit Heinrich Aldegrever zusammengearbeitet, wenn es um die ganz große Goldschmiedekunst und die Entwürfe dazu ging!"
Der Blick seines Vaters ging versonnen über einige der Zeichnungen, die an der Wand hingen. „Ja, ja, Engelbert, war eine schöne Zeit mit dem Heinrich, aber die ist seit dreißig Jahren vorbei, so lange ist der große Künstler schon tot."
Der junge Goldschmied, der mit ganzem Herzen an der Kunst hing, hatte nur halb hingehört – wie meistens, wenn sein Vater anfing, in alten Zeiten zu schwelgen.
„Ich muß weg hier, ich muß eine andere Werkstatt kennenlernen. Vielleicht im Kloster Helmarshausen oder nach Warburg oder Brakel, da sind auch hervorragende Meister."
„Immer wieder erzählst du mir dasselbe, aber unsere Aufträge lassen es nicht zu. Bleib hier im Land, bleib bei mir. Auch ich kann dir noch manches zeigen", drängte sein Vater mit matter Stimme. Im Grunde konnte er seinen Sohn nur allzu gut verstehen.
„Und ich will Münzmeister werden", schaltete sich auch der kleine Tileman in die Diskussion ein. „Hier sieh einmal, Vater, so könnte mein erstes Geldstück aussehen!"
Er hielt seinem Vater ein rundes Stück Kupferblech, das er sorgfältig gefeilt hatte, vor die Augen. „Jetzt muß ich nur noch entscheiden, ob ich für den Kaiser oder für den Bischof Münzen präge. Adler oder Bischofsstab, das ist die Frage!"
„Tu nicht so großspurig, da mußt du noch lange in die Lehre gehen. Mach nur erst eine ordentliche Gold- oder Silberschmiedlehre, dann kannst du einen Schritt weitermachen zum Münzschläger. Und eines Tages wirst du vielleicht auch Münzmeister sein!"
„Hier, das ist mein Zeichen, ich hab es an den Rand eingestochen."
Voller Stolz zeigte er auch Engelbert, seinem älteren Bruder, den kleinen Kupferrundling, der tatsächlich ein T und ein M zeigte. Beide Buchstaben lagen übereinander, so daß der Querbalken des T wie ein Dach über den beiden Schrägbalken des M ruhte.
Es klopfte an der Tür, und Liborius Wichard trat ein. „Gott zum Gruße,

Ihr beiden Herrn. Ich komme aus der Ratssitzung und wollte kurz bei Euch reinschauen."
Er sah auf die Zeichnungen, die auf dem Tisch lagen und an der Wand hingen. Tileman hielt sein Stück Kupfer fest in der kleinen Hand.
„Was können wir für Euch tun, Ratsherr Wichard?"
„Ach, ich hörte gerade Euer letztes Wort, Meister Marquart. Wollt Ihr Euren Sohn nicht in die Fremde ziehen lassen?"
„Ja, wir stritten ein wenig, wie wir es immer bei diesem Thema tun."
Engelbert mischte sich ein: „Herr Wichard, Ihr seid doch auch der Meinung, daß angehende junge Meister sich noch in anderen Werkstätten umsehen müssen."
„Aber natürlich, ein junger Kerl wie Ihr muß hinaus in die Welt. Denkt einmal an die hervorragenden Werkstätten in Brakel oder Warburg, denkt doch nur an den Meister Eisenhoit. Das wäre doch was."
Ohne es zu beabsichtigen, unterstützte der Ratsherr die Pläne des jungen Goldschmieds.
„Er würde auch in meiner Werkstatt ein tüchtiger Meister. Aber wenn ein so gescheiter Mann wie Ihr ihn auch noch unterstützt, dann muß ich ihn wohl gehen lassen. Seht her, Ratsherr, betrachtet diese Blätter!"
Liborius Wichard studierte genauestens die Pläne, die Vater und Sohn ihm vorlegten. Es waren Entwürfe kunstvoller Goldschmiedearbeiten, zu Ketten und Ringen, Pokalen und Leuchtern.
Meister Andreas nahm aus seinem Wandschrank in der Täfelung des Raumes ein Kästchen. Er griff hinein und legte schweigend ein schweres Geschmeide aus goldenen Gliedern mit drei dicken, silberweißen Perlen als Anhängern auf ein Damasttischtuch. Wichard betrachtete fasziniert das herrliche Schmuckstück.
„Bei Gott! Solch Wundervolles schafft Ihr hier in Paderborn, Meister Marquart. Habt Ihr es selbst gefertigt?"
„So ist es, Herr Wichard! Hier nach dieser Zeichnung. Jetzt wird es wohl der letzte Entwurf gewesen sein, den mein Sohn gemacht hat. Wenn er in den nächsten Tagen das Felleisen schnürt und Abschied nimmt ..."
Der Goldschmiedemeister ließ offen, was er danach erwartete. Der Ratsherr gönnte ihm wenig Zeit, über eine Antwort zu grübeln: „Ist es zu verkaufen? Ich muß dieses Geschmeide für meine junge Frau haben. Ihr wißt, daß ich erst vor wenigen Wochen wieder geheiratet habe. Meine liebe erste Frau Gertrud, die an der schlimmen Pestilenz starb", er seufzte, „ich wollte noch gestern eine Seelenmesse für sie lesen lassen. Ja, was glaubt Ihr, sagt mir der Pastor Holthausen in der Marktkirche? ‚*Zwanzig Silberpfennige die Seelenmesse*', sagt er mir ins Gesicht."
„Das ist doch der Domprediger, der einen so großen Zulauf hat. Die ganze Stadt hört ihm zu", entgegnete der Goldschmiedemeister.

„Aber wie ein listiger Fuchs predigt er so, daß er alles miteinander vermischt und ihn niemand festlegen kann."
„Ist schon lange vom römisch-katholischen Glauben abgefallen, weil der alte Bock total verblendet war von der Liebe zur schönen Kerzenmacherin Ursula!" brachte Engelbert das neueste Gerücht zur Sprache.
„Nun, von der schönen Wachszieherin zu der edlen Kette. Was sagt Ihr, Meister Marquart?" überging Wichard den naseweisen Einwurf des jungen Mannes.
Der Meister nickte. „Ihr könnt sie haben. Obwohl Ihr meinem Sohn zur Wanderschaft geraten habt. Einem Grafen aus Livland hab' ich die Bitte abgeschlagen."
Der Ratsherr schüttelte die Hand des Meisters: „Ich danke Euch, Goldschmied. Wahrlich, zu Paderborn blühen Kunst und Handwerk bei den Bürgern. Das muß so bleiben, vor allem, wenn der neue Bischof kommt."
Sie wurden handelseinig, und Marquart meinte: „Ich schmiede Ketten und freu' mich über jedes Lob. Deshalb soll es auch hinter unseren Mauern mit dem neuen Herrn so bleiben, wenn Ihr das meint."

Ein paar Tage später hastete Engelbert, der junge Goldschmied, über die unebene Landstraße. Er hatte keine Zeit verstreichen lassen – man konnte nie wissen, ob es sich sein Vater nicht noch anders überlegte, wenn er zuviel Zeit zum Nachdenken erhielt. Ein schneidender Wind pfiff durch das kahle Geäst der Bäume am Straßenrand. Das Kinn zitterte ihm vor Kälte, daß er seine Zähne klappern hörte. Von Osten wehte der Eishauch des nahenden Winters über die Hochfläche, trug Sand und winzige Steine mit sich und ging durch Mark und Bein. Der Geselle auf Wanderschaft schritt noch schneller aus mit seinen langen Beinen, wickelte sich noch fester in sein Wams und zog das rote Halstuch enger. Noch vor Einbruch der Nacht wollte er auf der anderen Seite des Eggegebirges sein und im Kloster Neuenheerse um ein Nachtlager bitten. Auf einem Gehöft hatten ihm die Bauern einen Schluck Wasser gereicht, der Magen schmerzte ihm jetzt vor Hunger. Der holprige Weg, den Karrenspuren gezeichnet hatten, führte über einen Hügel. Als er auf der Kuppe stand, erblickte er unter sich die grauen Mauern des Klosters. Geschafft, Gott sei Dank! Dann würde es auch gelingen, am nächsten Tag an Dringenberg vorbei das Städtchen Brakel zu erreichen, um dort nach Arbeit in einer Gold- oder Silberwerkstatt nachzusuchen.
In der Ferne sah er eine Kutsche heranschaukeln. Ja, das bewirkten die unebenen Wege hier auf der Hochfläche, daß so manches Fuhrwerk den Stellmachern in Paderborn Aufträge für ein oder gar zwei neue Räder hatte geben müssen. Schien ein recht vornehmes Gefährt zu sein, denn

außer dem Kutscher sah er noch eine weitere Person auf dem Bock sitzen.
Engelbert wandte seinen Blick wieder seinem Ziel zu. Er war jetzt 19 Jahre alt. Noch zwei, drei Jahre, dann wollte er das Meisterstück vorlegen. Danach gehörte er zur reichen Zunft der Goldschmiede. Eines Tages übernähme er die Werkstatt seines Vaters. Natürlich wollte er Ratsherr werden, wie dieser, dieser, na wie hieß der noch gleich, der Wichard. Und bei der Hochzeit mit einem hübschen Mädchen könnte er sogar nach der neuen Polizeiordnung hundert Gäste einladen, fünf Gerichte durften auf die Tafel aufgetragen werden und zwei Trompeter oder andere Spielleute vor ihm und seiner Braut hergehen.
Und später, wenn die Geschäfte gut gingen, dann müßte auch endlich ein neues Haus her, so ein vornehmes mit einem Erker und viel bunter Schnitzerei.
Engelbert fror erbärmlich, als die Kutsche vorbeirumpelte, und schenkte ihr kaum einen Blick. Doch die hielt wenige Meter weiter an. Der Kutscher forderte ihn auf einzusteigen. Im Inneren war es sehr dämmrig. Eine weibliche Stimme sagte: „Nur herein, junger Mann, besser schlecht gefahren als gut gelaufen! Die Wege sind miserabel genug, da muß man nicht auch noch Blasen an die Füße bekommen. Und an solch schönen langen Beinen dazu!"
Er hockte sich artig der Gestalt gegenüber, der Kutscher knallte die Peitsche, die Pferde zogen an, und das Gefährt rumpelte weiter.
„Nur nicht so schüchtern, mein junger Herr, setze er sich doch hierher, zwei Körper geben mehr Wärme!" lockte die Stimme kokett.
Langsam gewann die Dunkelheit an Konturen, er konnte eine Dame erkennen, blond, die Haare hochgesteckt, ein Kamm mit vielen Perlen hielt sie zusammen, vornehm, ja elegant gekleidet. Sie fragte ihn nach dem Woher und Wohin.
„Ei, ein Goldschmied ist er, dann kann er mir doch diese Kette wieder richten!"
Sie nestelte an ihrem Hals und hielt plötzlich die Glieder einer goldenen Kette in den Fingern, an denen einige Ringe mit großen Edelsteinen glänzten.
Engelbert rückte ans Fenster, damit das wenige Tageslicht von dem kleinen Fenster in der Kutschentür auf seine Hände fiel. Es dauerte nicht lange, da hatte er den kleinen Fehler behoben und hielt das Geschmeide an zwei Händen hoch.
„Nun ja, legt es mir um den Hals." Die Dame drehte sich um. „Es ist eine besondere Gunst, die ich Euch gewähre, junger Mann, nicht jeder darf Angelica Gräfin von Krakower eine Kostbarkeit auf die Haut legen." Sie ließ ihn ein Weilchen warten, schaute ihn mit blitzenden Augen an, rück-

te näher und band ihm sein Halstuch. „Seht Ihr, da kann ich Euch doch gleich auch einen Gefallen erweisen." Und fuhr mit ihren zarten Fingern weiter in den Spalt seines Hemdes, ließ die Fingerspitzen von der Kehle bis zur Brust kreisen. Plötzlich fuhr sie herum und richtete sich ein wenig auf, streckte den Kopf. „Nun, junger Mann, nun ..." Auffordernd hob sie zweimal, dreimal den Kopf und wartete. Engelbert nahm die Kette, führte sie um ihren Hals, und gerade, als er sie verschloß, ließ sie ihren Kopf nach hinten sinken, so daß sich ihre Wangen berührten. „Ah, wie warm die Haut ..." Sie drehte den Kopf ein wenig, ihre Lippen berührten sein Ohrläppchen, glitten bis zur Nasenspitze, schwebten leicht auf seinen Mund, strichen samten über das Kinn, hin und zurück über die Wange, ruhten schließlich auf den Lippen des jungen Mannes, der wie versteinert dasaß und nicht wußte, wie ihm geschah.

Nach einiger Zeit, als sie ihre Kleider wieder gerichtet, das Haar geordnet und aus einem kleinen Döschen ein wenig Rouge auf Wangen und Lippen gegeben hatte, brach sie das Schweigen.
„Sag mir deinen Namen, du starker Goldschmied!" Sie umschloß seine Hände mit ihren schlanken, weißen Fingern und blickte ihn erwartungsvoll an.
„Ich bin Engelbert Marquart aus Paderborn und auf dem Weg nach Brakel, um dort meine Gesellenzeit zu leisten."
„In Brakel? Da wärst du doch bei Meister Eisenhoit in Warburg viel besser aufgehoben. Er macht traumhafte Gebilde aus Silber! Wenn du ihm eine Empfehlung von Gräfin Angelica bringst, dann wird er dich sicher nehmen."
Engelbert bedankte sich. „Angelica, welch ein schöner Name. Er stammt aus dem Griechischen, ich glaube ‚angelikós' heißt engelhaft."
„Du bist ja ein gebildeter Bursche! Weißt du, daß man seit kurzem in Italien eine Laute spielt, die man ebenfalls Angelica nennt?"
„Nein, das ist mir nicht bekannt, dafür kenne ich eine Pflanze, die Angelica oder ‚Engelwurz' genannt wird und wunderbare ätherische Öle birgt!"
„Na, ich weiß nicht, da riech' ich doch lieber an meinem Fläschchen." Sie nestelte in ihrem kleinen Seidenbeutel auf der Bank und zog ein Flakon heraus, öffnete es und sog mit geschlossenen Augen den Duft ein.
„Eine Gräfin, sagt Ihr, hier ...?"
„Ja, ich habe Verwandte hier, ich besuche sie von Zeit zu Zeit und nehme die lange Reise von Oberschlesien auf mich, denn irgendwann sind meine Vorfahren aus der Heimat nach Westen gezogen. Es gibt schon seit 1427 einen Ratsherren des Namens Kratkowe in Dringenberg. Aber sag, wo willst du dein Nachtlager aufschlagen?"

„Eigentlich wollte ich im Kloster Neuenheerse anklopfen, um als fahrender Geselle ein Bund Stroh zu erbitten."
„Aber doch nicht dort, da ist doch diese Äbtissin Ottilia, von ‚männlichem Geist beseelt', wie man sagt, da gehörst du nicht hin. Komm mit mir bis zum Konvent Willebadessen. Da findet sich noch ein Kämmerchen!"

Eine Glocke am Tor läutete, die Pforte knarrte, und anscheinend hatte man schon auf die Gräfin gewartet. Es genügten nur wenige Worte, da bekam Engelbert eine kleine Kammer, sogar mit einem weichen Bett. „Ein verrückter Tag", dachte er und befühlte das Strohlager unter weißem Leintuch. Ein dickes Federbett lag hoch aufgebauscht zwischen den Bettpfosten. Bis an die Nasenspitze zog er das behagliche Tuch und kuschelte sich tief darin ein. Irgendwann knarrte die Tür, leise wie ein Schatten huschte Angelica in den Raum, nur ein kleines Kerzenlicht flackerte in ihrer Hand.

Der nächste Morgen sah Engelbert schon früh auf dem Weg nach Warburg. Auf Anraten der Gräfin wollte er nun dort sein Glück versuchen. Um der Güte des Geschicks etwas nachzuhelfen, hatte sie ihm ein Empfehlungsschreiben ausgestellt. Stunde auf Stunde legte er Meile auf Meile nach Süden zurück. Ziel war die berühmte Werkstatt des Anton Eisenhoit. Zwanzig Meilen mußte er hinter sich bringen. Mit seinen derben Lederschuhen jagte er förmlich über die mit Löchern übersäte Straße. Endlich lag Warburg vor ihm. Von weitem blinkte ihm in der Straße das blitzende Zunftschild des Handwerks entgegen. Aha, der Meister war anwesend! Dann stand er mit klopfendem Herzen darunter. Leicht schaukelte das Silberzeichen mit den drei Pokalen, umflogen von Engeln und umrankt von Wappen mit den Zeichen Eisenhoits im Wind.

Das stattliche Bürgerhaus stand an der Bernhardistraße zu Warburg, ein Baugefüge von starken Eichenbalken und weißen Gefachen. Zwei Stockwerke war es hoch und mit einem vorkragenden Giebel versehen. Engelbert studierte die Inschrift am Torbogen, der wohl in eine Deele führte: Ano: dni.M°Vc°, dann sah er ein Beil, und weiter las er xxbj . j ne io + JASPAR – ISERENHOD. Kaspar Eisenhoid hatte das Haus also 1526 gebaut, entzifferte er die Buchstaben.
Ein Fenster stand trotz der herbstlichen Kühle weit geöffnet, hinter den Butzenscheiben hämmerte es. Der Silberschmied war bei der Arbeit. Engelbert hob den Klopfer. Nach einer Weile hörte er Schritte, obwohl das Hämmern nicht aufgehört hatte, und der obere Teil der Tür wurde

geöffnet. Einen freundlichen Eindruck machte sie, die Frau mit dem Häubchen, die Engelbert fröhlich ins Gesicht schaute. Er stellte sich vor: „Ich bin ein Sohn der Stadt Paderborn und soll einen Gruß von der Gräfin Angelica ausrichten."
„Aha, die Gräfin aus Polen, sie hat schon manch schönes Geschmeide bei meinem Mann fertigen lassen. Und was wollt Ihr?"
„Ich bin freigesprochener Geselle der Goldschmiedezunft, bei meinem Vater Andreas Marquart in die Lehre gegangen. Hier ist mein Gesellenbrief. Mit der Empfehlung der Gräfin und dem Referenzschreiben meines Vaters möchte ich bei eurem Mann arbeiten."
„Dann tretet ein, und sprecht mit ihm. Tonius, komm her, hier spricht ein fahrender Geselle vor."
Das Hämmern hörte auf. Meister Eisenhoit trat in den Flur des Hauses und schüttelte dem jungen Mann die Hand. In der Werkstatt schnürte Engelbert sein Bündel los und entrollte einige Papiere.
„... Vorweiser des gegenwärtigen Schriftstücks Engelbert Marquart sich in dem Goldschmiedhandwerk löblich und ehrenhaft gehalten und geführt hat ... hmhmhm", Eisenhoits Augen glitten schnell über das Papier, „... bitten wir Euch dringend, ihn, wie es seine Rechtschaffenheit verdient, nach Kräften fördern zu wollen."
Der Meister gab Engelbert das Schreiben zurück und nahm ein paar andere Papiere in die Hand.
„Sieh her, Anna Maria, welch klare, edle Zeichnungen!" Beide waren angetan von den Entwürfen, die Engelbert als Zeugnis seiner Fertigkeiten vorlegte. „Das überzeugt mich viel mehr als ein Empfehlungsschreiben."
Inzwischen hatte Engelbert noch tiefer in seinem Felleisen gekramt und ein Teil hervorgeholt, das in ausgefranste Stoffetzen eingewickelt war.
„Ein Kruzifix, wunderbar, ist das von deiner Hand, junger Mann?"
„Ich hab es als mein Gesellenstück angefertigt."
Der junge Goldschmied legte es bescheiden auf ein Stück Samt, das auf dem schweren Tisch in der Mitte des Raumes ausgebreitet war.
„Wenn ein Handwerksmann seine Innung gewinnen will, soll er ein ganzes Jahr in der Stadt an seinem Handwerk bleiben, willst du das?"
Engelbert nickte heftig.
„Sag mal, als Paderborner kennst du dich wohl aus mit dem heiligen Liborius?"
Engelbert wurde freundlich und mit großer Herzlichkeit aufgenommen und sollte gleich eine „Kußtafel" mit dem Bild des Paderborner Bistumsheiligen anfertigen.
„Unser gnädiger Landesherr hat mir einen großen Auftrag gegeben, allein werde ich es nur schwer schaffen, da kommst du mir gerade recht.

Denn wenn ich ein Werk annehme mit dem Versprechen, das Stück zu machen, und die bestimmte Zeit nicht einhalte, dann muß ich eine Stange Geld zur Strafe zahlen. Also, Anna Maria, zeig unserem jungen Gehilfen die Kammer. Dann sehen wir uns zum Abendbrot und besprechen alles Weitere."

Abends in seiner Stube hoch oben im Giebel des alten Hauses gingen ihm die Ereignisse der letzten Tage durch den Kopf. Was er alles erlebt und erreicht hatte, seit er die Werkstatt seines Vaters verlassen hatte! Das Abenteuer mit der Gräfin, die Küsse, die er mit ihr getauscht hatte. Kußtafel, Kußtafel – das mußte ein Bild werden!

Das feste Schloß Neuhaus mit seinen Rundtürmen stand wehrhaft in der Landschaft. Dort am Zusammenfluß von Lippe, Alme und Pader hatte Fürstbischof Dietrich nach seiner Ernennung zum Bischof die erste Synode zusammengerufen. Dietrich fühlte sich sicher im Schutz der festen Mauern.

Den getäfelten Gang hindurch, an den hohen Fenstern entlang marschierten in der Tracht des ausgehenden Jahrhunderts – runde hohe Zylinderhüte auf den Köpfen, in dunklen Samt und weiße Hemdspitzen gekleidet –, angeführt vom Haushofmeister des Fürstbischofs, Domkapitulare und Hofbeamte, die Äbte der Klöster, die Pröpste der Kirche und der Adel des Bistums. Dazu gesellten sich die Stadträte von Paderborn.

Neben den Audienzräumen hatten bischöfliche Wachsoldaten mit kurzschäftigen, versilberten Hellebarden und Kurzschwertern, in bunten Wämsern und Pluderhosen, auf dem Kopf den Eisenhelm mit breiten, vorn und hinten nach oben geschwungenen Rändern, Aufstellung genommen.

Die Doppeltür flog auf, und gefolgt von den bereits bestellten Schreibern, Räten und einem Kanzler, erschien Fürstbischof Dietrich von Fürstenberg und durchquerte rasch den großen Saal. Er sah stattlich aus in seinem schwarzen Habitus mit der weißen Halskrause. Aus den Ärmelenden schauten feine weiße Spitzen hervor. Auf der Brust trug er an einer schweren Kette ein großes Goldkreuz, auf dessen Kreuzbalken ein Edelstein blinkte. Die Höflinge überprüften mit raschen Blicken den Zustand ihrer Kleidung, denn sie kannten die Strenge Seiner fürstbischöflichen Hoheit, die in der geringsten Nachlässigkeit im äußeren Auftritt eine absichtliche Verletzung der Ehrfurchtspflicht gegenüber dem Landesherrn sehen wollte.

Dietrich von Fürstenberg liebte ein kräftiges Gespräch über Gott und die Welt, wenn die Humpen gefüllt waren und der Wein mit Zimt, Ingwer und Muskatnuß gewürzt war. Jetzt machte er vor den versammelten

Herren seinem Herzen Luft: „Adel und Rittertum gehen dahin. Wenn es irgendwo Krawall gibt, so sind es die Landsknechte. Seit man mit Pulver und Blei die Panzer durchdringt, mag der Teufel sich noch zurechtfinden!"

Einen kräftigen Fluch schickte er hinterher, so daß einige Domherren ein Kreuz schlugen.

„Harnische, die kein Gaul mehr trägt! Ritter, die am Boden liegen und wie umgedrehte Schildkröten von dreckigen Bauern erstochen werden! Der Krieg hat aufgehört, ein ritterlicher Kampf zu sein! Damals trug man reiche Beute nach Hause, und es lebte sich gut. Früher reichten die Abgaben, die der Bauer und der Bürger zinste, und man war froh, viel Volk unter seiner Herrschaft zu haben. Das hat sich überall gründlich geändert!"

„Je mehr Bürger und Bauern, desto reicher der Herr!" sagte der Domdechant erstaunt.

„Der Blitz schlage drein! Was nützt mir ein Dorf voller aufsässiger Bauern? Was bringt mir eine Stadt mit aufrührerischen Bürgern? Und das alles seit diesem lutherischen Firlefanz. Das aber wird ab heute anders. Sekretarius, notiert!"

Die Verordnungen prasselten nur so auf die Anwesenden ein. Dietrich von Fürstenberg führte sogleich den Gregorianischen Kalender ein, gab Anweisungen, die Gerichtsbarkeit zu reformieren.

„Des weiteren ernenne ich zu Hofbeamten: Domdechant Arnold von Horst, Weihbischof Nikolaus Arresdorff, meinen Bruder Caspar von Fürstenberg zum Landdrost, Theodor Matthisius zum Generalvikar."

Der Fürstbischof ging ruhelos bei seinen Angaben auf und ab, blickte unter buschigen Augenbrauen auf die Versammelten. Seine leicht gebogene Nase saß wie ein fliegender Adler über den Lippen.

„Ich weiß, daß Ihr adligen Grundherren versucht, die landesherrlichen Rechte zurückzudrängen. Ihr Herren wollt es Euch recht leicht machen! Mit einem Konfessionswechsel wollt Ihr die Oberhoheit des Fürstbischofs abstreifen. So einfach könnt Ihr es Euch nicht machen, meine Herren!"

Er machte ein paar Schritte auf die Reihen der Ritter und Grafen zu, wandte sich dann aber zur anderen Seite des Raumes.

„Auch die Städte knüpfen neuerdings die Bewilligung zu neuen Steuern an ihre Gewissensfreiheit. Haben sie vergessen, daß der spanische Admiral Mendoza am Niederrhein mit starker Heeresmacht von 20 000 Söldnern bereitsteht, um die teuflischen Sektierer und solche Bürger, die nichts gegen die Evangelischen unternommen haben, auszurauben und aufzuhängen, wie er selber schreibt. Aber, meine Herren Stadträte und Bürgermeister, ich regiere mit *cuius regio, eius religio: Wessen Regierung, dessen Religion*. Der Landesherr bestimmt die Religion!"

Die silberne Uhr über dem Kamin schlug viermal. Dietrich war noch lange nicht fertig.
„Erstens: Ich saniere die Finanzen, die ich durch eigene Mittel aus dem Hause Fürstenberg aufbessern und konsolidieren werde. Damit werde ich alte Verpfändungen, Burgen, Schlösser, Klöster und so weiter zurückkaufen. Dem folgt zweitens der Aufbau einer neuen Verwaltung, an deren Spitze mein Kanzler", er wies auf einen Herrn ganz in Schwarz, der sich höflich verneigte, „in Neuhaus mit ausgebildeten Beamten für den Schriftverkehr steht. Drittens folgt die Neuordnung des Gerichtswesens einschließlich der Go- und Freigerichte."
Dietrich wußte, daß er vorsichtig sein mußte. Zahlreich waren die Anhänger des neuen lutherischen Glaubens in den Mauern von Paderborn. Und auch die meisten der anwesenden Adligen hielten es mit der neuen Lehre. Aber schon lag der nächste Pfeil gegen den Feind auf dem Bogen. „Ich bestimme Visitatoren, die in die Pfarreien des Bistums gehen werden. Ich wünsche, daß die Sakramente einheitlich und verbindlich in allen Kirchen gespendet werden sollen. Dazu werden wir einen neuen Katechismus, später noch ein neues Gesangbuch drucken lassen. Ich habe schon aus Münster den Buchdrucker Matthäus Pontanus mit seinem Schriftsetzer Bartholomäus Ruff nach Paderborn holen lassen. Sie werden eine Druckerei einrichten."

Erhobenen Hauptes verließ der Landesherr die Audienz. Der Kanzler trug die Dokumentenmappe aus schwarzem Rindsleder, den beiden Männern folgten die geschäftigen schreibkundigen Hofbeamten. Vor dem Privatkabinett seiner fürstbischöflichen Hoheit richtete sich Dietrich noch einmal auf, als rücke er die übernommenen Lasten der wirren Jahre auf den Schultern zurecht. Weit öffneten sich die Flügeltüren, wie von geheimnisvoller Hand bewegt, und der Fürstbischof betrat seine privaten Gemächer.
Hier, ohne die lauschenden Ohren vieler, erteilte er die Anweisungen, daß seine vier Weihen vom Subdiakon bis zum Bischof durchzuführen seien, die ihn zum Priesteramt brachten; die Bischofsweihe erhielt er im Kloster Böddeken.

Mehr als zwei Jahre waren ins Land gegangen. In Warburg arbeiteten Meister Eisenhoit und sein Geselle Engelbert fleißig an einem großen Auftrag für den Fürstbischof. Eines Tages war eine große Kutsche vorgerollt, der Fürstenberger in Begleitung seines Kanzlers eingetreten und hatte, mir nichts, dir nichts, einen Kelch, ein Altarkreuz, einen Weihwasserkessel, einen Sprengwedel, prachtvolle Einbanddecken für ein Pontificale und ein Missale, ein Rauchfaß, einen Goldkelch zu der be-

reits in Arbeit befindlichen Kußtafel in Auftrag gegeben. Für seinen Bruder Caspar und dessen Schloßkapelle in Schnellenberg bei Attendorn sollte dieser „Silberschatz", wie ihn der hohe Herr geheimnisvoll nannte, bestimmt sein. Mit großem Stolz durfte Engelbert die schon seit einiger Zeit fertiggestellte Kußtafel zeigen. Über einem Edelstein erscheint der hl. Liborius in einer Rundbogennische mit einem überdimensionalen Bischofsstab. Während die eine Hand den Stab hält, liegt die Rechte über dem Körper der nackten Putte. Seine Kußtafel hatte zwar ein völlig anderes Bild bekommen, als Engelbert es sich zunächst dem Namen nach gedacht hatte, aber wer genau hinschaute, konnte in dem Gesicht des pausbäckigen Engels die Züge der Gräfin von Krakower wiedererkennen. Das wußte natürlich niemand, und dem Meister hatte er schon gar nicht sein Geheimnis anvertraut!
Dietrich von Fürstenberg lohnte die Kunstfertigkeit mit seiner Begeisterung und ein paar Talern extra, die der junge Goldschmiedegeselle gern annahm. Die Frau des Meisters hatte in der Stube den Tisch gedeckt. Ein wenig Kuchen, mit Honig versüßt, und dazu einen besonders guten Wein, den ihr Mann vor wenigen Tagen von einem sehr dankbaren Auftraggeber aus dem Rheinland erhalten hatte. Das Geschäft war abgemacht, der Preis bestimmt. Dietrich ließ den Kanzler die Hälfte der vereinbarten Summe an den Kupferstecher und Silberschmied auszahlen. Während seine Frau Anna Maria die Taler in eine Eisenkassette legte und in einen Wandschrank hinter der Vertäfelung des guten Zimmers verschloß, erzählte der Fürstbischof von einem begabten jungen Bildhauer in Paderborn namens Heinrich Gröninger.
„Kennt Ihr ihn, Engelbert? Nun, Ihr seid ein gutes Stück älter, als ich zunächst annahm. Jedenfalls ist er ein vielversprechender Künstler, wie ich ihn sehr gut in meiner Bischofsstadt einsetzen könnte, wenn er hält, was seine ersten Arbeiten als Lehrling versprechen. Er muß noch weitere Werkstätten besuchen, so wie Ihr, dann zurück nach Paderborn, und ich werde ihm Arbeit genug geben!"
„Nach Paderborn zurück", daran hatte Engelbert in letzter Zeit auch oft gedacht. Aber zunächst mußte er seinem Meister Eisenhoit bei diesem fürstbischöflichen Auftrag helfen.

Als Engelbert vom Sonntagsgottesdienst zum Meisterhaus zurückkehrte, hörte er seinen Namen rufen. Nicht sehr laut, aber eindringlich, eine weibliche Stimme war es. Er schaute sich um. Eine Kutsche stand da, wo die Sackstraße in das Sacktor mündet. Jetzt entdeckte er eine Hand, die aus dem Fenster der Karosse winkte. „Engelbert, komm her!"
Er eilte über die Straße. Der Kutscher schaute starr geradeaus zum Tor,

als wollte er es gleich durchfahren. Der Schlag öffnete sich, ein starker Duft umfing ihn, als er schwungvoll einstieg.
Mit weitgeöffneten Armen empfing ihn die Gräfin Angelica.
„Engelbert, mein starker Goldschmied!“ Sie riß ihn an sich, bedeckte sein Gesicht mit Küssen. „Mein ferner Geliebter, mein Mann, daß ich dich wiedersehe.“
Engelbert erwiderte ihre Zärtlichkeiten unbefangen, seine schüchterne Art hatte er schon lange abgelegt.
„Oh, du küßt viel besser als damals in der Kutsche.“
„Aber was sagt Ihr, sagst“, begann er zu stottern, „du, was heißt das: ‚mein Mann‘? Ich erinnere mich nur deiner Verführungen, aber nicht, daß wir geheiratet haben.“
„Wie recht du hast! Aber jene Nacht hatte Folgen! Ein Sohn, Engelbert, wir beide haben einen Sohn! Er wächst in Dringenberg auf unter der Obhut einer fürsorglichen Amme. Ich habe ihn auf den Namen Johannes taufen lassen, ein goldiges Kerlchen, der kleine Hans!“
Vielleicht käme er einmal mit, seinen Sohn kennenzulernen?
Engelbert hatte Mühe, diese Nachricht erst einmal zu verdauen, das war eine ebenso unverhoffte wie unerwünschte Wende in seinem Leben.
„Ich weiß, daß du nur meinen Verführungskünsten erlegen bist. Alle Verantwortung liegt bei mir, ich zahle gut für die Erziehung des kleinen Hans“, beruhigte ihn Angelica, die merkte, daß Engelbert keineswegs begeistert war. „Aber schön wäre es, wenn du dir dieses herrliche Geschöpf einmal ansähest.“

Engelbert begleitete diese ebenso verführerische wie vornehme Dame, deren Bild er nie vergessen würde, eine Zeitlang in der Kutsche. Sie verabschiedeten sich, nicht ohne zu verabreden, an einem der nächsten Tage den Besuch in Dringenberg in aller Verschwiegenheit zu unternehmen und sich wenigstens einmal im Jahr zu treffen. Dabei wollte Engelbert auch nach seinem Sohn sehen.

1588 Eines Tages machte sich Engelbert tatsächlich auf den Weg zurück nach Paderborn; der Silberschatz war zwar immer noch nicht ganz fertiggestellt, aber Eisenhoit hatte den Auftrag für den Goldkelch an einen befreundeten Kollegen weitergegeben, Otto Meier von Lichtenau. Der Paderborner Goldschmied hatte sein Meisterstück in der Warburger Werkstatt geleistet, vieles von dem erfahrenen Eisenhoit gelernt, aber auch manchen Entwurf dank seiner vollendeten Zeichenkunst beigesteuert.
Engelbert lebte sich schnell in Paderborn wieder ein, er wurde Bürger der Stadt. Nur die Werkstatt im Elternhaus war zu eng für ihn und sei-

nen Bruder Tileman geworden. Öfter kam es zum Streit, wenn der seine Arbeiten als Münzschläger durchführen wollte. Das grobe Hantieren mit Schlagstock oder der Hammerschlag machte einen Höllenlärm und erschütterte das ganze Haus bei jedem Schlag.
„Tileman, so geht das nicht weiter, jedesmal rutscht mir der Stichel weg, wenn du zuschlägst. Ich fürchte schon, daß die Schmelzformen zerspringen. Du mußt dich um eine andere Werkstatt bemühen."
Engelbert half seinem Bruder, sprach im Bischofspalais vor. Es traf sich gut, denn Fürstbischof Dietrich von Fürstenberg plante tatsächlich, eigene Münzen herauszugeben. Dazu suchte er schon seit längerem einen Münzmeister. Tileman hatte viel Glück, denn er bekam nicht nur eine trockene und geräumige Werkstatt zugewiesen, sondern auch den guten Auftrag, für das Hochstift die ersten Münzen zu prägen. Schon bald fand er eine Frau, Ilsabein, von der man erzählte, daß sie sehr kräuterkundig sei.

Im Laufe der Jahre geriet Fürstbischof Dietrich mehr und mehr in arge Finanznot, seine eigenen Finanzmittel waren in den Aufbau des Bistums geflossen, dann in die Anwerbung der Söldnertruppen und nicht zuletzt auch in die Großbauten: Das Schloß Neuhaus wurde im großen Stil umgebaut, die Wewelsburg wuchs zu einer mächtigen Festung heran, und das Jesuitenkolleg war gegründet worden. Wenn man von dem Westerntor der Straße folgte, erreichte man auf sandigen und schlechten Feldwegen den Kamp. Auf dem großen Bauplatz stachen die entstehenden Gebäude ins Auge. Die Anlage sollte eine große Zahl von Höfen und Flügeln erhalten, Wirtschaftsgebäude und Wohnungen, während das Haus der Patres, die Kirche und das Kolleg mit den Lehrsälen das Zentrum bildeten.

1600

Wenn das Wetter, wie an diesem blauen Frühlingstag, warm und einladend genug war, weilten die gelehrten Patres mit ihren Schülern in den Gärten, deren Stille und Abgeschiedenheit die Versenkung und gelehrte Diskussion erleichterten.
Pater Hermann, der die jüngsten Jahrgänge des Kollegs betreute, hatte sich mit Bernhard Meier, einem Knaben, der erst seit wenigen Wochen der Klostergemeinschaft angehörte und aus dem nahen Sauerland stammte, auf einer abseits stehenden Bank niedergelassen.
Es war im Orden üblich, die traditionsreiche Geschichte der Societas Jesu eingehend mit jungen Zöglingen zu besprechen, um in ihnen Stolz und Zuneigung zur Gemeinschaft zu wecken. Was immer in jesuitischen Kollegs getan oder unterlassen wurde, war nach dem Vorbild des Ignatius von Loyola scharf durchdacht, psychologisch abgewogen und in seiner Wirkung erprobt.

In klug gewählten Worten beendete Pater Hermann seine Darlegungen: „Merke dir, Bernhard, am Ende obsiegt der Geist immer gegen die rohe Gewalt, die seelische Macht wider Verleumdung und Haß. Das, was bleibt, ist unser unverrückbares Ziel: das wiedergeborene, neu geeinte, katholische Abendland – die christliche Welt!"

Auf der Treppe, im Eingang und in der Diele des Hauses flüsterte es einer dem anderen zu: Der lang erwartete Fürstbischof Dietrich war eingetroffen, um das von ihm gegründete Kolleg zu besichtigen. Ruhigen Schrittes ging er durch das Portal aus hellem Stein, und der Knabe Bernhard wunderte sich, wie leise und bedachtsam der Fuß des Mannes war, der mit so klarer, machtvoller Anordnung das Fürstbistum Schritt für Schritt für den Katholizismus zurückgewann.

Vor seiner Rückkehr in das Bischofspalais ließ der Bischof sich zum Gierstor fahren und befahl dem Kutscher, in der Nähe zu halten. Wie so oft benutzte er keine Prunkkalesche, sondern ein einfaches Gefährt; so konnte er unauffälliger dem Treiben in seiner Bischofsstadt zusehen, vielleicht hier und da Wichtiges aufschnappen. Er wollte das Haus der Familie Gröninger besuchen und mit dem jungen Bildhauer sprechen.

In der kleinen Werkstatt traf er den jungen Meister in einem Gespräch mit der Witwe des Landdrosten Raban von Westphal an. Sie wollte sich einmal umschauen, wie weit die Arbeit des Bildhauers an der Grabplatte für ihren verstorbenen Mann gediehen war.

„Durchlaucht", die Witwe versank in einem ehrfürchtigen Knicks, aber der Fürstbischof zog sie schnell wieder hoch.

„Keine Hofetikette, dieses Haus hat den Segen Gottes. Nachdem sich Euer Vater, Herr Gröninger, vom lutherischen zum katholischen Glauben bekehrt hat und das sogar vor der ganzen Bürgerschaft auf dem Markt bestätigt hat, wird die Gnade des Allmächtigen Euch sicher führen."

„Deshalb bestellte ich bei Heinrich Gröninger eine schlichte Grabplatte für meinen verstorbenen Gemahl. Der junge Mann hatte mir schon einen Entwurf gefertigt."

Interessiert trat Fürstbischof Dietrich an die große Steinplatte, auf der viele Konturen und Schriftzeichen zu erkennen waren.

„Ja, das ist der Landdrost, wie er lebte: ein stämmiger Westfale in voller Rüstung."

„Und ich möchte seine Figur in eine Nische stellen, die von Säulen eingerahmt wird", erläuterte Gröninger.

„Könnt Ihr nicht oben noch einen Bogen anlegen mit einem Kleeblatt?" wollte die Witwe wissen.

„Das mache ich gern, und Ihr solltet mir die Vorlage Eurer Ahnenwappen geben, die ich dann noch in die Grabplatte einarbeite."

„Aber ein schönes Schriftband, wie bei anderen Gräbern, sehe ich da. Das ist ganz nach meinem Geschmack."
„Das habe ich gern für Euch gemacht, wie es beliebt!" Für die nächsten Tage versprach Gröninger den fertigen Epitaph, den sich die Witwe noch einmal als Ganzes anschauen wollte.
Nachdem sie gegangen war, sah sich Dietrich von Fürstenberg in der Werkstatt am Gierstor um.
„Besonders geräumig ist Euer Arbeitsraum für Aufträge von großen Ausmaßen ja gerade nicht!"
„Nein, durchlauchtigster Herr, da wird in den nächsten Monaten noch mein jüngerer Bruder Gerhard einen Platz benötigen, wenn er hier als Lehrling arbeitet. Und draußen", damit trat er an das Fenster und wies auf einen kleinen Schuppen, der nach zwei Seiten hin geöffnet war, „bereitet mein Gehilfe Antonius die Steine vor und gibt ihnen schon einmal die Rohform."
„Nun, wir wollen sehen, wie wir Euch helfen können. Ich habe eine Idee. Ich möchte von Euch, junger Meister, eine Reihe von Steinfiguren für den Dom haben. Domdechant von Horst hat mir angeboten, sie zu stiften."
„Ein wunderbarer Auftrag, davon habe ich bisher nur träumen können! Dann könnte ich auch meine Werkstatt vergrößern und noch einige Gesellen und auch Arbeiter einstellen, die mir bei den großen Werken helfen! Die Rohbearbeitung nimmt viel Zeit von der eigentlichen künstlerischen Formgebung weg."
„Ich werde mit den Jesuiten sprechen, da sind größere Räume frei, und Ihr wäret noch näher beim Dom."
„Das würde mir die Wege und den schweren Transport ersparen, wenn ich dann für Euch arbeiten dürfte."
Als der Bischof gegangen war, rief Heinrich seinen Famulus zu sich: „Anton, wir werden die ersten größeren Aufträge bekommen. Du arbeitest da rechts", er wies auf ein Stück Sandstein, „die große Platte vor. Ich denke, du übernimmst es, das Schriftband und auch die Rahmenteile nach dem Entwurf in den Stein zu schlagen, oder?"
„Gewiß, Meister, das schaffe ich, wenn Ihr mir die Zeichnung vorlegt."
„Morgen mittag ist dieser Teil fertig, dann kannst du loslegen! Aber arbeite mir sorgfältig! Der Fürstbischof hat uns Aufträge vom Domkapitel im größeren Umfang in Aussicht gestellt, und wir sind eine selbständige Werkstatt, gehören zu keiner Zunft, zu keinem Amt."
Selbstbewußt trat er auf, dieser junge Meister, er wollte unabhängig mit seiner Werkstatt bleiben, nicht in die Zwänge der Steinmetzen- und Bildhauerämter geraten. Selbständiger Künstler wollte er sein und große Werke mit Hilfe seiner Auftraggeber schaffen! Er verließ die Werkstatt, um sich mit Goldschmied Engelbert zu treffen.

Abseits vom Stadttor lag im Schatten der Bäume eine Schenke, vor der trotz des hellen Werktags eine große Zahl Bauern und Bürger lärmte. Auch Liborius Wichard saß unter ihnen, der vor einigen Jahren von Paderborn fortgegangen und als wohlhabender Mann zurückgekehrt war. Fast allen Besuchern in der Schenke war er in bester Erinnerung geblieben, nämlich als ein scharfsinniger, trotziger und schnell aufbrausender Mann. Er gestand so schnell keine Niederlage ein und konnte nur schwer einen anderen über sich dulden. Unruhig blickte er um sich, seine klaren, wasserblauen Augen schätzten ab, was hier noch passieren konnte. Offenbar überschlugen sich gerade die Gedanken und Überlegungen hinter seiner von dichtem Haar umkringelten Stirn.
Langsam war die unauffällige Kutsche, in der der Fürstbischof saß, durch die Paderstadt von der Gröninger Werkstatt zurückgerollt, er wollte noch am Abend in seinem Schloß Neuhaus sein.
Bevor er das Stadttor passierte, führte der Weg über den Platz vor der alten Linde. Dietrich von Fürstenberg ließ anhalten, zog den Vorhang nur ein wenig zur Seite, um unerkannt zu bleiben. Er hörte zu, wie einer der Handwerksmeister ein großes Wort führte.
„Seid still, Brüder", rief er und verteilte ein paar Stöße an die Nächstsitzenden, „wir wollen hören, worum es hier geht, um vielleicht Schaden von uns abzuwenden. Immerhin haben uns zwei Leute etwas Wichtiges mitzuteilen."
Unter die Gäste hatten sich Engelbert Marquart und Heinrich Gröninger gemischt und lauschten mit großer Aufmerksamkeit den Reden der anderen Bürger. Am Nebentisch saßen Männer – einige in schlichten Leinenkitteln, Ledergurte darüber, manche mit bloßen Knien, die einen in kalbsledernen Stulpstiefeln, dafür andere mit gebundenen Schuhen – um einen Reiter, der ein ziemlicher Prahlhans zu sein schien. Großartig fuchtelte er mit den Händen in der Luft herum; aber während seiner lauten Rede wich er auch Schritt für Schritt zurück.
„Und ich sage euch, in zwei, drei Tagen sind wir wieder hier: Truppen, die von Halberstadt zurück an den Rhein ziehen. Diesmal muß der Bischof dreizehntausend Reichstaler locker machen! Elftausend sind uns zu wenig! Und in die Flucht lassen wir uns nicht noch einmal schlagen und davonjagen!"
Nach dieser unheilvollen Ankündigung sprang der streitbare Redner mit einem Satz auf sein Pferd, gab ihm die Sporen und jagte durch das Tor nach Osten.
Alle starrten ihm ob des plötzlichen Aufbruchs nach. Dann stand ein alter Mann erregt auf und schrie auf einen jungen Mönch ein, der barfuß am Tisch saß.
„Da können wir uns ja auf was gefaßt machen! So arg wie heute war es

noch niemals! Ihr hört es ja selber! Unser Herr, der Fürstbischof Dietrich, läßt uns ja kaum noch als Christenmenschen leben. Und dann kommen die Feinde von draußen, plündern, treiben Gelder ein. Nicht einmal den jüngeren Gröninger, den Bruder vom Heinrich hier", er wies auf den Bildhauer am Nebentisch, „will der Bischof nach Münster ziehen lassen, damit die Stadt keinen Verlust an Menschen erleide. Der Wichard", bei diesen Worten drehte er seinen Kopf zu dem unter ihnen sitzenden Ratsherrn, „ist von den bischöflichen Knechten vom Anger geprügelt worden, den die Herrschaft widerrechtlich für ihr Eigen erklärt. Ich sage Euch, wenn unser Bürgermeister nach Neuhaus aufs Schloß geht und sich gegen die Willkür wehrt, dann wird er noch an den Balken gebunden und auf Befehl des Fürstbischofs mit Ruten geschlagen."
Heinrich Gröninger nickte, als der Alte auf seinen jüngeren Bruder verwies. Aber auch der angesprochene Liborius Wichard bestätigte die Rede des Alten durch langes bedächtiges Nicken.
„Glaub' ich nicht", antwortete Gröninger, „hier wird doch jeder Silberpfennig und Taler im Säckel gebraucht. Und je mehr Bürger hier leben, desto mehr an Steuern wird gezahlt!"
„Da hab' ich ja Glück gehabt, daß ich so schnell zu meinen Bürgerrechten gekommen bin", meinte Engelbert, der sich den Bierschaum von den Schnurrbartspitzen wischte. Er trug nach der Mode der Zeit einen Kinnbart, über dem sich die Spitzen seines Schnauzers zu beiden Seiten zwirbelten.
Borius Wichard stand auf und stieß den Holzschemel zur Seite: „Ihr kennt mich von früher als Ratsherr, der sich vor Zeiten für Eure Rechte eingesetzt hat. Damals ging es schon um Steuererhöhungen, die wir Bürger und der Rat nur höchst widerwillig mitgemacht haben! Aber jetzt muß damit Schluß sein, wenn wieder neue Erhöhungen bevorstehen. Ich habe viel herumgehorcht und kann Euch sagen, es ist überall dasselbe: Die großen Grundherren suchen die Last der steigenden Preise, Abgaben und Gelder auf die Schultern der Ärmsten abzuwälzen, sie vergrößern die eigene Herrschaft auf Kosten der freien Städte und Dorfgemarkungen. Wir alle, nicht nur die Bauern, sind auf dem Weg zu neuer Leibeigenschaft, und wer einem Ritter oder gar dem Schloßherrn Zins und Zehnten schuldet, wird nun mit seiner Person zum Besitztum der Herren! Aber all das läßt sich nur von der Wurzel aus ändern, die Ordnung des Staates muß sich wandeln, die großen Herren müssen zur Einsicht gebracht werden. Und wir Bürger müssen ganz allein unsere Rechte bestimmen."
„Da habt Ihr recht, Liborius, Ihr seid ein Mann, der ein Herz für das gemeine Volk hat. Aber was können wir tun?" Ein früherer Ratsherr riß die Stimmung auf die Seite des beredten Mannes.

„Ich will's Euch erklären, Ihr Bürger", sagte der, „es hat seine Gründe, warum das Elend im Lande umgeht: Die Menschen und insbesondere die Fürsten und Grafen, Bischöfe und Kardinäle sind vom Teufel des Hochmuts ergriffen, der Geist der Apostel und Heiligen ist verschwunden, und niemand fürchtet mehr Gottes Zorn!"
„Seid vorsichtig!" rief ein buntgekleideter fahrender Schüler, der in der Menge saß, „ich habe es im Bistum Speyer vor ein paar Jahren miterlebt. Da fing es geradeso an, wie Ihr es tut: Die Menschen begehrten wider die Großherren auf, und Predigermönche schürten das Feuer gegen die Obrigkeit. Dann stand das Volk auf und brannte Häuser und Burgen nieder. Aber wenige Wochen später war alles zu Ende, als Schweizer Landsknechte im Verein mit bischöflichen Söldnern mit langen Spießen, Hakenbüchsen und Bronzekanonen anrückten. Ich habe sie alle hängen sehen, in langen Reihen am Galgenhügel, ich habe sie schreien hören hinter den dicken Mauern der Kerker und weiß, daß es nun in den Dörfern entlang des Oberrheins viele Witwen und Waisen gibt."
„Wir wollen nichts anderes", entgegnete Wichard, „als was das Evangelium lehrt. Gottes Wort zu erfüllen kann kein Verbrechen sein, und in den heiligen Büchern steht geschrieben, daß keiner des anderen Zwingherr sein soll. Und endlich, endlich wollen wir unser Leben in der Stadt selber bestimmen."

Heinrich Gröninger hatte aufmerksam zugehört, jetzt schob er seinen Stuhl beiseite und stahl sich ohne viel Abschiedsworte davon. Das wollte er nicht mitmachen, solch offene Hetzerei gegen den Bischof, die adligen Herren, seine Auftraggeber.

Vom Stadttor her klangen Hornrufe, Hufschläge wurden laut, zahlreiche Hunde kläfften, Räder mahlten durch den Sand. Die Bauern sprangen von ihren Bänken auf.
„Der Fürstenberger von Wünnenberg", raunten sich einige zu. Einer aus der verzweigten Dynastie ritt in Paderborn ein, gefolgt von zahlreichen Knappen und Knechten. Damen saßen in langen, gerafften Kleidern zu Pferd, Goldnetze im Haar und funkelnde Ketten um den Hals, mit ringgeschmückten Fingern zügelten sie ihre Zelter. Falkner trugen die Jagdvögel auf Lederhandschuhen, Armbruster mit Bolzentaschen und Speerträger bildeten den Schluß des prachtvollen Aufzugs.
Jetzt zog auch die unauffällige Kutsche mit dem heimlichen Lauscher an und schaukelte durch das Riemeketor, weiter zum fürstbischöflichen Schloß Neuhaus. Dietrich von Fürstenberg hatte genug gehört und gesehen.

Ein wenig abseits von dem großen Trubel hielten sich zwei Gestalten an ihrem Bierkrug fest. Der eine war der Stadtdiener Johann, der andere der Fuhrknecht Wolfram vom Handelskontor. Die Männer waren Freunde und hockten in ihren freien Stunden viel zusammen. Während die anderen die Fäuste hinter den abfahrenden Kutschen schüttelten, sprachen die beiden über ihre Sorgen, die der Auftritt Wichards nicht gerade kleiner werden ließ.
„Mensch, Wolfram, ich sage dir, lange geht das mit unserem Rat nicht mehr gut. Immer lassen die Bürgermeister uns Stadtdiener die Suppe auslöffeln. Wir müssen die armen Menschen einkassieren. Neulich erst wieder hatte ich diese arme Witwe aus der Domfreiheit abzuholen. Das war ein Theater mit der zeternden Frau, ihrem Geheule und der Jammerei. Meine Unterarme zerkratzte sie, hier", er schob die Ärmel hoch und zeigte ihm die blutigen Spuren, „Kratzer über die ganze Haut hatte ich, bevor wir sie in den Block sperrten. Was kam? Genau das, was jeder vorausahnen konnte. Der Bischof ließ sich den Eingriff in seine Gerichtshoheit nicht gefallen und verurteilte den Rat zu 100 Talern Strafe. Die Frau kam frei, und alles war umsonst!"
„Das war ja wohl nicht alles, weshalb der Bischof neulich die Stadt wieder einmal sperrte", wandte Wolfram ein.
„Ne, ne, da kam ja noch das abgerissene Haus hinzu. Befiehlt doch der Bürgermeister Schaftodt einfach so mir nichts, dir nichts, diese alte Hütte abzureißen, die im Hoheitsgebiet des Bischofs stand."
„War aber auch 'ne richtige Bruchbude, Johann, und stand leer. Ein Schandfleck für die Stadt. Aber viel besser wäre gewesen, man hätte dieses Sündenbabel von Adam-und-Eva-Haus abgerissen."
„Wie, was, warum denn dieses ansehnliche Haus mit seinen reichen Schnitzereien?"
„Mensch, Johann – du bist aber wirklich von gestern, weißt du denn nicht, daß hier die Konkubine des Domherrn mit ihren drei Kindern wohnt? Der sittenstrenge Bischof Dietrich hat doch angeordnet, die Mätressen der Geistlichen zu entfernen."
„Ja, was diese geistlichen Herren alles so treiben, das geht auf keine Kuhhaut. Jetzt werden sie mit Gefängnis bestraft, die kathol'schen Geistlichen, wenn sie heiraten", wußte Johann und fuhr fort, „aber das kleine, abgerissene Häuschen gehörte nun mal dem Bischof. Und das läßt der sich nicht gefallen. Noch 'ne Arbeit, die wir Stadtdiener umsonst gemacht haben. Die 100 Taler Strafe hätte sich der Rat wohl auch sparen können!"
„Du hast gut reden, Johann, wir Fuhrknechte hatten in der ganzen Zeit der Stadtsperre nichts zu tun. Konnten jeden Tag nur die Pferde striegeln, füttern, Wasser geben, das Lederzeug am Geschirr durchse-

hen, aber kein einziger Auftrag. Und danach werden wir nun mal bezahlt!"

„Diese Stadtsperre hat allen Kaufleuten und Händlern weh getan. Die Kontore konnten keinen Krümel Salz, kein Stückchen Holz und vor allem – kein Tröpfchen Bier verkaufen."

„Nicht einen Fuhrauftrag hatten wir. Mein Geldbeutel ist leer, und meine Frau weiß nicht, wie sie die Pfennige fürs Brot und für ein bißchen Hafergrütze zusammenkratzen soll. Da kommt man schnell auf dumme Gedanken!"

„Ich sage dir, es wird bald knallen hier in Paderborn", orakelte Johann, „entweder ändern die übermütigen Herren im Rat ihre Gesinnung, oder der Fürstenberger läßt ohne Gnade und Barmherzigkeit Truppen aufmarschieren. Man hört ja, daß er überall im Land Söldner anwirbt. Und du weißt, diese Marodeure sind gnadenlos, wenn die erst mal die Spieße gesenkt haben und losmarschieren, Junge, Junge, jetzt fängt der Wichard auch noch an zu stänkern und zu hetzen ..."

Johann ließ offen, was dann geschehen würde, aber beide ahnten es. Sie erinnerten sich, daß die andere Partei in der Paderstadt, Ratsherren und so mancher Bürger aus ihrer Gefolgschaft, nicht gerade zimperlich mit den Domherren umgegangen waren, die nun samt und sonders auf der Seite Dietrichs von Fürstenberg standen. Übermütig war der Magistrat geworden, angetrieben von Bürgermeistern und rechtsgelehrten Ratsherren, die allesamt danach strebten, allein über die Geistlichen zu gebieten. Sie forderten die geistlichen Herren geradezu heraus und begingen allerhand Übergriffe auf die Domfreiheit – entgegen feierlich anerkannten und unterschriebenen Verträgen. Den Residenzhof, die Dienstwohnung eines Domherren am Dom, hatten sie unter einem Vorwand mit Bewaffneten besetzt und Haus und Gelände Tag und Nacht bewacht. Das war ein ganz plumper Versuch gewesen! Der Bürgermeister Koch hatte einfach behauptet, daß sich ein Mörder dort verstecke. Die Domherren hatten das Haus durchsucht, aber kein Täter war zu finden. Das alles hatte Verbitterung, Argwohn und Widerwillen zwischen dem Fürstbischof, dessen Hoheitsgebiet die Domfreiheit immer noch war, dem Domkapitel und dem Rat erzeugt. Das vertrauensvolle Verhältnis zwischen Geistlichen und den Bürgern hatte allmählich abgenommen.

Johann nahm einen langen Zug aus seinem Bierkrug.

„Weißt du, Wolfram, ich werde das Gefühl nicht los, es geht dem Bischof nur darum, uns alle wieder zur alten römischen Lehre zurückzubringen."

„Das sag' ich ja auch immer, warum hat der Bischof denn die Marktkirche schließen lassen, he? Doch nur, weil der Pastor Tünneken die neue

augsburgische Lehre verkündet hat und weil wir diese schönen neuen deutschen Lieder gesungen haben."
„Da hast du völlig recht, obwohl der Bischof verkünden ließ, das sei alles nur wegen der Spanier, damit die keinen Grund hätten, Paderborn zu besetzen. Und als die Hessen mit ihrem Heer unter Landgraf Moritz auf dem Vormarsch gegen die Spanier hier in Paderborn einrückten, wurde die Kirche wieder geöffnet. Im Triumph führten die Bürger wieder ihren Pastor zurück in die Marktkirche. Schiß hatten sie alle vor den Soldaten, vor den Spaniern, die jeden teuflischen Sektierer aufhängen, und vor den Hessen, die mit den Lutherischen sind!"
„Da mußte unser Bischof erst mal klein beigeben! Aber nur kurze Zeit, dann aber soll er doch an den Hessen geschrieben haben, die alte wahre, allein seligmachende katholische Religion, die in unserem Stift von den Zeiten Kaiser Karls des Großen herrührt, wieder festigen zu wollen."
„Ist das wahr? Hat der Bischof das geschrieben? Sollte es ihm wirklich nur um die Religion gehen?" Der Fuhrknecht saß mit ungläubigem Staunen da.
„Ja, das stimmt, der Bürgermeister hat's vor dem Rathaus verlesen lassen, damit jedermann Bescheid weiß."
„Nun ist Pastor Tünneken wieder in Amt und Würden!"
„Richtig, mein Freund, und in der Marktkirche wird sogar wieder Gottesdienst nach Augsburger Art gehalten. Das hat der starke Arm aus Hessen bewirkt."
„Ja, hat ihm auch gar nicht gepaßt, unserm Bischof. Junge, da wollen wir mal abwarten, ob das gutgeht."
Mit großem Unbehagen ging jeder seiner Wege. Sie hatten kein gutes Gefühl für die nächste Zeit, denn viele Händel und Auseinandersetzungen hatten dazu geführt, daß das Domkapitel gar beim Kaiser vor dem Reichskammergericht Klage erhob, weil die Anordnungen und Befehle des Fürstbischofs nicht befolgt wurden. Und auch der Rat war mit den Bürgern zerstritten. Es gärte in der Bürgerschaft wegen der vielen eigenmächtigen Handlungen des Rates, vor allem den Eingriffen in bischöfliche Rechte, die immer wieder die Stadt erhebliche Strafgelder kostete.

Über die Hochfläche heulten die ersten Winterstürme. Schneeflocken fielen in dichten Schauern, und der Wind türmte sie an der Stadtmauer auf. Der Streit mit dem Bischof hatte sich verschärft und die Bürger in eine arge Notsituation gebracht. 15, ja 16 verschiedene Vergehen waren dem Rat vorgehalten worden. Der konnte sich nicht rechtfertigen, blieb trotzdem halsstarrig und gab nicht nach.

Frierend und mit knurrendem Magen trieben sich der Stadtdiener und der Fuhrmann in der Nähe der Stadtmauer und Tore herum. Sie suchten nach jedem Stückchen Holz, um die Feuer zu Hause am Brennen zu halten. Ihre Angehörigen waren seit Tagen eng zusammengerückt, um sich gegenseitig zu wärmen. Die Hirsesuppen wurden immer dünner, Brot gab es kaum noch.
„Sieh mal, dahinten kommen Reiter und ein großer Trupp Soldaten, bestimmt die Bischöflichen!" Johann wies nach Westen.
„Jau, jau, laß uns machen, daß wir hinters Stadttor kommen. Das sieht nicht gut aus!"
Die beiden rannten los, rutschten auf dem eisigen Schnee aus, halfen sich gegenseitig hoch und erreichten rechtzeitig das Westerntor. Atemlos berichteten sie den Torwächtern, was sie im Feld beobachtet hatten. Die bliesen sofort Alarm und verschlossen das Tor. Draußen marschierten die Soldaten auf, bildeten auf den Wegen vor den Toren eine Sperre, die Reiter dahinter.
Plötzlich hämmerte es ringsum an den Toren. Torwächter, Stadtdiener, viele Bürger und die Handwerksämter standen mit Piken, Knüppeln, Sensen und anderen Waffen in den Händen bereit, den einstürmenden Feind zu empfangen. Mit einem Mal verstummten die Hammerschläge.
„Die Landsknechte und Reiter ziehen sich zurück. Sie sind jetzt weit hinten auf der Straße zu sehen!" rief ein Wächter von der Mauer.
Bürgermeister Schaftodt stand inmitten der wehrbereiten Männer.
„Öffne die Nottür im Tor", ordnete er an, „Johann, sieh draußen nach."
Der Stadtdiener schlüpfte durch die kleine Tür im mächtigen, schweren Holzbohlentor. „Immer wir kleinen Leute, die vorangehen müssen", knurrte er sich in den Bart und schob sich vorsichtig vor das Tor, lauerte nach allen Seiten und drehte sich wieder um.
„Nichts zu sehen, hier draußen, Bürgermei...", er brach ab, „doch hier, hier hängt ein Anschlag. Haben die Marodeure wohl angeheftet."
„Abreißen und mitbringen!" kam es kurz und bündig hinter dem Tor weg.
Schnell war Johann wieder im Schutz der Stadtmauern und hielt dem Bürgermeister das abgerissene Papier hin. Der überflog es.
„... ziehe ich hiermit die Erlaubnis für den bewilligten Jahrmarkt am Sankt-Galli-Tag zurück und ordne an, daß dieser nach Neuhaus an meinen bischöflichen Amtssitz verlegt und abgehalten wird! – Ja, Herrgottssakrament, verdammt noch mal, das kann der Bischof doch nicht mit uns machen."
Laut fluchte der Bürgermeister ob der neuen Schikane. Er wandte sich an seinen Amtskollegen Heinrich Koch: „Wir reiten nach Neuhaus und bitten sofort um Audienz beim Bischof. So geht es nicht, das schneidet

uns doch von allem Handel ab. Da kommt kein Händler mehr nach Paderborn. Der Bischof muß die Anordnung zurücknehmen."
Es dauerte nicht lange, und eine kleine Abordnung trabte Richtung Neuhaus vorbei an Landsknechten und Reitern, die draußen an den Wegen eine Sperre errichtet hatten und Wache hielten.
In der Stadt aber brodelte und gärte es. Trotz der winterlichen Kälte hatten sich die Bürger dick vermummt auf den Wegen, Plätzen und Straßen versammelt. Sie standen in kleinen und größeren Gruppen herum und besprachen erregt die Ereignisse. Die Lage wurde immer verworrener: Der Bischof taktierte gegen die Stadt, wollte sie unter seinen Krummstab zwingen, die Bürger waren unzufrieden mit der kleinen Clique von Herrschenden im Rat, und der kämpfte mit den Aufrührern und mißgestimmten Einwohnern unter Wichards Anführung und dem Bischof gleichzeitig.
Nach kurzer Zeit kam die Abordnung der Bürgerschaft zurück, unverrichteter Dinge, wie sie den Wartenden noch am Stadttor eingestehen mußten.
„Fürstbischöfliche Gnaden waren nicht anwesend, vielleicht ließ er sich auch verleugnen, jedenfalls haben wir nichts ausgerichtet", gestand Heinrich Koch vom Pferd aus zu.
„In Neuhaus hängen auch überall Bekanntmachungen. Und wir sahen Boten, die noch weiterritten, die Papierrollen in den Satteltaschen, einige in Richtung Salzkotten, andere runter nach Warburg, nach Brakel. Die werden überall die Bekanntmachung aufhängen. Und dann, ja dann kommt kein Mensch mehr hierher!"
„Es ist noch schlimmer, die Kohlenhändler stehen hinten in den Feldern vor den Wegsperren, die Soldaten geben die Straße nicht frei. Kein Mensch kommt mehr nach Paderborn rein!"
Wolfram, der Fuhrknecht, drängte sich durch die Menge nach vorn und schrie: „Sollen wir dann alle verhungern und erfrieren, wenn kein Händler mehr reinkommt? Schon schlimm genug, daß wir keine Arbeit mehr haben, weil kein Fuhrwerk rausfahren kann."
Einer der anwesenden Kaufleute rief ebenfalls: „Der Handel kommt zum Erliegen. Bürgermeister, Ihr müßt was tun. Und wenn Ihr klein beigebt!"
Ehe die beiden antworten konnten, ertönte draußen ein Hornsignal. Kurz darauf pochte es an die Tore.
„Aufmachen! Botschaft von seiner durchlauchtigsten Gnaden, dem Herrn Fürstbischof! Aufmachen, sofort aufmachen!"
Das Tor wurde einen Spalt breit geöffnet, weiter aufgedrückt, und drei Reiter der bischöflichen Truppen ritten vor.
„Botschaft an Rat und Bürger von Paderborn. Wegen der vielen Verge-

hen des Rates war ich zur Sperrung der Straßen und Verlegung des Marktes veranlaßt. Um zu einer friedfertigen Lösung zu kommen, lade ich aus jeder Bauerschaft fünf kluge, friedfertige Personen ein, die mit uns, Fürstbischof Dietrich von Fürstenberg, und seinen Hofbeamten wegen der Anordnungen des Rates der Stadt Paderborn im Abdinghof an einem noch näher zu bezeichnenden Tag beraten sollen."
Die Reiter sprengten wieder zur Stadt hinaus.

Schon bald waren diese Bürgervertreter in den Bauerschaften gefunden und gewählt. Aber auch der amtierende Rat der Stadt mit seinen vier Bürgermeistern – zwei des Vorjahres und die zwei dieses Jahres – an der Spitze reagierte schnell und ließ bereits am übernächsten Tag die 25 Abgeordneten der fünf Bauerschaften ins Rathaus bestellen. Der Rat versprach den Gemeindevertretern feierlich, alle Dinge in Ordnung zu bringen, vor allem die Sperre aufheben zu lassen und sich zu bemühen, daß der Markt wieder nach Paderborn verlegt werde. Bürgermeister und Ratsherren beschwichtigten diese Deputierten der Bauerschaften und weckten neue Hoffnungen in ihnen.
Schließlich setzten diese ein Schriftstück auf, um dem Bischof zu melden, man habe jetzt nichts Besonderes, Nennenswertes gegen den ehrbaren Rat der Stadt Paderborn zu klagen. Die Schwierigkeiten, die sich zwischen Rat und Bürgerschaft ergeben hätten, würden gemeinsam gelöst, und dazu bestünden gute Aussichten.
Stadtdiener Johann mußte hinaus in die grimmige Januarkälte und den Wächtern mitteilen, daß die Stadttore wieder geöffnet werden sollten. Der Streit sei beigelegt.
Der Fuhrknecht Wolfram stand in der Nähe, sah sich alles mit an.
„Na, Johann, kommen wir Fuhrleute jetzt wieder rein und raus? Wir haben kaum noch was zu beißen. Gestern habe ich die ersten Bretter vom Schuppen abgerissen und verheizt, um wenigstens ein bißchen Wärme in die Hütte zu bekommen."
„Wenn der Fürstbischof wieder mitspielt, dann hat die Not ein Ende. Sieh mal, dahinten kommen einige Karren auf die Stadt zugefahren. Die Landsknechte lassen sie durch. Jetzt kannst du deinem Herrn sagen, daß eure Fuhrwerke auch aus der Stadt rauskommen. Und auch bei dir werden die Silberpfennige wieder im Beutel klingeln!"
Wolfram lief eilig davon, um die gute Nachricht ins Handelskontor zu überbringen.
Tatsächlich rumpelten bald darauf die ersten Fuhren mit Ladungen an Holz und Kohle in die Stadt.

Aber es blieb nur wenige Wochen ruhig in den Mauern. Eines Tages ließ

Dietrich von Fürstenberg die gewählten Vertreter der fünf Bauerschaften auf dem Versammlungsplatz bei Neuhaus, „Unter den fünf Eichen", zusammentreten. Viele Bürger der Paderstadt waren mit ihnen hinausgezogen zum Landesherrn. Die Deputierten standen in der ersten Reihe, unter ihnen auch Liborius Wichard.
„Ihr Bürger von Paderborn", begann einer der bischöflichen Räte seine Ansprache, während Dietrich von Fürstenberg unter einem Zelt und in schwere Pelze gehüllt schweigend der Versammlung beiwohnte, „und Ihr Abgeordneten der fünf Bauerschaften. Wir haben zwar den schlimmsten Streit mit Eurem Rat vor kurzer Zeit beigelegt, aber die groben Mißstände sind noch nicht bereinigt."
Liborius Wichard hob die Hand, um anzuzeigen, daß er das Wort wünschte. Der bischöfliche Rat wies auf ihn: „Was gibt es, Wichard?"
„Nun, bei so überaus gewichtigen Anschuldigungen sollten wir gewählten Abgeordneten hören, was da zu bereinigen ist."
„Ich komme jetzt dazu", fuhr der Rat hochnäsig fort, „zunächst und vor allen Dingen sind es die Mißstände der städtischen Rechnungsführung. Die Herren Deputierten sollen einmal die Finanzlage genauestens prüfen, vor allem die Einnahmen. Aber auch die immer noch nicht geklärten Übergriffe auf das Territorium seiner fürstbischöflichen Gnaden!"
Nun nahm der Bischof, dessen wacher Blick während des Disputes über die Versammelten gewandert war, selber das Wort: „Ihr Bürger, ich rate Euch dringend, beim Reichskammergericht einen Prozeß gegen Euren Rat und Eure Bürgermeister anzustrengen. In der Stadtkasse liegen so gewaltige Mängel vor, daß nur eine Klärung vor dem Gericht die Angelegenheit bereinigen kann. Ich rate dringend, daß Ihr 25 Bauerschaftsvertreter Euch mit den 24 anderen Stadträten zusammentut und die Sache in die Hand nehmt. Dazu verspreche ich", er hob seine Stimme deutlich an, „meine gnädige, väterliche Hilfe als Bischof."
„Mit Eurer gütigen Erlaubnis, hochwürdigster Herr Fürstbischof", Wichard blickte zum Fürstbischof und wartete auf das Handzeichen, „fordere ich Euch alle auf, Bürger, daß wir gemeinsam dem Rat gegenüber selbstbewußt und bestimmter auftreten als je zuvor!"
Die gewählten Abgeordneten der Bauerschaften stimmten ihm zu.
„Wir versammeln uns alle am Lichtmeßtag, dem 2. Februar, um nach altem Brauch beim Verlesen der Stadtrechnungen dabeizusein. Und dann wollen wir einmal sehen!"
Die Bürger verließen den Versammlungsplatz. Dietrich von Fürstenbergs Lippen blieben hinter den dichten Enden des Schnauzers und unter den grauen Haaren des Kinnbartes verborgen, verrieten keine Regung; nun würden sich die Dinge so entwickeln, wie er es sich wünschte. Diese beiden Bürgergruppen, die „Fünfundzwanziger" und die

„Vierundzwanziger" und mit ihnen die Bürgergruppen, die sie unterstützten, würden sich zerstreiten. Dann würde es ihm ein leichtes sein, mit seinen bischöflichen Truppen die kirchlichen und politischen Verhältnisse in der Stadt und im gesamten Bistum zu ändern.
Wichard und die Deputierten der Bauerschaften waren ihm in die Falle gegangen. Sie würden den übermütigen, halsstarrigen, ungehorsamen Rat mit den Bürgermeistern erledigen helfen. Und dann …
Dietrich von Fürstenberg wartete in Ruhe den Lichtmeßtag ab. Er hatte das Feuer gelegt, nun mußte noch ein wenig Wind hineingeblasen werden.

Schon in der Früh, gleich nach dem Kirchamt des Festes, versammelten sich Bürgermeister, die 24 Ratsabgeordneten und auf der anderen Seite die 25 Deputierten der Bauerschaften im Rathaussaal. Die Gegenpartei mit Wichard an der Spitze verlangte vom Rat, das Durcheinander im Rechnungswesen offenzulegen und zu rechtfertigen.
An seiner Seite saß Wolfgang Günther, Doktor der Rechte und Anwalt in Paderborn.
„Es fehlt die Kontrolle über die Verwendung städtischer Gelder! Überhaupt, ich äußere hier vor allen gewählten Bürgern den Verdacht auf Unterschlagung von Geldern!" tobte Wichard.
„Das ist eine infame Unterstellung!" – Mehr konnte der Bürgermeister nicht entgegnen, da fuhr bereits Wichard fort.
„Wir Bürger verlangen eine haarkleine Kontrolle und die Wiedergutmachung des Schadens."
„Kommt überhaupt nicht in Frage, wir haben uns nichts vorzuwerfen!"
„Dann werden wir die Bürgermeister hier drei Tage im Rathaus festhalten. Sie haben Zeit, sich zu besinnen und den Bürgern danach Rechenschaft abzulegen. Stadtdiener, die Türen werden verschlossen und nur auf unseren ausdrücklichen Befehl geöffnet."
Wichard machte Nägel mit Köpfen, seine Vertrauensleute legten ihre Hand an die kurzen Schwerter und Degen, die sie nur zu deutlich zeigten. Außerdem verstellten gleichzeitig mehrere Meister und Gesellen der verschiedenen Ämter im Türrahmen des Ratssaales den Ausgang, ebenfalls bewaffnet bis an die Zähne. Die vier Bürgermeister, die zwei amtierenden und die zwei des vergangenen Jahres, zogen sich zurück und steckten die Köpfe zusammen, redeten leise aufeinander ein und prüften erst gar nicht die hohen Stapel von Unterlagen. Schließlich kamen sie zu dem Entschluß, heimlich einen Boten zum Bischof zu entsenden. Mit List gewannen sie den Stadtdiener Johann, einen Brief nach Neuhaus zu bringen. Schon nach wenigen Stunden drang von den Straßen Hufschlag durch die offenen Fenster des Ratssaales. Bischöf-

liche Boten ließen den beiden Parteien bei Androhung einer Strafe von 2 000 Gulden durch seine fürstbischöfliche Gnaden ausrichten, sich auf beiden Seiten aller Tätlichkeiten zu enthalten: „Wir, Dietrich von Fürstenberg, werden am 6. Mai im Kloster Abdinghof selber einen Gerichtstag einberufen, bei dem die Klagen der Bürger gegen den Magistrat vor dem Landesherrn erhoben und durch meine Räte entschieden werden."
Während einer der Reiter die Botschaft zusammenrollte, gingen die übrigen in den Rathaussaal und öffneten die Türen, die Bürgermeister erhielten freien Abzug. Der Streit zwischen Rat und Bürgern schwelte allerdings unter dem Mäntelchen eines scheinbaren Friedens weiter. Fast täglich traten die Deputierten zur Beratung zusammen.

Von Westen her jagte über den Fahrweg der Hochfläche eine von sechs Schimmelhengsten gezogene Kutsche mit silbernen Beschlägen und glänzendem Leder. Purpurn flammten die Federbüsche auf den Köpfen der Pferde, Lakaien standen auf der Hinterachse, grün und gelb gekleidete Vorreiter galoppierten voraus. In dem herrschaftlichen Gefährt saß, trotz des hohen Tempos lässig hingelehnt, in spanischer Mantille mit Brüsseler Spitzenkragen, weitkrempigem Federhut und Stulpenhandschuhen Caspar von Fürstenberg, Landdrost des Herzogtums Westfalen und engster Berater seines Bruders und Fürstbischofs, den der in aller Eile hatte holen lassen.
Mit seinem Bruder Caspar führte er im entlegenen Arbeitszimmer ein Vorgespräch zur einberufenen Audienz und führte er seine Gedanken zur künftigen Bistumspolitik aus. Erregt schritt der Landesherr im Zimmer hin und her.
„Caspar, wenn diese halsstarrigen Paderborner weiter so an ihrem evangelischen Bekenntnis kleben und auf ihre Unabhängigkeit pochen, dann werden wir hier noch manches Tänzchen erleben!"
Caspar, zu der großen Audienz aus der kurfürstlichen Residenz Arnsberg herbeigeeilt, strich mehrmals nachdenklich über seinen sorgfältig gestutzten Kinnbart.
„Die Antwort ist eigentlich ganz einfach, lieber Dietrich, du mußt sie von der evangelischen Lehre und Kirche abbringen. Jetzt ist es an der Zeit, durch Uneinigkeit in den Reihen der Bürgerschaft zwischen den rivalisierenden Gruppen das in Religionssachen zu erreichen, was mit der Schließung der Marktkirche, den Straßensperren und der Verlegung des Jahrmarktes bisher nicht durchgesetzt werden konnte."
Dietrich stoppte jäh sein Auf und Ab vor den Fenstern seines Arbeitszimmers.
„Ich habe bereits eine Gegenpartei aufgebaut, die ‚Fünfundzwanziger',

Vertreter der Bauerschaften. Sie bestehen neben dem alten Rat der ‚Vierundzwanziger', die sich Jahr für Jahr wiederwählten und eine Herrschaft weniger reicher Bürger ausübten. Du meinst, ich soll innerhalb der Bürgerschaft, zwischen diesen beiden Gruppen weitere Zwietracht säen?"
Das Gesicht Caspars nahm einen harten, unbeugsamen Zug an.
„Bestrafe sie nur hart genug. Wenn nur irgendeiner aus den beiden Parteien das Recht bricht, dann wirst du erleben, daß sie zu Kreuze kriechen. Du wirst durch diese Gelegenheit Einfluß auf die Herrschaft über die Stadt gewinnen. Durch diese Streitereien wird deine Position in der Stadt gestärkt."
Von der Schloßkapelle hämmerten die Schläge der vollen Stunde. „Wir müssen in den Audienzsaal, ich will die Herren nicht unnötig warten lassen", mahnte Dietrich zur Pünktlichkeit.
Etliche Räte des Fürstbischofs eilten den Gang mit den hohen Fenstern herauf: Hofmeister Westphal, Drost zu Boke Plettenberg, Domdechant von Horst und Kanzler Dr. Reichwein. Alle trugen schwarze Talare, auf ihren silbergrauen Haaren die Samtbaretts. In dem hohen Gemach verneigten sich alle tief vor dem eintretenden Fürstbischof Dietrich von Fürstenberg, an seiner Seite der Landdrost Caspar von Fürstenberg. Dietrich ergriff ohne Umschweife das Wort, kam gleich zur Sache: „Schwierige Geschäfte mit den unbotmäßigen Paderbornern. Auf der einen Seite der alte schwache Rat, der sich seit Jahren die Ämter zuschob und die Mißwirtschaft auslöste. Dagegen steht die Gegenpartei, an ihrer Spitze dieser Borius Wichard", dem Bischof mißfiel bei dieser Entwicklung der volle und heiligmäßige Vorname *Liborius*, den er absichtlich nicht aussprach, „aber man ist auch verblüfft über dessen Unbeugsamkeit. Da liegen untrügliche Anzeichen eines künftigen noch stärkeren Widerspruchs gegen unsere heilige römische Kirche vor. Wichard läßt nicht von seinem lutherischen Glauben ab. Und Wichard will ebenso wie der alte Rat völlige Unabhängigkeit vom Bistum, und das wenn nötig mit Waffengewalt. Mit dem könnten wir noch eine Menge Ärger bekommen!"
„Wir werden schon Hilfen finden, wenn die Säuberung dieser Ketzer und Rebellen beginnt", warf gleich Landdrost Caspar ein.
Hofmeister Westphal stimmte ihm eilig zu: „Es wäre gut für die Sache der Kirche und unseres gnädigen Herrn Fürstbischofs, wenn dieser ausufernde Streit in der Stadt bald mit durchgreifenden Mitteln beigelegt werden könnte!" Die anderen Geladenen blieben stumm.
Zornig blitzten die Augen des Kanzlers: „Die Herren haben ja wohl auch gehört, daß die Anhänger Wichards bereits ihre Schwerter und Degen angelegt haben und beginnen, die Handwerker mit Waffen auf-

zurüsten! Dabei befinden sich die Geldangelegenheiten im Rat immer noch in einer totalen Unordnung und konnten bisher in keiner Weise geklärt werden! Dieser Wichard muß weg, noch bevor er in ein Amt gewählt werden kann, und dieser Doktor Günther ebenfalls!"
Die gelehrten Räte mit Caspar und mit Dietrich von Fürstenberg beschlossen eilig ein Verfahren zur Untersuchung und Anklageerhebung. In diesem Augenblick wurden die Überlegungen der Räte jäh unterbrochen. Die Doppeltür flog auf, und gefolgt von den beiden Geheimschreibern sowie einem weiteren Rat erschien Graf Johannes von Rietberg. Der verneigte sich tief: „Eure durchlauchtigste Gnaden haben mich mit der Erkundung der Lage beauftragt. Ich bringe zunächst in Erinnerung, daß Euer hochwohlgeborener Amtsbruder, Fürstbischof Franz von Waldeck, vor Zeiten gegen die Wiedertäufer in Münster genauso mit Waffengewalt vorging, wie auch Erzbischof Jakob von Elz noch vor einigen Jahren in Trier unter Berufung auf seine Rechte als Landesherr Ruhe und Ordnung wiederhergestellt hat. Mit Billigung unseres allergnädigsten Herrn und Kaisers darf ich in Eurem Auftrag Truppen anwerben. Bei Rietberg habe ich 2 000 Söldner unter dem Kommando des ostfriesischen Obersten Liaukema zusammengezogen, dazu eine stattliche Anzahl Reiter, die ich selber befehligen werde."
Der Fürstbischof nickte gedankenvoll: „Das gesamte Unternehmen untersteht absoluter Geheimhaltung. Kein Sterbenswörtchen darf nach draußen dringen. Die angeworbenen Truppen in Rietberg müssen möglichst lange unentdeckt bleiben."
Er seufzte. „Ich wäre, allein auf meine bischöflichen Truppen gestützt, zu schwach, die Belange des Bistums und unserer heiligen römisch-katholischen Kirche durchzusetzen. Nur das Zusammenwirken aller vermag diesen schlimmen Streit ...",
Der Kanzler unterbrach ihn hitzig: „... der eine offene Rebellion ist!"
Caspar von Fürstenberg schlug sofort in dieselbe Kerbe: „Herrschen ist ein Unternehmen, das sich auf die gegebenen Tatsachen stützt und vom Zwang der Notwendigkeiten bestimmt wird. Der Druck der Bürgerschaft in Paderborn wird immer spürbarer, diese Gefahr wird furchtbar werden, wenn wir sie nicht mit klugen politischen Entscheidungen bekämpfen werden. Ja, ich unterstütze die Forderung unseres verehrten Kanzlers, jawohl – Wichard und Günther gehören in festen Gewahrsam!" Caspar stemmte bei den letzten Worten die Linke in die Seite und klopfte mit der Rechten energisch auf den Tisch.
Dietrich von Fürstenberg hatte für einen Moment die Augen geschlossen, als schaute er nach innen.
„Ihr Herren Räte und auch du, lieber Bruder, Ihr alle habt recht! Meine

Gegner sind die Gegner des Christentums, vor allem die Feinde des katholischen Glaubens, sie widerstreben der Einheit von innen her."
Caspar und die übrigen Räte nickten beifällig.
„Also, in aller Deutlichkeit: Ich leite mein fürstbischöfliches Amt nicht von Menschen ab, sondern von Gott, der einzig sicheren Quelle aller Macht. Man darf nur dann in Anspruch nehmen, über andere zu regieren, wenn man es tut, um Gottes Weltenplan zu fördern. Ich ermahne daher Euch alle, den katholischen Glauben zu verteidigen und zu erhöhen, daß er der Kirche helfe und sie verteidige und mit aller Kraft die Ketzerei vertilge. Und wie in einer Ehe nur der Mann befiehlt und das Weib zu gehorchen hat, so führt der Fürst das Steuer, und sein Volk hat ihm gottesfürchtig zu folgen."
Wortlos verneigten sich alle Räte, auch der Bruder des Fürstbischofs, tief vor dem Landesherrn.

Bereits am nächsten Morgen wurde im Kloster Abdinghof der Beschluß bekanntgegeben, zunächst die Untersuchung und Anklageerhebung gegen den Rat der Stadt Paderborn durchzuführen. Kaum hatten am Nachmittag die Verhandlungen unter Vorsitz Caspars von Fürstenberg begonnen, eilte eine aufsehenerregende Nachricht durch die Gassen der Stadt: Bürgermeister und Rat waren vom Gericht in Haft genommen worden, die Bürger übernahmen die Bewachung. Viele Paderborner hatten Beschwerde erhoben. Insgesamt 50 Repräsentanten der herrschenden Familien, mehrere Altbürgermeister, Bürgermeister, Kämmerer und Ratsverwandte wurden vor das fürstliche Gericht gestellt. Die Anklageschrift des bischöflichen Anwalts gab ein verheerendes Bild der städtischen Verwaltung. Der hatte lange Zeit damit zu tun, die Anklagen zu verlesen:
„Die Bürgermeister Hieronymus Brinkmann, Hieronymus Koch und der verstorbene Liborius Hatteisen sowie der Kämmerer Johann Dennen empfingen von Otto Kosters, Aufseher an der Warthe am Ringelsbruch, 17 Taler Pachtzins für städtisches Land und verwendeten sie für ihre eigenen Zwecke. Die oben genannten Bürger erhielten von dem Mitbürger Peter von Meschede wegen einer Erbschaft 90 Taler und behielten dieselben ohne Rechnungsnachweis. Der Bürgermeister Heinrich Koch ließ ein Wohnhaus für den Priester an der Kapelle zu Ehren des Heiligen Geistes abbrechen, das Baumaterial wegfahren und sich daraus ein Lusthaus an der Pader errichten. Der Heinrich Koch legte einen Fischkorb in der Pader an und griff dadurch in die Fischereirechte des Bischofs ein.
Dieser Heinrich Koch hat gegen die Bürger gehetzt mit den Worten ‚Sie wollten die Stadt nur in die Leibeigenschaften stoßen'. Mit solchen un-

bedachten Worten setzte er auch dem Anwalt des Fürsten in ungehöriger Weise zu, als ob der beabsichtige, die Stadt und die Bürgerschaft in die Knechtschaft zu zwingen."

Nach einer umfangreichen Beweisaufnahme zog sich der gewaltige Prozeß immer mehr in die Länge. Wichards Anhänger ließen verlauten, daß der Bischof die auf sein Wohlwollen angewiesenen Ratsfamilien schonen wolle. Die regierenden Räte fürchteten, wenn der offene Aufruhr der Unzufriedenen ausbräche, könne Dietrich seine Truppen marschieren lassen. Die Domkapitulare sahen keinen Fortgang in der Gegenreformation; noch allzu viele Bürger gingen der lutherischen Ketzerei nach.
Inzwischen schwelte das Feuer des Aufruhrs weiter in der Bürgerschaft: Als die Unzufriedenen unter ihrem Anführer Wichard hörten, was alles an Mißständen aufgedeckt worden war, wohin die Gelder geflossen waren und was die Ratsfamilien sich alles angeeignet hatten, wollten sie eine schnelle Änderung der Verhältnisse, koste es, was es wolle! Aber auch die wenigen Alleinherrscher im alten Rat, die ihre zahlreichen Einkommen schwinden sahen, kämpften verbissen um ihre vermeintlichen Rechte. Fast täglich hielten die verfeindeten Gruppen in der Bürgerschaft ihre Zusammenkünfte ab. Dietrich von Fürstenberg befahl schließlich, es sollten alle unnötigen Versammlungen unterbleiben. Aber die Bürger, vor allem die neuen Deputierten und an ihrer Spitze Liborius Wichard, liefen weiterhin im Dom zusammen, wo man wegen des großen Getümmels oft kaum den Gottesdienst abhalten konnte. Das Domkapitel beobachtete das Treiben peinlich genau und unterrichtete darüber den Fürsten: Eine ungewöhnliche und sogar gefährliche Sache seien diese Treffen. Und daraus könnten sehr schnell Tumulte und großer Aufruhr, ja Rebellion entstehen, meinte der Domdechant. Man müsse endlich gegen den Wichard vorgehen und damit die Aufrührer führerlos machen.

Noch einmal wurde zu einer Unterredung zwischen Wichard, seinem Rechtsberater Dr. Günther und den 25 gewählten Vertretern der fünf Bauerschaften unter dem Beistand der Domherren geladen. An deren Spitze stand Domdechant Arnold von Horst. Gleich zu Beginn der Zusammenkunft trat Dr. Günther als Sprecher auf.
„Hochwürdiger Domdechant, namens aller hier versammelten Bürger, vor allem aber namens der gewählten Abgeordneten verwahre ich mich auf das schärfste gegen die geäußerten und schriftlich vorliegenden Vorwürfe. Wir wollen die Bestrafung der Vergehen im alten Rat und endlich einen neuen Rat, der das Leben der Bürger hier in Pader-

born in geordnete Bahnen lenkt – aber ohne eigene Vorteile zu nehmen!
„Doktor Günther, Sie können doch nicht abstreiten, daß sich die Bürger zusammenrotten und gefährliche Meinungen austauschen. Ja, sie hetzten sogar offen gegen die fürstliche Durchlaucht."
„Das stimmt nicht, Domdechant von Horst, die Bürger haben gemurrt, weil der Prozeß vor dem Gericht seiner bischöflichen Gnaden zu lange dauert. Sie haben sicherlich die bischöflichen Kommissare verdächtigt, die Verhandlungen in die Länge zu ziehen. Ja, ich gebe zu, daß auch der Bischof in den Verdacht einbezogen wurde. Aber von Aufruhr kann noch keine Rede sein!"
„Herr D o k t o r Günther", und den Titel betonte von Horst sehr nachdrücklich, „Hetze gegen den Landesherrn geben Sie zu, und da wollen Sie abstreiten, daß dies die Vorstufe zur Rebellion bedeutet?" Beim letzten Teil des Satzes hatte seine Stimme einen harten und unerbittlichen Ton angenommen.
Jetzt hing ein gefährlicher Vorwurf in der Luft.
„Ich wiederhole, wir haben über den schleppenden Prozeß diskutiert, und die eingesetzten Richter haben tatsächlich nicht mit der gebotenen Eile das Gerichtsverfahren weitergeführt."
Der Domdechant wies diese Vorwürfe entrüstet zurück.
„Ich begrüße es, daß die Bürger anfangen, ihr eigenes und der Stadt Bestes zu erkennen. Wir sind erfreut, daß mit bisher gesetzmäßigen Mitteln die Klage gegen den alten Rat bei unserem allergnädigsten Landesherrn vorgetragen wurde. Ich befehle aber nachdrücklich, die Zusammenrottungen und die Hetze gegen den gnädigen Landesherrn und Fürstbischof müssen aufhören. Andernfalls wird das Domkapitel Maßnahmen zu ergreifen wissen, daß solches in Zukunft unterbleiben wird. Im übrigen ist Seine Gnaden auch des Streites überdrüssig. Wenn man sich untadelig, still, friedlich und so verhalten wolle, daß Seine Gnaden keinen Grund haben, wieder gegen die Bürger vorzugehen, kann jedermann auch seinem Glauben nachgehen."

Die Drohung wirkte. Die Treffen der 25 Deputierten fanden von jetzt an nicht mehr im Dom, sondern im Sternberger Hof statt. Doch nach diesem ersten Zugeständnis der Bürger verbot der Bischof bald auch diese Versammlungsstätte. Nun wichen die Abgeordneten in verschiedene Häuser aus und trafen sich mal hier und mal dort. Ein neuer Stadtrat wurde gewählt, aber keiner der bisherigen Gegner des Bischofs fand einen Stuhl im Rathaussaal, auch Liborius Wichard nicht. Dafür wurden gute, fromme, arglose Handwerker zu Ratsherren gewählt. Nur – sie verstanden dieses politische „Handwerk" nicht, waren niemals zuvor

im Rat gewesen und kannten sich in ihrer Werkstatt besser aus als in den Ränkespielen der städtischen Angelegenheiten.
Liborius Wichard, der bereits in früheren Jahren im Rat gesessen hatte, konnte geschickt seine Parteigänger wie Schachfiguren im Spiel in den Stadtrat manövrieren. Zunächst schob er den Schuster Heinrich Bellersen als Bürgermeister und den Steuernehmer des Hochstiftes, Heinrich Boen, als Kämmerer vor und gab Anweisungen, wie sie die Stadt an der Pader zu regieren hatten. Noch einmal fand eine ordentliche Wahl statt: Gerade hatten alle die Hand gehoben und Dr. Günther zum Stadtsekretär und -syndikus bestimmt.
„Zwei der Ratsherren haben nicht mitgestimmt. Darf ich fragen, was der Grund ist?" Liborius Wichard glaubte, die Fäden fest in der Hand zu haben.
Martin Klöckner und ein weiterer Bürger erhoben sich und erklärten: „Wir beide treten aus dem Bürgerausschuß aus, weil Liborius Wichard und Dr. Günther samt ihren Anhängern seit einiger Zeit alle Dinge nach ihrem Kopf durchdrücken wollen und der ordentliche Weg des Rechtes versperrt wird. Dadurch bekommt der immer noch laufende Prozeß einen gehörigen Stoß in eine bestimmte Richtung!"
Wichard antwortete ihnen, noch mit ruhiger Stimme: „Ich weiß, Ihr spielt auf die Forderung der bischöflichen Beamten an, Dr. Günther seines Amtes zu entheben und mich von allen Versammlungen der städtischen Gremien auszuschließen."
„Richtig, denn immerhin sind wir bei Androhung einer Geldstrafe in Höhe von 500 Gulden aufgefordert worden, innerhalb einer Frist von acht Tagen zu erklären, warum wir dieser Anordnung nicht nachgekommen sind", antwortete Klöckner ruhig.
„Ganz einfach", und das schrie Wichard jetzt heraus, „weil wir freie Bürger sind und unsere Zusammenkünfte bestimmen können, wie wir es wollen, und nicht nach Gutdünken des Fürstbischofs!"
„Der läßt aber nicht locker, und ich rate, bevor ich den Saal verlasse, den Weisungen des Landesherrn zu folgen. Sonst haben wir nie Ruhe in Paderborn."
„Ehe wir jetzt wieder in ein unendliches Wortgefecht verfallen, bitte sehr, ich beantra...", Wichard stoppte seine Rede ab, verbesserte sich, weil er keinen Antrag zu stellen hatte, „schlage ich vor, daß der Rat, die 24 Abgeordneten und die 25 Deputierten der Bauerschaften sich vor dem Rathaus versammeln, sagen wir in einer Stunde. Dann werde ich ein und für allemal meine Erklärung vor allen Ratsherren und den Bürgern abgeben!"
Die Ratsherren verließen unter lauten Erörterungen den Ratssaal und suchten ihre Wohnhäuser auf, unterwegs klopften sie hier und da an

die Türen, forderten auf, in einer Stunde am Rathaus zu sein. Mit neuem Glockenschlag hatte sich zusammen mit dem Stadtrat eine große Menge der Anhänger Wichards versammelt. Er stellte sich auf einen Holzschemel und rechtfertigte sich in einer langen Rede vor den Bürgern. Ein bis an die Knie reichender Umhang fiel von seinen Schultern, durch dessen Schlitze er die Ärmel seines schwarzen Wamses gesteckt hatte, die in feinen Spitzenrüschen ausliefen. Er trug eine gefaltete Halskrause und einen kegelförmigen Hut, der mit einer dicken Kordel geziert war.
Wichard faßte mit jeder Hand den Saum seines Umhangs und begann mit fester Stimme:
„Bürger von Paderborn, Ratsherren und Deputierte der Bauerschaften, ich erkläre hier unmißverständlich, daß der ‚Jakob von der Mauer', also der einfache Bürger unserer Stadt, mich gewissermaßen gezwungen hat, so zu handeln. Ich habe den Mitbürgern feierlich versprochen, den Prozeß gegen den Rat unter Einsatz von Leib und Gut bis zum Ende durchzufechten. Deshalb, und nur aus diesem Grund, müssen wir uns zwangsläufig von Zeit zu Zeit treffen. Wenn nun der Bischof, die Domgeistlichen oder irgend jemand anders darin eine Rebellion, eine Meuterei oder gar eine Verschwörung sehen, dann ist das eben nicht zu ändern."
Wichard machte eine kurze Pause, um einmal tief Luft zu holen.
„Wir aber, Abgeordnete und Ratsherren, wollen für unseren Bund, der in keiner bösen Absicht, sondern zum Besten der geängstigten Stadt Paderborn geschlossen worden ist, lieber Leib, Ehre, Gut und alle zeitliche Wohlfahrt aufs Spiel setzen als davon ablassen."
Er wischte sich die Schweißtropfen ab, die ihm trotz der winterlichen Kühle die Erregung auf die Stirn getrieben hatte. Das war Wichard, wie sie ihn alle kannten, beredt, eigensinnig und gegen die Obrigkeit kämpfend.
„Und darum bin ich nicht bereit, mich von den Versammlungen der 25 Deputierten zu entfernen. Wenn ich aber durch gewisse Mittel gezwungen werde, dann könnt Ihr sicher sein, Mitbürger, daß heimliche Machenschaften durchgeführt worden sind, um mich und meine Mitstreiter zu unterdrücken. Und was dann auf unsere Stadt zukommt, das könnt Ihr an Euren zehn Fingern abzählen. Laßt Euch gesagt sein, geheime Vorkehrungen für solche Anschläge sind bereits zu erkennen, der Bischof beginnt seine Pläne gegen die Stadt und die arme Bürgerschaft durchzusetzen!"
Nun ließ Wichard eine deutliche Pause eintreten, bevor er die Menge fragte: „Ist dies nicht alles auch Eure Meinung?"
Vorn riefen die ersten: „Ja, ja!" Dann stimmten auch die hinten Stehen-

den zu, obwohl sie kein Wort verstanden hatten, aber die Menge auf dem Platz vor dem Rathaus rief immer begeisterter: „Ja, ja, ja!"

Bereits am nächsten Tag kam die Antwort aus dem fürstbischöflichen Schloß Neuhaus. In einem Brief forderte der Fürstbischof die Kosten, die bisher im Prozeß gegen den Rat der Stadt Paderborn entstanden waren, unverzüglich und ohne jeden Aufschub ein. Zudem verließen die Richter zornig den Abdinghof, um Dietrich mitzuteilen, daß die Beklagten weiterhin alles hartnäckig abstritten. Ein neuer Termin wurde vorerst nicht angesetzt.

Als Dr. Günther nichtsahnend die bischöfliche Kanzlei im Schloß Neuhaus zu Verhandlungen aufsuchte, verhafteten ihn zwei Diener des Fürstbischofs. Kaum war dies in Paderborn bekannt, gebärdeten sich etliche Bürger wie rasend, ja viele fürchteten um ihr Leben. Im November liefen Wichards Anhänger vor dem Rathaus zusammen und forderten, der Rat solle alle Bürger aufs Rathaus kommen lassen und einen Beschluß fassen: Kein Bürger Paderborns, und wenn er der allergeringste, ja wenn er nur ein Sauhirte sei, sollte auf Veranlassung des Bischofs verhaftet werden dürfen. Wenn der aber gegen einen Bürger ein Urteil erwirken wolle, dann solle er nur persönlich in die Stadt kommen, sein Pferd an den Eisenring der Rathausmauer binden und im Saal an der einen Ecke der Ratsbank stehen und der Angeklagte an der anderen Ecke. So könnten Bürgermeister und Rat das Recht entgegennehmen.

Die Ereignisse überschlugen sich. Wichards Partei forderte, die Oberhoheit des Landesfürsten über die Stadt zu beseitigen. Die Ratsherren lehnten das ab. Nun marschierten Wichards Anhänger auf und versperrten die Tore und schnitten die Stadt mal wieder von der Außenwelt ab. Dietrich von Fürstenberg schaltete sich nach wenigen Tagen in das Geschehen ein und forderte, was Wichard schon lange befürchtet hatte, ihn auszuliefern. Seine Gefolgsleute verbarrikadierten das Haus Wichards, mit vielen anderen Getreuen hielten sie Tag und Nacht davor Wache. Als ein Angriff von Wichards Gegnern zurückgeschlagen wurde, schickte Bischof Dietrich wieder eine Botschaft an den Magistrat und bot an, bischöfliche Soldaten zu schicken, um Wichard zu verhaften. Caspar von Fürstenberg überlegte bereits, die Stadt durch heimliche Verfahren einzunehmen. Mit welchen Mitteln und zu welcher Zeit sollte noch festgelegt werden.

Überraschend kam eine Wendung in die Auseinandersetzungen, denn der Schwiegervater und der Schwager des Dr. Günther hinterlegten eine Kaution von 2 000 Talern, um den Stadtsyndikus aus der bischöflichen

Gefangenschaft freizubekommen. Die Wogen des Aufruhrs glätteten sich jedoch nur scheinbar.

1604 Am 10. Januar setzten die Bürger Liborius Wichard endgültig neben Johann Wennebier zum Bürgermeister der Stadt Paderborn ein. Mit ihnen wählte der Rat Johann Lamberts und Johann Stroip zu Kämmerern. Damit hatte der Fürstbischof zu diesem Zeitpunkt nicht mehr gerechnet.
An einem der nächsten Abende, die winterliche Dämmerung verwischte alles ins Schemenhafte, schreckte ein großer Tumult am Stadttor die Bürger auf. Torwächter hatten den Fuhrknecht Wolfram mit seiner Frau erwischt, als sie ein Kornhaus aufgebrochen und dazu noch von den Feldern die Früchte gestohlen hatten. In einem peinlichen Verhör mit erster Folterung gestand Wolfram seine Taten, auch zahlreiche frühere Diebstähle. Das Geständnis wurde der Universität Marburg vorgelegt, und das Gutachten besagte: Wenn die Angeklagten in einer öffentlichen Gerichtsverhandlung ihre Geständnisse wiederholten, sei der Dieb mit dem Strang vom Leben zum Tod zu bringen, die Frau aber aus Gnade nur der Stadt zu verweisen.
Nach altem Brauch ließen Bürgermeister und Rat die Geständnisse der Angeklagten den bischöflichen Räten zustellen, die in ihrem Antwortschreiben den Termin der Gerichtsverhandlung festsetzten. Aber sie sagten kurz darauf wieder ab, weil sie nicht zur Beurteilung aufgefordert gewesen seien, ob der Dieb der Folter zu unterwerfen sei. Und überhaupt sei das ganze Gerichtsverfahren ein Eingriff in die bischöfliche Gerichtsbarkeit. Durch deren Vorrang konnten nämlich die bischöflichen Räte ihre Freunde verschonen, besonders wenn gegen ihre eigenen Glaubensgenossen oder gegen die Konkubinen der Geistlichen wegen Zauberei oder anderer Hexenstückchen ermittelt werden würde.
Bürgermeister Liborius Wichard ordnete an, daß die Stadtdiener einen neuen dreifüßigen Galgen aufstellen und mit Schiefer decken sollten. Es werde bald ein Urteil ausgeführt.

Noch am Nachmittag fanden sich die Stadträte und die Bürgermeister zur Verhandlung an der Roten Pforte ein. Wichard ging an der Spitze, die Bürgermeisterkette angelegt, ihm voraus der Stadtdiener. Viele Bürger waren zusammengelaufen, darauf gefaßt, tatsächlich das Schlimmste zu hören, als der neue Galgen dastand. Die Büttel schleppten den Fuhrknecht und seine Frau heran. Beide trugen die Hände in Ketten. Ihre Gesichter waren voller Rost, an Wolframs Stirn klebte geronnenes Blut. Seine Kleider hingen ihm nur noch in Fetzen vom Leib. Kaum wurden die Leute der beiden ansichtig, begannen sie zu toben. Eine Stimme

schrie aus der Menge: „Uns Bürgern hat er das Korn aus den Lagerhäusern gestohlen. An den Galgen mit ihm!"
Viele reckten die Fäuste und bückten sich, suchten Steine und warfen nach ihm.
Dr. Günther führte die Verhandlung, er befragte noch einmal den Fuhrknecht nach allen Einzelheiten seiner Taten. Er gab alles zu. Die Torwächter, die ihn mit seinem Diebesgut auf der Fuhre erwischt hatten, wurden als Zeugen befragt. Dr. Günther schlug mit dem Stab auf den Tisch und gebot Ruhe.
„Fuhrknecht Wolfram, da du nicht leugnest, unsere Kornhäuser ausgeraubt zu haben, von deren Inhalt Leib und Leben unserer Bürger in diesen schlimmen Zeiten abhängen, so zerbreche ich dein Leben, wie ich diesen Stab hier zerbreche."
Er warf die Enden des Stabes unter die aufgebrachten Leute, die danach griffen.
„Nach dem Sechs-Uhr-Läuten sollst du von den Stadtdienern zum Richtplatz geführt werden."
„Wenn diese schlimmen Sperren nicht gewesen wären, hätte ich Arbeit und Brot gehabt. Wovon sollte ich denn meine Familie ernähren?" schrie Wolfram verzweifelt.
Die Büttel rissen ihn hoch und schleppten den wild um sich Schlagenden fort.
Die Verhandlung ging weiter, denn seine Frau stand wartend vor dem Gericht.
„Mina, Frau des Wolfram, dich verurteile ich, die Schandsteine aus der Stadt zu tragen. Damit wirst du aus dem Schutz der Mauern gewiesen."
Die arme Frau schrie auf aus Scham und Angst vor ihrem Schicksal, dessen Zukunft im dunkeln lag, wenn sie die gewohnte schützende Umgebung der Mauern verlassen mußte.
Der anwesende Gograf Diekmann bestätigte die Strafen gemäß dem Gutachten der Universität Marburg. Bürgermeister Liborius Wichard erhob sich und verkündete: „Fortan lasse ich zur Abschreckung unehrlicher Bürger etliche Ketten an das Rathaus anbringen. Darin werden diejenigen, die unseren Gesetzen nicht gehorchen, eingeschlossen und zum Gespött in Regen und Kälte stehengelassen." Er drehte sich abrupt um und verließ die Rote Pforte mit schnellen Schritten.

In dieser Zeit mußte Stadtdiener Johann fast täglich in den Gassen die Bekanntmachungen des Rates ausrufen. Rat und Bürgermeister boten alle Männer über 20 Jahre auf, die Befestigungen der Stadt zu verstärken. Eine Gruppe von Männern, hier waren besonders die Zimmerleute eingeteilt, hatten den Eichenwald Primwinkel im Südwesten der Feldmark abge-

holzt, das Holz wurde in die Stadt gefahren. Jetzt konnte sich kein Kriegsvolk mehr im Wald verstecken. Wichard, sich ganz der Stärke seines Amtes bewußt, schreckte nicht davor zurück, zur Durchführung des Transportes die Domherren vorzuladen; sie mußten mit ihren Wagen und Pferden die Baumstämme in die Stadt fahren. Das Holz wurde auf die Mauern gehoben, um noch höhere Bollwerke und Brustwehren zu bauen; diese füllten die Männer mit Erde an und stellten Kanonen darauf.
Mit seinen Begleitern war Liborius Wichard unermüdlich auf den Beinen. Er ließ das schwere Geschütz aus dem Magazin hervorholen. Was noch keine Lafetten hatte, mußte auf Räder gelegt werden, vor allem der „Rote Hund", eine große, eindrucksvoll aussehende Kanone. Nichts ließ er ungetan, um sich auf einen großen Angriff der bischöflichen Truppen vorzubereiten.
Die Anhänger Wichards gingen von Haus zu Haus und trugen eine ansehnliche Menge Erz zusammen. In einer eilig errichteten Werkstatt gossen die Schmiede daraus weitere Geschütze. Der mit den Geheimnissen der Metallegierungen vertraute Tileman Marquart war dabei; er hatte sich schnell durchgesetzt und war zum Meister der Geschützgießer geworden. Der Rat verfügte nach dem Sammelerfolg, daß jedes Haus für die nächste Zeit eine bestimmte Menge Erz abzuliefern hatte.
Um ganz sicherzugehen, setzte Wichard alte Machthaber ab, suchte sich neue aus seiner Anhängerschaft. Eine sichtbare Auszeichnung des neuen Amtsinhabers waren besonders prachtvoll gearbeitete Hellebarden, mit denen er diese Männer als Anführer anerkannte; für sich selbst nahm er einen sehr teuren Spieß, den der Kämmerer aus der Stadtkasse bezahlte. Die Wachen an den Toren und auf den Mauern wurden mit doppelläufigen Musketen ausgerüstet.

Im Hause des Münzschlägers und Geschützmeisters Tileman hatte die Gattin, die kräuterkundige Ilsabein, das Wort.
Sie hatte dem Rat der Stadt einen wichtigen Vorschlag, eigentlich sogar einen großartigen Plan, unterbreitet und war damit im Kreis der Handwerker und Kaufleute bekannt geworden. Eines Tages war sie in das Rathaus gegangen und hatte bei Wichard angeklopft.
„Bürgermeister, ich habe eine gute Idee, um feindliche Reiter abzuwehren."
„Na, Ilsabein, dann laßt mal hören", lächelte Wichard etwas abschätzig.
„Wißt Ihr, Bürgermeister, es gibt so eine Pflanze, man nennt sie ‚Feldmannstreu' oder auch ‚Tripp-Trapp'. Sie trägt lange und spitze Stacheln, und das über den ganzen Stengel hin."
„Und was sollen wir damit, etwa den Graben auslegen?" fragte Wichard ironisch.

„Ach was, Herr Wichard, die sollten wir pflanzen, in einem breiten Streifen vor den Gräben der Stadt. Wer unsere kontrollierten Wege nicht einhält oder sich auf anderem, ja sogar verbotenem Gelände der Stadt nähert, verletzt die Fesseln seines Pferdes, das scheut und wirft den Reiter ab!"
„Donnerwetter, Ilsabein, das ist ja ein vorzüglicher Einfall! Wenn ich mir vorstelle, daß ein ganzes Heer von Reitern damit aufgehalten werden könnte, wenn sie nicht die Wege einhalten!" Wichard mußte sich eingestehen, daß er die Frau doch ganz schön unterschätzt hatte.
„Wir müßten nur bald die Saat auslegen, damit die Pflanzen auch vom frühen Sommer an ihre Wirkung zeigen!"
Der Bürgermeister hatte schon weiter überlegt.
„Alle Reiter müssen über die freien Wege, und darauf richten wir unsere Geschütze. Dann können wir die Bischöflichen ja bestens willkommen heißen!"
Vor Begeisterung hatte sich Wichard auf die Knie geschlagen.
„Ilsabein, das machen wir!"
Von überall her waren Samen der Distel „Feldmannstreu" gesammelt und vor den Stadtgräben ausgebracht worden.

Zwei Trommler marschierten durch Paderborn und schlugen mächtig auf das Kalbfell. Auf den Plätzen rief der Stadtdiener Johann aus: „Im Namen des Stadtrates! Morgen ist auf dem Markt eine große Zusammenkunft. Jedermann hat mit seinen Waffen zu erscheinen."
Liborius Wichard kontrollierte selbst die Waffen, Schmiede brannten Zeichen ein; er verordnete, welche Waffen jeder Bürger besitzen durfte und bereit halten sollte.
Trupp auf Trupp marschierte auf den Platz, der ihm an der Stadtmauer zugewiesen wurde. Der Bürgermeister hatte eine starke Wachtruppe eingesetzt, die morgens und abends mit Pfeifen und Trommeln auf- und abzogen.
Jeden Tag trommelte und pfiff es nun zwischen den Häuserwänden. Wichard, der sich in der Würde seines Amtes sonnte, ließ es sich nicht nehmen, in dieser Begleitung um die Stadtmauer zu gehen, wo er selbst die Wachen kontrollierte. Bei dem ersten Rundgang befahl er, daß sich in jedem Tor ein Ratsherr aufzuhalten habe. Geistliche und Domherren oder ihre Güter dürften bei Leibesstrafe für die Torwächter nicht aus der Stadt gelassen werden.
Einige Bauern fuhren ihre mit Mist beladenen Wagen auf die Felder. Die Torwächter wollten sie passieren lassen. Doch Wichard schrie: „Verdammt noch mal, untersucht die Karren genau. Wer weiß, wieviel Taler die Herren im schwarzen Rock bezahlen, um ungeschoren aus der Stadt

flüchten zu können! Stecht mit den Spießen in die Wagen. Keiner kommt unkontrolliert raus oder rein!"
Die Wächter waren aufgeschreckt und stocherten mit ihren Schwertern und langen Hellebarden im Mist herum.
„Nichts drin, kann passieren!"
Ein Reiter ritt auf das Westerntor zu. Schon von weitem schwenkte er ein Papier. Und wieder fällten die Wächter ihre Spieße. „Halt, wer bist du, woher kommst du, was willst du?"
„Viele Fragen auf einmal für einen Boten des Rates von Salzkotten! Ich will zum Bürgermeister."
Nun zeigte sich, daß die Anweisung Wichards recht besonnen war; der Aufsicht führende Ratsherr konnte die Botschaft in Empfang nehmen und sogleich zum Rathaus bringen.
Wichard las aufmerksam das Papier. „Hier steht eine Warnung, die uns der Stadtrat von Salzkotten schickt. Von der Fahne der Kaiserlichen entlaufene Soldaten ziehen plündernd durch das Land, auch Paderborn soll überfallen werden. Also, eilt zu den Toren und ordnet allerhöchste Wachsamkeit an. Und ich werde sofort weitere Männer mobilisieren, jetzt sollen mir auch die Mönchlein nicht ungeschoren davonkommen."
Und wieder riefen die Trommler eine neue Bekanntmachung aus: „Hiermit ordnet der Rat der Stadt an, bei Androhung von Leibes- und Todesstrafe haben noch heute abend die Geistlichen mit voller Bewaffnung auf dem Markt anzutreten. Der Bürgermeister."
Diesen Spaß wollten sich natürlich vor allem die evangelisch gesinnten Bürger nicht entgehen lassen. Viele neugierige Gaffer umlagerten den Markt, als die Mönche aller Klöster in langen Reihen dastanden. Sie erhielten lange Spieße, und unter dem Spott und Hohn der herumstehenden Bürger mußten sie der Trommel folgen und Marschübungen machen. Kein Orden war ausgenommen, auch die Jesuiten zogen mit Spießen, einige mit Hellebarden und anderen Waffen auf Wache an der Stadtmauer. Sogar die Schüler über zehn Jahren hatten sich an der aufgerichteten Fahne zu versammeln. Sie wurden im Marschieren, Schießen und was sonst noch an soldatischen Übungen notwendig war gedrillt. Handwerker und Händler schauten neugierig aus den Fenstern, traten vor die Häuser. Auch der Krämer Hans Koningh, der von seinem Haus den wunderlichen Aufzug ansehen wollte. Plötzlich knallte ein Schuß, und Koningh stürzte zu Boden. Eine Büchse hatte sich versehentlich gelöst und die Kugel den Krämer getroffen.
Liborius Wichard tobte vor Wut, denn der Zwischenfall war schlecht für sein Ansehen in der Bürgerschaft, denn er war für jede Anordnung verantwortlich, auch für die Übungen der Schüler. Diese wurden sofort eingestellt, und Wichard sann auf andere Hilfe.

Mit Dr. Günther verfaßte er ein Schreiben an den Landgrafen von Hessen in Kassel: „Es ist unerträglich, wenn wir Paderborner Bürger in nächster Zeit von ausländischem Kriegsvolk mit Rauben, Brennen, Brandschatzen überfallen und womöglich auch noch vom Bischof angegriffen werden. Wir bitten um Eure Unterstützung."
Aber der Landgraf lehnte ab. Darauf versuchten Abgesandte, in der Stadt Nieheim Verbündete zu gewinnen – vergeblich. Selbst in der evangelischen Ritterschaft stieß Wichard mit anderen Hilfsgesuchen auf schroffe Ablehnung. Ihnen war nicht entgangen, daß es Wichard nicht in erster Linie um die Verteidigung ihres lutherischen Glaubens ging. Wichard stand schließlich ganz allein gegen den Fürstbischof. So manche Bürger bekamen es nun doch mit der Angst zu tun. Ob es nicht besser war nachzugeben? Vor allem die Wohlhabenden fürchteten, daß ein Kampf mit dem Fürstenberger sie letztlich um Hab und Gut bringen konnte.
Noch aber fieberten die meisten Bürger in der Stadt an der Pader in erregter Anspannung dem Angriff entgegen. Die Anführer predigten den Kampf gegen Fürstenwillkür und zeigten Mut und Willen, ihn durch Waffengewalt in die Tat umzusetzen. Hinter den Mauern rotteten sich Haufen von Bauern, Webern, Schmieden, Brauern, alle Handwerkerämter mit Gesellen und Knechten zusammen. Und Liborius Wichard entschied sich für den Kampf. Der Lärm und das zu erwartende Blut erschreckten ihn nicht. Aus den Gassen wälzten sich immer neue Haufen heran. Musketen und Spieße ragten über den wogenden Köpfen. Die Domherren aber hatten in einem günstigen Moment mit Sack und Pack und all ihren Vermögen doch noch die Paderstadt verlassen können. Jetzt erhob sich in Paderborn die namenlose Schicht derer, die stets vor den Toren des Lebens als Zuschauer gestanden hatte, und ging gegen den Thron ihres Landesherren vor.
Der jedoch nahm die Herausforderung energisch an: Endlich war die Stunde gekommen, den aufsässigen Bürgern und ketzerischen Lutheranern zu zeigen, wer Herr in Paderborn war. Militärisch gut geschulte Landsknechte unter dem Oberst Liaukema zogen einen Belagerungsring um die Stadt. Einige Batterien von bronzenen Feldschlangen standen mit drohend auf die Mauern und Bastionen gerichteten Mäulern, die Tod und Verderben ausspucken konnten, rund um die Stadt verteilt. Die Landsknechtshaufen hatten eine neue Taktik des Fechtens erlernt, die von den Männern auf den Mauern mit bangem Herzen beobachtet wurde. Die Söldner griffen nicht mehr in wirrem Gewühl an, sondern formierten sich zu dichten Reihen, die auf Kommando sofort zum lanzenstarrenden Viereck geschlossen werden konnten. Die Musketiere standen im Schutz der vier Meter langen Spieße und zogen sich nach

ihren Salven sofort hinter den Eisenspitzenwall zurück. Da mochte anderes Fußvolk oder gar die spärlich aufgebotene Reiterei des Rates der Stadt gegen die neun Fuß langen Lanzen anrennen – das Karree trotzte all diesen Anstürmen!

Es war die Nacht vor dem Fest des heiligen Georg. Engelbert Marquart und Stadtfähnrich Hermann Dornemann waren vom Wachdienst abgelöst worden und hatten sich in der kleinen Torstube zum Schlafen niedergelegt. Das Fenster war geöffnet, der erste laue Frühlingswind strich durch die Gassen. Ein Geraune und Gewispere ließ den Fähnrich aufhorchen, bevor er sich auf die Seite drehen wollte. Er stieß Engelbert an, deutete schweigend nach unten.

„Soldaten des Grafen Johannes ...", hörten sie und „... bleiben zu lange aus ... müßten schon lange hier sein."

Leise standen beide auf, schlichen sich ans Westerntor und sahen, daß hier keine Wache mit Hellebarden und Spieß stand. Schlüssel klirrten. Einige dunkle Gestalten schoben den Pförtner vor sich her. Sie hielten ihm ein Messer an die Kehle und gelangten an das Tor. Offenbar wollten sie ihn zwingen, das Schloß zu öffnen.

„Halt, im Namen der Stadt", donnerte der Fähnrich, zog seinen Degen und stürmte auf die Gruppe ein. Engelbert hatte seine Pike gesenkt.

„Zurück, keiner kommt an das Tor!"

Ihre lauten Rufe machten die Wächter auf den Mauern aufmerksam. Fackeln leuchteten herunter, einige Männer eilten ihnen zu Hilfe.

Im gleichen Augenblick dröhnten von außen mächtige Axtschläge an das Tor. Holz splitterte und krachte. Eine gewaltige Explosion ließ die Tore erzittern, die Balken ächzten und bebten. Aber das innere Tor hielt.

„Verdammt, eine Petarde!" rief Dornemann. Eine Bombe hatte das äußere Tor gesprengt.

Dieser Donnerschlag hatte auch den letzten Bewohner von Paderborn geweckt. In den Gassen hörte man das Heulen und Schreien der Frauen und Kinder. Bürgertruppen und Wachen, unter ihnen auch Heinrich Gröninger, liefen auf ihre zugewiesenen Plätze, schossen von oben auf die Soldaten, Schuß auf Schuß krachte unter dem Kommando des Geschützmeisters Tileman aus den Rohren. Wichards militärische Übungen zahlten sich bestens aus. Der war inzwischen am Westerntor eingetroffen und hatte dort das Kommando übernommen.

„Nicht alle nach oben, die zugeordneten Mannschaften bleiben bei ihren Toren und zugewiesenen Stellungen. Wir schaffen das hier allein. Holt einige Balken und verstärkt das Tor nochmals von innen."

Schwere Holzbalken wurden hinter den Flügeln verkeilt. Von oben knatterten die Salven, draußen herrschte ein großes Geschrei. Dann hör-

ten die Bürger oben auf den Mauern ein Kommando „Zurück, alles zurück!“
Langsam wurde es still. „Feuer einstellen!“ ordnete Wichard an, „Munition sparen!“
Fähnrich Dornemann rief von oben: „Ich glaube, die Reiterei hat sich mit allen Fußtruppen zurückgezogen.“
„Wartet noch, bis es hell wird, dann sehen wir vor den Toren nach!“ befahl der Bürgermeister.
Im ersten Morgengrauen sahen sie das Schlachtfeld, auf dem über hundert Soldaten verwundet oder tot lagen. In der Ecke des äußeren Tores lehnte noch eine Fahne. Hermann Dornemann hielt sie stolz und siegesgewiß hoch. Die Verteidiger zogen sich wieder zurück in den Schutz der Mauern.
„Wir haben keine Zeit zu verlieren. Fähnrich, schaff die Fahne ins Rathaus. Achtung, mal herhören, die Männer vom Westerntor befestigen zuerst das Tor neu. Nehmt Holz, Steine und Mist und füllt damit die Zwischenräume auf. Gleich hinter den Toren werden wir Kanonen aufstellen, für den Fall, daß die Feinde doch die Tore sprengen können. Die Schmiede spannen Ketten dahinter, um die Angreifer zu Fall zu bringen.“
„Bürgermeister, Bürgermeister, kommt mal auf die Mauer!“ rief eine Stimme von oben. Eilig kletterte Wichard nach oben. Die Männer zeigten auf das Feld vor den Stadtmauern:
„Dahinten im Land stehen Trupps von Bauern. Aber da unten“, einer zog ihn an den äußeren Rand der Brustwehr, „da unten liegen viele, viele Tote herum. Und wenn die Bauern auf bischöflichen Befehl gegen die Stadt ziehen, dann gibt es weitere Tote!“
Von Nordwesten kamen Reiter herangejagt, sie hielten eine flatternde Fahne, und der Trompeter blies ein Signal.
„Wir fordern Euch auf, uns für Verhandlungen in die Stadt zu lassen!“ verlangte der Anführer ebenso anmaßend wie drohend.
Kaum wurde das unten in den Straßen und Gassen bekannt, liefen die angesehensten Bürgerfamilien und deren Anhänger zusammen und setzten sich sehr dafür ein, den Bischof oder seine Räte einzulassen: „Der Bischof wird uns bestrafen oder hohe Geldbußen verhängen!“ ließ sich auch der besorgte Bildhauer Gröninger vernehmen. Zwei Kämmerer gingen mit den Unterhändlern nach Neuhaus und kamen nach einigen Stunden zurück. Den ängstlich lauschenden Bürgern sagten sie, der Bischof werde die Stadt mit großem Truppenaufgebot erobern und keinen Menschen schonen. Wenn sie ihm aber freiwillig die Tore öffneten und die Stadt übergäben, werde er niemandem Schaden zufügen. Diejenigen, gegen die er gerechten Grund zur Klage habe, werde er nach Recht und Gesetz belangen.

Diese harte Drohung verfehlte ihre Wirkung nicht. Ihr Leben, ihr Vermögen für Wichard opfern – vor allem die reichen Bürger Paderborns mochten daran gar nicht denken. Auch viele, die Wichard bisher glühend bewundert hatten und ihm gefolgt waren, nutzten nun die wohl letzte Gelegenheit, vielleicht doch noch heil davonzukommen. In aller Heimlichkeit vereinbarten die Verräter, an ihrer Spitze Anhänger der abgesetzten Bürgermeister, am folgenden Montag dem Bischof die Stadt auf Gnade und Ungnade zu übergeben, dem Grafen von Rietberg die Tore zu öffnen und Wichard lebendig auszuliefern.

Fürstbischof Dietrich hatte geschickt taktiert, die Zusicherung des Bischofs, die Stadt zu schonen, nicht eher ausgegeben, bis der Graf von Rietberg mit den Soldaten am Montagmorgen vor dem Stadttor aufgezogen war.
Hohe Zeit der Abenteurer und Marodeure! Paderborn – das bedeutete für sie reiche Beute zum Brandschatzen! Die Rietbergschen Reiter zeigten gute Laune; auch aus dem Lager der Fußtruppen drang trunkener Gesang und das Kreischen von Dirnen. Schnauzbärtige Landsknechte im bunten Dolman, die Pistolengurte gelockert, die krummen Säbel griffbereit, lagen im Schein der Feuer und wärmten sich an diesem kühlen Morgen. In der Mitte stand eine Trommel, der Platz wurde an die Spieler vermietet, die sich so die Zeit bis zum Angriff vertrieben. Ein Mann hockte breitbeinig daneben, mit einem kräftigen Stock in der Hand: Wehe, wer falsch spielte, Streit anfing oder gar zur Waffe griff! Sie kümmerten sich nicht um die waffenstarrende Mauer, die Schlünde der auf sie gerichteten Kanonen, als ginge sie das gar nichts an.
Flaschen gingen von Mund zu Mund, stark gewürztes Fleisch wurde halb roh verschlungen – die Bauern hatten alles Federvieh, alle Schweine und Kühe abliefern müssen.
Auf der Trommel rollten die Würfel, gierige Augen folgten ihrem sinnlosen, unberechenbaren Tanz. Sie wirbelten dahin, dorthin, wie eine unsichtbare Hand es wollte, und ihr Tanz bedeutete Gewinn, Verlust, Reichtum und in diesen Zeiten häufig Blut und Tod.

In den frühen Morgenstunden war Kurt Reineke zum Bürgermeister Wennebier geeilt und hatte ihn genötigt, Wichard und die anderen Ratsherren in das Rathaus zu holen. Es gebe etwas Dringendes für die Verhandlungen in Neuhaus zu besprechen.
Im Rathaussaal merkte Bürgermeister Wichard rasch, daß dieses Treffen eine Falle war. Voller Wut nahm er den Pokal und warf ihn gegen die Wand. Bertold Cleves trat auf ihn zu und schlug ihn ins Gesicht. Mehrere ehemalige Ratsherren wie Schwertfeger, Grube, Scof und Stam mit

ihren Konsorten rissen Wichard aus dem Ratsstuhl, schlossen den eigenen Bürgermeister mit einer Kette an einen Pfosten und hielten ihn mit gezogenen Degen und gezückten Dolchen in Schach.

Von draußen drang Geschrei durch das Rathausfenster. Anhänger Wichards hatten sich dort versammelt, wollten ihren Bürgermeister dringend sprechen. Denn an den Mauern war Unruhe entstanden, Musketenschüsse krachten, es wurde von Verrat gesprochen.

Inzwischen hatten die Verräter den Truppen des Bischofs die Einlaßpforte des Stadttores geöffnet, durch das die Soldaten in die Stadt quollen. Verzweifelt versuchten die Anhänger Wichards, diese auszuschalten und das Tor wieder zu schließen. Oberst Liaukema kämpfte an der Spitze seiner Hellebardiere. Mit breiten Schultern schob er sich, Degenstreiche austeilend, in die Menge. Sein Haar flatterte wild über dem weißen Kragen auf seinem bunten Rock. Die wütenden Verteidiger bedrohten ihn mit Spießen, die sie gegen das bischöfliche Wappen auf seiner Brust richteten. Die Torwache wich zur Seite, gab den Weg in die Stadt frei. Brüllend toste es vorbei: verzerrte, zornrote Gesichter, fanatisch glühende Augen, schwitzende, nach Wein dunstende Körper, schreiende, aufgerissene Münder der Reiter, die ihre Karabiner und Büchsen schußbereit hielten, die Musketiere, viele hundert, eine Sintflut von Rebellen und Landsknechten vermischte sich. Unter ihnen die Verräter, die aus dem städtischen Gefängnis ausgebrochen waren. Die ersten Verwundeten sanken zu Boden, wurden überrannt, schleppten sich zur Seite, in die Hauseingänge.

Die Rotten fanden oben im Rathaus die verhaßten Stadträte um den Bürgermeister Wichard geschart, den seine Anhänger in der Zwischenzeit von den Ketten befreit hatten. Der Saal quoll über von den Nachdrängenden. Waffen klirrten; die Luft war heiß und stickig. Die beiden Rädelsführer, Dr. Günther und Liborius Wichard, beschimpften die Bischöflichen mit kräftigen Ausbrüchen ihres Zorns.

Der totenbleiche Bürgermeister raffte sich noch einmal auf, eilte auf den Grafen von Rietberg zu, packte ihn ans Samtwams und gellte mit überschlagender Stimme: „Verräter an meinen Bürgern!"

„Der Rebell wird gerichtet in diesem Land!" entgegnete der Graf kalt. „So ist's alter westfälischer Brauch. Packt den Mann!"

Wichard wurde von Fäusten gefaßt und die Treppe hinabgestoßen.

Der Richter schloß ihn an die vor dem Rathaus hängenden Ketten. Die Verräter beugten sich über ihn und fesselten ihm sogar die Füße. Hofmeister Westphal, Drost von Plettenberg und andere, die hinzugetreten waren, bedachten ihn mit Schimpfworten und stießen Schimpftiraden aus.

Die Gunst der Menge schlug um. Rasch schloß sich der Pöbel dem Sieger an. Pfaffenweiber, Papisten spuckten ihm ins Gesicht, die Soldaten rissen seinen Hut vom Kopf und setzten ihn mit dem Spieß oben auf den Pranger. Zwei Tage und eine Nacht ließ man Wichard dort stehen. Trotz vieler Bitten gab man ihm nichts zu trinken. Man führte die ebenfalls ergriffenen Ratsherren aus der Partei Wichards, den Bürgermeister Wennebier und den Kämmerer Lamberts, vorbei. Sie wurden in die Gefängnistürme geworfen.

Im Schloß Neuhaus schallten die Stimmen der zahlreichen adeligen Herren, die dem Ruf des Fürstbischofs Folge geleistet hatten. Reitknechte mit den aufgestickten Wappenbildern in den Farben der ältesten westfälischen Geschlechter warteten bei den Pferdebarren, wo die Pferde angepflockt waren. Am Schloßtor wurde strenge Kontrolle durchgeführt, bischöfliche Reiter versahen den Wachdienst.
Der Bruder des Fürstbischofs konnte ungehindert passieren. Ruhig trat der Diplomat und Ratgeber in das fürstbischöfliche Gemach und folgte dem vorausschreitenden Lakaien. Zwei Hellebardiere, vollständig gerüstet, den Helm auf dem Kopf, schlossen sich an. Der Weg führte durch einen weißgetünchten Korridor mit hohen Fenstern; an der Wandseite waren Spiegel, in den Zwischenfeldern glänzten Silberleuchter matt, auch Jagdtrophäen und Kupferstiche hingen dort. Durch diese Galerie war der Fürstbischof in ruhigeren Zeiten gern gewandelt – wenig genug hatte es davon gegeben. Weiter ging es durch ein Kabinett in das Arbeitszimmer Dietrichs von Fürstenberg. Die Brüder begrüßten sich.
„Caspar", begann der Bischof ohne Umschweife, „der Graf von Rietberg hat gestern die Meldung geschickt, daß die ungehorsame und aufrührerische Stadt Paderborn mit dem verdammten Wichard an der Spitze in unserer Gewalt ist. Oberst Liaukema wird für eine gute, dauerhafte Ordnung sorgen. Wie soll es weitergehen, lieber Bruder?"

Oft schon hatte Caspar in diesem Zimmer gestanden, wenn guter Rat teuer war. Auch jetzt war sein Rat eindeutig: „Es gibt gar kein anderes Urteil als den Tod!"
Der Fürstbischof nahm ein Messer vom Schreibtisch und hielt es hoch: „Der Oberst hat mir einige eroberte Spieße und dieses scharfe Messer geschickt. Das trug Wichard bei sich. Vielleicht hatte er die Absicht, sich selbst, bevor er sich ergeben würde, zu töten. Liaukema hat es ihm bei seiner Verhaftung abgenommen."
Die Lippen des Bruders wurden schmal, hart, unerbittlich.
„Keine Gnade, Dietrich, richte den Verbrecher hin. Ich erbitte mir die Wehr und Waffen zur dauernden Erinnerung an diese Rebellion!"
Sein Bruder übergab ihm die Spieße und das Messer und läutete nach ei-

nem Schreiber. Dann diktierte er: „Jener Liborius Wichard, welcher mit boshafter Verräterei gehandelt, soll nach alter Gewohnheit durch Vierteilung zum Tod gestraft werden. Einen solchen Missetäter könnte man erstlich auch köpfen und danach den Leib zu vier Stücken schneiden und verhauen. Diese vier Teile sollen auf vier Wegstraßen öffentlich gebracht und aufsteckt werden. Die Richter sollen das Urteil nach Gelegenheit der Tat ermessen und danach bestimmen."

Paderborn war durch die Sturmzeichen der Verurteilung wachgerüttelt worden. Am Westerntor hatte sich eine beinahe unübersehbare Menschenmenge versammelt. Alle wollten Augenzeugen der Hinrichtung Wichards sein. Der Bischof wartete schon drei Stunden, hatte bereits zweimal Boten mit dem Befehl an die Richter geschickt, sie sollten den Bürgermeister ohne weiteres Urteil recht schnell herausbringen. Das Richterkollegium bestand aus dem Gografen Gerhard Diekmann sowie aus zwei Vertrauten des Bischofs, dem Drosten zu Boke, Hunold von Plettenberg, und dem Neuhäuser Rentmeister Cort Thorwesten.

Dietrich von Fürstenberg stand in einem Garten nahe dem Tor halb verborgen hinter einem Busch, von hier aus wollte er dem letzten Gang Wichards zusehen. Aus einem der engen Gäßchen, die sich rings in die Stadt verästelten, schritten in langen schwarzen Mänteln die Richter. Ihnen folgten, ebenfalls in Schwarz gekleidet, die Henker, darauf die Totengräber. Dumpf tönte das „Misericordia", kläglich schepperte das Glöcklein vom Turm der Abdinghofkirche – die Armeleute-Sterbeglocke. Dann quietschten und rumpelten die schweren Räder des Schinderkarrens über die Kopfsteine. Der verurteilte Bürgermeister stand aufrecht, hielt sich an dem Gestänge fest. Seine Augen loderten in die gaffende Menge, als suchten sie jemand.

Plötzlich entdeckte Wichard den Bischof und schrie: „Komm, Bischof Dietrich, und sauf dich an meinem Blut satt, wonach du schon lange Durst hattest."

Der kämpferische Bürgermeister hatte verloren, die Sache der Bürger gegen den Bischof war verspielt.

Oben vom Schafott wurde das Todesurteil verlesen: „In der Strafsache zwischen der fürstlich-paderbornischen Regierung als Ankläger einerseits und dem Angeklagten Liborius Wichard andererseits wird durch die Richter und Beisitzer des Hohen Peinlichen Gerichts aufgrund der Klage, der Verteidigung und des Geständnisses des Angeklagten sowie aller anderen vorgebrachten Sachverhalte zu Recht erkannt, daß Wichard wegen der von ihm eingestandenen hochstrafbaren Verbrechen gemäß der Peinlichen Halsgerichtsordnung ihm zur Strafe und anderen zum abschreckenden Beispiel durch seinen ganzen Leib in vier Stücke

zerschnitten, zerhauen und so mit dem Tode bestraft wird. Diese Stücke werden nebst dem Kopf an die fünf Tore dieser Stadt Paderborn öffentlich gehängt und gesteckt."
In der großen Menschenmenge wisperte und raunte es, als der Verurteilte in Begleitung von Priestern auf die hölzerne Erhöhung stieg. Wichard beichtete und erhielt die Lossprechung. Eine gespenstische Stille legte sich über die Gerichtsstätte, nur das Säuseln des Windes war zu hören, ein Schwarm dunkler Vögel sang die Todesmelodie mit heiserem Gekrächze.
Auf dem Platz „Auf der Kirmes" vor dem Westerntor, sonst Ort des Jahrmarktes, zog er selbst willig seine Kleidung aus, soweit man es gestattete. Nur angetan mit einer Hose fiel er auf die Knie, bekreuzigte sich und begann mit lauter Stimme zu beten: „Vater unser, der du bist im Himmel ..." Leise stieg aus der versammelten Menschenmenge ein mitgemurmeltes „... und vergib uns unsere Schuld, wie auch wir vergeben unsern Schuldigern ..."
Dann schloß er noch das „Ave-Maria" an und sprach mit besonders lauter und starker Stimme: „Heilige Maria, Mutter Gottes, samt allen Heiligen Gottes, bittet für mich armen Sünder, jetzt und in der Stunde meines Todes. Amen!"
Kaum hatte er „Amen" gesagt, faßten ihn die Henkersknechte und banden ihn auf dem Tisch fest. Als ein Priester fragte, ob er katholisch sterben wollte, antwortete er deutlich und mit fester Stimme überraschend mit „Ja". Er rief mit lauter Stimme: „Herr Jesus, nimm meinen Geist auf!"
Dann wurde ihm sein Glied abgeschnitten, der Bauch aufgerissen, entweidet und das Herz um das Maul geschlagen. Die Henker hauten seinen Leib kreuzweise in vier Stücke. Schweigend begaffte die Menge dieses grausame Schauspiel. Schließlich zerlief das Volk totenstill in die Gassen; die Haustüren schluckten die Menschen schweigend.
Lange hingen die vier Leichenteile auf den Spießen an den Toren. Der Wind ließ die Haare auf dem Totenschädel, der auf einer weiteren Stange aufgesteckt war, flattern.

1606 In Paderborn war wieder Ruhe eingekehrt. Die Bürger hatten sich notgedrungen mit dem Verlust ihrer Freiheit abgefunden. Bischof Dietrich gelang es nach und nach, große Teile der Paderborner Bevölkerung für den katholischen Glauben zurückzugewinnen. Dies geschah keineswegs nur gewaltsam, seine Sorge um das würdige Spenden der Sakramente und den tadellosen Lebenswandel der Pfarrer gewann der katholischen Kirche viel der verlorenen Anerkennung zurück. Die von ihm geförderten Jesuiten leisteten dabei ihren Beitrag durch Lehre, Predigt und prächtige geistliche Spiele, die großen Eindruck auf die Menschen machten. Zwar kehrten einige evangelische Bürger ihrer Heimat den Rücken, aber viele protestantisch Gesinnte lebten selbst nach seinem Tode in den Mauern Paderborns. Im Reich aber gerieten Evangelische und Katholische immer wieder aneinander, standen sich in den folgenden Jahren unversöhnlich in zwei politisch-militärischen Bündnissen gegenüber: der protestantischen Union und der katholischen Liga. Auch die Nachrichten und Gerüchte aus dem übrigen Europa stimmten nachdenklich: Irland kapitulierte vor den Engländern und wurde vollständig unterworfen. In England, jenseits des Kanals, starb die Königin, eine Verschwörung wurde aufgedeckt, der Rädelsführer hingerichtet. In Siebenbürgen und Ungarn brachen Aufstände los. In Rußland trat ein falscher Zarewitsch auf. Beinahe überall in Europa gärte und brodelte es.

Bischof Dietrich war nicht nur Hirte, sondern auch Fürst der Welt, prachtliebender Gönner von begnadeten Künstlern. Aus der Werkstatt des Bildhauers Gröninger klangen wieder die Schläge, die den Meißel über den Stein trieben. Nach dem Tod seines Vaters hatte Heinrich eine Zwischenwand im Haus entfernt, der Raum war höher und größer geworden. Nach Süden hatte er neue Fenster eingesetzt, die noch mehr Licht für die Arbeit brachten. Aber es war dennoch nur Behelf, so eine richtige weite Halle wäre schon das Rechte gewesen! Er hatte wieder die Worte des Bischofs im Ohr, daß er einen großen Auftrag für Apostelfiguren im Dom erhalten sollte. In den Wirren der letzten Zeit war daran nicht mehr zu denken gewesen. Grabplatten und nochmals Grabplatten, das war das Geschäft gewesen, mit dem er sich hatte über Wasser halten müssen. Versonnen nahm Heinrich Kohle und Papier zur Hand, entwarf diese und jene Figur, machte eine Anzahl schneller Striche, zauberte Arme und Beine unter die fallenden Gewänder und ließ Augen aus ovalen Gesichtern schauen.

Hinten im Raum saß sein jüngerer Bruder Gerhard und übte mit dem Schariereisen, eine Säule zu runden. Antonius oder Anton, wie er seinen Gehilfen kurz rief, arbeitete an einem Rahmen, in dem mit Schlegel und Eisen das Bild eines seligen Verstorbenen entstehen sollte. Trotz seiner kühnen Träume hatte Heinrich Gröninger immer noch ein kleines Bildhaueratelier.

Aber er sollte sich bald die ersten Lorbeeren verdienen können, denn der Domdechant Arnold von Horst hatte mit den Erträgen aus Geldern für die Teilnahme an der Fronleichnamsprozession sein Versprechen wahr gemacht und für den Dom zwölf Apostelstatuen gestiftet. Für die-

sen steinernen Einzug der Apostel in den Hohen Dom standen mehr als 100 Taler zur Verfügung.
Heinrich zeichnete, plante und entwarf unermüdlich. Die Wände seines Ateliers waren über und über mit den Entwürfen gespickt, die eines Tages vom Fürstbischof und vom Domdechanten mit einigen Herren des Domkapitels im Bischofspalais begutachtet wurden.
Heinrich Gröninger hatte die Entwürfe auf Staffeleien befestigt und an die hohen Fenster des Audienzsaales gerückt. Still waren die Herren von Skizze zu Skizze gegangen, jetzt traten sie von den Blättern zurück.
„Meister Gröninger, wir wollen Euch den Auftrag erteilen. Wie lange werdet Ihr brauchen, um alle zwölf Figuren zu vollenden?" fragte ihn Arnold von Horst.
„Nun, wir haben hier die Entwürfe, aber ich muß sie in den Stein übertragen. Die Apostel müssen heraustreten, langsam, es darf keine Eile geboten sein."
„Seine Durchlaucht, Fürstbischof Dietrich, wollte eigentlich die Figuren mit ihren Attributen bestimmen. Aber wir sind allesamt der Meinung, daß Ihr die Charaktere der Heiligen gut getroffen habt."
Der Fürstbischof mischte sich ein: „Ich habe schon gesehen, daß Ihr einige Vorbilder von Kupferstichen des Jacques de Gheyn benutzt habt, die auch in meiner Galerie hängen! Vergeßt aber nicht, die einzelnen Artikel des Apostolischen Glaubensbekenntnisses anzubringen!"
„Und mein Namensschild und Wappen als Stifter unter jeder Konsole!"
„Hochwürdigste Herren, erlaubt mir, zu sagen, daß es üblich und Sitte ist, Vorbilder aus Bildern zu entnehmen, die andere Künstler in Kupfer gestochen haben. Aber bei genauem Vergleich werden die Herren doch meine eigene Handschrift feststellen!"
Die Domkapitulare schmunzelten, als sie diese selbstbewußte Rede hörten. Der Bildhauer nutzte die zufriedene Stimmung und stieß gleich nach: „Durchlauchtigster Herr Fürstbischof, gnädiger Herr Domdechant, erlaubt mir, an dieser Stelle nach dem Lohn zu fragen, ich muß manchen Steinblock einkaufen und noch den einen oder anderen Gesellen sowie zwei weitere Arbeiter einstellen, die den Stein vorbereiten."
Das war kühn – sogar anmaßend! Aber Gröningers Kunstfertigkeit hatte sich herumgesprochen, er war ein freier und schon recht angesehener Künstler. Da konnte er Forderungen stellen, wenigstens aber nach dem Lohn fragen.
„Also ich werde Euch", die Stimme des Bischofs zeigte deutlich Verärgerung, „für jede Figur gut, ja sehr gut bezahlen, das macht für zwölf heilige Apostel eine stattliche Summe an Talern. Davon erhaltet Ihr jetzt gleich zu unserem Abschluß ein Drittel. Sagen wir, wenn der sechste Apostel fertiggestellt ist, bekommt Ihr ein weiteres Drittel der Summe

und nach Abschluß und Aufstellung aller Skulpturen das letzte Drittel, einverstanden?"
Was blieb Heinrich anders übrig, als mit dem Kopf zu nicken und so sein Einverständnis zu zeigen?

In seiner Werkstatt am Gierstor baute er den Zeichentisch um, dicht bei der Tür sollte er stehen, Licht von den Fenstern und vom Oberlicht bekommen. Bei benachbarten Schmieden bestellte er weitere Meißel. Die Schlägel fertigte er selber. Dann fuhr er mit einem Pferdegespann los, um Sandsteinblöcke rund um Paderborn einzukaufen. Wenige Wochen später begann ein eifriges Hämmern.
„Anton!" rief Heinrich seinem Gehilfen zu, „hier sind die Maße für die ersten sechs Figuren. Laß mal immer zwei und zwei vorbereiten, schneller kann ich die Herren aus dem Heiligen Land auch nicht nach Paderborn zaubern!"
Anton heftete das Papier mit den Maßangaben an die Schuppenwand und winkte den Gehilfen, um mit Eisenstangen die mächtigen Steinblöcke zu bewegen.
Nach wenigen Tagen rollten sie den ersten vorbereiteten Steinblock in die Werkstatt. Mit gedrehten Seilen, die über verschiedene Rollen liefen, zogen sie ihn in seine senkrechte Stellung und sicherten das Werkstück mit festgekeilten Balken. Heinrich setzte das Spitzeisen an, um die Fläche zu bearbeiten, aus der später der Arm wachsen sollte, der einen mächtigen Folianten halten würde. Gröninger konzentrierte sich auf diese linke Seite der Skulptur. Langsam wanderte sein Eisen nach rechts, um eine weitere erhabene Partie der Figur, die Hand mit dem Schlüssel, zu markieren. Schon am Abend deuteten sich die Faltenwürfe des Gewandes an. Später würde er das Gesicht schaffen. Jetzt gab er der linken Seite mit der Bibel das Übergewicht, hieb den langgestreckten Arm in noch grober Form heraus, ging um den Block herum, um die Ausbildung der seitlichen und rückwärtigen Konturen vorzunehmen.
Immer wieder schob er die Schutzmaske aus feinem Drahtgeflecht nach oben, trat ein paar Schritte zurück, ging zur Seite, mal nach rechts, mal nach links, prüfte mit schief gelegtem Kopf seinen entstehenden Petrus genauestens aus jedem Blickwinkel.
In Sandstein arbeiten heißt den Stein wegzunehmen. Es vergingen Wochen und Monate intensiver Arbeit. Während sich Paulus, Johannes, Thomas und alle anderen Apostel aus dem Stein schälten, blitzten Heinrich Gröninger immer neue Gedanken, Ahnungen, Einfälle für die Einzelheiten durch seinen Kopf. Manchmal war es ein Risiko, das Buch auf ein angehobenes Knie aufzusetzen, das Tuch über der Hand des Matthias zu erarbeiten, den gestreckten Arm des Philippus herauszuschla-

gen und den wallenden Bart des Simon haarfein und leicht erscheinen zu lassen. Oft unterbrach er die Arbeit, lief ein paar hundert Meter über den Wall, ja hin und wieder auf die Hochfläche hinaus, schaute in den Himmel. Dann stürzte er sich erneut in die Arbeit. Vorsichtig mußte er sein, damit der Stein nicht wegsprang, die getane Arbeit nicht umsonst war. Er zwang sich immer wieder, langsam, behutsam vorzugehen, nach einigen Schlägen eine Besinnungspause einzulegen, zu schauen, zu prüfen! Manchmal stieg er sogar des Nachts aus dem Bett, entzündete eine Öllampe, stellte viele dicke Kerzen ringsum auf den Boden der Werkstatt und ging einem Einfall nach, der ihm soeben gekommen war. Nicht lange, denn diese Arbeit ermüdete ihn schnell. Aber seine Idee war angerissen, vielleicht sogar umgesetzt. Dann sank er wieder in einen traumlosen, tiefen Schlaf und konnte am nächsten Morgen mit frischer, oft wilder Kraft weiterarbeiten.

Eines Abends klopfte es an die Werkstattür, und der Goldschmied Engelbert Marquart trat ein.
„Dich sieht man ja überhaupt nicht mehr in der Ratsschenke, Heinrich!"
„Ja, Engelbert, schau dich um, da stehen die ersten sechs Apostel fertig. Morgen werden sie zum Dom gebracht, und – dann klingelt das Geld im Beutel!"
„Hast einen tollen Auftrag bekommen, war aber auch nötig, nach diesem Bürgeraufstand gegen den Bischof."
„Junge, das hätte aber auch ins Auge gehen können. Du warst ja auch einer von den Gefolgsleuten des Wichard, aber das ist jetzt aus und vorbei! Wenn du willst, treffen wir uns am Sonntag nach dem Hochamt in der Schenke. Das neue Starkbier wird gezapft!"
„Ist versprochen, Heinrich. Aber ich habe noch ein Anliegen."
„Nur heraus mit der Sprache, wo drückt der Schuh?"
„Nichts drückt, im Gegenteil, ich habe endlich auch zwei schöne Aufträge. Für den Fürstbischof soll ich eine Prunkrüstung anfertigen."
„Oh, das ist sicher eine besonders lohnende Arbeit?"
„Klar, Bischof Dietrich zahlt gut. Aber ich bin doch ein wenig unsicher, wie ich den Entwurf machen soll. Und da wollte ich dich bitten, mir ein wenig zu helfen?"
„Also eigentlich habe ich überhaupt keine Zeit. Du hast ja gesehen, sechs von den Aposteln sind fertig, sechs fehlen noch. Und warten lassen darf ich den Bischof und das Domkapitel nicht!"
„Ich weiß, aber wer – wenn nicht du – könnte mir sonst zur Hand gehen? Gibt es nicht einen Abend oder vielleicht einen Nachmittag, wo wir einige Entwürfe anlegen könnten?"
„Wart mal, ich werde den Anton mit den beiden Gehilfen nach Anröch-

te und nach Tudorf schicken, um die nächsten Sandsteinblöcke zu holen. In der Zeit müssen wir aber fertig werden, Engelbert!"
„Gut, wenn wir uns ranhalten, schaffen wir's!"
Heinrich Gröninger wollte natürlich mehr über den Auftrag erfahren.
„Und was will der Bischof mit der Rüstung? Hoffentlich muß ich dir bei der anderen Arbeit nicht auch noch helfen?"
„Nee, Heinrich, das ist mein Fach. Ich soll für den Rat den Deckel auf dem großen silbervergoldeten Pokal ausbessern. Weißt du, den hat der Wichard doch voller Zorn gegen die Wand gedonnert, als die Verräter ihn festnahmen!"
„Ja, und die Rüstung?"
„Viel hab' ich nicht mitbekommen bei dem Gespräch, aber der hohe Herr meint, so eine Rüstung für alle Fälle könne ja nicht schaden. Wer wisse schon, was sich noch zwischen den Lutherischen und Katholiken zusammenbraute!"
„Na ja, Engelbert, hast ja erlebt, wie das hier ausgegangen ist. Vielleicht ist es gar nicht so falsch, ein paar Waffen und einen Helm im Hause zu haben. Paß auf, Samstag mittag komme ich in deine Werkstatt, und dann fertigen wir ein paar Entwürfe an. Wollen doch mal sehen, daß wir den durchlauchtigsten Herrn auch mit einer Rüstung zufriedenstellen."
Die beiden verabschiedeten sich, nicht ohne ihr Versprechen zu bekräftigen, nach getaner Arbeit am Sonntag dem Starkbier mal ordentlich zuzusprechen. Gerade Heinrich hatte sich bei seiner monatelangen Arbeit kaum noch nach draußen begeben und alle seine Freunde stark vernachlässigt.

Große Zufriedenheit zeigte sich, als Heinrich Gröninger auch die zweite Serie der zwölf Apostel im Dom ablieferte. Nicht nur, daß der Domdechant ihm noch 100 Taler extra zahlte, weil er pünktlich und sehr, sehr schön gearbeitet hatte, nein, es wartete eine besonders freudige Nachricht auf ihn.
Es hatte zwar einige Jahre gedauert, aber Dietrich von Fürstenberg hatte Wort gehalten und tatsächlich für den Bildhauer eine neue Werkstatt gefunden. Zwei Häuser an der Nordseite des Domes standen nun Gröninger als Wohnung und Werkstatt zur Verfügung. Er lernte Maria aus Münster kennen. Sie war die Tochter des Malers Kilian Wegewarth und mit der Frau des Buchdruckers Pontanus verwandt, den man aus Münster nach Paderborn geholt hatte.
„Man muß sich heraushalten, Meister", sagte der alt gewordene Famulus Anton zu seinem Arbeitgeber, dem inzwischen reich und über die Stadtgrenzen hinaus bekannt gewordenen Bildhauer Heinrich Gröninger, „niemand kann sagen, wer am Ende siegt; denn nicht nur der Fürst-

bischof und unser Domkapitel sind stark, auch die Evangelischen, und wir Bürger erwerben immer mehr Rechte."
Anton arbeitete gerade eine Schmuckborte für einen Portalaufsatz, die er nach einem Plan des Meisters ausführte. Heinrich Gröninger hatte kaum auf das Gerede seines Gehilfen gehört; seine Gedanken drehten sich um andere Dinge. Sorgen, geschäftliche Überlastung, Verwicklungen in höfische und politische Angelegenheiten bedrückten ihn, und sein reger Geist suchte ständig Auswege.

1612 war ein Jahr für den fleißigen und begabten Bildhauer: Der Dompropst ernannte Heinrich Gröninger zum „Dombildhauer"; er erhielt ein Stablehen. Das bedeutete, als Bildhauer im Dienst des Domkapitels zu stehen, gewissermaßen eine Hofstellung. Heinrichs Selbstbewußtsein stieg, und er scheute nicht, sich in eine Auseinandersetzung mit dem Rat der Stadt einzulassen. Er wußte sich energisch durchzusetzen, und zum Schluß wurde er als „abgehobener Künstler" betitelt und war damit von städtischen Steuern befreit. Die Werkstatt mit einem Dutzend Gesellen und Gehilfen lieferte jetzt in alle Himmelsrichtungen: Grabplatten, Portale, Altäre, Skulpturen, Brunnen und alles, was zu einem vornehmen Bauwerk gehörte. Und kein Ende der Aufträge war abzusehen, alle Welt wollte von Gröninger etwas in Stein gehauen haben. Fleißig tanzten die Meißel über die Steine. Meisterin Maria brachte einen Korb mit Brot und Käse in die Werkstatt. Die Lehrjungen setzten Kannen mit frischem Brunnenwasser dazu. Eine Weile kauten sie schweigend. Aber der Altgeselle trug sein Herz auf der Zunge. Lange konnte er nicht schweigen.
„Und ich sage euch", durchleuchtete Anton mal wieder die Lage der Welt, „für uns Bürger von Paderborn, für uns Steinmetzen gibt es nur eine Vorsicht: sich heraushalten, Geld verdienen, nicht rechts und nicht links schauen, fleißiger Handwerker und guter Katholik sein – aber kein Kriegsgeschrei erheben und sich nicht nach vorn drängen ..."
„Bist ein alter Esel, Anton!" antwortete Gröninger, „ein Katholik weiß, auf welche Seite er gehört!"
Der Gehilfe blickte betreten zu Boden.
„Freilich", sagte er, „was den Glauben angeht, hast du recht, hundertmal recht! Bei den Protestanten haben wir Bildhauer und die Maler nichts verloren und nichts zu gewinnen. Hat man nicht erzählt, daß die calvinistischen Barbaren im Veitsdom zu Prag mit Axt und Säge gehaust haben, weil sie alles Bildwerk verdammen?"
Gröninger durchschritt die Räume seiner großen Bildhauerwerkstatt, wo an den Zeichentischen die Entwürfe lagen, die Gesellen mit dem Rankenwerk und Ornamenten beschäftigt waren. Manchmal fuhr er da-

zwischen, wenn der Meißel nicht recht geführt wurde, kritisierte, aber er feuerte auch an und lobte. Vor allem, damit der Hochaltar für die Kolleg- und Universitätskirche St. Johannes pünktlich fertiggestellt wurde. Ganz hinten in der Werkstatt saß sein kleiner Sohn Johannes und schlug mit einem Hammer auf einen Stein. Zärtlich nahm der Vater den Kleinen hoch und strich ihm liebevoll über das Haar.
„Du wirst es schon lernen, mein Sohn, da bin ich sicher, so wie du den kleinen Hammer und den Meißel führst."
„Ja, Papa, ich will auch Figuren in die Steine hauen!"
„Natürlich, Johannes, eine Lehre machst du, irgendwann bist du dann bei mir Geselle, und dann sehen wir mal weiter ..."

Mit dem Ausbau der Stadt Paderborn ging es weiter voran. Nachdem 1612 der Grundstein zu einem neuen Gymnasialgebäude, dem Gymnasium Theodorianum, gelegt worden war, begannen bald die Vorlesungen in Philosophie und später in Moraltheologie. Mit berechtigtem Stolz aber betrachtete Dietrich die von ihm gestiftete und von ihm feierlich 1616 ihrer Bestimmung übergebene *Academia Theodoriana*, die erste Universität in Westfalen, von Jesuiten geleitet, als die Krönung seines Episkopates.
In den Straßen der Stadt liefen die Scholaren, hinter ihnen ein Rudel zerlumpter Knaben von zehn bis vierzehn Jahren, die „Schützen", Lehrlinge der Herren Scholaren. Manche vorüberschreitende Bürgersfrau warf den armen Pennälern mitleidige Blicke zu, wußte man doch um das traurige Schicksal dieser bedauernswerten Bengel. Die Scholaren zogen viele dieser Schützen an sich, um sie für sich arbeiten, betteln, ja stehlen zu lassen. Ein Domherr drehte sich um, als er wieder einmal den alten Spottvers hörte: „Sobald der Gulden im Kasten klingt, im Hui die Seel' in den Himmel springt!"
„Schluß mit den ketzerischen Reden!" rief der Domkapitular. „Laßt nur erst die Universität eingeweiht sein, dann werden wir euch liederlichem Gesindel schon Mores beibringen!"
Im Gegensatz zu ihren armseligen Schützen gingen die Herren Studiosi der *Academia Theodoriana* in Stulpenstiefeln, gepufftem Wams und Federbarett, mit klingenden Sporen und langem Degen auf und ab. Der Rat der Stadt hatte ihnen für die Einweihungsfeierlichkeiten die Absperrung übertragen.
Kurz vor der Mittagsstunde krachten die Böller an den Stadttoren, die Glocken läuteten festlich von allen Türmen, und aus dem Palais nahte der Zug des Fürstbischofs. Die Stadtväter erwarteten seine Durchlaucht vor dem Paradiesportal; Fürstbischof Dietrich thronte auf vergoldetem Tragstuhl, angetan mit der Prunkrüstung von der Hand des Gold-

schmieds Engelbert Marquart, Seide und Brokat wallten von seinem Sessel. Voraus marschierten in prächtigen Kleidern die Ritter des Bistums Paderborn; wildbärtige Landsknechte, die immer noch in bischöflichen Diensten standen, folgten mit Hellebarden, dann trabten auf Pferden geharnischte Prälaten daher, Bischöfe in vergoldeten und kunstvoll getriebenen Brustpanzern, denen von den Schultern das Purpur der Mäntel rauschte. Pagen, Edelknappen und die große dunkel gekleidete Schar der Mönche und Priester, allen voran heute die Societas Jesu, um ihre Jesuitenuniversität zu eröffnen.

Der bischöfliche Chor sang kunstvolle Fugen, die Franziskaner trugen den Liborischrein, umringt von weihrauchschwingenden Diakonen. Endlos strömte der Zug durch die Pforte der Kolleg- und Universitätskirche, in der noch am Tag zuvor der gerade fertiggestellte Hochaltar errichtet worden war, der jetzt durch den Weihbischof Nikolaus Arresdorff aus Münster geweiht werden sollte. Auch heute schien der Fürstbischof nicht willens, die heilige Messe selber zu feiern, denn seit Dietrichs Weihe zelebrierte der Weihbischof das Pontifikalamt mit anderen Bischöfen. Anschließend schritt die Prozession mit allen geistlichen und weltlichen Würdenträgern in die Festaula der neuen Universität, wo der akademische Rechtsakt mit der Veröffentlichung der Stiftungsurkunde stattfand. Der fürstbischöfliche Sekretär verlas den Erlaß:

„Dietrich, von Gottes und des Apostolischen Stuhles Gnaden Bischof der Paderborner Kirche, Fürst des Heiligen Römischen Reiches, zum ewigen Angedenken an dieses Ereignis.

Fast das dreißigste Jahr Unseres Hirtenamtes beginnt …, dennoch zogen Wir zur Teilhabe an Unseren Mühen die Patres der Gesellschaft Jesu hinzu. Ihnen haben Wir, damit sie Uns treue Mitstreiter wären, in Unserer bischöflichen Stadt ein Kolleg errichtet und dieses mit einer so bedeutenden Schenkung ausgestattet, daß Prediger, Beichtväter und Lehrer der humanistischen Bildung samt den notwendigen Dienern auf fromme Art unterhalten werden konnten …

Weil aber unschwer jene Entwicklung erkennbar wurde, daß allmählich … ein Engpaß entstehen werde, fügten Wir dem früheren Stiftungsvermögen des Kollegs … eine neue Stiftung von 20 000 Reichstalern zum Unterhalt von 25 Zöglingen hinzu.

… deshalb schenken Wir dem in Christo verehrungswürdigsten Vater, dem Ordensgeneral Pater Claudius Aquaviva, für die Professoren der Philosophie und der Theologie gern und willentlich aus Unserem Privatvermögen außerdem noch 15 000 Reichtaler…

Möge dieser Zuwachs, der zur größeren Ehre Gottes geschieht, der heiligen Kirche Nutzen bringen und auf ewig zuteil werden.

Gegeben in Unserem Schloß Neuhaus, im Jahre 1614 nach der Geburt des Herrn am 10. September.
Dietrich von Fürstenberg
Bischof der Paderborner Kirche"

Der lang anhaltende Beifall aus den Reihen der großen Versammlung wurde erst durch das Einsetzen der Festmusik unterbrochen. Nach einem Fürbittgebet für Papst Paul V. und für den Kaiser hielt Dietrich von Fürstenberg eine Ansprache. Es erfolgte die Übergabe der Universität. Auf einem roten Samtkissen überreichte der Dompropst an der Spitze des Domkapitels die Schlüssel zu den Gebäuden. In einer wohlgefeilten Rede feierte einer der Jesuitenprofessoren die großmütige Tat des Fürstbischofs.
Der Zug bewegte sich durch die Ehrenpforten, die im Auftrag des Rates kunstvoll errichtet worden waren. Der Sessel mit dem Fürstbischof wurde zur Pforte der Universitätskirche zurückgetragen. Hier hatten unter Führung des Bürgermeisters die Handwerksämter mit Fahnen und Abzeichen Aufstellung genommen, die neuen Dekane und Rektoren der Fakultäten warteten mit allen Professoren in langen, schwarzen Talaren, dahinter in bunter Kleidung die Studiosi. Über die Studenten, die das drängende Volk im Zaum zu halten versuchten, ragte hochgewachsen die Gestalt Heinrich Gröningers heraus.
Seine fürstbischöfliche Durchlaucht hatte das Portal erreicht und hob die ringgeschmückte Hand. Wie ein hingemähtes Kornfeld sank die Masse in die Knie und empfing den bischöflichen Segen. Über die Dächer Paderborns, die Adelshäuser der Domkurie und die Türme der Kirchen und Klöster klangen alle Glocken, und von den Wällen donnerten die Geschütze, in deren Krachen sich der Gesang des „Tedeum" mischte, mit dem Paderborn für den großen Tag dankte.
Es folgte ein großes und langdauerndes Mittagsmahl mit den angesehenen auswärtigen Gästen, unter denen sich auch der protestantische Adel der umliegenden Länder befand, und den Vertretern aller Stiftsstände und der Städte.
Geschmeichelt fühlte sich Fürstbischof Dietrich von Fürstenberg, als am Nachmittag von der studentischen Jugend das Schauspiel „Der weise Salomon" mit deutlichen Anspielungen auf den Stifterbischof aufgeführt wurde. Nach dem Applaus, als Dietrich im feierlichen Zug diese Aufführungsstätte verließ, winkten die Zuschauer mit der Festschrift „Panegyricus", in der er als „Vater des Vaterlandes" und „Gründer der Gesellschaft Jesu" gefeiert wurde und die der Buchdrucker Pontanus herausgegeben hatte. Huldvoll winkte der Fürstbischof zurück.

Am Abend saßen viele Studenten mit den Handwerkern und Bürgern in den Schenken und Gaststuben rund um den Domplatz zusammen. Die Burschen streckten die Beine mit den schweren Stiefeln weit unter die rohen Tische. Auf den schmalen Wandbänken der niedrigen holzgetäfelten Stuben hatten bescheiden die „Füchse", Leibdiener der Herren Studenten, Platz genommen. Die biederen Meister der verschiedenen Berufe schauten gespannt dem lärmenden Treiben zu. Ein Student stand breitbeinig auf dem Mitteltisch, sein scharlachroter Leibrock prunkte mit silbernen Borten und flämischem Spitzenkragen. Er hielt einen vollen Humpen und stimmte als Vorsänger der Korona eines der wilden Studentenlieder der Zeit an:

„Lasset uns schlemmen und demmen bis morgen!
Lasset uns fröhlich sein ohne Sorgen!
Wir haben nur kleine Zeit hier auf Erden;
Drum muß sie kurz und lieb doch werden.
Wer einmal stirbt, der liegt und bleibt liegen;
Aus ist es mit der Liebe und mit dem Vergnügen!"

Lärm erfüllte den Gastraum. Nur am Tisch von Engelbert Marquart und Heinrich Gröninger verlief das Gespräch ruhiger. Auch Tileman, der ehemalige Geschützmeister, saß dabei. Sie lauschten den Ausführungen eines jungen Studenten, der sich über die Medizin ausließ.

„Die Gelehrsamkeit der Herren Professoren bedarf des Auslüftens! Wir lesen den Hippokrates, aber niemand kommt auf den Gedanken, den italienischen Ärzten nachzueifern und nach dem Buche der Natur zu greifen!"

Engelbert setzte seine Kanne hart auf den Tisch. Sein eben noch übermütig lachendes Gesicht war ernst und gesammelt: „Arzt und Arznei sind beide nichts anderes als eine Barmherzigkeit, den Bedürftigen von Gott gegeben."

Auch Gröninger stimmte zu: „Das Notwendigste ist, Barmherzigkeit zu üben, denn sie ist ein Werk der Liebe, aus welcher die Kunst strömt, die auch einem Arzt offenbar sein soll!"

„Richtig", fuhr Engelbert fort, „und wo der Arzt in solcher Liebe und Barmherzigkeit nicht geneigt ist, wird er des Wesens seiner Kunst beraubt. Warum sollen deshalb nicht auch kräuterkundige Frauen mit Hilfe der natürlichen Kräfte von Pflanzen und viel Zuneigung den Kranken helfen dürfen?"

„Rede nicht so geschwollen daher, Marquart", ein bärtiger Studiosus schlug ihm kräftig auf die Schulter, „schreien es doch die Weiber auf dem Markt von Paderborn daher, daß du die Kunst der Alchemie verstehst und daß du allnächtlich rotes Gold in deinen Töpfen und Tiegeln braust. Ja, daß du sogar Umgang mit der Marte pflegst, die als Hexe

nicht nur die Kunst des Kräutersuds versteht, sondern auch nächtliche Umtriebe mit dem Teufel hat!"
„Das ist doch der größte Unfug, den ich lange gehört habe. Erstens habe ich lange an dem Auftrag für den Fürstbischof gearbeitet, das hat mich manche Nacht gekostet, das ist wohl wahr. Aber die Marte, das Weib des früheren Bürgermeisters Wichard, kennt eben die Kräfte von vielen Pflanzen und wendet sie auf Wunsch von Kranken auch an."
Tileman schaute mit erschrocken aufgerissenen Augen in die Runde. Mein Gott, auch seine Ilsabein beschäftigte sich mit Kräuterkunde, wenn das man gutging! Und wenn die erfuhren, daß Ilsabein die Idee mit den spitzen Stacheln der Distel „Feldmannstreu" gehabt hatte!
„Engelbert, da begibst du dich auf ein gefährliches Pflaster! Die heilkundigen Frauen sind den Doctores ein Dorn im Auge", warnte ihn der Bildhauer, „und wenn sie dazu noch aus dieser verfluchten Sippe des Wichard kommen, dessen Knochen so lange am Stadttor im Wind klapperten!"
Das starke Bier war Engelbert zu Kopf gestiegen. Er wollte die Runde foppen, hänseln. Seine dunklen Augen flammten auf:
„Nun, ihr Maulhelden, ich hörte von einem, der sitzt weit von hier im Turm des Klosters Maulbronn. Er kann euch die Zauberei wirklich lehren, sucht ihn nur auf!"
„Doktor Johannes Faustus!" flüsterte die Stimme des eben noch wortgewaltigen Studenten. Schweigen legte sich über die Runde, das Lachen verklang. Tausend Sagen und Gerüchte raunten von dem Teufelsbündnis des Doktors, von seinen magischen Künsten und Beschwörungen.
„Sorge du dich um das Heil deiner Seele, Bruder. Es ist nicht ohne Gefahr, hier in Paderborn vom Teufel und von Hexen zu reden!" Heinrich Gröninger meinte es gut mit seinem Künstlerfreund. Aber Engelbert nahm es nicht zur Kenntnis.
„Nun, ihr Brüder, warum so still? Wer reitet mit mir nach Maulbronn?"
Betreten blickten die Burschen und Meister zu Boden, niemand hob die Hand. Engelbert schwankte betrunken zur Tür hinaus.

Am nächsten Morgen wurde Gröninger in den Bischofspalast gerufen. Es wird sich wieder um einen neuen Auftrag handeln, dachte Heinrich, als er über das Kopfsteinpflaster eilte. Der Dombildhauer wurde auch gleich vorgelassen, als er sich beim Haushofmeister anmeldete. Die Doppeltür des Audienzsaales flog auf, und im raschelnden violetten und purpurnen Brokat rauschten einige Herren, in ihrer Mitte auch Tileman Marquart, an ihm vorbei. Der Dompropst winkte ihm, und Gröninger trat ein. Ein Wink des Fürstbischofs hatte die Kapitulare und Hofbeamten außer dem Dompropst aus dem Zimmer gescheucht. Dietrich von Fürstenberg, inzwischen hatte er das hohe Alter von siebzig Jahren er-

reicht, saß an seinem breiten Schreibtisch. Wortlos versank Heinrich Gröninger in tiefer Verbeugung. Der Fürstbischof hieß ihn näherzutreten. Er denke nunmehr daran, nachdem er sein Testament verfaßt habe, schon in gesunden Tagen ein Grabmal in Auftrag zu geben, legte er dem Dombildhauer dar.
„Aber durchlauchtigster Herr Fürstbischof erfreuen sich noch allerbester Gesundheit", versuchte der Künstler eine Floskel. Doch Dietrich winkte gleich ab und ging zu Einzelheiten über.
„Die gelehrten Herren der Gesellschaft Jesu haben mir ein sinnbildliches Programm für das Epitaph vorgeschlagen. Seht einmal her, Dombildhauer." Beide beugten sich über eine Ausarbeitung.
Seine Gestalt sollte nach Osten schauen, zum Altar, zum Licht und zur Auferstehung. Das Denkmal sollte eine Parallele zum Propheten Ezechiel darstellen: Wenn sich die Gräber öffnen, dann führt der Fürstbischof das Volk ins Gelobte Land.
„An welchem Platz soll es stehen, und von welcher Größe sollen wir ausgehen?" Gröninger hatte sein Selbstbewußtsein nicht verloren, „wir gestalten" das Grabmal!
„Nehmt den Platz im Ostchor des Domes, und zwar an der Nordwand des westlichen Joches. Im Norden ist es kalt, es erinnert an Tod und Vergangenheit. Seit mittelalterlicher Zeit werden Friedhöfe, Kreuzgänge und Gruften nach Norden angelegt. Und im nördlich gelegenen Kapitelsaal kann häufiger für meine arme Seele gebetet werden." Der Fürstbischof hatte bei diesen Worten seinen klaren Blick verloren. Er sah durch Gröninger hindurch, als ahnte er seine Todesstunde. Doch dann riß er sich aus seinen Visionen los.
„Also, in der Leibung des Spitzbogenfensters kann der Giebel bis in das Maßwerk aufragen. Die volle zur Verfügung stehende Höhe im Dom, ich habe messen lassen, sind 17 Meter."
„Donnerwetter", entfuhr es dem Bildhauer.
Jetzt schaltete sich auch der Dompropst ein: „Ihr begreift wohl, Gröninger, daß dieser Auftrag des durchlauchtigsten Fürstbischofs von Paderborn der bedeutendste sein könnte, der Eurer Werkstatt je übertragen wurde? Und der Münzmeister Tileman hat schon den Auftrag, ein Säcklein neue Münzen zu schlagen."
Gröningers Herz begann zu hämmern. Er straffte sich.
„Sicher habe ich die hochwürdigen Herren mit meinen Arbeiten bisher überzeugt, daß ich der beste Bildhauer in Paderborn bin. Die Themen muß seine Durchlaucht angeben, er muß davon fasziniert sein. Die Ausarbeitung ist dann meine Sache."
Der Dompropst knurrte etwas von „... exzentrischer, leidenschaftlicher Natur ...", mischte sich aber nicht weiter in das Gespräch ein.

Gröninger kam noch einmal auf den Standort zu sprechen.
„Aus meiner Kenntnis des Domes weiß ich, daß gerade das einfallende Südlicht die Einzelheiten der Darstellungen gleichmäßig ausleuchtet. Eine sehr gute Wahl!"
„Nehmt nur das allerbeste Material. Ich denke an Schiefer und Marmor für den Aufbau und Alabaster für die Figuren."
Gröninger sah vor seinen Augen schon das gewaltige Grabmal. Backsteine mußten her für die Wand und den Sockel, dann Eisen- und Bleiklammern, um die vielen Darstellungen zu festigen. Die Auswahl des edleren Materials wie Marmor, mal in rötlich-grauer, mal in schwarzer Ausführung, würde einige Zeit in Anspruch nehmen. Es drängte ihn, mit dem Programm gleich an den Zeichentisch zu gehen und Entwürfe anzulegen.
Der Fürstbischof dachte ähnlich: „Hier ist ein bedeutender Vorschuß. Ich sehe, Ihr nehmt den Auftrag an, dann lasse ich einen Vertrag fertigen. Bringt mir nur bald die Entwürfe. Ihr seid zu jeder Zeit willkommen!"
Aus einem Wandschrank nahm er einen größeren Lederbeutel und stellte ihn vor Gröninger auf den Tisch.
Mit einer gütigen Handbewegung entließ er seinen Dombildhauer und führte sogleich das Gespräch mit dem Dompropst weiter. Selbst im hohen Alter war der Fürstbischof noch immer von starkem Schaffensdrang beseelt.

An seinem großen Zeichentisch in seinem Atelier nahm Gröninger die „Architectura" von Wendel Dietterlins aus dem Regal, blätterte hin und her und verglich mit dem Plan aus dem Bischofspalais; dann nahm er Kohle, fuhr über das entrollte Papier, ein Sockel zeichnete sich ab, darüber setzte er ein hohes Hauptgeschoß, dem ein fast quadratisches, durch einen flachen Giebel abgeschlossenes Obergeschoß folgte. Er wischte einige Linien fort, veränderte, korrigierte, das Hauptgeschoß straffte er zu einem überhöhten Rechteck. Rechts und links entwarf er Seitenteile in zwei Geschossen.
Dann blätterte er noch einmal in dem dickleibigen Buch zur Architektur, studierte einige Seiten sehr genau, verglich sie miteinander und griff wieder zum Stift. Jetzt entstanden mit sicherem Strich die trennenden Säulen in den Seitenteilen; nach römischer Art komponierte er die ionische, dann die korinthische und schließlich die komposite, mit Pflanzenblüten zu korbförmigen Blütenständen vereinigte Säulenart übereinander. Mit dünnen Linien gab er Hinweise: hier Sandstein, dort Marmor, die Figuren und Bilder aus Alabaster.
In den nächsten Tagen kopierte er den Entwurf des Aufbaus und ent-

warf die Einzeldarstellungen. Auf dem Sockel der kniende Dietrich von Fürstenberg, lebensgroß, mit weitem, reichverziertem Chormantel, nach Osten blickend.
Die Häuser, deren Erbauer der Fürstbischof war, deutete Gröninger zunächst nur an: Schloß Neuhaus, das Jesuitenkolleg, die Wewelsburg. Links und rechts arbeitete der Bildhauer in liegender Stellung die Figuren des berühmten Vorgängerbischofs Meinwerk und des Erzdiakons Meinolf aus. Für die beherrschenden Darstellungen im Mittelteil und Obergeschoß verwandte Gröninger viel Zeit. Auf eigenen Blättern entwarf er die Vision des Ezechiel und die Auferweckung des Lazarus.

Als er nach etlichen Arbeitsstunden, einige Wochen waren inzwischen ins Land gegangen, auch alle anderen Figuren jeweils auf einzelne Papiere gezeichnet hatte, ob nun Karl den Großen oder die Kaiserin Kunigunde, ob Liborius oder Kaiser Heinrich II., rollte er alles zusammen und ging mit einem großen Bündel von Papierrollen zum Bischofspalais.
Dietrich von Fürstenberg war von der ausgearbeiteten Idee des gesamten jesuitischen Programms gefesselt. Sie setzten sich an das offene Fenster des Arbeitszimmers, um im hellen Sonnenlicht die Zeichnungen besser studieren zu können. Der Fürstbischof war aschgrau im Gesicht, die weiten Gewänder ließen seine hagere, knochige Gestalt nur erahnen. Die Anstrengungen und Belastungen, die sein Amt in den letzten Jahren gefordert hatten, machten sich mit zunehmendem Alter bemerkbar. Nein, der Fürstbischof sah nicht sehr gesund aus. Doch jetzt, als Gröninger dem Bischof seinen Entwurf vorstellte, röteten sich seine Wangen, und seine Augen leuchteten.
„Wie steht es mit dem Marmor, Gröninger? Konntet Ihr schon geeignetes Material finden?"
„Ja, ich habe auf dem Weg nach Adorf rötlichen Marmor gefunden und in Giershagen sehr gute Blöcke von schwarzem und honigfarbenem Marmor, ja sogar Alabaster erwerben können. Sie werden von den Gehilfen bereits in der Werkstatt behauen."

Auf dem Weg durch den Palast nahm der Dompropst den Bildhauer beiseite.
„Gröninger, ich wollte Euch damals nicht bevormunden, Ihr wißt schon, ich sagte, es sei der größte Auftrag ..." Der Bildhauer fiel ihm ins Wort.
„Schon gut, hochwürdiger Herr, längst vergessen!"
„Aber heute muß ich eindringlich sagen und, bitte, versteht es richtig, der Fürstbischof kann nicht warten. Eines nicht mehr sehr fernen Tages

wird Gott ihn zu sich nehmen. Also, Ihr müßt Euch sputen. Und draußen in der Welt geht es immer chaotischer zu."
Tatsächlich fühlten die Menschen sich durch die immer heilloseren Nachrichten dem Herannahen eines furchtbaren Verhängnisses ausgeliefert. Obschon weder Fürsten noch gar die Bevölkerung sich einen Krieg wünschten, schien niemand wirklich willig, der Entwicklung Einhalt zu gebieten. Die Angst voreinander, die Furcht, das gegnerische Lager könnte zu mächtig werden, hielt ganz Europa in Aufregung und Bereitschaft.

Gröninger floh in seine Arbeit. Marmor gab Halt in einer chaotischen Welt, mit Marmor unter seinen Händen schien ihm die Welt gut. Es drängte ihn, zunächst die Hauptfigur, den Fürstbischof, zu vollenden. Aufwärts im Profil schaute das Gesicht, jetzt vervollständigte er die Stirn, gab der Nase den leichten Haken, ließ darunter einen kräftigen Schnurrbart quellen, der in den Spitzbart überging. Das Haar schnitt er mit dem Rundeisen aus dem noch rohen, kantigen Marmor und gab so den flachen Wellen eine spielerische Leichtigkeit auf dem markanten runden Schädel. Auf dem weiten Chormantel waren die einzelnen Ornamente der Stickerei gut zu erkennen; in weiten Falten lief er auf dem Brokatkissen zusammen, auf dem Dietrich in ewiger Anbetung vor dem Kruzifix kniete.
Viele Stunden verwandte Gröninger noch auf das Schleifen und Polieren, um den Glanz auf Haut und Gewand zu erreichen, der ihm vorschwebte. Obschon diese Arbeit größte Sorgfalt verlangte, war sie doch mehr technischer Natur und nahm nur sein handwerkliches Können in Anspruch. Sein Geist hatte wieder Spielraum, er kreiste bereits um die anderen Figuren und Bilder.
Gegen Ende des Sommers waren Teile des Aufbaus fertig. Mehrere Skulpturen standen roh behauen im lichtdurchfluteten Atelier, andere zeigten schon deutlichere Konturen. Gesellen waren mit den einfacheren Schmuckornamenten auf den Gewändern oder den Kapitellen beschäftigt, der Dombildhauer selber nahm sich das Prinzipalstück vor, die Ezechiel-Vision.

Das Epitaph war inzwischen bekannt geworden; Paderborner Mitbürger wollten die Marmorkompositionen sehen. Aber Gröninger wies alle Besucher ab; seine Werkstatt sollte in künstlerischer Beschaulichkeit, ohne Dispute von außen, arbeiten können. Er wollte jede Statue genau bearbeiten und holte sich Anregungen von den vorübereilenden Nonnen und Mönchen. Besonders genau studierte er den Fall der Gewänder; Drapierung und Faltenwurf wurden immer wieder überprüft, neue Ein-

zelentwürfe gefertigt. Wenn ihm nicht gleich ein Entwurf gelang, stellte er ein Modell aus Ton her oder kaufte etliche Ellen billigen Stoff und sah sich den Faltenwurf genau an. Keine Falte durfte dem Zufall überlassen bleiben, jede mußte dem Zweck dienen, die Heiligen, die Kaiser, die Bischöfe zu schmücken, nicht aber zu verhüllen.
Wochen, ja Monate verbrachte er damit, die Figuren in Höhe und Umfang aufeinander abzustimmen. Maria sollte Mutter sein, ihren Sohn der Welt präsentieren; die Kaiserin war höfisch gekleidet, das linke Bein leicht vorgesetzt, trug sie eine Haubenkrone als Zeichen ihrer Würde. Liborius wurde mit bodenlanger Albe, der hl. Kilian mit dem Pontifikalornat ausgestattet. Einen Kontrapunkt bildete die bewegte Figur Karls des Großen, den Gröninger in zeitgenössischer Rüstung mit Brustharnisch über der gepufften Hose und Panzerschuhen darstellte; ein Mantel umschloß schalenförmig die massige Figur mit Reichsapfel und Schwert. Auch Kaiser Heinrich erschien in Kriegertracht mit Lederkoller, Leibrock und Stiefeln; eine Agraffe hielt einen weiten, bis auf den Boden fallenden Mantel, seine Rechte trug das Zepter, die Linke faßte den Reichsapfel.

Tonmodelle, Wachsentwürfe, Federzeichnungen mit dem Spiel des Lichtes auf der Oberfläche des Marmors, lange Vorstudien beschäftigten ihn – doch ließ er die ersten Formen niemals festen Fuß in seiner Vorstellung fassen, sie blieben nur der Ausgangspunkt zu einer Figur. Erst wenn er das Eisen über den Marmor trieb, dann entlud sich seine ganze Schöpferkraft. Der Stein forderte ihn, er wollte zeigen, was sich unter der kantigen, rauhen Oberfläche verbarg.
So vergingen die Tage in der Werkstatt des Bildhauers, fernab von allem Weltgeschehen.

1618 Doch sollte es mit der Ruhe bald vorbei sein. In Böhmen rebellierten die protestantischen Stände gegen den habsburgischen Erzherzog Ferdinand, der ohne ihre Zustimmung zum König von Böhmen gewählt worden war. Ferdinand hatte als gestrenger Katholik und Jesuitenschüler die in feierlichen Majestätsbriefen garantierte Religionsfreiheit der Stände verletzt.
In Prag wurden die kaiserlichen Räte kurzerhand aus dem Fenster des königlichen Schlosses geworfen.
Dann erklärten die böhmischen Rebellen den Habsburger Ferdinand für abgesetzt.
Das ganze Reich blickte gebannt nach Böhmen, das in hellem Aufruhr

war. Diese Rebellion war wie der erste Donnerschlag, der ein lange lastendes Gewitter auslöst. Die Katholiken verließen fluchtartig die bedrohten Plätze des Landes, die Evangelischen zogen sich um die Hauptstützpunkte der Erhebung zusammen. Böhmen war in hellen Aufruhr versetzt; der kaiserliche Obrist Wallenstein floh mit der Kriegskasse nach Wien. Der Krieg würde sein fahles Haupt erheben, denn die Habsburger würden sich nicht kampflos aus Böhmen vertreiben lassen.

Paderborn – zu der gleichen Zeit näherte sich das Grabmal seiner Fertigstellung. Im Sommer besuchte Fürstbischof Dietrich wieder einmal die Werkstatt.
„Ihr seht ja aus, als ob gerade Schnee gefallen wäre, hier im Hochsommer von Paderborn", scherzte der hohe Herr mit Gröninger und seinen Gesellen.
„Das bleibt nicht aus bei den umherfliegenden weißen Alabasterstückchen und Stäuben", entgegnete der Bildhauer.
Prüfend umschritt der Fürstenberger die für den Abtransport bereitgestellten Figuren. Nachdenklich stand er vor seinem Abbild, betrachtete sinnend das Gegenüber, strich geistesabwesend über seinen Bart, trat dann zurück und fragte unvermittelt: „Wo ist der Entwurf?"
Gröninger wies zur Wand, wo die Entwürfe angeheftet waren. „Ich schaue also aufwärts, wohin, Gröninger?"
„Ein kleiner Engel hält ein Kruzifix, zeigt Euer Durchlaucht den Heiland!"
„Das ist gut, das ist sehr gut!"
Keuchend hielt er seine Hand an die linke Brusthälfte, heftig nach Atem ringend.
„Zuviel Staub für mich, tut meiner Lunge nicht gut. Verabschiede mich. Weitermachen, Gröninger, fertig werden."
Draußen holte er tief Luft, sie war rein, frisch, gesünder als im Atelier.

Der Winter brach unvermittelt in das Paderborner Land ein und brachte Nässe, Kälte und Schnee mit. Im Dom waren die Vorarbeiten für den Aufbau des Grabmals abgeschlossen. Die ersten Blöcke für den Sockel und Hauptbau konnten gesetzt werden. Mit fieberhafter Eile gingen alle Beteiligten der Bildhauerwerkstatt zu Werke. Aus dem Bischofspalast war die Kunde gekommen, daß heftige Hustenanfälle den Fürstenberger aufs Krankenlager geworfen hatten. Die Ärzte fürchteten um das Leben des Zweiundsiebzigjährigen, dessen Herz nicht mehr das beste war. Und der schneidende, eisigkalte Ostwind, der über die Paderborner Hochfläche blies, tat ein übriges.

So erfüllte die Nachricht aus Schloß Neuhaus die bange Erwartung, als ein Bote verkündete, daß Fürstbischof Dietrich am 4. Dezember nach kurzer, aber schwerer Krankheit entschlafen sei. Bestürzung herrschte in der Werkstatt Gröningers; das Grabdenkmal war noch nicht ganz fertiggestellt.

An einem frostigen Dezembermorgen verließ der Trauerzug die Tore von Schloß Neuhaus. In langen Reihen trabten die Lehensträger, die Ersten des westfälischen Adels, und die Offiziere der bischöflichen Truppe. Kanzler, Ministerialen und Höflinge, die hohen Herren des Domkapitels, die Würdenträger aus den Städten des Hochstiftes, die Paderborner Geistlichkeit waren hierhergekommen auf die nach einem ersten Schneefall wie mit einem Leichentuch bedeckten Flußauen um das Schloß Neuhaus. Schwarze Reihen von Mönchen und Nonnen folgten, Kerzen schwankten durch den grauen Morgen; das Murmeln von Gebeten vieler Menschen tönte durch die schwere Schneeluft. Sie alle wollten ihrem Landesherrn die letzte Ehre erweisen.
In langsamem Trauerschritt schritten die Jesuiten, die Häupter mit den breitrandigen Hüten bedeckt, in schwarzen Mänteln und mit blakenden Laternen in den Händen hinter einer verhangenen Staatskarosse. Sechs schwarz verhüllte Pferde stampften vor dem Gefährt durch den Schnee, das nur den Sarg mit dem Leichnam des Fürstbischofs trug – der Gruft des Domes von Paderborn entgegen.

Acht Tage wurde der Leichnam des Bischofs aufgebahrt und am 12. Dezember im vorgezogenen Mittelbau im Sockel des Grabdenkmals beigesetzt. Hunderte von Geistlichen und viele Bischöfe feierten das Seelenamt für den verstorbenen Bischof, der selber nur einmal, zu seiner Primiz, eine heilige Messe gehalten hatte.

Nur acht Monate nach dem „Prager Fenstersturz" war der „Reformator" des Bistums Paderborn gestorben. Inzwischen war der Frühling in die Mauern der Stadt eingezogen. Am Schlagbaum des Stadttores zeterte eine Bettlerfamilie, weil die Knechte sie nicht einlassen wollen. Der Mann mit spitzem Filzhut, verwaschenem Lodenumhang und geschnürten Leinenhosen sprach mit fremdartigem Dialekt. Er hatte ein Bein unsichtbar an den Oberschenkel gebunden und trug einen Stelzfuß, nur um Mitleid zu erregen. Fluchend fuchtelte er mit seiner Krücke und zeigte auf den schäbigen Maulesel, der rechts und links Körbe mit einem halben Dutzend kleiner Kinder schleppte. Seine Frau griff wortlos nach einem halbgefüllten Bierkrug auf dem Tisch, den sich die Wache gerade aus der nahen Torschenke geholt hatte, und trank ihn mit ein paar Zügen aus.

Auf der Landstraße marschierten Landsknechte, bärtige, finstere Gesellen mit langen Hellebarden, Schwertern an den Gurten und herabwallenden Federn auf den Baretten. Sie waren phantasievoll gekleidet: Einer trug wohl an die vierzig Ellen kostbares Tuch im Gebausch seiner Hosen und im vielfarbig unterlegten und gepufften Gehänge seiner Ärmel; ein zweiter gefiel sich in enganliegenden, gelbrot gestreiften Strumpfhosen, weitem Mantelumhang aus blauem Samt und einer protzigen, wohl erbeuteten Goldkette mit Reliquienkapsel.
Goldschmied Engelbert hatte das Gezeter vor dem Tor gehört, er eilte aus seiner Werkstatt herbei, denn schon lange hatte er keine Arbeit mehr. Die hohen Herren im Domkapitel hielten ihr Geld zusammen, wer wußte, was noch alles kommen konnte. Und nach dem Tod des Fürstbischofs gab es auch keine neuen Aufträge für die Ausstattung des Domes oder Schlosses. Da war jede Abwechslung willkommen. Der neue Herr des Hochstifts saß weit entfernt in Köln am Rhein und regierte von dort – Kurfürst-Erzbischof Ferdinand von Bayern.
Die bunt gekleideten Landsknechte gingen in die Stadt, die Torwächter ließen sie gewähren. Unter der Linde hatte ein graubärtiger Werbeoffizier den Platz herrichten lassen, blaugelbe Fähnlein flatterten im Wind, eine Trommel wurde aufgestellt, ein junger Landsknecht mit einem kaiserlichen Banner stand daneben, und ein Trommelbub wirbelte von Zeit zu Zeit auf dem Kalbsfell, Pfeifer ließen die Querflöten schrillen. Ein paar Fässer Wein hatten sie auch dabeistehen, einer schenkte an alle aus, die danach verlangten. Der Oberst hielt eine Rede: „Der Wallenstein ist im Land und braucht Soldaten. Wollt ihr denn für alle Ewigkeit in euerem Dorf hocken bleiben, wollt ihr denn darben und rackern, dieweil ihr es besser haben könnt? – Hat einer noch je gehört, daß des Friedländers Soldaten hungern? Essen und Trinken gibt es bei uns genug; lustig ist es auch wie sonst nirgendwo."
Er hielt den Becher mit Wein hoch, strich über seinen Bart.
„So frag ich euch: Wohin gehört ein rechter Mann in Kriegszeiten? – Ins Fähnlein gehört er – also kommt, schlagt ein!"
Es sollte zu den Kaiserlichen gehen. Beute, Wein und Fleisch, Weiber und fröhliche Gesellschaft schienen denen gewiß, die dem alten Werber den Handschlag gaben.
Die Trommelstöcke wirbelten, die Pfeifer bliesen eine fröhliche Melodie, und die rauhen Kriegsknechte sangen dazu ihr Lied:

„Sobald ein Soldat wird geboren,
sind ihm drei Bauern auserkoren;
der erste, der ihn ernährt,
der zweite, der ihm ein Weib beschert,
der dritte, der für ihn zur Hölle fährt."

Engelbert zögerte nicht lange, als er die blanken Taler Handgeld sah. Auf dem Tisch vor dem Oberst stand eine Schüssel, und es klimperte gar schön nach Silber.
Er schlug in die dargebotene Hand ein und nahm unter Zeugen das Handgeld des Werbers an. Vielleicht konnte er Offizier werden und sogar einmal eine solch glänzende Rüstung tragen, wie er sie noch vor einigen Monaten dem Fürstbischof angepaßt hatte.
Und noch ein paar Burschen, einige Handwerker waren dabei, den Locksprüchen des alten Landsknechts zu verfallen. Oder war's die bunte Uniform, die sie reizte?
Später wurde ihnen der Artikelbrief verlesen, der das Leben in der Truppe regelte; die Fähnriche senkten die Fahnen, und die Neuen mußten den Eid darauf ablegen.

Tiefe Erregung erfaßte das Land; wer es satt hatte, ferner als Bauernknecht auf der Hochfläche hinter dem Pflug zu gehen, den Schemel einer bischöflichen Kanzlei zu drücken oder im harten Werk der Dombauhütte zu stehen, um doch niemals den Meisterbrief oder die Zulassung zum Gewerbe zu erreichen, wer nicht mehr im Kolleg studieren wollte und lieber Abenteuer und verwegene Kriegsfahrt begehrte, der lief zu den Trommeln der Werber, die bald überall in den Dörfern, auf den Märkten und Plätzen der kleinen Städte ohne Unterlaß rasselten.

Der Aufstand in Böhmen hatte sich zu einem allgemeinen Krieg ausgeweitet, als im Jahr nach dem aufsehenerregenden Fenstersturz der abgesetzte Ferdinand deutscher Kaiser wurde und die Böhmen den jungen protestantischen Kurfürsten Friedrich von der Pfalz, den Führer der protestantischen Union, zum König wählten. Als sich Herzog Maximilian von Bayern an der Spitze der katholischen Liga mit dem Kaiser verbündete, war der allgemeine Krieg da, den so viele seit Jahren befürchtet hatten. Der Kaiser besiegte die Böhmen und ihren König, der mit seiner Gemahlin Elisabeth, einer englischen Prinzessin, flüchtete und den man hämisch „Winterkönig" nannte, da er sich nur einen Winter lang in Böhmen hatte behaupten können. Über die Aufständischen erging ein grausames Strafgericht, und auch Heidelberg, die Hauptstadt der Pfalz, wurde geplündert. Damit hätte der Krieg vorbei sein können, hätten nicht die protestantischen Söldnerführer Ernst von Mansfeld und Herzog Christian von Braunschweig den Kampf fortgesetzt.
Noch hatte der Krieg dem Hochstift eine Atempause gegönnt. Ein paar Söldnerhaufen, Werber, auch kleinere marodierende Haufen zogen über die Hochfläche von Paderborn. Doch die Stadtwächter waren aufmerksam; schnell senkten sich die Piken und Hellebarden, wenn frem-

des Volk vor den Mauern erschien, und die Bürgerwehr hatte die Kanonen auf den Wällen schußbereit gemacht.

1621 Der Rat von Paderborn tagte im neuen Rathaus, das in den vorhergehenden Jahren mit prächtigen Giebeln gebaut worden war – ein Symbol bürgerlichen Wohlstands und Selbstbewußtseins! Man besprach den Weihnachtsmarkt. Auf der Treppe polterte es laut, irgendwer klopfte stürmisch an die Tür, und auf das „Herein" des Bürgermeisters standen zwei Männer der Bürgerwehr in der Tür.
„Herr Bürgermeister, da ist ein Fähnlein von braunschweigischen Reitern am Gierstor. Ein Brief vom Herzog von Braunschweig, hier", einer der Männer reichte ihn rüber, „der soll in drei Tagen beantwortet werden!"
Der Mann versuchte etwas unbeholfen einen militärischen Gruß und zog mit seinem Begleiter wieder ab.
Der Bürgermeister brach das Siegel des Briefes auf und las vor: „... möget Ihr Herren mir gestatten, mir und meinen Truppen freien Durchzug zu gewähren. Erwarte Eure Antwort durch einen Abgesandten in drei Tagen. Christian, Herzog von Braunschweig."
„Der Braunschweiger ist ja ein toller Hecht – der mit seinen paar Truppen will hier durch? Soll er mal versuchen!" Der zweite Bürgermeister war schnell mit einer Antwort zur Stelle.
Bedächtiger reagierte schon sein Amtskollege: „Vielleicht ist es klüger, ihn ein wenig hinzuhalten? Bis dahin sind noch ein paar Fähnlein von unserem Regiment ‚Landsberg' zusammengezogen und hier verschanzt. Dann kann er uns gar nichts mehr!"
Einer der Ratsherren erinnerte an den prahlerischen Herzog und seine Herkunft: „Dieser Christian von Braunschweig-Wolfenbüttel ist der dritte Sohn des regierenden Herzogs und seiner Frau, der Schwester des dänischen Königs. Wurde 1599 geboren!"
Flink rechnete ein anderer der versammelten Herren an seinen Fingern aus: „... zehn, 20, dann ist er ja man gerade 22 Jahre alt. Und so ein Bürschchen will uns zwingen?"
„Na, laß man, das ist schon ein schlauer Kerl, hat einige Länder bereist und studiert. Vor allem soll er ein toller Reiter und Fechter sein! Er wurde zum Bischof von Halberstadt erwählt, ist aber vom Papst nicht bestätigt worden."
„Die Truppen des Grafen Anholt haben seine Streitmacht in einer Schlacht aufgerieben, und man hört außerdem, Bürgermeister, daß er auch ein Muttersöhnchen sein soll. Die Königstochter von Dänemark bevormundet ihn auf das heftigste!"
„Ach was, alles Gerede! Neulich flüsterte mir ein böhmischer Händler

unten in der Ratsschenke zu, daß Herzog Christian sein Auge auf die Frau des Winterkönigs geworfen hat, die zwar seine Kusine ist, aber eine bildhübsche Tochter des englischen Königs."
„Ja, ja, ja, ich hab' es auch gehört, er trägt sogar auf seinem Helm ihren Handschuh! Und auf den Fahnen seiner Kompanien steht der Spruch ‚Alles für Gott und für sie'. Mein Gott, muß Liebe schön sein!"
„Kannste denn mal vernünftig reden", ermahnte der Bürgermeister, „also dann reitest du mal in drei Tagen nach Corvey und überbringst dem Herzog unsere Antwort."
„Und wie lautet die Antwort?" wollte der Zurechtgewiesene wissen.
„Also wir werden seine Hochwohlgeboren bitten, außerhalb des Hochstiftes zu logieren!"
„Oh Gott, wenn das mal gutgeht!"

Tatsächlich schlug Herzog Christian dem Abgesandten des Paderborner Rates gegenüber einen sehr hochmütigen Ton an. Der entsandte Ratsherr brachte einen Drohbrief zurück, der Bürgermeister verlor die Gesichtsfarbe, als er diesen dem Rat vorlas:
„... und da die Gesandten wohl gebeten hatten, wir möchten außerhalb des Stiftes logieren, so bleibt Euch hierauf zur Antwort: Wir hatten uns selbst solches vorgenommen und waren schon vorher gewillt, allhier an diesem Orte die Nacht zu verbringen. Solltet Ihr aber wagen, mich und meine Truppen anzugreifen, so werde ich nichts lieber tun, als mit Euren Männern zu fechten. Und solltet Ihr dieses bei Nacht tun, so wollen wir Euch die Dörfer anzünden, daß Ihr desto besser sehen könnt, um Eure ‚Hahnenfeder' anzuführen. Dann aber kommen wir nicht als Freund, sondern als Feind hierhin. Wonach Ihr Euch zu richten habt!"
„Donnerwetter, das sind starke Worte von dem Tollen Christian, Bürgermeister!"
Vor Entsetzen stand den Räten der Mund offen, als sie den Brandbrief sahen, der an allen vier Ecken angesengt war und ein eingebranntes Loch mit der Umschrift *„Feuer, Feuer! Blut, Blut!"* zeigte. Sie fanden nicht so schnell wie sonst bei Ratssitzungen ihre Sprache wieder.
Aber die Paderborner hatten zunächst Glück, denn der Herzog zog diesmal nur bis Warburg und dann weiter ins Waldecksche.
Die Räte besprachen sich mit dem Domkapitel, das Anweisungen von Kurfürst Ferdinand von Köln aus der Ferne erhielt. Aber dank seiner Hilfe befanden sich einige Truppen im Hochstift: Teile des bayerischen Regiments zu Fuß unter dem Oberst von Landsberg in Warburg und Paderborn, in Lippstadt lag eine schwache spanische Besetzung, östlich der Egge stand ein Regiment „Syrachscher Reiter" und dazu die eiligst

aufgebotenen „Hahnenfeder“, ein letztes Aufgebot, jedenfalls waren es Truppen ohne große Kampfkraft.
Es sollten nur wenige Tage vergehen, bis Herzog Christian mit seiner Armee wieder in Richtung Paderborn marschierte. Diesmal wollte er energischer anklopfen als beim letzten Besuch. Allein 800 Mann Infanterie unter Oberst Styrum und 2 000 Mann zu Pferd verliehen seinem Auftritt den nötigen Nachdruck. Er hatte seinen Weg durch die Warburger Börde genommen und bezog in Ossendorf und umliegenden Orten Quartier. Er wollte weiter in die Pfalz und dort für den Winterkönig und dessen Königin kämpfen.

Ein glasklarer Wintermorgen hing über der Börde, als der Herzog mit seinen Truppen rund um Warburg in Stellung ging. Hinter den Mauern der starken Festung hatten die Männer des Regiments Landsberg ihre Büchsen feuerbereit gemacht, Pulver auf die Pfannen geschüttet und hielten die brennenden Lunten bereit.
Mit wehender Fahne ritt ein Trompeter vor das Stadttor, schmetterte ein Signal und verkündete mit lauter Stimme: „Herzog Christian von Braunschweig fordert die Stadt Warburg auf, zu kämpfen oder sich für 10 000 Reichstaler loszukaufen.“
Die Musketiere und Arkebusiere waren mit ihren schweren Musketen vor den Mauern aufmarschiert, legten sie auf die Gabeln und warteten auf das Kommando.
„Blast Pulver ab“, brüllte ein Feldwebel mit rauher Stimme, „schüttet auf und löset den Hahn!“
Schwitzend und fluchend standen die Musketiere hinter den schweren Feuerrohren, die auf den Stützgabeln ruhten; die Kriegsleute hatten die Bandeliere mit den Ladekapseln um die Schultern geschlungen, am Gürtel hingen Pulverflasche, Kugelbeutel und Werkzeugtasche. Die erste Salve krachte über das Feld. Hinter den Musketieren standen die Pikeniere gefechtsbereit mit ihren überlangen Spießen. In der dritten Reihe scharrten die Pferde der Reiterei ungeduldig mit den Hufen. Die Musketiere feuerten Salve auf Salve gegen die Stadtmauer und Tore von Warburg. Dann antworteten die Landsberger aus der Stadt mit ihren Musketen. Von ihrem erhöhten Standpunkt aus trugen die Kugeln besser, und die Braunschweiger mußten einige Verluste einstecken.
Aber dann gab Christian den Befehl, in die Vorstadt einzurücken und diese systematisch abzubrennen. Bald standen zehn Häuser, das Hospital und die neue bischöfliche Mühle in Brand.
Das war das Zeichen für die auf die Klöster Dalheim und Wormeln angesetzten Truppen; bald stiegen auch von diesen Dächern dunkle Rauchsäulen auf. Dort hatte man sich ebenfalls geweigert, das geforder-

te Lösegeld zu zahlen. Überraschenderweise zogen sich die Truppen abends wieder in ihre alten Quartiere zurück. Noch vor Mitternacht kam eine Abordnung in das herzogliche Lager nach Ossendorf. Der Abt von Hardehausen und Freiherr Spiegel zum Desenberg ließen durch Parlamentäre bitten und verhandeln, ihre Dörfer zu schonen. Christian forderte von beiden 1 500 Reichstaler und war bei Zahlung der Summe bereit, die Orte nicht anzugreifen.

Dagegen wurde kurze Zeit später Ossendorf in Brand gesteckt. Die Truppen zogen weiter bis Haaren. Für Paderborn wurde die Lage immer heikler.

Christian saß in seinem Quartier, einem geräumigen Bauernhaus, und diktierte seinem Schreiber einen Brief: „*... die Herren heimgelassenen Räte im Hochstift Paderborn des wohllöblichen Fürstbischofs Ferdinand wollen offensichtlich nicht mit mir verhandeln. Ich gebe den Herren aber hiermit auf, daß es nunmehr sofort zu geschehen habe. Sonst werde ich das gesamte Stift abbrennen, die Einwohner niederhauen und erschießen lassen, so daß sich Kindeskinder darüber beklagen sollen. Außerdem verlange ich folgende Ablösungssummen: von der Geistlichkeit 10 000 Taler, von der Judenschaft 30 000 und von den Landständen 20 000 Reichstaler. Christian, Herzog von Braunschweig.*"

Der Mann an dem einfachen Feldtisch las noch einmal das Geschriebene vor, hielt dem Herzog Feder und Tinte zur Unterschrift hin.

„So, Streusand drüber und jetzt der Oberstleutnant Graf Styrum zu mir!"

Der Graf betrat kurz darauf das Zimmer, salutierte und blieb in „Habacht-Stellung" breitbeinig mit vor die Brust gedrücktem Hut stehen.

„Graf, Ihr nehmt Euch 150 ausgewählte mutige Reiter und 50 Musketiere. Ihr brecht noch vor Einbruch der Dunkelheit nach Lippstadt auf, haltet Euch aber tagsüber im Wald versteckt. Mich sollte es nicht wundern, wenn Ihr in einem Handstreich über die zugefrorenen Gräben die Stadt einnehmen und die 50 Mann starke spanische Besatzung gefangennehmen könntet. Also los, Mann!"

„Zu Befehl!"

Er schwenkte seinen Hut, stampfte mit den Füßen auf den Boden und ging ab.

Als Christian nach der Einnahme von Lippstadt mit den übrigen Truppen nachgerückt war, traf dort eine Gesandtschaft aus Paderborn ein, angeführt von dem Ratsherren Rudolf von Seehagen.

„Meine Herren, wie lautet Eure Antwort?" Kurz und bündig und ohne

lange Einleitungsfloskeln wollte der Herzog die Antwort von den Herren aus der Domstadt.
„Hochwohlgeboren, herzogliche Durchlaucht", hob der Rat von Seehagen weitschweifig an und wurde gleich von Christian unterbrochen.
„Also, wollt Ihr nun zahlen oder nicht?"
„Herzog Christian", nun wurde auch der Rat kurz und bündig, „die Summen sind unermeßlich hoch. Die Stadt hat leere Kassen. Ich bin befugt, dasselbe auch von der bischöflichen Kasse darzulegen. Viel Geld ist bei den damaligen Unruhen draufgegangen, und die Zeiten sind nicht so, daß wir wieder an die guten alten Handelsgeschäfte anknüpfen können."
„Nun gut, wenn die Landstände dann 15 000 Taler zahlen, will ich zufrieden sein. Aber die Juden und die Geistlichen zahlen mir 30 000 und 10 000 Taler, sonst brennt's an allen Ecken und Kanten in Paderborn!"
Die drei Herren sahen sich ratlos an.
„Wir können nicht über die Köpfe der Geistlichen und auch nicht über die Judenschaft bestimmen. Gebt uns noch ein weiteres Ultimatum, danach soll die endgültige Antwort kommen!"
„Also gut, in vier Tagen, meine Herren, dann wird wohl Eure Beratung ein gutes Ende gefunden haben. Solange will ich gegen das Stift Neutralität wahren! Und nun, gute Reise nach Paderborn!"
Kaum waren die drei Abgesandten aus dem Haus, rief der Herzog seine Truppenführer zusammen: „Meine Herren, ohne Verzug weiter durch das Hochstift. Wir besetzen Erwitte, Westernkotten und Lipperode, danach sofort Geseke und Rüthen. Überall werden Brandschatzungsgelder eingetrieben. Wir warten drei, vier Tage, bis die Paderborner Abordnung zurück ist, dann gehen wir weiter nach Dahl, Alten- und Neuenbeken sowie Benhausen. Und überall wird die Fackel gezeigt, es sei denn ...", der Herzog machte die eindeutige Bewegung des Geldzählens, „die Herren legen einige tausend Taler auf den Tisch des Herrn!"

Die Eroberung Lippstadts hatte großen Schrecken im Hochstift verbreitet. Schon boten Städte und Adlige hohe Ablösesummen an, ohne die weiteren Verhandlungen ihrer vorgesetzten Regierungen mit Christian abzuwarten: 4 000 Taler kamen von Erwitte und Westernkotten, dazu wollten sie 1 000 Reiter mit Futter und Proviant versorgen. Um seinen Forderungen den gehörigen Nachdruck zu verleihen, jagte der Braunschweiger zwei Tage später einen Boten nach Paderborn, um nochmals die Herren zu einem Entschluß zu drängen. Aber die verbliebenen Kapitulare, die Ratsherren, die Ständevertreter, sogar die Vertreter der Juden blieben allesamt unnachgiebig. Da riß dem Herzog der Geduldsfaden, und er schickte seinen Rittmeister mit 300 Reitern gegen Paderborn. In Neuhaus setzte dieser seine Brandmale: Es dauerte nicht lange, da schlugen die Flammen aus den Höfen und Vorwerken. Ängstlich starrten die Familien der Pächter und Hofmeier in das Flammenmeer, als sie unweit der Häuser ihr persönliches Eigentum auf Pferdewagen laden durften.

„Zieht nur in die feste Stadt und berichtet, daß wir auch sie einnehmen und in Brand stecken, wenn nicht bald Antwort auf die Forderungen unseres Herrn kommt!" Der Reiterführer wies die heimatlos gewordenen Menschen in Richtung Paderborn.

Die großen Holzkarren bewegten sich Richtung Stadtmauer. Von hier aus hatte man schon den Brand von Neuhaus beobachtet und ließ den Wagentreck schnell in die Stadt. Die Hofmeier begaben sich auf kürzestem Weg ins Rathaus und berichteten von den wiederholten und unnachgiebigen Forderungen. Endlich einigten sich die versammelten Räte, daß man dem Herzog 20 000 Taler anbieten wollte, die auch in wenigen Tagen gezahlt werden könnten. Eine Kommission ritt los und kam sogar nach wenigen Stunden mit guter Nachricht zurück: „Der Herzog nimmt die Forderungen an und erwartet alsbald unsere Zahlung!"

Gleichzeitig kassierte der Herzog einige tausend Taler in Delbrück, in Büren, obwohl der Herr von Büren zu handeln versucht hatte, dann noch in Warburg und in Lippspringe. Die erpreßten Gelder, so berichteten schon einige Tage später zwei Händler, die von Brilon und Thülen aus in die Stadt gekommen waren, wurden von Werbeoffizieren für die Anwerbung weiterer Söldner umgesetzt.

Inzwischen versuchte Christian von Braunschweig, mit eroberten Geschützen aus Lippstadt die Stadt Soest sturmreif zu schießen. Eine geballte Ladung sprengte das Osthofentor, und der entfachte Brand drohte auf die gesamte Stadt überzugreifen. Christian erhielt nicht nur 10 000 Taler als Sühne für die Toten, die ihn die Belagerung gekostet hatte, sondern nun begann eine systematische Durchsuchung und Plünderung. Zunächst entdeckten seine Männer den Schatz des Domkapitels von Paderborn im Patroklistift: 63 Säcke mit sächsischen Talern, 50 Zentner gemünzte Reichstaler, Pretiosen, Kirchengeräte, Silbergeschirr und andere Kostbarkeiten. Christian gab sich nicht zufrieden, sie fanden später noch den Erbschatz Dietrichs von Fürstenberg – 80 000 Speziestaler von altem Schrot und Korn. Als sich diese Nachricht herumgesprochen hatte, kamen von überall her die Unterhändler und wollten freiwillig Ablösungen zahlen, um Brandschatzung, Plünderung und Mord zu verhindern. Der münsterische Marschall von Vehlen unterschrieb für die Summe von 20 000 Talern, die Warburger kamen und zahlten 8 000 Taler, und bis ins Möhnetal belegte der Herzog das Land mit Truppen.

In Paderborn standen alle Männer der Stadt hinter den Mauern, um einen Angriff abzuwehren, denn noch immer fehlte dem Herzog in seiner Sammlung die Bischofsstadt. Diese Festung in seinem Rücken bedeutete für Christian ein großes Stück Unsicherheit. Gezahlt hatten die Räte noch keinen roten Heller von den vereinbarten Talern. Daher erwarteten die Bürger jeden Tag den Angriff.

1622 Aus dem grauen Winterhimmel rieselten unablässig Schneeflocken, wirbelten und tanzten, bis sie Feld und Flur mit einer dicken, weichen Schicht bedeckt hatten. Aus den Kaminen der eng aneinander gebauten Häuser stieg Rauch auf, es war grimmig kalt in diesem Winter.

Das friedliche Bild täuschte. Die Gassen und Straßen der Stadt glichen einem aufgescheuchten Hühnerhof. Überall gackerte es, flatterten die Menschen aufgeregt von Haustür zu Haustür, bewegten im Gespräch die Hände heftig auf und ab, nickten mit dem Kopf, wenn sie ihre Meinung bestätigt fanden. Längst waren nämlich nicht alle Bürger mehr der Ansicht, die Stadt müsse verteidigt werden. Ging man aufmerksam über die Plätze, hörte man immer öfter, daß dieser und jener Bürger, vor allem die protestantischen, sagten: „Er muß rein und soll rein!"

Heinrich Gröninger und Tileman Marquart standen im Gespräch vor der Werkstatt des Dombildhauers zusammen.

„Euer Bruder sucht mit den Landsknechten das Kriegsglück, Tileman?" Gröninger wollte gern Näheres wissen.

„Ach Gott, Gröninger, Engelbert hatte kaum noch Arbeit. Auch ich habe nach dem Tod des Fürstenbergers nur selten Aufträge, Münzen zu schlagen."

„Habt Euch ja vehement auf ein neues Handwerk geworfen, Tileman!"

„Für ein paar Jahre hat es seinen Mann ernährt, erst die Münzen für den Fürstbischof, dann die Kanonen für den Stadtrat, und wieder Münzen. War kein schlechtes Geschäft!"

„Jetzt sitzt der neue Fürstbischof in Köln, keine Münzen, keine Altäre und keine Figuren für die Kirche, dafür nur Grabplatten und nochmals Grabplatten."

„Ja, das bringt der Krieg so mit sich. Aber schaut, da biegen ein paar Kutschen um die Ecke!"

Aufgeregt faßte Tileman den Arm des Dombildhauers, als das erste Pferdegespann aus der engen Gasse des Bischofspalastes heraustrabte.

Kaum war das erste Fuhrwerk an den beiden Männern vorbeigerasselt, da kam der zweite, dritte, ja ein ganzer Wagenzug folgte.

„Verdammt, das ist doch Weihbischof und Generalvikar Pelking!" wunderte sich Gröninger.

„Seht mal genauer hin, in der anderen Kutsche sitzt der Dompropst, und da im Wagen, das sind doch samt und sonders die Kapitelherren! Sie machen sich alle aus dem Staube! Trotz der Winterkälte ist es ihnen wohl zu heiß geworden seit der Ankündigung des Tollen Christian! Und das, obwohl ein Teil des Regiments Landsberg in unseren Mauern liegt."

Beide eilten den Kutschen nach, für die sich auf einen kurzen Wink hin sofort die Stadttore öffneten.

Aus einer anderen Seitengasse kamen ebenfalls einige Pferdekarren. Auch sie wurden durchgelassen. „Kanoniker des Busdorfstiftes" hieß es kurz zur Ausweisung der Personen, die in und auf den Fuhrwerken saßen.

Inzwischen hatten sich Scharen von Bürgern am Tor eingefunden, die den eiligen Aufbruch der geistlichen Herren beobachtet hatten. Sie redeten wild durcheinander, und man hörte die schlimmsten Reden: „Erst große Worte, jetzt müssen wir die Suppe allein auslöffeln!" und „Jetzt suchen sie ihr Heil nicht mehr im Dom, sondern auf der Flucht!" und „Die Ratten verlassen das sinkende Schiff!"

Die Rufe waren noch nicht verstummt, da scheute eines der Gespanne. Die Pferde stiegen hoch, schlugen wild mit den Vorläufen, dann wieder mit der Hinterhand aus.

„Die sind in die Disteln geraten!" rief einer der Herumstehenden.

Die Kutsche kam zurück, eines der Pferde lahmte, die spitzen Stacheln hatten ihre Wirkung gezeigt, allerdings nicht am Feind, sondern an den Pferden des flüchtenden Weihbischofs und Generalvikars.

Der schüttelte die Faust und drohte erregt: „Ver..., das werdet ihr mir büßen, ihr, ihr Kräuterhexen!"

Vom Jesuitenkloster nahte ein langer dunkler Zug. Die Jesuiten kamen mit den Gymnasiasten und Studenten. Alle trugen ein geschnürtes Bündel auf dem Rücken.

„Und nun wollt auch Ihr flüchten?" kreischte eine Frau den ersten Schwarzröcken entgegen. „Vor ein paar Jahren konntet Ihr nicht laut genug Halleluja und Hosianna singen, als der Fürstenberger Euch die Universität stiftete, und jetzt geht Ihr allesamt stiften!"

Ein Pater suchte die Frau zu beruhigen: „Aber wir können doch nicht die uns anvertrauten Schüler und Studenten hier ihrem Schicksal, dem schlimmen Wüterich aus Braunschweig, ausliefern, gute Frau!"

„Ach was, greift nur in Eure Geldtruhen, gebt dem Herzog eine Ablöse, und wir haben alle Ruhe!"

„Unsere Geldtruhen sind leer, ja vielmehr, die gibt es gar nicht. Deshalb wollen wir durch den Schnee ins Lippische und erst einmal abwarten."

Einige Ratsherren drängten vor, die von der Flucht aller Geistlichen benachrichtigt worden waren.

„Nichts da, die Schüler können unsretwegen abziehen, aber Ihr Patres bleibt. Mitgegangen, mitgefangen!"

Es blieb den Jesuitenpatres nichts anderes übrig, als sich der Gewalt zu beugen. Sie beauftragten einige ältere Studenten mit der Leitung der Gruppe, die dann schließlich ziehen durfte.

Die Ratsherren eilten zurück ins Rathaus, wo eine weitere Beratung angesetzt war. Bürgermeister Westphal hatte alle Räte und Meister der Handwerksämter zusammengerufen, um den Vorschlag des einzigen Verbliebenen vom Domkapitel, des Domscholasters Vogelius, zu besprechen. Der hatte vorgeschlagen, nochmals an Christian Gesandte zu schicken, die ihn um Verschonung der Stadt bitten sollten.

„Und ich sage Euch, Ihr Herren Räte, ich bin für diesen Vorschlag! Auch wenn der Kanzler Wippermann mit aller Macht dagegen spricht. Was nutzt uns das Geld, wenn wir hinterher brennende Häuser und tote Bürger als Ergebnis haben!"

„Recht so, Bürgermeister", ließ sich Willi Erdmann vernehmen.

„Auch ich stimme zu, Herr Westphal." Arnold Drohm, ein angesehener protestantischer Kaufherr und Fähnrich der Bürgerwehr, hob die Hand.

„Wer von den Herren stimmt noch zu?" fragte der erste Bürger der Stadt in die Runde.

Alle hoben die Hand.

„Dann wählen wir noch ein paar Bürger für die Abordnung, die gleich morgen abreisen sollen!"

Neben den Bürgermeister sollten der Fähnrich Drohm, Willi Erdmann und Johann Rump die Botschaft an den Braunschweiger überbringen.

In Soest wurden die Herren schnell vorgelassen. Aus dem Vorzimmer hörten sie eine gewaltige Schimpfkanonade des tobenden Heerführers: „Die Acht ist mir gleichgültig. Fürsten haben mir nichts zu befehlen. Dieses Jahr stehe ich mit 130 000 Mann im Feld. Der Kurfürst von Köln ist mein Feind." Trotz der ernsten Lage konnten sich die Herren aus Paderborn eines Lächelns nicht erwehren, als sie diese unermeßliche Zahl des aufschneiderischen Braunschweigers hörten.

Die Tür wurde aufgerissen, und der münsterische Marschall von Vehlen stürzte mit hochrotem Kopf hinaus. Aus dem Raum rief ihm der Tolle

Christian nach: „Und in 14 Tagen schreibe ich mich *Bischof von Paderborn!*"
Die Gesichter der Paderborner Abgesandten verfärbten sich kalkweiß wie die Steine ihrer Hochfläche. Sie sahen sich betreten an. Dann holte sie der Adjutant des Herzogs in das Audienzzimmer.
„Nun, neue Nachrichten aus Paderborn? Haben sich überlegt, die Herren?"
Mit derselben abgehackten Sprechweise wie zu dem Münsteraner kam der Braunschweiger gleich zur Sache.
Nachdem sich alle aus tiefer Verbeugung erhoben hatten, nahm Arnold Drohm das Wort, er war zum Sprecher bestimmt worden.
„Wir sind bereit, Euch sofort die vereinbarte Summe auszuhändigen, wenn Ihr in Paderborn eingezogen seid und niemandem der Bürger ein Leid zufügt!"
„Und welche Wünsche haben die Herren sonst noch?" Spitz und ironisch kam es von den Lippen des Herzogs.
„Nun, wir haben gedacht, Euch und Eure Truppen für drei Tage in die Stadt einzulassen."
„Meine Herren, meine Herren, meine Herren", er hatte jede Anrede um einige Töne höher und lauter gesprochen, „das reicht jetzt. Reist zurück in Eure schöne Domstadt *Pader Porn.*" Er betonte die beiden Wortteile spöttisch. „Und wie ich schon sagte, ich komme, ob als Freund oder als Feind, das werden wir sehen! Adieu!"
Die Männer drängten zurück aus dem Raum. Als sich die Türen schlossen, merkten sie, daß ihr Wortführer Arnold Drohm noch fehlte. Sie hörten noch einen kurzen Wortwechsel, dann erschien auch er vor der Tür.
„Ich habe dem Herzog geraten, sich bei Ankunft vor der Stadt auf keine Unterhandlungen einzulassen. Wir würden ihm schon die Tore öffnen."
„Mensch, Arnold, bist du denn verrückt geworden! Wenn das bekannt wird. Wir werden das gleiche Schicksal erleiden wie der unselige Wichard damals."
Drohm nickte ernst und verschlossen.
„Muß ja keiner erfahren!" war seine knappe Antwort. Daß er noch einen Hinweis auf die reichen Schätze in den Kirchen gegeben hatte, war ihm wohlweislich schon wieder entfallen.

In Paderborn hatten auch die Bürgersfrauen längst herausgebracht, was der Rat vorhatte; denn die Ratsherren hatten ihren Mund nicht halten können. An dem Morgen, an dem sich der restliche Rat mit Kanzler Wippermann, der den dauerhaft abwesenden Fürstbischof vertrat, versammelt hatte, hatte sich eine Anzahl Paderbornerinnen bei der Frau des Geschützmeisters Tileman eingefunden. Ilsabein, die dafür bekannt war, daß sie sich nicht vor dem leibhaftigen Teufel fürchtete und außerdem über allerlei geheimnisvolle Kenntnisse der Kräuterkunst verfügte, winkte den Frauen mit einer kurzen Kopfbewegung, ihr zu folgen. Als sie nun Paar um Paar zum Rathaus zogen, sahen das die anderen Frauen auf dem Markt und an den Fenstern und spürten, daß da etwas im Gange war. Auch sie eilten herbei und schlossen sich dem Zug an. Im Ratssaal meldete der Bote die Frauen bei der Versammlung an. „Laßt sie eintreten", befahl der frühere Bürgermeister Koch, der sich der Abordnung nicht angeschlossen hatte.

Der Bote kratzte sich am Ohr: „Das wird nicht gehen. Der Saal wird nicht reichen. Auf dem Vorsaal und vor dem Eingang stehen ein paar Hundert, und es werden immer mehr."

Der zweite Bürgermeister bestimmte: „Das soll uns nicht schrecken. Geh hinaus, und sage der Frau Ilsabein, sie solle hereinkommen und noch ein paar ehrbare Frauen mitbringen. Das andere Volk hat draußen zu bleiben!"

Ilsabein aber rief von draußen: „Wo ich hingehe, da gehen die anderen mit!" und zugleich drängten alle in den Ratssaal, soweit sie Platz fanden. Dann rasselten sie mit ihren Schlüsselbunden, mit denen sie sonst Haus und Hof verschlossen.

Die Räte und Herren wurden blaß, als sie diese aufgeregten Frauen vor sich sahen. Ilsabein nahm das Wort: „Wo bleibt die Abordnung von Soest? Was hat sie erreicht? Wir können doch die Gesandtschaft nicht einfach im Stich lassen?"

Und es begann ein Gekreische und Geschrei, Rufe flogen durch die Luft, Schlüsselbunde rasselten – ein Höllenlärm.

„Wir müssen uns dem Herzog fügen!" riefen die einen.

„Laßt uns unseren lutherischen Glauben!" forderten andere.

Ilsabein hob die Hand.

„Warum sollen wir nicht einen jungen lutherischen Bischof als unseren Herrn anerkennen? Wo er schon nicht in Halberstadt ernannt ist, kann er doch unser Bischof sein. Jedenfalls würde das die Lage der Stadt verbessern."

Von den Wällen dröhnte ein Schuß, das vereinbarte Zeichen „Feinde nähern sich!"

Schnell drängten alle in wilder Hast aus dem Rathaus. Die Bürgerwehr stand in Waffen an den Kanonen. Das Regiment Landsberg machte die Musketen feuerbereit. Die Frauen rannten zurück in ihre Häuser und verrammelten die Türen, so gut es ging. Ilsabein und Marte Wichard schauten in ihre Laden und Kästen nach den Kräutern, legten Tücher zurecht, setzten Wasser auf, um im Falle eines Angriffs die Verwundeten versorgen zu können.

Es waren aber zur Erleichterung aller keine Feinde, sondern die Gesandtschaft aus Soest. Die Stadtwächter zogen die Sperrketten hoch, nahmen die Querbohlen aus den Verankerungen und öffneten das Tor.
„Es bleibt geöffnet!“ ordnete Bürgermeister Westphal an der Spitze der Rückkehrenden an. „Kapitän Neuhoff von den Braunschweigischen folgt mit einem Fähnlein Fußvolk.“

Die Domuhr schlug genau dreimal, als die Soldaten mit ihrem Kapitän an der Spitze in die Stadt marschierten. Zwei Ratsherren dienerten eifrig vor ihm und überreichten einen goldenen Becher.
„Ein untertänigst dargebrachtes Gastgeschenk, Herr Kapitän!“
Der zweite Ratsherr beeilte sich, in devoter Haltung hinzuzufügen: „Mit eingelegten zehn alten sächsischen Talern!“
Auf dem Domplatz war inzwischen das bayerische Regiment angetreten. Ein Ratsherr zahlte den letzten Sold aus. Der Zahlmeister nahm 430 Taler in Empfang, quittierte die Rechnung und gab dem Offizier ein Zeichen. Oberst von Landsberg kommandierte: „Rechts um, im Gleichschritt!“ und die bayerisch-kölnische Besatzung verließ die Stadt in Richtung Westen. Fast gleichzeitig trabten von Norden einige hundert Reiter unter dem Rittmeister Pflug in die Stadt. Der hatte noch nicht ganz die Stadtgrenze erreicht, da brüllte er die nächstbesten Bürger an, die ihm begegneten: „Schafft mir sofort den Wippermann heran. Ich warte im Rathaus!“
Dort versuchten Ratsdiener, ihn mit Branntwein zu besänftigen – aber vergeblich! Pflug nahm einen mächtigen Zug und warf den Zinnbecher auf den Boden.
„Wo bleibt der Wippermann?“
„Zunächst möchten wir Euer Hochwohlgeboren ein Gastgeschenk überreichen!“ Der Kämmerer winkte seinem Gehilfen, der stellte vor dem Rittmeister einen Kasten auf den Tisch. „100 Taler für Euch, Herr Rittmeister, und 25 Taler für den Herrn Quartiermeister!“
Die Tür flog auf, Kanzler Wippermann trat ein.
„Ah, der Wippermann! Nun der Herr, kennt Ihr mich wieder?“
„Ja, ja, ich weiß schon, die alte Sache …“
Wippermann war sich seiner starren Haltung bewußt, keinen Heller für den Braunschweiger bewilligen zu wollen.
Pflug ließ ihn gar nicht erst ausreden und brüllte ihn an:
„10 000 Taler Entschädigung verlange ich von Euch, sonst habt Ihr Euer Leben verwirkt!“
„10 000 Taler, wie soll ich die aufbringen, Herr Rittmeister?“
„Egal, schickt Euren Boten los, damit das Geld beschafft wird!“
Der Kanzler versuchte zu verhandeln, eifrig schenkte der Ratsdiener im-

mer wieder Branntwein mit Zucker ein. Gottlob hatten die Paderborner einen großen Vorrat, wer weiß, ob sich der alte Mordbrenner sonst auf den Handel, ihm nur 2 000 Taler zu zahlen, eingelassen hätte.
Draußen gellten Signalhörner.
Von Westen preschten die Truppen des Herzogs heran. Seit Stunden hatten sie draußen, an der Warthe, im Busch versteckt, auf den Marschbefehl gelauert: Eine dunkle, auf und ab wogende Masse von Pferde- und Menschenleibern, die dem Augenblick des Angriffs entgegenfieberte. Grell schmetterten die Trompeten, Standarten flogen empor, und die ersten Schwadronen trabten an, den Schnee hochstäubend, Gepanzerte mit geschlossenem Visier, polnische Reiter, Dragoner aus Ungarn, Böhmen, aus dem Deutschen Reich – Söldner aus aller Welt, die vom Kriegshandwerk lebten.
Brausend wälzte sich der Strom durch das Westerntor auf den Domplatz. Der Herzog von Braunschweig schlug das Visier zurück, ein gerötetes junges Gesicht kam zum Vorschein, die Lippen fest aufeinander, die Unterlippe ein wenig über die zurückgenommene Oberlippe gelegt, schweißverklebte Haare hingen wirr vom Kopf. Sein Rappe bäumte sich drohend auf, die Mähne gesträubt, die Nüstern aufgebläht.
„Der Tolle Christian", raunten die Bürger.
Vom Markt her rückten klirrend und stampfend weitere Schwadronen der Kompanien Mengersen und Schneidwind vor. Schreie von bedrängten Frauen gellten aus den Bürgerhäusern. Kinder drückten sich verängstigt in die Ecken. Fliehende Gestalten mit aufgelösten Haaren jagten wirr und verschreckt durch die Gassen. Über allem dröhnten die Glocken.

Stunden später ...
Über Paderborn stand eine riesige, schwarze Wolke und stieß gleich einer geballten Faust gegen den Himmel empor. Einige Fachwerkhäuser um den Domplatz, auf dem Kamp und unten an den Paderquellen brannten lichterloh, Fensterglas glühte und klirrte, Flammenvorhänge schlugen aus Wandöffnungen.
Langsam ritt Herzog Christian durch die eingenommene Stadt. Nein, Feuer und Vergewaltigung hatte er nicht gewollt! Er sprang vom Pferd, zückte die blanke Waffe, fuhr wie von Sinnen zwischen die wilde Kriegermeute: „Zurück, zurück! Offiziere, nehmt die Kerls fest!"
Doch umsonst – eine losgelassene Soldateska konnte nicht einmal der Tolle Christian mehr bändigen!
Paderborn mit all seinen Vorräten, den Waffen, ja den Reichtümern und Schätzen, hatte für Christian ein – unversehrtes – Faustpfand sein sollen in seinem weiteren Kampf gegen den Bischof von Paderborn, der als

Kurfürst und Erzbischof von Köln am Rhein residierte und als Wittelsbacher mit dem Führer der Katholischen Liga, Maximilian von Bayern, eng verwandt war. Doch aller klugen Einsicht zum Trotz ließ sich Christian schließlich von der Plünderungslust seiner Soldaten anstecken. Die Gier des Eroberers siegte auch in ihm; noch am Abend des 31. Januar begab er sich mit seinen Offizieren und dem Gefolge in den Dom. Sporenklirrend schritten die Männer um Christian in die hohe Halle des Gotteshauses. Die jüngeren Offiziere hielten blakende Fackeln in den Händen, entzündeten die Kerzen und steckten die Fackeln in eiserne Ringe an den Wänden. Die Stulpenstiefel der Reiter knallten auf dem Steinboden. Lange hallte ihr Schritt durch den Mittelgang, bis sie den Hochaltar erreicht hatten. Ihre breitrandigen Hüte mit den wippenden Federbüschen ließen gespenstische Schatten über die Wände und Pfeiler tanzen. Zuckende Lichter überall.

„Keiner der katholischen Pfaffen hier, haben sich wie die Mäuse in die Löcher verkrochen!" Der Herzog war wie immer kurz und knapp.

Dann standen sie vor dem goldglänzenden Liboriusschrein. Gedankenverloren blickte Christian auf den Reliquienschatz. In seinen Augen blitzte es, er schritt einmal, zweimal um die heilige Lade. Er blieb stehen, schaute sich die Apostelfiguren eingehender an. Dann kam es hämisch von seinen Lippen: „Was macht ihr hier? Ich meine, es stände geschrieben: Gehet hin in alle Welt!"

Noch mal umkreiste er wie ein Geier seine Beute.

„Doch ich will euch schon hineinschicken – in die weite Welt."

Er winkte seinen Begleitern, die machten sich mit ihren Kurzschwertern, Degen oder Dolchen daran, den Reliquienbehälter zu öffnen. Ein Offizier legte das eingewickelte und versiegelte Bündel auf den Altartisch. Im jugendlichen Übermut des Siegers umarmte Christian die Reliquien des hl. Liborius. „Ich danke dir, daß du so lange auf mich gewartet hast!"

Er drehte sich zu seinen Männern um und befahl: „Zierat abschlagen, Steine herausbrechen, dann alles einpacken!"

Schon fielen die ersten Kostbarkeiten auf den Steinboden, kullerten die Münzen und blieben scheppernd liegen. Christian ließ alles einsammeln.

Den übrigen rief er zu: „Weitersuchen!"

Nun stießen sie mit ihren Säbeln und herbeibeorderten Piken und Hellebarden in alle Ecken und Winkel, hoben Steinplatten an, öffneten Gräber und wühlten den Grund und Boden der Domkirche auf. Der Herzog selber untersuchte mit einem Rittmeister und seinem Adjutanten den Hochaltar.

„Hier, laßt uns mal diese hintere Platte lösen!"

Sie setzten das breit geschmiedete Eisenblatt einer Pike an und hebelten ein Stück der Verkleidung am Hochaltar los. Kaum war die Deckplatte abgenommen, befahl Christian: „Ein Licht her, los, heller muß es sein. Entzündet ein paar Kerzen!"
Sie tröpfelten Wachs auf den Boden und Hochaltar und klebten Kerzen fest. Dann sahen sie ihren Fund – eine Bleikiste! Hastig brachen sie den Behälter auf, im Schein der vielen Lichter glänzten Goldstücke – die Kiste war bis obenhin gefüllt!
Der Zahlmeister konnte reiche Beute in Empfang nehmen: Unter den übrigen Altären und Gräbern wurde ebenfalls eine Menge Gold und Silber gefunden. Schließlich drangen die Männer um Christian noch ins Kapitelshaus ein, das sie Stück für Stück umkrempelten. Hier entdeckten sie einen Schatz von 8 000 Talern.
„Zahlmeister, rüberschaffen ins Jesuitenhaus, da sofort zählen, an Ort und Stelle Liste anlegen, dann in die Kriegskasse! Den Werbern zuleiten. Neue Männer anwerben!"

Im Jesuitenkollegium bezog Herzog Christian mit Trompetengeschmetter und Pistolenknall Quartier. Inzwischen war auch seine Begleitung vollständig: Diener, Köche, Marketenderinnen, ja Mätressen, Dirnen. Durch die schlichten, weißgekalkten Gänge tobte eine bunte Menge: Die Offiziere in farbenfrohen Röcken, die Kammerherren an Christians Hof in seidenen und samtenen Röcken, dazwischen die Frauen, Weiber, die sich in der Gunst der wilden Krieger sonnten.
An langen Tafeln hatten sie alle Platz genommen, jeweils nach Lust und Laune des Herzogs; in der Mitte Christian, nun ohne Rüstung, nur in einer Kniehose mit weißen Wollstrümpfen. Über der halb geöffneten Weste aus Brokat lag ein schlaffer Spitzenkragen. Seine Waffe war nur ein Degen, der am ledernen Koller hing.
Wild ging es zu, nicht als ob Krieg wäre. Damen rauschten immer wieder am Tisch vorbei, in langen Röcken, die weißen Spitzenblusen weit geöffnet. Alle hatten sich geschminkt, trugen Schönheitspflästerchen nach der neuesten Mode und schürzten die rotgefärbten Lippen. Das bischöfliche Tafelgeschirr zierte die langen Tische, Wein schwappte aus den Kelchen und Gläsern, Krug auf Krug, Faß auf Faß wurde geleert. Die Tafel war trotz der Kriegszeiten randvoll bestückt mit den Speisen des Landes: reichlich Fleisch und Geflügel, Eierspeisen und Süßes, Gebäck und Brot. Grobe Späße schafften lärmende Heiterkeit, der Herzog selbst schüttelte sich oftmals in donnerndem Gelächter.
Man trug eine Riesenpastete auf, aus der sich zum Ergötzen der Offiziere eine Zwergin schälte, die – auf dem Tisch hin- und herschreitend – ihren Tanz aufführte.

In einer Nische spielten Musikanten. Die buntgekleideten Kriegshelden grölten aus rauhen Kehlen ihre Landsknechtslieder. Mit der einen Hand hatten sie die Dirnen umfangen, rissen sie an sich und küßten sie. Mit der anderen Hand hielten sie den Becher Wein, um ihn zwischen zwei gierigen Küssen in einem Zug zu leeren.
„Komm, Mädchen, füllt den Becher, heute leben wir noch, wer weiß wie's morgen ist!"
Einige der Frauen waren, betrunken von den würzigen Weinen, auf den Tisch gesunken und eingeschlafen, andere zechten lärmend weiter. Manche saßen bei den Männern auf dem Schoß.
Christian winkte einer grell bemalten Frau und verließ mit ihr das zügellose Fest. Er stieg ohne besondere Vorsicht über die auf den Dielen liegenden Körper der Betrunkenen, zog die lachende Dirne an sich und verschwand mit ihr in einem der Nebenzimmer.

Acht Tage lang wurde die gesamte Stadt geplündert und erpreßt, und abends feierte Christian mit seinen Kriegskumpanen. Wer in seinen Ämtern bleiben wollte, mußte Unsummen zahlen. Nochmals forderte er 20 000 Taler Lösegeld, die Klöster und Schulen, Seminare und Kollegs sollten hohe Ablösesummen aufbringen.
Nachdem man alle Kirchen, die Häuser der Geistlichen und katholischen Herren und Bürger geplündert, alle Waffen beschlagnahmt, ja sogar Mäntel und Hüte der Jesuiten versteigert hatte, befahl der Braunschweiger den Katholiken, in Mänteln vor ihm unten am Rathaus zu erscheinen. Die Lutherischen aber sollten dort in Waffen mit Pfeifen und Trommeln aufmarschieren. Die Hoffnung der Protestanten, daß es jetzt den Katholiken an den Kragen ginge und sie in Paderborn wieder die Oberhand gewinnen könnten, wurde jedoch ebenso rasch wie bitter enttäuscht. Der Herzog ließ sie von seinen Reitern umringen und entwaffnen. Wehrlos wurden sie nach Hause geschickt. Dann tat er sich am Vermögen der lutherischen Bürger gütlich. Den Anfang machte er beim Anwesen des Arnold Drohm, der ihn verräterisch in die Stadt gelockt hatte. Sein Haus wurde so vollständig ausgeräumt, daß nur noch leere Winkel zu sehen waren und die Mäuse mit verweinten Augen des Nachts durch die Räume huschten. In Paderborn hatten schließlich alle Bürger das Nachsehen.

Bei Tileman Marquart klopfte es an die Tür. Er ahnte nichts Gutes, öffnete aber, denn sonst würden ihm die Braunschweiger vielleicht den Holzschlag eintreten. Tatsächlich stand draußen ein Feldwebel mit einigen Landsknechten.
„Er soll sofort zum Herzog ins Jesuitenhaus kommen."

Ohne Widerrede folgte der Geschütz- und Münzmeister den Söldnern. Im weiten Audienzsaal ging es zu wie im Taubenschlag. Boten kamen und gingen, Offiziere beugten sich über Karten. Tileman hörte Wortfetzen wie „... nach Lippstadt ..." und „... den Rest der Städte besetzen ...". Doch der Feldwebel zog ihn weiter in ein kleines Nebenzimmer. Dort saß der „Tolle", wie sie ihn in seiner eigenen kurzen Ausdrucksweise nannten, hinter einem Tisch, nur Rittmeister Pflug war bei ihm.
„Ist Er der Münzmeister Marquart?"
Christian ging gleich auf sein Ziel los.
„Halten zu Gnaden, hoher Herr, der bin ich!"
Von seinen Kenntnissen als Geschützmeister wollte er nichts ausplappern, sonst wäre er sicher die längste Zeit in der Domstadt geblieben!
„Wie Er sicher schon gehört hat, ist mir der goldene Schrein des Liborius in die Hände gefallen. Kriegsbeute, kann ihn nicht mitschleppen. Er soll ihn zu Münzen schlagen. Will Er das?"
Tileman brummte es wirr durch den Kopf, er sollte den heiligen Schrein zu Münzen „versilbern", wie man so sagte.
„Nein, Herr, das könnt Ihr von mir nicht verlangen. Das ist Frevel an heiligem Gut!"
„Papperlapapp, schwafel Er nicht herum, Er geht mit nach Lippstadt und macht mir Münzen aus dem Liborius."
Wie Feuer stieg es aus seinem Herzen auf, nein, das konnte er nicht. Aber wie sollte er sich der Gewalt des allmächtigen Braunschweigers entziehen? Noch ehe er einen Gedanken fassen konnte, ordnete der Herzog an: „Morgen geht Er mit nach Lippstadt. Ich lasse Ihn um acht abholen, ein Pferd steht bereit. Pack Er seine Siebensachen und Gerät, und schlage Er mir ‚Pfaffenfeindtaler' aus dem Gelump!"
Ehe er sich versah, war er wieder draußen, wandelte wie im Traum nach Hause und fand seine Frau in der Küche hantierend.
„Tileman, wie siehst du aus? Du bist ja blaß wie ein Totenhemd!"
„Ilsabein, mir ist zum Kotzen übel. Ich wurde ins Quartier des ‚Tollen' abgeholt, unter Bewachung, und morgen soll ich mit nach Lippstadt."
„Und was will der Kerl von dir? Sollst du etwa Bronzegeschütze gießen, wie damals für den Wichard?"
„Psst, still, Ilsabein, wenn das einer hört, dann komme ich nie mehr heim! Nein, eigentlich ist es noch schlimmer, es ist ein gottverfluchter Auftrag!" stöhnte er verzweifelt.
„Nun sag schon, Mann, laß dir doch nicht jedes Wort aus der Nase ziehen?"
„Hör zu, der Tolle Christian zwingt mich, mit nach Lippstadt zu gehen und dort den Liboriusschrein einzuschmelzen, um Münzen daraus zu schlagen!"

Vor Schreck schlug sie die Hand vor den Mund und vergaß, weiter im Topf zu rühren!
„Mein Gott, das ist ja eine Todsünde!"
„Ilsabein, wenn das die Bürger hören, dann wird unser Leben hier eine Qual. Niemand wird je wieder mit uns reden, alle werden uns meiden. Was soll ich nur tun?"
Ilsabein fand viel schneller die Fassung zurück als Tileman. Sie rührte weiter im Topf, damit die magere Hirsesuppe, die sie mit Armarant gestreckt hatte, nicht anbrannte.
„Wenn ich es mir recht überlege, Tileman, springt doch sicher auch ein gutes Stück Geld für dich heraus? Und …" sie drängte sich enger an ihn, „wenn du nun so ein paar Pfaffenfeindtaler in deinen Geldbeutel schiebst, hm, das geschieht dem ‚Tollen' doch nur recht. Und eigentlich ist er es, der alles zu verantworten hat, nicht du. Er ist der Herr und hat den Schrein an sich gebracht."
Tileman war nicht so schnell zu überzeugen. Aber wenn Ilsabein es meinte …; sie war immer so schnell mit ihren Erklärungen, hatte ja auch die Frauen vor wenigen Tagen angeführt. Unruhig wälzte er sich in der Nacht hin und her, erst in den frühen Morgenstunden schlief er ein. Lautes Klopfen und Hämmern an der Haustür weckte ihn. Jetzt hatte er auch noch verschlafen. In aller Hast und Eile zog er sich an, packte sein Bündel und verabschiedete sich hastig von seiner Frau.

Schon am übernächsten Tag mußte er in Lippstadt unter Aufsicht die Münzen prägen. Immer noch sträubte sich alles in ihm, als ehrlicher Katholik diesen Frevel zu begehen. Zwei Offiziere waren ständig bei ihm und beobachteten ihn. Anfangs versuchte er Zeit zu gewinnen – er trödelte, schaute lange aus dem Fenster der alten verlassenen Schmiede, die für den Frevel hergerichtet war – so als könne er damit die schreckliche Tat aus der Welt schaffen. Schon bald durchschauten ihn die Aufpasser, setzten ihm ihre Degenspitzen auf die Brust und murmelten etwas von „herzoglichem Befehl und Todesstrafe".
Nun, wenn er unter Zwang und Aufsicht zum Münzenprägen gepreßt worden war, was konnte er tun? Schließlich machte er sich an die Arbeit. Er nahm die Figuren ab, baute den Schrein auseinander, untersuchte das Edelmetall sorgfältig und trennte Gold und Silber voneinander. Dann entfachte er das Feuer und schmolz Teil für Teil ein.
Tage später suchte ihn der Herzog selber auf und begutachtete den ersten Teil der Arbeit.
„Sieht ja schon ordentlich aus!"
Er nahm die kleinen handlichen Gold- und Silberbarren in die Hand und hob sie abwiegend auf und ab.

„Wird viele schöne Pfaffenfeindtaler geben. Also paß Er auf. Hier ist ein Papier, da steht die Aufschrift *‚Tout avec Dieue 1622'* in französischer Sprache. Er kann kein Französisch, wie?"
Tileman schüttelte den Kopf.
„Euch Papisten wird eh nichts Anständiges beigebracht. Aber egal! Diese Aufschrift für die eine Seite. Andere Seite: *‚Gottes Freundt der Pfaffen Feindt'*. Hat Er kapiert?"
„Halten zu Gnaden, herzogliche Durchlaucht."

In den nächsten Tagen hatte Tileman mit der Form des Prägestockes zu tun. Er ließ einen dicken Eichenstamm aussuchen, der mit einer eisernen Klammer umgürtet wurde. Aus seiner Handwerkskiste hatte er sich drei schwere Hämmer bereitgestellt. Einige Tage dauerte es noch, dann waren die Rohlinge fertig. Schließlich klangen die mächtigen Hämmer durch die alte Werkstatt. Mit jedem Schlag prägte Tileman Marquart einen Pfaffenfeindtaler.
Herzog Christian ging alles zu langsam, er hatte natürlich wenig Geduld. Er hatte jedoch eine Idee, die er auch bald umsetzte. Einige Knechte schafften eine Spindelpresse herbei, die seine Männer in Soest aufgetrieben hatten. Nun konnte der Paderborner 60, ja 70 Münzen in einer Stunde anfertigen. Eine Truhe nach der anderen wurde gefüllt und von den Männern fortgeschleppt. Dann waren eines Tages die Rohlinge aufgebraucht, und der Münzmeister meldete Herzog Christian das Ende seiner Arbeit.
„Hier hat Er seinen Judaslohn, Marquart, hahaha", lachte ihn der „Tolle" aus, „hat ja nun doch den heiligen Liborius in viele kleine schöne Münzen zerlegt, die ich so gut gebrauchen kann!" Ein glucksendes Lachen kam aus seinem Mund. Er griff in eine Lade und warf ihm einen Lederbeutel zu, in dem Pfaffenfeindtaler klingelten. Tileman räumte die Münze peinlich sauber auf, legte die Werkzeuge zur Seite und setzte sich auf den leeren Eichenstamm. Er sah zum Fenster hinaus. Weit hinten im Westen versank der Sonnenball glutrot …
Als am nächsten Morgen die Knechte des Herzogs die Spindelpresse wieder abholen wollten, baumelte ein lebloser Körper an der Esse der Schmiede. Christian von Braunschweig zog mit seinen Söldnerhorden weiter. Fünf Jesuiten und die Bürgermeister hatte er aus Paderborn als Geiseln mitgeschleppt. Der Witwe Ilsabein hatte er den Lederbeutel, den man zu Füßen des erhängten Tileman gefunden hatte, überbringen lassen.

Bei Hoechst am Main brachte der Feldherr der katholischen Liga, Graf Tilly, Christian eine vernichtende Niederlage bei und befreite auch die

Paderborner Geiseln. Mit dem Grafen Mansfeld und seinen Landsknechtshaufen zog der „Tolle" brennend und mordend über den Rhein bis nach Lothringen. Die Reliquien führte er mit sich. Sein abergläubisches Gefolge wähnte sich sogar unter ihrem Segen sicher! Rheingraf Philipp Otto besuchte in der Nähe des lothringischen Metz den Braunschweiger und erkundigte sich nach den Reliquien. Herzog Christian ließ aus der Kiste, in der sein Silbergeschirr aufbewahrt wurde, ein versiegeltes leinenes Tuch holen und auf den Tisch legen. Er bekundete nachdrücklich, es seien tatsächlich die geraubten Gebeine. Philipp Otto kannte den Braunschweiger und bot ihm 4 000 Kronen, wenn er ihm die Reliquien verkaufte. Christian zögerte noch ein wenig.

„Nun gut, dann lege ich noch ein gutes Reitpferd drauf!" sagte der Reichsgraf und hielt ihm die Hand zum Einschlagen hin.

Christian zauderte keine Sekunde mehr, und der Handel war perfekt.

Der Rheingraf schickte den erworbenen Schatz in sein südlich von Nancy gelegenes Schloß Neuviller. Dort stellte seine Frau die Reliquien auf den Altar der Schloßkapelle. Es sprach sich bald herum, welch wertvolle Gebeine im Schloß lägen. In glanzvoller Prozession verehrten viele Gläubige den hl. Liborius. Nach einiger Zeit brachte man die Reliquien des großen Heiligen in einer mit vier Pferden bespannten Kutsche und in Begleitung eines Posttrompeters nach Bonn. Die Menschen in Neuviller waren traurig darüber, daß die Reliquien des heiligen Liborius wieder ihr Dorf verließen. Die Rückreise führte über Metz nach Trier, dann über Schweich, Wittlich und Adenau bis Godesberg. Im Kloster Marienforst wurden die Gebeine nun die nächsten vier Jahre aufbewahrt.

Herzog Christian aber traf kurze Zeit später selbst das Gottesgericht: Er verlor in der Schlacht bei Fleurus einen Arm. Man erzählte sich, er habe die Tat, den Schrein des hl. Liborius geschändet und eingeschmolzen zu haben, tief bereut. „Ach, hätt' ich den Alten in Ruh' gelassen, so hätt' ich meinen Arm behalten!" soll er gesagt haben.

*

1626

„... und laßt euch nicht verführen, und seien die Zeichen der Zeit noch so schrecklich, nein, laßt euch keinen falschen Fingerzeig geben! Auch die um ihres christlichen Glaubens willen Gemarterten sind immer noch Christen, ja mehr, eigentlich sind sie Märtyrer!"

Zur Unterstreichung seiner Worte schlug Pater Friedrich Spee auf die Brüstung der Kanzel, auf der er stand. Unten in der Kirche wurde es unruhig bei diesen ungewöhnlichen Worten.

Seine Predigten in St. Pankraz, der Marktkirche von Paderborn, seine Gottesdienste wurden von den Christen der Domstadt mit Vorliebe aufgesucht.
„Aber laßt uns besser das Wort Märtyrin durch Gefolterte ersetzen; sie sind gefolterte Christinnen. Und gerade weil sie trotz der aller irdischen und göttlichen Gerechtigkeit Hohn sprechenden Martern standhaft im Glauben geblieben sind, wenn sie sogar weiterhin auf Gottes Gerechtigkeit vertrauen, dann haben sie ja um des Glaubens willen gelitten!"
Und noch eindringlicher wurden seine Worte: „Denkt daran, ihr Christen, daß auch die arme Barbara, die wir heute als heilige Märtyrin verehren, daß sie sich nur wegen familiärer Vorwürfe ihren Leib hat zerfleischen lassen! Auch die armen Frauen, als Hexen angeklagt, haben nichts außer der Hoffnung auf einen gnädigen Gott. Er weiß, daß sie unschuldig sind."
Er mußte zum Abschluß kommen. Noch waren in der Zeit der Rückgewinnung abgefallener Protestanten die Abwehrkräfte der katholischen Kirche nicht vollends zusammengefaßt; die einheitliche Ausrichtung fehlte immer noch, noch wurde über die Klärung der Glaubenssätze gestritten. Da half nur das Gebet. Er faltete die Hände. Und ehrliches, heißes Flehen kam von seinen Lippen.
„Lasset uns beten. O Herr, reiß den Himmel auf! Ja, reiß Tor und Tür auf, und öffne Schloß und Riegel! Gieß deinen Tau über uns aus. Laß davon Berg und Tal grün werden. Wir leiden hier größte Not, vor aller Augen steht der Tod immerzu. Führ uns, Heiland, zu dir! Amen!"
Nach der Meßfeier wartete Herr Walter von Imbsen auf ihn in der Sakristei.
„Pater Spee, ich habe Euch gut verstanden. Und weil ich Euch gut verstanden habe, will ich all meine Habe den Jesuiten vermachen."
„Dann geht mit zum Pater Rektor. Ich bin nur berufen, die Philosophie und Moraltheologie zu lehren. Er aber wird sich freuen."
Herr von Imbsen hatte noch ein anderes Anliegen.
„Ja, gern, Pater Spee, und ich wollte Euch noch sagen, dieses letzte Gebet, diese wunderschönen Gedanken, schreibt sie doch als Verse nieder."
„Wenn Ihr meint, warum nicht. Ich habe schon einige geistliche Lieder geschrieben."
„‚Tu, tu auf, Du schönes Blut' und auch ‚O Traurigkeit, o Herzeleid', ich kenne Eure Lieder, Pater. Das sind endlich Verse, die sich singen lassen. Sie müßten in ein neues Gesangbuch gedruckt sein, daß alle mitsingen könnten."
„Ja, ja, genug der Ehre, Herr von Imbsen, vielleicht später!"
Die beiden gingen im Gespräch zum Jesuitenkloster, wo er den spen-

denfreudigen Gläubigen mit dem Pater Rektor bekannt machte. „Pater Spee, lauft nicht weg, ich muß Euch gleich noch sprechen!"
Im Augenblick hatte der Mann mit dem dichten schwarzen Bart andere Sorgen.
Nach Abzug des Tollen Christian hatten die Menschen das schlechteste Jahr erlebt, soweit sie sich erinnern konnten, das über die Hochfläche von Paderborn und die Stadt mit allen umliegenden Dörfern hereingebrochen war: Im Februar blühten Primel, Krokus und Veilchen, und im Mai blies ein so kalter Wind, daß alle Frühlingsherrlichkeit verging. Die Saaten wurden durch Hagelschlag vernichtet, die Sonne ging mehrmals blutrot unter, und in der Pader trieben viele tote Fische. Weil auch noch eine Seuche aufkam und mehr Menschen starben als sonst, deuteten die Paderborner bald mit Fingern auf diese und auf jene Frauen, die sie für die Zeichen des Unheils verantwortlich machen wollten. Dem mußte Einhalt geboten werden. Friedrich Spee kannte dieses Treiben, diese Verdächtigungen, Verleumdungen, diesen Verrat. Nachrichten, die in Paderborn eintrafen, stimmten ihn nicht gerade zuversichtlich. Ein reisendes Sondergericht, angeführt von dem Werler Staatsanwalt Doktor Heinrich Schultheiß, kam in einer Spur von Blut und mit Brandgeruch auf Paderborn zu. Der Hexenrichter, wie er schon im Land genannt wurde, war mit weitreichenden Vollmachten seines Landesherrn, Kurfürst-Erzbischof Ferdinand von Köln, ausgestattet. Er sammelte alle Verdächtigungen und ließ die beschuldigten Frauen verhaften, foltern und – nach einem schnellen Urteil – verbrennen.
Dieser Schultheiß war dabei, eine umfangreiche *„Instruktion, wie in Inquisitionssachen des greulichen Lasters der Zauberei zu prozedieren sei"*, zu verfassen. Damit hatte er die Hofbeamten und vor allem den Erzbischof auf sich aufmerksam gemacht. Dutzende von Todesurteilen in Arnsberg, Werl und Soest, zwischen Lippstadt und Warstein, in Bilstein und Fredeburg waren vollstreckt worden. Um diesen Mann wehte der brandig stinkende Atem der Scheiterhaufen.

Im Theodorianum, in seinem Audienzzimmer, wartete der Rektor auf Spee. Er war weniger mit dem Wort sondern eher von Gestalt ein starker Streiter Gottes; eine Rüstung hätte ihn, den autoritätshörigen Leiter des Kollegs, ebenso gut gekleidet wie die Soutane.
„Ich habe gerade Botschaft erhalten, daß Herr Doktor Schultheiß unterwegs ist. Das Hexendekret unseres gottbegnadeten Völker- und Seelenhirten Ferdinand von Köln soll auch hier seine Anwendung finden. Ich werde die Herren Patres im Kapitelssaal instruieren, daß der Herr Doktor im direkten Auftrag des Landesherrn reist, also jeglicher Unterstützung bedarf. Wir erfahren doch so manches und horchen mal hier, mal

da, in Kirchen, auf dem Markt, vor allem, wo Frauen sich treffen, die sich der Zauberei verdächtig machen. Aber, Pater Spee, auch solche, die auffällig oft zur Messe gehen, sind verdächtig. Und die, die sich dirnenhaft benehmen. Abstoßend häßliche wie strahlend schöne Frauen, dumme und zu geistreiche, kurzum alle, die sich auffällig verhalten und durch ihre Andersartigkeit aus der Reihe tanzen.
Ich sage Euch das, weil Ihr heute in das Schloß Neuhaus fahren wollt."
Spee gingen auf dem kurzen Weg dorthin tausend Gedanken durch den Kopf. Da kamen sie wie damals in Köln wieder daher mit ihrem fahrenden Gericht, fielen in die Dörfer, beurlaubten die dort tätigen Richter mit fürstlicher Vollmacht und machten in zwei, drei Tagen ein solches Dorf „zauberfrei". Nun ging die fürchterliche Jagd auf unschuldige Frauen und auf so manchen Mann auch hier los. Um so notwendiger war seine in Entwürfen vorliegende Schrift *„Cautio Criminalis"* geworden, er mußte sie dringend fertigstellen. Spee hörte die Stimmen der Katharina Henot in Köln, des mutigen Adam Tanner und aller anderen gefolterten und bereits auf Scheiterhaufen verbrannten Unschuldigen – sie forderten ihn auf, sein Werk fortzusetzen.

Schon drei Tage später setzte die gnadenlose „Rechtsmaschinerie" ein. Ein Bote des Hexenrichters kam in das Haus des Bürgermeisters und bestellte ihn zur Gerichtsstube. Dort verlas der fürstbischöfliche Kommissar, Doktor der Rechtswissenschaft Schultheiß, seine Vollmacht.
Zwei Doctores der Heilkunst saßen neben ihm.
„Und nun sagt, Ihr Herren", wandte er sich an die beiden, „sagt, was Ihr beobachtet habt."
Der eine räusperte sich, kratzte sich am Ohr und grunzte in seinem tiefen Baß los: „Auf dem Kaukenberg war's. Dort fiel mir ein heller Lichtschein auf, als ich mit der Kutsche von Driburg kam. Ich ging mit meinem Herrn Kollega hin, und wir sahen, wie zwei Gestalten ums Feuer tanzten."
„Ja, ja, wir konnten genau ausmachen, daß es zwei Frauen waren", ergänzte der andere.
Schultheiß beugte sich vor: „Habt Ihr diese zwei Frauen erkannt?"
„Es war ja Vollmond, Euer Gnaden, und über dem Kaukenberg lag helles Licht. Dazu der Feuerschein."
„Als wir uns näher herangeschoben hatten, da sahen wir die Gesichter deutlich", pflichtete ihm sein Kollege eifrig bei.
„Nun sagt uns endlich die Namen der beiden!" Schultheiß wurde langsam ungeduldig.
„Es war Marte, die Witwe des unseligen Bürgermeisters Wichard, und Ilsabein, die Witwe des Münzschlägers."

Das Gericht unter Vorsitz des Doktors Schultheiß, Rat und Advocatus fisci für Westfalen aus Werl, erhob Anklage wegen Hexerei. Die Frauen seien für den nächsten Tag zu laden.
Seit der Besetzung „*Pader Porns*" durch Christian von Braunschweig waren einige Jahre vergangen. Trotzdem waren nach dem großen Brand in der Ruinenlandschaft erst wenige Häuser rund um den Dom wieder aufgebaut worden. Verkohlte Balken ragten immer noch aus Trümmern, Kamine mahnten, daß hier einmal Häuser Schutz geboten hatten, auf dem Weg lag noch Bauschutt verstreut.
Friedrich Spee eilte abends an den weißgetünchten Mauern des Kapuzinerklosters vorbei, zwischen Kloster und Stadtmauer über die einstige Straße. Am Stadelhof, der ebenfalls untergegangen war, stieß bald auf das Haus der Marquarts. Nach dem Tod des Münzmeisters und Geschützgießers war Ilsabein absonderlich geworden. Vor ihrem Häuschen blieb er stehen. Im Vorgarten blühten Kaiserkronen, und allerlei Würzkräuter verbreiteten einen fremdartig und stark kräftigen Duft. Er klopfte an die Tür, die Frau stand im Eingang, hager und aufrecht. Ihr Haar fiel strähnig und ungepflegt auf die Schultern, darunter verbarg sich ihr immer noch ebenmäßiges, ja hübsches Gesicht.
Pater Spee grüßte und fragte, ob er eintreten dürfe.
„Laßt Euch mal bei Licht besehen, damit ich weiß, wen ich vor mir habe."
Sie brachte ein zinnernes Ölfunzelchen und ein Feuerzeug zum Vorschein, schlug mit dem Stahl Funken vom Stein und fing sie im Zunderbüschelchen auf, bis es glomm. Dann hielt sie einen Schwefelfaden daran. Als er blau brenzelte und sprühte, hielt sie den Faden an den Docht der Funzel. Bei Licht erkannte sie den Pater und machte den Weg frei in einen winzigen Hausflur, der ohne Tür in eine Küche von ebenso geringem Ausmaß verlief. An den Längswänden waren Stangen gezogen, daran hingen in dicken Büscheln allerlei trocknende Kräuter und strömten ihren Würzgeruch aus.
Sie bat ihn in die Stube.
Spee befragte Ilsabein nach dem Vorfall, und sie berichtete frei und ohne Umschweife, daß sie mit ihrer Freundin Marte hinausgegangen sei, bei hellem Mond, um Kräuter zu suchen, Kräuter und das „Arme-Leute-Brotkraut", um zu überleben. Wegen der Kühle hätten sie ein Feuer entfacht und seien ein wenig darum herumgesprungen. Vor allem, um ihr Blut in Wallung zu bringen und den Körper zu erwärmen, so wie beim Liborifest in früheren Zeiten. Sie hätten sich sehr gefreut, weil sie mit soviel frischem Kraut ihre Vorräte ergänzen könnten!
„Und nun klagen die beiden Doctores der Heilkunst Euch und Frau Marte an!"

„Uns? Uns beide?“ Mit bleichem Gesicht sank Ilsabein auf eine Stuhlkante und faltete die Hände. „Und Ihr haltet mich auch für eine Hexe, und die Marte ebenfalls, Hochwürden?“
„Nein, eben nicht, aber man wird euch beide morgen oder übermorgen abholen und vor das Gericht des Hexenrichters Dr. Schultheiß stellen.“
Ilsabein saß immer noch vorn auf dem Stuhl.
„Ich hab' doch nie gezaubert, hab' nur mal den Verwundeten ein heilendes Kraut gemischt. Ja, damals habe ich sogar der Stadt geholfen und zur Anpflanzung von ‚Feldmannstreu‘ geraten!“
„*Feldmannstreu*, das kenne ich nicht!“
„Hab's von der Mutter und Großmutter. Auch sie sollten schon einmal wegen der Kräuter verbrannt werden. Dahinter steckte der Klostervogt, weil der meinte, daß sie angeblich zauberische Schlingen um die Hasen legten. Aber der Pfarrer hatte damals schon gegen den Hexenwahn gepredigt.“
„Das hätte Euch das Kräuterwesen eigentlich verleiden sollen!“
„Warum denn, wir haben's mit gutem Gewissen weitergetrieben und manchem Kranken gerade in den vielen Kriegen geholfen. Und das ist doch wohl nie und nimmer gegen Gottes Gebote!“
„Aber ich hätte bei jedem Kraut, das ich pflückte, denken müssen: Dafür wäre meine Großmutter um ein Haar auf den Scheiterhaufen gekommen. Ich hätte nicht den Mut gehabt!“ erwiderte Spee.
„Mut?“ unterbrach ihn Ilsabein. „Wer sein Leben nicht bloß dahinlebt wie ein Schaf in der Herde, der weiß, es braucht immer Mut, ob zum Leben oder zum Sterben. Als damals die Landsknechte die Wälle bestürmten, als mein seliger Mann dem Tollen Christian folgen und ihm aus dem Liborischrein Münzen schlagen mußte, nein, da habe ich mich nicht gefürchtet. Und heute? Wovor soll ich mich fürchten?“
„Ich fürchte, Ihr könnt Euch nicht vorstellen, was auf Euch zukommen kann! Und Frau Marte, wie steht's um die?“ forschte Spee weiter.
„Ach, sie hat mir geholfen. Immer wenn es galt, Verwundete zu pflegen, war sie zur Stelle.“
„Wer kann denn gegen Euch etwas im Schilde führen, warum haben die Doctores der Heilkunst Euch angeklagt?“
Im Augenblick seiner Frage fuhr es Spee wie eine Erleuchtung durch den Kopf: „Fühlen sich die beiden Herren etwa durch Eure Heilkünste zur Seite geschoben? Sind Leute von den Doctores mal zu Euch gekommen und haben sich Salben geben lassen?“
„Ja, ja, das war so, ein Student aus Jena, dem man auf der Landstraße übel mitgespielt hatte, sprach abends bei dem Doktor vor, aber wurde nicht mehr vorgelassen. Wir haben ihm geholfen, und am nächsten Tag hat er dem Doktor gehörig die Meinung gesagt.“

„Ich werde mal am Haus der Herren Doktoren vorbeischauen, vielleicht fällt mir etwas auf. Wenn Ihr aber beichten wollt, mir irgend etwas anvertrauen wollt, ich bin schon früh um sechs in der St.-Pankraz-Kirche am Markt."

Schon am nächsten Morgen wurden beide Frauen von der Stadtwache abgeholt. Im Hohen Gericht hatten sich neben dem Hexenrichter auch Weihbischof Pelking, der Bürgermeister, einige Räte und die beiden Doctores eingefunden. Schultheiß ließ die Anklage vorlesen und befragte die beiden Ankläger. Sie wiederholten die Beschuldigungen.
„Auf dem Kaukenberg war's, jawohl, da sind sie um das Feuer getanzt."
Der Staatsanwalt wollte noch mehr aus den Anklägern herauskitzeln.
„Besinnt Euch nur, Ihr Herren Doctores, dann fällt Euch ganz gewiß ein, wie es weitergegangen ist, da oben auf dem Berg. War nicht vielleicht noch irgendwer dabei, vielleicht der ..."
In diesem Augenblick griff Pater Spee ein, der ebenfalls zu der Verhandlung gekommen war.
„Herr Doktor Schultheiß, mit allem gebotenen Respekt, aber ich habe heute morgen den beiden Frauen die Beichte abgenommen. Ohne das Geheimnis zu verletzen, kann ich sagen: Sie sind keine Hexen. Glaubt mir!"
Der Hexenrichter nahm kaum Notiz von ihm.
„Wenn Ihr Euch nicht flugs bekennt", sagte er zu den beiden Frauen scharf, „dann soll die Folter nachhelfen!"
„Erlaubt, daß ich mich einmische, Herr Doktor Schultheiß!" Jetzt nahm der anwesende Bischof das Wort. „Ja, es sind Kräuterweiber, vor allem die Ilsabein, ist doch das Gespann meiner Kutsche vor wenigen Monaten in dem Hexenwerk von Stechdisteln elend hängengeblieben. Und dieses sogenannte Tripp-Trapp-Kraut stammt von den beiden Frauen!"
Spee wurde es heiß und kalt. Nun hatte der Bischof auch noch gegen sie gesprochen.
„Hochwürdiges Gericht, Herr Doktor Schultheiß, hochwürdigster Herr Weihbischof. Ich mache mich zum Anwalt der beiden Frauen und möchte bei einem heiligen Eid folgendes zu Protokoll bringen: Gestern abend habe ich Frau Ilsabein besucht und eingehend befragt. Sie sagte dasselbe aus wie hier vor Gericht. Aber ich bin auf dem Weg ins Kloster am Haus des einen Herrn Doktor der Heilkunst vorbeigegangen. Hinter dem aufstehenden Fenster saß er mit seinem Herrn Kollega bei einer Kanne Wein. Gerade als ich vorbeikam, schlug er ihm lachend auf dic Schulter und sagte mit seinem dröhnenden Baß: ‚So, nun haben wir die lästigen Kräuterweiber vom Hals. Die werden uns künftig keinen Kran-

ken mehr in Paderborn wegschnappen und heilen. Von jetzt an kommen die Kranken wieder zu uns!'"
Spee war bei dieser Aussage auf die beiden zugegangen und hatte mit fester Stimme gesprochen.
Zusammengezuckt waren sie, aschfahl im Gesicht geworden, schauten sich fassungslos an, jedermann im Gericht hatte es beobachtet.
Dr. Schultheiß konnte nicht anders, er mußte die Entlastung des Jesuitenpaters ernst nehmen.
„Ihr macht diese Aussage bei Eurem heiligen Eid, Pater Spee?"
„Ich schwöre es bei Gott und allen Heiligen!"
Hochaufgerichtet streckte er die Schwurhand hoch und legte sie dann auf die Bibel, die vor Schultheiß zusammen mit einem Kruzifix lag.
„Und die Herren Doctores, nun, was steht gegen diesen heiligen Eid?"
Die beiden drehten und wanden sich und drucksten verlegen herum: „Nein, nein, wir haben sie wirklich nur um das Feuer tanzen gesehen. Es war niemand sonst dabei, ein Teufel schon gar nicht."
Schultheiß schloß widerwillig die Verhandlung. Das war kein guter Anfang für Paderborn. So eine wenig fundierte Anklage, da müßte man schon besser vorbereitet an die nächsten Prozesse gehen. Noch ehe er den Schluß der Sitzung verkünden konnte, hörte man unten in der Gasse Rufe, Schreie, ein Gezeter, das Schlimmstes verhieß.
„Die Pest! Die Pest! In Paderborn ist die Pest ausgebrochen! Heiliger Liborius, hilf!"
Mit wehenden Haaren liefen einige Frauen vor das Rathaus.
„Die Doctores sollen kommen. Am Westerntor liegt ein Mann. Hals und Arme, alles voller schwarzer Flecken!"
Alles geriet in Aufruhr. Der Hexenrichter packte seine Schriftsätze, Bibel und Kruzifix blieben liegen, der Weihbischof raffte die Soutane und rannte davon, die Doctores wollten sich ebenfalls davonstehlen. Der Bürgermeister und die anwesenden Ratsherren wußten das jedoch zu verhindern.
„Nichts da, hiergeblieben, jetzt könnt Ihr Eure Kunst beweisen, und vielleicht werdet Ihr ja reich beschert mit neuen Patienten!"
Noch tat der Bürgermeister das mit bitterer Ironie, ja Sarkasmus ab, was bald bitterer Ernst für Paderborn werden könnte. Spee sah sich um, Marte war verschwunden. So verließ er im Gespräch allein mit Frau Ilsabein den Gerichtssaal und riet ihr eindringlich, möglichst den Herren Doctores aus dem Weg zu gehen.

Auf das Westerntor war kurz zuvor ein einzelner Reiter zugeritten, barhäuptig und ganz langsam. Das Tier trabte näher, und die Leute, die sich beim Nahen dieser unheimlichen Gestalt versammelt hatten, er-

kannten, daß das Pferd nur aus Haut und Knochen bestand und sich mühsam weiterschleppte, ja daß der Reiter genauso gelb und elend aussah wie sein Klepper. In Panik waren einige Bürger gleich zum Rathaus gelaufen – wer so schrecklich aussah, konnte nur an der Pest erkrankt sein, meinten sie.
Marte, die sofort herbeigeeilt war, trat an ihn heran und beruhigte ein paar furchtsame Kinder. „Seid still, das ist ein armer Mensch; fürchtet euch nicht! Er ist auch ein Christenmensch wie wir."
In dem Moment fiel der Reiter jäh mit dem Kopf nach vorn. Er wollte sich halten, glitt aber aus dem Sattel zu Boden. Der Gaul machte einen erschrockenen Satz nach vorn, blieb dann aber stehen und wieherte so erbarmungswürdig, wie kaum ein Mensch es je gehört hatte.
„Holt eine Trage, wir wollen den Armen pflegen!"
Marte war es selber nicht ganz geheuer. Das Gesicht des Reiters war eingefallen, nur hervorstehende Knochen mit einer Haut darüber wie altes, gelbes Pergament. Ein Schauer lief ihr über den Rücken. Der Mann sah aus wie der leibhaftige Tod.
Im Haus der früheren Bürgermeistersfrau wurde ein Lager für den kranken Mann bereitet.
„Sollen wir einen der Doctores holen?" Die Männer wollten mit der Trage zurück.
„Nein, laßt nur, das mache ich selber!"
Als die Männer den Reiter auf das Lager betten wollten, riß das Hemd auf, und sie sahen dunkle Pusteln und Schwären. Nur weil Marte unerbittlich blieb, nahmen sie sich zusammen und legten den Mann auf das Stroh, über das Marte eine Decke gebreitet hatte.
Dann eilten sie wie von Furien gejagt davon. Sollte sich doch die alte Kräuterhexe mit dem Pestkranken herumschlagen. Nur nichts wie weg!
In der Küche setzte Marte einen Topf auf und kochte eine Suppe. Ein wenig von dem heißen Gebräu, in das sie dieses und jenes Kraut eingerührt hatte, flößte sie ihm ein. Sie bettete seinen Kopf auf ihren Schoß, tupfte mit einem Tuch das schweißnasse Gesicht ab und wusch ein wenig die Schwären aus. Dann gab sie ihm noch ein paar Löffel Suppe.
Der Mann schlief ein. Später wurde sie von seinem Röcheln herbeigerufen, sah, wie er sich im Krampf hin und her warf. Wieder nahm sie seinen Kopf, betupfte die Stirn, flößte ihm erneut ihre Kräutersuppe ein. Auf einmal schlug er die Augen auf und flüsterte stockend: „Frau, mit mir geht's zu Ende. Der Feldwebel hat mich fortgejagt, weil ich die Pocken hab'. Sie setzten mich auf einen alten Gaul und gaben mir Essen für ein paar Tage. Ich bin seit einer Woche herumgeirrt. Tragt mich in den Wald, da kann ich in Ruhe sterben, sonst kommt die Pest über euch alle!"
Draußen schrien und kreischten die Menschen und stoben in Panik aus-

einander: „Der Schwarze Tod, der Schwarze Tod geht um im Paderborn!“

Im Jesuitenkolleg hatte der Rektor gleich angeordnet, das Kolleg zu schließen. Die Studenten und Schüler wurden nach Hause geschickt. Die Patres verteilten sich auf andere Ordenshäuser, Pater Spee aber wurde nach Speyer „versetzt“.

Ilsabein war zum Haus ihrer Freundin Marte gelaufen, hatte gefragt, ob sie helfen könne. Marte hatte schon ihren Reiseumhang umgelegt und eine offene Satteltasche mit allerlei Säckchen gefüllt, aus denen ein würziger Geruch aufstieg.
„Ilsabein, du kommst im rechten Augenblick. Ich will mit dem Mann aufs Land, hier werde ich ihn nicht heilen können.“
„Viel schlimmer, hier werden wir alle krank“, antwortete die Witwe und fuhr fort: „Laß mich mit dir gehen, ich habe wie du keine Familie, und wir könnten vielleicht gemeinsam den Mann heilen. – Außerdem glaube ich, daß wir uns auch eine Weile besser nicht in Paderborn sehen lassen.“
So zog ein seltsamer Zug aus dem Westerntor, ein Mann, der sich mühsam auf seiner Schindmähre hielt, und zwei Frauen, die auf Maultieren hinterherritten. Am Abend kamen sie in Dringenberg an. Schon bald wand sich der staubige Pfad durch Gassen und an der Hude des Dorfes vorbei. Marte wies auf ein dunkles Dach: „Ich kenne die kleine Hütte, sie steht leer, über den Sommer können wir hier sicher wohnen. Wer weiß, vielleicht geht der Schwarze Tod an uns vorüber.“
In dem rauchgeschwärzten Raum entzündeten sie eine Kerze und bereiteten mit dem Stroh, das sie dort vorfanden, ein Lager auf dem harten Lehmboden. Die Wand bestand aus Flechtwerk mit Lehmbewurf. Auch war die Hütte in zwei Räume aufgeteilt. In den einen legten die Frauen den fremden Reiter und versorgten ihn.
In der Mitte des Raumes entfachten sie ein kleines Feuer und setzten einen Topf auf zwei Steine. Wasser, das sie vom nahen Bach geholt hatten, begann zu kochen, während die Frauen ihre Leinensäckchen mit Kräutern an die Balken hingen.
„Siehst du das?“ fragte Marte und wies auf eine schwarze Knolle.
„Das ist eine Alraunwurzel. Und das hier“, sie wies auf ein Bündel getrockneter Wildkräuter, „das ist Schafgarbe zum Blutstillen.“
„Ich habe auch Fingerhut mitgebracht, läßt die Knöchel abschwellen.“
„Du mußt ihn nur vorsichtig in geringer Menge anwenden, sonst vergiftest du die Leute!“
Bündel auf Bündel hielten sie hoch und zeigten sich ihre Schätze: Schwarzwurz zum Heilen von Knochenbrüchen; Salbei, um Schwermut

zu vertreiben; die rote Waldbegonie, die den Teufel fernhält. Sie kicherten, hielten sich den Mund zu, als sie davon sprachen!
Dann rief der Kranke nach ihnen.
„Die Geschwüre sind aufgegangen, wir müssen neue Verbände anlegen." Sie holten Tücher aus der Satteltasche, legten Kräuter darauf und verbanden die offenen, nässenden Wunden.
Mit matter Stimme seufzte der fremde Kranke: „Warum lebe ich noch?"
„Weil wir Euch heilen werden, glaubt nur fest daran, und schickt ruhig ein Gebet zum Himmel."
In dieser entlegenen Bauernkate versorgten sie einen wildfremden Mann, weitab von der Pestilenz, die in Paderborn wütete und so manchen dahinraffte. In dieser am Rand des Ortes gelegenen ärmlichen Hütte, wie sollte hier noch der giftige Atem der tödlichen Krankheit weitere Opfer treffen?
Während der Kranke langsam zu Kräften kam, während die Frauen Obst und Nüsse sammelten, während sie mit einigen kunstfertigen Handgriffen die Hütte mit den vorgefundenen Habseligkeiten ein wenig wohnlicher einrichteten, schuf ein Handwerker ganz in ihrer Nähe edle Kostbarkeiten in Gold und Silber.
Hans Krako betrieb in einem der Häuser, die sich um die Burg Dringenberg drängten, eine Goldschmiedewerkstatt. Hans war der in Pflege gegebene Sohn der geheimnisvollen Gräfin Krakower, deren Verführung der junge Goldschmied Engelbert auf seiner Wanderung erlegen war. Hans war zusammen mit Jürgen, dem Sohn der Pflegefamilie, aufgewachsen, und beide waren beim Vater in die Lehre gegangen. Während Jürgen Schmied wurde, vorn im Haus seine Werkstatt betrieb und zum Bürgermeister der Stadt aufgestiegen war, neigte Hans mehr der feineren Arbeit zu. Er fertigte schon früh kleinere Silberarbeiten, stellte Becher und Pokale her, besserte Küchen- und Tischgeschirr aus.
Die Herren des Domkapitels und Adels, die Ratsherren anderer Städte, wenn sie hier in der Burg zu tun hatten, die gesamte vornehme Gesellschaft kaufte gern in Dringenberg Geschmeide und kleinere Geschenke für ihre Damen. Besonders gern suchten die Herren die Werkstatt von Hans Krako auf. Er war durch seinen Fleiß, seine Geschicklichkeit und sein überdurchschnittliches künstlerisches Gefühl für Proportionen und Formsprache seiner Zeit bekannt. Inzwischen beherrschte er alle Techniken seines Faches und wies damit ein außergewöhnlich hohes handwerkliches Können auf.

Wieder einmal hatte ein großer Landtag in Dringenberg, der Bergfeste als Nebenresidenz der Paderborner Landesherren seit Beginn des 14. Jahrhunderts, stattgefunden. Während in Paderborn die Pestilenz

wütete, trafen sich hier alle Paderborner mit großen und klingenden Namen. Die Bürger der Domstadt hätten gestaunt, welch eine Prachtentfaltung die Herrschaften in festlichen Kleidern trieben, die in diesen Notzeiten von Krankheit, Krieg und Tod kaum noch vorstellbar schien: Violetter Brokat, karmesinrote Seide, feinstes schwarzes Tuch, kostbare weiße Spitzenkragen, Hüte mit Pfauen- oder Straußenfedern, blitzende Degen und edelsteingeschmückte Dolche, die Herren des Domkapitels und des fürstbischöflichen Hofes gingen in blanken ledernen Stulpenstiefeln und Kavalierstracht durch die Gassen und am Abend zu den üppigen Gelagen auf die Burg. Hunger kannten diese feinen Herrschaften nicht!
Von dort drang Lärm und fröhliche Tafelmusik, als der Landdrost des Paderborner Hochstifts, Wilhelm von Westphal, und seine Gemahlin Elisabeth von Loe die Werkstatt Hans Krakos betraten.
„Wir hätten eher zu Euch kommen sollen, Meister Krako, aber die Wirrnisse der Zeit ließen es nicht zu", begann der Landdrost. Und dann verriet er den Grund seines Besuches. Er wolle fragen, ob er, Hans Krako, gewillt sei, einen neuen Schrein für die Gebeine des hl. Liborius anzufertigen, der seit dem Raub schon lange im Dom fehle.
Elisabeth sprach es deutlich aus: „Wir möchten einen prachtvollen und den Reliquien angemessenen Schrein stiften! An Geld soll es nicht fehlen!"
Der Landdrost ergänzte: „Wir haben dazu 130 sächsische Doppelgulden mitgebracht, wenn Ihr einwilligt und wir mit Eurem Entwurf einverstanden sind."
Die Tür wurde ein wenig ungestüm aufgestoßen, der Stiefbruder Jürgen schaute herein.
„O, der Meister hat Besuch, da will ich nicht weiter stören."
Der Landdrost drehte sich zu ihm hin.
„Tretet nur näher, Bürgermeister, wir haben hier keineswegs Geheimnisse zu bereden."
Beflissen begrüßte der Bürgermeister von Dringenberg die hohen Herrschaften. Von Westphal fuhr fort mit seinen Ideen: „Die Form des neuen Werkes sollte auch an den geraubten Schrein erinnern, muß nichts grundlegend Neues zeigen."
„Er soll durchaus der mittelalterlichen Lade nachgebildet sein", ergänzte Frau von Loe.
„Gnädiger Herr Landdrost, ich weiß nicht, ob ich der richtige Künstler bin, ob ich den Mut habe, dieses Werk zu übernehmen", sperrte sich der junge Goldschmied noch, „ich habe zu wenig Erfahrung in der Darstellung von Figuren."
„Aber, Hans", schaltete sich Jürgen ein, „wie viele schöne Pokale mit

kleinen Figuren hast du schon hier geschaffen. Außerdem ist dir dein Geselle Hans Cordt eine gute Hilfe!"
„Herr von Westphal, ich habe noch nie einen Schrein gearbeitet, vielleicht solltet Ihr Euch doch lieber nach einem anderen Künstler umsehen. Die Marquarts zum Beispiel in Paderborn ..."
„Ja, ja, die Marquarts, da seid Ihr in großer Unkenntnis, denn beide gibt es nicht mehr. Engelbert ist mit den Landsknechten gegangen, und Tileman hat sich das Leben genommen. Nein, nein, ich möchte, daß Ihr Euch in aller Geduld, meinetwegen auch mit Eurem Gesellen an das Werk macht."
„Nun gut, so soll es geschehen."
Hans Krako nahm ein großes Blatt Papier aus einer Rolle und den Kohlestift dazu. Sorgfältig zeichnete er eine altertümliche Hausform mit Dachschrägen auf.
„Ja, so hat er ausgesehen in seiner äußeren Form, das ist gut so", sinnierte der Landdrost aus der Erinnerung.
„Nun müssen aber die Figuren des hl. Liborius und auch des ersten Patrons des Domes, des hl. Kilian, oben auf dem Schrein zu sehen sein", wünschte die Drostin.
„Und die vier Kirchenväter gehören ebenfalls abgebildet", gab Wilhelm von Westphal zu bedenken.
„Unsere hohe Frau Maria, die Mutter Gottes, aber auch die zwölf Apostel dürfen nicht fehlen!"
Hans Krako schrieb eifrig die Vorschläge auf den Rand seines Blattes.
„Wenn der Landtag geschlossen ist, habe ich wieder mehr Zeit. Fertigt bis dahin den Entwurf, Meister, dann wollen wir weitersehen. Hier", er zückte die Geldbörse und zählte ihm einige Taler hin, „ein Vorschuß für die erste Arbeit. Ich hoffe, daß wir uns einig sind!"

In den nächsten Tagen entstanden nach dem inneren Bild Hans Krakos die Gesichter der Heiligen, der Gottesmutter, die Apostel, die Skulpturen nahmen Form an. Aber die Entwürfe, vom Landdrost und seiner Frau nach kurzer Zeit begutachtet, fanden so recht noch keine Begeisterung, der Funke wollte nicht überspringen. Von Westphal ließ Gröninger von der Burg holen; er weilte dort, da er Entwürfe zu einem Epitaphaltar für die Lichtenauer Pfarrkirche liefern sollte. Vielleicht, so dachte der Landdrost, könnte er dem Kollegen Krako ein wenig helfen?

Um das kleine Dorf Dringenberg lag lichter Wald, alte knorrige Baumriesen reckten ihr Geäst in einen wolkenlosen Himmel. Unter einer Eiche saß eine abgerissene Gestalt in zerfetzter Kleidung, das Haar wirr, zottelig, den rechten Arm in einer schmutzigen Tuchschlinge. Er blickte auf das Dorf, das vor ihm lag. Ein Fleckchen Erde in der Heimat war alles, was dem Kämpfer in der Erinnerung geblieben war. Er lehnte sich zurück, ihm war, als müsse er Unerfülltes, Schuldiggebliebenes noch vollenden. Die Krankheit griff mit glühenden Händen nach ihm und hüllte ihn in qualvolle Nebel. Er hatte sich das Leiden in den tollen Landsknechtsjahren geholt. Engelbert Marquart glaubte nicht an das neuentdeckte Heilmittel Quecksilber, das ein italienischer Arzt gegen die „Franzosenkrankheit" verwandte. Und wenn er an all das dachte, was er in diesen Jahren Schlimmes getan hatte, erschien ihm manchmal die Krankheit als gerechte Strafe. Hätte er sich doch damals nicht von den Werbern blenden lassen! Das Licht der hellen Sonne tat ihm weh. Ob er den Weg bis Paderborn überhaupt noch schaffen würde? Vielleicht käme diesmal eine Kutsche aus der anderen Richtung und nähme ihn gnädig auf? Er schloß die Augen, und das letzte, an das er sich erinnerte, war das Schnauben von irgendeinem Vierbeiner …

Ein dumpfes Geräusch riß ihn aus seinen Träumen. „Trommeln, Alarm, Wache …!" phantasierte Engelbert.

„Ruhig, schsch, schlaf nur weiter, Engelbert Marquart."

Er versuchte die Augen zu öffnen und das dämmerige Dunkel zu durchdringen, um die beiden Gestalten zu erkennen, die ihn mit seinem Namen anredeten.

Ein Feuer schwelte, von abgestochenen Grassoden geschützt, er verfolgte die dünne Rauchsäule, die irgendwo im Dunkel verlief, nein, oben durch ein Loch schien silbriges Mondlicht herein.

Ilsabein und Marte hatten den heimgekehrten Landsknecht unter den windgedrehten Ästen des alten Baumstammes gefunden, ohnmächtig, hatten ihn gleich erkannt und in ihre armselige Hütte geschleppt. Nun hatten sie den zweiten Kranken auf ihren Strohbündeln liegen und versuchten, auch ihm das Leben zu erhalten.

„Quecksilber, Quecksilber, das hilft", flüsterte Engelbert schwach. Marte besorgte das Heilmittel, ein wenig nur, der Goldschmied Krako hatte es ihr gegeben. Sie waren ins Gespräch gekommen, Marte hatte von dem Heimgekehrten erzählt und welchem Beruf er früher nachgegangen war. Da schenkte ihr Krako sogar das Quecksilber und gab gute Wünsche mit, den Kranken bald gesund zu pflegen. Vielleicht könnte er sogar bei ihm arbeiten, denn Marquart sei früher ein guter Goldschmied gewesen.

Marte und Ilsabein gingen abwechselnd zur Burg, um sich dort in der Küche zu verdingen. Sie verrichteten einfache Arbeiten, aber kleine Reste von den Mahlzeiten der Herren oben im Burgsaal reichten, um sich mit den heimgekehrten Opfern des großen Krieges am Leben zu erhalten. Beide Kranke waren überraschend wieder zu Kräften gekommen. Der fremde Soldat dankte den Frauen herzlich. Er wollte sich wieder einer Soldatentruppe anschließen – er habe schließlich nichts anderes gelernt als das Kriegshandwerk. Engelbert freute sich natürlich sehr, seine Schwägerin wiederzusehen. Als diese ihm vom schrecklichen Ende seines Bruders erzählte, war er tief betrübt. Sie waren nicht immer einer Meinung gewesen – aber trotzdem ... Was sollte er nun noch in Paderborn?

In der Goldschmiedewerkstatt des Krako von Dringenberg schritt jetzt die Arbeit am Schrein zügig voran, nachdem der Dombildhauer einige Entwürfe geändert, andere Figuren gezeichnet, sogar manche wie den hl. Petrus modelliert hatte. Der Landdrost und seine Gemahlin Elisabeth waren nun mit den Entwürfen sehr zufrieden und gaben die Ausführung in die Hände der Werkstatt.
Marte hatte bei dem Meister vorgesprochen und gefragt, ob er noch eine sichere und geübte Hand gebrauche. Hans hatte sie fragend angesehen, aber als Marte ihm erklärte, daß sie Engelbert inzwischen gesund gepflegt hatte, willigte er gern ein. Engelbert hatte sich einen Arbeitsplatz am Fenster der Südseite eingerichtet. In die Holzplatte des Werktisches war ein halbkreisförmiger Ausschnitt eingearbeitet worden, und darunter hing das Fangfell, das den Abfall des verarbeiteten Metalls auffing. Genau in der Mitte saß der Feilnagel, der als Unterlage für die Säge- und Feilarbeiten diente.
Heimlich, aber stolz beobachtete Engelbert seinen Sohn oft bei der Arbeit. Viel geschickter und begabter war dieser, als er sich dies eingestehen wollte. Hans hätte den Schrein auch ohne seine, ohne jede Hilfe problemlos fertigstellen können. Wie lange hatte Engelbert sich eingeredet, daß nur der Krieg schuld sei an seinem verpfuschten Leben – erst hier, in Dringenberg, wurde ihm klar, wo das Verhängnis seinen Anfang genommen hatte. Wie hatte er nur seinen Sohn so im Stich lassen, verraten können. Recht war ihm geschehen – weshalb hätte er auch Glück im Leben verdient gehabt!

Für den Auftrag, den Liboriusschrein herzustellen, waren sie, außer dem gelegentlichen Besuch des Dombildhauers, nun mit drei Leuten tätig. Hans Krako saß an weiteren Wachsmodellen für die Apostelfiguren. Hans Cordt Bentler bediente mit der Linken einen Blasebalg, um ein Quantum Silber zu schmelzen. Und Engelbert Marquart modellierte die Figürchen der First- und Traufenzonen vor; es fiel ihm noch schwer, und gegenüber den Apostelstatuen nach der Vorgabe Gröningers fielen seine Werke deutlich ab, ja sie waren noch ein wenig hölzern, ungelenk,

anrührend in ihrer Unbeholfenheit. Doch verbesserte er sich ständig, er arbeitete wie besessen. Sein Sohn sollte für das Werk mit Lob überhäuft werden – das war er ihm schuldig.
Eine Glaskugel, mit Wasser gefüllt, stand vor einem dicken Kerzenleuchter und verstärkte das Licht; mit einbrechender Dämmerung konnte man so noch eine Zeit weiterarbeiten. Die Zeit drängte, denn schon war die Rückkehr der Gebeine nach Paderborn angesagt!
Neben dem heiligen Petrus waren auch die übrigen Apostelfiguren vorgearbeitet. Hans Krako vollendete gerade die thronende Madonna, die als Ersterlöste mit dem Heiland das Giebelfeld des Schreines zieren sollte. Oben auf die Ecken des Daches wollte Westphal die vier Evangelisten mit ihren Symbolen haben: Lukas mit dem Stier, Johannes mit dem Adler, Markus mit dem Löwen und Matthäus mit dem Engel. Der Meister kam mit den Arbeiten nicht so recht voran und bat Engelbert um Hilfe.
„Du bist doch rumgekommen, hast viel gesehen, da fällt dir sicher auch die Gestaltung der Dinge ein, die wir den Evangelisten beifügen wollen." Ja, er war viel herumgekommen, und er konnte so manche gute Idee beisteuern. Er war nahe daran, sein Herz zu erleichtern, seinem Sohn alles zu erzählen. Doch letztlich siegte Engelberts Angst, Hans würde ihn hinauswerfen, würde nichts mehr von ihm wissen wollen. Lieber ein bißchen sicheres Glück als …
Der Geselle Bentler war vollauf beschäftigt, das Fundament, den reichverzierten Sockel, zu schaffen. Aber er sollte auch die korinthischen Säulchen modellieren, sie sollten die Muschelnischen voneinander trennen, in die Krako die Apostel stellen wollte. Der hatte seine Augen überall, schaute mal Engelbert, mal Bentler über die Schulter.
„Cordt, diese Zierleiste legen wir auch um den Dachaufsatz. Sie gefällt mir gut!"
Hans Cordt Bentler freute sich über das Lob, wollte er doch mit diesen Stücken auch seine Gesellenjahre abschließen und selbst einmal Meister der Goldschmiedekunst werden.
Um so eifriger war er beim Treiben, Drücken, Ziselieren und Punzieren. Mit einem Stichel, dann wieder mit der Nadel drang er tief in die Metalloberfläche ein.
Die Porträts der vier Kirchenlehrer wurden als Relief gearbeitet; für alle vier lagen Entwürfe aus der Hand Gröningers vor.
Krako selber hatte sich eines Tages an die vordere Giebelseite gemacht, die nach dem Entwurf den Kreuzestod Christi auf dem Kalvarienberg darstellen sollte. Vor ihm hing die Zeichnung, und nun übertrug er die Formen auf das Metall. Mit verschiedenen Treibhämmern über Holzkernen oder dem Amboß, dann wieder mit Punzen aus Stahl und Buchs-

baum modellierte er das Bild bis in die feinsten Einzelheiten auf einem Lederkissen, so daß langsam die Stadt Jerusalem mit Mauern und Türmen inmitten einer wildbewegten Landschaft aus dem Metall trat, darunter die auf dem Kalvarienberg versammelten Menschen, links und rechts die Schächer am Kreuz.
„Was meint ihr, Cordt und Engelbert, um die Wirkung noch stärker werden zu lassen, sollte ich den Körper des Jesus nicht vollplastisch gestalten?"
„Prima Idee, Hans, der Körper tritt viel stärker hervor, als wenn du ihn nur treiben würdest." Engelbert nickte bestätigend. Seine Meinung war dem Goldschmiedemeister viel wert, was ihn sehr freute.

Wieder einmal suchten Landdrost Wilhelm von Westphal und seine Gemahlin Elisabeth die Werkstatt auf. Sie waren nun begeistert vom Fortschritt der Arbeit und ließen sich alle Teile, die noch nicht zusammengefügt waren, von Hans Krako zeigen. Dieser sparte auch nicht mit Hinweisen, welche Teile von Bentler, von Marquart und besonders von Gröninger stammten.
Auch der Landdrost lobte hier und da, ihm gefiel der reiche Ornamentschmuck, seiner Gattin das getriebene Schweifwerk der Außenwände und Dachflächen.
„Aber hier", und sie wies auf die rückwärtige Schmalseite und dann auf die Längsseiten, „hier müßten dann noch die Ahnenwappen der Westphals und Loes eingraviert werden."
„Ich habe Euch schon die Abbildungen auf Papier mitgebracht." Der Landdrost zog eine Rolle auseinander, legte einen Hammer und eine Zange darauf und wies auf insgesamt 32 Wappen hin.
„Donnerwetter", entfuhr es Krako, „das ist eine Menge, da müssen wir tatsächlich an beiden Seiten und hinten Raum lassen. Und mit Verlaub, gnädiger Herr Landdrost, ich hatte da noch eine Idee. Zur Erinnerung an die Untat des ‚Tollen Christian' wollte ich vier der aus dem alten Schrein geprägten Taler einfügen."
„Aber habt Ihr denn solche Taler?"
„Hier, unser unerwarteter Helfer Engelbert ist ja der Bruder des verstorbenen Tileman, der auf Befehl des Braunschweigers die Münzen schlagen mußte. Und dessen Witwe hatte noch ein paar gut versteckt. Sie hat mir die Pfaffenfeindthaler mitgegeben."
„Dann muß man der Frau aber Ersatz dafür geben." Er griff in sein Wams und ließ ein paar Goldtaler auf den Tisch rollen. „Engelbert Marquart, nehmt es für Ilsabein in Empfang und sagt ihr meinen besonderen Gruß!"
Seine Ehefrau Elisabeth erinnerte noch mal an die Fertigstellung: „Mei-

ne Herren, wahrscheinlich werden die Reliquien im Oktober in Paderborn eintreffen. Also, im September, spätestens zu Anfang des kommenden Monats, muß der Schrein fertig sein."

In den nächsten Tagen stand der Geselle unablässig an der Esse und bediente den Blasebalg: Das Kupfer wurde für den Guß vorbereitet. Die Figurenmodelle waren inzwischen alle aus Wachs geformt und unten wie oben mit dünnen Wachsfäden für den späteren Luftaustritt versehen. Dann tauchten die Goldschmiede die Modelle in ein Tonbad, bis es ganz mit der Masse umgeben war, ließen es über dem Feuer trocknen; später wurde der Tonmantel gebrannt. Dabei lief das Wachs heraus. Sorgfältig bereiteten sie in der Werkstatt an der Sackstraße so Gußmodell auf Gußmodell vor. Nach einigen Tagen war es soweit, unter Bentlers Händen war das Kupfer flüssig geworden, mit einer langen Zange wurde das Tonmodell hingehalten, und aus einem Tiegel strömte nun feuergoldenes Metall in die Form.
Am nächsten Tag fieberten alle in der Werkstatt vor Aufregung: Die erste Tonform wurde vorsichtig abgenommen.
Die drei Goldschmiede betrachteten begeistert den hl. Petrus, dessen Figur nun als erste auf einem schwarzen Samt lag.
„Seht mal, Cordt und Engelbert, wie hier die kurze kräftige Nase gut herausgetreten ist."
Engelbert nahm die Figur in die Hand, betrachtete sie von allen Seiten. Auch er war zufrieden mit dem Guß. „Hier die markanten Brauen, die mandelförmigen Augen, die von den Lidbögen noch betont werden."
„Sogar die Falten auf der Stirn und die Haartracht mit der kecken Stirnlocke sind zu sehen", ereiferte sich Cordt.
„Nun, dann entferne die Gußnähte, und poliere ihm mal schön die Stirn und alles andere, aber vorsichtig, hörst du, Cordt?"
„Klar, Meister, das ist doch Ehrensache, daß wir jetzt mit den Figuren behutsam mit wie rohen Eiern umgehen!"

Schon bald begann Hans Krako mit dem Vergolden der ersten Figuren, die den gestaltenden Tonmantel verlassen hatten. In einer Schale erwärmte er Gold und Quecksilber und knetete daraus eine Masse – Goldamalgam. Die Figuren behandelte er mit einer Säure, brachte das Goldamalgam auf und erhitzte die kleine Statue unter ständigem Bürsten. Das Quecksilber verdampfte, und das Gold hatte sich mit dem Kupfer der Skulptur zu einer festen Oberfläche verbunden. Mit einem weichen Wollhandschuh stellte Hans Krako den ersten fertigen Goldkörper ins einfallende Licht des Sommertages. Die Figur glänzte, blinkte, leuchtete, warf helle Goldstrahlen zurück auf den Werktisch. Bald

waren alle Figuren gegossen und vergoldet, und während Cordt und Engelbert schon begannen, den Schrein zu montieren, Figuren und Säulchen aufzulöten, saß Hans Krako an seinem Werktisch. Vor ihm lag die rückwärtige Giebelwand. Er hatte die Stifterinschrift einzugravieren. Auf die vorbereitete Rundbogennische hatte er eine dünne weiße Farbschicht aufgetragen, die sich wieder abwischen ließ. Nun nahm er einen festen Pergamentbogen in die Hand, darauf waren viele Schriftzeichen zu erkennen. Er hielt ihn vor das Licht, um zu prüfen, ob er auch alle Buchstaben mit einer feinen Nadel durchlöchert hatte. Krako schien zufrieden und legte diese Schriftschablone auf den weißen Untergrund.
„Komm her, Cordt, hilf mir, die Schrift abzupudern."
Während Krako das durchlöcherte Pergament festhielt, drückte der Geselle vorsichtig einen feinen Puderbeutel auf die Schablone, aus dem Holzkohlenstaub durch die feinen Löcher auf den weißen Untergrund eindrang.
„Es ist genug, nimm es weg", wies der Meister den Gesellen an. Er hob das Pergament hoch und konnte lesen:
DEM GÜTIGSTEN UND HÖCHSTEN GOTT. DIESEN NEUEN SCHREIN DES HEILIGEN LIBORIUS, DES PATRONS VON PADERBORN, LIESSEN DIE EHELEUTE WILHELM VON WESTPHALEN, ERBDROSTE, UND ELISABETH VON LOE MACHEN, UM DESSEN EHRE UND DAS WOHL DES BIS HEUTE BEKLAGTEN VATERLANDES WIEDERHERZUSTELLEN. DER FRÜHERE WURDE VON EINEM WÜTENDEN SOLDATEN IN VERHEERENDEN ZEITEN MIT UNGLÜCKLICHEM AUSGANG GERAUBT. IM JAHRE 1627
Eifrig fuhr nun der Stichel über die vorgezeichneten Buchstaben. Immer wieder mußte Krako die Platte drehen, der Stichel durfte seine Richtung nicht verändern. „Nun werden sie wohl zufrieden sein", dachte er, „die Stifter sind verewigt."
Dazu hatte er zweiunddreißig Ahnenwappen des Stifterehepaares in kleinen Medaillons angebracht.
Dann nahm er nochmals den Stichel zur Hand. Es war nur recht und billig, auch seine Künstlersignatur in das Metall zu graben:
DISE ARBEIT HABE ICH HANS KRAKO ZUM DRINGENBERGE GEMACHG VON SOLGEN DALERN ALS HIR UNDEN BI GELACHT SINDT. AO 1627.

1627 Pünktlich stand am Sonntag vor Allerheiligen, dem 31. Oktober, der neue Schrein des Goldschmiedemeisters Hans Krako von Dringenberg im Paderborner Dom. Die Reliquien waren über Metz, Trier, Bonn, Neuhaus zurückgekehrt, und die Irrfahrt des Heiligen hatte ein Ende. Eine riesige Menschenmenge war versam-

melt, unter vielen Würdenträgern befanden sich auch der Goldschmied Hans Krako und sein Geselle Hans Cordt Bentler, als sich von Neuhaus her eine festliche Prozession dem Riemeketor näherte. Dort stand der neue Schrein in einem Zelt. Vier prächtige, mit den schönsten Pferden bespannte Wagen bildeten den Mittelpunkt. Auf dem ersten wurden die Reliquien mitgeführt. Fünfzig Mann zu Pferde von der fürstlichen Leibgarde und eine Anzahl Fußsoldaten mit klingendem Spiel schlossen den Zug. Weihbischof Pelking legte die Reliquien in den neuen Schrein. Dann setzte sich die Prozession zum Dom in Bewegung. Nach einem feierlichen Dankgottesdienst fand der Schrein an alter Stätte seinen Platz. Viele Paderborner hofften, daß mit der Rückkehr ihres Bistumspatrons die Zeiten wieder besser würden – vielleicht ginge sogar der Krieg endlich zu Ende. Aber ihre Hoffnungen sollten bitter enttäuscht werden.
Ein paar Jahre später tobte der Krieg ärger als zuvor. Der dänische König Christian war für die evangelische Sache ins Feld gezogen – und nach schweren Kämpfen besiegt worden. Als Kaiser Ferdinand daraufhin die Rückgabe eines großen Teils der von den Protestanten eingezogenen Kirchengüter verlangte, trieb dies die evangelischen Fürsten in die Arme Gustav Adolfs von Schweden. Der ließ sich als Retter des evangelischen Glaubens feiern, verfolgte aber genauso politische Ziele: die Herrschaft Schwedens im ganzen Ostseeraum. Gustav Adolf besiegte zunächst den Kaiser und die katholische Liga, fiel aber im Kampf gegen Wallenstein, den kaiserlichen Feldherrn. Das Auftreten der Schweden leitete die schrecklichste Phase des Krieges ein. Wenn die Menschen schon in den ersten Kriegsjahren gedacht hatten, es könne nicht mehr schlimmer kommen, sollten sie eines noch Schlechteren belehrt werden! Die soldatische Zucht ließ mehr und mehr nach, und Wallensteins zynische Devise „Der Krieg ernährt den Krieg", die sich nach und nach alle Heerführer zu eigen machten, verwandelte die blühenden deutschen Länder in öde Wüste. Dörfer und Städte mußten schreckliche Plünderungen über sich ergehen lassen, Hunger und Seuchen folgten. Es spielte für die Bauern und Bürger bald schon keine Rolle mehr, ob der Feind oder Freund den Ort „besetzte". Später griffen sogar die Franzosen auf seiten der Schweden in den Krieg ein und offenbarten, wie wenig es bei dem endlosen Morden noch um den rechten Glauben ging: Der katholische „allerchristlichste" König von Frankreich kämpfte nun an der Seite der Evangelischen gegen den katholischen Kaiser.
Für Paderborn brachen die schlimmsten Zeiten an: Die Hessen kämpften auf schwedischer Seite mit dem Ziel, sich das Fürstbistum einzuverleiben. Der Feind lauerte somit direkt vor den Toren. Die Stadt wechselte ständig die Besatzungen.

Unbeschreibliches lag über dem Dorfplatz, ein sich verschlingendes, an- und abschwellendes Jammern, Brüllen und Klagen. Schüsse knallten dumpf aus dem Wald, wo die gellenden Schreie einer Frau einen Augenblick selbst das Toben der Kämpfenden übertönten. Aus den Baumkronen fuhren die Feuerblitze von Musketen herab; dorthin hatten sich einige Bauern geflüchtet und unterstützten ihre Nachbarn und Freunde, die sich mit Dreschflegeln, Sensen und Mistgabeln wehrten.
Der kleine Junge mit struppigem Haar, barfuß und verlumpt, lief wie ein Traumwandler durch alle die Greuel. Er sah Menschen umfallen, am Boden röcheln, sah, wie Soldaten den Leichen die Stiefel herabzerrten oder sie aus den armseligen Röcken beutelten, aber wirklich begreifen konnte er nicht, was er sah.
Als er das väterliche Haus erreichte, erblickte er mit fassungslosem Entsetzen, daß auch hier die fremden Reiter am Werk waren. Etliche durchstachen Stroh und Heu mit ihren Degen, als hätten sie nicht Schweine und Schafe genug zu erstechen gehabt, andere schütteten die Federn aus den Betten und füllten dafür Speck, Dörrfleisch und sonstige Dinge hinein; wieder andere zertrümmerten Fenster und Ofen, als hätten sie einen ewigen Sommer zu verkünden. Sie zerschlugen Kupfer- und Zinngeschirr, packten die verbogenen und verdorbenen Stücke ein und verbrannten im Stall Bettladen, Tische, Stühle und Bänke.
Eine Handvoll Landsknechte schändete die Magd, die verzweifelt um Hilfe schrie. Der Knecht wollte ihr helfen, wurde aber von zwei Soldaten zusammengeschlagen. Sie fesselten seine Hände auf den Rücken, steckten ihm ein Sperrholz in den Mund und schütteten ihm einen Melkeimer voller Jauche in den Leib und johlten dabei: „Den schwedischen Trunk, gebt ihm den schwedischen Trunk!"
Langsam bedeckte Qualm das Blau des Himmels, über die Bäume zog brauner Rauch.
Alle Gegenwehr der Bauern war vergeblich gewesen. Wer nicht floh, sein Hab und Gut, seine Frau und Kinder verteidigte, wurde von den Landsknechten niedergemetzelt. Zuletzt hatte der Junge noch in die gebrochenen Augen seines Vaters und seiner Mutter blicken müssen. Tränenlos, mit weit aufgerissenen Augen schwankte der kleine Junge aus dem Dorf, er flüchtete dem Wald zu, als suchte er Erbarmen unter den Tieren.
Fassungslos hatte Pater Spee, der nach seiner Rückkehr in die Paderstadt einen Lehrauftrag für Moraltheologie erhalten hatte, in seinem Arbeitszimmer des Theodorianums dem Bericht seiner beiden Mitbrüder zugehört. Auf dem Weg von Köln nach Paderborn hatten sie den Jungen völlig verstört am Waldrand nahe dem vollends verwüsteten Heimatdorf aufgelesen. Die Hände zu Fäusten geballt, gab Spee ruhig die An-

weisung, den Jungen erst einmal zu versorgen. Später müsse man weitersehen.
Es gab einfach zu viele solche Schicksale in diesem Inferno – was sollte nur aus diesen Kindern werden?
Und zu den Morden der Landsknechte gesellte sich in immer größerem Ausmaß die Hexenverfolgung – so als müßten die Mächtigen Sündenböcke finden für einen Krieg, den sie selbst leichtfertig vom Zaun gebrochen hatten und den anscheinend niemand mehr beenden konnte. In der Lade seines Schreibtisches lagen fertig verfaßt einige Kapitel seiner Schrift „*Cautio criminalis*". Er fühlte eine so große Abscheu vor der Hexenjustiz in sich, daß es ihm leichtfiel, unwiderlegbare Argumente zu finden, die er Stück um Stück in seine Schrift einfügte. Von dieser Schrift würde den schuldlosen Opfern die Erlösung zuteil werden!
Zu Spees Entsetzen hatten sich Doktor Schultheiß, der Hexenrichter, und Doktor Romeßwinkel, sein Stellvertreter, erneut angekündigt.
Als erster suchte Romeßwinkel die Stadt auf und stand schon bald bei den Jesuiten im Haus. Er räkelte sich auf dem Chorgestühl herum und hörte gelangweilt den Ausführungen des Rektors zu. Dann wurde ein Pater gerufen, der schon seit längerem eine Liste vorbereitet hatte, eine Liste mit Namen auffällig gewordener Frauen. Romeßwinkel forderte dreist als Beistand für die Angeklagten einen Priester: In Paderborn sei ja, wie die Liste verrate, einiges zu „brennen". Er schwadronierte herum, rühmte sich seiner Verbrennungen, allein im Kölnischen sei es 43 Hexen an den Leib gegangen, berichtete über Teufelsbuhlschaften und scheute sich nicht, den frommen Patres dies in rüder Vertraulichkeit bildhaft darzustellen.
Der Rektor unterbrach schließlich das selbstherrliche Geschwätz, er wolle als „schlichter Gottesknecht" davon nichts mehr hören. Nach dem gemeinsamen Mahl stellte der Rektor dem Vertreter der Staatsgewalt Pater Friedrich Spee vor.
„Pater, Ihr sollt die angeklagten Frauen begleiten, ihre Beichte hören …"
„… oder ablehnen, wenn sie ihr Geständnis widerrufen", ging gleich Romeßwinkel dazwischen. „Und beginnen könnt Ihr gleich mit der Hexe beim Apotheker."
„Und woher wißt Ihr, daß diese Frau eine Hexe ist?"
„Wir haben da unsere Quellen, außerdem steht das Weib in der Liste Eures Konfraters!"
„Ihr meint doch nicht die Barbara?"
„Ach, Ihr kennt ihren Vornamen, habt wahrscheinlich sogar Umgang mit ihr?"
„Diese Frau steht unter dem Schutz des Weihbischofs Pelking, sie ist keine Hexe!"

Bevor Pater Spee sich noch mehr in Rage, am Ende womöglich sogar um Kopf und Kragen redete, ging der Rektor dazwischen. Schon am nächsten Tag schickte er Spee nach Geseke, einmal um ihn an die Führung der Prozesse zu gewöhnen und sich über den Verlauf solcher Exekutionen zu informieren. Zum anderen war er wenigstens zunächst den Augen dieses entsetzlichen Romeßwinkel entzogen.
Bevor sich Spee auf die Reise nach Geseke machte, zog er sich noch einmal in seine Zelle in tiefes Gebet zurück, erinnerte sich an den schuldigen Gehorsam vor seinen Oberen.
Er zog die Lade auf, entzündete eine Kerze und nahm das Schreibzeug hervor. Er mußte schreiben, für die armen Opfer der grausamen Mordjustiz und gegen die Berechtigung der Hexenprozesse.

Unterwegs nach Geseke, überholte ihn ein Karren, ein Käfigwagen, mit dem die angeklagten Hexen vor den Dr. Schultheiß gebracht wurden. „Dort wird man einen Riesenscheiterhaufen errichten", sah er das Bild des schrecklichen Urteils voraus. Er ging schneller, lief beinahe vor Erregung. Wieder waren Frauen und Mädchen aus ihren Familien gerissen worden, nur auf Grund zweifelhafter Verdächtigungen oder weil sie über ein Wissen von Heilkräutern verfügten, das nicht jedermann beherrschte. Oder, was noch viel schlimmer war, wenn sie geschäftlichen Interessen irgendwelcher Leute im Wege standen, so wie seinerzeit die Postmeisterin Katharina Henot von Köln. Gestanden sie nicht, dann kamen sie auf die Folter, gestanden sie nach der Tortur, waren sie schuldig. Gestanden sie nicht, dann, ja dann waren sie ebenfalls schuldig.
Spee schrie es in den Wind: „Ebenfalls schuldig! Schuldig! Schuldig!"

Von Ringelstein her kam ein jammernswerter Zug ebenfalls auf Geseke zu: kaum noch als Frauen erkennbare Gestalten, in grauenerregendem Zustand. Ausgezehrt von monatelanger Haft im feuchtkalten Kerker, zu Skeletten abgemagert, mit Wanzenbissen übersät, von Beulen entstellt. Aus einstmals blühenden Frauen waren graue, alterslose Wesen geworden. Die Edelherren von Büren hatten die Anordnung ihres Landesherrn ganz und gar erfüllt. Sie hatten den Frauen versprochen, sie freizulassen, wenn sie nur ein wenig Umgang mit dem Teufel gestehen würden, dann würde man es mit einer strengen Mahnung und mit einem kleinen Strafgeld belassen. Und sie gestanden alle! Die eine hatte angeblich das Weib des Dorfschmieds vergiftet, eine andere wollte Raupen auf die Sträucher gestreut haben, andere sagten aus, daß sie das Vieh an der Tränke vergiftet hätten, ja eine wollte sogar in Gestalt einer großen, garstigen Kröte an einer Teufelssitzung teilgenommen haben, und schließlich, der Gipfel aller Geständnisse, hatte ein Weib allen Ern-

stes berichtet, daß sie mit einem Besen durch die Luft geflogen sei und sich auf dem Hexentanzplatz mit dem Teufel gepaart habe.
In Geseke wurden sie zur Seuchenlinde am Lüdischen Tor geschickt, da alle Türme und Verliese mit Hexen aus Soest, Lippstadt, Erwitte und jetzt auch noch aus Paderborn gefüllt seien!
Draußen hatte sich das Hexengericht unter Dr. Schultheiß aufgebaut. Die Anklagen und die Geständnisse wurden verlesen. Einige widerriefen. Sie sollten nun die Feuerprobe machen und über glühende Kohlen gehen. Andere wollte Schultheiß der Nadelprobe unterziehen, eine von Romeßwinkel erfundene „wissenschaftliche" Untersuchung, ob es sich um eine Hexe handle.
Pater Spee betrat den Hinrichtungsplatz. Er sah ein grausiges Bild. Halb verkohlt hingen noch zwei Gestalten an den Pfählen. Aus der Kolonne von Ringelstein standen einige teilnahmslos da, stierten in die Weite, zwei schaukelten ihre Körper leicht hin und her und summten eine unverständliche Melodie, eine schrie unablässig und zerkratzte sich das Gesicht und die Oberarme.
Die Ratsherren und Juristen fanden offensichtlich nichts Absonderliches dabei, als die Gehilfen des Hexenrichters den Platz vorbereiteten und die sterblichen Überreste der Verbrannten fortschafften. Nein, man war abgestumpft, ob nun jemand die Diebeshand abgehauen oder mit glühenden Zangen zum Geständnis gebracht oder bis auf das rohe Fleisch ausgepeitscht wurde und sich dann die eigentliche Hinrichtung, Vierteilen, Rädern, Verbrennen oder Köpfen, abspielte.
Auch heute waren auf der Westenfeldmark einige hundert gaffende Geseker Bürger versammelt, um dem barbarisch-bestialischen Spektakel beizuwohnen, ja sich mit gieriger Sensationslust zu ergötzen.
Stunde um Stunde war Pater Spee dem Käfigwagen hinterhergestolpert. Hatte schließlich gezweifelt, als er die armen Frauengestalten sah, ob er ihnen noch irgendwie würde helfen können. Er, ein kleiner Jesuit. Ja, wenn er Glaubenskommissar geworden wäre, über viele tausend Gläubige herrschen könnte, dann, ja dann vielleicht! Aber wer war er denn? Ein Universitätslehrer, nicht einmal ein Doktor der Theologie. Er war allerdings wissend, so sehr wissend, daß er die Rechtsfakultäten erzittern lassen könnte! Aber nutzen akademische Disputationen etwas? Das kurfürstliche Gericht unter dem Staatsanwalt Dr. Schultheiß und seinem Schöffen, Dr. Romeßwinkel, war ein Gericht nach den unantastbaren Gesetzen Kaiser Karls V. Sie sprachen Urteile wie ein jedes Gericht in Deutschland.
Er grüßte nur knapp Dr. Schultheiß, der im Zelt saß und sich ein zweites Frühstück schmecken ließ. Dieser wollte ihn offensichtlich in ein Ge-

spräch verwickeln, aber Spee bat, sich um die Verurteilten kümmern zu dürfen.
Jedem, der Holz für die nächsten Scheiterhaufen heranschleppte, war von der Kirche ein Ablaß versprochen worden. So türmten sich hohe Berge von Holz, Strohbündeln und Reisig auf. Zwei Frauen wurden an die Pfähle gebunden, Spee beugte sich über die erste, dann die zweite und sprach sie von allen Sünden los. Schon warfen die Henker lodernde Fackeln in die Reisighaufen. Aus dem Rauch schossen lilafarbene Blitze, die Schergen hatten Pulversäckchen in die Holzstöße gelegt. Über das pechgetränkte Stroh lief ein gelber Lichtstreifen bis zum Holzstoß, dann schlugen die purpurfarbenen Vorhänge des Todes zusammen. Aus den Qualmsäulen stiegen Schreie auf, gräßliche Schreie, die in Gurgeln und Röcheln erstickten, dann war nur noch das Knistern und Krachen der Scheite zu vernehmen.
Totenbleich stolperte Pater Spee über die Hinrichtungsstätte, seine Nerven bebten. Noch zweiundzwanzig Verurteilte mußte Friedrich Spee in Geseke auf den Tod vorbereiten.
Über ihm hing der Brandgeruch in der Luft, in den Häusern und Mauern – ein Geruch, der Jahre, Jahrzehnte bleiben sollte: in verkohlten Hölzern, brandigen Steinen, im vom Regen zerflossener Asche, der süßlichbittere Hauch verbrannten Fleisches, menschlicher Exkremente.

Auf dem Auslagebrett des Buchhändlers, der seinen Stand in der Domfreiheit von Paderborn, gegenüber dem Paradiesportal aufgeschlagen hatte, lagen viele Ausgaben des Gesangbuches gestapelt, das aus der Feder des Jesuitenpaters Friedrich Spee von Langenfeld stammte. Heute sollte der erste feierliche Gottesdienst mit dem neuen Gesangbuch und gleichzeitig ein Seelenamt für Maria, die verstorbene Frau des Dombildhauers Gröninger, mit einer Predigt des Jesuitenpaters Friedrich Spee stattfinden.
Vor der Bude des Bücherkrämers standen in langen schwarzen Gewändern, mit pelzverbrämten Baretten zwei Magister der bischöflichen Universität. Ein Domherr im violetten Rock mit der wollenen Soutane und dem viereckigen Barett prüfte die bischöfliche Genehmigung des Händlers. Ärgerlich traten die geistlichen Herren beiseite, als eine Schar wandernder Scholaren sich lärmend vor dem Buchladen breitmachte und unbekümmert weitere teure Druckschriften durchwühlte. Sie trugen kurze Umhänge, gepuffte Ärmel und weite Hosen. Ihre Schuhe waren geschnäbelt, das modische Federbarett saß kühn auf den Ohren; kurze Schwerter steckten im Gürtel.
Die Gegensätzlichkeit in der Zeit des Todes, der Krankheiten, des großen Krieges konnte auch in Paderborn nicht größer sein: Auf der

einen Seite hockten grau und unbeachtet im Straßenschmutz Frauen mit Kindern, lehnten alte Männer hoffnungslos an den kahlen Bäumen; es waren zerlumpte, abgemagerte Gestalten, denen Verzweiflung und Hunger aus den unnatürlich großen Augen schauten. Auf der anderen Seite unbekümmert zur Schau gestellt Pracht, nicht nur bei Domherren und Adel, auch bei reichen Bürgern, die das Leid bei der Masse der Bevölkerung um so stärker herausstrich. Aus dem rundbogigen Domportal kamen gemessenen Schrittes Frauen in hochgeschnürten Kleidern, mit engen Miedern und langen, faltenreichen Röcken. Die verheirateten Frauen waren an der Flügelhaube kenntlich, die Mädchen trugen Goldgeflecht oder Kränze im offenen Haar. Sie blieben vor der Bude des Buchhändlers stehen. Ein Bettelmönch verkaufte immer noch Ablaßzettel, Reliquien und geweihte Kreuze. Über seinen ausgebreiteten Schätzen war eine päpstliche Erlaubnisbulle an einer Art Galgen angeheftet, rote Siegel baumelten herab. Neben ihm stand ein Agent des Bankhauses Fugger und kontrollierte den Verkauf, da das Augsburger Handelshaus dem Papst auf den Verkauf der künftigen Einnahmen einen erheblichen Vorschuß geleistet hatte.
Marktschreierisch verkündete der Mönch die Wirksamkeit des Ablasses; er sei für einen Kreuzzug wider die Türken bestimmt. Für das gespendete Geld einer Pilgerfahrt nach Rom sollte man aller Segnungen teilhaftig werden, die man sonst auf einer Wallfahrt zur Heiligen Stadt selbst errungen haben würde.
Einer der Herren Scholaren nahm ein Buch vom Tisch des Buchhändlers, blätterte darin herum und schlug eine Seite auf. Während sich ein Kreis von Gaffern ansammelte und aus dem Domportal immer mehr Volk heranströmte, las er vor:
„Die Obrigkeit ist offensichtlich der Meinung, unsere Prozeßordnung lasse dem Angeklagten durchaus die Möglichkeit, seine Unschuld zu beweisen. Mit dieser Ansicht aber gibt sie nur zu erkennen, daß sie überhaupt nicht weiß, was hier in Deutschland vorgeht. Weiß einer d a s aber nicht, so ist sein Seelenheil in Gefahr. Denn er sollte es wissen!"
Aus dem Kreis der Zuhörer vor der Kirchentür wurden Bravorufe laut. Die Frauen wurden aufmerksam. Der Scholar las weiter vor: *„Wenn einer hierzulande nur wagt, den Angeklagten beizustehen, dann macht er sich schon selbst verdächtig. Verdächtig oder verhaßt macht er sich auch, wenn er es nur wagt, in aller Freundschaft die Richter zu warnen. So ist es heutzutage um die Freiheit bestellt!"* Er schlug das Buch zu und reichte es an seine Begleiter weiter.
„Recht hat er, der Verfasser dieses ‚Warnbuches gegen die Hexenprozesse'. Jedem muß doch bald klar werden, daß in diesem Buch viele The-

sen aufgestellt werden, die scheinbar gesicherten, ja geheiligten Ansichten und Bräuchen widersprechen. Das Urteil erhabener Autoritäten vergangener Jahrhunderte muß in Zweifel gezogen werden, unsere Gesetze und ihre Auslegung durch den Richter muß strenger Kritik unterzogen werden, und die Landesherren müssen an ihre Verantwortung erinnert werden!"

Der Sprecher hatte sich in Eifer geredet und schlug mit dem Buch immer wieder wie zur Bestätigung auf seine flache Linke. Dann blätterte er weiter und las laut vor: „Der Autor behauptet: *‚Persönlich kann ich unter Eid bezeugen, daß ich jedenfalls bis jetzt noch keine verurteilte Hexe zum Scheiterhaufen geleitet habe, von der ich unter Berücksichtigung aller Gesichtspunkte aus Überzeugung hätte sagen können, sie sei wirklich schuldig gewesen.'"*

Der Domkapitular versuchte, dem Scholaren das Buch zu entreißen. Der hatte sich jedoch mit einem raschen Schritt zurück vor dem Zugriff gerettet und las weiter: *„Wenn ich die Tätigkeit der Gerichte näher betrachte, so sehe ich mich nach und nach dahin gebracht zu zweifeln, ob es überhaupt Hexen gibt."*

Die Paderborner spitzten die Ohren, das kam ihnen doch sehr bekannt vor, oft genug hatten sie den Predigten Pater Spees in der St.-Pankraz-Kirche zugehört. Ein vernünftiger Mann und studiert dazu; Vorlesungen hielt er in der Universität, ja, da mußte doch was dran sein. Jawohl, die Paderborner kannten ihren Jesuitenpater Spee!

Und überhaupt, man wußte ja, wie schnell der Hexenrichter und seine Gehilfen mit dem Urteil und dem Brennen bei der Hand waren.

Aber was der Herr Studiosus da jetzt vorlas, das war wirklich starker Tobak!

„Häufig sind die Richter, denen die Hexenprozesse anvertraut werden, schamlose, niederträchtige Menschen; die Folter wird oft übermäßig und grausam angewandt; viele Indizien sind unzuverlässig und gefährlich und das Verfahren nicht selten gegen Gesetz und Vernunft."

„Hört zu, hört ganz genau zu, das kann nur der gelehrte Pater Spee geschrieben haben, das sollte uns allen und den gelehrten Herren vor allem zu denken geben …"

„Schluß jetzt mit den ketzerischen Reden!" rief zornentbrannt der Domkapitular dazwischen.

Aber der Buntgekleidete ließ sich nicht beeindrucken. „Hier, Leute, hört nur zu, hier steht am Anfang des Buches etwas Ungeheuerliches: *Zunächst habe ich nie daran gedacht, zu bezweifeln, daß es viele Hexen auf der Welt gibt."* Schnell schlug er eine der letzten Seiten auf und las mit noch lauterer Stimme: „Aber unser Pater Spee kommt zu dem Schluß: *‚Nun aber, da ich die Tätigkeit unserer Gerichte näher kennengelernt habe, beginne ich zu zweifeln, ob es überhaupt Hexen gibt!'"*

Nun war es dem Domkapitular zuviel, und er winkte der heranrückenden Wache vom nahen Bischofspalais. „Hinaus mit dem Pack auf die Landstraße!"
Die Knechte der Wache griffen entschlossen zu, und unter dem Gejohle des Volkes führten sie die Scholaren zu den Toren hinaus.

Es war schon genug Unruhe in die Stadt gekommen, denn inzwischen war unter den Domherren, den Hofbeamten, vor allem aber im Jesuitenkloster bekannt geworden, daß der Jesuitenpater Spee ein Buch mit dem Titel „Cautio Criminalis" geschrieben und heimlich in Rinteln an der Weser hatte drucken lassen.
Sollte es etwa heimlich hierher nach Paderborn gebracht worden sein und zum Verkauf angeboten werden? Da mußte man den Scholaren ja noch dankbar sein, daß sie es aufgedeckt hatten! Eine heftige Disputation in Paderborn führte dazu, daß Pater Spee seines Lehrauftrages enthoben wurde, schließlich dem Ruf nach Köln folgen mußte. Schon bald darauf folgte die zweite Auflage der „Cautio Criminalis" in Frankfurt. Friedrich Spee wurde versetzt mit einem Lehrauftrag für Moraltheologie nach Trier. Pater Spee steckte sich bei seiner Seelsorge und der Pflege pestkranker Soldaten an und starb im August 1635 in Trier.

Der Krieg zog sich noch einmal endlose zehn Jahre hin, ehe erste Friedensverhandlungen geführt wurden, um den Wahnsinn zu beenden. Der Landgraf von Hessen wollte das gesamte Territorium des Hochstiftes in seinen Besitz bringen, und so mußten die Paderborner nochmals eine zweimalige Belagerung und heftigsten Kanonenbeschuß über sich ergehen lassen. Am 12. Dezember stellte der französische König Ludwig XIV. auf die Vermittlung des Domkapitels von Le Mans hin einen Schutzbrief für das Hochstift aus. Die Hessen erhielten zum Ausgleich 30 000 Taler; bis zur Zahlung hielten sie Neuhaus besetzt.

1648

Während die Hessen noch in Neuhaus saßen und auf die Zahlung der 30 000 Taler warteten, trabte auf der Straße, die zum Riemeketor führte, ein verstaubter Reiter daher. Er sah die Stadt mit dem Dom, der so recht als Ausguck für Räuber geeignet schien, die Ruinen der Höfe, in denen sich Gesindel genug bergen mochte, und lockerte die schweren Pistolen in den Satteltaschen.
Gespannt ritt er weiter und sah sich plötzlich von einer Rotte verwilderter Bauern umringt, die wie die Ratten aus den Löchern hervorgekrochen kamen und drohend den Weg verstellten. Ihre Waffen waren rostige Säbel, gerade geschmiedete Sensen und eisenbeschlagene Morgensterne. Der Reiter wußte, daß nur wenige Minuten hinter ihm eine Ab-

teilung Husaren folgte, und obschon die geladenen Pistolen griffbereit am Sattel hingen, machte er keinerlei Anstalten zur Gegenwehr, sondern lachte freundlich die verfilzten, gefurchten, trübe und stumpf gewordenen Gesichter an.

„Friede! Leute, Friede ist geschlossen! Ich komme aus Münster, sie haben wirklich und wahrhaftig Frieden geschlossen!"

Der Haufen starrte wortlos zur Erde, ein alter Mann spuckte aus zahnlosem Mund vor die Hufe des Pferdes. Kein Jubelruf, keine menschliche Regung drang aus der Rotte, wie in den Staub getreten standen die Bauern unschlüssig da.

„Friede!" sagte der Reiter noch einmal und wiederholte leise das heilige Wort: „Friede den Menschen auf Erden!"

In diesem Augenblick begannen die Glocken des Domes zu läuten, die Glocken des Jesuitenkollegs setzten ein, die Busdorfkirche und der Abdinghof antworteten, und weit entfernt, als öffnete sich der Mund des Himmels selbst, hoben die Kirchen im weiten Rund der Hochfläche zu läuten an: Paderborn läutete den Frieden ein! Der Dreißigjährige Krieg hatte in der Domstadt für die überlebenden fünfhundert Menschen ein Ende gefunden.

„Monumenta Paderbornensia"

1661-1815

1661 Über die Landstraße zogen zwei Männer auf Paderborn zu. Dort war Wochenmarkt, und Karren mit Getreide und Gemüse von den umliegenden Höfen, sogar Planwagen mit Fernhandelsware polterten durch den Torbogen in Richtung Domfreiheit. Sie sahen sich so ähnlich, daß jedem klar war, Brüder vor sich zu haben. Der jüngere war der flämische Bildhauer Ludwig Willemsen. Er trug eine Kiepe, mit Zeichnungen und ein paar Kleidungsstücken gefüllt. Sein Bruder neben ihm, der Maler Anton Willemsem, etwas mehr als dreißig Jahre alt, mit langen, gepflegten Haaren, blickte kritisch in die Welt. Auf seinem Rücken klapperte Werkzeug in einem Rucksack. Sie wollten auf dem Markt ihre Holzschnitte und Kupferstiche feilbieten. Vor allem aber suchten sie neue Aufträge. Ein Brief des Domkapitels hatte das Haus Willemsen vor einigen Wochen erreicht. Während der jüngere auf dem Markt die Blätter mit Holzschnitten, Modebilder, vor allem für vornehme Bürgersfrauen, und solche mit lustigen Szenen dörflichen Lebens anbot, sprach Anton im Bischofspalais vor. Bereits am Nachmittag durfte er seine Skizzen und die seines Bruders vorlegen. Immerhin hatten sie einen großen Namen vorzuweisen, stammten sie doch aus einer alten Antwerpener Künstlerfamilie. Wie erwartet erhielten die Brüder den Auftrag, Skulpturen und Bildern im flämischen Barock, ganz nach der Schule des großen Peter Paul Rubens, für den Dom zu schaffen. Mit der Dreikönigenkapelle, der Marienkapelle, den Seitenaltären, vor allem aber mit dem Hochaltar sollte der Paderborner Dom eine neue, den Auffassungen der Zeit gemäße Ausgestaltung bekommen.
Ein Atelier am Dom wurde für viele Monate Domizil der Brüder Willemsen. Die Kunst hatte wieder Einzug gehalten in die Paderstadt.

Es war Feierabend. Die Brüder Willemsen traten aus ihrem Atelier und drehten den langen Eisenschlüssel zweimal im Türschloß herum. „Anton, du weißt, daß wir heute von Üssenpaul in den Ratskeller zum Spiel mit französischen Karten eingeladen sind? Wir wollen versuchen, hinter das Geheimnis dieses neuen Spieles ‚66' zu kommen."

„Schon gut, Ludwig, aber vorher werden wir die Küche des Ratskellers auf die Probe stellen und es uns bei einer saftigen Schweinshaxe gutgehen lassen!"
„Und ein süffiges Paderborner Bier dazu, Anton!"
Die beiden wußten noch nicht, auf was sie sich da eingelassen hatten, denn Johannes von Üssenpaul war ein absonderlicher Mensch, er machte immer viel Spaß – trotz der schweren Zeiten nach dem Ende des über Jahrzehnte ausgedehnten Krieges. Da er nicht gerade als intelligent bezeichnet werden konnte, trieben seine Freunde oft ihre hinterhältigen Späße mit ihm. In letzter Zeit hatte er mit seinen drei Freunden zusammengehockt, denen er manchmal mit seinen Narreteien gewaltig auf die Nerven ging. Hin und wieder waren sie ihn alle leid.

Schon vor einiger Zeit war diesen vieren, Johannes von Üssenpaul, Hiermen Kord vom Paderdamm, Franz Schildern vom Kötterhagen und Ernestus Fröhlick vom Eckkamp, die Idee gekommen, ein eigenes Spielchen mit den neuen französischen Karten zu ihrer Unterhaltung zu erfinden.
„Mensch, Ernestus, wir können uns doch mal ein neues Spiel ausdenken, wir sind doch helle Köpfe", hatte sich Johannes vor Vergnügen die Hände gerieben. Seine Freunde grinsten sich an, verstanden sich auch ohne Worte: Der – und helle?
„Und ziehen den anderen Kartenspielern, die mit uns Karten spielen wollen, das Geld aus der Tasche!" Auch Fröhlick schien von der Idee begeistert.
„Klar, Franz, dann zeigen wir's den feinen Herrschaften im Ratskeller mal so richtig, wo's bei unsereins beim Kartenspielen langgeht!" Hiermen Kord hatte mit diesen Worten Johannes zur Tür hingeschoben. „Üssenpaul, heute bist du mal dran, hol schon mal 'ne neue Kanne Bier!"
In seiner Abwesenheit hatten die drei anderen die Köpfe zusammengesteckt und beraten, wie sie dabei Üssenpaul einen derben Streich spielen könnten. Einer hatte gemeint, in das Spiel sollten sie zum ewigen Andenken an ihn den Namen Johannes mit einflechten. „Und da wir zumeist hier in das Haus von Fröhlick ein- und ausgehen, so sollte dieses Spiel ‚66' heißen."
„Das Spiel ist von dem gewonnen, der zuerst ‚66' sagen kann, also 66 Augen hat", schlug Kord vor.
Der langsame Franz war etwas bedächtiger: „Ob das dann aber die anderen Kartenspieler verstehen, ich weiß nicht …"
„Ach was", hatte Kord alle Bedenken zerstreut, „das kriegen wir schon auf die Reihe! Paßt mal auf, wir machen das so …"

Da hatten die drei ihre Köpfe zusammengesteckt und beraten, wie das Spiel ablaufen sollte. Vor lauter Vorfreude knufften sie sich mit Vergnügen in die Seiten und trommelten vor Ungeduld auf dem Tisch herum. Die Zeit verrann ihnen nicht schnell genug, um ihren Einfall auszuführen. Johannes von Üssenpaul war unterdessen zurückgekommen und hatte die Kanne Bier auf den Tisch gestellt.
Damals, als sie ihr erstes Spielchen machten und die Reihe an Johannes kam, da foppten sie ihn, wie sich die drei abgesprochen hatten, und sagten immer: „Johannes, stich!"
Als er das nicht tun wollte, bekam er gar keinen Stich mehr. Sie lachten ihn aus und nannten ihn „Stich-Johann". Vor Vergnügen hatten sie ihre Karten auf den Tisch geknallt, sich ihre Stiche zugerufen und bei Üssenpaul eins um andere Mal den Gewinn abkassiert.

„Nun müßten wir mal anderen das Spiel zeigen", hatte gestern erst Kord gemeint. Da hatte Franz vorgeschlagen, im Ratskeller schon bald unter die Leute zu gehen und zum „66" einzuladen.
„Klar, machen wir, schon morgen, da kommen nämlich diese beiden Künstler, die Brüder Willemsen. Ich habe ihnen gesagt, daß wir ein tolles neues Spiel mit französischen Karten ausgedacht haben und sie gern mitspielen könnten." Hiermen Kord hatte die beiden eingeladen. „Diesen beiden Malern werden wir schon das Geld aus der Tasche holen", hatte er noch gemeint, „bis die das Spiel begriffen haben, haben wir sie lange über den Tisch gezogen!"

Gesagt, getan, und so warteten an diesem frühen Abend die vier Kartenspieler auf die Brüder, die sich schon wunderten, mit solcher Begeisterung unten im Ratskeller empfangen zu werden, als sie nach ihrem Abendessen an den großen Tisch traten. Sie wurden gleich auf eine freie Bank geschoben, bekamen ihren Becher Bier und sollten erst einmal nur zusehen, dann würden sie schon merken …
Während Ernestus Fröhlick ein neues Päckchen Karten aus der Tasche holte und auf den Tisch legte, erklärte Franz den beiden Flamen wichtigtuerisch den ersten Schritt: „Also, man muß mindestens drei Karten abheben, um keinen Schmu zu machen, besser ein paar mehr. Und dann zählen As elf, zehn gleich zehn, König vier, Dame drei und Bube zwei Augen. Ja, und äh …", er räusperte sich und sah sich hilfesuchend um. Ernestus erklärte die Regeln für ihn weiter: „Wenn man die Dame und den König von einer Farbe hat, kann man 20 Augen ‚anmelden', wenn beide dann auch von der Trumpffarbe sind, sogar 40! Anmelden darfst du aber nur, wenn du einen Stich hast."
Jetzt war Franz doch noch eine Regel eingefallen, und er mischte sich so

bedeutungsvoll ein, als habe er das Spiel allein erfunden: „Ihr müßt zusehen, so schnell wie möglich 66 Augen zu haben, dann kann man das Spiel beenden. Also, immer schön mitzählen, im Kopf natürlich und still."

Einer der Willemsens fragte scheinheilig: „Und wenn ich die Augen vergessen habe, kann ich doch noch mal in die abgelegten Karten sehen, oder – ?"

Üssenpaul hob den Kopf und sagte nur „Geht nicht!" Und Hiermen Kord ergänzte: „Nur den letzten Stich darfst du aufdecken!"

Johannes Üssenpaul und Hiermen Kord begannen das Spiel. In seinen mächtigen Pranken mischte Kord die Karten durch und legte das Kartenpäckchen verdeckt auf den Tisch. Üssenpaul nahm einen Stapel ab, lachte und wiederholte: „Mehr als drei, und kein Schmu ..."

Kord verteilte verdeckt die Karten. „Eins, zwei, drei für dich und eins, zwei, drei für mich. Aha", er drehte die siebte Karte um, „Herz ist Trumpf in diesem Spiel. Die Trumpffarbe steht in ihrem Wert über allen anderen Farben", und legte sie offen hin. Dann verteilte er noch mal für jeden Spieler je drei Karten und gab den Rest des Stapels auf die halbe Trumpfkarte, so daß jeder noch sichtbar den Trumpf in Erinnerung behielt. Johannes Üssenpaul und Hiermen Kord nahmen die Karten auf die Hand und sortierten ihre Blätter. Üssenpaul machte ein ganz zufriedenes Gesicht, verglich immer wieder den Trumpf mit seinen sechs Karten. Franz und Ernestus sahen interessiert zu, die beiden Brüder Willemsen rückten noch näher.

Bald knallten die beiden Spieler ihre Karten auf die Tischplatte, daß es nur so dröhnte.

Pik 9 wurde ausgespielt, Karo 9 drauf. „Du hast den Stich, Üssenpaul!"

„Was, ich soll 'nen Stich haben, du spinnst ja!"

„Mensch, hab dich nicht so, wenn du nicht bedienen kannst, sind das meine Karten, und das ist ein Stich!"

„Ach so, hab' ich schon vergessen."

Üssenpaul war nicht der intelligenteste in der Runde, der Riese von Gestalt hatte auch am längsten gebraucht, um das neue Spiel zu erlernen.

Jetzt warf Kord eine Pik 7 auf den Tisch. Üssenpaul verglich, sah in seine Karten, kratzte sich am Kopf.

„Mensch, du sitzt da wie Pik 7, nun bedien doch!" Kord wurde ungeduldig.

Franz raunte überheblich den Künstlern zu: „Könnte mir nicht passieren, müßte er doch langsam begreifen, daß er nur mit derselben Farbe, also mit Pik, bedienen kann!"

Endlich zog Üssenpaul seine Karte und warf eine Pik 8 auf den Tisch.

„Na endlich…!“ Üssenpaul nahm die beiden Karten und machte so den Stich.
Als Üssenpaul einen Karo-Buben spielte, wurde der von Kord mit Karo 10 genommen.
„So, nun habt ihr mal gesehen, wie man den Stich macht“, Franz tat wie ein uralter Spieler. Nachdem die beiden ihre Karten gezogen hatten, nahm Kord eine Karo-Dame aus der Hand, zeigte sie und sagte: „Ich melde 20 an!“ Ernestus war von Franz angesteckt, hob belehrend den Zeigefinger: „So ist das, wenn ein Spieler von einer Farbe Dame und König auf der Hand hat, dann kann er nämlich ‚melden‘!“ Anton Willemsen nickte bedächtig und leierte herunter: „Und wenn das auch noch die Trumpffarbe ist …“ Bruder Ludwig sprach in demselben Ton weiter: „… dann zählt das sogar 40 Augen!“ Die beiden kniffen sich ein Auge zu und drehten dabei unmerklich den Kopf zu den Spielern.
„Zeig erst mal deinen König“, kam es ungläubig von Üssenpaul.
„Hier, wenn ihr's nicht glauben wollt“, Kord bog den Kartenrand um, alle sahen seinen König.
Aber diesmal hatte Üssenpaul aufgepaßt; er nahm die Karo-Dame mit einem Karo-As, zog die nächste Karte, und als Kord seine genommen hatte, meldete er diesmal 20 an, spielte eine Pik-Dame und zeigte gleich unaufgefordert seinen Pik-König.
„Donnerwetter, Üssenpaul, was bist du nur für ein toller Kerl!“ lobten ihn hinterhältig die beiden Willemsens.
„Schließlich habe ich nur elf Runden gebraucht, um das Spiel zu lernen!“ prahlte Üssenpaul.
Die anderen stießen sich in die Seiten und schmunzelten, lachten oder ließen ein kurzes Prusten hören. „Manche brauchen noch viel länger!“ kam es von Anton Willemsen. Sein Bruder trat ihn unter dem Tisch kräftig vors Schienbein. Anton biß sich heftig auf die Lippen; beinahe hätte er sich verraten. Inzwischen waren alle Karten gezogen.
„Jetzt muß Farbe bekannt werden!“ erklärte wieder einmal Franz den beiden Brüdern, „das heißt, jede Farbe *muß* mit derselben Farbe bedient werden, also Kreuz auf Kreuz, Herz auf Herz und so weiter.“
Schon warf Kord auf die Kreuz 10 einen Kreuz-Buben ab, Üssenpaul blieb am Spiel. Als Kreuz 9 auf den Tisch kam, machte er mit Kreuz-Dame den Stich. Kurz darauf rief Kord: „Melde 40“, legte die Herz-Dame ab und zeigte den Herz-König. Franz konnte den Schulmeister nicht verbergen: „Wenn du nämlich nicht bedienen kannst, spielst du entweder Trumpf und machst den Stich, oder du wirfst eine möglichst unbedeutende Karte ab!“
„Das ist gewaltig, Kord, jetzt kommt's drauf an.“ Beim letzten Stich lag

ein Karo-König auf dem Holz, aber der Gegner bekam mit dem Herz-Buben den Stich.
„Zählen, zählen!“ riefen die vier Zuschauer. Inzwischen waren noch mehr Männer an den Tisch getreten, um sich das Spiel anzuschauen.
„20, 40, 60“, eifrig legte er die Karten nacheinander auf den Tisch, „129!“
Ein meckerndes Lachen kam von Franz: „Hä, hä , hä – hast wohl nicht mitgezählt, hättest ja längst das Spiel beenden können.“ Er kannte die Regeln, er warf sich in die Brust, er gab Unterricht im Spiel 66: „Sobald nämlich ein Spieler 66 Augen hat, ist das Spiel gewonnen. Aber da muß man ja rechnen können, im Kopf mitrechnen, hä, hä, hä!“ Wieder lachte er so, wie eine Ziege meckert.
„Du Klugscheißer, ich habe gerade 33 Augen“, meinte Üssenpaul verärgert.
„Dann biste ja aus'm Schneider“, zwinkerte Franz über den Tisch.
„Neues Spiel, neues Glück!“ rief Ernestus und nahm die Karten. Jetzt mischte er, verteilte, Trumpf war Kreuz-Dame. Das Spiel zwischen ihm und Franz ging hin und her, mal hatte er, mal sein Gegner einen Stich. Die beiden paßten genau auf, zählten genau, wieviel Trümpfe aus dem Spiel waren, hatten genau die Augen, die eigenen Zähler und die des Gegners im Kopf. Mit einem Kreuz-Buben, einem Trumpf, beendete Franz das Spiel; Ernestus konnte nur mit einer Karo-Dame antworten. Und die beiden zählten: „2, 5, 16“, schnell blätterten sie die Karten hin, „und die Zehn macht 68, bleiben für dich 52!“
„Stimmt“, antwortete Ernestus und drehte sich zu den Malern um, „meine Herren Willemsen, ein richtiger 66-Spieler muß sich dreierlei merken können: erstens, wieviel Augen seine eigenen Stiche wert sind, zweitens, wieviel Augen sein Gegner in seinen Stichen hat, und drittens, welche Karten schon aus dem Spiel sind!“ Ernestus hatte die Grundsätze sehr gut erklärt. „Und jeder Sieg gibt einen Punkt; hat der Gegner weniger als 33 Augen, sogar zwei Punkte …“ Franz mischte sich wieder ein: „… und spielt er den Gegner ‚schwarz‘, dann gibt's drei Spielpunkte.“
Beim nächsten Spiel waren wieder Üssenpaul und Franz an der Reihe. Franz spielte gelassen seine Karten, seine Trümpfe aus; Üssenpaul bekam in diesem Spiel keinen Stich!
„Jetzt hat er dich tatsächlich schwarz gespielt, Üssenpaul“, meinte Kord.
„So schwarz, der wirft hier in Paderborn in seinem dunklen Keller noch Schatten!“ meinte Franz hämisch. Üssenpaul sah ihn wütend an.
„Mensch, nicht mal 'ne Lusche von 7, 8 oder 9, die nix bringen, haste gekriegt. Mußte aber noch üben!“ Sein meckerndes Lachen begleitete sein Geschwätz. Da wurde es Üssenpaul zuviel, er nahm seinen Becher und schüttete Franz das Gebräu ins Gesicht.

„Ich sag' dir noch mal: ‚mußte noch üben'", äffte Üssenpaul den Rest des Satzes nach. An Franz troff es herunter. „Ich bin doch nicht doof, schließlich habe ich das Spiel mit erfunden!"
Während Franz mit einem großen rotweiß gewürfelten Schnupftuch das Bier abtupfte, besänftigten die anderen Üssenpaul. Da er der wesentlich Größere und Kräftigere in der Runde war, wagte Franz keinen Gegenangriff. Er knurrte nur was von: „Meine hellen Augenblicke, die ich habe, wenn mein Pegel stimmt, laß ich mir nicht von Üssenpaul kaputtmachen" und hing die feuchte Jacke über die Stuhllehne.
Bei der nächsten Runde bezogen sie die beiden Willemsens mit ein. Die vier scheinheiligen Paderborner waren rechte Schlitzohren und wollten nun die beiden Flamen mal richtig übers Ohr hauen. Keinen blanken Silberpfennig sollten sie in der Tasche behalten. Was die vier nicht wußten – die beiden Brüder Anton und Ludwig Willemsen waren gute Kartenspieler und hatten oft genug auf ihren Reisen in den Wirtshäusern die verschiedenen Spiele kennengelernt. Sie hatten schnell das Spiel durchschaut. Schon bald konnte der erste „20" sagen. Aber trotzdem bekamen sie keine 33, wurden „arme Schneider" genannt, ja sie hatten sogar das erste Spiel verloren. Das konnte die beiden weitgereisten Künstler nicht verdrießen.
Noch einmal wurden die Karten neu gemischt; Johannes Üssenpaul versuchte wieder sein Glück, jetzt mit Anton Willemsen, aber bei ihm hatte er keine gute Hand. Dagegen bekamen die Brüder in der nächsten Runde endlich ihre 66, dafür hatte wieder Johannes das Spiel verloren. Anton stieß seinen Bruder unterm Tisch mit dem Fuß, der blickte auf, nur ein unmerkliches Nicken des anderen, Ludwig hatte verstanden!
Jetzt mischten die beiden Brüder die Karten, verteilten und gewannen Stich auf Stich. Die Paderborner Kartenspieler seufzten:
„Also für heute abend ist Schluß. Ich hab' keinen einzigen Silberpfennig mehr. Ihr habt mich blank gemacht!"
Ludwig blinzelte seinem Bruder unmerklich zu. So einfach ließen sich Männer von Welt von diesen Paderborner Hinterwäldlern nicht ausnehmen!

Und das 66-Spiel wurde noch ein ganz feiner Zeitvertreib. Es sprach sich bald in der Stadt herum, und jeder fand Gefallen an den Karten, so daß innerhalb eines Jahres in allen Wirtshäusern von jung und alt sehr oft um viel Geld gespielt wurde. Schließlich nahm das Kartenspiel derart überhand, daß es der Fürst gänzlich verbot und viele Wirtsleute hart bestraft wurden, weil sie heimlich spielen ließen.
Auch die vier „Erfinder" des Spiels hielten sich nicht an das Verbot und spielten Abend für Abend, bis es zu Ohren der Obrigkeit kam und sie

alle scharf bestraft wurden. Es wurde ihnen sogar angedroht, wenn man sie noch mal dabei erwische, solle ein Exempel statuiert und das Haus zerstört werden, in dem man sie beim Kartenspielen anträfe.
Aber der leidige Spielgeist saß in ihnen; sie konnten es nicht lassen und wurden eines Tages tatsächlich auf frischer Tat ertappt. Fröhlicks Haus wurde zum abschreckenden Exempel der Erde gleichgemacht und seine Hausnummer aus dem Städtischen Register gestrichen.
Die Bürger waren traurig, daß sie das geschätzte Spiel nicht mehr spielen konnten, und sie suchten immer wieder beim Fürsten um Genehmigung nach. In einigen Hofbeamten, die auch Gefallen an den Karten hatten, fanden sie gute Fürsprecher. So hatte der Fürst irgendwann mit ihnen Erbarmen. Damit sie nicht auf etwas Sündhaftes verfallen sollten, erlaubte er das Spiel 66 wieder, aber unter der ausdrücklichen Bedingung, daß sie immer nur um 'nen „Kräuseken" Bier und die vornehmen Leute um 'nen „Klawinken" Wein spielen dürften.

Die beiden wandernden Künstler, die Brüder Willemsen, zogen eines Tages weiter. Sie hatten ihren Auftrag in Paderborn erfüllt. In ihrem Gepäck steckte ein Päckchen französischer Karten; und überall, wo sie hinkamen, verbreiteten sie das Kartenspiel 66, das sie in Paderborn erlernt, aber wo die vier „Erfinder" des Spiels sie gründlich verkannt hatten.

Der neue Fürstbischof, Ferdinand von Fürstenberg, hatte nicht nur Vorschriften zum Spiel 66 erlassen, sondern die strenge Durchführung der Polizeiordnung seines Vorgängers, Dietrich Adolf Freiherr von der Recke zu Kurl, befohlen. Er griff ohne Ansehen der Personen entschlossen durch.
Im großen Audienzzimmer war das hohe fürstbischöfliche Hofgericht versammelt. Ferdinand führte selber den Vorsitz. Über der schwarzen Soutane, die rot gefüttert und mit einem feinen gleichfarbigen Saum eingefaßt war, trug er einen Talar aus feinster weißer Spitze. Ein ebenfalls weißer Kragen lief in zwei Bäffchen aus, unter denen eine schwere Goldkette bei jedem Schritt leise klirrte; daran hing ein goldgefaßtes großes Kreuz.
Es war unruhig geworden im Saal, denn gerade hatte der Fürstbischof selber das Urteil über den Marschall Kurt von Spiegel gesprochen: „... wird wegen Totschlags zum Tode durch Erschießen verurteilt. Das Urteil soll morgen um 4 Uhr in der Früh vollstreckt werden."
Nun kam die Verhandlung wegen des sittlich verwahrlosten Pfarrers von Buke an die Reihe. Ferdinand ließ sich und den Herren die Anklage vortragen. Dann wurde der Pfarrer selber gehört. Die Beweislast war

erdrückend. Auch hier hatte er bald das Urteil gefällt: „ ... wird hingerichtet!“
Vom großen Audienzzimmer eilte Ferdinand mit schnellen, festen Schritten in das unmittelbar daneben gelegene kleinere Kabinett. Hier wartete ungeduldig Rittmeister Dietrich von Kraatsch, der das 1. Dragonerregiment des Fürstbistums befehligte. Er war gerade von einem Patrouillenritt zurückgekehrt, hatte sich gleich bei seinem Landesherrn melden lassen.
Beim Eintreten des Fürstbischofs riß er den Federhut vom Kopf und stampfte mit dem Fuß dreimal auf. „Herr Rittmeister, was hat Er nur, echauffiere Er sich doch nicht so!“ Ferdinand war die übergroße Unruhe des Rittmeisters aufgefallen, dessen erhitztes Gesicht ein übriges sprach. „Durchlaucht“, kam es mit gewaltiger Stimme, als habe er sein Regiment zu befehlen, dann etwas leiser: „Durchlaucht sehen mich in höchster Erregung, denn der Herr von Hoerde hat doch tatsächlich jenseits der kurkölnischen Landesgrenze seit geraumer Zeit immer und immer wieder auf unserem Terrain die Bauern von seinem Haus Eringerfeld aus überfallen und ihnen in übelster Art und Weise mitgespielt.“
„Na ja, mein eifriger Herr Offizier, das wissen wir ja und haben ihm schon dreimal durch unseren Landschreiber ein Skriptum zugestellt mit der Aufforderung, davon zu lassen.“
„Aber nun hat er es gar zu arg getrieben. Er hat den Bauern von Steinhausen das Vieh weggetrieben und Vorräte und Korn nach Eringerfeld verschleppt. Bei meiner Kontrolle kamen heulend die Weiber und berichteten, daß jetzt auch noch zwei Bauern des Dorfes Steinhausen entführt worden seien. Sie sollen hinter den Mauern von Eringerfeld im Schloßgefängnis schmachten!“
Ferdinand stieg die Zornesröte ins Gesicht. Der Rittmeister hatte recht. Das Maß war voll: „Das wird nun gleich geregelt. Der von Hoerde kann mir doch nicht auf dem Kopf herumtanzen. Ich bin der Fürstbischof und kein Bischof von Sizilien oder Kalabrien. Gleich morgen in der allerersten Frühe reitet Ihr mit hundert Reitern nach Eringerfeld und bringt die beiden Bauern gesund nach Steinhausen, verstanden?“
„Nichts lieber als das!“ Der Offizier salutierte und verließ den Raum.

Die Sonne war noch nicht über den Horizont geklettert, als der Rittmeister nach Westen aufbrach. Die Reiter trugen schwarze Umhänge über den bunten Uniformen, so daß sie im ersten Licht der Frühe nicht gleich entdeckt werden konnten. Sie umgingen Steinhausen, um kein Aufsehen zu erregen. An Oberfeld vorbei erreichten sie an der Nadel die Hügelgräber, kurz darauf das Pagenholz. Der Rittmeister ließ absitzen und erteilte seine Befehle. „Am Grabenbruch, kurz vor dem Schloß, wo wir

die Westernschledde überqueren, sitzen 50 Mann ab, machen die Pferde fest und gehen in zwei Abteilungen je 25 Mann unter Führung der beiden Leutnants vor. Die 1. Abteilung mit Leutnant Dolf von Klausewitz stürmt auf meinen Pistolenschuß von Osten durch die Gartenpforte, 2. Abteilung mit Leutnant Alf von Hausen von Norden in den Schloßgarten. Kennen die Attacken ja von früheren Fehden. Beim zweiten Pistolenschuß dann über die Schloßbrücke bis in die Halle stürmen. Sonst auf Trompetensignal Rückzug, der von Hoerde kann ruhig wissen, daß wir es waren. Also, die 50 Reiter unter Leutnant Franz von und zu Eversberg bilden einen dichten Ring um das Schloß. Die Unteroffiziere mit den Eisenstangen bleiben an meiner Seite, um die Bauern aus dem Gefängnis zu holen. Verstanden?"
„Zu Befehl, Rittmeister!" kam es verhalten aus hundert Kehlen. Die erste Gruppe umging in weitem Bogen die Anlage und arbeitete sich durch Wiesen und Weiden bis in den Schloßpark vor, stand kurz darauf an der Gartenpforte. Bald waren alle auf ihren Posten. Von Kraatsch zog die Reiterpistole aus dem Halfter und feuerte. „Los, Männer, sprengen wir das Schloßtor, dann rein ins Loch und die armen Kerle befreit!"
Es ging schneller, als sie gehofft hatten, denn keiner im Schloß war auf einen solchen Überfall vorbereitet. Mit gewaltigem Krachen barst das Schloßtor, als sich fünf, sechs Dragoner dagegen warfen. Es war nur unzureichend verschlossen gewesen: Zwei Hälften eines schmalen Holzscheits steckten zersplittert in den Eisenlaschen. Die Männer stürmten in den Hof. „Nach links in den Eingang!" befahl der Rittmeister. Die nächste Holztür war kein Hindernis. „Fackeln!" kam das Kommando. Etwa ein Dutzend Männer rannte eine schmale Treppe hinunter und stand bald vor einer weiteren Tür. Sie war eisenbeschlagen; ein schwerer Riegel lag in der Führung und verschloß die Tür von außen. „Öffnen!" Derbe Fäuste faßten zu, und mit Quietschen und Kreischen schoben sie den Verschluß zurück. Mit brennenden Fackeln trat der Rittmeister in den Raum, ein rundes Verlies aus schweren Steinen. An der Wand war etwas Stroh aufgeschüttet. An zwei Ringen angekettet, lagen die Bauern wie ein Häuflein Elend. Sie hielten die Hände schützend über die Augen, trauten sich nicht, etwas zu sagen.
„Losmachen!" Die beiden Unteroffiziere hielten die Eisenstangen schon in den Händen und hebelten die Kette aus dem Wandring. „Los, kommt mit, ihr seid frei. Aber beeilt euch!"
Die Bauern schleppten die Ketten mit, wankten zwischen den Reitern nach oben. Die Schloßbewohner hatten den Lärm inzwischen bemerkt. Hinter zwei, drei Fenstern sah man schwachen Lichtschimmer. Die Dragoner kümmerten sich nicht weiter darum und liefen zurück durch das zertrümmerte Schloßtor, über die kleine Schloßbrücke zu den Pferden.

Der Hornist gab das Signal zum Rückzug. Sie saßen blitzschnell auf, hundertfach geübt; immer zwei Dragoner auf einem Pferd, ebenfalls die befreiten Bauern. Im wilden Jagdgalopp wirbelten die Pferdehufe nach Steinhausen zurück.
Inzwischen war es Tag geworden bei diesem kleinen Kriegsspiel. Rittmeister von Kraatsch sicherte die Landesgrenze zwischen Kurköln und dem Hochstift mit Patrouillenritten vor weiteren Übergriffen für diesen Tag und die nächste Zeit. Die beiden Bauern schlurften überglücklich in ihre Katen zurück. Bald tönte ein helles „Plink-Plank" aus der Dorfschmiede, wo die Reste der Ketten fielen.
Nicht oft, aber wenn es sein mußte, konnte Fürstbischof Ferdinand gegen Rechtsbrüche energisch vorgehen, vor allem, wenn es um das Wohl seiner Untertanen ging.

1680 Mehr als dreißig Jahre waren inzwischen seit dem Westfälischen Frieden vergangen. Eine neue Sonne war über Europa aufgegangen: Frankreich wurde zum Sehnsuchtsbild der Fürsten, Staatsmänner und bevorrechteten Stände. In den Schlössern und Städten Europas begann man französische Kleider, Spitzen und Schmuckstücke zu kaufen; die Mächtigen bauten bereits ihre Schlösser nach dem Vorbild von Versailles oder ließen ihre düsteren Kästen aus der Zeit vor dem großen Krieg wenigstens zeitgemäß umgestalten. Aber die französische Macht ließ auch in der Regierungszeit Ludwigs XIV. manche Wetterwolke über den Ländern Europas aufsteigen, ob über Holland, Preußen, Italien, der Pfalz oder dem Elsaß.
Der amtierende Fürstbischof von Paderborn, Ferdinand von Fürstenberg, hatte es verstanden, seinem Bistum den inneren und äußeren Frieden zu bewahren. Er hatte Großes vor, und das wollte er bei einem hochgeachteten Besucher zur Sprache bringen, der in Paderborn erwartet wurde.

Ein heißer Spätsommertag hatte über die Hochfläche eine feuchtwarme schwüle Luftglocke gestülpt. Von Nordosten rollte eine verstaubte Reisekutsche auf das Schloß in Neuhaus zu. Der heißersehnte Besucher kam von Wolfenbüttel her und war auf der Reise in die Niederlande und weiter an den Hof des Sonnenkönigs in Versailles. Ferdinand von Fürstenberg, ein Großneffe des in Paderborn unvergessenen Dietrich, wartete ungeduldig auf den Gast. Die Kutsche rollte im zügigen Trab der beiden Pferde über die Schloßallee. Gottfried Wilhelm Leibniz, Sohn des früh verstorbenen Juristen und Professors der Moralphilosophie in Leipzig, erreichte in den späten Nachmittagsstunden die breite Brücke, die in den Innenhof des wuchtigen Baues führte. Er klopfte von innen an

die Wand zum Kutscher hin, bedeutete ihm, anzuhalten. Leibniz ließ das Fenster hinunter und beugte sich ein wenig hinaus. „Aha, Rundgiebel wie bei den Halleschen Bauwerken, muß wohl derselbe Baumeister sein, der hier diese ‚welschen Gewels' oder Radgiebel entworfen hat", ging es dem weit in der Welt herumgekommenen Gelehrten durch den Kopf. Er winkte einem in der Toreinfahrt wartenden und prächtig gewandeten Menschen zu sich. Noch aus dem Fenster fragte er ihn: „Sag Er mal, wie heißt denn der Baumeister dieses hervorragenden Bauwerkes?"
Der Diener kam näher: „Das war der Baumeister Jörg Unkair, ein Schwabe aus der Gegend von Tübingen."
„Dacht ich es mir doch, am Kloster von Bebenhausen und am Münster zu Überlingen fielen mir dieselben Radgiebel auf."
Er stieg aus, und während der Kutscher seine Reisekoffer in den gelbweißen Kies stellte, eilte der Haushofmeister beflissen herbei und begrüßte den Angekommenen mit einer tiefen Verbeugung. Dieser gelehrte Herr konnte nur der heute erwartete Gottfried Wilhelm Leibniz sein, zur Zeit Bibliothekar und Hofrat in hannoverschen Diensten.
„Willkommen, Herr Leibniz, Seine fürstbischöfliche Gnaden erwartet Euch schon!"
Leibniz, eine lange, schmale Gestalt von blassem Aussehen, schüttelte erst einmal den Staub von der Reisekleidung. Die nervösen, ungewöhnlich langen Hände waren in ständiger Bewegung. Er blinzelte aus blassem Gesicht etwas kurzsichtig auf die Fassade, das große, hochstirnige Haupt mit der französischen Allonge-Perücke immer etwas geneigt.
„Eine hochinteressante Inschrift!" wies Leibniz auf den Spruch des linken Türportals und entzifferte laut: *„Fiat iustitia aut pereat mundus*! Das unterschreibe ich zu jeder Sekunde *Es geschehe Recht oder die Welt gehe unter.*"
„Wenn ich Euer Gnaden auf zwei Figuren aufmerksam machen darf? Hier, schaut hinter die gedrehten Säulen, da versteckte der Bildhauer die Misericordia und die Justitia", erklärte der Haushofmeister pflichtbewußt.
Leibniz war näher getreten, hatte hier und da auf den Baudekorationen herumgeklopft und „Floris-Stil, Floris-Stil, auch schon hier eingeflossen" gemurmelt. Bei der Bemerkung des Haushofmeisters suchte er beide Figuren: „So, so, hier werden Barmherzigkeit und Gerechtigkeit versteckt? Sollten eigentlich für alle Menschen deutlich sichtbar sein!" sinnierte er und wollte schon zu dem gegenüberliegenden Portal gehen. Doch er trat zunächst ein wenig zurück und blinzelte wieder zwischen den beiden Türportalen hin und her. „Schwere Formen, sehr breit und flächig angelegt, dagegen", jetzt ging er hinüber, „das hier klingt schon

viel freundlicher *Friede den Eintretenden – Heil den Ausziehenden*. Aber was schwebt denn da über dem Gebälk des Portals in dem Medaillon? Ist das eine antike Göttin? Sehr dürftig bekleidet! Und der Spruch drum herum, ich kann es nicht entziffern, weiß Er das?" Leibniz kniff die Augen beinahe zu, so blinzelte er, konnte aber trotz aller Anstrengung nichts lesen.

„Oh, ja, Euer Gnaden, das heißt *Lucretia nobilis castitatis exemplum*".

Leibniz übersetzte schon mit, als der Haushofmeister noch die Worte ablas: „*Lukrezia, ein Beispiel edler Keuschheit*! Ist auch wohl notwendig, wenn ich mir die beiden Damen in den Ecken über dem Rundbogen anschaue: Da betonen die Gewänder die Körper mehr, als daß sie sie verhüllen."

„Darf ich Euer Gnaden noch auf diesen Giebel aufmerksam machen?"

„Gern, mein Lieber, das scheint mir ja ein weitaus gelungeneres Beispiel der Fassadengestaltung zu sein als dieser ein wenig grob geschlagene Zierbesatz an den Portalen." Er geriet direkt ins Schwärmen: „Recht neumodische Schweifgiebel mit Roll- und Beschlagwerk. Löwenköpfe sehe ich und Pilaster."

„Ganz oben, auf der Giebelspitze, steht ein Mann, der Giebelkrieger!" dirigierte der Mann in fürstbischöflicher Livree den Blick des Gastes.

„Der soll gewiß die Feinde vom Schloß fernhalten?"

„Interessant aber ist die Frauengestalt darunter. Man kann es mit bloßem Auge kaum erkennen, es ist das Bild einer *Invidia*."

„Aha, die Darstellung des Neides", wußte der allseits Gebildete gleich.

„Wenn Ihre Gnaden genau hinschauen, könnt Ihr vielleicht erkennen, daß sich durch ihr Haar eine Schlange bewegt und sie mit der rechten Hand ein Herz an den Mund führt. Im linken Arm hält sie einen Bienenkorb."

„Und zu ihren Füßen sitzt das treue Hündchen! Na, das läßt ja vieldeutige Auslegungen zu!"

Leibniz schritt auf das Portal zu. „Bei diesem großen und prachtvoll gelungenem Bauwerk wollte der Baumeister wohl seinen Auftraggeber *a priori* vor neidischen Blicken und Zungen schützen. So etwas zieht ja immer große Neider auf sich."

„Mehr noch, mehr noch, denn der Erbauer dieses Teils unseres schönen Schlosses, der gnädige Fürstbischof Dietrich von Fürstenberg, dessen Wappen gleich darunter zu sehen ist, hatte den Wahlspruch *Judicium melius posteritatis erit*."

„Weiß schon, weiß schon", tat Leibniz die Übersetzung des Haushofmeisters ab: „*Das Urteil der Nachwelt wird besser sein*."

„Aber wie er heut' im Land gedeutet wird, dieser Spruch, das möchte

ich noch sagen: *Jetzt viel Ding beschnarcht der Neid, so preisen wird's die künft'ge Zeit.*"
„So ist es immer, mein Lieber, die Nachwelt hat ein besseres Urteil parat als die Zeitgenossen."
Leutselig und wohlwollend klopfte Leibniz seinem Gegenüber auf die Schultern.
Erleichtert führte der Haushofmeister Leibniz über eine Treppe zum Audienzsaal hinauf. So war er schon seit den lange zurückliegenden Schultagen nicht mehr ausgefragt worden. Gardesoldaten in silbernen Brustpanzern und bunten Röcken hielten unbeweglich Wache. Auf einem Treppenabsatz trat der Gelehrte an eines der Fenster und überblickte den von vier Schloßflügeln eingefaßten Hof, ein schweres, abwehrbereites Gebäude, schien es ihm, mit behäbigen Rundtürmen an jeder Ecke, darauf die abgerundeten oder geschweiften Dachgauben, im unteren Bereich kleine, nur schießschartengroße Fenster und in den Ecken die Treppentürme mit den schräg laufenden Fensterumrahmungen.
„Kriegerische Herren, der Fürstenberger und seine Vorgängerbischöfe, wenn ich mir so die Reliefs mit den Rüstungen, Pauken und Trompeten, den Kanonen und Morgensternen auf den Wänden der Fensternischen anschaue!" grübelte Leibniz beim Betrachten der Porträts zahlreicher kriegerischer Fürstbischöfe.
Eine Tür flog auf, die Samtportiere wurde zurückgeschlagen. Ferdinand von Fürstenberg trat ein, einer der gelehrtesten und kunstsinnigsten Bischöfe Deutschlands!
„Monsieur Leibniz!" rief er erfreut aus und streckte majestätisch die Arme aus, während sein Besucher sich tief verbeugte, „welch eine Freude, Euch von Angesicht zu Angesicht zu sehen! Eure Briefe haben mir gesagt, daß auch Ihr für die Vereinigung der Konfessionen kämpfen und nicht mehr herausheben wollt, was unterscheidet, sondern betonen, was einigt. Und wenn Ihr von Universalität sprecht – nicht wahr, so meint Ihr unseren gütigen Gott im Himmel?"
Leibniz war keineswegs von dem unvermittelten Redefluß anstelle einer förmlichen Begrüßung überrascht und stieg unvermittelt in die Diskussion ein: „Ich meine alles, was zusammenführt und den Weltfrieden zum Ziel hat."
„Da höre ich den Mann sprechen, der in Rom war und dem Seine Heiligkeit Alexander VII., mein gütiger Gönner Fabio Chigi, die Leitung der Vatikanischen Bibliothek angeboten hat. Ihr seid konzilianter als die meisten gelehrten Männer, mit denen ich bisher sprach. Ich glaube, Ihr haßt unsere Kirche nicht, wie viele Denker, die sich modern nennen und denen man heute nur zu gern Gehör schenkt?"

„Wie vermöchte ich zu hassen, was ich zu vereinigen strebe? Ich gestehe, daß mich die Strenge schaudern läßt, mit welcher man in den evangelischen Ländern Gott dient; ich liebe die strahlenden Gotteshäuser, die man im Süden baut. Auch die Töne der Musik, die Poesie der Hymnen, der Glanz der Lichter, die Wohlgerüche, die reichen Gewänder, in einem Wort: all jene Ehren, welche die Frömmigkeit des Volkes so gerne darbringt, begegnen bei Gott nicht jener Verachtung, welche die verdrießliche Einfachheit einiger Menschen unserer Tage zu empfinden vorgibt." Seine warmen grauen Augen hielt Leibniz jetzt groß auf den Fürstbischof gerichtet.

„Bravo, Monsieur! Und das sagt ein Gast aus der Gegend, die uns den Luther beschert hat!"

Ein Schatten flog über Ferdinands Gesicht, als er weiter ausführte: „Und doch kommt vielleicht dieses Bemühen um die Wiedervereinigung der Christenheit zu spät. Ihr wollt den ungeheuerlichen, ja titanischen Versuch unternehmen, Protestanten und Katholiken miteinander zu versöhnen. Aber der Feind steht aus den eigenen, katholischen Reihen auf. Da ist vor kurzem aus Holland ein Buch gekommen, eines jener Bücher, wie sie nur in einem Land, wo alles erlaubt ist, unter den Feinden des Glaubens erscheinen können. Es trägt den Titel *Histoire critique des principaux commentateurs du nouveau Testament* von Richard Simon, einem Priester. Es wird gut sein, wenn man mit diesem Nest religiöser und wissenschaftlicher Freibeuter aufräumt, denn trotz der Weisheit und Wachsamkeit der Behörden dringen diese Bücher allmählich bei uns ein."

Leibniz richtete sich auf, seine grauen Augen blickten den Fürstbischof ebenso streng wie furchtlos an: „Vereinigung bedeutet Überzeugung, nicht Zwang, durchlauchtigste Gnaden! Ich bin auf der Reise nach Frankreich, den Sonnenkönig um Frieden für das Elsaß und Lothringen, ja überhaupt für alle Zeit und in ganz Europa zu bitten."

Bevor Leibniz fortfahren konnte, faßte Ferdinand seinen Gast unter den Arm und bat ihn zu einem Gang durch den Schloßgarten. Zusammen stiegen sie die Treppen hinunter und erreichten das prunkvolle Südportal, als die untergehende Sonne nur noch wie ein schwach rot schimmerndes Band den westlichen Horizont tönte. Mit dem Mäzen der Wissenschaft und Künste, Fürstbischof Ferdinand, ging Leibniz auf den langen Wegen des Gartens auf und ab, schlenderte an den bepflanzten Carreès vorbei und trug dabei seine Visionen zu einer Einigung Europas vor, die dieser gebildete Bischof mit wachsendem Interesse anhörte.

„Meine neue Weltordnung wird von der Vernunft empfohlen. Sie umfaßt die Begriffe Friede, Gerechtigkeit und Vereinigung. Es muß ein Ende der ewigen Kriegsfurie werden, die nicht nur das Leben der Völ-

ker verschlingt, sondern die Kultur selbst bedroht. Die höhere Einheit der Zukunft heißt Europa!" Erste Windböen wehten die plätschernden Fontänen des Gartenbrunnens bis auf den Weg.
Später strich ein kühler Luftzug um die Gartencarrèes. Ferdinand lud seinen Gast zum Mahl in das Schloß vor dem Kaminfeuer ein. Auf einer großen Zeichnung erläuterte Ferdinand dabei seinem gelehrten und weitgereisten Gast, wie er Paderborn zu einem *westfälischen Rom* ausbauen wollte. Gerade setzte er mit Erklärungen zu den einzelnen Skizzen an, da klopfte es an der Tür. Der Haushofmeister trat ein.
„Der gnädige Herr Bruder, durchlauchtigster Herr Fürstbischof!"
Die Brüder umarmten sich herzlich.
„Johann Adolph, wir haben den berühmten Gelehrten Gottfried Wilhelm Leibniz auf dem Weg nach Frankreich zu Gast, der hier Zwischenstation macht! Leibniz möchte am liebsten alle Probleme und alles Wissen gleichzeitig erfassen! Sein Ziel ist die große Universitas, das Umfassen der Ganzheit!" stellte er seinen Besucher vor. Und zu dem Bedienten gewandt: „Bringe Er noch einen Teller, Serviette, Glas und Besteck. Johann Adolph, du ißt doch bei uns mit? Die Reise von deinem Schloß Adolphsburg im Sauerland hat dich gewiß hungrig gemacht."
„Mir ist ganz und gar nicht nach Essen zumute. Morgen früh geht meine Kutsche nach Straßburg, und ich fahre so ziemlich ohne Aussicht auf Erfolg!"
Diese geheimnisvolle Andeutung ließ der Bischof nicht ungeklärt.
„Lieber Leibniz, wie Ihr vielleicht wißt, unterstützen wir die Verhandlungen des französischen Hofes mit Straßburg auf eine ehrenvolle Kapitulation hin."
„Ich hörte in Hannover bereits davon. Ihr seid ja weithin bekannt als sehr geschickter Verhandlungspartner. Vor allem aber, wie Ihr vor einigen Jahren den Neutralitätsvertrag am Kaiserhof von Wien ausgehandelt habt!"
„Ja, 1672, damals erreichten wir, daß unser Hochstift bei dem geplanten Angriff von Frankreich und einigen fürstbischöflichen Amtsbrüdern, wie dem Kölner beispielsweise, auf Holland neutral bleiben konnte."
Johann Adolphs Augen strahlten, als ihm dieser Erfolg in Erinnerung gerufen wurde. Noch immer freute er sich über den damaligen Erfolg: „Wir mußten in Wien eine drohende Einquartierung der Kaiserlichen und ihrer Verbündeten für unser Land hier und im Sauerland verhindern. Damals atmete unser Hochstift gerade wieder ruhig durch, da drohte mit diesem ‚holländischen Krieg' eine erneute Auseinandersetzung, mit der wir nicht das Geringste zu tun hatten. Lange wußten wir nicht, was wir dem kaiserlichen Hof bieten konnten, nicht wahr, Ferdinand?"

Der Fürstbischof weidete sich ebenfalls an dem genialen Einfall in jenen Tagen: „Was sollten wir tun, liebenswürdige Worte allein reichen für einen Friedensvertrag nicht aus! Und nur ein freundlicher Gruß an den Kaiser, dem ich früher zwar zusammen mit den bedeutenden Reichsfürsten in Wien begegnet bin, hätte auch nichts bewirkt."
„Unsere militärische Macht war und ist nur gering. Die Wunden des langen, großen Krieges sind zwar vernarbt, aber noch nicht wirklich verheilt. Wir wiesen darauf hin, daß es blauer Dunst sei, wenn man das Paderborner Land, vor allem das unwirtliche Sauerland – dessen Name ja selbst andeutet, in welch furchtbarem Klima es gelegen ist – dem Kaiser als fruchtbar und vermögend hinstellte."
Ferdinand tupfte mit einer Serviette den Mund ab. „Johann Adolph, dein Vergleich war göttlich. Du sagtest damals, daß doch *ein* österreichisches Dorf *drei* sauerländische Städte an Häusern, Mitteln und Gewerbemöglichkeiten übertreffe."
Alle drei stocherten eine Zeitlang still auf ihren Tellern herum. Ferdinand nahm den Glaspokal und trank einen Schluck. Leibniz erhob sein Glas zu seinem Gastgeber und dessen Bruder, trank und blickte neugierig zwischen beiden hin und her. Er stellte das Glas auf den Tisch.
„Darf man wissen, wie Ihr die schwierige Situation gelöst habt?"
Johann Adolph von Fürstenberg schmunzelte breit.
„Mir kam damals so eine Idee. Mit Geschenken kann man die kaiserlichen Hofräte in Wien schon gnädig stimmen. Der Weg zum Ohr des Kaisers führt durch die Taschen seiner Minister! Gold, Edelsteine, Geschmeide hatten wir nach dem großen Krieg nicht mehr. Aber wie erstaunt würden die Herren sein, wenn wir ihnen eine großzügige Gabe für ihren Gaumen überreichten? Es mußte natürlich etwas sein, was sich über eine lange Reise hält und nicht verdirbt."
Johann Adolph machte eine Kunstpause und ließ Leibniz noch eine kleine Weile im unklaren. Fürstbischof Ferdinand erzählte an seiner Stelle weiter: „Auf meinen Vorschlag nahm mein Bruder nach Wien zwei Fuhren geräucherte Schweineschinken mit, als das besondere Gastgeschenk aus Westfalen, um uns die Berater bei Hof gewogen zu machen und Kontributionen und Einquartierungen vom Hochstift fernzuhalten."
„So erhielten die Minister Hocher, Königsegg, Montecuccoli und Heister je 40 westfälische und sauerländische Schinken, und auch die Sekretäre und Adjutanten wurden bedacht. Solche ‚Schinken-Verehrungen' galten bei den Wienern als Leckerbissen und verfehlten daher ihre Wirkung nicht!"
„Donnerwetter, ein toller Einfall", Leibniz klatschte ein paarmal in die Hände. „Und wie habt Ihr diese ...", der Philosoph und Mathematiker rechnete blitzschnell zusammen, „120, sicher wenigstens 150 Gast-ge-

schen-ke", er dehnte das Wort auffällig, „so schnell zusammenbekommen?"
„Wir haben ein Stoßgebet in den ‚westfälischen Himmel' geschickt", lachte Fürstbischof Ferdinand. Und auf die etwas ratlose Mine des Gelehrten gab sein Bruder des Rätsels Lösung preis:
„So etwas, mein lieber Leibniz, hängt in den westfälischen Rauchfängen, manches in den fürstbischöflichen und einiges in der Adolphsburg bei mir. Aber darüber hinaus mußten natürlich die Landleute und diesmal auch die Edelherren ran und eine ‚Schinkenspende' geben, vor allem diesen phantastischen Schinken von dem Henke im sauerländischen Oberkirchen. Eine wahre Delikatesse!" Johann Adolph schnalzte mit der Zunge, als er sich den Geschmack jener hauchdünn geschnittenen Köstlichkeit vorstellte, und fuhr fort: „Besser jetzt hundert Schinken für die Minister des Kaisers als später 1 000 und mehr für die holländischen Soldaten! Das verstanden auch unsere Bauern und adeligen Herren sehr gut!"
Ferdinand hob noch einmal sein Glas, um mit den Herren, vor allem mit seinem Bruder, auf diesen einzigartigen Einfall anzustoßen.
„Geld und andere Gaben gehören eben am Wiener Hof zur Beschleunigung und Erledigung wichtiger Geschäfte. Ich wünsch' dir ebensoviel Glück für die nächsten Verhandlungen in Straßburg!"

Ein zartes Morgenrot färbte den Himmel, als mehrere Kutschen aus dem Schloßhof über die Steinbrücke rasselten: Johann Adolph machte sich mit seiner Begleitung auf den Weg. Für ein kleines Stück des Weges hatte sich die Prunkkalesche mit Gottfried Wilhelm Leibniz und Fürstbischof Ferdinand angeschlossen. Der hatte seinen Gast für diesen Tag eingeladen, eine Rundfahrt mit ihm durch Paderborn zu machen.
Nachdem Ferdinand am Abend zuvor seine Baupläne an vielen Stellen der Stadt erläutert hatte, wollte er zusammen mit Leibniz die rege Bautätigkeit vor Ort rund um den Dom in Augenschein nehmen. Immer wieder ließ der Fürstbischof anhalten, schob den Vorhang am Fenster der Kutsche beiseite. Sein bleiches Gesicht, von schwarzen bis auf die Schultern fallenden Haaren umrahmt, mit dem feinen, aber markanten und hochgezwirbelten Schnurrbärtchen beugte sich hinaus, und er wies mit ausgestreckter Hand auf die verschiedenen Bauplätze. Voller Stolz zeigte er zuerst die Barockfassade der Franziskanerkirche und erklärte: „1671 bereits von Antonio Petrini fertiggestellt. Er selber ist nach Würzburg abgereist, wird dort eine neue Kirche entwerfen."
Die Kutsche rollte weiter.
„Hier auf dem Kamp soll die Jesuitenkirche entstehen. Petrini hat einen Entwurf gemacht, noch haben wir ihn nicht verwirklicht. Wollen mal sehen."

Während die Equipage weiterfuhr, beugte sich Ferdinand vor: „Seid noch weiter mein Gast, lieber Freund. Werden morgen einen großen Tag haben, denn Seine Heiligkeit Papst Innozenz XI. hat mich zum Apostolischen Vikar ernannt. Wir wollen das festlich begehen."
Leibniz schaute ein wenig fragend, bekam aber keine weitere Erklärung zu der Einladung. Nun gut, dann würde er sich bis morgen gedulden. Die Kutsche bog um die Ecke, kam in einen engen Winkel der Domstadt. Gleich neben dem Stadelhof, der in alter Pracht wiederaufgebaut worden war, lag vor einem Kloster eine große Baustelle. Der Fürstbischof erklärte: „Hier entsteht die Kapuzinerkirche; mit einer großzügigen Stiftung aus meiner privaten Geldkassette konnte Ambrosius von Oelde den Bau beginnen."
Leibniz hatte den Namen schon einmal gehört. Er nickte mehrmals zu dem, was Ferdinand sagte.
„Ein guter Baumeister, der schon einige schöne Bauwerke hier in der Bischofsstadt, aber auch draußen auf dem Land entworfen und beaufsichtigt hat."
Ferdinand klopfte an die Vorderwand der Kutsche: „Busdorfkirche!"
Die Pferde zogen wieder an, die Kutsche ruckelte über die Katzenköpfe der schmalen Straße.
„Hier, schaut mal, Leibniz, die uralte Busdorfkirche, von dem seligen und großen Meinwerk errichtet. Vor einigen Jahren haben wir diese wunderbare Vorhalle fertigstellen können."
Im leichten Trab ging's hinunter zur Paderinsel mit der Rothoborn- und Dielenpader, wo sie auf der Baustelle der Domdechanei den Kapuzinerbruder Ambrosius trafen.
An diesem Tag, der nun klar und sonnig über der Paderborner Hochfläche stand, lernte Leibniz einen rastlosen, eifrigen Baumeister kennen. Im Gewand der Kapuziner, nur von einem kittelähnlichen Überwurf geschützt, kam der so sehr Gelobte den Besuchern entgegen. Der jugendlich und kraftvoll wirkende Architekt Ambrosius aus dem münsterländischen Ort Oelde hatte seit seiner Rückkehr aus Flandern die Oberleitung über viele neue Bauwerke in Paderborn und schuf bisher ungekannte architektonische Wunder auf der westfälischen Erde.
Die Blicke der Männer wandten sich dem breit vor ihnen liegenden Gebäude zu.
„Seht, Euer Gnaden, ich habe ein Gesimsband über beide Geschosse laufen lassen und die Fensterbänke unmittelbar darauf gesetzt", erklärte Ambrosius.
„Mein lieber Baumeister, jetzt fällt mir etwas auf", ließ sich der Fürstbischof überrascht vernehmen, „die südliche Stirnseite verläuft ja schräg und weist auch eine Fensterachse weniger auf als das Gegenüber."

„Gewiß, das ließ sich aufgrund der Platzverhältnisse nicht anders anlegen. Der Bauplatz liegt ja unmittelbar zwischen den beiden Quellbächen der Pader und gibt nicht mehr Fläche her."
Die Gliederung der Stockwerke wirkte streng, mit den flachen Dreieckgiebeln über 14 Fensterachsen sogar ein wenig monoton.
„Ich habe Nachricht von meinem Bruder Friedrich erhalten, daß bald die Vorburg und das Portal auf Burg Schnellenberg gebaut werden könnten. Habt Ihr schon Pläne dafür?"
„Durchlaucht, Schnellenberg liegt weit unten im Süderland, eine lange Reise führt dorthin; noch bin ich hier mit vielen Aufträgen beschäftigt. Vielleicht im übernächsten Jahr, aber vorläufig ..."
Er ließ offen, wann die Arbeiten an der mächtigen Höhenburg bei Attendorn fortgesetzt werden könnten. Ambrosius war eben ein vielbeschäftigter Mann.
„Durchlauchtigster Herr Fürstbischof, es sind schon 24 Kirchen mit den Merkmalen der neuen Kunst, die uns aus Italien und Flandern erreicht hat, verziert worden! Und nun die Kapuzinerkirche. Eure Gnaden möchten ja auch bald mit den Domkapellen beginnen." Er seufzte tief: „Rom ist auch nicht an einem Tage erbaut worden!"
Ferdinand von Fürstenberg lachte: „Wir wollen ja auch in Paderborn nur ein *westfälisches Rom* errichten! Vor allem, denkt daran, daß jeder Altar, der errichtet wird, in den Fürstenbergschen Farben rotgold gefaßt wird!"
„Es ist alles veranlaßt, Herr Fürstbischof, und überall prangt auch das Wappen Eurer erlauchten Familie."
„Wenn sich diese Arbeiten im Bistum rumsprechen, dann klopfen immer mehr Leute hier an und wollen ihre Träume in Sandstein verwirklichen. Immerhin stehen schon die Pfarrer und Dechanten anderer Pfarren und Kirchenbezirke Schlange, um bis ins kurkölnische Sauerland neue Kirchen nach unserem Zeitgeschmack zu errichten. Vor allem in Körbecke wartet man auf mein Zeichen, da in der Nähe der Deutschordenskommende ein hervorragender Künstler mit Namen Heinrich Stütting die Kirche St. Pankratius ausstatten soll. Mein Bruder Franz Wilhelm, er ist dort Komtur der Deutschordenskommende, hat mir von ihm berichtet. Aber der Bildhauer ist ein rechtes Schlitzohr, und der Pfarrer in Körbecke muß höllisch aufpassen, daß die Figuren und Möbel in der Kirche nicht zur Posse werden."
Plaudernd gingen die Männer um das Bauwerk, bestaunten Einzelheiten und hörten begeistert von den Plänen eines Gartens, den Ambrosius anlegen lassen wollte.
Als der Fürstbischof und sein Besucher wieder in der Kutsche saßen, bemerkte Ferdinand anerkennend: „Bruder Ambrosius versteht seine

Kunst. Schon in Eringerfeld hat er für die Herren von Hoerde ein ansehnliches Haus gebaut, dann die Kommende für meinen Bruder! Von Schnellenberg habt Ihr gerade gehört; außerdem muß er noch Herdringen für die Familienstiftung ausbauen. Ambrosius von Oelde ist tatsächlich unser Haus- und Hofbaumeister!"
„Erstaunlich dieser Mann, wirklich erstaunlich. Wie ich gestern vernommen habe, hat er bereits mit der Adolphsburg Eures Bruders Johann Adolph ein Meisterwerk des vierflügeligen Schloßbaues geschaffen!"
„Und dort im St. Michaelskloster der französischen Nonnen", Ferdinand wies auf das Gebäude gegenüber der Domdechanei, „soll Ambrosius die Klosterkirche bauen. Der Kapuziner hat wirklich noch viel zu tun in Paderborn." Der Fürstbischof deutete eine weiterhin lange Bautätigkeit für den Oelder an. Inzwischen waren sie auf dem Domplatz angelangt.
Kaum hatte sich Fürstbischof Ferdinand dort gezeigt, grüßten die Menschen von den Marktständen. Einige riefen sogar „Vivat" und „Hoch Ferdinand"! Der hohe Herr winkte seinen Landeskindern huldvoll zu. Ja, er hatte den Bauernstand gefördert, die Meiergüter wurden nicht mehr geteilt, blieben in einer leistungsfähigen Größe. Eine Holzordnung war geschaffen worden, um dem totalen Abholzen der Wälder Einhalt zu gebieten und eine vernünftige Aufforstung der kahlen Flächen zu bewirken. Die Zuneigung der Bürger war der Dank dafür, daß er sich so sehr für die Förderung der Gewerbe und Fabrikationen eingesetzt hatte.
„Wir wollen kurz das Handelshaus eines noch jungen jüdischen Kaufmanns an der Königstraße besuchen, wenn wir schon hier sind; anschließend gehen wir in den Dom. Kutscher, los!"
Das prachtvolle Gefährt rumpelte durch die Gassen. In der Nähe der alten Synagoge ließ Fürstbischof Ferdinand anhalten. Er schritt auf den Eingang eines Dielenhauses zu. Der Kutscher lief voraus und meldete seinen Herrn an.
Mit tiefer Verbeugung empfing ihn David Meyer, der jüdische Kaufmann, er hatte vor kurzer Zeit erst in Paderborn ein Handelshaus für Tuche und für allerlei Waren gegründet.
„Nun, David, zeige Er mir einmal seine Waren. Was bietet Er denn unseren Bürgern feil?" David Meyer führte die Besucher durch seine wohlgefüllten Lagerräume, und sie sahen aufgerollte Säcke mit wohlriechenden Gewürzen; ein bunter Inhalt breitete sich vor ihren Augen in Kisten und Truhen, auf gut gefüllten Regalen aus. Alles war sauber und übersichtlich aufgereiht, so daß sich ein interessierter Käufer schnell Überblick verschaffen konnte.
Gerade wurden Kaufmann David Meyer neue Waren gemeldet. Nach dem Passieren des Neuhäuser Tores, wo der fällige Zoll beglichen wer-

den mußte, waren die bewaffneten Begleiter vorgaloppiert, um die Ankunft in der Königstraße zu melden. Unter den Augen des für Handel und Gewerbe aufgeschlossenen Bischofs und Landesherrn packten die Fuhrleute die Ballen vom Wagen: Eingesalzene Felle aus Rußland lagen in Fässern, böhmische Glaswaren sorgfältig verpackt in Kisten. Aus einer Truhe holte David zarte Schleier, modische Hüte, bestickte Mieder hervor und präsentierte sie den Besuchern; Ballen fränkischen Barchents und thüringischen Leinens waren noch von Gurten umschnürt. Ferdinand beeindruckten die Handelsbeziehungen des Juden außerordentlich.
„Auf dem Getreideboden habe ich noch Korn und Malz gelagert", wies Meyer nach oben.
„David, Er hat ein reiches Warenlager! Zahle Er mir pünktlich das Tributgeld, und ich werde ihm nie irgendwelche Beschränkungen auferlegen. Er kann mit allem und jedem Handel betreiben und seinen Erwerb ausdehnen!"
Der Kaufmann drehte sich herum zu seinem Landesherrn.
„Ich plane noch ein Lagerhaus für Eisenwaren und Häute zu bauen; oben auf dem Boden könnte ich Tabak lagern. Nun, ich muß noch den fälligen Tribut zahlen, durchlauchtigster Herr, ist ja nicht gerade wenig, aber am St.-Gallus-Tag werde ich ins Schloß kommen."
„Macht das mit meinem Oberkellner aus, der Hofbeamte führt meine Geldgeschäfte und weiß Bescheid über unsere Abmachung. Aber zeig Er mir doch einmal den vorgeschriebenen Stempelaufdruck auf den Tuchballen. Ihr wißt ja, die Zünfte werden immer wieder bei Hof vorstellig und beklagen, daß ihr Juden minderwertiges, nicht gestempeltes Tuch einführt, um es dann unter Preis zu verkaufen. Das darf auf keinen Fall sein!"
David Meyer winkte einen der Gehilfen herbei, ließ von ihm ein, zwei Ballen Tuche vorrollen und wies still auf den Stempel, der deutlich auf der Juteverpackung aufgedruckt war.
„Nun gut, ich sehe, Er verhält sich korrekt nach unseren Vorschriften." Ferdinand nickte ihm wohlwollend zu.
„Ich habe noch ein Anliegen, gnädigster Herr Fürstbischof, das ich mit Verlaub Euer Hochwohlgeboren lieber in meinem Kontor unter vier Augen mitteilen möchte."
David gab seinen Gehilfen rasch ein paar Anweisungen, wie und wo die neue Ware in die verschiedenen Lager einzuräumen sei, und führte den Fürstbischof in ein gediegen möbliertes Zimmer.
„Mein Geschäft floriert, wie Ihr seht, gnädiger Herr. Meine Frau und ich fühlen uns wohl in Paderborn. Unter Eurer Landesherrschaft herrscht Ruhe und Frieden, auch für uns Juden. Wir haben im Ältestenrat darüber gesprochen. Ich möchte mich und meine Familie *Paderstein* nennen."

„Nun, ich werde sehen, was sich machen läßt", sagte Ferdinand zögernd, „werde mit dem Stadtrat reden. Habe mich ja eingesetzt, daß ihr Juden hier geduldet seid und leidlich wohnen könnt, ohne Ghetto und Judengasse. Ihr könnt schalten und walten. Er ist ein redlicher Mann, zahlt für den Schutz- und Geleitbrief das Tributgeld pünktlich ..."
Der Fürstbischof wandte sich schon dem Ausgang zu.
„Zunächst aber werde ich den zwölf jüdischen Familien das Generalgeleit verleihen. Und das Dekret der Namensänderung ...", Ferdinand zögerte, und sein Blick wanderte unschlüssig zwischen dem Juden und seinem Begleiter hin und her, „nun, es freut mich sehr, daß Er seiner Liebe zu Paderborn mit einer Namensänderung Ausdruck verleihen möchte. Aber nein – ich denke, jeder Mensch soll bleiben, wer er ist und was er ist, und so heißen, wie er heißt. Jeder auf seinem Platz, den ihm unser Herr zugewiesen hat."
Gottfried Wilhelm Leibniz, der weltgewandte und vielgereiste Gelehrte, war beeindruckt von der unermüdlichen und aufwendigen Bautätigkeit, die der Fürstbischof und Landesherr in Paderborn eifrig förderte. Und gerade hatte ihm Ferdinand bewiesen, mit wieviel Freundlichkeit er sich sogar der Sorgen der Juden annahm. Ferdinand von Fürstenberg war wirklich eine ungewöhnliche Persönlichkeit auf dem fürstbischöflichen Thron, ein Freund der Künste und Wissenschaften, ein fürsorglicher Landesherr, der seinem Wahlspruch *Suaviter et fortiter* – mild und mutig – gerecht wurde.

Die beiden betraten den Hohen Dom, gingen durch das lange Mittelschiff auf den Altarraum mit dem neuen Hochaltar und den beiden Nebenaltären zu. Leibniz ließ sich alles erläutern, die eindrucksvollen Grabmäler, die imposanten Skulpturen, bewunderte insbesondere die überdimensionale Darstellung des hl. Christophorus.
Vor dem Reliquienschrein des hl. Liborius kniete Ferdinand nieder, verharrte ehrfürchtig im Gebet. Als er sich erhob, wies er auf einige Stellen im Dom.
„Hier und dort und da drüben wollen wir noch Kapellen anbauen. Ob ich das in meinem Leben noch schaffen werde, liegt allein in Gottes Hand. Aber geplant sind eine Meinolphuskapelle, eine Engelkapelle und eine zu Ehren der hl. Elisabeth." Es wollte kein Ende nehmen mit den Bauideen des Fürstenbergers.

Im Bischofspalais war zur Mittagsstunde die Tafel für den Fürstbischof und seinen Gast gedeckt. Leibniz erzählte von Paris, von den Salons des Pariser Adels, erläuterte sein Wirken für das große Ziel der Vereinigung der Konfessionen, mehr noch für die Versöhnung der Völker und ihrer gegenseitigen Duldung. Als Tischgebet sprach er auf Bitten Ferdinands das von ihm verfaßte Vaterunser, das alle Konfessionen annehmen könnten: „O, Du einziger, ewiger und allmächtiger Gott ... ich liebe Dich über alles, ich bete zu Dir, lobe Dich, danke Dir und weihe mich Dir. Vergib mir meine Schuld und gib mir und allen Menschen das, was nach Deinem gegenwärtigen Willen für unser zeitliches und ewiges Wohl nützlich ist, und bewahre uns vor allem Übel. Amen!"

Als Hauptgang gab es eine stark gewürzte Aalpastete. Während des Essens zeigte sich Leibniz begeistert und erging sich in aufrichtiger Bewunderung. „Ich habe den Eindruck gewonnen, Ihr Baueifer, gnädiger Herr Fürstbischof, kann sich durchaus mit dem der Grafen von Schönborn aus Mainfranken messen!"

Dieser Austausch von Höflichkeiten gefiel Ferdinand, er klingelte nach dem Diener und flüsterte ihm etwas zu. Nach kurzer Zeit brachte der ein Buch und legte es auf den zierlichen Konsoltisch an der Wand. Dazu stellte er Schreibzeug und verharrte bewegungslos neben dem Tischchen. Ferdinand erhob sich, nahm das Buch und legte es vor seinen Gast.

„Ihr Vergleich mit jener Bautätigkeit der mainfränkischen Schönborns hat mich sehr geehrt und erfreut! Daher will ich Euch aus der zweiten Auflage meiner *Monumenta Paderbornensia,* die in der angesehenen Druckerei Elzevir in Amsterdam erschien, ein Exemplar schenken!"

Ferdinand von Fürstenberg schlug den Einband auf, tunkte die frisch gespitzte Feder in das Tintenfaß und fuhr mit schnellen Schriftzügen über das Papier.

„Streusand drüber!"

Der Diener gab aus einer Streubüchse feinen Sand über die tintenfrische Schrift. Sie warteten eine Zeit, dann schüttete er den Sand vorsichtig wieder in den Behälter.

„So, mein lieber Leibniz, eine Erinnerung an Paderborn."

Der Gelehrte nahm das Buch entgegen und bedankte sich mit höflichen Worten. Er schlug eine der Seiten auf und bemerkte dabei: „Ich habe schon einiges in den Gelehrtenstuben über dieses vorzügliche Werk gehört."

Dann begann er ein paar Zeilen über die Vergangenheit des Paderborner Hochstifts, von Ferdinand in einer Mischung von Poesie und Geschichte verfaßt, vorzulesen: *Hier, wo ich, Padera's Quell', inmitten der Mauern entspringend, von dem größeren Po einstens den Namen erhielt, wählete Karl, bei dauerndem Drange des wechselnden Kriegsglücks, für's Hoflager den Platz und für Concilien zugleich; hieß auch in diesen Gewässern die Sachsen-Geschlechter sich sühnen, und dem wahrhaftigen Gott beugen den Nacken, so stolz. Leo hat hier, entfernt aus Rom, den ersten der Tempel eingeweihet, ein Werk göttlicher Religion.*

„Aber ich habe doch in lateinische Sprache geschrieben und Ihr setzt gleich in das rechte Versmaß. Lieber Leibniz, das nenne ich nicht nur eine flüssige, sondern eine geradezu druckfertige deutsche Übersetzung!"
Ferdinand fühlte sich zu Recht geschmeichelt, denn die 24 „Monumenta", die gleichsam als Gedenksteine mit Inschriften in lateinischen Versen das Gedächtnis an Begebenheiten aus der Römer-, Sachsen- und Frankenzeit festhielten, hatten tatsächlich in der gelehrten Welt großen Anklang gefunden.
Auch Leibniz hatte ein Gastgeschenk vorbereitet. Er verehrte Ferdinand sein Werk *Epicedium in obitum Ser. Princ. Johannis Friderici.*
„Es ist der *Nachruf auf den Tod des Fürsten Johannes Friedrich von Braunschweig und Lüneburg*. Ich habe es dem Fürsten und Herrn, Ferdinand, Bischof von Paderborn und Administrator von Münster, gewidmet."
Der Fürstbischof blätterte ein wenig in dem Werk, ließ dann die Hände auf den Einband sinken.
„Zur Zeit schreibe ich an der *Historia Westphaliae* und ebenfalls an den *Annales Paderbornenses*, aber die Zeit, lieber Leibniz, die Zeit!" seufzte der Kirchenfürst. „Muß mich auch um Münster kümmern, damit dort Künste und Wissenschaften zur Blüte kommen!"

Vom Dom dröhnten zehn eherne Schläge der Turmuhr. Der gelehrte Herr Leibniz war an diesem Tag zu einem großen Ereignis eingeladen. Eine feierliche Prozession bewegte sich durch den Dom mit allen Domherren, Nonnen und Mönchen der Klöster, Herren der Kurie. Am Ende schritt unter einem prachtvollen Seidenbaldachin der Fürstbischof Ferdinand von Fürstenberg, der vom Papst zum Apostolischen Vikar der norddeutschen Diasporagebiete der ehemaligen Bistümer Bremen, Halberstadt, Magdeburg und Schwerin ernannt worden war. Bei diesem Festhochamt trug er das „Rationale" – einen hohenpriesterlichen Schulterschmuck, dessen Tragen ihm wenige Jahre nach Amtsantritt aus Rom bestätigt worden war – über Schultern und Brust gelegt. Die Stickerei mit 688 Perlen, Topasen, Smaragden, Amaldinen, Tafeldiamanten und Türkisen stammte aus Frankreich.
Heute fand im Dom ein prachtvolles Pontifikalamt zur feierlichen Ernennung statt. Beim Einzug in den Dom stießen sich die Versammelten an und flüsterten sich bewundernd zu: „Seht, Ferdinand von Fürstenberg trägt wieder das Rationale."
„Dazu den großen Pontifikalornat mit Mitra, Stab, Brustkreuz und Ring!"
„Alles in einem Pariser Atelier angefertigt."
In der Predigt kündigte Fürstbischof Ferdinand an, daß er in nächster Zeit beabsichtige, eine Stiftung zu machen. Mit dem Geld solle das Mis-

sionsprogramm des Jesuitenordens unterstützt werden, um Missionare nach China und Japan zu entsenden. Sie sollten mit der gleichen Anzahl von Patres hier im Hochstift den katholischen Glauben stärken. Weitere Missionare sollten in die Nordische Mission entsandt werden. Das feierliche Amt klang aus mit dem Lied zu Ehren des hl. Liborius: „Sei gegrüßet, o Libori!"

Anschließend fand ein großer Empfang im Schloß Neuhaus statt – das Domkapitel und die Hofbeamten, der Adel und die Ratsherren der Stadt mit ihren Damen waren versammelt. Hunderte von Kerzen flammten in den Galerien und Sälen. Spiegel warfen das strahlende Licht funkelnd zurück. An den Aufgängen präsentierten die Soldaten der bischöflichen Truppe, in den Treppenhäusern und vor den Bankettzimmern reihten sich livrierte Diener. In kostbare Hoftracht gekleidet, ging Gottfried Wilhelm Leibniz die Treppe hinauf. Die Lakaien wiesen ihn zu einem Saal, aus dem gedämpfter Musikvortrag drang. Eine schöne Stimme trug zur Begleitung von Clavicembalo und Geige eines der modischen Lieder des „Bel canto" vor, während die Paare auf dem glänzenden Parkett promenierten. Eine der Flügeltüren öffnete sich, und Fürstbischof Ferdinand erschien. Die „schwarze Eminenz" stand für einen Augenblick wie ein Gemälde vor den riesigen Gobelins, ein hochgewachsener Grandseigneur mit geistvollem Gesicht unter einer hohen Stirn. Der Bart auf der Oberlippe war sehr fein und weit gezogen, an den Enden fröhlich hochgezwirbelt. Langsam schritt der Landesherr durch die Gasse, die sich vor ihm bildete, mit der linken Hand das Kreuz auf seiner Soutane umgriffen. Das Getuschel und Gerede der Gesellschaft verstummte, die Federhüte wurden mit großem Schwung von den Köpfen gezogen, Rücken beugten sich, die Hofknickse der Damen ließen die edlen Stoffe ihrer Roben rauschen.
Ferdinand winkte dem in zweiter Reihe wartenden Leibniz. „Mesdames et Messieurs, ich darf Ihnen einen der klügsten Köpfe des Abendlandes vorstellen, der seinen Tageslauf zwischen Studien in Physik, Mathematik, Jurisprudenz, Medizin, Philosophie, vor allem der Theologie teilt und mein Gast in Paderborn und hier im Schloß Neuhaus ist, Gottfried Wilhelm Leibniz." Und zu ihm gewandt: „Ich danke Euch nochmals, Monsieur, es war sehr aufmerksam, mir ein Exemplar Eures neuen Werkes zu überreichen."
Der Gelehrte freute sich sehr über diese Ehrung vor allen Anwesenden. Er verbeugte sich tief. Ferdinand bat ihn, noch näher zu treten.
„Ihr sollt noch meinen Weihbischof, Niels Stensen, Doktor der Medizin und Vorgänger als Apostolischer Vikar in den Nordischen Missionen, kennenlernen."

Die beiden Herren zogen sich in eine Fensternische zurück und tauschten augenblicklich ihre neuesten wissenschaftlichen Erkenntnisse aus. Dr. Stensen legte sein Wissen über die Anatomie dar, Leibniz erörterte im Gespräch seine Thesen zur Philosophie und seine Regeln zur Mathematik. Die Zeit verging den beiden Gelehrten im Fluge. Sie bemerkten den Fürstbischof erst, als er unmittelbar vor ihnen stand. Er reichte Leibniz die Hand.
„Bitte, richtet in Paris meinem königlichen Bruder Ludwig die herzlichsten Grüße und Segenswünsche aus. Erinnert ihn, daß bei uns ein großer Heiliger Frankreichs verehrt wird. Und vor allem, unterstützt mit Eurer Beredsamkeit und Überzeugungskraft die Friedensverhandlungen meines Bruders!"
Mit einer huldvollen Handbewegung verabschiedete er sich von Leibniz und ging auf eine Gruppe seiner Gäste zu, die sich unter einem der Bildteppiche versammelt hatte.
Unter den schweren Balkendecken dehnten sich die Festtafeln. Der Haushofmeister dirigierte die Herren und Damen, dann auch den Rat der Stadt, wie es die Sitzordnung vorgesehen hatte. Der Tisch, mit Porzellan, Kristall und Silber gedeckt, war reich besetzt mit den Erzeugnissen des Landes. Mit einer höflichen Geste bat Ferdinand, Platz zu nehmen; die geschweiften, mit blumiger Seide bespannten Stühle wurden gerückt, die riesige Runde reihte sich um die langen Tafeln, die von Raum zu Raum übergingen. Und doch, bei aller festlichen Stimmung, lag eine kühle Förmlichkeit in der Luft: Der gelehrte Geist, fromme Bischof und Förderer schöner Künste war nicht der Freund überschäumender, ausgelassener Feste ...

1732 ... so wie mehr als fünfzig Jahre später sein Nachfolger Kurfürst-Erzbischof Clemens August von Bayern, der Herr über die fünf Bistümer Köln, Münster, Osnabrück, Paderborn und Hildesheim, Hochmeister des Deutschen Ritterordens – der mächtigste Fürst in Nordwestdeutschland.
Hier toste eine märchenhafte Pracht und Ausgelassenheit durch den Schloßgarten von Neuhaus. In 60 Galakutschen kamen die Gäste, der prachtliebende Kurfürst war gar achtspännig vorgefahren. Aber die blitzenden Equipagen seiner Gäste standen seinem Prunk nur wenig nach, als sie rechts und links des Schlosses durch die Alleen in das große Halbrund des Marstalls vorfuhren. Das sanfte Streiflicht der Abendsonne verwandelte das unschuldige Weiß der Gartenfassade in glänzendes Gold, verstärkt vom Gelb der Fenster- und Türfassungen, der Gesimsbänder. Die Festgesellschaft lustwandelte in kleinen Gruppen zwischen den Bosketten, genoß den Duft der Blumen, nahm die erquickende Fri-

sche der Wasserfontänen auf und trat langsam auf die Mittelachse zu, die sich auf das Zentrum der Gartenfassade unter den fünf geschweiften Zwerchgiebelchen schob. Die Damen trugen weitgebauschte Seiden- und Brokatröcke, glitzernde Mieder und hohe Frisuren, die Kavaliere lange Samtjacketts, die von Goldborten und Perlenstickerei so steif waren, daß man gar nicht anders als majestätisch und gemessen darin schreiten konnte.

Langsam ließ die einbrechende Dämmerung die Farben verblassen, als Fanfaren zur Ruhe riefen. Erwartungsvolle Stille lag über dem Rund. Von ferne erklang Musik, die langsam lauter wurde, ein Zug näherte sich dem Platz: Schauspieler einer festlichen bildhaften Darstellung. In ihrer Mitte schritt Kurfürst-Erzbischof Clemens August von Bayern in seiner Festgarderobe mit schwarzem Dreispitz und wehendem Schultertuch, auf das groß das schwarze Ordenskreuz auf weißem Grund gestickt war. Er zeigte sich in der Prachtuniform des Hochmeisters des Deutschen Ordens, einem lichtblauen Samtrock mit kostbarsten Goldstickereien am Rocksaum und Taschen bis hin zu den breiten Aufschlägen. Darunter trug er eine sehr feine Spitzenbluse mit Jabots, über die das breite rote Seidenband der ritterlichen Gemeinschaft gelegt war. Der Orden klapperte ein wenig auf dem blinkenden Silberküraß, den er als Hochmeister des Ordens über dem Samtrock angelegt hatte. An der Seite hing ein Säbel, der über und über mit Edelsteinen besetzt war und nun zu flammen begann – denn plötzlich flackerte überall Licht auf, einige hundert, ja tausend Fackeln erhellten den Park, Kaskaden von Raketen und Sternwerfern sprühten hinter den Wasserkünsten, ein blauer und roter Schein legte sich über die Statuen.

„Das Feuerwerk von Schlaun! Ein Kunstwerk, grandios! Phantastische Farben, und diese Feuerbäche, die sprühenden Lichtsterne, wunderbar!" Selbst die an Luxus gewöhnten Gäste überboten sich in Entzückensrufen. Dazu tönte Musik hinter Büschen und Bäumen, Blumenduft wehte von den Terrassen, die Schauspieler tanzten nun ausgelassen über die Wiesen: als Circe und ihre Nymphen, Dionysos und seine Mänaden, gefolgt von einer Schar Jägerinnen.

Dann wieder ein Posaunenruf. Gefolgt von seinen vielen Gästen, begab sich der Kurfürst-Erzbischof durch das Gartentor ins Schloß. „Friede den Eintretenden, Glück den Ausgehenden" stand in feinen Buchstaben über dem Eingang. Über die breiten Treppen mit sehr flachen Stufen, die es den Damen mit den weiten Reifröcken leichter machte hochzutrippeln, ging es durch die langen Gänge. Durch die Fensternischen schimmerte das Licht des beleuchteten Gartens. Große Ölgemälde mit Porträts der Schloßbesitzer und ihrer verzweigten Familienmitglieder bedeckten die Wände. Die Verbindungstüren der Säle waren geöffnet,

so entstand eine lange Flucht von Räumen. Tausende von Kerzen erhellten den Audienzsaal, das fürstliche Speisezimmer, das Jagdzimmer und das Marschall-Tafelzimmer. Auf den mit weißem Tischtuch gedeckten Tafeln standen kostbares Porzellan, die Kristallgläser und dazwischen ausladende Kerzenständer. Tellerträger und Geschirrwäscher hatten unter Anweisung des Obergeschirrmeisters die Goldschalen, Silberterrinen und vergoldeten Platten, die schwersilbernen Teller und die Pokale aus den tiefen Schränken geholt, über Tage hinweg geputzt und poliert, später auf den Tischen unter den schweren Kassettendecken angeordnet. Clemens August hatte getreu seinem Wahlspruch „So gütig wie hoheitsvoll" keine Geldausgabe gescheut, seine zahlreich erschienenen Untertanen zu beeindrucken.
Von draußen nahte ein langer Zug von Dienern, die vom Oberhofmeister stirnrunzelnd empfangen wurden – da hatte man sich doch um eine Minute verspätet!
Unentwegt servierten die Bediensteten den Gästen Delikatessen für Augen, Zunge und Gaumen: verschiedenste Wild- und Fischpasteten, gestopfte Gänse, zarteste Fasanen, kräftiges Wildfleisch, allerlei Gemüse, dann köstlichste Süßspeisen wie Cremes und Mousse, Petit fours und Honiggebäck. Der Wein floß in Strömen; schon Wochen zuvor waren einige neue Fässer aus dem Rheingau und Rheinhessen in Neuhaus angekommen und gelagert worden. Der Heißhunger der Gäste schien unersättlich – eine Erkenntnis, die nur junge, unerfahrene Bedienstete verblüffte. Die älteren quittierten das hemmungslose Schlemmen der feinen Gesellschaft mit einem müden Schulterzucken.
Musik ertönte aus einem Nebenzimmer.
„Die Herren Musici sollen nach vorn kommen", ordnete Kurfürst Clemens August an. Er war bei Festen immer bester Laune und führte bald die erste Polonaise an. Die Herren hoben geziert den Degen und schritten in Schuhen mit hohen Absätzen und Silberschnallen daher, um den Damen die Hand zum Tanz zu reichen. In weiten, wippenden Reifröcken, die nach Versailler Mode auf Fischbein gearbeitet waren und weit abstehend die schmalen, geschnürten Hüften betonten, tanzten, nein schritten die Damen zu den Klängen der Hofkapelle. Manche attraktive Frau, zart gepudert, mit Schönheitspflästerchen und bemalten Lippen, und manche so dick geschminkt, daß kaum das Alter auszumachen war. Sie wedelten mit ihren Fächern, um in den hoffnungslos überhitzten Räumen ein wenig Kühlung zu bekommen.
Clemens August trat auf eine Gruppe zu, die abseits stand.
Galant deutete er eine kleine Verbeugung vor der Dame an, die sich ihm in diesem Augenblick zuwandte.
„Madame Freifrau von Schade, ich bin entzückt, Sie hier zu sehen."

„Es erfüllt mich mit großem Stolz, daß ich Eurer Durchlaucht aufgefallen bin", hauchte sie scheinheilig, hatte sie doch seit geraumer Zeit den Blickkontakt zum Fürsten stärker gesucht, als dies für eine Dame als schicklich galt.
„Kommen Sie, Madame, unterhalten wir uns beim Tanz."
Er entführte die Freifrau zu den übrigen Tanzpaaren und reihte sich mit ihr ein. Immer wenn sie zusammen über den polierten Boden schritten, stellte Johanna Christina mit kokett-naivem Augenaufschlag scheinbar unverfängliche Fragen: Wann die Fontänen im Herbst abgestellt würden, ob sich die Oleanderbäume auch im Winter hielten, ob in der Orangerie auch richtige Orangen wüchsen und wie die Arbeiten an den vielen Schlössern voranschritten.
Clemens August hatte diplomatisch nach Art höfischer Sitte geantwortet: Wasserspiele werden im Oktober abgestellt und mit einem Schutzkasten umgeben – Oleanderbäume hielten sich, aber nur auf der Südseite, in den Treibhäusern blühten Orangen und sogar Zitronen, und die Arbeiten schritten unter Hofbaumeister Schlaun mit einem höllischen Tempo fort, so schnell, daß er sich um die weitergehende Finanzierung Sorgen machen müsse.
Genau bei diesem Thema wollte die Freifrau den Kurfürsten haben.
„Ich kenne da einen jüdischen Finanzier, den Joseph Süß Oppenheimer. Er hat uns manches Geschäft finanziert." Ihr bisheriger Plauderton wurde plötzlich recht geschäftsmäßig.
„Und welchen Zinssatz nimmt er?"
Ehe Johanna Christina Freifrau von Schade antworten konnte, wurden sie getrennt, beugten sich anderen Partnern zu, gingen ein paar Schritte zusammen, um mit einem eleganten Schwung wieder zusammengeführt zu werden.
„Der Zinssatz, Eure Durchlaucht, ist durchaus erträglich. Wenn wir Schades ihn zahlen können, werdet Ihr mit Euren Einkünften aus den Subsidien, diesen französischen Unterstützungsgeldern für Eure eingegangenen Verträge, wohl kaum nachstehen, oder?" schmeichelte sie.
Was für ein hinterlistiges Miststück – dabei so gut aussehend. Der alte Schade war sichtlich zu beneiden, dachte Clemens August.
„Na gut, wir wollen einmal sehen, schickt ihn mir in der übernächsten Woche nach Brühl. Werde dann mit ihm verhandeln", sagte der Kurfürst entgegenkommend.
Johanna Christina biß sich fest auf die Lippen, um sich ihre Freude nicht anmerken zu lassen. Das ging ja leichter als vermutet. Hatte ihr Mann doch recht gehabt, als er meinte, zum rechten Zeitpunkt käme sie schneller zum Ziel.
„Noch ein Tänzchen, meine Liebe?" säuselte Clemens August charmant,

unterbrach ihre Gedanken. Er ließ mehr und mehr die strengen Formen der Hofetikette fallen. Angesichts des Rufes, den der Kurfürst genoß, hielt es Johanna Christina für höchste Zeit, dem hohen Herrn zu entkommen: Ihr Mann hatte sie – und vor allem Clemens August – aus der Ferne schon mehrfach mit Blicken durchbohrt. Sie täuschte mit beeindruckender Vollkommenheit eine kleine Schwäche vor, fächelte sich aufgeregt Luft zu und bat um einen Stuhl.

„Aber gern, teuerste Freifrau", Clemens August winkte einem Diener, den Sessel herzuschaffen.

Wenn du nur wüßtest, wie teuer dich dieser Kredit zu stehen kommt! Johanna Christina sah schon die Juwelen und den Schmuck, die ihr als sicherer Lohn für das Geschäft winkten.

Inzwischen hatte Baron von Schade sich zu seiner Gemahlin und dem Kurfürsten durch die Menge durchgekämpft, eilte auf die beiden zu.

„Johanna Christina, ist dir nicht gut?" fragte er besorgt – auch er war ein perfekter Schauspieler auf dem höfischen Parkett. Seine Frau zog ein Riechfläschchen aus dem Beutelchen, das an ihrer Hand hing.

„Geht schon wieder, aber ich möchte ein wenig pausieren."

„Gnädigste Freifrau, ich lasse Euch ein Glas Champagner bringen; das belebt ungemein."

Clemens August spürte, daß Johanna Christina auf Distanz zu gehen gedachte. Nun gut – er zog sich mit einer höflichen kleinen Verbeugung zurück und schlenderte durch den Saal. Glaubte die gute Freifrau doch allen Ernstes, ein bißchen Wein, ausgelassene Stimmung, ein koketter Augenaufschlag und ein paar Schmeicheleien würden genügen, seine Sinne zu benebeln. Da mußte sie schon mehr anbieten! Dürfte der gar nicht schaden, noch ein paar Tage davon zu träumen, ihn über den Tisch ziehen zu können. Um so schmerzlicher würde das Erwachen sein. Seiner prächtigen Laune hatten die Machenschaften der Freifrau keinen Abbruch getan. Ganz im Gegenteil: Bei solchem höfischen Geplänkel war er ganz in seinem Element. Er spielte meisterlich weiterhin den einnehmenden Gastgeber. Mal sprach er ein paar freundliche Worte mit diesen und jenen Gästen, mal kokettierte er ein wenig mit einer hübschen Frau, die es ihm angetan hatte, oder er diskutierte mit einer Gruppe von Domherren, die in den mit viel Stuck verzierten Fensternischen standen und die Hofpolitik für den nächsten Tag besprachen. Aber jetzt war der Zeitpunkt gekommen, wo ihn diese Gespräche mehr und mehr langweilten. Aus den Augenwinkeln seines länglichen Gesichtes mit der ausgeprägten Nase unter der Lockenperücke und über der typisch wittelsbachischen starken Unterlippe sah er eine Zeitlang der Hofkapelle zu, die an diesem Abend unermüdlich spielte.

Ein sehr hübsches Mädchen saß da an der Harfe, die war ihm schon den

ganzen Abend aufgefallen. In diesem Moment blickte die junge Frau auf, richtete ihr aufregendes Dekolleté, warf ihm einen unschuldigen Blick zu. Um seine ausdrucksvollen Lippen spielte ein leichtes Lächeln.
„Die Herren besprechen ja alles zu meiner vollsten Zufriedenheit. Lassen Sie mich jetzt ein wenig der Musik lauschen!" Damit entfernte er sich diskret aus dem Kreis der Domherren. Clemens August zog sich einen Stuhl heran, tat so, als lausche er versunken der Musik. In Wirklichkeit beobachtete er unaufhörlich die Harfenistin. Er winkte seinem Vertrauten, dem Domscholaster August Wilhelm von Wolff-Metternich zur Gracht, und einem Diener, eine Flasche Champagner zu bringen.
„Höre Er, Metternich, was ist das für ein Mädchen da an der Harfe?"
„Das ist die Harfenistin Mechthild Brion, sie spielt schon lange dieses königliche Instrument. Gefällt Eurer Durchlaucht das Spiel nicht, hat sie falsch gespielt? Dann lasse ich sie aus dem Orchester entfernen!"
„Ach was, Metternich, das Spiel ist perfekt. Das Mädchen gefällt mir, zeigt ein recht natürliches Wesen und eine hübsche Figur dazu."
Der Domscholaster sah eine willkommene Gelegenheit, sich um seinen Herrn verdient zu machen.
„Soll ich ihr einen Brief überbringen? Hier kann Eure Durchlaucht ..."
Clemens August unterbrach ihn schroff: „Papperlapapp, red' er kein dummes Zeug, weiß schon selber, was sein kann."
Clemens August erhob sich und winkte Metternich mitzukommen. Im Schreibkabinett brachte er wenige Zeilen zu Papier, faltete den Zettel und versiegelte ihn.
„Laß Er das der Brion bringen. Und wenn ich später nicht mehr anzutreffen bin, dann verabschiede Er an meiner Stelle die Gäste auf morgen", und fuhr verschmitzt grinsend fort, „unauffällig, höre Er, vielleicht ist ja der Erzbischof schon zu Bette gegangen, da er eine anstrengende Zeit vor sich hat."
Clemens August ging noch ein wenig von Gruppe zu Gruppe, redete, hörte zu, besprach sich für den nächsten Tag. Irgendwann war er unauffällig verschwunden, über die breite gewendelte Steintreppe in entlegene Gemächer geeilt und hatte gleich das erste Zimmer des Südwestturmes aufgesucht. Die Tür ließ er halb offenstehen, entzündete eine Kerze und stellte sie in die Nische gegenüber dem Zimmereingang.
Ein Diener führte wenig später Mechthild die flachen Steinstufen der Steintreppe nach unten. Sie hatte ihr Kleid gerafft. Mit der anderen Hand hielt sie sich am Eisengeländer fest. Eine Einladung des Kurfürsten – zum Nachtmahl? Ihre Knie waren wie weiche Butter. Das Herz schlug ihr bis zum Hals. Am Saalausgang hatte Metternich, der neue Günstling Clemens Augusts, dem Diener eine Dublone zugeworfen, den Finger mit scharfem Blick auf die geschlossenen Lippen gelegt.

„Madame speist zur Nacht mit seiner Durchlaucht!“ Mechthild blickte sich im Kabinett um. Der Diener schloß die Tür hinter ihr. Ein kleiner Tisch stand gedeckt; einige große Kerzenleuchter ließen den Raum im festlichen Licht erstrahlen. Sie ließ sich auf ein Sesselchen nieder und bemerkte jetzt erst, daß sie hier in einem ausgesprochen prächtig ausgemalten Zimmer des Schlosses saß. Ihr Blick glitt durch den Raum und blieb an einem Deckengemälde hängen. Eine Szene fesselte sie besonders, denn da saß ein leicht bekleideter Sonnengott auf einer Wolke, ließ lässig das Bein herabbaumeln. Ein großer Strahlenkranz glänzte hinter seinem Kopf wie eine am hohen Mittagshimmel stehende Sonne. Um sein Haupt war ein Lorbeerkranz gewunden. Die Linke hielt eine Lyra, und mit der Rechten wies er auf eine andere Gestalt, die in einem Löwenwagen saß. Diese war in ein prächtiges weißes und blaugraues Gewand gehüllt und schaute zurück zu dem nur spärlich bedeckten Mann, um dessen Lenden sich nur ein kleiner weißer Schleier schlang und von dessen Schultern ein hellroter Umhang im Wind zu wehen schien.
„Ein Apoll, dieser Mann, ein wirklicher Sonnengott. Fast nackt ist er“, kicherte sie leise in sich hinein. „Würde ich ihm einmal begegnen, führe ich nicht fort, sondern drehte den Wagen um und lenkte zu ihm hin.“
Mit ein wenig schwimmenden Augen betrachtete sie noch eine Weile das farbenprächtige Gemälde über sich. Dann lächelte Mechthild Brion vor sich hin und nahm den Brief zur Hand, auf dem über den zwei Sätzen der Einladung zierlich graviert stand:
„Kurfürst und Erzbischof Clemens August von Köln, Bischof von Münster, Osnabrück, Paderborn und Hildesheim, Hochmeister des Deutschen Ritterordens.“
Sie steckte das Kärtchen in den Umschlag zurück und seufzte: „Na, ja, vielleicht begegnet mir heute dieser Sonnengott?“
Leise traten zwei Livrierte ein, stellten behutsam einige Schüsseln auf den Tisch, legten Mechthild erlesene Speisen vor, entkorkten eine Flasche und schenkten ihr ein. Unverschämt grinsend begutachteten sie die junge Harfenistin, die völlig unbefangen zu essen begann, den Wein mit Behagen kostete. Die Brion schien die außergewöhnliche Einladung sichtlich zu genießen.
„Die Küche hat einen guten Ruf“, prostete sie den beiden zu, die sich jetzt mit leichter Verneigung zurückzogen, nicht ohne ein weiteres Mal eingeschenkt zu haben.
Aus der hinteren Ecke, von einem Paravent vor dem Gast verborgen, beobachtete der Kurfürst-Erzbischof schon geraume Zeit seinen Gast. Wer so mit allen Sinnen genießen konnte, dessen war sich Durchlaucht gewiß, der war auch gewiß nicht prüde. Mechthild machte sich über die

Trüffelpastete her, schenkte sich selber von dem purpurnen Burgunder nach. Immerhin hatte man die Musiker den ganzen Abend hungern lassen – und das beim Anblick der Köstlichkeiten, die die hohen Gäste pausenlos in sich hineinstopften. Sie konnte sich eines plötzlichen Lachens ob der ungewöhnlichen Situation nicht erwehren und drückte die Serviette an den Mund. Sie schaute nach oben, winkte dem Sonnengott zu, trällerte leise die Musik nach, die von weitem an ihr Ohr drang; langsam tat der Wein seine Wirkung. Der hohe Herr ließ sich wirklich nicht lumpen. Natürlich war ihr klar, daß der sie nicht nur zum Essen bestellt hatte. Diese Gelegenheit würde sie sich nicht entgehen lassen. Da war sicher mehr herauszuholen als ein gutes Essen! Die Kerzen waren schon fast heruntergebrannt. Es wurde dunkler im Zimmer. Sie erhob sich, breitete in ausgelassenster Stimmung die Arme aus, drehte sich übermütig um sich selber. Der zarte Schleier ihres Dekolletés war immer mehr herabgerutscht. In der einen Hand schwang sie ein Petit four im Papierfilet und in der anderen das Glas mit blutrotem Wein und rief übermütig: „Das ist wie Hochzeit! Fehlt nur noch der Bräutigam!"
„Der ist schon hier und wartet auf dich, Mechthild!"
Vor dem Fenster, durch das sich silbrig der Mond seine Bahn brach, sah sie im Halbdunkel plötzlich den Mann, der zu der Stimme gehören mußte, in einen weiten Mantel gehüllt.
Nur die Holzdielen knarrten, als die beiden aufeinander zuschritten. Mechthild versuchte einen Hofknicks, der recht unglücklich und schwankend ausfiel. Aber Clemens August reichte ihr seine Hand, zog sie hoch und sagte mit einem leichten Lächeln in den Mundwinkeln: „Ich freue mich, daß Sie meiner Einladung gefolgt ist, Mechthild Brion."

Grelle Sonne leuchtete am nächsten Morgen in das Kabinett, als sich die Harfenistin langsam aus den weißen Laken schälte. Sie rieb sich die Augen. Sie war allein, nur die herabgebrannten Kerzen erinnerten an die vergangene Nacht. Wie schon am Abend wies unter der Decke Apoll immer noch auf die „Großherzigkeit", die durch Wolkenungetüme enteilte.
Mechthild Brion hatte dem Souverän Zerstreuung und wohl auch Trost in einer Zeit tiefen Schmerzes nach dem tödlichen Duell seines geliebten Freundes Roll und der unabdingbaren Entlassung seines hochgelobten Ministers von Plettenberg, der ein gerüttelt Maß Schuld an diesem Verlust trug, verschafft. Neun Monate später mußte die Harfenistin von der Orchesterarbeit entbunden werden – und von einer gesunden Tochter; Anna Maria wurde sie getauft. Nun zeigte der Kurfürst-Erzbischof Großherzigkeit; er sorgte in der üblichen Art für die Mutter: Sie heiratete den Futtermeister und Truchsessen Gottfried Trogler.

Am Morgen nach diesem denkwürdigen Fest wurde „tout" Paderborn Zeuge eines grandiosen Schauspiels: Der Kurfürst-Erzbischof zog in die Stadt ein. Der Festzug bewegte sich langsam auf die Stadt Paderborn zu. Am Neuhäuser Tor standen Bürgermeister und Magistrat, die Vertreter der Zunftämter und die Bürgerwehr, den Landesherren gebührend zu empfangen.

Mit vielen schaulustigen Bürgern sahen sich auch der Bankier Bartholomäus Craß und der Nachfahre des jüdischen Warengeschäftes, Kaufmann Samuel Meyer junior, den Einzug an.

„Seht nur, Bartholomäus, welch' prächtige Pferde der Kurfürst mit sich führt. Über zweihundert Personen sollen in Kutschen, gezogen von 168 Pferden, nach Neuhaus gekommen sein!"

„Gut beobachtet, Samuel, in Neuhaus sind bereits Marställe für diese Mengen an Vierbeinern gebaut worden. Wer sitzt denn da in der Kutsche an der Seite des Kurfürsten?"

„Das muß der Nachfolger des gestürzten Ministers Ferdinand von Plettenberg sein, der Domscholaster Wolff-Metternich, der seinem Herrn in allen Dingen – wie geklatscht wird – sehr zu Diensten ist", gab Meyer junior süffisant zum besten. „Hat uns Juden übrigens 15 000 Reichstaler gekostet, wie im Ältestenrat berichtet wurde. Dennoch blickt seine kurfürstliche Durchlaucht gar nicht so gnädig auf die hier versammelten Landeskinder. Scheint ihm wohl nicht alles zu gefallen?"

Tatsächlich hatte Clemens August gerade zu seinem Begleiter Wolff-Metternich eine ganz und gar uncharmante Bemerkung über das Städtchen gemacht.

„Denkt Ihr nicht auch, Metternich, daß man dem Rat der Stadt einen wohlmeinenden Fingerzeig geben müsse, dergestalt, daß die Misthaufen von den Straßen verschwinden müssen? – Das ist ja eine Dreckstadt!"

„Da sagt Ihr etwas. Ich habe schon häufig und vor diesem Tag noch besonders darauf hingewiesen, aber die Paderborner Räte sind recht dickfellig, lassen sich nicht gern was von der Obrigkeit sagen."

„Dann werden wir das listig einfädeln. Ich schenke den Paderbornern den Brunnen vom Schloß Neuhaus und rege an, daß damit eine Wasserkunst eingerichtet wird, die aus der Pader Wasser in die Kümpe der Stadt schöpft. Dann können unsere lieben Bürger herrlich schrubben und waschen! Vielleicht läßt es sich dann in dieser Stadt aushalten!"

„Der Bildhauer Axer bittet schon länger um einen Auftrag; der könnte ja eine Figur für den Brunnen schaffen."

Während ihres Gespräches war die Hofkalesche mit den beiden Herren weitergefahren; sie hatten dabei aus dem Fenster huldvoll dem Volk zugewinkt. Clemens August ließ seine Augen aufmerksam hin und her

wandern. „Das ist ja ein auffällig schönes Haus. Wem gehört es?" wies er auf ein prachtvolles Gebäude.
„Der Kaufmann und Bankier Bartholomäus Craß hat es sich errichten lassen. Ein solider Bürger, der es mit Fleiß und gutem Gespür für Geschäfte zu etwas gebracht hat in der Stadt."
„Ein Bankier? Der kommt mir gerade recht. Die Freifrau von Schade wollte mir nur allzu auffällig einen Kredit des Bankhauses Oppenheimer andrehen. Richten Sie aus, Metternich, der Craß soll zu mir kommen; vielleicht kann ich ihn hier als Hofbankier nutzen."
Craß und Meyer junior war es nicht entgangen, daß sich Clemens August für das Bankiershaus zu interessieren schien.
„Der Kurfürst nimmt Euer Haus in Augenschein, da kommt was auf Euch zu!"
„Das ist mir auch aufgefallen, Meyer. Vielleicht kann ich ein gutes Geschäft mit dem Landesherrn machen!" Craß arbeitete seit einiger Zeit ohne irgendein Vorurteil mit Samuel Meyer zusammen. Beider Geschäfte liefen gut, und beide gaben ein Beispiel, wie sich ein Christ und ein Jude durchaus gut verstehen konnten.
„Ich wünsche Euch Glück – ich denke, Ihr könnt es brauchen."
„Ja, ja, Samuel, aber seht nur, wie prächtig das rote Gewand mit dem Hermelinbesatz unseren Kurfürsten-Erzbischof kleidet! Und dieser Hofwagen mit den vier herrlich aufgeschirrten Schimmeln."
„Wieviel Kredit mag er dafür schon aufgenommen – und noch nicht zurückgezahlt haben!"
„Nur kein Neid!" Bartholomäus Craß ließ ein zurückhaltendes Lachen hören und wies auf die Gefolgsleute des Kurfürsten.
„Die Lakaien und Heiducken müssen sich ordentlich sputen, um mit dem Wagen Schritt zu halten. Habt ihr die Läufer mit den langen Quastenstäben gesehen? Sie sind schon vorbeigeeilt. Auf ihren bunten Gewändern lag dicker Straßenstaub."
Samuel Meyer hatte noch andere Einfälle, was der neue Fürstbischof für Stadt und Land tun könnte: „Unser Landesherr täte gut daran, die Straße von und nach Neuhaus herrichten zu lassen. Herrscht ja ein schlimmer Zustand! Wäre jedenfalls wichtiger, als seine Lakaien auszustaffieren wie Prinzen."
„Für diese schlechte Wegstrecke marschiert die Leibgarde des Kurfürsten noch recht tüchtig neben der Kutsche her."
„Nun hört einmal, die berittene Leibgarde mit der Reitermusik naht. Wie die Pauken und Trompeten von den Hauswänden widerhallen!"
Craß geriet vollends ins Schwärmen – das sollte gute Geschäfte bringen, wenn der Kurfürst sich tatsächlich an ihn wenden würde. Samuel Meyer junior schüttelte nachsichtig den Kopf bei so viel Hochstimmung.

Nach der Begrüßungsrede durch den Bürgermeister und vielen Hoch- und Vivatrufen rumpelte die Prachtkalesche weiter auf den Dom zu. Dort hatten das Domkapitel, die Hofbeamten des Bistums und alle Geistlichen, auch aus den Klöstern, Aufstellung genommen, um ihrem Landesherrn zu huldigen.
Im Bischofspalais beauftragte der Fürstbischof offiziell den Domdechanten Wilhelm Hermann Wolff-Metternich zur Gracht, alle geistlichen Amtsgeschäfte zu übernehmen.
„Eine erste Anordnung, verehrte Herren, möchte ich sofort treffen. Dieses Taubenfliegen zum Pfingstfest wollen wir unverzüglich einstellen. Es ist ja ekelhaft, wie die Tauben alles und jedes im Dom bekleckern. Diese Stadt ist wirklich schon dreckig genug."
Domdechant Wolff-Metternich schlug wie immer in dieselbe Kerbe wie sein Landesherr: „Außerdem ist es nicht mehr zeitgemäß, ein lächerliches und zugleich abschreckendes Schauspiel!"
Clemens August war offensichtlich nicht gewillt, die Schönheiten der Baukunst, die Paderborn zum *westfälischen Rom* gemacht hatten, durch Taubenkot verunreinigen zu lassen.
„Und meine Leibgardisten und Lakaien müssen sich zukünftig ihre Uniformen auch nicht mehr derartig zustauben lassen wie heute auf dem Marsch von Neuhaus nach Paderborn, meine Herren!"
„Die Straße müßte in der Tat dringend ausgebessert werden, kurfürstliche Durchlaucht, aber das Geld fehlt."
„Ich werde meinen Oberkellner anweisen, Euch Geld bereitzustellen. Können auch schnell noch einen Kredit aufnehmen. Laßt eine prächtige Allee anlegen, am besten fünfhundert Kastanien pflanzen, damit der Weg auch im Schatten liegt!"
Er sah seinen Gardeoberst an: „Möchte künftig ein Wachlokal vor Schloß Neuhaus, einen quadratischen Pavillon vor dem Südeingang. Wie bei meinem königlichen ‚*Bruder*' in Preußen." Das Wort „Bruder" kam äußerst geringschätzig von seinen Lippen, er fuhr aber sogleich fort: „Soldaten sollen sich in der Wache aufhalten und zwei Mann unter Gewehr Posten stehen! Und dann die Durchfahrt und kleinen Vordächer mit weißblauen Rauten versehen, stamme schließlich von den Wittelsbachern ab."

Schillernd nahm der neue Landesherr Besitz von seinem fünften Bistum, das ihn zum Herrn de cinq églises, zum Bischof über fünf Bistümer, gemacht hatte. Dazu war er Hochmeister des Deutschen Ordens mit der Residenz in Mergentheim. Er herrschte über ein weites Territorium mit dem starken Haus Wittelsbach im Rücken und einem Bruder, der Ambitionen auf die Kaiserkrone hatte. Einen so mächtigen Landesherrn hatte Paderborn lange nicht gesehen – nur fühlte der sich nicht in erster Linie als Bischof von Paderborn.

1736 Seine ostwestfälische Besitzung suchte Kurfürst-Erzbischof Clemens August im Laufe der nächsten Jahre überraschenderweise recht häufig auf. Vor allem die 900-Jahr-Feier der Übertragung der Reliquien des hl. Liborius von Le Mans nach Paderborn festlich zu begehen – das ließ sich ein prunksüchtiger Fürst wie er nicht nehmen.
Mit strahlender Sonne brach dieser Montag, der 23. Juli 1736, an.
Schon in den frühesten Morgenstunden war die Hohe Domkirche mit Menschen dicht besetzt, die mit einem viertelstündigen Festgeläut eingeladen worden waren. Nach einem ersten Segen und der öffentlichen Anbetung drängten alle Gläubigen in die Beichtstühle.
Rings um den Dom über den Paderquellen setzte gegen acht Uhr eine quirlige Unruhe in allen Gassen und Straßen ein: Die große Prozession ließ die Stadt lebhafter denn je sein. Soldaten marschierten auf; die Schüler der verschiedensten Schulen brachten mit Blumen verzierte Fackeln mit, Bruderschaften versammelten sich am Paradies des Domes; Geistliche und Ordensleute füllten den Platz unter der großen Orgel, die Räte, Gerichtsräte, Richter, alle Beamten des Landes traten am Kapitelhaus oder bei der alten Uhr zusammen; die Bürger der Stadt stellten sich, nach Pfarreien geordnet, an den Seiten des Domes und in den Kapellen auf, erwarteten den Bischof.
Der hatte gegen acht das Schloß Neuhaus verlassen, die weißblau gekleideten Gardisten salutierten vor dem neuen Wachpavillon. Nach kurzer Fahrt erreichte er mit dem wie immer prunkvollen Gefolge den Platz vor dem Dom. Clemens August betrat im Ornat des Hochmeisters durch das Paradies die Kirche, vom Domkapitel und von Herren der übrigen Stifte empfangen. Pauken und Trompeten ertönten, und der hohe Herr wurde zum Chor geführt, begleitet von vier Bischöfen, zwei Prälaten und dem Hofstaat. Hier oben, an seinem gewöhnlichen Chorstuhl, legte Clemens August priesterliche Gewänder an, über den kurfürstlichen zog er den bischöflichen Prunkornat: einen mantelartigen weiten Rock in purpurner Farbe mit weiten Ärmeln, ausgeschlagen mit Hermelin und besetzt mit dem breiten weißen Winterfell des Hermelins. Darüber drapierte ein Diakon das edelsteinbesetzte Deutsche Ordensbrustkreuz am breiten roten Seidenband.

Gesänge, Pauken und Trompeten verstummten. Der Erzbischof kniete still mit seinen Begleitern vor der Hostie in der Prunkmonstranz, betete einige Zeit; dann nahm er das Allerheiligste und segnete die riesige got-

tesfürchtige Menge im Dom. In den festlichsten Chormänteln traten vier Bischöfe und Prälaten sowie zwei Domherren heran und nahmen den Liboriusschrein auf. In diesem Augenblick läuteten in allen Kirchen die Glocken, von den Wällen dröhnten Salutschüsse. Die Orgel begann von neuem, ihre Hymnen zu intonieren. In langer Prozession bewegten sich die Gläubigen aus dem Dom. Sie trugen brennende weiße Wachslichter, die Angehörigen des Krameramtes sogar große weiße, viereckige Fackeln. Stabträger in violetten Röcken; bunte, wehende Fahnen; Stadtmusikanten; Studenten mit Standarten und Bildnissen; Ordensgeistliche – Mönche wie Nonnen – in schwarzen, braunen und weißen Gewändern; und immer wieder Fahnen wogten durch die schmale Gasse, die Hunderte gebildet hatten. Den langen schwarzweißen Zug der Geistlichen aus dem Domkapitel und den Kirchen beendete Vikar Gener im Chormantel, der den vielaugigen, schönfarbigen Pfauenwedel trug.
Die kurfürstliche Durchlaucht hatte es sich nicht nehmen lassen, das Allerheiligste selbst zu tragen. Über ihm schwebte ein seidenweißer Baldachin, den abwechselnd die Ritter des Deutschen Ordens an Stangen trugen, prachtvoll anzusehen in ihren weißen, mit einem schwarzen Tatzenkreuz verzierten Mänteln.
Die Herren Bischöfe folgten, dann Gesandte aus Bayern und der Pfalz, weitere hohe Minister und schließlich der gesamte Hofstaat. In auf Hochglanz polierten Festtagsrüstungen paradierte der Adel vieler deutscher Fürstentümer und die Ritterschaft des Hochstiftes. Es folgten Hof- und Kammerräte, Gerichtsbeisitzer, Assessoren, Advokaten, Richter, Beamte, Abgeordnete der Städte, denen sich schließlich die Bediensteten, Handwerker und Gesellen und alle Frauen, Kinder und Männer der Stadt anschlossen – ein einzigartig prachtvoller Festzug, wie ihn Paderborn noch nie erlebt hatte.
Durch vier Triumphbögen ging der feierliche Umzug, über den Markt, dann zur Busdorfkirche, zum Rathaus und an der Benediktinerinnenkirche vorbei. Domprediger Pater Gabriel Erich hielt die Ansprache; abschließend erteilte Clemens August von seinem Ehrenthron der riesigen Volksmenge den Segen.
Die Prozession kehrte durch das Mittelschiff des Domes zurück und traf auf das *Mausoleum Liborianum*. Der Kurfürst-Erzbischof hatte für das Fest einen Altar gestiftet, auf dem der Schrein mit den Reliquien des heiligen Liborius zur Schau gestellt wurde. Unter dem Domgewölbe bewegte sich in der Zugluft die weiße Seide eines gewaltigen Baldachins, der mit breiten Goldlitzen geschmückt war. Engelhafte Gestalten hielten an den Ecken lange Bahnen roter Seide mit goldenen Schnüren. Umgeben war der Festaltar von überlebensgroßen allegorischen Figuren: Neben den Tugenden des Glaubens und der Hoffnung sahen die neugierig

nähertretenden Gläubigen die Verkörperung der Verehrung des hl. Liborius und des Hochstiftes Paderborn.
Der Jude Samuel Meyer, dessen Warengeschäft immer mehr florierte, hatte mit seiner Familie unweit des Domes auf seinen Freund, den Bankier Craß gewartet. Juden durften selbst unter dem toleranten Fürstbischof Clemens August immer noch nicht die christlichen Kirchen betreten und hatten sich eigentlich auch an Sonntagen und hohen Festen zurückzuhalten. Craß hatte seinen langjährigen Geschäftsfreund überredet, wenigstens in die Nähe des Domes zu kommen und sich einen Teil der Pracht dieses Hochfestes anzuschauen. Bei dem gewaltigen Trubel nahm dann auch niemand Notiz von Samuel Meyer.
„Phantastisch, dieser Silberaltar!" Die Augen des Bankiers Craß, der für seine Kunden so manchen Schmuck in seinem Geldschrank sicher aufhob, leuchteten, als er endlich vor Samuel Meyer stand.
„Wurde diesmal in Augsburg gearbeitet, weil kein vernünftiger Goldschmied in Paderborn aufzutreiben war", flüsterte Craß seinem Nachbarn zu, als die Prozession nahte. „Hätten ruhig den Winkelmann aus dem Möhnetal rufen können!"
„Wer hat diese wunderbaren Figuren geschaffen?"
„Das war der Bildhauer Johann Theodor Axer mit seinen Gehilfen hier in der Paderborner Werkstatt."
„Wenigstens ein Künstler der Domstadt", stellte Meyer fest.
Die Volksmenge ringsum betrachtete staunend die imposante Darstellung. Den ganzen Tag über riß die Kette der Menschen, die in den Dom strömten, nicht ab. Von weither waren sie an diesem Tag auf Karren und Planwagen, Eseln und Pferden oder zu Fuß in die Bischofsstadt gekommen, selbst aus anderen Bistümern und benachbarten Fürstentümern. Die beiden Bürger aus Paderborn hörten manchen Sprachfetzen, den sie nicht verstanden.
„Sind ja ungeheure Menschenmengen in der Stadt." Der Kaufmann Craß rieb sich die Hände. Auch Samuel Meyer dachte an den Hochbetrieb in seinem Laden und wie die Warenvorräte in diesen Tagen dahinschmolzen.
„Und diesmal wird unser allergnädigster Landesherr wohl zufrieden sein mit der herausgeputzten und geschmückten Stadt", meinte augenzwinkernd Craß. Natürlich hatten einige Bedienstete den Mund nicht halten können und die abfälligen Bemerkungen ihres Herrn über das „dreckige" Paderborn ihren Bekannten in der Stadt nach ein paar Krügen Bier zuviel überheblich unter die Nase gerieben.
„Aber klar, niemand hat Kosten, Arbeit und an Fleiß gespart, um seinen Teil zur festlichen Feier beizutragen. Da werden diesmal sogar die eingebildeten Lakaien unseres Bischofs aus Köln nichts zu meckern haben.

Und wir Juden haben eifrig an dem sauberen Stadtbild mitgearbeitet. Aber das Bürgerrecht werden wir wohl trotzdem nie bekommen!"
„Diese Fahnen und die Blumengirlanden; wunderbar, wie sich unsere Gebäude und Wohnhäuser, Stadttore und Kirchen zeigen!" Craß überhörte das Begehren seines Geschäftsfreundes.
„Als wäre unsere Stadt durch einen Zauberschlag in einen Lusthain verwandelt worden!"
„Bartholomäus Craß, werdet Ihr heute dem Feuerwerk beiwohnen, das von dem hochberühmten Hofbaumeister Johann Conrad Schlaun entworfen wurde?"
„Na und ob, mein lieber Samuel, mit der Familie und allen Kindern. Die liegen mir schon seit Wochen in den Ohren. Aber erst werden wir einmal über den Liborimarkt bummeln und uns ein Weilchen amüsieren!"

Schon früh hatten sich an diesem Tag die Paderborner Familien aufgemacht, um gleich nach dem Mittagessen den Liborimarkt zu besuchen, der in diesem Festjahr so reich und vielfältig war wie nie zuvor. Die Familien Craß und Meyer schlenderten mit aller Ruhe über den Domplatz und durch die angrenzenden Straßen und Gassen, in denen zahllose Buden und Zelte, Stände und Karren standen. Dazwischen trieben sich etliche Spielleute und Gaukler herum. An diesem Tag ließen sich die Alltagsssorgen leicht vergessen.
Schon am ersten Zelt machten die Familien halt. Ein Franzose, so wies ein Schriftzug aus, hatte hier „Die goldene Gans" eröffnet, und ein Schild verkündete „Monnaie fait tout – *Kleingeld reicht aus!*"
„Mesdames, Monsieurs, ein herrlicher Kaffee oder eine Chocolat für die Damen?" lud mit deutlich französischem Akzent der geschäftstüchtige Kaffeezeltinhaber die Gruppe ein. Da nach dem Essen ein Kaffee immer willkommen war, lud Bankier Craß die kleine Gesellschaft in das Zelt ein.
Die Stühle wurden hin- und hergerückt; schließlich hatte jeder sein Plätzchen gefunden. Eilfertig dienerte Monsieur um die Gruppe herum.
„Dann bringen Sie mal für jeden dieser Damen und Herren ein Täßchen von diesem herrlichen Gebräu", bestellte Craß großzügig.
Während die Damen noch ihre weiten Röcke richteten, neigte sich Meyer zu Craß. „Ihr hört doch von überall her die Glocken läuten. Was sagt denn unser gnädiger Kurfürst zu diesen Kaffeehäusern? Ist ihm das eigentlich recht?"
„Auf meinen Geschäftsreisen habe ich in Wien und in Berlin, in Amsterdam und London Kaffeehäuser aufgesucht. Natürlich wurde überall heftigst politisiert, und die Herren Gendarmen schauten gern durch die

Fenster, wenn es da hoch herging und Diskussionen oft bis auf die Straßen zu hören waren."
„Ich war vor wenigen Wochen auch in Berlin und hörte, daß der Preußenkönig gar nicht so recht einverstanden sei. Beim Kaffee werde ihm auch zu viel diskutiert und aufgewiegelt."
„Ach was, Meyer, der König da oben will nur die Akzise, um seine Grenadierregimenter aufzufüllen."
„Kommt ganz schön Geld rein mit der Steuer, da kann der Preuße 'ne Menge langer Kerls werben."
Der Monsieur kam mit einem großen Tablett, stellte den würzigen dunklen Trank für die Damen und Herren auf den Tisch und kassierte das Kleingeld, wie er auf seinem Schild versprochen hatte.
Alle schlürften behaglich den Kaffee, in den sie ein wenig Zucker verrührt hatten.
„Aber hier, mein lieber Samuel, habe ich noch nichts gehört, daß unser gnädiger Landesherr etwas gegen die Kaffeehäuser angeordnet hätte."
„Dann wollen wir uns auch weiterhin an diesem köstlichen Trank erfreuen."
Zwischen den Zelten und Buden zog eine Gauklergruppe umher, voran ein Flötenbläser, dann eine Frau, die ein Tamburin schlug.
„Vorstellung auf dem Marktplatz!" lockten sie die Zuschauer an. Die Kinder der beiden Familien liefen hinterher. Mit großen Augen entdeckten sie ein straff gespanntes Seil, auf das einer der bunt gekleideten Männer kletterte. Er balancierte über das Seil. Ihm folgte ein kleines Mädchen, das ebenfalls geschickt darüber tanzte. Die Zuschauer klatschten Beifall.
„Wir müssen zurück zu den Eltern", mahnte die größere Tochter Christiane. Gaukler, Zauberer, Wahrsager, Bärentänzer boten ihre bunten kleinen Schauspiele in hohen Bretterbuden dar.
„Papa, Papa", rief der kleine Bartholomäus, „hier stehen Gestelle, die sich drehen; Karussells nennt man diese Ringelbahnen! Da könnten wir schaukeln oder uns im Kreis drehen." Ihr Vater zückte zum zigsten Male den Geldbeutel und legte dem Besitzer ein paar Pfennige in die Hand. Die Kinder schwangen sich auf Holzpferde, Christiane setzte sich in die winzige, nachgebaute Hofkutsche, und der kräftige Ringelbahnbesitzer schob das Wunderwerk an. Gegenüber spielten Musikanten; den Paderbornern wurde wirklich allerlei Kurzweil geboten.
Am Saum des Domplatzes stand ein Leinwandzelt, in welchem der Hof-Conditor Hagemeister Gefrorenes, vor allem aber vorzügliche Kuchen darbot. Die Herren ließen sich hier Tee servieren, in den hinein der Conditormeister schmunzelnd zwei gläsern aussehende Mäuschen fallen ließ, „Paderborner Mäuschen", wie er meinte, „die einen gar köstlichen

Geschmack in den Tee bringen." Und tatsächlich – nach einer Weile des vorsichtigen Kostens und Rührens – ließen beide Herren ein „Ohh" und „Ahh" hören.
„Wirklich ein köstliches Geheimnis, das da in Ihren Mäuschen verborgen ist!"
Noch ehe die beiden Damen kosteten, verriet der Duft, der aus den Teetassen stieg, daß sich ein feiner Liqueur im Innern der Zuckermäuse verbarg und sich in dem heißen Gebräu langsam auflöste!
„Vorzüglich, Sie sollten am Markt eine Hof-Conditorei eröffnen, wir wären sicher Ihre Stammgäste!"
Hof-Conditor und Zuckerbäcker Hagemeister freute sich über soviel Lob und reichte den Damen die Proben seiner Petit fours und Pralinés. Nun nahmen die Lobeshymnen gar kein Ende mehr. Die Kinder jedoch wollten weiter und drängten und quälten.
Während sie weiterbummelten, zogen Stände mit feinsten Stoffen von Brokat und Seide die Aufmerksamkeit der beiden Frauen auf sich. An einem buntgestreiften Zeltdach wurden die ausgefallensten fremdländischen Duftwässer angeboten.
Bartholomäus, der ein paar Schritte weitergegangen war, rief die Gruppe zu sich: „Hier, schaut mal, wunderbare Gewürze aus den indischen Ländern! Riecht einmal: Das da ist Ingwer, hier liegt Zimt und dort die Nelken. Wir sollten, wie die Kaufleute schon vor vielen hundert Jahren in Paderborn, wieder den Handel mit Gewürzen aus den fernen Ländern aufnehmen!"
Aufgeregt zupfte die Ehefrau des Bankiers Bartholomäus am Ärmel. „Du, da müssen wir hin, sieh mal, ein Damenkarussell!" Sie wies auf kleine Wagen, die auf dem Kamp standen. „Barthel, du mußt lenken, und ich habe die ausgestopfte Henne da zu treffen. Komm, sei mein Kavalier!"
Der Kaufmann ließ sich nicht zweimal bitten. Mit ihm lenkten auch Samuel Meyer und einige andere Bürger die kleinen Wagen. In voller Fahrt warfen ihre Frauen von den Fuhrwerken Bälle auf das Maul eines toten Fuchses, das sich in das weiße Federkleid der Henne verbissen hatte. In der zweiten Runde mußte der Fuchs vom Stich eines Kavalierdegens getroffen werden. In der dritten war das aufgemalte Herz eines Liebesgottes mit einem Pfeil zu bewerfen. Die friedfertigen Kämpferinnen waren ernsthaft bei der Sache, ließen sich anfeuern und erhielten viel Beifall. Wenn ihre Pfeile oder Bälle gar zu weit das Ziel verfehlten, mußten sie sich allerdings auch vergnügliches Gelächter gefallen lassen.
Die Attraktionen, die den Paderborner Bürgern geboten wurden, waren so zahlreich, daß die beiden Familien kaum wußten, was sie sich als nächstes ansehen sollten. Musikanten spielten ländliche Tänze und zo-

gen die kleine Gesellschaft an. Ausgelassen sprangen die Bürger Paderborns im Reigentanz über die knarrenden Bretter des Podestes, das mit Girlanden und Fahnen reich geschmückt war.
Dann entdeckten sie noch eine Kegelbahn. Nebenan wurden ein Wettlaufen und ein Ringkampf veranstaltet, zu dem lautstark jedermann eingeladen war, sich mit Goliath aus dem Lande der Bibel zu messen. Aber da winkten die Väter ab.
An der Busdorfkirche boten die Bauern ihre Feld- und Gartenfrüchte an. Gleich daneben stand Bude an Bude der Töpferzunft, die Geschirr, Krüge und Schalen zu bieten hatte. Die Schmiede, die Tischler, Wagenbauer und Sattler zeigten ebenfalls ihr großes Angebot an Waren.
Plötzlich drang von irgendwoher ein Trommelwirbel, gefolgt von Trompetenstößen. Neugierig drängten alle durch die engen Gassen zwischen den Ständen in die Richtung, aus der das Signal gekommen war. Dort fanden sie schließlich eine bunt kostümierte Schar vor. Ein Narr versuchte, die Zuschauer mit komischen Grimassen zum Lachen zu bringen. Einer der Kostümierten trat vor die erwartungsvolle Menge und gab bekannt, daß die Komödianten das berühmte Stück von Leben und Tod des Erzzauberers Doktor Johannes Faustus aufführen würden. Ein Trommelwirbel – und der Vorhang auf der breiten Vorderbühne schwebte zur Seite. Das Spektakel begann. Pluto trat aus der Hölle hervor, beschwor einen Teufel nach dem anderen herauf und wies sie an, die Leute zu betrügen, ja deren Seelen einzufangen. Nach kurzer Umbaupause saß Doktor Faustus über dicken Studierbüchern. Er wandte sich an Plutos Teufel. Der schnellste unter ihnen, so verlangte Faustus, solle ihm 24 Jahre zu Diensten sein. Die Zuschauer gingen begeistert mit, als er auf die Vorderbühne trat und dem Publikum den Pakt mit der blutroten Unterschrift zeigte. Die Geschichte nahm ihren bekannten tragischen Verlauf: Am Ende fielen die Teufel über den Doktor her, warfen ihn in die Luft und zerrten ihn schließlich in die Hölle. Die Martern am Ort der Verdammnis wurden von Feuerwerken untermalt. Aus dem Feuer erschienen die Worte: „Angeklagt, verurteilt, verdammt!“

Es wurde schon dunkel, als die Vorstellung zu Ende ging. Die beiden Familien nahmen in einer der Schenken am Rathausplatz noch eine kleine Stärkung zu sich. Der Festwirt der Ratsschenke hatte ein neumodisches Klavichord angeschafft, und ein Spieler schlug die Tasten an. Es klang, als würden die Saiten einer Laute durch einen Stab berührt. Die wundervollen Melodien aber, großartiger als von der Laute gespielt, gingen unter im lauten Getöse der Schenke.
Die Familien Craß und Meyer machten sich nach kurzer Rast auf den

Weg nach Schloß Neuhaus. Es war schon recht spät geworden. Sie wollten aber auf keinen Fall *die* Sensation der Festtage verpassen: das Feuerwerk im Schloßpark.
Sie kamen gerade noch rechtzeitig dort an, als 24 Kanonenschüsse den erwartungsvoll versammelten Bürgern den Beginn des feurigen Spektakels ankündigten.
„Achtung, jetzt geht's los!" stieß Samuel Meyer seinen Geschäftsfreund an. Brennende Pyramiden erhoben sich, Raketen und Schwärmer zischten in den Himmel und sandten ihre sprühenden Funken ins Grüne. Aus den Gebüschen rauschten kreisende Feuerkugeln.
„Seht mal, die machen dem Himmelsgewölbe das Reich der Dunkelheit streitig." Bartholomäus geriet fast außer sich – so 'was Phantastisches hatte er nie zuvor gesehen!
Die Frauen neben ihnen sprangen erschrocken zur Seite, als sich plötzlich Feuerschlangen über den Rasen wanden.
Wieder krachten die Kanonen. Vor den Augen der ungläubig starrenden Zuschauer tauchte der Triumphwagen Karls des Großen und des heiligen Liborius auf.
„Sieh einmal", Meyers Sohn zupfte seinen Vater aufgeregt am Ärmel, „das Gefährt wird von einem Adler, einem Löwen und einem Pfau gezogen. Was ist das vierte für ein Tier?"
„Junge, das ist ein Phönix", antwortete der Vater knapp.
„Habe ich noch nie gesehen – einen Phönix. Und die Männer da rechts und links?"
„Jetzt sei doch endlich still und quengle nicht so rum, man kann sich ja gar nicht auf das Feuerwerk konzentrieren."
Bartholomäus Craß beantwortete die Frage für Vater Meyer, ihm tat der wissensdurstige Junge leid: „Das ist einmal Papst Leo III. und Ferdinand von Bayern, ebenfalls ein Bischof von Paderborn und Köln, aus dem Hause Wittelsbach."
Zum drittenmal knallten die Kanonen. Die Familien sahen nun Abbildungen des Paderborner Domes und des Schlosses Neuhaus. Drei Flußgötter erschienen, deren ausströmendes Wasser den Zusammenfluß von Pader, Lippe und Alme beim Schloßgarten andeutete. Als das Feuerwerk zu Ende war, blieben die Menschen im Schloßpark noch eine Weile still stehen. Zu groß war der Eindruck dieser grandiosen Darbietung, die gelegentlich höchstens den Adligen geboten wurde – und auch denen kaum je in solcher Vollkommenheit.
„Sieh mal Bartholomäus, das ist die Gedenkmünze zur 900-Jahr-Feier", Meyer hatte sich als erster wieder gefangen, reichte Craß ein rundes Stück Metall. Der hielt es in den Schein einer Fackel, die jetzt überall angezündet worden waren, um die Wege zu beleuchten.

„Der Reliquienschrein, von Engeln über die Stadt Paderborn erhoben, aber sehr schön gearbeitet!"
„Bartholomäus, solch eine Münze möchte ich auch haben", bat ihn seine Frau, als sie alle zusammen langsam wieder der Stadt zustrebten. Von den Gewässern leuchteten mit hellen Strahlen auf schwimmenden Kähnen die verschiedensten Figuren zum Abschied dieses festlichen Tages. Kaum jemand von ihnen würde etwas so Wunderbares in seinem Leben je wieder sehen.

Bevor der Landesherr, Kurfürst-Erzbischof Clemens August, nach Köln zurückkehrte, lud er die Herren der Landstände und der Ritterschaft zu einem großen Jagdfest ein: für den jagdbegeisterten Wittelsbacher der perfekte Abschluß des Libori-Jubiläums, an das seine Untertanen noch in zig Jahren zurückdenken würden.
Kaum war über den Schloßtürmen die Sonne emporgestiegen, eilten Knappen und Jäger herbei, um alles zum Jagdzug vorzubereiten. Haubengeschmückte Edelfrauen in bauschigen Reitkleidern, darüber samtene Mieder mit aufgepufften Ärmeln, um das wallende Haar ein Netz aus Goldfäden gelegt, versammelten sich mit ihren Männern vor dem Schloß. Zierliche Hüte mit Federn in den Farben des Adelshauses bedeckten die Köpfe. Die Falkoniere holten die Jagdfalken aus ihren Käfigen. Lederkappen mit bunten Federn verbargen deren Kopf. Die Edelfrauen nahmen einen Falken auf die Faust, mit Kurzfessel und Glocken angetan, als der Jagdherr selbst aus dem Schloß trat, Clemens August: Der dunkelblaue Jagdrock war mit breiten silbernen Borten besetzt, dazu trug er weiße geknöpfte Gamaschen und Lederschuhe mit Silberschnallen, an der Seite die große Jagdtasche. Ein außergewöhnlich prächtiger Jagdfalke saß auf seinem weißen Stulpenhandschuh. Der Fürst stieg aufs Pferd, gab mit der freien Hand ein Zeichen. Fröhliche Jagdmusik hallte von den Schloßmauern wider. Hörner und Halbmonde schmetterten die Jagdsignale. Der Zug brach auf.
Heute sollte die Jagd zuerst auf Reiher gehen. Ein atemberaubender Kampf zwischen dem Falken und den aufgespürten Vögeln war zu erwarten. Schon die Vorfreude versetzte den Kurfürst in fiebrige Erregung. Diese Jagd kostete Kraft und Konzentration. Er ritt nahe an die aufgespürten Reiher heran, nahm dem Falken die Kappe ab und ließ ihn aufsteigen. Der Falke drückte den Reiher auf die Erde, zwang ihn zur Landung, tötete ihn aber nicht. Danach wurde der Reiher wieder in die Freiheit entlassen. Clemens August hatte per Gesetz verboten, auf Reiher oder Milane zu schießen – sie sollten allein dem persönlichen Jagdvergnügen des Landesherrn vorbehalten sein.
Nach zwei, drei Stunden erlahmte die Kraft der Jäger. Auf einer Wald-

lichtung standen Zelte, an der frischen Luft gab es eine einfache Mahlzeit. Der Kurfürst zog sich um, denn nun sollte es auf Keiler gehen. Dazu legte er eine graue Uniform an. Die Treiber konnten jedoch kaum Schwarzwild aufspüren. Hätte er doch bloß seine Hofjäger aus Köln mitgebracht! Die hätten diesen Landbewohnern schon gezeigt, wie man richtig jagt. Lustlos und gereizt wartete Clemens August in seinem Jagdzelt, was ihm der Landjägermeister von Weichs vermelden würde.
„Mein gnädigster Herr und Kurfürst, wir haben einiges Auerwild und auch manchen Fasan aufgespürt! Farbenprächtige Hähne sind dabei, und meine Jagdknechte wissen den Ort. Es wäre jetzt Zeit, sie zu erlegen!"
Der Jagdherr winkte seinem Jägermeister erregt zu, sein Jagdfieber schien wieder geweckt.
„Von Weichs, ihr wißt ja *Ein guter Falk, ein schneller Hund, ein edles Pferd sind mehr als zwanzig Weiber wert*". Der Landjägermeister grinste unverschämt, kannte er doch die Schwächen seines Landesherrn für die Jagd, aber auch für schöne Frauen nur zu gut.
„Dann los, laßt das Signal zur Auerwildjagd blasen!"

Die Hörner klangen durch den Forst der Senne. Von mehreren Seiten gingen die Jäger die Tiere an. Doch sie waren nicht besonnen genug; schnell unterbrachen die Hähne die Balz und flogen auf.
Die Jagdknechte führten die Jäger mit Clemens August an der Spitze an eine andere Stelle, wo weitere Fasanen gesichtet worden waren: einen Fleck mit dichten, dornigen Laub- und Buschhölzern, von kleinen Wasserrinnsalen durchzogen. Hitze lastete über dem Röhricht, in dem die hellen Sandflächen leuchteten. Mancher Jagdrock war vom Schweiß durchtränkt; viele sehnten sich nach dem Ende der Jagd, die heute glücklos verlief und keine große Strecke bringen würde.
Ein prächtiger Fasanenhahn stakste, immer wieder nach den verschiedensten Früchten und Sämereien pickend, durch das Gebüsch: Der Schnabel mit dem schwarzroten, an der Seite abstehenden schwarzgrünen Federrand holte sich ruckartig und schnell sein Futter. Die rote, warzige Rose rund um das Auge leuchtete. Kopf und Halsgefieder glänzten schwarz, blau, dunkelgrün und purpur.
„Ein prächtiger Hahn, ich muß ihn haben!" Clemens August schob sich näher heran. Das nahezu zwei Fuß lange Spiel mit den Ruderfedern in braunrot und dunklen Querbändern wippte auf und ab. Ehe der Kurfürst den Finger krümmen konnte, war der Hahn im hohen Gras verschwunden.
Doch da, da glänzte wieder etwas, bewegte sich ruckartig. „Das muß er sein!" Seine Augen glänzten fiebrig, seine Hand zitterte leicht, konnte

das Ziel nicht recht fassen. Da – wieder der dunkle Schatten, jetzt muß es sein: Der Kurfürst schoß.
Ein entsetzlicher Schrei kam aus dem hohen Röhricht; eine Gestalt erhob sich und hinkte mit schmerzverzerrtem Gesicht auf Clemens August zu.
„Herr von Hoerde, was ist mit Ihm?" Der Kurfürst war mit einem Schlag blaß geworden.
„Mein Gesäß, eine Ladung Schrotkugeln …"
Weiter kam er nicht; er stürzte zu Boden, lag auf dem Bauch und hielt die blutverschmierte Hand an sein Gesäß.
„Weichs, lassen Sie *Jagd vorbei* blasen, und schicken Sie einen Jagdknecht nach dem Wundarzt."
Herr von Hoerde wand sich stöhnend auf dem warmen Grasboden, bis Knechte kamen und auch der Wundarzt auf einem Pferd herangaloppierte.
„Verdammt, verdammt, was mir da passiert ist; ich glaubte, einen prächtigen Fasan im Visier zu haben, der zuvor da im Ried verschwunden war. Traf aber den Herrn von Hoerde, der sich auch wohl herangearbeitet hatte. War aber auch äußerst unvorsichtig von ihm, hier im Gras herumzuschleichen! Versorgt ihn gut!" versuchte sich Clemens August zu rechtfertigen. Natürlich waren ihm die hämischen Blicke der umherstehenden Jagdgenossen nicht entgangen.
Die Knechte bauten aus Stangen und Kleidungsstücken eine einfache Trage und legten den Verwundeten darauf. Mit der Kutsche wurde er ins Schloß zurückgebracht, wo der Wundarzt vorsichtig Schrotstückchen auf Schrotstückchen aus seinem Hinterteil holte und viel zu desinfizieren hatte.
Als der Arzt gegangen war, besuchte Clemens August seine „kapitale Beute". Er mußte dringend den Schaden begrenzen, den sein unvorsichtiger Schuß angerichtet hatte.
„Herr von Hoerde, ich bitte Ihn um Vergebung. Ein unverzeihlicher Fehler, Ihn mit dem Fasan zu verwechseln. Aber Sein Jagdkleid …"
Der Verwundete lag auf dem Bauch, stöhnte leise vor sich hin.
„Hier", auf seinen Wink stellte sein begleitender Diener einen großen Korb ab, „hier ist ein kräftiger Schluck, vielleicht trinkt er eine Bouteille; dann kann er gut schlafen, und morgen ist es sicher schon besser!"
Das Stöhnen des Jagdgenossen wurde lauter, schmerzvoller.
„Nun stöhn Er doch nicht so, das geht einem ja durch Mark und Bein! Sein Vorfahr war ja auch nicht gerade zimperlich, wenn es um meine Landesgrenzen und die nächstgelegenen Bauern ging", erinnerte der Kurfürst-Erzbischof an so manchen Übergriff der von Hoerdes über die Grenzen ins Hochstift.
„Und mir schmerzen beide Hinterbacken, ich kann mich vielleicht nie

mehr setzen, kann nicht reiten, Kutsche fahren, alles nur im Stehen und Schlafen nur auf dem Bauch, eine Qual, kurfürstliche Durchlaucht, wenn Sie verstehen, was ich fühle!" Das hinterhältige Flackern in den Augen des Verwundeten konnte der Kurfürst dabei nicht sehen, da dieser ihm nach wie vor den Rücken zuwandte.

Clemens August war der Auftritt mehr als peinlich; er steckte in ärgster Verlegenheit. Was sollte er tun, die Jagdgesellschaft lachte sicher schon hinter seinem Rücken, die Jagdknechte und Diener tuschelten, „tout" Paderborn, ja diese Bürger würden ihre ganze Häme über seine bayerischen Schießkünste ausgießen, wo er doch beim nächsten Besuch ein Scheibenschießen veranstalten wollte. Da mußte er was tun.

„Also, mein lieber von Hoerde, ich will da was gut machen. Den Schuß kann ich leider nicht rückgängig machen und ein neues Jagdkleid macht den Schaden nicht wett. Meinetwegen kann Er sich ein neues Schloß bei Böckenförde bauen, ein hübsches Schloß mit Orangerie, ganz im Stil der Zeit. Sucht euch einen guten Architekten, ich werde euch alles bezahlen!"

Von Hoerde stemmte sich ein wenig im Bett hoch, schaute verdattert auf seinen Landesherrn. Natürlich hatte er sich seine Wunde nur allzu gern etwas versilbern lassen, aber daß dem feinen Herrn sein Ruf als Meisterschütze derart viel wert sein würde, übertraf alle Hoffnungen. Das kam ihm gerade recht, denn der alte Bau hätte schon seit einiger Zeit gründlich renoviert werden müssen.

„Mein gnädiger Kurfürst, das nenne ich eine mehr als noble Geste! Da fällt einem das Liegen doch schon ein wenig leichter!"

Und um die Notwendigkeit der Wiedergutmachung zu unterstreichen, ließ er sich mit nachhaltigem Stöhnen wieder auf die Kissen sinken, ächzte und wimmerte weiter vor sich hin, bis es klopfte und ein Diener eintrat. Kurfürst-Erzbischof Clemens August gab ihm einige Aufträge.

„Zuerst einen Schreiber; wir wollen eine Schenkung zu Papier bringen. Dann hole er mir den Hofbaumeister Schlaun, er muß heute hier eingetroffen sein."

„Jawohl, allergnädigste Durchlaucht, der Herr Hofbaumeister ist seit einer Stunde im Schloß."

„Und Hoerde", Clemens August drehte sich zu dem Stöhnenden im Gehen noch einmal um, „wenn ihn irgendwer nach seinem dummen Jagdunfall fragt: Er hat sich unvorsichtigerweise von der Jagdgesellschaft getrennt. Er ist unachtsam im hohen Gras herumgeschlichen. Er hat verstanden? Sonst wird Er merken, daß ich nicht nur Schlösser schenken kann!"

„Es ist nie etwas anderes geschehen, Eure Durchlaucht", entgegnete von Hoerde treuherzig.

So kostete die Jagdleidenschaft den Wittelsbacher ein komplettes neues Schloß, das allerdings erst einige Jahre später unweit der Wambeke von dem böhmischen Baumeister Johann Matthias Kitz erbaut werden sollte. Herr von Hoerde erhielt nie wieder in seinem Leben eine so einträgliche Verletzung.

Vor seiner Abreise besprach der Kurfürst mit seinem Hofbaumeister Johann Conrad Schlaun die Fertigstellung des Dalheimer Hofes am Kamp. „Ich weiß, Schlaun, es fehlt wieder mal an Baugeldern. Aber ich habe gerade neue Verträge mit Frankreich geschlossen, die Subsidien, wollte sagen Hilfsgelder fließen, und dann könnt Ihr den Bau vollenden."
Schlaun nickte ergeben, seine knubbelige Nase leuchtete rot aus dem blassen Gesicht, das unter der weißen Puderperücke noch kalkiger aussah als gewöhnlich.
Der Baumeister wußte nicht, wovon der Kurfürst schon wieder sprach. Ständig wechselte er das politische Lager – natürlich ließ er sich das immer teuer von seinem Ersten Minister erkaufen. Nun schienen mal wieder die Franzosen an der Reihe, für Clemens August die Kasse zu öffnen. Nun ja, egal – Hauptsache, es war wieder Geld zum Bauen da.
„Er muß nicht so oft dem guten Roten zusprechen, Baumeister", riß sein Arbeitgeber ihn aus seinen Gedanken, „sonst wird Seine Hand genauso unruhig wie die meine bei der Jagd ..."
Der Baumeister konnte sich ein leichtes Schmunzeln nicht verkneifen. „Wäre ein guter Auftrag für mich, gnädiger Herr, dem von Hoerde ein Haus ganz im Stil der Zeit hinzusetzen!"
„Ach was, ich habe für Ihn größere Bauwerke vor, die Er mir entwerfen soll. Möchte gern in Büren eine große Kirche nach dem neuen Baustil entstehen sehen; wenn die Gelder aus Frankreich eintreffen, reden wir weiter darüber. Schlaun, Er muß noch ein wenig warten und Geduld zeigen. Aber zeichne Er schon einmal einen Entwurf, die Fassade, den Grundriß. Die Hofkämmerei erhält Anweisung, Ihm ein Salär zu zahlen."
„Ich danke Eurer Durchlaucht, wenn uns Glück und Geld nicht verlassen, können wir in einiger Zeit den Grundstein für die Kirche in Büren legen."
„Und vergesse Er mir nicht: An die Schloßeinfahrt kommen ein paar Löwen, und die weißblauen Rauten sind immer noch nicht angebracht. Meine Landeskinder sollen nicht umsonst sagen *Bei Clemens August trug man Blau und Weiß, da lebte es sich wie im Paradeis*!"

Geld, Geld, Geld! Der Herr „Fünfkirchen" brauchte immer neue Einnahmequellen. Schlaun, der geniale Pläne entwarf, konnte einiges nicht

vollenden, manches erst gar nicht beginnen. Glänzende Festlichkeiten, herrschaftliche Jagden, kostbare Porzellansammlungen, große Truppenaushebungen und kleine Affären ruinierten die Finanzen des Fürsten. Die wechselnde Politik dieser „Reichswetterfahne", die sich mal nach Süden, mal nach Westen, nach Österreich oder nach Frankreich drehte, konnte die Löcher in den Kassen auch nicht stopfen – obschon er sich seine Parteiwechsel immer gut bezahlen ließ.
Der leicht beeinflußbare Fürst schlug sich mal auf die eine, bald wieder auf die andere Seite der europäischen Machtblöcke. Noch vor wenigen Jahren hatte der Preußenkönig in seiner sarkastischen Art über Clemens August höhnisch den Stab gebrochen: „... jener bilde sich ein, eine Art Ludwig XIV. zu sein, er unterhalte seine Armee, baue sein Trianon und küsse sein Maintenon".

1756 Wie um das geringschätzige Urteil des Preußenkönigs zu bestätigen, stürzte sich Clemens August sogar noch in den Siebenjährigen Krieg. Er kämpfte auf der Seite der Kaiserin Maria Theresia und der Franzosen – gegen König Friedrich II. von Preußen. Da seine Länder als Puffer zwischen Preußen und seinen Verbündeten und Frankreich lagen, wurden sie zu einem heiß umkämpften Kriegsschauplatz. Schlachten, Plünderungen und die unaufhörlichen Einquartierungen der Truppen sollten den Wohlstand vollends zugrunde richten.
Über die Hochfläche von Paderborn zogen farbenprächtig gekleidete Truppen: Grenadiere und Husaren, Artillerie und Dragoner, Kanonen auf Lafetten, Fouragewagen. Den glänzenden Uniformen der Reiter folgte die beinahe noch größere Schar von Troßbuben, grellen Marketenderinnen und schäbigen Soldatenweibern, zerlumptem Bettlervolk. Mal näherte sich der Zug von Osten, mal kündigte eine Staubwolke im Westen neues Unheil an. Am Paderborner Himmel zog schweres Gewölk auf, die lichte weißblaue Stimmung wurde zusehends durch schwere, dunkel gefärbte Wolken gedämpft. Bürger und Jungen in den Gassen hatten jeden Tag etwas anderes zu gaffen. Neben den Grenadieren und der Kavallerie in der fürstbischöflichen Garnison traten Männer der Invalidengarnison täglich zum Exerzieren in weißen Röcken mit roten Aufschlägen und Kragen, weißen Hosen, weißen Strickstrümpfen und derben Lederschuhen an. Auf dem Kopf die blaurote Feldmütze, marschierten sie unter der kurfürstlichen Fahne mit Trommel und Flötenspiel, das Obergewehr geschultert, das scharfgeschliffene Untergewehr an der Seite, über die Domfreiheit, um die sich einige stattliche, mehrstöckige Fachwerkhäuser gruppierten. Hier lagerten in den Gewölben der Kaufleute und Handelshäusern große

Mengen an Waren wie Getreide, Holz, Glas und Töpfergut, Lebensmittel, Wolle und Tuche. An der Ecke zwischen Kamp und Dom lud ein findiger Unternehmer in einen „Kaffeegarten" ein. Studenten saßen aufgeblasen da, herausgeputzt mit eleganten Stulpenstiefeln, bunten Röcken und riesigen Hüten, mit langen Holländer Tonpfeifen und gewaltigen Degen. Es kam keine junge Frau vorüber, der sie nicht Anzüglichkeiten zuriefen, und sie ließen keinen „Spießbürger" mit ihren Spöttereien aus, wenn die mit ihren langen Waffen zu den Übungen der Invalidengarnison eilten.
Die Wehrgänge der Stadtbefestigung zeigten jedoch deutliche Lücken; von den alten hohen Wällen waren nur noch Reste erhalten. Wo die Mauern niedergebrochen waren, schoben sich die Blöcke der Bastionen für Geschützstellungen ins Vorland. Kleine Holzhäuschen, schindelgedeckte Armeleutewohnungen, lehnten sich an den überwucherten Wallgraben und säumten die Landstraße vor den Toren.

Als Clemens August 1761 auf der Festung Ehrenbreitstein starb, lagen fünf fette geistliche Fürstentümer auf dem Tablett: Köln, Münster, Osnabrück, Hildesheim und Paderborn – gierig beäugt von den Fürsten des Reiches.
Eines Tages verbreitete sich das Gerücht, Herzog Ferdinand von Braunschweig, der General des Preußenkönigs, ziehe mit großem Heer auf das Hochstift zu, um nach erfolgreichem Kampf gegen die Franzosen im hessischen Dillenburg das Winterquartier im Schloß Neuhaus zu nehmen. Zum Entsetzen der Bevölkerung wurde aus dem Gerücht nur zu schnell harte Wirklichkeit.
Unruhig war es nun in der Domstadt und rund um den Zusammenfluß von Pader, Alme und Lippe geworden. Wo noch vor Jahren rauschende Feste gefeiert wurden, ließ der Armeegeneral während der Wintermonate das schadhafte Kriegswerkzeug ausbessern und Fehlendes ergänzen. Geschützmeister gossen neue Rohre für die Artillerie, und die Stellmacher bauten die Lafetten dazu. Werber lockten mit buntem Uniformtuch, großen Versprechungen und klingender Münze neue Soldaten, aber auch Trainknechte, um die Regimenter auf volle Mannstärke zu bringen. Doch nur wenige Männer meldeten sich freiwillig. Herzog Ferdinand erließ gleich einen strengen Befehl, daß alle Ortsbürgermeister eine gewisse Anzahl von Männern auf Kosten der Gemeindekasse zu stellen hätten. Die Geistlichen wurden zu Geldzahlungen für neue Soldaten des Braunschweigers herangezogen. Seine Soldaten trieben Stadt- und Landbewohner zusammen, um sie bei Festungsbauten einzusetzen. Die Bürger stöhnten und seufzten. Man hatte das ja schon länger kommen sehen, denn zu Pfingsten war eine gar seltsame Erscheinung am

Himmel zu sehen gewesen und hatte dem Aberglauben und schlimmsten Gerede Tür und Tor geöffnet.
Und nun grummelte auch noch aus der Ferne das Donnern der Geschütze über die Hochfläche. Die Bürger liefen aufgeregt durch die Gassen und tauschten Neuigkeiten, Gerüchte und Vermutungen aus. Kaufmann und Bankier Berthold Kraß, der Erbe des angesehenen Handelshauses, stand vor der Tür seines Kontors. Gerade war ein Fuhrwerk über den Hellweg von Soest her gekommen. Er fuchtelte aufgeregt mit den Händen in der Luft herum. Schnell hatte sich ein Kreis Neugieriger gebildet, die aufmerksam zuhörten, was es an Neuigkeiten gab.
„Die Franzosen sollen bei Vellinghausen aufmarschiert sein und den Preußen heftige Gefechte liefern. Bin mal gespannt, wie das ausgeht!"
Der Fuhrmann hatte unterwegs einiges gesehen und manches in den Gasthöfen am Hellweg gehört: „Versprengte Haufen von Preußen tauchten schon bei Werl auf, und bei Lohne habe ich größere Einheiten gesehen."
„Da hat doch Herzog Ferdinand den ganzen Winter über seine Truppen auf Vordermann gebracht. Was ist denn nur los mit diesen forschen Husaren und großartigen Artilleristen?"
„Kraß, Ihr kennt doch das alte Wort: *So schnell schießen die Preußen nicht*!
„Kenn' ich, kenn' ich, aber wenn die schießen, dann um so besser! Habt Ihr denn gar nichts gehört, wie's weitergeht bei Vellinghausen?"
„Doch, doch – ein Sergeant, dem ich einen Becher Bier spendierte, berichtete, daß die Franzosen mit ihrem Feldmarschall Broglie an der Spitze plötzlich umgeschwenkt seien und sich langsam wieder auf den Niederrhein zurückzögen. Vielleicht haben die Preußen doch schneller und besser geschossen, als wir hoffen!"
„Weiß doch, wie's dann weitergeht – Rückzug im dichten Morgennebel, dann ab in die Heimat – und wir haben das Pack bald wieder hier in unseren Mauern!" Berthold Kraß hatte bisher keinen Krieg mitmachen müssen, glaubte aber die Taktik der Truppen zu kennen und hielt sich für einen glänzenden Strategen. Vor allem war er durch und durch ein Patriot; er mochte die Preußen nicht – und die Franzosen schon gar nicht.
Er hatte seine Vermutung noch nicht ganz ausgesprochen, da liefen einige Straßenjungen von den Wällen herbei und riefen: „Die Preußen kommen! Die Preußen kommen!"
Aber es dauerte noch ein paar Stunden; dann erst zogen die Regimenter müde und abgekämpft vom Westerntor in die Stadt und zum Neuhäuser Tor hinaus in die Unterkünfte. Der Wind trug aus der Ferne einige Fetzen ihres müden Gesanges bis auf den Domplatz.

In dem stattlichen Kaufmannshaus Craß am Kamp, wo nun in der dritten Generation Berthold Kraß die Geschäfte führte, hatte der Neffe des preußischen Generals, Erbprinz Karl Wilhelm Ferdinand von Braunschweig, sein Quartier genommen. Ein gebildeter, rastloser Offizier, der mit mutigen Attacken dem Feind immer schwere Verluste beigebracht hatte. Der kultivierte Haushalt seines „Gastgebers" gefiel ihm, seine Achtung ging sogar so weit, daß er seinem Diener verboten hatte, die Militärkarten an die schöne Tapete zu heften.
Berthold Kraß versuchte, dem ungebetenen Gast möglichst nicht über den Weg zu laufen. Er haßte die Preußen; selbst sein kleiner Sohn Bernhard freute sich, wenn er beim Vater auf den Knien saß und der von den besiegten Preußen erzählte oder Spottlieder auf ihre verlorenen Schlachten gegen die Österreicher oder Russen sang.
Die Ereignisse nach der Schlacht bei Vellinghausen warfen ihre Schatten auf das Haus am Kamp. Am schwersten hatte es Wilhelmine Kraß, die stets in der Sorge lebte, ihr patriotischer Gatte könnte mit der preußisch-braunschweigischen Einquartierung gefährlichen Streit beginnen. Mit ihrer Freundin Ursula, die einen Modesalon für feinste orientalische Tuche und Stoffe nebenan auf dem Kamp unterhielt und eine hinreißende Erscheinung war, tauschte sie gern Neuigkeiten und Sorgen aus. Trotz des nicht gerade glorreichen Ausganges dieser „Schlacht" von Vellinghausen zeigte sich der Erbprinz bei seinem Eintreffen im Quartier aufgeräumt und bei guter Laune. Die Kinder liefen ihm – der kleine Bernhard an der Spitze – von der Treppe des Hausflurs vor die Füße. Er wollte ihnen gleich eine kleine Freude machen. „Kinder, ich will euch Zuckerwerk, süße Getränke und leckerstes Gebäck bringen lassen." Er strich ihnen über die Köpfe. „Ich bin bester Laune, und ihr sollt es auch sein." Obwohl Bernhard sich schroff abwandte, winkte er dem Diener, den Auftrag zu erfüllen, denn Bittsteller und Unterführer drängten durch die Tür nach. Von der Unruhe angelockt, trat der Hausherr, Berthold Kraß, in den Flur. Auch ihm ging Karl Wilhelm Ferdinand freundlich entgegen und sagte: „Ihr werdet mir gewiß gratulieren wollen, daß diese gefährliche Sache in Vellinghausen noch halbwegs glücklich abgelaufen ist."
„Keineswegs!" versetzte der Kaufmann grimmig und ohne Diplomatie, „von Braunschweig ist noch nie 'was Gutes nach Paderborn gekommen. Und wenn Ihr's genau wissen wollt – die Franzosen hätten Euch zum Teufel jagen sollen, und wenn ich hätte mitfahren müssen. Braunschweig bringt seit dem Tollen Christian nur Unglück über Paderborn!"
Für den Bruchteil einer Sekunde war der junge Prinz sprachlos, dann schwollen seine Zornesadern auf der Stirn an, und er ging wütend auf den Hausherrn los: „Das sollt Ihr büßen", und wollte dabei den Säbel ziehen. Doch er riß sich zusammen und erteilte den hinter ihm stehen-

den Unterführern den Befehl, den aufsässigen Bürger auf die Wache abzuführen.
Frau Kraß war außer sich vor Sorge; sie warf sich dem Prinz zu Füßen, flehte ihn an, ihrem Mann diese unüberlegten Worte nachzusehen. Sie kannte Berthold nur zu gut, befürchtete, daß der Vorfall sich auf der Wache nur verschlimmern, ihr Mann sich dort um Kopf und Kragen reden könnte. Was dann folgen würde, vermochte niemand zu sagen – in Paderborn herrschte Kriegsrecht! Ein Erschießungsbefehl war schnell gegeben und ausgeführt.
Der herausgeforderte Braunschweiger wollte nichts von Begnadigung wissen; das schroffe, unbeherrschte Bekenntnis des Kaufmanns hatte ihn zu sehr in seiner Ehre getroffen! Was bildete sich dieser Bürger ein? Während Frau Kraß noch zitternd und angstvoll den Erbprinz um einige Minuten Aufschub anflehte, betrat eine ganz in Schwarz gekleidete Dame das Haus – Ursula, die Freundin des Hause und Modistin von nebenan. Sie erfaßte die Situation blitzschnell, näherte sich Karl Wilhelm Ferdinand Schritt für Schritt mit graziöser Koketterie: „Was erwartet Ihr denn von Eurem ‚Hausherrn'! Denkt einmal, was in den Kriegen immer schon an Unheil über die Stadt und seine Bewohner gekommen ist! Fünf Jahre dauert dieser unselige Krieg bereits; wer weiß, was wir Bürger noch alles erdulden müssen!"
Der Braunschweiger schwieg angespannt.
Ursula ging weiter auf ihn zu: „Die Hausfrau ist immer allen Euren Wünschen nachgekommen, gern und gefällig. Die Kinder haben Euch als freundlichen und gebildeten Herrn geachtet. Mit diesem Befehl werdet Ihr mit einem einzigen Schlag das Glück und den Frieden dieses Hauses auf ewig zerstören."
Und dann setzte sie mit großem Ernst hinzu: „Ich kann Euch sagen, eine Kugel, die in dieses Haus einschlüge, könnte nicht größere Verwüstungen darin anrichten als Euer Befehl!"
Noch immer blieb der Offizier stumm, sah ihr unbewegt in die Augen. Die Modistin stand jetzt unmittelbar vor ihm, der erregende Duft eines exklusiven Parfums ging von ihr aus. Sie hatte bei den letzten Worten ihren Kopf etwas geneigt und sah den Erbprinz aus ihren Augen mit leicht hochgezogener Braue herausfordernd an: „Ein Krieger zeigt seine wahre Größe, der sich selbst in Feindes Haus als ein Gastfreund betrachtet; hier steht kein Feind, sondern nur ein Freund seines Vaterlandes. Überwindet Euren Zorn, und es wird Euch zu ewigem Ruhm gereichen!"
Karl Wilhelm Ferdinand entspannte sich, nahm die Hand dieser eifrigen Verteidigerin des hitzigen Kaufmanns, beugte sich nieder und küßte ihre Fingerspitzen.

„Madame, ich widerrufe die Order", dann machte er eine deutliche Pause, „aber nur, wenn Ihr mir die Ehre zu einem Nachtmahl gebt!" Mit einem sehr verführerischen Blick, den nur der Offizier wahrnehmen konnte, erwiderte sie leise: „Aber gern, laßt mich um acht abholen!"

In Paderborn herrschte trotz des Krieges reges gesellschaftliches Leben: Komödien wechselten mit Maskenbällen, Konzerte fanden allenthalben statt. Dort war der Erbprinz häufig mit seiner neuen „Eroberung" zu sehen. „Tout" Paderborn hatte für einige Zeit Gesprächsstoff.
Im März des darauffolgenden Jahres zeigte Herzog Ferdinand, Befehlshaber des Westheeres, seinem Neffen einen persönlichen Brief Friedrichs II. von Preußen, der befahl, das Schloß Arnsberg zu zerstören: „Es sitzt mir wie ein Pfahl im Fleisch, so schreibt unsere königliche Hoheit. Und daß die Verbindung zwischen dem Niederrhein und Hessen unterbrochen werden muß. Also, mein lieber Herr Neffe, laß mal deine Liaison und zieh nach Arnsberg."
Nach dem angenehmen Winterquartier war das dem Neffen gar nicht recht, aber er würde den Befehl selbstverständlich ausführen. Herzog Ferdinand fuhr fort: „Welche Truppen gedenkst du mitzunehmen?"
„Ich könnte unsere vortreffliche Artillerie einsetzen, die Grenadiere aus Braunschweig, die Freibataillone und die preußischen Schwarzen Husaren. Außerdem sollten die Regimenter von Bock und von Oheim mit."
„Das sind ja erhebliche Truppenmengen. Was hast du denn vor?"
„Nun, wenn Ihr das Sauerland um Arnsberg herum kennt, wißt Ihr, daß dort etliche Täler abgeriegelt werden müssen, damit uns die Franzosen nicht in die Quere kommen. Sie halten im Augenblick, so wie mir meine Streifen berichtet haben, das Schloß besetzt und werden sicher schnellstens nach Truppen senden, die uns aus dem Hinterhalt angreifen sollen."
„Gut überlegt, lieber Neffe! Führ nur den Feldzug brav zu Ende, dann hast du den nächsten Orden sicher!"
Die Einnahme und Zerstörung des Schlosses in Arnsberg war eine Sache von wenigen Wochen. Schon bald konnte sich Erbprinz Karl Wilhelm Ferdinand auf den Weg machen, um seinem Onkel die erfolgreiche Meldung der Einnahme der Anlage auf dem Schloßberg hoch über der Ruhr zu überbringen. Mit einem heftigen Bombardement aus mehreren Geschützen waren über fünfzig Häuser, vor allem aber das Schloß in Flammen aufgegangen: *Arx et urbs, pro dolor! Flamma totaliter absumpta! – Burg und Stadt, zum Schmerz! vom Feuer gänzlich verzehrt!*
Im Schloß Neuhaus fand der Erbprinz seinen Onkel in hellster Aufregung. Der gesamte Offiziersstab war um ihn versammelt, als er seine Er-

folgsmeldung überbrachte. Er vernahm, daß Reiterpatrouillen gemeldet hatten, die Franzosen seien im Anmarsch auf Paderborn. Herzog Ferdinand schien ein wenig ratlos: „Gerade habe ich Truppenteile in Marsch gesetzt, um Hessen und besonders das Gebiet um Kassel zu entlasten. Gott sei Dank kommst du mit deinen Regimentern im richtigen Moment zurück. Was tun wir jetzt?"

„Zunächst ziehen wir uns alle aus Neuhaus und Paderborn zurück. Dann bilde ich mit meinen und den restlichen Truppen von hier einen weiten Ring über die gesamte Hochfläche. Wir verstecken die Männer in Bodenwellen, Wäldchen, Dörfern und Weilern. Warten wir doch ab, bis die Franzosen in die Falle tappen. Dann lassen wir sie zuschnappen und nehmen Schloß und Stadt von neuem ein!"

Bald hatten sich die preußischen Truppen in ihre getarnten Stellungen um Neuhaus und Paderborn zurückgezogen. Herzog Ferdinand wollte keine Zeit verlieren, denn aus Westen rückten weitere feindliche Regimenter heran. Jetzt galt es, gegen die französische Besatzung in der Domstadt und im Schloß vorzustoßen, bevor die übrige Meute heran war.

Die ersten Salven aus den Kanonen brüllten auf; Feuer, Blitz und Rauch erfüllten die vom Geschützdonner widerhallende Hochfläche. Husarengeneral von Luckner zog den Säbel. Das Kommando – wie ein Gewittersturm fegten das Weiß der Dragoner, das Schwarz der Husaren in einer ersten Attacke über die völlig überraschten Franzosen. Danach erhob sich – wie aus dem Boden gewachsen – die blaue Welle des ersten Bataillons der Infanterie und schickte Salve um Salve gegen die Reihen der Franzosen. Darauf die zweite Welle, schließlich das dritte Bataillon. Die Reihen der Feinde wankten zwar, standen aber noch. Ein Hornsignal – wieder Attacke. Noch einmal ritten die Husaren ihren Angriff. Jetzt wichen die Linien der Feinde, anfangs noch langsam, zeigten große Lücken, erste Abteilungen wandten sich zur Flucht. Dann liefen sie alle, warfen die Waffen fort, hetzten in panischer Furcht vor dem todbringenden nächsten Kavallerieangriff davon. Als die Lucknerhusaren erneut vorpreschten, war das Feld mit vielen Verwundeten und Getöteten übersät. Das Stöhnen der Verletzten überhörten die siegreichen Reiter. Sie erreichten das Hauptquartier der Franzosen, es war leer, die Gegner waren Hals über Kopf geflüchtet, die Speisen im Offizierscasino waren noch warm, der Champagner perlte noch in den Kelchen.

Auf dem Schlachtfeld kümmerten sich Feldschere um Franzosen wie Preußen. Stöhnen und Wimmern hing über dem Schlachtfeld. Troßknechte trugen eilig die leichter Verwundeten zu einem nahegelegenen Bauernhof, in dem ein Feldlazarett eingerichtet war. Die Soldaten

lagen auf hastig hergerichteten Strohbunden, die bunten Uniformen hingen in Fetzen herunter, um Beine und Arme, Kopf und Schultern blutverschmierte Binden gewickelt. Wundärzte verrichteten ihr grausiges Handwerk: Kräftige Männer hielten die Verwundeten; ohne jegliche Betäubung wurden Gliedmaße amputiert, Kugeln aus Körpern entfernt, notdürftig verbunden und auf flachen Karren weiter ins Hinterland transportiert. Am Rand des Schlachtfeldes warfen Troßknechte die ersten Gräber aus. Nach dem schnellen Reitersieg hatte ebenso schnell das Massensterben begonnen. Es fehlte nicht an bunten Uniformen, Gewehren, Kanonen und Kugeln, aber die Versorgung und Betreuung der von Kugeln, Splittern und von fürchterlichen Säbelhieben Getroffenen war erbärmlich. Das Gefecht war nur ein kleines, unbedeutendes Ereignis am Rande eines großen Krieges gewesen, hatte aber trotzdem für Hunderte junger Soldaten Tod oder lebenslange Verstümmelung gebracht.
Paderborn wechselte in der Folgezeit mehrfach den Besatzer: Im Oktober waren die alliierten Truppen unter Herzog Ferdinand aufs neue die Herren des Hochstifts. Die Franzosen blieben hautnah auf Tuchfühlung, streiften durch das Hochstift, raubten und plünderten in den Dörfern zum Gotterbarmen. Die Braunschweiger lagen im Winterquartier im Hochstift. Karl Wilhelm Ferdinand war's nur recht, konnte er doch recht oft seine Dame am Kamp besuchen.
Bei einem der gemeinsamen Abendessen mit seinem Onkel teilte ihm sein Neffe mit, daß das Domkapitel seit dem Tod des Fürstbischofs Clemens August immer wieder vorstellig geworden sei, einen Nachfolger zu wählen.
„Aber das werden wir zu verhindern wissen, Karl Wilhelm Ferdinand! Es ist der rechte Augenblick, daß du an meiner Seite bist. Wir werden den Domherren so einheizen, daß ihnen Hören und Sehen vergehen wird!"
Er teilte dem jungen Offizier seine Pläne mit, rief den Sekretär und diktierte einen Brief an das „hochwürdige Domkapitel zu Paderborn". Schon am nächsten Tag ritt Erbprinz Karl Wilhelm Ferdinand mit einer Abteilung Husaren zum Bischofspalais, verlangte Eintritt und übergab das Schreiben seines Onkels.
Der Domdechant von Weichs ließ das Schreiben entsetzt sinken, das er in aller Eile überflogen hatte.
„... denke ich an eine Säkularisation des Hochstifts ..." stammelte der Kapitelsherr entsetzt.
„Hochwürdiger Herr, der Brief geht weiter", forderte Karl Wilhelm Ferdinand ihn hämisch zum Weiterlesen auf.
„... es sei denn, man zahlt uns eine Kriegskontribution in Höhe von 17 000 Talern ..."

Von Weichs sah sich hilflos um. Wie sollte das ausgeplünderte Bistum diese Summe auftreiben? Am Abend trat er mit dem Domkapitel zusammen, um sich zu beraten. Man einigte sich darauf, einen Teil des Kirchenschatzes zu verkaufen, in Zahlung zu geben oder auch zu „versilbern", also einzuschmelzen und die Barren zu verkaufen.
„Meine Herren", Weihbischof Graf von Gondola fand nur mühsam Worte, „meine lieben Brüder, nach dem Tod unseres verehrten Kurfürst-Erzbischofs Clemens August ist nicht nur bisher der Paderborner Bischofsstuhl unbesetzt geblieben. Wir hatten auch mit hohen Geldbeträgen für viele Schulden unseres gnädigen Landesherrn aufzukommen. Nun aber droht gar die generelle Aufhebung des Hochstifts. Ich schlage vor, daß wir noch heute einen Boten mit Eilbrief nach Le Mans senden. Der Bischof von Le Mans muß sich wie schon am Ende des Dreißigjährigen Krieges für uns beim König verwenden. Wenn überhaupt, dann kann uns nur König Ludwig XV. selber helfen. Er muß für uns intervenieren!"
„Aber das hilft uns noch nicht bei der Bezahlung der Forderungen des Braunschweigers", richtete Domdechant von Weichs die Diskussion auf das dringlichste Problem, „ich schlage vor, wir trennen uns von allen nicht so wichtigen Schätzen wie Altarleuchtern, Weihrauchfässern und -schiffchen!"
„Wie wäre es, wenn wir die *statua aurea,* die Imadmadonna, ihres goldenen Schutzmantels berauben und Edelmetall und Steine dem Herzog übergeben?" Der Weihbischof sah die Erfüllung der Forderung ganz pragmatisch, er wollte das Schreckgespenst der Aufhebung des alten, von Kaiser Karl eingerichteten Bistums so schnell wie möglich abwenden. Er sah die widerwilligen Mienen der Domherren. Sie blickten ihn verschlossen und abweisend an.
Der Domdechant schlug in dieselbe Kerbe: „Ich denke sogar an allen Kirchenzierrat, ja das Silbergeschirr und auch die bischöfliche Mitra mit den kostbaren Perlen und Topasen!"
„Das geht zu weit!" –
„Können den verdam..., den vermaledeiten Braunschweigern ja gleich alles vor die Füße werfen!" –
„Unser heiliger Domschatz!"
Mit Entsetzen quittierten die Herren des Domkapitels diesen weitgehenden Vorschlag.
„Aber je eher wir die Forderungen des Herzogs befriedigen, je eher haben wir ihn vom Hals! Ich habe gehört, daß er schon bald das Schloß Neuhaus verlassen will, um einen neuen Feldzug vorzubereiten."
„Wird er dann auch zufrieden sein, kommt er dann nicht mit neuen Forderungen?"

„Ich hoffe nicht, von Weichs. Ich denke, daß der Herzog ein gegebenes Wort halten wird. Außerdem könnten wir auch keine Forderungen mehr erfüllen – es ist ja praktisch nichts mehr da! Die Geldtruhen sind leer!"
Domdechant von Weichs nannte einen Namen.
„Ich werde den Goldschmied Holzapfel bestellen. Er kann die Steine aus den Fassungen lösen und das Edelmetall abwiegen. Schreiber, fertige Er das Protokoll darüber und überbringe alles dem Herzog!"

Zwei Tage später nahm der Erbprinz die Edelmetalle und Pretiosen in Besitz. Eifrig dienerte der Schreiber aus der Domkanzlei um den Erbprinzen herum. „Wenn höchst dero Gnaden, prinzliche Durchlaucht, gütigst die Übergabequittung zu unterzeichnen bereit sein wollen?"
„Quäle Er sich nicht solche Floskeln ab, Schreiber, laß Er mich erst einmal sehen, was Er da alles bringt."
Karl Wilhelm Ferdinand nahm das Papier in die eine Hand. „Da sind also drei Pfund sechs Lot 1½ Quentlein goldene Stücke." Er wog sie mit der anderen Hand auf und ab. „Fein, fein, und was haben wir noch? Da sollen noch mehr als fünf Pfund Silber sein. Wollen doch mal sehen …" Dann nahm er einen Lederbeutel hoch und ließ den Inhalt über die Tischplatte kullern.
„Die Steinchen, sieh mal an – sehr schön – in vielen Farben und Größen", er begann zu zählen, „zehn, fünfzehn, zwanzig, dreißig, vierzig, fünfzig", er schaute kurz auf, „ja hört das denn gar nicht auf? Sechzig Steine, das habt Ihr aber fein gemacht, alles für die Kriegskasse!"
Der Erbprinz nahm die Steine der Reihe nach hoch, hielt sie gegen das Licht und musterte sie sehr genau: „Viele heidnische Bildnisse und Figuren", murmelte er, und lauter: „… interessant, daß Ihr frommen Leute damit den Mantel der Madonna geschmückt habt!"
Mit zwei, drei schnellen Handbewegungen schob er die Steine wieder in den Beutel, unterschrieb hastig und verabschiedete den Schreiber mit einer herrischen Handbewegung. „Er kann gehen, grüß Er die Herren im Dom, vielleicht lasse ich einer anderen Madonna ein schönes Halsband daraus fertigen!"
Ehe Herzog Ferdinand weiteres Geld in die Anwerbung neuer Truppen steckte, beschenkte er seinen Neffen: „Für die vielen mutigen Taten in diesen Kriegsjahren hier einiges für dich an Silber und Steinen." Zurück in seinem Quartier schickte Karl Wilhelm Ferdinand sogleich nach dem Kaufmann und Bankier Kraß und ließ ihn in sein Zimmer kommen.
„Kraß, nun kann Er meine Nachsicht mit Ihm gutmachen. Ich habe hier einiges an Silber, kann Er es gegen bare Münze tauschen?"
Berthold Kraß wand sich hin und her: „Durchlaucht, ich kann das nicht.

Das stammt doch alles von der Schutzmantelmadonna, wie man hört. Da liegt ein Fluch drauf, wenn ich es annehme. Verschont mich damit!"
„Was redet Er denn da, Fluch darauf, so ein Unfug! Da hat man doch alle Zeit mit Kriegsbeute zu tun, und nun kommt Er mir mit solchen Bannflüchen!"
„Ich bin ein gläubiger Katholik, ich müßte dieses wertvolle Metall unverzüglich dem Hohen Dom, besser gleich der Madonna zurückbringen!"
„Was redet Er nur dauernd für einen papistischen Blödsinn? Das ist alles eitles Menschenwerk, vor Hunderten von Jahren für diese Holzstatue gemacht. Jetzt ist Krieg, und der bestimmt die Handlungsweise der Menschen, vor allem der Eroberer."
„Vielleicht fällt mir ein Ausweg ein, Durchlaucht, lassen Sie mich überlegen, bis morgen abend?"
„Einverstanden, aber überlege Er, wer mir mit –, äh mit, sagen wir zwölf Steinen ein prächtiges Halsband schaffen kann!"
Berthold besprach noch am Abend die Sache mit seinem Geschäftsfreund, dem Sohn aus dem alten Wechsel- und Warengeschäft Samuel Meyer, jetzt geführt von Ignatius Meyer. Der wußte Rat. „Ganz wohl ist mir auch nicht, aber wenn du mir das Edelmetall verkaufst, will ich es in klingender Münze aufwiegen!"
„Gut, aber mach schon, Ignatius, der braunschweigische Plagegeist kann sehr ungehalten werden, wenn ich ihn länger als bis morgen warten lasse."
Ignatius wog das Silbermetall auf einer Waage ab, ging an seinen schweren Geldschrank und holte eine Rolle mit Münzen heraus, die er Stück für Stück auf das dunkle Samttuch des Tisches zählte: „... acht, neun, zehn, elf, zwölf – das ist der Gegenwert in Talern, abzüglich des Materials für die Kette mit den Steinen."
„Nun, der Braunschweiger muß zufrieden damit sein. Aber was ist denn mit dem Halsband?"
„Die Steine mußt du mir schon anvertrauen. Ich lasse daraus und einem Pfund Silber prachtvollen Schmuck anfertigen. Damit kann der Erbprinz seine Geliebte bekränzen!"
Also hatte sich schon bis zum Haus des Juden Meyer die Liaison herumgesprochen. Der packte das Silber sorgfältig in ein weiches Tuch ein und schloß es in dem tief in die Holzvertäfelung eingelassenen Schrank ein. Mehrere Umdrehungen rechts, dann wieder links, nochmals rechts mit dem langen Schlüssel, dann zog er ihn ab und schob ihn in das Innere seines breiten Gürtels.
Berthold Kraß brachte am folgenden Tag dem Erbprinzen das Geld und berichtete ihm, daß in einigen Tagen das Halsband fertig sei.

Kurz bevor die preußischen Truppen abrückten, begab sich Karl Wilhelm Ferdinand gegen Abend in Ursulas Wohnung am Kamp. Sie trug ein einfaches Kleid, lang, elegant, und wieder in ihrer Lieblingsfarbe Schwarz. Sie lächelte strahlend und ging auf den Erbprinzen zu, küßte ihn mehrfach auf die Wange.
„Ich muß Abschied von dir nehmen, Ursula. Morgen rücken wir ab!" sagte er knapp.
Ursula entzündete ein paar Kerzen, die hereinfallende Dämmerung ließ alle Konturen im Zimmer verschwimmen. „Du willst mich also verlassen?"
Karl Wilhelm Ferdinand umarmte sie zärtlich. „Nicht dich, das Quartier muß ich verlassen. Es geht wieder einmal gegen die Franzosen. Noch einige Siege, dann sind wir sie hoffentlich los! Die Zarin ist gestorben, Peter III. ist neuer Regent und ein Freund des Preußenkönigs."
„Und dann – Wirst du wiederkommen?"
„Ach Ursula, wer weiß wohin der Wind einen Krieger wie mich treibt! Sollte dieser Krieg beendet werden, dann muß ich erst einmal nach Braunschweig, zurück auf meine Besitzungen und mal nach dem Rechten schauen!"
Ursula sah ernst in die Flammen der unruhig flackernden Kerze. „Also werde ich allein sein, vorbei unsere Liebe, aus ..." Eine Träne rann über ihre Wange.
Schweigend umfaßte der Erbprinz Ursula, drehte sie mit dem Gesicht zum Fenster.
„Und nun bleib einmal ruhig stehen. Schließ die Augen und warte ein paar Sekunden!"
Er griff in die Tasche, nahm eine Schatulle heraus und öffnete sie. Im Schein der Kerzen glitzerte und funkelte es von wunderbaren Steinen, die zu einer Kette gearbeitet waren. Er legte ihr die Kette um und küßte sie zart auf die Schulter.
„Du darfst die Augen öffnen!"
Ursula drehte sich zu ihm um, blickte auf die Halskette, strich mit den Fingern über die Steine.
„Ein Abschiedsgeschenk von mir!"
„Mein Prinz, du machst mir ein fürstliches Geschenk!"
„Das ist für die schöne Zeit, die wir hier miteinander hatten!"
Von ferne schmetterten die Trompeten.
„Das Signal für die Truppenparade; ich muß sofort los, der Herzog duldet keine Verspätung. In aller Frühe brechen wir auf!"
Karl Wilhelm Ferdinand nahm Ursula noch einmal in den Arm, drückte sie fest an sich und verließ dann mit schnellen Schritten den Raum. Ur-

sula stand lange am Fenster und sah ihm nach. Sie wußte, daß sie ihn niemals wiedersehen würde.

Als der Krieg zwei Jahre nach Clemens Augusts Tod endlich zu Ende ging, war noch immer kein neuer Bischof im Amt. Auch diesmal bewährte sich der alte Bund, der Paderborn und Le Mans verband: Wilhelm Anton von der Asseburg zu Hinnenburg konnte bald zum Bischof von Paderborn als Nachfolger Clemens Augusts gewählt werden. Er führte die Weihehandlungen selber aus; vor allem aber versuchte er, die Schäden des Siebenjährigen Krieges zu beseitigen. Obwohl er übermäßige Feiern zu Karneval, bei Hochzeiten und Taufen sowie das Osterfeuer verbot, brachte ihm seine Leutseligkeit das Lob der Bevölkerung über ihren guten Bischof und leutseligen Regenten ein: „De Asseburg ist Fürste woren; et frögget sik Stadt und Land Paterboren. – Der Asseburg ist Fürst geworden; es freut sich Stadt und Land Paderborn."

1781 Einer der ersten lauen Frühlingsabende dieses Jahres senkte sich über Paderborn. Nach einem langen Winter und kühlen Frühjahr, das eigentlich den Namen nicht verdiente, weil Eis und Schnee das Land fest im Griff hatten, standen die Türen und Fenster der Häuser rings um den Marktplatz weit offen. Ein eigenartiger, würziger Geruch drang aus der einen oder anderen Wohnstube oder zog zwischen eng stehenden Hauswänden von Hinterhöfen her auf die Straße. Zwei harmlos ausschauende abendliche Spaziergänger hoben dann und wann prüfend ihre Nasen – mal hier an ein Fenster, mal dort in eine Tür –, sogen die Luft ein und nickten sich zu. Der eine notierte etwas auf die Seiten eines kleinen Büchleins, hielt aber erschrocken inne, als eine Stimme aus dem Hausflur, vor dem sie gerade standen, dröhnend einlud: „Nun kommen Sie schon herein, meine Herren Kaffeeschnüffler! Ich habe Sie ja lange beobachtet."
Der Rufer trat in den Türrahmen: Auf dem bis zur Schulter fallenden Haar saß ein breites, mit Kordeln eingefaßtes Samtbarett, ein blonder Schnauzbart zierte das gerötete Gesicht, der an den Mundwinkeln herabfiel und an dem noch einige bräunliche Tropfen hingen. Der Mann war in einen samtenen Überwurf gehüllt, der nur von einem geknoteten Tuch auf seinem umfangreichen Bauch gehalten wurde und darunter ein hochgeknöpftes Wams freigab. Unverkennbar – Kaufmann Kraß! Er strich sich behaglich über die Bartenden. „Kommen Sie, trinken Sie ein Täßchen mit. Was soll das Kaffeeverbot, denn Sie, liebe ‚Kaffeeschnüffler', gehören auch zu denen, die leider keinen Kaffee trinken dürfen!"
Die beiden folgten, wenn auch etwas zögernd, der freundlichen Einladung des wohlhabenden Kaufmanns, der wie manch anderer seiner

Zunft in Paderborn mit Kaffee handelte. Er führte sie in sein Kontor und Lager. Dort standen mehrere Kaffeesäcke prall gefüllt. An einem öffnete Bernhard Kraß die Schnur, griff hinein und ließ braunglänzende Kaffeebohnen aus seiner Hand zurück in den Sack rieseln.
„Ach ja, meine Herren, dieser hochwürdige Herr Fürstbischof, Wilhelm Anton Freiherr von der Asseburg zu Hinnenburg, sosehr wir Paderborner ihn schätzen, aber mit dem Kaffee-Edikt macht er einen großen Fehler – und uns Kaufleuten das Leben schwer", stöhnte der wohlbeleibte Herr. „Warum soll bloß der einfache Bürger diesen wunderbaren Trank nicht genießen!"
„Aber Sie haben doch reichlich Kaffeesäcke hier stehen", schaute sich einer der Kontrolleure um.
„Muß ich mit den allergrößten Mühen aus dem nahen Ausland beziehen", beeilte sich der Kaufmann zu antworten. Er holte zwei feine Porzellantassen aus einem Schrank, schenkte aus einer bauchigen, buntgeblümten Kanne mit hohem Strahl Kaffee ein und setzte sie den beiden Kaffeeagenten vor. Elegant machte das der Kaffeehändler!
„Und das A u s l a n d, das ist zwischen Salzkotten und Geseke schon erreicht", wußte einer der Kaffeeschnüffler und nippte erst einmal an dem heißen Getränk.
„Es ist eine Ungerechtigkeit, dieses Kaffeeverbot", klagte der Kaufmann weiter, „jeglicher Kaffeehandel soll im Land aufhören. Jeder Bürger, und auch die Juden, soll sich seines Kaffeevorrates entledigen. Und Sie müssen nun überall herumschnüffeln, wo noch ein Quentchen Kaffeeduft in den Mauern hängt. Ist keine angenehme Arbeit!"
Die beiden sahen sich unsicher um, griffen dann jedoch dankend zu.
„Sie haben ja recht, aber was sollen wir tun als fürstbischöfliche Beamte, kleine Beamte vor allem. Aber der Kaffee schmeckt köstlich, eine gute Sorte!"
„Bemühe mich, den besten herbeizuschaffen. Dieses Verbot ist einfach ungerecht – es gilt ja nur für die einfachen Bürger und Bauern und die Soldaten wie für die unteren Beamten. Und zu denen gehören Sie leider auch! Aber trinken Sie noch ein Täßchen mit mir. Ich erzähl es nicht weiter!" Er füllte noch einmal die Tassen der beiden. Die wurden immer aufgekratzter.
„Ich bin ganz Ihrer Meinung, Kraß, meine Frau wäscht und bügelt die Wäsche in den Häusern einiger hoher Herrschaften. Selbst wenn die wollten, sie dürften den Dienstboten und Arbeitsleuten keinen Kaffee reichen! Früher bekam meine Frau schon zur kleinen Pause ein Täßchen, und zu den Festtagen steckten die Damen des Hauses ihr auch ein paar Kaffeebohnen in die Tüte. Aber seitdem der Fürstbischof sein Kaffee-Edikt erlassen hat, gibt es keinen Krümel mehr!" jammerte der eine.

„Wenn ein gemeiner Bürger oder Bauer oder ein anderer Eingesessener, der von seiner Handarbeit lebt, oder auch nur deren Ehefrauen oder Kinder beim Kaffeetrinken angetroffen werden, so sollen sie eine Geldstrafe von 5 Reichstalern zahlen. Das muß man sich mal vorstellen", pflichtete sein Kollege ihm bei. Plötzlich polterte es draußen an der Tür. Die Beamten zuckten zusammen, mit panischen Blicken suchten sie ein Versteck für ihre Kaffeetassen. Der Kaufmann stand auf, warf noch ein Grinsen auf die beiden Beamten und ging zur Tür. Den Beamten fiel ein Stein vom Herzen, als sie hörten, daß bloß ein Kollege des Kaufmanns gekommen war. Daß sie das Gespräch belauschten, schien Kraß nichts auszumachen.
„Bernhard, du mußt mir mit einem Sack Kaffee aushelfen. Kann erst nächste Woche wieder nach Geseke über die Grenze. Aber die Herren Domkapitulare wollen ihren ‚Sechspfünder'!"
„Einen ganzen Sack? Schickt mir doch den einen oder anderen her von deiner Kundschaft."
„Zu dir kommen schon alle Herren Offiziere vom Schloß. Damit kannst du doch wirklich zufrieden sein."
„Und du hast die hohen Beamten aus der fürstbischöflichen Verwaltung."
Die beiden stritten noch eine Weile. Schließlich schleppte Kraß einen Sack mit Kaffeebohnen aus dem Kontor, schlug die Haustür zu und kam in die Stube zurück. Er riß zwei Papiertüten vom Drahthaken, füllte mit einer kleinen Holzschaufel braune Bohnen hinein und drückte den überstehenden Papierrand ein. „Hier, meine Freunde, für jeden von euch eine kleine Tüte mit Kaffeebohnen. Die hohen Herren dürfen immer noch sechs Pfund einkaufen. Nehmt diese kleine Probe mal euren Frauen mit. Wohl bekomm's!"
Als die beiden gegangen waren, strich sich Kraß zufrieden die letzten Tropfen aus dem Bart. Die würden ihm so schnell keinen Ärger mehr machen!
Kaum waren die beiden zur Tür hinaus, klopfte es schon wieder an die Tür des Kaufmanns. Er öffnete, und zwei andere Kaufleute standen draußen, die ebenfalls mit Kaffee und anderen Genußwaren handelten.
„Kraß, es geht so nicht weiter; den ganzen Abend schleichen die fürstbischöflichen Kaffeeschnüffler durch die Stadt und notieren, wo immer sie glauben, Kaffeeduft zu riechen."
„Weiß ich, waren ja gerade bei mir. Nette Jungs! Müßt sie auch ein wenig schmieren. Mal ein Täßchen Kaffee hier oder ein Pröbchen da, sind doch auch nur arme Schweine, die scharf auf Kaffee sind – und keinen trinken dürfen!"
„Aber das hilft letztlich auch nicht weiter – Kraß, der Verkauf geht all-

gemein zurück und dazu das lästige Einkaufen jenseits der Grenze. Was soll das?" wetterte der grobschlächtigere der beiden Kaffeehändler.
„Es ist wirklich nicht zu verstehen, warum unser gnädiger Landesherr den Kaffeehandel so verdammt. Wir fahren über die Grenze, kaufen da den Kaffee ein, und unsere guten Paderborner Taler bleiben im Ausland. Was kommt zurück? Nichts! Oder habt ihr schon mal einen aus dem Münsterschen oder Kurkölnischen, gar einen Hessen hier gesehen, der bei uns einkauft? Ich noch nicht!"
Die beiden nickten bestätigend zu den Erklärungen des Kaufmanns Kraß. Der fuhr mit seinen merkantilen Weisheiten fort: „Andererseits büßt der Handel durch dieses Verbot einen erheblichen Teil seiner Umsätze ein! Was könnten wir sonst an die einfachen Leute, die Bauern und Bürger, die unteren Beamten und vielen Soldaten Kaffee verkaufen!"
Kraß gefiel sich mal wieder in der Rolle des weitsichtigen Finanzexperten.
„Das stimmt, wir hätten höhere Umsätze, und unser gnädiger Herr von der Asseburg zu Hinnenburg hätte die höheren Steuern, seine Akzise, davon."
Kraß' Gesicht war bereits vor Aufregung gerötet. Jetzt legte er erst richtig los: „Die Klöster sind ohnehin von der Akzise, vor allem auf Alkoholika, befreit; die Herren Mönche betreiben nicht nur öffentliche Weinschenken, sondern dürfen auch noch Waren einführen und sie an weltliche Privatleute verkaufen. Das ist schon seit Jahrzehnten immer wieder ein Streit zwischen Bürgern und Bischof. Und nichts hat sich geändert!"
„Wir waren heute beim Magistrat der Stadt. Der Bürgermeister hat die Rechtslage prüfen lassen", nutzten die Besucher eine Atempause, um in dem pausenlosen Redeschwall endlich auf den Grund ihres Besuches zu kommen. Der zweite Besucher trat gewichtig einen Schritt vor. „Und dabei haben die Herren Advokaten herausgefunden, daß ganz allein dem Magistrat von Paderborn die Verordnungen über Speisen und Getränke zustehen und nicht dem Fürstbischof."
„Ja dann, meine Herren", röhrte Kraß, „dann wollen wir Bürger der adeligen Geistlichkeit mal zeigen, wohin die Reise geht! Wir verfassen zunächst eine Bittschrift, und wenn die nicht hilft, dann …" Er ließ offen, wie er sich die Fortsetzung vorstellte.
„Jedenfalls hat uns der Fürstbischof nixen zu sagen", brachte der derbere der beiden Besucher die Sache auf den Punkt, „aber auch garnixen", bestätigte er sich noch einmal selber.
Der Kaufmann hatte bereits Papier, Feder und Tinte auf den Tisch gestellt. Er setzte sich hin, um die Petition zu Papier zu bringen. Als er fertig war, schüttete er Streusand darüber und rollte die Schrift zusammen.

„Laßt uns in die ‚Goldene Tasse' gehen, da treffen wir die anderen Kaffeetrinker", witzelte Kraß und schloß die Tür seines Kontors.

Das Kaffeehaus „Zur Goldenen Tasse" war an diesem Frühlingsabend bestens besucht. Die Bürger saßen auf zierlichen Stühlen an kleinen runden Tischchen, ganz à la mode, beim Kaffee zusammen. Der eine oder andere hatte das „höllische, schwarze Gesöff", wie es der Fürstbischof nannte, mit einem Gläschen Weinbrand ergänzt. Aus mancher Tonpfeife qualmte es wie beim Tabakskollegium am preußischen Königshof. In einer Ecke drängten sich einige Herren um einen Billardtisch und stießen die weißen Kugeln mit den langen Queus. Eine Runde von Tarockspielern saß um einen Tisch mit polierter Marmorplatte. Sie hielten ihre Karten eng vor sich, damit nur ja niemand „kiebitzen" konnte. Ihre Getränke, Wein oder Kaffee, standen auf kleinen Beistelltischchen, von denen sie zwischendurch ein Schlückchen nahmen. Der Kaffeewirt Franz Brenner hatte mit seiner Frau und seiner hübschen Tochter Anne alle Hände voll zu tun, um den Wünschen der Gäste nachzukommen.
„Franz, schick deine Tochter noch einmal mit einem Kännchen Kaffee zu mir!"
„Still, Herr Nachbar, nicht so laut, Euch darf ich keinen Kaffee ausschenken. Ihr wißt doch, nur den Herren Offizieren, den höheren Geistlichen, dem Adel! Aber, wenn ihr etwas von meinem Geheimrezept mit dem heißen, braunen Wasser wollt, dann wird Anne gleich zur Stelle sein!"
Phantasievoll umschrieben die Gäste, aber auch der Wirt die Wünsche, um das Wort Kaffee nicht auszusprechen. Der eine ließ sich ein wenig Milch hineingeben, der andere ein Häufchen Schlagsahne darauf, andere wiederum tröpfelten etwas Weinbrand hinein.
In großer Runde diskutierten die Kaufleute der Stadt die von ihrem Kollegen Kraß verfaßte Eingabe an den Fürstbischof Wilhelm Anton von der Asseburg zu Hinnenburg. Zwischen den Stühlen balancierte die Wirtstochter ihr Tablett mit Tassen und Kännchen. Der Geheimkanzlist Cyprian Schwips streckte die Hand nach ihr aus: „Komm her, du schönes Rehlein, bring mir noch einen doppelten Weinbrand!"
Die Wirtstocher aber war das nur zu sehr gewöhnt. Geschickt wich sie dem angetrunkenen Gast aus. Egal wie hoch die Diskussionen auch hergingen, zum Grabschen schien doch immer Zeit zu sein! Kopfschüttelnd ging Anne zur Theke zurück, um die Bestellung aufzugeben. Da mußte sie noch auf einiges gefaßt sein.
„Cyprian, komm einmal her. Wir haben da ein Anliegen!" rief Kaufmann Kraß den hinter Anne her starrenden Schwips. Der stand auf und

ging mit leicht schwanken Schritten zu der Kaufmannsrunde. Die hatten in der letzten Stunde das Kaffeeproblem heiß erörtert. Oft fielen die Namen Wichard oder Fürstenberg, und sogar über die alte Steuer Bischof Bernhards zum Dombau wurde gestritten. Die Bürger Paderborns waren, wenn es um ihre Rechte ging, keineswegs so schläfrig, wie ihr Bischof dies von ihnen gern behauptete.
„Also, Cyprian, könnt ihr eine Petition an den Herrn fürstbischöflichen Vizekanzler Meyer überbringen? Er ist doch für das Akzisewesen, für die Steuereinnahme verantwortlich. Aber denkt daran, der Meyer legt Wert darauf, daß er nichts mit dem gleichnamigen jüdischen Handelshaus zu tun hat!"
„Gewiß, Bernhard Kraß, das will ich morgen gern für euch alle tun, ihr Kaufleute von Paderborn. Vor allem für die Kaffeehauswirte wie den Herrn Brenner. Wenn der mal ein gutes Wort für mich bei seiner Tochter einlegt, könnte ich schneller als jeder Kurier im Bischofspalast sein!"
Brenner war ganz und gar nicht einverstanden. Wenn der meinte, er würde seine Tochter für ein paar Säcke Kaffee verschachern, war der schief gewickelt! Aber das mußte er Schwips ja nicht gerade auf die Nase binden.
„Nun kommt schon her, trinkt noch einen mit, Franz", rief der Kaufmann dem Wirt zu, dem seine Bedenken zu deutlich im Gesicht geschrieben standen, „einen Weinbrand für Cyprian, damit er seinem Namen gerecht wird!"
„Wo ist denn überhaupt Anne?" fragte er Brenner, als der persönlich den Weinbrand an den Tisch brachte. Schwips nahm die freundliche Gabe, verneigte sich höflich zu den Spendern, und mit einem „Auf ihr Wohl, meine Herren!" war das Glas in einem Zug geleert. Sein Blick ging über die Runde und blieb am Fenster hängen.
„Da steht doch Anne, da draußen am Brunnen mit Leutnant Wetteck. Seht, Brenner, dem macht sie schöne Augen, und ich geh' leer aus! Mein Glas ist ebenfalls leer; noch einen, und die schöne Anne soll leben!"
Der Geheimkanzlist kippte noch ein paar Weinbrände, taumelte durch das Kaffeehaus und faselte etwas von „meiner Liebsten, der schönen Anne, und dem wohlhabenden Geheimkanzlisten in fürstbischöflichen Diensten, die doch ein so schönes Paar abgäben"! Dem Kaffeehauswirt wurde die Szene allmählich peinlich, die Gäste schauten abwechselnd auf ihn, dann auf Schwips, der betrunken von Tisch zu Tisch torkelte. Franz Brenner trat an ihn heran, bat ihn, ruhiger zu sein, sich hinzusetzen.
„He, he, was will Er denn, bin doch eine gute Partie für seine Tochter. Und die Herren da", er drehte sich schwankend mehrmals im Kreis, bis er den Kaufmannstisch mit dem ausgestreckten Zeigefinger getroffen

hatte, „die, nee, ihr alle“, sein Arm beschrieb einen Halbkreis, „wollt doch etwas von mir. Und ich möchte eben auch etwas!“
„Jetzt reicht's!“ Franz Brenner packte Schwips an Rock und Kragen und warf ihn hinaus.
Der brabbelte sich was zusammen, lallte drohend „... von dem fürstbischöflichen Edikt ... wir werden uns wiedersprechen ...“ und etwas weiter entfernt immer noch „... ihr werdet mich noch kennenlernen!“ Er schwankte durch die Eselsgasse. Eine Patrouille von drei Soldaten zog vorbei. Als der Geheimkanzlist sie um die Ecke biegen sah und sich unbeobachtet glaubte, zog er die Bittschrift der Kaufleute heraus, stand schwankend einige Sekunden und blickte in die Richtung, aus der er gekommen war, zerriß das Papier und ließ die Schnipsel an dem verfallenen Haus der Müllerschen in eine Jauchegrube flattern. Daß er dabei von dem Leutnant Wetteck nicht aus den Augen gelassen worden war, fiel ihm nicht auf.
In dem Kaffeehaus drangen durch die dichten Tabakschwaden immer noch erregte Streitgespräche; die Bürger hatten sich keineswegs beruhigt. Vor allem die meisten Kaufleute ließen ihrer Wut über Vizekanzler Meyer, die treibende Kraft des Kaffeeverbotes, freien Lauf.
„Ich will Meyer heißen“, schrie einer durch das Kaffeehaus, „wenn der uns nicht bald mit neuen Schweinereien das Leben schwer macht!“

Am nächsten Tag eilte Geheimkanzlist Cyprian Schwips mit wehendem schwarzem Umhang, blank geputzten Schnallenschuhen und dröhnendem Schädel in die bischöfliche Kanzlei. Dort traf er auf den Vizekanzler, dem er alles haarklein erzählte, nur eines nicht – daß er bei Anne – und ihrem Vater – im Kaffeehaus „Zur Goldenen Tasse“ nicht landen konnte. Der Vizekanzler erwiderte spitz, er habe bereits vernommen, daß die aufsässigen Bürger der Stadt das Edikt mehr denn je mißachteten. Er habe daher bei seiner Durchlaucht im Schloß Neuhaus eine Audienz erbeten, um dem respektlosen Spuk ein Ende zu bereiten.
„Gehen Sie mal gleich mit, Schwips, dann werden wir sehen, ob wir es nicht erreichen, dieses gemeine Volk von dem Kaffeegesöff fernzuhalten!“
Als die kleine Kalesche mit den beiden Herren aus der Allee das Schloß erreichte und am Wachhaus unter den weißblauen Rauten der Tordurchfahrt in den Schloßhof rumpelte, kreuzten die Posten ihre blitzenden Hellebarden, der Wachoffizier zog den Degen. Mit schnellen Schritten verschwand der Vizekanzler in dem prachtvollen Eingang auf der gegenüberliegenden Seite; außer Atem folgte ihm Geheimkanzlist Schwips. Den Gruß über dem Eingang des nördlichen Treppenturms

Pax intrantibus – Friede den Eintretenden würdigten sie keines Blickes, eilten die Stufen hoch und wurden gleich in den Audienzsaal gebeten.
Als der hochgewachsene Fürstbischof Freiherr von der Asseburg den Raum betrat, verbeugten sich die Herren und richteten sich beide mit ein wenig wackligen Knien wieder auf. Die Bürde der Amtsgeschäfte nach dem Siebenjährigen Krieg hatte das Gesicht des Landesherrn gezeichnet – Falten hatten sich unter seinen Augen gebildet, die Wangenknochen traten stark hervor, und sein Gesicht wirkte eingefallen. Der Fürstbischof lächelte die eifrigen Beamten leutselig an, sein hervortretendes Kinn verriet immer noch die alte Willensstärke. Man durfte sich von dem gütigen Antlitz nicht täuschen lassen. In einer schlichten schwarzen Soutane, die nur mit einem violetten Bäffchen am Hals und einem kunstvoll gearbeiteten Brustkreuz geschmückt war, stand er vor den beiden.
„Ihr habt um diese Audienz gebeten, Vizekanzler. Ich sehe, der Geheimkanzlist Schwips begleitet Euch?"
„Durchlauchtigster Herr Fürstbischof. Schwips soll mein Anliegen bekräftigen. Der Ka-ff-ee", er dehnte das mißliebige Wort nicht nur, sondern schlug dabei die Augen zur Stuckdecke des weitläufigen Saales auf, „richtet einen das Vermögen übersteigenden Aufwand und Verzehr in unserer Bischofsstadt an! Die geheimen Kaffeeagenten berichten mir täglich von Übertretungen. Die Kaufleute schleppen viel Geld aus dem Lande, um Kaffee für den Ersten und Zweiten Stand zu beschaffen. Ich bitte Euch untertänigst, das Edikt der Jahre 1766, 1767 und 1777 zu erneuern."
„Und was sagt die Kaufmannschaft dazu?" fragte Fürstbischof von Asseburg vorsichtig. Der Kammerdiener wies Schwips ein Schreibpult zu, auf dem bereits Papier, Feder und Tinte vorbereitet waren. Er hatte das Protokoll zu führen.
„Nun, die Kaufleute, die, wie gesagt, viel Geld aus dem Lande schleppen", Meyer wiederholte den Gegenstand seiner Klage, „die außerdem wie alle anderen Bürger viel Zeit unnütz in den Kaffeehäusern zubringen und dabei viel Arbeit versäumen, die, die ..." Meyer schienen die Argumente ausgegangen, er geriet ins Stottern.
„Die treiben mit dem verbotenen Genuß des Kaffeegetränkes Mißbrauch gegen Ihro fürstbischöfliches Edikt bis zum Höchsten!" goß Schwips von seinem Schreibpult Öl in das Feuer.
„Ganz richtig", ergänzte Meyer, „die eigenwilligen und aufsässigen Untertanen pfeifen auf die ganze Verordnung, lachen darüber, sagen ‚Nun gerade!' und frönen dem Kaffeelaster wie bisher."
„Ich habe doch schon öfter den Befehl erlassen, womit ich meinen Untertanen das höllische schwarze Gesöff, was sie Kaffee nennen, verboten

habe und sie bei Strafe ermahnte, ihre Mäuler davon zu halten. Und das tun sie nicht?"
„Nein, Durchlaucht! Ganz und gar nicht! Sie beziehen im Ausland große Mengen Kaffee, um sie rechtens dem Adel, der höheren Geistlichkeit und Beamten bis zu sechs Pfund zu verkaufen. Aber ...", Meyer machte eine gewichtige Pause, „es bleibt nicht bei dieser Ausnahme, alle Bürger, die kleinen Handwerker, ja die Tagelöhner, die Wäscherinnen und Büglerinnen bei den Herrschaften bekommen heimlich Kaffee gereicht."
Der Fürstbischof schien nun sichtlich verärgert. „Schwips, nimm Er meine neue Order auf, die da heißt:
Von Gottes Gnaden Wir, Wilhelm Anton Bischof zu Paderborn, des Heiligen Römischen Reichs Fürst, und so weiter Schwips, Er weiß schon, dann: *obwohl Wir zwar seit mehreren Jahren uns angelegen sein ließen, dem unter unseren Untertanen ohne allen Unterschied der Stände so übermäßig eingerissenen Gebrauch des Kaffeegetränks durch verschiedentlich dagegen erlassene Edikte Einhalt zu tun, Wir dennoch zu unserem äußersten Mißfallen haben erfahren müssen, daß solche Edikte nicht nur gar nicht mehr nachgelebt, sondern auch erwähntes Getränk tagtäglich noch stärker, und sogar von Leuten des geringsten Standes getrieben werde; da Wir aber solches Unwesen, wodurch so große Summen Geldes außer Landes verschleppt werden* ... und so weiter, Schwips, wie vormals, und dann schreibt Er: ... *so sind Wir auch auf geschehenes Ansuchen unserer getreuen Landstände bewogen worden, hierdurch ernstlich zu verordnen, und zwar ... soll nunmehr von dem 1. nächstkünftigen Monats May an aller Kaffeehandel in unserem Hochstift gänzlich aufhören, und allen und jeden sowohl Christen als Juden bei Strafe der Enteignung und daneben einer Geldbuße von 10 Reichstalern verboten sein* ... und so weiter, wie schon in den letzten Edikten befohlen. Hat Er das?"
Schwips schrieb und schrieb, nickte mehrmals, ohne aufzublicken. Er beäugte vorsichtig hinter dem Schreibpult die Situation, weil er ein schlechtes Gewissen wegen der zerrissenen und unterschlagenen Petition hatte. An den nächsten Abenden würde er in den Kaffee- und Wirtshäusern einen schweren Stand haben. Nun ja, er konnte zumindest so tun, als habe er sich mit aller Kraft für die Belange der Bürger eingesetzt.
„Ich habe nun das Edikt zum vierten Mal herausgegeben. Kanzler Meyer, Er wird dafür sorgen, daß mir kein Paderborner dagegen verstößt!"
„Gewiß, mir ist es ein Anliegen, wo Eure Durchlaucht sich so zur Wiederherstellung der Wirtschaftskraft eingesetzt haben, für die Neusiedler in der Landwirtschaft, die Gründung von Manufakturen – überhaupt der Verfall der Währung ist gestoppt und das Abgabensystem neu geordnet. Die Paderborner können froh sein, daß es seit Jahren wieder aufwärts geht!"

„Ach, meine lieben Paderborner, da herrscht in den Amtsstuben immer noch der gute alte Schlendrian. Wenn sie nicht fortwährend so untätig und schläfrig wären, das Land würde blühen! Wie gern würde ich den Gewerbefleiß noch weiter heben, um auch die bisherige Einschränkung von Luxus zu beenden."

„Durchlaucht wollten noch Anordnungen treffen, um an der Universität auch mehr Praktisches lehren zu lassen, insbesondere die Kameralwissenschaften. Für diese ganzheitliche Verwaltungslehre sind bereits in Halle und Frankfurt Lehrstühle eingerichtet worden!"

„Meyer, kommt zu mir, wenn dieser Kaffeeaufstand beendet ist. Wir werden dann gemeinsam eine Denkschrift zum Zustand des Staatswesens in Paderborn erstellen. Jetzt aber, sorgt schnellstens dafür, daß das neue Edikt meinen Untertanen bekannt wird. Flugblätter, Anschläge, Ausrufer – das Übliche, meine Herren!"

Als die beiden Beamten wieder unten im Innenhof des Schlosses standen, atmeten sie tief durch. „So, Schwips, jetzt werden wir den aufsässigen Koofmichs im Städtchen mal zeigen, wie herum die Hasen in Paderborn laufen!"

Meyers Blick fiel auf das Portal gegenüber. „Da, seht, Schwips, *Misericordia*, Barmherzigkeit, wird nicht gewährt, sondern die Gerechtigkeit, *Justitia*, muß nun ihren Lauf nehmen! Und lesen Sie mal den Satz über der Tür ..."

Schwips übersetzte halblaut: „Erbarmen und Wahrheit schützen den König und durch Milde wird sein Thron befestigt."

„Ach was, den zweiten Teil, bitte, das ist der wichtige!"

„Es geschehe Gerechtigkeit oder die Welt gehe zugrunde!" las der weiter.

„Und das heißt doch wohl, daß diese renitenten Paderborner zur Räson zu bringen sind! Also, an die Arbeit."

Am nächsten Tag kamen mehrere Trupps von Soldaten aus der Schloßkaserne. Die Trommler ließen die Schlegel über die gespannten Felle rollen, ein Leutnant trat vor und verlas mit lauter Stimme das neue Edikt. Soldaten schlugen an Toren und Mauern die großen Blätter mit dem fürstbischöflichen Erlaß an. Schnell hatten sich die Bürger versammelt, hörten zu oder lasen, soweit sie dies konnten, was der Fürstbischof verkünden ließ.

„Aller Kaffeehandel soll vom zukünftigen Mai an aufhören!" las Kaufmann Bernhard Kraß den Umstehenden vor.

„Und du darfst keinen Vorrat an Kaffee haben, sonst wird der konfisziert!" Franz Brenner war sichtlich blaß geworden.

„Eine Schande ist das, wie man hier mit uns Bürgern rumspringt!"

„Noch ist nicht der erste Mai, also auf zum Kaffeetrinken!" forderte Kraß alle Umstehenden auf. Die empörten Bürger strömten in das „Café chantant" von Monsieur Hubert, gleich gegenüber der „Goldenen Tasse". Kaffeewirt Brenner und Monsieur Hubert, ansonsten harte Konkurrenten, zeigten ungewohnte Eintracht und beurteilten mit den Cafébesuchern den neuen Erlaß. Draußen lungerten die fürstbischöflichen Soldaten herum. Die Bürger hoben die Kaffeetassen und tranken ihnen zu. „Kommt herein, Männer, auch für euch steht ein Täßchen Kaffee bereit." Die Soldaten grinsten nur und schauten verlegen zu ihrem Leutnant. Der schlenderte auf die andere Seite des Marktplatzes. Dort hatte er die hübsche Tochter des Hauses am Marktbrunnen vor der „Goldenen Tasse" entdeckt. Leutnant Hans Wetteck setzte sich lässig auf den Brunnenrand und machte Anne höfliche Komplimente. „Darf ich das schöne Fräulein wie vor Tagen zum Tanz am Sonntag in das ‚Café chantant' einladen?"

„Ob der Vater das erlaubt, Herr Leutnant, ich weiß nicht recht", antwortete die kokett. „Aber hingehen möchte ich schon, da wird fröhlich musiziert, Monsieur Hubert hat gute Musikanten aus Frankreich."

„Ich werde mit dem Vater sprechen und um Erlaubnis bitten, seine Tochter zum Tanz zu führen." Der elegante Leutnant in der weißgelben Uniform machte eine gute Figur, braungebrannt war der junge Mann von den Übungen draußen vor der Stadt. Anne blickte ihm lächelnd in die Augen: „Wenn der Vater nicht gleich einwilligt, muß ich noch ein wenig nachhelfen. Keine Sorge! Meist kann ich ihn um den Finger wickeln!"

Während im „Café chantant" Tasse auf Tasse ausgeschenkt wurde und jetzt sogar ein paar Soldaten bei den Kaffeetrinkern standen, beobachtete der Geheimkanzlist die Szene am Brunnen mit verbissenem Gesicht. Als gar der junge Offizier noch seinen Arm um die Wirtstochter legte, wurde es ihm zuviel. Zornentbrannt ging er auf den Leutnant los.

„Wetteck, hat er schon die Erlaubnis des Vaters, sich so mit dem Fräulein Anne zu zeigen?" Schwips trat drohend auf ihn zu. „Nein, kann er auch nicht haben, denn das Fräulein ist mir versprochen!"

Hans Wetteck blickte Anne enttäuscht an. „Ist das so?" Er ließ den Arm von ihrer Schulter gleiten.

„Nein", sagte Anne selbstbewußt, „das ist ganz und gar nicht so." Sie zog den Arm des Leutnants energisch um ihre Hüfte: „Ich gehe mit euch am Sonntag zum Tanz und nicht mit diesem Schreiberling."

Das saß. Da hatte der sich solche Hoffnungen gemacht, das schöne Mädchen mit Hilfe des Vaters erobern zu können. Verdammt, wenn die Weiber bunte Uniformen sahen, schien bei ihnen der Verstand auszusetzen! Die Kaffeehausbesucher waren inzwischen aufmerksam gewor-

den, traten aus dem Café, kamen von der „Goldenen Traube" herüber und sahen der Auseinandersetzung zu. Was wollte dieser Bursche von ihrer hübschen Wirtstochter, in die sich so mancher verguckt hatte!
„Und seinen Landesherrn hat er auch noch zu fragen, den durchlauchtigsten Fürstbischof. Aber da habe ich bald eine Audienz, und dann aber ..." Schwips Stimme überschlug sich, er redete sich immer mehr in Wut, glaubte seine amtliche Funktion herauskehren zu müssen. „Wenn er ein bißchen Ehre im Leibe hätte, würde er das Recht des Ersten achten. Aber Ehre, die kennt er ja wohl nicht!" Das war zuviel, auf seine Ehre ließ der fürstbischöfliche Offizier nichts kommen. Er packte Schwips an den Revers seines grauen Mantels und zog ihn an sich heran. Hart blickten jetzt die vorher so verliebt dreinschauenden Augen. „Und wo hat er die Petition gelassen, die ihm die Bürger übergeben haben? Ich hätte ja geschwiegen." Der Leutnant wurde laut: „Aber jetzt soll es jedermann wissen. Ich habe beobachtet, wie Schwips das Schreiben zerrissen und in die Jauchegrube geworfen hat. Die Bittschrift der Bürger ist nie beim Fürstbischof angekommen!"
Ein Aufschrei ging durch die Gruppe der Kaufleute. „Was, nicht abgegeben ..., zerrissen ..., unsere Schrift in die Jauche? Werft den Kerl in den Brunnen! Das wollen wir doch mal sehen, wer uns was zu melden hat!"
Einer der Grenadiere und einige Cafébesucher packten schnell und kurz entschlossen den Verräter und warfen ihn in den Brunnen, so daß das Wasser hoch aufspritzte. Triefend naß tauchte Schwips aus dem Brunnentrog auf. Als er über den Brunnenrand stieg, floß ihm das Wasser aus den Hosenbeinen, die Haare hingen in langen Strähnen in seinem Gesicht – Mitleid hatte keiner der Umherstehenden. Cyprian Schwips sagte nichts mehr, er drehte sich nur um und schüttelte mit haßverzerrter Miene die Faust zu seinem Konkurrenten. Schon wollten einige der Grenadiere den Mann nochmals schnappen, doch der Leutnant winkte ab. „Laßt nur, der hat seine Abkühlung gehabt, das reicht jetzt." Er verabschiedete sich von Anne und zog mit seinen Männern zurück in die Kaserne.

Noch lange diskutierten die Bürger laut auf dem Marktplatz. Wenn das so weiter ging, dann könnte ja noch was los sein in den nächsten Tagen. Sie hatten einen Anschlag abgerissen und lasen ihn wieder und wieder vor. Der Wirt „Zur Goldenen Tasse" zog seinen Kollegen, Monsieur Hubert, in die Mitte: „Hört einmal zu, ihr Bürger von Paderborn. Ich mache euch einen Vorschlag!" Nun entwickelte Brenner einen Plan, dem die Männer und sogar einige Frauen gespannt zuhörten. Ja, das war eine tolle Idee! Selbst der Sohn des Zuckerbäckers Hagemeister, sonst nur in seine süße Kunst versunken, kam noch dazu. Alle drei Kaffeewirte forderten die Bürger auf, bei diesem Plan mitzumachen. Sogar ein höherer Beamter aus der Landesverwaltung, ein Professor der Universität und ein Domkapitular tauschten heftigst ihre Meinungen mit den anderen aus. Sie billigten nicht, daß sich nur die privilegierten Stände den Kaffeegenuß erlauben dürften: „Wir machen mit, Brenner, wir sind auch dabei, laßt uns nur zusammenhalten!" Die Bürger liefen auseinander, um ihre Vorbereitungen zu treffen.

Es war Sonntag, später Nachmittag: Männer, Kinder und junge Burschen schleppten Tische und Stühle in Mengen auf den Marktplatz von Paderborn. Lampen und Kerzen wurden angezündet. Die Frauen schafften in Weidenkörben Kaffeegeschirr herbei. In den Häusern rund um den Marktplatz drehten sich die Kaffeemühlen. Wasser brodelte in den Kesseln. Und schon bald kündete ein feiner Duft, welch herrlichen Kaffee man hier braute. Inzwischen strömten die Bürger herbei, „um sechs" hatte Franz Brenner gesagt. Pünktlich war „tout" Paderborn versammelt – wie die feinen Leute in Berlin sagten. Nun konnte man umsonst und nach Herzenslust Kaffee trinken und seinen Durst auf „das höllische Gesöff" bis zum Übermaß befriedigen. Aber nicht nur das! Ein Musikchor stand in der Nähe auf einem Podium. Daneben hatte sich eine kleine Kapelle mit Geige, Trompete, Baß und Klarinette aufgebaut, um noch zusätzlich für Stimmung zu sorgen. Die war allerdings auch so schon erhitzt genug, wofür nicht zuletzt der Branntwein sorgte, den sich nicht wenige Bürger zum Kaffee genehmigten. Die aufgestaute Erregung schaffte sich in deftigen Sprüchen Luft:
„Keine Bohne, keinen Krümel Kaffee für den Fürstbischof!"
„Wenn am 1. Mai die Soldaten kommen, sind die Kaffeesäcke leer!"
„Dann müssen sich die hohen Herren selber im Ausland Kaffee kaufen!"
„Der Fürstbischof soll Muckefuck trinken!"
Das war schon arg, denn Muckefuck hieß der Ersatzkaffee, ein fauler Mulm. Man verglich diesen wenig köstlichen Trank mit einem Aufguß auf lockerer, fauler Erde!
Eine Gruppe von Studenten hatte sich im Halbkreis hingestellt, die Musik schmetterte einen Tusch, die Bürgerinnen und Bürger sahen erwartungsvoll zu den jungen Männern hin. Ein Spottvers erklang:

Es fand die hohe Polizei,
wie schädlich's Kaffeetrinken sei,
darob geriet in großen Zorn,
die Frauenwelt von Paderborn.

Immer wieder erklang der Reim „... die hohe Polizei", die Studenten marschierten dazu rund um den Marktplatz „... wie schädlich's Kaffeetrinken sei“, zogen dann durch die Straßen und Gäßchen „... in großem Zorn“ zwischen Paderquellen und Kamp „... die Frauenwelt von Paderborn“. Immer mehr Leute kamen auf den Platz. Die Frauen hatten alle Hände voll zu tun, um die vielen Hungrigen und Durstigen mit großen Blechen voller Kuchen und Kaffee zu versorgen. Auch der Leutnant flanierte mit Anne durch die Menge, kaute herzhaft die Stücke mit Streusel, die sie ihm in den Mund schob, Kaffee und einen Branntwein dazu. Das machte Hans Mut. Er zog Anne an der Hand hinter sich her, bis sie unten an den Paderquellen standen. Sie blickten sich in die Augen, brauchten keine Worte, die Lippen der beiden fanden auch stumm zueinander.

Von oben dröhnte ein Tusch der Musikkapelle auf dem Podium – an die jungen Burschen wurden Trommeln und Pfeifen verteilt. Sie zogen mit ohrenbetäubendem Radau durch die Straßen und verwandelten die sonntägliche Ruhe in einen lauten Aufruhr gegen den Fürstbischof und sein Edikt.
Der enttäuschte Schwips schaute sich das Treiben der Bürger nicht lange an, bis er zum Vizekanzler rannte und mit den Rufen „Aufruhr! Revolution! Soldaten!“ bis in dessen Wohnung stürmte. Sie verabredeten, gleich am nächsten Morgen im Schloß Neuhaus den Fürstbischof von der Asseburg über das ganz und gar aufrührerische Benehmen der Bürger zu unterrichten.
In den späten Abendstunden verlief sich die große Volksmenge; man ging mit erhitzten Gemütern erst einmal zu Bett und zog die Nachtmütze über. Lange nach Mitternacht begann ein fast lautloses Treiben rund um den Marktplatz. Wenige dunkle Gestalten huschten zwischen dem Marktbrunnen und dem Haus des Vizekanzlers Meyer hin und her, man hörte mal hier leise Geräusche, mal scharrte und plätscherte es dort; auch im Garten des Geheimkanzlisten Schwips war Bewegung; Hacken und Schaufeln klapperten, aber die Dunkelheit verhüllte die seltsame Unruhe. Eine gute Stunde später war der ungewöhnliche Spuk verschwunden.

Kaum stand die Sonne am nächsten Tag über der Stadt, eilten die Bürger zum Haus des Vizekanzlers Meyer. Durch die Menge drängte sich mit hochrotem Gesicht Geheimkanzlist Schwips und verschwand gleich hinter der Haustür. Im Flur rief er fortwährend: „Herr Vizekanzler, Herr Vizekanzler, steht auf, kommt herunter. Es ist Revolution in der Stadt! Meinen Gemüsegarten haben die Randalierer mir verwüstet. Kein Pflänzchen steht mehr an seinem Platz! Vor Eurem Haus hat man eine

Spottfigur aufgestellt. Wir müssen zum Schloß, Meldung machen, die Soldaten holen!" Meyer fuhr in seinem Bett hoch, sprang aus den Federn, hörte die ungewohnten Geräusche vor seinem Fenster. Da war ein Gesumme und Gemurre, laute Stimmen, einzelne Rufe. Er trat ans Fenster. Hinter langen Vorhängen verborgen, öffnete er einen Flügel spaltbreit. Er hörte, wie die Leute im Chor riefen:

Es fand die hohe Polizei,
wie schädlich's Kaffeetrinken sei,
darob geriet in großen Zorn,
die Frauenwelt von Paderborn.

Aber er vernahm auch Trommelschlag und ein Hornsignal in der Ferne. Im strammen Schritt zog durch die Eselsgasse Militär von Schloß Neuhaus heran, eine weißgelb gekleidete Grenadierkompanie. Voran marschierte mit blitzendem Degen Leutnant Hans Wetteck. Beruhigt sah Vizekanzler Meyer aus seinem Versteck, wie sich die Soldaten mit scheinbar grimmigen Gesichtern und geladenen Gewehren überall postierten. Er kleidete sich rasch an und wollte sich mit Schwips zusammen im Schutz der Soldaten auf die Straße wagen. Die Bürger waren allerdings keineswegs der militärischen Gewalt gewichen; sie ließen sich nicht einmal in ihrem Vergnügen stören! Als Meyer und Schwips vor die Haustür traten, empfing sie ein Gelächter, die Leute schüttelten sich vor Vergnügen und wiesen hämisch auf eine Figur vor seinem Hauseingang. Jetzt erst erblickte Meyer den Gegenstand der ausgelassenen Heiterkeit: Da stand ein nachgemachter Esel; darauf ritt eine ausgestopfte Männerfigur, die eine Kaffeetasse in der Hand hielt. Rauchend vor Wut vernahm er wie in Trance erneut den Rest des Spottverses:

... darob geriet in großen Zorn,
die Frauenwelt von Paderborn.

Der Frauenwelt hatte er das also zu verdanken. Nun zettelten schon die Weiber den Aufruhr an. Die würden ihn kennenlernen! Er drehte sich herum und zog den Kanzlisten hinter sich her. Sie gingen in den Hausflur zurück. Vizekanzler Meyer entzündete dort ein Licht, um in den Weinkeller zu tapsen. „Jetzt wird erst mal das Militär für Ruhe sorgen. Darauf können wir uns einen guten Schluck genehmigen!" Meyer hielt die Kerze hoch, griff zum blankgewetzten Handlauf und stieg Stufe um Stufe in den Keller. Ein Windhauch blies ihm die Kerze aus. „Na ja, die letzten Tritte", dachte er und wußte, gleich links lag der köstliche Muskateller. Noch ein Schritt – aber was war das? Naß und kalt schlabberte es um seine Füße, stieg die Waden hoch. Wasser? Er bückte sich, planschte mit den Händen mal hier und mal da. Wasser! Überall Wasser.

Durch das kleine Kellerfenster hörte er weiterhin die Spottverse. Jetzt hörte er doch tatsächlich, wie die Leute riefen: „Ich will Meyer heißen, ich will Meyer, Meyer ...!"
Der Durst war ihm mit einem Schlag vergangen. Was nahmen sich die Bürger denn heraus, ihn, den Vizekanzler, derartig lächerlich zu machen, ihm den Weinkeller unter Wasser zu setzen? Das war doch wohl unglaublich!
Schnell wechselte er die Kleidung, zog feste Schuhe an und eilte hinaus auf die Straße. Wo war denn nur der Leutnant? Der vertrat die landesherrliche Gewalt, ihn würde er mitnehmen, die Verantwortlichen suchen und gleich zur Rechenschaft ziehen.
Meyer und Schwips machten sich auf die Suche. Die Soldaten hatten sich in Doppelreihe vor dem Rathaus aufgestellt, die Gewehre in „Habt acht"-Stellung neben sich. Auf dem Marktplatz das gleiche Bild: Soldaten in Doppelreihen. Auf den Bänken und Stühlen vom Vorabend saßen die Bürger, still und friedlich, kein Gesang, kein Spottvers, aber – mit dampfendem Kaffee in den Tassen! Und den Paderbornern kam es nicht in den Sinn, sich gegen die Regierungsgewalt aufzulehnen.
Plötzlich horchten alle auf, Soldaten wie Bürger, denn aus dem nahen Kaffeehaus „Zur Goldenen Traube" erscholl Gesang. Mit feinen Stimmen schwebte das alte marianische Klagelied *Stabat mater* über den Platz: *Christi Mutter stand mit Schmerzen* ... Kaum war es verklungen, da stimmte der Chor das schönste Marienlied an, das in der Kirche gesungen wurde: *„Ave Maria, gratia plena* – Gegrüßet seist du, Maria ..."
Welch eine friedliche Versammlung! Schließlich gingen die ersten Bürgerinnen, junge Mädchen zumeist, auf die Soldaten zu, hielten ihnen eine Tasse Kaffee hin und luden die jungen Männer ein, das würzige, fein duftende Getränk zu kosten. Kein Schuß fiel; der Degen des Leutnants war schon gar nicht gezückt, denn vor ihm stand Anne. Die Soldaten konnten den friedlichen, ja verführerischen Einladungen nicht widerstehen; der erste, drei, vier weitere, schließlich die vordere Reihe, dann nahmen alle das Angebot an; die hinteren drängten sich vor, die Gewehre wurden schnell zu Pyramiden zusammengestellt, und so waren die Grenadiere mit Kaffee für die Bürger gewonnen. Mit dem *höllisch schwarzen Gesöff* schienen die Paderborner friedlich ihren Kaffeekrieg gewonnen zu haben!
Fröhlich schwatzten die Bürger mit den Soldaten. Von denen nutzten nicht wenige die Gelegenheit, mit den jungen Mädchen anzubandeln. Plötzlich wurde es mucksmäuschenstill auf dem Platz. Der Fürstbischof Wilhelm Anton Freiherr von der Asseburg zu Hinnenburg selber war erschienen, mit finsterem Blick, einige Herren vom Domkapitel in seiner Begleitung. Ehe er nur ein Wort gesagt hatte, eilte die Tochter des

Kaffeehauswirtes auf ihn zu. Sie hatte die Situation sofort erkannt. Nur keine Frage, keinen Befehl, erst dem hohen Herrn einen Kaffee anbieten.
„Durchlauchtigster Herr Fürstbischof", sogar mit dem Tablett gelang Anne ein anmutiger Hofknicks, aus dem ihr der Landesherr galant aufhalf, „da nun schon alle hier diesen köstlichen Trank probieren, bitte ich Euch, auch ein Schlückchen davon zu nehmen. Kostet nur, Ihr werdet sehen, er ist einfach ein Allheilmittel. Er stärkt die inneren Organe und reinigt das Blut. Zudem wirkt er noch schlaffördernd." Mit diesen Worten reichte sie ihm ein kostbares Porzellantäßchen, in dem das höllisch schwarze Gesöff schwappte. Das ernste Gesicht des Bischofs entspannte sich langsam. Er lächelte Anne, die mit entschlossenem Gesicht vor ihm stand, an – freundlich, wie seine Paderborner ihn eigentlich kannten. Er nahm die Tasse, setzte sie an die Lippen und schlürfte genüßlich den schwarzen Trank.
Frauen reichten nun seinen Begleitern einen Kaffee, den die Herren, dem Beispiel des Fürstbischofs folgend, ebensogern annahmen.
Ännchen hatte sich zu dem Leutnant gesellt und drängte sich an ihn. Der drückte ihr schnell seine Kaffeetasse in die Hand. Er war im Dienst, blieb vor dem Landesherrn steif und förmlich. Der Offizier der Truppe mußte wenigstens noch Haltung bewahren!
Dafür drängten sich Vizekanzler Meyer und Geheimkanzlist Schwips zum Bischof vor. „Ach, da sind ja auch meine Herren aus der Kanzlei." Und ehe einer der beiden etwas sagen konnte, deutete der Fürstbischof auf den Leutnant und Anne: „Nun scheint mir einiges klarer zu werden, mein Herr Schwips!" Dem Fürstbischof waren die haßerfüllten Blicke, mit denen Schwips den Leutnant bedachte, nicht entgangen. „Hattet wohl noch andere Dinge im Kopf als die Aufrechterhaltung der öffentlichen Ordnung." Schwips lief rot an, versuchte vergeblich einige Worte der Rechtfertigung zu stammeln. Vizekanzler Meyer war dagegen nicht so leicht zu beruhigen:
„Durchlauchtigster Herr Fürstbischof, da hat man mir doch tatsächlich den Weinkeller völlig unter Wasser gesetzt. Ich stand bis zu den Knien im Paderwasser!"
„Na, dann habt Ihr Euren Mut ja gekühlt!" Wilhelm Anton von Asseburg schmunzelte, als er sich den im Wasser herumstaksenden Vizekanzler vorstellte. „Herr Leutnant, stell' Er ein paar Grenadiere ab, sollen nach der Ursache des Wassers schauen und die Sache in Ordnung bringen!"
„Zu Befehl, Durchlaucht!"
Asseburg reichte Anne die leere Kaffeetasse zurück, ließ sich noch einmal nachschenken. „Vizekanzler Meyer, meine gelehrten Herren haben

herausgefunden, daß Papst Klemens VIII. den Kaffee vor gut 180 Jahren in Rom sogar persönlich getauft hat. Auch von ihm forderten christliche Eiferer", dabei sah er seinem Kanzlisten tief in die Augen, „daß er dieses muslimische Getränk verbieten solle, so wie die Muslime auch den Wein verboten hätten. Aber der schmeckte ihm ebenso köstlich wie mir. Und dann hat er ihn eben mit ein wenig Weihwasser zum Christengetränk gemacht." Meyer gab auf, verbeugte sich untertänig. Der Bischof nahm ihn zur Seite, flüsterte ihm zu: „Nun macht ein freundliches Gesicht! Eine Tasse Kaffee ist es nicht wert, seine Bürger in den Aufruhr zu treiben! Ein kluger Staatsmann muß auch nachgeben können. Die Anhänglichkeit und Achtung meiner Untertanen ist wichtiger!"
Der Fürstbischof wandte sich spöttisch Schwips zu: „Nun Schwips, dies Mädchen ist doch gewiß seit früher Jugend ans Kaffeetrinken gewöhnt, und ich denke, auch Ihm ist aufgefallen, daß sie gesund und schön dabei geworden ist; da wird der Kaffee kein solch gefährlich Tränklein sein, wie Er mir vorgemacht hat."
Schwips hätte im Boden versinken mögen. Ein Feldwebel mit sechs Männern meldete gerade: „Wasserröhren vom Brunnen zum Haus des Herrn Vizekanzlers abgeräumt. Wasser läuft ab. Keine Gefahr mehr vorhanden!" Da zeigte Asseburg auf den Leutnant. „Dann zu euch beiden, wenn ihr euch mögt, dann gebe ich meinem Leutnant die notwendige Heiratserlaubnis. Wenn dein Vater noch einwilligt, könnt ihr alsbald ein Paar sein! Aber denkt auch an meinen Erlaß, *daß in Zukunft bei denen zu den gemeinen Bürger- und Bauersleuten zu haltenden Hochzeiten gar keine Saufgelage noch weitläufige Tractamenter, die Bewirtung, oder Gastmähler gehalten werden, sondern nur die beiden nächsten Anverwandten, sowohl von der Manns- als Frauen- oder Brauts-Seite nebst dem Pastor und Küster eingeladen und mit mäßiger Speise und Trank versehen werden."*
Er wandte sich dem Volk zu und befahl mit nur wenig strenger Stimme: „Und die Lustbarkeiten mit Musik und Wein zu später Stunde auf dem Marktplatz zu Paderborn unterbleiben künftig!"
Die Musikkapelle spielte einen Tusch und intonierte die Hymne, die sie schon einmal zur Bischofsweihe aufgeführt hatte:

Nun freue Dich recht innerlich, beglücktes Paderland!
Da Dir nach Drangsal, Krieg und Leiden
erschienen ist ein Tag der Freuden,
an welchem Dir ein solcher Fürst von Gott ist zugeschickt!

Obwohl der Fürstbischof nicht ausdrücklich das Verbot aufgehoben hatte, konnte das die Paderborner nicht hindern, weiter Kaffee zu brauen wie ehedem und ihn nach Herzenslust mit Behagen zu schlürfen. Das taten auch – trotz der Ermahnung des Landesherrn – die vielen, vielen

Hochzeitsgäste, die im Mai zur Hochzeit von Anne und Leutnant Wetteck dem jungen Paar viele gute Wünsche mit auf den Weg gaben.

1789 In den Wirren der Revolution in Frankreich konnte sich die Domstadt für die Bemühungen des französischen Bruderbistums um ihre Stadt revanchieren: Viele Geistliche aus Le Mans flohen vornehmlich nach Paderborn; unter den Flüchtlingen war auch der amtierende Bischof von Le Mans, François Gaspard de Jouffrouy-Gonsans. Er hatte den Eid auf die republikanische Verfassung verweigert, war dadurch in Lebensgefahr geraten. Bis zu seinem Tod im Januar 1799 wohnte er als Gast im Haus des Paderborner Domdechanten.
Franz Egon von Fürstenberg war zum Fürstbischof von Paderborn gewählt worden. Niemand konnte ahnen, daß er der letzte Fürstbischof von Paderborn sein sollte. Als Domherr von Hildesheim, als fürstbischöflicher Hofrat, hatte er auch schon die Priesterweihe in Hildesheim empfangen und wurde dort zum Bischof geweiht. Wie Franz Egon von Fürstenberg, der Bischof von Paderborn und Hildesheim war, bekleideten viele adlige Domherren in Paderborn gleiche Posten in dem anderen Bistum. Wohnten sie in Paderborn, so hatten sie bisher nur an einem bestimmten Tag nach Hildesheim zu reisen, dort dem Hochamte im Dom beizuwohnen und dann ihr Gehalt als Domherrn von Hildesheim einzustreichen. Kamen sie aber nicht zur rechten Zeit, so war das einträgliche Gehalt für das Jahr verfallen. Einer dieser Herren soll aber trotz aller Eile erst angekommen sein, als die Messe bereits angefangen hatte. Wieder in Paderborn zurück, ließ er eine Schlaguhr anfertigen und im Dom aufstellen, die immer eine Viertelstunde zu früh gehen mußte. Danach richtete er sich fortan mit seiner Abreise, und so soll er nie wieder zu spät gekommen sein.
Nachdem durch die freundschaftliche Beziehung mit Le Mans am Ende des Siebenjährigen Krieges noch einmal die Auflösung des Hochstiftes abgewendet worden war, pochte das Schreckgespenst der Säkularisation 1802 um so heftiger an die Tore Paderborns. Das Heilige Römische Reich Deutscher Nation war unter den französischen Revolutionsarmeen zusammengebrochen. Der Rhein wurde neue Reichsgrenze. Napoleon löste geistliche Fürstentümer in Deutschland auf – sie wurden „verweltlicht“ – und schloß mit den deutschen Gesandten einen Staatsvertrag, nach dem Preußen unter anderem das Fürstbistum Paderborn zugesprochen erhielt.

Am 3. August 1802 rückte ein preußisches Bataillon in Paderborn ein. Kompanie auf Kompanie marschierte auf der Landstraße heran. Staubwolken hingen über den fahrenden Batterien; vor dem Bataillon flatterte die entrollte Fahne. Die an den Straßen wartende Bevölkerung empfing die Preußen in „Totenstille". Unselige Erinnerungen waren wach geworden, vor allem an die letzte Schandtat des Herzogs Ferdinand, der im Namen Preußens Stadt und Land besetzt und dazu noch den goldenen Mantel der Imad-Madonna erpreßt hatte. General L'Estocq hatte die Hauptstadt des Hochstiftes in vornehmer, strenger, aber sehr entschiedener Art fest im Griff. Die weltliche Herrschaft der Fürstbischöfe über das Hochstift Paderborn war damit endgültig beendet.

Aber Preußen wurde schon vier Jahre später bei Jena und Auerstedt von Napoleon besiegt. Nach Paderborn kam eines Tages ein Elendstransport, wie er schlimmer nicht anzuschauen sein konnte. Auf offenen Pferdewagen lagen Verwundete der großen Schlacht. Die einstmals bunten Uniformen waren zerrissen, zerfetzt, blutgetränkt. Weiße Verbände leuchteten von den Strohbunden, auf die die armselige Fracht gebettet war. Stöhnen und Wehklagen hing in der Luft. Mädchen und Frauen eilten zu den Wagen und reichten Wasser. Dann wurden die Soldaten behutsam von den Fuhrwerken in das Lazarett getragen.
Ein Ruf ging durch die Reihen der Soldaten, die ihre schwerverletzten Kameraden in das Haus trugen. „Ein Apotheker muß her, holt mal den Stadtapotheker." Ein Soldat stürmte in die Cramersche Hofapotheke und verlangte den Apotheker. Ein junger Mann trat ihm entgegen. Auf seine Bitte hin folgte er dem Preußen. Im Lazarett wurde er von dem Feldscher angesprochen: „Uns ist das Opium ausgegangen, und wir müssen operieren, sogar einige Gliedmaßen amputieren. Könnt Ihr uns aushelfen?"
Nach kurzer Zeit brachte der junge Apotheker das gewünschte Opium. Ebenso interessiert wie entsetzt sah er, wie die Soldaten mit einer äußerst ungenauen Dosierung betäubt wurden. Ja, andere mußten gänzlich auf diese Art Narkose verzichten; ihnen wurde bei vollem Bewußtsein ein Arm oder ein Bein abgenommen.
Friedrich Wilhelm Sertürner, so hieß der junge Apotheker, ging bedrückt in die Apotheke zurück. Das Schreien der armen Kerle hing ihm in den Ohren. Einer der verwundeten Grenadiere sollte morgen beerdigt werden; eine Überdosis Opium hatte ihn zu Tode gebracht. „Es müßte doch eine genauere Dosierung möglich sein. Oder man müßte nach einem wirksameren Prinzip im Opium suchen!" Aufgewühlt setzte er sich in die Apothekeroffizin an den Rezepturtisch. Er stieß an den Waagehalter, daß die Gerätschaften klapperten. Auf dem Brett über ihm standen einige Gläser und Fayenceformen für flüssige Arzneimittel. Ein anderes Regal war gefüllt mit Tönnchen und Kästchen, in denen Kräuter aufgehoben wurden, damit sie nicht ihre Kraft verlören. Bei der letz-

ten Visitation hatte es den Prinzipal der Apotheke eine üppige Bewirtung gekostet, um den Herrn Landphysicus und Pharmaziedirector Dr. Caupo gnädig zu stimmen, da das Canelwasser immer noch zu schwach gewesen sei. „Ach ja", stöhnte Sertürner, „die anmaßenden Herren dünken sich schon weit über den kleinen Stadt-Apotheker erhaben!"

Bei seinem eiligen Aufbruch zum Lazarett hatte er vergessen, den kleinen Spiritusbrenner auszuschalten. Er stierte eine Weile in die bläuliche Flamme, löschte sie und zog die „Arzneiordnung für das Fürstentum Paderborn" aus dem Regal. Und noch ein Buch zog er zu Rate, die „Verordnung des Domkapitels Paderborn über die Ausübung des Medizinalberufes im Fürstentum Paderborn". Und da stand deutlich zu lesen, daß Feldschere, Apotheker und Quacksalber sich an der inneren Behandlung von Krankheiten nicht zu versuchen hätten. Nur ein „Landphysicus und Medicus" sei dazu befugt, der für die Ausbildung der Apotheker zuständig sei. Das war völlig richtig so. Nur allzu viele Scharlatane lockten auf schnell zusammengezimmerten Bühnen durch die Possen eines Harlekins das Publikum an und traten dann als elegante und bedeutend wirkende Wundärzte auf. Hinter der Bühne begann der Zahnreißer seine Opfer zu bearbeiten, während die Gehilfen nutzlose Arzneien verkauften – und den Leuten das Geld aus der Tasche zogen. Eine unliebsame Konkurrenz für die in der Stadt ansässigen Ärzte und Apotheker – und eine Gefahr für die Patienten.

Der Landphysicus und Pharmaziedirector Dr. Caupo hatte in den letzten Tagen Verbesserungen des Apothekenwesens im Fürstentum Paderborn vorgelegt. Immer noch traten Mängel auf, und die vorgeschriebenen Überprüfungen sollten überraschend durchgeführt werden. Neben der Qualitätsprüfung von Rohstoffen und Medikamenten sollten auch die Kenntnisse der Gehilfen und Lehrlinge kritisch betrachtet werden. Nun, da mußte er sich ja keine Sorgen machen, denn erst vor wenigen Wochen hatte er diesen Dr. Caupo bei der Gehilfenprüfung mit *trefflichen Kenntnissen so vollkommen überzeugt, daß ihm als einem brauchbaren sehr tüchtig befundenen Apotheker die Geschäfte der Apotheke anvertraut werden können,* wie in seinem Zeugnis zu lesen war.

Sertürner schob ein Rezept für die Tochter der Witwe Voltmers beiseite, räumte ein Pillenbrett mit Abteiler, Gewichtssätze und Gießformen weg und nahm eine Drogendose mit gekehltem Deckel zu Hand. Dann zerkleinerte er ein wenig Rohopium und wog es auf der Opiumwaage ab.

In den nächsten Tagen und Wochen beschäftige er sich in 57 Versuchen mit der Analyse der Opiumbestandteile. Schließlich gelang es ihm, aus dem Opium eine weiße kristalline Substanz zu isolieren. Er schrieb den Bericht über die Versuche: *Ich will meine Erfahrungen, von denen ich über-*

zeugt bin, daß der Chemiker und der Arzt sie nicht ohne Nutzen lesen werden, in der möglichsten Kürze mitteilen. Friedrich Wilhelm Sertürner hatte das Morphium entdeckt.

Um die Zuverlässigkeit zu bestimmen, wollten Sertürner und einige andere Personen die Wirkungen an ihrem eigenen Körper erproben. An einem Abend trafen drei junge Männer in der Apotheke ein. Er ließ sie unterschreiben, daß sie freiwillig und ohne Zwang bereit seien, das neu gefundene Morphium an sich zu versuchen. Er hatte drei einfache Lager in der Kammer hinter der Offizin bereitet; Papier und Feder lagen auf dem Tisch bereit, die Wirkungen sofort zu notieren. Flaschen mit Wasser und mit Essig standen für den Versuch bereit sowie andere Medikamente, damit sie in einer kritischen Situation sofort eingenommen werden konnten. Er löste Morphiumkristalle in Alkohol auf, da er erkannt hatte, daß die Kristalle sich nicht in Wasser lösen ließen und ohne Wasser im Magen nicht aufgelöst werden durften. Die Mischung verdünnte er mit destilliertem Wasser. Alle vier, Sertürner eingeschlossen, nahmen das Präparat. Schon bald überzog eine kräftige Röte ihre Wangen und wurde sogar in ihren Augen sichtbar.

Sertürner notierte dazu: *Die Lebenstätigkeit schien im Allgemeinen gesteigert.*

Dieser Zustand erhöhte sich merklich, als die Versuchspersonen nach einer halben Stunde noch eine Dosis zu sich nahmen. Sie stellten fest, daß sie jetzt eine vorübergehende Neigung zum Erbrechen und einen dumpfen Schmerz im Kopf mit einer gewissen Betäubung empfunden hätten. Nachdem sie zum dritten Mal Morphium mit Alkohol und Wasser eingenommen hatten, zeigte sich ganz schnell ein heftiger Schmerz in der Magengegend, ja es trat eine Ermattung und eine starke, an Ohnmacht grenzende Betäubung ein. Sertürner geriet, wie er später notierte, *in einen traumartigen Zustand und empfand in den Extremitäten, besonders den Armen, ein geringes Zucken, das gleichsam die Pulsschläge begleitete.*

Diese Erscheinungen einer wirklichen Vergiftung, besonders der hinfällige Zustand der drei jungen Männer, flößte Sertürner solche Besorgnis ein, daß er halb bewußtlos über eine viertel Bouteille mit starkem Essig zu sich nahm und sofort die drei anderen Versuchspersonen veranlaßte, dies auch zu tun. Darauf folgte ein sehr heftiges Erbrechen; einer der jungen Männer mußte zusätzlich mit kohlensaurem Magnesium behandelt werden. Alle fielen in einen tiefen Schlaf; am Morgen stellte sich das Erbrechen wieder ein, hörte aber nach einer starken Portion Magnesium sogleich auf.

Sertürner konnte in sein Protokoll aufnehmen, daß die Störung der Verdauung und des Appetits, die Betäubung und Schmerzen im Kopf und im Leib sich erst nach einigen Tagen verloren hatten. Er wußte, nach die-

ser höchst unangenehmen eigenen Erfahrung, daß sein Mittel schon in kleinsten Dosierungen wirkte.
Friedrich Wilhelm Sertürner hatte nicht nur ein neues Betäubungsmittel entdeckt, sondern auch das schlafmachende Prinzip des Opiums erkannt und benannte die Substanz „Morphium", nach Morpheus, dem griechischen Gott des Schlafes. Obwohl Sertürner seine Entdeckungen veröffentlichte, hatten diese zunächst keinerlei Auswirkungen – sie wurden von der Wissenschaft vorläufig nicht zur Kenntnis genommen.

Truppen in anderen Uniformen rückten 1807 in Paderborn ein: die Franzosen. Nach der Niederlage gegen Napoleon hatte Preußen alle seine westlichen Besitzungen abtreten müssen. Nicht weit von Paderborn, in der zur Hauptstadt avancierten Stadt Kassel, residierte der Bruder Napoleons, Jérôme, als „König Lustik" von Westfalen, wie ihn das Volk nannte. Jetzt wurde der „Code civil", das bürgerliche Gesetzbuch, eingeführt, die Leibeigenschaft wurde aufgehoben. Nach der Eidesleistung durch Beamte und Geistlichkeit feierten vor allem die Juden den festlichen Tag – der neue Staat gewährte ihnen zum erstenmal volle bürgerliche Gleichberechtigung! Der lang ersehnte Wunsch des Ältestenrates war in Erfüllung gegangen. Um in die Bürgerrolle der Stadt aufgenommen zu werden, mußten die Juden feste Familiennamen annehmen: Aus Leiffmann wurde nun Löwenthal, aus Salomon der Bürger Nusbaum, und die Nachfahren des ehrenwerten jüdischen Handelshauses Meyer durften sich endlich Paderstein nennen.

1815 Nicht einmal zehn Jahre vergingen, bis das ehemalige Hochstift Paderborn 1815 wieder an Preußen kam. Napoleon war besiegt. Die Paderborner Bürger erwarteten den Einzug der Preußen. Die Verfassung hatte zwar die Juden zu gleichberechtigten Staatsbürgern erklärt, ihre tatsächliche Gleichstellung erfolgte jedoch nur schrittweise. Und unter den Preußen sollte sie noch einmal für viele Jahre eingeschränkt werden. Aber das konnte an diesem Tag noch niemand ahnen.
Nathan Heidingsberg und Friedrich Paderstein standen mit ihren Familien und vielen anderen Bürgern an der Straße. Die Witwe hielt ihre zwölfjährige Tochter Fanny an der Hand. Friedrich schaute mit Frau und Kindern erwartungsvoll über den Platz der Domfreiheit. Er war ganz nach Art und Zeitgeschmack gekleidet: einen hohen grauen Zylinderhut auf dem Kopf, die krausen Haare liefen in breiten Koteletten auf den Wangen aus, das Kinn im hochstehenden, gestärkten Kragen des Hemdes. Der längere braune Gehrock, die grauen Beinkleider von unten bis an die Knie geknöpft – eine elegant gekleidete Erscheinung. Die

Damen in seiner Begleitung trugen allesamt hübsche, mit Blumenschmuck gezierte Schutenhüte, hatten große Umschlagtücher übergelegt und wippten mit bodenlangen Röcken, die mit feinen bunten Schleifen bis auf die zierlichen Schuhe reichten. Der eine oder andere Blick streifte neidisch diese offenbar wohlhabenden Leute.
Von ferne zog klingendes Spiel über die Landstraße. Die Regimentsfahnen flatterten im Wind. Als wenn sie Schlacht auf Schlacht gewonnen hätten, marschierten die preußischen Grenadiere ein, trabten Husaren heran, knirschten die Räder der schweren Artillerie über die Steine. Sie hatten mit ihren Verbündeten die Befreiung vom napoleonischen Joch erreicht. Begeisterte Lieder waren in den letzten Monaten überall ertönt, leise zuerst, dann immer lauter, Spottverse auf den Verlierer von Moskau gesungen worden. Heimlich waren junge Männer für die Freiwilligentruppen angeworben, alte Waffen von den Dachböden geholt und geölt worden. Über die deutschen Lande war eine Woge der nationalen Begeisterung gerollt! Dichter schrieben Freiheitslieder, Friedrich Schiller das Drama „Wilhelm Tell" und meinte damit den Aufstand gegen Napoleon. Theodor Körner begeisterte die Freikorps mit dem Lied von „Lützows wilder verwegener Jagd". Frauen hatten Ringe und Medaillons zu Sammelstellen gebracht, Männer trennten sich von goldenen Uhren. Der König rief zum Kampf gegen den Usurpator auf: „Wir erlagen der Übermacht Frankreichs ..." In der Völkerschlacht bei Leipzig hatten die vereinten Russen, Österreicher, Preußen, Schweden und die von Napoleon abgefallenen Württemberger und Sachsen die napoleonischen Truppen, arme, schwächliche Jungen seines letzten Aufgebotes, niedergeworfen. Ein gewaltiger Sieg war errungen worden – für den Preis von Hunderttausenden von Toten. Und die Untertanen erhofften nun für ihren todesmutigen Kampf gegen den französischen Eindringling Zugeständnisse, Freiheiten, eine demokratische Verfassung.
In dieser Stimmung marschierten auch in Paderborn die Sieger über Napoleon ein. Unter friedlichem Kanonendonner und feierlichem Glockengeläut kamen die neuen Landesherren, heute mit Jubel und Zurufen, mit Blumensträußchen für die Soldaten, mit Rosen auf den Gewehren – diesmal wurden die Truppen freundlich als Retter aus der Not begrüßt.
„Unsere Nation ist wiedergeboren", stellte Friedrich Paderstein angesichts der preußischen Staatsmacht befriedigt in der Runde am Straßenrand fest. Ein Bürger zur Rechten mischte sich ein: „Man hat hier nichts dagegen einzuwenden, aber die Erinnerung an die jüdischen Dankgottesdienste für den König Hieronymus Buonaparte von Napoleons Gnaden ist immer noch in der Stadt vorhanden."
„Ich erinnere mich noch sehr gut an den 17. Januar 1808, da wurde im

Hohen Dom vom ehemaligen Fürstbischof Franz Egon von Fürstenberg ein feierliches Tedeum ‚wegen der glücklichen Ankunft des neuen Königs in seinen Staaten' gehalten!" konterte Nathan Heidingsberg schlagfertig.

Der Kritiker ließ nicht locker: „Und den Geburtstag der Königin Catharina haben die Juden von Kassel mit großem Jubel und in festlicher Kleidung in der Synagoge gefeiert! Da muß man doch wohl über Vaterlandsliebe nachdenken!"

Paderstein faßte Mut: „Ihr Leute, preußische Reformen und Leipziger Schlacht waren Schicksalsstunden, die uns ein höheres Maß von Freiheit bescherten. Endlich haben auch wir Juden unser Bürgerrecht bekommen! Und die Fürstbischöfe wie der Preuße haben uns recht gut leben lassen."

Zur Linken meinte augenzwinkernd einer der Ratsherren, der dort schon die ganze Zeit zugehört hatte: „Sie meinen aber sicher nicht den Hubertus von Fürstenberg?"

Zur Linken politisierte ein anderer Ratsherr: „Die Herren Staatsmänner sollten nur nicht so viel in der Historie herumstöbern; das ist nur Ballast für unsere neue Zeit. Die Neue Welt drüben, die könnte uns da Lehrmeisterin sein!"

„Ihr meint Amerika?" fragte Heidingsberg neugierig. Er hatte schon oft über einen Neuanfang jenseits des Ozeans nachgedacht.

„Richtig, denn dort fehlt jegliches sich überschlagendes Nationalgefühl. Nationalismus widerstrebt der Humanität. Ich bin zuerst Mensch, dann erst Deutscher!" antwortete das ehemalige Ratsmitglied.

Paderstein beschwor die Vergangenheit, die den jüdischen Bürgern mit kleinen Schritten immer weitere Freiheiten gebracht hatte: „Und zum Menschsein, da haben uns der Ferdinand und der große Friedrich verholfen. Das vergesse ich nicht!"

Auch der Ratsherr nickte mit viel Verständnis.

„Da habt ihr recht, Paderstein, denn überall holt man die Tradition und die Historie aus dem Grabe, und die Romantiker helfen mit dazu, die Massen in einen törichten und einseitigen Stolz auf ihre nationale Besonderheit verirren zu lassen, bis sie alles Fremde alles feindlich empfinden!"

„Ich stimme euch bei, Ratsherr, und glauben Sie nicht, daß ich gleichgültig wäre gegen die großen Ideen Freiheit, Volk, Vaterland! Im Gegenteil! Ich habe oft einen bitteren Schmerz empfunden bei dem Gedanken an unser deutsches Volk, das so achtbar im Einzelnen und so miserabel im Ganzen ist. Wenn nur jetzt bald ein einiges Deutschland von Nord bis Süd zusammenfände, nicht nur in Kriegsnöten, sondern auch

für immer im Frieden!" Paderstein ließ sich nicht aus seinem Hochgefühl reißen.
Dennoch meinte der Ratsherr weiter belehren zu müssen: „Seien Sie unbesorgt, Paderstein, aber halten Sie sich von politischen Tagesproblemen fern! Sie wollten doch ein Bankhaus gründen. Ich denke, jetzt ist es an der Zeit. Gewerbefreiheit und Freiheit der Religion, alles das wird uns jetzt in unserem neuen Königreich Preußen garantiert!"
Paderstein blickte zum Himmel auf: „Die Zeit der Aufklärung, die Zeit der Befreiungskriege hat auch für das Judentum in Deutschland die Emanzipation gebracht."
„Ja, ja, ich weiß, lieber Paderstein. Die Bundesakte enthält in Artikel 16 eine Anweisung, nach der die Lage der Bekenner des jüdischen Glaubens in den Ländern übereinstimmend zu regeln sei. Und den Bekennern dieses Glaubens werden die eingeräumten Rechte erhalten."
Paderstein glaubte, nun bräche auch für die jüdischen Mitbürger eine neue Zeit an: „Mein lieber Ratsherr, dann kann ich nach diesen Gedanken mit Gewißheit eurer Unterstützung im kommenden Rat sicher sein, wenn ich um das Gewerbe eines neuen Bankhauses nachsuchen werde?"
„Aber gewiß doch, mein lieber Friedrich Paderstein. Wer wie Sie noch dazu einen so preußisch deutschen Vornamen und einen so auf die Stadt bezogenen Familiennamen trägt, der hat doch eine gut nationale Gesinnung!"
„Wunderbar, ich habe von meinen Vorfahren auch einige Reserven Gold und Silber im Tresor, so daß ein gutes Kapital als Grundlage für das neue Geschäft bereitliegt."
Das Gespräch wurde durch die gewaltig aufspielende Militärmusik übertönt. „Preußens Gloria" und wie aus Erz gegossene Wände bunter Soldatenuniformen – von nun an war Paderborn eine preußische Garnisonstadt.

Auch der große Entdecker Friedrich Wilhelm Sertürner erhielt jetzt späte Anerkennung, auch wenn sie sich noch über Jahre hinziehen sollte: Erst nach Rückkehr in seine Heimatstadt Einbeck und einigen Wirren fand Sertürner Zeit, in Gilberts „Annalen der Physik" die Arbeit zu veröffentlichen, die ihm zum Durchbruch verhalf und ihn schließlich bekannt machte: „Über das Morphium, eine neue salzfähige Grundlage, und die Mekonsäure, als Hauptbestandteile des Opiums."
Nun erkannte ein französischer Physiker die Bedeutung der Sertürnerschen Entdeckung und veranlaßte die Übersetzung seiner Veröffentlichung in die französische Sprache. Viele Ehrungen wurden Sertürner in der Folgezeit zuteil, ja man erkannte seine Arbeit in Gilberts Annalen als

Dissertation an. Er wurde Ehrenmitglied in vielen Gesellschaften und Vereinigungen. Das Institut de France ehrte ihn mit einem Preis, der mit 2 000 Francs dotiert war, und schrieb in der Begründung zur Verleihung, daß *Sertürner als erster den alkalischen Charakter des Morphins erkannt und somit den Weg für bedeutende medizinische Entdeckungen gebahnt habe.*

Paderborn

1850-1945

1850 Eine neue Zeit brach an, das Industriezeitalter; die zweite Hälfte des Jahrhunderts sollte eine Zeit des ungestümen Fortschritts der Wirtschaft auf allen Gebieten werden. Die Maschine beherrschte von nun an die Menschheit; aber im Zusammenhang mit ihrem Siegeszug sollten Probleme auftreten, die weder von den Wissenschaftlern noch von den Politikern gelöst werden konnten. Unter der Oberfläche von Frieden und bürgerlichem Wohlstand lag ein gefährlicher Zündstoff in den Klassenunterschieden, im wachsenden Selbstbewußtsein der Proletarier, aber auch im Neid und der Mißgunst zwischen den Völkern, der irgendwann einmal zur Entladung kommen und erneut an den Abgrund von Krieg und Vernichtung führen konnte.
Das Kartenhaus von „Einigkeit und Recht und Freiheit" war zusammengebrochen; die liberalen Verfassungsentwürfe waren erst einmal vom Tisch gefegt. Nun schien der Lavastrom der sozialen und demokratischen Bewegungen erstarrt. Die Entwicklungen hatten ihren vorläufigen Abschluß gefunden. In vielen Staaten Deutschlands war die Pressefreiheit durch Polizeiverordnungen von neuem eingeschränkt, Spitzelwesen und Rechtsverletzungen waren an der Tagesordnung. Viele Deutsche hatten sich wie getretene Hunde aus dem Vaterland schleichen und nach Amerika auswandern müssen.

In Paderborn war jedermann sehr vorsichtig geworden, seit der preußische Landrat und der ebenfalls sehr preußisch gesinnte Regierungspräsident über die Paderstadt „regierten".
Während der früh hereinbrechenden Dämmerung eines stürmischen Herbstes bogen einige vornehm aussehende Herren in schwarzen Gehröcken eilig in die Westernstraße. Die Krempen der dunklen Zylinder auf den Köpfen beschatteten die Gesichter. Man wußte ja nie, ob die grau gekleideten Herren, die so bemerkenswert unauffällig an den Hauswänden des Domplatzes herumstanden, nicht doch Geheimagenten der Obrigkeit waren? Die Gruppe schlich sich geradezu in die Druckerwerkstatt der „Westfälischen Zeitung", die von Franz Löher

herausgegeben wurde. Mit interessierten Blicken sahen sich die jüdischen Geschäftsleute in dem Raum um. Große Kästen mit vielen kleinen Fächern standen auf langen geneigten Werktischen. Darüber hingen Blätter, die von Hand beschrieben waren. In der einen Ecke blinkte ein metallenes Ungetüm, das über einen breiten Lederriemen mit dem Nebenraum verbunden war. Der Raum roch durchdringend nach frischer Druckfarbe. Eine halb geöffnete Tür gab den Blick in das Papierlager frei; hohe Stöße mit noch weißem, unschuldigem Papier lagen dort aufgestapelt.

Der Zeitungsmann empfing die Herren mit großem Erstaunen: „Was führt Sie denn hierher, meine Herren? Bin ja über Ihren Besuch mehr als überrascht!"

Bankier Paderstein übernahm die Rolle des Sprechers. „Wir haben Ihre ersten Ausgaben mit großem Interesse gelesen, Sie scheinen der rechte Mann zu sein, der unseren Absichten, besser gesagt, den Absichten der jüdischen Gemeinde, helfend zur Seite stehen könnte."

„Und wie kann ich Ihnen helfen?"

„Sie kennen Fräulein Fanny Nathan, die seit 18 Jahren ein Institut zur Ausbildung jüdischer Mädchen leitet?"

„Natürlich, meine Herren, habe ja vor einiger Zeit über die ‚Höhere Erziehungs- und Unterrichtsanstalt der Geschwister Nathan' berichtet, die aus dem Institut hervorgegangen ist."

„In nächster Zeit soll der Fanny Nathan das sogenannte ‚Korporationsrecht' verliehen werden, das heißt, für ein geplantes jüdisches Waisenhaus könnten Kredite aufgenommen werden. Die Einrichtung steht dann als juristische Person da."

„Aber meine Herren, ist das so etwas Aufregendes? Sehen Sie, wir setzen gerade den Bericht über die neue Eisenbahn."

Er wies auf seine beiden Gehilfen, die vor den Setzkästen standen und Reihe auf Reihe nach einem vorliegenden Manuskript in den Haken legten. Neugierig traten die jüdischen Kaufleute näher. Das Titelblatt hing schon als Bürstenabzug auf der Leine:

„Erster Dampfzug der KÖLN-MINDENER-EISENBAHN in Paderborn".

Einer der Herren, Kaufmann Steinheim, trat näher. „Wenn das so ist, könnte ich ja bald nach Paris fahren, um dort feine Wäscheartikel einzukaufen. Lassen Sie doch mal sehen."

Löher nahm gewichtig sein Blatt hoch und las laut vor:

„Auf dem Bahnhof von Paderborn herrschte ein buntes Treiben einer festlich gestimmten Bürgerschaft. Aus den Fenstern und an langen Stangen hingen Fahnen in den preußischen und westfälischen Farben. Alle Blicke wanderten immer wieder von den Ehrengästen zu dem mit Gir-

landen geschmückten, fahrbereiten Dampfroß und der Wagenreihe hinüber. Rauchend, ein wenig unheimlich sieht diese Lokomotive aus. Sie ist nach Art der Postkutschen gebaut und führt offene und geschlossene Coupés in frisch lackiertem Gelb. Nicht wenige der älteren Bürger sehen in der Entwicklung den Weltuntergang. Ja sogar Fachleute verbreiten die Meinung, durch den Lokomotivenrauch würden die umliegenden Felder unfruchtbar, die Hühner könnten vor Schreck keine Eier mehr legen, und die Pferde und Rinder müßten tobsüchtig werden! So mancher Zeitgenosse fürchtet sogar, die Menschen würden verrückt, die da mitfahren! Allen Gerüchten aber muß entschieden entgegengetreten werden, auch daß der Luftzug bei der hohen Geschwindigkeit von 30 Stundenkilometern die Fahrgäste ersticken läßt. Der geneigte Leser darf durch das persönliche Fahrerlebnis des Rezensenten versichert sein, daß auch die Reibung der Räder nichts in Brand gesetzt hat."
Bankier Paderstein unterbrach empört den Vortrag des Redakteurs. „Das sind doch alles Erfindungen der Fuhrleute und Kutschenverleiher, die sich vor der Konkurrenz fürchten."
Franz Löher nahm sein Blatt wieder auf. „Da haben Sie völlig recht, ich habe auch nichts Nachteiliges während der Fahrt feststellen können."
„Lassen Sie uns hören, was morgen noch weiter in der Zeitung geschrieben steht! Man hat nicht immer die Chance, seiner Zeit voraus zu sein", zwinkerte ihm Paderstein zu.
„Der Gesangverein intonierte vor der Abfahrt einen feierlichen Chor. Der Regierungspräsident, eigens aus Minden herbeigeeilt, hob die Hand – für die Ehrengäste das Zeichen zum Einsteigen. In Reisekleidung, mit Proviant, Taschen und Schirmen bestiegen die Herren und Damen unter lautem Hallo die eisernen Kutschen zur ersten Fahrt. Von den Tribünen neigten sich die weniger Mutigen herüber, Aktionäre und Honoratioren mit ihren Damen in den neuesten Moden, hermelinverbrämte, weit schwingende Röcke und Kiepenhüte mit kühnen Straußenfedern und Bandgarnituren. Der Bahnsteigbeamte mit blauer Schirmmütze und roter Abfahrtsflagge gab das Signal.
Der Wagenlenker in Frack und Zylinder und mit weißen Handschuhen ließ nach und nach die Kraft des Dampfes in Wirksamkeit treten. Aus dem Schlot fuhren die Dampfwolken in gewaltigen Stößen, die sich mit dem schnaubenden Ausatmen eines riesenhaften Stiers vergleichen lassen.
Die Wagen, dicht aneinandergekettet, fingen an, sich langsam zu bewegen. Bald wurden die Ausatmungen des Schlotes rascher, und die Wagen rollten dahin, so daß sie in wenigen Augenblicken den Augen der vielen Zuschauer im Bahnhof Paderborn entschwunden waren."
Jetzt unterbrach Jakob Grünewald grinsend die Vorlesung: „Was meint Ihr wohl, Ihr Herren, wie denn später einmal die Fahrt durch den ge-

planten Rehbergtunnel östlich von Altenbeken wird? Da wird es doch so schön dunkel, und die Damen ..."

Ehe Grünewald seiner Phantasie freien Lauf lassen konnte, erinnerte Bankier Paderstein daran, daß die Arbeiten an diesem Streckenabschnitt vorerst wegen der erheblichen Finanzprobleme eingestellt seien.

„Die Damen werden wohl beim erstenmal noch recht überrascht sein, aber auf der Rückfahrt eine Stecknadel zwischen die Lippen nehmen, um sich gegen die Annäherungsversuche besonders heißblütiger Jünglinge zu wehren", fabulierte der Redakteur mit einem lustigen Zwinkern.

„Und niemand wird der Schlag treffen, so wie sich unsere Herren Doktoren besorgt äußerten?"

„Niemand, aber auch niemand hat bisher Schaden von den Eisenbahnfahrten davongetragen. Ach wissen Sie, gewarnt haben die Herren Mediziner vor allem vor Tunnelfahrten."

Kaufmann Steinheim wischte alle Besorgnisse mit seiner Meinung vom Tisch. „Wenn man immer so gedacht hätte, dann lebten wir noch in der Steinzeit! Denken Sie einmal zurück, hier werden wir an die Erfindung der Buchdruckerkunst erinnert, welch einen Fortschritt hat es damals gegeben!"

Jakob Grünewald war nicht so ganz einverstanden. „Aber mit der Erfindung der Dampfmaschine, mit den Maschinen überhaupt, werden doch mehr und mehr Menschen brotlos, die Maschine übernimmt deren Handarbeit."

„Ihr seht viel zu schwarz", wehrte sich der junge Zeitungsdrucker und Unternehmer vehement, „im Gegenteil, die Maschinen geben jetzt erst vielen Menschen Arbeit und Lohn. Ohne die Entdeckung der Dampfkraft gäbe es keine Dampfmaschine, keinen Antrieb, keine Eisenbahn!" Er holte einen Augenblick lang Luft. „Die Entfernungen werden zum Beispiel durch dieses Transportmittel immer geringer; Sie, als Kaufmann, können an anderer Stelle einkaufen und die Waren schneller und günstiger in Ihren Geschäftsort bringen lassen!"

„Meine Herren, die Dampflokomotive macht es möglich, daß endlich die Grenzen dieser vielen Kleinstaaten überwunden werden. Passen Sie mal auf, in wenigen Jahren werden wir ein großes Reich haben, in dem die Zollschranken gefallen sind! Dann ist unser Reich eine Wirtschaftseinheit, und die Bahn verbindet alle deutschen Länder!" geriet Bankier Paderstein vollends ins Phantasieren.

„Ja, ja, und unser Paderborn verändert sich auch von Tag zu Tag. Ich komme kaum nach mit den Berichten über den Wandel: ob es die Stadterweiterung ist, ob Stadtmauer und Stadtgraben wegfallen oder das neue Rosentor den Weg nach Süden öffnet!"

„Und des weiteren diese erfreuliche Verleihung, Freunde! Was ich mitgebracht habe, ist interessant genug, die Titelseite zu zieren." Paderstein kam wieder auf den Boden der Tatsachen – und sein eigentliches Anliegen zurück. Er entnahm seiner Brusttasche ein Blatt, faltete es umständlich auseinander und las vor: „Seine königliche Majestät geruhen, in der revidierten Verfassung die Rechtsgleichheit aller Bürger vor dem Gesetz zu bestätigen. Daher werden wir damit rechnen können, daß dem jüdischen Waisenhaus in nächster Zeit die Korporationsrechte verliehen werden."
„Nun", fuhr er nach der entstandenen feierlichen Pause fort, „wir verdanken jedenfalls der Fanny Nathan die Idee für das erste Waisenhaus für jüdische Kinder. Dafür werden wir gern alle Opfer bringen."
Jakob Grünewald, er handelte mit Hüten, Stoffblumen, Tüchern, Federboas, eben allerlei Putzartikeln für Modistinnen, Hutmacherinnen und Schneiderinnen, zur Verschönerung der Damenwelt von Paderborn, kannte die Beweggründe der Gründerin sehr wohl. „Die Fanny hat sich schon seit längerem um die Ausbildung jüdischer Mädchen gekümmert. In vielen Gesprächen mit der Frau von Mallinckrodt hatte sie erfahren, wie Kinder in diesen Zeiten politischer und sozialer Veränderung zu verwahrlosen drohen."
Paderstein mahnte: „Es ist bekannt, daß es Waisen unserer Glaubensgemeinschaft besonders schwer haben. Im weiten Land sind sie nach Seuchen oft allein in den niederen strohgedeckten Hütten, aus Holz und Lehm gebaut, kraftlos, bleich, klein, oft mißgestaltet zurückgeblieben. Unsere Glaubensbrüder sind nicht immer reich – wie oft bösartig behauptet wird. Ganz im Gegenteil! Und da wird die Gründung eines Waisenhauses geradezu zwingend notwendig."
„Leider hat ihr diese hochherzige Tat der Nächstenliebe auch eine Verdächtigung durch den Privatlehrer Stein bei der Königlichen Regierung eingebracht. Dieser Herr, auch bloß ein Privatlehrer, schwärzte sie an, als würde Fräulein Nathan selber die Kinder unterrichten. Das aber besorgen eine Erzieherin und ein geprüfter Schulamtskandidat", erinnerte der Redakteur.
„Was Sie allerdings in sehr besonnener und aufrichtiger Weise für die Leser Ihrer Zeitung richtiggestellt haben", lobte Paderstein nachträglich den pflichtbewußten Redakteur.
„Bin aber auch oft genug von den Leuten angesprochen worden; aber was soll's, es ist meine Pflicht als Zeitungsmann, den Geschehnissen nachzugehen, sie genau zu überprüfen und danach korrekt zu berichten."
„Was ja leider nicht von jeder Postille gesagt werden kann. So selbstverständlich ist das für unsereins nicht!"
Der Kaufmann Steinheim, er führte am Rathausplatz ein stadtbekanntes

Wäsche- und Stoffgeschäft, mischte sich wieder in das Gespräch ein. „Ich kann es nicht verstehen, daß dieser Privatlehrer Klage führte. Fräulein Nathan ist ja schließlich nur die Leiterin des Internates und hat vorzügliche Lehrkräfte, die in der Marcks-Haindorf-Stiftung zu Münster ausgebildet sind."

„Nun, vielleicht sah dieser Privatlehrer seine Felle wegschwimmen", mutmaßte Löher. „Aber wie dem auch sei, ich werde in nächster Zeit Fräulein Nathan einmal besuchen und über ihre Pläne berichten."

Bankier Paderstein erinnerte an die guten Taten, die der Planung des Waisenhauses vorausgegangen waren: „Wir sollten nicht vergessen, was Pauline von Mallinckrodt für eine noch ärmere Gruppe unseres Volkes getan hat. Die Privatanstalt für blinde Kinder und vorher noch die Kinderbewahranstalt, die sie mit dem Frauenverein zur Pflege armer Kranker gegründet hat, sind so überaus notwendige und dazu schon lange überfällige Einrichtungen gewesen!"

„Und eine zähe Frau dazu, diese von Mallinckrodt", berichtete der stets gut informierte Redakteur seinen Zuhörern, „allein siebenmal ist sie mit der Kinderbewahranstalt samt Meublement und Kindern umgezogen, bis sie das Meyersche Gartenhaus am Kasseler Tor erhielt!"

„Alle Kosten für das Haus hat sie zunächst aus eigenen Mitteln, Spenden und Sammlungen bestritten; Sie nannten ja die Kinderbewahranstalt, die noch vorher gegründet wurde!" Als Bankier wußte Paderstein solche finanziellen Leistungen richtig einzuschätzen.

„Ihr habt ja auch einiges dazu beigetragen, Paderstein!"

„Das ist nichts gegen die hochherzige Spende des Pastors Adami, der Frau von Mallinckrodt immerhin 1 500 Taler vermachte", entgegnete Paderstein bescheiden.

„In meiner ‚Westfälischen Zeitung' konnte ich vor einiger Zeit berichten, daß nun auch endlich, endlich ein huldvolles Gnadengeschenk durch unseren König in der außerordentlichen Höhe von 3 000 Talern gewährt wurde."

Und Franz Löher wußte – gut informiert wie immer – noch andere Neuigkeiten: „Haben Sie schon gehört, daß Fräulein von Mallinckrodt in nächster Zeit eine Genossenschaft der Schwestern der Christlichen Liebe gründen wird? Jedenfalls hat sie mir so bei meinem letzten Besuch berichtet."

„Und welche Aufgaben wird diese Genossenschaft haben?" fragte Grünewald.

„Die Damen werden mildtätige und pflegerische Aufgaben übernehmen, vor allem aber soll die Genossenschaft ausschließlich von Frauen geleitet werden. Fräulein von Mallinckrodt besteht darauf, daß die blinden Kinder nur von Lehrerinnen ausgebildet werden."

„Herr Löher, bei Ihrer guten Verbindung zu Fräulein von Mallinckrodt bitte ich Sie, uns einmal die Gelegenheit der Besichtigung des Hauses zu ermöglichen. Ich denke, daß ich im Namen aller spreche, und bitte Sie, meine Herren, diese tatkräftige Frau mit einer großzügigen Spende in ihrem Anliegen zu unterstützen."

Schon wenige Tage später besuchten die Herren der jüdischen Gemeinde die Provinzialblindenanstalt.
Auf dem Weg zur Anstalt aber hatten die Herren in den dunklen Gehröcken nur ein einziges Gesprächsthema – die Londoner Weltausstellung!
„Wie eine einzige gleißende Goldschale soll dieses London aussehen!" schwärmte Grünewald. „Ich habe Post aus der englischen Hauptstadt erhalten. Es wird ein riesiger Markt mit Waren aus den Kolonien, indischen Stickereien, japanischen Seiden, chinesischem Porzellan, modernsten Modellen englischer Tailors von Kostümen, Schuhen, Pelzen und Hüten."
„Nichts wie hin, Grünewald, und dann den Laden hier vergrößern. Die Damen von Paderborn warten auf das Londoner Angebot!" zogen ihn die anderen schmunzelnd auf.
„Ach ja", er träumte schon lange von einer solchen Vergrößerung seines Geschäftes, „ich weiß nicht, hier auf dem Land, keine große Stadt in der Nähe."
Paderstein ermahnte seine Begleiter. „Es gehört zu den Pflichten unserer Gemeinde, sich erst einmal um die vom Schicksal benachteiligten Glaubensbrüder, vor allem die Kinder, zu kümmern. Die Ausstellung hat Zeit; vielleicht können wir ja mit der neuen Dampfeisenbahn an die Küste und mit der Fähre nach England übersetzen!"

In der Anstalt erlebten sie beeindruckt, wie die blinden Kinder von geduldigen Lehrerinnen unterrichtet wurden. In ihrer schwarzen Ordenstracht begrüßte Pauline von Mallinckrodt die Besucher. Ein freundliches Gesicht strahlte die Herren der Abordnung unter einer schwarzen Kopfbedeckung an, eine weiße steife Leinenhaube milderte das strenge Schwarz ein wenig und schloß mit einer säuberlich gebundenen Tüllschleife unter dem Kinn. Aus den Augen mit den auffällig großen Lidern schimmerte barmherzige Güte und fürsorgliche Zuwendung. Einige blinde Mädchen zeigten schon erstaunliche Fertigkeiten im Stricken und Häkeln. In einem Raum stellte ihnen die Anstaltsleiterin die Spinnschule vor, in der Jungen und Mädchen gleichermaßen unterwiesen wurden. Hocherfreut nahm Pauline von Mallinckrodt eine Holzschatulle entgegen, in die alle jüdischen Geschäftsleute einiges an Geld gelegt hatten.

Wenige Tage später im Bankhaus der Badersteins. In den privaten Räu-
men des großen Geschäftshauses hatten sich die Größen der jüdischen
Gemeinde versammelt: Bankiers, Pelzhändler, Großkaufleute und zwei
Ratsherren. Diener reichten Liköre und teure ausländische Import-
zigarren.
„Guten Abend, die werten Damen und Herren", empfing der Bankier
zusammen mit seiner Frau die Gäste, die sich mit Handkuß über die sei-
denbehandschuhte Rechte der Hausherrin beugten. Sie standen vor
Glasvitrinen, schweren dunklen Eichenvertikos, die mit Urnendekora-
tionen gekrönt waren. Offenes Gaslicht brannte mit einer Doppelflam-
me aus mehreren Wandarmen.
Bankier Paderstein bat um Gehör: „Meine Herren, Sie als Vertreter un-
serer jüdischen Gemeinde und als erfolgreiche Männer aus Handel und
Wirtschaft, Sie habe ich heute eingeladen, um mit Ihnen über die Unter-
stützung des Waisenhauses zu sprechen. Sie alle wissen, daß Fanny Na-
than immer wieder die verschiedensten Adressen um Geld angehen
muß, damit diese notwendige Einrichtung erhalten bleibt. Aber die Auf-
gaben lassen sich auch nicht mehr mit nur einer kleinen privaten Ein-
richtung erfüllen. Ein großes Waisenhaus muß her!"
„Sie mögen recht haben", pflichtete ihm Grünewald bei. „Aber wo
nichts ist", und er machte die Geste des Geldzählens mit Daumen und
Zeigefinger, „da hat der Kaiser sein Recht verloren!"
„Daher müssen wir Mitglieder der jüdischen Glaubensgemeinde, ja alle
wohlbetuchten Mitglieder mit gutem Beispiel vorangehen und den übri-
gen Bürgern zeigen, daß wir mit dem Geld nicht knauserig sind."
„Und was legt der preußische Staat dazu, wenn wir ihm diese wichtige
Aufgabe abnehmen?" wollte Steinheim wissen.
„Sorgen nicht die staatlichen Zuschüsse dafür, daß die Familien vor
dem Hungern bewahrt bleiben und die Waisen in den Armenhäusern
vor dem Schlimmsten geschützt sind?"
Eine lebhafte Diskussion kam in Gang. Eine alte Dame war der Mei-
nung, daß den Armen nur durch karitative Einrichtungen, Unterstüt-
zungsvereine und Fürsorge geholfen werden könnte. Ein Herr trat von
seinem Platz am Fenster in die Mitte und erwiderte, das sei allein Sache
der Geschäftsleute, Unternehmer, der Besserverdienenden.
„Sie geraten ins Politische, sehen Sie sich vor!" Paderstein drohte scher-
zend mit dem Finger. „Aber im Ernst, wir sollten nicht nach dem Staat
rufen, sondern selber den Grundstock legen. Und dazu bitte ich Sie alle
heute. Wissen wir denn, ob wir noch morgen leben und unsere Kinder
dann nicht auch Waisen sind?"
Man diskutierte noch eine Zeitlang hin und her; man sprach von der
englischen Charistenbewegung und forderte befriedigende Lösungen

auch von seiten des Staates. Bankier Paderstein hatte mit dem Aufruf bei allen mitten ins Herz getroffen; finanzkräftige Kaufleute erklärten sich bereit, Fanny Nathan großzügig zu unterstützen.

Ein grauer, regnerischer Abend hing über der Domfreiheit, als Kaufmann Grünewald mit seiner Frau Sarah nach der Einladung auf dem Heimweg war. Plötzlich wurden beide aufmerksam: Ein Junge hockte weinend in der Dunkelheit auf dem Bürgersteig. Er hielt sich mit den Fingern die Augen zu und kauerte in einem Winkel, um einzuschlafen. Grünewalds beobachteten, wie er oft in die Höhe schreckte und am ganzen Leib bebte, sich wieder enger an die graue Wand schmiegte, ganz so, als ob es ihm wohltuend sei, in der Finsternis und Einsamkeit wenigstens einen feuchten Boden unter sich und eine kalte Wand hinter sich zu fühlen.
„Das zerreißt einem ja das Herz, Jakob. Nimm den Jungen mit; wir werden ihm erst mal etwas zu essen geben. Dann sehen wir weiter!"
Grünewald nahm den Jungen behutsam auf. „Sag mir, wie heißt du, wir nehmen dich mit nach Hause, da hast du's besser!"
Das Weinen des Jungen wurde von heftigem Schluchzen unterbrochen, dann stammelte er: „Ich, ich, hei-hei-heiße Hu-Hu-Hubertus!"
Hubertus wurde im Haus der Grünewalds gewaschen, bekam warme, saubere Sachen zum Anziehen und eine kleine Kammer. Unten, im Eßzimmer, fiel er hungrig wie ein Wolf über die guten Sachen her, die Frau Grünewald mit Herta, ihrem Dienstmädchen, aufgetragen hatte.
„Wir werden ihn später der Pauline Mallinckrodt in die Kinderbewahranstalt übergeben, damit er nicht nur gut erzogen wird, sondern anschließend eine ordentliche Schulbildung bekommt."
„Aber erst wollen wir ihn hierbehalten und ein wenig wieder aufrichten, der arme Kerl ist ja nur noch ein Knochengerippe. Wenn er mehr auf den Rippen hat und eine gesunde Hautfarbe zeigt, dann können wir ihn immer noch dorthin bringen."
Die Familie Grünewald kümmerte sich mit aller Sorge um den Jungen, der nach und nach in den nächsten Tagen berichtete, daß er ein Waisenkind sei, dessen Eltern an der Cholera gestorben seien.

Ein paar Jahre später. Gleich gegenüber der Blindenanstalt lag der Bauplatz, auf dem einmal das Gebäude des jüdischen Waisenhauses errichtet werden sollte. Der Zeitungsbote hatte gerade ein druckfrisches Exemplar der „Westfälischen Zeitung" in das Kontor der Firma Steinberg & Grünebaum gebracht. Ferdinand Schöningh stellte erste Einzelheiten über den geplanten Neubau vor. In der Ausgabe stand zu lesen, daß die kleine Anstalt im Haus der Fanny Nathan am Domplatz nunmehr aus

allen Nähten platze. Aber nach unermüdlicher Sammeltätigkeit könne bald der Grundstein für das Waisenhaus an der Husener Straße gelegt werden.
„Unter den jüdischen Frauengestalten zählt Fräulein Fanny Nathan zu den bedeutenden Erscheinungen", wurde über sie voll Anerkennung geschrieben. Die gläubige Jüdin verschließe ihre Augen nicht vor sozialer Not; sie erkenne die Wichtigkeit der Mädchenbildung und sorge für eine auch den jüdischen Frauen unbekannte systematische Ausbildung.
Im Hause Steinberg & Grünebaum lag die Zeitung auf der blanken Seite des Schreibtisches im Kontor. Kaufmann Steinberg unterbreitete seinem Kompagnon Grünebaum eine Idee: „Nun haben wir etwas für die Blinden, für die unbeaufsichtigten Kinder, endlich für die armen Waisen, jetzt aber sollten wir an uns selber denken."
„Ich verstehe nicht, was du meinst", entgegnete Grünebaum etwas geistesabwesend.
„Ich denke, daß wir schon lange ein eigenes Gotteshaus benötigen. Die jüdische Gemeinde wächst Woche für Woche, und der Gebetsraum platzt aus allen Nähten!"
„Und wo finden wir diese religiöse ‚Ruhebank', um uns niederzulassen?"
„Die Religion, der Glaube, Grünebaum, wir dürfen nicht bei dem schwindelerregenden Fortschritt mitmachen und übermütig werden. Damit höhnen wir dem schweigenden Gott. Nein, es ist falsch, nur dem Verstand zu vertrauen ..."
„Das ist richtig, bisher standen Könige wie Götter auf den Altären, und heute, ja heute sollen wir vollkommen im Alltagsleben aufgehen. Nein, das kann es nicht sein!"
„Wir als Juden müssen uns die Schöpfungsgeschichte der Erde, das Gefüge alles Geschaffenen, Unzähliges zurückbesinnen, wir müssen zurück an die Quellen der Väter. Und das geht nur in der Abgeschiedenheit des heiligen Raumes einer Synagoge mit Thora und Talmud."
„Du sagst es, eine neue Synagoge muß her. Moritz Meyersberg hat sich bereit erklärt, ein neues Haus bauen zu lassen, damit die jüdische Gottesverehrung ein würdiges Heim habe und wahres Judentum unter den Bekennern gefestigt werden kann."

Seit das Fürstbistum aufgehört hatte zu existieren und die Stadt zum preußischen Provinzstädtchen herabgesunken war, war Paderborn mehr Kleinstadt als je zuvor. Altertümliche Fachwerkhäuser neigten ihre Giebel zum Dom; um den plätschernden Marienbrunnen buckelte das grobe Kopfsteinpflaster. Der Turm der Abdinghofkirche und die schweren Mauern des Domes blickten still auf die steilen Dächer herab.

Die stürmische technisch-industrielle Entwicklung, die vielerorts in Europa bereits große Fabriken entstehen ließ, hatte um das Provinznest weitgehend einen großen Bogen gemacht. Hier bestimmte noch ganz das Kleinhandwerk das Stadtbild. Der Bäcker lehnte im mehligen Weißzeug mit Zipfelhaube unter der offenen Tür seines Ladens, wischte sich die Hände an der Schürze ab und schloß die Tür. Zwei Jungen in engen Gamaschenhosen, mit grauen Hüten auf den Locken und die Schulmappen unterm Arm, drückten sich die Nasen an den Schaufenstern platt, hinter denen Zuckerguß, kandierte Früchte und Kuchen bis morgen früh unerreichbar blieben.
Durch sein Kellerfenster, aus dem das Licht der Glaskugel funkelte, warf der Schuster noch einen Blick zur Straße hinauf. Er sah das würdige Vorüberschreiten karierter oder einfarbiger Hosenbeine, enganliegend und meist mit Steg; er bemerkte von der Welt zumeist das Schlenkern der zipfeligen Rockschöße, das weite, faltenreiche Gebausch der Damenröcke und das Schuhwerk. Jetzt blies er das Licht hinter der Schusterkugel aus, legte den Hammer zur Seite und warf einen Schuh zu den anderen auf den Haufen. Draußen traf er sich mit dem Nachbarn, dem Bäckermeister. Geschweifte Zylinderhüte wurden grüßend vom Markt geschwenkt, die Damen am Arm der Eheherren nickten freundlich mit den federbesetzten Kapotthütchen. Morgen würden sie wieder Brot und Zuckerwerk oder Schuhe und Stiefel holen.
Übers Pflaster holperte eine gelbe Postkutsche, der Postillion in blauer Uniform schmetterte dem dunklen Tor der Posthalterei sein Signal entgegen. Zu dieser Stunde öffnete die Universität ihre Pforten und entließ einen lauten Schwarm schwatzender Studenten.
Mit dem Glockenschlag wollten auch die Schriftsetzer die Werkstatt aufräumen, um endlich den wohlverdienten Feierabend zu genießen, sich vielleicht noch ein Bierchen im Ratskeller gönnen und den beiden Druckern das Feld überlassen, da stürmte zusammen mit dem Druckereibesitzer ein junger Mann aufgeregt in den Drucksaal, wie Schöningh voller Stolz seine Werkstatt etwas hochtrabend nannte. In der Tür prallten sie fast zusammen.
„Der junge Herr Moritz Rosenthal, guten Abend, wo brennt's denn, warum so eilig? Steht das Haus, die Werkstatt in Flammen?"
„Nein, nein, Herr Schöningh, ich muß noch eine Anzeige aufgeben. Gerade habe ich meinen Meisterbrief erhalten, und das sollte doch morgen gleich jedermann wissen. Hier", er nahm ein Blatt aus der Jackentasche und wedelte damit dem Drucker vor der Nase herum. Der griff danach und begann zu lesen:
„Mit dem heutigen Tag beehre ich mich, einem geehrten in- und auswärtigen Publikum zur geneigten Beachtung anzuzeigen, daß ich den

Meisterbrief im Goldschmiedehandwerk ausgehändigt bekommen habe.
Alle Arten von Schmuckgegenständen fertige ich für die verehrten Damen, aber auch für die Herren an. Eine große Auswahl von ausgesucht makellosen Pretiosen und Edelmetallen halte ich für jedermann am Lager bereit. Prompte und schnelle Ausführung aller Aufträge wird mein eifrigstes Bestreben sein und uns in den Stand setzen, das mir gütigst geschenkte Vertrauen in jeder Hinsicht zu rechtfertigen.
Moritz Rosenthal, Goldschmiedemeister zu Paderborn."
„Nun, dafür können wir natürlich nicht alles noch mal neu machen; da müßt Ihr Euch schon einen Tag gedulden. Ich habe gerade eine Nachricht vom Wolffschen Telegrafenamt erhalten. Wir müssen die Meldung über die geistige Erkrankung des regierungsunfähigen Königs Friedrich Wilhelm IV. bringen. Also, auf Gesellen, in die Hände gespuckt, wir umbrechen die Titelseite neu und können dann auch noch die Anzeige des Herrn Goldschmieds aufnehmen."
„Muß dann auch das Gedicht raus, Meister?" wollte einer der Setzer wissen.
„Nein, das lassen wir, aber bringen es an anderer Stelle."
Der schöne Feierabend war dahin, die Gesellen setzten die Meldung und Anzeige, selbst Schöningh half mit, den neuen Umbruch zu machen. Dann aber ließ er seine Drucker allein, und mit zwei Stunden Verspätung ratterte endlich die Maschine los und spuckte in der Nacht Seite auf Seite der „Westfälischen Zeitung" aus mit der Sensationsmeldung: „König Friedrich Wilhelm IV. erkrankt, Bruder Prinz Wilhelm von Preußen übernimmt Regierung."

Das „Alte Brauhaus" war seit Jahren das Stammquartier der Handwerker und Kaufleute. Lärmen und Poltern drang aus den offenen Fenstern und Türen. Das große Nebenzimmer gleich unter den Kastanien war heute für die Zusammenkunft der Kaufleute reserviert. Auch hier tönte ein Schimpfen und Randalieren durch den Raum.
„Nun hört euch das mal an. Da berichtet der Ferdinand Schöningh in Auszügen über ‚den Paderborner'. Und wißt ihr eigentlich, wer das geschrieben hat? Nein? Ich will es euch sagen", Grünewald machte eine Kunstpause, um noch mehr Aufmerksamkeit zu erreichen, „das hat dieses Fräulein aus dem Rüschhaus bei Münster geschrieben! Diese Annette von Droste-Hülshoff!"
Er wedelte mit der Zeitung durch die Luft.
„Nun laß mal hören, Grünewald, mach nicht so'n großes Theater!"
Und dann las der mit pathetischem Ton: *„Nicht groß von Gestalt, hager und sehnig, mit scharfen, schlauen, tief gebräunten und vor der Zeit von Müh-*

sal und Leidenschaft durchfurchten Zügen fehlt dem Paderborner nur das brandschwarze Haar zu einem südlichen Aussehen."
„Das ist starker Tobak!"
„Da hört doch alles auf, wir sollen Südländer sein?"
Ein junger Kaufmann schmunzelte zu den älteren hinüber: „Mühsal stimmt ja, aber Leidenschaft ...?"
Grünewald las weiter: *„Die Männer sind oft hübsch und immer malerisch, ..."*
„Wann hat Annettchen das denn erfahren, wohl mit dem Gerichtsreferendar, dem armen Heinrich damals in Bökendorf!" schrie einer dazwischen.
„... die Frauen haben das Schicksal der Südländerinnen, eine frühe üppige Blüte und ein frühes, zigeunerhaftes Alter."
„Stimmt, Grünewald, wenn ich so die Falten bei meiner Alten zähle!" Der Zwischenrufer hatte sonst bei seiner Ehefrau nicht viel zu bestellen, hier unter den Männern riskierte er natürlich einen großen Mund. *„Nirgends gibt es so rauchige Dörfer, so dachlückige Hüttchen als hier, wo ein ungestümes Temperament einen starken Teil der Bevölkerung übereilten Heiraten zuführt, ein anderes Kapital als vier Arme und ein Dutzend zusammengebettelter und zusammengesuchter Balken, aus denen dann eine Art von Koben zusammengesetzt wird, eben groß genug für die Herdstelle, das Ehebett und allenfalls einen Verschlag, der den stolzen Namen Stube führt, in der Tat aber nur ein ungewöhnlich breiter und hoher Kasten mit einem oder zwei Fensterlöchern ist."*
„Und wie sieht's bei der im Münsterland aus, da schlafen die Bauern doch im Schweinekoben oder über der Miste!"
„Nun sei man still, übertreibe nicht so. Die Droste hat ja nicht so ganz unrecht, wenn wir unsere armseligen Dörfer sehen. Aber das wird jetzt besser. Mit den neuen Errungenschaften gibt es einen großen Aufschwung!" Grünewald nahm doch gern sein Paderborn und alles drum herum in Schutz.
Die Tür flog, auf und Schöningh selber trat ein.
„Haste dir ja was Schönes andrehen lassen mit dem ‚*Paderborner*' von dem Jüngferlein aus Münster!" drangen einige auf ihn ein. „Seitdem der Löher Berater vom König Ludwig in Bayern und von hier fort ist, steigt dir dein Zeitungsmonopol wohl zu Kopfe?"
Schöningh schob das Zeitungsblatt mit einer Handbewegung zur Seite.
„Ich hab' gerade etwas sehr Stilles, ein hübsches Gedicht in der Druckerpresse. Morgen könnt ihr es alle in der ‚Westfälischen Zeitung' lesen. Hier ..." er hatte aus der Rocktasche ein gefaltetes Blatt der ersten gedruckten Seiten gezogen und hob es für alle sichtbar hoch.
„Schneidet es aus, und lest euren Kindern vor, was die Dichterin Luise

Hensel, eine Freundin der Pauline von Mallinckrodt, gedichtet hat. Ich bitte mir Ruhe aus!"
„Oh, ein Gedicht – Verse von der Hensel –, sehr schön …"
Langsam beruhigten sich die Gemüter, und in dem Zimmer wurde es still, nur von vorn drang einige Unruhe in den Raum. Schließlich las er leise und betont vor:

„Müde bin ich, geh zur Ruh',
schließe beide Äuglein zu.
Vater, laß die Augen dein,
über meinem Bette sein.
Hab' ich Unrecht heut getan,
sieh es lieber Gott nicht an.
Deine Gnad' und Jesu Blut
machen allen Schaden gut."

1870

Wieder ratterten die Druckmaschinen und hämmerten der Welt die neuen Nachrichten ins Gesicht: „Mein Herr Bruder, da ich inmitten meiner Truppen nicht sterben konnte, bleibt mir nichts, als meinen Degen in die Hände Eurer Majestät zu legen. Ich bin Eurer Majestät guter Bruder Napoleon." Sedan, 1. September 1870.
Nach der vollkommenen Niederlage des französischen Kaiserreiches fegte der Wechsel des Systems wie ein schnelles Gewitter über Frankreich hinweg. Das deutsche Hauptquartier war nach Versailles umgezogen. Preußische Grenadiere standen in den Treppenhäusern Wache, die Wachtfeuer der Husaren brannten in den Höfen. An der einen Schmalseite der Spiegelgalerie hatten Pioniere ein Podium errichtet und mit Teppichen verkleidet. Abordnungen aller Regimenter mit ihren Fahnen standen vor den goldumrahmten Spiegeln. Durch die hohen und breiten Fenster der Gartenfront fiel das milde Licht des Wintergartens. König Wilhelm von Preußen stand inmitten der Fürsten, Generale, Heerführer und Minister. Auf einen Wink Bismarcks, in weißer Paradeuniform der Gardekürassiere, schmetterten die Hörner. Der Großherzog von Baden brachte das erste Hoch aus – auf „Kaiser Wilhelm": Das deutsche Kaiserreich war wiedererstanden.
Auch in Paderborn läuteten die Glocken, als das Deutsche Reich ausgerufen wurde. Die Stadt prangte im Flaggenschmuck, über die Straßen zogen sich Tannengirlanden, von bunten Bändern umschlungen. Festreden beschworen die deutsche Gemeinschaft, Männergesangvereine stimmten „Heil dir im Siegerkranz" an, Kriegervereine hielten Fahnen in den Wind, alt und jung standen auf dem Domplatz und hörten Re-

den und Gesänge. Unter ihnen ein junger Mann, der nach seiner glücklichen Aufnahme im Haus Grünewald und einer soliden Schulerziehung im Waisenhaus vor einem entscheidenden Abschnitt in seinem Lebensweg stand. Seine Augen leuchteten, gleich vielen anderen hatte er den Hut abgenommen und vor die Brust gedrückt, als er in das Lied einstimmte: „Heil Kaiser dir!" Hubertus hatte im bischöflichen Palais eine Anstellung gefunden und sollte eine Ausbildung als Bediensteter des Bischofs erhalten. Er freute sich, denn nun hatte dieser Abschnitt in seinem Leben ein Ende, in dem er sich so recht nirgendwo hingehörig fühlte.

Das hastig und in Kriegsgewittern zusammengebaute Deutsche Reich wurde schon bald nach seiner Entstehung von heftigen Stürmen geschüttelt: Zwei Millionen Polen, in das Reich eingegliedert, sehnten sich nach Eigenstaatlichkeit. Die Herrschaft des protestantischen Preußen machte den katholischen Polen die Last besonders schwer. Der alte Glaubensriß klaffte wieder stärker im Gefüge des Reiches, im Süden wie im Westen. Die Habsburger-Kaiser des Alten Reiches waren, seit Luthers Reformation den christlichen Glauben im Abendland gespalten hatte, immer treue Anhänger und Verteidiger des katholischen Glaubens gewesen. Nun aber war diese höchste weltliche Würde in den Händen einer protestantischen Dynastie!
Der Vatikan hatte die Unfehlbarkeit des Papstes verkündet. 22 000 französische Soldaten hatten den Heiligen Vater, den päpstlichen Kirchenstaat und seine Hauptstadt Rom vor dem Zugriff des Königs von Italien geschützt. Nachdem in Paris die Republik ausgerufen worden war, marschierten die Franzosen ab in die Heimat; vierzehn Tage später rückten mehrere italienische Divisionen in den Kirchenstaat und in Rom ein. Das junge Königreich Italien hatte der weltlichen Herrschaft des Papstes ein Ende bereitet.
Der „Arbeiterbischof" von Mainz, Wilhelm von Ketteler, die Herren Windthorst, Reichensperger und der Bruder Pauline von Mallinckrodts, Hermann, hatten die „Zentrumspartei" gegründet, um die Rechte und Freiheiten der katholischen Bevölkerung in Preußen gegen protestantische Übergriffe zu wahren. Sie überreichten Kaiser Wilhelm eine Bittschrift und baten darin um die Wiederherstellung des Kirchenstaates und um die Freiheit ihrer Kirche. Die Regierung veröffentlichte gegen diese Forderung einen Zeitungsartikel: „Der neue Kaiser weiß nichts von solchen Pflichten!"
Bismarck betrachtete die Gründung der Zentrumspartei in Deutschland als Kampfansage der Römischen Kirche gegen den Staat. Der neue Minister, Dr. Adalbert Falk, erließ eine Reihe von Staatsgesetzen gegen die

katholische Kirche. Bei den Beratungen gerieten Bismarck und die Wortführer des Zentrums hart aneinander. Mit dem „Kanzelparagraph" wurden bis zu zwei Jahre Gefängnis für den Fall des politischen Mißbrauchs des kirchlichen Predigeramtes angedroht. Das „Schulaufsichtsgesetz" schaffte die geistliche Schulaufsicht in Preußen ab und übertrug dem Staat die uneingeschränkte Oberaufsicht über die Volksschulbildung. Die Jesuiten wurden aus dem Gebiet des ganzen Deutschen Reiches ausgewiesen.
Und schließlich flammte unter völlig veränderten Vorzeichen der alte Investiturstreit wieder auf: Der preußische Staat forderte, daß die Priesterseminare und die gesamte Vorbildung der Geistlichen unter Staatsaufsicht zu stellen sei, daß die Bischöfe die Namen neu anzustellender Geistlicher den Behörden vorher zur Bestätigung vorzulegen haben. Ja, die kirchliche Eheschließung sollte in die zweite Linie hinter die obligatorisch geschlossene Zivilehe zurücktreten.

1874 In der Bonifatius-Druckerei lag an diesem Samstag, dem 8. August, die neueste Ausgabe des „Liboriusboten". Der Druckermeister raufte sich die Haare, die Zeitungsjungen waren noch nicht erschienen, um die Nachricht von der Verhaftung des Bischofs Konrad Martin in jeden Winkel der Stadt und möglichst auch in viele Orte des Bistums zu tragen.
Endlich kamen die Burschen. „Wo bleibt ihr nur?" fuhr der Meister sie an.
„Überall Polizei und Militär, wollten denen ja nicht gleich in die Hände laufen!" war ihre Entschuldigung.
Schnell waren die Bündel in die Leinentaschen verstaut, die Stapel waren merklich kleiner geworden. „Jetzt nichts wie weg, Jungs, und den ‚Boten' überall in die Hausflure legen. Möglichst unauffällig!"
Von Hand zu Hand gingen die Blätter, die mit fetter Schlagzeile die „Verhaftung des hochwürdigsten Herrn Bischofs von Paderborn" verkündeten.

Vier Tage zuvor hatte der Inspektor Kniepp an die Tür des Bischofspalais geklopft und war vom Kammerdiener Hubertus sofort eingelassen worden.
„Die Staatsgewalt", hatte der durch alle Flure und Korridore gerufen, bis der Inspektor im unteren Saal vor den Bischof trat und ihm den Haftbefehl vorlegte. Ruhig und gelassen las Bischof Martin: „... ist zu verhaften und zur Verbüßung einer achtzehnwöchigen Freiheitsstrafe in das vormalige Inquisitoriatsgebäude per Extrapost abzuführen. Die Freiheitsstrafe wird zu sechs Wochen wegen gesetzwidriger Besetzung

der Pfarrstelle zu Alme und zwölf Wochen Haft wegen gesetzwidriger Besetzung der Pfarrstellen zu Olpe und Fürstenberg verhängt." Er ließ das Schreiben sinken und sagte zu dem Inspektor gewandt: „Sie haben also den Auftrag?"
Seine Antwort gab er mit leicht zittriger Stimme: „Ja, doch nur mehr die Überwachung des Ganzen. Das Formelle wird jemand anders vornehmen. Er müßte gleich mit dem Wagen vorfahren."
Es entstand eine ziemliche Pause. Bischof Martin setzte sich auf den Stuhl, den Diener Hubertus ihm zugeschoben hatte, und wartete. Als nach endlos lang erscheinenden zwanzig Minuten der Gerichtsbote Drevel kam und abermals den Haftbefehl überreichte, hörte der Diener den Bischof sagen: „Ich weiche nur der Gewalt, denn das Gesetz ist ungerecht. Wollen Sie also Gewalt gebrauchen?" Hubertus machte einen Schritt vor, um sich vor den Bischof zu stellen. Der winkte ab.
Drevel selbst zeigte sich zaghaft und antwortete nur: „Ja, ich habe nun mal den Auftrag erhalten, muß denselben auch ausführen."
Hubertus hielt seinem Bischof den Mantel hin, Konrad Martin wollte an dem Gerichtsboten vorbeigehen. In diesem Augenblick legte der seine rechte Hand auf die Schulter des hochwürdigen Herrn und folgte ihm mit raschem Schritt. Die Treppen und Korridore des bischöflichen Palais waren gefüllt mit Hunderten von Menschen. Die Frauen schluchzten, viele Männer hatten Tränen und Wut in den Augen. Vor dem Palais nahm das Schauspiel noch ergreifendere, fast tumultartige Formen an. Eine zahllose Menge von Männern, Frauen und Kindern stand entlang der Straße bis hin zum Wagen, der den Bischof wegbringen sollte. Der vorausgehende Gendarm konnte sich nur mit Mühe den Weg bahnen. Jeder wollte dem Oberhirten die Hand drücken. Manche der Gläubigen meinten wohl, sie könnten ihn an den Händen oder Kleidern festhalten, um so das Besteigen des Wagens zu verhindern. Auch Hubertus, der in aller Eile das Nötigste für den Bischof zusammengepackt hatte, kam kaum durch die Menschenmenge.
Der Oberhirte des Bistums hatte gerade im Wagen Platz genommen, den Hofkaplan an der Seite, Exekutionsinspektor und Diener Hubertus gegenüber, da sprang der Gerichtsbote auf den Sitz neben dem Kutscher und gab das Kommando zur Abfahrt. Jetzt erhob sich ein lauter Sturm von „Hoch" und „Vivat" und „Lang lebe der Bischof". Mit Tränen in den Augen spendete er der unübersehbaren Menge zu beiden Seiten den Segen.
Schnell galoppierten die Pferde über die Straßen zum Inquisitoriatsgebäude in der Königstraße. Überall standen Menschen an den Straßen, überall bekundeten sie ihre Teilnahme. Und wieder dieselben enthusiastischen Hochs und – Schmährufe für die Preußen, als der Bischof die

hohe Treppe des Hauses beschritt. Er ging mit festen Schritten, raffte mit der Linken die lange Soutane, mit der Rechten fuhr er über den feinen Eisenstab des Geländers. Oben wurde er von Direktor Sack, Gerichtsrat Pauly und Gefangeneninspektor Biermann in die für ihn bestimmten Gemächer geleitet, von außen drehte sich der Schlüssel im Schloß – er war tatsächlich gefangen.
Nach sechs Wochen wurde die Gefängnisstrafe in einfache Haft umgewandelt: Die Zellentür blieb von außen unverschlossen. Ein Brief des Oberpräsidenten der Provinz Westfalen, Friedrich von Kühlwetter, forderte den Bischof zur Aufgabe seines Amtes auf. Bischof Konrad Martin lehnte ab.
Die Provinz Westfalen war nur eine von vielen anderen, die unter der strengen Aufsicht der Regierungspräsidenten in Münster, Arnsberg oder Minden standen. In den Inquisitoriatsgebäuden wurden die Strafen abgesessen, die über widerspenstige Staatsbürger des Königreiches Preußen verhängt worden waren.

Der Druckermeister trieb seine Setzer an. „Heute abend muß die Anklageschrift gegen den Bischof raus, los, mal ein bißchen schneller, die Herren!"
Er selber griff zum Satzhaken und nahm Buchstaben für Buchstaben aus den Setzkästen, bis die Überschrift stand: „Zum Absetzungsprozeß des Bischofs Konrad". Zeile um Zeile entstand, bis die erste, die zweite Seite, ja sogar eine dritte Seite im Rahmen lag. Die Druckpresse jagte Blatt auf Blatt in den Sammler, und noch in der Nacht trugen die Zeitungsjungen die Botschaft über den Prozeß von Haus zu Haus.
Der Oberstaatsanwalt behauptete doch tatsächlich, der Bischof gefährde durch sein Verbleiben auf dem Bischofsstuhl die öffentliche Ordnung! Daher beantrage er endlich seine Absetzung. Der Angeklagte habe entgegen seinem abgelegten Staatseid gegen die erlassenen kirchenpolitischen Gesetze einen unbeugsamen Widerstand angekündigt, in seinem ganzen Amtssprengel verbreitet und auf seine Diözesanen übertragen!
„Donnerwetter", Kammerdiener Hubertus saß in seinem Kämmerchen oben im Inquisitoriatsgebäude und hob das „Westfälische Kirchenblatt" wieder hoch, das ihm der Gerichtsdiener unauffällig zugeschoben hatte, „da hat doch der hochwürdige Herr die traurige Lage der Kirche mit dem bitteren Leiden unseres Herrn Jesu Christi verglichen. Mutig, mutig, aber das wußte ich ja immer", murmelte er beim Lesen des Blattes.
Das Blatt führte die Punkte der Anklage auf: den Fastenhirtenbrief, die Ergebenheitsadressen der Priester und Laien der Diözese, die 100 000

Unterschriften, die Antwort auf diese Kundgebungen, die Beteiligung an dem Sendschreiben der in Fulda versammelten Oberhirten vor den Maigesetzen und die Geldstrafen wegen der Gesetzwidrigkeiten in bezug auf die Pfarrstellenbesetzungen.

„Alle Achtung, was da so gegen meinen hochwürdigen Herrn zusammengekommen ist, beachtlich, beachtlich", knurrte der Diener beim Lesen. Da stand doch jetzt tatsächlich, daß der Bischof seit dem Inkrafttreten der Maigesetze den Wahn einer Religionsverfolgung nähre und zum Widerstand gegen die Staatsgewalt anrege!

„... Vorschriften der Staatsgesetze ... getroffenen Anordnungen so schwer verletzt zu haben, daß sein Verbleiben im Amt mit der öffentlichen Ordnung unverträglich erscheint."

Das war wirklich schwerstes Geschütz, was der Staatsanwalt da auffuhr.

Am 5. Januar 1875 wurde Hubertus durch lautes Hämmern und Klopfen an eine der Türen auf dem Flur aufgeschreckt. Was war denn nun schon wieder los? Bischof Konrad hatte sich seit Tagen geweigert, an dem Prozeß teilzunehmen, er lehnte sogar die Annahme des Gerichtsurteils ab. Hubertus steckte den Kopf aus seinem Zimmer und entdeckte, wie zwei Gerichtsboten, der Inspektor des Gefängnisses und zwei weitere Herren vor der Tür seines Bischofs standen und einige Zettel an das Holz hefteten. Kaum waren sie über die Treppe verschwunden, schlich sich Hubertus rüber zum Zimmer seines Bischofs: „Im Namen des Königs! ... hat der Königliche Gerichtshof für Recht erkannt, daß der Angeklagte, Bischof Dr. Konrad Martin, schuldig, ..."

Tränen schossen ihm in die Augen, ließen die Buchstaben undeutlich werden. Der Diener mußte sich am Türrahmen abstützen, ehe er weiterlesen konnte.

„... und daß derselbe deshalb aus seinem Amte als Bischof von Paderborn zu entlassen ist, ihm auch die Kosten des Verfahrens aufzuerlegen sind."

Kaum hatte sich der Kammerdiener wieder in sein Zimmer zurückgezogen, klopfte es an seine Tür. „Aufmachen, aufmachen!" donnerte von draußen eine Stimme. Hubertus zog vorsichtig die Klinke herunter und sah im Türspalt die großen Messingknöpfe an der blauen Uniform des Gefängnisinspektors.

„Hier der Entlassungsschein und ein Brief des Königlichen Regierungspräsidiums Minden für den Herrn Bischof. Können ihn rübertragen, der hochwürdige Herr nimmt ja von uns nichts entgegen!" sagte der höhnisch grinsend. Ein Blatt und ein versiegelter Brief wurden Hubertus unter die Nase gehalten, das offene Blatt mit geschnörkelten Schrift-

zügen und einem dicken Stempel. Bevor er es rüberbrachte, warf er einen Blick darauf. Tatsächlich, der „Entlassungsschein": *„Der unten signalisierte Bischof Dr. Konrad Martin aus Paderborn ist wegen gesetzwidriger … usw., usw., … der bisherigen Haft entlassen und wird angewiesen, diesen Schein sowohl der hiesigen Polizeibehörde, usw., … bei Vermeidung einer angemessenen Gefängnisstrafe vorzuzeigen. Königliches Kreisgericht usw."*
Und dann stand in diesem amtlichen Dokument noch eine Beschreibung des Bischofs, fein säuberlich aufgelistet: 62 Jahre, 5 Fuß 6 Zoll, 0 Strich (Rheinl.) die Größe, graue Haupthaare.
„Das soll einem auch hier wohl grau werden!" dachte Hubertus ängstlich. Sein Bischof soll eine hohe Stirn, hellblonde Augenbrauen, graublaue Augen und eine spitze Nase haben. „Das ist doch der Gipfel – eine spitze Nase! Dieser Inspektor, na warte Bürschchen, irgendwann …"

Inzwischen konferierte Regierungspräsident von Eichhorn mit dem Staatsanwalt, einem Regierungsrat und dem Landrat von Brackel. Aufruhr mußte auf jeden Fall verhindert werden, wenn der Bischof das Gefängnis verließ. Deshalb schlug von Eichhorn vor, die Justizbehörde möge unmittelbar an die Entlassung die Festungshaft vollstrecken. Aber der Oberstaatsanwalt lehnte eine Mitwirkung dabei ab.
„Landrat von Brackel", der Regierungspräsident sprach mit schneidender Stimme, „Sie begeben sich zum Bischof und eröffnen ihm, daß seine Internierung in der Festung Wesel beschlossen ist."
„Mit allem gebotenen Respekt, Herr Regierungspräsident, aber das kann ich nicht, ich möchte nicht als Denunziant erscheinen!"
Von Eichhorn nahm eine Verfügung vom Tisch und reichte sie dem Landrat. Er ignorierte die ablehnende Haltung von Brackels völlig. „Bringen Sie doch, bitte", das „bitte" kam überaus süffisant von seinen Lippen, „diese Anordnung wegen der Internierung dem hochwürdigen Herrn Bischof!"
Er strich mit beiden Händen an dem Revers seines Gehrockes rauf und runter, wippte ein wenig auf dem Stuhl und sprach weiter: „Es empfiehlt sich wohl, wenn Sie, lieber Landrat, den Bischof zum Bahnhof begleiten und bei der Abfahrt zugegen sind."
Von Brackel sprang auf und lehnte dieses Ansinnen mit einer Entschiedenheit ab, die den Regierungspräsidenten noch dienstlicher werden ließ. „Ich muß Sie doch auf die Pflichten ihres Amtes hinweisen, Landrat, Sie gefährden Ihre amtliche Stellung auf das äußerste!"
Brackel drehte sich abrupt zum Fenster um, kehrte dem Präsidenten den Rücken und murmelte etwas von: „Ich bin darauf gefaßt, was man über mich beschließt."

„Herr Landrat Brackel", nun ließ der Regierungspräsident das letzte Quentchen von Wohlwollen und Verständnis fallen und schnarrte, wie es kein preußischer Gardeoffizier besser hätte tun können, ja, er ließ sogar das Adelsprädikat „von" entfallen: „Herr Landrat Brackel, ein Beamter, der seine Pflicht tut und den schuldigen Gehorsam leistet, tut zumeist recht und kann in seinem Gewissen ruhig bleiben." Jetzt fehlte nur noch das friderizianische „Punktum"!
Regierungspräsident und Landrat machten sich gemeinsam auf in Richtung Kreisgefängnis. Unterwegs verabschiedete sich von Eichhorn und ließ von Brackel allein den Bischof aufsuchen, vergaß aber nicht, ihn anzuweisen, ihm sofort nach der Unterredung mit dem Bischof das Ergebnis mitzuteilen.

Im Inquisitoriatsgebäude hatte währenddessen Hubertus an die Tür des Gefängniszimmers seines Bischofs geklopft und war eingetreten.
„Was bringen Sie mir denn da?"
„Den Entlassungsschein, hochwürdigster Herr Bischof."
„Aber das wird doch nicht alles sein, nur die Entlassung?"
„Ich weiß nicht, hier ist noch ein Brief."
„Na also, wollen mal sehen ..."
Konrad Martin riß das Siegel ab und öffnete den Brief. Während er las, verfärbte sich sein Gesicht.
„Hochwürdigster Herr, was ist? Gibt es schlechte Nachrichten?"
„Und ob, Hubertus", Bischof Martin ließ sich schwer atmend in einen Sessel sinken, „jetzt müssen wir auf die Festung Wesel! Aber was heißt *wir*? Ich kann von Ihnen nicht verlangen, mich diesmal zu begleiten. Sie bleiben in Paderborn!"
Es klopfte an die Gefängnistür. Landrat von Brackel händigte Konrad Martin die Internierungsverfügung des Regierungspräsidenten aus. Dann eilte er zurück und meldete die Übergabe Herrn von Eichhorn. In dessen Zimmer hatte sich auch der Bürgermeister von Paderborn, Franckenberg, eingefunden.
„Also, Herr Brackel, Sie sind bei der Abreise des Bischofs auf dem Bahnhof anwesend?" Der Regierungspräsident, mit preußischer Allgewalt ausgestattet, hatte sich entschlossen, dessen Adelstitel weiter zu unterschlagen.
„Wie Herr Regierungspräsident es wünschen!"
Brackel sprach mit ruhiger Stimme, wischte sich aber fortwährend Tränen aus den Augen. Im Hintergrund starrte Bürgermeister Franckenberg dumpf vor sich hin, konnte diese Entwicklung der Ereignisse nicht begreifen. Der Bischof nach Entlassung ausgewiesen in eine preußische Festung!

„Meine Herren", Eichhorns Stimme knarrte durch den Raum, „ich bleibe bis zur Abreise des Bischofs in Paderborn."
Ein Kanzleischreiber meldete die Ankunft des Garnisonältesten.
„Soll eintreten!" Eichhorn straffte sich, kehrte den Offizier der Reserve heraus.
Zackig salutierte der Offizier der Paderborner Garnison.
„Werde bis zur Abreise die Leitung für zu treffende Vorsichtsmaßregeln in der Hand behalten. Muß auf jeden Fall jegliche Ruhestörung unterbinden. Garnison vorsichtshalber in Alarmbereitschaft setzen!"

Am folgenden Morgen holte der Polizeisekretär den Bischof aus der Zelle ab. Er verscheuchte mit einigen herrischen Handbewegungen die Frauen, die auf der hohen Treppe vor dem Gefängnis standen und die Stufen in aller Eile mit Grün bestreuten.
„Ist sowieso verboten, die Häuser zu schmücken. Werde noch Anzeige machen!" Auch der Sekretär hatte sich diesen schnarrenden Befehlston angewöhnt, schlechte Beispiele ...
Kaum trat Bischof Konrad Martin mit seinem Diener auf die Straße, da begrüßten ihn die dichtgedrängten Menschen mit „Hoch" und „Vivat" und „Lang lebe unser Bischof!"
Am Bahnhof hatten Soldaten dicke Seile gespannt, um den Menschen den Zutritt zu verwehren. Lange hielten die Absperrungen nicht. Kaum war der Zug eingefahren, da durchbrachen sie die Reihen der Soldaten, von denen viele auch nur halbherzig bei diesem Schauspiel mitspielten. Sie bahnten dem Bischof noch den Weg zum Zugabteil; in der Tür drehte er sich zur wartenden Menge. Schweigend knieten sich alle nieder, und der Bischof spendete ihnen seinen letzten Segen: „In nomine domini et pater et filius et spiritus sanctus!"

In Wesel stand eine Polizeieskorte bereit, die Bischof Martin zur Festung brachte. Wie ein finsterer Schatten lag schon bald der wuchtige Ziegelsteinklotz vor ihm, der seine Fangarme zu beiden Seiten ausstreckte, um bedauernswerte Gefangene nicht wieder loszulassen. Die Formalitäten waren rasch erledigt, und die Schritte der Begleitmannschaft hallten durch die Gänge, die zu den zellenähnlichen Zimmern führten, die Konrad Martin und seinen Diener Hubertus aufnehmen sollten. Sie gingen durch niedrige Gänge, das Gemäuer war klamm, roch muffig, Zellentüren standen offen, Stroh lag auf dem Steinboden, blanke Ziegelmauern verrieten den Zweck dieser unwirtlichen Gemächer. Und doch waren diese lichtarmen, schwer vergitterten Zellen nur Vorräume zum Fegefeuer. Der eigentliche Kerkerbereich lag in den Kasematten, tief im Innern der Festung. Weitab von der Außenwelt verkümmerten zumeist

lebenslänglich inhaftierte Staatsfeinde, mit Eisenbändern um die Füße in dunklen Gewölben, in die kein Tageslicht, kein Sonnenstrahl fiel, Jahr und Tag, bis sie von der Welt vergessen waren.
Für den Bischof aus Paderborn wurden die Zellentüren nicht verschlossen. Er konnte sich ungehindert in der Festung und auch außerhalb in der Stadt Wesel, die ihm als „Aufenthaltsort“ zugewiesen worden war, bewegen.
Bald schon schrieb Bischof Konrad in der engen Zelle einen Brief an den Regierungspräsidenten von Eichhorn: *„Euer Hochwohlgeboren haben seiner Zeit meine Internierung daher in Wesel verfügt, und obgleich diese Maßregel selbst vom Standpunkte der Maigesetzgebung aus nichts weniger als gerechtfertigt war, habe ich dieselbe doch schweigend und duldend über mich ergehen lassen. Gegenwärtig bin ich gezwungen, die Stadt Wesel zu verlassen. Es zwingt mich dazu vor allem die Pflicht der Selbsterhaltung. Schon am 16. v. M. hatte ich Ew. Hochwohlgeboren angezeigt, daß ich seit längerer Zeit leidend, und daß mir zur Wiederherstellung meiner Gesundheit der Gebrauch von Seebädern oder ein längerer Aufenthalt im Thüringer Walde ärztlich verordnet sei ...“*
Bischof Martin schloß den Brief und bat seinen Diener, die Nachricht am 4. August auf die Post zu bringen. „Wir werden heute Nacht einen kleinen Spaziergang machen, mein lieber Hubertus.“
Der Diener sah den Bischof fragend an.
„Ja, Sie wissen schon, die frische Luft tut mir gut. Der Spaziergang führt uns an den Rhein, das ist schon beinahe die Seeluft, die ich dringend benötige.“

Dunkle Nacht umfing die beiden, als sie sich ohne Abmeldung von der Festung entfernten. Mit raschen Schritten eilte der Bischof auf die Rheinbrücke zu. Hubertus hatte fast Mühe, das Tempo mitzuhalten, so zügig schritt der Bischof aus. Kaum hatten sie die Brücke über den Strom erreicht, zog Bischof Martin den Brief aus dem Mantel. „Hier ist also der Brief, bringen Sie ihn vormittags auf die Post. Hier ist Geld, damit reisen Sie morgen unauffällig nach Venlo. Dort treffen wir wieder zusammen.“
„Und jetzt trennen wir uns?“
„Still, leise, drüben wartet eine Kutsche, wir werden nicht länger in dieser dunklen, kalten Festung bleiben.“
Er drückte seinem Diener die Hand und entfernte sich schnell über die Brücke zum anderen Ufer in Richtung Holland. Bald hatte die Dunkelheit seine Gestalt verschluckt.
Ohne weitere Erklärungen hatte Hubertus verstanden. Noch in der Nacht packte er, der seinem Herrn freiwillig in die Verbannung gefolgt war, die notwendigsten Dinge des Bischofs und auch seine Utensilien in

einer größeren Reisetasche zusammen, stand einige Stunden später in aller Frühe auf, eilte ungehindert zur Poststation, gab den Brief auf, dann zum Bahnhof und saß kurze Zeit später in der Eisenbahn.
Die weitere Flucht war bestens organisiert; Bischof Martin erreichte mit der Kutsche, begleitet von einem ihm bekannten Grafen, gegen 9 Uhr Venlo und traf dort wieder mit seinem Diener zusammen. Gemeinsam setzten sie nun auf holländischem Gebiet die Flucht nach Gülpen fort, während überall in Deutschland Steckbriefe angeschlagen wurden, um den flüchtigen Bischof zu suchen. Die Regierung in Holland wollte allerdings keine Konflikte mit dem großen Nachbarn Deutschland – schon gar nicht wegen eines geflohenen katholischen Bischofs. Knapp acht Monate später erreichte Konrad Martin aus dem Büro des Staatsprokurators bei dem Bezirksgericht zu Maastricht ein Dokument: *„Nach Einsicht einer Verfügung Sr. Excellenz des Ministers der Justiz … eröffnet der Staatsprocurator … dem Herrn Martin, Bischof von Paderborn, dermalen in Gülpen, daß er binnen v i e r z e h n Tagen nach Empfang dieser Eröffnung die Niederlande zu verlassen hat."*
Hubert, wie ihn der Bischof seit einiger Zeit nannte, konnte es nicht fassen. „Ausweisung? Wieder nichts mit der Aufenthaltsgenehmigung? Und das Ihnen, hochwürdigster Herr, in diesem christlichen Land?"
„Ja, mein treuer Hubert, da müssen wir wieder die Koffer packen. Bleibt uns wohl nichts anderes übrig. Aber ich spüre die Hilfe Gottes, denn wir finden vorerst Aufnahme im Franziskanerkloster St. Trond. Pauline von Mallinckrodt besucht uns dort, und wir werden den weiteren Aufenthalt und einen sicheren Ort miteinander besprechen."
Trotz dieser niederschmetternden Nachricht zeigte die Miene Bischof Martins ein nachsichtiges, leichtes Lächeln. Von der hohen Stirne fielen die inzwischen weiß gewordenen Haare zur Seite, die Wangenknochen traten stark hervor, aber von dem stark eingekerbten Kinn glaubte Hubertus dennoch unbeugsamen Willen ablesen zu können.

Die Flucht ging weiter nach St. Trond, wo der Bischof und Hubertus herzlich willkommen geheißen wurden. Pauline von Mallinckrodt hatte bereits vorgesorgt. „Hochwürdigster Herr Bischof, Sie werden bereits im Kloster Mont St. Guibert erwartet. Das ist das neu erworbene belgische Mutterhaus der Schwestern der Christlichen Liebe. Hier können Sie unbegrenzt Aufenthalt nehmen."
„Bis die belgischen Behörden davon erfahren und mich auch ausweisen."
„Ich habe Sie im Mutterhaus als Rektor angemeldet."
„Vielleicht wäre ein anderer Name noch hilfreicher als ein anderer Titel?"
„Ein guter Einfall, und in solchen Zeiten der Verfolgung ist die Na-

mensänderung auch ein rechtmäßiges Mittel. Aber welchen Namen wählen Sie, hochwürdigster Herr Bischof?"
„Mein früherer Religionslehrer in Heiligenstadt, der auch mein Firmpate war, trug den Namen Josef Haendly. Ich werde künftig als Rektor Haendly auftreten. Bitte, kündigen Sie mich mit diesem Namen an!"
So wirkte der Bischof im Kloster als Geistlicher Rektor und Religionslehrer der Pensionatsschülerinnen. Nur die Vorsteherin des Klosters, sein Diener Hubert und Pauline von Mallinckrodt kannten seine wahre Identität. Unauffällig hielt er über seinen Geheimsekretär Dr. Stamm den Kontakt zu seiner Diözese. Bischof Martin verfaßte hier noch eine Schrift zum Kulturkampf und berichtete in einem anderen Beitrag über die Zeit seiner Gefangenschaft und seines Exils.
Die Briefe aus Paderborn schilderten ihm, wie schlecht es um sein Bistum und die Bischofsstadt stand: Weil das sogenannte „Brotkorbgesetz" die staatlichen Leistungen für die Geistlichen und Kirchen aufhob, sorgten jetzt die Gläubigen für den Unterhalt der Priester und Ordensleute. Eine Eingabe des Domkapitels an den „allergnädigsten Kaiser, König und Herr" blieb ohne Auswirkungen. Dann erfuhr der Bischof von der Ausweisung der Franziskaner, die sogar mit gezogenen Degen der Polizisten aus der Kirche getrieben wurden. Die Bürger hatten die Türen der Kirche ausgehoben und in einen nahen Brunnenkump geworfen, um die Schließung der Kirche wenigstens zu verhindern. Alles umsonst, die Polizei bewachte das Kloster und verschloß die Türen. Steine flogen, Scheiben gingen zu Bruch, die Polizei ging mit der „flachen Klinge" gegen die Versammelten vor und verhaftete einige, die dann drei Monate im Gefängnis verbringen mußten.
Sämtliche bischöflichen Anstalten wurden geschlossen. Die Auseinandersetzung zwischen Kirche und Staat erreichte den Höhepunkt: Religionsunterricht durften nur noch Geistliche mit ausdrücklicher Genehmigung der Regierung erteilen. Das kirchliche Vermögen wurde durch den Staat beaufsichtigt. Bischof Konrad Martin versuchte, so gut es ging, dem Domkapitel und den Kirchenvorständen im Bistum von Belgien aus gute Ratschläge zu erteilen.

Im Sommer 1876 stand die Feier des Papstkrönungstages bevor. In der zum Zerreißen gespannten Atmosphäre waren Unruhen, ja Demonstrationen oder gar Aufruhr zu befürchten. Vorsorglich untersagte Regierungspräsident von Eichhorn deshalb die festliche Gestaltung des Tages, weil *„unzweifelhaft diese Feier den Charakter einer Demonstration gegen die Maßnahmen der Staatsregierung auf dem kirchenpolitischen Gebiete an sich trägt und als ein neues Agitationsmittel der ultramontanen Partei angesehen werden muß, um die Masse des Volkes aufzuregen."*

Einige Paderborner Bürger aber ließen sich auch davon nicht abschrecken. Der 16. Juni nahte, und obwohl ein „Comité" aufgerufen hatte, von allen Versammlungen, Zügen, Illuminationen zu lassen, waren die Spaziergänger nicht wenig erstaunt, als sie über den Markt gingen. Lichter flackerten in einem Fenster, umspielten mit warmem Kerzenschein ein Muttergottesbild. Dieser Kaufmann Rieländer hatte doch tatsächlich gewagt, im Fenster seiner Wohnung eine festliche Illumination auszurichten! Schon bald klopften die Gendarmen an seiner Haustür und forderten ihn mit barschem Ton auf, die Lichter zu löschen. „Es geht eine Störung der öffentlichen Ordnung davon aus. Und übrigens kann die Wohnung Feuer fangen, dann brennt wieder mal die ganze Stadt."
Kopfschüttelnd fügte sich der Inhaber einer Handlung für kirchliche Gewänder und priesterliche Kleidung. „Das Muttergottesbild nehmen Sie auch aus dem Fenster." Als Rieländer sich weigerte, nahmen ihn die Polizisten kurzerhand fest und führten ihn auf die Polizeiwache. Ein Protokoll wurde angelegt. Er hörte, wie nebenan im Raum der Polizeisekretär etwas vorlas: *„… wird mit dem Berichte gehorsamst vorgelegt, daß der Kölling am 16. des Monats abends gegen 9 Uhr eine Menge Lichter, mindestens zehn Stück, in seiner Wirtschaft dicht vor einem Fenster aufgestellt und dadurch dasselbe vollständig illuminiert hat. Er hat der ihm vorgetragenen Aufforderung, diese Beleuchtung binnen fünf Minuten zu beseitigen, keine Folge geleistet, vielmehr diese mindestens noch drei Minuten weiter nach Ablauf der Frist bestehen lassen …"* Dann hörte er Papier rascheln und den Befehl „unterschreiben!" Kurz darauf kam der Wirt des Gasthauses Kölling aus dem Nebenzimmer. Er grinste übers ganze Gesicht. Der Polizeisekretär Rust lief hinter ihm her. „Sie haben in renitenter Weise der Verordnung zuwidergehandelt. Wird 'ne saftige Geldstrafe geben." Dann erblickte er den Kaufmann. „Aha, noch so ein Fall. Na, dann werden wir mal das Protokoll aufsetzen."

Paderborn kam einfach nicht zur Ruhe. Etliche Häuser wurden in einer Durchsuchungsaktion durchwühlt, um Hinweise auf die von Konrad Martin ernannten Geheimdelegaten zu bekommen. Dann erreichte am Neujahrstag 1877 die Schwestern der Christlichen Liebe das Aufhebungsdekret zur unmittelbaren Ausführung. Auch die französischen Nonnen mußten Paderborn verlassen.
In Rom bestieg ein neuer Papst den Thron, Leo XIII. Mit einem höflichen und versöhnlichen Schreiben zeigte er der preußischen Regierung seine Wahl zum Papst an. Damit begann ein Waffenstillstand zwischen Kirche und Staat. Durch Vermittlung des neuen preußischen Kultusministers verebbte der Kulturkampf, neue Verordnungen wurden nicht herausgegeben.

Die Zeitungsjungen des „Westfälischen Volksblattes" liefen durch die Straßen von Paderborn. „Extrablatt, Extrablatt!" riefen sie und verkauften ihre noch druckfeuchten Blätter wie warme Semmeln. Ein paar Tage zuvor war die Nachricht vom Tod des Bischofs Konrad Martin wie ein Lauffeuer durch die Stadt getragen worden. Und nun? Staunend lasen die Bürger: *„Es gereicht uns zur großen Freude, mittheilen zu können, daß soeben beim Herrn Landrath Jentzsch vom Cultusminister von Puttkamer eine Depesche eingetroffen ist, nach welcher gegen die feierliche Beisetzung der Leiche unseres hochwürdigsten Herrn Bischofs nichts zu erinnern ist. Wir vernehmen gleichzeitig, daß die Beerdigung Freitag den 25. d. M., am Feste des hl. Jakobus, Morgens gegen 9 Uhr im hohen Dome erfolgen wird. Donnerstag 4 Uhr Nachmittags findet das Todten-Offiicium statt."*
In einer mutigen Entscheidung hatte die Ordensoberin Pauline von Mallinckrodt die Überführung des toten Bischofs beschlossen und die notwendigen amtlichen Dokumente besorgt. Dabei hatte sie jedoch das Inkognito des Verstorbenen nicht aufgehoben.
Mit der Eisenbahn brachte die Oberin gemeinsam mit einer weiteren Schwester den Sarg mit dem Leichnam nach Paderborn. In der Kirchhofskapelle wurde der Sarg vorläufig beigesetzt, ohne daß der Polizei davon Mitteilung gemacht wurde. Nachdem der Tod des vormaligen Bischofs Martin bekannt geworden war, stellten sich die preußischen Behörden dem feierlichen Begräbnis des Bischofs nicht entgegen.

Ein wolkenloser Julitag lag über der Bischofsstadt, als schon gegen acht Uhr die Straßen von dichten Menschenmassen gefüllt waren. In mehreren Reihen standen die Bürger, Kinder, Frauen und Männer, entlang den Straßen, die der Leichenzug zu passieren hatte.
An der Straße hatten sich auch die inzwischen würdig ergrauten jüdischen Mitbürger Paderstein, Grünewald und Steinheim eingefunden, um dem Ereignis – allerdings mit gemischten Gefühlen – beizuwohnen.
„Habt ihr gelesen, was Dr. Konrad Martin doch tatsächlich geschrieben hat?" Steinheims Stimme klang mehr als empört.
„Ich kann das einfach nicht begreifen", antwortete Grünebaum resigniert, „nach seiner Meinung sind an erster Stelle wir Juden für die Auseinandersetzung zwischen Staat und Kirche schuld. Wir sollen die unerbittlichsten Feinde der katholischen Kirche und ihrer Gläubigen sein."
„Und die Protestanten natürlich! Nun ja, die Preußen sind schließlich Protestanten. Aber wir Juden, was haben wir damit zu tun?"
„Psst, der Leichenzug naht", mahnte Paderstein seine Glaubensbrüder.
Hundertzehn als Engel gekleidete Schulmädchen schritten langsam heran. Sie trugen schwarze Schärpen über den weißen Kleidern, dazu Krän-

ze auf dem Kopf und in der Hand eine weiße Lilie. Ihnen folgten die Bruderschaften der Stadt mit ihren Fahnen. Als der Zug ins Stocken geriet, raunte Paderstein seinen beiden Nachbarn zu: „Kein Bischof dabei!"
„Auch kein Franziskaner und niemand von der Gesellschaft Jesu", wisperte Grünewald.
„Noch nicht einmal die Studenten der Philosophisch-theologischen Fakultät, sie sind alle außer Landes!"
Dafür kam jetzt mit langsamen Schritten eine Abordnung der Theologischen Fakultät zu Bonn: drei Studenten in studentischer Tracht mit hohen Stiefeln, dem flachen Käppchen, Farbenband – und vor allem mit Säbel. Sie trugen Trauerflore an der Uniform und an der Fahne.
Der Domchor nahte und sang einen Trauerhymnus; daran schlossen sich über 300 Geistliche in weißen, spitzenbesetzten Chorhemden an, schließlich das Domkapitel mit Weihbischof Freusberg in der Mitte und Abgeordnete anderer Bistümer. Den außerordentlich reich bekränzten und vergoldeten Sarg trugen Bürger aller Stände. Gleich hinter dem Sarg schritten die wenigen Ordensschwestern, welche noch in der Stadt weilten. Malteserritter und lange Reihen der Schützen mit ihren vier Fahnen begleiteten den Sarg. Gleich dahinter folgten Tausende von Menschen; auch der westfälische Adel war zahlreich vertreten.
Die Domkapelle spielte einen getragenen Trauermarsch, jetzt schritt der Zug durch das Portal des Domes. Der Sarg ruhte auf einem vor dem mittleren Choraufgang hergerichteten Podium, bedeckt mit einem Tuch und zahlreichen Kränzen. Die Diakone stellten vor dem Sarg den Bischofsstab auf, die Mitra Konrad Martins und den Kelch. Nach dem Trauergottesdienst wurde der Sarg im Hohen Dom beigesetzt.

In den nachfolgenden Jahren gab jede Seite immer ein wenig weiter „klein" bei: Nach dem Rücktritt des erlaß- und gesetzesfreudigen Dr. Falk gab der neue Papst die Zustimmung zur Anzeigepflicht der Bischöfe bei der Besetzung einer Pfarrstelle – eine wesentliche Forderung der preußischen Regierung war erfüllt. Im nächsten Schritt wurde Bischöfen der Eid auf die Maigesetze erlassen. Die kommissarische Vermögensverwaltung wurde beendet, die Staatsleistungen wieder aufgenommen, und die unbesetzten Pfarrstellen konnten mit Geistlichen belegt werden. Das kirchliche Leben normalisierte sich wieder, dazu überboten sich höhere Geistliche in preußisch-deutscher Gesinnung. In der „Paderborner Zeitung" begann eine scharfe antijüdische Beeinflussung, ja eine Hetze. Um den konfessionellen Frieden in der Stadt nicht zu gefährden, distanzierten sich die jüdischen Geldgeber sofort vom Zeitungsverlag.

1882 konnte die jüdische Gemeinde endlich im August die so lange geplante neue Synagoge am Busdorf einweihen: ein achteckiger Bau aus gelben Ziegelsteinen im byzantinischen Stil mit einem Kupferdach und großen runden Farbglasfenstern. Sogar der Regierungspräsident aus Münster war zur Einweihung erschienen. Alle Stadtverordneten nahmen teil, als 300 jüdische Gläubige in ihr neues Gotteshaus einzogen.

* * *

Über fünfzig Jahre später ...
Seit der Einweihung der Synagoge hatten mehr und mehr jüdische Kaufleute gutgehende Geschäfte der verschiedensten Art in der Paderstadt aufgebaut. Einer von ihnen baute das erste Kaufhaus in Paderborn. Die Zentrumspartei behielt die Vorherrschaft. Zement- und Möbelwerke bildeten den Anfang einer Industrialisierung. Verlagsprodukte wie die des Schöningh-Verlages, Webers Epos „Dreizehnlinden", Werke der Görresgesellschaft oder das Gesangbuch „Sursum corda" der Junfermann'schen Verlagsbuchhandlung spiegelten die geistige Ausstrahlung wider; die Zeitschriften der Bonifacius-Druckerei, vor allem die Bistumszeitung „Leo", erreichten Leser selbst außerhalb des Bistums. Seit den zwanziger Jahren blieb die Stadt Garnison für Bataillone eines Reiter- und eines Infanterieregimentes. Adolf Hitler war am 30. Januar zum Reichskanzler berufen worden. Vier Wochen später brannte der Reichstag; der Brand wurde den Kommunisten zur Last gelegt. Gerade waren die Wahlen vorbei, für die Nationalsozialistische Deutsche Arbeiterpartei zwar gewonnen, nicht sehr siegreich, aber im Deutschen Reich mit 43,9 % der Stimmen. In der katholischen Hochburg Paderborn allerdings hatte die NSDAP nur 21,8 % erkämpfen können gegenüber dem Zentrum, das 61,2 % bekam. Und heute war der „Tag von Potsdam": Hindenburg und Hitler hatten an den Feiern in der Potsdamer Garnisonskirche teilgenommen, Preußen und Nationalsozialismus zeigten sich verbunden. Nationalfeiertag im gesamten Reichsgebiet.
Die Lederstiefel knallten im Parademarsch auf das Pflaster des Markt- und Domplatzes, dröhnten in den Straßen. Kompanie auf Kompanie marschierte an der Fahnengruppe und schmetternder Regimentsmusik vorbei. Zackig, schnurgerade ausgerichtet, auf Kommando „die Augen rechts", eine graugrüne Mauer unter Stahlhelmen, das Gewehr auf der Schulter. Dann Abteilung auf Abteilung der Kavallerie, Pferde, die Kanonen zogen, selbst die Feldküchen rasselten über die Steine. Danach die schwarzen Limousinen der Parteispitzen, in braunen, goldbraunen und schwarzen Uniformen. Aufmarsch, Fackelzug, Parade ...
Drei Wochen zuvor, als der Oberbürgermeister Haerten angeordnet hat-

te, die Hakenkreuzfahne vom Rathaus zu holen, war das Oberhaupt der Stadt anschließend von den neuen Machthabern seines Postens enthoben worden. Heute prangte die Stadt im reichen Fahnenschmuck. Überall leuchteten die Farben Schwarz-Weiß-Rot, dazwischen eine Menge blutroter Hakenkreuzfahnen. Inzwischen zeigten auch das Landratsamt und das Finanzamt neben dem Rathaus das aufreizende Zeichen der nationalsozialistischen Bewegung. Der Oberpräsident von Münster hatte vermittelt, und die neue Vereinbarung besagte, daß neben der schwarzweißen Preußenfahne und der weißroten Westfalenflagge auch die rote Fahne der Nationalsozialisten mit dem schwarzen Hakenkreuz auf weißem Feld gezeigt werden sollte.
An diesem Abend der Aufmärsche und Kundgebungen standen die Herzheims, Grünewalds, Rosenbaums und Löwenbergs mit vielen anderen Männern und Frauen an der Straße, sie waren die Nachfahren der erfolgreichen jüdischen Geschäfts- und Bankiersleute der Kaiserzeit. Bange Blicke folgten den Uniformen, gleich welcher Farbe. Als die Soldaten vorbeimarschierten, ging unausgesprochen die angstvolle Frage um: „Was bringt die Zukunft?"
„Ach, Grünewald, wir wollen doch nicht an das Schlimmste glauben. Hindenburg und die Preußen stehen vor Hitler. Und die Nachbarstaaten schauen auch aufmerksam auf Deutschland!" Moritz Rosenbaum blieb trotz düsterer Vorzeichen immer noch voller Hoffnung.
„Lies mal dieses Glaubensbekenntnis der Nazis ‚*Mein Kampf*', da steht es Schwarz auf Weiß: Hitler will Lebensraum im Osten. Und das gelingt nur mit Krieg!"
„Nun male den Teufel nicht an die Wand. Sieh doch hin, glaubst du, Hitler zieht mit Pferdewagen nach Rußland? Napoleon hat ihm vorgemacht, daß es so nicht glückt!"
„Hab' gehört, daß in der Senne die ersten Tanks erprobt werden, diese dick mit Eisenplatten gepanzerten Fahrzeuge mit Maschinengewehr und Kanone. Wird doch nicht aus Jux und Tollerei gemacht!"
„Nun, die junge Wehrmacht muß schließlich auch neue Waffen bekommen, können ja nicht mehr kämpfen wie wir im Weltkrieg, damals bei Verdun, wo ich das Eiserne Kreuz Erster Klasse, das EK I, erhielt!"
„Hab mal keine Sorge, Grünewald, wir bestehen nun schon seit über 100 Jahren mit dem Kaufhaus", mischte sich Ludwig Herzheim, erfolgreicher Kaufmann vom Marienplatz, ein, „wir haben unser Kaufhaus doch erst vor einiger Zeit völlig umgestaltet, dreigeschossig, acht große Schaufenster, Parkett und Fliesen innen, Decken aus Stuck. Meinst du, wir tun das am Vorabend eines neuen Krieges?"
„Aber diese vielen Uniformen, dieser Saalschutz, diese Sturmabteilungen, SS und SA? Mir wird da angst und bange, Herzheim!"

Nun mischte sich auch Herzheim junior ins Gespräch. Er war nur heute in Paderborn, sonst in einem Textilkonzern in Bielefeld beschäftigt.
„Und wir haben doch gelesen, daß die katholischen Konservativen gerade hier in Paderborn öffentlich ihre Bereitschaft zur Mitarbeit im neuen Staat erklärt haben. Das beruhigt mich!"
„Genau, und, Grünewald, sieh mal da oben zur Ehrentribüne. Neben dem Landrat in Parteiuniform steht der Erzbischof Dr. Klein als Ehrengast. Meinst du, der geht dahin, wenn er nicht *für* den neuen Staat denken und fühlen würde?"
Grünewald, der in Neuhaus eine Gastwirtschaft betrieb, hatte immer das Ohr bei seinen Gästen. Er blieb voller Skepsis. „Na, ob der dafür ist, nur weil er da oben steht – da habe ich doch meine Bedenken. Meine Bauern in Neuhaus haben neulich noch gesagt: ‚Erst kommen die Juden dran, dann die Katholiken'!" Er schüttelte ungläubig den Kopf.
Bisher hatte eine andere kleine Gruppe, die gleich hinter den Geschäftsleuten stand, geschwiegen – drei weibliche Mitglieder der Familie Rosenbaum. In den Schutz zwischen Vater Moritz und Mutter Jettchen drängte sich ein schlankes, dunkelhaariges Mädchen. Sie zupfte aufgeregt am Ärmel des Vaters. „Vater, es ist genauso, wie Onkel Grünewald sagt! Heute haben sie hinter mir hergetuschelt, sie hielten die Hand vor den Mund, aber ich hab' es genau gehört *‚Die da – das ist eine Jüdin'!"*
„Aber Kind, das ist doch nicht schlimm. Sei stolz darauf!" gab die kleine Frau im schwarzen Kleid und schwarzen Hut zurück. „Du mußt dir deshalb keine Gedanken machen, dein Vater ist ein geachteter Kaufmann. Schließlich war er bei sämtlichen Landtags- und Reichstagswahlen in der Karlschule Wahlvorsteher."
„Ja", versuchte Moritz Rosenbaum seine aufgeregte Tochter zu beruhigen, „das haben sogar die sonst gegen uns Juden hetzenden Deutsch-Völkischen anerkannt."
„Merkt ihr denn nicht, was hier vor sich geht? Hier", Jenny ging zwei Schritte auf ihre Schwester Irma zu und zog sie in den kleinen Familienkreis, „Irma hat es auch gehört. Im St.-Michael-Lyzeum wollen viele Mitschülerinnen in den Bund Deutscher Mädchen eintreten und stacheln mit den BDM-Führerinnen andere Mitschülerinnen gegen uns beide auf."
Rosenbaums Augen blickten bekümmert, er fuhr mit Daumen und Zeigefinger über das schmale Lippenbärtchen: „Kinder, das hat es doch zu allen Zeiten gegeben. Irgendwelche Schüler wurden immer gehänselt. Haltet euch einfach etwas zurück. Und helft euch gegenseitig."
„Ihr erkennt alle die Zeichen der Zeit nicht und daß wir als Juden in Deutschland ohne Zukunft sind. Komm, Irma, wir gehen runter zum Dom. Ich möchte über die Vision des Propheten Ezechiel nachdenken.

Das Bild aus dem Fürstenberg-Denkmal geht mir nicht aus dem Kopf, es gibt mir Hoffnung."

Die beiden Mädchen eilten in den Dom.

Wenig später standen sie unter den hoch aufstrebenden Säulenbündeln, deren spitze Bögen sich über ihnen in der Dämmerung des Abends wie im Ungewissen verloren. Sie gingen weiter, auf das Echo ihrer Schritte hörend. Nein, Jenny wollte nicht nach einem neuen Gott suchen, der Winkel im Dom, auf den sie zustrebten, war für sie schon öfters ein Ort der Sammlung gewesen. Beide schritten vorsichtig, bemüht, den Hall ihrer Schritte zu dämpfen. Vor dem Grabmal blieben sie stehen und betrachteten schweigend das Alabasterrelief.

„Sieh nur, Irma, selbst im Tal der Knochen verliert der Prophet nicht die Hoffnung."

„Du hast recht, Jenny, wie das Volk Israel immer Hoffnung auf den Messias hatte, so verbreitet der Prophet Hoffnung für uns: Das Volk Israel wird aus der babylonischen Gefangenschaft befreit und heimgeführt."

„Ich habe nachgelesen. Genauso wie der Künstler es hier dargestellt hat, so spricht der Prophet: *So spricht Gott, der Herr: Geist, komm herbei von den vier Winden! Hauch diese Erschlagenen an, damit sie lebendig werden. Da sprach ich als Geist in sie. Sie wurden lebendig und standen auf – ein großes gewaltiges Heer.*"

„Aber sieh einmal, es ist noch genauer herausgearbeitet worden, gleich hinter dem Propheten öffnen sich die Gräber. Denn es heißt ja: *Ich hole euch, mein Volk, aus euren Gräbern herauf. Ich bringe euch zurück in das Land Israel.*"

Lange standen die beiden Mädchen vor dem Grabmal. Sie faßten sich an den Händen und verließen still den Dom.

Draußen, in der von Fackeln durchdrungenen Schwärze des Marktplatzes, standen immer noch die Mauern der Zuschauer, die dem Vorbeimarsch zusahen. Wie gern hätten sich die beiden Mädchen in den Schutz der Synagogenmauern begeben, um in der Stille beim Licht der ewigen Lampe zu beten. Aber die wuchtige Eisentür war versperrt, aus Angst vor einer Schändung der Synagoge. Daher gingen Jenny und Irma direkt zu ihrem Elternhaus in der Bachstraße zurück.

Wenige Tage später wurde das „Gesetz zur Behebung der Not von Volk und Reich", das sogenannte Ermächtigungsgesetz, erlassen, das die Gesetzgebung auf die Reichsregierung übertrug. Auch die katholischen Zentrumsabgeordneten stimmten aus Angst und Resignation dieser Entmachtung des Parlaments – und damit ihrer eigenen – zu. Mit der Auflösung selbständiger Länder und der freien Gewerkschaften und Parteien sollten die Nationalsozialisten in wenigen Monaten ihre Alleinherrschaft festigen. Diejenigen, die Demokratie und Parteienwirtschaft schon immer abgelehnt hatten, gerieten in Euphorie: Endlich wieder ein starker Mann, der in Deutschland aufräumen und das Reich wieder zu alter Größe führen würde. Alle anderen flüchteten sich in die Hoffnung, es werde schon nicht so schlimm kommen; den Katholiken streute der Führer mit dem Abschluß des Reichskonkordats für kurze Zeit Sand in die Augen – den Glauben, man könne sich mit den Nationalsozialisten einigen, ohne seine Seele zu verkaufen.

Waren Gegner der neuen Machthaber anfangs meist ohne großes Aufsehen „verschwunden" – still genug, damit ordnungsliebende, friedliche Bürger die Augen davor verschließen konnten, was ihren Mitbürgern an Unrecht angetan wurde, so änderte sich dies eines Tages schlagartig: Plötzlich standen in Paderborn vor den Wohnungen der Juden, vor ihren Schaufenstern und Büroeingängen SA-Wachen und machten drohend darauf aufmerksam, daß kein Deutscher diese Türen durchschreiten dürfe. Meldungen liefen von Mund zu Mund, daß vor dem EHAPE-Geschäft Plakate und Rufe aufmerksam machten, seinen Bedarf anderswo zu decken: „Kauft nicht bei Juden!"

In der Nacht vom 28. auf den 29. März und in der verbergenden Finsternis folgender Nächte beschmierten SA-Leute die Fenster der jüdischen Geschäfte in der Stadt. An den Fenstern der Rosenbaums, der Herzheims und der vielen anderen klebten Plakate: „Ein Hundsfott, der bei Juden kauft! Wer bei Juden kauft, ist ein Volksverräter!" Überall hatten die SA-Männer mit weißer und gelber Farbe die Davidsterne aufgemalt. Unbeweglich standen sie vor den Türen und hinderten jeden, die Läden zu betreten. Karl Theo Herzheim junior versuchte, die Plakate zu entfernen, von den Glasscheiben abzuziehen. Sofort packten ihn brutale Fäuste, schlugen ihm ins Gesicht, stießen ihn zurück. Doch so schnell gab der nicht auf. Nochmals versuchte er, zu den Fenstern des elterlichen Geschäftes vorzudringen. Er nahm die Arme hoch wie ein Boxer, wollte sein Gesicht schützen, als er sich durch zwei SA-Männer durchzwängte.

„Zurück, Jude, weg hier vom Fenster!" Die beiden Braunhemden hatten ihn gepackt, Karl Theo wehrte sich wild. Er war kräftig, groß gewachsen und setzte die ganze Kraft seiner 26 Jahre ein, um die Männer abzuschütteln. Tatsächlich, es gelang ihm – der eine fiel rücklings hin, der andere lehnte schnaufend an der Hauswand. Er wollte sich gerade dem Kaufhauseingang zuwenden, da fiel ein Schuß. Karl Theo schrie auf, sackte zusammen, hielt sich das rechte Bein. Blut rann über die Hose. Stöhnend hockte der junge Mann auf dem Bürgersteig.

Ludwig Herzheim kam aus seinem Kaufhaus gerannt, ein paar Angestellte mit ihm. Voller Entsetzen sah er seinen Sohn mit blutüberström-

tem Bein und schmerzverzerrtem Gesicht auf dem Bürgersteig liegen. Sie trennten mit wenigen kräftigen Rissen die Hose auf und wickelten ein paar Lappen herum, um das Blut zu stillen. Sie faßten den jungen Herzheim unter die Schulter, er stützte sich auf die beiden Helfer, die ihn zum nächsten Arzt brachten. Fassungslos sah Ludwig Herzheim dieser Szene zu. Für einen Augenblick waren auch die SA-Leute still, Blut war geflossen. Aber dann brüllten und tobten sie durcheinander: „Dieser freche Judenlümmel. Das war Notwehr. War ja gewalttätig, dieser Kerl. Freudenstein hat nur seine Kameraden verteidigt. War Notwehr!"
„Hättest noch besser zielen sollen, Freudenstein. Wäre nicht schade gewesen um diesen Kerl!" stachelten sie sich gegenseitig auf. „Kommt, wir schieben seinen Wagen in die Pader!"
Der kleine Personenwagen war schnell gefunden. Die SA-Männer schoben mit vereinten Kräften den PKW vom Marienplatz bergab, er begann zu rollen, bekam Geschwindigkeit und kippte in das Wasser. Oben aber stand der SA-Trupp und johlte und klatschte sich vor Freude über diese vermeintliche Heldentat gegenseitig auf die Schultern.
Der braune Mob tobte sich aus und marschierte dann singend in das Lokal der Sturmabteilung „Wenn das Judenblut vom Messer spritzt ..."

Nur wenige Wochen später – „Hitlers Geburtstag": Paderborn verlieh im Reigen fast aller Städte des Reiches gleichfalls an Hindenburg wie an Hitler *im Geiste von Potsdam* die Ehrenbürgerschaft. Straßen und Plätze wurden umbenannt, aus dem Turnplatz wurde der Adolf-Hitler-Platz, die neue Verbindungsstraße zwischen Bahnhofstraße und Riemekestraße hieß von jetzt an Horst-Wessel-Straße zu Ehren des erklärten Märtyrers der SA.
Aufpeitschende Marschrhythmen hämmerten aus Lautsprechern in die Menge, die Häuserwände und Straßen waren mit Spruchbändern überzogen, aus den Fenstern hingen fast nur noch die aufreizenden roten Tücher mit dem Hakenkreuz. Es gab keinen Regisseur, der eine Veranstaltung besser vorzubereiten verstände, der die Spannung Tausender höherzujagen vermochte als das Propagandaministerium unter Josef Goebbels, der die braune Ideologie und die Haßtiraden über den Volksempfänger bis in die letzten Winkel des Reiches jagte. Das schwarzbraune Bakelitgehäuse schrie es in einem ekstatischen Stakkato heraus: *„Deutsches Volk! Gib uns vier Jahre Zeit – dann richte und urteile über uns! Deutsches Volk, gib uns vier Jahre, und ich schwöre dir, so wie wir und ich dieses Amt antraten, so will ich dann wieder gehen – ich tat es nicht um Gehalt oder Lohn, ich tat es nur um deiner selbst willen!"*
Den ganzen Tag über wurden die Phrasen in die Ohren von Millionen von Deutschen gerollt, gedröhnt, gepeitscht.

Hitlerjungen sperrten die Straßen ab, Peter Brüggemann war einer der eifrigsten. Zum Jungzugführer war er vor einigen Wochen befördert worden. Das war eine Freude, als er der Mutter die neue grüne Schnur zeigen konnte, mit der er ausgezeichnet worden war. Seit Jahren sorgte nur die Mutter für ihn, denn sein Vater war in den letzten Tagen des Weltkrieges gefallen. Peter wurde geboren und wuchs ohne seinen Vater auf, von der Mutter allein in den Nachkriegsjahren ernährt, gekleidet und erzogen. Schwer genug war es ihr gefallen in all den Jahren. In der Zeit der schlimmsten Inflation, vor allem nach der Weltwirtschaftskrise langte das Geld oft nur für eine dünne Suppe und eine Scheibe Brot, die sie von ihrer Arbeit aus der nahen Bäckerei mitbrachte. Putzen bei anderen Leuten, Verkaufen in der Bäckerei, sogar manchmal in der Backstube helfen, alles für ein paar Pfennige Lohn, damit brachte sie sich und ihr einziges Kind über die Jahre. Aufmerksam hatte sie die Berichte über Adolf Hitler verfolgt. Er war der Mann, der ihnen allen wieder Arbeit und Brot versprach. Vor allem nach einer Lehrstelle für ihren Sohn auch eine gute Arbeit. Als Hitler im nahen Schlangen bei einem Wahlkampf sprach, war sie mit einigen anderen Männern und Frauen aus Paderborn und Neuhaus dorthin gefahren, um Hitler selbst zu sehen und zu hören. Über 2000 Menschen hatten es in der qualvollen Enge des Wirtshaussaales ausgehalten. Sie hatte hinter weiß gekleideten Mädchen gleich vorne gestanden und mit gläubigen Augen zu ihm aufgeschaut, als er an ihr vorbeiging. Durch die Macht seiner Redeweise verstand es der Führer, die Menschen in seinen Bann zu ziehen. Als sie dann hörte, was Adolf Hitler zu den anwesenden Frauen sagte: *„Millionen von Frauen, sie lieben den neuen Staat, opfern und beten für ihn. Sie empfinden in ihrem natürlichen Instinkt seine Mission der Erhaltung unseres Volkes, dem sie selbst in ihren Kindern das lebende Unterpfand gegeben haben."* Ja, da riß es sie mit den anderen Mädchen und Frauen nach vorn, sie riefen immer wieder „Heil, Heil, Heil", streckten ihre Hände dem Führer entgegen, viele weinten, das war eine Schicksalsstunde des deutschen Volkes. Ihm würde sie ihre Stimme bei der Wahl geben, damit endlich das Volk durch sein Handeln erlöst würde. Gleich nach der Rückkehr war sie in die Nationalsozialistische Frauenschaft eingetreten, hatte sich im Kreis der anderen Frauen wohl gefühlt. Bei den Treffen legte sie die Tracht mit der weißen Schürze, der blauweiß gestreiften Bluse und einer Hakenkreuzbrosche an. „Ich bin jetzt in der Partei", hatte sie mit glänzenden Augen gesagt, „und trage meinen Teil dazu bei, daß Deutschland groß und stark wird! Daß unsere Jungen die Garanten der Zukunft sind, wie der Führer in Schlangen gesagt hat!" Mit den anderen Frauen führte sie einen nationalsozialistischen Hort für kleine Kinder.
Peter hatte in den Jahren zuvor mit seinen Freunden in den Straßen und

auf den Hinterhöfen „Rote und SA" gespielt – er hatte immer zur SA gehört, und die „Roten" hatten immer verloren. Dann war er in das „Jungvolk" eingetreten, hatte die „Pimpfenprobe" bestanden und den Dolch erhalten. Jetzt war er wer! Mittwochs und samstags traten sie zu ihrem Dienst an, keine Schularbeiten, der Jungzugführer war ihm lieber als der Lehrer. Das wollte er auch werden. So wurde Peter einer der Eifrigsten beim Antreten und Dienst, beim Sportwettkampf, beim Geländespiel mit Tarnen, Anschleichen und Melden, beim Sturmangriff auf die vermeintlichen Feinde, bei den Feierstunden mit Fahne und Feuer.
Heute war Peter mit seinem und anderen Jungzügen zum Aufmarsch kommandiert. Die Trommeln rasselten dumpf, die Fahnenabordnungen stampften im Gleichschritt heran, vergoldete Adler in Eichenkränzen schwebten an den Standarten über den Köpfen. Der Ritus war erprobt, hundertmal eingedrillt. Dann die Auserlesenen, die „Prätorianer", wie sie sich selber stolz nannten, in schwarzer Uniform und schwarzer Mütze mit dem silberkalten Totenkopf. Die Fahnen der Sturmabteilungen, der einzelnen Stürme, zum Gruß emporgereckte Arme, die Heilrufe – die Atmosphäre war wie elektrisierend! Jeder spürte es, die Musik, die Trommeln, der harte Gleichschritt und das donnernde Gebrüll der Masse stachelten an, machten kampflustig! Fackeln, Licht in der Dunkelheit, sie, die SA und SS, die HJ und der BDM, Jungen und Männer, Mädchen und Frauen marschierten im glühenden Flammenschein, immer gewaltiger wurde der Jubel. Peter hatte den Daumen der rechten Hand hinter das Koppelschloß gehakt, die Linke schlenkerte im Marschrhythmus mit. Ein Vorbeimarschierender stieß einen alten Mann, der am Straßenrand die Hand nicht erhoben hatte, in die Rippen: „Nimm den Arm hoch!" Nachbarn rechts und links schauten den Alten herausfordernd an. Die Menschenmauern standen im großen Viereck auf dem Marktplatz und starrten auf die roten Banner und blitzenden Adler, die hinter dem Rednerpult des Podiums aufgereiht verharrten und das Bild des „Führers" flankierten. Plötzlich trat Stille ein, jäh verstummte die Musik, nur leises Flüstern in der Menschenmenge. Die Nerven zum Zerreißen gespannt, Erregung sprang über von Mensch zu Mensch. Das dichte Beieinander wirkte ansteckend, die Spannung verstärkte sich. Ein Funke genügte, die Spannung zur Entladung zu bringen.
Mit schmetternden Fanfaren setzte der Badenweiler Marsch ein, Lieblingsmarsch des Führers. Die Männer hoben die Arme zum Gruß: „Heil Hitler! Heil! Heil!" Mädchen und Frauen schluchzten, weinten, kreischten, winkten, schrien, schrien „Heil, Heil, Heil!"
Auf das Podium vor dem Marktbrunnen, das mit einer großen blutigroten Hakenkreuzfahne geschmückt war, stieg jedoch nur ein recht unbedeutender Vertreter des Führers – Kreisleiter Meyer. Er strich das Haar

mit herrischer Gebärde aus der Stirn, hob affektiert und selbstbewußt den Arm langsam empor zum Gruß. Mit rauhem, zwingendem Befehlston und hart rollendem Rr schossen seine Worte in die Menge – Meyer hatte die Gesten seines Führers gut studiert!
„Parteigenossen und Parteigenossinnen! Volksgenossen und Volksgenossinnen! ... Das Höchste auf dieser Welt ist der Glaube an Adolf Hitler! ... Wir alle müssen tatkräftig mitarbeiten an dem großen und schweren deutschen Wiederaufbauwerk, das unser Volk aus der Knechtschaft führt. Der Führer dient uns mit seinem Willen, ja er opfert, wenn es sein muß, für uns sein Leben!"
Der Beifall brach los, rollte durch die Straßen, setzte sich über die Lautsprecher in den dunklen Plätzen fort.
Die Stimme peitschte zum großen Finale: „Deutschland muß leben, auch wenn wir sterben müssen. Es lebe das neue Deutschland, es lebe die gerechte und ehrliche Arbeit, es lebe unser Führer zu Freiheit und Brot. Sieg Heil!"
Jungzugführer Peter Brüggemann stand breitbeinig, eingereiht in die schnurgerade Reihe seiner Kameraden, die Hände, leicht zu Fäusten geballt, locker an die Seite gelegt. Er starrte auf die Standarte, die der SA-Mann Jostmeier in den Fäusten hielt. „Deutschland erwache" stand da und „Paderborn", geschmückt mit zwei Hakenkreuzen. Wie bei den römischen Legionsadlern schwebte wachsam ein Raubvogel über dem Lorbeerkranz. Jostmeier hatte den Mützenriemen unter das Kinn gezogen, nahm die Standarte hoch und kam auf Peter zu. „Brüggemann, das hast du prima gemacht mit deinem Jungzug, erstklassige Absperrung, großartiger Einsatz! Werde der Parteiführung davon berichten. Solltest bald Fähnleinführer werden!"
Peters Augen leuchteten: „Danke, Herr Standartenführer!"
„Wenn du befördert wirst, kannst du sicher beim Marsch zum Reichsparteitag mitmachen. Nur die Besten werden ausgesucht und dürfen aus allen Gauen nach Nürnberg marschieren. Werde dich vorschlagen."
Peter knallte die Hacken zusammen, so zackig, wie er es bei den Soldaten der Paderborner Garnison gesehen hatte. Jetzt ließ er ebenso zackig seine Jungen antreten: „Jungzug 4 angetreten!" Die anderen Jungzüge folgten, bald standen die Fähnlein schnurgerade ausgerichtet.
Der Fanfarenzug schmetterte, der dumpfe Klang der Landsknechtstrommeln zwang alle in den Gleichschritt. „Unsre Fahne flattert uns voran, in die Zukunft ziehn wir Mann für Mann. Wir marschieren für Hitler durch Nacht und Not, mit der Fahne der Jugend für Freiheit und Brot."
Alle sollten zur Hitlerjugend gehören. Die gesamte deutsche Jugend. Staatsjugend. Auch die meisten Lehrer hatten oft davon geschwärmt,

von der neuen großen Heldenjugend, der Hitlerjugend, die Deutschland wieder groß machen, die „Schande von Versailles" heimzahlen werde. Peter hatte seinen Jungen das gepredigt, was man ihm wieder und wieder eingehämmert hatte: „Von euch wird es abhängen, anstelle einer überholten, alten und morschen Welt ein neues und strahlendes Deutschland zu errichten."
Daran dachte er, während sie zu ihrem Heim zurückmarschierten: „Unsre Fahne flattert uns voran, unsre Fahne ist die neue Zeit, und die Fahne führt uns in die Ewigkeit! Ja, die Fahne ist mehr als der Tod!"

Im Mai wehten ganz andere Fahnen über den grünen Wiesen von Paderborn. Die katholischen Männer und Jungmänner wollten zu einer Treuekundgebung für Erzbischof Kaspar Klein aufmarschieren. Zusammen mit der Deutschen Jugendkraft hatten sie in das neue DJK-Stadion am Inselbad gerufen: *„Wir wollen mit diesem Weiheakt in erster Linie ein Bekenntnis der Treue und engen Verbundenheit mit unserer Kirche und ihrer Führerschaft an den Tag legen. Wir wollen eine Gefolgschaftstreue zeigen, die unseren Oberhirten einen Lichtblick tun läßt in die allzu graue Zukunft. Der Aufmärsche waren letzthin so viele – wir waren restlos dabei, unsere Treue zum Staate und ihrer Führerschaft, wie sie jedem katholischen Christen eigen sein muß, darzutun. Katholisches Jungvolk! Der du dich immer als Streiter für unsere katholischen Belange bekanntest und in die erste Reihe stelltest – an dich ergeht der Ruf. Wir bitten dich – komme!"*
Nach einem Festgottesdienst, ersten Sportwettkämpfen und Sternmärschen zum Dom wehten am Nachmittag die bunten Fahnen, Banner und Wimpel über der katholischen Jugend. Auf der Freitreppe des bischöflichen Palais nahm der Erzbischof den begeisterten Beifallssturm der Menge entgegen.
Kolpingssöhne trugen die schwarzgelben Banner in die Kampfbahn. Die katholischen Kaufleute folgten mit ihren blauroten Kreuzschiffahnen. Dann die Christusbanner, hoch über den Köpfen getragen von der Sturmschar; ihnen folgten die Neudeutschen, die St.-Georgs-Pfadfinder mit dem weißen Lilienbanner, dann die grünweißen Flaggentücher der Deutschen Jugendkraft. Viertausend marschierten in das Stadion, vorbei an der Ehrentribüne mit Offizieren der Paderborner Reichswehr-Regimenter. Am Ende der schier endlos scheinenden Kolonnen schritt der Erzbischof, begleitet von den Vikaren Emil Schnüttgen und Wilhelm Hallerbach, und segnete die Sportanlage. In einer kämpferischen Ansprache wandte sich der Bezirkspräses an die Aufmarschierten: „Wir stehen zusammen, Jungen, Jungmänner und Männer, wir stehen zusammen, Handwerker, Arbeiter und Studenten. Eine einzige geschlossene Schlachtreihe katholischer deutscher Jungmannschaft und Mann-

schaft steht vor Ihnen, hochwürdigster Herr Erzbischof. Wir begrüßen Sie als den Führer des katholischen deutschen Volkes des Paderborner Landes, als den Führer, der uns Parole geben soll. Wir alle stehen hier als ein katholisches Heer vor unserem Erzbischof, und so begrüßen wir am heutigen Feste unseren Führer, unseren Erzbischof Dr. Klein mit einem dreimaligen kräftigen Treu Heil!"
„Heil – heil – heil!" schallte es durch das weite Oval des Stadions.
Dann begannen die Entscheidungen in den Wettkämpfen.
Bruno Müller hatte morgens schon in den Einzelkämpfen bei Weitsprung, Schlagballweitwurf und 100-Meter-Lauf gewonnen. Am Nachmittag sollten die Staffelläufe über 4 x 100 Meter ausgetragen werden. Gegner waren die von der Sturmschar, gut trainierte Burschen, eine Staffel der NDler, und auch die Studenten der Hochschule hatten vier Läufer gestellt. Bruno hatte schon seit zwei Jahren in der Turn- und Akrobatikabteilung „Elmar" mitgemacht. Aber er wollte lieber rennen, springen, Speerwerfen, deshalb war er zur Leichtathletik bei den Turn- und Sportfreunden übergetreten. Sein Vater und auch sein Onkel waren dort Leiter der verschiedenen Abteilungen. Immer, wenn es ihre wenige freie Zeit zuließ, gingen sie zum Sportplatz. Vater hockte den ganzen Tag im Büro der Paderborner Garnison, und Onkel Heinz hockte zu Hause – arbeitslos. Beiden tat die Bewegung an der frischen Luft besonders gut. Daher hatten sie bald Bruno zur Anlage am Fürstenweg mitgenommen und seine ersten Läufe und Sprünge beobachtet und verbessert, so gut sie es verstanden.
Tief hockten die Startläufer am Boden, die Fußspitzen in die kleinen Löcher gestemmt. Der Starter hob die Holzklatsche hoch: „Auf die Plätze – fertig – los!" Mit lautem Knall schlugen die Latten zusammen. In einem gewaltigen Satz schossen die Läufer aus den Startlöchern, den Staffelstab in der Hand. In der Kurve übergab der Startläufer an den nächsten, die Wechsel klappten gut. Bruno sah sich um, auch der dritte Läufer seiner Staffel jagte heran, knapp hinter dem Läufer der Studenten. Jetzt kam es auf ihn an! Er blickte noch mal zurück, Übergabe, er lief an, hielt die Hand zurück, fühlte das Holz zwischen den Fingern, spurtete los, kam an den Läufer vor ihm heran, hörte die Anfeuerungsrufe der Menge. Das riß ihn nach vorn, steigerte nochmals sein Tempo, schier wollten ihm die Lungen platzen, und er warf sich als erster in das Zielband!
Begeistert umringten ihn seine Freunde von der DJK, klopften ihm auf die Schulter, während er sich herabgebeugt hatte, die Hände auf die Knie stützte und langsam wieder normal durchatmete. „Toll, Bruno, großartig, Glückwunsch!" klang es durcheinander. Alle gratulierten ihm, dem schlanken, sehnigen Jungen, mittelgroß, der sich jetzt aufrich-

tete und mit fröhlich blitzenden Augen die Anerkennungen entgegennahm.

Bruno sah an den Zuschauerrängen entlang, er suchte seine Familie. Ja, da standen sie, winkten ihm zu, freuten sich über seinen Erfolg, dessen Grundstein Vater und Onkel Heinz gelegt hatten. Die Männer hatten zusammengehalten, auch als sie arbeitslos wurden. Die Geschäfte des Atlas-Werkes waren zusammengebrochen, Vater fand erst nach längerer Zeit eine neue Beschäftigung in der Verwaltung der Paderborner Garnison. Onkel Heinz hoffte, seine Arbeit bald wieder aufnehmen zu können. Man munkelte davon, daß Autobahnen gebaut werden sollten und tonnenweise Zement für die Autopisten herangeschafft werden müßte. Dann würde er sicher bald wieder Arbeit haben. In den zurückliegenden Notjahren hatten sie zusammen ihren Garten vergrößert und mehr Obst, alle erdenklichen Gemüsesorten und manche nützliche andere Pflanze angebaut, Kaninchenställe gezimmert, Hühner gehalten und sich so einigermaßen in den Hungerjahren über Wasser gehalten. Einfach war es nicht gewesen. Aber sein Vater und dessen Bruder waren mit den Fahrrädern aufs Land gefahren und hatten bei den Bauern geholfen. Da fiel noch so manches Pfund Mehl und Butter ab. Fett konnte niemand dabei ansetzen, aber sie waren immer zuversichtlich geblieben, spielten und sangen viel in der Familie und ließen sich nicht unterkriegen. Sonntags ging die Familie gemeinsam in den Hohen Dom, nachmittag stand der Spaziergang nach Schloß Neuhaus an, wenn nicht eine Sportveranstaltung auf dem Sportfeld am Fürstenweg lockte.

Später stand Bruno mit seinen drei Mitläufern aus der Deutschen Jugendkraft auf dem Treppchen, nahm stolz Urkunde und Medaille am Band entgegen, hörte seinen Namen aus dem Lautsprecher und winkte in die Menge, die Beifall spendete für den großartigen Sieg. Mit seinen Sportkameraden besprach Bruno die nächsten Wettkämpfe, die jetzt im Sommer vor ihnen lagen. Sie wollten noch härter trainieren, immer wieder den Stabwechsel durchspielen, damit „das im Schlaf gelang", wie Bruno erklärte. In der hinteren Reihe standen unter den Zuschauern auch ein paar Braunhemden mit schwarzem Halstuch und Schulterriemen, die sich die Siegerehrung angesehen hatten und nun Richtung Wäldchen weggingen.

Bruno schnappte seinen Rucksack mit der Sportkleidung von der Bank, die schwarzen Leinenturnschuhe vom Rennen hatte er noch an den Füßen, und trat den Heimweg an. Noch ganz in Gedanken über die Wettkämpfe, die Siege, ja den tollen Staffellauf, stolperte Bruno weiter, kam dem Wäldchen näher. Stimmen, Gesang, Rufe drangen an sein Ohr. Bruno ging den Stimmen nach.

Nicht weit entfernt vom Stadion hatte der Hitlerjugend-Bann 281 einen Führerappell abgehalten. Hinter ein paar Tannen standen vier kleine, graue Zelte. Bruno schlich sich hinter Bäumen und Buschwerk näher an das Lager heran. Etwa dreißig Jungen standen in Uniformen unter einer Fahne. Hm, Hitlerjugend! Schien ein ganz ordentlicher Haufen zu sein. So schlecht sahen die Kerle gar nicht aus. Wenn das so ist, wie der Prälat heute in der Ansprache sagte, daß äußere Haltung auch etwas mit all dem andern zu tun hat, mit dem Denken und Handeln, mit dem Leben überhaupt, ja, dann können das gar nicht so sonderbare Heilige sein. Die Jungen sangen ein Lied. Bruno konnte aber nicht viel verstehen. Er schob sich näher heran.
Oberbannführer König von der Hitlerjugendführung war zu ihnen gekommen. Anders als die Jungen in braunen Hemden und kurzen Hosen trug er Reithosen und Stiefel. Von seiner Uniform glitzerten Sterne und Litzen. Er begrüßte die Kameraden: „Heil Hitler!" Alle rissen ihren rechten Arm hoch und brüllten zurück: „Heil Hitler!" Der Bannführer rückte noch sein Koppel zurecht, ließ eine Spannungspause eintreten und begann dann seine Ansprache: „Führer in Jungvolk und Hitlerjugend! Die in tausend Gruppen und Grüppchen zersprengte Jugend ist zu einer einzigen, gewaltigen Heerschar geworden. Ihr seid die Zukunft des Reiches, berufen, einst alle Kommandostellen zu besetzen. Unser Führer Adolf Hitler ist auf unserer Seite. Wir halten Lager, Kurse, Schulungsabende, Lehrgänge ab, bald wird der Samstag ohne Unterricht und nur für die Hitlerjugend dasein! Deshalb kämpft die Barrikaden der Reaktion nieder, kämpft die Schranken konfessionellen Eigensinns nieder und schöpft aus der revolutionären Jugend Adolf Hitlers das sozialistisch-deutsche Volk. Wir wollen die organisierten Jugendverbände zum geschlossenen Übertritt in die HJ bewegen. Peter Brüggemann wird hiermit zum Fähnleinführer befördert und euch entsprechende Instruktionen geben." Aha, die Führer der Hitlerjugend waren das. Nicht alles konnte Bruno verstehen. Vorsichtig, um ja kein Geräusch zu verursachen, keinen Ast knacken zu lassen, bewegte sich Bruno auf allen Vieren weiter. Plötzlich fühlte er sich von kräftigen Fäusten gepackt, die sich eng um seinen Hals legten und ihn niederwarfen.
„Gib zu, du spionierst. Kommst von den Bündischen und willst hören, was hier gesagt wird. Wir kennen euch, aber diesmal habt ihr verspielt." Bruno wollte antworten, aber die Fäuste an seiner Kehle gaben ihm keine Möglichkeit. Er wehrte sich nach Kräften, riß die Jungen, die wie Kletten an ihm hingen, hin und her, aber es half ihm nichts, sie schleppten ihn zum Lager.
„Gut, die Wache!" lobte der frisch Beförderte die Jungen und trat nahe an Bruno heran. „Von welcher Gefolgschaft?" Bruno wollte reden, aber

die Fäuste ließen ihm gerade so viel Luft, daß er noch atmen konnte. Jetzt schrie der Führer: „Alle fünf Schritte zurück, einen Kreis bilden! Und laßt ihm den Hals frei."
Auf den Zehenspitzen wippend, stand Peter Brüggemann vor ihm und forderte Antwort. Hinter ihm stand der noch höhere Führer mit der Hakenkreuzbinde um den Ärmel der braunen Uniformjacke und einer Schirmmütze, seine Schaftstiefel glänzten.
„Ich heiße Bruno Müller und komme gerade vom Stadion. Ich wollte nach Hause und hörte euer Lied."
Dumpf und schweigend standen die Jungen und sahen auf Peter, der Bruno lauernd begutachtete.
Bruno blieb unwillig stehen. Dem Bürschchen eine runterhauen, das wäre das richtige. Aber der Kerl war ja nicht allein, da hatte man gleich die ganze Horde auf dem Hals.
„Nimm die Hände aus der Tasche und stell dich mir, wenn du Mut hast", forderte der Fähnleinführer nun.
„Du kannst leicht große Bögen spucken, aber wenn ich dir die Knochen breche, dann fallen gleich alle über mich her", nahm Bruno allen Mut zusammen.
„Du bist im Irrtum! Wir sind Hitlerjungen, und wenn einer von uns etwas auszumachen hat, dann tut er das allein. Du kannst ungehindert nach Haus, wenn du mich mit beiden Schultern auf die Erde drückst. Es liegt also an dir."
Bruno grinste ein wenig, tappte mit seinen Fäusten auf den Gegner zu, dann griff auch der zu, beide nahmen den Ringkampf auf. Sie wälzten sich auf dem Boden, Bruno wild und gewandt, Peter verbissen wie ein Marder. Jetzt lagen sie fast bewegungslos in den Klammern ihrer Griffe. Bruno hatte dem Hitlerjungen sein Knie auf die Brust gedrückt, fühlte aber, wie der seine Beine mit den Schenkeln in der Klammer hielt. Er befreite sich durch eine jähe Wendung, doch kam er dabei unter den Gegner zu liegen. Er stemmte sich auf gegen die schwere Last, die ihn zur Erde drückte, und schaffte es, so weit hochzukommen, daß er ein Bein anziehen und sich vom Rasen abstoßen konnte. Bruno lag oben, er umspannte die Handgelenke seines Gegners und drückte sie allmählich immer weiter zur Brust, die rechte Schulter berührte das Gras, bald lag der Führer mit der ganzen Breite seines Rückens am Boden. Bruno ließ die Gelenke seines Gegners frei, stand auf und reichte dem die Hand.
„Von dem Gewinner der Staffel besiegt zu werden ist keine Schande." Überzeugt klang der Selbsttrost des Besiegten nicht. Die Augen der Hitlerjungen zeigten ihre Geringschätzung nur zu deutlich. Der HJ-Führer reichte ihm vorsichtig die Hand, Bruno ergriff sie, schüttelte sie wie

selbstverständlich und trollte sich über die Wiese, nur schnell weg vom HJ-Lager.

Die Hitlerjungen standen noch eine Weile ungläubig um ihren Oberbannführer. Der gab energische Anweisungen, möglichst viele Bündische für das Jungvolk und die Hitlerjugend zu gewinnen. „Solche Kerle wie dieser Bruno eben. Wenn alles nicht hilft, dann, Kameraden, werden kurzerhand die Heime besetzt, von den Neudeutschen, der Sturmschar und so weiter! Brüggemann, komm mal her!"
Der schlich betreten heran, aber zu seiner Überraschung wiederholte Oberbannführer König das Lob von Standartenführer Jostmeier: „Hast mit deinen Hitlerjungen gute Arbeit geleistet! Die Parteiführung spricht dir und den Jungen Anerkennung aus." Auch König lockte mit der Teilnahme am Reichsparteitag. „Hör mal zu, Brüggemann, du kennst doch so manchen von den Bündischen. Sind sicher gute Kerle dabei, die wir einsetzen könnten. Versuch mal, ein paar zu überzeugen. Und wenn's mit guten Worten nicht geht, dann werden wir eben mal einen kleinen Überfall durchführen. Du bist doch dabei – oder?"
Erst der Standartenführer, jetzt der Oberbannführer, sie waren von ihm überzeugt, lobten ihn und sahen ihn für große Aufgaben vor. Ja, er würde sich einsetzen, versprach es mit leuchtenden Augen und schlug in die aufgehaltene Hand seines Vorgesetzten in der HJ – und noch so eine Blamage wie gegen Bruno Müller würde es nicht geben!

Schon bald erlagen sie den Verlockungen: Neudeutsche vom Gymnasium gingen zum Jungvolk und zeigten sogar den Fähnleinführern, wie man einen Heimabend aufzieht. Mehr und mehr wollten Führer in der HJ werden. Viele machten sich etwas vor, glaubten, dort im Sinne des ND wirken zu können. Die Kreuzfahrer-Jungenschaft löste sich auf und trat sogar geschlossen in die Staatsjugend ein.
Vor allem Peter Brüggemann, als Fähnleinführer des Jungvolks mit einer Schulterkordel ausgewiesen, machte sich an die Führer anderer Bünde heran, um sie für das Jungvolk, die „Pimpfe", zu gewinnen. Diese Jungen hatten in ihren Bünden Heimabende, Zeltlager und Fahrten erlebt und schon Erfahrungen in der Führung von Jungen gesammelt. Auch bei der Evangelischen Jugend hatte Peter Erfolg. Die Mitglieder vom „Eichenkreuz" lösten ihren Bund auf und traten in den „Jungdeutschen Orden" der Scharnhorst-Jugend ein. Kurz darauf wurden auch diese von der HJ übernommen. Immer und überall hielt Peter Brüggemann die Augen auf, um die Besten der Besten zu werben. Er hatte vor, eines Tages zum Streifendienst der HJ zu gehören: Das war Elite. Die hatten auf alles und jeden zu achten. Oft traf er Bruno, der ihn im Ring-

kampf besiegt hatte. Obwohl er ihn gern überzeugt hätte, Bruno blieb bei der DJK und – er tat auch weiterhin seinen Dienst als Meßdiener im Hohen Dom zu Paderborn.

Die Wunde am Bein des jungen Herzheim war gut verheilt. Sein Vater hatte ihn am 1. Januar 1934 in das Kaufhaus geholt. Dessen Gesundheit war immer stärker angegriffen, er fühlte sich seit den schlimmen Übergriffen gar nicht mehr wohl. Karl Theo war gerade 27 Jahre alt und gleich in die Geschäftsführung berufen worden. Ludwig trat trotz aller gesundheitlichen Beschwerden noch im Januar eine Geschäftsreise nach Berlin an. Erst wenige Tage waren seit der Abfahrt vergangen, da klingelte das Telefon im Kontor des Kaufhauses Herzheim. Karl Theo erfuhr, daß sein Vater plötzlich zusammengebrochen und an einem Herzschlag gestorben sei. Jetzt mußte er allein die große Last der Geschäftsführung des Kaufhauses tragen. Für mehr als einhundert Angestellte war er nun verantwortlich. Wie sollte er das allein schaffen ohne langjährige Erfahrung?
Bei der Beerdigung des Vaters stand bereits sein Onkel Albert aus Berlin, ein erfahrener Kaufmann, ihm und seiner Mutter Emmi zur Seite. Am 27. Januar bewegte sich ein Trauerzug durch die Neuhäuser, König- und Rosenstraße zum jüdischen Friedhof, an dem, wie am nächsten Tag der „Lippspringer Anzeiger“ in einem Nachruf schrieb, Tausende teilnahmen. Ludwig Herzheim erfreute sich in Paderborn einer so großen Beliebtheit, daß auch die unausgesetzte Judenhetze die Bürger nicht davon abhielt, ihm die letzte Ehre zu erweisen. Schweigend nahmen die Männer die Hüte ab, als der Trauerzug an ihnen vorbeizog. Das Personal eröffnete den Leichenzug, prächtige Kranzspenden wurden vorausgetragen. Dem Leichenwagen folgte eine große Trauergemeinde, die sich aus allen Teilen der Bevölkerung zusammensetzte, vor allem aber die Kaufmannschaft der Stadt Paderborn war in großer Anzahl vertreten. Am Kaufhaus Herzheim hielten alle für ein stilles Gedenken. Seit 109 Jahren war die Familie Herzheim in der Domstadt beheimatet. Besonders der Verstorbene hatte gegenüber seinen Angestellten ein hohes soziales Empfinden und einen großen Wohltätigkeitssinn für die gesamte Stadt gezeigt. „Und das alles wird“, so schloß der Nachruf in der Zeitung, „über alle Strömungen der Zeit hinweg dem Verstorbenen ein ehrendes Angedenken über das Grab hinaus sichern.“
Die überaus starke Anteilnahme an dem Schicksal eines jüdischen Mitbewohners ließ die staatlichen Stellen unruhig werden. Der Stadtrat Seidler mußte einen Bericht an den Landrat schreiben, und der deutete an, Derartiges dürfe sich in Zukunft nicht wiederholen.

1935 Weihnachten und Ostern meldeten die Kaufhäuser Herzheim wie auch Steinberg & Grünebaum Rekordumsätze. Im März starb Siegmund Grünebaum; diesmal widmete die Presse der bekannten Paderborner Persönlichkeit schon keinen Nachruf mehr. Die Einengung des jüdischen Lebensraumes und die diskriminierenden Maßnahmen gegen die Juden nahmen von Monat zu Monat zu. Der jüdischen Bevölkerung wurde die bürgerliche Gleichstellung genommen, indem die Nazis in den „Nürnberger Gesetzen" die Bevölkerung des Reichs in „Reichsbürger" und „Staatsangehörige" unterteilten. Juden war es nun verboten, sogenannte „Mischehen" zu schließen. Dieser Ausschluß aus der staatlichen Gemeinschaft wurde in den Folgejahren immer extremer: Jüdische Ärzte und Anwälte durften nicht mehr praktizieren, jüdische Betriebe mußten gekennzeichnet werden, die Reisepässe wurden eingezogen und neue, mit einem „J" gekennzeichnete ausgegeben.

Es war Mittag in Paderborn. Familie Rosenbaum hatte sich zum Mittagstisch versammelt. Moritz, sein Bruder Sally und sein Neffe Ludwig waren gerade aus dem Büro ihrer Rohproduktenhandlung gekommen, wo sie die neuesten Ereignisse besprochen hatten. Auf den sogenannten „Stürmertafeln" standen weiterhin Hetzparolen zu lesen, wie „Wer beim Juden kauft, ist ein Volksverräter!" Sally zog eine Zeitung heraus und stieß immer wieder mit dem Zeigefinger auf eine Überschrift. „Sie hören nicht auf zu hetzen. Schon wieder schreibt der ‚Filter', hier, hört mal zu: ‚Der Deutsche Bauer hat nichts mit dem Juden zu schaffen!' Sie wollen uns jegliche Existenz entziehen. Getreide soll nur noch christlichen Händlern verkauft werden. Kunstdünger, Kraftfutter darf nur noch durch Genossenschaften oder Kornhäuser bezogen werden. Und Milchvieh und Pferde nur über Viehverwertungsgenossenschaften."
Moritz Rosenbaum nickte mit schmerzlichem Gesicht. „Es ist nichts Neues, Sally, seit 1933 hetzt die NSDAP."
Ludwig Rosenbaum war sehr aufgeregt, zeigte nicht die Gelassenheit seines Onkels. „Und wer dagegenarbeitet, wird als Saboteur behandelt! Stellt euch das mal vor. Wir handeln seit Generationen erfolgreich mit den Bauern der Umgebung von Paderborn, jetzt kommt die Partei und befiehlt, so steht es schwarz auf weiß im ‚Filter': *Wer heute noch sein Getreide an den Juden verkauft, hat damit zu rechnen, daß er ins Konzentrationslager kommt!*"
Eine Weile war es still im Zimmer. Moritz Rosenbaum seufzte tief auf. „Sally, Louis", so nannte er seinen Neffen gern in großer Zuneigung, „das ist noch nicht alles. Gestern nacht ist ein unglaublicher Vorfall geschehen."

Sally und Ludwig traten näher an Moritz heran.
„Da kommt einer unserer Glaubensbrüder mit einem befreundeten Mädchen aus dem Café Wiethaup. Arm in Arm schlendert er mit ihr über die Promenade in der Nähe des Westerntores, um das Mädchen nach Hause zu bringen. Plötzlich werden die beiden in der Dunkelheit von Männern umringt. Sie reißen dem Mädchen die Kleider bis auf die Unterwäsche runter und jagen sie nach Hause. Unseren Bruder Gidion aber schleppen sie zur Kalten Pader und tauchen ihn so brutal unter Wasser, daß er um ein Haar ertrunken wäre."
Sally schlug die Hände zusammen. „Gott der Gerechte, was müssen wir noch über uns ergehen lassen? Die Nazigruppen übertreffen sich ja gegenseitig in ihren Gewalttätigkeiten."
Es klopfte an der Tür, Irma trat ein und rief zum Mittagessen. Sie arbeitete schon einige Zeit im Familienbetrieb Rosenbaum. Die Mutter freute sich, daß gleich, wenn Jenny aus dem Oberlyzeum St. Michael kam, die Familie vollständig beim Mittagstisch zusammensaß. „Wo nur Jenny bleibt? Sie ist doch sonst pünktlich." Der Vater sprach aus, was im Augenblick wohl alle dachten. „Es wird sie doch nicht jemand ...". Ehe er noch den unheilvollen Gedanken vollenden konnte, fiel die Haustür der Bachstraße Nr. 2 laut ins Schloß. „Die ungestüme Jenny", war der Kommentar ihrer Mutter. Von den Nasenflügeln des Vaters liefen zwei scharfe Falten zu beiden Seiten des Mundes, das gab seinem Gesicht einen schmerzlichen Ausdruck. Unter buschigen Augenbrauen blickte er still der Eintretenden entgegen – was sollte nur aus seinen Kindern werden?
„Jenny, was knallst du die Türen?" Ein leichter Vorwurf lag in der Frage ihrer Schwester Irma.
„Ihr könnt es euch nicht vorstellen. Jetzt ist es nicht nur diese BDM-Ziege Hildegund, die immer hinter der Hand ‚*Eine Jüdin, die da*' flüsterte, jetzt stecken auch mehr und mehr meiner Mitschülerinnen die Köpfe zusammen und tuscheln, wenn ich an ihnen vorbeigehe. Sogar einige Lehrerinnen wenden sich ab, um mich nicht zu sehen."
„Kind, du übertreibst", versuchte ihre Mutter zu beschwichtigen.
„Nein, tu ich nicht", schrie Jenny ihre Mutter an, „ich spüre es nicht nur, ich sehe den Haß in ihren Gesichtern, das ist nicht nur so ein bißchen übles Getuschel, die wollen mich nicht mehr in der Schule."
Jenny schluchzte.
Moritz Rosenbaum nahm seine Tochter in den Arm, zog sie zärtlich in den Schutz seiner Schultern, ließ sie eine Zeitlang weinen. Niemand sprach ein Wort. Behutsam strich der Vater über die Haare. Ihre Tränen hatten dunkle Flecken auf der Anzugjacke hinterlassen. „Willst du nicht noch dieses eine Jahr durchhalten? Dann hast du das Abitur und kannst die Schule verlassen."

Jenny richtete sich mit einem Ruck auf, und ebenso energisch wie nachdrücklich sagte sie: „Ich habe gerade vor dem Grabmal mit dem Propheten Ezechiel den Entschluß gefaßt, ich kehre zurück nach Palästina." Einen Augenblick war es totenstill im Raum. Dann prasselten die Fragen auf Jenny ein.

„Was willst du? Nach Palästina?"

„Wie stellst du dir das vor?"

„Was willst du dort tun?"

Jenny wartete einen Augenblick, bis alle Fragen abgeschossen waren.

„Ich habe mich informiert. Es gibt in der Mark Brandenburg ein Lehrgut für Gartenbau und Landwirtschaft. Dort lasse ich mich ausbilden. In Berlin werde ich für eine Weile unerkannt leben und lernen können. Ja, Hebräisch ist wichtig für Palästina und natürlich die Grundlage für mein zukünftiges Leben dort. Ich werde Vorlesungen in der Wissenschaft des Judentums belegen. Vielleicht kann ich noch mein Abitur machen."

Die Eltern und auch Irma waren erstaunt über die Pläne der Tochter und Schwester. Ehe sie antworten und ihre Gegenargumente vortragen konnten, fuhr Jenny unbeirrt fort: „Wir Juden haben in Deutschland keine Zukunft mehr. Ich sehe ja, wie sich der Haß Tag für Tag weiter ausbreitet, zunimmt, Gewalt ausgeübt wird. Auch ihr solltet das Haus und Geschäft verkaufen und schnellstens auswandern, solange noch Zeit bleibt."

Die Eltern, die Schwestern, sie sahen sich eine ganze Zeitlang schweigend an. Irma war die erste, die Worte fand: „Es ist sicher richtig und das Beste, was du tun kannst. Ich wollte, ich wäre gesund genug, um mit dir zu kommen!" Irma hatte wegen eines Hüftleidens gerade wieder einen längeren Krankenhausaufenthalt hinter sich.

Zwei Tage später meldete sich Jenny im St.-Michael-Oberlyzeum ab und trat einer zionistischen Jugendorganisation bei. Die hatten gute Verbindungen nach Berlin. Jenny packte einen Koffer und einen Rucksack und reiste schon kurz darauf über die Reichshauptstadt zu dem Lehrgut Winkel.

Nur wenige Häuser weiter packte auch jemand – einen Fahrtentornister, Bruno Müller. Er hatte sich neben der Sportjugend auch der Sturmschar angeschlossen und wollte, gerade 13 geworden, als einer der jüngsten Teilnehmer mit vielen anderen Ostern 1935 eine Romfahrt als Pilger- oder Wallfahrt in die Stadt des Papstes unternehmen. Eisern gespart hatte er die Monate hindurch, um dabeizusein. Die Sturmschärler! Die nahmen es sogar mit der HJ auf. Das waren Kerle. Mit den Pfadfindern und NDlern wollten sich viele hundert in Rom treffen. In einem nagel-

neuen Ford-Omnibus aus Bad Driburg hatte er bei Driburger und Lippstädter Jungen einen Platz bekommen. Gleich hinter der deutschen Reichsgrenze packten sie die Felltornister, ihre „Affen", aus und legten die Tracht der verschiedenen Bünde an: die Georgspfadfinder ihre grünen Hemden und blauen Halstücher, die Sturmschärler die Jungenschaftsblusen, die NDler die hellgrünen Hemden. Sie entrollten ihre Banner, steckten die Speere zusammen, an denen ihre Gruppenwimpel hingen, stimmten die Gitarren. Aus einem Bus klangen Fanfaren und wilder Wirbel von Landsknechtstrommeln.
Vor den Toren Roms lebten sie sieben Tage in einem großen Zeltlager ihre Traditionen als Jungenbünde. In Rom wurden sie sogar vom Papst empfangen. In einem großen Saal waren über 2000 Jungen und junge Männer versammelt: Germaniker, Sturmschar, Georgspfadfinder, Neudeutsche. Es wurde still. Der Hl. Vater kam in den Saal, in dem die Paderborner standen, hielt auch bei Bruno an. Er reichte jedem die Hand zum Pilgerkuß. „Aus welcher Diözese?" fragte er. „Paderborn", war die vielstimmige Antwort. Der Hl. Vater ging weiter. „Immer noch Paderborner?" fragte der Papst staunend. Später sprach der Papst seinen Willkommensgruß und gab den Segen. Der Reichsführer der Sturmschar heiratete sogar in Rom, sein Nachfolger wurde feierlich ernannt. Durch den Petersdom schallte „Ein Haus voll Glorie schauet ..."

Bruno war begeistert von der Kameradschaft in diesen Zeiten. Die Tage von Rom würden immer in seinem Herzen lebendig bleiben. Über dem Zeltlager hatte auch eine Standarte geleuchtet – das dreifache Kreuz des Papstes. Bruno wollte mithelfen, mit all seiner Kraft, das Werk zu erfüllen. Begeistert sang er ein Fahrtenlied nach dem andern mit, als sie durch die Schweiz fuhren. „Wenn alle untreu werden, so bleiben wir doch treu ..."
Der Bus hielt. Die Jungen putzten die beschlagenen Scheiben blank, sahen im grellen Scheinwerferlicht der hohen Stacheldrahtzäune die grünen Umhänge der Zollbeamten, schwarze SS-Uniformen, Zivilisten in Gummimänteln. Ein dichter Kreis um die drei Busse, die eng hintereinander gefahren waren. Sie waren zurück in ihrer Welt.
Die Tür des Busses wurde aufgerissen, der Gesang verstummte, ein deutscher Polizist mit hohem Tschako stieg in den Bus: „Alle aussteigen, Gepäck mitnehmen und ein bißchen dalli, dalli, ihr Bürschchen."
Durch das Spalier finster blickender Uniformträger wurden die Sturmschärler zum Grenzgebäude getrieben, in kleinen Grüppchen in verschiedene Zimmer geführt. Sie mußten sich auf Holzbänke setzen, die Tornister auspacken. Fahrtenhemden und -hosen, Wäsche, Brotbeutel, Feldflaschen, in denen der letzte Rest Wasser aus Rom gluckerte, die

Musikinstrumente, die Kochgeschirre, aber auch die Pilgerausweise, Fotos, Filme, Ferngläser, Banner und Wimpel, Gesang- und Meßbücher, Listen, Fotoapparate türmten sich aufeinander.
„Wird alles beschlagnahmt", schnarrte eine Stimme hinter einer hellen Bürolampe, die auf die Jungengruppe gerichtet war. „Und für diese Perlenschnüre da, eure Rosenkränze, wie ihr sagt, und für die Medaillen habt ihr pro Stück 35 Reichspfennige an Zoll zu zahlen."
Die Jungen legten mit ängstlichen Blicken ihre letzten Pfennige aus den Geldbörsen auf den Schreibtisch. Ein SS-Mann, der bisher schweigend zugesehen hatte, nahm ein Papstbild mit spitzen Fingern hoch und sagte mit hämischer Miene: „Ihr braucht sicher keine Bilder mehr, habt ja den Papstsegen!" Er zerriß das Bild und warf die Fetzen in den Papierkorb.
Dann das Verhör. Die Fragen prasselten auf die Jungen ein. Wer dabei gewesen sei in Rom, wer die Führer der Gruppen wären, wer die Fahrt vorbereitet habe, woher sie denn das Geld gehabt hätten, wen sie in Rom getroffen hätten? Die Jungen versuchten, trotz ihrer Angst ausweichend zu antworten, möglichst nicht viel zu verraten.
Dann kam aus dem Dunkel hinter der Schreibtischlampe, die unentwegt mit gleißendem Lichtschein die Augen der Jungen blendete, die Frage: „Wißt ihr überhaupt, daß während eurer Romfahrt der ganze Jungmännerverband vom Reichsinnenminister verboten worden ist?"
Hilflos sahen die Jungen sich an. Das konnte doch nicht wahr sein – dann war endgültig alles vorbei! Von nebenan hörten sie mit einem Mal ein fürchterliches Gebrüll, irgend jemand schnauzte die Kameraden an: „Ihr wäret besser in Italien geblieben. Ihr seid doch keine Deutschen!"
Nachdem alle Namen notiert worden waren, mußte das Vernehmungsprotokoll unterschrieben werden. Jeder wurde nochmals einer Leibesvisitation unterzogen, kein Krümel blieb in den Hosen- und Hemdentaschen. Bruno hatte bald die Fassung wiedergewonnen. Seine Angst verwandelte sich langsam in Ärger und Wut. Das konnten die doch einfach mit ihnen nicht machen! „Ich möchte wenigstens eine Quittung über meine Sachen ausgestellt bekommen, die Sie beschlagnahmt haben!" forderte er mit bebender Stimme. Einen Augenblick konnte man im Raum eine Stecknadel fallen hören. Die Jungen hielten entsetzt den Atem an.
„Du bist wohl wahnsinnig geworden. Du hast hier keine Forderungen zu stellen, sonst kommst du gleich in eine Einzelzelle!" brüllte es hinter der Lampe.
„Bist du von allen guten Geistern verlassen?" zischte ihn ein Kamerad an. Endlich das erlösende Kommando: „Na, haut ab in Gottes Namen, der Papst hat euch ja schon gesegnet."

Es blieb lange still im Bus, als sie nach Stunden des Aufenthaltes in den Grenzgebäuden bis in den dämmrigen Morgen endlich weiterfahren durften. Die Polizei, die SS und die anderen hatten es geschafft, sie einzuschüchtern.
Einer nach dem andern nickte ein, so mancher Kopf kippte auf die Schulter des Nachbarn. Einige hatten sich auf den Boden gelegt. Stunden später rüttelte einer der Gruppenführer einen nach dem anderen im Bus wach: „Wir sind in Kassel." Bruno wischte wieder mal das beschlagene Fenster sauber. Leise Worte wie „Flieger-HJ" und „Spezialeinheit" hörte er hinter sich. Bruno drehte sich um, sah, wie einige Jungen die Köpfe über die Omnibussitze hinweg zusammensteckten. „Bruno, mach mit! Wenn wir nach Hause kommen, können wir uns nicht mehr treffen. Aber wenn wir alle gemeinsam in die Flieger-HJ gehen, da bleiben wir weiter zusammen und könnten vielleicht sogar unsere Gruppe beibehalten."
„Ihr seid doch verrückt, als wenn das ginge. Nein, in die HJ eintreten, ohne unsere Sturmschar zu verraten, kommt gar nicht in Frage!"
Bruno wurde heftig widersprochen. „Du hast doch gehört, der Verband ist aufgelöst. Glaubst du, wir könnten uns noch als Sturmschärler treffen? Im Leben nicht, die passen jetzt auf jeden von uns auf."
„Ich bin auch dafür, daß wir zusammen in ein Fähnlein eintreten, und das am besten in die Marine- oder Nachrichten-HJ", schlug ein anderer in die gleiche Kerbe.
„Nee", meinte ein anderer, „ich weiß, daß ein paar von den NDlern auch in die Flieger-HJ gegangen sind. Ist mehr 'n technischer Betrieb, so mit Funken und Morsen, nicht so viel Marschieren und Geländeübungen und so."
Bruno gefiel die Idee nicht. „Ich werde mal sehen, was in der Pfarrei los ist. Erst mal bleibe ich Meßdiener, und dann sehen wir weiter."
In Paderborn wurden die Romfahrer von ihren besorgten Müttern und Vätern in Empfang genommen. Auch in den Elternhäusern waren schon Beamte der Geheimen Staatspolizei gewesen und hatten Nachforschungen angestellt. HJ-Führer Peter Brüggemann hatte nach dem Verbot der Gruppen Erfolg bei vielen Romfahrern, seine Führerstellen waren besser denn je besetzt. Aber bei Bruno biß er noch immer auf Granit. Der wollte nicht. Die nächsten Monate vergingen. Immer wieder sprach der zum Jungbannführer aufgestiegene Peter Brüggemann ihn an: „Bist ja immer noch nicht in der HJ, Bruno. Überleg's dir gut, jetzt könnten wir dich noch gut gebrauchen." Eine überlegene, fast drohende Haltung ging von dem ganz schwarz Uniformierten mit schwarzer Dienstmütze, roter Schulterkordel und Schaftstiefeln aus. „Eines Tages ist es zu spät, dann *mußt* du zu uns kommen, aber nicht als Fähnleinführer, sondern als Hitlerjunge und nicht mehr."

1936 Die totale Gleichschaltung des gesamten Lebens nahm auch in Paderborn immer perfektere Formen an. Vom Tag der Machtergreifung am 30. Januar über den Heldengedenktag, Hitlers Geburtstag, inzwischen ein Staatsfeiertag, dann dem 1. Mai und dem Muttertag, marschierte jedes Dorf, jede Stadt, das ganze Reich unentwegt auf, ließ Fahnen wehen, Fackeln lodern, die Straßen hallten vom Marschtritt, und auf den Plätzen dröhnte das „Heil – Heil – Heil".

Peter Brüggemann war in das Parteibüro befohlen worden. Nach dem Marsch zum Reichsparteitag in Nürnberg hatte er einen dicken Stein im Brett bei Jostmeier, der schon bald zum Gemeinderat „ernannt" worden und auf der Parteikarriereleiter auch ein Stück geklettert war. Peter richtete noch einmal seine Uniform, bevor er an die Bürotür des SA-Oberführers klopfte. Dahinter ging es sehr lautstark zu, so daß Peters Klopfen überhört wurde.

„So geht das nicht, Herr Gerson, Sie können nicht Ihren Einsatz als Frontkämpfer und die Auszeichnungen mit dem EK II und dem Ehrenkreuz vorschieben, um sich hier lieb Kind zu machen und Vorteile erhaschen zu wollen. Nein, nein, nein, hier im Großdeutschen Reich wird jeder gleich behandelt, und Gesetz ist nun mal Gesetz."

„Aber, Herr Oberführer", versuchte Ernst Gerson seine Begründung zu erhärten.

„SA-Oberführer für Sie, Herr Gerson", unterbrach ihn Jostmeier.

„Herr SA-Oberführer, ich gebe zu Protokoll, daß mir das Judentum und dessen religiöse Tradition fremd ist, ja ich denke und fühle nicht als Jude und empfinde Bitterkeit darüber, daß ich als Volljude angesehen werde!"

„Herr Gerson, Sie nehmen schon zu lange meine Zeit in Anspruch. Der Reichsinnenminister hat entschieden und damit basta!"

„Ich erlaube mir aber darauf hinzuweisen, daß der SS-Arzt in der Beurteilung geschrieben hat, daß ich nicht die typisch jüdische Kopfform aufweise."

„Nun hören Sie aber mal auf, Sie Judenlümmel, Sie", Jostmeier brüllte, daß förmlich die Wände wackelten, und nahm jetzt kein Blatt mehr vor den Mund, ließ vielmehr jede Zurückhaltung vermissen: „Die städtische Kriminalabteilung schreibt doch hier, daß Sie schon äußerlich den typischen Juden verraten!"

Wenige Sekunden war nun Totenstille im Raum. Dann war wieder Jostmeier zu hören: „Nun nehmen Sie den Bescheid und dann raus hier! Machen Sie, daß Sie wieder zu Ihrem Bonfatius-Verein kommen, da gehören Sie doch hin, Sie … jüdischer Verräter!"

Die Tür öffnete sich, ein tief verzweifelter Mann trat auf den Flur, brab-

belte was von „Warum eigentlich zum Katholizismus konvertiert … Schulorden eingetreten … gehe nach Österreich, da hab ich Ruhe!"
Peter Brüggemann starrte dem gebrochenen Mann nach, der mit wankenden Schritten über den Flur schlurfte, besann sich und wandte sich zum Zimmer des SA-Oberführers.
„Ah, der Jungbannführer Brüggemann! Nun nimm mal lockere Haltung an", sagte Jostmeier jovial zu dem zackigen Hitlerjugendführer, der eine stramme Meldung hinlegte.
„Mußte mir erst dies Judenpack vom Hals schaffen. Nun zu dir, ich habe zwei gute Nachrichten für dich. Erstens, du wirst hiermit sofort zum Streifendienst der HJ abkommandiert. Zweitens, du wirst mit einer Reihe anderer Kameraden an der Sonnenwendfeier der SS auf der Wewelsburg teilnehmen, verstanden? Und – mach mir keine Schande!"
Peter schlug die Hacken zusammen, preßte die Hände an die Hosennähte und sagte ein wenig überlaut: „Danke, gehorsamst, Herr SA-Oberführer. Melde mich heute noch beim Streifendienst."
„Nun mal langsam mit den jungen Pferden, Brüggemann. Die Papiere sind fertig, aber gemeldet wird erst morgen!"
Peter hätte vor Glück laut schreien können, als er das Büro verließ. Endlich hatte er erreicht, was er wollte, nun gehörte er zur Elite der HJ!

In Berlin wollte Hitler der ganzen Welt mit den Olympischen Sommerspielen, diesem Fest der Nationen, Macht und Zauber seines neuen Deutschlands vor Augen führen. Das Reich hatte zur Durchführung dieser Spiele Anstrengungen gemacht, die ohne Vergleich waren: Ein olympisches Sportfeld mit einer Riesenarena, die an Größe sogar das antike Colosseum in Rom übertraf, ein Olympisches Dorf für die Teilnehmer aus 52 Staaten wurde aus dem Boden gestampft. Gleichzeitig wurden im Spanischen Bürgerkrieg Hitlers neueste Waffen erprobt, Sturzkampfbomber eingesetzt, und deutsche Soldaten gaben der Welt einen Vorgeschmack auf das, was noch folgen sollte.
Auch in Paderborn sollte in diesem Jahr ein großes Fest gefeiert werden: das Liborifest, nicht irgendeins, sondern die 1100-Jahr-Feier der Überführung der Reliquien des hl. Liborius.
Das Metropolitankapitel hatte in vielen Sitzungen das Festprogramm aufgestellt. Es sollte ein Treuebekenntnis zu Glaube und Kirche gerade jetzt in der schweren Zeit werden. Viele hatten die Berichte aus alter Zeit im Kopf, über das glanzvollste Libori-Jubiläum vor 200 Jahren: Fürstbischof Clemens August hatte damals weder Kosten noch Mühen gescheut, um dem Fest den Glanz seiner Zeit zu verleihen. Jetzt aber war das Hauptziel, die Gläubigen im Glauben zu stärken und ihnen das Bewußtsein der Zusammengehörigkeit zu vermitteln. Deshalb plante das

Kapitel die Teilnahme am Fest als Pilgerfahrt. Wallfahrer aus allen Gemeinden des Bistums sollten nach Paderborn kommen, um vom Grabe des Heiligen neue Glaubensfreude und frischen Mut in ihre Heimat zurückzutragen. Endlich war alles gut organisiert. Und die Gläubigen kamen in Scharen: Jeden Tag 10 000 bis 15 000 Pilger mit Sonderzügen, Tausende einzeln oder in kleineren Gruppen mit Autos, Motorrädern und Autobussen. Die eintreffenden Pilger wurden am Bahnhof abgeholt und zum Dom geleitet. Prozession auf Prozession zog durch die Stadt; am letzten Sonntag zählte man allein vierzig Sonderzüge mit je 900 Fahrgästen. Bis alle Menschen den Bahnhof verlassen hatten, dauerte es allein drei Stunden. Der Dom war völlig überfüllt, obwohl jeder Teilnehmer nur an einer Veranstaltung im Dom teilnehmen durfte. Aber auch in den übrigen Kirchen, besonders der Jesuitenkirche, standen die Besucher dicht an dicht. Das „Westfälische Volksblatt" schrieb von der Jubiläumsfeier, daß „sie zwar an äußerem Glanz, aber nicht an innerem Wert und an Bedeutung den festlichen Tagen von 1736 nachstände".

Die Prozession nahte. Die Jungen und jungen Männer ließen die Christusfahnen hoch über ihren Köpfen flattern, alle zeigten sich einheitlich in schwarzen Hosen und weißen Hemden – Uniformen der alten Jugendgruppen waren verboten. Sie zogen zum Festhochamt im Dom. Bruno Müller folgte als Meßdiener andächtig dem Pastor. Hinter den Gläubigen am Straßenrand sah er die HJ, Peter Brüggemann an der Spitze. „Aha, Streifendienst", schoß es Bruno durch den Kopf. Er sah noch, wie sie Fotoapparate hochhielten und eifrig auf den Auslöser drückten. Immer diese Spioniererei, ob bei den Sportfesten der DJK, ob bei den Prozessionen, vor den Geschäften der jüdischen Kaufleute standen sie, jeden und alles hielten sie im Foto fest.

Nach dem Gottesdienst räumte Bruno Fahnen und Laternen weg. Einige junge Männer stürzten plötzlich in den Raum hinter der Sakristei aufgeregt zur Tür herein. „Man hat Tränengasbomben geworfen!" Domkapitular Schulte rief sofort die Polizei.

In einem der hinteren Räume verhörten die Polizisten die jungen Männer. Fassungslos hörte Bruno, wie die Ankläger zu Angeklagten wurden. „Was, man hat Tränengasbomben geworfen? Das glauben Sie doch selbst nicht. Wer sollte das tun? Was sind Sie von Beruf?" schnauzte der Polizeikommissar.

„Student", kam zögernd die Antwort.

„Wann machen Sie das Examen?"

„In vier Wochen."

„Und Sie wollen heute Tränengasbomben festgestellt haben? Was ist Ihr Vater?"

„Redakteur beim Münsterschen Anzeiger."

„Was?“ fragte der Polizist scheinheilig, „was, an diesem schwarzen Blatt? Denken Sie an Ihr Examen!“
Verängstigt nahm der Student seine Aussage zurück: „Nein, ich habe nur einen Schnupfen, der hat mir anscheinend die Tränen in die Augen getrieben!“
Bruno hatte bei diesem eigenartigen Verhör die Fäuste geballt. So war das also. Feine Polizei! Von denen war also auch keinerlei Hilfe zu erwarten!

Nach dem feierlichen Gottesdienst eilte Bruno zum Quinhagen, an den geheimen Treffpunkt, wo sich die letzten Getreuen der Sturmschar trafen. Diese Geschichte mit dem Tränengas mußte er unbedingt erzählen. Auf dem Weg sah er sich vorsichtig nach allen Seiten um. Im Schutz eines Baumes beobachtete er einige Zeit die Straße, aber niemand war zu sehen, und gefolgt war ihm auch kein Mensch. Er ging durch Hunstigs Werkstattür in das Sarglager. Särge aller Art, gebeizte und unbehandelte, große und kleine, in hellen und dunklen Hölzern, standen herum. Hier und da lag ein Sargdeckel daneben, andere aufgestellt in Reih und Glied. Bruno drängte durch die Sargreihen und fand in der hinteren Ecke einen abgeteilten Verschlag. An der Tür klopfte er das SOS-Zeichen: dreimal kurz, dreimal lang, dreimal kurz. Das war so abgemacht und hieß soviel wie „aufmachen“. Um einen Tisch saßen die letzten Sturmschärler, die noch nicht in die HJ übergetreten waren und sich noch heimlich zu treffen wagten. Wie versteinert hörten alle zu, was Bruno aus der Domsakristei zu berichten hatte.
„Du kommst gerade richtig. Und was du erzählst, Bruno, ja das wird jetzt jeden überzeugen, endlich den letzten Schritt zu tun.“
„Was heißt hier letzter Schritt?“ wollte der wissen.
„Nun“, sagte der Wortführer, „wir alle haben die gehässige Vernehmung damals bei der Rückkehr von Rom erlebt. Immer wieder hat die HJ unsere Heime überfallen. Jetzt diese neue Attacke. Wir haben doch keinen Schutz mehr.“
„Aber hier sind wir ungestört, hier haben wir unseren heimlichen Treffpunkt.“
„Aber wie lange noch, Bruno, weißt du es? Zwei Monate, eine Woche, die nächste Stunde? Jeden Tag kann dieser geheime Ort auffliegen. Was machen die dann mit uns? Ich möchte auch dich überzeugen, komm mit uns in die Flieger-HJ. Da sind wir weiter zusammen und bleiben auch unter uns.“
Bruno schüttelte immer noch abweisend den Kopf. Das war doch nicht zu fassen, diese Kerle. In Rom noch große Schwüre, heilige Lieder, jetzt fielen sie der Reihe nach um.

„Bruno", der Lange vom Kamp klopfte ihm auf die Schulter, „komm morgen mit zur Luftwaffen-Werbewoche auf den Fliegerhorst. Wir sehen uns mal um, vielleicht läßt du dich überzeugen. Sonst bist du der letzte, der von der Sturmschar hier im Sarglager übrigbleibt."

Im Fliegerhorst war richtig was los. Auch die Sturmschärler waren begeistert der Führung durch die Hallen und Räume gefolgt, sahen die verschiedensten Flugzeugtypen der Luftwaffe, kletterten auf Flakgeschütze, sausten mit der automatischen Vierlingsflak im Kreis herum und sahen sich die schlanken Segelflugzeuge an. In den Räumen standen braune Bänke, darauf waren Morsegeräte montiert, aus denen lange weiße Papierstreifen liefen. Bruno hatte sich über eines dieser Geräte gebeugt, tippte auf die Taste, ein feines Zirpen ertönte „di–", dann tippte er wieder, mal länger, mal kürzer „di-da-didit".
„Bist ja schon ein richtig toller Funker, Bruno." Jemand schlug ihm von hinten auf die Schulter. Bruno drehte sich herum, Peter Brüggemann und ein paar vom HJ-Streifendienst standen hinter ihm.
„Na, überzeugt vom Dienst in der Flieger-HJ?" fragte Peter.
„Ganz schön spannend hier. Gefällt mir gar nicht so schlecht, würde gern mal in so'n Segelflieger steigen."
„Das kannst du gleich haben. Ich kenne den Ausbilder, ist mein ehemaliger Lehrer, komm mit, Bruno."
Er schob Bruno durch die Tür auf das Gelände. An der Motorwinde begrüßte Peter einen braungebrannten Mann im grauen Overall. Sie redeten eine Weile leise miteinander, sahen öfter zu Bruno herüber, dann winkte Peter. Bruno ging auf die beiden zu.
„Du kannst sofort beim nächsten Start in die Luft gehen, ist das nicht Klasse?" Der Mann klinkte das Seil in die Nase des zweisitzigen Lehrflugzeuges, klappte die durchsichtige Haube zur Seite und winkte Bruno, einzusteigen. Der Pilot gurtete sich hinter ihm an, gab ein Handzeichen. Das Drahtseil spannte sich, ruckte die Maschine ein wenig und zog sie dann über die grüne Graspiste. Bruno saß verkrampft auf seinem Sitz und starrte geradeaus. Es ruckelte und rumpelte heftig – doch plötzlich hatte das Geräusch aufgehört, der Wind pfiff nun an dem Flieger entlang. Bruno sah zur Seite und bemerkte, daß sie schon ein ganzes Stück vom Boden entfernt waren. Das Segelflugzeug ging steil in die Luft, dann gab es einen Klack, und unter ihnen rauschte es. „Der Fallschirm", sagte die Stimme hinter ihm.
Leicht und nur vom Pfeifen des Windes begleitet, schwebte der weiße Vogel über dem Fliegerhorst, drehte ein paar Schleifen. „Sieh mal nach unten, da liegt das Schloß Neuhaus, die drei glitzernden Streifen sind die Pader, Alme und Lippe. Hinten die hellen Flächen, das ist die Senne!"

Der Pilot mußte ganz schön gegen den Fahrtwind anschreien, um Bruno auf die Landschaft aufmerksam zu machen. Er drehte noch zwei, drei Spiralen, schraubte sich ein wenig höher und setzte dann in einer langen Schleife zur Landung an. Sanft setzte der leichte Flieger auf der Grasnarbe auf, und nach einer kurzen Rumpelpartie stand er still. Von der Seite sprangen einige Jungen in brauner Uniform herbei und hielten die Tragflächen, damit sie nicht zur Seite kippten.

„Na, wie geht's dir, Bruno, alles klar, oder ist dir schlecht?"

„Nein, nein, alles wunderbar überstanden, keine Probleme!" rief er begeistert.

„Dann bist du ja bestens geeignet, bei uns das Segelfliegen zu lernen."

„Ist das möglich, kann ich das?"

„Klar, du mußt nur in die Flieger-HJ eintreten, und schon gehörst du zu uns!"

So war das also, Segelfliegen, Morsen, zur Fliegerei gehören, das war Klasse!

Bruno bat Peter Brüggemann um ein Aufnahmeformular, der drehte sich um, kniff seinen Begleitern ein Auge zu und zog ein Papier aus der Brusttasche. Auch Bruno hatte dem „Heldenklau" Peter nicht widerstehen können!

1937 21. Juni – die Nacht der Sommersonnenwende nahte. Peter Brüggemanns Uniform war aufgebügelt, Schulterriemen, Koppel und Stiefel poliert. Mit vielen anderen von der HJ und Mädchen vom BDM war er auf LKW der SS abgeholt worden. Sie durften Gäste auf der Wewelsburg sein. Nach einem gemeinsamen Abendessen und einem Rundgang durch die Burg hatten sie anzutreten. Gegenüber von HJ und BDM standen die Männer der „SS-Ordensburg": junge, groß gewachsene Männer, auch in schwarzen Uniformen. Vom weißen Koppel mit Patronentaschen lief ein ebenfalls weißer Schulterriemen über die Brust. Statt der Feldmützen trugen sie Stahlhelme mit der SS-Rune; die Schaftstiefel glänzten matt im Mondlicht. Hell hoben sich die weißen Hemdkragen und Handschuhe mit dem weißen Koppelzeug von den schwarzen Uniformröcken ab. Noch standen die drei Kompanien schnurgerade ausgerichtet wie ein schweigendes schwarzes U auf dem Burghof. Dann knallten nach knappen Kommandos über dreihundert Gewehrschäfte und Stiefel wie einer, Leiber und Füße standen auf Befehl absolut still, bewegungslos, dann wurden die Gewehre präsentiert, Augen flogen nach rechts. Vor den kantigen, regungslosen Gesichtern unter den Stahlhelmen loderten die Fackeln. Eisige Stille lag über dem Platz. Ein kleiner, ebenfalls schwarz Uniformierter trippelte mit beinahe schüchternen Bewegungen aus dem Haupteingang der Burg in die Mit-

te der Angetretenen. Das war der Mann von Hitlers Seite, aus seinem allmächtigen Hauptquartier mit einer Ju 52 hierher geflogen.
Drohend blickte der Totenkopf von der mit Silberkordel geschmückten Dienstmütze, als der Mann in die Mitte trat und seine Ansprache hielt.
Peter Brüggemann schwirrte der Kopf von Begriffen wie „Endkampf der arischen Rasse – Sein oder Nichtsein – Rassenauslese – Untermenschen, Übermenschen". Fiebernd hörte er den rausgehämmerten Tiraden zu. Die Atmosphäre pulsierte, sein Herz hämmerte. Später würde er den genauen Inhalt der Rede kaum weitergeben können; nur das war wichtig: SS-Mann, Orden, Elite! Seine Augen leuchteten, er blinzelte zu den Kameraden rüber. Das waren Kerle! Keiner unter einem Meter und achtzig Zentimetern, trainierte Körper unter den Uniformen, auf die konnte man sich verlassen, wenn es mal ernst werden sollte. Hatten sie ja schon in der Hitlerjugend gesungen: „... unsre Fahne ist mehr als der Tod!"
Sicher, heiraten wollte er auch einmal, aber nicht, bevor er zur Wehrmacht kam. Da wollte er lieber noch warten, dann aber könnte es eines dieser blonden Mädchen neben ihnen sein.
Das Schlußlied riß ihn aus seinen Gedanken: „Die Fahne hoch, die Reihen fest geschlossen...", es klang wie immer nach nationalsozialistischen Weihestunden.
Es folgte das feststehende „gemütliche Beisammensein". Zwischen den SS-Männern saßen die Jungen von der HJ, hier und da eines der BDM-Mädchen. Die Zigaretten qualmten, die Bierkrüge wurden eifrig nachgefüllt. In der Nacht huschten Gestalten über die Gänge. Peter war in einen bleiernen Schlaf gefallen, bis am nächsten Morgen ein Trompetensignal zum Wecken ertönte. Nach dem Frühstück hatten sie noch etwas Zeit, ehe die LKW sie wieder in die Stadt bringen würden. Peter stand auf dem Söller und blickte in das Almetal. „Na, Peter, hat's dir gefallen hier oben?" sprach ihn eine Stimme an. Er drehte sich um. Das war ja ein Hauptsturmführer aus der Stadt, kannte er doch, hatte ihn schon mal gesehen.
„Ja – ja, jawoll, Obersturmführer!" schmetterte Peter.
„Wie, was, Jungbannführer, stottere nicht so rum, hat's dir gefallen?"
„Klar, hat mir gefallen. Tolle Männer, die von der SS hier oben."
„Na, und möchtest du auch mal dabeisein?"
„Möchte schon, aber ob ich das schaffe?"
„Na, sportlich bist du ja, Größe hast du auch, schaffst du!"
„Wäre großartig, Herr Obersturmführer!"
„Wann wirst du achtzehn?"
„Nächstes Jahr, Herr Obersturmführer!"

„Also, dann kommst du zu mir, werde das schon deichseln, wenn du willst. Und bis dahin – weiterhin strammer Dienst!"
„Und ob, Herr Obersturmführer, und – danke!"
Peter machte eine zackige Kehrtwendung und lief im Hochgefühl, einer der Auserwählten des Führers zu sein, die Treppe hinunter, zu den LKW mit den Kameraden, die er gleich mit der Nachricht „Ich gehe zur SS" überraschte. Es wunderte ihn im Überschwang gar nicht, daß die anderen nur grinsten und sagten: „Klar, machen wir doch auch!"

Im hohen Alter von 92 Jahren starb im Februar 1937 Adele Rosenbaum, die Mutter des Moritz Rosenbaum, Oma von Jenny und Irma. Sie hatte über vierzig Jahre dem Paderborner jüdischen Frauenverein vorgestanden und war 1922 mit einer Ehrenmedaille ausgezeichnet worden. Noch vor zehn Jahren begleitete eine große Trauergemeinde aus der Bevölkerung den Leichenzug ihrer Schwiegertochter Emma, die Frau Sally Rosenbaums, noch 1934 standen Tausende an der Straße, als Ludwig Herzheim beerdigt wurde. Schon ein Jahr später ging kaum jemand aus der Bevölkerung mit zum Friedhof, als Siegmund Grünebaum zum Grab getragen wurde. Jetzt folgten dem Sarg nur die Mitglieder der jüdischen Gemeinde, denn jede arische Familie vermied es, durch öffentliche Solidarisierung mit jüdischen Mitbürgern den Blick auf sich zu lenken.
Das wäre ja fast noch erträglich gewesen, aber die jüdischen Mitbürger Paderborns wurden wie im übrigen Reich immer weiter gedemütigt, herabgesetzt, in ihrer Menschenwürde erniedrigt. Dennoch, hier und da zeigte sich bei einigen Paderborner Bürgern Selbstbewußtsein, Beherztheit, Tapferkeit vor den braunen Machthabern: Der Stadtbaurat Paul Michels kaufte bei Steinberg & Grünebaum Wäsche, einen Leinenkragen und ein Stück Stoff, Knöpfe und Gummiband. Diese Käufe wurden zur „Affäre Michels" von der Deutschen Arbeitsfront und vom Bürgermeister und Landrat bis hin zum Oberpräsidenten von Westfalen hochgespielt und führten zur Zwangspensionierung des Stadtbaurates.
Eine jüdische Turngruppe in Paderborn zu gründen wurde untersagt. Die Putzmacherinnung beantragte, jüdische Verkaufsstände auf dem Liborimarkt nicht zuzulassen. Den Juden wurde verboten, das Kaiser-Karls-Bad zu benutzen. Karl Theo Herzheim wurde die Ausstellung eines Reisepasses verwehrt: Er habe seit längerer Zeit ein Verhältnis mit einer Christin, hieß es in dem abschlägigen Bescheid, und es sei anzunehmen, in der Schweiz werde die Ehe geschlossen.
Zum Liborifest klebten die braunen Schmierkolonnen Plakate mit der Parole „Deutsches Volk, horch auf!" an die Geschäfte von Juden und früheren Zentrumsanhängern, aber auch an das Leokonvikt, das Priesterseminar und an das Haus des Weihbischofs Baumann.

Selbst Juden, die sich – aus welchem Grund auch immer – mit dem Staat auf eine Stufe stellen und sich angleichen wollten, wurde von der Geheimen Staatspolizei verboten, die Hakenkreuzfahne zu zeigen.
Dann wurde alles bürokratisch-technisch perfektioniert: Auf Anweisung der Geheimen Staatspolizei mußten alle Gestapodienststellen im Reich eine „Judenkartei" anlegen: Jeder Jude mußte mit Name, Beruf, Geburtsdatum und Vereinszugehörigkeit erfaßt werden; dazu alle Kraftfahrzeuge in jüdischem Besitz.
Aber die meisten Deutschen glaubten, das Land blühe auf; die Zeitungen meldeten immer neue Erfolge der Nationalsozialisten: Wohnungs- und Autobahnbau, eine starke Landwirtschaft, Einführung der Wehrpflicht, Einmarsch ins Rheinland, Anschluß der Saar, ja der Anschluß Österreichs, das Sudeten- und das Memelland wurden noch gefordert – daneben entstanden gewaltige Rüstungs- und Militärbauten, Luftwaffenhäuser und Fliegerhorste und der Westwall. Die Stärke der deutschen Wehrmacht wuchs von Tag zu Tag, das Volk stand vor der Entscheidung zwischen „Kanonen oder Butter" – und es marschierte militärisch und politisch straff organisiert mit!
Auch die Schlagzeilen der Zeitungen in Paderborn überschlugen sich: Die Stadt unter dem siegreichen Hakenkreuz – Garnisonstadt Paderborn – Paderborner Land feierte den Geburtstag des Führers – Paderborn beweist seine Treue: 96,5 Prozent geben dem Führer ihre Stimme – Hakenkreuz über Paderborn – Mit altem Kampfgeist ins neue Jahr.

1938 Die Nacht vom 9. auf den 10. November 1938 war empfindlich kalt. Nur wenige Menschen bevölkerten in später Stunde die Straßen. Wer noch unterwegs war, strebte eiligst nach Hause, der gemütlichen Wohnstube zu. Plötzlich klirrten irgendwo Fensterscheiben, junge Männer in Militärstiefeln, oben weiten, an den Knien anliegenden Reiterhosen und Ziviljacken liefen über die Straße und verschwanden um die Ecke. Wieder prasselten Steine in Glasscheiben. Passanten meldeten den Vorfall auf der nächsten Wache. Aber die Polizisten standen mit verschlossenen Gesichtern im Raum, blickten verlegen zu Boden. Endlich gab ein alter Wachtmeister den Leuten den Rat, sie möchten rasch nach Hause gehen und sich um nichts kümmern.
Immer wieder kamen Leute zur Tür der Wache rein. Überall würden Schaufenster eingeschlagen, ja Schlägerbanden drängten in die Wohnhäuser, Villen, sogar in die Bank jüdischer Mitbürger ein, und Menschen würden auf offener Straße verprügelt und wie Vieh gejagt. Die Polizisten zuckten mit den Schultern. Sie hatten ihre Anweisung „von oben". Am „Bazar Storch" gab es schon keine Schaufenster mehr, nur noch wild gezackte Glassplitter steckten in den Rahmen. Stoffe, Textilien, Wä-

sche landeten auf dem Bürgersteig, wurden auf dem offenen Platz angezündet. Zwei schwarze Löcher gähnten anstelle der sonst gut dekorierten Schaufenster. Möbel lagen auf dem Gehweg, aufgeschlitzte Sessel und ein Sofa.

Nur Steinberg & Grünebaums Geschäft neben dem Rathaus zeigte keine Schäden: Im Oktober vor zwei Jahren war angezeigt worden, daß „die altbekannte Firma … als deutsches Geschäft" fortgeführt werde. Nachdem Karl Theo Herzheim von SA-Rüpeln wieder in die Pader getaucht worden war und der Boykott trotz einer treuen Stammkundschaft immer stärker wurde, hatte er im April das Kaufhaus am Marienplatz veräußert und einige tausend Reichsmark als „Reichs-Fluchtsteuer" hinterlegen müssen. Jetzt saß er im Zuchthaus Kassel – er hatte im März Hilde Grünewald aus Neuhaus geheiratet, eine „Arierin", und war wegen Rassenschande nach dem Gesetz „Zum Schutz des deutschen Blutes und der deutschen Ehre" von der Strafkammer Paderborn verurteilt worden.

Sally Rosenbaum und sein Sohn Ludwig wollten den Bruder und Onkel in der Bachstraße aufsuchen. Nach diesen gewalttätigen Zwischenfällen konnte es in den Häusern der jüdischen Gemeindemitglieder schlimm aussehen. Sie eilten über den Hof zu Moritz Rosenbaum, betraten vorsichtshalber von hinten das Geschäft. Da sahen sie die Bescherung: Die Einrichtung war zerschlagen, auf dem Boden lag, blutig und mit beschmutzten Kleidern, halb bewußtlos Moritz Rosenbaum. Die SA hatte „Haussuchung" gehalten – bloß ein Vorwand, um alles zu zerschlagen. In einem plötzlichen Einfall hatte Moritz sein EK I an den Rock gesteckt, war so den Leuten gegenübergetreten, hatte noch geglaubt, sie damit beeindrucken zu können. Die fielen aber um so wütender über ihn her: Er schände das Zeichen, das auch der Führer trage, er habe es sicher irgendwo gestohlen. Dann hatten sie ihn geprügelt, getreten und wieder geprügelt.

„Wir sollten außer Landes gehen, Louis. Es wird noch schlimmer kommen!" Ächzend ließ sich Moritz von seinem Neffen, den er in liebevoller Zuneigung gern *Louis* nannte, aufhelfen. Seine Frau Jettchen brachte Tücher und eine Schüssel mit warmem Wasser. „Komm, Moritz, ich will dir das Blut abtupfen." Während sie ihren Mann versorgte, schaute sich Louis um und entdeckte den Orden des Ersten Weltkrieges an Rosenbaums Jacke.

„Lieber Onkel, du hättest die nicht mit dem Eisernen Kreuz provozieren dürfen. Aber warten wir doch erst einmal ab." Die Rosenbaums wollten immer noch nicht glauben, was sie sahen. Ihre Herzen schlugen heftig. Sally erinnerte an den verstorbenen Freund früherer Zeiten: „Der Emil Paderstein hat es jetzt besser, er schaut jetzt in das Antlitz von Gott dem

Gerechten." Er schaute an die Decke, als könnte er in den Himmel blicken. „Der Emil würde sich beschweren beim Rat der Stadt, er hätte das nicht hingenommen. Diese Rabauken, nein Schlägertypen, Kriminellen – ich kann es nicht glauben, daß dies unser Deutschland sein soll!"

Sally faßte sich ans Herz und stöhnte auf. „Nimm einen Stuhl, Sally." Der Zusammengeschlagene hatte Mühe, ihm einen der halbwegs benutzbaren Stühle hinzuschieben. „Du hast ja recht, Emil war ein aufrechter Bürger, hat nicht nur viel für die Armen gestiftet, er hatte auch keine Angst, stets seine Meinung zu sagen. So wie damals, als die Stadt Paderborn eine Straßenbahn bauen wollte, aber auf die notwendige Kanalisation für Abwässer verzichtete. Aber ich fürchte, heute würde es kaum etwas nutzen, sich bei den Behörden zu beschweren oder die Schläger anzuzeigen!"

„Paderstein hat sogar noch in seinem Vermächtnis 10 000 Reichsmark für die Armen der Stadt hinterlassen."

„Gott, der Gerechte, soll seiner gütigen Seele ebensolche Güte erweisen. Amen!" Rosenbaum hatte bei dem frommen Wunsch beide Hände und sein zerschundenes Gesicht zum Himmel gerichtet.

Draußen hämmerten Faustschläge an die Tür. „Aufmachen, Polizei!".

Ängstlich sahen sich die Rosenbaums an. „Mach schnell auf, Moritz, sonst treten die noch die Tür ein."

Im Türrahmen standen SA-Männer in Uniform, Standartenführer Jostmeier vorneweg. „Moritz Rosenbaum?" Der nickte stumm. „Fertigmachen zum Abtransport, Waschzeug, Rasierzeug einpacken." Die Schaftstiefel polterten weiter, blickten kurze Zeit später noch einmal zur Tür rein und winkten ohne Worte Sally Rosenbaum und dessen Sohn Ludwig ebenso wie Moritz auf die Straße. Mit einer bläulichen Abgasfahne ratterte der LKW los. Die Plane war heruntergeschlagen, festgezurrt.

Jettchen Rosenbaum starrte dem Transport nach. Dachau? Buchenwald? Wo mochten die Männer ankommen? Würden sie je ihre Familien, ihre Heimat wiedersehen? Wann würden die braunen Schergen auf sie warten?

Im Café Hansmeier saß Feuerwehr-Kreisinspektor Böhle mit einigen Kameraden, sie besprachen die nächste Übung. Da stürmte ein junger Mann aufgeregt in das Lokal. „Herr Böhle", der Junge schnappte erst ein paarmal nach Luft, „Herr Böhle, die Synagoge soll angezündet werden. In der Westernstraße laufen Männer in schwarzer und brauner Uniform herum. Die haben bestimmt was vor!"

Böhle stürzte, ohne ein weiteres Wort zu verlieren, auf die Straße. Er

sprach den nächststehenden Uniformierten an: „Was soll das mit dem Feuer?"
SS-Obersturmführer Nagorny trat auf ihn zu: „Regen Sie sich ab, Mann, wer sind Sie überhaupt?"
„Ich bin Kreisinspektor Böhle und Führer der Paderborner Feuerwehr. Wenn hier was angesteckt wird, dann können wir zu dieser Nachtzeit keine Garantie übernehmen, daß das Feuer nicht auch auf das Vincenz-Krankenhaus übergreift. Da muß zuvor das gesamte Krankenhaus evakuiert werden."
Nagorny drehte sich kurz zu seinen Männern um und brüllte „Abmarsch!" – „Morgen ist auch noch ein Tag!" – „Wir kommen wieder!"

In der Stadt zersplitterten weiter die Fensterscheiben. „Wenn das Judenblut vom Messer spritzt ..." schallte es durch die Straßen. Otto Nagorny, ein SS-Obersturmführer von Himmlers Gnaden, führte 20 SA- und SS-Männer an, die, mit Knüppeln und Pistolen bewaffnet, auftauchten, sagte ungläubigen Passanten, es geschehe alles auf Anweisung von Reichsminister Goebbels: Genugtuung für das Attentat des jungen Juden Herschel Grünspan auf den deutschen Diplomaten Ernst vom Rath in Paris. Bürgermeister Kosiek und Landrat Althans begleiteten die randalierende Rotte.
An Stricken gefesselt, schubsten sie einige Männer und Frauen vor sich her – wieder waren jüdische Mitbürger verhaftet worden. Ein SA-Mann legte den Eheleuten Baum einen Strick um den Hals. Er beugte sich zu dem Kraftwagen, der langsam hinter den Männern herfuhr, und wollte den Strick an die Stoßstange binden. Da fuhr ein Polizeibeamter dazwischen, der bis dahin still geblieben war: „Laß das, führt die Leute, wenn es schon sein muß, so in das Polizeigefängnis. Weg da vom Auto." Dem SS-Obersturmführer in seiner schwarzen Uniform war das gar nicht recht, daß ihm jemand von der Ordnungspolizei widersprach. Er brüllte den Wachtmeister an: „Heute haben wir die Straße!" Plötzlich rief eine Stimme: „Und jetzt auf zu dem Kahn, der fehlt uns noch in der Sammlung!"
„Die Straße" drang in die Wohnung der Eheleute Kahn in der Grube ein. Auch vor der Wohnung der Löwenbergs machten sie nicht halt. In hysterischer Zerstörungswut schlugen die braun und schwarz Uniformierten in den jüdischen Wohnungen und Geschäften alles kurz und klein und nahmen die Bewohner fest.
Johlend zog der Trupp weiter.
Am nächsten Vormittag mußten viele der Festgenommenen unter Polizeibewachung in Busse steigen, die sie über den Domplatz fuhren, vorbei an ihrer Synagoge. Einige hundert Menschen hatten sich hier ver-

sammelt. Die Insassen der Busse versuchten, etwas durch die Scheiben zu entdecken. Feuerwehr sahen sie, eine schwere, schwarze Qualmwolke über der Synagoge. „Es brennt, es brennt", flüsterte es durch den Bus. Keiner wagte ein lautes Wort. Dafür schrie draußen ein Haufen Hitlerjungen um so lauter. Peter Brüggemann dirigierte mittendrin den „Chor", sie skandierten immer wieder „Erst Knoblauch, dann Weihrauch!" In der Tür der Synagoge erschien SS-Obersturmführer Otto Nagorny, ein SA-Mann reichte ihm einen Kanister.

Plötzlich schrillte das Klingeln der Feuerwehr, Sirenen heulten auf. Die Menschen auf den Straßen sahen aus der Synagoge am Busdorf gelbrote Flammen in den grauen Novemberhimmel schlagen. Die Feuerwehrautos bahnten sich ihren Weg durch die zusammengelaufenen Menschen – gelöscht wurde aber noch längst nicht! Männer in seltsamer Zivilkleidung, zusammengesucht aus alten abgetragenen Sachen und Militärutensilien, redeten mit finsteren Mienen auf die Feuerwehrleute ein. Einige zogen Ausweise aus der Tasche, hielten sie den Männern an den Spritzen unter die Nase. Diese begnügten sich resigniert mit Absperrdiensten und damit, die Rohre auf die Nachbargebäude, das Sanitätshaus Brinkmann und vor allem das Vincenz-Krankenhaus, zu richten.

SS-Männer schleppten derweilen die kultischen Gegenstände aus der Synagoge: Gebetsrollen, die Thora und Gebetsschemel. Aus dem Dach quollen plötzlich dunkle Rauchwolken. Öl, der SS-Obersturmführer hatte tatsächlich Öl in das Feuer gegossen! Die Paderborner Bürger blieben immer noch tatenlos, griffen nicht ein! Schweigend standen sie dabei, bedrückt von einer noch ungeahnten Schuld, starrten die Menschen fröstelnd in den Rauch der Synagoge. Plötzlich stürzte mit Krachen und Bersten die Kuppel des Gebetshauses zusammen. „Dem Führer sei Dank", ließ sich Stadtbaurat Keller vernehmen, der eben erst mit Nagorny aus dem Gebäude getreten war, „der Schandfleck in unserem historischen Stadtbild ist beseitigt!"

Aus dem Krankenhaus kamen zwei, drei Schwestern mit ihren wippenden weißen Hauben gelaufen. Sie suchten den Feuerwehrführer, fanden ihn, redeten auf ihn ein, aufgeregt wiesen sie immer wieder mit den Fingern auf die bleiverglasten Fenster. Jetzt sahen es alle, die ersten Verglasungen waren herausgefallen, es war höchste Gefahr für die umliegenden Gebäude im Verzuge!

Brandmeister Böhle kommandierte, ohne noch irgendeinen der Uniformierten zu fragen: „Wasser marsch!" und aus vier Rohren war das Feuer in Minuten gelöscht.

Man hörte und sah nichts von den Männern der Familie Rosenbaum und anderen. In Dachau, Oranienburg, Buchenwald und an anderen Plätzen zogen sich hohe Stacheldrahtzäune Hunderte von Metern um

Barackenlager. SS-Posten wachten an den Toren, eine Zone des Schweigens umgab diese KZ. Wer dennoch entlassen wurde, verpflichtete sich bei Todesstrafe zu unverbrüchlichem Stillschweigen. Nach Monaten kamen Moritz, Sally und Ludwig Rosenbaum aus dem Konzentrationslager Buchenwald in ihre Wohnungen zurück, still, schweigsam, gebeugt, krank die einen an Gebrechen, die andern an Geist und Seele. Sie sollten gefälligst binnen kürzester Frist auswandern. Wenige Tage nach ihrer Rückkehr erhielten all diese jüdischen Bürger Paderborns einen Brief von der Stadtverwaltung: „... und werden Sie hiermit aufgefordert", nun waren Datum und Betrag genannt, „Reichsmark für die Wiederherstellung des Straßenbildes zu zahlen."

Nur ein Jahr später stand die Welt in Flammen: Am Vormittag des 1. September 1939 tönte Hitlers heisere Stimme aus den Lautsprechern der Volksempfänger: *„Polen hat heute nacht zum ersten Male auf unserem eigenen Territorium auch durch reguläre Soldaten geschossen ... Ich habe wieder jenen Soldatenrock angezogen, der mir selbst der heiligste und teuerste war. Ich werde ihn nur ausziehen nach dem Sieg – oder ich werde dieses Ende nicht erleben."* Seit dem 1. September wurde nun „zurückgeschossen". Still und mit bangen Gesichtern hatten die meisten Deutschen diese Nachricht gehört. Keine Blumen für die ins Feld ziehenden Männer, Väter und Brüder wie 1914. Der Krieg war zur furchtbaren Gewißheit geworden. Die schnellen Siege ließen die Stimmung jedoch schnell kippen – die nur geringen eigenen Verluste waren bald vergessen, sofern man nicht selbst betroffen war – na ja, eben unvermeidlich, wenn es darum ging, Deutschland zu alter Größe zu führen. Als Hitler jedoch die Sowjetunion überfiel, wurden die Verlustlisten immer länger. „Mit Bedauern müssen wir Ihnen mitteilen ... Gefallen für Führer, Volk und Vaterland!" – diese Mitteilung wurde für immer mehr Familien schreckliche Wirklichkeit. Für viele jüdische Mitbürger zerstörte der Kriegsausbruch die letzte Hoffnung, durch Ausreise dem drohenden Verhängnis zu entfliehen. Die Hoffnung, die Deutschen könnten Hitler energischen Widerstand entgegensetzen, machte der Krieg ebenfalls zunichte. Zunächst war Hitler durch die Blitzsiege mehr denn je der Held des Volkes, dann stumpfte die Not des Krieges und der Bombennächte die Menschen mehr und mehr ab, auch für das Unglück ihrer jüdischen Nachbarn. Man hatte genug mit sich selbst zu tun.

1941

Nur einmal noch regte sich in Paderborn – nein, kein Aufbegehren, wohl aber eine zarte Pflanze des Protestes. Am 19. Oktober sollte der neue Erzbischof von Paderborn, Lorenz Jaeger, nach seiner Ernennung die Bischofsweihe erhalten. Schon die Zeichen der Natur waren vieldeutig: Am Vorabend brauste ein gewaltiger Orkan über die Domstadt dahin. Bäume wurden entwurzelt, Dachpfannen von den Dächern gerissen, und der Himmel schüttete aus den Wolken gewaltige Wassermassen.

Ein ganz anderer Orkan tobte am nächsten Morgen über den Domplatz: Der neu ernannte Erzbischof fuhr in seine Kathedrale. Nuntius Orsenigo sollte ihn zum Bischof weihen. Trotz der schlimmen politischen Vorzeichen, trotz des braunen Terrors hatten sich Tausende vor dem Dom eingefunden. Sie waren von der Paderborner Hochfläche gekommen, aus dem Sauerland, ja aus dem entlegenen Ruhrgebiet, sogar aus Sachsen und Anhalt, um den Tag mitzufeiern.

Nachmittags bekräftigten viele Gläubige, die Kolpingssöhne und andere katholische Organisationen ihr Treuegelöbnis durch einen Sprecher vor dem Erzbischof. Auch Bruno Müller, der kurz vor seinem 18. Lebensjahr stand, hatte das rote Gewand der Meßdiener mit weißem Rochett angelegt und war als Obermeßdiener vor den kleineren mit der großen Prozession zur Bischofsweihe gegangen. In Massen füllte die Jugend der Diözese den Dom, hing an der Kanzel und den Beichtstühlen, drängte sich so zahlreich und eng auf den Emporen, daß sogar die Verdunklungen für den Fliegeralarm zerrissen wurden.

Begeisterte katholische Jugendliche in solchen Mengen? Die Nazigrößen Paderborns waren entsetzt über diese Störung der „öffentlichen Ordnung". Die Drahtzieher würde man schon erwischen und zur Verantwortung ziehen.

Schon drei Tage später wurde Bruno zur Bannführung bestellt. Da residierte er nun hinter seinem großen quergestellten Schreibtisch, dieser junge braune Möchte-gern-Gott mit funkelnden Brillengläsern, auf der linken Seite seiner gut geschneiderten Uniform baumelte eine geflochtene rote Schnur, das Abzeichen seiner hohen Würde. Der Auftritt zwischen ihm und Bruno dauerte genau zwei halbe Zigarettenlängen: Eine Zigarette hatte er bereits im Mund, als der Meßdiener und Flieger-HJler kam, und die zweite war nicht zu Ende geraucht, als Bruno ihn wieder verließ. Bruno kam nicht zu Wort. Er hörte nur, welche Schande er dem Führer gemacht habe und daß er für die Jugend des Führers untragbar sei und daß er mit Schimpf und Schande aus der Jugend des Führers ausgestoßen werde. Diese braune „Herr-lichkeit" verlangte Brunos Mitgliedsausweis, faßte ihn mit spitzen Fingern an, zerriß die Seiten, warf sie in den Papierkorb, brüllte ziemlich unsanft „Raus!". Damit hatte für Bruno Müller die Angelegenheit Flieger-HJ ein Ende.

Sie blieb merkwürdigerweise ohne Nachspiel, das heißt, vorläufig verfügte Bruno in der Woche über zwei Abende mehr, brauchte sonntags nicht mehr zu marschieren und alles das mitzumachen, was bei der vormilitärischen Ausbildung durch die Hitlerjugend gang und gäbe war – bis zu seiner bevorstehenden Einberufung zur Wehrmacht.

Die Staatspolizei begann im gesamten Bistum nach den Organisatoren der Kundgebung zu suchen. Überall Hausdurchsuchungen, alles wurde auf den Kopf gestellt. Telefone wurden überwacht, Briefe abgefangen. In Siegen glaubte die Gestapo eine Spur gefunden zu haben – sie entdeckten den Namen eines jungen Mannes. Aus Hagen sollte er stammen, katholischer Jugendführer des Bundes „Neudeutschland" dazu, Hans-Joachim Degenhardt sei sein Name.
Trotz aller Verbote wollte die Gruppe einen Elternabend durchführen. Jochen, wie ihn seine Geschwister und Freunde nannten, suchte mit Dieter, einem Jungen aus der Gruppe, die Oberin der Hildegardisschule auf. Höflich baten die beiden NDler, der Gruppe einen Raum für den Abend zu überlassen. Aber sie glaubte, es sei zu gefährlich, und berief sich auf die Verhaftung von 60 bis 80 Jungen aus dem Sauerland, die man nach der Bischofsweihe schon vor vier Wochen festgesetzt hatte. Als sie die enttäuschten Gesichter der beiden sah, versprach die Oberin, noch einmal mit den anderen Schwestern zu sprechen.
„Kommt morgen abend noch einmal, dann gebe ich unseren endgültigen Entscheid. Bis dahin – Gott befohlen!"

Zu dieser Zeit durften Juden nicht einmal mehr Parkbänke benutzen. Sie hatten bei der Beförderung in Straßenbahnen, Omnibussen und Schiffen zurückzustehen, durften nur 3. Klasse fahren und Sitzplätze dann einzunehmen, wenn Nichtjuden Platz gefunden hatten. Juden war es verboten, Zeitungen und Zeitschriften zu beziehen, Bücher im Buchhandel zu kaufen, Briefe ins Ausland zu schicken, ihre zustehenden Titel wie Doktor, Professor zu verwenden, nichtjüdische Friseure in Anspruch zu nehmen oder Haustiere zu halten. Von nun an sah man neben den Ortsschildern der Kurorte und Sommerfrischen wie in Bad Lippspringe Tafeln mit der Aufschrift „Juden sind hier unerwünscht!" Alle Juden hatten ab 1. September den Judenstern auf ihrer Kleidung zu tragen und durften den Bereich ihrer Wohngemeinde ohne schriftliche Erlaubnis nicht verlassen. Ein handtellergroßer, gelber sechszackiger Stern mit der Aufschrift „Jude" – ein der hebräischen Schrift nachgeahmter Schriftzug – nahm diesen Mitbürgern die letzte Chance, sich zu tarnen. Monate später mußten auch die Wohnungen der Juden mit einem „Judenstern" auf der Wohnungstür neben dem Namensschild gekennzeichnet werden.
Als in diesen Tagen die Not in unterschiedlichster Form zum Begleiter der Menschen wurde, zogen auch Gruppen von Pimpfen in schwarzer

Winteruniform über die Straßen von Paderborn. „Altmaterialsammlung!“ schrien sie fortwährend, dann wieder „Altpapier, Alteisen, Buntmetall, Knochen!“ Sie führten kleine Holzwagen oder zweirädrige Karren mit sich, sammelten das, was an den Haustüren stand, ihnen zugeworfen oder aus den Hinterhöfen an die Straße gebracht wurde.
Andere Gruppen waren erfindungsreicher, sie hatten ein eigenes Lied für die große Sammlung auf den Lippen: „Lumpen, Knochen, Eisen und Papier – ja das sammeln wir, wir sammeln Lumpen, Knochen, Eisen und Papier, ausgehau'ne Zähne sammeln wir, Lumpen ...“
An jeder Ecke standen Hitlerjungen und BDM-Mädels mit Sammelbüchsen des sogenannten „Winterhilfswerkes“.
„Eine Spende fürs WHW, eine kleine Spende ...“ hieß es unentwegt. Zwei Industriezweige hatten Hochkonjunktur, arbeiteten mit Frauen und „Fremdarbeitern“ rund um die Uhr, an den Fließbändern: die Rüstungsindustrie und – die Abzeichenfabriken. Seit Jahren wußte Hitler den Bürgern auch den letzten Groschen aus der Tasche zu ziehen. Dafür durften sich die edlen Spender Abzeichen aussuchen und anstecken: Trachtenpuppen, Blumen aller Art, Wappen der deutschen Gaue, der Einfallsreichtum der Hersteller bunter Anstecknadeln grenzte ans Unermeßliche. Nur – Butter, Obst, ja selbst Grundnahrungsmittel wie Mehl und Zucker wurden knapp, Apfelsinen, Schokolade gab's kaum noch. Und alles andere gab's nur auf den bunten Lebensmittelmarken, immer schön haushalten, Schlange stehen, alles wird rar in Deutschland!

Hans-Joachim Degenhardt merkte an diesem Mittag des 3. Dezember, als er aus der Schule kam, daß etwas ganz Ungewöhnliches geschehen sein mußte. Seine Mutter und Schwester liefen aufgeregt durch die Wohnung; es war ihnen anzusehen, daß ein Unglück geschehen war. Mit einem Blick hatte er festgestellt, daß die Betten noch nicht gemacht waren, in seinem und des Bruders Zimmer alle Sachen, Textilien und Bücher, Briefe, die Gruppenausrüstungen in vollkommener Unordnung auf Stühlen und Tischen verstreut herumlagen. Viel schlimmer war, daß seine Mutter rote, verweinte Augen hatte und das Gesicht seiner Schwester eine krankhafte Blässe zeigte.
Seine Mutter ging zum Küchenherd und begann gedankenlos in einem Topf herumzurühren.
„Was war los?“ durchbrach Jochen die Stille des Raumes, die nur vom schabenden Geräusch des Suppenlöffels unterbrochen wurde.
„Sagt bitte, was ist geschehen?“ wiederholte Jochen noch einmal seine Frage.
Seine Schwester antwortete anstelle der Mutter, die sichtlich um Fas-

sung bemüht war und ein Schluchzen, das den ganzen Körper durchschüttelte, nur krampfhaft unterdrücken konnte.
„Heute morgen ist die Gestapo bei Stenners gewesen. Alle Briefe von deinem Freund Stinnes haben zwei Männer beschlagnahmt."
„Und nach der Wohnung von Dieter und Hubert haben sie auch noch gefragt", ließ sich nun auch die Mutter vernehmen, „jetzt wird es wohl nicht lange dauern, bis sie hier sind."
Jochens Schwester berichtete stockend weiter: „Dann hat die Gestapo bei Stinnes zwei Stunden alles durchwühlt, jedes Fach, jeden Schrank, jede Lade. Anschließend sind sie zu Büenfelds gefahren. Herr Büenfeld war hier und erzählte, daß gleich im Flur alles lag, was die Staatspolizei suchte: Papier für den Vervielfältigungsapparat, fertige Einladungen für euren Elternabend, Liederblätter, auch die Matrizen für das neue Liederheft, das ihr zusammengestellt habt, alles, alles haben die Männer mitgenommen. Schließlich sind sie noch in Dieters Mansarde gestiegen und fanden auch das übrige: die Gruppenbücherei, die Chronik und eure Fahrtenkasse."
„Ach, jetzt dämmert es mir, warum Dieter plötzlich den Unterricht verlassen mußte; da haben die ihn aus der Schule geholt. Was machen wir nun?"
Seine Mutter blieb stumm, rührte weiter im Suppentopf.
„Wir haben schon mal angefangen, die wichtigsten Unterlagen von eurer Gruppe herauszusuchen", klärte ihn seine Schwester über die Unordnung auf.
„Das war gut, und wir müssen jetzt den Vervielfältigungsapparat und alle anderen bedenklichen Sachen wegräumen. Helft ihr mir dabei?" fragte Jochen seine Schwester und den jüngeren Bruder.
Sie sprangen auf und begannen hektisch, alle verdächtigen Sachen wegzuräumen oder an anderen, unverdächtigen Orten zu verstecken – zuletzt die Schreibmaschine.
Dann erst blieb Zeit für das verspätete Mittagessen. Mühsam quälten sich die Geschwister mit der Suppe. Die Mutter verließ mit Jochens Schwester das Haus; sie wollten versuchen, den Vater in der Bank zu erreichen. Bange sahen sich die Geschwister über den Tisch hinweg an. Jeden Augenblick konnte die Türklingel gehen.

An diesem Tag wollte es nicht hell werden in Hagen. Ein grauer Himmel hing über der Stadt. Die Uhr zeigte 15.45, als die Haustürklingel im Röntgenweg 30 schrillte. Einmal, dreimal, immer wieder – es wollte gar nicht aufhören. Als Jochens Bruder die Tür öffnete, drängten sich zwei mittelgroße Gestalten in dunklen Ledermänteln herein.
„Heil Hitler", einer hielt die Marke hoch: „Gestapo!"

Ohne weiteres traten sie in die Wohnung der Familie Degenhardt. Der Wortführer herrschte die beiden Jungen an, die im kleinen Flur der Wohnung standen: „Wohnt hier ein Hans-Joachim Degenhardt?"
Der ältere von beiden warf den Kopf zurück und versuchte, seiner Stimme einen festen Klang zu geben: „Ja, das bin ich."
Ohne weitere Ankündigung betraten die Männer auch die Räume, die vom Flur abgingen, und begannen sehr zielgerichtet im Zimmer des Gesuchten den Schrank zu durchsuchen. Wäsche, Strümpfe, der Tornister, einige Bücher flogen auf den Boden.
„Wo ist der Vervielfältigungsapparat?" fragte lautstark einer der Polizisten.
„Und wo die Schreibmaschine?" bellte der andere hinterher.
„Diese Sachen stehen nicht hier", antwortete Jochen.
„Mensch, ich will jetzt wissen, wo die Sachen sind!" brüllte der erste wieder.
„Ich weiß es nicht."
„Hans-Joachim, bist du Schüler?" fragte jetzt der Beller.
„Ja", antwortete er.
„Das kann ich dir aber sagen – Schüler bist du gewesen!"
Jochen schaute fragend zu seinem jüngeren Bruder, zog hilflos die Schultern hoch und sah den Männern nach, die immer wieder von Zimmer zu Zimmer gingen und herumschnüffelten.
„Wir brauchen hier nicht länger zu suchen. Am besten ist es, wir nehmen ihn mit, dann hat er Zeit genug, sich zu überlegen, wo die Sachen sind", hörte Jochen den Wortführer, „in drei Minuten Waschzeug und Rasierzeug, ach, das brauchst du ja noch nicht, also in fünf Minuten Abmarsch."
Sie riefen den Befehl über die Schulter und machten sich daran, die restlichen Räume zu durchwühlen. Sie zogen Schubladen auf und stöberten in Schränken, schauten in jeden Winkel und drehten alles zuunterst und zuoberst, sogar in die Spüle des Klosetts sahen sie, faßten unter den Ofen, schoben das Sofa von der Wand, nahmen Bilder ab, kurz, es blieb kein Winkel unbesehen, aber – ohne Erfolg!
Blitzschnell ging diese Tätigkeit vonstatten, die Männer zeigten eine unglaubliche Routine, offensichtlich gehörte dies zu ihrer täglichen Arbeit. Während Jochen mit weichen Knien seine Sachen zusammensuchte, immer von einem Gestapo-Mann genau beobachtet, kam einer zurück in den Flur und fragte Jochens Bruder: „Wo sind eure Eltern eigentlich?"
„Die sind zu Verwandten, verreist."
„Sag deinen Eltern, daß dein Bruder", er legte den Kopf ein wenig schief und sah dem Jungen scharf in die Augen, „es ist doch dein Bruder? – oder?" Der Jüngere nickte eifrig.

„Also sag deinen Eltern, daß wir ihn in Haft nehmen. Er muß mit nach Dortmund in das Gefängnis an der Steinstraße!"
Jochens Bruder hatte schon seine Fassung wiedergefunden: „Und warum muß er mit? Was hat er denn getan?"
„Wegen Verdacht auf verbotene bündische Umtriebe. Das sind politische Gründe. Also, los jetzt!"
Der andere Polizist kam aus den Zimmern. „Nichts gefunden, Sturmbannführer Buschmann."
Wortlos schob der Chef der Gestapo Hans-Joachim Degenhardt aus dem Flur, sein Bruder sah mit zusammengebissenen Lippen hinterher – nein, er wollte nicht weinen, wenn sein Bruder schon so tapfer war.
Dreißig Meter von der Wohnung der Familie Degenhardt in Hagen stand ein Personenwagen. „Zum Bahnhof", ordnete Buschmann an. Als sie über die Altenhagener Brücke fuhren, drehte sich der Sturmbannführer auf dem Autositz herum und versuchte sein Glück noch einmal: „Sagst du jetzt, wo die Sachen sind?"
„Nein", war Jochens ebenso knappe wie eindeutige Antwort.
Buschmann holte aus und wollte ihm eine Ohrfeige geben, aber irgendwie verhedderte er sich dabei. Jedenfalls gelang es nicht, Jochen einzuschüchtern. Am Bahnhof stiegen die drei aus dem Auto.
„Verbrecher gehören in die Mitte", meinte Buschmann und verzog hämisch den Mund. Jochen betrat zwischen den beiden Männern die Polizeiwache am Bahnhof Hagen.
Auf einer mit dunkelroter Ölfarbe gestrichenen, sehr abgeschabten Bank saßen Dieter und Hubert. „Hinsetzen und Ruhe, kein Wort!" kommandierte der zweite Polizist. Beide Gestapoleute verschwanden in einem Zimmer.
„Briefe in Sicherheit", zischte Hubert von der einen Seite, und „Liederbücher in der Schulmappe, nichts gefunden." Und von der anderen flüsterte Dieter: „Briefe von Troost auf'm Klo vernichtet."
Es dauerte nur wenige Minuten, dann kam Buschmann mit seinem Begleiter zurück. „Los, die Sachen ins Auto tragen", er wies auf einen Tisch in seinem Büro. Neben Büchern und einem Paket Vervielfältigungspapier lagen Hubertus Fotoapparat und sein Vergrößerungsgerät. Die drei Jungen zwängten sich auf den Rücksitz, Buschmann saß vorn, er gab dem Fahrer die Anweisung: „Zur Prentzelstraße".
Den dreien hinten wurde ganz heiß, denn sie wußten, das war der Hauptsitz der Hagener Geheimen Staatspolizei, über den man so einiges munkelte: Einzelzellen, Folterkeller und so weiter. Aber nur Buschmann sprang aus dem Wagen, kam nach wenigen Minuten zurück und wies mit dem Finger nach vorn. Der andere wußte offensichtlich Bescheid.
Hubert drehte und wendete sich so lange im Auto, bis er die richtige

Sitzhaltung gefunden hatte, legte einen Arm wie zufällig über die Rücklehne und ließ ihn dahinter herabhängen. Jetzt erreichte er mit den Fingern den Vergrößerungsapparat und machte sich geräuschlos irgendwie an dem Gerät zu schaffen. Reden konnten die drei nicht miteinander, aber das kurze Hochziehen von Huberts Mundwinkel signalisierte den anderen seinen offensichtlichen Erfolg.

Draußen war es inzwischen dunkel geworden, der frühe Wintertag ließ die trübselige Landschaft von einem schmuddeligen Grau in bodenlose Schwärze versinken.

Die Fahrt in dem dunklen Auto schien endlos zu dauern. Keiner sprach ein Wort, nur die Zigaretten der Polizisten glühten in der Dunkelheit auf. „Dortmund-Hörde" lasen die Jungen im matten Scheinwerferlicht auf einem Straßenschild. Schon bald hielten sie vor einem dunklen Gebäude. „Aussteigen und die Sachen aus dem Auto reintragen!" gab Buschmann sein knappes Kommando.

„Geheime Staatspolizei" las Jochen, während er vorsichtig Huberts Fotoapparat hochtrug. Stolz war sein Freund darauf gewesen, immerhin hatte der 110 Reichsmark gekostet. Der trug sein Vergrößerungsgerät, für das allein hatte er mehr als 300 Reichsmark hingeblättert. Im dritten Stock durften die Jungen die Sachen in einem Raum abstellen. Ein Mann saß hinter einem Schreibtisch und notierte: „Ein Fotogerät, ein ..." der Federhalter stockte, der Schreiber blickte kurz auf. „Was ist das für'n Ding?"

„Ein Vergrößerungsapparat für Fotos", gab Hubert zurück.

Gehässigkeit verzerrte das Gesicht seines Gegenübers hinter dem Schreibtisch. Der zog die Hakenkreuzbinde über dem Hemdsärmel zurecht und brüllte los:

„Eh, du, Bürschchen, hast wohl die HJ nur als Tarnung benutzt, was?"

Hubert antwortete für alle: „Nein, das würden wir uns doch niemals einfallen lassen!"

„Ihr Verbrecher wollt wohl ins KZ, was?"

Hubert lächelte ihn nur mitleidig an. Das brachte ihn und auch Buschmann, der hinzugetreten war, in Erregung. Der Sturmbannführer begann wieder zu schreien: „Das Lachen wird dir noch vergehen, Wichtmann, das kann ich dir sagen."

Und zu seinen Kollegen gewandt: „Ich freue mich, daß wir auf so billige Weise noch einen Fotoapparat bekommen. Komm mal her, Wichtmann, erklär uns mal das Vergrößerungsgerät." Buschmann beugte sich über das Gestänge und den Metallkörper und Hubert ebenfalls. Nach kurzer Prüfung sagte der aber: „Muß wohl beim Transport was kaputtgegangen sein. Läßt sich nicht mehr bewegen."

„Mist, verdammter, können wir's ja gleich in die Altmaterialsammlung geben."
Hubert feixte. Die Gestapoleute konnten sein Gesicht nicht sehen, während er sich zu seinen Freunden rumdrehte. Erste Runde für Hubert!

Die Fahrt ging weiter, und irgendwann fuhren sie durch düstere Unterführungen, von oben drangen Eisenbahngeräusche in die Straße. Der Wagen machte eine scharfe Rechtskurve und stand kurz darauf in einem Hof. Zwei Straßenlaternen warfen einen schwachen Lichtschein auf ein graues Gebäude.
„Aussteigen, aber dalli, dalli!"
Die Jungen stolperten über das nasse, glatte Pflaster des Innenhofes auf eine Tür zu. Bitterkalt war dieser Dezemberabend. Aus dem vierstöckigen Gefängnisgebäude schlug ihnen warme, miefige Luft entgegen. Durch das Haus hallten Schritte, schwere Türen klappten, Rufe, Schreie, die von oben kamen. Die Jungen sahen sich scheu, ja ängstlich um. Was würde jetzt folgen? Noch ehe sie sich eine Antwort geben konnten, herrschte sie eine Stimme an: „Hierher kommen!" Sie gingen in den Wachraum an der Tür und standen vor einem Holzschreibtisch. Der Lichtschein einer hellen Lampe wurde von einem auf den anderen gerichtet.
„So, so, du bist also dieser Degenhardt? Und du der Wichtmann? Und nun mal Hosentaschen leeren, alles hier auf den Tisch."
Sie kontrollierten die Personalien, Jochen leerte als erster seine Taschen, die bis auf ein Taschentuch nur die Geldbörse enthielten.
„Aufmachen!" Eine Hand wies auf das abgewetzte Portemonnaie.
Ein paar Münzen rollten über die Holzplatte.
„Fünf, sieben Reichsmark und achtzig Pfennige."
Dann kratzte eine Feder über das Papier eines Buches mit vielen Spalten. Die anderen warfen ihre kleinen Habseligkeiten daneben, ebenfalls Geld, Koppel, Messer, Uhren und Bindfaden, was ein Junge so bei sich trug.
„Hans-Joachim Degenhardt, Häftling Nummer 4610, ab in Zelle 27, zweiter Stock – oder halt, warten!"
Jetzt wurden Listen in Büroordnern gewälzt, Namen verglichen, ein Beamter beugte sich über die Seiten, schüttelte den Kopf und sprach leise mit dem anderen: „Geht nicht. Muß allein bleiben. Verdunklungsgefahr." Die Männer merkten, daß die Jungen die Ohren spitzten. „Erst mal raus hier."
Als sie aus der Tür des Wachraumes traten, standen sie im Innern des Gefängnisses.

Jochen blickte nach oben, eine Eisentreppe schob sich diagonal mit 45° durch alle Stockwerke, vier Etagen hoch, Maschendraht sicherte die offenen Treppenschächte. Das Gebäude – ein langes Rechteck, an dessen Längsseiten die Zellen lagen. Davor ein Gang, ein Meter breit, begrenzt von einem Gitter. Unten, das hatten sie schon mitbekommen, lagen die Räume für die Vernehmungen, die Wache und eine Küche.
Auf dem schmalen Gang standen außer den Jungen noch andere Leute, die meisten hatten das Gesicht zur Wand gerichtet. Die drei Jungen standen nicht weit voneinander. Buschmann war gegangen, kein Aufseher in der Nähe.
„Zsst, Hubert, die wissen alles von uns", flüsterte Jochen zur Seite, ohne seinen Kopf zu drehen.
Dieter murmelte: „Unsere Sache ist verloren. Was sollen wir tun?"
Hubert sagte leise und ebenso kurz und knapp: „Die Wahrheit sagen!"
Jochen und Dieter nickten.
Aus der Küche wehten Essensgerüche, Geschirr klapperte, ein paar Kalfaktoren, die sowohl zum Aushelfen als auch zum Aushorchen eingesetzt wurden, teilten das Abendessen an den Zellen aus. Dann ließ Buschmann den Jungen im Gang auch drei Portionen bringen. Der erste Kalfaktor, der zurückkam, drückte Hubert einen Napf in die Hand, dann den anderen. Angeblich war es Suppe, was da undefinierbar, mit irgendwelchen Fäden durchsetzt, in der Blechschüssel schwappte. Dazu gab es eine Schnitte trockenes Brot. Löffel, Napf und Brot – ein Teil war zuviel, bis Hubert auf die Idee kam, den Napf auf das Geländer zu stellen und die Suppe zu löffeln. Ab und zu bissen die Jungen in den harten Kanten Brot.
Buschmann tauchte aus seinem Wachlokal auf, sah als ersten Hubert am Geländer stehen und brüllte: „Mensch, Wichtmann, was habe ich dir gesagt? Zur Wand hin sollt ihr stehen! Wichtmann, komm mal hierher! Was, du grinst auch noch? Los, Mensch, die Treppen rauf!"
Hubert ließ seinen Napf stehen und rannte die Treppen rauf. Als er fast die erste Etage erreicht hatte, schrie Buschmann schon wieder: „Das geht aber schneller, Wichtmann, das schwöre ich dir in die Hand." Der Sturmbannführer sah nach oben. „Du ruhst dich wohl da oben aus, was? Los Tempo, Tempo, schneller, Wichtmann!"
Hubert kam schon wieder die Treppen in gewaltigen Sätzen hinunter. Kaum war er unten, kommandierte Buschmann aufs neue: „Los, noch einmal rauf, du fauler Hund, aber schneller, sage ich dir, schneller!"
Hubert keuchte die Treppen wieder hinauf, von Buschmann dauernd angefeuert: „Los, Tempo, schneller!"
Als Hubert dreimal rauf und runter gelaufen war, war Buschmann anscheinend befriedigt. Er verzog sich wieder in sein Wachzimmer, aus

dem er kurz darauf „Reintreten“ brüllte. Brüllen war wohl hier der normale Umgangs-„Ton“, „Tempo und dalli, dalli“ die bevorzugten Ausdrucksmittel.
Der Reihe nach traten sie ein. Wieder mußten sie ihre Personalien angeben. Jochen fragte er: „Wo wohnt der Jupp Schneider?“
Jochen nannte die Anschrift.
„Wann bist du geboren?“
„31. Januar 1926“, war seine Antwort.
Buschmann sah ihn aus schmalen Augenschlitzen an. „So, so, das kann ich dir sagen, deinen Geburtstag wirst du wohl hier verleben.“
Er blätterte in einem Buch, offenbar der Nachweis für die Zellenbelegung.
„Also Zelle 29, Abmarsch und Einschluß!“
Dann klapperten Jochens Schritte und die eines brummigen Wärters hinter ihm die Stufen hoch, eine graue Eisentür ohne Klinke quietschte schwer in den Angeln, er fand sich in einer schmalen Zelle wieder, der Schlüssel drehte sich im Schloß. Allein!
Von der Decke hing eine matte Glühbirne, der Lichtschein war mit einem schwarzen Pappschirm abgedunkelt. Jochen mußte sich ein paar Minuten an das trübe Dämmerlicht gewöhnen, bis er alles erkannte: ein etwa drei Meter langer und 1,50 Meter breiter Raum, an der Wand hochgeklappt das Eisengestell des Bettes, eine Strohmatratze, eine Decke und ein Kissen blauweiß bezogen, davor eine Waschschüssel, darin eine Kanne Wasser, daneben ein winziger Tisch, vielleicht 50 mal 40 Zentimeter, ein noch kleinerer Holzhocker davor, an der Wand ein schmales Regal, auf das er sein Waschzeug stellte. Er entdeckte das Klo in der Ecke auf dem mit rotbrauner Ölfarbe gestrichenen Fußboden, gleich neben dem Eingang und gegenüber dem vergitterten Zellenfenster. Über dem Bett die „Hausordnung“. Jochen machte fünf Schritte, dann stand er an der Zellentür, fünf Schritte zurück, er befand sich wieder unter dem Fenstergitter. Ein Blick nach draußen war nicht möglich: Mehrere Sichtblenden verhinderten den Ausblick. Ausgeschlossene Sonne, ausgeschlossener Tag! Nur dumpf drangen die Geräusche des nahen Bahnhofs herein. Er setzte sich auf den Hocker, legte den Kopf auf die ausgebreiteten Arme. Im Haus herrschte Ruhe bis auf die Wasserspülung von Aborten. Ob Dieter wohl die restlichen Briefe vernichten konnte? Immerhin hatte die Gestapo trotz der totalen Überwachung über sieben Wochen benötigt, um alles herauszufinden. Nun saß er im Gefängnis, in Einzelhaft, wieviel Wochen sollte das dauern? In ihm stieg heiß die Angst hoch, er und seine Freunde, vor allem aber die Eltern hatten schon so oft erzählt, wie Leute ohne Gerichtsverfahren verschleppt worden seien, mit unbekanntem Ziel, nie wieder hatte man von ihnen

gehört, bis eines Tages eine sehr undurchsichtige Todesanzeige ins Haus getragen wurde.

Das Knacken in der Heizung zeigte an, daß sie sich abkühlte, war also schon länger abgestellt worden. Mit der einzigen Wolldecke drehte sich Jochen ein, versuchte sich vor der langsam an ihm hochziehenden Kälte zu schützen. Mit offenen Augen lag er auf dem schmalen Eisenbett.

Was wird man hier mit uns machen?

Wie werden sich die Eltern damit abfinden, vor allem die Mutter?

Wird man den anderen aus der Gruppe Schwierigkeiten bereiten?

Werden wir morgen verhört?

Kommen wir wohl in ein Konzentrationslager?

Oder werden wir entlassen, weil wir nur kleine Fische sind?

Werden unsere Eltern wegen Beihilfe bestraft?

Fragen über Fragen stellten sich ein, quälten, hielten ihn wach.

Irgendwann mußte Jochen eingeschlafen sein, aus dem Schlaf riß ihn das Wecken augenblicklich hoch. Der Kalfaktor schloß die Tür auf. „Aufstehen, Waschen, im Bett liegen ist verboten. Um sieben gibt's Frühstück."

Zum Frühstück klapperten die Jungen die Eisentreppe hinunter, stellten sich in die lange Reihe. Es gab schwarzen Kaffee und zwei trockene Brotscheiben.

Nach ungefähr einer weiteren Stunde erschien der grimmig aussehende Wärter, Dieter hatte im Vorbeigehen „Iwan, der Schreckliche" geraunt, und gab Anordnungen: „Zelle fegen, Lokus säubern, Wasser für die Waschkanne holen und alles ein bißchen mit Tempo, meine Herren, dalli dalli! Und laßt mich das nicht zweimal sagen, es könnte schrecklich werden!" Aha – deshalb Iwan „der Schreckliche"!

Draußen kroch langsam, fast unmerklich wieder ein grauer Tag herauf. Mit dem schemenhaften Licht, das nur ganz allmählich die Dunkelheit verdrängte, wurde es ebenso langsam warm in der Zelle.

Über Jochen lief jemand den ganzen Morgen durch die Zelle – fünf Schritt hin, fünf Schritt zurück. Länger war der Weg nicht. Was blieb auch ihm anderes übrig: fünf hin, fünf zurück, fünf hin ...

Der eintönige Tagesablauf wurde erst wieder vom Mittagessen unterbrochen; es gab eine wäßrige Kappes-Suppe.

Die Beschäftigung vom Vormittag vertrieb den langen Nachmittag nur mühsam: fünf Schritte hin, fünf zurück, Gymnastik, ein Gebet zwischendurch. Von ferne hörte Jochen die Lieder der Gruppe, gepfiffen, gesungen. Er sang mit, bemühte sich, die Texte sicher bis zum Ende zu beherrschen.

Abends sechs Uhr brachte das Abendessen eine unerhörte Bereiche-

rung: Schwarzer Kaffee und zwei Brotschnitten – aber mit Leberwurst. So war jetzt der Tag eingeteilt: Sechs – zwölf – sechs.
Von Buschmann hörten die drei Jungen den ganzen Tag nichts. Er hielt sich offenbar nicht in der Steinwache auf.
Als Ruhe in das Gefängnis eingekehrt war, vernahm Jochen aus irgendeiner Zelle leise das Lied „Wenn der Abendwind weht …". Erst pfiff einer, allmählich schienen mehrere mitzusingen, dann ging es fast eine Viertelstunde mit ihren Liedern so weiter, bis von unten einer der Wärter „Ruhe, sofort Ruhe!" brüllte.
Was Jochen nicht wissen konnte, war, daß gerade an diesem Tag in der elterlichen Wohnung in Hagen nochmals eine Hausdurchsuchung gehalten wurde. Gott sei Dank hatte seine Mutter bald nach Jochens Abtransport ihre Fassung wiedergefunden und alle Unterlagen aus dem Gruppenleben der „Neudeutschen" verbrannt. Nur die Zeitschriften der Gruppe, aber auch den Vervielfältigungsapparat und die Schreibmaschine hatte die Gestapo gefunden und beschlagnahmt.
Bei Büenfelds fand eine weitere Durchsuchung statt. Das Gruppenbanner mußten die Jungen noch an demselben Tag zur Gestapozentrale in die Prentzelstraße bringen.
Ein paar Jungen von der Gruppe fuhren nach Hamm, um dort die NDler zu warnen, aber sie kamen zu spät. Am Tag zuvor waren einige Freunde bereits verhaftet worden.

Und noch eine Wohnung wurde an diesem Dezembermorgen 1941 in Paderborn von der Gestapo aufgesucht. Eine kleine Frau stand da im Zimmer des Dachgeschosses und stierte unentwegt auf die Tür. Zehn Tage zuvor war in der Geroldstr. 3 ein Brief der „Reichsvereinigung der Juden in Deutschland" aus der Bezirksstelle Bielefeld eingetroffen, der darüber in Kenntnis setzte, daß in zehn Tagen eine Umsiedlung bevorstehe. 50 Kilo Gepäck waren vorher abgeholt worden.
Emma Braunschild hatte vor einiger Zeit ihr eigenes Haus verlassen müssen und war in eines der „Judenhäuser" in Paderborn eingewiesen worden. Sie teilte sich das Haus und dessen Wohnungen mit vielen anderen jüdischen Familien, die ebenfalls von ihrem Grund und Boden enteignet worden waren.
Pünktlich am 10. Dezember waren sie an der Tür zu ihrer „Ein-Raum-Wohnung" aufgetaucht. „Emma Braunschild" und ein Judenstern gaben Auskunft, wer hier wohnte. Zwei Männer in langen Ledermänteln hielten kurz ihre Erkennungsmarke hoch, murmelten was von „Polizei" und sagten kurz und knapp: „Alle Wertgegenstände und Bargeld auf den Tisch." Die kleine Frau vor ihnen hatte sich richtig fein gemacht, sie trug einen Spitzenkragen über ihrem schwarzen Jäckchen und hatte ei-

nen kleinen flachen Hut aufgesetzt. Mit leiser Stimme antwortete sie: „Ich habe kein Bargeld und auch keinen Schmuck." Einer der Beamten rückte einen Stuhl zur Seite, nahm ein Blatt Papier aus der Tasche, breitete es auf dem Tisch aus, strich etwas durch, unterschrieb und las vor: *„Paderborn, den 10. Dezember 1941. Auf Grund der Verfügung der Staatspolizeileitstelle Münster, Aktenzeichen usw., und des Herrn Landrat usw., begaben sich die unterzeichneten Beamten heute in die Wohnung der Jüdin Emma Braunschild, geb. Rose, Geroldstr. 3. Die zu evakuierenden Juden waren vollzählig in der Wohnung anwesend. Nachdem festgestellt war, daß die Juden nicht mehr im Besitz von Bargeld und Wertgegenständen waren – wurden die Juden aus der Wohnung ausgewiesen. Die Leitungen für Gas, Wasser und Licht wurden abgestellt und sodann die Wohnung durch Verkleben der Schlüssellöcher mit Siegelmarken versiegelt. Die Schlüssel der Wohnung und der einzelnen Räume wurden eingezogen. Unterschrift der Beamten usw."*
Der Beamte stand auf und winkte mit der Hand: „Mitkommen."
Die kleine Frau nahm ihr Handgepäck und ihre Kennkarte, in die ein dickes, fettes „J" eingestempelt war, und trippelte hinter den Männern die Treppe hinunter.
Am Städtischen Schlachthof am Tegelweg fanden sich nach und nach 17 Personen ein. Auch die Familie Schönewald mit ihren beiden elf- und siebenjährigen Kindern. Mehrere Polizisten führten Frau Braunschild, Familie Schönewald und noch ein Dutzend Juden zum Nordbahnhof in der Nähe des Tegelweges. Sechs Polizisten begleiteten den Transport nach Bielefeld.
Dort begann die Geheime Staatspolizei in der unsäglichen Enge des Wirtshaussaales „Kyffhäuser", an dessen hinterer Seite die Stühle aufeinandergetürmt und vorne ein paar notdürftige Lager auf Stroh vor allem alten Menschen und Kindern schmalen Platz boten, mit der Leibesvisitation, stellte die persönlichen Angaben nochmals fest, durchsuchte das Gepäck, nahm den Menschen dort alles an Geld, Wertgegenständen und persönlichen Dokumenten weg. Drei Tage dauerte diese bürokratische Entwürdigung. Die einzige Toilette des Saales war inzwischen völlig verdreckt; nur ein Waschbecken bei den Toilettenräumen stand allen Kindern, Männern und Frauen zur Verfügung. Dann stiegen die Zusammengetriebenen in die Autobusse und wurden zum Hauptbahnhof Bielefeld gebracht. Kinder standen herum mit umgehängten Reisebeuteln, die schnell aus Kopfkissen genäht worden waren, Schul- und Aktentaschen in der Hand, Kissen und Decken unter den Armen. Aus ihren Mienen sprach eine bange Erwartung, hier und da lächelte sogar noch das eine oder andere Gesicht, als wollten sie sagen: „Wohin mag uns diese Umsiedlung führen?"
Weitere Transporte aus Münster und Osnabrück trafen ein. Am Nach-

mittag durften alle die Personenwagen dritter Klasse besteigen. Polizei und SS-Männer in grauen Uniformmänteln wiesen allein 400 Juden aus dem Bezirk Bielefeld in die Waggons. Das Reisegepäck wurde in einen Extrawagen gepackt, nur Handgepäck durfte in die Abteile mitgenommen werden. Durch die Fenster reichten sie ihre Bündel und verstauten Koffer, Taschen und Rucksäcke. Endlich dampfte der Zug los. Nach Riga sollte es gehen, Genaues wußte aber niemand. Drei Tage waren sie unterwegs. Trinkwasser gab es nicht. In Schirotawa, einem Vorort von Riga, standen SS-Soldaten auf dem Bahnsteig und brüllten „Aussteigen, schneller, schneller", und trieben die Ankommenden mit Peitschen aus den Waggons. Ein qualvoller Fußmarsch in das Rigaer Ghetto folgte. Schon bald knallten die Schüsse der Erschießungskommandos durch das „Birkenwäldchen". Am berüchtigten „Rigaer Blutsonntag" wurden Hunderte von Juden in mehreren Massenhinrichtungen exekutiert.
Nur wenige Juden überlebten in Riga, von den meisten gab es kein Lebenszeichen mehr.

In der Steinwache Dortmund waren zehn Tage vergangen, als für Hans-Joachim Degenhardt ein Paket von seinen Eltern ankam, das geöffnet und gefilzt worden war. Es enthielt ein paar Lebensmittel und ein Buch; die Kontrolleure hatten ihm diesen kleinen Reichtum gelassen, ebenso einen Brief, der nichts Verfängliches enthielt, nur liebe und besorgte Gedanken seiner Eltern. Trostlos verlief ein Tag nach dem andern. Um sechs Uhr schrillte eine Trillerpfeife, und die Aufseher schrien in den Gängen mehrmals „Aufstehen, Zelle säubern!" Dabei fuhren sie mit den Schlagstöcken an den Eisenstäben der Treppe entlang.
Von überall her hörte Jochen, wie die Bettgestelle hochgeklappt wurden. Die ersten Zellentüren schlugen, dann „Aufräumen, waschen, Kaffee holen!" Schritte lärmten die Treppen runter, durch das hohe Treppenhaus dröhnte das Eisen der unzähligen Stufen vom ewigen Auf und Ab der Schuhe. Jochen, Dieter und Hubert kamen an die Reihe, immer angetrieben von einem überlauten „Tempo, Tempo, beeilt euch!"
Manchmal sahen sie sich verstohlen um: Gleichaltrige, einige nur wenig älter, halt, einen Jungen kannten sie, auch ein NDler. Also hatte man weitere aus ihrem Jungenbund verhaftet. Sie mußten sich in Reih' und Glied aufstellen, wurden in den Lichthof geführt, um das Frühstück in Empfang zu nehmen: zwei Scheiben Brot, ein Klecks Marmelade, eine Blechtasse dünner Malzkaffee, „Muckefuck" rutschte es Dieter raus.
„Schnauze da vorne!" brüllte gleich Wärter „Iwan". Ein harter Stoß traf seinen Rücken. „Guck genau hin", sagte der kleine Aufseher, höhnisch

grinsend, „leckere Marmelade, da hat der Küchenbulle eine Wanze mit dem Messer plattgekloppt."
Dieter wurde übel, schnell sog er die frische Morgenluft ein, stolperte hinter den anderen wieder die Eisenstiege hoch.
Oben in der Zelle erkannten sie die berühmte „Vierfruchtmarmelade", über die sie bei ihren Treffen immer gewitzelt hatten: „Der deutsche Soldat hat nicht Ein-, nicht Zwei-, nicht Drei-, sondern Vierfruchtmarmelade!" Und dabei hatten sie das Rrrr gerollt wie der Gröfaz, der größte Führer aller Zeiten.

An diesem Morgen hatten Wärter oder Kalfaktoren vergessen, die Zellen zu verschließen. Jochen lehnte sich knapp hinter den Türrahmen und beobachtete die Etage. Er entdeckte Dieter in Zelle 23, Max neben ihm in Zelle 28, sie winkten sich zu. Jochen wurde kühner, ging an das Geländer und sah, wie aus Zelle 17 immer wieder andere Jungen gingen und zurückkehrten. Das mußten die Inhaftierten von der Pfarrjugend sein. Dann hörte er plötzlich von unten ein Radio. Er hockte sich hin, um nicht aufzufallen, und hörte angestrengt zu. Donnerwetter – Japan hatte England und den USA den Krieg erklärt!
Dennoch, die Zeit wollte nicht verrinnen. Fünf Schritte hin, fünf zurück, ein paar Kniebeugen. Das Buch seiner Eltern. Dann die „Strafvollzugsordnung". Er konnte sie schon auswendig, jetzt lernte er sie rückwärts, war gerade wieder mal beim Paragraphen 1 „Allgemeines Verhalten der Gefangenen. Der Gefangene hat sich der Anstalt unbedingt zu unterwerfen. Verhalten des Gefangenen den Beamten gegenüber: Der Gefangene hat den Anstaltsbeamten und den Beamten der übergeordneten Behörden mit Achtung zu begegnen. Der Gefangene hat seine Zelle sauberzuhalten. Es ist dem Gefangenen verboten: aus dem Fenster zu sehen, Tische, Stühle und Betten zu besteigen, die Zellenwände zu beschmieren und das Inventar zu beschädigen, zu rauchen, sich durch Klopfen mit Bewohnern anderer Zellen zu verständigen, mit anderen Gefangenen zu reden oder schriftliche Nachrichten auszutauschen, zu singen oder zu pfeifen ..." und so weiter, und so weiter. Jochen hatte in der tiefsten Falte seiner Tasche einen Bleistift gefunden. Auf einem Zettel konnte er so jeden Tag verzeichnen.
Um Punkt 12 Uhr wieder ein schriller Pfiff, wieder dieses Gebrülle, wieder fuhr der Stock über die Eisenharfe: „Antreten zum Essensempfang", das unendliche Tapp, Tapp, Tapp über die Eisenstufen bis in den Lichthof, wieder zurück in die Zellen mit einem Liter dünner Suppe in den Blechnäpfen. Bis man oben war, war die Brühe schon fast kalt.
Auf die Pritsche durfte man sich nicht legen, hin und wieder bewegte sich das kleine Blechschild außen an dem Guckloch der Zellentür, ir-

gendwer kontrollierte durch den Spion: Lag man auf dem Bett, gab's neuen Ärger. Also auf den Hocker, an die Wand gelehnt und die „Strafvollzugsordnung" rauf und runter auswendig gelernt. Manchmal bückten sich die Jungen auch zur Wand, die in einer undefinierbaren braunen Ölleimfarbe gestrichen war. Viele Zeichen, Buchstaben, Namen und Sätze hatten die Gefangenen vor ihnen in die Zellenwände eingeritzt, Schicksale, die sich hinter Eisenstäben abgespielt hatten.
War das Licht hell genug in der winzigen Zelle, dann konnten sie das eine und andere entziffern: Jemand hatte wohl einen Kalender eingeritzt für die Tage, die er hier abgesessen hatte. Namen konnte man erkennen, offenbar polnische oder russische wie Wanja, Fjedor. Oder Städtenamen von Berlin bis Solingen, von Antwerpen bis Hannover. Hebräische Schriftzeichen sprangen ins Auge, ein Spruch am hinteren Ende des Bettes:

„Auf einem alten Schloß,
auf ihm ein Türmchen,
wo eine weiße Taube saß,
dort stand ein junger Soldat Wache.
Das weiße Täubchen begann zu sprechen,
es gibt doch von ihr aus dem Land keine Neuigkeit,
ach, du trauriger Soldat."

Gleichförmig verrann Tag für Tag, hin und wieder unterbrochen von furchtbaren Schreien, die halb erstickt von unten hochdrangen. „Folter", schoß es den Jungen durch die Köpfe, „das werde ich nicht aushalten", dachte so mancher mutlos.
Aber was sollten sie schon verraten können? Die paar heimlichen Treffen mit der alten Gruppe, die fest und treu zusammenhielt und zusammen nach Paderborn zur feierlichen Bischofsweihe gekommen war. Auf verschiedenen Wegen, heimlich, damit niemand sie beobachten konnte. Ja, sie hatten begeisterte Briefe geschrieben, sich Treue gelobt. Das war eine große Dummheit gewesen, die Briefe waren abgefangen worden, die Namen entdeckt, obwohl sie ihre geheimen Decknamen von den Fahrten gewählt hatten.
Eines Tages waren besonders grauenvolle und durchdringende Schreie bis in ihre Zellen gedrungen. Später hörten sie nur noch qualvolles Stöhnen, eine Tür schlug ein paar Zellen weiter. Das war sicher die „Fertigmachzelle", wie sie sich trotz aller Bewachung untereinander zugeraunt hatten. „Vorsicht, neunschwänzige Lederpeitsche!"
Abends drangen über die Stockwerke Gebete an Jochens Ohr, dann wieder die alten Fahrtenlieder, die sie im Zeltlager am Feuer gesungen hatten. Das waren die anderen, die er immer wieder auf dem Weg zum

Frühstück, zum Mittag- und Abendessen beim Hofgang verstohlen aus den Augenwinkeln sah, ihnen höchstens zuzuzwinkern wagte, ein verstohlenes „Kopf hoch"!

Langsam kannten die Jungen den Gefängnisjargon. „Beckmann, 60, Aufschluß!" Aus dem vierten Stock kam jemand die Treppe heruntergelaufen. Unten schrie Buschmann. Auch Günter Beckmann hatte das „Vergnügen", auf Befehl des Sturmbannführers die Treppen rauf- und runterzulaufen. Wieder Buschmanns Stimme „Einschluß 60!" Das Verhör war zu Ende. Buschmann sah nicht hin, wie Günter die Treppen hochstieg. Er ging ziemlich langsam. Max, Dieter und Jochen pfiffen, als er vorbeiging: „Die Gedanken sind frei ...".

Jeden zweiten Tag gab es die im wahrsten Sinne des Wortes „anrüchige" Kappes-Suppe, an den anderen Tagen Kartoffelsuppe mit verfrorenen Kartoffeln und Möhren oder Steckrübensuppe oder auch mal Graupensuppe.

Jochen las sein Buch zum dritten Mal. Auf dem Tisch spielte er Schach mit Papierschnitzeln. Max, in der Zelle neben ihm, pfiff den ganzen Tag, bis wieder Iwan „Ruhe, verdammt noch mal, Ruhe, sonst wird's schrecklich" brüllte. Anscheinend hatte er Max dann zum Vorsteher des Gefängnisses zitiert, einem Polizeileutnant, denn alle hörten durch das Treppenhaus, wie auch der brüllte: „Hier wird nicht gepfiffen. Steht doch in der Hausordnung. Der einzige, der hier pfeift, ist der Wind in den Gitterstäben der Zellenfenster. Einschluß!"

Nach ein paar Tagen bekam Jochen wieder ein Paket mit Wäsche, Butterbroten und einem neuen Buch. Drei Tage später wurde er schon morgens um sieben Uhr zu Buschmann gerufen. Die anderen standen bereits in Reih und Glied im Wachraum sowie sechs weitere Jungen und S. Wagner aus Olpe.

„Kein Gespräch, kein Wörtchen untereinander, verstanden!" eröffnete Sturmbannführer Buschmann die Vernehmung. „Habt ihr schon nach Hause geschrieben?"

Kopfschütteln in der gesamten Reihe. „Ich höre nichts. Habt ihr schon nach Hause geschrieben?"

„Nein, Herr Sturmbannführer!" brüllten alle Jungen zurück.

„So, klappt ja ganz gut, wenn ihr wollt." Er trat an seinen Schreibtisch und zog ein Bündel einfacher Feldpostkarten aus der Schublade. Er ging die Reihe entlang und drückte jedem eine Karte in die Hand. „Schreiben, nur nach Hause. Es geht euch gut, ihr habt zu essen und werdet gut behandelt. Das reicht. Mehr nicht, verstanden?"

„Jawoll, Herr Sturmbannführer!"

Am Nachmittag schloß Iwan der Schreckliche die Zellen der Jungen auf und schrie: „Fertigmachen zum Baden. Wie lange hier?"

„16 Tage“, kam die Antwort.
„Los runter, aber Tempo, Tempo!“
Dieters und Jochens Zelle lagen nebeneinander, sie wurden zusammen hinuntergeführt. Es war seit der Verhaftung vor 16 Tagen die erste Möglichkeit überhaupt, einmal den gesamten Körper zu waschen. Kaum hatten die beiden die ersten Stufen hinter sich, da schrie Iwan schon wieder von unten durch das ganze Haus „Seid ihr noch nicht hier?“ Jochen und Dieter liefen die übrigen Stufen hinunter.
„Los, los, seid ihr noch nicht ausgezogen? Und kein Gequassel, sonst ...!“
„... wird's schrecklich!“ echoten die beiden Jungen.
Obwohl Iwan, während er hinausging, weiter meckerte, beeilte sich Dieter keineswegs beim Auskleiden. Sie stellten sich unter dieselbe Brause. Zuerst war das Wasser eiskalt, dann wurde es plötzlich ohne Übergang sehr heiß. Sie hörten Iwan im Treppenhaus herumschreien, die nächsten sollten kommen. Hastig erzählte Dieter, was er bei der Vernehmung über andere Gruppen und die Leiter gesagt hätte, über den Versand und die Zahl der Liederblätter.
„Du weißt Bescheid, Jochen, was du sagen mußt.“
Iwan kam um die Ecke zurück in den Duschraum, hatte die letzten Worte gehört. Wütend riß er die beiden Jungen auseinander. „Verflucht, ihr sollt nicht sprechen!“
Er reichte den beiden ein großes, nasses Handtuch, mit dem sie sich abtrocknen mußten. Wieder versuchten sie miteinander zu tuscheln, aber Iwan bemerkte es und zerrte Dieter an das andere Ende des Handtuches. Iwan brüllte: „Abmarsch, nach oben und Einschluß!“
Feucht, ja naß kamen die beiden Jungen in ihren Zellen an, höchstens fünf Minuten waren seit dem An- und Ausziehen und spärlichen Duschen vergangen.

Vier Tage später.
Ein Schlüssel drehte sich im Schloß von Jochens Zelle, draußen schrie Iwan: „Raustreten zur Vernehmung bei Sturmbannführer Buschmann!“
Jetzt war es soweit, Panik stieg in Jochen auf. Schon 20 Tage saß er im Gefängnis, ohne daß er vorgeführt, befragt oder gar vernommen worden war. Vielleicht war es besser, die quälende Ungewißheit hinter sich zu haben – so oder so. Über die Eisenstiege führte man ihn runter in den Vernehmungsraum. Er stand allein im Zimmer am Eingang. Plötzlich riß irgendwer die Tür auf, und alle anderen der Gruppe „Neudeutschland“ wurden hineingestoßen. Mit betont schnellem und straffem Schritt trat als letzter Gestapochef Buschmann ein.
Breitbeinig hatte er sich vor dem Schreibtisch aufgestellt, die Hände in die Seiten gestemmt, das Kinn angriffslustig nach vorn geschoben.

„Alle mal herhören", schnarrte seine befehlsgewohnte Stimme. „Eigentlich wollte ich euch zum Julfest, äh ..., zu Weihnachten entlassen, aber da ist einer unter euch, der macht Schwierigkeiten, zeigt sich widerspenstig, ein äußerst renitentes Bürschchen."
Er schritt an der eng zusammenstehenden Gruppe auf und ab, sah jedem wie ein Habicht scharf in die Augen. Wollte wohl Eindruck schinden, sie gefügig machen, einschüchtern. Einer der Jungen hielt krampfhaft seine Hose fest, seit Tagen fehlte ihm der Knopf, den die Wärter bei der rauhen Durchsuchung abgerissen hatten. Jochen sah auch, daß dessen Auge blau geschlagen war.
„Also, ich habe euren Eltern versprochen, ich würde euch bis Weihnachten entlassen. Heute morgen wollte ich den Wichtmann, den ihr bisher als euren Kameraden bezeichnet habt, vernehmen. Und stellt euch vor, dieser Wichtmann macht mir Schwierigkeiten!" wiederholte Buschmann eindringlicher als vorher.
Sein Ton war bei den letzten Worten schärfer und lauter geworden. Er ging dicht an den Jungen vorbei, blickte jedem durchdringend in die Augen.
„Es ist mir unter diesen Umständen nicht möglich, euch zu entlassen. Also, es ist nicht meine Schuld, wenn ich euch nicht freigeben kann!"
Buschmann ging hinter seinen Schreibtisch, setzte sich.
„Ich arbeite von morgens bis abends, damit ihr wieder freikommt, und dieser, euer sogenannter K a m e r a d , will, daß ihr länger bleibt. Sagt mir doch, was ich tun soll?"
Er blickte die Jungen der Reihe nach an, irgendwas schien ihm an Hubert zu mißfallen, nahm ein Holzlineal, schlug ein paarmal in die aufgehaltene Linke und wies dann auf ihn: „Los, rauf Einschluß!"
Als Hubert die Treppe raufgejagt war, wandte er sich wieder an die Jungen, zeigte sogar eine freundliche Miene: „Ihr wißt also, daß es nicht meine Schuld ist, wenn ihr Weihnachten nicht entlassen werdet, sondern es liegt einzig und allein an euerem Kameraden Wichtmann."
Sturmbannführer Buschmann stand mit einem Ruck auf. „Sagt mir, was soll ich machen?"
Einer aus der Reihe hatte seinen ganzen Mut zusammengenommen und meinte: „Sie können uns doch auch so entlassen."
„Kommt gar nicht in Frage." Buschmann dreht sich abrupt um, ging ein paar Schritte weiter.
Vor Jochen blieb er stehen. „Dich hab ich ja noch gar nicht gesehen. Bist du schon vernommen worden?"
„Nein, ich sitze jetzt schon 20 Tage hier, mich hat noch keiner vernommen!"

„Dann aber dalli, dalli!“ Scheinbar Buschmanns Lieblingswort. „Die anderen wieder in die Zellen, jetzt ist, ist …“, er blickte ein wenig irritiert, „wie war noch dein Name?“
„Degenhardt, Herr Buschmann!“
„Soso, meinen Namen hast du dir schon gemerkt, solltest du auch besser, dann brauchen wir ihn dir nicht erst einprügeln! Los, hinsetzen, Degenhardt. Die anderen – Einschluß!“
Gestapochef Buschmann brüllte „Aufseher“ und jagte die anderen aus dem Raum. Der hatte ihn wohl völlig über alle anderen Inhaftierten vergessen. Buschmann nahm hinter der abgegriffenen Schreibtischplatte Platz und richtete in dem dunklen Raum das grelle Licht der Stehlampe auf Jochen. Er durfte sich Buschmann gegenüber hinsetzen, der nun die Schreibmaschine heranzog, eine kleine schwarze „Erika“, einen Bogen einspannte, genüßlich eine Zigarette anzündete und die Befragung begann. Jede Antwort tippte er mit unendlich langsamer Mühe in die Maschine „D – e – g – e – n – h – a – r – d – t, Hans-Joachim …“.
„System Adler“, ging es Jochen durch den Kopf, „anpeilen, zustoßen, tippen.“ Während Buschmann tippte und tippte, konnte Jochen seine Augen unauffällig durch den Raum wandern lassen. Auf einem Karton stand „Bottländer, Siegen“. Aha, auch Siegen war aufgefallen.
Aus dem Dunklen hinter der Lampe ertönte seine Stimme: „Wann hast du Geburtstag?“
Bei Jochen glimmte ein Fünkchen Hoffnung auf. Vielleicht ein Grund zur Entlassung?
„Am 31. Januar.“
„Den wirst du wohl im KZ feiern.“
KZ, Konzentrationslager schoß es Jochen durch den Kopf. Ihm wurde heiß, dann wieder kalt, ein Schauer lief über seinen Rücken. Was habe ich denn überhaupt Strafbares getan?
Er hatte wie die anderen Jugendlichen gegen den Grundsatz verstoßen, daß die Jugend dem Staat gehört und nicht der Kirche.
Buschmann jagte Frage auf Frage wie aus einer Maschinenpistole ab, immer mit dem Zusatz „War das bei dir auch so?“
Hans-Joachim Degenhardt brauchte nur zu nicken, da offenkundig die Hauptklärung der Angelegenheit erledigt war und er nur noch alles bestätigen sollte. Buschmann tippte mit zwei Fingern auf den Tasten herum – es dauerte und dauerte.
„Politische Tätigkeit?“ fragte Buschmann und zündete sich eine neue Zigarette an, der Aschenbecher war schon voller Kippen.
„HJ“, war die ebenso knappe Antwort.
Seltsamerweise brauchte Jochen über seine Tätigkeit in der Gruppe und im Bund ND fast nichts zu sagen. Buschmann sagte ihm alles vor, er

brauchte nur zu bejahen. Über Gerd Stenner wollte er dauernd etwas wissen. Und welche Sachen Jochen zu Hause aufbewahrt hatte.
„Und die Predigtabschriften des Bischofs von Münster?“ wollte der Sturmbannführer wissen.
„Auch abgetippt, drei Kopien.“
„An wen verteilt?“
„Dieter, Hubert und Fusel.“
„Kennst du die Nürnberger Gesetze?“ fragte Buschmann.
„Nein“, antwortete Jochen.
„Würdest du, wenn ein Jude dein Pfarrer wäre, bei ihm beichten?“
Jochen erwiderte, daß ein solcher Fall infolge des Reichskonkordates, das ja heute noch bestünde, gar nicht vorkommen könne.
„Oder besteht das Konkordat nicht mehr?“ drehte Jochen den Spieß der Befragung um.
„Die Zeiten haben sich verändert“, antwortete Buschmann auffällig sachlich und ohne besondere Gemütsbewegung. „Aber wenn nun dieser Fall vorkommen würde, was machst du dann?“
„Unter diesen Umständen würde ich auch bei einem Juden beichten.“
Buschmann tippte in das Protokoll: „... achtet die Gesetze des Staates, fühlt sich aber auch an die Gebote der Kirche gebunden.“
Dann schoß er plötzlich eine sehr heikle Frage auf den Jungen ab: „Was tust du, wenn ein Kampf zwischen Nationalsozialismus und Katholizismus ausbrechen würde?“
Jochen überlegte nicht lange: „Ich werde so handeln, wie mein Gewissen es mir vorschreibt!“
Buschmann ließ diese Antwort nicht gelten: „Also würdest du als Katholik handeln?“
„Ja, ich würde als Katholik handeln.“

Vier Stunden hatte das Verhör gedauert. Jochen konnte in die Zelle zurückkehren. Er hörte, wie neben ihm Dieter heruntergeholt wurde. Abends schlich der sich in Jochens Zelle, die Wärter waren mal wieder nicht da und hatten auch die Türen nicht verschlossen. Hastig, Iwan konnte ja jeden Augenblick auftauchen, erzählte er vom Nachmittag.
„Buschmann hat mir sogar Plätzchen angeboten, wollte einiges wissen.“
„Hör mal, Dieter, ich habe gesagt, daß du und Hubert eine Kopie des ‚Clemens-August-Briefes‘ von mir erhalten habt.“
„Oh je, ich habe anonyme Zusendung angegeben. Aber egal, revidiere ich eben. Spring mal eben zu Hubert runter, um ihm das auch zu sagen.“
Dieter riskierte allerhand, aber es ging gut. Oben in Jochens Zelle erzählte er, Hubert sei auch verhört worden, habe zwei Ohrfeigen bekom-

men, weil er die Namen der anderen Gruppenangehörigen vom ND verschweigen wollte.
„Jochen, ich bin ein Verräter."
Betroffen sah Jochen Degenhardt auf. „Warum, wir haben doch vereinbart, alles zu sagen."
„Aber ich mußte mit dem Führer der Pfarrjugend, der schon sieben Wochen hier in Dortmund sitzt, das Gruppenalbum numerieren, jede Person auf den Bildern mit einer Nummer versehen und die Namen dazuschreiben."
„Dieter, das ist kein Verrat", beschwichtigend legte ihm Jochen die Hand auf die Schulter, „erstens hatten wir abgesprochen, alles zu sagen, zweitens wissen die doch sowieso schon alles."
Dieter schien erleichtert zu sein. „Jochen, der Buschmann hat noch gesagt, wir werden nächsten Dienstag entlassen."
Am folgenden Tag trafen sich die beiden Jungen noch einmal beim Wasserholen, und Dieter wiederholte, daß er wieder gehört habe, sie würden alle Dienstag entlassen.
Tatsächlich, Dienstag morgen ließ Sturmbannführer Buschmann alle NDler zu sich herunterholen. Der Reihe nach traten sie an den Schreibtisch und mußten angeben, was sie an Ausrüstungen für ihre Fahrten und Lager besaßen: Tornister mit Fell, Zeltbahn, Brotbeutel, Kochgeschirr, Fahrtenmesser, Gitarren usw.
Unterschrift, Einschluß – doch keine Entlassung?

Jochen hatte seinen Kalender gut geführt. Er wußte, daß heute der 23. Dezember war, ein Tag vor Heiligabend. Gerade hatten sie alle ihre Möhren-Steckrüben-Suppe gelöffelt. Aber keiner ahnte, daß es ihr Abschiedsessen sein sollte.
Jochen hockte in seiner Zelle auf dem beinahe zierlich wirkenden Schemel. Seine Augen glitten über die bekritzelte braune Wand. Da stand noch ein Spruch, den hatte er bisher nicht so recht beachtet. Jochen schob sich näher heran, entzifferte langsam:

„Alles kann man überleben
und die Schuldigen lieben."

Er sprach die Worte leise nach, da wurde die Zellentür aufgerissen. „Häftling Degenhardt raustreten, persönliche Utensilien mitnehmen."
Schnell hatte er sein bißchen Hab und Gut in den Beutel gepackt, das Buch dazu, blickte noch einmal durch die Zelle, da schrie der Aufseher schon wieder: „Nun mal ein bißchen dalli, dalli!" Buschmann hatte auf seine Untergebenen stark abgefärbt. Mit diesem Gedanken trat Joachim aus der Zelle und sah auf dem Gang die anderen „Neudeutschen" stehen.

„Abmarsch nach unten, Sturmbannführer Buschmann wartet bereits!"
Alle 35 Jungen und jungen Männer drängten sich in das enge Vernehmungszimmer. Sie erhielten ihre abgelieferten Koppel, das Geld und die Messer zurück.
„Mal herhören!" Draußen auf dem Gang röhrte Buschmann im gewaltigen Befehlston. Die Jungen drängten sich um ihn vor der Treppe, er hatte die erste Stufe erklommen, hielt eine Zigarette in der Hand und wartete, bis es still war.
„Also, ich habe hier von jedem von euch die Aussage wegen bündischer Umtriebe protokolliert. Alle werden entlassen. Bevor ihr geht, unterschreibt jeder, daß er über die U-Haft in der Steinwache keinem Menschen, aber auch niemandem etwas berichtet. Über alles herrscht absolutes Schweigen! Kein Sterbenswörtchen, verstanden? Wer etwas erzählt, kommt ohne weitere Vernehmung ins KZ!"
So schnell hatte noch niemand der jungen Leute eine Unterschrift geleistet.
„So, meine Herren, und nun noch folgendes. Verboten ist für euch Messe dienen, die Pfarrjugend, mit der ND-Gruppe ist es ebenfalls vorbei."
Weil es ihm anscheinend wichtig erschien, drückte er den Rest der Zigarette aus, stieg noch eine Stufe höher und zeigte sogar ein freundliches Gesicht, als er sagte: „Ausdrücklich erlaube ich euch das Beichten und den Besuch der Sonntagsmesse. Ich hoffe, daß ihr euch bemüht, nicht nur alles einseitig von der Kirche aus zu sehen. Ihr müßt zu einer Haltung kommen, die auch den Staat anerkennt. Arbeitet mit in der HJ, es ist eine große Zeit, in der wir leben, sie erfordert die Mitarbeit von allen."
Jetzt schritt er die Stufen herunter, ging zwischen den Jungen hin und her und redete sehr eindringlich auf sie ein: „Ich hoffe, daß ihr eure Sonderbündelei aufgebt, andernfalls fühle ich mich persönlich angegriffen. Dann allerdings", er unterbrach seine Rede und drehte sich einmal im Kreis herum, als er seinen letzten Worten einen besonders eindringlichen Ton verlieh, „dann werde ich entsprechend schärfer durchgreifen!"
Hans-Joachim Degenhardt wurde mit den anderen nach 21 Tagen Haft aus dem Gestapogefängnis an der Steinstraße entlassen.
Im Zug saßen alle beieinander. Es war spät, keine Menschenseele sonst war in dem Abteil. Sie sangen ihre Fahrtenlieder. Einige hatten erfahren, warum der Häftling in der Nacht so grauenvoll geschrien hatte. In die völlig leere Isolierzelle sei er geworfen worden, nachdem sie ihn unten im Folterkeller auf der Holzpritsche geschlagen und mißhandelt hatten. Den Körper langgestreckt, fesselten sie seine Hände an einen eisernen Wandring. Die brutalen Aufseher hatten ihm eine dicke Wolldecke über

den Kopf geworfen und mit der Lederpeitsche auf ihn eingeschlagen. Oben in der Spezialzelle war der Heizkörper abgestellt worden, eine eisige Kälte strömte vom Steinfußboden hoch und umfing den Gefolterten, der fast nackt auf dem bloßen Boden lag. Später drehten die Wärter die Heizung auf, so daß es in kürzester Zeit heiß wurde wie in einer Sauna. So verfuhr man die Nacht über. Am nächsten Tag war der arme Kerl in seine Zelle zurückgebracht worden. Im letzten Augenblick hatten die Wärter entdeckt, daß er sich mit seinen Hemdsärmeln, die er aus dem Stoff gerissen hatte, an den Gitterstäben erhängen wollte.
„Soweit treiben es diese Teufel in Menschengestalt!"
Dann überlegten sie hin und her, ob sie mit der Gruppe weitermachen sollten.
„Laßt uns erst einmal mit unseren Eltern darüber sprechen", meinte Hubert. Jochen, Dieter und die anderen nickten zu diesem Vorschlag. Der Zug fuhr in Hagen ein. Sie verabschiedeten sich hastig voneinander und liefen auseinander. Die Hauseingänge hatten ihre Schatten schnell aufgesogen. Nur Jochen ging noch bei Familie Cramers vorbei; er wollte Vikar Bartels und den Pastor warnen lassen. In der Wohnstube hockten die meisten der Gruppe zusammen. Sie begrüßten Jochen überschwenglich, freuten sich über seine Rückkehr und wollten über die Tage in der Steinwache hören.
„Was ist mit Hubert und den anderen?"
„Wie geht es allen? Ist jeder zurückgekommen?"
„Hat man euch gefoltert?"
Jochen berichtete in knappen Sätzen. Die Stimmung in der Runde war besser, als alle in der Haft angenommen hatten. Dann verabschiedete er sich, er wollte endlich die Eltern sehen.

Nach den Weihnachtsferien versuchte Jochen in ein Gymnasium zurückzugehen. Aber kein Direktor weit und breit wagte es, ihn in seine Anstalt aufzunehmen – ein Staatsfeind von beinahe 16 Jahren! Jochen irrte von Gymnasium zu Gymnasium. Hier ein arrogantes „Du hier, bei uns? Nein, nun wirklich nicht, daß du es überhaupt wagst!" Da ein mitleidiges „Mußt du verstehen, da sind mir die Hände gebunden!" Selbst eine Lehrstelle konnte Jochen nicht bekommen, bis ein größeres Handelsunternehmen es schließlich doch wagte, ihn als Lehrling einzustellen. Es sollte noch bis 1946 dauern, ehe Hans-Joachim sein Abitur machen konnte.

1942 Der letzte Schritt zur „Endlösung" wurde vorbereitet, beschlossen in der „Wannsee-Konferenz" am 20. Januar. Albert Herzheim, der Onkel Karl Theo Herzheims, war wie so viele sei-

ner jüdischen Mitbürger mit seiner Frau Mini in das „Judenhaus", Bachstraße 6, eingewiesen worden. Hier und in der Grube, der Geroldstraße 3, der Grunigerstraße standen die Häuser, die den jüdischen Bürgern der Stadt Paderborn nach der Enteignung ihrer Häuser als Wohnung zugewiesen worden waren. Herzheims Frau war Arierin, daher war Herzheim bisher von Deportationen verschont geblieben.
In der Nähe lag die Werkstatt eines Polsterers. Herzheim half ihm öfter, da er nach dem Verkauf des Kaufhauses seines Neffen Karl Theo Herzheim keine Arbeit mehr hatte. Ein grundgütiger Mann, dieser Polsterer, als überzeugter Kommunist lehnte er die braune „Mischpoke" ab, wie er oft in langen Gesprächen seinem jüdischen Nachbarn anvertraute. Sein Sohn gehörte in Dortmund zu einer Widerstandsgruppe von jungen Leuten, die sich „Edelweißpiraten" nannten. In den nächsten Wochen half der Sohn seinem Vater, ein Versteck zu bauen, in dem die Herzheims untertauchen konnten, wenn man doch nach ihnen suchen sollte. Es ging nur langsam voran, da oben unterm Dach, das Material mußten sie heimlich beschaffen und bearbeiten. Keiner durfte etwas sehen oder hören. Nichts Großartiges entstand da, nur eine winzige Kammer, für ein schmales, ja sehr schmales Bettgestell mit ein paar Decken, auf dem sie nur abwechselnd liegen könnten, ein Holzregal für Lebensmittel, etwas Wäsche und Kerzen. Zog man von innen die Bretterwand in die Lücke, so konnte man vom Dachboden aus nichts entdecken. Hier oben lag ohnehin alles in einem dämmrigen, diffusen Licht, das nur durch zwei Dachfenster im vorderen Teil einfiel. Aber noch blieb der „Mischehenpartner" in der Ehe mit einer arischen Frau geschützt.
Rosenbaums lebten weiterhin in der Bachstraße, die körperbehinderte Irma war zu ihnen gezogen. Am 31. Juli hatte Moritz Rosenbaum für sich und seine Frau einen „Heimeinkaufsvertrag" abgeschlossen. Nach dem Muster von Altenheimverträgen sollten sich ältere Juden „auf Lebenszeit" in Theresienstadt einkaufen können, wenn sie ihr Vermögen an die „Reichsvereinigung der Juden in Deutschland" abtraten. Keiner aber wußte, daß die Reichsvereinigung nur ein Instrument des Reichssicherheitshauptamtes, der obersten Kommandozentrale der SS, war.
Eines Tages wurde Irma abgeholt. Stumm nahm sie Abschied von Vater und Mutter. Nie wieder drang ein Lebenszeichen von ihr an das Ohr der Eltern.

1945

Bruno, ehemaliges Mitglied der Flieger-HJ, Meßdiener im Hohen Dom zu Paderborn, hatte seinen Rundgang durch die Flakbatterie beendet. Frierend zog er den Kragen seines schweren Uniformmantels höher. Ein glasklarer Abend senkte sich über das Land. Die ersten Sterne funkelten vom Himmel. „Das könnte die Engländer

hierher führen", dachte er; sein Blick wanderte hoch, weiter über die Hochebene, sah in der Ferne die Türme und Häuser der Paderstadt. Hier war er als unwürdig, der Hitlerjugend anzugehören, mit donnerndem „Raus" aus der Staatsjugend entlassen, schon bald zum Reichsarbeitsdienst und unmittelbar danach zur Wehrmacht eingezogen worden. Grundausbildung in der Senne, vor der Haustür sozusagen, ein paar Wochen „Schleifen", Robben im Sand, Märsche, Ausbildung an Gewehr, Panzerfaust und im Nahkampf. Eines Tages war ihm in der Wehrmachtskantine Peter Brüggemann begegnet, der ihn damals für die Flieger-HJ geworben hatte. Der war schon Offiziersanwärter bei der Waffen-SS und wurde an schweren Panzern auf dem Truppenübungsplatz vor den Toren ihrer Heimatstadt ausgebildet. Panzerkommandant würde er in Kürze sein und dann an die Ostfront versetzt werden. Für Bruno hatte die Flieger-HJ doch ein Nachspiel gehabt, denn gleichsam über Nacht wurde er zur Luftwaffe abkommandiert und machte Dienst bei der schweren Flak, genauer gesagt an einer Fliegerabwehrkanone.
Er hatte bereits seinen Teil in diesen Kriegsjahren abbekommen, bis er wieder zurück nach Paderborn verlegt wurde. Zunächst hatte er es schnell zum Wachtmeister einer Flakbatterie gebracht, war bei den Kämpfen vor Leningrad verwundet und ausgeflogen, dann zur Heimatflak an die Möhnetalsperre versetzt worden. Die Engländer hatten viele vergebliche Angriffe auf die für die Rüstungsindustrie des Ruhrgebietes wichtige Wasserstauanlage geflogen. Man munkelte von einer neuen Bombe. Daher hatten erfahrene Flaksoldaten den Schutz übernehmen sollen. Aber zur Mannschaft der Geschützbedienung gehörten außer einem Oberleutnant, der am Stock humpelte und auf dessen Brust das schwarzweißrote Band des EK II leuchtete, kaum kampferprobte Männer, sondern viele junge Flakhelfer, die aus den HJ-Stämmen der nahen Dörfer und Städte des Sauerlandes und der Soester Börde in das Möhnetal kommandiert worden waren.
Neben einigen automatischen Vierlingsflakgeschützen und einer geringen Zahl von Sperrballons war am Stausee, dicht vor der Staumauer, ein Torpedofangnetz ausgelegt. Es war ein schöner Maientag gewesen, die Kanoniere hatten unweit ihrer Geschützstellungen im grünen Gras gelegen, dem Vogelgezwitscher zugehört, auf den Grashalmen gekaut und die nächste Verpflegungszuteilung mit Vierfruchtmarmelade und Kommißbrot erwartet.
Aus diesem „heiteren Himmel" war dann die Katastrophe über das Möhnetal, das Ruhrtal, ja bis in das Ruhrgebiet gekommen. Eine schwere Bombe brachte die aus Granitgestein gefügte Mauer zum Bersten. In England war eine Bombe mit Unterwasserdruckzünder konstruiert

worden, die bei einer bestimmten Wassertiefe zur Detonation gelangte. Die gewaltigen Wassermassen ergossen sich mit einer einzigen Wucht aus der klaffenden Lücke in einer Breite von über 70 Metern und in einer angestauten Höhe von über 26 Metern ins Tal. Das Kloster Himmelpforten im Tal vor der Mauer wurde förmlich wegrasiert, Mensch und Vieh von einer 15 Meter hohen Flutwelle in Sekundenschnelle überrascht und fortgeschwemmt. Erst nach dem schnellen Wiederaufbau der Sperrmauer wurde der Schutz durch die Flak erheblich verstärkt.
An diese Ereignisse mußte Bruno Müller denken, als er vom Splitterschutz vor seiner Kanone auf die ferne Paderstadt blickte. Jetzt war er nach Paderborn kommandiert worden. Täglich hatte es Fliegeralarm gegeben, man befürchtete einen größeren Angriff auf die Domstadt. Der Wachtmeister hatte seinen Rundgang beendet und stand noch eine Weile an dem Wall aus dicken Sandsäcken, die ringsum um die schweren 8,8-Geschütze aufgetürmt worden waren. Drohend reckten sie ihre langen Rohre in den dunkler werdenden Abendhimmel. Davor zogen sich die Laufgräben bis zu den Unterständen der Mannschaften. Energisch verscheuchte er die Erinnerungen an Rußland, an die Sperrmauer, Fliegerangriffe, Bombenhagel, umhersirrende Splitter, wie lohende Fackeln abstürzende Flugzeuge – das war ja sein täglicher Kampf als Flaksoldat. Bisher hatte er einen guten Schutzengel gehabt und erst eine Verwundung davongetragen.
Bruno trat in den Batteriegefechtsstand. Der Chef saß in dem behelfsmäßig eingerichteten Unterstand gleich neben der Geschützstellung und sah die vom Kurier überbrachten Befehle durch. Hier war es schon dunkel, Wachtmeister Bruno Müller hatte die Verdunklungsrahmen in die kleinen Fenster eingesetzt und die schwarze Tischlampe angeknipst. Mit skeptischem Stirnrunzeln las der Batteriechef, dieser erfahrene, aber verwundete und gehbehinderte Oberleutnant aus dem Rußlandfeldzug, die neuen Anordnungen. Er schob sie Bruno, seinem engsten Vertrauten in der Geschützstellung, rüber. Meldung sollte da monatlich abgegeben werden, warum Soldaten im Range eines Sturmführers der SA oder SS noch nicht befördert oder zum Offizier vorgeschlagen waren. „Gesinnung ist wichtiger als Wissen!" hatte der Führer gelehrt. Brunos Vorgesetzter war seit neuestem auch in Kameradenkreisen auf der Hut. Die jungen Fanatiker aus der HJ, im Geiste Hitlers erzogene Knaben, wußten und sprachen oft genug davon, daß sie geboren waren, um für Deutschland und den Führer zu sterben.
Der andere Befehl wies noch einmal in verpflichtender Form auf den wöchentlich zweimal abzuhaltenden politischen Unterricht hin: *„... der deutsche Soldat muß sein ein politischer Soldat und ein glühender Nationalsozialist."*

Es klopfte an der Tür, ein junger Oberfähnrich, der ebenfalls von einem Kontrollgang zurückkehrte, trat mit der Ordonnanz ein, die das Abendessen brachte: ein Feldgeschirr mit einer dunklen, ungezuckerten Brühe, einem Aufguß von Kräutertee. Dazu je ein Dreieckskäschen von 62,5 g und einige Stück schwarzes Kommißbrot. Im siebten Kriegsjahr darbte auch die kämpfende Truppe, die sonst immer mit der Verpflegung bevorzugt worden war. Der Chef saß eine Weile schweigend, dann wandte er sich dem Oberfähnrich zu.
„Na, Teuerster", sagt er, „Benjamin dieser Führungsmannschaft einer glorreichen Batterie, haben Sie sich einmal ausgemalt, wie eigentlich die beiden möglichen Endlösungen dieses Krieges – Sieg oder Niederlage – aussehen könnten?"
Das Gesicht des Fähnrichs, gerade von der Hitlerjugend hierherkommandiert, als Offiziersanwärter für ruhigere Ausbildungszeiten vorgesehen, war verschlossen, schwer zu erkennen, wie die Gedanken hinter seiner Stirn aussahen.
„Wenn wir siegen, Herr Oberleutnant", sagte er nachdenklich, „dann wird es ein Europa unter deutscher Führung geben, ein Europa, das in einem einzigen heiligen Krieg erneut nach Osten aufbrechen und die Länder bis zum Ural endgültig gewinnen wird. Ein neues Jahrtausend der germanischen Rasse wird anheben."
Der Oberleutnant legte sich breit über den Tisch und lachte: „Benjamin, Sohn des Tausendjährigen Reiches, ich höre das eintönige Geräusch der NS-Phrasendreschmaschine …"
Er wurde sich seiner Worte bewußt, brach ab, sein Gesicht wurde ernst. „Spaß beiseite, Fähnrich. Die Wirklichkeit sieht verdammt anders aus als im *Völkischen Beobachter*. Ich habe es an der Front erlebt: Wo immer die deutschen Soldaten erschienen, empfing man sie abwartend, in der Ukraine und in manchen Provinzen des Balkans sogar begeistert. Wenn aber dann die Leute in den schwarzen Uniformen auftraten, die Erschießungskommandos, die Einfangkommissionen für Rüstungsarbeiter, die hausenden Gauleiter, dann begannen die Unterdrückten im Rücken der Frontsoldaten aufzustehen. Das ganze polnische Volk ist zu einer Nation zweiten Ranges erklärt worden, der Zugang zu höherer Bildung wurde ihm verwehrt, es sollte der nordischen Herrenrasse dienen! Lassen Sie sich von Wachtmeister Müller das Schicksal der jüdischen Bevölkerung berichten, die allein hier in Paderborn zusammengetrieben und mit unbekanntem Ziel abtransportiert wurde!"
Bruno winkte ab, wollte darüber nicht berichten. Wer weiß, ob ihn der Oberfähnrich nicht wegen solchen defätistischen Reden „der Wehrkraftzersetzung" bezichtigte und bei den „Kettenhunden" und der Gestapo anzeigte. Man war in diesen Zeiten schnell mit einem Urteil der Stand-

gerichte bei der Hand, und so mancher Kamerad baumelte unversehens am Ast eines Baumes oder an einem Telegrafenmasten.

Das Feldtelefon schrillte. Der Chef hob ab und hörte zu, dann legte er den Hörer wieder auf den Apparat.
„Starke Einflüge über dem Kanal, meine Herren. Alarmstufe I. Der Flugmeldedienst spricht von ‚Bomberströmen', die sich in Richtung Rheinland bewegen, gleich wird es tuten …"
Wortlos nahmen der Oberleutnant, der Wachtmeister und der Fähnrich die Stahlhelme von den Haken und gingen in ihre Stellungen. Noch einmal kontrollierte der Chef der Flakbatterie seine Fernsprechverbindungen und meldete der Abteilung „Feuerbereitschaft".

Bruno stand im Graben bei seiner Batterie. Die Männer hatten die Zeltplane von den Granaten entfernt, die glänzenden Geschosse bereitgelegt, sie fieberten dem Fliegerangriff entgegen. Noch war es nicht soweit. Was hatte der Oberleutnant vor wenigen Minuten gesagt? „Fragen Sie mal Wachtmeister Müller nach dem Schicksal der Juden …" Da tauchten die Bilder vor seinen Augen wieder auf.
Damals war er vom ersten Fronteinsatz aus der Eiswüste der Ostfront zurückgekommen, verwundet, müde, wollte die Heimat, die ehemaligen Freunde aus der Sturmschar sehen, Heimatluft in vollen Zügen einsaugen. Aber keiner war mehr da, alle eingezogen, zum Teil im Osten verblutet, für den Führer. Er fühlte sich müde, matt, wollte nach Hause, sich in irgendeine Ecke hauen, wie ein wundes Tier sich in einer Höhle verkriechen, so wie er es an der Front zwischen den Einsätzen getan hatte. Er hatte das alte Versteck der Sturmschärler – sinnigerweise in dem Sarglager – aufgesucht, um vielleicht frühere Gruppenfreunde zu erreichen. „Trotz Verbot nicht tot!" hieß ihre geheime Parole. Aber natürlich war keiner aus der ehemaligen Gruppe zugegen, niemand hatte eine Nachricht hinterlassen. Sie alle, jeder junge Mann gehörte zur Großdeutschen Wehrmacht. Sie waren über alle Fronten in Europa verteilt.
Seine Schritte hatten ihn quer durch die Stadt in die Bachstraße getrieben. Plötzlich lautes Hupen und Quietschen von Autobremsen, Kommandos „Absitzen, Antreten" und Klappen, die runterfielen, SS-Männer in feldgrauen Uniformen sprangen von den aufgefahrenen Lastern, traten in einer Linie an. Sie hielten Karabiner in den Händen, trugen Stahlhelme und Sturmgepäck mit Gasmaske. Der junge Flaksoldat schob sich langsam rückwärts hinter einen Busch, wollte nicht auffallen.
Bruno wischte über seine Augen, als wollte er ein bedrückendes Bild löschen, sich aus einem belastenden, ängstigenden Traum holen.

Oben in der Wohnung der Bachstraße hatten sich Moritz Rosenbaum und seine Frau Jettchen bis zu diesem Tag durch das Martyrium des „Dritten Reiches" hindurchgekämpft, sich immer wieder selbst Entschuldigungen für jedes Verhalten und alle Erscheinungen gegeben, sich eingeredet, daß sich entweder Hitler nicht lange halten könne oder das Ausland irgendwann, wenn der Höhepunkt erreicht war, Einhalt gebiete. Jenny war längst in Palästina, Irma blieb verschollen.
Moritz Rosenbaums Frau hielt still und ausdauernd zu ihm, hatte noch nie etwas von Ausreise gesagt, weil sie wußte, daß ihr Rosenbaum seine Stadt, sein Land zu sehr geliebt und früher so gern hier gelebt hatte.
Er saß mit seiner Frau in ihrer gemütlichen Ecke. Längst hatte die Post das Telefon gesperrt – ein Jude brauchte kein technisches Hilfsmittel, er würde damit doch nur Landesverrat betreiben. Niemand konnte sie warnen, und sie ahnten noch nichts von der vierten Transportwelle in die KZ! Sie sprachen von den Freunden, die in den letzten Jahren fortgegangen waren oder ihre Ausreise vorbereitet hatten: die Blumenfelds und Wallachs, die Karliners und Kosses und viele andere aus der Gemeinde.
Sanft strich Jettchen über die Hand des Mannes. „Du mußt, nein, wir müssen durchhalten", sagte sie, „auch diese Zeit geht vorüber. Sie werden den Krieg verlieren und stürzen. Dann wird es auch für uns wieder ein Leben geben."
Rosenbaum, vor Jahren noch voller Zuversicht, zuckte die Schultern, er hatte seine frische Gesichtsfarbe verloren, ging vornübergebeugt. Die Enttäuschung hatte seine Züge gezeichnet:
„Können wir denn noch warten? Wir sind doch die Gefangenen dieses Systems, seine Geiseln. Und du weißt doch, was alle untergehenden Barbaren ihren Gefangenen angetan haben?"
„Dann laß uns jetzt im letzten Moment noch auswandern", schluchzte Jettchen, „irgendwo werden wir unser Brot finden, auch wenn wir alles zurücklassen, wie so viele unserer ehemaligen Freunde!"
„Auswandern? Der Franzose Danton fragte einmal *‚Nimmt man das Vaterland an den Sohlen seiner Schuhe mit?'* Die Länder ringsum haben längst ihre Grenzen geschlossen, auch die nahe gelegene Schweiz! Schiffe, voll mit deutschen Juden, durften schon vor Jahren in Amerika und Mexiko nicht anlanden. Entrüstung ja, überall, aber aufgenommen werden nur die reichen Juden! Es ist zu spät, Jettchen, viel zu spät!"
Ehe seine Frau antworten konnte, zerriß Lärm die Abendstille. Die Lastautos waren unten vorgefahren, Kommandos, Waffenklirren und Stiefelgetrampel drangen von der Straße herauf. Die beiden Menschen am Kamin horchten auf, die Farbe wich aus ihren Gesichtern.
„Das gilt uns!" flüsterte Rosenbaum totenbleich seiner Frau zu. „Leb

wohl – !" Er nahm sie fest in seine Arme, wußte, daß es ein letztes Mal sein könnte.

Bruno hatte gesehen, wie Fäuste an die Haustür hämmerten, Stiefel vor das Holz traten, derbe Stöße mit den Gewehrkolben die Tür einschlugen. Zwei, vier SS-Männer verschwanden im Haus. Eine schwarze Uniform schob hinterher, blieb im Türrahmen stehen. „Da ist ja die Judensau", hatte Bruno damals ein wieherndes Lachen gehört. „Nun mal auf die Knie, Liegestütz, und eins, und zwei, und drei ..." Dieser kleine, unscheinbare Mann in Schwarz hatte seine Dienstmütze in den Nacken geschoben und zeigte mit dem Daumen mal nach unten, mal nach oben, während er die Linke in die Hüfte stemmte und nun zusah, wie sich Rosenbaum bis zur Erschöpfung abmühte.
„So und jetzt mal die Gnädige ein paar Purzelbäume, damit sie gut trainiert das Lager überstehen, jeden Tag schön üben, trainieren!" Aus dem Hausflur schlug das Lachen der SS-Männer, die sich über die Rosenbaums amüsierten, wie sie auf dem Boden herumkrochen, sich vor den Stiefelspitzen krümmten, beinahe zusammenbrachen.
Bruno hatte aus seinem Versteck beobachtet, wie Moritz Rosenbaum und sein Jettchen sich in die Kolonne von mehr als sechzig Juden einreihten, die er jetzt im schwarzen Schatten der LKW entdeckte. Sie waren zum Teil nur notdürftig bekleidet und wurden nun brutal zur Sammelstelle am Schlachthof getrieben.
Kurze Zeit später stand Moritz Rosenbaum – dieser Soldat des Ersten Weltkrieges, ausgezeichnet mit dem Eisernen Kreuz Erster Klasse, Wahlvorsteher bei Landtags- und Reichstagswahlen, angesehener Kaufmann einer Rohproduktenhandlung, mit seiner Frau auf den feuchten Pflastersteinen des Schlachthofes. Nur einen Koffer, der immer gepackt bereitstand, hatte er im letzten Moment mitnehmen können. Nach einer neuerlichen Leibesvisitation wurden den Rosenbaums wie allen anderen Personen Schmuck, Uhren, Trauringe und sämtliche Ausweispapiere abgenommen. Jeder durfte zehn Reichsmark behalten.
Schluchzen und Weinen hallte von den Wänden des Schlachthofes. Die Posten blieben ungerührt, blickten stur geradeaus. Mit leeren Augen, ganz erstarrt, preßte Moritz Rosenbaum einen zehnjährigen Jungen an sich, der weinend nach seiner Mutter rief. Es war alles umsonst – die Beziehungen von Mensch zu Mensch schienen abgebrochen. Kein Leid erreichte mehr den anderen, keine Träne vermochte diese Unmenschen mit der Siegrune und dem Totenkopf zu rühren.
Am nächsten Morgen um vier Uhr trieb man die Todgeweihten auf eine Verladerampe in Güterwaggons, die plombiert wurden. Der Zug rollte an – für die Insassen einem unbekannten Ziel entgegen.

Bruno hatte nicht erfahren, was weiterhin mit den Juden aus Paderborn geschah. Aber er ahnte es, oft genug hatten sie in den Geschützstellungen davon gesprochen, wenn wieder einer der Kameraden irgend etwas gehört oder gar vom fahrenden Zug oder LKW aus beobachtet hatte. Sie tauschten das Erfahrene, Gehörte, Gesehene nur leise aus. Es war gefährlich, darüber zu sprechen.
Die Juden dieser Deportation sollten auf dem Bahnhof von Theresienstadt ankommen, hier war die Endstation der Zugfahrt; als die Waggons geöffnet wurden, fielen einige Tote in den Sand. Es sollten nicht die letzten sein …

An diesem 17. Januar 1945 röhrten wieder einmal um elf Uhr in der Nacht die Sirenen zum Fliegeralarm. Der Luftwarndienst meldete sich mit dem Kennwort: „Hier Primadonna, hier Primadonna! Einflug schwerer Bomberverbände mit Ostkurs." Dann kam die Meldung, daß die Verbände von Bielefeld mit Ostkurs auf Herford zuflögen, plötzlich aber südwärts mit Kurs auf Paderborn schwenkten. Kurze Zeit später bliesen die Sirenen zum Vollalarm, fast zu spät, denn die Bevölkerung hatte kaum Zeit, die mangelhaften Luftschutzräume aufzusuchen.
Kein menschliches Wesen war in den Straßen Paderborns zu sehen. Aus den Einzel- und Reihenhäusern, den Blöcken waren Mütter mit schlaftrunkenen Kindern im Arm, die Greise mit dem Luftschutzgepäck in die notdürftig abgestützten Keller oder in die wenigen Betonbunker gehastet.
Das Gebrumm der Motoren war stärker geworden, es füllte wie ein einziger, brausender Ton das Gewölbe der Nacht. Die schwere Flak begann zu schießen. Die Lichtarme der Scheinwerfer tasteten lautlos die Nachtschwärze nach Flugzeugen ab. Sie hatten erst einen, dann zwei, vier, sechs – nein überall, wohin sie griffen, hingen viermotorige Bomber am Himmel. Das unheilvolle Dröhnen der zahllosen Motoren war so stark, daß es den Abschußknall einer nahe stehenden stärkeren Batterie beinahe verschluckte.
„Prost – Mahlzeit!" sagte der Fähnrich mit verkrampfter Stimme. „Das gilt uns, Helm ab zum Gebet!" Ein roter Christbaum schwebte lautlos vom Himmel und flammte senkrecht über der Stellung. Zuerst sah es aus wie eine große, rote Leuchtkugel, die sich langsam auseinanderfaltete und einen feurigen Regen ausstrahlte, um schließlich als riesige, purpurn glühende Traube für eine Weile am Himmel zu stehen. Das Angriffsziel war abgesteckt, das Todesurteil über die alte Domstadt und unzählige Menschen war gesprochen.
Neben dem roten Markierungszeichen erschien ein grünes: das Signal zum Angriffsbeginn der Flugzeuge. Bruno ließ im Richtsitz des Ge-

schützes hörbar Luft ab: „Gott sei Dank, daß es hier losgeht. Drüben, nach Warburg hat sich meine Mutter in Sicherheit gebracht!" Der grüne Christbaum hatte sich noch nicht ganz entfaltet, da zitterte der Himmel und die Erde bebte: Die alliierten Bomberverbände flogen einen Teppichangriff. Mehrere Geschwader folgten in Abständen, und jeder Bomber löste gleichzeitig sämtliche Bomben aus, so daß sich alle Sprengkraft wie ein großer Teppich über die Stadt legte und Straße auf Straße, Haus um Haus in Schutt und Asche fiel. Tausende von Minen-, Spreng- und Brandbomben hagelten auf Paderborn. Wand auf Wand, Haus auf Haus, Kirchen, Kurienhäuser, alles fiel mit krachendem Bersten zusammen.

Die Luft war erfüllt vom Orgeln der vorüberziehenden Bomberströme. Manchmal vernahm man das Brodeln der irrsinnig feuernden Flakbatterie, das hellere Zirpen umherfliegender Splitter.

Aus der qualmenden Dachluke eines Wohnhauses erschien, nur für einen grellen Augenblick vom Blitz der Explosionen beleuchtet, ein BDM-Mädchen mit Luftschutzhelm und schleuderte tapfer eine Stabbrandbombe auf die Straße.

Die Kanoniere schossen, was die heißen Rohre hergaben, ein Bauernjunge aus der Börde, hierher kommandiert vor Wochen, betete halblaut vor sich hin. Jetzt sprang der leibhaftige Tod auf sie zu. 800 m vor ihnen wuchs aus dem allgemeinen Tosen ein Rauchpilz, einen Atemzug später 500 m vorwärts ein zweiter, eine Sekunde hernach stand der dritte in gerader Linie 200 m vor der Stellung: turmhoch, alles zerfetzend, von Funken überregnet. Die vierte Bombe krachte hinter der Stellung in ein Haus – Volltreffer. Der Pilot dort oben tat seine Pflicht beziehungsweise das, was alle Soldaten dafür hielten. Er drückte lediglich einige Hebel – und das mit eisiger Präzision. In diesem Augenblick erwischte ihn ein Volltreffer der Flak. Er stürzte mit unheimlichem, sogar in diesem Höllenkonzert hörbarem Sausen auf die Soldaten zu. Die standen starr, mit vor Schreck verzerrten Gesichtern unter den Stahlhelmen, der fronterfahrene Oberleutnant, Wachtmeister Bruno Müller, der fanatische Fähnrich, die blassen, halb verhungerten Knaben mit der HJ-Armbinde, unfähig, sich zu rühren, bis der abstürzende Bomber die Flakstellung im dichten Rauch unter sich begrub.

Junge Engländer und junge Deutsche waren einen sinnlosen Tod gestorben.

Am 13. Februar gab die Gestapoleitstelle in Bielefeld den Geheimbefehl heraus, nun auch alle „Mischehenpartner" zu deportieren. Die mündliche Vorwarnung in die Städte, auch bis nach Paderborn, funktionierte immer noch: Der Nachbar holte schon in der Nacht vorher die Herzheims in sein Haus. Sie konnten sich in der eiskalten Dachkammer, nur mit dicken Wolldecken, mit dreifach übereinander gezogenen Kleidungsstücken verbergen und die wenigen, letzten Kriegswochen überleben. Dort, ohne Heizung, Licht und Wasser, vermutete wohl keiner einen flüchtigen Juden. Die Fliegerangriffe waren sogar wie ein Schutzmantel für die Herzheims oben in dem Versteck.

Tage später. Ein Mann in schwarzer Uniform mit abgewetzter dreiviertellanger Tarnjacke darüber suchte sich einen Weg durch die Trümmer, blieb dabei völlig unbeachtet. Graue Bartstoppeln wucherten in einem Gesicht, in das die körperlichen und seelischen Strapazen der letzten Monate tiefe Furchen gegraben hatten. Sein rechter Arm hing in einer blutdurchtränkten weißen Binde. Die frühere frische Gesichtsfarbe strammer Fahrten und Lager war einem schmutzigen Kalkweiß ungeheurer Anstrengungen und Belastungen gewichen. Es war der gläubige HJ-Führer, der früher dem Regime so treu ergebene Jungbannführer Peter Brüggemann, der, mit seinem SS-Panzerregiment von der Ostfront zur Großoffensive in die Ardennen versetzt, in der letzten Schlacht verwundet worden war. An der Ecke zündete er sich einen Zigarettenstummel an, den er aus einer tiefen Tasche hervorkramte, sah sich mit einem müden Blick um. Er suchte nach altbekannten Bildern der Stadt, Häuserfronten, Plätzen, gewohnten Gesichtern. Hier waren sie marschiert, der Jungbann 281 unter der blutroten Fahne. Später hatte er sich vom HJ-Streifendienst zur Waffen-SS gemeldet, war mit seiner Panzereinheit immer mit vorneweg, mit neuesten Waffen, zuletzt sogar mit dem sagenhaften „Tigerpanzer" in den Wäldern der Ardennen.
Er schaute sich fragend nach da und dort um, suchte nach etwas, aber niemand war in der Nähe, der ihm Antwort geben konnte. Vorbei die großen Reden, die Parolen „Festgeschlossen hinter dem Führer zum Sieg!" Wo war der starke Mann geblieben? Hatte er sich jemals an ihre Spitze gestellt? Nein – er war ihnen nie vorausgegangen – verkrochen hatte er sich in seinem Bunker in Berlin! Dafür hatten er und seine Kameraden fanatisch gekämpft, im Donezbecken, vor Stalingrad, später den Rückzug an die Ostgrenze des Deutschen Reiches gedeckt, noch einmal aufgefrischt mit neuen Waffen und blutjungen Männern, nein Hitlerjungen wie er damals vor dem Krieg, um sich den Alliierten hinter dem Rhein in einer letzten Schlacht entgegenzuwerfen. Umsonst! Alles ein grausiger Irrtum: die braunen Führer weit im Hinterland, die Kameraden vorn an der Front gefallen, die Menschen verschleppt, versklavt, vergast, verscharrt.
Mit dem Lederstiefel scharrte er an der Ecke eines Trümmerfeldes. Er bückte sich, schob mit den Fingern Steingeröll zur Seite, nahm etwas

auf, blies den Staub ab, rieb es an der Uniform sauber – der Rest eines kleinen siebenarmigen Leuchters. Zwei Arme waren verbogen, einer abgebrochen. Er schob den Silberschmelz in die Tasche und ging davon, suchte den Bahnhof …

Epilog

In der siebten Klasse des Theodorianums stand Religionsunterricht auf dem Stundenplan. „Glaubensgemeinschaften" wurden besprochen. Der Lehrer hatte den Mädchen und Jungen schon vieles über die Juden in Paderborn erzählt. Sehr still waren die Schüler geworden, als sie vom Schicksal der Familie Rosenbaum gehört hatten.

„Was ist eigentlich mit der Tochter Jenny geschehen?" fragte ein Mädchen, das gut zugehört und betroffen festgestellt hatte, daß Jenny Rosenbaum die einzige Überlebende der Familie gewesen sein mußte.

„Ihr erinnert euch, daß Jenny 1939 nach Palästina auswanderte. Als Dienstmädchen und Tellerwäscherin verdiente sie sich ihren Lebensunterhalt. Ihr müßt mal ihren Roman *‚Zypressen zerbrechen nicht'* lesen. Sie schildert darin eindringlich diesen neuen, für sie nicht leichten Lebensabschnitt."

Jetzt wurden noch andere Schüler neugierig. Zwei Jungen hoben die Hand. „Wie erging es ihr denn weiter?" wollte Jan wissen, und Volker fragte: „Was hat die Frau im Krieg gemacht?"

„Jenny hat zunächst studiert, als aber die deutschen Truppen über Nordafrika auch Palästina immer näher kamen, trat sie in eine Fraueneinheit der britischen Armee ein. Später hat sie geheiratet und dabei den Namen Aloni ihres Mannes Esra angenommen."

Der Lehrer hob das Buch der jüdischen Schriftstellerin Jenny Aloni hoch: „Sie hat schon 1967 den Kulturpreis der Stadt Paderborn bekommen."

„Meine ältere Schwester hat mir erzählt, daß ehemalige jüdische Mitbürger im Gymnasium St. Michael waren, als sie nach Paderborn eingeladen worden sind. Dort haben sie lange mit den Schülern gesprochen", hakte ein Mädchen nach.

„Das ist richtig, diese Gäste waren auch bei uns, hier im Theodorianum. Sogar eine Enkelin des Paderborner Bankiers Emil Paderstein. Sie alle berichteten aus ihrem Leben. Das hat die Schüler damals sehr beeindruckt."

„Ich würde Jenny Aloni gern einmal sehen, von ihr selbst hören, wie es damals war. Lebt sie noch?" wollte Jan wissen.

„Nein, sie ist vor einigen Jahren gestorben.“
Volker meldete sich stürmisch: „Ich habe es von meinem Onkel gehört, der sammelt alles über die Juden. Es ist vor sechs Jahren gewesen, da ist sie in Israel gestorben.“
„Du hast sehr gut aufgepaßt. Übrigens hat die Schriftstellerin nicht nur den Preis der Stadt Paderborn erhalten, sie wurde auch mit dem westfälischen Drostepreis und mit dem Meersburger Drostepreis für Dichterinnen geehrt. Das Schicksal der Paderborner Juden scheint euch doch sehr zu interessieren. Wir verlängern unser Projekt ‚Weltreligionen‘ und forschen mal gemeinsam über Jenny Aloni. Seit 1996 haben wir nämlich das ‚Jenny-Aloni-Archiv‘ an der Universität. Ihr stellt für die nächste Stunde Fragen zusammen, was euch an der Person der Dichterin interessiert.“
Es schellte. Die Stunde war beendet. Der Lehrer hatte Mühe, sich noch einmal verständlich zu machen: „Ihr bekommt zwei Stunden eher schulfrei, weil dringend eine Lehrerkonferenz einberufen wurde.“

Jan und Volker mußten noch zwei Stunden auf den Schulbus nach Salzkotten warten. Langsam streiften sie durch die Gasse zum Domplatz, eilten planlos die Treppen zu den Paderquellen runter und schauten den Arbeitern zu, die eine schmale Straße mit buckligen Katzenköpfen pflasterten.
„Mensch, Jan, am ‚Karlsbad‘ sollen Ausgrabungen sein, hat doch der Cäsar gesagt.“ Cäsar war ihr Geschichtslehrer Manfred Vollbrecht, mit dem die beiden ganz gut zurechtkamen.
„Dann mal ab zum Paderteich, da unten war doch das ‚Karlsbad‘!“ Die beiden kannten sich gut in ihrer Schulstadt aus.
Aber es war öde am Karlsbad. Gar nichts erinnerte an aufregende Abenteuer, wie sie es im Fernsehen über Troja und das Tal der Könige gesehen hatten. „Sieh mal, Volker, die kratzen nur mit so ’nem Schüppchen in der Erde rum und fegen mit dem Handfeger Dreck an die Seite!“
„Und der, was macht der?“ fragte Volker seinen Freund enttäuscht.
„Ich glaube, der steckt einen Claim ab, so wie das neulich in dem Film von den Goldgräbern war“, antwortete der grinsend.
Sie sahen, wie einer der Ausgräber etwas hochhielt, seine Kollegen aufmerksam wurden und zu ihm rüberschauten. Ein junger Mann trug den Gegenstand behutsam zu einem Bauwagen, der am Rand der Grube stand.
„Jetzt bürstet er das Teil ab, möchte mal wissen, was das ist?“
Volkers Interesse war doch ein wenig geweckt worden. Die beiden näherten sich unauffällig dem aufgebockten grauen Bauwagen. Vorsichtig sahen sie hinein. Der junge Mann hatte eine Tonscherbe in der

Hand. Er legte sie auf eine beleuchtete Kunststoffplatte und schloß sie mit einem Deckel. Überrascht sahen sie, wie die Scherbe auf dem Bildschirm eines Computers auftauchte.
„Na, ihr beiden, auch Computerfreaks?“ fragte der junge Mann über die Schulter weg.
„Nee, hab noch keinen, mal sehen, vielleicht Weihnachten.“
„Oder zum Geburtstag“, ergänzte Volker wenig überzeugt.
„Aber es interessiert euch schon, oder ...?“ Der junge Mann drehte sich um. „Ich heiße Peter und studiere Elektrotechnik. Ich jobbe hier so nebenbei und helfe den Archäologen.“
„Und was machst du mit dem Stück da auf dem Scanner?“
„Fachmann, was? Ich nehme die Tonscherbe über den Scanner in den Computer und speichere die Abbildung.“
„Geht das denn?“ fragte Jan beeindruckt.
„Klar, geht prima und erspart den Wissenschaftlern eine Menge Arbeit!“
Eine junge Frau betrat den Wagen, reichte Peter eine Zeichnung. „Gerade fertig geworden, in dem Maßstab, wie du es wolltest. Kannste jetzt auch speichern. Der Bericht kommt morgen.“
Sie musterte die beiden Jungen lächelnd.
„Hast wohl zwei Helfer bekommen?“
„Die beiden standen hier rum und sahen zu, da hab' ich ihnen die Arbeiten mal erklärt.“
„Also, Peter, vergiß nicht den Hellweg, hinten im Balhorner Feld. Da muß auch noch was gespeichert werden, ciao!“
„Dann muß ich wohl abdüsen, am zweiten Ausgrabungsfeld brauchen die mich. Oder wollt ihr mitfahren?“
Die beiden nickten, sie konnten auch von dort mit dem Bus nach Hause kommen. Vielleicht erlebten sie ja was Aufregendes. Archäologie schien doch nicht ganz so langweilig zu sein, wie es zunächst den Anschein hatte.
Unterwegs erzählte ihnen Peter etwas mehr über die Ausgrabungen.
„Da, wo wir jetzt waren, werden Ausgrabungen zum Bad Kaiser Karls durchgeführt. Man vermutet dort eine größere Badeanlage, die der Kaiser bei seinen Besuchen in der Pfalz benutzt hat.“
„Und was wurde dort gefunden?“
„Ach so, das Übliche: viele Knochenreste von Tieren, Metallteile, Tonscherben, na ja, aber nichts Dramatisches!“
„Aber das ist doch sehr mühselig, wir haben gesehen, wie sorgfältig man die Erde untersuchen muß.“
„Na und ob“, bestätigte Peter, „nicht nur untersuchen, sondern auch genau beobachten dabei, denn nur so kann man etwas aus der frühen Geschichte entdecken. Wenn zum Beispiel der Boden schwarz gefärbt ist,

deutet das oft auf verfaultes Holz hin. Da haben dann vielleicht Holzbalken in der Erde gesteckt und das Dach eines Hauses gestützt."
„Und wie geht das so mit einer Ausgrabung?" wollte Jan wissen.
„In alten Städten mit langer geschichtlicher Vergangenheit wird bei Neubauten immer sehr genau der Boden untersucht. Sobald man irgend etwas aufgespürt zu haben glaubt – auch wenn es nur auffällige Verfärbungen sind – wird gegraben."
„Dann rücken ein paar Bagger an, und es geht los", meinte Volker.
„Da hast du dich aber getäuscht, wenn die Bagger buddeln, findet man meistens gar nichts, höchstens ganz große Gegenstände – und die sind selten genug."
„So ein Schwert oder einen Helm?" wollte Volker wissen.
„Ja, bei uns im Sauerland, da hat man mal in der Jauchegrube eines Bauernhofes eine zerbeulte römische Amphore gefunden", lachte Peter, „aber das war ein großer Zufall! Nee, ihr habt doch gesehen, daß ein großes Feld abgesteckt war. Da wird zunächst vorsichtig mit Hacke und Schüppe gegraben. Hier", er zeigte den beiden seine rechte Hand, „hab' 'ne Menge Schwielen beim Graben mit dem Spaten bekommen."
„Ja und dann, wie geht es dann weiter?" Jetzt ließ Jan nicht mehr locker.
„Dann heißt es, vorsichtig Schicht auf Schicht wegnehmen, Sand und Geröll beiseite fegen und mit dem Spachtel wieder sehr vorsichtig die nächste Erdschicht freilegen. Eine mühselige Arbeit und oft ohne Erfolg!"
Er bog mit dem Auto von der verkehrsreichen Hauptstraße ab. „Gleich sind wir an der Ausgrabung ‚Hellweg'. Hier im Gewerbegebiet ist man vermutlich auf ein Stück der ganz alten Heer- und Handelsstraße gestoßen, die von Salzkotten nach Paderborn führt."
Er bremste sein Auto sanft ab. „Sonst fliegt der PC durch die Scheiben", meinte er.
„Schaut euch um, aber nicht in die Grube fallen!" Peter eilte auf einen Mann zu, der offensichtlich die Aufsicht führte.
Jan und Volker gingen zunächst einmal um die Grube. Auch hier dieselben eintönigen Arbeiten, die sie schon am ‚Karlsbad' beobachtet hatten.
„He, ihr beiden, kommt einmal her!" rief Peter winkend Jan und Volker zu. Er stand immer noch bei dem Mann.
Die beiden Schüler liefen auf die andere Seite der Grube.
„Ich habe die beiden mitgebracht, liefen am ‚Karlsbad' herum und interessieren sich für die Ausgrabungen. Das hier ist Dr. Eggenstein, er leitet die Grabungen."
Jan und Volker begrüßten ihn.
„Ja, dann kommt mal mit, ich zeig' euch was."
Die drei stiegen hinter Dr. Eggenstein in die Grube, die sicher zehn Me-

ter breit war. In einer Ecke war ein noch tieferes Loch zu sehen. Der Wissenschaftler wies hinein: „Peter, ich habe den Strahler vergessen. Bist du so nett ...?"
Wenig später gleißte ein Lichtstrahl in das dunkle Loch. Unten erblickten Jan und Volker zunächst nur eine Schicht von kleinen Kieseln.
„Wir glauben, hier ein Stück des alten Hellwegs gefunden zu haben. Seht mal genau hin, man kann sogar die eingedrückten Fahrspuren der schweren Transportwagen erkennen."
„Können Sie das auch sicher beweisen?" Jan schien nicht recht überzeugt.
„Sicher werden wir das beweisen, du Schlaumeier. Zunächst haben wir geglaubt, es handle sich um ein altes Flußbett. Aber dann wurden genaue Messungen und Skizzen über den Verlauf angefertigt. Euer neuer Freund Peter hilft uns dabei mit großem Erfolg. Jetzt werden die Bodenproben sehr genau untersucht. Und wenn uns das Glück richtig hold ist, dann finden wir auch noch den weiteren Verlauf der alten Straße."
Jan und Volker löcherten den Wissenschaftler regelrecht. Sie hörten, daß man den Verlauf des Hellweges einer alten preußischen Karte aus dem Anfang des vorigen Jahrhunderts entnommen habe. Dann seien Luftaufnahmen gemacht worden. Eine starke Verfärbung der Bodenoberfläche habe den Verlauf des alten Heer- und Handelsweges bestätigt. Die Wissenschaftler waren nun voller Zuversicht, noch weitere Teilabschnitte dieser historischen Straße zu finden.

In den nächsten Tagen hatten sie viel in der Gegend herumgestochert. Volker war überhaupt nicht zu bremsen gewesen. Da müsse sich doch was finden lassen. Vielleicht würden sie reich und berühmt werden. Natürlich hatten sie nichts gefunden – außer ein paar leeren Coladosen und anderem Müll. Der völlige Mißerfolg hatte ihren Entdeckergeist rasch abgekühlt, so daß sie den Doktor, Peter und die Ausgrabungen schon fast vergessen hatten, als sie Wochen später mal wieder im Wald herumstromerten. Ein paar gute Stöcke wollten sie schneiden. Sie gingen bachaufwärts, sprangen von Stein zu Stein. Das Wasser suchte sich nur noch in kleinen Rinnsalen seinen Weg. Der heiße Mai und die ersten Wochen im Juni hatten das Bachbett ziemlich ausgetrocknet.
Volker warf gelangweilt ein paar Steinchen auf einen großen Stein, der aus dem flachen Wasser ragte.
„Warte mal, das klang doch wie Eisen", stoppte Jan die Wurfkünste seines Freundes. Sie eilten beide ein paar Meter weiter. Direkt bei dem größeren Stein ragte ein dunkler Gegenstand aus dem erdigen Bachbett.
„Das ist ja ein Kreuz!" meinte Jan vorsichtig.

„Meinst du, glaub ich nicht. Nee, sieh mal, das sieht eher aus wie der Griff eines Schwertes."
„Jetzt wollen wir das Ding mal genauso vorsichtig ausgraben wie die Männer in Paderborn."
Volker leitete das Wasser mit ein paar geschickt verteilten Steinbrocken um. Jan holte sein Taschenmesser raus. Er schabte die Erde um den Griff weg, spülte ein wenig Wasser darüber und zog den Gegenstand vorsichtig aus dem weichen Erdboden.
„Mach mal sauber, da im aufgestauten Wasser", glaubte Volker fachkundige Anweisungen geben zu müssen.
„Da wär' ich auch selbst noch drauf gekommen", knurrte Jan.
Vorsichtig säuberte er das Stück Eisen. Volker nahm sein Taschentuch und tupfte es behutsam ab. „Das ist doch ein Schwert, von den Römern, logo, oder ...?"
Jan war sich immer noch nicht sicher.
„Dann fehlt aber ein schönes Stück von der Klinge, aber der Griff hier, ich weiß nicht so recht, könnte tatsächlich ein Schwert sein."
„Und jetzt, was machen wir jetzt damit?"
„Jetzt gehen wir nach Hause und zeigen es meinem Vater", gab Volker mal wieder die Marschrichtung an.
Volkers Vater war nicht wenig erstaunt, was sein Sohn und dessen Freund da ranschleppten. Er meinte, sie sollten es in der Universität am besten einem der Historiker zeigen, die wüßten bestimmt, ob das Ding was Besonderes sei und was man damit anfangen könne.

In der Schule waren Volker und Jan am nächsten Morgen nicht so recht bei der Sache. Gut, daß an diesem Tag nur vier Stunden Unterricht war. Komisch, von Cäsar war heute in der Nähe des Klassenzimmers weit und breit nichts zu sehen.
Nachdem der Unterricht – quälend langsam – endlich vorbei war, machten sie sich mit dem Bus auf zur Uni. Sie irrten verloren durch einige dunkle Gänge, bis sie am Haupteingang den Pförtner fanden, der ihnen erklärte, wo sie die Historiker finden könnten. Das sei gar nicht zu verfehlen, meinte er freundlich.
Meinte er aber auch nur. Sie lasen Schild auf Schild, Wegweiser zur Informatik, Maschinenbau und Elektrotechnik, dann Wirtschaftswissenschaft, Medienforschung, Biologie, Kunst, Geschichte, Professor Hinz und Kunz, Bibliotheken, Labore, Sprechzimmer, Hörsäle, Raum 123, Raum 354, Stock 2, Abteilung C – Jan und Volker schwirrte der Kopf. Wie sollten sie hier nur jemanden finden! An ihnen vorbei gingen junge Frauen und Männer mit Taschen unterm Arm, Leinenbeutel über der Schulter, Büchern und Heften in der Hand. Keiner kümmerte sich um die beiden.

„Ich glaube, wir gehen wieder, wenn wir noch zurückfahren, könnten wir vielleicht Cäsar finden, der steckt sicher irgendwo in der Schule!" Typisch! Volker gab selbst die Leitung des ehrenvollen Rückzuges nicht aus der Hand.
Sie verließen deprimiert das riesige Gelände, auf dem mehrere große Baukomplexe die verschiedenen Abteilungen und Fakultäten der Universität Paderborn beherbergten. War das ein Chaos! Bis sie einmal ihr Studium begännen, würden ja noch ein paar Jahre vergehen – wenn überhaupt, nee, da wollten sie erst mal zurück ins Theodorianum.
Es war still im Gebäude, als beide vor dem Lehrerzimmer standen und anklopften. Gott sei Dank, Cäsar öffnete ihnen. Sie berichteten ihrem Geschichtslehrer kurz von dem Fund und ihrer Odyssee durch die Universität.
„Jungens, geht mal mit ins Elternsprechzimmer."
Kaum saßen sie dort in den Sesseln rund um einen Tisch, drängte Cäsar auch schon: „Und nun mal raus mit eurem Fund. Laßt mal sehen!"
Jan griff in die Tüte und legte vorsichtig den Stumpf des Schwertes mit dem Ansatz der abgebrochenen Klinge auf den Tisch.
Cäsar drehte und wendete das Stück hin und her.
„Leute, Leute, da packen die beiden in eine Plastiktüte und legen ein uraltes Schwert hier auf den Tisch! Wo habt ihr das denn her?"
Cäsar blickte die Schüler ein wenig skeptisch an.
„Wir sind bei uns im Wald am Bach rumgelaufen, da haben wir das Teil entdeckt", sagte Volker betont lässig.
„Ganz zufällig", ergänzte Jan.
„Also, paßt mal auf, ich habe noch Unterricht, sonst würde ich mitgehen, aber tut mir einen Gefallen, packt euren Fund sorgfältig wieder ein, und geht sofort runter zur Kaiserpfalz. Hier, ich schreibe euch einen Namen auf den Zettel. Den Herrn verlangt an der Kasse."
Cäsar schrieb schnell etwas auf ein aus dem Lehrerkalender gerissenes Blatt. Dr. Wemhoff, lasen die beiden, als sie wieder auf dem Schulflur standen, mit einem Gruß von Manfred Vollbrecht.
In die Kaiserpfalz schickt der uns! Da mußte das ja wohl ein Wahnsinnsfund sein, schoß es Jan und Volker durch den Kopf, als sie zum Domplatz rannten.
„Paß bloß auf, Jan, daß nichts an das Schwert kommt!"
Mit ein, zwei Sätzen sprangen sie die Treppe vor dem Dom herunter, rannten um den Turm und noch mal ein paar Stufen runter. Dann standen sie außer Atem an der Kasse.
Zwei freundliche Frauen schauten die beiden erstaunt an. „Wer ist denn hinter euch her, so atemlos?"
„Wir, wir, wollen zu", Volker kramte den Zettel aus der Tasche, „zu Dr.

Wemhoff. Unser Geschichtslehrer Cäsar, äh, Herr Vollbrecht schickt uns, denn wir haben was gefunden."
„Und was habt ihr da gefunden, laßt doch mal sehen!" fragte eine der Frauen wenig überzeugt.
Volker öffnete ein wenig den großen Plastikbeutel. Die Frauen beugten sich weit über die Theke vor, blinzelten in die dunklen Tiefen des Beutels.
„Was habt ihr denn da?" ertönte eine Stimme hinter ihnen.
Volker und Jan ließen vor Schreck fast die Plastiktüte mitsamt Inhalt fallen.
„Das ist Doktor Wemhoff", echoten die beiden Frauen an der Kasse. „Die Jungen wollten zu Ihnen, sie haben angeblich was gefunden!"
Jan hielt ihm die Tüte hin, Wemhoff griff hinein. „Ich werde verrückt, ja ist denn das die Möglichkeit, kaum zu glauben – ein Schwert, vielleicht sogar ein karolingisches Schwert! Kommt mal sofort mit in mein Büro und erzählt mir alles haarklein."
Nachdem die Jungen ihre Geschichte erzählt hatten, eilte Wemhoff zur Tür: „Cola für die beiden und was zum Knabbern. Heute ist ein echter Festtag!"
Im Büro hatten sich bald fast alle Mitarbeiter des Museums in der Kaiserpfalz versammelt und bestaunten das Schwert, das Wemhoff sorgfältig auf weiche Tücher gelegt hatte.
„Muß man wie ein rohes Ei behandeln. Ich rufe jetzt sofort unseren Restaurator an. Er soll gleich herkommen und das Schwert untersuchen." Wemhoff war ganz aus dem Häuschen. „So etwas findet man nur alle paar Jahrzehnte, einfach phantastisch."
Bald stand auch Herr Westphal, der Restaurator, im Zimmer, warf einen kurzen Blick auf den Fund und schlug den Jungen anerkennend auf die Schulter: „Wenn die Untersuchungen mit Röntgenaufnahmen nicht etwas völlig anderes sagen – und das würde mich wirklich wundern –, dann ist das ein Schwert aus der Zeit Karls des Großen, so etwa aus der Zeit um 800, also runde 1 200 Jahre alt!"
Wemhoff wies mit der Spitze eines Bleistiftes auf den Griff. „Der Griff ist noch vollständig erhalten, die Klinge etwa nach zehn Zentimetern abgebrochen."
Westphal sah mit Kennerblick noch weitere Einzelheiten: „Die eisernen Bestandteile der Waffe zeigen eine sorgfältige Schmiedetechnik, feine Abstufungen und kleine Einzelheiten. Besser als bei manchen anderen Funden unserer Ausstellung, die viel stärker verrostet und damit auch weitgehender zerstört sind. Wirklich ein wertvoller Fund!"
„Das Schwert sollte vordringlich restauriert werden, Herr Westphal", schlug Dr. Wemhoff vor.

„Auf jeden Fall, denn wenn wir das nicht schnell vornehmen, zerbröselt es beim Zusehen."
„Wie konnte es sich denn so lange und so gut halten?" wollte Jan wissen, der sein Glück immer noch nicht recht fassen konnte.
„Nun, wie ihr berichtet habt, muß das Schwert wohl praktisch unter Luftabschluß verborgen gewesen und erst in den letzten Tagen vom Wasser freigespült worden sein."
„Herr Dr. Wemhoff, wem gehört denn nun eigentlich das Schwert?" fragte Volker vorsichtig.
„Das ist ganz eindeutig, es gehört den beiden Findern. Aber ich bitte euch herzlich, das Schwert dem Museum als Dauerleihgabe zu überlassen. Ich möchte auch mit euren Eltern darüber sprechen und natürlich einen korrekten Vertrag machen. Aber zunächst sollte es restauriert werden, sonst zerfällt es sehr bald, und das wollt ihr ja sicher auch nicht?"
Volker und Jan schüttelten die Köpfe. „Nee, woll'n wir nicht. Und Sie können es auch behalten, hab schon mit Vater drüber geredet. Alles o. k."
„Das ist toll, ihr wißt ja, daß wir bald eine Ausstellung über die Zeit Karls des Großen und der Karolinger eröffnen. Da bekommt das Schwert natürlich einen Ehrenplatz, und ihr könnt es, wenn ihr wollt, jeden Tag anschauen. Dazu erhaltet ihr natürlich jeder eine Ehrenkarte! Und noch etwas Wichtiges: Wir werden natürlich die Presse einladen, sich diesen tollen Fund und die großartigen Finder anzuschauen. Da geht's richtig rund, so mit Fotos und Interviews, vielleicht auch Fernsehen und Hörfunk."
Den beiden war richtig heiß geworden, so ein Rummel um das Stückchen Eisen? Es war schon später Nachmittag, als die beiden sich aufmachten, um einen der nächsten Busse nach Hause zu erreichen.
Vor dem Museum stolperten sie ausgerechnet über den Studenten Peter, den sie vor einigen Wochen bei den Ausgrabungen kennengelernt hatten. Der war total erstaunt, als sie ihm die ganze Geschichte erzählten.
„Dann werden wir sicher bald Kollegen, was, ihr beiden?"
„Wieso Kollegen?" wollte Jan wissen.
„Nun, bei soviel Begeisterung für Geschichte studiert ihr doch sicher auch einmal dieses Fach? Ich gehe übrigens im nächsten Semester nach Münster, um von Informatik zur Archäologie zu wechseln."
„Och, schade", meinte Volker, „du hättest uns noch manches zeigen können!"
„Klar, mache ich auch, bleibe ja mit den Aufgaben hier und soll noch weitere dazubekommen. Aber ihr müßt mir dann auch mal das Schwert zeigen!"

„Machen wir, sobald es in der Vitrine liegt, kein Problem."
Sie gingen ein Stückchen weiter. Peter zeigte auf ein paar Fenster.
„Hier, dreht euch mal um, da sind Stufen zu sehen. Bisher hat man immer geglaubt, das sei der Thron Karls des Großen."
„Wissen wir, hat uns Cäsar schon gezeigt. Und jetzt ist es nur noch eine olle Steintreppe? Ich würde gern mal wissen, was stimmt."
„Wißt ihr, da fällt mir doch etwas total Verrücktes ein. Vielleicht solltet ihr mal mit ins Nixdorf-Computer-Museum gehen? Los kommt, wir haben noch Zeit, das schaffen wir."
Die drei schwangen sich in Peters Auto und knatterten mit der erbarmungswürdigen Rostlaube, wie Volker leise zu Jan geraunt hatte, durch Paderborn. Gut, daß heute Donnerstag war, das Museum war länger geöffnet.
Peter führte sie gleich zu einem Computer.
„Das ist ein ganz besonders moderner, neuer, mit einem sensationellen Programm, ein ‚Software-Theater'. Paßt mal auf ..."
Peter drückte auf die Tastatur, gab ein paar Zahlen ein, fuhr mit der Maus über den Bildschirm, klickte hier und da etwas an. Dann schob er eine CD-ROM in einen Schlitz.
„So, nun geht es los!"
Ein Bild tauchte auf. „Das sieht ja aus wie die Kaiserpfalz, wo wir gerade waren."
„Nicht ganz, es ist die ältere Pfalz Karls des Großen, die Mauern liegen vor dem anderen Gebäude. Das ist der Grundriß, und nun", er tippte wieder einiges in den Computer ein, „nun zeige ich euch, wie diese Pfalz früher ausgesehen hat."
Auf dem Bildschirm wuchsen aus den Grundmauern die Wände empor, schlossen sich zu einem Dach.
„Und jetzt machen wir einen virtuellen Besuch in der Pfalz."
Tatsächlich, es war ihnen, als gingen sie durch die Räume der alten Anlage, die Karl der Große hatte erbauen lassen.
Peter tippte ein paar längere Zahlenkolonnen auf der Tastatur ein.
„Sieh mal, da kriecht ein riesiges Heer auf unsere Stadt zu!" Volker packte vor Aufregung Jans Jeansjacke.
„Ein Wahnsinnsregen, der da runterkommt!"
„Der Sturm biegt die Bäume ganz schön zur Seite!"
„Die nassen Lederwämse der Reiter und die dampfenden Pferdeleiber."
„Da reitet an der Spitze der Kolonne ein großer Mann, er trägt einen schmalen Goldreif im Haar!"
Jeder von den Jungen entdeckte etwas anderes, sie blickten fasziniert auf den Bildschirm. Sie hatten Raum und Zeit vergessen, befanden sich inmitten des Geschehens vor 1200 Jahren ...

Die Zugspitze stockte. Weiter vorne hatte der Voraustrupp, eine Hundertschaft schneller und gut bewaffneter Reiter in Kettenhemden, an einer Baumgruppe haltgemacht. Ein Schwarm dunkler Vögel, Saatkrähen waren es, hob sich wie eine schwarze Wolke in den trüben Himmel und stob mit heiserem Feldgeschrei davon. Doch war da etwas Fremdes, Eigenartiges, das sich mit den Windstößen hin- und herbewegte.

Ein Mann mit einem Goldreif kam näher. Er zügelte sein Pferd, ritt um die Eiche herum, betrachtete einen halbverwesten Leichnam, der mit aufgeklappten Kiefern und leeren Augenhöhlen den Ankommenden entgegenstarrte. Der Tote schien hämisch zu grinsen. Aus den Falten eines verblichenen und zerschlissenen Tuches baumelten knöcherne Arme und Beine. Der Kopf war grausam zugerichtet. Eine „Sax", die sächsische Streitaxt, steckte im gespaltenen Schädel, zudem hatte man ihn aufgeknüpft.

Ein Reiter riß sein Schwert aus der Scheide und schlug den zerschlissenen Strick durch. Das Gerippe schlug auf dem Boden auf. Der Mann sprang aus dem Sattel und versuchte mit dem Schwert die Reste des Körpers zu drehen ...

Der Mann mit dem Goldreif wandte sich jetzt von der Freveltat ab, richtete sich im Sattel auf und winkte mit befehlender Gebärde. Ein Jagdknecht sprang herbei und grub mit anderen aus dem Troß eine Grube, sie legten den Unbekannten hinein, ein Priester segnete den Toten, und schon fielen die Erdschollen auf den leblosen Körper ...

In der Ferne erkannte man im Dunst den graublauen Höhenzug der Egge.

Langsam schob sich der königliche Troß mit seinen vielen Begleitern, Hofbeamten, Soldaten und Knechten auf die Pfalz zu. Die Pferde fielen in leichten Trab, während sie über das abfallende Gelände auf die östlichste Königspfalz im Frankenreich zuritten. Da, der Jagdknecht wendete sein Pferd, ritt zurück, am endlosen Zug des Heeres entlang. Allein stand er am Grab des Ermordeten. Es schien, als wolle er das Grab noch einmal öffnen, sein eigenes Schwert ins Grab legen, als sich ein Trupp Reiter näherte. Der Jagdknecht sah sich entsetzt um. In Panik schleuderte er sein Schwert so weit von sich, wie er nur konnte, hinein in dichtes Gebüsch. Dann schloß er sich notgedrungen den fränkischen Reitern an. Als sie dem Hauptheer nach Patrisbrunna folgten, drehte er sich im Sattel noch einmal um ...

Was nützen die Zeichen,
die überdauern,
wenn niemand bleibt,
der sie deutet.

Jenny Aloni

* Historische (Haupt-)Personen des Romans PATRISBRUNNA

+ Erfundene (Haupt-)Personen des Romans PATRISBRUNNA

* Frankenkönig Karl (747-814), ab 800 Kaiser Karl der Große
* Papst Leo III. (795-816), stellte sich unter den Schutz Karls d. Gr.
+ Waffenschmied Lorenzo aus Cordoba
* Bischöfe Hathumar (805/6-815) und Badurad (815-862), von Paderborn
* Meinolf von Böddeken, erster Heiliger des Bistums (um 770/780 bis um 857)
+ Salzhändler Trudbert, Frau Rotrud und Tochter Hadoma
* Kaiser Heinrich II., der Heilige (1002-1024), Kaiserin Kunigunde 1002 im Dom zu Paderborn gekrönt
* Bischof Meinwerk (1009-1036) gilt als zweiter Begründer des Bistums
+ Baumeister Georgios, einer der byzantischen Bauleute, und Wiksuit
* Abtei Helmarshausen, eine neue Kunstschule, unter Abt Wino v. Helmarshausen
+ Georg, der Bildschnitzer
+ Goldschmied Erpho
* Bischof Anno II. von Köln (1010-1075) in der Domstadt
* Bischof Imad (1051-1076) und die Imadmadonna, Dombrand 1058
+ alte und junge Kaufleute im Stadelhof, der existierte
* der Tragealtar des Rogerus von Helmarshausen (um 1100)
* Graf Friedrich der Streitbare von Arnsberg (1092-1124)
* die Domräuber Goldschmied Sibo und Sohn Rother, bezeugt durch einige Quellen, sowie der Domraub in Kumpanei mit Graf Friedrich dem Streitbaren
+ Dombaumeister Konstantin, Dombaumeister Johannes
* Bischof Bernhard III. (1204-1223), Lebensabend war überschattet vom Kräftemessen mit Paderborner Bürgerschaft
+ der neue Dombaumeister Matthäus, die Kaufmannstochter Eleonore
+ Fernhandelskaufmann Frans ten Brummelhuis, Hengelo
* Fürstbischof Bernhard IV. zur Lippe (1228-1247), in seiner Zeit Einsturz des Domes
+ der reiche Kaufmann Gottschalk, seine Frau Dorothea, der Spielmann Gunter
* die Raubritter Friedrich der Saure von Padberg (um 1380) und Umgebung, Bund der Bengler (bis 1397)
+ der Goldmacher Lübbert in der Alchimistenküche
* der Fürstenberger (Vorname nicht garantiert) um 1389

* Fürstbischof Dietrich IV. (1585-1618), Freiherr von Fürstenberg, aus Sauerländer Adel, Fürstenberg bei Arnsberg-Neheim, gilt als der Gegenreformator in Paderborn, schlug die Rebellion des Bürgermeisters Wichart nieder und ließ viele Kunstwerke in Paderborn schaffen, die Wewelsburg und Schloß Neuhaus maßgeblich auf älteren Bausubstanzen umgestalten
* Goldschmiedewerkstatt des Meisters Marquardt zur Zeit Wicharts (vor 1604)
* der junge Goldschmied Engelbert und die geheimnisvolle Gräfin von Krakower (mögliche Vorfahrin des Goldschmieds Krako) um 1585
* Meister Anton Eisenhoit in Warburg (1553-1603)
* Werkstatt des Dombildhauers Heinrich Gröninger (1578-1631)
* Caspar von Fürstenberg, Berater seines Bruders Dietrich, Geh. Rat im Herzogtum Westfalen (1545-1618)
* Bürgermeister Wichart († 1604 in Paderborn hingerichtet)
* Christian von Braunschweig, besetze 1627 als Söldnerführer Paderborn
+ Münzmeister Tilemann aus der Familie der Marquardts
* Pater Friedrich Spee von Langenfeld (1591-1635), Jesuit, Kämpfer gegen die Hexenverfolgung, „Cautio criminalis" (1631), und Dichter, „Trutznachtigall"
* Goldschmied Hans Krako schafft 1627 den neuen Liborischrein
* Fürstbischof Ferdinand II. (1661-1683), Freiherr von Fürstenberg, der gelehrteste Bischof Deutschlands seiner Zeit, Schöpfer des „barocken" Paderborn
+ Spiel 66 und seine „Erfinder" – eine legendäre Darstellung
* Gottfried Wilhelm Leibniz (1646-1716), Mathematiker und Philosoph, Vordenker eines ökumenischen Zusammenschlusses
* Diplomat Johann Adolph von Fürstenberg (1631-1704), Dompropst
* „Haus- und Hofbaumeister" der Fürstenbergs, Ambrosius von Oelde, 1685 Dombaumeister in Paderborn
* Kurfürst-Erzbischof Clemens August von Bayern (1700-1761), Bischof/Erzbischof von Köln, Paderborn, Münster, Osnabrück, Hildesheim
* die Harfenistin Brion, Mutter der einzigen bekannten Tochter des Kurfürsten
* Jagdfreund Herr von Hoerde, Erbauer von Schloß Eringerfeld und Schwarzenraben im 18. Jh.
* Herzog Ferdinand von Braunschweig (1721-1792) und Erbprinz Karl Wilhelm Ferdinand (1735-1806)
+ die Modistin auf dem Kamp
* Fürstbischof Franz Egon (1789-1825), Freiherr von Fürstenberg
* Friedrich Wilhelm Sertürner (1783 in Schloß Neuhaus, bis 1841), Entdecker des Morphiums
* Franz Löher, erster Zeitungsverleger, „Westfälische Nachrichten"
* Fanny Nathan (1803-1877), Begründerin des Waisenhauses für jüdische Kinder

* Pauline von Mallinckrodt (1817-1881), Begründerin der Provinzialblindenanstalt und Blindenbildung in Westfalen
* Bankhaus Paderstein und die jüdische Gemeinde (19./20. Jh.)
* Bischof Konrad Martin (1812-1879), ein Kämpfer für Wahrheit, Recht und Freiheit im Kulturkampf
\+ der Bedienstete Hubert, ein Findelkind
* Jenny Rosenbaum (1917-1993), Tochter von Moritz und Henny Rosenbaum; 1939 Emigration nach Palästina, verheiratet mit Esra Aloni, Schriftstellerin, Kulturpreisträgerin der Stadt Paderborn
* Herzheim, Ludwig (1876-1934), verheiratet mit Emmi Dannenbaum; Besitzer des Kaufhauses Herzheim; Sohn Karl Theo emigrierte 1940 illegal nach Palästina, nach dem Krieg einige Jahre Vorsteher der wiederbelebten jüdischen Kultusgemeinde Paderborn
\+ HJ-Führer Peter und Sportler Bruno während der NS-Zeit, exemplarisch für viele verführte und einige standhafte Jugendliche
* Bischof Lorenz Jaeger (1941-1973), später Kardinal (1965)
* Hans-Joachim Degenhardt in der Gestapo-„Steinwache" von Dortmund, ab 1974 Erzbischof von Paderborn
* Computer-Archäologe Peter Horstmann, Arnsberg
* die Jungen Jan Jakobi aus Elsen und Volker Kaiser aus Salzkotten, Entdecker des karolingischen Schwertes
* Dr. Matthias Wemhoff, Museumsleiter der Kaiserpfalz, buddelt und entdeckt ständig immer noch Neues in der Erde unter Paderborn, so daß ich mit Änderungen im Roman kaum nachkommen konnte!

Dank

Ein historischer Roman bedarf – bei aller dramaturgischer und schriftstellerischer Freiheit – einer sorgfältigen Recherche der geschichtlichen Fakten. Ich bedanke mich für die immer freundliche Hilfe bei diesem Einlesen in die Paderborner Geschichte, bei der Suche nach Einzelheiten und bei der Beantwortung aufgetretener Fragen sehr herzlich bei (in alphabetischer Reihenfolge):

Dr. Norbert Börste, Historisches Museum Schloß Neuhaus
H. W. Bohrisch M. A., Mahn- und Gedenkstätte Steinwache in Dortmund
Wulff E. Brebeck, Histor. Museum des Hochstifts Paderborn, Wewelsburg für Informationen und Literatur

Dr. Johannes Joachim Degenhardt, Erzbischof von Paderborn
für freundliche Überlassung des Tagebuches über die Inhaftierung in der Steinwache, Dortmund
Dr. Drewniok, Paderborn, Karolinger-Ausstellung
für Informationen und Literatur
Manfred Emmel, Menden
für hilfreiche Fachberatung und Literatur zum Thema „Silberschmiede"
Dr. Michael Ernst, Verlagsleiter im Bonifatius-Verlag, Paderborn
für sehr konstruktive Begutachtung und Zusammenarbeit, Literatur und jedwede Hilfe
Sven Frahm, Goldschmied, Galerie Tigergarten Wenholthausen
für fachliche Informationen , Literatur und Abbildungen
Dr. Monika Graen, Stadtgeschichtliches Museum Paderborn (Adam-und-Eva-Haus)
Rolf Dietrich Müller, Stadtarchiv Paderborn
Georg K. Predeek, Schloß Neuhaus
Bernhard Schaefer, Schloß Neuhaus
für Informationen und Literatur
Ulrich Schlotmann, Redaktion Westfalenblatt, Warburg
für Abbildungen und Literatur
Sparkasse Paderborn
Volksbank Paderborn
für Kopien vergriffener Literatur
Dr. Christoph Stiegemann, Diözesanmuseum Paderborn (und Mitarbeiter)
für Informationen und Literatur
Pfarrer Reinhold Theune, Menden
für den ersten Einstieg in die Geschichte Paderborns
Dr. Matthias Wemhoff, Kaiserpfalz Paderborn (und Mitarbeiter)
für Informationen und Literatur
Preußenmuseum Festung Wesel
außerdem:
Édition du Signe, Straßburg
für die freundliche Überlassung der Heftreihe „Kirche von Paderborn" 1-5 und Sonderheft „Liborius"
Angela Trilling
für freundliches und hilfreiches Erstlektorieren
Elke und Wolfgang Wirth
für die „Fehlernach-Lese"
Peter Horstmann
für archäologische und darauf computerbezogene Informationen